U0482602

两汉文艺思想史

中国文艺思想通史 第二卷 上

本卷主编 李春青 姚爱斌

北京师范大学出版集团
北京师范大学出版社

《两汉文艺思想史》编委会

主 编

李春青　姚爱斌

作 者

（以撰稿前后为序）

李春青　包兆会　韩　军

魏鹏举　吉新宏　郭世轩

姚爱斌　贡巧丽　冯小禄

徐宝锋　郑　伟　朱存明

李　颖

《两汉文艺思想史》
主编简介

李春青

1955年生，北京市人。现任教育部人文社会科学重点研究基地北京师范大学文艺学研究中心研究员、华南师范大学文学院特聘教授。曾任北京师范大学文艺学研究中心主任、学术委员会主任。主要从事中国古代儒家文化、古代文论和文学基本理论的教学与研究。兼任中国中外文学理论学会副会长、中国文学理论学会副会长、《文学评论》编委、《中国文学批评》编委及中国文艺评论家协会理事、中国古代文论学会理事等。出版学术专著十五部，另有合著、合译、主编著作十余种；发表学术论文二百余篇。专著《诗与意识形态》等曾获教育部人文社会科学优秀成果奖二等奖、三等奖各一项，北京市哲学社会科学优秀成果一等奖两项。

姚爱斌

1968年生，安徽枞阳人。北京师范大学文学院教授，博士生导师，教育部人文社会科学重点研究基地北京师范大学文艺学研究中心研究员，兼任中国《文心雕龙》学会秘书长。主要从事中国古代文论研究，尤以中国古代文体论、《文心雕龙》研究见长。主持国家社科基金项目及教育部人文社会科学重点研究基地重大项目多项。出版专著《中国文体论：原初生成与现代嬗变》《中国古代文体论思辨》《〈文心雕龙〉诗学范式研究》等，在《文学评论》《文艺研究》等学术刊物发表论文五十余篇。

总序

为这样一套大书写序是件很难的事情：如何才能照顾到方方面面呢？既然不可能，索性我们就来个因繁就简，只谈二事。

先来谈谈我们这套书的缘起。

记得是2005年的某一天，在一次会议后，我和童庆炳、李壮鹰两位老师聊天，谈及教育部人文社科重点研究基地重大项目的立项，都认为每年两个项目，往往因人设题，零零散散，难以产生有影响力的研究成果。童老师提出是否可以选择一些有连续性、可以长期做下去的课题。李壮鹰老师提到某大学原来有搞一套"中国文艺思想通史"的打算，但不知什么原因似乎没有落实。于是我们决定把这个题目纳入北京师范大学文艺学研究中心今后若干年立项的主要选题范围。当时我是文艺学研究所所长兼中心副主任，童老师就决定让我来主持这件事。于是我便设计了全书卷目，计有先秦卷、两汉卷、魏晋南北朝卷、隋唐五代卷、宋金元卷、明代卷、清代卷、近代卷、现代卷九卷。从2006年起，每年按时代先后以两卷作为两个重大项目选题立项，还聘请了一批校内外学有所长的专家学者共襄盛举。另外，为了培养人才，我还拟出了中国文艺思想史范围内的20多条博士论文选题指南，动员新入学的博士生选择，并加入"中国文艺思想通史"的研究队伍之中。此后的若干年内，这项工作便成为北师大文艺学研究中心最主要的科研任务，研究所和中心的绝大多数教师以及相当一部分博士研究生被纳入这一研究队伍之中。我负责的"先秦卷"于2006年立项，我聘请了李山、过常宝、刘绍瑾以及博士生赵新、褚春元、陈莉作为课题组成员，历时五年余，完成一部百万字的书稿，接着我们获得了国家社科基金后期资助项目资助，于2012年由北京师范大学出版社分上、下两册出版。该书出版后受到学界好评，并获教育部第七届高等学校科学研究优秀成果奖（人文社会科学）二等奖。其他各卷也都相继立项、展开研究、完成书稿撰写，各卷主编和课题组成员都付出了艰辛的劳动。

童老师生前对这套书极为重视，寄予很高的期望，常常询问我进度情况，有时还亲自帮我督促进度较慢的参编人员。时至今日，童老师的音容笑貌还时时浮现在我的眼前，让我感到责任的重大，促我奋进。光阴荏苒，倏忽间十三年过去了，童老师已经去世四年有余，我们这套书基本完成，将要付梓了。这套书的出版或许是对将一生心血都倾注于北师大文艺学学科建设的童庆炳老师最好的慰藉吧！

再来谈谈这套书的研究视角。

现代以来，国内外学界针对中国古代文学艺术、文艺理论与批评的研究已经出版了大量论著。中国古代之"绘画史""书法史""文学史""文学批评史"等"专门史"也层出不穷，看上去在这个领域似乎已经不大可能有创新的空间了。然而如果仔细分析就不难发现，这些研究似乎有一个共同特征：它们大都是按照现代学科分类所做的专门研究，鲜有那种打破学科界限的综合性研究。而这种综合性研究或许正是"中国文艺思想史"研究的独特价值之所在。换言之，为了弥补各种文艺"专门史"研究的不足，以便更加切近研究对象的固有样态，也是为寻求创新与突破的可能性，"中国文艺思想史"的研究应该提倡一种综合性的、还原历史现场的或者语境化的视角。具体言之，我们可以从"整体关联性""动态性"和"功能性"三个层面来考察"中国文艺思想史"的研究视角问题。

(一)整体关联性视角

把文学艺术看作一个时代占主导地位的意识形态的表现形式，力求在二者的相互关联中阐释其意义，这应该是"中国文艺思想史"研究的综合性视角的主要表现形式之一，也是"整体关联性"视角的重要体现之一。从这一视角出发，文艺不再是象牙塔里"纯而又纯"的"审美对象"，而是一种特殊形式的意识形态，具有强烈的政治性特征。尽管我们的确还可以从几千年前的文艺作品中感受到美和情感，但这并不能否定任何文艺都是特定时代或社会集团之意识形态的表征这一基本事实。从哲学阐释学的意义上说，我们看到的作为"历史流传物"的文艺作品已然不是它产生时人们眼中的那个文艺作品了。例如，先秦时期，中国文化灿烂辉煌，周代贵族的礼乐制度及其话语表征、诸子百家的放言高论、"诗三百"的恢宏质朴、"楚骚"的哀婉华美，在今天看来都是各自领域"高不可及的范本"。然而彼时根本就没有独立于典章制度与学术文化的文学艺术，一切在今天看来属于文学艺术领域的东西，在先秦时期都是作为一种更加根本性的意识形态的组成部分或附属品而存在的。对这种意识形态系统，后人常常称之为"礼乐文化"。

让我们来看看礼乐文化系统中的文学与艺术。所谓"礼乐文化"就是历史上记载的周公"制礼作乐"而创造的文化系统，它既是与周代贵族等级制相适应的文化符号系统，同时也是符合贵族阶层利益的意识形态系统。中国历史上曾经有一个真正意义上的贵族时代，即从西周至春秋后期这六百年左右的历史时期，以宗法血亲为基础的分封制和世袭制是这一贵族社会的主要标志。贵族阶层的身份，贵族在经济与政治、文化上的种种特权不是自然而然地形成的，更不是通过个人的努力或某种侥幸的机会得来的，而是制度所规定的。这时的社会结构是固化的，也是稳定的，不同社会阶层的人都被其身份所固定，享受着各自的权利，承担着各自的义务。贵族们的"世卿世禄"与庶民们的"农之子恒为农""工之子恒为工""商之子恒为商"同样是法定的。当时的贵族统治者根据政治、经济上实际存在的社会差异建立起了一套严密的礼仪制度与相应的文化观念，使这种政治和经济上的差异合法化。而且更为高明的是，他们把政治制度与意识形态极为巧妙地融为一个整体，使一切文化形式，包括诗、乐、舞及绘画、雕塑等各种审美形式都成为国家意识形态的表征，使文化与政治天衣无缝地结合起来。固定阶级差异、实现阶级区隔的政治功能借助繁缛华丽、雍雍穆穆的文化形式来实现。在礼乐文化语境中，贵族们不仅在祭祀、朝会、宴饮等公共活动中确证自己的身份，而且在日常生活的细枝末节中也不断地实现着这一意识形态功能。以"文艺"或"审美"的方式来极为有效地达到意识形态或政治的目的，这是周公"制礼作乐"，即建立西周礼乐文明最伟大的贡献之一。周代贵族的这一策略为后世的儒家思想家所继承，并随着儒学成为主流意识形态而为历代统治者所汲取，从而成为中国古代文化传统的重要组成部分。《荀子·乐论》云：

> 故乐在宗庙之中，君臣上下同听之，则莫不和敬；闺门之内，父子兄弟同听之，则莫不和亲；乡里族长之中，长少同听之，则莫不和顺。故乐者，审一以定和者也，比物以饰节者也，合奏以成文者也，足以率一道，足以治万变。

这段文字十分准确地说明了礼乐文化的意识形态功能，这也是儒家标榜的"仁政""王道""德治"的主要手段之一。可以说，贵族时代的文艺或审美活动并不是后世意义上的文艺或审美活动，而是一种具有直接的政治意义的精神活动。在这种精神活动中，人们所获得的内心体验，如平静与和谐的感觉，与社会结构的稳定与和谐具有深刻的同构关系。综上所述，我们完全有理由说，中国古代贵族阶层所创造的礼乐文化系统中的文学与艺术，即诗歌、音乐、舞蹈、青铜器皿及其花纹图案等，都是贵族等级制的符号表征，是带有明显的政治性、意识形态性的文化形式。如此看来，中国西周至春秋时期的文学艺术作为礼乐文化的一部分，其本身就是一种贵族意识形态，具有很强的政治功用性。这里的文学艺术具有高度的同一性，都是周代贵族制度与意识形态的符号化形式。因此要研究作为礼乐文化系统的文学与艺术，就可以而且有必要采取一种综合性的研究方法，从而揭示其整体性特征。这显然是单纯的"文学史"或者"艺术史"所无法做到的。这恰恰是"文艺思想史"的任务。

把文学艺术思想看作在一个时期里与政治、宗教、哲学、历史等思想形式处于交融互渗之中的话语系统，力求在各门类之间复杂的"互文性"关系中揭示文艺思想的深层意蕴，此为"整体关联性"视角的又一个重要体现。王瑶先生的中古文学研究可以说开了中国现代以来把文学思想与哲学思想进行整体性研究的先河。他说："如果说西洋文学批评之所以精深严博，是因为有它底哲学思想的理论根据；我们可以说中国文学批评的发展，也是深深地和当时的哲学思想有密切关系的。"[1]这无疑是方家卓见。我们以往的"文学史""文学批评史"或者各种"艺术史"等，习惯于采用一种"剥离法"进行研究。所谓"剥离法"就是在卷帙浩繁的古代文献中苦苦爬梳、细细翻检，把那些按今天的学科分类属于"文学"或"艺术"的材料挑选出来，然后分门别类加以排列、阐释，从而形成了一个线索清晰的"××史"。这种研究范式长期占据着我们学界的主导地位，至今依然有很大的影响。这种研究的优点是条理分明、清晰，来龙去脉让人一目了然，而缺点是人为"建构"色彩明显，遮蔽了文艺思想与其他各种思想形式之间的种种复杂关联，难以反映文学艺术发展演变实际的历史过程。例如，我们前面谈到的先秦文艺思想，且不说周代礼乐文化原本就是一个严密的整体文化系统，其中的诗歌、音乐、舞蹈都不是作为独立的艺术门类而存在的，倘若用"剥离法"来研究，势必严重影响对它们的价值与意义的准确把握，即使是诸子百家的文艺思想，也是其整体思想难以分拆的一部分，因此综合性研究同样是必要的。

---

[1]　王瑶：《中古文学史论》，85页，北京，北京大学出版社，1986。

拿儒家的文艺思想来说，就完全是儒家政治理想、道德观念、人生旨趣的直接表达，这里并没有什么"学科分类"。孔子说"兴于诗，立于礼，成于乐"（《论语·泰伯》），是讲人的修身过程，在这里诗歌与礼之规定、音乐都是修身的必要手段，各有各的不可或缺的功能。这就意味着，在先秦时期，文艺思想史实际上就是从一个特定角度来书写的文化史或者思想史。这就要求我们必须有文化史、思想史的视野，如此才能着手研究文艺思想史。例如，孟子的"知人论世"说是稍有文学史知识的人都耳熟能详的。然而要想了解其真意，特别是了解其阐释学意义，就不能不把文学思想史研究与学术思想史研究相结合。按照传统的"剥离法"，"知人论世"说的意思很简单，就是说要真正理解一首诗的含义就需了解作者，而要了解作者就需要了解他生活的时代。长期以来我们的文学史、文学批评史就是这样理解的。这就遮蔽了"知人论世"说中隐含着的一种极为可贵的、具有现代学术意义的思想——"对话"。何以见得呢？假如我们不用"剥离法"，不把这一说法仅仅看作一种文学观念，而是去联系上下文，按照孟子的本意去理解它，我们就很容易发现，孟子讲"知人论世"的目的是"尚友"，而"尚友"的目的则是修身。按孟子的逻辑，一个道德品质高尚的人一定要与天下那些同样具有高尚品质的人交朋友，如此可以相互学习，不断提升自己。为了提升自己，除了和同时代的优秀人物交朋友，还要和古代的优秀人物交朋友，这就是"尚友"。和古人交朋友的主要方式就是"读其书，诵其诗"，为了准确地理解古人在"书""诗"中表达的意思，就需要"知人论世"。"尚友"说对于理解"知人论世"说有着极为重要的意义，这里暗含着"平等对话"的意思：既不仰视古人，也不贬低古人，而是与之交友，与之平等对话，是其所应是，非其所当非。这是一种了不起的诗学阐释学思想，可惜后来到了荀子那里，提出了一套"征圣""宗经"的思想，过于迷信古代圣贤，孟子的"尚友"精神被淹没了。很显然，只有打通思想史与文艺思想史的综合性研究范式才能解释孟子诗学思想中的这一伟大价值。又如，宋代的文艺思想就与整个宋代学术有着极为密切的联系，诗论、文论、画论、书论中常常使用的许多概念，也同样是宋学的重要概念。比如"涵泳"这个词，既是道学家存养（心灵的自我提升、自我锤炼）功夫的基本思维方式，又是诗学家学诗、品诗的基本思维方式。这里虽然言说的对象不同，因此在语义上会有一定差异，但在运思过程上却是完全一致的：都不是用逻辑思维的概念化的推理过程，而是集中于内心世界的体验与领悟；都指向一种绝假纯真的精神境界，从而实现对现实世界的超越。涵泳作为一种全身心投入其中、将主体与客体融二为一的思维方式，在人格修养与艺术理解方面都具有极为重要的意义，是逻辑演绎所无法替代的。这就意味着，只有打通文艺思想与哲学思想的壁垒，从综合性视角出发，我们对"涵泳"的丰富意蕴方能有比较全面而深入的把握。其他如"自得""体认"等也都是这样的概念。

(二) 动态性视角

"动态性"视角是文艺思想史研究的另一个重要视角。所谓"动态性"视角指把研究对象视为一个生成的过程，而不是一个静态之物。一般的研究总是把研究对象当作一个已经完成了的、固定不变的实存之物来看待，然后对它进行有序的、共时性的梳理、分析和阐释。与此相反，动态性的视角是要把研究对象理解为一个不断生成的过程，主要不是研究这个过程的结果，而是要研究这个过程本身。这种"动态性"研究视角就是要追踪对象形成的过程，对与这一形成过程有关联的各种因素进行细细梳理、分辨。一句话，就是要深入研究对象的"肌理"中去，考察它形成的内在机制。换言之，这种研究感兴趣的是那个作为结果的研究对象是如何形成的。

鲁迅和王瑶对中国中古文学思想的研究都运用了这样的"动态性"视角。鲁迅在那篇著名的题为《魏晋风度及文章与药及酒之关系》的演讲稿中，把魏晋时期文章风格与文人的生活方式、心理特征结合起来考察，把"清峻、通脱、华丽、壮大"等文章风格看作文人生活方式、心理状态的表征，从而勾勒出其生成的过程，这种研究方法较之那种把文章风格视为已成之物，对之进行静态分析的方法无疑高明多了。王瑶是直接在鲁迅这种研究方法的影响下进行中古文学研究的，他对中国文学思想的研究是从考察作为文化语境的清谈风气入手的。在王瑶看来，"清谈既成了名士生活间主要的一部分，自然所谈的理论也会影响到他们的立身行为和文章诗赋的各方面……文论的兴起和发展，咏怀咏史，玄言山水的诗体；析理井然的论说，隽语天成的书札，都莫不深深地受到当时这种玄学思想的影响"[①]。清谈是形式，玄学是内容，清谈与玄学构成了一代士林风尚，对六朝时期的文艺思想产生了直接而重大的影响。从清谈玄学到文艺思想，这是一个动态的影响过程。然而，清谈玄学并非从天而降，王瑶先生又进而考察了由汉末"清议"演变为魏晋"清谈"的过程。在他的阐释视域中，从汉代经学到汉末之清议，从汉末清议到魏晋之清谈，然后再到整个六朝的文艺思想，乃是一个动态的形成过程。这样充分关注研究对象之动态性、生成性，而不是把它当作静态的既成之物的研究，实际上也就是所谓"历史化"和"语境化"的研究。这种研究不是按照研究对象（如一个文本）给出的表层逻辑来进行阐释，而是透过对象的表层逻辑而进入其背后隐含的深层逻辑中去阐释。换句话说，这种"动态性"或"生成性"的研究视角不是停留在对研究对象"说出来"的东西的关注之上，而是向着其没有说出来的东西追问；不是停留在对对象"是什么""怎么样"的追问之上，而是进而追问对象"为什么"会如此这般，将其如何成为这般的那个原本就隐秘的，或者被简单化的研究方式所遮蔽的过程呈现出来。

文艺思想史研究中的所谓"动态性"的研究视角是与"静态性"视角相对而言的。自清末民初以来，中国学术逐渐接受了来自西方的现代学科分类，并以此对卷帙浩繁的中国古代典籍进行了重新梳理与编排，那原本融汇于经、史、子、集四部中的文艺思想就被挑选出来，按照时代先后勾连排列，从而建构起了"文学史""艺术史""文学批评史"等，这种研究主要做

[①] 王瑶：《中古文学史论》，54页，北京，北京大学出版社，1986。

两件事：一是整理爬梳，即从浩若烟海的书籍中抉择、挑拣出符合现代学科分类的材料并加以整理；二是概括、阐述这些材料说了什么，一般会列出1、2、3等若干点。这类研究开始只是针对一流的大家名作，渐渐地就越来越细，直至二流、三流甚至不入流的，即对没有什么价值的人物与著述也加以研究。这样一种研究范式，在我们的文学史、艺术史和文学批评史领域，差不多一个世纪以来一直处于主导地位，由于缺乏具有阐释力度的理论视角与方法，其路子越走越窄，最后大都只好归于考据和文献整理一途了。资料工作是非常重要的，但这绝对不应该成为全部的研究，甚至不应该是主要的研究，在资料的基础上去分析、论证，从其所言见其所不言，揭示其背后种种复杂的研究对象的动态生成过程，或追问真相，或建构意义，这才是文艺思想史研究的主要任务。

(三)功能性视角

所谓"功能性"，是指文艺思想并不仅仅是某个时代社会状况、文人心态、世风民俗等基础性存在的精神表征，也不仅仅是与社会政治、意识形态无关的"纯审美"现象。事实上，康德意义上的那种"无功利"的"纯审美"是不存在的。人类历史上的任何一种审美现象，任何一种文艺思想都是历史的产物，是社会的产物，都与某个社会阶层或集团的利益相关联。而且任何一种审美现象或文艺思想都对其赖以产生的社会状况具有某种作用。对这种作用予以关注，就是文艺思想史研究中的"功能性"视角。例如，如果我们要研究西周时期的文艺思想，"文"这个概念肯定是一个绕不过去的"关键词"。对于这个"文"，我们可以从"功能性"视角来研究。《国语·周语下》云："襄公有疾，召顷公而告之，曰：'必善晋周，将得晋国。其行也文，能文则得天地。天地所胙，小而后国。夫敬，文之恭也；忠，文之实也；信，文之孚也；仁，文之爱也；义，文之制也；智，文之舆也；勇，文之帅也；教，文之施也；孝，文之本也；惠，文之慈也；让，文之材也……'"韦昭注云："文者，德之总名也。"①这里"文"不仅是指周代贵族那套典章制度等文化符号系统，而且还几乎包含了周代贵族道德修养的全部内容。由此可知，在西周至春秋时期，"文"基本上就是贵族教养的别名，是贵族趣味的集中体现。作为一种"趣味"或文化惯习，"文"在贵族生活的方方面面，从外在形式到内在规范，都有所表现，贵族之为贵族而不同于常人之处，主要就在这个"文"上，其中当然也包含诗歌、音乐、舞蹈以及钟鼎器物等直接的艺术形式。但是这里有必要指出，"文"既是那套为贵族等级制提供合法性依据的文化符号系统与价值观念体系的总名，也是一种包含着感觉、情感、体验等非理性因素在内的综合性精神倾向，甚至可以说是贵族思维方式与生活方式本身。对于周代贵族制度来说，这个"文"具有极为重要的政治和意识形态功能。它除了为贵族等级制提供合法性之外，还是彼时阶级区隔的主要手段，是贵族自我神圣化或者说是使贵族成为贵族的主要方式。

"趣味"是自康德以降的西方美学中的核心概念，所不同的是，德国古典美学是把"趣味"作为艺术和审美活动与社会功利目的相区隔的主要因素来理解的，而具有后现代主义批判视野的法国社会学家布尔迪厄对"趣味"的理解却刚好相反，他恰恰是从社会功能的角度来考察"趣味"的。在他看来，人们的经济与政治地位是在社会中进行阶级划分的决定性因素，但是使一个阶级成为这一阶级的却不仅仅是政治和经济因素。在这里，行为举止、处事方式等方面所显示出来的差异（如人们常常说的"教养"或"修养"）就更多地是由文化方面的因素所决定的。在这里"趣味"可以说具有首要的意义。布尔迪厄认为它才是阶级区隔的主要因素："人们出生高贵，但是人们还必须变得高贵……换一句话说，社会魔力能够产生十分真实的效应。将一个人划定在一个本质卓越的群体里（贵族相对于平民、男人相对于女人、有文化的人相对于没有文化的人，等等），就会在这个人身上引起一种主观变

---

① 《国语》，96 页，上海，上海古籍出版社，1998。

化，这种变化是有实际意义的，它有助于使这个人更接近人们给予他的定义。"[①]这就意味着，一个阶级在成为其自身的过程中，除了政治和经济的因素外，文化与社会惯习也具有不可或缺的重要性。在这个意义上说，是"趣味"使贵族成为不同于平民百姓的特殊阶级的：不是因为成为"上等人"之后就自然地具有了"上等人"的趣味，而是特定的高雅趣味使"上等人"成为"上等人"的。而且一个人的趣味往往并不是他个人的选择，而是社会环境与文化惯习使然："有机会和条件接触、欣赏'高雅'艺术并不在于个人天分，不在于美德良行，而是个（阶级）习得和文化传承的问题。审美活动的普遍性是特殊地位的结果，因为这种特殊地位垄断了普遍性的东西。"[②]如此看来，趣味绝不是远离社会现实的纯粹之物，不是毫无功利性的超越性存在，恰恰相反，趣味是社会政治和意识形态的一种特殊的表现形式，任何一个时代的文学艺术、审美活动无不体现着某种社会需求或某个社会阶层的"政治无意识"。这也就意味着，趣味是有着社会功能的，其根本上是代表着某个社会阶层的利益的。布尔迪厄的这种见解对于我们理解文艺思想史研究中的"功能性"视角具有重要启发意义。事实上，中国古代文艺思想，无论是讲直接的功利作用的儒家文艺思想，还是追求超越现实，标举玄远飘逸、清雅空灵的老庄美学与佛禅美学，均始终与文人士大夫的身份意识、意识形态建构有着密切关联，因此始终具有重要的社会功能。这也就意味着，"功能性"应该是中国文艺思想史研究不可或缺的重要视角之一。

20 世纪 90 年代中期以来，北师大文艺学学科一直在倡导和实践一种我们称之为"文化诗学"的研究方法，上述三大视角可以说正是我们所说的"文化诗学"的核心。但由于这套书过于庞大，参加研究和撰写的作者人数

---

① ［法］P. 布尔迪厄：《国家精英——名牌大学与群体精神》，杨亚平译，193 页，北京，商务印书馆，2004。
② ［法］皮埃尔·布迪厄、［美］华康德：《实践与反思——反思社会学导引》，李猛、李康译，123 页，北京，中央编译出版社，1998。

众多，水平并不一致，因此贯彻这种研究方法的程度难免不一致，在具体问题上也难免存在舛讹与偏颇，这些都需要读者见谅了。

李春青

2019 年 9 月 1 日于北京京师园

目录

绪　论　汉代文艺思想言说主体的身份及本书的研究方法问题　1
　　第一节　"士大夫"与"文人"　2
　　第二节　"宫廷文人"的身份问题　11
　　第三节　"文人身份""文人趣味"的生成及其对文学观念之影响　17
　　第四节　"文人"身份形成过程的历史语境考察　31
　　第五节　研究方法问题　39

第一编　西汉初中期文艺思想

第一章　西汉初中期文艺思想概况　53
　　第一节　汉初文学与先秦文学的承传　54
　　第二节　西汉初中期辞赋的文学思想　65
　　第三节　西汉初中期诗歌的文学思想　76
　　第四节　西汉初中期文论总体发展概况　86
第二章　西汉初中期道家文艺思想的表现　96
　　第一节　先秦道家思想及其在汉初的演变　96
　　第二节　先秦西汉道家生命意识与汉代文论的"养气"说　109
　　第三节　贾谊、刘安、司马迁的道家文艺思想　113

1

第四节 《淮南子》的新道家文艺思想　115
第五节 西汉初中期文学作品中的道家思想　127

第三章 西汉初中期儒家文艺思想的表现　136
第一节 西汉儒家思想统治地位的确立　136
第二节 "经"的地位的确立　150
第三节 经学语境中的文论思想　160
第四节 董仲舒的"天人思想"及其对汉代文论的影响　168
第五节 《乐记》的文艺思想　184
第六节 《毛诗序》的文艺思想　190
第七节 西汉初中期文学作品中的儒家思想　197
第八节 西汉初中期儒家文艺思想与先秦儒家文艺思想比较　204

第四章 西汉初中期文艺思想与士人主体的关系　208
第一节 西汉初、中期政治文化结构与文学、学术中心　208
第二节 政治结构中的士大夫群体与士人文学精神的形成　219
第三节 汉代初中期士人文化心态对汉代文论的影响　224

第五章 从学术思想取向及士人境遇看汉人对《楚辞》的接受　234
第一节 贾谊、刘安、司马迁对屈原及其作品的评价　235
第二节 扬雄、班固对屈原及其作品的评价　237
第三节 汉中期文章之士的文化心态与文学创作　239
第四节 对屈原及其作品的评价　241

第六章 《诗》在汉代的经典化及其权力运作　245
第一节 《诗》经典化的物质基础：《诗》文字文本的形成　247
第二节 《诗》经典化的文化基础：《诗》作为一种礼乐文化的表意实践　255
第三节 权力参与下的文化生产行为及等级秩序　263
第四节 《诗》经典化的权力保证：以对文化资本的控制为例　280
第五节 对《诗》的经典化及其权力运作的反思　289
第六节 对《诗》的传播及阐释：齐、鲁、韩三家的《诗》学研究　301

第二编　西汉后期的文艺思想

第七章　西汉后期之政治与经学　311
第一节　研究方法与范围　311
第二节　"王霸法杂之"与"专任儒术"　322
第三节　经学极盛及其畸变　336

第八章　西汉后期之今文三家《诗》学　356
第一节　今文三家《诗》学之传承　357
第二节　今文三家《诗》学与新莽政权　366
第三节　今文三家《诗》说　374
第四节　《诗》学精神与刘向之《列女传》《新序》《说苑》　399

第九章　西汉后期之赋作与赋论　410
第一节　西汉后期赋作的流传与评论　411
第二节　《诗赋略》对汉赋的整理、分类及评论　428

第三编　扬雄的文艺思想

第十章　"诗人之赋"与"赋诗言志"　457
第一节　赋的源流与士人的政教话语行为　458
第二节　从屈原学案看扬雄作赋的心态　474
第三节　扬雄后期的赋作与主体精神的内敛　486
第四节　扬雄对汉赋的批评与汉乐府之兴衰　493

第十一章　"雕虫"之叹遮掩了什么　502
第一节　扬雄"雕虫"之叹背后的隐衷　503
第二节　"雕虫"之叹的特定政治语境　512
第三节　"雕虫"之叹的学理内涵　526
第四节　"雕虫"之叹的影响与刘勰的"雕龙"之作　531

第十二章　扬雄作经与经学超越　547
第一节　儒学的体制化：从董仲舒到扬雄　548

第二节　扬雄对体制化儒术的批判与超越　　554

　　第三节　述事作文：《太玄》是淡泊之作吗　　567

　　第四节　义兼《孟子》《春秋》：《法言》的微言大义　　581

第四编　东汉前期的文艺思想

第十三章　东汉前期政治、文化语境与文艺思想　　595

　　第一节　太平盛世与集权政治　　596

　　第二节　意识形态的"大一统"工程　　607

　　第三节　专制集权背景下的士人生存　　621

　　第四节　东汉前期知识生产的总体情势　　630

第十四章　王充的文艺思想　　645

　　第一节　王充：一个边缘文人　　645

　　第二节　王充的"疾虚妄"及其"御用文人梦"　　662

　　第三节　王充的宿命论与怀疑论　　701

第十五章　班固的文艺思想　　738

　　第一节　班固其人与其文　　738

　　第二节　"以儒统命"的人生哲学　　755

　　第三节　班固的"宣汉"事业　　771

第五编　东汉后期的文艺思想

第十六章　东汉中后期的政治文化状况与文艺思想概况　　793

　　第一节　和质时期的政治状况与士人心态　　794

　　第二节　桓灵时期的政治危机与士人身份认同的变化　　804

　　第三节　献帝时期的政治崩坏与士人心态　　816

　　第四节　诗性认同：时代的悲歌与个人的抒情　　824

第十七章　文学的自觉与文体的自觉　　847

　　第一节　"魏晋文学自觉说"：从流行到质疑　　847

第二节　文体的自觉：汉末魏晋文学观的独特标志　851

　　第三节　文章观念分化与审美文学观的成熟　857

　　第四节　文章生命整体观与个体生命的觉醒　861

第十八章　汉代五言诗体的发展及其文化意味　867

　　第一节　汉五言诗体的真伪之辨与风格评析　867

　　第二节　五言诗体成立的标准　876

　　第三节　汉五言诗体的形式特征　883

　　第四节　汉五言诗体的文化意义　905

　　第五节　汉五言诗体的发展趋向　922

第十九章　东汉辞赋的文艺思想　929

　　第一节　东汉辞赋生产和批评的文化语境　929

　　第二节　东汉辞赋批评　945

　　第三节　东汉辞赋的创作思想　964

第六编　两汉文艺思想的生成机制

第二十章　"作者"观的生成演变及其文化意味　993

　　第一节　在"作"与"述"之间：儒家作者观的形成及其原因　994

　　第二节　在"文儒"与"世儒"之间：汉代士人身份冲突与"作者"观之演变　999

　　第三节　汉魏之际"作者"观的变化及其文化意义　1006

第二十一章　"名士"与文人趣味之关联　1011

　　第一节　西汉之前"名士"的意涵及其衍变　1012

　　第二节　东汉名士意涵的衍变　1016

　　第三节　名士与"谈论"　1022

　　第四节　名士与文人趣味之生成　1038

第二十二章　作为文艺思想之经验基础的文人趣味　1046

　　第一节　文人趣味的基本特征　1047

　　第二节　文人趣味的呈现方式　1057

　　第三节　"文人"与"士大夫"的身份冲突及冲突之解决　1067

第四节　士大夫的自我疏离与文人趣味之功能　*1079*

第二十三章　"雅俗"观的形成　*1086*

　　　第一节　从"《风》《雅》"到"风雅"　*1086*

　　　第二节　从"雅"到"雅郑"　*1092*

　　　第三节　"雅俗"观念的形成　*1097*

第二十四章　汉代"论"体的演变及其文化意味　*1103*

　　　第一节　"论"体的形成与"论"的文体观念之萌芽　*1103*

　　　第二节　"论"的文体观念形成之轨迹　*1107*

　　　第三节　"论"体大兴于东汉后期的原因　*1112*

第二十五章　汉魏之际"文人"身份特征及其对文学观念之影响　*1120*

　　　第一节　文学与文章　*1121*

　　　第二节　儒家与道家　*1125*

　　　第三节　典籍与篇章　*1130*

　　　第四节　士大夫与文人　*1135*

第七编　《礼记》的诗学蕴涵

第二十六章　《礼记》的元话语　*1143*

　　　第一节　"中"　*1146*

　　　第二节　"和"　*1150*

　　　第三节　"诚"　*1155*

　　　第四节　"时"　*1159*

第二十七章　以内制外的东方体验式思维格局　*1165*

　　　第一节　诗性体验的前结构与体验域　*1166*

　　　第二节　创生性的理想人格路径　*1172*

　　　第三节　中庸含蓄的诗性思维范式　*1180*

第二十八章　《礼记》的"他者"蕴涵　*1191*

　　　第一节　《礼记》的场域预设　*1192*

　　　第二节　缺席的"他者"　*1196*

第三节　在场的"他者"　*1200*

　　第四节　内在的"他者"　*1207*

第八编　郑玄诗学思想及其范式意义

第二十九章　诗经汉学渊源述论　*1217*

　　第一节　汉儒诗教观念的生成轨迹　*1218*

　　第二节　诗经汉学解释学形态的成立　*1230*

第三十章　郑学宗旨及其诗学理路　*1243*

　　第一节　郑玄经学宗旨　*1243*

　　第二节　郑玄诗学理路　*1259*

第三十一章　郑玄诗学的范式意义　*1277*

　　第一节　郑玄诗学的经学史意义　*1277*

　　第二节　郑玄诗学的儒学文论史价值　*1283*

第九编　汉代各类艺术中蕴含的美学思想与文化意味

第三十二章　西汉造型艺术的表现及其社会文化内涵　*1293*

　　第一节　汉画像砖石所表现的生活世界及艺术成就　*1293*

　　第二节　"百戏"所表现的日常生活审美经验　*1297*

　　第三节　汉隶书法艺术的历史地位和风格特征　*1299*

　　第四节　汉代雕塑的艺术手法及审美内涵分析　*1300*

　　第五节　汉代的音乐思想　*1302*

第三十三章　**汉画像的艺术价值与文化意蕴**　*1317*

　　第一节　关于汉画像的讨论　*1317*

　　第二节　汉画像题材的谱系　*1325*

　　第三节　汉画像的艺术价值　*1352*

参考文献　*1358*

绪 论
汉代文艺思想言说主体的身份及本书的研究方法问题

笼统言之,"文人士大夫"是中国古代占主导地位的知识阶层,担负着创造、传承主流文化观念的重任。但如细加探讨,则"文人"与"士大夫"两个概念的内涵实际上存在着很大的差异。"士大夫"作为中国古代唯一的知识阶层,以"道"为最高价值范畴,维护着"道统"的神圣性,目的是规范和引导以君权为代表的现实权力;"文人"作为"士大夫"的一种衍生身份,则以"个人情趣合法化"为指归,维护着"文统"的独立性,目的是拓展个体性精神空间,获得心灵自由与美感享受。"文人"不是一个社会阶层,而是一种文化身份,它的形成是一个历史过程,这一过程大约始于战国之时,直到东汉后期才得以完成。"文人"身份的形成对于中国古代文学艺术思想的发展产生了重大影响。

通常人们都习惯于把"文人士大夫"看作中国古代文化的主体,是在特定时期创造、传承社会主流文化的知识阶层。概而言之,这并不能算错,就社会经济、政治地位而言,"文人"与"士大夫"的确是同属于一个社会阶层,但就文化主体身份而言,二者又存在着重要差异,不应混为一谈。所谓文化主体身份是指知识阶层对自身社会地位、责任、使命的自觉认同。文化主体身份决定着主流文化的性质、功能与走向。而社会经济、政治条件的不同又常常导致文化主体身份的变化。这种文化主体身份的变化正是造成文学观念与审美趣味历史演变最直接的因素。在本书中，我们将探讨"文人"作为一种文化主体身份的历史生成、演变及其对文学观念之影响。

◎ 第一节
"士大夫"与"文人"

在中国历史上，从西周之初到春秋之末，在精神文化领域居于主导地位的是贵族阶层，他们既是政治上的统治者，又是文化的领导者。贵族的精神旨趣是这一时期包括审美意识在内的整个贵族文化的主体心理依据。这个阶层鲜明的身份意识、强烈的荣誉感，以及对"文"的高度重视贯穿于社会生活的方方面面。在这一时期，"文"基本上就是贵族教养的别名，既包含着关于礼乐仪式的各种知识，又包含着道德观念系统及其话语形态①。贵族之为贵族而不同于庶人之处，除了经济政治上的特权之外，主要就在于这个"文"之系统。这里的"文"虽然不同于后世"诗文"之"文"，更不同于现代以来的"文学"概念，但从中国古代文学思想发展演变的历史来看，周

---

① 《国语·周语上》："穆王将征犬戎，祭公谋父谏曰：'不可。先王耀德不观兵。……先王之于民也，懋正其德而厚其性，阜其财求而利其器用，明利害之乡，以文修之，使务利而避害，怀德而畏威，故能保世以滋大。'"韦昭注云："文，礼法也。"又《周语下》："襄公有疾，召顷公而告之，曰：'必善晋周，将得晋国。其行也文，能文则得天地。天地所胙，小而后国。夫敬，文之恭也；忠，文之实也；信，文之孚也；仁，文之爱也；义，文之制也；智，文之舆也；勇，文之帅也；教，文之施也；孝，文之本也；惠，文之慈也；让，文之材也……'"韦昭注云："文者，德之总名也。"（见《国语》，上海古籍出版社1998年版第1页、第96页）又《左传·襄公二十五年》："仲尼曰：'《志》有之：言以足志，文以足言。不言，谁知其志。言之无文，行而不远。晋为伯，郑入陈，非文辞不为功。慎辞哉！'"又《论语》："君子博学于文，约之以礼，亦可以弗畔矣。"（《雍也》）"文王既没，文不在兹乎？"（《子罕》）"周监于二代，郁郁乎文哉，吾从周。"（《八佾》）由这些资料可知，在周代贵族文化语境中，"文"的含义极广，几乎包括从典章制度到意识形态乃至全部话语系统。

代贵族对"文"的高度重视具有极为重要的意义,可以说是开了古代"文统"之先河①。

春秋之末,随着贵族等级制的瓦解,文化领导权亦逐渐从贵族阶层转移到一个新的知识阶层——士大夫手中。于是士大夫文化渐渐取代贵族文化而成为主流。士大夫文化并非一个不变的整体,事实上,它的呈现是一个不断变化的过程:从春秋之末到战国时期可以说是"游士文化"阶段,其主体乃是那些或奔走游说,或授徒讲学的布衣之士,其思想上的代表便是诸子百家。到了秦汉之后,才可以说真正进入了"士大夫文化"阶段②。其主体是那些凭借读书而做官或可能做官的知识阶层,即"士大夫"③。自汉代大一统之后,在中国古代政治体制中形成了一种特有的机制,可以简称为"读书做官机制"——除了帝王及其宗亲、开国功臣及功臣之后、宦官、外戚、地方豪强等分享国家的权力之外,还有一个可以凭借读书而跻身于官僚队伍的社会阶层,这就是所谓"士大夫"。尚未做官时他们是"耕读传家"的庶民,做官以后他们是"诗书传家"的"士族"或"仕族"。无论做官与否,读书都是这个社会阶层安身立命之本,而做官——最高追求是治国平天下——则是他们读书的目的。因此尽管他们实际上分为"官"与"民"两大类型,具有巨大的社会差异④,但从精神旨趣与价值取向来看,他们又是一个有着同一性的社会阶层。

---

① 事实上六朝以降历代谈论"文"之统绪者,大抵均上溯于西周之典籍。在古代文人看来,中国的"文统"乃肇始于周人之制礼作乐及其话语形式。例如,刘勰《文心雕龙》有《宗经》之篇,孙复有"《诗》《书》《礼》《乐》《易》《春秋》皆文也"之论;章学诚《文史通义·诗教上》有"战国之文……其源皆出于六艺"之说。诸如此类,不胜枚举。
② 先秦的"士"阶层是秦汉之后的"士大夫"阶层的早期形态,他们为士大夫阶层提供了充分的话语资源,而且他们也是靠着文化知识来获得诸侯君主的任用的。故而笼统言之,也可以把先秦的"士"阶层归于"士大夫"阶层的范畴之中。
③ 关于"士大夫"一词的含义,可参考阎步克《士大夫政治演生史稿》之第一章第一节,北京,北京大学出版社,1996。
④ 无论是在汉代"征辟察举""乡举里选"的选士制度之下,还是在隋唐以后科举制度之下,"士大夫"阶层中的大多数人实际上穷其一生也没有做官的机会。但由于读着同样的典籍,有着同样的自我角色期待,故而他们就形成了统一的价值观念体系,正是处于"官"与"民"之间的这种社会地位和大体相近的价值观念,使这批人构成了一个社会阶层。

"道"是与士大夫阶层相伴而生,亦相随而亡的终极价值范畴,是这个社会阶层精神旨趣的标志①。在西周贵族阶层的话语系统中,最高价值的范畴是"德"而不是"道"。原因不难理解:在"道"这一概念中暗含着士大夫阶层的权力意识,是他们抗衡君权之主体精神的象征。士大夫文化是相对独立于政治权力体系的②,因此需要一个"终极价值范畴"来作为标志和合法性依据,其根本功能是用来规范和引导"势"的,即君权。贵族阶层既掌握着政权,又掌控着文化,故而不需要创造一个与政治权力分庭抗礼的终极价值范畴出来。春秋战国之际的"礼崩乐坏",原有的价值秩序被打破,以诸子百家为思想代表的士大夫阶层试图通过话语建构(授徒讲学、著书立说)来为社会"立法",从而实现政治变革的宏伟目标,这就需要一个至高无上的价值范畴来为自身确立合法性。于是对"道"的推崇与捍卫就构成了士大夫精神旨趣的基本维度。从孟子开始,士大夫阶层便有了"道统"意识,一直到明清之际,"道"始终是古代知识阶层高扬的精神旗帜。与此相应,士大夫阶层的审美意识、文学艺术观念也主要是围绕这个"道"展开的,而"文"与"道"的关系也就成为中国文学思想史上的核心问题之一。

然而士大夫阶层毕竟有着极为丰富的精神世界,是精神文化的创造者与传承者,绝非仅仅限于狭隘的政治领域。特别是东汉以后,这个阶层开始着力于拓展一些新的精神活动场域,诸如诗词歌赋、琴棋书画之类,并逐渐完善了等级秩序与评价系统,最终为这个阶层乃至其他社会阶层所认可。于是士大夫阶层就获得了新的身份性标志——具备诗词歌赋、琴棋书画等方面的技能与修养。在这样的情况下,士大夫阶层除了"道的承担者"(圣贤与君子)、"社会管理者"(官)、"社会教化者"(师)这些固有身份的诉求之外,又增加了一重新的身份维度——"文人"。所谓"文人",就是有文才与文

---

① 在士大夫阶层出现之前也有"道"这个词语,但并不是作为最高价值范畴来使用的,而是指能决定人间吉凶祸福的"天"之意志,即"天道"。参见余英时:《中国知识人之史的考察》,见《余英时文集》第四卷,1~2页,桂林,广西师范大学出版社,2004。
② 这种独立性的集中表现就是"道统"观念的形成。从孟子、荀子到董仲舒、郑玄为代表的汉儒以至于韩愈和宋明理学家的心目中都存在着一个"道"之统绪,并与"政统"并行而不悖。

采之人，亦即诗词歌赋、琴棋书画样样精通之人。在今天看来，"文人"就是文学家兼艺术家。曹丕《典论·论文》所说的"文人相轻，自古而然"中的"文人"一词就是在这个意义上使用的。

这里有一个问题需要辨析一下：龚鹏程先生的大著《中国文人阶层史论》对中国古代文人诸特征有过十分精到的阐述，常能发前人所未发，颇可发人深思。然对于"文人"的身份定位，则似仍有可斟酌处。其云：

> 因此我们可以说：文人阶级起于士阶级之分化，而其确立为一独立之阶层，具有与其他阶层不同且足以辨识之征象（不但与庶民不同，也与其他由士分化出来的阶层不一样），则在东汉中晚期。①

据笔者的考察，将"文人"的出现确定在"东汉的中晚期"是可以成立的，可以说是卓识。这里的问题是"文人"是否真的是一个"独立之阶层"？在笔者看来，把"文人"理解为士大夫阶层所衍生出的一重新的身份似乎更恰当些。理由有三：一是"读书做官"是士大夫阶层的基本特点，"文人"并未失去这一特点，所以"文人"应归属于士大夫阶层而非另一独立之阶层；二是"文人"的身份主要是从精神方面的能力来确证的，并非从社会政治或经济地位来区分的，故而不成其为一个"阶层"；三是倘若视"文人"为一独立之阶层，则许多历史人物的身份就难以定位了，如韩愈、柳宗元、欧阳修、王安石、苏轼、苏辙等一干人，都是集政治家、学问家、文人于一身的人物，很难说他们应为"文人阶层"。愚以为，士大夫确然为一个相对独立之社会阶层，既不同于一般庶民，复有别于君主、宗室、功臣、外戚、宦官等构成的统治集团。但作为有知识、有文化修养的官僚或官僚后备军，士大夫又拥有多重身份：未仕时是书生，既仕后为官吏，致仕后为乡绅；安邦定国、辅君安民时为政治家，传注经籍、著书立说时是学问家，吟

---

① 龚鹏程：《中国文人阶层史论》，12页，兰州，兰州大学出版社，2004。

咏情性、雕琢文章时则是"文人"。在同一个人身上，各种身份往往可以并行不悖。以欧阳修为例，他作为谏官或参知政事参与朝政之时，是政治家或社会管理者；作为《诗本义》和《易童子问》的作者，他是经学家或学问家；而作为吟咏个人情怀的诗人与词人，他则是文人。这几种身份集于一身，又各自具有相对的独立性。当然，由于兴趣不同、才情有别，具体到每个人身上，会对上述诸种身份各有所偏重。从个人的角度而言，士大夫能否获得"文人"身份主要不是靠社会地位的差异，而是靠兴趣爱好与天分。例如，被欧阳修称为"峭直无文"的包拯，是位典型的士大夫政治家，但却不是文人，因为他缺乏作为文人必需的才情。即使是同一个人，当其仕途畅达时，政治家的身份就常常居于主导地位；而当其仕途坎坷之时，则往往将"文人"的身份居于主导位置。于是才有诸如"文章憎命达""诗穷而后工"之类的现象出来。故而把"文人"定位为士大夫的一种新的"身份"而非独立的"阶层"，似乎更合理一些。

厘清了"文人"与"士大夫"之关系，我们有必要进一步对"文人"这一词语义的历史演变进行简要的梳理。从中我们将会看到，"文人"作为士大夫阶层的一种衍生身份有一个漫长的历史形成过程。

"文人"原是个很古老的词汇，只是其本义与后世的语义相去甚远。例如，《尚书·文侯之命》："父义和，汝克昭乃显祖，汝肇刑文武，用会绍乃辟，追孝于前文人。"孔传："使追孝于前文德之人。"又《诗·大雅·江汉》："釐尔圭瓒，秬鬯一卣，告于文人。"郑笺："告其先祖诸有德美见记者。"孔疏："汝当受之以告祭于汝先祖有文德之人。"可知这个词语最早的含义是指有美好品德的先祖。到了汉代，"文人"一词的含义发生了变化，我们看看王充《论衡》一书中对这个词语的使用情况：

> 广陵曲江有涛，文人赋之。（《论衡·书虚》，《四部丛刊》本，卷四）
> 通书千篇以上，万卷以下，弘畅雅闲，审定文读，而以教授为人师者，通人也。杼其义旨，损益其文句，而以上书奏记，或兴论立说，结

连篇章者，文人鸿儒也。(《论衡·超奇》,《四部丛刊》本，卷十三)

　　故夫能说一经者为儒生，博览古今者为通人，采掇传书，以上书奏记者为文人，能精思著文连结篇章者为鸿儒。故儒生过俗人，通人胜儒生，文人逾通人，鸿儒超文人。故夫鸿儒，所谓超而又超者也。以超之奇，退与儒生相料，文轩之比于敝车，锦绣之方于缊袍也，其相过远矣。(《论衡·超奇》,《四部丛刊》本，卷十三)

　　文章之人滋茂汉朝者，乃夫汉家炽盛之瑞也。天晏列宿焕炳，阴雨日月蔽匿。方今文人并出见者，乃夫汉朝明明之验也。(《论衡·超奇》,《四部丛刊》本，卷十三)

　　从上述引文中我们可以看出，汉代"文人"概念之外延是很宽泛的，至少包含下列方面：第一，是指"辞赋之士"；第二，是指"文章之人"，即那些能够"兴论立说，结连篇章"的人；第三，是指"文吏"，即"采掇传书，以上书奏记者"。这就是说，在王充的语境中，"文人"一词已经包含了后世这一词语的义项，但还不是专指，大抵能够遣词造句、布局谋篇而成文章者，均可涵盖在内。为了更清楚地了解"文人"一词的含义及其演变，有三部分相关的语词有必要加以辨析：

　　第一，文学与文学之士。在先秦，"文学"作为"孔门四科"之一，是指有关西周礼乐仪式与典籍的各种学问。例如,《论语·先进》："德行：颜渊、闵子骞、冉伯牛、仲弓。言语：宰我、子贡。政事：冉有、季路。文学：子游、子夏。"邢昺疏："若文章博学，则有子游、子夏二人也。"朱熹集注："弟子因孔子之言，记此十人，而并目其所长，分为四科。孔子教人各因其材，于此可见。"因此秉持儒家学说并且精通文献典籍之人便被称为"文学之士"。又如《韩非子·六反》："学道立方，离法之民也，而世尊之曰文学之士。"又《吕氏春秋·去囿》："中谢，细人也，一言而令威王不闻先王之术，文学之士不得进。"到了汉代，"文学"一词则主要有三层含义：一是指儒家经典。汉代自武帝之后进入经学时代，"文学"便泛指各种儒家典籍。《史记·儒林列传》:"郡国县道邑有好文学,敬长上,肃政教,顺乡里,出入不悖所闻者,令相长丞上属所二千石,二千石谨察可者,当与计偕,诣太常,得受业如弟子。"又《后汉书》卷十六:"少有大志,不好文学,禹常非之。"二是指官职。按汉代官制,于州郡及王国置文学掾一职,简称文学。曹魏时期置太子文学,晋以后有文学从事。《后汉书》卷八十:"笃后仕郡文学掾,以目疾,二十余年不窥京师。"《后汉纪》卷七:"上尝与功臣宴饮,历问曰:'诸君不遭际会,与朕相遇,能何为乎?'邓禹对曰:'臣尝学问,可郡文学。'上笑曰:'言何谦也。'"作为官职的"文学"主要执掌文书之类,属于"文吏"一类。三是指儒生。桓宽《盐铁论》:"大夫曰:'文学言治尚于唐、虞,言义高于秋天,有华言矣,未见其实也。'"由此三义来看,汉代语境中之"文学"一词,基本上是从先秦典籍"文学"的词义延续而来的,表面上看其与"文人"一词似乎并无关联,但在后汉之时,"文人"恰恰是从儒生或文吏这两种身份衍化而来的,故而二者之间实际上有着很密切的深层联系。诸如张衡、傅毅、马融、赵壹、蔡邕等人都是由儒生而获得文人身份的,都是一身二任的人物。从这个意义上讲,先秦至两汉时期的所谓"文学"或"文学之士",其基本身份是士大夫,其潜在的可能身份则是"文人"。换言之,"文学之士"乃是"文人"之渊源。

诗人与辞人。以屈原为代表的楚辞对汉代文化影响深远[①]。司马相如、东方朔、枚乘、枚皋等一批人物擅长撰写辞赋,其作品受到帝王欣赏,而显名一时。这些人被称为"辞人"或"辞赋之士"。例如,扬雄有著名的"诗人之赋丽以则,辞人之赋丽以淫"之说。在他看来,像屈原那样能够继承《诗经》传统,表达忧国忧民之情并且"怨诽而不乱"的辞赋作品可称为"诗人之赋",仅能玩弄词藻、铺陈扬厉的乃为"辞人之赋"。这里已经表

[①] 李长之先生认为:"不过我们大可注意的是,汉的文化并不接自周秦,而是接自楚,还有齐。原来就政治上说,打倒暴秦的是汉;但就文化上说,得胜利的乃是楚。这一点必须详加说明,然后才能了解司马迁的先驱实在是屈原。"(李长之:《司马迁的人格与风格》,见《李长之文集》第六卷,193页,石家庄,河北教育出版社,2006)

现出他对于文学两种不同的态度了。

"诗人"一词在整个汉代语境中,主要是指《诗三百》(包括一些逸诗)的作者而言。例如,《春秋繁露·天地阴阳》:"夫王者,不可以不知天。知天,诗人之所难也,天意难见也,其道难理。"①又《前汉纪》:"下至幽、厉之际,朝廷不和,转相非怨。诗人疾而刺之曰:'民之无良,相怨一方。'众小人在位而邪议,潝潝相是而背君子……"②又《后汉纪》:"今海内溃乱,百姓涂炭,民之思汉,甚于诗人之思邵公也。"③在这一语境中,"诗人"其实暗含着"古圣贤"的意味,一般辞赋之士是不能称为诗人的。因此,在汉代,"诗人"与我们所说的"文人"含义相距甚远,而"辞人"则庶几近之。"辞人",就其主体而言,其实就是活动于帝王周围,以辞赋歌诗而博其欢心的"宫廷文人",他们往往暗藏讥讽与政见于辞赋之中,以显示其"士大夫"的基本身份,但为了取悦君主,他们又必须在描情状物、布局谋篇,特别是文辞修饰上殚精竭虑、精心雕琢,故而不可避免地在辞赋这一文学"场域"中,渐渐形成了真正美学意义上的评价标准,这就为后世"文人"的诗文创作奠定了基础。从这个意义上说,"辞人"是"文人"身份形成过程中的一个重要环节。

文士与文吏。"文士"是熟悉文献典籍,能撰写文章之人的通称。《战国策·秦策一》:"文士并饰,诸侯乱惑。"《韩诗外传》:"传曰:鸟之美羽勾啄者,鸟畏之……人之利口赡辞者,人畏之。是以君子避三端:避文士之笔端,避武士之锋端,避辩士之舌端。"从这些语例可知,"文士"并不是一种职业,而主要是从人的能力角度说的。但是汉代典籍中普遍出现"文士"一词,则说明此时士大夫阶层一种身份特征的逐渐凸显——博通经典并且以撰写文章来参与时事。因此"文士"一词之内涵虽不同于后来之"文人",但毕竟已经比较接近了。广义言之,"文人"应属于"文士"范围。

---

① (清)苏舆撰:《春秋繁露义证》,467页,北京,中华书局,1992。
② (汉)荀悦撰:《前汉纪》,见《两汉纪》上册,383页,北京,中华书局,2002。
③ (晋)袁宏撰:《后汉纪》,见《两汉纪》下册,3页,北京,中华书局,2002。

"文吏"则不同于"文士",主要是从职业角度说的。《史记·张释之冯唐列传》:"终日力战,斩首捕虏,上功莫府,一言不相应,文吏以法绳之。"又《汉书·宣帝纪》:"狱者万民之命,所以禁暴止邪,养育群生也。能使生者不怨,死者不恨,则可谓文吏矣。"此处之"文吏"乃"文法吏"或"文法之吏",是掌管刑罚的司法官吏。到了后汉,"文吏"主要是指文职官吏,《后汉书·光武帝纪下》:"退功臣而进文吏,戢弓矢而散马牛,虽道未方古,斯亦止戈之武焉。"而在王充这里,"文吏"的含义则更具体一些,是专指掌官府文书,处理各种具体事务的下层官吏。在《论衡·程材》中王充曾对"文吏"与"儒生"进行了全方位对比,从中我们可以知道,至少在东汉时期,士大夫阶层已经分裂为两大类型:一是儒生,二是文吏。儒生就是"经生",乃以诵读传承儒家经典为业者;"文吏"则是靠识文断字而成为官府属吏的,如果确有能力并遇到好的机会也可以位列三公。由此可见,在汉代的政治体制中,"儒生"与"文吏"都是读书人的进身之阶,都是统治者需要的人才。换言之,诵经传经也罢,读书为吏也罢,都是仕途之门径,做官乃是其根本追求。这种职业上的区分具有重要意义,这说明在汉代历史语境中,尽管经学大盛,并居于文化学术的主流地位,但是并非铁板一块,不是只有精通儒家经典才有晋身之阶。这就意味着,"文"——文化知识、书写能力,相对于"经"来说,毕竟还有其独立价值,并未完全成为其附庸或别名。"文"的这一独立性对于诗词歌赋脱离主流意识形态的羁绊而成为表情达意的方式,成为"文人"身份的表征来说,具有重要意义。

　　综上所述,"文吏"虽然靠舞文弄墨为生,还算不上是严格意义上的"文人"。"文士"或"文章之士"以及"辞人"或"辞赋之士",与后世的"文人"一词含义接近,代表了"文人身份"形成过程的一个重要阶段。但是他们主要是指"文学侍从"或"宫廷文人",与东汉中后期张衡、蔡邕那样的"文人"还有所不同。

◎ 第二节
"宫廷文人"的身份问题

  从前面的阐述中可以看出,"文人身份"的形成不是一蹴而就的,而是有一个漫长的历史过程。在这一历史过程中,"宫廷文人"是一个重要环节,故有必要专门探讨一下。

  中国古代源远流长的诗歌传统在汉代的主流文化中形成两种不同的走向:一是儒家《诗经》阐释,二是帝王与"宫廷文人"对歌诗及辞赋的创作。儒家对《诗经》的阐释,无论是齐诗还是鲁诗,是今文还是古文,都是士大夫政治诉求的显现形式,所表达的都不是"文人"趣味。我们知道,"汉儒说诗,不过美刺二端"①,而无论是美颂还是怨刺,其标准都是儒家之道②。一部《诗经》,在儒家士人看来就是用来扬善抑恶、阐扬大道的。汉代诗学的另一种走向就是帝王与"宫廷文人"对诗歌辞赋的创作与欣赏。这种创伤所表现的情感较为复杂,其中已经包含了个人情趣在内,但由于他们的身份特殊,故其作品所包含的更多的还是所谓"润色鸿业"的企图。所以,汉代帝王与汉代宫廷文人的诗歌与辞赋之作,可视为"文人趣味"的前奏。汉高祖及武帝、宣帝、成帝等均曾自作歌诗,观他们的作品毫无疑问已经带有个人抒怀性质,至少不是有意识的意识形态话语建构。《汉书·艺文志》之"诗赋略"专门列"歌诗"一类,著录二十八家,三百一十四篇,其中有不少帝王之作。这类"歌诗"中当包含着许多帝王个人抒情达意之作。例如,汉高祖的《大风歌》、汉武帝的《秋风辞》都是如此。从史籍记载看,在汉代宫廷中,创作歌诗似乎并非鲜见之事。现举数例如下:

---

① (清)程廷祚:《诗论十三》,见《青溪集》卷二,《金陵丛书》本。
② 当然,常常有这样的情况:从诗歌文本中既看不出"美",也看不出"刺",而是吟咏男女之情的。但儒家说诗者依然会把这样的诗阐释"美"或"刺"。最典型的是关于《关雎》的评价,毛诗指为"美"("美盛德之形容"),三家诗则指为"刺"(刺"康王之晏起")。

> 赵共王恢。十一年，梁王彭越诛，立恢为梁王。十六年，赵幽王死，吕后徙恢王赵，恢心不乐。太后以吕产女为赵王后，王后从官皆诸吕也，内擅权，微司赵王，王不得自恣。王有爱姬，王后鸩杀之。王乃为歌诗四章，令乐人歌之。王悲思，六月自杀。（《汉书·高五王传》）

赵王刘恢受到吕后猜忌，爱姬也被鸩杀，这是极为惨痛悲愤之事，因以作诗，其诗必哀！这是典型的个人抒怀之作！又：

> 王褒字子渊，蜀人也。宣帝时修武帝故事，讲论六艺群书，博尽奇异之好，征能为《楚辞》九江被公，召见诵读，益召高材刘向、张子侨、华龙、柳褒等待诏金马门。神爵、五凤之间，天下殷富，数有嘉应。上颇作歌诗，欲兴协律之事，丞相魏相奏言知音善鼓雅琴者渤海赵定、梁国龚德，皆召见待诏。于是益州刺史王襄欲宣风化于众庶，闻王褒有俊材，请与相见，使褒作《中和》《乐职》《宣布》诗，选好事者令依《鹿鸣》之声习而歌之。（《汉书·严朱吾丘主父徐严终王贾传下》）

帝王雅好诗歌乐舞，能自制作，臣下必然响应景从之。这里宣帝、王褒所作歌诗，名为风化，实则娱乐。不可否认，娱乐乃是汉代帝王与士大夫诗歌创作的主要目的之一。又：

> 李延年，中山人，身及父母兄弟皆故倡也。延年坐法腐刑，给事狗监中。女弟得幸于上，号李夫人，列《外戚传》。延年善歌，为新变声。是时上方兴天地诸祠，欲造乐，令司马相如等作诗颂。延年辄承意弦歌所造诗，为之新声曲。（《汉书·佞幸传》）

此处李延年为司马相如等人的所作诗度曲，乃是"命题作文"，自然无个人情感与趣味可言。然则此亦属宫廷文人"分内之事"。汉代歌诗与辞赋大部分为此类作品。又：

> 上思念李夫人不已，方士齐人少翁言能致其神。乃夜张灯烛，设帷帐，陈酒肉，而令上居他帐，遥望见好女如李夫人之貌，还幄坐而步。又不得就视，上愈益相思悲感，为作诗曰："是邪，非邪？立而望之，偏何姗姗其来迟！"令乐府诸音家弦歌之。上又自为作赋，以伤悼夫人，其辞曰："美连娟以修嫮兮，命樔绝而不长，饰新宫以延贮兮，泯不归乎故乡。惨郁郁其芜秽兮，隐处幽而怀伤。……"（《汉书·外戚传上》）

汉武帝与李夫人情意甚笃，李夫人早亡，武帝痛彻心扉，作诗与赋以怀之。观其词义，沉痛哀婉，可谓极尽伤逝悼亡之情。

从《史记》《汉书》等史籍及后人编辑的《全汉诗》来看，西汉君臣有歌诗作品传世者大有人在，从这些作品可以看出，臣子之诗大抵不出《诗经》之"美刺"传统，或歌功颂德，或寓含讥讽，反而是帝王们常常能够表达私人情感。究其原因，盖西汉之时，士大夫阶层的社会地位尚不稳定，他们的话语建构，包括诗文创作，具有与君主争夺领导权的政治企图，故而他们能做到念兹在兹，对无关乎"道"的纯粹个人情感比较压制。帝王则实际上掌控着最高的政治权力，无须像士大夫那样通过话语建构来获得现实权力，故而帝王在诗文创作方面虽然也很看重教化功能，但常常能够放任自己的个人情感。如此看来，汉代帝王们反而是最早获得类似"文人"身份的人。帝王当然不是"文人"，但作为帝王，他们对文人的影响是巨大的[①]，因此他们在诗歌"个人化"的过程中发挥了重要作用，是"文人身份"和"文人趣味"历史生成过程中的一个不容忽视的重要环节。

"宫廷文人"是指那些为朝廷的礼仪和帝王的娱乐需求而进行艺文制作

[①] 帝王之于文学的重要影响，可参看刘勰《文心雕龙》之《时序》篇，言之甚详。

与表演的读书人。一般言之,他们都受过教育,有音乐、舞蹈、诗歌等艺术形式创作和欣赏的能力,应属于士大夫阶层中一个特殊群体。西周至春秋时期贵族时代的那些乐师、乐工应该是最早的宫廷文人①。战国至秦汉时期的君主身边常常活跃着一批优伶,平日以令君主开心娱乐为职事,但他们有文化知识,有政治头脑,常常以娱乐的方式进行讽谏规劝,有时能起到意想不到的效果。像《史记·滑稽列传》里记载的淳于髡、优孟、优旃、东方朔等都是这样的人物;而楚国宫廷中豢养的宋玉、景差、唐勒之属,则是名副其实的宫廷文人了。西汉的辞赋家除了贾谊等少数人物之外,大都属于宫廷文人。宫廷文人也有两种情形:一种是以逢迎帝王为能事,基本上放弃了士大夫担当精神的人物,成为纯粹的"帮闲";另一种则是力求把迎合君主与规范君主相统一的人物,他们骨子里依然是具有强烈政治关怀的士大夫。前者以"梁园文人团体"为代表,后者以汉武帝身边的司马相如、东方朔等人为代表。

如果说在两汉学术史上,楚元王刘交及其后人刘德及刘向、刘歆父子是值得纪念的人物,那么在两汉文学史上,梁孝王刘武亦不容忽视。梁孝王是汉文帝次子,景帝之同母弟。初封代王,后改封梁王。由于梁孝王深受其母窦太后宠爱,又在"七国之乱"中站在朝廷一边并立有大功,所以受到景帝格外垂青。邹阳、枚乘、严忌、羊胜、公孙诡、司马相如等"游说之士"先后集于梁王门下,宾主常常饮酒高会,谈论天下事,并均好辞赋,形成一个在汉初颇有影响的文学团体。据《西京杂记》卷四载:

> 梁孝王游于忘忧之馆,集诸游士,各使为赋。枚乘为《柳赋》,其辞曰:"忘忧之馆,垂条之木。枝逶迟而含紫,叶萋萋而吐绿。出入风云,去来羽族。既上下而好音,亦黄衣而绛足。蜩螗厉响,蜘蛛吐丝。阶草漠漠,白日迟迟。于嗟细柳,流乱轻丝……"路乔如为《鹤赋》,其

---

① 乐师是从上古巫觋、祭祀演化而来,原本具有极高的政治地位,并不仅仅掌管乐舞之事。但后来渐渐成为专职,其地位也由精神领域最高权威沦为为帝王娱乐服务的侍从人员。

辞曰:"白鸟朱冠,鼓翼池干。举修距而跃跃……赖吾王之广爱,虽禽鸟兮抱恩。方腾骧而鸣舞,凭朱槛而为欢。"公孙诡为《文鹿赋》,其词曰:"麀鹿濯濯,来我槐庭。食我槐叶,怀我德声。质如缃缛,文如素綦。呦呦相召,《小雅》之诗。叹丘山之比岁,逢梁王于一时。"邹阳为《酒赋》,其词曰:"清者为酒,浊者为醴。清者圣明,浊者顽骏。皆麹湨丘之麦,酿野田之米。仓风莫预,方金未启。嗟同物而异味,叹殊才而共侍。流光醳醳,甘滋泥泥。……英伟之士,莞尔而即之。君王凭玉几,倚玉屏。举手一劳,四座之士,皆若哺梁肉焉。乃纵酒作倡,倾碗覆觞。……祛夕醉,遣朝酲。吾君寿亿万岁,常与日月争光。"[1]

此外还有公孙乘之《月赋》、羊胜之《屏风赋》、邹阳代韩安国所作之《几赋》等。观这批人所为之辞,均为描情状物加歌功颂德,阿谀逢迎之态令人不齿。在"梁王门下"这样的语境中,辞赋之事不过是佐酒娱人之行为,与屈原、贾谊等人那种哀怨愤懑之作固不可同日而语,即较之汉初帝王们那些抒情遣怀之作也相去甚远。

汉武帝是个多才多艺的帝王,尤其喜爱辞赋之作,因此在他周围渐渐聚拢起一大批辞赋家。诸如司马相如、枚乘、东方朔诸人的辞赋创作在格局上的确较梁王文人集团宏阔许多,但在基本精神上依然以夸耀学识、展示物态、赞美君王、润色鸿业为主旨,个人情趣则渺不可见。因此这类作品与后世的"文人趣味"依然相距甚远。就其价值指向而言,司马相如所代表的汉大赋是大一统政治格局中士大夫阶层精神旨趣的集中表现。此一情形可从两个方面见出:一方面,他们极力求得最高执政者的认可与重视,以便在新的政治格局中获得优势地位,进而发挥政治作用,于是迎合帝王的雅好,辞赋便成为他们接近帝王最为便捷的方式;另一方面,作为士大夫,他们的心灵深处依然潜藏着治国平天下、为帝王师的宏愿,极欲在庞大的政治体系中

---

[1] (晋)葛洪撰:《西京杂记》,178~185页,西安,三秦出版社,2006。

发挥自己的作用，这是从先秦士人那里继承下来的基本政治情怀，于是辞赋之作也就自然而然地被赋予了政治功能，并成为他们规劝帝王、表达政治观点的工具。从这个意义上看，汉代的辞赋与经学这两种看上去毫不相干的话语形式，却同样体现着汉代士大夫的心理特征，具有相近的内在结构与功能。其核心之点是：都是既服务于既有的政治秩序，复欲制约、引导这种政治秩序。司马相如的《上林赋》就最集中地体现了这种双重价值诉求。司马相如在进入朝廷之前已经作出《子虚赋》，后被武帝读到，激赏不已，下诏召见作者。这篇著名的《上林赋》便是司马相如为武帝作的"天子游猎之赋"。这篇大赋极尽描摹、渲染、铺排之能事，肆意夸张上林苑的富丽多姿与皇家狩猎场面的浩大声势。虽则如此，"然其指讽谏，归于无为"①。在赋末借天子之口云："嗟乎，此大奢侈！朕以览听余闲，无事弃日，顺天道以杀伐，时休息于此，恐后世靡丽，遂往而不返，非所以为继嗣创业垂统也。"并命有司："地可垦辟，悉为农郊，以赡氓隶。隤墙填堑，使山泽之人得至焉。……出德号，省刑罚，改制度，易服色，革正朔，与天下为始。"②这显然已经是很明确的政治主张了，其政治意义并非扬子云一句"劝百讽一"可以否定得了的。

尽管汉代大赋主要体现了士大夫的政治情怀与价值诉求，但作为一种文学形式，辞赋在这些"宫廷文人"手里的确得到很大发展。其词语之富赡、文采之华丽、描写之细腻都达到登峰造极的地步，这就使其在中国文学史上占据了重要一席。从这个意义上说，"宫廷文人"是"文人身份"与"文人趣味"历史形成过程的又一个重要环节，他们许多描情状物的手法为后世文人所继承。

---

① （汉）司马迁：《史记》，3317 页，北京，中华书局，1959。
② （梁）苏统编：《文选》卷八，北京，中华书局，影印本，1977。

◎ 第三节
"文人身份""文人趣味"的生成及其对文学观念之影响

如前所述，文人是士大夫阶层一重新的身份，与"官"（社会管理者）、儒（学者、师）并列而三。"文人身份"确立的标志是"文人趣味"的生成，而"文人趣味"生成的关键点有三：

其一，"个人情趣合法化"。《诗经》《楚辞》，及贾谊之赋、司马迁之文等的确都表达了看上去极具个体性的怨愤、哀婉等情感，也常常能够达到极为感人的效果。但细加探究不难发现，这些作品所表达的情感乃是贵族或士大夫情感，绝非文人情趣。在这种情感背后，所隐含的或者是对和睦的君臣关系与有序的贵族等级制的企慕（《诗经》之《大雅》《小雅》大抵为此类作品）；或者是士大夫念兹在兹的"道"——关于天下大治、政治清明的政治诉求，还看不到那种纯粹的个人情趣。《诗经》中那些吟咏男女之情的民歌，虽然可以说是表达了个人情趣，但它们或是采自民间，或是下层贵族自发的吟咏，却不是文人制作的。而且在儒学语境中，它们还一律被阐释为"美刺"之作，被赋予了政治伦理功能。这正说明在当时主流文化的语境中，个人情趣与私人情感是被压抑与遮蔽的，并未获得合法性。这类作品所表达的情感或许是个人情感，但在其进入社会解释系统后，或者被当政者理解为"观民风"的材料，或者被儒家说诗者理解为表达政治态度的方式，从而被阐释为另外一套话语，不能与后世文人表达个人情趣的诗文作品相提并论。从中国文学史发展演变的情况看，只有那些表达不直接关乎政治与伦理道德的莫名的惆怅、人生的感叹、生命的忧思、心灵的悸动、男女的情思以及对自然景物的审美感受的诗文方可谓"文人趣味"，且这种具有个人情趣的诗文作品得到社会普遍认同，并成为一种身份性标志，即获得合法性之后，"文人身份"才算真正确立起来。

其二，以"文人趣味"为核心的文人场域的形成。"文人场域"是一种文化空间，是文人交往所构成的关系网络。而构成这一关系网络纽带的，恰好是某种不直接关乎政治伦理的"雅好"。诸如诗词歌赋、琴棋书画之类就是其主要表现形式。在"文人场域"之中，渐渐会形成某种普遍的价值观念与评价系统，并在这一场域之内获得普遍认同。与此同时，经典化过程也就出现了：那些最符合这一场域之价值观的作品被认定为经典，而那些最能代表场域价值观的人物，就获得权威言说者的地位，成为楷模，为他人所敬仰与效仿。

其三，一定数量的、各种类型的作品问世。

下面我们就从上述标准出发，考察一下"文人身份"与"文人趣味"的形成轨迹。

个人情趣大约是伴随着人类的产生而产生的，只不过在漫长的人类发展过程中，个人情趣都是以自然形态存在的，并不具备合法性形式。所谓"个人情趣的合法化"是指：在掌握着文化领导权的知识阶层的主流话语中，个人情趣与私人情感获得承认并受到关注，从而形成比较固定的话语形式。这些话语形式包括各类文章及诗词歌赋、琴棋书画等。

在这里我们主要来考察辞赋与诗歌的情况。稍熟悉两汉文学史的人都知道，东汉时期出现了许多抒情短赋，在形式与内容上均与西汉的散体大赋有根本差异，似乎是为了表达文人情趣，实则并不尽然。东汉辞赋《两都赋序》《二京赋》之类都是承继了西汉大赋"润色鸿业"的传统，与文人情趣相去甚远，可不置论，即如班彪之《北征赋》、蔡邕之《述行赋》、班固之《幽通赋》、张衡之《思玄赋》、赵壹之《刺世疾邪赋》、崔琦之《外戚箴》和《白鹄赋》这类纪行述志之作，看上去的确表达了很充分的个人情感，但细究之则此情非彼情，所传达的也还是传统的士大夫情怀，而非文人情趣。且基本格调与屈原之《离骚》、贾谊之《吊屈原赋》、司马迁之《悲士不遇赋》、扬雄之《逐贫赋》一脉相承，是那些"以天下为己任""以道自任"者"有志不获逞"之后的愤懑与悲哀，只不过有的表现得情感激烈些，有的则隐晦含蓄些而已。

然而,东汉之时,文人情趣毕竟已经开始显现于辞赋之中了,如张衡的《归田赋》就是如此。毫无疑问,这篇赋的确也体现出了士大夫趣味:自觉缺乏安邦治国、阐扬大道的机会,于是萌生归隐之志。依然是"有志不获逞"的感叹。但这篇赋与贾谊的《吊屈原赋》、司马迁的《士不遇赋》等的不同之处在于比较充分而真挚地表达了因"纵身大化中"而来的欣喜之情与美感享受,并没有始终沉浸在仕途失意的困扰之中。"原隰郁茂,百草滋荣。王雎鼓翼,仓庚哀鸣;交颈颉颃,关关嘤嘤。"这是一幅欣欣向荣的自然画面,令人不由自主会忘掉人世间的烦恼而逍遥其中、快意娱情。最重要的是,在这样"万物静观皆自得"的情境之中,人们能够放弃世间通行的价值观,沉潜于纯粹的精神世界之中,用一种迥然不同的眼光来看待世间万物,从而超越荣辱利害之羁绊,升达心灵自由之境界。这种对自然的美感与因精神自由而来的欣喜之情才是真正的文人情趣,也是后世许多诗文书画的基本旨趣之所在。诚然,先秦老庄之徒也描绘自然,也大讲精神自由与超越,但他们是在讲道理,旨在宣传一种救世之术,本质上与儒墨之学并无不同。张衡这篇《归田赋》则不同,其所表达的是纯粹的个人情怀,是对人生的一种领悟,是面对大自然而产生的真正审美体验。正是这样的个人情怀与审美体验,使之成为在中国文学史上最早一篇展示"文人趣味"的辞赋之作。后世文人多有同名之作,而陶渊明的《归去来兮辞》则是更明显地受了张衡的影响。这说明张衡在辞赋中表达的"文人趣味"在文学史上具有开创意义。

无独有偶,张衡的诗歌创作也率先表达了文人趣味。其《同声歌》:

邂逅承际会,得充君后房。情好新交接,恐慄若探汤。不才勉自竭,贱妾职所当。绸缪主中馈,奉礼助蒸尝。思为苑蒻席,在下蔽匡床;愿为罗衾帱,在上卫风霜。洒扫清枕席,鞿芬以狄香。重户结金扃,高下华镫光。衣解巾粉御,列图陈枕张。素女为我师,仪态盈万方。众夫所希见，天老教轩皇。乐莫斯夜乐，没齿焉可忘。

这是一首以新妇口吻写的民歌体诗作，表达了新婚妇女的细腻心理：开始的好奇、欣喜与羞涩，随后的志向表达，把一位年轻的新婚妇女对生活的信心与热爱表现得淋漓尽致。这首诗很难说有什么兴寄，是典型的文人之作。何以见得呢？盖"男子作闺音"，即男子模拟妇人口吻作诗，在中国古代文学史上乃是一大独特现象①。自东汉以降，此类作品历代皆有。观其意旨，大体可分为三类：一是以男女之事喻君臣关系，表达的是"忠而被谤，信而见疑"的苦闷与哀伤。曹植的《七哀诗》《美女篇》可为代表。二是借助女子口吻反映现实生活。唐代诗人张籍的《别离曲》《妾薄命》为代表的大量"闺怨诗"均属此类。三是表达一种细腻丰富的男女之情。南朝的宫体诗中多有此类作品，如沈约的《长忆诗》等。前两类作品都关涉政治伦理问题，可视为士大夫政治情怀和社会责任感的表达，显然不属于文人趣味。后一类表达的是男女之情，是文人趣味的重要内容之一。张衡的《同声诗》正是此类作品的发轫之作。与此相近者，又有秦嘉的《赠妇诗》三首：

  人生譬朝露，居世多屯蹇。忧艰常早至，欢会常苦晚。念当奉时役，去尔日遥远。遣车迎子还，空往复空返。省书情凄怆，临食不能饭。独坐空房中，谁与相劝勉。长夜不能眠，伏枕独辗转。忧来如寻环，匪席不可卷。

  皇灵无私亲，为善荷天禄。伤我与尔身，少小罹茕独。既得结大义，欢乐若不足。念当远离别，思念叙款曲。河广无舟梁，道近隔丘陆。临路怀惆怅，中驾正踯躅。浮云起高山，悲风激深谷。良马不回鞍，轻车不转

---

① 张晓梅博士论文《男子作闺音——中国古典文学中的男扮女装现象研究》（北京，人民出版社，2008），专门探讨这一现象。该著分析细致、搜罗广泛，对这一现象所隐含的深层文化意蕴多有发覆。

穀。针药可屡进，愁思难为数。贞士笃终始，思义不可属。

　　肃肃仆夫征，锵锵扬和铃。清晨当引迈，束带待鸡鸣。顾看空室中，仿佛想姿形。一别怀万恨，起坐为不宁。何用叙我心，遗思致款诚。宝钗好燿首，明镜可鉴形。芳香去垢秽，素琴有清声。诗人感木瓜，乃欲答瑶琼。愧彼赠我厚，惭此往物轻。虽知未足报，贵用叙我情。

秦嘉是东汉后期人，主要活动于桓帝时期。其作《赠妇诗》大约较之张衡《同声诗》晚半个世纪左右。这三首诗以夫妻情感为主旨，缠绵委曲，情真而深，意绵而长，动人心扉。或许因为这种男女之情的表达实为《国风》之传统，且脱胎于民歌，源远流长，又有人性的基础，故而最容易为后世才学之士效法。其实在张衡、秦嘉之前，西汉后期的才女班倢伃[①]已有此类作品，其《团扇诗》（又称《怨歌行》）云：

　　新裂齐纨素，皎洁如霜雪。裁作合欢扇，团圆似明月。出入君怀袖，动摇微风发。常恐秋节至，凉飙夺炎热。弃捐箧笥中，恩情中道绝。

此诗以团扇自喻，表达了自己与汉成帝的感情，以及对命运的担忧。这里的感情显然是男女之情，而非君臣之义。从某种意义上说，班倢伃虽然不是严格意义上的"文人"，但此诗却可以说是开创了文人用诗的形式吟咏男女情感的先河[②]。前引张衡、秦嘉的作品均可视为对班诗的继承与发展。

《古诗十九首》的出现则意味着文人趣味的成熟以及士大夫之文人身份的最终形成。这组诗歌所表达的情感意趣空前广泛：有传统的男女之情，如

---

① 班倢伃：也作"班婕妤"。
② 《诗经》与"汉乐府"中也有很多表达男女之情的诗歌，它们对文人趣味的产生有着重要影响，但此类作品属于"民歌、民谣"，是男女之情的自然流露，不能视为文人趣味之表达。

"行行重行行，与君生别离""荡子行不归，空床难独守"之类；有表达游子羁旅之情的，如"回车驾言迈，悠悠涉长道。四顾何茫茫，东风摇百草""白杨多悲风，萧萧愁杀人。思还故里闾，欲归道无因"之类；有人生短暂之叹的，如"生年不满百，常怀千岁忧。昼短苦夜长，何不秉烛游""人生忽如寄，寿无金石固"之类；有表达功名心的，如"盛衰各有时，立身苦不早。人生非金石，岂能长寿考？奄乎随物化，荣名以为宝""人生寄一世，奄忽若飙尘。何不策高足，先据要路津"之类；有感叹身世的，如"昔我同门友，高举振六翮。不念携手好，弃我如遗迹""清商随风发，中曲正徘徊。一弹再三叹，慷慨有余哀。不惜歌者苦，但伤知音稀"之类；有记述宴饮之乐的，如"今日良宴会，欢乐难具陈。弹筝奋逸响，新声妙入神""斗酒相娱乐，聊厚不为薄。驱车策驽马，游戏宛与洛……极宴娱心意，戚戚何所迫"之类；有描写自然景物的，如"明月皎夜光，促织鸣东壁。玉衡指孟冬，众星何历历？白露沾野草，时节忽复易。秋蝉鸣树间，玄鸟逝安适？"之类……这些都是后世文人诗文创作的永恒母题，是文人趣味最集中的表现。

《古诗十九首》究竟为何人、何时所作，迄今尚无定论。根据我们可见的资料，笔者认为，无论从所表达内容的广泛性来看，还是从形式的成熟性来看，这些诗作都不可能产生在张衡之前，在秦嘉之前的可能性也很小。《古诗十九首》这样完全执着于表达个人情感、娴熟地使用各种意象的作品只有在"文人趣味"已经获得合法的话语形式和"文人"作为一种社会和文化身份已经确立之后才会被创作出来，其时应该在东汉后期。

概括言之，西汉之初的士大夫一部分人继承楚骚传统，并以此表达怀才不遇的愤懑以及对时事的针砭；另一部分人则承继着《诗经》传统，进行着对《诗经》的经学阐释，并且在阐释中渗透着对社会现实的批评。二者的言说身份都是典型的士大夫而非文人。那些以"润色鸿业"为主要目的的散体大赋虽然展示出作者卓越的文采，但他们还是属于"宫廷文人"，其作品看上去华丽壮阔、文采斐然，却没有多少个人情趣于其中。因此就身份而言，他们依然是作为"集体主体"的士大夫而非作为"个体主体"的"文人"。帝王们即兴而作的歌诗和乐府诗所表达的情感虽然具有某种个人性特征,但或者只是个别现象,或者是自然情感的抒发,都还不足以确证"文人身份"的形成。这就是说,就主流而言,在西汉时期,在各种具有合法性的文学样式中,还没有文人趣味的位置。换言之,"文人"作为一种文化身份还没有确立起来。正如少数能够用歌诗表达个人情感的帝王一样,西汉之末的女诗人班婕妤也是一个特例,她以其士大夫的才学加上女性及嫔妃身份,终于突破了西汉士大夫阶层固守的身份——政治家、学问家、宫廷文人。嗣后,张衡、秦嘉、傅毅、蔡邕等人沿着班婕妤的路子有所发展,渐渐形成文人趣味之传统。就内容而言,是男女之情这种人类最为刻骨铭心的情感率先突破以"道"为核心的士大夫趣味而获得表达的合法性,并成为一个时期里文人趣味最主要的表现。就文体而言,则从汉乐府脱胎出来的五言诗是一种新的言说形式,不同于《诗经》的四言,故而也为表现新的趣味提供了方便,甚至可以说,五言诗与文人趣味是相伴而生的。换言之,正是渐趋成熟的文人趣味促进了五言诗的发展。到了汉末魏初,随着社会动荡的加剧,延绵数百年的儒家名教伦理受到冲击,士大夫的个体性精神得到释放,五言诗成为表现文人趣味的最佳的言说方式。故而《古诗十九首》的出现标志着"文人身份"与"文人趣味"的最终形成。

在这里,我们不妨以蔡邕为个案来进一步印证上述观点。

蔡邕,字伯喈,陈留圉人,主要活动于桓、灵之世,世代仕宦,尝师从桓帝时的重臣太尉胡广。就精神旨趣而言,蔡邕也是个不折不扣的士大夫,有强烈的进取心,建宁六年他上《陈政要七事疏》,涉及祭祀典礼、选举、督察、经学、赏罚、治安等方面,都是关乎国计民生的大事,体现出一个士大夫所应有的责任心与使命感。另外,他冒着触犯皇帝的风险主张废止"鸿都门学",这也是传统士大夫精神的体现。但蔡邕又绝非一个恪守儒家学说的经生,亦非循规蹈矩的官僚,他有着极为丰富的精神世界和文人情怀。其尝作《释诲》,在回答"务世公子"劝言入世建立功业时,"华颠胡老"有云:

三代之隆，亦有缉熙，五伯扶微，勤而抚之。于斯已降，天网纵，人纮弛，王涂坏，太极陁，君臣土崩，上下瓦解。于是智者骋诈，辩者驰说，武夫奋略，战士讲锐。电骇风驰，雾散云披，变诈乖诡，以合时宜。或画一策而绾万金，或谈崇朝而锡瑞珪。连衡者六印磊落，合从者骈组流离。

　　隆贵翕习，积富无崖，据巧蹈机，以忘其危。夫华离蒂而萎，条去干而枯，女冶容而淫，士背道而辜。人毁其满，神疾其邪，利端始萌，害渐亦牙。速速方毂，夭夭是加，欲丰其屋，乃蔀其家。是故天地否闭，圣哲潜形，石门守晨，沮、溺耦耕，颜歇抱璞，蘧瑗保生，齐人归乐，孔子斯征，雍渠骖乘，逝而遗轻。夫岂慠主而背国乎？道不可以倾也。

又：

　　于是公子仰首降阶，怩怩而避。胡老乃扬衡含笑，援琴而歌。歌曰："练余心兮浸太清，涤秽浊兮存正灵。和液畅兮神气宁，情志泊兮心亭亭，嗜欲息兮无由生。踔宇宙而遗俗兮，眇翩翩而独征。"

这里浸透了道家的人生智慧与哲理。在价值观上，蔡邕已经不再是那种满脑子"经世致用"和整日舞文弄墨的儒生了，而是希冀着有朝一日飞黄腾达的文吏。在个人趣味上，蔡邕也明显表现出后世"文人"的诸多特点，首先是多才艺。文人不同于一般士大夫之处的重要特点是多才多艺。诸如诗词歌赋、琴棋书画乃是"文人"的标志。蔡邕是位文艺天才，他的辞赋、碑诔、史志不仅名重一时，而且对魏晋六朝文学有重要影响。他是一个开拓型书家，其工篆、隶，尝创"飞白体"。在中国书法史上他还有《笔论》《九势》等文章，是中国最早的书法理论研究成果之一。他精通音律，是汉末最有名的古琴演奏家,有《琴赋》一篇传世。魏晋六朝时期是中国古代文学、艺术蓬勃发展、渐趋成熟的重要时期,而生活在汉末的大才子蔡邕,对这一时期文艺的勃兴起到了重要的奠基作用。正是由于这样的贡献,蔡邕也就成为后世文人的榜样,从而成为最早获得"文人身份"的一批人之一。蔡邕毫无疑问是个士大夫,但是他不像同时期的王允、郑玄等人那样是传统意义上的士大夫,他还具有"文人"这重新的身份。这一"文人身份"在他的诗文辞赋作品中有着充分而又鲜明的呈现,其《霖雨赋》云:

> 夫何季秋之淫雨兮,既弥日而成霖。瞻玄云之晻晻兮,听长雷之淋淋。中宵夜而叹息,起饰带而抚琴。①

又《蝉赋》云:

> 白露凄其夜降,秋风肃以晨兴。声嘶嗌以沮败,体枯燥以冰凝。虽期运之固然,独潜类乎太阴。要明年之中夏,复长鸣而扬音。(《艺文类聚》九十七《初学记》宋本三十)

因阴雨连绵而生愁绪,因秋风蝉鸣而伤怀,这里体现出的都是极为细腻的文人情趣。因此我们可以把蔡邕视为最早一批获得"文人身份"的士大夫中的代表性人物。

随着"文人身份"与"文人趣味"的形成,文学观念也自然而然地发生了重要变化。形成于春秋战国之际、大盛于西汉至东汉中期的以"美刺讽喻"为基本价值取向的士大夫文学观在东汉中后期受到挑战。一种溢出了经

---

① 见严可均辑《全后汉文》卷八十,文末附严氏注云:"案:此赋《类聚》编于魏曹植《愁霖赋》后,题为《又愁霖赋》,张溥等因收入《子建集》。今考《文选·张协杂诗》注引《蔡邕霖雨赋》云:'瞻玄云之晻晻,听长雨之霖霖。'《曹植美女篇》注引《蔡邕霖雨赋》云:'中宵夜而叹息。'知此赋在《蔡集》中。"

学框架的新的文学观出现了,这可从下列两个方面来看:

其一,诗歌的创作机制开始受到重视。 在先秦儒学和西汉的经学语境中,翻检《论语》《孟子》《荀子》以及董仲舒的《春秋繁露》,甚至东汉初期的《论衡》等典籍,"诗"基本上都是指《诗经》,而"诗人"则是指《诗经》作品的作者,很少例外。 在西汉时期,时人之作一般被称为"歌"或"歌诗",以与《诗经》作品相区别。 宫廷文人们的主要书写方式是辞赋而非诗。 到了东汉中期之后,"诗"的含义就远不限于《诗经》了,而"作诗"也成为很普遍的事情。 例如:

> 时京兆第五永为督军御史,使督幽州,百官大会,祖饯于长乐观。议郎蔡邕等皆赋诗,彪乃独作箴曰:"文武将坠,乃俾俊臣。整我皇纲,董此不虔。"(《文苑传·高彪传》)

这里的"赋诗"指自作诗歌,并非春秋时期的"赋诗言志"之谓。 据《后汉书》等史籍载,东汉中后期的著名文人如傅毅、王逸、边韶、张衡、朱穆、郦炎、秦嘉、徐淑、梁鸿、赵壹、蔡邕、辛延年、蔡琰、仲长统等都有不少诗歌作品,更不用说汉末的"三曹"和"建安七子"了。 不知名的诗人更不知有多少①,这说明"诗"已经从"经"的神圣殿堂之中下降为文人们的基本技能之一。 由于"诗"已经是文人们人人能为之事,而不再是古代圣贤的专利,关于诗歌创作也就可以言说,并值得言说了。 于是人们开始关注诗歌创作的机制,王延寿云:

> 嗟乎! 诗人之兴,感物而作。 故奚斯颂僖,歌其路寝,而功绩存乎辞,德音昭乎声。 物以赋显,事以颂宣,匪赋匪颂,将何述焉。②

---

① 《古诗十九首》和大量乐府诗虽无作者之名,但从其内容不难看出一定是出自文人之手。
② (汉)王延寿:《鲁灵光殿赋并序》,见《文选》卷十一,北京,中华书局,1977。

这里虽然是在说《诗经》中的作品,但其"感物"之说显然是在普遍意义上讲论诗歌创作时的心理特征,这也是在当时普遍出现的诗歌创作经验影响下才产生的。在先秦及汉代的"乐论"中,"感物"说久已有之,而在"诗论"中,这里的"诗人之兴,感物而作"应该是在六朝时期勃然而兴的,也是对后世产生重要影响的"感物"说之最早表述。王延寿为王逸之子,王逸尝作《汉诗》百余首,王延寿亦有文才,有《鲁灵光殿赋(并序)》传世。他能够以"感物"来概括诗歌创作,这与诗歌创作成为文人普遍行为的文化语境自然有密切关联,并非仅仅是对《诗经》作品的总结。在这样的文化语境中,即使是经学家也难免受到熏染,如何休云:

男女有所怨恨,相从而歌。饥者歌其食,劳者歌其事。①

对于《诗经》中作品产生原因的如此解说,在以"美刺"论诗的传统经学中是难以想象的。这里不再把"诗"视为古代圣贤之所为,也不再看成是"国人"或士大夫们政治诉求之表征,而是看作普通百姓日常生活中自然情感之抒发,这也只有在诗歌创作普遍化的文化语境中才会产生。何休是有名的经学家,但他也受到时代风尚之影响,对诗歌创作有了不同以往的认识。

其二,对诗歌辞赋以及其他艺术形式的评价标准发生了重要变化。由于诗歌写作成为文人的基本技能,诗歌又成为文人表达个人情感的方式,因此在经学语境中形成的那种诗歌评价标准就不那么适用于文人诗歌了。概括而言,在经学语境中,诗歌属于国家意识形态范畴,其评价标准是政治性与道德性的;在文人个人创作的语境中,诗歌主要是个人情感的表达,因而其评价标准就凸显了审美性。这一变化可以从对两个词的使用上表现出来。

---

① (汉)何休:《春秋公羊传解诂·宣公十五年解诂》,见(清)阮元校刻:《十三经注疏》,北京,中华书局,1980。

雅。 在先秦,"雅"这个词作为一个具有价值性概念的意思是"正"。①盖在西周时期,"雅"与"夏"二字互通,故而"雅"即是"夏"。"夏"作为地名,即周人所居之地,故其地之音声被称为"雅言"。 由于是周人统治天下,所以"雅言"就类于后世之官话,今日之普通话,推而广之。 周人的音乐亦称为"雅"。《诗经》之"二雅"即由此而来②。 当礼崩乐坏之时,鲜活生动的地方乐调兴起,并获得包括诸侯和君王在内的人们的普遍喜爱,这对那些维护礼乐文化传统的儒家来说是不能容忍的事情。 由于这种新的乐调主要产生于郑、卫之地,于是在儒家话语系统中就出现了一个寓含着强烈贬义的词语:"郑声"或"郑卫新声"。 这样一来,"雅"就获得了"正统""正宗""正当""合法"的价值含义。 然而到了东汉中后期,随着文人身份的逐渐形成,"雅"的价值含义也发生了变化:它不再与"郑"对举成文,而是与"俗"构成一对价值评价范畴。 凡是富于文采、见识卓越、有较高水准的人或诗词歌赋、琴棋书画之作被称为"雅";相反,凡是缺乏文采,识见鄙陋,不符合文人趣味的人或作品就被斥为"俗"③。 "雅俗"评价性概念的形成标志着文人趣味之合法性的获得。 我们知道,以儒家为代表的"士大夫趣味"是以"雅郑""善恶""正邪""美刺"等标准衡量诗文作品的,背后隐含着一种对最高价值——"道"的担当与维护的精神;"文人趣味"则以"雅俗""清浊""美丑"作为评价标准,其潜在动机是确证文人身份的高贵性,

---

① 《论语·述而》:"子所雅言,诗、书、执礼,皆雅言也。"何晏《论语集解》引孔安国注云:"雅言,正言也。"又《玉篇》:"雅,正也。"又《毛诗序》:"言天下之事,形四方之风,谓之雅。雅者,正也。"
② 上博简楚竹书之《孔子诗论》中有"大夏"之谓,专家以为即指"大雅"而言,参见濮茅左:《〈孔子诗论〉简序解析》,见《上博馆藏战国楚竹书研究》,39 页,上海,上海书店出版社,2002。
③ 例如,班固论《离骚》云:"谓之兼《诗》《风》《雅》,过矣! 然其文弘博丽雅,为辞赋宗。 后世莫不斟酌其英华,则象其从容。"(《离骚序》)王符云:"诗赋者,所以颂善丑之德,泄哀乐之情也,故温雅以广文,兴喻以尽意。"(《潜夫论·务本》)王逸论《离骚》云:"其词温而雅,其义皎而朗。"(《楚辞章句·离骚经序》)蔡邕云:"于是繁弦既抑,雅韵复扬。"(《琴赋》)《后汉书·文苑传·刘梁》:"常疾世多利交,以邪曲相党,乃著《破群论》。 时之览者,以为'仲尼作《春秋》,乱臣知惧;今此论之作,俗士岂不愧心'。"《后汉书·文苑传·边让》载蔡邕云:"窃见令史陈留边让,天授逸才,聪明贤智……岂徒俗之凡偶近器而已者哉!"

以区别于其他社会阶层与社会身份。换言之，文人高扬诗词歌赋、琴棋书画之"雅"的价值旨在确证"文人身份"的价值。因此，"雅"这个语的价值性含义的历史演变也就表征了古代士大夫阶层衍生出"文人身份"的历史过程。事实上，在汉末魏晋之后，"雅"就成了"文人趣味"的核心价值范畴。"文人雅士"，"文人"即"雅士"，两个词语可以互换。这意味着，"雅"成为"文人身份"的标志。于是围绕"雅"这个词形成了一个庞大词汇系统，诸如温雅、文雅、高雅、清雅、淡雅、古雅、闲雅、幽雅、博雅、雅人、雅士、雅趣、雅什、雅吟、雅集、雅秀、雅谈、雅洁、雅丽等，不胜枚举。这些词语无一例外都是用来赞美文人身份、弘扬文人趣味的。"雅"也就自然而然地成为古代文学观念之核心范畴。

清。在先秦典籍中，清这个词主要是指水或其他液体的澄澈与空气的透明，与"浊"相对。《诗·郑风·溱洧》："溱与洧，浏其清矣"是指河水之澄澈；《诗·大雅·凫鹥》："尔酒既清，尔殽既馨"是指酒之澄澈。这都是自然概念而非价值概念，是"清"这个词的本义。作为价值概念的"清"则有清白、正直、纯洁之义。例如，《尚书·尧典》："夙夜惟寅，直哉惟清"，这是大舜告诫臣子要恭敬谨慎、正直清白。《论语·公冶长》载孔子以"清"评价陈文子，也是言其清白、正直。又有政治清明之义，如《孟子》："伯夷，目不视恶色，耳不听恶声。非其君不事，非其民不使……当纣之时，居北海之滨，以待天下之清也。"（《孟子·万章下》）另外，在老庄那里，"清"被用来指"道"的存在样态，如《庄子·天地》："夫道，渊乎其居也，漻乎其清也。"有时把"清"与"静"相连，指体道之人心灵的虚静澄明，如《老子》四十五章："静胜躁，寒胜热，清静以为天下正。"总体观之，在先秦乃至西汉的典籍中，"清"这个词语基本上不出上述诸义。

到了东汉之时，随着文人身份的形成与文人趣味的渐趋成熟，"清"这个词语被纳入关于人格、诗文、音乐、书画等方面的评价系统之中。人们在继承其先秦语义的基础上，把它推衍为一个极为重要的、充分体现了文人趣味之精髓的评价性概念。首先，"清"被视为文人人格之基本标准。例如，王充《论衡·自纪》:"充为人清重,游必择交,不好苟交。"《论衡·定贤》:"鸿卓之义,发于颠沛之朝;清高之行,显于衰乱之世。"《后汉书·宣张二王杜郭吴承郑赵列传》:"宣、郑、二王,奉身清方。"《后汉书·蔡邕列传》:"父棱,亦有清白行,谥曰贞定公。"《群书治要》卷四五引汉仲长统《昌言》:"在位之人,有乘柴马弊车者矣,有食菽藿者矣,有亲饮食之蒸烹者矣,有过客不敢市脯者矣,有妻子不到官舍者矣,有还奉禄者矣,有辞爵赏者矣,莫不称述以为清邵。"《后汉书·循吏传·王涣》:"故洛阳令王涣,秉清修之节,蹈羔羊之义,尽心奉公。"《后汉书·祭肜传》:"肜在辽东几三十年,衣无兼副。显宗既嘉其功,又美肜清约。"王逸《离骚经序》:"凡百君子,莫不慕其清高,嘉其文采,哀其不遇,而愍其志焉。"其次,"清"被视为优秀的诗歌、辞赋、音乐、书画等艺文作品的基本特性。例如,傅毅《七激》:"太师雅奏,荣期清歌。"张衡《西京赋》:"女娥坐而长歌,声清畅而蜲蛇。"蔡邕《郭有道碑文》:"委辞召贡,保此清妙。"《琴赋》:"考之诗人,琴瑟是宜。爰制雅器,协之钟律。通理治性,恬淡清溢……清声发兮五音举,韵宫商兮动徵羽……"到了汉末魏晋之后,随着文人趣味的成熟,"清"也渐渐构成了一个无比庞大的词汇群,诸如:清雅、清丽、清远、清妙、清谈、清玄、清虚、清幽、清谨、清严、清正、清介、清奇、清芬、清音、清通……"清"于是成为与"雅"可以相提并论的价值概念,共同构成"文人身份"之标志、"文人趣味"之表征,也成为评论诗文书画时最常引用的概念。

"雅"与"清"这两个概念在汉末六朝之时获得重要地位不是偶然的。文人本质上是一种"精神贵族",他们试图在精神生活方面超越于社会各阶层之上。文人一方面享受心灵的自由、满足自身之审美需求;另一方面引领社会文化趋势,制定居于主导地位的审美标准。"雅"超越于"俗","清"远离于"浊",二者刚好满足了文人骨子里的精神趣味,因此"雅"和"清"就必然地成为审美评价的基本范畴。

◎ 第四节
"文人"身份形成过程的历史语境考察

　　对知识阶层而言,"文人"这一新的社会或文化身份的产生必然有着极为复杂的社会历史原因。"文人"作为一种"文化身份"在西汉时期开始形成,到汉末魏初得以成熟,这也并不是偶然的事情。从言说主体的精神状态和文化心理结构角度看,西汉前期是士大夫阶层与君权系统相磨合的时期,尽管有了战国时期两百多年的合作,但在大一统政治格局之下如何和睦相处并且获得"双赢"效果依然是摆在士大夫阶层和君权集团面前的一大课题。君权集团——汉初主要由皇帝、刘氏宗亲、大批功臣、外戚等构成——靠马上得天下,凭借的是社会下层的勇猛无畏、恪守职责以及种种偶然的机会,虽然有叔孙通之类的秦朝博士和大批六国士人相追随,但在刘邦、吕后、周勃、陈平、夏侯婴、樊哙、灌婴这类开国君臣眼中,士人阶层的作用是无足轻重的。因此,对君权集团来说,有一个重新认识士人阶层在国家建设中究竟有何作用的问题;而对于士人阶层来说,他们依然秉承着沿袭了数百年的先秦游士心理,或者依然留存着明显的诸子精神,或者带有浓厚的纵横家习气,总之至少是在心理上预设了,希冀君主礼贤下士、士人在君主面前"傲不为礼"的政治局面。然而一统天下的天子权威与先秦诸侯君主的差异很快就显现出来,在习惯了"朝秦暮楚""楚材晋用"的汉初士人阶层面前凸显出一个如何重新处理自己与君主关系的问题。西汉前期的思想文化就是在这样一种格局中生成并展开的。要了解此期思想文化的特点与原因就不可忽视对这种文化历史语境的了解与重构。汉初那些具有士人身份的功臣,如萧何、曹参、张良、陆贾等都意识到士大夫阶层对于国家建设不可或缺的重要性,并通过各种方式影响了决策者的大政方针。如果说高祖刘邦对儒家叔孙通及其弟子的使用还带有随机性，是把他们作为"器"来用的；那么汉文帝对晁错、贾谊的信任与器重则可视为汉初君主试图摆脱对功臣的依靠，寻求与士大夫阶层合作的尝试。贾谊的命运具有象征意味：他是士大夫阶层的代表，他的少年得志意味着士大夫阶层在大一统的汉代政治结构中获得重要地位的可能性；他的失败则表明在那个时期，功臣集团依然势力强大，并且对士大夫阶层有一种天然的仇视心理。到了汉景帝之时，统治者寻求与士大夫阶层合作，把士大夫阶层当作刘氏王朝最可靠的社会基础的愿望更加迫切。先后备受重用的窦婴、田蚡虽然都有外戚身份，但又均好儒术，能礼敬士人，与后来的王莽一样是兼具外戚与士大夫双重身份的人物。这种特殊身份，使他们成为君主与士大夫阶层关系沟通的最佳人选。在窦、田支持下，儒者赵绾、王臧之属受到重用，一时之间，颇有儒学大兴之势。但由于彼时君权的最高掌控者是好黄老之术的窦太后，在她的打压下，儒学兴盛之势暂时得到抑制。从表面上看，窦太后对儒家士人的压制似乎是出于学术之争，实则是政治权力的角逐。窦太后信奉黄老之术，与汉初当政的功臣集团一脉相承，在政治上也是主张守成，而反对变革的。儒家士人则极力寻求儒家思想的合法化，试图以儒学为核心建构与大一统的政治格局相适应的国家意识形态。在当时的历史境况中，儒学意味着兴建与变革。从更深的政治层面来看，弘扬儒学意味着重用士大夫阶层，而尊奉黄老则意味着因循旧制，依然依靠功臣及其子弟、外戚甚至宦官来进行统治。这里隐含着严酷的权力之争。

汉景帝在遭受"七国之乱"后更加清楚地认识到，君权集团与士大夫阶层合作共治乃是君主专制政体的最佳政治形式。从汉文帝到汉景帝，中央政府对藩镇势力的控制与打压所依靠的主要是士大夫阶层。到了汉武帝之后，君主与外戚或宦官之间的争权斗争也主要是依靠士大夫的支持。对于统治者来说，士大夫阶层的重要性一方面固然是因为他们饱读诗书，拥有别人不具备的文化知识与才干；另一方面，或许更重要的是因为这个社会阶层拥有一种独特的社会整合功能——他们在统治阶级与被统治阶级之间上下流动，成为一个沟通上下的"中间阶层"。这一"中间阶层"在统治阶级与被统治阶级之间的流动,使两大社会阶层你中有我、我中有你、上下一体,在社会结构方面起到了重要的整合作用,更重要的是这个"中间阶层"是作为全社会唯一的知识阶层。他们善于以"中间人"的身份言说,时而站在统治者立场上向着平民百姓言说,告诫他们承认既有社会秩序的合法性,做奉公守法的良民;时而站在被统治阶级立场上言说,劝谏执政者要善待百姓,关心百姓之疾苦。士大夫阶层的这种言说之所以重要,在于它具有成为社会意识形态的一切素质——既维护和巩固了既定秩序,使统治形式获得合法性;又使这一统治受到某种程度的限制,从而使社会大众能够心甘情愿地接受它[1]。

东汉的情形与西汉大有不同。虽然经过了改朝换代的巨变,但西汉士大夫与君权集团在近两百年中共同建立起来的国家意识形态却还有着旺盛的生命力。经学思想已经深入人心,被改造过的儒家伦理早已成为人们的文化惯习。在精神生活中,一方面是君权集团为了巩固统治进一步强化名教伦理对社会大众的束缚,标榜以"孝"治天下,使得"三纲五常"成为人们的生活准则;另一方面则是士大夫为了仕途畅达、显名当世,刻意"砥砺名节""作茧自缚",身体力行自己阐扬的那套纲常伦理。然而,人的物质欲望毕竟难以靠精神力量来消灭,于是难免出现许多被扭曲的双重人格。所谓"举孝廉,父别居"之类现象层出不穷。许多士大夫经常做自我反省,颇有"道德自律"的精神[2]。在后世看来,东汉士风最为清正,所谓"政荒于上而风清于下"。根据史籍分析,东汉时期的士大夫大约是这样一种情形:整体上极重名节,多有将名教伦理身体力行之者;然其末流,沽名钓誉之徒亦非鲜

---

[1] 关于士大夫阶层这种"中间人"功能可参见李春青著《诗与意识形态——西周至两汉诗歌功能的演变与中国诗学观念的生成》一书第五章,北京,北京大学出版社,2005。
[2] 例如,《后汉书·第五伦传》载东汉名臣第五伦事迹:"或问伦曰:'公有私乎?'对曰:'昔人有与吾千里马者,吾虽不受,每三公有所选举,心不能忘,而亦终不用也。吾兄子常病,一夜十往,退而安寝;吾子有疾,虽不省视而竟夕不眠。若是者,岂可谓无私乎?'"这是典型的"斗私批修"之举。

见。东汉中期以后，朝廷政治日益腐败，君主大多昏聩，外戚、宦官两大势力集团之间相互倾轧，此消彼长，使得朝廷中一片乌烟瘴气。士大夫的清正自守、砥砺名节与外戚宦官的争权夺利、尔虞我诈形成鲜明对照。那些将伦理纲常视为生命的士大夫对朝廷现状痛恨之极，以至于忍无可忍。这就是两次"党锢之祸"的真正起因[1]。

东汉士大夫对名节的空前看重，以至渗透于日常生活中的方方面面，成为文化惯习，最主要的原因还是自西汉以来就已实行的"征辟察举"与"乡举里选"的征士任官制度。为了使征辟和选举有所依据，乡里之间渐渐形成"清议"之风，以对乡里人物进行评价。在彼时经学大盛的社会文化氛围中，"清议"的标准自然就是儒家名教伦理。所谓"经明行修"是也。顾炎武《日知录》卷十三有云：

> 古之哲王所以正百辟者，既已制官刑儆于有位矣，而又为之立闾师，设乡校，存清议于州里，以佐刑罚之穷。……两汉以来，犹循此制，乡举里选，必先考其生平，一玷清议，终身不齿。君子有怀刑之惧，小人存耻格之风，教成于下而上不严，论定于乡而民不犯。[2]

这种风气一经形成，必将严重影响到人们的精神世界。事实上在东汉大部分时间里士大夫们的话语建构，无论是传统经学，如卫宏、何休、郑众、马融、郑玄诸儒的经传解诂，还是如桓谭、王充、王符、崔寔、仲长统诸人的子学著述，抑或是张衡、赵壹等人的愤世嫉俗的抒情小赋，都带上了名教伦理的印记。这是士大夫政治诉求在特定历史语境中的呈现。然而也正是

---

[1] 《后汉书·党锢列传》载："逮桓灵之间，主荒政谬，国命委于阉寺，士子羞与为伍，故匹夫抗愤，处士横议，遂乃激扬名声，互相题拂，品核公卿，裁量执政，婞直之风，于斯行矣。"又卷八《灵帝纪》载："冬十月丁亥，中常侍侯览讽有司奏前司空虞放、太仆杜密、长乐少府李膺、司隶校尉朱瑀、颍川太守巴肃、沛相荀翌、河内太守魏朗、山阳太守翟超皆为钩党，下狱，死者百余人，妻子徙边，诸附从者锢及五属。制诏州郡大举钩党，于是天下豪杰及儒学行义者，一切结为党人。"

[2] （清）顾炎武著，黄汝成集释：《日知录集释》，477页，长沙，岳麓书社，1994。

由于这种严酷的自我束缚使得士大夫精神需要寻求超越解脱之途——个人的被压抑情感与个性需要得到宣泄与张扬。特别是当士大夫们的政治诉求遭到无情打击之后，他们在茫然无措之余自然会转向个体内心世界。换言之，当"集体主体"遭遇挫折之后，长期被压抑的"个体主体"就获得了展示自己的机会。只有在这样的情况之下，张衡的《同声诗》、秦嘉的《赠妇诗》等纯粹表达私人情感的作品才会问世；同理，整个魏晋六朝张扬个性、放浪形骸、率性而为士风的形成，其能量也正是在东汉那样严酷的自我束缚下才积蓄起来的。

在以名教伦理为基本标准的"清议"盛行的时代，只有那些循规蹈矩、谨言慎行的人才会得到肯定，而那些个性鲜明的特立独行之人就容易受到贬抑。在这样的语境中，一个读书人，一旦被"清议"所否，基本上就失去了仕途晋升的希望，因此那些有才学的人常常借助诗歌辞赋来表达心中的愤懑之情。这类作品是从毫无个人情趣可言的散体大赋向着文人辞赋过渡的中介。比如赵壹为人"恃才倨傲，为乡党所摈"，仕途因此塞滞。他的《刺世疾邪赋》《穷鸟赋》都是在这样的心境下写成的。《穷鸟赋》云：

> 有一穷鸟，戢翼原野。罝网加上，机阱在下；前见苍隼，后见驱者；缴弹张右，羿子彀左；飞丸激矢，交集于我。思飞不得，欲鸣不可；举头畏触，摇足恐堕。内独怖急，乍冰乍火。……

"穷鸟"的这一困境与那些在名教伦理之网中挣扎的士人十分相近。特别是那些博学多才并个性鲜明的人更是会有动辄得咎之虞。在这种政治黑暗、精神束缚又极为严酷的社会境况中，借助于歌诗辞赋来表达内心的恐惧与愤懑固然是很自然的事情，而在诗文作品中呈现对人生无常的感慨、莫名的愁绪、羁旅的惆怅、男女的情思也就是不可避免的事情了。

从另一个角度看，东汉后期，士大夫阶层的精神旨趣发生了重大变化。就学术言之，经学经过数百年的漫长发展已经走到尽头，人们渐渐失去了皓首穷经的耐心；就政治言之，在外戚与宦官交替掌权、朝纲紊乱的情形之下，士大夫阶层受到打压，其建功立业之心亦因之委顿。他们的精神能量如何释放呢？以"个人情趣合法化"为标志的文人趣味就成了这种精神能量最佳的宣泄渠道，于是"文人"作为士大夫阶层一重新的文化身份也就应运而生了。

士大夫阶层作为一个知识群体，他们在长期的交往中也会自然而然滋生新的趣味与精神需求，因此，从更具体的文化语境来看，士大夫交往方式的变化也是个人情趣成为诗文重要内容不可或缺的原因。在西汉乃至东汉前期，士大夫最主要的交往一则在庙堂之上，一则在经书传承过程的师徒、同门之间。在庙堂之上或者比较正式的场合中，士大夫谈论政务、人事在史书上一般被称为"论议"，如《汉书》所载：

辟彊字少卿，亦好读《诗》，能属文。武帝时，以宗室子随二千石论议，冠诸宗室。清静少欲，常以书自娱，不肯仕。（《汉书·楚元王传》）

（息夫）躬既亲近，数进见言事，论议亡所避。众畏其口，见之仄目。（《汉书·蒯伍江息夫传》）

（汲）黯时与汤论议，汤辩常在文深小苛，黯愤发，骂曰："天下谓刀笔吏不可为公卿，果然。必汤也，令天下重足而立，仄目而视矣！"（《汉书·张冯汲郑传》）

（贾山《至言》云：）陛下与众臣宴游，与大臣方正朝廷论议。夫游不失乐，朝不失礼，议不失计，轨事之大者也。（《汉书·贾邹枚路传》）

在庙堂之上，皇帝与士大夫以及士大夫之间通过"论议"来交流对政事、时务以及各种治国之策的看法，以形成共识。因此这里的"论议"乃是一种政治行为，而不是私人之间的交往。至于学术上的交流在史书上则往往称为"讲论"，如《汉书》所载：

向字子政，本名更生。……会初立《穀梁春秋》，征更生受《穀梁》，讲论《五经》于石渠。复拜为郎中给事黄门，迁散骑、谏大夫、给事中。（《汉书·楚元王传》）

及歆亲近，欲建立《左氏春秋》及《毛诗》、《逸礼》、《古文尚书》皆列于学官。哀帝令歆与《五经》博士讲论其义，诸博士或不肯置对，歆因移书太常博士，责让之曰。（《汉书·楚元王传》）

元光五年，复征贤良文学，菑川国复推上弘。……上策诏诸儒：制曰：……子大夫修先圣之术，明君臣之义，讲论洽闻，有声乎当世，敢问子大夫：天人之道，何所本始？吉凶之效，安所期焉？……天文、地理、人事之纪，子大夫习焉。其悉意正议，详具其对，著之于篇，朕将亲览焉，靡有所隐。（《汉书·公孙弘卜式儿宽传》）

王褒字子渊，蜀人也。宣帝时修武帝故事，讲论六艺群书，博尽奇异之好，征能为《楚辞》九江被公，召见诵读，益召高材刘向、张子侨、华龙、柳褒等待诏金马门。（《汉书·严朱吾丘主父徐严终王贾传下》）

（夏侯）胜、（黄）霸既久系，霸欲从胜受经，胜辞以罪死。霸曰："'朝闻道，夕死可矣'。"胜贤其言，遂授之。系再更冬，讲论不息。（《汉书·眭两夏侯京翼李传》）

上面这些语例中的所谓"讲论"，无一例外是关于经义名理的讨论，是两汉时期士大夫之间学术交流的主要方式，也是经学传承与传播的主要方式。然而士大夫之间的交流，久而久之，就不仅限于讨论朝政与经义，也会涉及一般性话题，这种交流在史书上一般称为"谈论""言谈"或"清谈"，是士大夫私人交往的主要方式。日本汉学家冈村繁指出：

那种进行于知识阶层私人交游生活场所中的、以学问为中心的消遣性、娱乐性谈论，自前汉以来一直是普遍流行于朝野的风尚。这种谈论是能够充分满足士人们显示和享受学识才智的方式。①

冈村繁认为六朝"清谈"的真正渊源不是汉季太学生和清流领袖那种义愤填膺般的具有政治批判性的"清议",而是这种"交游性"或"娱乐性"的"谈论"。言之成理。现举数例为证:

> (阴)兴弟就,嗣父封宣恩侯,后改封为新阳侯。就善谈论,朝臣莫及,然性刚憿,不得众誉。显宗即位,以就为少府,位特进。就子丰尚郦邑公主。(《后汉书·樊宏阴识列传》)
>
> 申屠蟠字子龙……太尉黄琼辟,不就。及琼卒,归葬江夏,四方名豪会帐下者六七千人,互相谈论,莫有及(申屠)蟠者。唯南郡一生与相酬对,既别,执蟠手曰:"君非聘则征,如是相见于上京矣。"蟠勃然作色曰:"始吾以子为可与言也,何意乃相拘教乐贵之徒邪?"因振手而去,不复与言。再举有道,不就。(《后汉书·周黄徐姜申屠列传》)
>
> 爰延字季平,陈留外黄人也。清苦好学,能通经教授。性质悫,少言辞。县令陇西牛述好士知人,乃礼请延为廷掾,范丹为功曹,濮阳潜为主簿,常共言谈而已。(《后汉书·杨李翟应霍爰徐列传》)

以上三则材料中的"谈论"既不关涉朝廷政务,又非精舍中的经学讨论,只能是"交游性""娱乐性"对话。据冈村繁先生考察,此类谈论西汉时已经存在,这是符合史籍记载的,但是形成比较普遍的规模则应是东汉中期之后的事情,这就是汉末的所谓"清谈"。在玄学大兴于世之前,"清谈"所谈论的内容主要是人物品藻,让我们看《世说新语·赏誉》的几则记载:

> 世目李元礼"谡谡如劲松下风"。

---

① [日]冈村繁:《汉魏六朝的思想和文学》,见《冈村繁全集》第三卷,陆晓光译,67~68页,上海,上海古籍出版社,2002。

谢子微见许子将兄弟，曰："平舆之渊，有二龙焉。"

公孙度目邴原："所谓云中白鹤，非燕雀之网所能罗也。"

裴令公目夏侯太初："肃肃如入廊庙中，不修敬而人自敬。"一曰："如入宗庙，琅琅但见礼乐器。"

所谓"目"也就是"题目"或者"品题"，是指在文人士大夫私人交往中的一种关于人物的谈论方式。这种谈论已经不是政治性、伦理性评价，而主要涉及个性气质、容貌风度等方面。这说明在汉末士林的语境中，个人情趣已经受到普遍关注了。这种在日常交往中显现出来的趣味的变化表现在辞赋与诗文的写作上，就自然会导致"个人情趣合法化"的诗词歌赋的大量涌现了。

◎ 第五节
研究方法问题

在这部《两汉文艺思想史》的撰写过程中，我们依然坚持"文化诗学"的研究路径，努力在具体文化语境、言说者身份与心态的关联中考察汉代文艺思想的生成与演变的轨迹。下面我们就对这一研究路径进行简要阐述。

任何一种研究方法无不是针对具体研究对象，和基于学术研究中出现的具体困境与问题而产生出来的，同时任何新的研究方法也必然以传统的与当下的文化学术资源为依托。正是由于这种具体指涉性，使得任何研究方法都只有有限的适用范围与解释的有效性。20世纪80年代在美国兴起的文化诗学，就其研究对象而言，主要是针对西方古典文学与文化现象，特别是以莎士比亚戏剧为代表的文艺复兴时期的文学与文化；就其所面对的问题而言，则是新批评与结构主义研究路向所坚持的"文本中心主义"的显而易见的偏颇与局限;就其文化学术传统与当下学术资源而言,无疑主要是以福柯为代表的后结构主义以及整个后现代主义思潮。在这样的语境中形成的文化诗学的研究方法与中国的文学研究对象自然存在某种错位与不协调,因此难以原封不动地照搬过来加以运用。但是这并不意味着美国的文化诗学对中国的文学研究是没有意义的,相反应该说这是一种具有重要启发意义的研究方法,在我们的文学研究中也可以发挥积极作用。当然,这里有一个"本土化"的问题。只有经过"本土化"的文化诗学才可以成为我们研究中国文学现象的有效方法。所谓"本土化",据我的理解,也就是与中国固有的研究方法与路向相结合,从而使之适用于中国的研究对象。我们认为,文化诗学具有"本土化"的可能性。这一判断是基于美国的文化诗学与中国传统的文学阐释学之间存在若干重要的相通性而做出的。这种相通性主要表现在下列三个方面:

其一,在后现代语境中产生的文化诗学不承认原有的学科分类,只是努力把文学、历史、哲学、宗教、民俗等看成是具有密切关联的整体,力求打破它们之间的学科限制,在文学中看历史、看政治,在历史中看文学、看叙事。文化诗学的这种跨学科特点与中国传统的文学阐释学是十分相近的。中国古代原本就没有西方意义上的学科分类,自两晋以后虽然有经史子集的四部分类,但在官方意识形态上"经"高高在上,统摄其他诸科;而在文人士大夫的观念中,则"史"居于核心位置,甚至于有"六经皆史"之谓。在这样的情形下,文学被置于"经"与"史"的附庸地位,因而从经史的角度评价诗文是再平常不过的事情了。今天中国学者的学科意识是清末民初以来先辈们费尽心力从西方移植过来的,并不是中国文化固有的,那种经史不分、文史哲不分的传统观念在我们这里是根深蒂固的,因此文化诗学的跨学科性质很容易被中国学者接受。

其二,拒斥概念形而上学,指向具体。文化诗学与在后现代语境中产生的其他许多研究方法一样,拒斥纯粹抽象的形而上学的论证,时时面向具体的文学与文化现象，从不提出抽象的、普遍性的纯理论问题。中国传统文学阐释虽然没有受到过后现代主义影响，但由于我们的学术文化从来也没有走上概念形而上学的路子，故而原本就具有面向具体性的特点，而这也正是我们把文化诗学与中国传统文学阐释学结合，从而建立"中国文化诗学"的最主要的学理基础。

其三，语境化的思考与言说方式。文化诗学反对超越具体文化语境的抽象论述，主张把问题放在具体语境中考察，揭示文本与其生成的社会环境以及文化状况之间的互动关系。中国传统的文学阐释也具有此特征。其总是把言说对象置于具体情境中来把握，并随机性地赋予其意义与价值。在中国传统关于文学的言说中，那种天马行空式的架空立论是受到拒斥的。我们从古人对概念的使用上就可以看出这一点，他们对经常使用的那些概念从来不会下一个具有普遍性的定义，总是根据具体语境来赋予其特定含义，而接受者也同样是根据具体语境来理解其含义的。正是具体的言说语境使得那些简单的、没有定义的语词获得了丰富的含义。

当然，我们完全可以说，中国古代文学阐释学的上述特点与文化诗学不是一个层面上的，这里的所谓"相通性"也只是说在两种研究路向之间具有某种相契合的可能性，并非说它们是具有同样性质的研究方法。正如某些西方哲学家认为在老庄孔孟身上具有某种后现代主义的特点，并非说他们就是后现代思想家一样，中国传统文学阐释学中存在的这些与美国文化诗学的相通性，就使其能够成为我们建构今日"中国文化诗学"的有用资源，也就使得文化诗学的"本土化"成为可能，这是很重要的，因为没有本土资源的"本土化"是不可能的。

在中国文化史上，"诗歌"占据极为重要的位置，因此对于诗歌的解读也就成为最早，也是最重要的文学阐释行为。在先秦，有孟子的"知人论世""以意逆志"堪称中国诗学阐释学的标志性观点。套用朱自清先生的话，"知人论世"之说诚可谓中国文学阐释学之"开山纲领"。其基本精神乃是通过了解"诗""书"的作者本人的行为及其所处之时代状况，并以此来探知

"诗""书"所传达的意义。用今天的话来说，就是在文化历史语境中对某一文学文本进行理解与解释。这一基本精神旨在纠正那种仅就文本字面意义进行阐释的做法。这正是今日许多概念史、范畴史研究中常常出现的情形。由此观之，两千多年前的孟子"知人论世"之说在今天仍然具有重要的现实意义。

到了两汉，则有大量的关于《诗经》的传、注、序、谱、笺等解读形式，蕴含着丰富的阐释学思想。董仲舒的"《诗》无达诂，《易》无达占，《春秋》无达辞"[①]之说，与现代西方的哲学阐释学具有深刻的相通之处。其根本之点在于破除那种试图在文本解释中揭示"真相"或寻求"原意"的幻想。汉代那些治《诗经》的儒者，始终坚持在与社会历史事件的关联中寻觅对诗歌含义与意义的解释路向，其间，虽然存在着机械比附的问题，但他们把产生并使用于周代贵族社会的诗歌视为政治文本，而非文学文本的大旨是没有问题的[②]。除开汉儒的意识形态建构与规范君权之政治诉求不说，仅就阐释学本身言之，汉儒实际上依然是力求实践"知人论世"的阐释原则的。例如，《毛诗序》和郑玄的《诗谱序》《六艺论》等在诗学阐释学方面可以说坚持并发扬了孟子开创的解诗路向，如《毛诗序》对诗歌风格与时代政治状况之关系的分析，以及《诗谱序》对《风》《雅》之"正""变"的划分，还有《六艺论》对诗歌功能变化与社会政治状况密切关系的论述，都是极为深刻而精辟的。

到了六朝时期，刘勰的《文心雕龙》继承了孟子与汉儒的文学阐释传统，并加以发扬光大。刘勰不仅深刻认识到社会风尚，特别是帝王的好恶对诗文风格的重要影响，而且也认识到学术文化与意识形态之于诗文的重要影响。其云："然中兴之后，群才稍改前辙，华实所附，斟酌经辞，盖历政讲

---

① （清）苏舆：《春秋繁露义证》，95 页，北京，中华书局，1992。
② 许多现代中国学者用西方 18 世纪以来的文学观念来重构中国文学史，且对汉儒的《诗经》解释深恶痛绝。钱玄同、顾颉刚等"古史辨派"即是如此。在他们眼中，《诗经》作品大都是情诗、情歌，是真正的文学，与政治无涉。但在汉儒眼中，每首诗都包含着丰富的政治含义。如果联系到自西周至春秋时期诗歌在社会中的实际功能，则汉儒较之我们的"古史辨派"更加接近事实。

聚,故渐靡儒风者也。"(《时序》)在中国古代,没有现代学科分类意识,文史哲互相渗透,并无明显界限。在这种情况下,学术对于文学的影响就特别大。许多文学观念,特别是标示某一精神旨趣的概念,诸如"温柔敦厚""典雅""中和""飘逸""淡远""朴拙""自然"之类,都出自儒、道家等的学术话语体系,是先存在于表现这些精神旨趣的诗词歌赋中的,而不是像人们想象的那样是从文学作品中归纳总结出来的。具体到刘勰所说的东汉之初,由于光武帝刘秀出身太学生,原本对经学就有一定的濡染,再加上经学自汉武帝立五经博士始,虽已经过一个多世纪的发展,然其势未颓,依然有着强大的生命力,天下大乱与政权更迭也未能影响到它在社会文化中的主导地位。故而光武帝于平定天下之后一则重用儒生,一则弘扬儒学,并通过完善征辟察举之选官制度,非常有效地将儒家伦理推广到整个社会,成为深入人心的主流意识形态。其于世道人心影响之巨,有甚于西汉之时。在这样的情况下,儒学对诗文的影响就自然显现出来了。刘勰从学术思想角度考察文学观念与文风之演变,这正是中国传统文学阐释学的基本研究视角之一。这一研究视角对于我们建构"中国文化诗学"具有重要借鉴价值。

现代以来,西方学术成为时尚,在文学研究中开始了一个用西方文学观念梳理、重构中国文学史、文学批评史的宏大学术工程。但即使如此,中国传统固有的文学观念、文学研究方法也依然具有相当大的影响,章太炎、刘师培、黄侃等人的文学研究,从对"文"或"文学"的理解到研究方法,基本上是继承了传统的固有路数。此后,鲁迅的《魏晋风度及文章与药及酒之关系》、李长之的《司马迁之人格与风格》,以及关于对李白、韩愈的研究、王瑶的《中古文学史论》等都继承了中国自孟子"知人论世"以降的传统文学研究方法。正是由于他们的努力,中国传统文学研究的基本精神才得以存留。中华人民共和国成立以后,中国传统文学研究方法渐渐被以阶级分析为主体的社会学批评所取代,直到20世纪80年代末,始有罗宗强先生为代表的"中国文学思想史"研究群体重新从社会文化境况、文人心态角度考察文学思想的生成与演变,可以说是重新接续了中国传统固有的研究路向。

然而学术研究是人类共同的精神财富,故步自封的研究是不可取的。 西方学术,特别是20世纪以来的人文社会学科的研究取得了举世瞩目的伟大成就,对此中国文学研究者不能无动于衷。 如何继承中国固有学术传统,同时又积极吸收西方学术成果,特别是研究方法与视角,建构既符合中国文学研究对象,又具有现代学术品格的研究方法,就成为摆在今日中国学者面前的重要任务。

综合以上分析,我们以为,中国文学研究传统与西方文化诗学存在着融会贯通的可能性,建构"本土化"的文化诗学或者"中国文化诗学"是可行的,也是必要的,这种新的研究路向应该具有如下基本品格:

其一,"对话"的言说立场。 所谓"对话"根本上说是一个研究态度和立场问题:面对以往的,已经成为"历史流传物"的文化文本或文学文本,我们应该如何言说? 就根本而言,所谓"对话",就是以平等的、尊重的态度对待所要言说的对象,把对象视为一个活生生的、具有独立性的发言人,而不是死的文本或可以随意解读的文字。 在现代西方学术界,"对话"已经成为共识。 关于对话的思想有三个代表性人物值得借鉴。

首先是苏联思想家巴赫金。 他从陀思妥耶夫斯基和拉伯雷的小说中读出了对话性,也就是所谓"复调""多声部""狂欢化"或"众声喧哗"。 他发现在这类小说中,人物与人物之间、人物与作者之间、人物与读者之间、人物与他的环境之间都构成一种对话关系,而不是像其他小说那样是"独白式"的。 进而巴赫金还发现了生活本身的对话性,认为"生活中的一切全是对话,也就是对话性的对立"[1]。 这就意味着,在巴赫金看来,"对话"是由人的本性和人的社会生活方式所决定的,因此人类的思想也应该是"对话型"的,而不应该是"独白型"的。 这里既暗含着他对现实社会的批判性反思,也的确是他对生活的深刻理解。 正是由于巴赫金这种"对话"理论的深刻性,才使其在西方学术界产生了重要影响。

其次是哲学阐释学的代表人物伽达默尔。 在哲学阐释学的语境中,阐释

---

[1] [俄]巴赫金:《陀思妥耶夫斯基诗学问题》,白春仁、顾亚铃译,79页,北京,生活·读书·新知三联书店,1988。

行为本身即是一种对话：阐释者与阐释对象之间的关系不是主体与客体之间的关系，根本上乃是一种对话关系。作为阐释对象的传统或"历史流传物"被提升到主体的地位，在这种主体与主体间的对话，或者"解释学的对谈"中，"通过与他者的相遇我们便超越了我们自己知识的狭隘。一个通向未知领域的新的视界打开了。这发生于每一真正的对话。我们离真理更近了，因为我们不再固执于我们自己。"①可见在伽达默尔看来，阐释行为对阐释者知识结构与视界的改变与调整是这种"对话"的根本所在。每一个理解某物的人，也在此物中理解他自己——这种发生在阐释过程中的融汇往复就是交流、就是对话。

最后值得一提的是德国社会学家哈贝马斯。这位西方马克思主义思想家有感于现代社会在传统理性受到普遍质疑后出现的精神困境，试图为之寻找新的理性基础，他找到的是"交往理性"。在他看来，建立在语言基本功能基础上的交往理性使人们有可能通过平等对话、商谈消除隔阂，达成一致意见，形成"共识真理"，从而建立起为人们共同遵守的价值观和行动准则。他说："……陈述（或者理论）的真理性和行为（或者规范）的正确性，就是公认的要求，这些要求只能用对话的方式，即只能用论证的手段给予解决……规范的公认的要求按其内涵来说，只能用对话的方式来解决。"②由此可见，"对话"在哈贝马斯的交往理论中是居于核心位置的。在哈贝马斯看来，对话具有深刻的人性基础，也具有深刻的社会基础，可以说，对话就是人的基本存在方式。

上述几位学者关于"对话"的理论尽管出发点不尽相同，具体论述也各有差异，但都强调了"对话"在人类生活中的重要性，这些观点对于我们的意义在于提醒我们在学术研究过程中应该选择一个对话的立场，而面对作为

---

① [德]伽达默尔、杜特：《解释学　美学　实践哲学——伽达默尔与杜特对谈录》，金惠敏译，21页，北京，商务印书馆，2005。
② [德]尤尔根·哈贝马斯：《重建历史唯物主义》，郭官义译，332～333页，北京，社会科学文献出版社，2000。

"历史流传物"的研究对象要保持足够的敬意与平等态度。

值得重视的是,在中国传统的文学阐释学思想中也同样有着这种"对话"精神,孟子的"知人论世"说堪为代表。我们知道,孟子提出"知人论世"的目的在于"尚友",所谓"尚友",即与古人交朋友。他说:"一乡之善士,斯友一乡之善士;一国之善士,斯友一国之善士;天下之善士,斯友天下之善士。以友天下之善士为未足,又尚论古之人。颂其诗,读其书,不知其人,可乎?是以论其世也。是尚友也。"(《孟子·万章下》)先秦儒家士人中只有孟子有这样的大眼光、大气魄。他前面的孔子把尧、舜、周公等古代圣贤视若泰山北斗,唯仰之而已。他后面的荀子则把孔子视为不可企及的圣人,并将"五经"统归于圣人名下。唯有孟子能说出"人皆可为尧舜"这样振聋发聩的声音来!因此在他的眼中,古代圣贤也是可以平辈论交的。对那些久已逝去,唯有诗书流传于世的古代圣贤,既不仰视,也不鄙视,只是平等相看,是其是处,非其非处,这是一种真正的对话精神!孟子以"尚友"为"知人论世"之目的,也就确立了诵诗、读书时以"对话"为基本准则的阐释方式,这是极具现代意义的思想。

其二,跨学科的互文性视野。互文性是后结构主义的著名概念,意指不同文学作品的文本之间互相渗透、交叉的关系。后来人们也用这个概念来说明不同文类的文本之间,甚至文本与政治状况、社会状况以及历史、民俗之间的相互渗透关系。我们这里所说的"跨学科的互文性视野"则主要是指在不同文类的文化文本之间寻求内在的关联性与相通性。就中国古代文学研究,特别是对文学理论、文学思想的研究而言,这种研究视角显得尤为重要。这是因为,中国古代文学观念与诸如哲学、宗教、政治、伦理道德等话语系统的关系极为紧密,只有这种跨学科的互文性视野才能够对其做出合理的阐释,因此欲建构"中国文化诗学"就必须具有这样一种研究视野。例如,"自得"这个概念,是孟子提出来的,原本是一种个人道德修养的方式与路径,在宋明儒者那里得到了发扬。但是也正是从宋明时期,这个概念又衍化为重要的诗学概念,成为作诗为文的主要方法。再如"气""清""远"

"风""神""骨"等一大批概念,原本都是自然概念,意指某种自然事物或状态,但在先秦诸子的话语系统中,这些概念有些被赋予了某种哲学意涵,有些被赋予了道德意涵,从而渐渐获得了社会人文价值。而在汉末魏晋时期,这些概念又渐渐被用之于人物品评和诗文书画的评价中,从而获得了审美的意义与价值,成为中国古代文论、画论、书论中的基本范畴。对此类概念的研究,就不能仅仅局限于文学艺术领域,必须有跨学科的互文性视野才能够真正理解其中丰富的意蕴及其生成与演变轨迹。

其三,语境化的操作方法。所谓"语境"的本义就是语言环境,指的是一个语词或句子所处的上下文关系。语境的重要性在于:任何单个的词语或句子,只有在具体上下文的关系中才具有确切的含义。后来在哲学、人类学、社会学以及文学研究领域中普遍借用了这个词语,用以指一种文本或理论及思想的产生过程与各种外在因素的复杂关联,故而又常常被称为"历史语境"或"文化语境"。美国的文化诗学强调语境化的研究,是其走出文本中心主义和形式主义藩篱而走向历史主义的基本标志。对于我们的"中国文化诗学"来说,对于语境化研究可以从如下几个方面来理解:

首先,语境化研究与非语境化研究的基本区别。这里的确有一个自觉意识问题:对于非语境化研究而言,一个概念、范畴或观念,它是什么意思,具有什么意义,都可以在文本内部进行理解。这种情况在今天我们看到的学术论文中依然比比皆是。例如,对古代文论的某一个概念的研究,常常是从不同时期的相关文本中寻章摘句,连接成文,看上去似乎材料丰富,言之有理,但细加分析就不难发现,此类研究完全是一种悬浮在空中的研究,近于"无根游谈",根本不顾此一概念在不同的具体语境中的意义变化,完全主观臆断地把它归于一个统一的意义框架之内,遮蔽或剥离了其在使用上的差异性。因此也就无法揭示其丰富的具体含义及其与各种社会文化因素之间复杂的关联性。语境化研究对任何一个概念、范畴、观点的考察,都必须将其置于具体语境之中,看它是如何被提出和使用的。在这一过程中,尤其要梳理此一概念或观点在使用中的具体指涉及其与以往的使用有何区别。例如,《毛诗序》首提"吟咏情性"之说,为后世历代传承,成为中国古代诗学中最重要的观点之一。但是在经学语境中的"吟咏情性"与后世六朝文人,如钟嵘等所说的"吟咏情性"完全不可以同日而语,与严羽所说的"吟咏情性"更是相去不可以道里计了。盖汉儒的"情性"乃是"民风民俗"范畴,指平民百姓的某种普遍情绪,是一种"集体情感"而非"个人情感",而且情感的内容也主要是因政治状况而引起的赞美或怨愤之情,即所谓"美刺"是也。这是一种政治性的情感,"吟咏"这样的"情性",目的在于"以风其上"。钟嵘《诗品序》中所说的"情性"则泛指人的情绪情感与感觉体验,与"用事"相对而言。严羽标举的"情性"与钟嵘相近,但也不是完全等同。严羽的"情性"与"兴趣"相通,反对的是宋人的"以议论为诗""以才学为诗"。同一个"吟咏情性",在不同语境中就有着不同的含义与意义。如果笼统言之,就必然会遮蔽那些差异,也就无法深入研究下去。

其次,文化语境或历史语境不同于"时代背景",语境化研究并非先勾勒出某种时代的政治状况、文化状况就万事大吉。语境化研究的关键之处在于:要把研究对象看成是在与具体语境互动中的生成过程,而非居于语境中的已成之物。所谓语境化研究,正是要在复杂的关联中梳理、阐述这一生成过程,揭示其复杂性。语境的真正作用就是在这个生成过程中才显现出来的。例如,在古文论中最为人熟知而歧义也最多的"风骨"这个概念,它是如何成为古代文论(或者画论、书论)概念的?它具有哪些方面的含义?要回答这些问题就必须将这一概念置于复杂的关联中才行,这些关联至少表现在以下方面:"风"和"骨"作为单音节词,自汉代以来被使用的具体情况,以及其词义的变化;这个词在人物品评中被使用的情况;它与汉末六朝时期士族文人的精神追求、人生旨趣的关系;它与汉代以来盛行的风角相术之学的关系;等等。都是与"风骨"一词具有关联性的问题维度,都需要认真梳理。"风骨"是汉末魏晋六朝时期社会状况、士族文人精神风貌的产物,同时它也从一个独特的维度上参与了社会精神风尚的形成。如果我们进一步探讨隋唐时期"风骨"概念的含义,那就要在上述关于风骨的研究基础上,进而考察隋唐时期文人士大夫精神的变化。"风骨"一词被使用的具体情况,通过对比揭示其与六朝时期相对来说的意义和变化,指出其独特性。相比之下那种超越于语境之上,强行为"风骨"确定某种适用于任何情况的定义,则是不可取的,是毫无意义的,根本算不上是真正的学术研究。再如,如果用现代文学观念来看,汉儒的"说诗"实在是毫无可取之处——他们把那些鲜活的、充满情趣的诗歌都理解成了美刺讽谏和政治教化的工具了。但是如果我们进行语境化研究,耐心地考察汉儒说诗的渊源与演变过程,了解汉儒究竟为了什么去"说诗",我们就不难明了。原来"说诗"是彼时士大夫阶层话语建构工程的组成部分,而这个话语建构工程是在新的政治格局中,知识阶层获取和行使政治权力的重要手段。理解了这一层,我们对汉儒或许就不会那么轻率否定了。

再次,语境的转换。重建研究对象生成的语境是理解的必要一环,但这并不意味着研究者完全回到研究对象的语境中,那样一来就近乎"以古释古"了。作为研究者,我们要有自己的阐释立场,就是说,在研究过程中我们必须时时回到当下的阐释语境之中,反思自己的研究路向。这样我们就涉及评价问题了。

最后,评价与价值维度。西方后现代主义语境的诸多研究流派,包括新历史主义,都被哈罗德·布鲁姆归为"憎恨学派"[1]。他认为这类研究以破坏以往一切审美标准与价值原则为旨归,只是破坏而不建设,只是否定而不肯定。我们所要建构的"中国文化诗学"当然不属于"憎恨学派",这也正是我们与美国文化诗学的基本差异之一。我们所要建设的是一种以意义建构为根本目的的研究路向。这里就有一个问题:如何判断研究对象的意义与价值?

如果说"原创性"是哈罗德·布鲁姆判断文学经典审美价值的主要标准,那么我们进行意义建构和价值判断的标准则更加复杂一些。由于我们持双重语境的研究立场,故而,确定研究对象在其产生的语境中的意义与价值

---

[1] [美]哈罗德·布鲁姆:《西方正典》,江宁康译,14页,南京,译林出版社,2005。

就是我们要做的第一步。我们必须承认那些经典文本曾经具有重要价值，即在某个历史时期对社会文化与人们的精神生活发挥过重要作用。在这个层面上的研究，必须力求避免用今天的标准衡量研究对象，或指责它没有符合我们的标准与原则。例如，儒家的文学观念往往表现出很强烈的政教意识，总是要求诗文成为政治伦理的工具，这在现代"审美"的或"纯文学"的评价标准看来自然是很难接受的，但是在传统的文化语境中，这却是古代士大夫伟大的历史使命感与社会担当精神之体现，也曾经发挥过极为重要的积极作用。从当下阐释者语境出发来判断研究对象的价值与意义则是我们要做的第二步。一种"历史流传物"总要对当下社会生活和人们的精神生活有某种意义才值得研究。这应是人文学科的基本原则。意义并不是固定的东西，不是恒量，它永远处于生成之中，而阐释活动就是意义生成的过程。在阐释过程中，研究者根据当下需求对研究对象的意义世界进行重构，选择其中某些可以进入当下精神生活的部分给予肯定性评价并弘扬之，那些传统经典的新的意义就生成了。

举例言之，中国古代文学经典中呈现出来的审美趣味，由诸如清、雅、丽、妙以及风、神、气、韵等诗文评语词标识着。对这种趣味，我们的文化诗学研究首先可以考察其生成语境，揭示其与古代文人士大夫的生存状况和精神旨趣之关联，进而揭示其特有的社会政治与文化功能，这是第一个层面的语境化。在此基础上，我们可以进而探讨这种趣味在今天的社会文化系统中的位置问题，探讨其在怎样的范围内依然存在着，以及它和当前社会生活以及我们追求的价值理想之间存在怎样的关系，等等。对于传统的存在于各种经典中的审美趣味，我们既不能像"憎恨学派"那样颠覆、否定，也不能像文化复古主义那样照单全收，而应该在分析的基础上进行判断。既要了解它曾经具有的意义与价值，更要了解它在今天依然可能具有的意义与价值。总之，我们所要建构的"中国文化诗学"对待像"审美"这类范畴，既要把它历史化、语境化，不把它看成是永恒的、固定不变的价值，又要探究其具体的社会历史功能，考察其当下依然可能具有的意义，而不能简单否定。

第一编 西汉初中期文艺思想

第一章
西汉初中期文艺思想概况

汉王朝是中国历史上第二个统一的封建帝国。就政治而言，秦朝的很多开创性举措对后世影响深远，为汉朝所不及。但就文化而言，汉代文化是先秦文化的大融合，其成就与影响则非秦朝可比。在先秦文化中，楚文化对汉文化的影响十分深远。李泽厚曾宣称"汉文化就是楚文化，楚汉不可分"①。李长之先生也认为："汉的文化并不接自周、秦，而是接自楚，还有齐。原来就政治上说，打倒暴秦的是汉；但就文化上说，得到胜利的乃是楚……就精神上看，楚实在是直接继续秦而统治着的，汉不过是一个执行上的傀儡而已。"②应该说，汉代毕竟是中华文化形成与发展历程中的一个重要阶段，汉文化并非先秦某种文化的翻版，而是深深打上汉代自身烙印的文化。但不可否认的是，汉文化对先秦文化，尤其是对楚文化的吸收与借鉴也是十分明显的。特别是汉初，楚文化的影响巨大。

《史记·项羽本纪》云："夫秦灭六国，楚最无罪。自怀王入秦不反，楚人怜之至今，故楚南公曰'楚虽三户，亡秦必楚'也。""楚虽三户，亡秦必楚"，这个著名成语历代解释甚多，其关键在对"三户"的解释：有解释为三户人家；有解释为楚三大王族大姓；也有将其视为地名者。③一般的解释

---

① 李泽厚：《美的历程》，85页，北京，中国社会科学出版社，1984。
② 李长之：《司马迁之人格与风格》，2～3页，北京，生活·读书·新知三联书店，1984。
③ （汉）司马迁：《史记》集解、索引，301页，北京，中华书局，1982。

是：楚国即使剩下三户人家，灭亡秦国的必然是楚国。我们看《战国策》可以知道，战国中后期唯一可以与秦国争天下的诸侯国即是楚国。正因楚长期是"天下之强国"，是能亡秦的唯一诸侯国，因而使楚国的强国形象深入人心，楚人之自信也由此而来。楚国即使只剩下三户人家，依然具备颠覆秦国的实力，这当然是一种夸张的说法。但秦朝确实是由三个楚人——陈胜、项羽、刘邦所灭。三人中，项氏家族世代为楚将，项羽是正宗的楚人，陈胜与刘邦则不能称为正宗的楚人。他们之所以被视为楚人是因为生长于楚地。陈胜为阳城人，刘邦为沛县人。阳城与沛县在战国时期都是楚国的领地，因而二人对楚文化从小耳濡目染，极为熟悉。《史记·陈涉世家》记载："其故人尝与庸耕者闻之，之陈……入宫，见殿屋帷帐，客曰：'夥颐！涉之为王沈沈者！'楚人谓多为夥，故天下传之，夥涉为王，由陈涉始。"与陈胜从小庸耕的伙伴说的是楚语，则陈胜大概说的也是楚语。陈胜起事时诈为楚名将项燕，自立为王时号"张楚"，将其视为楚人并不为过。刘邦身上的楚文化因素则更多，下文将有论述。正因如此，李长之先生认为汉的胜利实际上是楚文化的胜利，是有一定道理的。

◎ 第一节
汉初文学与先秦文学的承传

一、楚文化对汉初文学的影响

（一）汉初文化对楚文化的吸收与借鉴

汉初统治阶层对楚文化的偏爱自高祖刘邦开始。刘邦对楚文化的偏爱主要体现在对楚地音乐、舞蹈、语言、服饰及楚歌的喜爱上。《汉书·礼乐志》云:"高祖乐楚声。"《史记·留侯世家》也记载:"戚夫人泣,上曰:'为我楚舞,吾为若楚歌。'"从这两段记载来看,刘邦对楚地音乐与歌舞之偏爱可见一斑。因此,项羽被围垓下,刘邦能轻易地通过"四面楚歌"来瓦解西楚军队的斗志。刘邦对楚地服饰的喜爱,从叔孙通改变其服饰来迎合他可以证明。《史记·刘敬叔孙通列传》记载:"叔孙通儒服,汉王憎之。乃变其服,服短衣,楚制,汉王喜。"而高祖对楚地语言的提倡,则与陈胜相同,都因其生长于楚地的缘故。《史记·高祖本纪》集解引《风俗通义》云:"沛人语初发声皆言'其'。'其'者,楚言也。高祖始登帝位,教令言'其',后以为常耳。"而汉高祖对楚文化的偏爱最突出的表现是其对楚歌的创作与提倡。汉高祖十二年,刘邦衣锦还乡,作《大风歌》,是典型的楚歌。刘勰对刘邦之楚歌赞赏有加,其《文心雕龙·时序》云:"然大风鸿鹄之歌,亦天纵之英作也。"其后,汉代皇帝多有创作楚歌者,如武帝有《瓠子歌》《秋风辞》等。正因汉高祖及汉初功臣集团中众多人均来自楚地[①],因而楚文化也随着汉朝的建立逐渐流行开来。甚至"连汉初推行的'黄老无为之治',也是楚地固有的思想传统"[②]。

(二)楚文学对汉初文学的影响

由于汉初皇帝及功臣集团与楚文化关系密切,加之汉初上层贵族对楚文化的喜爱与提倡,楚文化对汉初文学产生了多方面的影响。

1. 楚辞对汉赋的影响

汉代文学最有代表性的文体是赋。楚文化对汉代文学最大的影响就体现在汉赋上。赋这一文体并非汉人首创,而是源自先秦。班固《汉书·艺文志》云:

> 传曰:"不歌而诵谓之赋,登高能赋可以为大夫。"言感物造耑,材

[①] 汉初功臣集团中萧何、曹参、韩信、周勃、陈平等皆来自楚地。
[②] 叶志衡:《楚风北袭与北学南渐——简论两汉文风的消长轨迹》,载《文学评论》,2006(5)。

知深美，可与图事，故可以为列大夫也。古者诸侯卿大夫交接邻国，以微言相感，当揖让之时，必称《诗》以谕其志，盖以别贤不肖而观盛衰焉。故孔子曰"不学《诗》，无以言"也。春秋之后，周道寖坏，聘问歌咏不行于列国，学《诗》之士逸在布衣，而贤人失志之赋作矣。大儒孙卿及楚臣屈原离谗忧国，皆作赋以风，咸有恻隐古诗之义。其后宋玉、唐勒，汉兴枚乘、司马相如，下及扬子云，竞为侈丽闳衍之词，没其风谕之义。

班固将赋分为两种：一是赋诗言志之赋，一是贤人失志之赋。这两种赋均是秉承先秦文学传统而来的。由此可见，汉赋秉承的是先秦文学传统。关于这一点，下节有专文论述。而从班固后一类赋来看，汉赋与楚文化关系尤为密切。所谓"贤人失志之赋"，班固最先举的例子是荀子与屈原之赋。屈原是楚国贵族，荀子也长期居住在楚国并曾为楚官吏，二人与楚渊源深厚，而宋玉、唐勒都是楚辞的主要作者。由此可见，汉赋与楚辞存在直接的血缘关系。这一点，刘勰说得很清楚。其在《文心雕龙·时序》中云："爰自汉室，迄至成哀，虽世渐百龄，辞人九变，而大抵所归，祖述楚辞，灵均余影，于是乎在。"在刘勰看来，西汉辞赋虽经历百年的变迁，但大体上仍然是祖述楚辞，并受到屈原的影响。《宋书·谢灵运传》也云："屈平、宋玉，导清源于前；贾谊、相如，振芳尘于后。"可见，汉赋乃是以屈原为代表作家的楚辞一脉相传的产物。王夫之《楚辞通释》论《九辩》云："其词激宕淋漓，异于风雅，盖楚声也。后世赋体之兴，皆祖于此。"显然也认为楚辞是汉赋之祖。因此，李泽厚直接指出楚辞"是汉代赋体文学的祖宗"[①]。

楚辞对汉赋的影响是全方位的。从形式上看，汉赋直接脱胎于楚辞。马积高在《赋史》中将赋分为骚体赋、文赋、诗体赋三种，并认为骚体赋由楚歌、楚辞演变而来；文赋由诸子问答体和游士的说辞演变而来，相传为屈

---

① 李泽厚：《美的历程》，70页，北京，文物出版社，1981。

原作的《卜居》《渔父》及宋玉的《风赋》也属此类。① 在汉初,汉赋的主要形式是骚体赋。 骚体赋直接继承了以《离骚》为代表的楚辞在语言形式上的特点,即采用参差中见整饬、韵散结合的句式来表达感情。 尤其是对"兮"字的运用,骚体赋更是直接受到楚辞的影响。 在意象的运用上,不仅《离骚》中香草美人的意象在汉赋中大量出现,远游、隐士甚至四方险恶的意象都在汉赋中反复出现。 从内容上说,汉初赋体作家往往借用屈原忠而被谤的故事进行言说,以此表达作家对自己怀才不遇的感叹,最典型的例子是贾谊的《吊屈原》。 不仅如此,汉初赋家甚至模拟楚辞的某一部作品来作赋。 清人刘熙载《艺概·赋概》云:"长卿《大人赋》出于《远游》,《长门赋》出于《山鬼》。"不仅司马相如,其他很多赋家均有模拟楚辞之作,如淮南小山的《招隐士》是模仿《招魂》《大招》而作;东方朔的《七谏》则是模仿屈原的《九章》;等等。 班固《汉书·艺文志》列汉赋为四类,其中屈原赋之类有"赋二十家,三百六十一篇",数量为四类中最多,可见以屈原赋为代表的楚辞对汉赋影响之大。

2. 楚文学对汉初诗歌的影响

汉赋是直接受楚辞影响而产生的文体类型。 但楚辞与汉赋毕竟是两种不同的文体,前者是诗歌,而后者是"押韵的散文"②。 在汉初,受楚文化影响而与楚辞同为诗歌文体的文学样式是楚歌诗。 楚歌是起源于楚地的民歌,屈原的《九歌》等作品中就有很多楚地民歌的影子。 汉初,由于上层贵族很多与楚地关系密切,因而楚歌广泛流行。 在刘邦之前,西楚霸王项羽在兵败垓下之时就曾作楚歌《垓下歌》,其辞云:"力拔山兮气盖世,时不利兮骓不逝。 骓不逝兮可奈何,虞兮虞兮奈若何!"全诗运用楚语,充分表达了项羽面临绝境时的无奈,充满了英雄末路的感叹。《垓下歌》与刘邦的《大风歌》基调相反,但都具有很强的感染力。 汉兴,由于刘邦对楚歌的喜爱与

---

① 马积高:《赋史》,4~6 页,上海,上海古籍出版社,1987。
② 游国恩、王起、萧涤非、季镇淮、费振刚主编:《中国文学史》第一册,89 页,北京,人民文学出版社,2002。

提倡,汉初帝王大多对楚歌十分喜爱并有创作。刘邦《大风歌》之后,汉武帝的《秋风辞》也被后人认为是帝王文学的佳作。其辞云:"秋风起兮白云飞,草木黄落兮雁南归。兰有秀兮菊有芳,怀佳人兮不能忘。泛楼船兮济汾河,横中流兮扬素波。箫鼓鸣兮发棹歌,欢乐极兮哀情多。少壮几时兮奈老何!"王世贞《艺苑卮言》云:"汉武故是词人。《秋风》一章,几于《九歌》矣。"实际上,此诗对秋天景物的描写更近于宋玉的《九辩》,而其对时不我待的哀叹则近于屈原的《离骚》。除帝王外,汉初诸侯王也作有很多楚歌,如赵王刘友、梁王刘恢、淮南王刘安等。[1] 此后,楚歌逐渐影响到一般文人,也成为汉代文人表达情感的一种文学样式。

楚文化对汉代诗歌的影响不仅仅体现在楚歌诗的影响上,其对汉初祭祀乐章也有影响,如汉武帝时期的《郊祭歌》就在很大程度上受到楚辞的影响。其中的《练时日》与楚辞关系更为密切。明代胡应麟《诗薮》认为其乃"骚辞也",并称其"辞极古奥,意极幽深,错以流丽,大率祖述《九歌》",明言《郊祭歌》受到屈原《九歌》的影响。此外,《宋书·志第十一》载汉乐府《今有人》一诗云:"今有人,山之阿,被服薛荔带女萝。既含睇,又宜笑,子恋慕予善窈窕。乘赤豹,从文狸,辛夷车驾结桂旗。被石兰,带杜衡,折芳拔荃遗所思。处幽室,终不见,天路险艰独后来。表独立,山之上,云何容容而在下。杳冥冥,羌昼晦,东风飘飘神灵雨。风瑟瑟,木搜搜,思念公子徒以忧。"虽全篇不见"兮"字,但无论具体的语句还是主旨,均是屈原《九歌·山鬼》的翻版。可见楚辞对汉乐府也有所影响。

3. 屈原形象在汉初文学中的传播

以屈原《离骚》为代表的楚辞是楚文化的集中体现。楚文化在后世的传播也往往是以楚辞被接受为标志。在汉初,随着楚辞的传播,屈原形象在汉初文学中被反复书写,成为士人抒发情感的重要符号。屈原忠而被谤、怀才不遇的遭遇深深打动了很多汉朝士人,尤其那些同样怀才不遇的人。汉初文

---

[1] 详见郭预衡主编:《中国古代文学史》第一册,282 页,上海,上海古籍出版社,1998。

人对屈原的接受主要表现在以下两个方面:

其一,在作品中对屈原的形象进行书写。最典型的作品有贾谊的《惜誓》《吊屈原》和东方朔的《七谏》。《惜誓》以屈原的口吻写成,要表达的主题是"非重躯以虑难兮,惜伤身之无功",对屈原的誓死殉国深表痛惜。《吊屈原》是贾谊的名篇,表达的思想与《惜誓》相同,认为屈原不应死守楚国,应"自引而远去""远浊世而自藏"。这两篇文章虽然沿袭《离骚》所建构的屈原忠贞的形象,但均对屈原不远走他乡而自沉汨罗江深表痛惜。东方朔《七谏》模仿《九章》,全部以屈原的口吻写成,因而从内容到形式与屈原的辞赋极为相似,如《初放》"群众成朋兮,上浸以惑","巧佞在前兮,贤者灭息",直言楚国小人结党营私、楚王受到迷惑,贤臣被排斥;《哀命》"伤楚国之多忧","何君臣之相失兮",对楚国君王失去贤臣,国家忧患重重表示痛惜。正因如此,《七谏》中的屈原形象与《离骚》一致,"正臣端其操行兮,反离谤而见攘",仍然是忠而被谤的形象。与贾谊不同,东方朔还在文中为屈原不远走他乡而自沉汨罗江进行了解释。其《怨世》云:"宁为江海之泥涂兮,安能久见此浊世?"在书写屈原忠而被谤形象的同时,也表现了屈原的志行高洁。

其二,在作品中书写屈原形象的同时,汉初文人还为屈原及其作品立传。典型作品有刘安的《离骚传》和司马迁的《史记·屈原贾生列传》。就现有文献看,刘安的《离骚传》是第一篇专门研究屈原作品的文章,但此文已佚,班固《离骚序》曾引用其部分文字。从其引文来看,刘安《离骚传》的重要观点是:"《国风》好色而不淫,《小雅》怨悱而不乱,若《离骚》者,可谓兼之。"这一点,也为《史记·屈原贾生列传》引用。可见,刘安与司马迁一样,对屈原的《离骚》给予了高度评价。不仅如此,据班固所引内容来看,刘安还曾为《离骚》作注解,开了汉人为楚辞作注的先河。司马迁是现存文献中第一个为屈原立传的人。其《史记·屈原贾生列传》对屈原生平记述甚详,并对《离骚》《渔父》《怀沙》《天问》《招魂》《哀郢》等文有所研究,提出了很多独到的见解。不仅"信而见疑,忠而被谤"成为后世论述屈原的基准，而且司马迁以"离骚者，犹离忧也"，认为"屈平之作《离骚》，盖自怨生也"，这一观点也成为对《离骚》题名由来的经典阐释。刘安和司马迁之后，汉人继续注释楚辞，特别是对《离骚》的注释，取得了很多成果。刘向和扬雄撰有《天问解》，班固、贾逵撰有《离骚经章句》、马融有《离骚注》，王逸更是著有楚辞学经典著作《楚辞章句》。

实际上，楚文化对汉代文学最大的影响不在具体文学样式上，而在对汉代文学浪漫精神的影响上。对此，李泽厚在《美的历程》第四章中有详细的论述，他以为，汉代文学艺术都有相同的艺术气质，不管是汉赋、汉乐府，还是汉画像石和汉代雕塑中都体现出强烈的浪漫精神。这些都源自与中原理性文化迥异的楚文化。正是有这种浪漫精神的浸染与高扬，汉人才创造了独具时代特色的文学与文化。

二、汉初辞赋文学与先秦文学的关系

赋形成于战国后期，就其基本性质而言，是一种以韵为主、韵散兼用的介于诗与文之间的文体。它较早的含义，一为诵读，一为铺陈。《国语·周语》："故天子听政，使公卿至于列士献诗……瞍赋矇诵。"赋、诵对举，大概是诵读方式有差异，《汉书·艺文志》云："不歌而诵谓之赋"；东汉刘熙《释名》对赋的铺陈之义做了说明："赋，敷也，敷布其义谓之赋"；《毛诗序》云："故诗有六义焉：一曰风，二曰赋，三曰比，四曰兴，五曰雅，六曰颂。""赋"在这里成了以铺陈为特征的作为《诗经》"六义"之一的表现方式。东汉的郑玄在注释《周礼·春官》："曰风，曰赋，曰比，曰兴，曰雅，曰颂"句中的"赋"时，也是这样对待的，"赋之言铺，直铺陈今之政教善恶"。唐代孔颖达《毛诗正义》对此也如此解释："风、雅、颂者，《诗》篇之异体；赋、比、兴者，《诗》文之异辞耳。"在刘勰的《文心雕龙·诠赋》中，赋从表现手法变成了文体之名："赋者铺也，铺采摛文，体物写志。"

作为文体的赋在形成过程中受到以《楚辞》为代表的楚文化,以及《诗》和包括纵横家说辞在内的诸文章的影响。刘勰在《文心雕龙·诠赋》中云:"然则赋也者,受命于诗人,而拓宇于楚辞也。……秦世不文,颇有杂赋。汉初词人,顺流而作。……繁积于宣时,校阅于成世,进御之赋,千有余首,讨其源流,信兴楚而盛汉矣!"他还提到,汉赋写作也受到战国纵横家说辞的影响,"炜烨之奇意,出乎纵横之诡俗。"(《文心雕龙·时序》)清章学诚也指出:"古之赋家者流,原本《诗》、《骚》,出入战国诸子。假设问对,《庄》、《列》寓言之遗也;恢廓声势,苏、张纵横之体也;排比谐隐,韩非《储说》之属也;征材聚事,《吕览》类辑之义也。"[①]汉初上距战国不远,文士阶层"游行""游说"之风犹存。

较早以赋命篇的是荀况和宋玉。屈原的作品未名为赋,但他对赋体的形成与发展有巨大影响,后人一般以其为辞赋宗匠。如果说屈原是在骚体抒情述志赋方面为后世奠定了基础,那么宋玉在《高唐》《神女》《风》等赋中"极声貌以穷文"的写作,则主要影响了后世体物叙事赋的发展,开汉代体物叙事赋的先河。明人陈第《屈宋古音义》指出:"按《高唐赋》,始叙云气之婀娜,以至山水之嵚岩激薄,猛兽、鳞虫、林木……形容迫似,宛肖丹青。盖楚辞之变体,汉赋之权舆也。《子虚》《上林》,实躇此而发挥畅大耳。"宋玉的《高唐赋》对于山洪暴发场面生动逼真的描写,对汉初辞赋家枚乘《七发》中观潮的描写也有影响,二者在描写对象时具有相似性,而且都铺陈得非常充分。另外,《七发》在体制上沿袭《楚辞》的《招魂》和《大招》,都是大肆铺排饮食之盛、歌舞之乐、女色之美以及宫室游观鸟兽之事。

概言之,西汉辞赋对先秦诸种文体兼收并蓄,形成新的体制,它借鉴楚辞、战国纵横之文主客问答的形式、铺张恣肆的文风,又吸取先秦史传文学的叙事手法,并且往往将先秦四言等诗歌融入其中。

---

① (清)章学诚:《校雠通义·汉志诗赋第十五》,见《文史通义》附,北京,中华书局,1985。

三、汉初乐府民歌与《诗》的关系

汉代的乐府民歌与先秦的《诗》也存在密切关系。汉乐府民歌在采集的方式和地域分布上受周代《诗》的影响。周统治者比较注重考察民情风俗、政教得失,为此采取了一种"采诗""陈诗""献诗"的措施,《诗》显然就是周王朝"采诗""陈诗""献诗"制度的产物。周代的"采诗""陈诗""献诗"主要是为了"观风俗,知得失,自考正"[①],汉代在民间的"采诗""陈诗"更多强调俗乐的娱乐功能,当然也有"观民风""观其政令之善恶"的作用。汉代执行这一采诗职责的是乐府署,而先秦执行这一采诗职责的是"大司乐"。"大司乐"这一机构在汉代继续存在,称"太乐署",与掌管俗乐的乐府署分开,掌管雅乐。可以这么说,汉代乐府采集的诗歌是继周代《诗》以后,又一次收集民间诗歌的壮举。《汉书·艺文志》所载西汉时乐府采集各地的民歌有:吴楚汝南歌诗十五篇、燕代讴雁门云中陇西歌诗九篇、邯郸河间歌诗四篇、齐郑歌诗四篇、淮南歌诗四篇、左冯翊秦歌诗三篇、京兆尹秦歌诗五篇、河东蒲反歌诗一篇、洛阳歌诗四篇、河南周歌诗七篇、周谣歌诗七十五篇、周歌诗二篇、南郡歌五篇,共计一百三十八篇。所涉地区相当广泛,包括今江苏、湖北、湖南、河南、河北、山西、甘肃、山东、安徽、陕西等十几个省市自治区,遍及江淮流域、黄河流域,范围之广超过《诗》。可惜这些作品并没有全部流传下来,现在我们所看到的汉代乐府民歌,多是后来收集到的东汉时期的作品。汉代的乐府民歌与周代的《诗》也有相似性,宋郑樵《通志·乐略》云:"乐府之作,宛同《风》《雅》。"明胡应麟在《诗薮·内编》卷一"古体上""杂言"条说得更绝对:"《诗》即《乐府》,《乐府》即《诗》,犹兵寓于农,未尝二也。"意思是说,《诗》本是汉以前的《乐府》,《乐府》就是周以后的《诗》,两者有内在交融、相同的地方。

---

① (汉)班固:《汉书》,1708页,北京,中华书局,1962。

四、汉初散文与先秦散文的关系

（一）汉初的政论文与战国策士的文风

文学的散文则产生于战国的晚期，章学诚《文史通义·诗教上》云："纵横之学，本于古者行人之官。观春秋之辞命，列国大夫，聘问诸侯，出使专对，盖欲文其言以达旨而已。至战国而抵掌揣摩，腾说以取富贵，其辞敷张而扬厉，变其本而加恢奇焉，不可谓非行人辞命之极也。……子史衰而文集之体盛，著作衰而辞章之学兴。"

陆贾本是秦末策士，初事刘邦，以能言善辩著称。汉定天下后，常在刘邦面前称《诗》《书》，并为刘邦"粗述存亡之征，凡著十二篇"，其书曰《新语》。作为汉初一位"首发奇采"的作家，陆贾的政论散文保持了战国策士纵横家说辞的浩荡气势，如论述君子"无为而治"内容时采用了一连串四个字的排比："是以君子握道而治，据德而行，席仁而坐，杖义而强，虚无寂寞，通动无量。故制事因短，而动益长，以圆制规，以矩立方。圣人王世，贤者建功，汤举伊尹，周任吕望，行合天地，德配阴阳，承天诛恶，克暴除殃。"①陆贾之后的贾山在汉文帝时，言治乱之道，借秦为喻，名曰《至言》，该文语言明快畅达，言多激切，长于铺陈排比，有战国策士说辞之遗风，尤长于在铺陈之中交错运用长短句及疑问词、语气词等，以造成跌宕起伏之气势、雄健疏放之风格，如"起咸阳而西至雍，离宫三百，钟鼓帷帐，不移而具。又为阿房之殿，殿高数十仞，东西五里，南北千步，从车罗骑，四马骛驰，旌旗不挠。为宫室之丽至于此，使其后世曾不得聚庐而托处焉。""秦皇帝居灭绝之中而不自知者何也？天下莫敢告也。其所以莫敢告者何也？亡养老之义，亡辅弼之臣，亡进谏之士，纵恣行诛，退诽谤之人，杀直谏之士，是以道谀偷合苟容，比其德则贤于尧舜，课其功则贤于汤武，

---

① 王利器撰：《新语校注·道基》，28 页，北京，中华书局，1986。

天下已溃而莫之告也。"贾山用一连串的铺陈描述了秦之辉煌,又用一连串的排比陈述了秦之灭亡的原因,文章具有战国纵横家的气势。清姚鼐《古文辞类纂》评贾山《至言》:"雄肆之气,喷薄横出,汉初之文如此。昭、宣以后,盖希有矣,况东京而降乎?"

汉初政论文以贾谊的艺术成就最高,比较有名的如《过秦论》《陈政事疏》等。贾谊的政论文体例明显有赋化倾向,写作方式也受纵横家影响。章太炎在《国故论衡·文学总论》中指出:"《过秦》之论,辞有枝叶,其感人颇深挚,则本之纵横家。"纵横家的说辞和辞赋均讲究铺陈夸饰、好用排比以及大量运用对偶句法,这些贾谊都用在他的政论文写作中。

据《汉书·艺文志》著录,邹阳文属纵横家,就今存《谏吴王书》和《狱中上梁王书》两篇来看,邹文有战国纵横家的遗风。他在《谏吴王书》中据古论今,分析时势,权衡形势,陈说利害,主旨是劝谏吴王濞消除对抗朝廷的野心。其笔力雄健,气势充沛,与战国游士说辞一脉相承。

汉初离战国未远,刘安及刘安宾客也尚存战国游士高谈阔论之遗风。《汉书·河间献王传》说:"淮南王好书,所招致率多浮辩。"高诱《淮南子·叙目》说:"(刘)安(为人)辩达,善属文。"在思想内容上,《淮南子》与《吕氏春秋》存有关系。高似孙在其《子略》中说:"淮南王尚奇谋,募奇士,庐馆一开,天下隽绝驰骋之流,无不雷奋云集,蜂议横起,瑰诡作新,可谓一时杰出之作矣。""及观《吕氏春秋》,则淮南王书殆出于此者乎!"

(二)司马迁的历史散文与古代史官的"实录"传统

司马迁的历史散文继承的是古代史官"实录"的优良传统,我国古代史官有着不虚美、不隐恶的光荣传统。例如,春秋时,齐国大夫崔杼杀了齐庄公,齐国的太史便记录"崔杼弑其君",崔杼便将太史杀了;太史的弟弟相继这样写,也被杀。太史的另一弟弟还这样写,崔杼见杀不胜杀,只好任凭他们记载。古代良史的标准,就是"书法不隐",即不隐瞒事实。司马迁在记录历史时也是这样。他借汲黯之口批评当朝皇帝刘彻"内实多欲而外饰以仁义"①，批评刘彻大搞神秘主义，好大喜功，穷兵黩武，"财赂衰耗而不赡"。据传，武帝看《史记》时因司马迁记载自己的过失而非常生气并删之。②刘宋裴骃为《史记》作注，总结《史记》的写作态度是一种实录精神，"服其善序事理，辩而不华，质而不俚，其文直，其事核，不虚美，不隐恶，故谓之实录"③。司马迁在记录历史过程中的"实录"精神触犯了中国古代为尊者讳的界线，所以东汉王充说司马迁作"谤书"，谓诽谤武帝也。裴松之驳此论："迁为不隐孝武之失，直书其事耳，何谤之有乎？"④李贽说《史记》不必以圣人是非为是非，乃"迁发愤之所为作也，其不为后世是非而作也"⑤，一语见地。

◎ 第二节
西汉初中期辞赋的文学思想

对汉代辞赋发展具有重要推进作用的是以诸侯王为中心的文学群体的出现。汉初为巩固刚刚建立的政权，刘氏集团先后消灭了具有实力的异姓诸侯，而广立同姓诸侯。这些刘氏宗亲不具备战国诸侯那样开疆拓土的能力，于是，便向着经济、文化、享乐方向发展。此时，西汉初期距战国不远，养士之风尚存。大国诸侯多礼贤下士，延揽人才。诸侯国的宾客除在政治、邦交方面发挥一定作用之外，更多的人则将注意力转移到文学方面。当时已

---

① （汉）司马迁：《史记》，3106 页，北京，中华书局，1959。
② "司马迁作《景帝本纪》，极言其短及武帝过。武帝怒而削去之"，见《史记·太史公自序》裴骃注引卫宏《汉仪注》。
③ （汉）班固：《汉书》，2738 页，北京，中华书局，1962。
④ （晋）陈寿撰，（宋）裴松之注：《三国志·董二袁刘传》注，180 页，北京，中华书局，1959。
⑤ （明）李贽：《李贽文集》第二卷《藏书》卷四十《司马迁传》，795 页，北京，社会科学文献出版社，2000。

招致文士著名者有吴王刘濞、梁孝王刘武和淮南王刘安。

给予汉初文学发展以巨大推动力的人首推梁孝王刘武。梁孝王刘武与景帝同为窦太后所生，为窦太后所亲；在平定吴、楚七国之乱中有功，又为大国，居天下膏腴之地。在梁孝王招延四方豪杰、文士，广筑苑囿的影响力和诱惑力下，一时俊逸之士如枚乘、公孙诡、邹阳、严忌、羊胜等从孝王游于梁园，形成当时极具影响力的文学群体。梁客皆善于创作辞赋，而枚乘尤为突出。枚乘是梁园文学群体的杰出代表。《汉书·艺文志》载枚乘赋九篇，其《梁王菟园赋》《忘忧馆柳赋》均为后人所称道，然而以《七发》最为著名。《七发》先大肆铺排饮食之盛、歌舞之乐、女色之美以及宫室游观鸟兽之事，然后对这些铺陈对象作否定性因素加以处理，文中对贵族公子养尊处优的生活方式做了批判。在《七发》中，枚乘成功地描写了潮水，把潮水写成一支声势浩大的军阵，并从形貌、动态、气势、声威各方面加以比较，多角度展现潮水与军阵之间近乎神似的相通之处。

在吴国、梁国、淮南国三大文学中心中，吴王刘濞于吴招致天下娱游子弟，其中有枚乘、邹阳、严夫之等，淮南王刘安亦在都城寿春（今安徽寿县）招宾客著书，而吴及淮南乃故楚地，梁也受楚文化浸润较深。在西汉初期的辞赋家中，比较有名的如陆贾、淮南王刘安都是楚人，庄忌、枚乘为吴人，但战国时吴也并入楚国。贾谊是洛阳人，但他有贬湖南长沙的经历，并写有带有楚文化影响的《吊屈原赋》及《鵩鸟赋》。可见汉赋的兴起与楚文化有关，并受其影响，可谓"拓宇于楚辞"（刘勰语）。

由于武、宣二帝好文学，再加上国力强盛，写赋的作家很多。班固《两都赋序》曾概述武宣之世赋风盛况："故言语侍从之臣，若司马相如、虞丘寿王、东方朔、枚皋、王褒、刘向之属，朝夕论思，日月献纳。而公卿大臣御史大夫兒宽、太常孔臧、太中大夫董仲舒、宗正刘德、太子太傅萧望之等，时时间作。"《汉书·艺文志》著录赋家赋作，武宣之世最为繁盛。比较有名的有司马相如、东方朔、董仲舒、司马迁、王褒等，或陈田猎，或抒士不遇，或述宫怨，或忧衰叹老，题材内容广泛，写作形式灵活多样。班固以刘歆《七略》撰《汉书·艺文志》，保持了诗赋的分类。诗赋分为五类，诗一类，辞赋四类，辞赋四类分别是屈原赋、陆贾赋、孙卿赋和杂赋。

一、贾谊赋与司马相如赋

贾谊的赋处于骚体赋向汉大赋转变的重要阶段。它虽较近骚体赋，但又明显带有汉大赋的某些特点，在中国赋史上占有重要地位。

据《汉书·艺文志》载，贾谊有赋七篇，现存五篇，其中以《吊屈原赋》《鵩鸟赋》为最有名，均载《史记》和《汉书》本传。

《吊屈原赋》大约作于汉文帝三年（前177）。《史记·屈原贾生列传》云："贾生既辞往行，闻长沙卑湿，自以寿不得长，又以适（谪）去，意不自得。及渡湘水，为赋以吊屈原。"《吊屈原赋》属于骚体赋，在创作方法上仿效屈原的《九章·怀沙》，即以四、五言句式为主。贾谊作《吊屈原赋》的时候，正在当长沙王太傅，其所处之地正是当年屈原怀念宗国之地，而两人又均遭君王疏斥之忧，所以其写作风格和形式仿效屈原的《怀沙》，也在情理之中。两赋不仅句法形式一致，采用四、五言句式，而且其思想感情也是息息相通的，都是对现实社会颠倒黑白、是非不分的抗诉。贾谊在《吊屈原赋》中对屈原的遭遇充满了同情，他为屈原自沉于汨罗江而惋惜，认为屈原处在战国纷争的时代，本来可以"历九州而相其君"，但他却执着地依恋楚国。王夫之在《楚辞通释·惜誓》中说："屈子远游之志不终，自投于渊，无救于楚，徒以轻生，谊所为致惜也。"贾谊的《吊屈原赋》不仅继承了屈原《离骚》的抒情传统，而且根源于自身政治命运的逆转，是对一己人生处境的自我审视，成为历史上以文学形式反思"士"在大一统政体下历史性悲剧的第一人。

《鵩鸟赋》是贾谊唯一的文赋。该赋写于汉文帝五年（前175），时贾谊26岁。《汉书·贾谊传》云："谊为长沙傅三年，有鵩飞入谊舍，止于坐隅。鹏似鸮，不祥鸟也。谊既以适居长沙，长沙卑湿，谊自伤悼，以为寿不得长，乃为赋以自广。"赋中有"单阏之岁，四月孟夏，庚子日斜，鹏集余舍"的记载。

贾谊的《鹏鸟赋》符合文赋的特点。文赋一般为对话体，有铺张的描述，而且有韵。①刘勰在《文心雕龙·诠赋》中所讲的"述客主以首引，极声貌以穷文"，就是对文赋写作两大特点的概括：以叙述客人与主人的对话为开头，极力描写物的声音和形态来显示文彩。《鹏鸟赋》有荀子赋的说理，又继承了屈宋赋状物的传统。该赋的语言特点是以四言句式为主，善于用生动的比喻和历史典故说明哲学道理，且重文采，"极声貌以穷文"，开了汉代文赋的先河。《鹏鸟赋》是贾谊唯一的文赋，这类赋自他以后，经过枚乘、司马相如、王褒、扬雄等人的发展，便成为汉赋的主流。

后人对贾谊的赋评价很高，如刘勰说："贾谊《鹏赋》致辨于情理"②，在论及《吊屈原赋》时说："自贾谊浮湘，发愤吊屈，体同而事核，辞清而理哀，盖首出之作也。"③在重视文学性和艺术性的扬雄看来，贾谊的赋与司马相如的赋的文学成就都很高，只不过相如更高一筹，若"贾谊升堂"，则"相如入室"。而在重视思想性大于艺术性的朱熹看来，贾谊的成就要高于相如："谊有经世之才，文章盖其余事，其奇伟卓绝，亦非司马相如辈所能仿佛。"④他们都各自强调了贾谊赋的某一优点。

司马相如，字长卿，蜀郡成都（今四川成都）人，西汉辞赋家。司马相如的文学成就主要表现在辞赋上。《汉书·艺文志》著录"司马相如赋二十九篇"，现存《子虚赋》《上林赋》《大人赋》《长门赋》《美人赋》《哀秦二世赋》六篇，另有《梨赋》《梓山赋》等三篇仅存篇名。《隋书·经籍志》有《司

---

① 马积高在《赋史》中将赋的体制按其起源分为三类：由楚歌演变而来的骚体赋；由诸子问答体和游士的说辞演变而来的文赋；由《诗》演变而来的诗体赋。（详见马积高：《赋史》，4～6 页，上海，上海古籍出版社，1987）
② （南朝梁）刘勰著，范文澜注：《文心雕龙注》，135 页，北京，人民文学出版社，1958。
③ 同上书，241 页。
④ （宋）朱熹：《楚辞集注·鹏赋》，159 页，上海，上海古籍出版社，1979。

马相如集》一卷,已散佚。 明人张溥辑有《司马文园集》,收入《汉魏六朝百三家集》。

司马相如代表作《子虚赋》《上林赋》虽非一时一地之作,但内容前后相接,故司马迁《史记》将它们视为一篇,称为《天子游猎赋》。《子虚赋》由虚构的子虚、乌有先生、亡是公三个人物的对话所组成,主要内容是楚人子虚使于齐,齐王悉发车骑,举行大规模的田猎向子虚炫耀齐国的实力。 子虚则向齐王叙述楚国云梦泽之广大、物产之丰饶、楚王游猎之盛况,齐王听后无言以对。 听了子虚所言,乌有先生不高兴也不服气,他先批评子虚对楚国的夸耀乃"轻于齐而累于楚""彰君之恶而伤私义",接着描述齐国之辽阔广大和风物繁不胜数,"异方殊类,珍怪鸟兽,万端鳞萃,充牣其中者,不可胜记,禹不能名,契不能计",从而想在气势上压倒楚国。 然后在《上林赋》中,亡是公出场表态,他认为二人所言皆非,错在"不务明君臣之义而正诸侯之礼,徒事争于游戏之乐,苑囿之大,欲以奢侈相胜,荒淫相越,此不可以扬名发誉,而适足以贬君自损也。"又认为二人所夸耀的楚、齐之辽阔富饶及田猎之事不及汉家天子,"且夫齐楚之事,又乌足道乎? 君未睹夫巨丽也,独不闻天子之上林乎?"接着极力书写上林苑之富饶,天子游猎之壮观。 又接着写到天子自悟到"此大奢侈""恐后世靡丽","非所以为继嗣创业垂统""于是乎乃解酒罢猎"。 最后引用当时流行的儒家思想来结束文章,希望朝廷改革时政,体恤民生:"而命有司曰:'地可垦辟,悉为农郊,以赡氓隶,隤墙填堑,使山泽之民得至焉。 实陂池而勿禁,虚宫馆而勿仞。 发仓廪以振贫穷,补不足,恤鳏寡,存孤独。 出德号,省刑罚,改制度,易服色。 革正朔,与天下为始。'"①司马迁在《史记·司马相如列传》中概括该赋的主旨是用以讽谏。 确实,这两赋含有讽谏统治者不可以"奢侈相胜,荒淫相越"的深意。

---

① 董仲舒也在《春秋繁露·楚庄王》中提到:"故必徙居处,更称号,改正朔,易服色……春秋之法,以人随君,以君随天。"

二赋在艺术表现上铺张扬厉，大量运用排比句，行文气势雄阔、波澜起伏，显示了汉帝国强盛时期的一种大观宇宙的精神，如"左苍梧，右西极，丹水更其南，紫渊径其北"，"视之无端，察之无涯，日出东沼，入乎西陂"，"娱耳目乐心意者，丽靡烂漫于前，靡曼美色于后"，"撞千石之钟，立万石之𬭊，建翠华之旗，树灵鼍之鼓，奏陶唐氏之舞，听葛天氏之歌，千人唱，万人和，山陵为之震动，川谷为之荡波"等。作者在具体写作过程中采用一种递进式的写作方式，楚夸于前，齐追于后，大汉之巨丽又压过齐楚。具体描写到某一场景时既酣畅淋漓，又起伏多变，层层夸饰渲染、虚实并举，如描写云梦一地，东南西北中上下一一铺排，山水木石，珍禽异兽，奇花异草，名目繁多。

司马相如赋辞藻富丽、气势磅礴，作者尤其在联绵词、双声叠韵词以及同一偏旁词排列在一起的使用上登峰造极，如《上林赋》写苑中水的流动之势就用了几十个带"水"字偏旁的字以描写水势：

"东西南北，驰骛往来，出乎椒丘之阙，行乎洲淤之浦，经乎桂林之中，过乎泱漭之野。汩乎混流，顺阿而下，赴隘陕之口。触穹石，激堆埼，沸乎暴怒，汹涌澎湃，滭弗宓汩，湢测泌瀄，横流逆折，转腾潎洌，滂濞沆溉；穿隆云桡，蜿灗胶戾，逾波趋浥，涖涖下濑；批岩冲壅，奔扬滞沛；临坻注壑，瀺灂陨坠；沉沉隐隐，砰磅訇磕；潏潏淈淈，湁潗鼎沸。驰波跳沫，汩㶁漂疾，悠远长怀，寂漻无声，肆乎永归。然后灏溔潢漾，安翔徐徊；翯乎滈滈，东注太湖，衍溢陂池。"

这一段读起来不仅铿锵有力，富于音乐美和听觉美，也因同一偏旁字的并排使用，给人以视觉美。这种描摹物态、物貌的选词、用词方式深深影响了后世的赋作，如魏晋郭璞的《江赋》在描写长江及其风物时，就大量选用同一偏旁字。

概言之，司马相如的赋重铺排夸饰，极富文采美和音乐美，为汉代散体大赋确立了比较成熟的形式，从而使汉赋成了一代鸿文。扬雄评价他"作赋甚弘丽温雅"①，鲁迅则评价他"不师故辙，自摅妙才，广博闳丽，卓绝汉代"②。

二、赋的社会基础与文学成就

赋的社会基础表现在两个方面：

一是雄厚的物质和文化基础。经过汉初的休养生息，因战争带来生产力的破坏逐渐得以恢复发展，直至"文景之治"，国家日益富足。至武帝时，财力物力更加雄厚③，国力强大，开疆拓土，北击匈奴，西通西域，南征百越，东伐高丽，丝绸之路远达万里之外。恢宏的国家气象，昂扬的民族精神，煊赫的帝王声威，物质文化的盛况，给汉代赋作家提供了铺陈状物的雄厚的物质基础和开拓进取的精神。以梁国文学群体为例，其文学群体赋作的繁荣与梁国的强大是分不开的。"梁多作兵器弩弓矛数十万，而库府金钱且百巨万，珠玉宝器多于京师。"④梁孝王还筑东苑，方三百余里，扩睢阳城七十里。东西驰猎，拟于天子。⑤梁孝王所建造的"菟园"（后人称作"梁园"）是当时全国最大的私家园林。梁园三百余里的美景和物产的丰盈为司马相如创作《子虚赋》、枚乘创作《梁王菟园赋》《七发》奠定了物质文化基础，而梁国的强大和刘武的壮阔胸襟，也给司马相如、枚乘带来如炽的创作激情和豪迈的写作精神。司马相如之所以能写出《上林赋》中的来自全国各

---

① （汉）班固：《汉书》，3515页，北京，中华书局，1962。
② 鲁迅：《汉文学史纲要》，57页，北京，人民文学出版社，1976。
③ "至武帝之初七十年间，国家亡事，非遇水旱，则民人给家足，都鄙廪庾尽满，而府库余财。京师之钱累百巨万，贯朽而不可校。太仓之粟陈陈相因，充溢露积于外，腐败不可食。众庶街巷有马，仟佰之间成群，乘牸牝者摈而不得会聚。"（《汉书》，1135页，北京，中华书局，1962）
④ （汉）司马迁：《史记》，2038页，北京，中华书局，1959。
⑤ "梁孝王好营宫室苑囿之乐，作曜华之宫，筑兔园，园中有百灵山，山有肤寸石、落猿岩、栖龙岫，又有雁池，池间有鹤洲、凫渚，其诸宫观相连，延亘数十里。奇果异树，瑰禽怪兽毕备。王日与宫人宾客弋钓其中。"（《西京杂记译注》，121页，上海，上海三联书店，2013）

地的民间歌舞①,自然也是由于他常待在汉武帝身边,耳闻目睹宫中及上林苑中的各种音乐,既有三皇五帝以来的雅乐,也有"巴、俞、宋、蔡"之舞和"荆、吴、郑、卫"之声。丰富辽阔的社会文化气象给他的赋作提供了素材和气象。

二是帝王的喜好与推动。汉赋的兴起与汉武帝刘彻本人文学创作的实践和大力提倡有很大的关系。汉赋是《诗经》与《楚辞》两种文学形式的结合,是刘彻最喜爱的文学样式。不同于汉景帝,汉武帝好赋,听说枚乘善赋,即位之初,就用安车蒲轮征召之,"武帝自为天子,闻乘名,及即位,乘年老,乃以安车蒲轮征乘,道死"②。当读到司马相如的《子虚赋》时,汉武帝大为赞叹,叹曰:"朕独不得与此人同在哉?"当他得知相如尚在,立即征召"上京,乃召问相如",让他作赋,任以为郎。③淮南王刘安对屈原的《离骚》很有研究,"初,安入朝,献所作《内篇》,新出,上爱秘之。使为《离骚传》,旦受诏,日食时上。又献《颂德》及《长安都国颂》。每宴见,谈说得失及方技赋颂,昏莫然后罢"。④刘勰在《文心雕龙·辨骚》中说:"昔汉武爱《骚》,而淮南作《传》。"可见,刘彻对赋极为喜好。于是,大批游士云集长安,希冀得到帝王赏识。由于刘彻的大力支持和扶植,汉赋大盛,一大批辞赋家出现在武帝朝的文坛上。

汉武帝本人还喜欢文学创作。元鼎四年(前112),武帝得鼎后写过一篇声情并茂的《秋风辞》;元封二年(前109),他亲临黄河瓠子决口处,组织群臣和数万大军抢险,写下《瓠子歌》;李夫人死后,写过《李夫人赋》。汉武帝为促进文学繁荣,"兴太学,修郊祀,改正朔,定历数,协音律,作诗

---

① 在《上林赋》中曾提到武帝的私家园林上林苑有来自全国各地的民间歌舞:"奏陶唐氏之舞,听葛天氏之歌。千人唱,万人和,山陵为之震动,川谷为之荡波。巴、俞、宋、蔡,淮南干遮,文成颠歌。……荆、吴、郑、卫之声,《韶》《濩》《武》《象》之乐,阴淫案衍之音。"
② (汉)班固:《汉书》,2365页,北京,中华书局,1962。
③ 同上书,2533页。
④ 同上书,2145页。

乐……号令文章,焕焉可述"①。

武帝以后的宣帝继续延续着对赋的喜好。宣帝曾举行作赋竞赛,选出高下,赏其丝帛,"宣帝时修武帝故事,讲论六艺群书,博尽奇异之好,征能为《楚辞》九江被公,召见诵读,益召高材刘向、张子侨、华龙、柳褒等待诏金马门……上令褒与张子侨等并待诏,数从褒等放猎,所幸宫馆,辄为歌颂,第其高下,以差赐帛"。② 并为赋的地位辩护:"不有博弈者乎?为之犹贤乎已!辞赋大者与古诗同义,小者辩丽可喜。辟如女工有绮縠,音乐有郑卫,今世俗犹皆以此虞说耳目。辞赋比之,尚有仁义风谕,鸟兽草木多闻之观,贤于倡优博奕远矣。"③宣帝肯定了赋所具有的歌颂、教化、讽谏的功能,同样肯定了赋具有娱乐的功能,这种娱乐甚至比下棋更合乎教化。

刘勰描述了汉赋的兴盛过程:"汉初词人,顺流而作,陆贾扣其端,贾谊振其绪,枚(乘)马(司马相如)同其风,王(褒)扬(雄)骋其势;(枚)皋(东方)朔以下,品物毕图。繁积于宣(帝)时,校阅于成(帝)世,进御之赋千有余首。讨其源流,信兴楚而盛汉矣。"④

赋的写作受时代精神所浸润。刘勰在《文心雕龙·诠赋》中说赋"体国经野,义尚光大",抓住了汉赋的写作形式与精神气象中所透露出来的时代精神。陆贾以其《新语》为两汉士风灌注一种精神高义,贾谊则在其《新书》中高举儒家精神,并在文本展现形式上创"经国大体"之文本形态。"所谓'经国',既要有为国之心,又须有经国之才;所谓'大体',既须有丰富而深邃的理思内容,又要有足以包容理思内容的宏大语体规模"⑤。汉武帝时代,士人继续延续着陆贾、贾谊以来论述经国大业和描述时事的政治远识、历史胸怀与文化抱负。司马迁的《史记》体大思精,究天人之际,考

---

① (汉)班固:《汉书》,212页,北京,中华书局,1962。
② 同上书,2821、2829页。
③ 同上书,2829页。
④ (南朝梁)刘勰著,范文澜注:《文心雕龙注》,134~135页,北京,人民文学出版社,1958。
⑤ 程世和:《汉初士风与汉初文学》,132页,北京,中国社会科学出版社,2004。

古今得失，既有宏大的精神气象，又具有深沉的时代与历史内涵。司马相如作为汉赋的代表，他的写作自然受到士风和时风的影响，他一方面以《子虚赋》《上林赋》展示其"苞括宇宙"的赋家胸襟；另一方面又以《难蜀父老》《封禅文》表现"崇论宏议"的政治识见，充分显现了宏博器识、胸怀天下，集政治识见、历史理性与文化胸襟于一体的士风，以及"上考之天，下揆之地，中通诸理"（《淮南子·要略》）的时风。学者程世和对汉赋与时代精神的关系做了很好的总结："在由汉初之世转入汉武时代的历史进程中，枚乘与司马相如前后相续，分别以其《七发》与《子虚赋》传达出了时代新变气象。而司马相如更是凭藉着与时代气象相接应的赋家之心，以《子虚赋》迎接着汉武盛世的到来，又以《上林赋》对业已到来的汉武盛世给予了充分的赞颂。《子虚赋》与《上林赋》分处于两个时代的临界点前后，以大赋体式烘托了汉武盛世的氤氲化生。"①

汉赋的文学成就如下：

首先，表现在文体创新上。汉赋兼收并蓄先秦诸种文体，它借鉴楚辞、战国纵横之文主客问答的形式、铺张恣肆的文风，又吸取先秦史传文学的叙事手法，并且往往将先秦四言诗歌等融入其中。最终演变为一种介于诗文之间、以夸张铺陈为特征、以状物为主要功能的特殊文体，成为汉代文学（尤其是文人文学）的正宗和主流。

其次，表现在文学创作上有鲜明的审美化倾向。司马相如曾在《上林赋》中说汉赋"巨丽"。扬雄早年热衷于辞赋写作，崇拜司马相如作赋"甚弘丽温雅"，所以"每作赋，常拟之以为式"②。扬雄注意到了司马相如赋的特征"弘丽温雅"，说明他明确认识到汉赋的艺术性和审美性，并将之作为追求的目标。《西京杂记》载司马相如作《上林赋》《子虚赋》时，"意思萧散，不复与外事相关；控引天地，错综古今，忽然如睡，焕然而兴，几百日而后成"。桓谭《新论》说扬雄作《甘泉赋》："诏令作赋，为之卒暴，思

---

① 程世和：《汉初士风与汉初文学》，241页，北京，中国社会科学出版社，2004。
② （汉）班固：《汉书》，3515页，北京，中华书局，1962。

精苦，赋成，遂因倦小卧，梦其五藏出在地，以手收而内之。及觉，病喘悸，大少气。病一岁。由此言之，尽思虑，伤精神也。"《后汉书·张衡传》说张衡创作《二京赋》是"精思傅会，十年乃成"。正是这些作家在创作赋时的殚精竭虑，不仅体现了他们对艺术，尤其是对华美文辞的自觉追求，也使汉赋具有了"丽"的特征。

再者，汉赋中林林总总、形形色色、逐一铺陈排比的描写，使其呈现出过去文学从未有过的广阔丰富图景和宏伟壮丽气势。使汉赋得以实现这一文学表达目的的，就是贯穿在汉赋写作中的大观宇宙的精神和"比物属事，离辞连类"的写作方式。枚乘的《七发》实际上已涉及大观宇宙的精神和囊括宇宙万物的创作方式，他在《七发》中写到饮食之盛、歌舞之乐、女色之美以及宫室游观鸟兽之事，并涉及赋的创作："既登景夷之台，南望荆山，北望汝海，左江右湖，其乐无有。于是使博辩之士，原本山川，极命草木；比物属事，离辞连类。"这里已透露出了汉赋主要描写山川自然等壮丽事物，以及从南北、左右等多角度多方位透视万物的一种大观宇宙的精神；同时也谈到了"比物属事，离辞连类"的写作方式，通过连缀相类的事物，进行排比归纳，造成铺张扬厉的效果。《西京杂记》中记载相传是司马相如的一段话，更清楚表明汉赋文体在写作内容和创作方式上的特质："合綦组以成文，列锦绣而为质，一经一纬，一宫一商，此赋之迹也。赋家之心，苞括宇宙，总览人物，斯乃得之于内，不可得而传。""赋家之心，苞括宇宙，总览人物"说的就是一种大观宇宙的精神，"合綦组以成文，列锦绣而为质，一经一纬，一宫一商"说的是赋在创作方式上通过连缀事物来完成，即以"合""列"来完成。

最后，张扬了文学娱乐的功能。汉赋有"虞说耳目"的功能。在汉代已出现了以文为娱的做法，如汉武帝以枚皋和东方朔的赋作内容来娱乐自己。《汉书·枚乘传》云："皋不通经术，诙笑类俳倡，为赋颂，好嫚戏，以故得媟黩贵幸，比东方朔、郭舍人等。"《汉书·严助传》又云："朔、皋不根持论，上颇俳优畜之。"汉宣帝刘询喜欢辞赋，诏令王褒、张子侨等赋作家陪伴其右，数从游猎，并为其游猎活动进行赋的写作——"所幸宫馆，辄为歌颂，第其高下，以差赐帛"，其中也突出了赋的娱乐功能。当时还发生了用王褒的赋为太子（即后来的汉元帝）治病的奇事，由于疗效显著，太子得以康复，结果后来在后宫中形成了诵读王褒赋的风气。①

虽然汉赋写作也强调"讽谏"功能，但实际情形是，汉赋的"讽谏"效果远远不及它审美娱乐的效果。所以，可以这样说，由于汉赋注重对自然物色的描摹，并以此张扬文学的审美娱乐性，却在无意中削弱了当时盛行的文学对社会现实政治的表达，和减少了对王道诉说的写作模式，从而矫正了先秦诸子和汉代策论训诫明道的习气，开创了文学自觉化写作的先河。

◎ 第三节
西汉初中期诗歌的文学思想

一、汉乐府民歌的文化功能与艺术成就

"乐府"是古代音乐官署的名称，也是很早存在但命名比较晚的一种文艺创作样式的专名。乐府官设立，不是从武帝朝开始的，至迟在汉惠帝二年（前193），已设有"乐府"机构。② 《史记·乐书》记载："高祖过沛，诗《三侯之章》，令小儿歌之。高祖崩，令沛得以四时歌舞宗庙。孝惠、孝文、孝景无所增更，于乐府习常肆旧而已。"西汉孝惠帝时，夏侯宽为"乐府

---

① "其后太子体不安，苦忽忽善忘，不乐。诏使褒等皆之太子宫虞侍太子，朝夕诵读奇文及所自造作。疾平复，乃归。太子喜褒所为《甘泉》及《洞箫颂》，令后宫贵人左右皆诵读之。"（《汉书·王褒传》，2829页，北京，中华书局，1962）
② 学者张永鑫明确提出，"乐府"在秦时已存在，"太乐"掌宗庙祭祀乐舞，"乐府"则掌供皇帝享用的世俗舞乐。存此一说。（详见张永鑫：《汉乐府研究》，41~42页，南京，江苏古籍出版社，2000）

令",始以名官。《汉书·礼乐志》记载:"高祖乐楚声,故《房中乐》,楚声也。孝惠二年,使乐府令夏侯宽备其箫管,更名《安世乐》。"这一时期的"乐府",其职能只是"习常肄旧""习吹以相和",即在朝廷封禅祭祀、消遣娱乐时,为人主奏乐、歌舞,与历代的音乐官署机构并没有什么区别。

汉武帝时,整顿乐府官:"元朔五年(前124)夏六月,诏曰:'盖闻导民以礼,风之以乐。今礼坏乐崩,朕甚闵焉。故详延天下方闻之士,咸荐诸朝……'"①,于是有"采诗夜诵,有赵、代、秦、楚之讴"。立乐府为专署,采诗入乐从武帝时才开始。宋人郑樵说:"乐府在汉初虽有其官,然采诗入乐,自汉武始。"②据《汉书·礼乐志》载:"至武帝定郊祀之礼……乃立乐府,采诗夜诵,有赵、代、秦、楚之讴。以李延年为协律都尉,多举司马相如等数十人造为诗赋,略论律吕,以合八音之调,作十九章之歌。以正月上辛用事甘泉圜丘,使童男女七十人俱歌,昏祠至明。夜常有神光如流星止集于祠坛,天子自竹宫而望拜,百官侍祠者数百人皆肃然动心焉。"可见,以官方机构而大规模采集民歌民谣并于朝廷上诵习歌唱,汉武帝为首创。

自秦汉以来,音乐制度有一系统,即"太乐"系统,由外廷"太常"执掌宗庙典礼,属官方音乐,传播的主要是前朝流传下来的雅乐。汉武帝为了保证汉乐府俗乐能够畅通无阻,他从机构上采取措施,把"乐府"这个本来属太常府的音乐机构,移置少府,由内廷少府执掌。这样,"乐府"由纯粹的官办机构转为带有皇家"私人"色彩的机构。"立乐府"的实质是汉武帝中朝官制度的一个组成部分,以"内乐"掌握"外乐"。此时流行于朝廷的是作为新声系统的"楚声"与"新声"(包括"胡乐"),同时,主要用来取悦帝王与宗室的民间俗乐获得了合法性,汉武帝也由此极度扩大了乐府的文化功能。

由于汉武帝改建乐府制度,由太乐署执掌雅乐,乐府执掌俗乐,他的兴

---

① (汉)班固:《汉书》,171页,北京,中华书局,1962。
② (宋)郑樵:《通志》卷四十九《乐略第一·正声序论》,626页,北京,中华书局,1987。

趣和爱好便集中在俗乐新曲上,这给音乐带来了新的创新功能。元鼎六年(前111),刘彻准备封禅大典,起用有音乐专长的李延年为"协律都尉",参与制礼作乐,汉乐始有"新声变曲"。所谓"新声变曲"就是在原先的音乐中开始融入西北少数民族音乐成分,它是汉乐府融合胡曲的乐器、旋律、题材、演唱形式等诸因素为一体的音乐新品种。李延年以胡曲改造乐府,作"新声变曲",谱写乐曲,还在乐队中引进西北少数民族乐器,如胡笛、箜篌等,使乐府传统的演奏形式与乐队的构成都发生了变化。①汉武帝之所以喜欢乐府,乃是因为其旋律与中原传统雅乐不同。比之古奥典重的传统雅乐,俗乐清新悦耳、旋律多变,二者的演奏效果截然不同。《文心雕龙·乐府》描述了听雅乐昏昏欲睡,听俗乐则不知疲倦的情景:"俗听飞驰,职竞新异;雅咏温恭,必欠伸鱼睨;奇辞切至,则拊髀雀跃。"由于"新声变曲"的加入,俗乐的娱戏和娱乐的功能都胜于雅乐,自此,武帝更加沉湎于俗乐新声中。②他对俗乐的喜好也影响此后诸帝。③

在汉武帝时期,俗乐也有了宗教的功能。《汉书·礼乐志》云:"是时,河间献王有雅材,亦以为治道非礼乐不成,因献所集雅乐。天子下大乐官,常存肄之,岁时以备数,然不常御,常御及效庙非雅声"。刘劭《风俗通义·声音》云:"武帝始定郊祀,巡省高封,乐官多所增饰,然非雅正"。"郊"是祭天,"祀"是祭地,祭天祀地是很重要的宗教活动。不仅如此,武帝令相如等人描写祭祀,相如等人为武帝祭祀五郊写《郊祀歌》十

---

① "横吹有双角,即胡乐也。汉博望侯张骞入西域,传其法于西京,惟得《摩诃兜勒》一曲。李延年因胡曲更造新声二十八解,乘舆以为武乐,后汉以给边将,和帝时万人将军得用之。"(《乐府诗集》卷二十一《横吹曲辞》,309页,北京,中华书局,1979)

② "(元鼎六年)其春,既灭南越,上有嬖臣李延年以好音见。上善之,下公卿议,曰:'民间祠尚有鼓舞乐,今郊祀而无乐,岂称乎?'……于是塞南越,祷祠太一、后土,始用乐舞,益召歌儿,作二十五弦及空侯,琴瑟自此起。"(《史记》,1396页,北京,中华书局,1959)

③ 《汉书·王褒传》记载宣帝为王褒赋颂辩护时打比方说:"辟如女工有绮縠,音乐有郑卫,今世俗犹皆以此虞说耳目。"史载昭帝等与俳倡共乐,"大行(昭帝)在前殿,发乐府乐器,引内昌邑乐人,击鼓歌吹作俳倡,会下还。上前殿,击钟磬,召内泰壹宗庙乐人辇道牟首,鼓吹歌舞,悉奏众乐。"(《汉书》,2940页,北京,中华书局,1962)

九章。①

可见，汉乐府扩展了以往"太乐"的功能，并打破了旧有的雅乐与新声的界线。它给汉乐府民歌带来了合法性。汉乐府民歌借着"乐府"机构，浸润于朝廷上下，获得了合法性，使自身在文化诉求方面既可表现为娱乐，也可表现为宗教。

"乐府"也歌颂、演奏朝廷上层人士的歌诗，这也推动了朝廷士人阶层的诗歌创作，尤其是对五言诗的创作。例如，汉武帝所作的《天马歌》，为乐府所奏，协于宗庙；再如汉武帝命司马相如等作的诗颂，命李延年"次序其声"，"弦歌所造诗，为之新声曲"②，成《郊祀歌》十九章。这使朝廷中出现了雅乐与俗乐，上层文士歌诗与来自民间的诗歌、民谣同时并存、同台演出的奇观。从而让汉代文人对汉乐府民歌有了一个新的认识，并重新审视它，进而摹仿、学习和摹仿。

汉乐府民歌在诗歌题材方面也带来新变化。既有帝王逸乐、巡狩、典礼等题材的扩充，也有描写西域和匈奴等新内容的。郭茂倩《乐府诗集》卷二十一《横吹曲辞》收集了这方面的内容，如描写西域各国"游石关，望诸国。月支臣，匈奴服。令从百官疾驱驰，千秋万岁乐无极"。"君马黄，臣马苍，二马同逐臣马良……美人归以南，驾车驰马，美人伤我心；佳人归以北，驾车驰马，佳人安终极"，写的是西域盛行良马、美女。有"胡姬年十五，春日独当垆"的《羽林郎》描写的是西域文化涌入中原以后对中原文化的影响，诗中的"美女"胡姬有西域之美貌，穿戴打扮也尽西域之俗："头上蓝田玉，耳后大秦珠"，惹得中原男子冯子都蠢蠢欲动，与之调笑。

汉乐府民歌在文学成就上主要表现在以下几个方面：

其一，汉乐府民歌清新朴素的风格、生动活泼的语言，给汉代文坛带

---

① "延年善歌，为新变声。是时上（武帝）方兴天地诸祠，欲造乐，令司马相如等作诗颂。延年辄承意弦歌所造诗，为之新声曲。"（《汉书》，3725 页，北京，中华书局，1962）

② （汉）班固：《汉书》，3725 页，北京，中华书局，1962。

来了一股清新的风气。明胡应麟说："惟汉乐府歌谣，采摭闾阎，非由润色，然质而不俚，浅而能深，近而能远，天下至文，靡以过之。后世言诗，断自两汉，宜也。"①又说："知成言，绝无文饰，故浑朴真至，独擅古今。"②"两汉之诗，所以冠古绝今，率以得之无意；不唯里巷歌谣，匠心信口，即枚、李、张、蔡，未尝锻炼求合，而神圣工巧，备出天造。"③"无意于工，而无不工者，汉之诗也。"④胡应麟评之云："《有所思》一篇，题意语词，最为明了，大类乐府《东门行》等。《上邪》言情，《临高台》言景，并短篇中神品，无一字难通者。"⑤又如以"闾苍口语，而用意之妙，绝出千古"论《上山采蘼芜》，认为该诗具有"随语成韵，通韵成趣，辞藻气骨，略无可采，而兴象玲珑，意致深婉，真可以泣鬼神，惊天地"的特点。陆时雍也说："古乐府多俚言，然韵甚趣甚。后人视之为粗，古人出之自精，故大巧者若拙。"⑥

其二，叙事性。《汉书·艺文志》称汉乐府有"缘事而发"的特征。作为我国诗歌两大源头的《诗经》与《楚辞》，抒情诗占据着绝对优势，但这种局面随着汉乐府诗的出现有所改变。汉乐府民歌，叙事性作品众多，而且成就比抒情性的乐府民歌更为突出，如《妇病行》《孤儿行》《东门行》《陌上桑》等作品，叙事性强，且叙事技巧高超，往往通过生活的某一典型性片断的展示，通过对某一形象化主人公人生境遇的场景性展现，真实而深刻地揭示了当时社会某一阶层的生存状况。《妇病行》就选取病妇临终前托孤于丈夫这一场景性片段，把亲人间的生离死别以及在饥饿、苦痛面前的酸楚写得栩栩如生，感人肺腑，令人不忍卒读。

其三，形式灵活多样，富于创造性。《诗经》四言，而乐府民歌的形式

---

① （明）胡应麟撰：《诗薮·古体上杂言》，3 页，上海，上海古籍出版社，1979。
② 同上书，22 页。
③ 同上书，24～25 页。
④ 同上书，22 页。
⑤ 同上书，18 页。
⑥ （明）陆时雍撰：《诗镜总论》，30 页，北京，中华书局，2014。

则空前灵活多样,有四言、五言、杂言等。今存汉乐府民歌绝大多数是杂言诗和五言诗,它在形式上创造了杂言体和五言诗这两种崭新的诗体。尤其在汉乐府民歌中包含大量五言诗,许多文人在学习和摹仿汉乐府诗歌过程中,自然也学习五言诗的写作方式,这为刚刚破土而出的有待呵护和成长的五言诗形式,起了很好的正面推动作用。随着文人们的学习和摹仿,五言诗这一崭新的诗歌形式最终在东汉流行开来。

其四,与音乐密不可分。汉乐府民歌本身就是歌谣,自身就具有内在的音乐素质。班固在《汉书·艺文志》著录汉乐府民歌,均以"歌诗"称之,如"齐郑歌诗四篇""淮南歌诗四篇"等。不称"诗",而称"歌诗",突出了它可歌可唱的音乐性。另外,从汉乐府民歌的题目上,可看出汉乐府民歌入乐、"韵入歌唱"的痕迹。汉乐府民歌题目中,最常见的便是"歌",如《悲歌》《古歌》《艳歌》等,《尚书·舜典》云:"诗言志,歌永言。""歌"表明了"歌咏","歌永言"即"歌咏其义",即用歌唱的方式完成意思的表达。乐府中也有很多题目为"行"的,如《西门行》《东门行》《妇病行》《猛虎行》《饮马长城窟行》等,"行"的含义不但可歌,而且可以入乐。《史记·司马相如列传》云:"为鼓一再行",司马贞《索引》曰:"乐府《短歌行》《长歌行》,行者,曲也。"另外,也有题目为"吟"的,如《白头吟》《梁甫吟》等,"吟"也有"歌""行"等意思。[①]

其五,张扬了"感于哀乐,缘事而发"的现实主义文学精神。民歌本是"感于哀乐,缘事而发,亦可以观风俗,知薄厚云"。[②] 民歌来自民间,出自下层人民之口,"饥者歌其食,劳者歌其事",都是对现实有感而发。有反映民间疾苦、揭示下层人民悲惨生活的,如《妇病行》写的是父子不能相保的悲剧;也有对战争进行揭露和控诉的,如《战城南》,通过战死者的现身说法来揭露战争的惨烈,对战争行为进行了控诉,批判了统治者的穷兵黩

---

① 这一部分内容参考了吴小平《中古五言诗研究》(南京,江苏古籍出版社,1998)第五章中对汉乐府与音乐关系的分析。
② (汉)班固:《汉书》,1756页,北京,中华书局,1962。

武。《十五从军征》则通过一个侥幸存活下来的老兵的叙述,来揭露因为战争百与亲人分离,老兵几十年后才回到阔别已久的故乡,发现围绕自己的却是荒坟累累、亲故凋零、无处话凄凉的境地;也有抨击现实政治黑暗和豪门贵族荒淫生活的,如《陌上桑》揭露了豪门贵族对下层女子罗敷的无耻要挟;《长安有狭斜行》讽刺了汉代卖官鬻爵的现象。也有表现爱情和婚姻,或抒发其纯真、热烈的,如《上邪》表现了一个女子对爱情的坚贞和执着;或展现其两情相悦的,如《江南》;或表达弃妇哀怨的,如《上山采蘼芜》;或描写为爱情抗争最终至死的,如《古诗为焦仲卿妻作》;或描写一个女子为捍卫纯洁爱情而不惜与负心男子决绝的,如《白头吟》;或表现妻子与役夫缠绵相思之情的,如《饮马长城窟行》;等等。

二、西汉楚诗、四言诗等的文学成就

楚歌即楚声歌曲,主要抒发人生的悲情,兴盛于战国时的楚。汉初因受楚籍帝王刘邦垂青而流行于汉宫廷,并逐渐为不同身份的人们所喜欢,一直绵延于汉代。刘邦在汉十二年(前195)返乡,在平定天下、诛灭异姓诸侯王之际,不禁激昂高歌,歌云:"大风起兮云飞扬,威加海内兮归故乡,安得猛士兮守四方。"后人称之为《大风歌》。歌中抒发了扫荡群雄、安宁天下的豪迈之情,也流露了希望得到猛士辅助以巩固大汉基业之志向。唐李善注之曰:"风起云飞,以喻群雄竞逐,而天下乱也;威加海内,言已静也。夫安不忘危,故思猛士以镇之。"[①]汉五年(前202)冬,项羽被汉军及诸侯军围困于垓下时曾唱楚歌:"力拔山兮气盖世,时不利兮骓不逝。骓不逝兮可奈何,虞兮虞兮奈若何!"后人称之为《垓下歌》。此歌悲凉慷慨,哀哀深致,项羽在知道大势已去、自身性命难保之际,牵挂着与自己朝夕相处的美人虞姬及坐骑骏马的命运,真是英雄末路:"歌数阕,美人和之;项王泣数行

[①] (南朝梁)萧统编,(唐)李善注:《文选·汉高帝歌》,1338~1339页,上海,上海古籍出版社,1986。

下，左右皆泣，莫能仰视"。①

　　武帝元封二年（前109），黄河决堤，武帝令汲仁、郭昌发卒数万人，堵黄河瓠子决口，并亲临工地，沉白马玉璧，令群臣从官自将军以下皆负薪堵决河。初堵口不成，武帝作《瓠子歌》二章悼之，卒塞瓠子。《瓠子歌》云："瓠子决兮将奈何？浩浩洋洋兮虑殚为河。殚为河兮地不得宁，功无已时兮吾山平。……为我谓河伯兮何不仁，泛滥不止兮愁吾人。……隤林竹兮楗石菑，宣防塞兮万福来。"司马迁曾受此诗中悲天悯人的情怀所感动，作《河渠书》。② 武帝元鼎四年（前113），汉武帝泛舟于汾水中流之时，作《秋风辞》，歌曰："秋风起兮白云飞，草木黄落兮雁南归。兰有秀兮菊有芳，怀佳人兮不能忘。泛楼船兮济汾河，横中流兮扬素波。箫鼓鸣兮发棹歌，欢乐极兮哀情多，少壮几时兮奈老何？"这是一篇声情并茂的楚歌，时汉武帝44岁，已意识到世事的沧桑，人生的无常，想摆脱超越，但又舍不下对美人的割舍和在世上的享乐，字里行间多少透露出了他的一些悲观情绪。

　　汉武帝元封年间，江都王刘建女刘细君被作为公主远嫁西域乌孙国王昆莫，以示大汉帝国与西域诸国的友好。昆莫年老，双方又言语不通，公主悲，乃作歌曰："吾家嫁我兮天一方，远托异国兮乌孙王。穹庐为室兮毡为墙，以肉为食兮酪为浆。居常土思兮心内伤，愿为黄鹄兮归故乡。"后人称之为《悲愁歌》，诗中所表现的故乡之思、异乡之苦足以让人潸然泪下。昭帝朝时，兵败降匈奴的李陵，在为即将归汉的友人苏武饯行时歌曰："径万里兮度沙幕，为君将兮奋匈奴。路穷绝兮矢刃摧，士众灭兮名已隤，老母已死，虽欲报恩将安归！"后人称之为《别苏武歌》。《汉书·苏武传》载其事说，匈奴与汉和亲，允许苏武归汉，李陵置酒为之饯行，曰："异域之人，一别长绝。"歌中传达了自己一生的坎坷曲折，既有往日在战场上金戈铁马岁月的辉煌，也有因

---

① （汉）司马迁：《史记》，333页，北京，中华书局，1959。
② "余从负薪塞宣房，悲《瓠子》之诗而作《河渠书》。"（《史记》，1415页，北京，中华书局，1959）

兵败而降匈奴的愧疚，更有被汉武帝诛灭亲人久久难以治愈的创伤。

此外，汉代楚歌还有歌功颂德型的，因受其内容束缚，大多风格典正涩重，缺乏艺术魅力，兹不详述。

西汉四言诗写作开始于汉高祖时唐山夫人所作的《安世房中歌》。唐山夫人在诗中大力歌颂"天命"和"德"，认为有德之人能够得到天的帮助，能够永远享受天下："承帝明德，师象山则。云施称民，永受厥福。承容之常，承帝之明。下民安乐，受福无疆。"①韦孟也是西汉四言诗写作的先驱。韦孟一生为楚元王及其子孙三代作傅，见楚元王孙刘戊荒淫无道，便作诗讽谏，戊不听，韦孟辞职。今存其《讽谏诗》及《在邹诗》，但由于其诗继承和摹仿《诗经》的雅颂传统和典雅古奥的风格，多训诫说教，缺乏艺术创新，刘勰评曰："汉初四言，韦孟首唱，匡谏之义，继轨周人。"②韦孟的《讽谏诗》长达109句，又被称为"四言长篇之祖"③。韦孟以后，有韦玄成《自劾诗》《戒子孙诗》等，或言志，或训诫，但拘于儒家说教，成就不大。某些《郊祀歌》中的赞颂性四言诗，如《帝临》《青阳》《朱明》等，在内容和形式上与《诗经》"颂"诗一脉相承，也无多少特色。

西汉的四言诗，还存在于史传中的述赞及箴、铭、碑、诔中，尤其值得一提的是西汉中后期焦延寿所作的《焦氏易林》。《焦氏易林》本为占卜所用之书，虽以"易"为名，但其结构形式和文辞内容都与《周易》经学有很大差别。在结构形式上，它采用卦变说，以一卦变六十四卦，六十四卦共变四千〇九十六林，每林系一林辞，打破了《周易》体例。在文辞内容上，它为每卦重写系辞，所涉及的内容非常丰富，既涉及国家政治之美恶、统治者之贤不肖，也涉及百姓日常生活之农耕、商贸、婚姻，以及相关吉凶祸福、生老病死等。《焦氏易林》基本上全用四言韵语写成，有一定的文学价值，

---

① （汉）班固：《汉书》，1051页，北京，中华书局，1962。
② （南朝梁）刘勰著，范文澜注：《文心雕龙注》，66页，北京，中华书局，1958。
③ （明）谢榛：《四溟诗话》卷一，见丁福保辑：《历代诗话续编》，1150页，北京，中华书局，2006。

堪称汉代四言诗之大观，可以认为是作为六经之一的《易经》在汉代向文学的转换之作。

《焦氏易林》继承了《诗经》"诗可以怨"的现实主义精神，同时又受到汉乐府民歌的影响，大胆表现爱憎，重视抒发真挚之情，突破了汉代摹仿《雅》《颂》创作，多"温柔敦厚"诗教的同类四言诗写作。它谴责统治者强加于人民的繁重赋敛、无休止的徭役，如"岁饥无年，虐政害民"（《坤》之《大壮》）、"隙大墙坏，蠹众木折，狼虎为政，天降罪罚"（《乾》之《大壮》）、"径邪贼田，政恶伤民。夫妇咒诅，太上覆颠"（《噬嗑》之《未济》）、"君子失意，小人得志。乱扰并作，奸邪充塞。虽有百尧，颠不可救"（《家人》之《履》）。也有表现徭役兵役羁旅之悲伤，如"何草不黄，至未尽玄。室家分离，悲愁于心"（《蒙》之《蒙》）、"安息康居，异国穹庐。非吾习俗，使我心忧"（《蒙》之《屯》）、"过时不归，道远且迷。旅人心悲，使我徘徊"（《泰》之《家人》）。还有写衰老孤独贫困之悲伤，如"生不逢时，困且多忧。年衰老极，中心悲愁"（《中孚》之《涣》）、"孤公寡妇，独宿悲苦。目张耳鸣，莫与笑语"（《归妹》之《履》）、"枯树无枝，与子分离。饥寒莫养，独立哀悲"（《大有》之《大过》）。

《焦氏易林》在写作技巧上值得称颂。《易林》中某些篇章的词语简练、准确、传神，显示了其具有诗体文学的特征，如写人逢喜的欢乐："目动睫眴，喜来加身。"（《蒙》之《姤》）"目眴足动，喜如其愿。"（《乾》之《需》）"喜来如云，举家欢欣。"（《睽》之《遯》）所写人遇喜事快乐之情态呼之欲出。写忧愁："目不可合，忧来搔足。"（《兑》之《解》）"坐席未温，忧来扣门。"（《大过》之《丰》）"簪短带长，幽思苦穷。"（《恒》之《咸》）将较抽象的忧愁实体化、具象化，写得贴切传神。再如，写商人逐利不遂："逐利三年，利走如神，辗转东西，如鸟避丸。"（《归妹》之《豫》）亦形象生动，用词很妙。明钟惺评曰："《易林》以理数之书，文非所重。然其笔力之高，笔意之妙，有数十百言所不能尽，而藏裹回翔于一字一句之中，宽然有余者，其锻炼精简，未可谓无意于文也。"①钱锺书说其"异想佳喻，俯拾即是"②。《焦氏易林》对诗歌题材的极大拓宽、用字的精练、比喻的贴切，以及现实主义的文学精神，都足以使它在汉代文学史上占有一席之地。

四言诗在写作方面存在着"文繁而意少"（钟嵘语）的先天缺陷，在东汉以后最终让位于艺术表现力胜其一筹的五言体和七言体，但四言体因融入其他各种文体，成为后代骈散文中诗意因素的重要组成部分，丰富和加强了骈散文的美学意味。

◎ 第四节
西汉初中期文论总体发展概况

西汉初中期文体意识的产生、文艺思想和文学理论批评的发展，从总的方面来看，既是先秦的继续，又是在先秦基础上的进一步深化。

一、西汉初中期作家文体意识、文体观发展概况

西汉时期文体意识的产生和发展与文学走向文本很有关系，表现在文学实践中就是先秦的诗发展为汉赋的过程，而文学文本化的一个重要表现就是文学逐渐脱离音乐的过程，所以这一文学脱离音乐的过程值得重视。

在尚未发明文字的时代，诗依靠乐而得到广泛传播，那时，诗就是歌，即声诗。产生于民间的声诗，不但合乐演唱，而且配合舞蹈，以集体歌唱为

---

① （明）钟惺、谭元春编：《古诗归》卷四，见《四库全书存目丛书·集部》第337册，718页，济南，齐鲁书社，1996。
② 钱锺书：《管锥编》第2册《焦氏易林（三一则）》，538页，北京，中华书局，1994。

主。为了易唱易记，一般篇幅较短，以反复歌唱为常。在中国古代，声诗发展源远流长，从原始歌谣、《诗经》、《汉乐府》，直到词曲，而随着文字的发明，诗可以被记录，供识字者阅读，便逐渐发展出脱离音乐而独立部类的诗。例如，由歌诗变为诵诗、赋诗，由可歌可不歌的《楚辞》发展为完全不可歌的汉赋。"总之，在中国古代，诗与乐的关系有分有合，从诗到词曲，分的时候固然多，合的时候也不少。当一种诗体产生于民间时，最初与音乐都有密切关系，随后由于文人参与创作，使之得到发展和定型，其创作逐渐与音乐分离，产生纯诗。纯诗与声诗并行而不悖，此起彼伏，贯穿着整个中国诗史。"①

我国诗歌本来就是和音乐密切结合的，《左传》提到吴国季札到鲁国观乐，结果所观的竟是"诗"，连篇名顺序和今传之毛诗大体相同，《孔子世家》云："诗三百，孔子皆弦歌之。"可见，我国古代诗歌原本是可歌的，而屈宋之作品，汉人称之为"赋"，汉代最重要的两种史书，提到屈原之作，都称为"赋"。例如《史记·屈宋贾谊列传》提到屈宋之作，一概以"赋"称之，班固《汉书》亦然，又如《汉书·艺文志·诗赋略》云："屈原赋二十五篇……宋玉赋十四篇。"之所以称为赋，主要是因为它是"不歌而诵"的"古诗之流"。诗是合乐可歌的，不可歌而只能诵的，被称为赋。

《左传》常提到外交场合"赋诗言志"之事，其实"赋"即诵也，赋诗言志即诵诗言志，这种情形和屈宋的诗不歌而诵是一致的，只不过，屈宋的"楚辞"必须用楚音来诵读。陈振孙《直斋书录解题》卷十五《楚辞类》引宋黄伯思《翼骚序》云："屈宋诸骚，皆书楚语，作楚声，纪楚地，名楚物，故可谓之'楚辞'。"屈原采取楚地之声调，将民间祭歌加工、修润成《九歌》，又由《九歌》演变成《离骚》《天问》等鸿篇巨幅。汉代的严忌、朱买臣等人，都因善于诵读楚辞而得幸，如《朱买臣传》："称楚辞乃幸"，可见在西汉时，还有人能诵楚辞。《史记》卷八十四《屈原列传》云："楚有宋

---

① 赵义山、李修生主编：《中国分体文学史·诗歌卷》，4~5页，上海，上海古籍出版社，2001。

玉、唐勒、景差之徒者，皆好辞而以赋见称。"在这里"辞"与"赋"是有区别的。"一般地说，'辞'是指战国时期楚国之韵文，'赋'是指汉统一后的一种非诗文之特殊文体。就体裁范围来说，'赋'大于'辞'，它可以包括'辞'，所以屈原之作品也称作'屈赋'。"①不过到东汉以后，屈宋之作，似乎无人能用楚音来诵读。《隋书·经籍志》虽有《楚辞音》一书之记载，但并未见人据《楚辞音》来诵读《楚辞》。

总之，春秋以前的诗歌如《诗经》，多用整齐的四言体。此期的诗歌用音乐来伴奏，后来诗演变成楚辞，再在用楚音阅读的楚辞基础上演变成宽泛意义上的一种非诗之特殊的文体赋。随着用楚音诵读屈宋诸作之法的消失，原本不仅可以用眼睛看，也可用耳朵听的屈宋骚体在汉以后逐渐演变成只剩下用眼睛去阅读的文体赋的文本了。这种演变具体反映在创作实践中，就是两汉骚体的蜕变，这种蜕变表现在两汉以来仿楚辞的仿作中用来诵读的语气助词，大量缩减甚至删除②，以至于为新的文体的出现提供了契机，如骚体八言句中助词"兮"字的消失，它就变成了七言③。

这样的过程也就是诗歌逐渐脱离音乐（无论是歌还是诵）的过程，也是文学独立化和文本化的过程。这一过程对文体意识的产生意义重大，因为后世文体的分类主要是建立在文本文学之上的。

尤其西汉以后，学术性的经学与偏重文学性文章的区分，对文学自身走向独立起了重要作用。而两汉目录学的发展对两汉文体的总结、分类则起着整理、归纳和辨体的作用。在先秦，学术与文章还没有明确的区分。《论语·先进》篇云："文学子游、子夏。"此处所谓"文学"，盖是一切书籍和学问。扬雄《法言·吾子》云："子游、子夏得其书矣。"邢昺《论语疏》云："文章博学则有子游、子夏二人。"可见，孔门"文学"在后世分为文章

---

① 聂石樵：《先秦两汉文学史稿》，449页，北京，北京师范大学出版社，1994。
② 详见李立信：《两汉以来骚体之变革》，见周宪、徐兴无编：《中国文学与文化的传统及变革》，112~114页，南京，南京大学出版社，2008。
③ 七言诗的起源必以纯七言为准，纯七言系由骚体七言演变过来，而骚体七言是由删除"兮"字之后的骚体八言演变过来。

与博学两科，但在孔子时代文学兼此二义。是则"文学"之义与今人所称的文学不同。孔门虽不曾分文章、博学为二科，而在"文学"总名之中，实亦分括文章、博学二义，当时用的是其他名称。以典籍性质言之，则是诗与书的分类，就文辞之体裁言之，则是诗与文的分类。诗与文在孔子时代有明确的区分意识。《学而》篇云："行有余力则以学文"，何晏《集解》引马融说云："文者古之遗文。"又《述而》篇云："子以四教文行忠信"，邢昺《疏》亦云："文谓先王之遗文。"《史记·滑稽列传》亦引孔子"《书》以道事，《诗》以达意"之语，盖诗重在创造，所以达自己之志意；文重在述，故必考古昔之遗文。

到了西汉，先秦广义的文学细分为文章与文学（文与学），即经学与文学的区分已渐分明，西汉的文论家大体上都能区分文学之士与文章之士。文学之士主要指研究经学的儒生[①]，文章之士包括擅长一般辞章的文人，也包括子书及史书的作者。今观《史记》所言"文学"各条，大都指学术而言。而六朝的"文""笔"之分，即从汉时所谓"文"或"文章"一语加以区分而来。梁元帝云："古之学者有二，今之学者有四。"（《金楼子·立言篇》）唯其有"文学""文章"之分，才有"学"与"文"之分，所以为二。

这一细微区别在汉代目录学中反映出来。西汉末年刘歆所编的《七略》把所有的典籍分为六大类：六艺略、诸子略、诗赋略、兵书略、术数略、方技略。在六大类中，已经出现了属于文学性质的类目：诗赋略，这表明诗赋类文学作品已经取得了与六艺、诸子并列的地位，在古代学术和文化体系中有自己的一席之地。《七略》已亡佚，但它的基本内容被保存在东汉班固的《汉书·艺文志》中。刘师培在《论文杂记》中详细论述了班固在《汉书·艺文志》中区分诗赋与其他文体的原因："班《志》之叙艺文也，仅序诗、赋为五种，而未及杂文；诚以古人不立文名，偶有撰著，皆出入六经诸子之中，非六经诸子而外，别有古文一体也。如论说之体，近人列为文体之一者

[①] 今观《史记》所言"文学"各条，大都指学术言。

也;然其体实出于儒家。书说之体,亦近人列为文体之一者也;然其体实出于纵横家。推之奏议之体,《汉志》附列于六经;敕令之体,《汉志》附列于儒家。又如传、记、箴、铭,亦文章之一体,然据班《志》观之,则传体近于《春秋》,记体近于古礼,箴体附于儒家,铭体附于道家,是今人之所谓文者,皆探源于六经诸子者也。故古人不立文名,亦不立集名。若诗、赋诸体,则为古人有韵之文,源于古代之文言,故别于六艺九流之外。亦足证古人有韵之文,另为一体,不与他体相杂矣。"①郭绍虞先生认为刘氏之论述恰当精要,"此言颇得刘、班著录之微旨。盖当时既有'文学'、'文章'之分,则别立诗赋一略,以著录关于文章之著作,本亦至当。"②

刘氏又说:"《汉书·艺文志》叙诗、赋为五种而赋则析为四类。屈原以下二十家为一类,陆贾以下二十一家为一类,荀卿以下二十五家为一类,客主赋以下十二家为一类。而班《志》于区分之意,不注一词。近代校雠家,亦鲜有讨论及此者。自吾观之,客主赋以下十二家,皆汉代之总集类也;余则皆为分集。而分集之赋,复分三类:有写怀之赋,有骋词之赋,有阐理之赋。写怀之赋,屈原以下二十家是也;骋词之赋,陆贾以下二十一家是也;阐理之赋,荀卿以下二十五家是也。写怀之赋,其源出于《诗经》;骋词之赋,其源出于纵横家;阐理之赋,其源出于儒、道两家。观班《志》之分析诗赋,可知诗歌之体,与赋不同,而《离骚》则同于赋体。至《文选》析赋、骚为二,则与班《志》之义迥殊矣;故也正之。"③

郭绍虞先生认为,《汉书·艺文志·诗赋略》在文学批评史上至少有下列几种影响:"(1)文学与学术的区分;(2)文学本身的分类;(3)文集的编定。后世目录家有集部一类,盖即本此。"④

在文体流变史上,汉代具有特别重要的意义。汉代政治统一,朝章礼制

---

① 刘师培:《刘师培辛亥前文选》,323~324页,北京,生活·读书·新知三联书店,1998。
② 郭绍虞:《中国文学批评史》(上),47页,天津,百花文艺出版社,1999。
③ 刘师培:《刘师培辛亥前文选》,325~327页,北京,生活·读书·新知三联书店,1998。
④ 郭绍虞:《中国文学批评史》(上),47页,天津,百花文艺出版社,1999。

完备，这刺激了文章写作的繁荣，因而文体的分化也渐趋细密，在创作实践中也产生了许多新文体。例如，司马迁在《史记》这部空前巨大的历史著作中，进一步发展了历史散文的叙事艺术。其在以情节为中心的连贯时序结构的基础上，又运用补充、穿插等手法，使文章布局严谨而不乏变化。这种纪传文体，为我国以后叙事文学的发展奠定了基础，也为后人的文学创作提供了可资借鉴的样板。赋是汉代的代表性文体，产生了枚乘、司马相如、扬雄等一批名家。乐府则是从西汉开始被称为诗体名的，合乐的称为乐府，不合乐的即为诗。同时，五言诗产生并走向成熟，如《古诗十九首》，七言诗也开始萌芽。另外，许多文体的格式、规范都在汉代被确立下来。"史赞"创作大为繁荣，其特点为"托赞褒贬，约文以总录，颂体以论辞"（《文心雕龙·颂赞》），即褒贬人物要用颂的体制、论的言辞。《文心雕龙·杂文》篇指出宋玉的《对问》、枚乘的《七发》、扬雄的《连珠》分别开创了三种文体。《对问》之后，班固、曹植等皆有设论对问之作，俨然自成一体。《七发》以下的模仿之作被称为"七体"，《连珠》以下亦有杜笃、贾逵等人用模仿而形成的独特的"连珠体"。由于这类作品具有鲜明的特色而仿者众多，于是作品本身的特点就成为这类作品共同的规范，并由此形成了新的文体。汉代还有谶谣、诗谶、策文等当时比较流行的文体。由于汉代有谶纬之学和天人感应之说，所以作为文学与神秘文化的结合体谶谣、诗谶也在创作流播之中。汉代以策取士，文人不得不以"策问"方式进行考试，策文文体的流行自在情理之中。到《后汉书》编撰而成时，其所收录的文体总计已有六十多个类目，已与《文心雕龙》文体论总目相去不远。

西汉初中期以后也有不少关于文体的论述，如刘歆的《七略》、蔡邕的《铭论》、刘熙的《释名》等。东汉王充《论衡》中有对篇章组织较为具体的论述，则可以说是开了文体篇章结构研究的先河。王充说："文字有意以立句，句有数以连章，章有体以成篇。"（《论衡·正说》）这里提出了字、句、章、篇几个文章结构的单位，指出了它们之间的内在联系，同时还从意、数、体几个方面阐明了文章体制的组织系统，这在我国文体理论研究上是一个巨大的突破。

二、西汉初中期文艺思想和文学批评发展概况

在西汉初到汉武帝时期是西汉初中期文论发展的第一个阶段。这一时期是道家文艺思想比较活跃的时期,如贾谊、刘安、司马迁等,在文艺思想上都是以道家为主。特别是淮南王刘安所主编的《淮南子》,乃是体现这一时期道家文艺观的代表作。《淮南子》的特点是在承继先秦道家积极方面的同时,又吸收儒、墨、法等思想,这在一定程度上避免了道家的消极思想。

在汉初,不仅《淮南子》的文艺思想体现了以道为主、道儒结合的特点,像刘安、司马迁、贾谊在对《楚辞》的评论中,也明显地体现了儒道结合的倾向,尤其认同楚文化并受楚文化影响的刘安和司马迁给予屈原的作品很高的艺术评价。刘安既肯定了儒家传统文论重在发扬《诗经》的古典现实精神,也肯定了《楚辞》的理想主义和浪漫主义精神。他认为"《国风》好色而不淫,《小雅》怨悱而不乱,若《离骚》者,可谓兼之"。司马迁着重发挥了道家对黑暗现实所持的愤世嫉俗的精神,充分肯定了屈原作品中的"怨"的特征,赞扬其志洁行廉的高尚品格。刘安和司马迁对屈原及其具体作品的评论,在当时产生了极大的反响,并引起了后世激烈的争论,他们对不同于《诗经》传统的楚文化给予了肯定和赞扬,大大丰富了中国古典文论的内容,而他们对屈原和《楚辞》的认同是跟他们的道家思想是分不开的。难怪坚持正统儒家文艺思想的班固批评司马迁"是非颇谬于圣人:论大道则先黄老而后六经"[①],并对屈原及其作品进行了否定。

西汉初期道家文艺思想的流行还表现在其他文艺论著中,如陆贾的《新语》、韩婴的《韩诗外传》等。西汉道家文艺思想发展中的新特点直接启示和发展了魏晋玄学中的文艺观和美学观,成为庄学文艺美学向玄学文艺美学

---

① (汉)班固:《汉书》,2738页,北京,中华书局,1962。

过渡的中介。到了汉武帝时期，随着"罢黜百家，独尊儒术"的实行，儒家思想渐渐在官方那里获得了独尊的地位，道家文艺思想也就明显地衰落了。汉代文论发展也进入了第二个阶段。

从汉武帝对儒家思想的重视和推广到汉昭帝、汉宣帝对儒家思想的推崇是西汉初中期文论发展的第二个阶段。这一阶段是儒家文艺思想发展的极盛与高潮时期。儒学对意识形态的影响力大大加强。这一时期的儒家思想"定于一尊"，儒家思想也成了指导当时文艺创作的唯一原则，产生了代表汉代儒家文艺思想的纲领性著作《礼记·乐记》和《毛诗大序》。《乐记》的基本思想来自《荀子》的乐论，同时杂有汉初阴阳五行说的音乐思想，这大约与董仲舒以阴阳五行说的儒学有关。《乐记》认为，音乐乃是王道政治的重要组成部分，音乐的功用在于"治心"是以人们改恶从善为的目的。《毛诗大序》则直接提出了诗歌要起"经夫妇，成孝敬，厚人伦，美教化，移风俗"的作用，诗歌创作要合乎"发乎情，止乎礼义"的原则。在讽谏方面，要"主文而谲谏"，目的是要以十分委婉的方式，在统治者所允许的范围和可接受的限度内对他们进行批评；另外，还要对统治者歌功颂德，"美盛德之形容，以其成功告于神明者也"。

这一时期儒学在文学等专题研究中居主导地位。儒学的《诗经》研究已表现在《毛诗序》中，这里不再赘述。儒学在屈赋、汉赋、《史记》等研究和评价方面，也发挥了主导性的影响。深受儒家思想影响的扬雄对屈原的评价没有西汉初年刘安、司马迁高，也对屈原自沉汨罗江，不具有儒家进可治国平天下、退可独善其身的处世态度表示了惋惜。在汉赋评价方面，扬雄提出"诗人之赋丽以则"，"丽"是对赋体形式风格上的要求，"则"是指儒家的法度和准则，而法度和准则具体表现在明道、征圣和宗经上。

这一时期文论的主要代表是董仲舒和司马迁。董仲舒为了抬高儒家经学的地位，把经学与"天""道"联系起来，所以对文学的探讨也自然地与天、道等联系起来，从而为文学的形而上学的探讨奠定了基础。董仲舒认为，礼乐诗文等文化艺术，是为永恒不变的天道服务的，但天道不言，它又是通过"圣贤"来"传其法于后世"的,"圣贤"是通过儒家经典来传达的。所以他说:"君子知在位者之不能以恶服人也,是故简六艺以赡养之:《诗》《书》序其志,《礼》《乐》纯其美,《易》《春秋》明其知。六学皆大,而各有所长。"(《春秋繁露·玉杯》)因六艺而达天道,六艺在这里也获得了神圣地位。"道"在这个时候也作为一个文学批评观念而出现在文学批评领域。如此,董仲舒上承先秦儒家,下启扬雄诸人,终于使儒家的六经经典化,并且把这六经与天道联系在一起,开创了后代明道、征圣、宗经文学观的先声。齐梁时期的刘勰在《文心雕龙》中对文学本质的探讨就是放在"道沿圣而垂文"这一框架内探讨的。董仲舒还提出美刺"谴告"说,这对西汉中期以后的作家写作产生了影响。由于受董仲舒等谶纬神学的影响,这时期的作家写作喜好"苟驰夸饰";文论家则喜好大谈天人感应、谶纬、图符。这给汉代文艺创作蒙上了一层阴阳五行、天人感应的浓重阴影,文学艺术成了天变谴告、异物祥瑞之论。

司马迁主要在文学创作上提出"发愤著书"说,他是在继承孔子"诗可以怨",同时又汲取屈原"发愤抒情"及《淮南子》"愤中形外"的基础上提出来的,对后世影响很大。

通过以上简略分析,我们可以看出,西汉前期,道家文艺思想比较活跃,儒家思想也一直影响着当时的文论家和作家,但西汉中期以后,文论家和作家对文学的思考则极大地受到汉代经学的影响,这可以说是汉代初中期文论的一大特色。无论是受谶纬神学影响的汉代作家,他们所追求的对神秘世界的向往以及"虚妄"浪漫的写作,还是受经(史)之"实录"精神影响的文论家如司马迁,他们对文学真实性、实录的要求,都是与汉代经学有关系的。由于这些文论家主要从经学框架内思考文学,自然影响了他们对文学自身特点的思考,他们在《乐记》《毛诗大序》中所提出的"礼以导其志,乐以和其声"、"发乎情,止乎礼义"、"主文而谲谏"就是这方面的反映。

西汉初中期文论有它自身的纷繁复杂性,这种纷繁复杂性一方面来自于六经中的《诗》和《乐》既是经学又是文学;另一方面也来自于汉代的文艺理论家既是经学家也是文学家。西汉初中期的文论家和作家在谈论到文学为政治服务和对社会教化的作用时，往往是在经学的框架内论述；在论述先秦以来的文学传统及文学与现实关系时，他们又强调了文学自身的特色和先秦以来文学的传统——自《诗经》《汉乐府》以来的"美刺"传统。例如，东汉的班固，一方面肯定了汉乐府"缘事于发"的现实主义精神，强调文学"有补于世"；另一方面又在《白虎通义》中提出了文学产生于神明、道德的文学观。汉代文论纷繁复杂性的原因还来自于受到了道家思想和楚骚传统的浸润，这在刘安的《淮南子》、司马谈的《论六家要指》、扬雄的《太玄经》中可窥其一二，也在司马迁、王逸对屈原写作的欣赏中得到印证。这说明汉代文论还处在孕育变化之中。

第二章
西汉初中期道家文艺思想的表现

西汉初中期道家文艺思想既体现在相关文学作品如贾谊的《吊屈原赋》、枚乘的《七发》、东方朔的《答客难》中，也体现在相关的作家、学者、作品的文论思想中，比如贾谊、刘安的道家文艺思想和《淮南子》中的新道家文艺思想。而西汉初中期道家文艺思想的形成离不开道家思想的存在和传播，西汉初中期的道家思想就是从先秦道家思想发展和演变过来的，本章第一节就先讨论先秦道家思想在汉初的演变。

◎ 第一节
先秦道家思想及其在汉初的演变

先秦道家思想在汉初比较活跃，汉初在政治上不仅实行黄老之治，在思想文化领域老庄思想也比较浓厚。汉初的道家思想与先秦道家思想存在着传承与演变的双重关系。

一、庄子修养路径在汉初的演变

《汉书·艺文志》道家类的著录，大体分为两类：一类是《庄子》《列子》以及思想与之相近的一些书；另一类就是黄老之学的著作，数量比较大，包括《尹伊》《太公》《黄帝四经》《黄帝铭》等，前者可以说属于"老庄"系列，后者即所谓"黄老"。总体上，《汉书·艺文志》中的道家类，大多数可说是黄老之学的著作，或多或少对《老子》思想有所发挥和改造，即所谓"发明序其旨意"，如此便可看出《庄子》没有《老子》在西汉影响广。自然，在这一背景下，庄子有关修养的工夫论对当时影响有限。

在先秦诸子中，庄子与其他诸子有两个方面的不同：一是他非常关注个体，二是他关注个体生命的根本、全幅和整全。庄子向往生命本原和人性本真状态，希望人活得逍遥、自由、自然，这在他"鲲化为鹏"（《逍遥游》）和"庖丁解牛"（《人间世》）故事中做了专门表述。庄子也关注生命的全幅和整全，生命的全幅和整全只有那些生活在道中的人才得以保存，他所描述的"神人""真人"在这方面就做了具体的体现。[①] 在庄子看来，一个得道的人能处在"外化内不化""顺人不失己""知其不可奈何而安之若命"的生存状态里，一个得道的人能"得其环中，以应无穷"，"安时而处顺，则哀乐不能入"，"不以人物利害相撄"（《庚桑楚》）。具体地说，一个得道的人在人际活动方面能做到"外化""顺人"，但又"内不化"和"不失己"；在内心精神世界方面做到"内不化"、"不失己"和"不以人物利害相撄"；在身体生理方面尽量做到"无近刑""保寿""尽年"。这三个方面实际上又是交叉重叠在一起的人际关系处理好了，人的形和神也相对得到了保养。因为没有来自人与物利害方面的干扰，养神实际上也是在养形，"抱神以静，形将自正"（《在宥》）；养形也是为了更好地养生，更好地与周围环境协调，"父母于子，东西南北，唯命之从。阴阳于人，不翅于父母"（《大宗师》）。这三个方面庄子主要集中论述了心理的修养途径。

---

① "不食五谷，吸风饮露。乘云气，御飞龙，而游乎四海之外。其神凝，使物不疵疠而年谷熟。"（《庄子·逍遥游》，29页）"独与天地精神往来而不敖倪于万物，不谴是非，以与世俗处。"（《庄子·天下》，962~963页）"上与造物者游，而下与外死生、无终始者为友。（《庄子·天下》，693页，北京，中华书局，2013）

对庄子的修养路径简略地概括为以下几个层面[①]:

（一）人际活动的修养

庄子很关注人际活动的修养，主要原因是庄子身处乱世，要保身，若人际活动处理不好，会影响其生存甚至生命。《养生主》篇中体现了庄子对人际活动的理解。

（二）"养形"[②]

庄子专谈"养形"的不多，但考虑到庄子在《养生主》中关注"无近刑""保寿""尽年"，在《人间世》中强调人际活动中远离一切祸害（包括对身体的伤害），人际行为中要小心谨慎，"戒之，慎之"，避免"危吾身"，"终其天年"。特别在"叶公子高使齐"的故事中提到避免人的"阴阳之患"，即避免人因阴阳之气失调而致病。所以"养形"也是庄子修养的应有之义。《达生》篇涉及如何"养生"的问题，"善养生者，若牧羊然，视其后者而鞭之"，但实际上在接下来单豹和张毅的故事中所涉及的"养生"是跟"养形"有关的。也就是说，单豹（"养其内而虎食其外"）和张毅（"养其外而病攻其内"）二人亡故的故事说明了养生不可偏执一端的道理："此二子者，皆不鞭其后者也"，要"形""精"并重。

述庄者对庄子"养形"的思想和路径做了进一步发展。外、杂篇中提到了人与其生活的气候环境、自然环境的关系，"当是时也，阴阳和静，鬼神不扰，四时得节，万物不伤，群生不夭"（《缮性》）；"阴阳不和，寒暑不时，以伤庶物"（《渔父》）。外界气候环境的变化，人只能适应之。在当时技术条件下，不可能太多改变之，所以人对自己身体的保养所要做的就是与自

[①] 这方面的详细论述见拙文《庄子的修养路径及在汉初的演变》，见方勇主编：《诸子学刊》第2辑，上海，上海古籍出版社，2009。
[②] 这一部分的写作受曹础基《〈庄子〉·养生·气功》（见申荷永主编：《灵性：分析与体验》，72~79页，广州，广东教育出版社，2006）的影响和启发，特致谢忱。

然环境、气候环境相调和。《刻意》篇提到了通过一定姿势、呼吸来提高人的寿命:"吹呴呼吸,吐故纳新,熊经鸟申,为寿而已矣。此道引之士、养形之人、彭祖寿考者之所好也。"就养生之术的具体方法而言,"吹呴呼吸,吐故纳新"是行气之法,"熊经鸟申"是导引之术。又,《逍遥游》中还提到有"不食五谷,吸风饮露"的神人,可见辟谷之术。这些都是用之于"道引"和"养形"的。庄子提倡顺物自然,对"刻意尚行"的"道引之士、养形之人"是不太认同的,但上述文献材料的记载也说明了习练养生之术的"道引之士、养形之人"已是当时社会的客观存在,是追求"寿考"者之所为。

(三)神的修养

庄子不但继承了老子注意虚(致虚守静)—关尹"贵清"—列子"贵虚"这一"唯道集虚"的思想路线,他还把道"虚"的境界形态通过具体的工夫论落实在心灵深处,因此庄子的可贵之处在于他提出了通向道的具体修养路径。扼要来说,庄子是从知、情、形、仁、心五个方面阐述了人得道的路径和修养的方式。他强调了修养者要从世俗的小知、累德之情、形体之欲、仁义之德、机心中摆脱出来,从而转向真知、无情、形如槁木、大仁不仁、无心等道的境界形态。

在汉初,庄子上述的修养路径获得了一定发展演变,且主要向三个方向演变:一是结合了战国以来流行的方仙道,突出了身治与长生的关系;二是结合了黄老之学,深化和扩展了人际活动的修养,尤其突出身治与国治的关系;三是结合阴阳五行思想,把庄子气化论中的养生思想进一步深化、具体化和普及化。

在秦代,就有秦国博士卢生借用庄子真人形象来描述人得道后的长生:"卢生说始皇曰:'臣等求芝奇药仙者常弗遇,类物有害之者。方中,人主时为微行以辟恶鬼,恶鬼辟,真人至。人主所居而人臣知之,则害于神。真人者,入水不濡,入火不爇,陵云气,与天地久长。今上治天下,未能恬俟。愿上所居宫毋令人知,然后不死之药殆可得也。'于是始皇曰:'吾慕真人,自谓'真人',不称'朕'。"(《史记·秦始皇本纪》)在真人问题上,卢生受庄子影响,但作了一些改变:卢生相信得道成仙的真人是真实存在的,而庄子仅把它当作传说,用来描述和模拟一种精神境界;卢生强调"与天地久长",迎合秦始皇长生的需要,而庄子对生死强调顺其自然。《刻意》篇曾提到导引之法、养生之术,"吹呴呼吸,吐故纳新,熊经鸟申,为寿而已矣",那是述庄者之记载。述庄者中确实也存在对养形求长生的神仙描述和对其追求的倾向,如《天地》篇称"千岁厌世,去而上仙;乘彼白云,至于帝乡";《在宥》篇中有"广成子"给"黄帝"讲治身长生之道,曰其"修身千二百岁""形未尝衰"等。

把庄子与老子合称为"老庄"的,发端于《淮南子·要略》:"《道应》者,揽掇遂事之踪,追观往古之迹,察祸福利害之反,考验乎老庄之术,而以合得失之势者也。"《淮南子》作者在这里关注《庄子》的目的是如何利用老庄思想更好地"察祸福利害""合得失之势",突出了老庄思想中人际活动的修养尤其是人际活动中对从政的指导,已暗含了对传统庄子研究视角的调整[①],换句话说,《庄子》中得道的具体路径不是他们所着力关注的,他们关注的是《庄子》中具体的人际活动修养。《淮南子·原道训》说:"圣人内修其本,而不外饰其末,保其精神,偃其智故。漠然无为,而无不为也;澹然无治也,而无不治也。""圣人"用无为的手段从事政治活动而达到无不为,使天下大治。在《览冥训》中,作者又说:"夫圣人者,不能生时,时至而弗失也。辅佐有能,黜谗佞之端,息巧辩之说,除刻削之法,去烦苛之事,屏流言之迹,塞朋党之门;消知能,修太常,隳肢体,绌聪明,大通混冥,解意释神,漠然若无魂魄,使万物各复归其根。""圣人"自身清净淡泊,所

[①] 《庄子·天下》强调庄子"上与造物者游,而下与外死生无终始者为友"的思想。其中又把天下学术分为六大派:墨翟、禽滑釐一派,宋钘、尹文一派,彭蒙、慎到一派,关尹、老聃一派,庄周一派,惠施、桓团、公孙龙一派,《荀子·解蔽》认为庄子思想"蔽于天而不知人"。并列举了墨子、宋钘、慎子、申子、惠子、庄子和孔子七个学派。他们均重点关注庄子道体和道的境界,迥异于《淮南子》作者。

以使天下人清净淡泊；他自身因物自然，所以使天下事也回归本性自然；他自身行为端正，所以一切邪恶坏事也难以存在。

汉初的养生思想对人与居住环境、气候环境关系的深刻认识，也得益于庄子的"气化论"思想。"气化论"在庄子那里既表现为一种宇宙生成论——"与造物者为人，而游乎天地之一气"（《大宗师》）[1]，也表现为一种养生论——"阴阳于人，不翅于父母"（《大宗师》）。阴阳二气是人生命的源头，人一旦自身的阴阳二气失调，就会有病痛、死亡随之而来，即庄子所说的"阴阳之气有沴"（《大宗师》）、"阴阳之患"（《人间世》）。庄子"气化论"中的养生思想在外、杂篇中有进一步的说明和发挥，"人大喜邪？毗于阳：大怒邪？毗于阴"（《在宥》）；"阴阳者，气之大者也，道者为之公。""至阴肃肃，至阳赫赫。肃肃出乎天，赫赫发乎地。两者交通成和而物生焉。"（《田子方》）随着汉初阴阳五行思想的进一步流行。庄子气化论中的养生思想被各家学说吸收、充实、壮大。《吕氏春秋》《礼记·月令》《春秋繁露》《淮南子》中都设有对阴阳之气与养生关系的论述，如《春秋繁露·人副天数》记载："天地之符，阴阳之副，常设于身，身犹天也，数与之相参，故命与之相连也。"又云："……天有阴阳，人亦有阴阳，天地之阴气起，而人之阴气应之而起，人之阴气起，而天地之阴气亦宜应之而起，其道一也。"（《春秋繁露·同类相动》）强调了作为小宇宙的人与作为大宇宙的天地可通过阴阳之气相互作用。最早记录于刘歆《七略》的《黄帝内经》在这方面的论述更详。《黄帝内经》认为健康是身体的各个部分流畅完美的交互作用，特别是脏器之间的互动，它们因不断与外部世界进行交换，所以必须随外部世界的变化做出相应调整。要进一步使气的流动符合道的规律，尽可能调节自己的饮食，使之顺应环境与季节的变化，也要学习聚气、长气、和气、调气，使体内外的宇宙能量顺畅流动。

庄子的修养工夫是全面的，它既包含了人际活动的修养，强调人与社

---

[1] 外篇《知北游》对这一思想做了进一步发挥，"人之生也，气之聚也。聚则为生，散则为死……故万物一也。……故曰：通天下一气耳！"

会、与他人的和谐关系,也涵摄"养形",关注人的肉身健康,重视"养神",发展人与内在自我的和谐。 庄子修养的目的就是人不要活得太累,要学会在道中安息。 劳形损神的情,过度的物欲,对伦理道德、功业声名的执着等,都将使人疲惫困苦、丧身忘性。 庄子的修养路径及修养关注的重点与他独特的生命观有关系:他重视生命的潜能,相信某种深层的心理维度是一个人天赋潜能得以充分实现的基础,激发这一潜能主要从心上下功夫,"气也者,虚而待物者也。 唯道集虚。 虚者,心斋也"(《人间世》);"瞻彼阕者,虚室生白,吉祥止止"(《人间世》)。 他也关注生命的独特和奥秘,反对生命的价值和意义依附于某种外在的标准、功用和行为上,他对儒墨"以是其所非而非其所是"的是非观的批判即在于此,对惠子"逐于外物而不反"的批判也在于此。 庄子关注生命的根本,养神在他那里最重要、着力最多,也最具创意,遗憾的是,秦汉对庄子修养工夫的继承主要体现在"养形"和人际活动方面,以及强化长生和身治与国治的合一,它们慢慢偏离了庄子顺物自然和以养神为主的修养论思想。

二、汉初黄老思想与先秦老子、战国稷下黄老之学的关系

汉初行政之道的形成是对历史各朝兴亡教训探讨的结果。"亡"主要指秦政的失败,"兴"主要指秦以前古政的成功。"行仁义、法先圣"(陆贾《新语·道基》)从古政中寻找行政之道是汉政的价值取向。 嬴政专任法家,"举措暴众,用刑太极",结果秦朝在短短时间内灭亡。 相较秦法,汉代法律较轻,文帝时废除肉刑,景帝时减轻笞刑,这些法律制度更变的根源在于社会的需要。"在这种情况下,为政从简,清静无为似乎与黄老政治主张暗合;而为政以德,轻刑薄赋又和儒家政治圭臬神契。 汉初的行政之道一方面是统治者价值取向的主观结果,另一方面则是汉初社会现实的客观必然。 换一个角度来讲,黄老之学的政治主张与儒学政治主张之间有一定的差距,但这种差距决不像他们与法家学说之间的差距那么大。 黄老学说在阐述自

己的政治主张时言必称古,儒学亦然,这与言必称今的法家学说迥然不同。所以,似乎可以说,与'以法为教,以吏为师'的秦政不同,汉代初年的行政之道应该是古政的延续,起码是对古代政治理想的继承。"①

伴随着这种无为思想的就是汉初实行开放的文化政策,并对秦政进行拨乱反正,给百姓一定的精神空间。"汉兴,改秦之败,大收篇籍,广开献书之路。"②汉惠帝四年(前191)正式废除"敢有挟书者族"③的《挟书律》。高后元年(前187)又废除以"过误之语为妖言"加以重责的《妖言令》。④这为西汉前期学术思想的活跃创造了一个比较宽松的环境。

可见,黄老之学在汉初是"显学",其于"与民休养"的社会需要有关。

班固在《汉书》中做了总结:"赞曰:孝惠、高后之时,海内得离战国之苦,君臣俱欲无为,故惠帝拱己,高后女主制政,不出房闼,而天下晏然,刑罚罕用,民务稼穑,衣食滋殖。"⑤"汉兴,扫除烦苛,与民休息。至于孝文,加之以恭俭,孝景遵业,五六十载之间,至于移风易俗,黎民醇厚。周云成、康,汉言文、景,美矣!"⑥不过司马迁在《史记》中还提到,汉初统治者对儒家思想印象不好,刘邦就不用说⑦,汉文帝也是这样,《史记·礼书》曾云:"孝文即位,有司议欲定仪礼,孝文好道家之学,以为繁礼饰貌,无益于治,躬化谓何耳,故罢去之。"在统治者眼中儒家思想显得有些繁文缛节,质而无文,相对来说,道家讲"静",尚朴,在政治实践上,既可以矫嬴政之枉,给予百姓一定的自治空间,又可以"弃文守质"。

汉初黄老之学的流行也来自于汉初士人生存的需要。汉初对黄老之学

---

① 孙筱:《两汉经学与社会》,68页,北京,中国社会科学出版社,2002。
② (汉)班固:《汉书》,1701页,北京,中华书局,1962。
③ 同上书,90页。
④ 《汉书·高后纪》有这样一段记载:"元年春正月,诏曰:'前日孝惠皇帝言欲除三族罪、妖言令,议未决而崩,今除之'。"据颜师古注:"罪之重者戮及三族,过误之语以为妖言,今谓重酷,皆除之。"(《汉书》,96页,北京,中华书局,1962)
⑤ (汉)班固:《汉书》,104页,北京,中华书局,1962。
⑥ 同上书,153页。
⑦ "沛公不好儒,诸客冠儒冠来者,沛公辄解其冠,溲溺其中,与人言,常大骂。"(《史记》,2692页,北京,中华书局,1959)

的应用：黄老之术以蛰伏保身、深藏不露为本，最切合暴秦时期士人之生存需要，正因为如此，当时士人大多自觉不自觉地走向了黄老，如韩信，在战争中以"怯"退而取得胜果。在刘邦推举萧何、曹参为首带领百姓共灭沛令时，萧、曹却推让给高祖①，暗合了老子"不敢为天下先"之教义。甚至儒士叔孙通能以"知时变"而"面谀亲贵"，已改变了原始儒家"杀身成仁"、道统高于政统的人格风貌，已带有黄老之学的明哲保身、择时而进退的色彩。②学者程世和在用具体例证说明汉初士人在生活中应用黄老之学以避凶趋吉后，对此做了总结："综上所述，秦末士人在秦之暴政的威逼下，大多对自我个性进行了一番洗割，以蛰伏保身、顺时而动的人生策略应对时势。正因秦政暴戾冷峭，秦末士人已变战国士风之张扬为秦末士风之深敛，在这种勇、'怯'之变中诞育出了以黄老之术为处世策略的时代氛围。由此看来，汉初黄老思想的最初起因并非根源于汉初'与民休养'的社会需要，而是根源于暴秦时代士人蛰伏保身的人生需要。"③饶有意味的是，刘邦集团能最终战胜项羽集团，策略上用的就是以柔克强、以怯胜勇的黄老思想，他的周围就集结着韩信、张良、陈平、萧何等一批带有浓厚黄老色彩的谋臣策士。

黄老学是先秦道家的变种，本是讲求"君人南面之术"的政治哲学派别。齐宣王时稷下先生假托黄帝之名、杂糅老子学说而倡言"黄老"，慎到、田骈、接子、环渊"皆学黄老道德之术"，"各著书言治乱之事以干世主"④。战国末叶，黄老学已相当流行，西汉开国将相多受沾溉，如曹参以"善治黄老言"的盖公为师，陈平"少时本好黄帝老子之术"，景帝母窦太后"好黄帝老子之言，帝及太子、诸窦不得不读《黄帝》《老子》，尊其术"⑤。

---

① "萧曹皆文吏，自爱，恐事不就，后秦种族其家，尽让高祖。"（《汉书》，10页，北京，中华书局，1962）
② 当时承继原儒精神的鲁生的行为，正好与叔孙通构成了鲜明的对比："通使征鲁诸生三十余人，鲁有两生不肯行，曰：'公所事者且十主，皆面谀亲贵。……公往矣，毋污我。'"（《汉书》，2126页，北京，中华书局，1962）叔孙通则笑鲁之两生曰："若其鄙儒，不知时变。"
③ 程世和：《汉初士风与汉初文学》，37页，北京，中国社会科学出版社，2004。
④ （汉）司马迁：《史记》，2346页，北京，中华书局，1959。
⑤ 同上书，1975页。

而汉武帝时期极为活跃的方士亦尊崇黄帝、附会老子之学以文其说，进而抬高自己的身价，这一点颇富意味；可以认为，汉武帝以后的黄老学已经渐渐具有宗教的色彩，且成了后世道教的哲理基础。

老子之后，道别为二，有黄老道家，有老庄道家。黄老道家的形成是一个较长的过程，"它没有一个事实上的师祖（如孔、墨），也始终没有很大影响的中心人物（如庄子）。在形成过程中不断变化，不少人对这一派理论学说做了贡献，既有不少'发明'，又有积极的传播，但是有些人自身的发展又走向了别的学派，如慎到、宋钘乃至驺衍等人的发展变化，他们本来都可说是'发明'黄老道德之意的人，由于其某些内容有独到之处，如慎到言势，驺衍谈阴阳，因而被后人列入法家、阴阳家，宋钘甚至被列为小说家。据以上这些情况，战国时黄老道家似又不成为一个学术派别，故通常只谓'黄老之学'。稷下黄老尚未成为黄老道家学派，它不像'墨者'那样有严密组织的派别，也不像儒者那样有明显的师徒关系，而是在形成发展的过程之中。派别的形成应在秦汉时期。"①

庄子这一派在西汉发展很少：司马谈《论六家要指》第一次明确提出"道家"（或名"道德家"），没有区别黄老和老庄，他和司马迁所讲的"道家"内容，主要还是指黄老道家的内容。② 从当时以《老子》作为"家人言"来看，他们把老子等于道家，道家等于道德家，道德家等于黄老，他们信奉的也是这一派。具体而言，司马谈《论六家要指》中所言之道家，是与其他学派混合了的道家，是一种积极向上的讲求政治实际的治世之道。他说："夫阴阳、儒、墨、名、法、道德，此务为治者也。直所从言之异路，有省不省耳。"又说："道家使人精神专一，动合无形，赡足万物。其为术也，

---

① 熊铁基：《秦汉新道家》，28页，上海，上海人民出版社，2001。
② "司马谈《论六家要指》所说的道家就是指《吕氏春秋》为代表的学派而言，其所说道家的'要指'为代表而概括起来的，不可能是从《老子》或者《庄子》中得出的结论。但后来（至少从刘向开始）又有老庄为代表的道家之说，所以我们认为司马谈所说的以《吕氏春秋》为代表的道家是新道家，这是现在应该作出的科学的区分。"（《秦汉新道家》，240页，上海，上海人民出版社，2001）

因阴阳之大顺，采儒墨之善，撮名法之要，与时迁移，应物变化，立俗施事，无所不宜。"也就是说，司马谈在这里所说的黄老之道已抛弃了诸家之"不省"，吸收了其中一些有用的东西，打破了先秦道家原来"故步自封"的局面，在政治实践中，吸收其他各派的理论与方法。例如，阴阳家："春生夏长，秋收冬藏，此天道之大经也，弗顺则无以为天下纲纪。故曰'四时之大顺不可失也。'"儒家："若夫列君臣父子之礼，序夫妇长幼之别，虽百家弗能易也。"墨家："要曰强本节用，则人给家足之道也，此墨子之所长，虽百家弗能废也。"法家："若尊主卑臣，明分职不得相逾越，虽百家弗能改也。"名家："若夫控名责实，参伍不失，此不可不察也。"①总而言之，黄老之学认为各家各派的某些政治理论都离不开当时的政治实践中。

老子的思想通过文本的注解，在西汉一直延续着：从《老子》到《淮南子·道应训》，再到西汉末期严遵的《老子指归》。《文心雕龙·书记》附录"解体"时说："解者，释也。解释结滞，征事以对也。"明徐师曾《文体明辨序说》论及"解体"言："按字书云：'解者，释也，因人有疑而解释之也。'"通过注解方式传承老子思想有两个弊端：一是极易形成章句之学，比较繁琐；二是因着对经典文本尊崇，遵循"疏不破注，注不破经"等阐释限制，失去了对自我创新能力的开拓，如《淮南子·道应训》中"道"的思想比不上《老子》"道"论的形而上性，《淮南子》中的"真"论也比不上《庄子》中对"真"论的超脱性和深刻性。

《汉书·艺文志》中对道家类的著录，大体上分为两类：一类是《庄子》《列子》及思想与之相近的一些书；另一类就是我们所说的黄老之学的著作，包括《尹伊》《太公》《黄帝四经》《黄帝铭》等，数量比较大，假借黄帝、力牧、尹伊、太公之名，根据《老子》的道论，发明黄老之学的旨意。前者可以说属于"老庄"系列，后者即所谓"黄老"，整个道家类都与《老子》有密切关系自不待言。总的来说，《汉书·艺文志》中的道家类著作，

---

① 以上所引的司马谈《论六家要指》的内容均见《史记·太史公自序》。

大多数可说是黄老之学，或多或少对《老子》思想有所发挥、改造，即所谓"发明序其旨意"。有在哲学思想中解释和补充的，如道论中的"元气"说之类；有在政治思想上发展和补充的，如"无为而无不为"之类。其中某些人的著作，成为由道家向其他派别过渡和转变的代表。

在思想形态方面，《淮南子》与《文子》有着密切的关系。产生于战国末期的《文子》，标志着黄老学的形成，《文子》是《道德经》的义疏。后来，《淮南子》中的很多地方都借用和抄袭《文子》，如根据《文子·九守》写成《精神训》。清代孙星衍在《文子序》中说："黄老之学存于文子，西汉用以治世，当时诸臣皆能称道其说，故其书最显。"《文子·精诚》中提到"随时而举事，因资而立功，进退无难，无所不通"，黄老学的政治思想，就是在这个基础上展开的。所以《淮南子》中反复提到"随时而举事，因资而立功"这句话，并加以阐述。司马谈总结黄老之学即新道家之术时，也是用《文子》中的这句话作概括的："与时迁移，应物变化，立俗施事，无所不宜，指约而易操，事少而功多。"①。

在学术传承方面，战国黄老之学传至西汉初有一具体的发展脉络。《史记·乐毅列传》云："太史公曰：……乐臣公学黄帝、老子，其本师号曰'河上丈人'，不知其所出。'河上丈人'教安期生，安期生教毛翕公，毛翕公教乐瑕公，乐瑕公教乐臣公，乐臣公教盖公。盖公教于齐高密、胶西，为曹相国师。"《史记·乐毅列传》同样记载乐臣公祖先原是赵国大将乐毅，后赵被秦所灭，乐家的后代如乐瑕公、乐臣公等逃亡到齐国的高密："其后二十余年，高帝过赵，问：'乐毅有后世乎？'对曰：'有乐叔。'高帝封之乐卿，号曰华成君。华成君，乐毅之孙也。而乐氏之族有乐瑕公、乐臣公，赵且为秦所灭，亡之齐高密。"盖公则从乐臣公学黄老之术。盖公也在齐国的高密、胶西等地教授黄老之学，被齐相国曹参聘任为师。《史记·曹相国世家》载："参之相齐，齐七十城。天下初定，悼惠王富于春秋，参尽召长老

---

① （汉）司马迁：《史记》，3289 页，北京，中华书局，1959。

诸生,问所以安集百姓,如齐故诸儒以百数,言人人殊,参未知所定。闻胶西有盖公,善治黄老言,使人厚币请之。既见盖公,盖公为言治道贵清静而民自定,推此类具言之。参于是避正堂,舍盖公焉。"曹参从盖公那里学得黄老学,在齐国为政时用黄老术,"相齐九年,齐国安集,大称贤相。"后曹参入汉,惠帝二年(前193)萧何卒,曹参为汉相,"举事无所变更,一遵萧何约束",为政清静无为,"百姓歌之曰:'萧何为法,顜若画一;曹参代之,守而勿失。载其清净,民以宁一。'"①史称"萧规曹随"。太史公曰:"参为汉相国,清静极言合道。然百姓离秦之酷后,参与休息无为,天下俱称其美矣。"②由此可见,秦汉之际黄老之学流行于齐地,曹参任齐相时,采用黄老术治理齐国,继萧何为汉相国后,又进一步用黄老术治理全国。

除了萧何、曹参,西汉初年遵行黄老之学的人物不少,著名的有汲黯、杨王孙等人,《史记·汲郑列传》云"黯学黄老之言",他的行为是"治官理民,好清净,择丞史而任之……"西汉初的文帝、景帝,以及景生母窦太后都极力提倡黄老学说:"窦太后好黄帝、老子言,帝及太子诸窦不得不读《黄帝》、《老子》,尊其术。"③这位窦太后先是做了23年皇后,接着又做了16年皇太后和6年太皇太后,先后共45年,其大力提倡黄老之学,这是黄老之学全盛的时代。从汉武帝之后,黄老之学在政治上似乎被除名了,所谓"绌黄老、刑名百家之言"④,但驾驭臣民的法术,所谓"君人南面之术"还在。东汉末所流行的黄老,与西汉黄老不同,侧重于养生成仙,并神化、仙化黄帝、老子,如《抱朴子·勤求》所说,"道家之所至秘而重者,莫过乎长生之方也。"

这一时期黄老道家的代表作是秦末的《吕氏春秋》和西汉前期的《淮南子》。《淮南子》把自然无为的哲学思想应用到人生和政治方面,特别是

---

① (汉)司马迁:《史记》,2031页,北京,中华书局,1959。
② 同上书,2031页。
③ 同上书,1975页。
④ 同上书,3118页。

政治方面。《淮南子》在内容上大量引用老庄之言，并"采儒墨之善，撮名法之要"，许多地方还直接引用《吕氏春秋》中的文字，其出世思想和阴阳感应之说比较突出。《淮南子》中的黄老之学理论最高、论述也最全面。

◎ 第二节
先秦西汉道家生命意识与汉代文论的"养气"说

"养气"说，是中国古代文论中关于作家修养的重要学说，它以中国古代生命哲学中的气化论为指导，强调生命谐和与审美创造的有机统一。中国文论中的"养气论"主要存在三种形态：有选择以自然论生命哲学为基础的，如以庄子为代表的道家，他们所养的气偏重于自然生命之气；有选择社会论生命哲学为基础的，如以孟子为代表的儒家，他们所养的气偏重正直刚毅的浩然之气[①]；也有选择会通两种生命哲学的，如西汉董仲舒的天人一体、天人同构的生命理论，既兼顾自然生命之气也兼顾思想道德修养之气。"春秋时期，在中国古代生命意识的演化史上，正处在从朴素、原始的生命意识向自觉的、理性的生命哲学转化、演进的时期。其历史性的标志就是以道、儒两家为代表的自然论的生命哲学和社会论的生命哲学的创立。中国古代的文学理论，特别是其中的主体理论，可以说就是从远古的生命意识，尤其是道、儒两家的生命哲学中脱胎出来的；它后来虽然走上了相对对立的发

---

① 唐代的韩愈重视作家思想与道德的修养。韩愈认为，通过学习《诗经》《尚书》等古代圣人经典和学习孔孟等儒家经典，作家正气则会旺盛，文辞表达就会有力且合宜，"气，水也；言，浮物也；水大而物之浮者大小毕浮。气之与言犹是也，气盛则言之短长与声之高下者皆宜。"（唐）韩愈：《答李翊书》，见《韩昌黎文集校注》，第 170~171 页，上海，上海古籍出版社，1986。

展道路,但却始终受这两种生命哲学及其发展演变的制约。"①儒、道的生命哲学对中国古代文论"养气论"的建立奠定了哲学基础,后代的文论家在此基础上则从作家养气的生命意义和审美价值、实施途径和具体方法等层面做了大量的阐发和全面深入地把握。

在先秦道家那里,"道"是代表宇宙本体的最高范畴,也是整个哲学体系的起点;"气"是代表物质本原的次生范畴,道生气,气化生成万物则是其哲学体系逻辑的展开。在庄子学派那里,"道"是不能直接生成万物的,直接生成包括人在内的天下万物的物质本原是"气"。"人之生,气之聚也;聚则为生,散则为死……'通天下一气耳'。圣人故贵一。"②气在庄子学派那里已具有本体的性质。气构成人最基本的元素,气的作用凝结在人身上形成人生命的根本。气若消散,人的生命包括形体都会消亡,这是贯通天地之气化作用造成的。庄子学派把人的生命过程看作是气聚、气散,来于自然而归于自然的自然而然的过程。因此,庄子学派推论出人若要珍惜生命,就要对生命过程不要人为地进行干扰、破坏,而任其自然地聚、散、合、离,这就是"养生""卫生",亦"守气""养气"之道。"贵一"就是"贵"通天下万物为一的"气"。强调了宇宙大生命自本自根、自生自化、自然而然、自成规律,人所要遵守的是宇宙生命之道,以"抱一""贵一""纯气之守",而"养其气、合其德,以通乎万物之所造"③。

战国末期,齐国稷下黄老道家继续丰富气论思想,《管子·心术下》云:"气者,身之充也。""夫道者,所以充形也。"《管子》将精气提高到道的层次,更加肯定了气论所具有的本体意义。战国末年的《吕氏春秋》将气化作用更加广泛地用来解释宇宙间所发生的一切,而《淮南子》则将气论全面性地应用在解释天地间事物的变化上。到了西汉大儒董仲舒那里,他进一步建

---

① 黄保真:《颐养生理 完善道德 超越生命——生命意识与古文论"养气"说》,见叶舒宪主编:《文学与治疗》,184 页,北京,社会科学文献出版社,1999。
② (清)郭庆藩撰:《庄子集释·知北游》,647 页,北京,中华书局,2013。
③ (清)郭庆藩撰:《庄子集释·达生》,563 页,北京,中华书局,2013。

构天人一体、天人同构的宇宙大生命理论。其所建构的天人系统具有自然论和道德目的论的双重属性。例如,"故元者为万物之本。而人之元在焉。安在乎？乃在乎天地之前。"①元气是万物之本,是生于天地之前的,又可"分为阴阳,判为四时,列为五行"。所谓气化的整体观和流动感,指天地之间以气相感相通,贯通天人,包罗万有。又如,"天地之间,有阴阳之气,常渐人者,若水常渐鱼也。所以异于水者,可见与不可见耳,其澹澹也。然则人之居天地之间,其犹鱼之离水,一也。……是天地之间,若虚而实,人常渐是澹澹之中,而以治乱之气,与之流通相淆也。"②意思是说,天地之间的阴阳之气"常渐人",即常浸人,如鱼在水中,水常浸鱼一样,这种浸人,是在不知不觉中的;"其澹澹也",乃相互影响和感应。再如,"同者相益,异者相损"③,"中者,天地之所终始也;而和者,天地之所生成也。夫德莫大于和,而道莫正于中。……是故能以中和理天下者,其德大盛;能以中和养其身者,其寿极命"。(《春秋繁露·循天之道》)④

道家的生命哲学是建立在对宇宙之道的认识之上的,而道家所提出来的一套养生和养气理论则是对道的遵循:"唯道集虚","虚室生白,吉祥止止","夫道不欲杂"(《人间世》)为了达到内心的虚静和不被外在的欲求所干扰和占据,道家提出了一整套修养的功夫。老子提出了"归根""复命",《道德经·十章》说:"载营魄抱一,能无离乎？专气致柔,能如婴儿乎？涤除玄览,能无疵乎？"庄子提出了"心斋""坐忘","心斋的具体做法,是要逐步减少感官的刺激、外来的诱惑、层出不穷的欲望,以及执着于自我中心的观念与成见。总之,就是要对'心'下一番涤清与整理的工夫,使它进入虚与静的状态"⑤。道家修养的目的是为了达到"虚静恬淡,寂寞无

---

① (汉)董仲舒:《春秋繁露·玉英》,70页,北京,中华书局,2012。
② (汉)董仲舒:《春秋繁露·天地阴阳》,650页,北京,中华书局,2012。
③ 同上书,652页。
④ 有关天地阴阳调节与中和之道关系的详细论述见拙文《董仲舒的神学美学》,见高小康主编:《中国美学》第2辑,上海,上海古籍出版社,2011。
⑤ 傅佩荣:《傅佩荣〈庄子〉心得》,43页,北京,国际文化出版公司,2007。

为"①的精神境界,在这一精神境界中人的思维成了"天地之鉴,万物之镜",人无需借助任何概念、逻辑活动就能直接把握变化不定的万事万物,所谓"疏瀹而心,澡雪而精神,掊击而知"(《知北游》)。"如果说颐养,保护物质的感性生命的长存是道家对生命的最低要求;那么,'心斋'、'坐忘'就是道家追求的生命可达的最高境界。道家自然论的生命哲学,完整地说,就是由这高低两大层面构成的。"②

《淮南子》则提出形神交养、以神为主、清静寡欲、原心返性的具体养生思想。董仲舒则提出了"爱气"和"养气":"养生之大者,乃在爱气。……心之所之谓意。意劳者神扰,神扰者气少,气少者难久矣。故君子闲欲止恶以平意,平意以静神,静神以养气。气多而治,则养身之大者得矣。"③气多能养身,欲气多则需要养气和爱气,且从静养中来。至东汉,桓谭《新论·袪蔽》和王充的《论衡》中,提出了作家个人的创作与养气的关系问题。④ 到了魏晋,陆机在《文赋》中曰:"故寂然凝虑,思接千载",提到了作家的心态与写作的关系。当作家静静地思考的时候,他的精神活动是无边无际的,他可以联想到千年之前;若是支配精神的关键有了阻塞,那么精神就不能集中了。因此,在进行构思的时候,必须做到沉寂宁静、思考专一,使内心通畅,精神净化——"关键将塞,则神有遁心。是以陶钧文思,贵在虚静,疏瀹五藏,澡雪精神。"

到了南北朝,刘勰在《文心雕龙·养气》篇同样谈到作家在作文时应保持良好的精神状态。他认为作家只有心地清和,志气调畅,才能保证写作时

---

① (清)郭庆藩撰:《庄子集释·天道》,411 页,北京,中华书局,2013。
② 黄保真:《颐养生理　完善道德　超越生命——生命意识与古文论"养气说"》,见叶舒宪主编:《文学与治疗》,197 页,北京,社会科学文献出版社,1999。
③ (汉)董仲舒:《春秋繁露·通天之道》,618 页,北京,中华书局,2012。
④ 《文心雕龙·养气》开篇云"昔王充著述,制《养气》之篇"。(《文心雕龙注·养气》,646 页,北京,人民文学出版社,1958)《论衡》部分篇目提到王充的精气说和养气说:"养气自守"、"爱精自保"(《论衡·自纪》,585 页,上海,上海古籍出版社,2010);"是故气不通者,强壮之人死,荣华之物枯"(《论衡·别通》,272 页,上海,上海古籍出版社,2010);"血脉不调,人生疾病;风气不和,岁生灾异。"(《论衡·谴告》,294 页,上海,上海古籍出版社,2010)

能够从容命笔,思路畅通,得心应手;若"钻砺过分",则会导致"神疲而气衰"、心情烦躁、思路壅塞,就不能在写作时取得良好的效果。

◎ 第三节
贾谊、刘安、司马迁的道家文艺思想

在汉初,不仅《淮南子》的文艺思想体现了以道为主和结合儒、名、法的特点,像刘安、司马迁、贾谊在对《楚辞》的评论中,也明显地体现了以道为主、儒道结合的倾向。

贾谊在《吊屈原赋》中充分肯定了屈原的为人,赞扬他不与黑暗现实妥协、不与卑污小人同流合污的高尚精神,但同时又指出,屈原既然不能被楚国当权者所重用和容纳,自可以学道家"隐处""自藏",远离浊世,没有必要过于执着,甚至"自沉","历九州而相其君兮,何必怀此都也?"[1]这是道家的一种顺其自然的人生态度。道家的顺其自然的人生态度在贾谊的《鵩鸟赋》中也有表现:"至人遗物兮,独与道俱。众人惑惑兮,好恶积亿;真人恬漠兮,独与道息。释智遗形兮,超然自丧;寥廓忽荒兮,与道翱翔。""至人""真人"能"独与道息",在于"恬漠""遗物""释智遗形",内心不被外物所束缚和缠累,以及"其生兮若浮,其死兮若休"的"纵躯委命"的思想观念。贾谊对天道、人道的理解偏重黄老道家思想的倾向,他认为"道者,平和,无形而神",并又由此生德之"六理""六美"[2]。

老庄思想中有"大音希声"和"至乐无乐"的文艺和美学观点。《淮南子》也有相类似的观念,如"能至于无乐者,则无不乐。无不乐,则至极乐矣"[3];

---

[1] (汉)贾谊:《贾谊集·吊屈原赋》,209页,上海,上海人民出版社,1976。
[2] (汉)贾谊:《贾谊集·道德说》,143页,上海,上海人民出版社,1976。
[3] (汉)刘安:《淮南子·原道训》,39页,北京,中华书局,2012。

"五色乱目,使目不明;五声哗耳,使耳不聪;五味乱口,使口爽伤"①。

《淮南子》像道家一样崇尚天然之美和顺乎自然本性的美,"求美则不得美,不求美则美矣。求丑则不得丑,求不丑则有丑矣。不求美又不求丑,则无美无丑矣,是谓玄同。"②《淮南子》也不否定人为之美,它认为美虽然存在于物的天然本质上,但人的修饰加工并不损害天然本质之美。在《淮南子》作者看来,美的本质是形与神的统一,是文与质的统一,这显然与庄子那种美在神不在形、荀子那种重质不重文的观点是不同的。《淮南子》重视儒家思想中人工、有为的部分,这也表现在它对老庄"虚静""物化"的评价上。它对先秦老庄所提倡的"虚静""物化"在文艺创作中的作用,是持充分肯定态度的,但是它又不像老庄那样强调只有"无知无欲""绝圣弃智"才能进入这种创作境界。

认同楚文化并受楚文化影响的刘安也给屈原的作品予以很高的艺术评价。刘安既肯定了儒家传统文论重在发扬《诗经》的古典现实精神,也肯定了《楚辞》的理想主义和浪漫主义精神。

司马迁着重发挥了道家对黑暗现实所持有的愤世嫉俗的精神,充分肯定了屈原作品中的"怨"的特征,赞扬其志洁行廉的高尚品格。认为"《国风》好色而不淫,《小雅》怨悱而不乱,若《离骚》者,可谓兼之矣"③。刘安和司马迁对屈原及其具体作品的评论,在同时代产生了极大的反响,并引起了后世激烈的争论。刘安和司马迁对不同于《诗经》传统的另一文化楚文化的肯定和赞扬,大大丰富了中国古典文论的内容,而他们对屈原和《楚辞》的认同是跟他们的道家思想分不开的。难怪坚持正统儒家文艺思想的班固批评司马迁"是非颇谬于圣人,论大道则先黄老而后六经"④,并对屈原及其作品进行了否定。

西汉初期道家文艺思想的流行还表现在其他文艺论著中,如陆贾的

---

① (汉)刘安:《淮南子·精神训》,343 页,北京,中华书局,2012。
② (汉)刘安:《淮南子·说山训》,930 页,北京,中华书局,2012。
③ (汉)司马迁:《史记》,2482 页,北京,中华书局,1959。
④ (汉)班固:《汉书》,2738 页,北京,中华书局,1962。

《新语》、韩婴的《韩诗外传》等。陆贾的《新语》是以倡导儒家仁义德治思想为主的政论著作,但里面也有道家思想,如"是以君子握道而治,据德而行,席仁而坐,杖义而强,虚无寂寞,通动无量"[①],"道莫大于无为,行莫大于谨敬。何以言之? 昔舜治天下也,弹五弦之琴,歌《南风》之诗,寂若无治国之意,漠若无忧天下之心,然而天下大治"[②],这里透露的是道家的气息。在《新语·思务》中还流露出道家自然的审美观,"好者不必同色而皆美,丑者不必同状而皆恶,天地之数,斯命之象也"。韩婴将儒家思想与道家思想融合在一起:"孔子抱圣人之心,彷徨乎道德之域,逍遥乎无形之乡,倚天理,观人情,明终始,知得失。"[③]

黄老学者司马谈推崇黄老道家,其《论六家要指》批评了阴阳、儒、墨、法、名五家之弊端,而谓"道家使人精神专一,动合无形,赡足万物。其为术也,因阴阳之大顺,采儒墨之善,撮名法之要,与时迁移,应物变化,立俗施事,无所不宜,指约而易采,事少而功多"。

西汉道家文艺思想发展中的新特点直接启示了魏晋玄学的文艺观和美学观,成为庄学文艺美学向玄学文艺美学过渡的中介。到了汉武帝时期,随着"罢黜百家,独尊儒术"的实行,儒家思想渐渐地在官方那里获得了独尊的地位,道家文艺思想也就明显地衰落了。汉代文论发展也进入了第二阶段。

◎ 第四节
《淮南子》的新道家文艺思想

本节拟对《淮南子》的新道家文艺思想做一概述。本节的研究主要以两

---

① 王利器撰:《新语校注·道基》,28页,北京,中华书局,1986。
② 王利器撰:《新语校注·无为》,59页,北京,中华书局,1986。
③ 许维遹校撰:《韩诗外传集释》卷五,165页,北京,中华书局,1980。

篇博士论文改编的专著《淮南子研究》（孙纪文著，学苑出版社，2005年）和《自由与秩序的困惑——〈淮南子〉研究》（陈静著，云南大学出版社，2004年）为起点，特别是孙纪文在《淮南子研究》中对该书的文艺观与传统道家文艺观的关系所作的概要性综括，为本节的研究提供了基础。①

一、《淮南子》新道家思想的写作背景

《淮南鸿烈》，一名《淮南》《淮南内》《淮南子》。"淮南"，即此书主持编撰者西汉淮南王刘安的王号。"鸿烈"，"鸿，大也；烈，明也，以为大明道之言也。"（《淮南子叙目》）刘向、刘歆父子校定图书，置此书于《诸子略》内。

汉武帝时皇族淮南王刘安主持编撰了《淮南鸿烈》。《汉书·淮南衡山济北王传》说："淮南王安……招致宾客方术之士数千人，作为《内书》二十一篇，《外书》甚众，又有《中篇》八卷，言神仙黄白之术，亦二十余万言。时武帝方好艺文，以安属为诸父，辩博善为文辞，甚尊重之。……初，安入朝，献所作《内篇》，新出，上爱秘之。"汉涿郡高诱撰《淮南子叙目》说："初，安为辨达，善属文。皇帝为从父，数上书，召见。孝文皇帝甚重之，诏使为《离骚赋》，自旦受诏，日早食已。上爱而秘之。天下方术之士多往归焉。于是遂与苏飞、李尚、左吴、田由、雷被、毛被、伍被、晋昌等八人及诸儒大山、小山之徒，共讲论道德，总统仁义，而著此书。"又说："光禄大夫刘向校定撰具，名之《淮南》。又有十九篇者，谓之《淮南外传》。"《汉书·艺文志》本在刘向、刘歆父子《别录》《七略》的基础上编撰而成，而《淮南内》《淮南外》之称为刘向所定，但刘向只称"淮南"而不加

---

① 孙纪文认为，《淮南子》秉承的传统道家文艺观有：（一）文艺源泉归于"道"；（二）审美理想旨在疾伪贵真、崇尚自然；（三）艺术精神归于"情"。背离传统道家文艺观的有：（一）从"言道"走向"物感"；（二）从弃礼乐到提倡礼乐教化；（三）从尚自然美到尚崇高美。（详见孙纪文：《淮南子研究》，297～314页，北京，学苑出版社，2005）

"子",《汉书·艺文志》论次儒家至小说,名曰诸子十家,后遂缘之而加"子"字,称《淮南子》。

关于《淮南鸿烈》的著书宗旨及主要内容,《淮南子·要略》中说:"夫作为书论者,所以纪纲道德,经纬人事,上考之天,下揆之地,中通诸理。""凡属书者,所以窥道开塞,庶后世使知举错取舍之宜适,外与物接而不眩,内有以处神养气,宴炀至和,而已自乐所受乎天地者也。""故著书二十篇,则天地之理究矣,人间之事接矣,帝王之道备矣。"又说:"夫道论至深,故多为之辞以抒其情;万物至众,故博为之说以通其意。"高诱《淮南子叙目》则认为:"其旨近《老子》,淡泊无为,蹈虚守静,出入经道。言其大也,则焘天载地,说其细也,则沦于无垠,及古今治乱存亡祸福,世间诡异瑰奇之事。其义也著,其文也富,物事之类,无所不载,然其大较归之于道,号曰《鸿烈》。鸿,大也;烈,明也,以为大明道之言也。故夫学者不论《淮南》,则不知大道之深也。"唐刘知几在《史通》中评价此书"牢笼天地,博极古今"。今人刘文典《淮南鸿烈集解·自序》云:"《淮南王书》博极古今,总统仁义,牢笼天地,弹压山川,诚眇义之渊丛,嘉言之林府,太史公所谓'因阴阳之大顺,采儒、墨之善,撮名法之要'者也。"

刘安作为主持,方士八公及儒生大山、小山作为骨干,他们将黄老之道与方仙之道相融合,集体撰写了《淮南鸿烈》。所以此书是当时方术之士与好事黄老的儒生共同"讲道德""论仁义""求神仙"的产物,是方仙、黄老、儒术相融合的结晶。《淮南鸿烈》在理论上推崇《老子》《庄子》的哲学思想,内容上倚重方仙养生之说,联系现实时则接纳儒家学说,广采博取道、儒、阴阳、五行、神仙、名、法、墨、兵等先秦诸家学说。从古代宗教发展的角度看,《淮南鸿烈》又具有浓厚的方仙道内容,主持编撰此书者淮南王刘安是当时方士众望所归的领袖,他不仅主编了《淮南内》,还有《淮南中篇》八卷,专言神仙黄白之术,亦二十余万言。

二、《淮南子》的新道家思想

《淮南子》对先秦老庄道注入新的内容体现在以下三个方面：

第一，把虚无缥缈、玄奥寂灭的老庄道改造成富于感性物质的、世俗人生的具体内涵，具体表现在给道家的核心概念"无为"赋予积极的、实践的含义。《修务训》开篇就否定无为绝不是无所作为，"或曰：'无为者，寂然无声，漠然不动，引之不来，推之不往。如此者，乃得道之像。'吾以为不然。"认为无为，绝不是无所作为，而应理解为一种因势利导的主动行为，"夫地势，水东流，人必事焉，然后水潦得谷行；禾稼春生，人必加功焉，故五谷得遂长。听其自流，待其自生，则鲧、禹之功不立，而后稷之智不用"。《原道训》更开宗明义，"所谓无为者，不先物为也；所谓无不为者，因物之所为"。无为意味着顺物而动，不为物先，在"执道""循理""审时""守度"中有所作为。可见，《淮南子》中所说的这个"道"，是包含着丰富现实感性内容的"道"，是融合了儒术、名、法的黄老道，具有事功型和实践型，拥有此道的人是"此自强而成功者也"（《修务训》）。

第二，《淮南子》中的道比先秦老庄的道显得更瑰奇和缥缈。这瑰奇和缥缈主要体现在《淮南子》中的道融合了方仙道的成分。方仙道崇鬼神，《地形训》云："昆仑之丘，或上倍之，是谓凉风之山，登之而不死。或上倍之，是谓悬圃，登之乃灵，能使风雨。或上倍之，乃维上天，登之乃神，是谓太帝之居。"《泛论训》云："炎帝于火，死而为灶（神）；禹劳天下，死而为社；后稷作稼穑，死而为稷；羿除天下之害，死而为宗布。此鬼神之所以立。"并认为天上星宿，皆为天神。《天文训》云："东方，木也，其帝太皞，其佐句芒，执规而治春。其神为岁星，其兽苍龙，其音角，其日甲乙。南方，火也，其帝炎帝，其佐朱明，执衡而治夏。其神为荧惑，其兽朱鸟，其音徵，其日丙丁。中央，土也，其帝黄帝，其佐后土，执绳而制四方。其神为镇星，其兽黄龙，其音宫，其日戊己。西方……其神为太白……北方，水也……其神为辰星……"还相信地上人事对应天上天象活动，祷祠鬼神可以求福，雩兑可以请雨，卜筮可以决事，《本经训》云："静洁足以享上帝、礼鬼神，以示民知俭节。"《泛论训》云："天下岂有常法哉，当于世事，得于人理，顺于天地，祥于鬼神，则可以正治矣。"我国原始宗教所信奉的星宿之神、所祭祀的卜祝之事在上述中都有所反映。

方仙道，也慕不死之乡。《庄子》塑造了"神人""真人"的形象。《逍遥游》中的神人"肌肤若冰雪，绰约若处子，不食五谷，吸风饮露，乘云气，御飞龙，而游乎四海之外"。《大宗师》中的真人"登高不栗，入水不濡，入火不热"；"其寝不梦，其觉无忧，其食不甘，其息深深"；又"不知悦生，不知恶死"。这些描述为后世塑造神仙形象提供了依据。《淮南子》对不死之乡的描述则更加细致，想象也更加瑰丽奇特，天地人间，九州八极（柱），有着许多奇妙美好境地，可以食不死果实，服不死之药，居不死之国，在其中至人、真人可以往游而长生，如"王乔、赤松去尘埃之间，离群慝之纷，吸阴阳之和，食天地之精，呼而出故，吸而入新，踩虚轻举，乘云游雾，可谓养性矣。"(《泰族训》)《地形训》云："禹乃以息土填洪水，以为名山，掘昆仑虚以下地，中有增城九重，其高万一千里一十四步二尺六寸。上有木禾，其修五寻，珠树、玉树、琁树、不死树在其西，沙棠、琅玕在其东，碧树、瑶树在其北。""疏圃之池，浸之黄水，黄水三周复其原，是谓丹水，饮之不死。"又如《览冥训》云："羿请不死之药于西王母，姮娥窃以奔月，怅然有丧，无以续之。何则？不知不死之药所由生也。"尤其《淮南子》中的《地形训》和《精神训》集中反映了当时方士和修道养性者寻觅仙药、仙境、仙人的幻想境地。

第三，《淮南子》中的道也有着鲜明的宇宙空间化和秩序化的特征。在先秦老庄那里，道还没有具体展开，尤其没有经过阴阳五行的化生，道中的万物也没有经过空间化和秩序化的处理。而到了《淮南子》那里，宇宙有了秩序和空间，时间也被纳入到空间的秩序中。这方面陈静在她的博士论文专著《自由与秩序的困惑——〈淮南子〉研究》中给予了充分的关注和研究。

陈静特别注意到《淮南子》为什么把老子的一、二、三模式改变成为《周易》的一、二、四模式，"原因或许在于，一、二、三的模式只能解释万象纷呈的世界如何从无到有，从一到多；而一、二、四的模式除了要解释这个过程，还试图显明万象纷呈的世界有一个秩序，这个秩序，就表现为战国以来由阴阳五行的观念逐渐演化而成的四时五方的宇宙结构的观念。"[1]先秦老庄的宇宙论思想通过与阴阳五行的结合，宇宙的结构逐渐变得有方位，"通过考察《天文训》、《地形训》和《时则训》的相关内容，可以看到四时、五方、五行是其中最基本的概念。《天文训》从宇宙起源的角度，以一个一、二、四的生成模式表明，宇宙的起源和演化，同时也就是一个结构的生成。这个结构，就是由阴阳五行而来的四时五方结构。《地形训》突出了方位，它对大地形貌的富于想象的记述以及对大地出产和生活在大地上的人物的记述，都是按五方（或者四方的扩展形式九方和八方）进行的。《时则训》以一年的十二个月为序，又把十二个月划分为春夏秋冬四季，以四时配五方，系连于万象万物，形成了一个宇宙大一统的结构。这个结构的基本图式，仍然是五方的图式。"[2]《地形训》云："六合之间，四极之内，照之以日月，经之以星辰，纪之以四时，要之以太岁，天地之间，九州八极，土有九山，山有九塞，泽有九薮，风有八等，水有六品。"宇宙在此以具体的结构和方位出现，即"九州""九山""八风""六水"。在《天文训》所描述的"九野"和"五星"中，宇宙则以方位和秩序的面貌呈现："天有九野……中央曰钧天，其星角、亢、氐；东方曰苍天，其星房、心、尾；东北曰变天，其星箕、斗、牵牛；北方曰玄天，其星须女、虚、危、营室……何谓五星？东方，木也，其帝太皞，其佐句芒，执规而治春。其神为岁星，其兽苍龙，其音角，其日甲乙。南方，火也，其帝炎帝，其佐朱明，执衡而治夏。其神为荧惑，其兽朱鸟，其音徵，其日丙丁。中央，土也，其帝黄帝，其佐后土，执绳而制四方……"东、西、南、北、中，各守其位，各自配以五行和星象。

---

[1] 陈静：《自由与秩序的困惑——〈淮南子〉研究》，201 页，昆明，云南大学出版社，2004。
[2] 同上书，212 页。

三、《淮南子》新道家的文艺思想特色

《淮南子》新道家文艺思想有其特色，主要表现在与先秦道家文艺思想的区别上。

首先表现为一种内涵更加丰富的宇宙论文学观念。"现存的汉代典籍表明，汉代普遍地具有了'望天'的意识，但是，汉人的望天，并不是受好奇心的驱使去探问宇宙的奥秘，而是怀万古之忧戚在追究人事之当然的最终根据。因此，汉代的望天者在望天的时候，心里想着的还是人事，他们在天上看见的，更多的是正确的人事态度而不是自然的奥秘。这样，中国古代的宇宙论从一开始，就定下了为人事而不是为知识的基调。"[1]这种"上考之天，下揆之地，中通诸理"（《淮南子·要略》）的求证方式，形成了一种新的思想表达方式，使思想从"言说人的意见"改变为"揭示天理/道理"。这是中国思想从先秦进至汉代在思维形式上的一个根本改变，并成为一种被普遍采用和认可的方式。

确实，汉代人所认可的宇宙论思想在上文对《淮南子》新道家思想分析时已初露端倪，在《淮南子》文本以外的同时代文艺写作和美学思想中也多有体现。例如，《西京杂记》载司马相如的友人盛览尝问司马相如作赋秘诀，司马相如说："赋家之心，苞括宇宙，总览人物，斯乃得之于内，不可得而传。"又如，司马迁在《史记·太史公自序》中自述写《史记》所拟达到的境界是"究天人之际，通古今之变，成一家之言"。再如，董仲舒的美学思想，是一种视野开阔、意象宏大的包括天地、万物、自然之美的理论图式，"天地之行美也！"[2]"天地之化精，而万物之美起。"[3]"春秋杂物其和，而

---

[1] 陈静：《自由与秩序的困惑——〈淮南子〉研究》，161 页，昆明，云南大学出版社，2004。
[2] （汉）董仲舒：《春秋繁露·天地之行》，629 页，北京，中华书局，2012。
[3] （汉）董仲舒：《春秋繁露·天地阴阳》，647 页，北京，中华书局，2012。

冬夏代服其宜，则当得天地之美，四时和矣。"① "人气调和，而天地之化美。"②，"仁之美者在于天。天，仁也。天覆育万物，既化而生之，有养而成之，事功无已，终而复始，凡举归之以奉人。察于天之意，无穷极之仁也。"③

汉代的宇宙论思想为汉代的文艺写作和美学思想提供了恢宏的气势和辽阔的写作视野，但就《淮南子》来说，在老庄之道基础上融合了方仙道、黄老道、阴阳五行思想的宇宙论思想，这给它自身的文艺思想带来了一些新特色。首先在《淮南子》文本中，作者采用神话、传说、寓言、故事等方法，采取浪漫和神奇的笔法，对大道的高妙、神奇，对修道养性者所幻想和追求的美妙境界做了细致的描述，显示了在新道家思想影响下作者写作境界的辽阔及手法的绚丽，这丰富和发展了先秦道家在这方面的文艺写作。④ 其次是观念层面带给文学、美学方面的益处，《淮南子》尤其以"百川异源而皆归于海"⑤的大综合姿态和"鸿，大也；烈，明也，以为大明道之言也"⑥的大道姿态共同构筑了一种无限丰富、集大成的大审美视界，如"东方之美者，有……；西南方之美者，有……；西方之美者，有……；西北方之美者，有……；北方之美者，有……；东北方之美者，有……；中央之美者，有……"⑦之类的气势恢宏、空间意识开阔的写作方式。最后，《淮南子》的宇宙论思想中不仅只有老庄的诗性、方仙道的奇幻，也有以天文学和星象学赋予宇宙的秩序和空间方位，后者的出现给文人化的诗意的宇宙论写作增添了几许庄重、规范、秩序和理性。

《淮南子》新道家文艺思想的另一特色是宇宙论背景下的感应论思想及对情的重视。

---

① （汉）董仲舒：《春秋繁露·循天之道》，621页，北京，中华书局，2012。
② （汉）董仲舒：《春秋繁露·天地阴阳》，650页，北京，中华书局，2012。
③ （汉）董仲舒：《春秋繁露·王道通三》，421页，北京，中华书局，2012。
④ 孙纪文在《淮南子研究》（北京，学苑出版社，2005）一书中专门另辟专章讨论《淮南子》文本的辞赋化特征及在文学视野下的神话解读。
⑤ （汉）刘安：《淮南子·泛论训》，723页，北京，中华书局，2012。
⑥ （汉）高诱：《淮南子注》，见《诸子集成》7，2页，上海，上海书店出版社，1986。
⑦ （汉）刘安：《淮南子·地形训》，208页，北京，中华书局，2012。

感应论的思想基础是阴阳五行学说。五行说最先出自《尚书·洪范》，战国齐人邹衍作《主运》时融合阴阳说和五行说为五德说。《吕氏春秋》以来的哲学理论则讨论了四时与人之感情的关系，以及天人感应思想。《吕氏春秋·有始览》云："凡帝王者之将兴也，天必先见祥乎下民。黄帝之时，天先见大螾大蝼，黄帝曰：'土气胜。'……及禹之时，天先见草木秋冬不杀，禹曰：'木气胜'。……及文王之时，天先见火赤乌衔丹书集于周社，文王曰：'火气胜。'……"《吕氏春秋·孟春纪》强调养生以全其天，一人之身即是一个小天地，可以与天地因同类关系而相互感应。《淮南子》在这方面的描述也很多，如"与万物回周旋转，不为先唱，感而应之"[1]，"人生而静，天之性也，感而后动，性之害也"[2]，"物类相动，本标相应"[3]，"物类之相应，玄妙深微……神气相应征矣"[4]。

不可否认，包括《吕氏春秋》《淮南子》《春秋繁露》在内的著作所表达的天人感应思想首先体现在政治领域：政治乖戾则阴阳失衡，灾异出现以谴告；政治平和则阴阳平衡，祥瑞出现以昭示。《淮南子·本经训》云："天地之合和，阴阳之陶化万物，皆乘人气者也。是故上下离心，气乃上蒸，君臣不和，五谷不为。"再如《淮南子·天文训》云："人主之情，上通于天，故诛暴则多飘风，枉法令则多虫螟，杀不辜则国赤地，令不收则多淫雨。四时者，天之吏也；日月者，天之使也；星辰者，天之期也；虹霓、彗星者，天之忌也。"这些著作对气类感应中所蕴含的对个体生命中情物关系的重视，为中国古代文学理论的物感说奠定了理论基础和生命实践基础。《文赋》云："遵四时以叹逝，瞻万物而思纷；悲落叶于劲秋，喜柔条于芳春。"《文心雕龙·物色》云："春秋代序，阴阳惨舒，物色之动，心亦摇焉。盖阳气萌而玄驹步，阴律凝而丹鸟羞，微虫犹或入感，四时之动物深矣……是以诗人

---

[1] （汉）刘安：《淮南子·原道训》，24页，北京，中华书局，2012。
[2] 同上书，10页。
[3] （汉）刘安：《淮南子·天文训》，107页，北京，中华书局，2012。
[4] （汉）刘安：《淮南子·览冥训》，308页，北京，中华书局，2012。

感物，联类不穷。"《诗品序》云："若乃春分春鸟，秋月秋蝉，夏云暑雨，冬月祁寒，斯四候之感诸诗者也。"上述文学理论批评论著论情之感物辄以四季阴阳之变为说，是以气感哲学为其根本义理，而《淮南子》的感应说则参与了这样的理论构造。

与感应论思想相联系的，是《淮南子》中对情的重视。《修务训》云："故秦、楚、燕、魏之歌也，异转而皆乐；九夷八狄之哭也，殊声而皆悲，一也。夫歌者乐之征也，哭者悲之效也，愤于中则应于外，故在所以感。"强调感物而应的结果是情感的抒发，"愤于中则应于外"。《齐俗训》云："喜怒哀乐，有感而自然者也。故哭之发于口，涕之出于目，此皆愤于中而形于外者也。"又云："故强哭者虽病不哀，强亲者虽笑不和，情发于中而声应于外。"这是对人感性活动的重视。《缪称训》亦云："文者，所以接物也，情，系于中而欲发外者也。以文灭情则失情，以情灭文则失文，文情理通，则凤麟极矣"，则强调了在文学活动中既要尊重情，也要尊重文。

四、对本文研究的方法论思考

对《淮南子》文艺思想的研究有几种路径。一种是直接整理《淮南子》中谈论文艺审美和文学批评的材料。在《淮南子》中谈论这方面的并不多，谈的方式也是碎片式的，零星分散在各篇章中，学者要做的是爬梳整理工作①。也有学者上升到范畴层面对《淮南子》中所涉及的文艺审美现象进行理论总结，虽然《淮南子》中所提到的有关文艺审美现象在该审美范畴史和文论史上还不占据一个凸显的位置，但通过这样的研究可以更加看清《淮南子》的文艺学范畴观念还处于混沌和临界状态，也可以更加明白它与成熟的古代文

---

① 在顾易生、蒋凡所著的《中国文学批评通史·先秦两汉卷》（上海古籍出版社，1996）第 432～444 页中对《淮南子》中有关对艺术（尤其音乐）的评价做了精微的梳理，如"乐可通道，感人至深""同声相应，乐以致和""礼乐无常，与化推移""异转同乐，殊声皆悲"等。孙立在《中国文学批评文献学》（广东人民出版社，2000）第 49 页中总结了《淮南子》中有关文艺批评的内容：音乐与社会风俗的关系，审美主体决定下的审美相对论，有无相生、虚实相形的艺术创作观，等等。

论著作的关系。有关这方面的研究,学者孙纪文做了一些开拓性的工作①。这是对《淮南子》文艺思想研究的另一路径。还有一种是对《淮南子》文本自身的文学美学价值的研究。《淮南子》继承了先秦诸子散文的行文风范,在《淮南子》中大量引用《老子》《论语》《墨子》《庄子》《孟子》《荀子》《吕氏春秋》等先秦诸子散文,其自身具有很高的文学价值。宋代高似孙的《子略》这样评价:"《淮南》之奇出于离骚,《淮南》之放得于《庄》、《列》,《淮南》之议论错于不韦之流,其精好者又如《玉杯》、《繁露》之书。"清刘熙载《艺概·文概》云:"《淮南子》连类喻义,本诸《易》与《庄子》,而奇伟宏富,又能自用其才,虽使与先秦诸子同时,亦足成一家之作。"《淮南子》创作群体的不同的文化品格也为该书的写作增添了丰富多彩的风格。《汉书·地理志下》云:"寿春、合肥受南北湖皮革、鲍、木之输,亦一都会也。……而淮南王安亦都寿春,招宾客著书。"《盐铁论·晁错》云:"日者淮南、衡山修文学,招四方游士。山东儒、墨咸聚于江、淮之间,讲议集论,著数十篇。"《汉书·淮南衡山济北王传》云:"淮南王安……招致宾客方术之士数千人,作为《内书》二十一篇。"由于写作《淮南子》的地方寿春地处南北文化交界处,刘安的身边聚集着不少各显其能、各有风采的文人墨客,这些不仅丰富了此书的写作内容,还增添了多样的写作风格。

上述的几种研究路径值得肯定,因有文献学上的学理依据,又有研究者欲返回文本和历史(主要描述《淮南子》的文体和理论思想的历史进程)的努力,但我们也发现,这些研究路径若长期不作改变,我们在《淮南子》文

---

① 孙纪文认为:"综观古代文论的发展史可以认定,混沌和临界状态持续了相当长的时间。我以为直到魏晋南北朝时期,特别是随着《典论·论文》、《文赋》、《文心雕龙》、《诗品》等一系列文艺学作品的诞生,这个由哲学范畴转换到文艺学范畴的理论工程才基本构建起来。在这相当长的期间内,诸多典籍对此工程进行了合目的性和合规律性的探讨和局部的构建,起到了由哲学范畴转换到文艺学范畴的中介作用。《淮南子》就是这样的一部典籍。"见孙纪文:《淮南子研究》,258~259页,北京,学苑出版社,2005。孙纪文在文艺学范畴层面上对《淮南子》中的"美""神游""文""君形"的内涵与外延进行了考察。

艺思想的研究结论上似乎很难有新的发现，研究局面上也很难有新的突破。作为古代文论研究对象包括《淮南子》在内的西汉以后的文本，往往是对以往先秦原典的继承，它们虽在文学观念和思想上对比先秦有发展，但缺乏本质性的突破[1]，再加上它们有着对先秦经典文本尊崇的习性，所谓"疏不破注，注不破经"，它们也逐渐失去了思想观念上自我创新的能力。因此，在研究这些文本时，若我们不选择新颖的角度作为研究的切入点，不重视研究方法的创新和带着对当下"对话"的背景和问题意识，那么我们对它们的研究似乎很难取得创新与开拓，只能局限于旧有的研究范式和研究结论。随着时间的流逝，我们在某一课题上也许会取得资料性和观念性的进展，但难以获得耳目一新的感觉。

　　那么在尊重文本和历史的基础上，我们对《淮南子》的文艺思想研究还有其他可能的路径吗？由于前人对《淮南子》中直接谈论文艺审美和文学批评的史料性整理已做了很多，且对文本的文学性方面的评估，古代批评家也已有精彩的论述，由此很难创新。笔者认为，在这些研究之外，可以尝试着从某一文化范畴（结合了文史哲）层面去研究。因为就《淮南子》而言，它是一部融合了儒术、老庄道、黄老道、方仙道、阴阳五行等诸家学说的一部哲学性和思想性的文本，本章在论述其文艺思想时也是从文化范畴层面给予处理的，即侧重于《淮南子》的宇宙论思想与汉代的文学空间的关系，以及《淮南子》在宇宙论背景下的气感哲学对汉代文论的影响。本章将选择这两点加以论述。我们认为这一方面抓住了汉代思想和汉代文论

---

[1] 例如，《淮南子》的"道"比不上《老子》"道"论的形而上性，《淮南子》的"真"论比不上《庄子》"真"论的超脱性和深刻性，《淮南子》在"道"论、"真"论方面是有所发展的，只是它的发展愈加庞杂而无本质的变化。张少康等著的《中国文学理论批评发展史》（北京大学出版社，1995）第105页对《淮南子》的文艺思想是这样定位的："《淮南子》一书中的文艺和美学思想，主要是对先秦老庄的继承和发展，但又吸收了儒家思想中的某些成分，反映了儒道结合的特点，并成为从先秦道家文艺思想向魏晋玄学文艺思想发展的中介和桥梁。"具体展开，如既崇尚天然之美，又不否定人为之美；既突出强调神之重要，又不否定形似之必要；既批判儒家礼乐，又在一定程度上肯定儒家礼乐。这也是对《淮南子》文艺思想一般的通论。

的总体特色[1]；另一方面也是在回应我们当前文艺思想和文论中所存在的问题：即我们当下的文学观念和思想形态需要汉代的大宇宙观念，以摆脱文艺学因在观念和思想形态方面过于陷入专业壁垒而沦为饾饤之学；也需要汉代的"感应论思想"作为建构我们文论的要义，因为当前文论陷入了抽象化、理性化、形而上学的泥潭，缺乏对文学艺术的感受力，而《淮南子》的感应论思想可以弥补我们这方面的匮乏。

◎ 第五节
西汉初中期文学作品中的道家思想

西汉初中期道家思想还比较流行，在文学中体现在汉赋和散文上。

贾谊的《吊屈原赋》中曾说到"自珍""自臧"，这说法来源于老庄。文中提到的"袭九渊之神龙兮，沕渊潜以自珍"，化用了"千金之珠，必在九重之渊而骊龙颔下"[2]之句。"所贵圣人之神德兮，远浊世而自臧"与宣尼谓"蚁丘之浆""是圣人之仆也，是自埋于民，自藏于畔"[3]在精神上是一致的。文末提到的"彼寻常之污渎兮，岂容吞舟之巨鱼？横江湖之鳣鲸兮，固将制于蝼蚁"，与"夫寻常之沟，巨鱼无所还其体，而鲵鳅为之制也"，"吞舟之鱼，砀而失水，则蝼蚁能苦之"基本意思也是一样的。贾谊在《吊屈原赋》中通过对道家思想的引入，批评了屈原的自杀，自身也终究远离了

---

[1] "重要的是：汉人因气言景，金水木火与天地日月星辰都是景气，人则可以因气相感，此即构成一'情/景'关系的体察。"见龚鹏程：《汉代思潮》，17页，北京，商务印书馆，2005。"宇宙论就是汉代思想家呈明天理和道理的方式。作为思想的表达形式，汉代的宇宙论总是先说'天'或者'道'原本如此，然后以如此这般的'天'或者'道'为根据，指点'人'应当如何。"见陈静：《自由与秩序的困惑——〈淮南子〉研究》，163页，昆明，云南大学出版社，2004。
[2] （清）郭庆藩撰：《庄子集释·列御寇》，932页，北京，中华书局，2013。
[3] （清）郭庆藩撰：《庄子集释·则阳》，786页，北京，中华书局，2013。

自杀。

稍后,贾谊又创作了《鵩鸟赋》。关于《鵩鸟赋》的创作缘由,《汉书·贾谊传》做了这样的说明:"谊为长沙傅三年,有鵩飞入谊舍,止于坐隅。……谪居长沙,长沙卑湿,谊自伤悼,以为寿不得长,乃为赋以自广。"要面对自身的"伤悼"并顾念有可能"寿不得长"的生死事实,贾谊在文中引进了庄子纵命委化的思想。在写作上,作者通过与鵩鸟这一虚拟形象的对话,抒发自我的情怀,表达对人生无常和生死祸福的看法,并在其中寻求到了自我精神的解脱。显然,该作品有鲜明的道家倾向,这既表现在识透世事无常后对生死、祸福的达观方面,曰:"万物变化兮,固无休息。斡流而迁兮,或推而还。""祸兮福所倚,福兮祸所伏;忧喜聚门兮,吉凶同域。""夫祸之与福兮,何异纠缠?"又表现在对生命无常和人认知能力有限的感叹方面,"命不可说兮,孰知其极!……天不可预虑兮,道不可预谋;迟速有命兮,焉识其时!……忽然为人兮,何足控抟;化为异物兮,又何足患!"也表现在一切顺其自然上,"不以生故自保兮,养空而浮;德人无累,知命不忧。细故蒂芥,何足以疑!"

面对人之渺渺而宇宙之浩瀚无垠的生命本体之悲,贾谊以庄子"齐物"的方式和对"至人"理想世界的向往来走出有差别的"我执"之世界,"小智自私兮,贱彼贵我;达人大观兮,物无不可。……真人恬漠兮,独与道息。释智遗形兮,超然自丧;寥廓忽荒兮,与道翱翔"。最后,贾谊又在该篇的结尾处以庄子的纵命委化思想结束全篇:"纵躯委命兮,不私与己。其生兮若浮,其死兮若休;澹乎若深渊之靓,泛乎若不系之舟。"

《鵩鸟赋》开始于宇宙化迁之理,终于人生委命之论,以老庄之学为中心主旨,是以赋的形式对《庄子》一书的高度浓缩,也是贾谊以儒入道的方式消解自己的政治苦痛和精神苦痛。盖因为面对朝廷政治斗争中怀才不遇、忠直被毁、"俟罪长沙"的痛苦人生境遇,他需要用道家思想来消解和安慰自我的政治苦痛,以及人生无常、宇宙大化生生不息的生命本体之悲。

《汉书·艺文志》著录有淮南群臣赋四十四篇,《招隐士》为仅有的淮南小山的一篇。一方面刘安"招怀天下俊伟之士"[1]。《招隐士》极可能是刘安宾客为其宣传规劝隐士早日归来的一篇赋作,文中生动描写了深山野林的荒凉恐怖及隐士不可滞留:"罔兮沕,憭兮栗,虎豹穴,丛薄深林兮人上栗。""虎豹斗兮熊罴咆,禽兽骇兮亡其曹。""王孙兮归来,山中兮不可以久留!"另一方面,文中也透露出道家隐居的思想,隐士之所以隐居在山中,乃是时势所然,正因为现实生活中仕途壅塞,报效无门,只好隐居山中。

庄忌的《哀时命》也是一篇抒情言志之作,其借屈原以书写自己的现实处境。庄忌,吴地人,生卒年不详,大约与枚乘同时。曾先后为吴王刘濞与梁孝王刘武门客,世称庄夫子。《汉书·艺文志》著录有赋二十四篇,但大多不存,只留《楚辞》所收的《哀时命》一篇。作者在文中强调自己生不逢时,颠沛流离,一直沉于下僚,不过寄贵族篱下作清客,无由施展才智,以致"老冉冉而逮之",白白虚度时光的人生际遇。而对于当时美丑不辨、贤愚不分、是非颠倒,文章提出:"知贪饵而近死兮,不如下游乎清波。宁幽隐以远祸兮,孰侵辱之可为。"既然人间之正道堵塞,"道壅塞而不通兮",自己又不能被浊世所容纳,"身既不容于浊世兮,不知进退之宜当"。那不如寄情于另一世界的仙道,"鸾凤翔于苍云兮,故矰缴而不能加。蛟龙潜于旋渊兮,身不挂于网罗。知贪饵而近死兮,不如下游乎清波。宁幽隐以远祸兮,孰侵辱之可为?""下垂钓于溪谷兮,上要求于仙者。与赤松而结友兮,比王侨而为耦。"尤其这里提到的赤松、王侨是当时方仙道中普遍流行的仙人,《淮南子·泰族训》也提到:"王乔、赤松,去尘埃之间,离群慝之纷,吸阴阳之和,食天地之精,呼而出故,吸而入新,踩虚轻举,乘云游雾,可谓养性矣。"这些仙人的生活奇妙、美好,他们食不死果实,服不死之药,居不死之国,再可以往游而长生。[2] 反映了汉初方士和修道养性者寻觅

---

[1] (汉)王逸:《招隐士序》,见郭丹主编:《先秦两汉文论全编》,796页,上海,上海远东出版社,2012。
[2] "神仙者,所以保性命之真,而游求于其外者也。聊以荡意平心,同死生之域,而无怵惕于胸中。"(《汉书》,1780页,北京,中华书局,1962。)

仙药、仙境、仙人的幻想境地对庄忌的影响，同时也说明了汉初道家思想有一方向是向方士道演变的。

枚乘，生卒年不详，西汉著名的辞赋家。字叔，淮阴（今江苏省淮安市淮阴区）人。初为诸侯国吴王刘濞的郎中。刘濞阴谋反汉，他上书谏阻，未被采纳，遂去吴奔梁，为梁孝王刘武的宾客。吴楚等七个诸侯国反汉时，他又一次上书劝止刘濞罢兵，又被拒绝。七国叛乱平定后，汉景帝召他为弘农都尉。他不乐事此职，托病辞官，重回梁国，做梁孝王的文学侍从官，名高文坛。梁孝王死后，他回到家乡。汉武帝刘彻即位后，以安车蒲轮征召枚乘入京，病死途中。《汉书·艺文志》载，共有赋九篇。今传的三篇赋，只有《七发》可信和较有名，其他两篇疑为后人伪托。

枚乘的《七发》假设楚太子有病，吴客以七件事启发楚太子，最后以道家的"要言妙道"治好了楚太子的病。《庄子·齐物论》云："夫子以为孟浪之言也，而我以为妙道之行也。"大抵可视为枚乘所谓"要言妙道"的语词根源。文中第六发谈到八月观涛乎广陵之曲江时描写水浪"恍兮忽兮，聊兮栗兮，混汩汩兮。忽兮慌兮，俶兮傥兮，浩㲿瀁兮，慌旷旷兮。秉意乎南山，通望乎东海。虹洞兮苍天，极虑乎崖涘。流揽无穷，归神日母。汩乘流而下降兮，或不知其所止"。文中所描绘的水流结聚回转的势态、水势到处冲激的力量，以及大海的浩荡无边，颇有《庄子·秋水》篇中所描写的河伯见北海若时望洋兴叹的神韵。可以说枚乘对宏阔江涛的大观之景的描写既受染于大汉帝国雄大的气势，也得益于道家宇宙精神对其心胸的扩展。枚乘在《七发》写作中所表现出来的虚实相生、开合自如的转换方式，以及面对宇宙天地取象的方式，都与老庄的精神息息相通。

东方朔继承了道家的隐逸之风，首创"避世金马门"这一独特的隐居方式，即"朝隐"。《史记·滑稽列传》褚少孙补东方朔传："东方朔……时坐席中，酒酣，据地歌曰：'陆沉于俗，避世金马门。宫殿中可以避世全身，何必深山之中，蒿庐之下。'金马门者，宦（者）署门也，门傍有铜马，故谓之曰'金马门'。"汉武帝曾使学士待诏于此。李白《古风诗》五十九首之三十："但识金马门，谁知蓬莱山。"在东方朔之前，隐居避世之士大都选择远离朝廷的深山幽林或田野蒿庐，前者如伯夷、叔齐，后者如长沮、桀溺，而东方朔选择了隐居于朝廷，开创了"以仕代农""依隐玩世"的大隐生活方式。①

东方朔在《答客难》中也透露出用老庄思想来解脱现实生活中的失意。《答客难》通过主客问答的形式，抒发自己在现实中的失意，客人对主人在生活中遇到的挫折和失意最终从"疑"到"解"，在这个过程中，道家思想的介入起了重要的作用。

司马相如的《大人赋》采用骚体写成，作者以"大人"②的口吻，说长生不死的西王母白首穴处，靠青鸟为其取食，如此清贫寂寞的生活，即使能长生万世也不值得羡慕，"低徊阴山翔以纡曲兮，吾乃今目睹西王母皓然白首。戴胜而穴处兮，亦幸有三足乌为之使。必长生若此而不死兮，虽济万世不足以喜"。文章以超现实的想象，描写了游仙，文中铺陈遨游仙境之笔墨也很多，"邪绝少阳而登太阴兮，与真人乎相求。互折窈窕以右转兮，横厉飞泉以正东。悉征灵圉而选之兮，部署众神于瑶光"。"西望昆仑之轧沕洸忽兮，直径驰乎三危。排阊阖而入帝宫兮，载玉女而与之归。登阆风而遥集兮，亢鸟腾而壹止"。说明了在西汉初中期，在方士的影响和推动下，道家思想的某些方面已演变为方仙道："呼吸沆瀣兮餐朝霞，咀噍芝英兮叽琼华。"汉武帝刘彻好方仙道，读了《大人赋》，"飘飘有陵云之气，似游天地之间意"③。司马相如原以此谏说刘彻不要寻仙访神，结果适得其反。

另，司马相如在《子虚赋》《上林赋》虚拟出"子虚乌有"的人物对话，与《庄子》寓言的写作在内在精神上息息相通，都是以"谬悠之说，荒唐之言，无端崖之辞"来抒写天地辽阔、视通万里的宇宙景象。司马相如在《子

---

① 这方面进一步的详细分析请参看本书第一编第四章第二节中对东方朔的论述。
② （唐）司马贞：《史记·索隐》引向秀语："圣人在位，谓之大人。"（《史记》，3056页，北京，中华书局，1959）
③ （汉）司马迁：《史记》，3063页，北京，中华书局，1959。

虚赋》中展示出了对天地八方的想象,"其山则盘……"接着文中继续描写"其土""其石""其东""其南""其高""其埤湿""其西""其北""其上""其下"之所有,将天地万物尽受"吾心"之中,正是赋家之心"苞括宇宙,总览人物"。《西京杂记》卷二载:"司马相如为《上林》、《子虚赋》,意思萧散,不复与外事相关,控引天地,错综古今,忽然如睡,焕然而兴",确实司马相如在《子虚赋》中不入齐、楚之地而铺写齐楚气象,显示出了一种"洋溢于方外"的宇宙之心,庄子的写作不也就是"控引天地,错综古今,忽然如睡,焕然而兴"和"游于方外"吗?

《哀时命》和《大人赋》中的神仙思想在扬雄的《甘泉赋》中也有所体现:"想西王母欣然而上寿兮,屏玉女而却虑妃。玉女无所眺其清卢兮,宓妃曾不得施其蛾眉。方揽道德之精刚兮,眸神明与之为资。"这是对神仙西王母的描写。

司马迁因"李陵之祸"对人生有了新的了解,在"李陵之祸"后,为了确保《史记》一书的完成,以"狂惑"应对险恶人生,"故且从俗浮沉,与时俯仰,以通其狂惑"[①]。深得道家全身避祸之要义。亦曾作《悲士不遇赋》,开头句表达了怀才不遇:"悲夫!士生之不辰,愧顾影而独存。"接着叙述了世道暴虐,自己徒有才能而不能施展,世间道理本来明明白白,但却被当政者搅乱,全篇结尾句也用道家思想来消解怀才不遇和人间是非颠倒带来的生存之苦,"无造福先,无触祸始。委之自然,终归一矣"。意思是说不要跑到福的前面,也不要接近祸的开端,托付于自然,回归到宇宙一体。

在散文方面,道家思想首先表现在陆贾身上。作为秦末跟随刘邦平定天下的策士,陆贾在高扬儒家仁德政治的同时,也一定程度上吸收其他学派思想,他在《新语·术事》中提出"书不必起仲尼之门,药不必出扁鹊之方。合之者善,可以为法,因世而权行"。表现了他尊儒又不拘于儒的兼容精神。他在书中透露出道家思想倾向,他的为人处世中也有着黄老之学的生存

---

① (汉)班固:《汉书》,2736 页,北京,中华书局,1962。

之道，在他的文学作品中也有道家思想，如他在《新语·慎微》中提到的"俯仰进退，与道为依，藏之于身，优游待时"就明显有道家风范，在《新语·无为》中提出"行莫大于谨敬"的处世哲学，在《新语·至德》中他提出清静无为的黄老道家政治思想："是以君子之为治也，块然若无事，寂然若无声，官府若无吏，亭落若无民，闾里不讼于巷，老幼不愁于庭，近者无所议，远者无所听……不言而信，不怒而威"。在《新语·道基》中提出用黄老思想治国的想法，"是以君子握道而治，据德而行，席仁而坐，杖义而强，虚无寂寞，通动无量。"在《新语·无为》中也有所表示："夫道莫大于无为，行莫大于谨敬。何以言之？昔虞舜治天下，弹五弦之琴，歌《南风》之诗，寂若无治国之意，漠若无忧民之心，然天下治。"贾谊也在《新书·道术》中论述了道虚的本性："道者，所从接物也。其本者谓之虚，其末者谓之术。虚者，言其精微也，平素而无设储也。术也者，所从制物也，动静之数也。凡此皆道也。"

在现实政治生活中，陆贾的优游和精神自放，确实深谙道家精神，《汉书》记载陆贾具有实施密谋行事的能力，他暗中联络掌管政治的丞相陈平和掌管军事的太尉周勃，"从容平、勃之间"[1]，诛灭诸吕。又以陈平所遗食"游汉廷公卿间"[2]。

韩婴着重关心黄老的治国、养生理论。他在采用黄老观点时，往往与儒家思想相发明，以黄老来说明儒家，其基本立场仍是儒家的，"孔子抱圣人之心，彷徨乎道德之域，逍遥乎无形之乡，倚天理，观人情，明终始，知得失"[3]。这种情况是汉初与民休息的政治方略的理论需要，也是中国文化史上儒道互绌互补的又一例证。另外，韩婴《韩诗外传》中的治国思想结合了道家无为和儒家礼治，修身思想结合了道家自然无为。他在引《诗》时，又同引《老子》，使儒、道二家经典同存于一章之中，而所引《老子》与

---

[1] （汉）班固：《汉书》，2131页，北京，中华书局，1962。
[2] 同上书，2115页。
[3] 许维遹校释：《韩诗外传集释》卷五，165页，北京，中华书局，1980。

《诗》，在同章中是对同一人事或道义相发明，这种对《老子》的引用，从不同方面体现了西汉初的儒家对黄老思想的认同，以及儒、道典籍并存而不悖的观念。例如，该书卷九第十九章引用"《诗》曰：'何其处也，必有与也'"来说明君子不徼倖，节嗜欲，这段话与该卷前面部分即第十六章所引用老子的话是一脉相承的："老子曰：'名与身孰亲？身与货孰多？得与亡孰病？是故甚爱必大费，多藏必厚亡。知足不辱，知止不殆，可以长久。大成若缺，其用不敝。大盈若冲，其用不穷。大直若诎，大辩若讷，大巧若拙，其用不屈。罪莫大于多欲，祸莫大于不知足。故知足之足常足矣。'"《韩诗外传》卷五载："儒者，儒也。儒之为言无也，不易之术也。"这就把"儒"与"无"有机结合起来了。

司马谈的《论六家要指》在批判和否定儒家、墨家、名家、阴阳家等基础上提出对黄老道家思想的推崇："道家使人精神专一，动合无形，澹足万物，其为术也，因阴阳之大顺，采儒墨之善，撮名法之要，与时迁徙，应物变化，立俗施事，无所不宜。"其青睐黄老道家思想一目了然。

董仲舒在《春秋繁露》中流露出了道家思想。这不仅表现在他关于阴阳刑德的思想，而且也表现在他要求人君需效法于天之行，如天藏形贵神，虚静无为，居无为之位，行不言之教，不劳于事："为人主者，以无为为道，以不私为宝，立无为之位而乘备具之官，足不自动而相者导进，口不自言而摈者赞辞，心不自虑而群臣效当。故莫见其为之而功成矣，此人主所以法天之行也。"[①]在《保位权》篇中他又指出："为人君者居无为之位，行不言之教，寂而无声，静而无形，执一无端，为国源泉。因国以为身，因臣以为心。以臣言为声，以臣事为形。"董仲舒把这种无为之道称之为"自然致力之术"，显然带有老子无为而无不为的道家思想烙印。董仲舒的道家思想在《春秋繁露》中还表现在以"爱气"为主的养身术上："此中和常在乎其身，谓之得天地泰。得天地泰者，其寿引而长；不得天地泰者，其寿伤而短。

[①]（汉）董仲舒：《春秋繁露·离合根》，190页，北京，中华书局，2012。

短长之质，人之所由受于天也。是故寿有短长，养有得失……"①这段话分明是说，由于人禀气不同，生而具有的寿命长短不一的体质，但人若能经常保持作为天地泰的中和之气于自身，那么其寿命就会"引而长"；不经常保持中和之气于自身的，其寿命就会短而伤。可见，寿之短长，不仅决定于所受天的短长之质，而且还有赖于"养有得失"。董仲舒曾说过，"养生之大者，乃在爱气"②。

经过以上分析，可看出，西汉初中期文学作品中道家思想的浸润，来自创作文学作品的士人在现实政治生涯和精神生活中的需要。一方面，道家思想可以让自身在险恶的政治生涯中能保持"优游待时"，也能化解自身的政治苦痛和人生苦痛，体现在《新语》（陆贾）、《吊屈原赋》（贾谊）、《鵩鸟赋》（贾谊）、《哀时命》（庄忌）、《答客难》（东方朔）、《悲士不遇赋》（司马迁）等中；另一方面士人在精神境界提升方面需要道家思想的超凡脱世和"大观"宇宙精神的滋润和滋养。有了道家宇宙精神，士人才有更开阔的胸襟"苞括宇宙"，更有悠闲的心态和能力来享受和欣赏大汉帝国外在世界丰富的风物，这体现在《七发》（枚乘）、《子虚赋》（司马相如）、《大人赋》（司马相如）等中。纵观西汉文学史，自贾谊的《鵩鸟赋》《吊屈原赋》开始，淮南小山的《招隐》、庄忌的《哀时命》、枚乘的《七发》、东方朔的《答客难》、司马相如的《大人赋》、司马迁的《悲士不遇赋》、刘歆的《遂初赋》，以及扬雄的《太玄赋》、《归田赋》等，前后相续，都以文学的形式或显或隐地表现了老庄的思想。总之，西汉文人在政治不得意时，或遭遇人生险境或无常时，往往以道家思想来进行内心的解脱。

---

① （汉）董仲舒：《春秋繁露·循天之道》，621页，北京，中华书局，2012。
② 同上书，618页。

第三章
西汉初中期儒家文艺思想的表现

汉初，"与民休息"，盛行黄老之学，儒家思想不受重视。儒家思想在西汉统治地位的确立有个历史过程。

◎ 第一节
西汉儒家思想统治地位的确立

一、汉初叔孙通、陆贾对儒家的推广

汉廷在现实生活中需要儒家思想，首先是儒家的礼仪有助于朝仪秩序的建立。汉初，一起帮刘邦打天下的武力功臣粗鄙无文，习性强悍而散漫无羁，不利于君主新秩序的建立："汉王已并天下，诸侯共尊为皇帝于定陶，通就其仪号。高帝悉去秦仪法，为简易。群臣饮争功，醉或妄呼，拔剑击柱，上患之。"[1]儒士叔孙通审时度势，知道刘邦讨厌武力功臣的粗鄙无文行为，乘机建议刘邦采纳儒家礼仪为朝仪之用："通知上益厌之，说上曰：'夫

---

[1] （汉）班固：《汉书》，2126页，北京，中华书局，1962。

儒者难与进取,可与守成。臣愿征鲁诸生,与臣弟子共起朝仪。'高帝曰:'得无难乎?'通曰:'五帝异乐,三王不同礼。礼者,因时世人情为之节文者也。故夏、殷、周礼所因损益可知者,谓不相复也。臣愿颇采古礼与秦仪杂就之。'上曰:'可试为之,令易知,度吾所能行为之。'"①自此以后,叔孙通统领"弟子百余人"与"鲁诸生三十余人"进入汉廷,为朝廷制作礼仪。这是儒士与汉廷的第一次正式接触,儒士纯因朝仪之用而登仕途,而非儒之精神大义为朝廷所用。

汉王朝以后,就为政之道有一场著名的争论,即陆贾与高祖"马上得天下与马上治理天下之争"。"贾时时前说称《诗》、《书》,高帝骂之曰:'乃公居马上得之,安事《诗》、《书》!'贾曰:'马上得之,宁可以马上治乎?'……高帝不怿,有惭色,谓贾曰:'试为我著秦所以失天下,吾所以得之者,及古成败之国。'"②在秦汉战争之际,无文刘邦曾骂儒士不中用,"沛公不好儒,诸客冠儒冠来者,沛公辄解其冠,溲溺其中。与人言,常大骂"③。他在与陆贾的对话中也骂儒生不中用,延续了他一贯的看法,但陆贾提醒他,过去"马上得天下",但如今形势不一样了,不能再用"马上治天下",儒生应有他可用的地方。陆贾还认为,文武并用才是治国的根本原则,而导致秦灭亡的原因恰恰就在于"任刑法不变"。高祖最终认同了马上不能治天下这一意见。陆贾进言之前,刘邦对于儒之认识还停留在叔孙通为汉立朝仪的形式上,未能意识到儒家思想对于治理天下的重要性。当他直面如何治理天下时,他觉得陆贾确实说得有道理,"……凡著十二篇。每奏一篇,高帝未尝不称善,左右呼万岁,号其书曰《新语》"④。这是汉初行政从战乱之时武道转向和平时期文道的标志。

西汉初年这些儒者的影响,无疑潜移默化地在改变着统治者对儒学的态

---

① (汉)班固:《汉书》,2126 页,北京,中华书局,1962。
② 同上书,2113 页。
③ (汉)司马迁:《史记》,2692 页,北京,中华书局,1959。
④ 同上书,2699 页。

度。汉政思想理论的来源本是多元的,也是汉代的统治者对历史经验的总结。汉初不局限于黄老思想,也有儒学。后来,高祖以叔孙通为太子太傅,拜陆贾为太中大夫。汉十二年(前195)十一月,刘邦过鲁,以太牢祠孔子,开创了中国历史上最高统治者尊儒祭孔的先例。刘邦还曾说:"吾遭乱世,当秦禁学,自喜,谓读书无益。洎践祚以来,时方省书,乃使人知作者之意,追思昔所行,多不是。"①

二、儒学在文景之时的影响

在上层对儒学的作用有所肯定的情况下,儒学在西汉前期在民间开始复兴,文帝在位时,民间儒学的传授活动已具有一定的声势。《汉书·儒林传》载:"伏生,济南人也,故为秦博士。孝文时,求能治《尚书》者,天下亡有,闻伏生治之,欲召。时伏生年九十余,老不能行,于是诏太常,使掌故朝错往受之。秦时禁《书》,伏生壁藏之,其后大兵起,流亡。汉定,伏生求其《书》,亡数十篇,独得二十九篇,即以教于齐、鲁之间。齐学者由此颇能言《尚书》。山东大师亡不涉《尚书》以教。""申公,鲁人也。少与楚元王交俱事齐人浮丘伯受《诗》。……元王薨,郢嗣立为楚王,令申公傅太子戊。戊不好学,病申公。及戊立为王,胥靡申公。申公愧之,归鲁退居家教,终身不出门。……弟子自远方至受业者千余人,申公独以《诗经》为训故以教。"楚王戊于文帝六年至景帝三年在位。说明在文帝时代,伏生在齐鲁教授《尚书》,申公在鲁传授《诗》,他们广授弟子,后者"至受业者千余人"。

汉初民间儒之文化与时相长的气息,也从陆贾对"世人不学《诗》、

---

① (汉)刘邦:《手敕太子》,见清严可均辑:《全上古三代秦汉三国六朝文·全汉文卷一》,261页,北京,中华书局,1958。

《书》"①现象的指斥到贾谊"年十八,以能诵《诗》《书》、属文称于郡中"②透露出来。

政府开始有所重视。申公和韩婴为文帝时博士,"文帝时,闻申公为《诗》最精,召以为博士"③,"韩婴,燕人也,孝文时为博士"④,这两人为大儒师。景帝时设有包括儒者在内的博士官以待问。文景之时,名士硕儒为博士者,如《诗》有博士辕固生、韩婴,《书》有博士张生、欧阳,《春秋》则有胡毋生、董仲舒。《孟子》《尔雅》《孝经》亦有博士。辕固生、董仲舒即为景帝时博士。许多大儒为太子和诸王作太傅,如从申培学《诗》的王臧为景帝的太子少傅,辕固生为清河王太傅,韩婴为常山王太傅⑤。这为以后儒学获得独尊地位创造了条件。

在朝廷内部,贾谊也在推动。文帝诏贾谊为博士,后迁至太中大夫。贾谊对秦政得失探讨很多,常在汉文帝面前言治乱之道。贾谊在《过秦论》中对秦因"仁义不施"而短命以亡的历史进行了分析。他认为秦政的根本是法,是法治,强调的是对人民的管理,故为政之道刻薄,结果社会分崩离析、土崩瓦解。贾谊也提出改正朔、易物色制度、定官名、兴礼乐的建议。文帝时的汉廷,同刘邦、孝惠、高后时代一样,朝廷以军功大臣为主,"公卿皆武力功臣",儒士没有实权。贾谊用儒学大义改造现实政体和"更化"时俗的建议,激起了他们的强烈反对,最终遭贬,由中央贬至地方任梁怀王太傅。贾谊虽然人遭贬,但他所提的一些政令建议,在朝廷政治中产生了影响,"然诸侯法令所更定,及诸侯就国,其说皆谊发之"⑥。贾谊在《陈政事疏》中所提到的以礼义教化太子才能获得国家长治久安的想法——"天下之命,县于太子;太子之善,在于早谕教与选左右","太子正而天下定矣",

---

① 王利器撰:《新语校注·怀虑》,137页,北京,中华书局,1986。
② (汉)班固:《汉书》,2221页,北京,中华书局,1962。
③ 同上书,1922页。
④ 同上书,3613页。
⑤ 详见《史记》,北京,中华书局,1959。
⑥ (汉)班固:《汉书》,2222页,北京,中华书局,1962。

也获得了汉文帝的认同，太子刘启因之受过良好教育。"然孝文本好刑名之言"，"景帝不任儒者"，"故诸博士具官待问，未有进者"①。儒士在文景时期只不过具员领俸，没一个受到重用。再加之"窦太后又好黄老"，诸博士不仅难以儒业得幸，而且还有触忌犯讳之虞。窦太后曾问《诗》博士辕固生《老子》之书，辕固生说《老子》是浅俗的"家人之言"，窦太后愤而骂五经为"司空城旦书"②，并令辕固生徒手斗野猪，幸而景帝给他一柄利剑，才免于横死。③ 众博士看在眼里，惧在心上，哪里有暇弘扬儒业，有的竟纷纷找借口辞掉博士之职，逃之夭夭，如辕固生外调清河太守，韩婴出任常山太傅，胡毋生干脆以年老为由，告老归家，居教乡里。

董仲舒在景帝时亦为博士，在此期间韬光养晦，政治上了无建树。但他并没有消极适世，他广招生徒，私相传授，"下帷讲诵"，为汉朝培养了一批推行儒学的合格人才。《汉书·儒林传》记载董仲舒的弟子很出色，褚大为梁相，嬴公为谏大夫，吕步舒为丞相长史，吾丘寿王则官至光禄大夫侍中。大史学家司马迁也曾师从董仲舒，《史记》中对董仲舒的《春秋》之学多所阐发。也正是受孔子困厄著《春秋》、左丘失明著《左传》事迹的鼓舞，在极端困难的情况下，司马迁发愤撰著《史记》这部千古名著。

三、儒学在武帝时期统治地位的确立

儒士真正从形式和精神两个方面与汉朝廷正向接触，并被朝廷重视，要到汉武帝以后。儒士也只有在那时才有可能在汉帝国拓展出广阔而坚实的生存空间，儒家地位也才得以真正确立。

---

① （汉）班固：《汉书》，3592 页，北京，中华书局，1962。
② 司空，一般是指管刑法的官员；城旦书，指刑法之书。这句话的意思是说："怎么比得上儒家经典的律令呢？"
③ "窦太后好老子书，召辕固生问老子书。固曰：'此是家人言耳。'太后怒曰：'安得司空城旦书乎？'乃使固入圈刺豕。景帝知太后怒而固直言无罪，乃假固利兵，下圈刺豕，正中其心，一刺，豕应手而倒。太后默然，无以复罪，罢之。"（《史记》，3123 页，北京，中华书局，1959）

公元前141年，刘彻年16岁登基，是为汉武帝。第二年改元，立年号"建元"。这位雄心勃勃、精力旺盛的少年天子，一改文景时代一切因任自然、因循守旧、无所作为的施政方针，建元元年（前140）新年伊始，即"诏丞相、御史、列侯、中二千石、二千石、诸侯相：举贤良直言极谏之士"①。这次应举者百余人，庄助为举首；公孙弘以明于《春秋》中选，为博士；辕固生亦以贤良应征。

窦太后是文帝皇后、景帝母亲、武帝祖母，她尚黄老，憎恨儒学，菲薄五经。武帝即位，她被尊为太皇太后，建元初年，朝廷大事都得奏请她首肯，此时自然还不是推行儒学的时候。事实上，儒学刚一抬头便遭到窦太后的严厉摧折。元年夏，汉武帝任魏其侯窦婴为丞相，武安侯田蚡为太尉。窦、田倾向儒学，推荐儒生赵绾为御史大夫、王臧为郎中令。赵、王二人是诗学大师申培的弟子，建议立明堂以朝诸侯，用"束帛加璧，安车蒲轮"的特殊礼遇将申培从山东接来，商议明堂礼制。赵绾一时得意，竟要汉武帝不再奏事太皇太后，以便推行儒术。结果窦太后大怒，私下调查出赵绾、王臧贪污的事实，并责问汉武帝。汉武帝将二人下狱，迫令自杀谢罪。窦婴、田蚡亦免职反省。②申培以老疾为由，旋归故里。明堂之事不了了之。整个建元时期，喧嚣一时的尊儒封禅活动，很快就烟消云散。

当时年仅16岁的刘彻能成为皇帝，是受到了后宫几个女人的扶持，如太皇太后窦氏、皇太后王氏、大长公主刘嫖。他在登基之初即建元元年"举贤良直言极谏之士"、改制度、作明堂、议封禅举措，自然受到后宫与外戚的牵制，结果失败，博士诸儒被罢黜遣返，以致在"建元"的六年间，他因无法行使权力而感到苦闷，只能在声色犬马中消磨时光。

建元五年（前136），窦太后病笃，汉武帝颁发《置博士官诏》，武帝朝得以恢复博士。期间诸博士不限于儒经，还有诸子书及各种古代典籍，"至

---

① （汉）班固：《汉书》，155～156页，北京，中华书局，1962。
② "窦太后大怒，乃罢逐赵绾、王臧等，而免丞相、太尉。以柏至侯许昌为丞相、武强侯庄青为御史大夫。魏其、武安由此以侯家居。"（《史记》，2843页，北京，中华书局，1959）

今上即位,博开艺能之路,悉延百端之学,通一伎之士咸得自效,绝伦超奇者为右,无所阿私"①。"武帝初置博士,取学通行修,博学多艺,晓古文《尔雅》,能属文章为高第。"②

建元六年(前135),因着窦太后的去世,黄老之学最后一个顽固的堡垒消失,坚冰已打破,阻碍已消除,汉武帝可以放手提高儒学地位。 六月,武安侯田蚡复出为丞相。 司马迁说:"及窦太后崩,武安侯田蚡为丞相,绌黄老、刑名百家之言,延文学儒者数百人,而公孙弘以《春秋》白衣为天子三公,封以平津侯。 天下之学士靡然乡风矣。"③

元光元年(前134),汉武帝令郡国举孝廉、策贤良,而董仲舒以贤良对策。 董仲舒在对策中提出:"《春秋》大一统者,天地之常经,古今之通谊也。 今师异道,人异论,百家殊方,指意不同,是以上亡以持一统;法制数变,下不知所守。 臣愚以为诸不在六艺之科孔子之术者,皆绝其道,勿使并进。 邪辟之说灭息,然后统纪可一而法度可明,民知所从矣。"④

董仲舒对策,《汉书·武帝纪》记于元光元年,《资治通鉴》载为建元元年。《汉书》所记可信。 对策说"今临政而愿治七十余岁矣",从高祖元年(前206)至建元四年(前137)才七十年,若是建元元年对策,不得称"七十余",而至元光元年为七十四年,则可以说"七十余岁"。⑤

在贤良对策中,汉武帝连问三策,董仲舒亦连答三章,史称《天人三策》(或《贤良对策》),后被班固全文收在《汉书·董仲舒传》中。

董仲舒在第一策中力推《春秋》王道思想。 在第二策中,针对武帝提到自己勤恳治理王政,结果"功烈休德未始云获"时,董仲舒则对之,武帝虽则兢兢,但未从"王心(王道)",亦即从儒学的仁义之道出发,固人民未普

---

① (汉)司马迁:《史记》,3224 页,北京,中华书局,1959。
② (汉)卫宏:《汉旧仪》补遗,见(清)孙星衍等辑:《汉官六种》,87 页,北京,中华书局,1990。
③ (汉)司马迁:《史记》,3118 页,北京,中华书局,1959。
④ (汉)班固:《汉书》,2523 页,北京,中华书局,1962。
⑤ 学者庄春波曾专门撰文分析董仲舒对"天人三策"是在元光五年,而不是元光元年。 存此一说。 详见庄春波:《汉武帝评传》,96~98 页,南京,南京大学出版社,2001。

遍受其恩泽，难以成就"功烈休德"。当问到"士素不励""长吏不明"时，董仲舒言皇帝一心求贤固然可嘉，但是士人未加教育，士行未加砥砺，上哪去求贤呢，"不素养士而欲求贤，譬犹不琢玉而求文采也"。结果常是朝廷有求贤之诏，而郡国却无贤可荐。于是董仲舒重申："兴太学，置明师，以养天下之士；数考问以尽其材，则英俊宜可得矣。"郡守和县令是民众的师长表率，起着承德宣化的作用。如果师帅不贤，主上的德就得不到宣扬，恩泽得不到流布。董仲舒在第三策中又提出"罢黜百家，独尊儒术"的建议。其整个对策的中心议题就是天人关系问题，要求用儒家经学改良政治，统一思想。汉武帝采纳了董仲舒有关推广儒家思想、注重教育和注意人才搜罗等建议。但对董仲舒提出的"法先王""用周政""天谴论"等观点则不同意。

这个对策对武帝朝的制度、政策和对后世的影响都很大。

首先，在人才选拔制度方面的改革。西汉前期的官吏任选制度，任用军功重臣，如以宰相位来说，从汉高祖到汉景帝，先后担任宰相的有萧何、曹参、王陵、陈平、审食其、周勃、灌婴、张苍、申屠嘉等，即都是有军功者，其他朝廷大官，亦大多为参与征战的军功将士。还有任子制，因为没有正常的选吏制度，因而那些握有重权的王公大臣，便乘机安插自己的子弟甚至亲故，作为自己的接班人。董仲舒在上书汉武帝的《天人策》中就已提到"夫长吏多出于郎中、中郎，吏二千石子弟选郎吏"。建议举孝廉、广纳儒生、破格任贤才，"毋以日月为功，实试贤能为上，量才而授官，录德而定位，则廉耻殊路，贤不肖异处矣"[1]。这些建议汉武帝都予以接纳，"令州郡茂才孝廉，岁贡吏民二贤士"。汉武帝在选拔人才方面加强导向，侧重引导士人学习儒家思想，其设立的科目，有孝廉、茂才、方正、贤良文学、明经、有道、至孝、敦厚……都是以儒家思想为核心的；同时，也根据不同的需要，不拘一格选拔人才，设立明阴阳灾异、知兵法、异科等科目。以上这些吏制改革，以儒家思想为导向，在组织上保障了儒家思想的推广，因此这不仅是

---

[1] （汉）班固：《汉书》，2513页，北京，中华书局，1962。

一场思想上的变革,也是一场吏制上的改革,为军人政府向文人政府过渡奠定了基础。

其次,在教育制度和学术制度方面的改革。文帝朝始置博士,隶属太常,太常博士并非专治儒学,还有其他学派,如文景时设有《黄帝》《老子》等博士。武帝朝于元光五年(前130)正式改"太常"为"太学",并采纳董仲舒在对策中提出的改革太学的教学内容、专用儒经的建议,在太学设置"五经博士",非儒经不得立为博士。太学特立《诗》《书》《春秋》《易》《礼》为五经。为了深入研究儒经的不同学派,太学增立《杨何易》《欧阳书》《后仓礼》三博士。[①]儒学由此在太学学科设置中确立了统治地位。元朔五年(前124),刘彻根据御史大夫公孙弘的奏议,向天下郡国颁布《劝学兴礼诏》,为五经博士招收弟子,"'盖闻导民以礼,风之以乐,今礼坏乐崩,朕甚闵(悯)焉。故详延天下方闻之士,咸荐诸朝。其令礼官劝学,讲议洽闻,举遗兴礼,以为天下先。太常其议予博士弟子,崇乡党之化,以厉(励)贤材焉。'丞相弘请为博士置弟子员,学者益广。"[②]自此,西汉确立了从全国察选博士弟子的制度。最初,选博士的弟子子员的员额总共五十名,五经每经平均有弟子十人,到宣帝时增至二百余人。汉武帝所设立的五经博士及博士弟子,实行辟除、察举、任子等仕进制度,给读书人提供了一条出路,太学也成了为朝廷输送和培养儒家人才并选拔儒家出身官吏的基地。无论是选拔博士官,或是博士官教授弟子员,都把精通儒家经典视为最高标准,这样在全社会营造了一种以儒家经典作为最高行为准则的氛围。由于仕途利禄的诱导作用,士人前赴后继,试图通过读经"学而优则仕",所谓"遗子黄金满籝,不如一经"[③]汉宣帝朝儒学大师夏侯胜每授课辄教导弟子:"士病不明经术;经术苟明,其取青紫如俯拾地芥耳。学经不明,不如

[①] "武帝立五经博士……《书》唯有欧阳,《礼》后,《易》杨,《春秋》公羊而已。"(《汉书》,3620~3621页,北京,中华书局,1962)
[②] (汉)班固:《汉书》,171~172页,北京,中华书局,1962。
[③] 同上书,3107页。

归耕。"①这成了武帝以后汉代知识分子尊崇儒家思想的写照。

除了在全国最高学府太学推广儒家思想外,武帝还在地方普及儒家思想教育,"崇乡党之化",并把蜀郡守文翁率先在地方郡国办儒学的经验推广到全国:"文翁……通《春秋》,以郡县吏察举。景帝末为蜀郡守,仁爱好教化。见蜀地辟陋有蛮夷风,文翁欲诱进之,乃选郡县小吏……遣诣京师,受业博士,或学律令……使传教令,出入闺阁。县邑吏民见而荣之。……繇是大化,蜀地学于京师者比齐鲁焉。至武帝时,乃令天下郡国皆立学校官,自文翁为之始云。"②

对武帝时期的儒学复兴,学者王永祥有很好的概括:"在董仲舒之后,公孙弘得以布衣之儒入相,董仲舒的许多学生也都做了大官,无疑都有赖于董仲舒'独尊儒术'的上书。自汉以后,不仅指导思想,而且几乎所有文官,都为儒家所包揽,成了儒家的一统天下,显然也都仰仗他所倡导的'独尊儒术'。董仲舒也就为后世之儒开辟了仕途,而封建统治者也以此劝以官禄,广为网罗人才,以固其业。因此,《汉书·儒林传》'赞'曰:'自武帝立五经博士,开弟子员,设科射策,劝以官禄,讫于元始,百有余年,传业者寖盛,支叶蕃滋,一经说至百余万言,大师众至千人,盖禄利之路然也。'"③

最后,武帝在这一时期确立儒家思想的统治地位,的确有其社会政治方面的原因。汉兴六七十年,随着政治、经济和文化事业的发展,被黄老之学左右的用人标准和选官制度已经越来越不适应新的变化形势,以道家学说为主综合各家学说形成的统治理论,不如董仲舒以儒家学说为主综合各家学说形成的统治理论更适合汉武帝的需要,他曾对自己的政治、军事改革有过清醒的分析。他对大将军卫青说:"汉家庶事草创,加四夷侵凌中国,朕不变更制度,后世无法;不出师征伐,天下不安;为此者不得不劳民。若后世又

---

① (汉)班固:《汉书》,3159页,北京,中华书局,1962。
② 同上书,3625~3626页。
③ 王永祥:《董仲舒评传》,390页,南京,南京大学出版社,2002。

如朕所为,是袭亡秦之迹也。"①武帝抓住了这一时代的变化并与时俱进,更新了用人观念,由重武功家世转向重德行道术、重为政才能,起用疏于进取、精于守成的治经儒生,终使儒学思想在他的时代走向统治地位。

四、对这段历史的评价

窦太后的死成了西汉统治思想的分水岭,在其之前尚黄老,在其之后儒术便上升为帝国统治的主要思想,并开始独尊。不过,儒家思想获得统治地位是西汉几代儒士努力的结果,从汉初的叔孙通、陆贾到贾谊,再到董仲舒、公孙弘,其中董仲舒厥功至伟。"可以看到,儒术的独尊绝非一人之力,而是经历了从孔子创立儒学直到武帝时代的儒者的不断奋斗以及在斗争中不断丰富自身理论的内涵,以增强自身的适应能力,从而使自身经历了一番脱胎换骨的改造,使之成为封建统治者得心应手的意识形态,才得以实现的。当然,它之所以能达到这一步,与董仲舒对它的改造有着极大的关系,可以说这是最后的也是最重要的一环。"②武帝以后,以经学形式登上统治思想的儒学继续成为官方唯一的正统思想。西汉昭帝始元六年的"盐铁会议"和宣帝甘露三年的"石渠阁会议"分别是对儒家思想获得统治地位的两次后续的大推动,儒家在"盐铁会议"上成功地把其价值观念上升到国家意识形态的高度,并且保证了儒家学者可以由通经而进入仕途,从此,儒家学者由学者、顾问官成为国家官吏。

儒家思想能在汉代初中期思想和意识形态竞争中由边缘走向中心并获独尊地位,跟汉儒创造性运用儒学很有关系。汉初儒士分成两派:一派是战国以来的不知变通的儒士,如三家诗的传承者。"这些人大多是战国以来的遗老遗少:伏生原在秦时已为博士,孝文帝时年九十余;申公年纪小一些,汉

---

① (宋)司马光:《资治通鉴》卷二二,726 页,北京,中华书局,1956。
② 王永祥:《董仲舒评传》,50~51 页,南京,南京大学出版社,2002。

初高祖过鲁时,他作为弟子从师入见于鲁南宫,到武帝即位'时已八十余';辕固生景帝时为博士,武帝初'已九十余矣',比申公还大一些;韩婴是文帝时的博士,武帝时年龄不会小于八十;田何、高堂生、胡毋生的年龄都不会太小,他们主要活动在文景之时。"① 治齐诗的辕固生与黄生的争论,可以说有些顽固不化,还教训公孙弘:"公孙子,务正学以言,无曲学以阿世!"② 治鲁诗的申公不能与时俱进,他只能"以《诗经》为训故以教,亡传,疑者则阙弗传"③。 汉武帝曾向其请教治乱之事,仅泛泛讲论,"为治者不在多言,顾力行何如耳"。④ 《汉书·儒林传》记载,武帝听了,"默然",没有进一步与之讨论的兴趣。 他们因缺少审时度势,不能及时调整自身之学,故对社会影响不大。 另一派儒士则不断回应现实问题,创造性地运用自己所学,如叔孙通、陆贾等。 汉初的叔孙通被司马迁称为"汉家儒宗",他"秦时以文学征,待诏博士",后又被"拜为博士",先后降楚、降汉。 叔孙通是一个根据时势调整自身的儒士,"叔孙通儒服,汉王憎之;乃变其服,服短衣,楚制,汉王喜"。 因为高祖为楚人,叔孙通故从其俗裁制。 开始带着"儒生弟子百余人""无所言进",而"先言斩将搴旗之士",当汉高祖面对"群臣饮争功,醉或妄呼,拔剑击柱"的行为不满时,叔孙通趁机说上曰:"夫儒者难与进取,可与守成。 臣愿征鲁诸生,与臣弟子共起朝仪。"于是"采古礼与秦仪杂就之"。 当鲁有两生不肯行,认为"公所事者且十主,皆面谀以得亲贵。 今天下初定,死者未葬,伤者未起,又欲起礼乐。 礼乐所由起,积德百年而后可兴也"。 叔孙通则笑曰:"若真鄙儒也,不知时变。"后,汉高帝在威严的礼仪和臣属朝拜的进退有序中感受到"皇帝之贵",拜叔孙通为太常,赏五百斤金,叔孙通进而为诸生求官,皆以五百斤金赐诸生。 诸生这时喜曰:"叔孙生诚圣人也,知当世之要务。"⑤

---

① 熊铁基:《秦汉新道家》,95 页,上海,上海人民出版社,2001。
② (汉)司马迁:《史记》,3124 页,北京,中华书局,1959。
③ (汉)班固:《汉书》,3608 页,北京,中华书局,1962。
④ 同上书,3608 页。
⑤ 以上叔孙通事迹均见《史记·刘敬叔孙通列传》。

汉儒创造性地运用儒学的过程中已暗含了对时势的妥协、对其他学派的吸收，此时所呈现出来的儒学已不是先秦的儒学。它不但与政治联姻，也与其他学派融合。汉武帝"罢黜百家，独尊儒术"，是汉政与儒学融合的标志，叔孙通则进退与时变化，涵摄了黄老之术①。陆贾《新语》强调仁义与无为的结合，紧扣如何长治久安发表论证，开始改变先秦儒学无益于治国的局面，儒学开始与治术紧密结合。贾谊在《吊屈赋》和《鵩鸟赋》中体现了士人在政治苦痛、精神苦痛中如何由儒入道以消解人生的苦境。韩婴的《韩诗外传》也有儒道结合倾向。董仲舒道灾异、讲阴阳，是与民间神仙方术相合拍，其所讲的"天人"理论与道家"天人感应"思想有理论上的承续关系。②这些儒家理论的更新，可以看作是汉代儒士对儒家学说主动做出的调整，正是通过对包括黄老之学在内的各家学说的整合，传统儒学才重新获得了生机。因而，"这时的经学已不是传统意义上的儒学，对现实皇权政治的妥协，使其具有鲜明的实用性；对现实民间社会的妥协，使其具有典型的时代特征，并弥漫了民间迷信的朦胧气氛；从其他思想流派中汲取营养，则又使其具有融会百家精神"③。"自此以来，则公卿大夫士吏斌斌多文学之士矣。"④就积极的一方面而言，确实有许多治经儒生恪守传统儒学之旨，追求仁德之治，注重德行道艺，志在富民、教民、安民，自身还具有较高的文化素质和道德修养，所以由他们当官，较之刑名法术之士，对于发展经济和文教事业以及稳定社会，有着显著积极意义。但另一方面，以董仲舒为代表的一批治经儒生，在强调民本思想的同时，自觉不自觉地抛弃了孟子的"君轻"论、荀子的"从道不从君"论，而代之以原本是法家专利的

---

① 司马迁说："叔孙通希世度务制礼，进退与时变化，卒为汉家儒宗。'大直若诎，道固委蛇'，盖谓是乎？"（《史记》，2726页，北京，中华书局，1959）
② 董仲舒的"天人思想"强调了人与宇宙的联系和互动，承继了战国以来哲学理论所讨论的同类相动及天人感应思想，如"物固相累，二类相召也。"（《庄子集释·山木》，615页，北京，中华书局，2013）"同类相从，同声相应，固天之理也。"（《庄子集释·渔父》，902页，北京，中华书局，2013）
③ 孙筱：《两汉经学与社会》，70页，北京，中国社会科学出版社，2002。
④（汉）司马迁：《史记》，3119页，北京，中华书局，1959。

"尊君卑臣"论，提出了"君为臣纲""君臣大义"等强化君主专制的理论。

不仅如此，以儒学经学为指导思想和理论依据的选官制度的推出，标志着我国文官制度的正式确立。这也奠定了后来科举取士和官员选拔的基础，为官僚政治奠定了基础。周予同先生说："董仲舒主张尊崇孔学、罢黜百家，还只是表面的文章；最有关于中国社会组织的，是他主张设学校，立博士弟子，变春秋、战国的'私学'为'官学'，使地主阶级的弟子套上'太学生'的外衣，化身为官僚，由经济权的获取进而谋教育权的建立与政治权的分润。董仲舒是中国官僚政治的定型者。"[1]

与此相关联的是，知识分子的角色和地位也开始发生很大的变化。孟子曾说："非其道，则一箪食不可受于人；如其道，则舜受尧之天下，不以为泰。"[2]孟子所说的那种相对自由的选择，特别是相对自由的双向选择在汉武帝时代已不复存在。最高统治集团对经学最感兴趣的仅仅是能拿来为现实政治服务的那一部分内容，入仕的士人在执行政令政策时也只有唯人主是瞻。例如，汉武帝时，杜周历任廷尉、执金吾、御史大夫，凡"上所欲挤者，因而陷之；上所欲释，久系待问而微见其冤状"。有人责备杜周："君为天子决平，不循三尺法，专以人主意指为狱，狱者固如是乎？"杜周赤裸裸地回答说："三尺安出哉？前主所是著为律，后主所是疏为令；当时为是，何古之法乎！"[3]再如，曾位至御史大夫、丞相的公孙弘，每逢朝会议，往往引出议题，让刘彻自己选择决策，不肯面折廷争，他以只向天子个人负责为"忠"，故"左右幸臣每毁弘，上益厚遇之"[4]。辕固生当朝批评他："公孙子，务正学以言，无曲学以阿世"，汲黯指责他"齐人多诈而无实"。再如，李陵兵败，"群臣皆罪陵"，本来司马迁与李陵"素非能相善"，没有任

---

[1] 周予同：《周予同经学史论著选集》，502 页，上海，上海人民出版社，1983。
[2] 《孟子·万章下》，见（宋）朱熹：《四书章句集注·孟子集注卷六》，267 页，北京，中华书局，1983。
[3] （汉）班固：《汉书》，2659 页，北京，中华书局，1962。
[4] 同上书，2619 页。

何私人关系，但司马迁出于公义，不像群臣趋炎附势，而是在刘彻面前为李陵辩护几句，结果招致腐刑。汉廷给治经儒生的政治机遇、仕进之途也是有限的，听任他们不断内讧、内耗，争得不亦乐乎。当他们不为人主所用时，毫不留情地即会弃之。《资治通鉴·元狩三年》卷十九曾记载了汲黯与刘彻的一段对话："上招延士大夫，常如不足，然性严峻，群臣虽素所爱信者，或小有犯法，或欺罔，辄按诛之，无所宽假。汲黯谏曰：'陛下求贤甚劳，未尽其用，辄已杀之。以有限之士恣无已之诛，臣恐天下贤才将尽，陛下谁与共为治乎！'黯言之甚怒，上笑而谕之曰：'何世无才，患人不能识之耳。苟能识之，何患无人！夫所谓才者，犹有用之器也，有才而不肯尽用，与无才同，不杀何施！'"

总之，在武帝以后，随着儒家思想统治地位和文官制度的确立，士人阶层完全纳入汉帝国的统治和控制之中。武帝以后的历代政权也尊儒家思想为国家意识形态，也采纳和推崇以儒家经学为指导思想和理论依据的选官制度。自此，士人自身相对独立的空间和自由的思想很少，这一状况在传统社会延续几千年。这是汉儒们当初推动儒家思想以争取儒家思想地位所没有想到的。

◎ 第二节
"经"的地位的确立

将先秦儒家圣人的旧典尊为神圣的经的位置，是汉儒的功劳。先秦诸子中的孔儒一派，其理论仅局限于字面，多未付诸实践。至战国末及秦汉，道家兴盛，齐国的稷下道家学派，秦的《吕氏春秋》及汉初的《淮南子》都有以道家为宗的倾向。

先秦已开始称某些典籍为经,但经的含义远没有像汉代那样包含神圣的意思。《庄子·天运》有:"丘治《诗》、《书》、《礼》、《乐》、《易》、《春秋》六经,自以为久矣。"①《论语》和《孟子》里讲到的"经",与汉代之"经"无关;《荀子》里16次提到"经",《荀子·劝学》篇第一次以"经"指称《诗》《书》:"学恶乎始,恶乎终? 曰:'其数则始乎诵经,终乎读《礼》。 其义则始乎为士,终乎为圣人'。"②在荀子这里,"经"开始与两汉经学经典之意相通,但是这里主要还是把"经"看作是古代一种重要的典籍资料:"《礼》、《乐》法而不说,《诗》、《书》故而不切,《春秋》约而不速"。③

汉初实行休养生息政策,朝廷推行黄老之学,儒家的影响也不大。 司马谈在《论六家要指》时说儒学"博而寡要,劳而少功"④,士大夫如司马迁述百家,先黄老而后六经。 当儒家学说逐渐上升为国家意识形态时,儒家旧典才慢慢地被赋予了经典地位。 伴随着儒家学说地位的变化起伏和最终走向独尊地位,儒家旧典确立为经典经历了一段历史过程。

两汉经学的始作俑者是陆贾和贾谊。 他们二人是政治人物,秉承实用应世的态度,对他们而言,学术不是立言之本,也不是理想所在。 陆贾说:"善言古者合之于今,能述远者考之以近。"⑤《新语》中道已涵盖了自然之道与社会之道二重意义,这种思想为后来的经学家如董仲舒所接受。 贾谊在《新书》中的道,同样涵盖了自然之道与社会之道,即天道与人道。 无形的道落实在社会道德层面,仁、义、礼、智、信、乐成了社会表现形式。 所涉及的君道、王道、师道、孝道均是社会之道,探求自然之道的目的是为社会之道寻找合理的依据。"就是因为二人立业于政治,所以当时各派的思想只

---

① "六经"之名见于古籍,最早记载于此。
② (清)王先谦撰:《荀子集解》,11 页,北京,中华书局,1988。
③ 同上书,14 页。
④ (汉)司马迁:《史记》,3289 页,北京,中华书局,1959。
⑤ 王利器撰:《新语校注·术事》,37 页,北京,中华书局,1986。

第三章 西汉初中期儒家文艺思想的表现 *151*

不过是他们阐述政治之道的材料；所以他们的政治主张是切合时用，百家杂糅；所以他们实用的态度，融会各派的方法，为后起的并获得独尊地位的汉代经学所仿效。因此，从这个意义而言，把他们称为两汉经学的始作俑者并不为过。"①

儒家经学取得思想权威的位置有一个过程。西汉文景时代只有《诗经》博士（申培、韩婴、辕固生）、《公羊春秋》博士（胡毋生、董仲舒），且这些博士仅限于顾问官的角色，"诸博士具官待问，未有进者"②。窦太后在位期间，曾暂停设置儒经博士一职。建元五年（前136），窦太后病笃，武帝颁发《置博士官诏》，武帝朝得以恢复博士，期间诸博士不限于儒经，还有诸子书及各种古代典籍，如《尔雅》等。

元光元年（前134）董仲舒在贤良对策第三策中提出"罢黜百家，独尊儒术"③建议被武帝接纳以后，儒学典籍趋于独尊地位，并从两个方面给予保障：

第一，制度方面的保障。武帝朝于元光五年（前130）正式改"太常"为"太学"，并采纳董仲舒在对策中提出的改革太学教学内容、专用儒经的建议，在以前已设立《诗》和《春秋》博士的基础上，为深入研究儒经的不同学派，又增立了《杨何易》《欧阳书》《后仓礼》三博士，在太学共设置"五经博士"——《尚书》：欧阳生；《礼》：后苍；《易》：杨何；《春秋》：董仲舒、胡毋生；《诗》：各家④。另外，非儒经不得立为博士。儒学由此在太学学科设置中确立了统治地位。

第二，仕途方面的保障。元朔五年（前124），刘彻根据御史大夫公孙

---

① 孙筱：《两汉经学与社会》，102页，北京，中国社会科学出版社，2002。
② （汉）班固：《汉书》，3592页，北京，中华书局，1962。
③ "《春秋》大一统者，天地之常经，古今之通谊也。今师异道，人异论，百家殊方，指意不同，是以上亡以持一统；法制数变，下不知所守。臣愚以为诸不在六艺之科孔子之术者，皆绝其道，勿使并进。邪辟之说灭息，然后统纪可一而法度可明，民知所从矣。"（《汉书》，2523页，北京，中华书局，1962）
④ （汉）班固：《汉书》，3620页，北京，中华书局，1962。

弘的奏议，向天下郡国颁布《劝学兴礼诏》，为五经博士招收弟子。由于公孙弘设博士弟子员的建议得到武帝批准，经学与仕途直接挂钩。由于仕途利禄的诱导作用，士人前赴后继，试图通过读经"学而优则仕"，所谓"遗子黄金满籝，不如一经"。结果，无论是选拔博士官，或是博士官教授弟子员，都把精通儒家经典视为最高标准，这样在全社会营造了一种以儒家经典作为知识和行为最高准则的氛围。

要注意的是，太学所设立的五经《诗》《书》《礼》《易》《春秋》或者其前身、原型，都是一些古老的历史文献，并非儒家的专有领地，其他各家如墨、道、法等也都被重视。阴阳家敬授民时，其学本于《尚书》。作为"先王之遗言"①，"先王之陈迹"②的五经本不是孔子直接写出的，但后来却被称为先秦儒家圣人旧典，是因为这些典籍都与孔子有着直接或间接的关联，如孔子对《诗》作过一番整理和编订工作，并有一个本子，用于教授弟子。他非常重视《诗》教，极力推动《诗》的政治意义和教化作用，强调学《诗》将有助于增强语言表达能力，增广生活知识和智慧，提高道德修养水平。又如孔子对《书》也是熟悉和重视的，并将其作为教授弟子的重要教材，在《论语》中有三条材料涉及《书》。再比如《礼》，不排除有孔子编订过的部分。在孔子看来，作为周代的典章制度和礼仪规定，礼对仁、对伦理道德和社会政治活动具有重要的指导、制约作用。也因着这些典籍与孔子有着这样或那样的关系，它们才有可能被尊为经典地位的可能，因为极力在朝廷推崇儒家思想的士大夫就是用"道—圣—经"建立自己经典阐释体系的，如陆贾："于是后圣乃定五经，明六艺，承天统地……以匡衰乱，天人合策，原道悉备"③。这里的后圣指的是孔子，后圣所定的五经之所以如此重要，是因为"承天统地""原道悉备"。董仲舒在《贤良对策》中说："《春秋》

---

① （清）王先谦撰：《荀子集解》，2页，北京，中华书局，1988。
② （清）郭庆藩：《庄子集释·天运》，474页，北京，中华书局，2013。
③ 王利器撰：《新语校注·道基》，18页，北京，中华书局，1986。

大一统者，天地之常经，古今之通谊也。"又说"故圣人法天而立道，……繇此言之，天人之征，古今之道也。孔子作《春秋》，上揆之天道，下质诸人情"，五经之一的《春秋》之所以是"天地之常经"，也是因为"揆之天道"。扬雄在《法言·问神》中说："大哉天地之为万物郭，《五经》之为众说郭"，"万物纷错则悬诸天，众言淆乱则折诸圣。"①"说天者莫辩乎《易》，说事者莫辩乎《书》，说体者莫辩乎《礼》，说志者莫辩乎《诗》，说理者莫辩乎《春秋》，舍斯，辩亦小矣。"②班固在《白虎通·五经》云："孔子所以定五经者何？以为孔子居周之末世，王道陵迟，礼乐废坏，强陵弱，众暴寡，天子不敢诛，方伯不敢伐，闵道德之不行，故周流应聘，冀行其道德，自卫反鲁，自知不用，故追定五经，以行其道。"孔子追定五经，是"以行其道"，以此纠正他所处的"王道陵迟，礼乐废坏"的时代。班固在另一处对"道—圣—经"三者的具体联系有着更明确的阐释："天地设位，悬日月，布星辰，分阴阳，定四时，列五行，以视圣人，名之曰道。圣人见道，然后知王治之象，故画州土，建君臣，立律历，陈成败，以视贤者，名之曰经。"③天地有常和则，圣人称之为道，并体之而作经书，经书是天地之"常"和"则"的直接体现。

　　从汉武帝开始，汉帝国开始了独尊儒家的思想进程。西汉昭帝始元六年（前81）的"盐铁会议"和宣帝甘露三年（前51）的"石渠阁会议"的要旨是进一步把儒家价值观念上升到国家意识形态的高度，并保证儒家学者可以由通经而进入仕途，由学者、顾问官成为国家官吏，这些会议确保并继续推动着儒家思想走向独尊。至汉元帝和汉成帝时，儒学一统天下的文化专制格局真正完成。学者王葆玹对此作了扼要的概述："西汉初期的官方学术政策是尊崇黄老，兼容百家。汉武帝及昭、宣、元帝时期的政策是尊崇《五经》，以儒家

---

① （汉）扬雄：《法言·吾子》，53页，北京，中华书局，2012。
② （汉）扬雄：《法言·寡见》，173页，北京，中华书局，2012。
③ （汉）班固：《汉书》，3172页，北京，中华书局，1962。

为主导，兼容其他各家学派，将诸子纳入辅经的'传记'范围。从汉成帝时起，始'罢黜百家、独尊儒术'，将包括诸子的传记博士罢免，取消其建制。"①与此相对应地，对"经"的解释也由先秦的多义②开始转向以训经为常，以此突出"经"的恒久性和神圣性。班固在《白虎通·五经》中说："经所以有五何？经，常也。有五常之道，故曰《五经》。《乐》仁，《书》义，《礼》礼，《易》智，诗信也。人情有五性，怀五常不能自成，是以圣人象天五常之道而明之，以教人成其德也。"③《释名·释典艺》曰："经，径也，常典也。如径路无所不通，可常用也。"④张华《博物志·文藉考》云："圣人制作曰经，贤者著述曰传。"⑤"经"因与天具有对应关系，又以圣人为中介而得传之以天下，因此，"经"由此对于人意义非凡。

随着《易》《书》《诗》《礼》《春秋》等由儒家的一门之"经"，一变而成为汉王朝之"经"、天下之"经"，再伴随着以诸"经"传授、评说、笺注、阐释为基本内容的治"经"之学遂应运而生并备受推重，中国传统思想文化经过春秋战国时的"子学时代"至汉武帝时期进入"经学时代"。虽然儒学"独尊"在汉元帝时代才最终完成，但汉武帝才是"子学时代"实际的终结者。冯友兰就曾将中国学术思想的发展划分为两个时期，一个是子学时代，一个是经学时代，"自汉武用董仲舒之策，'诸不在六艺之科、孔子之术者，皆绝其道，勿使并进'，于是中国大部分之思想统一于儒，而儒家之学，又

---

① 王葆玹:《今古文经学新论》，221页，北京，中国社会科学出版社，1997。
② 春秋战国时代的典籍中，"经"最为常见的意思是"常""度""理""法"等。《诗》多处提到"经"，如《诗经·小雅·小旻》："哀哉为犹，匪先民是程，匪大犹是经。"《诗经·大雅·灵台》："经始灵台，经之营之。"《诗经·小雅·北山》，"旅力方刚，经营四方。"《诗经·小雅·何草不黄》："何人不将，经营四方。"，《诗经·大雅·江汉》："经营四方，告成于王。"这些"经"字，毛《传》、郑《笺》、孔《疏》多释为"常""度""理"法等义。再有《左传·昭公二十八年》中的"经纬天地曰文"，《国语·周语下》中的"经之以天"；《荀子·解蔽》中的"经纬天地"，这些"经"意为涵摄、统摄、包罗、经过、经历等诸义。《尚书·周官》的"论道经邦"，"经"作为动词，引申为管理治理。
③ （清）陈立撰:《白虎通疏证》，447页，北京，中华书局，1994。
④ （汉）刘熙撰，（清）毕沅疏证，（清）王先谦补:《释名疏证补》，211页，北京，中华书局，2008。
⑤ （晋）张华撰，范宁校证:《博物志校证》，72页，北京，中华书局，1980。

确定为经学。自此以后,自董仲舒至康有为,大多数著书立说之人,其学说无论如何新奇,皆须于经学中求有根据,方可为一般人所接受。经学虽常随时代而变,而各时代精神,大部分必于经学中表现之。故就历史上中国学术思想变迁之大概言之,自孔子至淮南王为子学时代,自董仲舒至康有为则经学时代也。"①

由儒门之"经"上升为汉王朝之"经"和天下之"经",不仅开启了经学时代,还在于对中国文化的方方面面产生重大影响,"在汉武帝罢黜百家、独尊儒术、表章六经之后,儒家经典成为儒家学派建构和展开理论体系的重要依据,成为社会政治统治合法性和权威性的重要来源,经学成为统治思想和官方学术,成为封建思想文化的核心和意识形态的基础,与当时社会政治、经济政策、文化教育等方面的演变和发展息息相关,影响着中华民族心理特征、文化素质、民间习俗和精神风貌的形成。"②作为统治思想和官方学术的经学也由此对中国学术思想和文论也产生重大影响:

首先是学向术的倾斜。子学到经学的转变,实际上是学向术的倾斜。在子学时代,先秦士人还具有独立性、主体性和创造性,但在靠权力支持儒家旧典藉此获得经典地位的经学时代,汉代士人在这种文化政治大环境中,渐渐丧失独立性和创造性,人格具有依附性、被动性和墨守成规。官方赋予一些学者对经书进行诠释的权力,是希望这些学者学以致用,能在诠释经书过程中从历史和天道当中为他们寻找政权合法性的依据,而不是为了纯学术。比如,刘彻自己不是经学家,他只是要求学术更好地为现实服务,他曾对治《尚书》的兒宽说:"吾始以《尚书》为朴学,弗好,及闻宽说,可观。"③汉武帝不好讲训诂的"朴学",喜好联系现实的"义理之学"。在儒学中他喜欢董仲舒公羊学派的齐学,就是因为齐学善于阐论义理,讲论治国

---

① 冯友兰:《中国哲学史》,上册,296 页,上海,华东师范大学出版社,2009。
② 张涛:《经学与汉代社会》,43 页,石家庄,河北人民出版社,2001。
③ (汉)班固:《汉书》,3603 页,北京,中华书局,1962。

平天下的大道理，而偏重训诂、拘于师说和学统的穀梁学派的鲁学，则不被刘彻重用，也没有被列为官学。汉宣帝公开宣称朝廷要的是经术而不是经学，是治术而不是纯学问："汉家自有制度，本以霸王道杂之。奈何纯任德教，用周政乎！且俗儒不达时宜，好是古非今，使人眩于名实，不知所守，何足委任！"①

学者们为了仕途利禄和自身学派的影响力，也自觉、不自觉地迎合朝廷需要，把学术与政治结合，学以致用。董仲舒、公孙弘、兒宽，"三人皆儒者，通于世务，明习文法，以经术润饰吏事，天子器之。"②公孙弘、兒宽之所以被"天子器之"，并非以治学出众而被武帝看中，乃是他们"通于世务"，习文法吏事，而又缘饰以儒术。公羊学派代表董仲舒之所以在朝廷中名望日隆，真正的原因并不在于在《春秋》学方面的学术造诣，而是他对《春秋》的解释给刘氏政权带来合法性。比如他把王者解释为"上承天之所为，而下正其所为"，即代天行道和管理百姓；他对《春秋》的解释也给刘氏政权提供了便于统治的政治秩序和文化秩序，所谓"《春秋》之文，求王道之端，得之于正。正次王，王次春。春者，天之所为也；正者，王之所为也。"③"《春秋》谓一元之意，一者万物之所从始也，元者辞之所谓大也。谓一为元者，视大始而欲正本也。《春秋》深探其本，而反自贵者始。故为人君者，正心以正朝廷，正朝廷以正百官，正百官以正万民，正万民以正四方。四方正，远近莫敢不壹于正，而亡有邪气奸其间者。是以阴阳调而风雨时，群生和而万民殖，五谷孰而草木茂，天地之间被润泽而大丰美，四海之内闻盛德而皆徕臣，诸福之物，可致之祥，莫不毕至，而王道终矣。"④《春秋》蕴涵王道，若顺《春秋》之义治理国家，则天下可统，国家可治。

---

① （汉）班固：《汉书》，277页，北京，中华书局，1962。
② 同上书，3623～3624页。
③ 同上书，2501～2502页。
④ 同上书，2502～2503页。

即使表面看起来是学术之争,如今文经学派与古文经学派之间的矛盾和冲突①,今文经学派内部的公羊学与穀梁学的相互驳诘与争斗②,但无一例外,这些学派争论和冲突的重要原因不是源于学术范围内的不同看法,而是因自身学术地位得不到国家政权承认而被边缘化。他们希冀通过发起对已获得国家政权青睐的某一学派的攻击和争斗,争取自身取代该学派在国家意识形态中的位置,让汉政权更加重视自己,从而让自身从学术边缘走向学术中心。为了迎合国家政权的需要,他们对经学诠释的重点自然落在通经致用和政治教化上,他们在释经过程中围绕着国家政权的"神圣性"来为政权统治寻找其合法性的依据。③

在汉代学向术倾斜的一个重要标志是谶纬④神学的兴起。班固在《汉书·五行志》中说:"汉兴,承秦灭学之后,景、武之世,董仲舒治《公羊春秋》,始推阴阳,为儒者宗。宣、元之后,刘向治《穀梁春秋》,数其祸福,

---

① 所谓"今文经",是指用汉代通行的隶书(即当时今文)写成的经籍;而"今文经学",就是指对今文经典所作的章句训诂与经义的阐释解说。所谓"古文经",是指用战国时东方六国的文字写成的经籍,而"古文经学",就是指对古文经典所作的章句训诂与经义的阐释解说。今文经学与古文经学不仅在经籍文字的字体上明显不同,而且在文字、篇章等形式上,在经籍中有关名物、制度、解说等内容上,也都存在着很大差异。前者倡导尊孔子为先圣,后者倡导尊周公为先圣。汉武帝时立的五经属于今文经学。《古文尚书》《周官》《毛氏诗》《左氏春秋》等属于古文经。古文经学的振兴是与刘歆的积极倡导分不开的。汉哀帝即位时,刘歆建议将《左氏春秋》及《毛诗》《逸礼》《古文尚书》皆列于学官,遭到今文学者的反对。王莽篡汉建立"新"朝后,刘歆为国师,号"嘉新公",古文经学得立于学官。
② 从文化类型上说,董仲舒之学属于齐学的范畴,注重微言大义,联系实际。与董仲舒同时代的,也是博士的江公的《穀梁》学则属鲁学的范畴,讲究训诂和典据。武帝时,由于武帝的偏袒,以江公为代表的《穀梁》学在与董仲舒为代表的《公羊》在争夺国家意识形态和对《春秋》解释权方面落败。不过,《穀梁》学尽管受到武帝的冷遇,但武帝的太子在学通《公羊》之后,复私问《穀梁》而善之。特别是由于包括江公在内的《穀梁》传人的不懈努力,至宣帝时,《穀梁》学的势力已明显壮大,足以与《公羊》学相抗衡。甘露三年即公元前51年,在汉宣帝主持召开的石渠阁会议上,五经名儒就《公羊》与《穀梁》的异同及是非进行了评估,结果是同意将《穀梁》列为官方学术之一,使之部分地分享了五经之一《春秋》的解释权,打破了《公羊》一家独尊的局面。
③ "注目于实用需要,可因时代不同而出现的需要变化,刺激文化的传统随之起变化。但既然思想界已经养成以君主的需要为需要的习惯,那么任何变化只能限制在统治阶级实用需要所许可的范畴之内。"(朱维铮:《中国经学史十讲》,12~13页,上海,复旦大学出版社,2002)朱先生的话一针见血地指出了今文经学派与古文经学派、今文经学派内部公羊学与穀梁学斗争的实质和学术意义。
④ "谶纬"是从董仲舒公羊春秋学"微言大义"的方法中滋生出来的。盖从其占验言之则曰谶,从其附经言之则曰纬。

传以《洪范》，与仲舒错。至向子歆治《左氏传》，其《春秋》意亦已乖矣；言《五行传》，又颇不同。是以揽仲舒，别向、歆，传载眭孟、夏侯胜、京房、谷永、李寻之徒所陈行事，讫于王莽，举十二世，以傅《春秋》，著于篇。"董仲舒等儒生对先秦儒家思想的改造，正是为了更好地为刘彻的政治目的服务，当汉儒们积极地借儒学为现实政治服务时，"谶纬"之学的方法和风气已孕育在其中。而汉廷中的政客们则把"谶纬之学"当作他们争权夺利的工具，于是"谶纬之学"泛滥起来。杂糅阴阳五行于经义之中成了汉人治经一大特色。经学的"谶纬"化，偏离了先秦儒学的本义，也偏离了学术的本义，司马迁在《史记》中对这种风气进行了深刻揭露和批判，东汉的桓谭和王充都对这种现象进行批判，汉桓谭在《新论·启寤》说："谶出《河图》、《洛书》，但有兆征，而不可知。后人妄复加增依托，称是孔丘，误之甚也。"

这种学术与政治的结合，不但使中国几千年的学术脱离不了政治对它的控制和影响①，使学向术倾斜，学以致用，"武、宣之间，经学大昌，家数未分，纯正不杂，故其学极精而有用。以《禹贡》治河，以《洪范》察变，以《春秋》决狱，以《三百五篇》当谏书，治一经得一经之益也。"②同时也直接影响了汉代文学的创作和汉代文论发展方向和建构。为了适应汉代政权提出的"罢黜百家，独尊儒术"的要求，武帝时期及武帝以后的作家在文学作品中极力推崇儒家思想，并以儒家五经为其思想指导，所谓"书不经，非书也；言不经，非言也；言、书不经，多多赘矣。"③以美刺来歌功颂德和讽谏为其文学现实指向的，即西汉后期的刘向在《修灾异封事》中明确指出文学与现实政治的关系，文学的美刺正是对现实政治的一种反映，"文武之世，朝臣和于内，万国欢于外，故有颂诗；幽、厉之际，朝廷不和，转相非怨，故有刺诗。"

---

① "泰西之政治，常随学术思想为转移；中国之学术思想，常随政治为转移，此不可谓非学界之一缺点也。是故政界共主一统，则学界亦宗师一统。"（梁启超：《论中国学术思想变迁之大势》，50页，上海，上海古籍出版社，2001）
② （清）皮锡瑞撰：《皮锡瑞集·经学历史》，1156页，长沙，岳麓书社，2012。
③ （汉）扬雄：《法言·问神》，130页，北京，中华书局，2012。

汉代文论是在经学语境下被建构起来的。由于经享有国家意识形态和学术思想独尊的地位，一切学术思想甚至文学批评和文学创作都必须在经学中求依据，要求合乎儒家之道，以圣人为榜样，以六经为楷模，所以作为理论和思想一部分的汉代文论发展和建构自然也在经学语境下进行，并在经学框架中获得自身位置和属性，这方面的具体影响将在下节专文分析，这里不再详述。特别要提及的，作为五经之一的《诗经》[①]在汉代不是作为文学著作，而是作为经学被给予崇高地位，这就注定了对《诗经》的解释主要不是从文学审美的角度而是从学以致用的角度，即在《诗经》"解经"活动中的具体操作是为了能够保证政权统治的长治久安。由于此，在汉代，《诗经》并非我们今天所说的文学，《诗经》文本所包含的审美因素在各家诗说的经学化阐释方式下被淹没。《诗经》成了对现实政治实践的思想支持，它可以言灾异，可以当谏书——"《诗》三百为谏书"就是"《诗》以致用"最为著名的例子之一[②]，可以是圣人的体道之物，但就不是我们今日所称之文学，今人所称之文学在汉代则体现在文学侍从的赋创作中。

◎ 第三节
经学语境中的文论思想

众所周知，五经是先秦孔子一人编订的，五经体现的是儒家美学思想和

[①] 《诗经》之名最早出现于《史记·儒林列传》："申公独以《诗经》为训以教"。司马迁在《史记》中多称《诗》，可见汉武帝时期虽形成经典意识，然而尚未达到尊奉其为至高经典的地步。《诗》确立为经，是与儒学从先秦子学转变为汉代经学的学术地位为时代背景的，并在遵从儒学、黄老百家告退的历史进程中，《诗》确立了自身经的地位，《诗》也就变成了《诗经》。
[②] "式为昌邑王师，昭帝崩，昌邑王嗣立，以行淫乱废。昌邑群臣皆下狱诛……式系狱当死，治事使者责问曰：'师何以亡谏书?'式对曰：'臣以《诗》三百五篇朝夕授王，至于忠臣孝子之篇，未尝不为王反复诵之也；至于危亡失道之君，未尝不流涕为王深陈之也。臣以三百五篇谏，是以亡谏书。'使者以闻，亦得减死论。"（《汉书》，3610页，北京，中华书局，1962）

文论思想。在汉代,对五经的神圣化,无疑给两汉文论在整体上浸染了儒家文艺思想的特点。这在文学的社会作用问题上、文学的批评标准上,以及几次大的文学论争上,无不体现了这一特征。从文学批评标准来看,当时文坛流行的是儒家文学批评标准。这方面的代表论点有西汉末年扬雄的原道、征圣、宗经说。他强调创作要合乎儒家之道,要以圣人为榜样,以六经为楷模。儒家的经书也成了扬雄效仿的对象。当时,甚至对于诸子的文章,有些学者也巧为糅合,依经立义,如经学家、文学家刘向在解读非儒之书时也在经学的理性规范内解释。他在《列女传》卷一中引用春秋时鲁子敬的话:"治国之要,尽在经矣。"其《管子书录》引司马迁盛赞管仲的言论后说:"《管子》书务富国安民,道约言要,可以晓合经义。"其《列子书录》云:"道家者,秉要执本,清虚无为,及其治身接物,务崇不竞,合于六经。"其《晏子叙录》云:"其书六篇,皆忠谏起君,文章可观,义理可法,皆合六经之义。"

汉代最大的文学论争跟"独尊儒术"有关,也跟屈原作品的评价问题有关。这次论争的开始是刘安与司马迁对屈原持肯定态度,他们赞赏屈原作品的"怨诽"特色,认为"《国风》好色而不淫,《小雅》怨诽而不乱。若《离骚》者,可谓兼之矣"。他们基本上推崇的是儒家的忠信思想,肯定的是"怨诽而不乱"。西汉末年的扬雄和东汉初年的班固则站在儒家思想立场对屈原的作品进行指责,认为屈原的作品是"皆非法度之政,经义所载"[1]。后来的王逸虽反驳了班固的说法,高度肯定了屈原的忠贞品格,但也是从经学神圣化的立场来看的:"夫《离骚》之文,依托五经以立义焉。""以诗取兴,引类譬喻","且诗人怨主刺上曰:鸣呼小子,未知臧否,匪面命之,言提其耳。风谏之语,于斯为切。然仲尼论之,以为大雅。"[2]

---

[1] (汉)班固:《离骚序》,见郭丹主编:《先秦两汉文论全编》,759~760页,上海,上海远东出版社,2012。
[2] (汉)王逸:《楚辞章句序》,见郭丹主编:《先秦两汉文论全编》,789页,上海,上海远东出版社,2012。

汉代的天道杂糅了天命、阴阳五行、王道和儒家之道，董仲舒所推崇的天道已暗含了王道和儒家之道。儒家之道表现在五经中，五经因与天道相关联而获得了神圣化的地位。董仲舒是从天道而不是从五经中推演出一些文论思想，但因天道中所涵摄的王道和儒家之道，他在推演的过程中已不自觉地使他的思想带上了儒家的色彩。董仲舒从天道角度认为美的东西肯定是道德完善的东西，并进一步从形而上学方面深化了孔子在评判《诗经》时所提出的美善结合思想。董仲舒在《春秋繁露》中多次讲到了天或天地之美，在他看来，天的美首先在于"仁之美"。"仁之美者在于天。天，仁也。天覆育万物，既化而生之，有养而成之，事功无已，终而复始，凡举归之以奉人。察于天之意，无穷极之仁也"①。天地之所以有"仁之美"，在于它终而复始，养育万物，而它所生长的一切都是为了用来奉养人，"天地之生万物也以养人，故其可适者以养身体，其可威者以为容服"②，天"不阿党偏私，而美泛爱兼利"③。这就是天的大仁之所在，也就是它的大美之所在。天在这里被人格化了，具有了道德属性。

董仲舒也提倡美的形态应以"和"的面目出现，因为天地之美的展开方式是以"和"的面目出现的。"夫德莫大于和，而道莫正于中。中者，天地之美达理也，圣人之所保守也。……中者天之用也，和者天之功也，举天地之道而美于和。"④天地的"和"在于天地中阴阳二气协调统一，天地才能生产出奉养人的各种美好的东西。由于道之"和"，文学作品的创作也应以"和"的面目出现，"道者，所繇适于治之路也，仁义礼乐皆其具也"⑤。董仲舒用自己的天道观进一步强化了孔子所提倡的"乐而不淫，哀而不伤"（《论语·八佾》）的文学批评传统。

董仲舒用天之属性来要求一切文学艺术和美的东西来表现这一属性，从

---

① （汉）董仲舒：《春秋繁露·王道通三》，421页，北京，中华书局，2012。
② （汉）董仲舒：《春秋繁露·服制像》，171页，北京，中华书局，2012。
③ （汉）董仲舒：《春秋繁露·天容》，430页，北京，中华书局，2012。
④ （汉）董仲舒：《春秋繁露·循天之道》，606页，北京，中华书局，2012。
⑤ （汉）班固：《汉书》，2499页，北京，中华书局，1962。

文艺学角度来看,他的学说作为一种哲学思想要求文学艺术和美学为这种思想服务有其合理性,但如果反过来把一切文学艺术的创作都跟"天"联系起来,把一切文学艺术创作的内容都对应于天,并在文学艺术作品中寻找属天的内容,而忽视了文学艺术自身,也不尊重文学艺术中自然物的客观属性,那么这种文艺思想会给文学艺术创作带来负面影响,而这种影响是对经学过分神化后带来的结果。这尤其表现董仲舒及其后人对"天人感应"理论所作的神秘化、泛化的倾向上,如相传编订于汉武帝时期的《礼记·乐记》就受到了"天人感应"思想的影响,也表现在董仲舒以后汉代专讲灾变祥瑞之事谶纬神学的流行上。

这给汉代文艺创作蒙上了一层阴阳五行、天人感应的浓重阴影,文学艺术成了天变谴告、异物祥瑞之论。所以汉大赋中充满了"天人合应,以发皇明"①、"膺箓受图,顺天行诛"②的说教。社会上养成了一种"好奇怪之语,说虚妄之文"的"世俗之性"③。扬雄在辞赋中"苟驰夸饰",大谈鬼怪;班固在《白虎通义》中,将诗与上天的"谴告"联系起来,大谈"若过恶已著,民蒙毒螫,天见灾变,事白异露,作诗以刺之,幸其觉悟"(《白虎通义·谏诤》);王延寿在《鲁灵光殿赋》里赋予了鲁灵光殿一丝神秘色彩,该建筑"协神道"、"规矩制度,上应星宿"。在这种以虚妄为美的文论思想指导下,汉代的文学创作处在"造生空文,为虚妄之传","华文放流","实事不见用"④之中。针对这种文论思想以及这种创作,东汉的古文经学家桓谭在《新论》中揭橥其虚妄、伪饰之一面,极言谶纬之荒谬。王充在《论衡》中则对谶纬神学进行了猛烈的批判。《论衡》的核心思想就是反对谶纬神学,他指出:"是故《论衡》之造也,起众书并失实,虚妄之言胜真美

---

① (汉)班固:《两都赋序》,见郭丹主编:《先秦两汉文论全编》,757页,上海:上海远东出版社,2012。
② (南朝梁)萧统:《文选》,96页,上海,上海古籍出版社,1986。
③ (汉)王充:《论衡·对作》,569页,上海,上海古籍出版社,2010。
④ 同上书,569页。

也。""浮妄虚伪，没夺正是。心愤涌，笔手扰，安能不论？"①他著《谈天》《谴告》诸篇，极力驳斥"天人感应"的神学目的论，著"三增九虚"，逐一考订虚妄迷信之事。他由此提出了"真美"观的文论思想，强调作家写作要有"疾虚妄，求实诚"的态度。

由于以董仲舒为首的汉代经学家为王权的合法性提供了形而上学基础，封建帝王的权威性得到了推崇，在这种经学思想影响下，汉代文论家表现出了对封建帝王的迷信并为之歌功颂德。连"发愤著书"的司马迁也不例外，在他所撰的《太史公自序》中说："汉兴以来，至明天子，获符瑞，封禅，改正朔，易服色，受命于穆清，泽流罔极，……臣下百官，力诵圣德，犹不能宣尽其意。"他提倡为统治者歌功颂德，"主上明圣而德不布闻，有司之过也。且余尝掌其官，废明圣盛德不载……罪莫大焉"。综观两汉文学，其主要的文体大赋，写作基本上是"劝百讽一"，歌功颂德的多，怨刺和批判的少，用王充评价司马相如、扬雄的辞赋的话来说，"二子为赋颂，令两帝惑而不悟也"②。在疑为东汉初年卫宏所编撰的《毛诗序》里，作者提倡"颂者，美盛德之形容，以其成功告于神明者也"。作者认为，文学作品是先王用来"经夫妇，成孝敬，厚人伦，美教化，移风俗"。东汉班固也主张文艺要为统治者"润色鸿业"，应当"宣上德而尽忠孝"③。连大文论家王充在某些场合也极力提倡歌功颂德，"古之帝王建鸿德者，须鸿笔之臣褒颂记载，鸿德乃彰，万世乃闻"④。

可见，儒家经学本是强调风教和诗教，再在经学政治化的推动下，对帝王的歌功颂德几乎成了汉代文论家不可回避甚至是持肯定态度的一个论题。

汉代经学自身对汉代文论也产生了影响。可以这样说，汉代的文学理论

---

① （汉）王充：《论衡·对作》，569页，上海，上海古籍出版社，2010。
② （汉）王充：《论衡·谴告》，297页，上海，上海古籍出版社，2010。
③ （汉）班固：《两都赋序》，见郭丹主编：《先秦两汉文论全编》，757页，上海，上海远东出版社，2012。
④ （汉）王充：《论衡·须颂》，403页，上海，上海古籍出版社，2010。

观点很大程度上只是经学的延伸和具体化，不少重要的文学理论观点本身就是在经书文本的阐释中形成的，是经学著作的副产品。这包括两个方面：其一，汉代经学本是汉代文学艺术思想中的一部分，同时又是经书如《诗》《乐》中的一部分，其本身就是汉代文论的一部分，它影响了其后的汉代文论家对文学艺术思想的建构。在汉代，传授《诗》的有齐、鲁、韩、毛四家。毛诗为古文学派，未立于学官，也晚出，但东汉的郑玄为之作笺后，学毛诗者人渐多。东汉郑玄的《诗谱》就是在继承并发展了《毛诗序》的传统理论基础上提出自己文学见解的。清皮锡瑞《经学通论·诗经》道："陈澧案《大序》云：'国事明乎得失之迹。'小序每篇言美某王某公，刺某王某公。郑公本此意以作谱，而于《谱序》大放厥辞，此乃三百篇之大义也，此诗学所以大有功于世也。郑笺有感伤时事之语……郑君居衰乱之世，其感伤之语，有自然流露者，但笺注之体谨严，不溢出于经文之外耳。锡瑞案郑君作《谱序》，深知孔子录《诗》之意；陈氏引郑笺，深知郑君笺《诗》之意。在心为志，发言为诗，言为心声，非可勉强，声音之道，与政相通。"郑玄所提倡的文学思想就是《诗经》以来的"诗言志"传统。

作为儒家音乐美学思想的集大成者《乐记》对其后的汉代文学艺术理论构建也产生了很大影响。《乐记》所关心的主要是艺术与社会政治和伦理道德的功利关系，关心艺术的从善作用甚于关心艺术的求"真"规律。《乐记》由于在理论上明确并系统化了儒家美学思想中的许多基本观念，如孔子所提出来的"兴于诗""成于乐"的思想。《乐记》中强调"故人不能无乐""仁言不如仁声入人深也"，为汉以后的诗同谐乐、乐摄用于诗、以诗为本、以乐为体提供了理论基石。中国古代诗歌的形式（体）的发展大体上受制于音乐的要求，如汉代的四言诗、乐府诗、五言诗等，体现了《乐记》中"诗同谐乐"的思想；而中国古代音乐所表现的大多是以诗为核心内容的"情"和"志"，则体现了《乐记》中"以诗为本"的思想。

汉代经学中部分经书章节对汉代文论也产生了影响，如《尚书·尧典》中所提倡的"诗言志，歌永言，声依永，律和声。八音克谐，无相夺伦，神人以和"的思想影响了《毛诗序》。《毛诗序》肯定了"嗟叹之"、"永歌之"、"手之舞之，足之蹈之"等诗、乐、舞三位一体的文学传统。班固在《汉书·艺文志》所认为的汉乐府"皆感于哀乐，缘事而发，亦可以观风俗，知薄厚云"的文学思想则受到了《毛诗序》的影响。《毛诗序》认为变风变雅的产生是由于"王道衰，礼仪废，政教失，国异政，家殊俗"的结果，而《毛诗序》这方面的诗学思想是继承了《诗经》的风教和诗教。

通过以上简略分析，我们看到汉代文论家和作家对文学的思考极大地受到汉代经学的影响，这可以说是汉代文论的一大特色。无论是受谶纬神学影响的汉代作家，他们所追求的对神秘世界的向往以及"虚妄"浪漫的写作，还是受经（史）之"实录"精神影响的文论家如司马迁、班固、王充，他们对文学真实性、实录的要求，都是与汉代经学有关系的。由于这些文论家主要从经学框架内思考文学，自然影响了他们对文学自身特点的思考。例如，王充反对谶纬神学影响下的文艺审美观，也反对文学艺术中的夸张，认为夸张也属于"虚妄之言"，不是"实事"。他在此混淆了艺术真实与生活真实的区别，由此在否定"虚妄之言"的同时，把艺术夸张和艺术真实也一起否定了。这说明了在汉代，对文学自身的思考还没完全独立，也不成熟。

但同时我们也要看到，汉代文论家和文人虽然对文学自身的思考受经学影响很大，但经学与文学的区分在汉代已渐分明，原因与经学在汉代获得自身独立和至尊的地位有关。汉代的文论家大体上都能区分文学之士与文章之士。文学之士主要指研究经学的儒生，文章之士并非专指擅长一般辞章的文人，同时也包括子书及史书的作者。这在刘向的《别录》、刘歆的《七略》及班固的《汉书·艺文志》中得到鲜明的反映，并且也在他们的图书分类上被确认。《别录》中区分了经传、诗赋、诸子等类，《七略》则修订为《六艺略》《诗赋略》《诸子略》等类，《汉书·艺文志》即依《七略》而删其要。《后汉书》之《文苑》《儒林》分传，即《经》《文》分治正式形成。可见，从文学观念发展演进来看，汉代的"文章"观念比起先秦实是一大进步。因为在先秦，文包含了博学与文章两个方面，其中具备"文章"含义的所占的比重很少,而汉代对文章的认识则加强了。① 汉代的文章观念一直延续到魏晋六朝。 萧统编《昭明文选》提出要以"事出于沉思,义归乎翰藻"为选文之标准,而不选"姬公之籍,孔父之书"、"老庄之作,管孟之流"、"记事之史,系年之书"。 在汉以后的一千多年中,"文章"的含义大体还是和汉代接近的,这就是近人所谓的杂文学的观念。

  汉代文艺理论家对文学的思考也不仅仅从经学的角度出发。 即使在一些从经学角度思考文学的文艺理论家身上,对文学的作用和功用的认识也是复杂甚至矛盾的,如汉初的司马迁既从个人的遭遇及其文学传统出发提倡"发愤著书",又受经学政治化影响,提倡写作要对封建帝王歌功颂德;再如西汉末年的刘向,作为经学家的他强调文章皆合六经之义,但作为文学家的他又隐约感到文章另有别于六经的特征存在,如此等等。 这显现出了汉代文论有它自身的纷繁复杂性,这种纷繁复杂性一方面来自于六经中的《诗》和《乐》既是经学又是文学;另一方面也来自于汉代的文艺理论家既是经学家也是文学家。 在谈论到文学为政治服务和社会教化作用时,汉代的文艺理论家往往是在经学的框架内论述;在论述先秦以来的文学传统及以及文学与现实关系时,他们又强调了文学自身的特色和先秦以来文学的传统——《诗经》、汉乐府以来的"美刺"传统。 例如,东汉的班固,一方面肯定了汉乐府"缘事而发"的现实主义精神,强调文学"有补于世";另一方面又在《白虎通义》中提出了文学产生于神明、道德的文学观。 汉代文论纷繁复杂性的原因还来自于受到了道家思想和楚骚传统的浸润,这在刘安的《淮南子》、司马谈的《论六家要指》、扬雄的《太玄经》中窥得一二,也在司马迁、王逸对屈原写作的欣赏中得到印证。 这说明汉代文论还处在孕育变化之中。

  可见,汉代经学给汉代文论一方面带来了束缚,汉代的文学思想、文学

---

① "汉之得人,于兹为胜;儒雅则公孙弘、董仲舒、兒宽,……文章则司马迁、相如。"(《汉书》,2634 页,北京,中华书局,1962)"或以抒下情而通讽谕,或以宣上德而尽忠孝,雍容揄扬,著于后嗣,抑亦《雅》《颂》之亚也。 故孝成之世,论而录之,盖奏御者千有余篇,而后大汉之文章,炳焉与三代同风。"(班固:《两都赋·序》,见郭丹主编:《先秦两汉文论全编》,757 页,上海,上海远东出版社,2012)

批评须在经学这一框架内提出，但同时汉代文论因着汉代经学的注入也给自身带来了一些新的品性，如汉代对文学思想的探讨带有本体和本源的性质，如原道、征圣、宗经文学观的提出。汉代经学因自身的丰富性（今文经学与古文经学）和衍生性（谶纬神学的出现），也给汉代文论提供了某种开放性，如董仲舒基于天人感应提出的心物感应和对应说①，其虽主要不是从审美和艺术的角度论述心物对应说，但也影响了后世的诗论和画论。② 这一切都跟汉代经学家喜欢把一切人事伦理和文学艺术都纳入到本体论的宇宙大规律中去探讨有关，也跟他们想通过被神圣化的经学以获得永久的学术生命，以及想通过经学政治化获得官方认可有关，而汉代的文论思想无疑也带上了这些痕迹。

◎ 第四节
董仲舒的"天人思想"及其对汉代文论的影响

在汉代，董仲舒的"天人思想"影响很大，它不但影响了汉帝国的政治秩序和宗教信仰，也影响了汉代的文学创作和文学理论。本节对董仲舒"天人思想"出现的时代背景、内涵及其来源进行扼要梳理，并在此基础上，对董仲舒"天人思想"对汉代文论产生的影响进行详细剖析，最后就"天人思

---

① "五音比而自鸣，非有神，其数然也。美事召美类，恶事召恶类，类之相应而起也。如马鸣则马应之，牛鸣则牛应之。"（《春秋繁露·同类相动》，480 页，北京，中华书局，2012）"天亦有喜怒之气、哀乐之心，与人相副，以类合之，天人一也。春，喜气也，故生；秋，怒气也，故杀；夏，乐气也，故养；冬，哀气也，故藏。"（《春秋繁露·阴阳义》，445～446 页，北京，中华书局，2012）董仲舒在这里明确提出了天与人"以类合之""同类相动""类之相应而起"的观点。
② 董仲舒之后的陆机在《文赋》中提出了秋悲春喜情感类型，第一次把天人合一、心物感应的思想引入美学范畴。"遵四时以叹逝，瞻万物而思纷，悲落叶于劲秋，喜柔条于芳春。"刘勰在《文心雕龙·物色》中也说："春秋代序，阴阳惨舒，物色之动，心亦摇焉。……岁有其物，物有其容，情以物迁，辞以情发。"（《文心雕龙注·物色》，693 页，北京，人民文学出版社，1958）在这里，作家的情绪表现存于或对应于物的外形结构中。

想"本身及其对汉代文论的影响进行评估。

一、董仲舒"天人思想"出现的时代背景及其内涵

在董仲舒时代,社会在思想信念上有两方面的诉求:其一,需要一种带有情感性和信念性的可诉求对象。当时神仙方术和各种鬼神崇拜汇成一股神秘主义社会思潮,但只有神迹无理论论证[1],不成体系。这种思潮是一种制度化的道德体系或宗教体系出现缺失情况下的临时替代品。在科学还没有充分发展到解释某些自然现象时,人类精神不能永久停留在理性知觉的层面上,这就需要出现有能满足人自然情感诉求的某种思想信念。

其二,这种思想信念又需要是一种统一的理论,可成为囊括和解释宇宙、世界、社会(包括政治)的最终根据。特别是汉武帝时代,面对外姓藩王和刘氏藩王继续图谋独立,以及与北方匈奴民族矛盾有进一步激化的态势,光靠黄老无为思想及休养生息政策,在思想和行为上都不能解决中央集权制问题,武帝要的是"欲闻大道之要"。实际上,从战国末年以来,士人中追求统一的主导思想的行为已渐露端倪,荀子就提出国家"隆一而治,二而乱。自古及今,未有二隆争重而能长久者",[2]为此,他在《荀子·非十二子》篇中提出"一天下"和"六说者立息"的思想。韩非子也指出:"王者执一,而为万物正。军必有将,所以一之也。国必有君,所以一之也。……一则治,两则乱。"[3]《吕氏春秋》在此基础上也提出"听群众人议以治国,国危无日矣"[4]。尤其是随着汉代社会的逐步稳定和大一统社会的形成,对世界和社会的最终解释越来越被人们所关注和寻求,司马相如曾对自己的写作这样概括:"赋家之心,苞括宇宙,总览人物,斯乃得之于内,

---

[1] 在汉武帝时,方术已形成很多流派。《史记·日者列传》曾载汉武帝为娶妇征求术士的意见。
[2] (清)王先谦撰:《荀子集解》,263页,北京,中华书局,1988。
[3] (战国)吕不韦:《吕氏春秋·执一》,309页,上海,上海古籍出版社,1996。
[4] (战国)吕不韦:《吕氏春秋·不二》,307页,上海,上海古籍出版社,1996。

不可得而传。"①司马迁在《史记·太史公自序》中自述写《史记》所拟达到的境界是"究天人之际,通古今之变,成一家之言"。这种"上考之天,下揆之地,中通诸理"②的求证方式,形成了一种新的思想表达方式,使思想从"言说人的意见"改变为"揭示天理/道理"。这是中国思想从先秦进至汉代在思维形式上的一个根本改变,并成为一种被普遍采用和认可的方式,而董仲舒的"天人思想"就产生于这样的时代呼唤中。

从董仲舒个人成长和求学背景来说,他也具备了提出能回应时代要求的一种统一理论。董仲舒的老家——广川,东南两面,邻近齐鲁,北靠燕代,西界三晋。自古齐鲁多儒生,燕代出方士,三晋产法家,董仲舒自幼便在多种文化熏陶中成长,这与其将来形成多内涵的思想体系不无关系。据《史记》记载,儒学在西汉初年已开始复兴,当时传习五经的硕儒共有5人:传《诗》,于鲁(今山东西部)有申培公,于齐(山东东部)为辕固生,于燕(今北京)则韩太傅(婴);传《书》,为济南伏生;传《礼》,则鲁之高堂生。这为董仲舒旁通诸家,成为"通才""鸿儒"奠定了基础。再加上"汉兴改秦之败,大收篇籍,广开献书之路"③,孝惠四年时又"除挟书律",孝文时"天下众书往往颇出,皆诸子传说"④,这为董仲舒勤奋修学和博采众家提供了良好的客观环境。

董仲舒"天人思想"主要体现在《春秋繁露》和《汉书·董仲舒传》中。董仲舒天人思想中的"天",内涵比较复杂。举其大端,主要有三:(1)天首先体现为天道、天命,带有意志和人格。天的意志影响人的行动,所以人要顺天意而动,"灾者天之谴也,异者天之威也。谴之而不知,乃畏之以威"⑤。(2)天也是自然的天:"天、地、阴、阳、木、火、土、金、

---

① 吕壮译注:《西京杂记译注》,99页,上海,上海三联书店,2013。
② (汉)刘安:《淮南子·要略》,1239页,北京,中华书局,2012。
③ (汉)班固:《汉书》,1701页,北京,中华书局,1962。
④ 同上书,1969页。
⑤ (汉)董仲舒:《春秋繁露·必仁且知》,176页,北京,中华书局,2012。

水，九，与人而十者，天之数毕也。"①"天之道，终而复始。"李泽厚先生指出："在董仲舒那里，人格的天（天志、天意）是依赖自然的天（阴阳、四时、五行）来呈现自己的。前者（人格的天）从宗教来，后者从科学（如天文学）来。前者具有神秘的主宰性、意志性、目的性，后者则是机械性或半机械性的。前者赖后者而呈现，意味着人对'天志'、'天意'的服从，即应是对阴阳、四时、五行的机械秩序的顺应。"②（3）"天"同时也承载和传递着儒家之"道"。董仲舒要求王道效天之行，法天之道，而法天之道的道被圣人总结在《春秋》大义中，"《春秋》大一统者，天地之常经，古今之通谊也"。结果取法于天最终回到以《春秋》大义为准绳；对百姓来说，天立王以教民善，这"善"也是儒家之善，"循三纲五纪，通八端之理，忠信而博爱，敦厚而好礼，乃可谓善。此圣人之善也"③。

"天人思想"包括了"天人相类""天人感应""天人合一"的内容。"天人相类"侧重人的自身是"天"的内容之一，董仲舒认为"天"有十端：天、地、阴、阳、木、火、土、金、水与人；也包括人受命于天，本于天，一切人性都是天所赋予，"人受命于天，有善善恶恶之性"④，"人之受命于天也，取仁于天而仁也"⑤，"人之形体，化天数而成；人之血气，化天志而仁；人之德行，化天理而义；人之好恶，化天之暖清；人之喜怒，化天之寒暑；人之受命，化天之四时。人生有喜怒哀乐之答，春秋冬夏之类也。"⑥因此"以类合之，天人一也"。人与上天是相类的，人为天之副，"受命于天"、"本于天"，"人之人本于天，天亦人之曾祖父也"⑦。"天人感应"以天人相类为基础，由于人与天相类，作为一端的天与包含在天之内的人可以

---

① （汉）董仲舒：《春秋繁露·天地阴阳》，646 页，北京，中华书局，2012。
② 李泽厚：《中国古代思想史论》，145 页，北京，人民出版社，1986。
③ （汉）董仲舒：《春秋繁露·深察名号》，383 页，北京，中华书局，2012。
④ （汉）董仲舒：《春秋繁露·玉杯》，33 页，北京，中华书局，2012。
⑤ （汉）董仲舒：《春秋繁露·王道通三》，421 页，北京，中华书局，2012。
⑥ （汉）董仲舒：《春秋繁露·为人者天》，398 页，北京，中华书局，2012。
⑦ 同上书，398 页。

"以类相召""同类相动"。人能感通天的情感和意志,人若违背了天的意志,天便"出灾害以谴告之",若不听,"乃见怪异以惊骇之",若还不知畏惧,"其殃咎乃至"①。那么,"天人感应"、同类相动的媒介是什么呢? 董仲舒认为:天与人之间是通过阴阳之气来交流信息、相互感应的。"天人合一"则侧重于自然和人事皆统一于五行相生的道理,也表现在人与天的相似性,"天亦有喜怒之气,哀乐之心,与人相副。以类合之,天人一也"②。

董仲舒的"天人思想"强调的是天具有神圣性,它支配着天子的行动,以阴阳五行呈现自己,以降瑞物或灾殃显示自己的意志和情感。董仲舒提倡"天人思想",用意无非是"以天道来明人事",最终目的是让王权和政权回到儒家之道上来。

二、董仲舒"天人思想"的来源

董仲舒的"天人思想"首先来源于先秦的儒家思想。董仲舒是治《公羊春秋》的博士,"汉兴,承秦灭学之后,景、武之世,董仲舒治《公羊春秋》,始推阴阳,为儒者宗"③。他的"天人思想"深化和发挥了孔子的《春秋》义。《春秋》开篇即说"春王正月",正字排在王字之后,王字又排在春字之后,春是天体运行方式,正是王的行动方式,这个排列顺序表达的意思就是:王者"上承天之所为(天道),而下以正其所为(人事)"④。那么王者要有所为就当求之于天道了。在董仲舒看来,天道强调的是仁,自然,王道也要推广仁政:"天道之大者在阴阳。阳为德,阴为刑,刑主杀而德主生。……以此见天之任德不任刑也。"⑤可是"今废先王德教之官,而

---

① (汉)董仲舒:《春秋繁露·必仁且知》,177 页,北京,中华书局,2012。
② (汉)董仲舒:《春秋繁露·阴阳义》,445 页,北京,中华书局,2012。
③ (汉)班固:《汉书》,1317 页,北京,中华书局,1962。
④ 同上书,2502 页。
⑤ 同上书,2502 页。

独任执法之吏治民,毋乃任刑之意与?"①施虐政于天下,而望德教遍于四海,岂不是南辕北辙么? 董仲舒认为当时"美祥莫至"的另一原因是"教化不立而万民不正"。 就是要革除亡秦以法为治的恶政,改变汉初因循守旧的惰习,力行儒家仁义礼智。 他在贤良对策中建议汉武帝:"立大学以教于国,设庠序以化于邑,渐民以仁,摩民以谊,节民以礼。"②可见,先秦儒者的"仁义"与"礼",仍然是董仲舒政治思想的核心,以"仁"限君,以"礼"齐民。 董仲舒搬出"天",无非是借助其力量说明儒家之道才是政权的最终依据。

阴阳五行家的思想对董仲舒的理论体系建构起着重要作用——他的解经与阴阳五行分不开,阴阳五行也对他"天人思想"的形成发挥着重要的作用。 首先,他采纳和改造了邹衍的一些思想学说,如尊五天帝、天人相类等。

邹衍根据当时天文学金、木、水、火、土五行星之新知识,重建古代天帝的旧信仰,认为一切自然法象乃为五天帝发号施令。 但他别创新说,认为天帝有五,青、黄、赤、白、黑循环,以之配合四方与五色,四时与五行。于是,一切人事物理天象,都用金、木、水、火、土五行相生相克之理来解释,这样就把宗教、自然科学与人文历史,融合在一起。 董仲舒承袭邹衍,讲天人相通,"圣者法天,贤者法圣……今天大显已,物袭所代而率与同,则不显不明,非天志。 故必徙居处、更称号、改正朔、易服色者,无他焉,不敢不顺天志而明自显也"③。 所谓"正",指正月,一年之首;"朔",是初一,一月之首;改正朔是由"天命"(天文)推测"人事"(人文),兼取一元复始、万象更新的意义。"易服色"指的是朝服制度和每一王朝所崇尚的颜色,取的是改变旧制的意义。 夏朝以寅月为正,崇尚黑色,代表天命的"黑统";商朝以丑月为正,崇尚白色,代表天命的"白统";周朝以子月为正,

---

① (汉)班固:《汉书》,2502 页,北京,中华书局,1962。
② 同上书,2503 页。
③ (汉)董仲舒:《春秋繁露·楚庄王》,16~18 页,北京,中华书局,2012。

崇尚赤色，代表天命的"赤统"，这就是所谓的"三统三正"。朝代更替按照"五行"自然规律不断循环。

董仲舒"天人思想"中的天人相类、天人合一部分吸纳了邹衍以后秦汉间人的阴阳学说。

由邹衍创立、以天文历法知识为基础、扩张成一个大系统的阴阳学说在秦以后更全面和系统化，其具体体现在《礼记·月令》中。该篇代表秦汉阴阳家的思想，以四季气候和生物变化为基本顺序，来说明自然和人事皆统一于五行相生的道理。阴阳五行学说想把各类事物都纳入五行结构中，如按五行分配五数、五味、五音、十二律、五虫、五祀、五神，甚至连祭品也做了规定，按木、火、土、金、水的次序，依次以动物的脾、肺、心、肝、肾为祭祀祖先的祭品种类。还为天子每个月在政治上应该做的大事做了详细规定。"这个系统如此庞大，几乎把汉以前的古代中国农耕文明获得的一切科学知识和文化传统网罗殆尽。它展开推论的基础在经验世界，从经验知识和科学性的范畴为逻辑起点，以小推大、以今推古。并用极为丰富的想象力作为黏合剂，用一些神秘主义因素作为点缀品；既吸收了新兴的儒、墨等诸子学说的'仁义节俭，君臣上下六亲之施始'等价值观念，又容纳了传统宗教之'禨祥度制'等巫史之术，创造出一个精神与物质、知识与神话、分析与幻想交织流动的整体论系统。这个系统海纳百川，虽然未必经得起推敲，却具有适合民族特性的浪漫精神，并展现出震撼人心的思想魅力。致使王公大人'懼然顾化'，诸子百家向风附会。"①

董仲舒在他的天人思想中也呈现出了用阴阳解释一切的倾向。比如，强调天人相类，把人性视为上天所赋，善恶已固定不可更改。天有阴阳属性，人性也有贪、仁两种品质。"天两，有阴阳之施；身亦两，有贪仁之性。"②人性善恶两方面，要启迪善的一面，尚需要教化，"天令之谓命，命非圣人之

---

① 陈咏明：《儒学与中国宗教传统》，222页，北京，宗教文化出版社，2003。
② （汉）董仲舒：《春秋繁露·深察名号》，376页，北京，中华书局，2012。

不行；质朴之谓性，性非教化不成；人欲之谓情，情非制度不节。"①强调教化。并用阴阳学说解释德刑兼辅。"天道之常，一阴一阳。阳者，天之德也，阴者，天之刑也。"②。也用阴阳解释社会等级秩序和男女尊卑，"君臣、父子、夫妇之义，皆取诸阴阳之道。君为阳，臣为阴；父为阳，子为阴；夫为阳，妻为阴。阴道无所独行。其始也不得专起，其终也不得分功，有所兼之义。是故臣兼功于君，子兼功于父，妻兼功于夫，阴兼功于阳，地兼功于天。"③"丈夫虽贱皆为阳，妇人虽贵皆为阴。"④因而，阴阳在董仲舒的学说中，使其经学凸显出天人之学的鲜明特征，也使董仲舒成为"善推阴阳"的经学大家。

在董仲舒的"天人感应"学说中，处处可以看到"天志""天意"这样的概念，也就是说在天的人格化方面，董仲舒对"天"的理解与传统儒家不同，吸收了墨家的一些思想："是故王者上谨于承天意，以顺命也。"⑤"天之志，常置阴空处，稍取之以为助。故刑者德之辅，阴者阳之助也。"⑥"天使阳出布施于上而主岁功，使阴入伏于下而时出佐阳；阳不得阴之助，亦不能独成岁。终阳以成岁为名，此天意也。"⑦"天志"和"天意"墨子有过论述："天子有善，天能赏之；天子有过，天能罚之"⑧，"杀一不辜必有一不祥"⑨，"爱人利人，顺天之意，得天之赏者有矣；憎人贼人，反天之意，得天之罚者亦有矣。……得天之赏者，谁也？曰：若昔三代圣王尧舜禹汤文武者是也。……得天之罚者，谁也？曰：若昔者三代暴王桀纣幽厉者是也"⑩。在墨子看来，天是有感情的，能根据人间的言行而显示灾异祥

---

① （汉）班固：《汉书》，2515 页，北京，中华书局，1962。
② （汉）董仲舒：《春秋繁露·阴阳义》，445 页，北京，中华书局，2012。
③ （汉）董仲舒：《春秋繁露·基义》，465 页，北京，中华书局，2012。
④ （汉）董仲舒：《春秋繁露·阳尊阴卑》，414 页，北京，中华书局，2012。
⑤ （汉）班固：《汉书》，2515 页，北京，中华书局，1962。
⑥ （汉）董仲舒：《春秋繁露·天辨在人》，436 页，北京，中华书局，2012。
⑦ （汉）班固：《汉书》，2502 页，北京，中华书局，1962。
⑧ （春秋）墨翟：《墨子·天志下》，239 页，北京，中华书局，2011。
⑨ （春秋）墨翟：《墨子·天志上》，219 页，北京，中华书局，2011。
⑩ （春秋）墨翟：《墨子·天志中》，231 页，北京，中华书局，2011。

瑞，赏善罚过。董仲舒也是这么看的，他认为天本性是仁的，"仁之美者在于天。天，仁也"①。天是公平的，"夫天亦有所分予，予之齿者去其角，傅之翼者两其足，是所受大者不得取小也。古之所予禄者，不食于力，不动于末，是亦受大者不得取小，与天同意者也"②。天是有感情的，"天亦有喜怒之气，哀乐之心，与人相副。以类合之，天人一也。春，喜气也，故生；秋，怒气也，故杀；夏，乐气也，故养；冬，哀气也，故藏。与天同者大治，与天异者大乱"③。人要积德行善，而反天逆命者，则"天必诛焉"。

三、董仲舒"天人思想"对汉代文论的影响

历史上对孔子《春秋》的解读有《左氏春秋》《穀梁春秋》和《公羊春秋》。其中公羊学派对《春秋》的探讨喜欢微言大义，对历史社会事件喜欢作形而上学的探究，"《公羊传》所传是微言大义，前儒皆已指明。《春秋》本来记载的是鲁国史实，可到了孔儒一派手中，则一定要上升到义理的高度；故《春秋》所记事虽然具体琐碎，作《传》者则一定要探赜索隐，阐明大义微言出来。这种方法则与儒学家从《易》卦辞中演绎义理的方法相同，这样做的目的是把卜筮学、史学通通变成治国平天下（也就是所谓大张三世，据乱世、升平世、太平世）的义理之学"④。作为春秋公羊学派的代表，董仲舒的"天人思想"中的"天"含有"仁"、正义等道德属性，在天主宰下的阴阳运行也无不具有道德的属性，而天地运行、阴阳变化同时就是天德的显现，"天地之行美也。是以天高其位而下其施，藏其形而见其光，序列星而近至精，考阴阳而降霜露。高其位所以为尊也，下其施所以为仁也，藏其形所以为神也，见其光所以为明也，序列星所以相承也，近至精所以为

---

① （汉）董仲舒：《春秋繁露·王道通三》，421页，北京，中华书局，2012。
② （汉）班固：《汉书》，2520页，北京，中华书局，1962。
③ （汉）董仲舒：《春秋繁露·阴阳义》，445～446页，北京，中华书局，2012。
④ 孙筱：《两汉经学与社会》，274页，北京，中国社会科学出版社，2002。

刚也，考阴阳所以成岁也，降霜露所以生杀也"①。"中者，天下之所终始也；而和者，天地之所生成也。夫德莫大于和，而道莫正于中。中者，天地之美达理也，圣人之所保守也。"②

董仲舒对于最高存在的"天"之道德主义的构想，暗示出文（学）作为德之显现的写作进路。"天"之中和品性落实到君子的理想人格，便成了创造文学"中和"的直接动力根源。与此同时，对于文学性情、道德精神的探究和叙述因为天的至大无外而具有本体论意义，如许结所说的："有着自然哲学本体意义的'天人合一'观对文学思想的影响，使董仲舒对文学性情的探求，亦具有了文学发生与创造的本体意义。"③由此，董仲舒的"天人思想"为汉代文学理论的形而上学探讨奠定了思想基础。

董仲舒的"天人思想"强调了人与宇宙的联系和互动，承继了战国以来哲学理论所讨论的同类相动以及天人感应的思想，继续为文学领域中写作的动力学即物感说建构奠定理论基础。例如，《庄子·山木》中说："物固相思，二类相召也。"《庄子·渔父》中也说："同类相从，同声相应，固天之理也。"《吕氏春秋》卷十三《有始览》之《名类篇》云："黄帝曰：'芒芒昧昧，因天之威，与天同气。'故曰：同气贤于同义，同义贤于同力，同力贤于同居，同居贤于同名。帝者同气，王者同义，霸者同力，勤者同居则薄矣，亡者同名则粗矣。其智弥粗者，其所同弥粗；其智弥精者，其所同弥精。"《吕氏春秋·孟春纪》强调养生以全其天，一人之身即是一个小天地，可以与天地因同类关系而相互感应。《淮南子》也有这方面描述，如"人生而静，天之性也，感而后动，性之容也。"④"物类相动，本标相应。"⑤《春秋繁露·同类相动》也提到："美事召美类，恶事召恶类，类之相应而起也，如马

---

① （汉）董仲舒：《春秋繁露·天地之行》，629页，北京，中华书局，2012。
② （汉）董仲舒：《春秋繁露·循天之道》，606页，北京，中华书局，2012。
③ 许结：《汉代文学思想史》，99页，南京，南京大学出版社，1990。
④ （汉）刘安：《淮南子·原道训》，10页，北京，中华书局，2012。
⑤ （汉）刘安：《淮南子·天文训》，107页，北京，中华书局，2012。

鸣则马应之，牛鸣则牛应之。帝王之将兴也，其美祥亦先见；其将亡也，妖孽亦先见。物故以类相召也。……天有阴阳，人亦有阴阳。天地之阴气起，而人之阴气应之而起；人之阴气起，而天地之阴气亦应之而起，其道一也。"这些著作在对气类感应的重视中，也同时重视了气类感应中所蕴含的个体生命中的情物关系，这为汉及汉以后的中国古代文学理论的物感说奠定了理论基础和生命实践。《文赋》云："遵四时以叹逝，瞻万物而思纷；悲落叶于劲秋，喜柔条于芳春。"《文心雕龙·物色》云："春秋代序、阴阳惨舒，物色之动，心亦摇焉。盖阳气萌而玄驹步，阴律凝而丹鸟羞，微虫犹或入感，四时之动物深矣……是以诗人感物，联类无穷。"《诗品·序》云："若乃春分春鸟，秋月秋蝉，夏云暑雨，冬月初寒，斯四侯之感诸诗者也。"上述文学理论批评论情之感物辄以四季阴阳之变为说，是以气感哲学为其根本义理，而《春秋繁露》的感应说则参与了这样的理论构造。

董仲舒"天人思想"中的天人感应理论强调了人与环境的互动，以及人作为宇宙大系统的一部分，确有一定的道理，但董仲舒有些方面的天人类比却是牵强附会的。比如，"天地之符，阴阳之副，常设于身，身犹天也，数与之相参，故命与之相连也。……外有四肢，副四时数也；乍视乍瞑，副昼夜也；乍刚乍柔，副冬夏也；乍哀乍乐，副阴阳也；心有计虑，副度数也；行有伦理，副天地也。此皆暗肤着身，与人俱生，比而偶之弇合。于其可数也，副数；不可数者，副类"[1]。再比如，由天之数推及人之形和官之制，"求天数而微，莫若于人。人之身有四肢，每肢有三节，三四十二，十二节相持而形体立矣。天有四时，每一时有三月，三四十二，十二月相受而岁数终矣。官有四选，每一选有三人，三四十二，十二臣相参而事治行矣。以此见天之数，人之形，官之制，相参相得也。人之与天，多此类者，而皆微忽，不可不察也"[2]。

董仲舒"天人思想"对汉代文学写作境界的拓宽也起了很大作用。就总

---

[1] （汉）董仲舒：《春秋繁露·人副天数》，477页，北京，中华书局，2012。
[2] （汉）董仲舒：《春秋繁露·官制象天》，271页，北京，中华书局，2012。

的来说，因天至大无垠，"天地者，万物之本，先祖之所出也。广大无极，其德昭明，历年众多，永永无疆"①。因此，无限和永恒会令我们感到莫名的兴奋，因为我们对它一无所知，面对神秘、不可莫测的大自然，理性丝毫扮演不了审查的角色，我们唯有在想象和惊讶中感叹。

在天人合一思想背景下，山川河水中所蕴含的道德属性和美学形式比以往更被正面关注和赞美。董仲舒引孔子的话对山川予以歌颂："山则巃嵸崔嵬，摧巍崒巍，久不崩陁，似夫仁人志士。孔子曰：'山川神祇立，宝藏殖，器用资，曲直合，大者可以为宫室台榭，小者可以为舟舆浮漫，大者无不中，小者无不入，持斧则斫，折镰则艾，生人立，禽兽伏，死人入，多其功而不言，是以君子取譬也。且积土成山，无损也；成其高，无害也；成其大，无亏也；小其上，泰其下，久长安后世，无有去就，俨然独处，惟山之意。《诗》云：'节彼南山，惟石岩岩；赫赫师尹，民具尔瞻'，此之谓也。"②董仲舒把山拟人，言其坚韧的品格像"仁人志士"，赞其提供物品、供给器用，有很多功劳但不说出来又如君子。也赞美"水"："水则源泉混混沄沄，昼夜不竭，既似力者；盈科后行，既似持平者；循微赴下，不遗小间，既似察者；循溪谷不迷，或奏万里而必至，既似知者；障防山而能清净，既似知命者；不清而入，洁清而出，既似善化者；赴千仞之壑，入而不疑，既似勇者；物皆困于火，而水独胜之，既似武者；咸得之而生，失之而死，既似有德者。孔子在川上曰：'逝者如斯夫，不舍昼夜。'此之谓也。"③董仲舒赞叹水有很多德性，如"既似力者""既似持平者""既似察者""既似知者""既似知命者""既似善化者""既似勇者""既似武者"，如此等等。这里既有感性的赞叹，又有理性的分析，也有古代宗教的山川神祇崇拜都融合在一起。在天人思想的背景下，这无疑拓宽了对山水的写作。

西汉中期以后，与经学既有区别又有联系的谶纬之学应运而生。"谶纬

---

① （汉）董仲舒：《春秋繁露·观德》，341页，北京，中华书局，2012。
② （汉）董仲舒：《春秋繁露·山川颂》，578页，北京，中华书局，2012。
③ 同上书，580页。

之学实际上是从经学特别是今文经学中以董仲舒为代表的天人感应思想演化、发展而来的。"①谶纬,特别是纬,保存了不少历史、地理、天文、历史及生物、化学等方面的珍贵资料,还留下了许多优美的神话传说故事。 谶纬之学滋养着文学写作的浪漫和神话化,而谶纬之学的思想根源又可追溯到董仲舒的天人思想。

董仲舒"天人思想"的一个方面是为王权合法性作合理证明,并为皇帝的大一统和走向专制奠定理论基础。 随之而来的是,给汉代文论带来负面影响:文化成了政治的帮凶,文学自主性受到削弱,文学观念趋于功利实用,文学写作为政治和政权喝彩;文学批评走向一种实用主义的文学批评,使本来包含多种阐释路向的先儒思想材料,在释义过程中滑向单一轨道,强调了文学的政治意识形态视域,统一于王道治功,也使道德内容和道德批评成为文学的重要课题,对形成文学批评重视道德取向的民族传统,有很大的推助;对先秦以来的"山水比德"有所发展。 结果是,先儒尤其在孔子那里对于个人情感体验的强调与重视,对于"诗""乐"颐养个人性情的理解在文学创作和批评中被淡化和忽略。"仁义礼乐"均成了现世层面实现王道理想的工具,因为"道者,所繇适于治路也,仁义礼乐皆其具也"②。 由于董仲舒的"天人思想"有意识形态的支持和具有权威性,同时代的其他文论在建构过程中也深受其把文(学)理解为王道工具的影响:"董仲舒大一统的文论构型得到了齐、鲁、韩三家《诗》学、今文《礼》学、《春秋》公羊学的呼应与延伸,共同构成今文经学文论叙述之整体。"③

四、评价

董仲舒"天人合一"经学体系的建立,使儒学从神秘思想中汲取大量营

---

① 张涛:《经学与汉代社会》,65 页,石家庄,河北人民出版社,2001。
② (汉)班固:《汉书》,2499 页,北京,中华书局,1962。
③ 程勇:《汉代经学文论叙述研究》,131 页,济南,齐鲁书社,2005。

养，并获得超乎异常的力量，但董仲舒的"天人思想"也存在着内在张力。这内在张力集中体现在既张扬了天的至高无上和神秘高古，同时又暗暗降低了天的神圣地位，拉近了人与天的距离，甚至出现了通过人的作为可以操纵天的倾向。

在学者陈咏明看来，天的语源学本义，蕴含崇高美的抽象概念。他认为，西周以来出现的"天"这个概念，具有两个鲜明的特点：一是它从一个表示简单观念的单纯符号变成一个意义复杂的重要概念；二是"天"的内涵很少，大体上可以用《说文》的"至高无上""巅"来表示。但其外延很大，从物质时空、鬼神崇拜，到祖先次序、尊卑长幼、道德伦理观念等，无所不包。"天"成了一种接近于"属性概念"或"抽象概念"的概念，"凡高之称"所反映的不是事物本身，而是从各种事物中抽象出来的某种属性作为独立的思考对象。故"天"的含义很多，几乎可以包括中国古代人们的经验、观念上的所有"至高无上"的事物。它往往与感性认识中的具象一拍即合，能够用来表示所有崇高事物、经验和精神现象。例如，在这个概念中集合了来自日月星辰运行高处、自然天空之感性形象的深邃高达，来自商周帝国各部族各种始祖传说所形成之生命渊源的神秘高古，来自上帝崇拜中前道德之精神境界的崇高景仰，由道德原则使人们感到能俯察整个生命领域之心灵高尚，等等。所有这些高的属性与人的灵感、情绪、理智结合在一起，构成一个元概念。[1] 概言之，"天"是从特定地理、环境中生活的中华民族所特有的知觉、感觉和感受而抽象概括出来的，凝结着特定语境的文化特性，并以其所显示出来的概念具体性而形成有生命力的、可作为思想的源头活水的中华民族文化品质。董仲舒"天人思想"中的"天"承继了先秦以来"凡高之称"的天的神秘高古，并在思维层面上与中国传统文化根源处相连接，给汉代文论和美学带来了崇高美。

与此同时，董仲舒对"天"的至高无上和不可测知又进行了去神化，他

---

[1] 陈咏明：《儒学与中国宗教传统》，68～69页，北京，宗教文化出版社，2003。

把超出人类理解力范畴的"天"纳入理解力范围并给予了解释。他以经验事实为出发点,以"五音比而自鸣","马鸣则马应之,牛鸣则牛应之"等现象,说明"物故以类相召"的天人感应之理。就同类相召而产生的天人感应之理而言,董仲舒在其中否定了神灵的作用和支配,认为"天有阴阳,人亦有阴阳;天地之阴气起,而人之阴气应之而起;人之阴气起,而天地之阴气亦宜应之而起,其道一也。明于此者,欲致雨,则动阴以起阴,欲止雨,则动阳以起阳"①。所以"致雨非神也",人们之所以一般不了解怎样致雨,是因为这套道理太微妙,"其理微妙也",并最终得出"美事召美类,恶事召恶类"的结论。结果是,天作为决定幸或不幸的源头力量,最终可以直接由人所操纵,最终起决定性的还在于人自己。他还建立天人合一思想,把自然、人事和天道领域全纳入阴阳五行学说,并用五行结构及相生道理解释一切自然、人事的变化:"是故明阳阴入出实虚之处,所以观天之志;辨五行之本末顺逆、小大广狭,所以观天道也。"②他答汉武帝的"天人三策",以及在《春秋繁露》中关于"道之大原""天次之序""天人相副""同类相动""天道之常"等问题的论述,都是对"天"的不可测知的神秘主义解构,因为凡是有规律可循的事物,就很难再保持神秘的面纱。

一方面联系天,充满神秘和模糊;另一方面又用道德理性给予规范和解释,束缚了神秘和模糊,让写作和思想拘于理性的观念中。在自然的力量与变化面前,人似乎接触到人对自然之无知而生发出不能理解的无所适从感、困惑感、模糊感和无限感,这给写作和思想增添了无限的想象和憧憬,而对自然的力量与变化的规律化解释,又把写作和思想纳入既定的观念系统中。

董仲舒对天的神圣性和至高无上地位的降低,无形中极度抬高了作为人的代表君王的地位,"德侔天地者称皇帝,天佑而子之,号称天子"③,"天子

---

① （汉）董仲舒:《春秋繁露·同类相动》,484页,北京,中华书局,2012。
② （汉）董仲舒:《春秋繁露·天地阴阳》,650页,北京,中华书局,2012。
③ （汉）董仲舒:《春秋繁露·三代改制质文》,243页,北京,中华书局,2012。

受命于天"①。董仲舒也强调民的重要性,"天之生民非为王也,而天立王以为民也。故德足以安乐民者,天予之;其恶足以贼害民者,天夺之"②,但这仅是理论上的可能,实际上在董仲舒的思想意识中,只有王者、圣人才能体天之道、观天之志③。至于一般人或百姓,只是等待教化的被动的接受主体,所以民的主体性和独立性在他那里没有确立。反而,君王因着"天之子""受命于天"的特权,在现实社会中凸显了其绝对的思想、文化和政治的权威:"本来,'天''人'或天道、人性优先的思路是可以对君主的专制权力进行遏制的,但是,汉代民族国家形成过程中亟须象征性领袖的现实,却使'天'与'君主'凸显了他们的绝对地位,确立了'天'与'君'之间的对等互通。那么,当君主的权威被凸显之后,有什么力量可以对这种'天赋王权'进行有效的制约和监督,并保证它不至于膨胀成无限制的专制皇权?秦代以官僚阶层构筑国家金字塔的法制以及汉代儒者定礼仪,行封禅,以'天志'比附'王权'与'君命',已经把君主的威望抬到了无以复加的地步,在某种意义上说,它已经是'天'的投影或'神'的化身,'天子'一词实际上把'天'与'人'之间合一的自然联系再一次割断。古代'绝地通天'的结果是造就了文化的第一个垄断阶层即传递神意的巫祝史宗,而这一次'绝地天通'的结果则是强化了天人之间行使世俗权力的'天子',于是,政治权力与文化权力都集中于天子手中,他既是普天之下子民与臣下的君主,也是普天之下道德与人格的楷模,既是政治领袖,也是精神领袖,后来的'天地君亲师'的牌位可以由他一人居中代表。"④后世的君主利用董仲舒的理论加强其绝对权威的合法性,丢弃董仲舒思想中所承继孟子的民本思想,这也许

---

① (汉)董仲舒:《春秋繁露·顺命》,559页,北京,中华书局,2012。
② (汉)董仲舒:《春秋繁露·尧舜不擅移,汤武不专杀》,277页,北京,中华书局,2012。
③ "君子察物之异,以求天意,大可见矣。"(《春秋繁露·循天之道》,620页,北京,中华书局,2012)"夫王者不可不知天"(《春秋繁露·天地阴阳》,650页,北京:中华书局,2012),"圣人视天而行"(《春秋繁露·天容》,430页,北京,中华书局,2012)。
④ 葛兆光:《七世纪前中国的知识、思想与信仰世界》,见《中国思想史》第一卷,268页,上海,复旦大学出版社,1998。

是当初董仲舒所未料及的。而君王地位的极度升高,根本原因在于董仲舒对天的神圣性和至高无上的尊重,是策略性多于敬畏性,是调节性多于超越性,却没有彰显天、人之间的不可超越性。

董仲舒对神圣的"天"的解释既不能走向彻底的信仰立场——如基督教对基督的信仰立场;又不能采取彻底的知识立场,如拿证据来的知识立场。其理论结构陷入了内在的话语困境:谁有资格代表天与人相通的解释,把至高无上的天的启示纳入可理解的范围? 虽然他提到只有王者和圣人才能体天之道、观天之志,但他也明确讲到:"物之难知者若神"[①],"知天,诗人之所难也,天意难见也,其道难理。"[②]可见,谁都没有资格、谁也可能都有资格解释天人道理,结果是人人皆可解经,于是,在这种思想话语的笼罩下,比附和随意性很强的经学解释成了必然。[③] 而造成这样的局面是与董仲舒天人思想的理论缺陷有着极其密切的关系。

◎ 第五节
《乐记》的文艺思想

《乐记》是西汉中期以前古代儒家论"乐"的综合性理论著作,也是我国第一部专门论乐的著作,集中体现了正统儒家学派的文艺美学思想。它在中国古代音乐的思想史和文艺史上影响深远。历代王朝皆把《乐记》作为指导音乐实践的典范和理论纲领。它不仅在音乐理论领域雄霸中国两千余年,并且在音乐思想史上几乎所有关于音乐思想的理论著作都受其影响。它对

---

① (汉)董仲舒:《春秋繁露·天地阴阳》,646页,北京,中华书局,2012。
② 同上书,650页。
③ 如治《齐诗》的翼奉把五行、五德、天干、地支分配在各诗之中,从而创造出《诗》之六情与五性,五际:"臣奉学《齐诗》,闻五际之要《十月之交》篇,知日蚀地震之效,昭然可明。"(《汉书》,北京,中华书局,1962)

文学、美术、建筑等其他艺术门类也产生了重大的影响。

《乐记》一书的形成,比较可信的是东汉史学家班固在《汉书·艺文志》所记载的:"武帝时,河间献王好儒,与毛生等共采《周官》及诸子言乐事者以作《乐记》。"也就是说,《乐记》是武帝时刘德召集了毛生等一批儒者,杂采《周礼》及先秦诸子论乐资料,加以重新编撰的集体性著作。后献此书于皇朝秘府,但不被朝廷采用。当时,武帝喜好民间音乐,"立乐府,采歌谣"①,"皆以郑声施于朝廷"②,对《乐记》中所提倡的"古乐""雅乐"不太重视。到汉宣帝时,《乐记》由戴圣编入《礼记》卷十九。可见,《乐记》不是一人一时之作,而是春秋末至西汉中期时的儒家对"乐"论的汇编与总结,以及主要是由荀子后学在汉时"凑集"的作品,最后结集大致于汉武帝时代。由于在成书过程中,吸收儒家各家各派,而儒家各家各派理论不一,矛盾也很多,这反映在《乐记》中就是前后内容有相互抵牾之处。

从《乐记》的内容和传承来看,它主要是继承和发展了孔子以来儒家各派的文艺思想,特别是受到了《荀子·乐论》的直接而重大的影响,其中很多篇章如《乐象》《乐化》《乐施》《乐情》的内容就直接来自《荀子·乐论》。《荀子·乐记》除继承《乐论》外,又广泛吸收《易传》《管子》《吕氏春秋》等内容。《乐记》也受阴阳五行学说的影响。例如:"乐者敦和,率神而从天……故圣人作乐以应天,制礼以配地。礼乐明备,天地官矣。"(《乐记·乐礼》)"夫歌者,直己而陈德者也,动己而天地应焉,四时和焉,星辰理焉,万物育焉。"(《乐记·师乙》)在汉武帝时,董仲舒把"天人感应"系统化,并推广到政治思想文化领域,《乐记》的部分理论显示了这一倾向。《乐记》内容庞杂,它从乐的起源、本质、作用及创作的心理过程,进一步谈到艺术欣赏与批评,构成了一个比较完整的理论体系。所以它大大超过了先秦的乐论:《荀子·乐论》是针对《墨子·非乐》而发,《墨子·非乐》内容简单,《吕氏春秋》则内容庞杂而不成理论体系。《乐记》同时也不

---

① (汉)班固:《汉书》,1756 页,北京,中华书局,1962。
② 同上书,1071 页。

单单讲"乐",由于《乐记》所说的"乐"带有一定的原始性,其作者认识到古代诗、乐、舞三位一体的实际情况,而"乐"是结合诗与舞而出现的,所以它的"乐"论,不仅关乎音乐,而且也涉及一般的文艺理论。

《乐记》的主要贡献有:

首先,对音乐的产生过程进行了深入的探讨。在《乐记》作者看来,以音乐为代表形式的"乐",其产生的动力是由于人的情感。"情动于中,故形于声","声"是由"情"而起,而且主观情感的真诚与否影响和决定艺术的生命,"是故情深而文明,气盛而化神,和顺积中,而英华发外:唯乐不可以为伪"①。作者在这里明确指出,"乐"是情感的艺术,充沛深厚的真情实感,会增加艺术的感染力,而任何虚伪矫饰、为文造情都与艺术格格不入。《乐记》作者在这里坚持了音乐艺术的表情性,这是《乐记》文艺美学思想的一个引人注目的特征。同时,《乐记》的作者还强调了情感类型决定音乐形象的个性特征:内心充满哀伤忧郁,所制作的音乐是急促躁动的;内心充满快乐,所制作的音乐是宽展舒缓的;内心充满温柔爱意,所制作的音乐是柔和的。

《乐记》在探讨声由情而起的基础上进一步分析了"情"又是怎样产生的,是在于人的"哀乐喜怒敬爱"这"六情"有感于外在客观世界而动的,"六者非性也,感于物而后动","乐者,音之所由生也,其本在人心之感于物也"。这里的"物"包括自然与人事两个方面,不仅指自然物,也包括社会事物。《乐记》的作者强调社会生活对音乐产生的影响,"乱世之音怨以怒","亡国之音哀以思",所以音乐里所包含的情感是社会状况的产物。以此稍作推广,不难得出"声音之道,与政通矣"的结论。由此可见,《乐记》不但指出因"物"动"心",由"心"生"乐"的艺术生产过程,还进一步说明了它是对社会生活的反映。

其次,提出了音乐的社会作用:致乐治心,寓礼于乐。由于"乐"是对

---

① 《乐记·乐象》,见李学勤主编:《礼记正义》,1112 页,北京,北京大学出版社,1999。

社会现实生活的积极反映,具有重大的社会作用,古代统治者特别看重它,把它当作实现其政治目的的一种手段。《乐本》篇说:"是故先王慎所以感之者:故礼以导其志,乐以和其声……礼乐刑政,其极一也,所以同民心而出治道也。""乐"之所以能实现古代统治者的政治目的即如上所分析的。"乐"既然源于心,而"人心之动,物使之然",那么作为接受者一方来说,他或她在接受作为客观物的音乐时也会感之而后动,而不同音乐的个性风格会使人们产生不同的思想情感,好的音乐会使人产生好的思想感情,统治者就可以通过对音乐类型和内容的规定来引导人们的思想感情,从而达到教化的目的。唐孔颖达在《礼记正义》中对此做了总结:"夫乐声善恶本由民心而生:所感善事,则善声应;所感恶事,则恶声起。乐之善恶,初则从民心而兴,后乃合成为乐。乐又下感于人:善乐感人,则人化之为善;恶乐感人,则人随之为恶。是乐出于人而还感人,犹如雨出于山,而还雨山;火出于木,而还燔木。故此篇(按:指《乐本》)之首,论人能兴乐;此章(按:指《乐言》)之意,论乐能感人也。"这说明了音乐对人心的洗涤和教化起着重要的作用:"善乐感人,则人化之为善;恶乐感人,则人随之为恶。"

那么音乐是怎样对人心进行正面教化即"治心"的呢?《乐记》的作者又提出了以"道"和"德"来引导人的精神审美情绪,净化人的欲望。作者认为,乐与情联系在一起,"乐者,乐也","人情之所不能免也"。而有情必有欲,所以要恢复到"人道之正",就必须"节欲",而不是纵欲,"非以极口腹耳目之欲也,将以教平民好恶,而反人道之正也"[1]。历史上先王制礼作乐目的就是厚人伦、美教化、移风俗。作者由此提倡"乐德","乐者,所以象德也"[2]。郑玄对"象德"是这样解释的:"乐所以使民像君之德也。"既然"乐"可以观"德",在一切人情和欲望中,君王圣贤的道德是最严正的典范,而"乐"又是道德完美的体现,"德者,性之端也;乐者,德之

---

[1] 《乐记·乐本》,见李学勤主编:《礼记正义》,1081 页,北京,北京大学出版社,1999。
[2] 同上书,1103 页。

华也"①。通过提倡"乐德",实行"节欲",就能实现道德的自我完善,使人民的思想情感都统一在国家所规定和提倡的伦理道德上。

要说明的是,汉儒之礼乐政教为节制情欲而设,但与先秦荀子之以之"矫饰其情性"②不同的是,它同时"本于情性"(《乐记》),"乐者,音之所由生也;其本在人心之感于物也……(哀乐喜怒敬爱)六者非性也,感于物而后动"。③"人生而静,天之性也。感于物而动,性之欲也……"④强调先王制礼乐,使君子能"反情以和其志",乐出于内,更显示了汉人对情的处理,不是强迫性闭欲、以义自防,而是将顺情以理情:情有喜怒哀乐,那么鼓舞其"欣喜欢爱",则可使"兴于乐"矣。这种不同在于《乐记》采《吕览》十二纪为之,其宇宙观也是四时感应之宇宙,所谓"圣人作乐以应天","人心之动,物使之然也。感于物而动,故形于声,声相应,故生变;变成方,谓之音"。龚鹏程先生对此做了很好的概括:"这种不同,不应孤立地看,应整体观察汉人气类感应的观念。事实上,先秦儒家只有荀子讨论情性问题,而荀子论情,并不从阴阳气运方面立论;以气论情欲的《吕氏春秋》又论情不论性。故真正深入探论性情关系的,乃是汉儒在人性论史上重要的贡献。在这种理论的推展上,因性阳情阴、性静情动的区分,又自然在先秦所认识的道德主体、认知主体之外,认识到感性主体的问题。"⑤

在文艺美学领域出现了表示形式与内容的范畴。在《礼记·乐记》中有如下记载:

> 故钟鼓管磬,羽籥干戚,乐之器也;屈伸俯仰,缀兆舒疾,乐之文

---

① 《乐记·乐象》,见李学勤主编:《礼记正义》,1111页,北京,北京大学出版社,1999。
② (清)王先谦撰:《荀子集解》,130页,北京,中华书局,1988。
③ 《乐记·乐本》,见李学勤主编:《礼记正义》,1075页,北京,北京大学出版社,1999。
④ 同上书,1083页。
⑤ 龚鹏程:《汉代思潮》,17页,北京,商务印书馆,2005。

也。……论伦无患，乐之情也；欣喜欢爱，乐之官也。

其中"钟鼓管磬"为古代乐器，"羽籥干戚"为古代舞具，"屈伸俯仰，缀兆舒疾"指舞者的姿态及动作速度的快慢。这些被《乐记》作者称作"乐之器"或"乐之文"的东西，均属"文质"理论中"文"的范畴，而且这种"文"在这里已有指文学艺术形式与现象的含义。与此相对应的是，"乐之情"和"乐之官"在这里被表述为文学的内容和本质，"情""官"实际上就相当于"文质"理论中的"质"。在《乐记》的作者看来，乐舞艺术不但具有优美的动作姿态，还具有整合秩序、协和万物使其互不相害的社会功能（即"论伦无患"）和使人"欣喜欢爱"的愉悦和陶冶情操作用。这就表明，在《乐记》中，虽然没有直接出现"文"与"质"这一对概念，但作为表示形式与内容的一对范畴，"文""情""器""官"已出现。

在《礼记·乐记》中，"德"与"艺"作为一对范畴也有出现。"乐者，非谓黄钟大吕弦歌干扬也，乐之末节也，故童者舞之。……乐师辨乎声诗，故北面而弦。……是故德成而上，艺成而下。"所谓"德成而上"，是说掌握了礼乐的实质内容而成就了道德是首要的，"艺成而下"则是指掌握了礼乐的形式而成就了技艺是相对次要的。在《乐记》作者眼中看来，乐舞艺术的表演技艺等并不重要，因为乐舞的表演者只要掌握了表演技艺也可进行乐舞表演，只有那些精通乐舞艺术内容实质并成就了德业的君子才会真正演奏、理解和欣赏音乐。"知声而不知音者，禽兽也；知音而不知乐者，众庶是也；惟君子为能知乐。"所以，《乐记》的这一观点在理论上奠定了"德"决定和派生"艺"、"艺"表现和依附"德"的这样极具中国传统特色的"文质"观。西汉时期的经学大师董仲舒在《春秋繁露·玉杯》中主张质为主文为辅，"志为质，物为文，文著于质。质不居文，文安施质？"他甚至认为若文与质两者不能兼备，宁肯在形式上作些舍弃，作为内容的"心志"则无论如何必须顾及，"质文两备，然后其礼成。文质遍行，不得有我尔之名。俱不能备而偏行之，宁有质而无文。"董仲舒的这种主张无疑与《乐记》以德为主、艺依附于德的文艺观有相近之处。

◎ 第六节
《毛诗序》的文艺思想

《毛诗序》是我国古代诗论的第一篇专著。它是汉代学者综合先秦儒家和当时经师关于诗乐理论而写成的①。它所提出的儒家正统文艺理论的若干原则，成为两千年来中国古代文艺正统的纲领，影响极大。

相传《诗经》是经孔子删订而编撰成的。秦火之后，《诗经》只能保存在民间，也只能在民间传授。到了汉代，传授《诗经》有名的有齐、鲁、韩、毛四家。前三家都是今文经学，《毛诗》是古文《诗》学的唯一传本。《毛诗》相传创始于毛公。据《汉书·儒林传》介绍，毛公，赵人，以治《诗》为河间献王博士。

关于《毛诗》的学术渊源，可以上溯至孔子的学生卜商（字子夏）。子夏再传授给荀子，荀子传授给鲁人毛亨。毛亨在西汉初期授徒讲诗，作有《毛诗故训传》（后简称《毛传》），以授赵国毛苌。时人谓亨为大毛公，苌为小毛公。毛苌献《诗》于朝廷，但未被立为官学。所以西汉时"三家诗"（鲁《诗》、齐《诗》、韩《诗》）盛行，立于学官，而《毛诗》除王莽专权时一度立于学官，其余时间均在民间流传。东汉之后，《毛诗》继续在民间流传，且盛行于学者之中。特别在郑玄为《毛诗》作笺之后，《毛诗》才盛极一时，并最终取代了"三家诗"的学术正宗地位。经学家周予同对上述

---

① 西汉初中期的贾谊《新书·道德说》云："《诗》者，志德之理而明其旨，令人缘之以自成也。故曰，《诗》者，此之志者也。"（《贾谊集》，146页，上海，上海人民出版社，1976）经师董仲舒《春秋繁露·玉杯》云："君子知在位者之不能以恶服人也，是故简六艺以赡养之。《诗》、《书》序其志，《礼》、《乐》纯其美，《易》、《春秋》明其知。六学皆大，而各有所长。《诗》道志，故长于质。"（《春秋繁露·玉杯》，35页，北京，中华书局，2012）他们都主张诗为道德的表现。

《毛诗》流传过程做了文献性的说明："《诗》古文学仅有毛氏一家。《毛诗》相传创始于毛公。据《汉书·儒林传》，毛公，赵人，以治《诗》为河间献王博士。据《汉书·艺文志》，毛公《诗》学自谓传自子夏，其著作有《毛诗故训传》三十卷。《毛诗》的传授，毛公的名字，《毛诗故训传》的作者，诸说多不一致，所以今文学家时藉此加以攻击。据汉末郑玄《诗谱》说：鲁人大毛公为训故传于其家，河间献王得而献之，以小毛公为博士。但据吴陆玑《毛诗草木鸟兽虫鱼疏》说：'孔子删诗授卜商，商为之序，以授鲁人曾申。申授魏人李克。克授鲁人孟仲子。仲子授根牟子。根牟子授赵人荀卿。荀卿授鲁国毛亨。毛亨作《训诂传》，以授赵国毛苌。时人谓亨为大毛公，苌为小毛公。'又据陆德明《经典释文·叙录》引吴徐整说：'子夏（即卜商）授高行子。高行子授薛仓子。薛仓子授帛妙子。帛妙子授河间人大毛公。毛公为《诗故训》，传于家，以授赵人小毛公（一名苌）。小毛公为河间献王博士，以不在汉朝，故不立于学。'按《汉书》但言毛公，不载毛公的名字，也未有大小毛公的分别；到了郑玄，有大小毛公的分别，且以《诗故训传》为大毛公作；到了陆玑，又说大毛公名亨，小毛公名苌；而徐整所说的传授世数与人名又与陆玑不同。后说加详，而且互有矛盾，实与人以可疑。《毛诗》，西汉时未立于学官，但盛行于东汉。"[1]

　　《毛诗》每篇之前均有题解，而《关雎》一篇的题解前有一篇对《诗经》的总论，后人遂称各篇题解为《小序》，总论为《大序》。关于诗序的作者历来众说纷纭，莫衷一是。较有代表性的有郑玄《诗谱序》谓"《大序》是子夏作，《小序》是子夏、毛公合作"。三国吴人陆玑《毛诗草木鸟兽虫鱼疏》谓是东汉时卫宏所作，《汉书·儒林传》云："谢曼卿善毛诗，乃为其训。卫宏从曼卿受学，因作毛诗序，善得风雅之旨，于今传于世。"对这两种说法历代有很多人不同意。《大序》的思想正符合于汉武帝独尊儒术的时代需要，也反映了汉代儒家文艺思想的新特点，绝不可能是子夏所作。卫宏是否

---

[1] 朱维铮主编：《周予同经学史论著选集》，237～238页，上海，上海人民出版社，1983。

又做了修订可以研究。《小序》可能在汉初已基本形成，但大约也经过毛苌、卫宏等人的修订与补充，它在文艺批评方法上能反映汉人的特点。

《毛诗序》所述的文艺思想，主要有以下几点：

第一，确立了中国古代诗歌抒情言志的传统。《毛诗序》概括了从先秦以来的有关诗歌方面的理论。在先秦，儒家提出了"诗言志"说，如《尚书·尧典》："诗言志，歌永言，声依永，律和声。"《庄子·天下》："诗以道志。"《荀子·儒效》："诗言是其志也。"《左传·襄公二十七年》载赵文子对叔向说："诗以言志。"这些观点代表了先秦人对诗的普遍认识，朱自清先生也把这一"诗言志"论点定为中国诗歌的"开山纲领"。（《诗言志辨》）但这些"言志说"，皆只"言志"而未"言情"。《毛诗序》却第一次将"情"与"志"联系起来，它一方面肯定了"诗者，志之所之也。在心为志，发言为诗"。另一方面又强调了诗歌是"吟咏情性"的，"情动于中而形于言，言之不足，故嗟叹之；嗟叹之不足，故永歌之"。志和情的区别在于"志"主要指人的志向、思想，这志向、思想是个人经过一定伦理道德规范过滤后表现出来的，属于理性的范畴，它强调的是秩序、法则优先于个人；情主要指人的感情、情绪，指人们喜怒哀乐之情感，是属于个人的一些真情实感，未经太多思考伦理道德和社会意见就流露出来的。孔颖达在《左传·昭公二十五年》的《正义》里说："在己为情，情动为志，情、志一也。"强调了情更贴近个人的原初情感和意愿，但也说明了情、志很难区分，因为一个人的思想感情里面既有情又有志。而情与志又是感物而动的，《毛诗序》虽然这方面没作很详的论述，但考虑到《毛诗序》与《乐记》的渊源（毛亨授业于荀子），我们可通过《乐记》来考察，以窥见其旨。《乐记》论乐的产生时说："凡音所起，由人心生也。人心之动，物使之然也。感于物而动，故形于声。……乐者，音之所由生也，其本在人心之感于物也。""人心感于物"就是《毛诗序》所说的"情动于中"、"凡斯种种，感荡心灵"。后来唐孔颖达在《毛诗正义》中进一步总结说："诗者，人志意之所适也。虽有所适，犹未发口，蕴藏在心，谓之为志。发见于言，乃名为诗。言作诗者，所以舒心志愤懑，而卒成于歌咏。故《虞书》谓之'诗言志'也。包管万虑，其名曰心；感物而动，乃呼为志。志之所适，外物感焉。"

《毛诗序》虽然肯定了"情"在文学创作中的重要作用，但是这种肯定是有限度的，也就是说，它和《楚辞》中的抒情言志说是不同的，它无论抒情还是言志，都必须受到"礼义"的约束，服从于"礼义"的规范，它也与司马迁所提倡的"发愤著书"不同。在《毛诗序》的作者看来，"志"比"情"更重要，当两者冲突的时候，必须以志束情，不能让情冲破理性的志，淹没甚至违反儒家理性的道德规范。故曰："变风发乎情，止乎礼义。发乎情，民之性也；止乎礼义，先王之泽也。""止乎礼义"就是儒家从孔子以来所强调的非礼勿视、非礼勿听、非礼勿欲、非礼勿言。

第二，系统论述了文艺的社会作用。在《论语》中孔子提出了诗有"兴、观、群、怨"的作用，这主要就诗的学习和运用的效用而言的；到了《荀子》和《乐记》，则更强调诗乐的教化作用，主张统治者应当积极地利用诗乐来教化人民，"移风易俗"。《毛诗序》就继承了先秦以来儒家诗论这方面的传统。它特别提出诗自上而下教化作用的重要性，"故正得失，动天地，感鬼神，莫近于诗。先王以是经夫妇，成孝敬，厚人伦，美教化，移风俗"。

在《毛诗序》的作者看来，诗的教化作用主要表现在诗具有讽谏的意义。"上以风化下，下以风刺上"，"言之者无罪，闻之者足以戒"，"《关雎》，后妃之德也，风之始也，所以风天下而正夫妇也"。这种讽谏的根本目的是为政治服务，为统治者改善政治着想，"下以风刺上，……闻之者足以戒"。所以这种讽谏是以维护统治者的绝对权威为前提的，表达时不能直刺过失，要"主文而谲谏"。所谓"谲谏"就是要用隐约的言辞谏劝，以含蓄的方式"刺过其失，所以匡救其恶。各于其党，则为法者彰显，为戒者著明"[1]。这种讽谏虽然在汉代效果不是很好，如汉代很多赋家欲以赋对皇帝

---

[1] （汉）郑玄：《诗谱序》，见郭丹主编：《先秦两汉文论全编》，815页，上海，上海远东出版社，2012。

进行谏劝，效果则如扬雄所说的"赋劝而不止"——帝王在做的事情（经过委婉讽谏批评后）还是没有罢手，但这一观点还是肯定了文艺批评现实的意义和作用，下层百姓可以通过文艺对上层统治者进行批评，所以后世的不少作家在针砭时世时写出了很多伟大的作品，最典型的如杜甫。

　　诗的教化作用也表现在为统治者歌功颂德。"颂者，美盛德之形容，以其成功告于神明者也"。汉代统治者好大喜功，汉武帝设置五经并提倡文学，目的就是让天下学术、文学都归入汉家王朝。那些以文章入仕的文章之士自然少不了为朝廷歌功颂德、为政权的合法性辩护，为皇恩的浩大而吹捧献媚。所以在文艺思想上，汉代提倡歌功颂德，"宣上德而尽忠孝"①，而论功颂德的目的就如东汉郑玄在《诗谱序》中所说的，是"将顺其美"，是为了迎合统治者的喜好。

　　《诗大序》强调诗歌歌功颂德（"美"）和讽谏（"刺"）的教化作用，是结合了时代需要的。当时的儒家经典正在被广泛宣扬，文章之士也在为巩固汉帝国的统治而服务，《诗大序》的作者也不例外，明白宣称文学为政教服务。由于它这方面的论述比前人更系统全面，因而对后世产生了很大的影响。后世很多有着儒家思想的文论家大体都是按照《毛诗序》的启迪来建立自己的诗论框架的，而重文艺的教化作用、轻视文艺自身的艺术性和美感性、把文艺与教化绑在一起也成了中国古代文艺的一个显著特征。

　　第三，总结了诗歌的体裁和表现手法。《毛诗序》还全面总结了《诗经》的艺术经验，把《周礼·春官·大师》中的"六诗"说发展为"六义说"。《周礼·春官·大师》说："大师教六师诗：曰风、曰赋、曰比、曰兴、曰雅、曰颂。以六德为之本，以六律为之音。"《毛诗序》则说："故诗有六义焉：一曰风，二曰赋，三曰比，四曰兴，五曰雅，六曰颂。"明确地改"六诗"为"六义"。唐孔颖达在《毛诗正义》中认为，这六者之所以称为"六义"，乃"赋、比、兴是《诗》之所用，风、雅、颂是《诗》之成形，用

---

① （汉）班固：《两都赋序》，见郭丹主编：《先秦两汉文论全编》，757页，上海，上海远东出版社，2012。

彼三事，成此三事，是故同称为'义'"。至于在排列次序上"赋比兴"放在风之后，孔颖达认为，六义的顺序以诗之四始，以风为先，风所用的是以赋、比、兴为之辞，所以赋、比、兴放在风的后面，而雅、颂放在赋、比、兴的后面是为了表明它们与风一样也是以赋、比、兴为之辞的。孔颖达在《毛诗正义》中还认为，赋、比、兴主要与《诗经》的修辞、言辞有关，风、雅、颂跟《诗经》的体式有关，"风、雅、颂者，《诗》篇之异体，赋、比、兴者，《诗》文之异辞耳"。宋代的朱熹在孔颖达的基础上进行了发挥，称风、雅、颂为"三经"，是诗的体裁，赋、比、兴是"三纬"，是诗的表现手法。

《诗大序》还对"六义"，尤其风、雅、颂进一步做了具体阐述。《毛诗序》说："是以一国之事，系一人之本，谓之风；言天下之事，形四方之风，谓之雅。雅者，正也，言王政之所由废兴也。政有小大，故有小雅焉，有大雅焉。颂者，美盛德之形容，以其成功告于神明者也。"这是风、雅、颂第一次被明确指出各自的内涵，风和雅虽然性质比较接近，但风是"一国之事，系一人之本"，也就是说风是地方上各诸侯国的诗歌。雅则是"言天下之事，形四方之风"。雅产生于周朝中央地区的诗歌，由于雅主要"言王政之所由废兴"，所以雅的作者往往是在朝廷中做官的士大夫。颂则是祭祀周天子祭祀或颂扬祖先宗庙时使用的乐舞诗歌。这种分类大体上符合《诗》三百篇的内容。

相比于风、雅、颂，《毛诗序》对赋、比、兴没有作出过多的解释，因此后人对赋、比、兴含义的争论也颇多。东汉的郑玄对此解释说："赋之言铺，直铺陈今之政教善恶；比，见今之失，不敢斥言，取比类以言之；兴，见今之美，嫌于媚谀，取善事以喻劝之。"[1]郑玄还在文中引用较早于他的郑众的说法："比者，比方于物也；兴者，托物于事也。"郑玄、郑众在总结先秦以来诗歌创作艺术规律的基础上，在这里自觉意识到了作为艺术表现手法的比、兴等在艺术表现方面的区别，这是对于诗歌的艺术手法和艺术规律进

---

[1] （汉）郑玄注，（唐）贾公彦疏：《周礼注疏》卷廿三，796页，上海，上海古籍出版社，1997。

行总结的初步尝试。它表明了诗歌创作不同于其他创作，是通过具体物象（物、事、人）来表现生活、抒发情志的。当然，作为正统经学家的郑玄把赋、比、兴所要表现的情志限制在政教范围内，是有一定局限性的，并在一定程度上影响了对《诗经》的正确解读，因为《诗经》中作为艺术表现手法的赋、比、兴最终目的并不多是指向政教的，如《国风》中民歌的起"兴"，有时纯为诗歌音节的需要，而无关乎意义。所以后人对郑玄的过于从政教内容方面联系赋、比、兴解释做了些修正。例如，晋人挚虞说："赋者，敷陈之称也；比者，喻类之言也；兴者，有感之辞也。"①齐梁时期钟嵘说："故诗有三义焉：一曰兴，二曰比，三曰赋。文已尽而意有余，兴也；因物喻志，比也；直书其事，寓言写物，赋也。"②宋代朱熹在《诗集传》中说："赋者，敷陈其事而直言之者也"，"比者，以彼物比此物也"，"兴者，先言他物以引起所咏之词也。"今人比较认同朱熹的说法，朱熹对赋、比、兴的解释突出了它单纯的艺术形式和艺术表现手法。

可以这样说，《毛诗序》中赋、比、兴的提出与它所确立诗抒情言志的观点是一脉相承的，因为诗要抒情言志，必然导致它要有与之对应的表现手法——赋、比、兴。借着赋、比、兴的手法，诗人心中之志之情才能外化为具体的客观对应物。所以中国的抒情言志传统与赋、比、兴手法有着内在的必然联系。正因为如此，后世的诗歌创作，无论是"言志（载道）派"，还是"缘情派"都一致倡导对赋、比、兴手法的运用。"言志派"对赋、比、兴的运用更多把赋、比、兴像郑玄那样理解为伦理道德的象征、美刺讽谏的寄托，而"缘情派"则从诗歌情感与艺术形象的表达和创造上来理解它，如唐殷璠所说的"兴象"，皎然所说的"取象曰比，取义曰兴，义即象下之意"③。

总之，《毛诗序》不但确立了我国古代抒情言志的传统，而且还系统地论

---

① 郭绍虞主编：《中国历代文论选》（上），157页，北京，中华书局，1962。
② （南朝梁）钟嵘著，陈延杰注：《诗品注》，2页，北京：人民文学出版社，1961。
③ （唐）皎然著，李壮鹰校注：《诗式校注》，31页，北京，人民文学出版社，2003。

述了文艺所具有的美、刺作用，并且总结了诗歌的体裁与表现手法。它在先秦文论的基础上有所突破和发展，对后世产生了巨大而深远的影响。由此，便奠定了它在中国古代文论史上的重要地位。

◎ 第七节
西汉初中期文学作品中的儒家思想

在汉初对中央大一统的维护首先表现在"崇汉"主题上。陆贾在出使南越时对汉之"中国"极力称颂，对"中国"内涵的揭示，已先行确立了两汉文学的"崇汉"主题。一方面，是对汉帝国的称颂。称颂汉高祖"讨暴秦，诛强楚，为天下兴利除害，继五帝三王之业，统天下，理中国。中国之人以亿计，地方万里，居天下之膏腴，人众车舆，万物殷富，政由一家，自天地剖判未始有也"[1]。另一方面，贬低齐楚"地方不过千里，而囿居九百，是草木不得垦辟，而民无所食也"（《汉书·司马相如传》），丑化南越"众不过数万，皆蛮夷，崎岖山海间，譬如汉一郡，王何乃比于汉"（《汉书·陆贾传》）。

在武帝时期，士大夫以文学歌颂汉帝国的强大和国泰民安，并继续以"崇汉"为主题。司马相如在《上林赋》中说："四海之内，靡不受获。于斯之时，天下大说，乡风而听，随流而化，芔然兴道而迁义，刑错而不用，德隆于三皇，功羡于五帝"，与陆贾歌颂汉高祖的丰功伟绩在精神上一致。即使在赋的"侈丽"之美中司马相如同样提倡"明君臣之义，正诸侯之礼"，不忘"游于六艺之囿，驰骛乎仁义之涂"[2]。他在《难蜀父老》中又说："汉

---

[1] （汉）班固：《汉书》，2112页，北京，中华书局，1962。
[2] 同上书，2573页。

兴七十有八载,德茂存乎六世。威武纷纭,湛恩汪涉,群生霑濡,洋溢乎方外。""必将崇论闳议,创业垂统,为万世规",透露出汉之士大夫一以贯之自觉维护中国大一统的政治理念。

对中央大一统的维护和忠于朝廷的政治理念在汉初政论散文中也有表现,如贾山在文帝时,言治乱之道,满腔热情,替国家想长治久安之策。其在《至言》中曰:"臣闻为人臣者,尽忠竭愚,以直谏主,不避死亡之诛者,臣山是也。"①晁错在汉文帝时上疏朝廷,力主削藩,其父力阻其行事,认为"侵削诸侯,别疏人骨肉",会导致藩国和刘氏宗族对其的嫉恨,并问其为什么要这样做,晁错答曰:"固也。不如此,天子不尊,宗庙不安。"②藩府的文人也维护中央大一统。邹阳游于吴时,给吴王上书,反对吴王的分裂活动,认为"今天子新据先帝之遗业,左规山东,右制关中,变权易势,大臣难知。大王弗察,臣恐周鼎复起于汉,新垣过计于朝,则我吴遗嗣,不可期于世矣。"③现在中央政府很强大,是周朝的复兴,而区区藩国吴国无法与之抗衡。枚乘游于吴时,吴王蓄谋叛乱,他上书劝谏,提出忠告:"今欲极天命之寿,敝无穷之乐,究万乘之势,不出反掌之易,以居泰山之安,而欲乘累卵之危,走上天之难,此愚臣之所以为大王惑也。"④委婉提醒吴王刘濞以藩国与中央政权对抗无疑以卵击石,是艰难的,放弃现时吴国的安定和享乐的局面是可惜的。

强调教化和仁义以及对圣人之学的尊重也成为汉初政论散文的主题。陆贾《新语·道基》云:

先圣乃仰观天文,俯察地理,图画乾坤,以定人道,民始开悟,知有父子之亲,君臣之义,夫妇之别,长幼之序。于是百官立,王道乃

---

① (汉)班固:《汉书》,2327 页,北京,中华书局,1962。
② 同上书,2300 页。
③ 同上书,2341 页。
④ 同上书,2359 页。

生。……于是中圣乃设辟雍庠序之教，以正上下之仪，明父子之礼，君臣之义，使强不凌弱，众不暴寡，弃贪鄙之心，兴清洁之行。礼义不行，纲纪不立，后世衰废，于是后圣乃定五经，明六艺，承天统地，穷事察微，原情立本，以绪人伦，宗诸天地，纂修篇章，垂诸来世，被诸鸟兽，以匡衰乱，天人合策，原道悉备，……正风俗，通文雅。

陆贾在这里直接显明圣人在历史文化当中的率范作用，"仰观天文，俯察地理，图画乾坤，以定人道，民始开悟"，"设辟雍庠序之教，以正上下之仪，明父子之礼，君臣之义"。陆贾同时也赋予了圣人之学"承天统地"的至高价值："定五经，明六艺，承天统地，穷事察微……天人合策，原道悉备"，他从先圣、中圣讲到后圣，逐层阐释了圣人以人文化育天下的精神大义。圣人在，道在圣人，圣人不在，则道在经典："《鹿鸣》以仁求其群，《关雎》以义鸣其雄，《春秋》以仁义贬绝，《诗》以仁义存亡，《乾》《坤》以仁和合，《八卦》以义相承，《书》以仁叙九族，君臣以义制忠，《礼》以仁尽节，《乐》以礼升降。"陆贾在这里介绍了经典思想中的仁义之学。陆贾在《新语·道基》篇中还介绍了仁义在治国齐家、立身行事方面的积极作用，"德盛者威广，力盛者骄众。齐桓公尚德以霸，秦二世尚刑而亡。故虐行则怨积，德布则功兴，百姓以德附，骨肉以仁亲，夫妇以义合，朋友以义信，君臣以义序，百官以义承，曾、闵以仁成大孝，伯姬以义建至贞，守国者以仁坚固，佐君者以义不倾，君以仁治，臣以义平，乡党以仁恂恂，朝廷以义便便，美女以贞显其行，烈士以义彰其名"。儒家的"仁义"成了人生之本、治政之要。

陆贾通过《新语》在汉初首倡儒之精神大义，贾谊续其志，在《陈政事疏》（又名《治安策》）、《过秦论》中表达了其儒家思想。贾谊在任梁怀王太傅时向文帝上奏的《陈政事疏》中，欲以儒之礼义精神构建社会新秩序。文中一开始就认为秦政、秦俗不以"礼义"为标准，"商君遗礼义，弃仁恩，并心于进取"，结果是"行之二岁，秦俗日败"。秦朝一味以法令为治，对世风民俗缺乏起码的人文关怀,终致家庭人伦秩序的丧失和社会互爱精神的灭亡:"借父耰锄,虑有德色;母取箕帚,立而谇语。 抱哺其子,与公并倨;妇姑不相说,则反唇而相稽。 其慈子耆利,不同禽兽者亡几耳。"贾谊认为汉初承秦政、秦俗,对其遗风余俗,并未多大改正,导致世风败坏,他由此提倡在全国范围内进行以太子为首的礼义教化:"天下之命,县于太子","太子正而天下定矣。" 太子有了以礼义教化自我、教化天下的意识,其一旦登基后,就能移风易俗,使社会由以"法"为主逐渐转向以"礼"为主的社会治理模式。 可见,贾谊倡导的德政是以礼为起点,把礼作为整顿社会秩序准则:"夫立君臣,等上下,使父子有礼,六亲有纪,此非天之所为,人之所设也……"

钱穆先生在评价贾谊的《陈政事疏》时云:"其议论渐渐从法律刑赏转到礼义教化,此即由申、韩转入儒家。 亦即由亡秦转而为三代之隆,即由百家法后王转入六经法先王也。"[1]程世和对贾谊在上述文章中所透露的儒家思想这样评价:"作为陆贾的后继者,贾谊首先在精神上承续了陆贾的'仁义'论。 其《过秦论》对秦因'仁义不施'而短命以亡的历史反思,实质上就是对陆贾'仁义'说的继承。 以陆贾'仁义'论为起点,贾谊在《陈政事疏》中更进一步地提出了'礼义'论。 与陆贾的'仁义'论相比,贾谊的'礼义'论不再是一种具有形而上意味的纯精神推阐,而是一种建立在分析社会各阶层精神状貌基础上所作出的现实构想。"[2]

除政论散文外,西汉初中期的史传散文也渗透着儒家思想,如司马迁虽然被班固批评"是非颇谬于圣人,论大道则先黄老而后六经"[3],但实际上他所写的《史记》离不开儒家思想的浸润,他曾随经学大师孔安国、董仲舒学习。 "考信于六艺"[4]"折衷于夫子"[5]是他的创作原则,"协六经异传,

---

[1] 钱穆:《国史大纲》,143 页,北京,商务印书馆,1997。
[2] 程世和:《汉初士风与汉初文学》,124 页,北京,中国社会科学出版社,2004。
[3] (汉)班固:《汉书》,2738 页,北京,中华书局,1962。
[4] (汉)司马迁:《史记》,2121 页,北京,中华书局,1959。
[5] 同上书,1947 页。

齐百家杂语"①是他的写作原则。他对六经的认识是:"《易》著天地阴阳四时五行,故长于变;《礼》经纪人伦,故长于行;《书》纪先王之事,故长于政;《诗》纪山川豀谷禽兽草木牝牡雌雄,故长于风;《乐》乐所以立,故长于和;《春秋》辨是非,故长于治人。是故《礼》以节人,《乐》以发和,《书》以道事,《诗》以达意,《易》以道化,《春秋》以道义。"②显然,《史记》的创作与六经关系密切。

司马相如所写的大赋有"侈丽"之美,但同样赋中充满儒家大一统和仁治思想。尤需注意的是,《上林赋》作于武帝召见其之际,为获得武帝青睐,并迎合汉代政权的需要,赋中最后借亡是公发表议论说:"德隆于三皇,功羡于五帝,若此,故猎乃可喜也。"正面提出了自己的政治主张。这些主张是从贾谊到董仲舒等经学之士一再提倡的,在当时也受到汉武帝的赞同。其中一些举措例如"改制度,易服色,革正朔,与天下为始"等在当时正在实施,并用当时流行的儒家思想如董仲舒思想③奉劝君王不要沉溺于酒色游猎之中,要体恤百姓,勤理朝政,"若夫终日驰骋,劳神苦形,罢车马之用,抏士卒之精,费府库之财,而无德厚之恩;务在独乐,不顾众庶,忘国家之政,贪雉兔之获,则仁者不繇也。"实际上要表达的是"道者,所繇适于治之路也,仁义礼乐皆其具也。故圣王已没,而子孙长久安宁数百岁,此皆礼乐教化之功也。"④希望君王能崇经学兴礼乐,终使国家长治久安。不难看出,《上林赋》中的言论,集中表达了作者的政治观点,其中有对诸侯王的批评,也有对天子的讽谏,但核心内容还是围绕田猎问题所表述的儒家王道思想。司马迁在《史记·司马相如列传》后的"太史公曰"中指出"相如虽多虚辞滥说,然其要归引之节俭,此与《诗》之风谏何异?"道出了司马相如赋

---

① (汉)班固:《史记》,2724 页,北京,中华书局,1962。
② (汉)司马迁:《史记》,3297 页,北京,中华书局,1959。
③ "夫人君莫不欲安存而恶危亡,然而政乱国危者甚众,所任者非其人,而所繇者非其道,是以政日以仆灭也。"(《汉书》,2499 页,北京,中华书局,1962)
④ (汉)班固:《汉书》,2499 页,北京,中华书局,1962。

中鲜明的儒家思想。

司马相如之后，随着经学的昌盛，赋家的讽谏意识不断强化，散体赋的政论化倾向愈益明显，赋中的儒家思想越发鲜明。扬雄是这方面的一个突出代表，他早年所作的《甘泉》《河东》《羽猎》《长杨》四赋，都有明确的讽劝目的。

西汉初中期文学作品中有大量的儒家思想存在，其原因有二：

其一，在于儒家思想的代表孔子在汉代士人的人生道路上树立了一个伟大的形象，由孔子创立的儒家学派，成为了汉代学术和政治的权威。上述政论散文和赋中对国家社稷的关心，对儒家思想的关注，基于汉代作家这样一个认识：以孔子为首的儒家思想在提供国家政治、道德和社会秩序方面有着不可比拟的优越性，诚如司马迁在作《史记·太史公自序》中指出，"周室既衰，诸侯恣行。仲尼悼礼废乐崩，追修经术，以达王道，匡乱世反之于正，见其文辞，为天下制仪法，垂《六艺》之统纪于后世。"不但六艺即《诗》《书》《易》《礼》《乐》《春秋》在安邦定国、提供秩序方面提供了指导性原则，孔子个人的道德品格、思想魅力和为人师表也值得推崇："太史公曰：《诗》有之：'高山仰止，景行行止。'虽不能至，然心向往之。余读孔氏书，想见其为人。适鲁，观仲尼庙堂、车服、礼器，诸生以时习礼其家，余祗回留之不能去云。天下君王，至于贤人众矣！当时则荣，没则已焉！孔子布衣，传十余世，学者宗之。自天子王侯，中国言六艺者，折中于夫子，可谓至圣矣！"[1]随着董仲舒对孔子其人及其六艺的推动[2]，尤其汉武帝"罢黜百家，独尊儒术"的政治推动，儒家思想在西汉日益处于主流地位，并享受国家意识形态地位。作为在朝廷效力的士大夫的写作自然涉及儒家思想。

其二，在于朝廷对经学的重视，也基于经学确实在参政议政中发挥的重

---

[1] （汉）司马迁：《史记》，1947 页，北京，中华书局，1959。
[2] "《春秋》大一统者，天地之常经，古今之通谊也。今师异道，人异论，百家殊方，指意不同，是以上亡以持一统；法制数变，下不知所守。臣愚以为诸不在六艺之科孔子之术者，皆绝其道，勿使并进。邪辟之说灭息，然后统纪可一而法度可明，民知所从矣。"（《汉书》，2523 页，北京，中华书局，1962）

要作用。自然,汉代作家会在其文学作品中自觉、不自觉地透露出其儒家思想的政治方针和治国策略。西汉独尊儒术之后,经学不仅成为官方的意识形态,而且成为朝廷的取士途径,经学在国家政治生活中发挥着重要的作用,不精通经学的则不被朝廷重用。例如,汉武帝时,枚皋因擅长作赋被征拜为郎,他经常随皇帝巡幸游观,"上有所感,辄使赋之",但由于"皋不通经术,诙笑类俳倡,为赋颂,好嫚戏,以故得媟黩贵幸,比东方朔、郭舍人等,而不得比严助等得尊官"①,而同时的赋家严助、吾丘寿王、朱买臣等,由于精通经术则担任要职。

在上述背景下,在西汉前期,连一些赋家也不甘心自己的文化角色仅是统治者娱乐的工具,他们要拓展赋"辩丽可喜""虞悦耳目"以外的功能。于是,他们开始重新思考辞赋创作的意义和价值,枚乘就曾自称"为赋乃俳,见视如倡,自悔类倡也"②。

扬雄认为赋作为一种写作文体在讽刺时世方面有待提高:"雄以为赋者,将以风也,必推类而言,极丽靡之辞,闳侈钜衍,竞于使人不能加也,既乃归之于正,然览者已过矣。"③"或曰:'赋可以讽乎?'曰:'讽乎!讽则已,不已,吾恐不免于劝也。'"④在这种情况下,几乎所有的赋家都在努力向经学靠拢,试图给自己的作品染上些许经学色彩,以便通过提高赋的文化地位来抬高赋家的政治地位。以司马相如为例,其早年在梁孝王门下所作的《子虚赋》,只是假设子虚和乌有先生互相夸耀齐楚两国的田猎之盛,其间并没有带政治的议论成分。但到了《上林赋》,为了博得武帝的青睐,他在赋中增添了大量政治性的议论,赋的开头亡是公便出来教训子虚和乌有先生:"且二君之论,不务明君臣之义,正诸侯之礼,徒事争于游戏之乐,苑囿之大,欲以奢侈相胜,荒淫相越,此不可以扬名发誉,而适足以贬君自损

---

① (汉)班固:《汉书》,2366 页,北京,中华书局,1962。
② 同上书,2367 页。
③ 同上书,3575 页。
④ (汉)扬雄:《法言·吾子》,30 页,北京,中华书局,2012。

也。"阐明"明君臣之义，正诸侯之礼"之重要，在文末结尾处又议论说："务在独乐，不顾众庶，忘国家之政，贪雉、菟之获，则仁者不繇也。从此观之，齐楚之事，岂不哀哉！地方不过千里，而囿居九百，是草木不得垦辟，而民无所食也。夫以诸侯之细，而乐万乘之所侈，仆恐百姓被其尤也。"强调国君要以国事为重、不能独自享乐而不顾百姓死活，要推行仁政。可见汉代作家尤其赋家通过在文学作品中来表达政见，以证明自己也有和经学之士一样的经学素养和政治见识，希望引起皇帝的重视。于是在这种背景下，汉代文学作品中的儒家思想和政论化倾向尤其在汉武帝以后的文学作品中，越来越明显了。

◎ 第八节

西汉初中期儒家文艺思想与先秦儒家文艺思想比较

这一时期的儒家文艺思想与先秦儒家文艺思想相比，呈现出以下几个特点：

首先，它比先秦儒家文艺思想保守性增强了，批判性减弱了。汉儒所提倡的"温柔敦厚"也好，"主文而谲谏"也好，"发乎情，止乎礼义"也好，都是极力强调文艺为政治教化服务，文艺所表达的内容不能触及统治者的地位和妨碍封建秩序的稳固。所以汉儒明确提出写文章的一大内容是对政权的美化和对圣上的歌功颂德，至于"刺"必须要考虑统治者接受的程度及接受的范围，这明显对孔子所说的"兴观群怨"的"怨"做了限制。尤其董仲舒提出"道之大原出于天，天不变，道亦不变"[1]，主张"奉天而法古"[2]，在

---

[1] （汉）班固：《汉书》，2518 页，北京，中华书局，1962。
[2] （汉）班固：《汉书》，北京，中华书局，1962。

这种观念控制影响下，这一时期的文学艺术充满了僵化保守、复古模拟的倾向。例如，扬雄的《甘泉》《羽猎》模仿司马相如的《子虚》《上林》，扬雄的《解嘲》《解难》和班固的《答宾戏》模仿东方朔的《答客难》……这一复古论的代表是扬雄。他公开倡导复古模拟，"或曰：'处秦之世，抱周之书'益乎？曰：'举世寒，貂狐不亦燠乎！'"①提倡"非圣哲之书不好"。以至于当时流行着这样一种文学观念，如果所写的文章与前人不相合或相似，就不能博得好名声，"文不与前相似，安得名佳好，称工巧？"②

其次，它比先秦儒家文艺思想对文学的认识更加深化了。在汉代，董仲舒为了抬高儒家经学的地位，把经学与"天""道"联系起来，对礼乐诗文的探讨也自然地与天、道等联系起来，从而对文学的探讨获得了某种形而上学性质。董仲舒认为，礼乐诗文等文化艺术，是为永恒不变的天道服务的，但天道不言，它是通过"圣贤"来"传其法于后世"的，"圣贤"则又是通过儒家经典来传达的，所以他说："君子知在位者之不能以恶服人也，是故简六艺以赡养之：《诗》、《书》序其志，《礼》、《乐》纯其美，《易》、《春秋》明其知。六学皆大，而各有所长。"③圣贤作六艺以明天道，六艺由获得了神圣地位。董仲舒也因把六经与天道联系在一起，成了后代明道、征圣、宗经文学观的先声。扬雄、刘勰就是在"道沿圣而垂文"这一框架内探讨的。这一时期提出了文学创作中的"物感说"。《淮南子》有这方面描述，如"人生而静，天之性也，感而后动，性之容也。"④"物类相动，本标相应。"⑤《春秋繁露·同类相动》也提到，"美事召美类，恶事召恶类，类之相应而起也。如马鸣则马应之，牛鸣则牛应之。……物故以类相召也……天有阴阳，人亦有阴阳。天地之阴气起，而人之阴气应之而起；人之阴气起，而天地之阴气亦应之而起。其道一也。"这些著作对气类感应重视，也同时重视了情物关

---

① （汉）扬雄：《法言·寡见》，194页，北京，中华书局，2012。
② （汉）王充：《论衡·自纪》，582页，上海，上海古籍出版社，2010。
③ （汉）董仲舒：《春秋繁露·玉杯》，35页，北京，中华书局，2012。
④ （汉）刘安：《淮南子·原道训》，10页，北京，中华书局，2012。
⑤ （汉）刘安：《淮南子·天文训》，107页，北京，中华书局，2012。

系,为汉及汉以后的中国古代文学理论的物感说奠定了理论基础和生命实践,也进一步明确了文学与现实的关系,具体表现在《礼记·乐记》《毛诗序》等篇中。这些著作强调文艺产生于"人心感物",指出了文艺与现实的密切关系,所谓"治世之音安以乐,其政和,乱世之音怨以怒,其政乖,亡国之音哀以思,其民困",认为"声音之道与政通"。《毛诗序》也引用了《礼记·乐记》上述引文,来说明文艺与现实政治的关系,认为通过文学作品从中可以看到政治状况和社会风俗人情。

这时期对诗歌本质的认识也比先前深化。先秦的"诗言志"说在《毛诗序》中被扩充成了"抒情言志"说,在理论上把"情"和"志"统一了起来,强调了诗歌中"吟咏情性"的重要性;而诗与情的联系,为魏晋以后诗"缘情"说的兴起起了一定的作用,虽然这里的"情"还往往受"发乎情,止乎礼义"的限制。

再者,相较先秦儒家文艺思想,此时的儒家文艺思想和迷信化倾向增强了。由于受谶纬神学的影响,这时期的作家写作喜好"苟驰夸饰";文论家则喜好大谈天人感应、谶纬、图符。这给汉代文艺创作蒙上了一层阴阳五行、天人感应的浓重阴影,文学艺术成了天变谴告、异物祥瑞之论。所以汉大赋中充满了"天人合应,以发皇明"(班固《两都赋序》)、"膺箓受图,顺天行诛"(张衡《东京赋》)的说教。班固在《白虎通义》中,将诗与上天的"谴告"联系起来,连坚持以经验理性判断万物的王充也在其《论衡》中专列《验符》篇,列举汉代的许多天人感应的"符瑞"现象,如"孝武、孝宣时,黄龙皆出","宣帝时,凤凰下彭城",以此证明"汉德丰雍"。

最后,相比先秦儒家的单纯,它比先秦儒家更加兼容并包。以董仲舒儒家思想为主的汉代中期儒家思想,实际上吸收了诸家思想,如阴阳五行思想,以阴阳解经本是汉儒的一个特色。它吸收黄老思想,如阴阳刑德思想,人君效法于天的居无为之位、行不言之教的老子无为无不为的思想;也吸收法家思想,提倡法家的君尊臣卑和赏罚分明思想,"有功则赏,有罪则罚",以及法术势思想,要求人君对臣民有"禁制"之权和"能制"之势。它吸收墨家思想，如董仲舒强调天的意志，与墨家的"天志"相通，强调"泛爱群生"及"至于鸟兽昆虫莫不爱"，无疑同墨子的"兼爱"说一致；也吸收名辨家的思想，这体现在董仲舒在解释《公羊春秋》上所独创的辞指论，亦见于其深察名号的认识论，所谓"治天下之端，在审辨大；辨大之端，在深察名号。名者，大理之首章也"①。董仲舒在《春秋繁露》中揭示了《春秋》的多种用辞方式，如"正辞""常辞"与"变辞"，及"见其指"而"不任其辞"者。

实际上，综合诸子百家的思想倾向，早在战国后期就开始了。"儒家的集大成者荀子、法家的集大成者韩非，以及作为战国时期众多儒士集体创作的《易传》，都表现了这种倾向，吸收了不少其他诸家的思想，但他们终究未能把诸子百家的精华熔于一炉。后来，在秦统一中国的过程中所出现的《吕氏春秋》，以及在西汉前期出现的《淮南子》，亦都力求将诸子百家融为一家，但可惜也未实现真正综合诸子百家的思想，而只是机械地、外在地包容进了他们的著作。真正把先秦诸子百家融合为一体的是董仲舒的新儒学。虽然他号称汉代的大儒，但他实际上是以儒学为核心，广泛吸取了诸子百家之长，熔铸成了一个新的有机体系。"②结果是这一时期的儒家文艺思想比先秦的儒家文艺思想更加呈现出一种开放性和包容性，这与这一时期的儒家思想兼容并包、容纳各家有关。

---

① （汉）董仲舒：《春秋繁露·深察名号》，366页，北京，中华书局，2012。
② 王永祥：《董仲舒评传》，405~406页，南京，南京大学出版社，2002。

第四章
西汉初中期文艺思想与士人主体的关系

一个时代的文艺思想与提出该文艺思想的主体有着非常密切的关系,所谓"言者,心声也"[1],一个言说主体处在什么样的社会阶层,有怎样的思想倾向,个人有何种身份地位,以及当时社会的政治生态,都会影响着他的言说以及怎样言说。对西汉初中期的一些士人来说,他们作为"士大夫",还面临着作为"士"以"道统"为志和作为"大夫"以"政统"为职任的身份的二难。

◎ 第一节
西汉初、中期政治文化结构与文学、学术中心

一、西汉初期政治文化结构与文学、学术中心

在西汉初期,梁国成了当时的文学中心之一。天下文章之徒渐去梁国。梁国之所以成为文学中心,一方面归之汉初地方诸侯还保留战国养士的风

---

[1] (汉)扬雄:《法言·问神》,126 页,北京,中华书局,2012。

气，再加上文景之世，汉中央朝廷尚未开通士人仕进之途，他们也不喜好文学，如文景"好刑名之言"①，窦太后"喜《老子》之言，不说儒术"②，而藩国的存在及藩王如汉文帝之子梁王刘武对文学的喜爱，则为四方游士提供了一定的活动空间。吴王刘濞因怀有政治野心，也到处招纳天下之士，"吴王濞招致四方游士，（邹）阳与吴严忌、枚乘等俱仕吴"③。由于吴王欲与地方对抗中央，士人们感到前途无望，纷转投梁国。因为在汉之藩国当中，梁为最大藩国，又最无反叛之心，（邹）阳与吴严忌、枚乘等又由吴入梁。"从空间上看，他们由江东的吴国进入中原的梁国，也可以被视为藩府士人向汉中央区域靠近的有序移动。在这种空间移动中，势必蕴含有藩府士人等待汉帝国开通仕途的精神期盼……在天下游士的聚会中，枚乘与司马相如前后相遇，两相激荡，造成了汉大赋在梁地的源起与兴盛。"④在七国叛乱之后，梁与朝廷最亲，又有功，还为大国，并居天下膏腴之地，招延四方豪杰，许多游士前往，这当中包括司马相如。司马相如本在汉景帝身边，怎奈汉景帝不喜欢文学，他只好投奔梁国。⑤甚至梁国当中有人已由地方之文士升为中央之官，但还是愿意放下官位，重回梁国继续文学创作，可见当时作为文学中心的梁国的吸引力。⑥

梁国的兴盛与贾谊很有关系。文帝十一年时，梁王刘胜坠马死，无子嗣继承其位。为继续确保并进一步巩固梁对控遏、阻断藩国侵犯中央的战略地位，贾谊奏了《请封建子弟疏》一文，提出文帝亲子"为梁王立后"并"益梁"的重大策略。文帝同意之，造成梁国封域的扩大。梁国在地理空间上

---

① （汉）班固：《汉书》，3592 页，北京，中华书局，1962。
② 同上书，3608 页。
③ 同上书，2338 页。
④ 程世和：《汉初士风与汉初文学》，178 页，北京，中国社会科学出版社，2004。
⑤ "会景帝不好辞赋，是时梁孝王来朝，从游说之士齐人邹阳、淮阴枚乘、吴严忌夫子之徒，相如见而说之，因病免，客游梁，得与诸侯游士居，数岁，乃著《子虚》之赋。"（《汉书·司马相如传》，2529 页，北京，中华书局，1962）
⑥ （汉）班固：《汉书·枚乘传》记载，枚乘因《上书重谏吴王》，"由是知名。景帝召拜乘为弘农都尉。乘久为大国上宾，与英俊并游，得其所好，不乐郡吏，以病去官。复游梁，梁客皆善属辞赋，乘尤高。"

是离中央京畿地区最近的一个藩国，在梁国的周围，除了西部的河南郡、北部的东郡、西南部的汝南郡为汉中央直属外，东部的楚、东南部的淮南、东北部的济北，均属于具有叛乱实力的藩国。济北王、淮南王都有过谋反的记录，而在淮南国、楚国的背后，还有一个随时都有反叛可能的强大的吴国。贾谊则因为意识到这一点，希望中央政府重视梁国的地理位置并加强梁国的实力。从东西方向看，梁背负中央直属区域，直接面对各怀异志的强大藩国群体；从南北方向看，梁正处于南北藩国的中心地带。所以梁在阻断藩国西进、北上、南下之势而维护汉中央政权方面具有重要战略地位。①

所以在汉代，汉文帝特别把这个地方作为他的爱子梁孝王刘武的封地。梁孝王为汉文帝的第二个儿子，公元前176年被封为睢阳王。公元前161年，奉命从首都长安前往梁国首都睢阳（今河南商丘之南）。当时，梁国疆域辽阔，土地肥沃，处处是奇果佳树、珍禽异兽，是西汉中期势力最大的几个藩国之一。梁国的睢阳也是当时南北的交通枢纽，公元前154年，西汉发生吴楚七国之乱，吴王刘濞、楚王刘戊等亲率大军攻打睢阳，企图打通西进京都长安之路。梁孝王拥兵10万，死守睢阳城3个月，给西汉王朝得以重整旗鼓的机会。吴楚七国之乱被平定后，梁孝王因守睢阳有功，深得汉景帝厚爱，赐弟弟天子旌旗并与其同辇，梁孝王的梁国也成为此时汉王朝中最强大的诸侯国。

梁孝王门客中很多人皆善属辞赋，有著名的作家枚乘、散文家邹阳、写赋高手吴严忌等。连司马相如也慕名而去，他宁愿待在梁孝王身边，也不愿跟随当朝皇帝汉景帝。《西京杂记·卷四》载，梁孝王游于忘忧之馆，命诸游士各为赋，枚乘为《柳赋》，路乔如为《鹤赋》，公孙诡为《文鹿赋》，邹阳为《酒赋》，公孙乘为《月赋》，羊胜为《屏赋》，韩安国为《几赋》。这些记载不足凭信，但至少反映了当时梁国的创作风气。

在西汉的藩国还存在的时候，除了梁国是当时的文学中心之外，另一个

---

① 本文在这里对梁国在军事上重要战略位置的分析参考了程世和《汉初士风与汉初文学》（中国社会科学出版社，2004年）第176～177页的相关内容。

文学中心是淮南国，即淮南王刘安所在的藩国，当时在淮南国首都寿春（今安徽寿县）聚集着一批淮南士人群体。

据王逸《楚辞章句·〈招隐士〉序》曰："昔淮南王安，博雅好古，招怀天下俊伟之士。自八公之徒，咸慕其德，而归其仁，各竭才智，著作篇章，分造辞赋。"《汉书·艺文志·诗赋略》记载，"淮南王赋八十二篇，淮南王群臣赋四十四篇"，再加上刘安编著的《淮南子》《离骚传》①。淮南士人群体显示了蔚然可观的思想成果与文学实绩。

淮南王刘安偏爱文才，好书，《汉书·淮南王传》称："淮南王为人好书，鼓琴，不喜弋猎狗马驰骋，亦欲以行阴德拊循百姓，流名誉。"刘安对艺文之美的热爱，带动了淮南士人群体对文学的热爱。尤其刘安在弘扬屈原高尚志节的同时，还对屈原作品《离骚》进行文本赏析。刘安之后，司马迁、刘向、扬雄、班固等人都对《离骚》和屈原关注过，直至东汉王逸著成《楚辞章句》，在这一过程中形成了汉代的楚辞学。②

以刘安为首的淮南士人的众多赋作今已几乎丧失殆尽，留存下来的只有一篇《招隐士》。《招隐士》的主题也与屈原有关，是悼屈、哀屈之作，这表明，"从贾谊《吊屈原赋》的孤篇独立到淮南士人悼屈、哀屈之作的大量涌现，盖能反映出'屈原'主题由微而著进入两汉士人赋作的文学动向。淮南士人群体在贾谊身后所造成的悼屈之风与刘安所开启的训解屈骚之风两相激荡，使'屈原'成为两汉士人文学的一大主题有了更为深厚的基础"③。而《招隐士》以大量风物入赋。例如，山气、溪谷、猿狖、虎豹、桂枝、春草、岩石、蟪蛄、树轮、杂树、白鹿、猕猴等，均以一种佶屈聱牙的语词形

---

① 刘安著有《离骚传》。班固在《离骚序》中曾说："昔在孝武，博览古文。淮南王安叙《离骚传》，以'《国风》好色而不淫，《小雅》怨诽而不乱，若《离骚》者，可谓兼之。蝉蜕浊秽之中，浮游尘埃之外，皭然泥而不滓；推此志，虽与日月争光可也。'斯论似过其真。"又，《汉书·淮南王传》："时武帝方好艺文，以安属为诸父，辩博善为文辞，甚尊重之。……使为《离骚传》，旦受诏，日食时上。又献《颂德》及《长安都国颂》。每宴见，谈说得失及方技赋颂，昏莫然后罢。"惜《离骚传》早已亡佚。
② 这方面内容详见本章第四节的分析。
③ 程世和：《汉初士风与汉初文学》，188页，北京，中国社会科学出版社，2004。

式着力叙述着这些外在的风物,如"嶔岑碕礒兮碙磳魂硊,树轮相纠兮林木茷骫。青莎杂树兮薠草靃靡,白鹿麚麚兮或腾或倚"。这两者都开启了汉大赋语词风格之先河,反映了淮南士人作品有向汉大赋过渡的迹象。

河间献王刘德所在封地则成了西汉前期的学术中心。在刘德之前,汉高祖的弟弟楚元王刘交好读书,曾学《诗》于浮丘伯。《汉书·楚元王传》载:"楚元王交字游,高祖同父少弟也。好书,多材艺。少时曾与鲁穆生、白生、申公俱受《诗》于浮丘伯。伯者,孙卿门人也。及秦焚书,各别去。"楚元王刘交也敬重那些有学问的人,在他好《诗》的情况下,他的子女也读《诗》,"元王既至楚,以穆生、白生、申公为中大夫。高后时,浮丘伯在长安,元王遣子郢客与申公俱卒业。文帝时,闻申公为《诗》最精,以为博士。元王好《诗》,诸子皆读《诗》。①申公始为《诗》传,号《鲁诗》。元王亦次之《诗》传,号曰《元王诗》,世或有之"。楚元王虽尊重学术,但他所在的藩国还不足以形成学术的中心,他退位后,其所在的藩国尊重有学问人的风气也随之消退,"初,元王敬礼申公等,穆生不耆酒,元王每置酒,常为穆生设醴。及王戊即位,常设,后忘设焉。穆生退曰:'可以逝矣!醴酒不设,王之意怠,不去,楚人将钳我于市。'称疾卧。申公、白生强起之曰:'独不念先王之德与?今王一旦失小礼,何足至此!'穆生曰:'《易》称知几其神乎!几者动之微,吉凶之先见者也。君子见几而作,不俟终日。先王之所以礼吾三人者,为道之存故也;今而忽之,是忘道也。忘道之人,胡可与久处!岂为区区之礼哉?'遂谢病去。"②

西汉初民间藏书也不多。秦颁《焚书令》,"非博士官所职,天下敢有藏《诗》、《书》、百家语者,悉诣守、尉杂烧之"③;颁《挟书律》,凡"有敢偶语《诗》、《书》者弃市"④。此后,民间书籍奇缺。西汉初,虽除《挟书

---

① (汉)班固:《汉书》,1922页,北京,中华书局,1962。
② 同上书,1923页。
③ (汉)司马迁:《史记》,255页,北京,中华书局,1959。
④ 同上。

律》,也收集秦图书,但西汉前期,总体书籍奇缺状况并没有改变。文景时期的汉廷虽有"石室金匮"藏书,由兰台令史管理,但规模有限,藏书无多,也没有专职收书、藏书、校书、写书之官。而武帝异母兄河间献王自幼酷爱读书,"修学好古,实事求是",曾说到读书的作用,"汤称学圣王之道者,譬如日焉;静居独思,譬如火焉。夫舍学圣王之道,若舍日之光,何乃独思,若火之明也? 可以见小耳,未可用大知,惟学问可以广明德慧也。"①他多年在民间收集先秦图书,以金帛赐以招之,"繇是四方道术之人不远千里,或有先祖旧书,多奉以奏献王者,故得书多,与汉朝等。"②计收藏有《周官》《尚书》《礼》《礼记》《孟子》《老子》等学术著作,另外,刘德"其学举六艺,立《毛氏诗》、《左氏春秋》博士。修礼乐,被儒服术,造次必于儒者"③。在这种背景下,山东诸儒多从而游。

二、汉武帝时期的文化政治结构与汉代文学中心、学术中心

在汉武帝时期,地方藩国的学术中心与文学中心向中央移动。中央成为学术中心的一个标志是设置太学和博士;中央成为文学中心的一个标志是在汉武帝身边围聚了一批能写文章之士。

在先秦时代,上者勤于干戈,而下者亦忙于迁移到那些施行仁政的国家。到了汉初,民心开始知倦,战争的创伤还未过去,老百姓不想再过以前那样到处迁移漂泊的生活,社会也需要安定,所以汉初的当权执政者迎合当时社会之需要,采取休养生息政策,以黄老之说治国,内则主申韩刑名。及至文景,经过几十年的休养生息政策,社会富庶,开始充满活力,这时先前所提倡的休养生息政策已不适合,尤其是面对经过休养后社会财富的大量积累,人的欲望的激增,社会财富的两极分化,地方诸侯势力的极端扩张,这

---

① (汉)刘向撰,向宗鲁校正:《说苑校正》卷三《建本》,69页,北京,中华书局,1987。
② (汉)班固:《汉书》,2410页,北京,中华书局,1962。
③ 同上书,2410页。

时候需要国家有新的法度和纲纪来统一全国人民的思想和行为，而不是一任汉初的自由散漫和无为。另外，在汉武帝时，先前困扰中央政府的功臣、外戚、同姓三系之纷争也基本结束，中央政府的统一权威已开始确立，而边境匈奴的骚扰也因先前的忍让而变本加厉，在本朝国力日趋于强盛之际，有必要给予教训甚至重创一下。在这种情况下，武帝时期的政治文化之变革势在必行。钱穆先生分析说："及于景帝，既平七国之变，而高庙以来功臣亦尽。中朝威权一统，执申韩刑名之术，若可以驱策天下，惟我所向。然申韩刑名，正为朝廷纲纪未立而设。若政治已上轨道，全国共遵法度，则申韩之学，亦复无所施。其时物力既盈，纲纪亦立，渐臻太平盛世之况。而黄老申韩，其学皆起战国晚世。其议卑近，主于应衰乱。惟经术儒生，高谈唐虞三代，礼乐教化，独为盛世之憧憬。"①

所以，汉武帝执政时期采纳了研治春秋公羊学著称的儒生董仲舒的建议，罢黜百家，独尊孔子所编订的六经，以效唐虞时代王官之学和统一全国言论，而加强中央集权。同时，兴太学，置明师，推广教化，扩大儒家思想影响②，将解读经书与仕宦利禄结合起来，选官择吏取儒生，尤其将布衣出身的儒生公孙弘拜为丞相，封平津侯，以致儒学成为当时代表官方意识形态的学说。

对于当时儒家以外的各家学说，执政者也能兼容并包，并未采取强制性的罢黜运动。吕思勉先生曾指出："汉崇儒之主，莫过于武帝。其为治，实亦儒法杂。"③武帝的继承者昭帝、宣帝在行政中也兼综合了各家思想。宣帝曾公开宣称："汉家自有制度，本以霸王道杂之，奈何纯任德教，用周政乎？"④西汉后期元、成诸帝偏重儒术，儒生势力空前膨胀，经学昌盛。清

---

① 钱穆：《秦汉史》，93页，北京，生活·读书·新知三联书店，2004。
② 汉武帝尊儒后，在长安立太学，设五经博士，许多学者进入长安教、习五经。以《诗经》为例，东海郯人后苍任《齐诗》博士，东海翼奉、萧望之与匡衡亦在长安授《诗》。长安成了当时学术研究中心。
③ 吕思勉：《读史札记·儒术之兴下》，648页，上海，上海古籍出版社，1982。
④ （汉）班固：《汉书》，277页，北京，中华书局，1962。

皮锡瑞在《经学历史》中说："上无异教，下无异学，皇帝诏书，群臣奏议，莫不援引经义，以为依据。"

刘彻下令全面改革官吏选任制度，"量材而授官，录德而定位"①，改以往旧式选官制度只看出身门第、财产、年资，不注重德行、学问和实际能力的弊病。他要"广延四方之豪俊"，只要是人才，就不计出身资历，广开才路，在全国范围内形成了射策、征召、公车上书、"茂材异等"等各种察举选官用人制度。由天子根据实际需要察选，并确定科目，每年按郡国人口比例选拔推举。元朔元年（前128）颁布《议不举孝廉者罪诏》，元封五年（前106）颁布各州郡举荐"茂材异等"人才的诏书："盖有非常之功，必待非常之人。故马或奔踶而致千里，士或有负俗之累而立功名。……其令州郡察吏民有茂材异等可为将相及使绝国者。"②刘彻从实际需要出发，不限一途，不拘一格，"通一伎之士，咸得自效"③，大将军卫青"奋于奴仆"，丞相桑弘羊出身布衣，事实证明，刘彻明于识人、善于用人。④其中，涉及文学和学术方面选拔人才的举措有：汉武帝刘彻即位后，"多次招方正贤良文学之士"⑤。例如，"武帝初即位，招贤良文学之士。是时弘年六十，以贤良征为博士"⑥。除公孙弘人选外，当时的名士如鲁申培、枚乘等先后入选，可惜在用安车蒲轮征召枚乘入京时，枚乘病死途中。会稽吴人严助以及朱买臣、吾丘寿王等在这次征召中也被刘彻选用，"严助，会稽吴人，严夫子子也，或言族家子也。郡举贤良，对策百余人，武帝善助对，繇是独擢助为中大夫。后得朱买臣、吾丘寿王……并在左右……唯助与寿王见任用，而助最

---

① （汉）班固：《汉书》，2513页，北京，中华书局，1962。
② 同上书，197页。
③ （汉）司马迁：《史论》，3224页，北京，中华书局，1959。
④ （汉）班固：《汉书》，212页，北京，中华书局，1962。
⑤ 贤良文学是举文士，开言路，答策问，有时称"直言极谏之士"。"文学"包括儒学，但不限于儒学，兼有博学多识能写文章之义，如张苍以文学律历为名相，晁错以文学为太常掌故，王臧以文学获罪等。
⑥ （汉）班固：《汉书》，2613页，北京，中华书局，1962。

先进"①。 如元光元年（前134），刘彻再诏举贤良文学直言极谏之士，董仲舒就在这次设科射策中对"天人三策"，获得武帝重视，出任胶西相。

刘彻好文辞，又要从外朝夺回权力，他自然注意选拔能言善辩、文章华美之士为内朝官，用以控制外朝。他用秩卑权轻的内朝官制约外朝位尊权重的大臣，实收以轻驭重、以中御外、尊君抑臣之妙。在屡次举贤良文学之士中，他通过各种途径陆续得到了一批有真才实学的文士。"郡举贤良……后得朱买臣、吾丘寿王、司马相如、主父偃、徐乐、严安、东方朔、枚皋、胶仓、终军、严葱奇等，并在左右。"②《汉书·公孙弘传赞》载："上方欲用文武，求之如弗及，始以蒲轮迎枚生，见主父而叹息。群士慕向，异人并出。……汉之得人，于兹为盛，儒雅则公孙弘、董仲舒、兒宽，……文章则司马迁、相如，滑稽则东方朔、枚皋，应对则严助、朱买臣，……协律则李延年……是以兴造功业，制度遗文，后世莫及。"

由于文学之士在文章辩才方面胜人一筹，在重大问题决策时，多由这些内朝官表达天子意志，对外朝议政起了很大的制约作用："上令（严）助等与大臣辩论，中外相应以义理之文，大臣数诎。"③朱买臣曾诘难公孙弘。主父偃议置苍海、朔方郡，公孙弘数谏，认为不妥，"于是上乃使朱买臣等难弘置朔方之便。发十策，弘不得一。弘乃谢曰：'山东鄙人，不知其便若是，愿罢西南夷、苍海，专奉朔方。'上乃许之"④。严助也曾诘难太尉田蚡，并作《答淮南王书》。

刘彻在招收人才方面，不拘一格，不分贫富贵贱和学派畛域，如会稽吴人严助以文辞进；吴人朱买臣家贫好读书，以《春秋》《楚辞》进；蜀成都人司马相如善赋，任为郎；齐平原人东方朔学百家言；临淄主父偃学纵横百家言，以对策进。武帝朝文学的繁盛，导致以汉大赋为代表的文学时代的到

---

① （汉）班固：《汉书》，2775页，北京，中华书局，1962。
② 同上书，2775页。
③ 同上书。
④ 同上书，2619页。

来。当时作赋的盛况,班固在《两都赋序》中曾给予描述:

> 或曰:赋者,古诗之流也。昔成、康没而颂声寝,王泽竭而《诗》不作。大汉初定,日不暇给,至于武、宣之世,乃崇礼官,考文章,内设金马、石渠之署,外兴乐府、协律之事,以兴废继绝,润色鸿业。是以众庶悦豫,福应尤盛。《白麟》、《赤雁》、《芝房》、《宝鼎》之歌,荐于郊庙。神雀、五凤、甘露、黄龙之瑞,以为年纪。故言语侍从之臣,若司马相如、虞丘寿王、东方朔、枚皋、王褒、刘向之属,朝夕论思,日月献纳。而公卿大臣御史大夫兒宽、太常孔臧、太中大夫董仲舒、宗正刘德、太子太傅萧望之等,时时间作。或以抒下情而通讽谕,或以宣上德而尽忠孝。雍容揄扬,著于后嗣,抑亦《雅》《颂》之亚也。故孝成之世,论而录之,盖奏御者千有余篇,而后大汉之文章,炳焉与三代同风。①

仅汉武帝时期兴起的汉赋,及至成、宣年间,进御之赋,已达千余篇。

桓谭称赞"汉武帝材质高妙,有崇先广统之规,故即位而开发大志,考合古今,模范前圣故事,建正朔,定制度;招选俊杰,奋扬威怒,武义四加,所征者服;兴起六艺,广进儒术,自开辟以来,惟汉家最为盛焉,故显为世宗,可谓卓尔绝世之主矣"②。刘勰也称扬"孝武崇儒,润色鸿业,礼乐争辉,辞藻竞骛"③。

各地方诸侯国的学术和文学中心则在衰落,一方面跟汉武帝招揽和奖掖各类人才有关,另一方面也与汉武帝对各地方王公大臣养士反对有关。汉武帝时期,反对王公大臣养士,有历史原因,淮南王之反叛明显有士人之相助,如淮南王宾客左吴等人参与谋反,如伍被这样的人,虽曾多次劝谏,但又勉强"为王画反计"。

---

① 费振刚、胡双宝、宗明华辑校:《全汉赋》,311 页,北京,北京大学出版社,1993。
② (汉)桓谭:《新论·识通》,见《新辑本桓谭新论》卷十,43 页,北京,中华书局,2009。
③ 范文澜:《文心雕龙注·时序》,672 页,北京,人民文学出版社,1958。

元朔五年（前124），刘彻以御史大夫公孙弘代薛泽任丞相，诏封平津侯。董仲舒致书公孙弘仿效周公，行周政，开相府"召贤馆"荐士入仕[①]。公孙弘遂上疏："陛下有先圣之位而无先圣之名，有先圣之名而无先圣之吏，是以势同而治异……臣闻周公旦治理天下，期年而变，三年而化，五年而定，惟陛下之所志。"[②]刘彻致书责问公孙弘："称周公之治，弘之材能，自视孰与周公贤？"公孙弘顿悟刘彻之意，为避标榜自己以及政出私门之嫌，遂罢招贤馆。《史记·卫将军骠骑列传》载卫青部将苏建与司马迁的一次对话："苏建语余曰：'吾尝责大将军至尊重，而天下之贤大夫毋称焉，愿将军观古名将所招选择贤者，勉之哉。'大将军谢曰：'自魏其、武安之厚宾客，天子常切齿。彼亲附士大夫，招贤绌不肖者，人主之柄也。人臣奉法遵职而已，何与招士！'骠骑亦放此意，其为将如此。"连丞相公孙弘和大将军卫青都不敢养士，其他大臣更无人敢私自养士，选官用人必出天子一门。这与刘彻用人制度高度集权化有关，与当时整个政治环境有关。

在元光五年（前130），河间献王刘德朝觐，进献不少先秦书籍，标志着汉代学术中心完全由地方转向中央。刘彻受刘德献书立教于博士的启发，生出收集天下图书的想法，颁布《献书令》，"建藏书之策，置写书之官，下及诸子传说，皆充秘府"。[③]梁朝的庾信作《汉武帝聚书赞》："献书路广，藏书府开，秦儒出谷，汉简吹灰，芝泥印上，玉匣封来，坐观风俗，不出兰台。"[④]可见，这次献书运动意义深远。司马迁称："百年之间，天下遗文古事靡不毕集太史公。"[⑤]

汉代的学术中心在东汉末年又发生了转移，从中央转移到了地方，并诞生了荆州学派。随着东汉中期以后儒家章句之学被鄙弃，红极一时的经学开

[①] （晋）葛洪《西京杂记》卷下："平津侯自以布衣为宰相，乃开东阁营客馆，以招天下之士。其一曰：'钦贤馆'，以待大贤；次曰'翘材馆'，以待大才；次曰'接士馆'，以待国士。"
[②] （汉）班固：《汉书》，2617～2168页，北京，中华书局，1962。
[③] 同上书，1701页。
[④] 《艺文类聚》卷十二引庾信《汉武帝聚书赞》，见《全上古三代秦汉三国六朝文》，3935页，北京，中华书局，1958。
[⑤] （汉）司马迁：《史记》，3319页，北京，中华书局，1959。

始受到皇权冷落——先是汉安帝"薄于艺文，博士倚席不讲"，其后桓帝崇奉老子和佛学，灵帝则别立鸿都门学，以书画诗赋技艺进士。伴随着上述大一统政权的崩坏以及社会的分崩离析，作为全国政治思想文化基础的儒家思想的独尊地位受到了严重挑战。不少士人阶层由政治上对朝廷的政治危机，发展到思想上对儒学独尊的信仰危机，他们纷纷离开朝廷，投奔当时开明的荆州牧刘表，最终形成荆州学派。

◎ 第二节

政治结构中的士大夫群体与士人文学精神的形成

中国"士大夫"起兴于两汉时代，构成了汉以后中国历史上一种重要的政治现象与文化现象。由于"士大夫"在中国士林中居有政治高位与文化优势，它对中国士人文学精神的形成势必有着导引作用。

就先秦诸子而言，除法家外的诸子大多只有"士"之文化身份而几无"大夫"的政治地位，法家人物虽有"大夫"地位，却又渐渐丧失了"士"之文化身份。大体而言，"士大夫"是"士"文化身份与"大夫"政治身份的合二为一，是精神道统与现实政统两相整合的人格表现。春秋战国的文化政治结构是天下纷争，四海幅裂，先秦士林与诸侯国王侯之间的关系是非隶属的、游离的，士人有着相对自由的空间，这造成了先秦士林"士无定主"，但同时带来的是士人政治地位的不稳固。再加上士林同类纷走和游说天下，以博得人主青睐，竞争的激烈加剧了士人获得某一政治地位后深恐位之不保的忧惧心理，在这种精神状态下的士人难有文化和人文的关怀。

秦帝国以法家思想作为意识形态，对全国实行高压专制，自然对那些"以古非今"的儒学之士不能容忍，秦统一后秦始皇"焚书坑儒"，彻底剥夺了天下士人的文化身份，也严重压缩了天下士人的精神空间。虽然有秦博士"国有疑事，掌承问对"①，但这仅是被动式的"议政"，很难对朝廷事务产生实际影响。

入汉以后，虽有儒士叔孙通等具有一定的士人身份和入仕朝廷的职位，也有张良、陈平、萧何、曹参等人因功高而封侯，但他们都不具备"士"与"大夫"双重身份的真正融合。对于前者，他们缺乏对"士"之文化身份的精神自觉，对于后者，他们具有"大夫"的地位，但无"士"的文化胸襟和品位，没有彻底完成先秦策士向西汉儒士的精神转型。在学者程世和看来，"士"与"大夫"双重身份的两相对接的完成肇始于陆贾、贾谊，"在陆贾这里，'士'与'大夫'两相对遇、两相激荡，创始性地显示出'士大夫'的卓然风貌。继陆贾之后，又有贾谊以'士'出任'太中大夫'。陆贾和贾谊前后相续，分以《新语》、《新书》将先秦诸子处士之议化为朝廷大夫之议，开两汉士人奏论风气之先，为两汉士大夫的崛起奠定了精神气局。因陆贾、贾谊借大夫身份将士人论议之风带入朝廷并得到了高祖、文帝的激赏，因陆贾、贾谊大夫之论合乎国家大体，汉廷上下逐渐形成了群臣献议而人主博采众议的良好风习。"②

但问题是，"士"以"道统"为志业，"大夫"以"政统"为职任，"道统"和"政统"既相互依存又彼此对立，以现实政治作为自己行动和写作的依据，还是以"道统"作为对现实政治的批判和超越，这对处在朝廷的"士大夫"来说，是一个艰难的选择。他们对"道统"和"政统"不同程度的认可和皈依，在现实政治生涯和文学写作中就呈现出了不同的现实人生和文学精神。西汉初中期士大夫贾谊、董仲舒、司马迁的政治悲剧很大程度上是他们对政治官场的黑暗的不认可和对"士"之精神的张扬有关，在他们的文学作品《新书》《春秋繁露》《报任安书》中我们分别看到了世之忧、生之悲、国之关切的人文关怀，也看到了"究天人之际"、融百家之言的气象和胸

---

① （南朝宋）范晔：《后汉书》，3571页，北京，中华书局，1965。
② 程世和：《汉初士风与汉初文学》，91页，北京，中国社会科学出版社，2004。

襟。他们以文化存在超越了政治存在，他们在与现实政体相结合的同时又保持了一种对现实政体的超越。但也有过于依附现实政治而不能张扬道统精神的士大夫，如汉武帝以后的儒相，"自孝武兴学，公孙弘以儒相，其后蔡义、韦贤、玄成、匡衡、张禹、翟方进、孔光、平当、马宫及当子晏咸以儒宗居宰相位，服儒衣冠，传先王语，其酝藉可也，然皆持禄保位，被阿谀之讥"①。对于为"政统"而皈依的士大夫，在其文学写作中自然是对汉帝国歌功颂德和以维护中央政权为至上，这不仅表现在汉代的赋中，如司马相如的《上林赋》《子虚赋》，扬雄的《长杨赋》《羽猎赋》②等，也表现在大量的政论散文中，如司马相如的《谕巴蜀檄》《难蜀父老》，终军的《白麒奇木对》，吾丘寿王的《骠骑论功论》，王褒的《四子讲德论》《圣主得贤臣颂》③等。

在汉代，以东方朔为代表的一类文人则虽不像贾谊、司马迁等在反抗现实政治的黑暗中直抒胸臆而招致生命悲剧，但他们在精神上也不认同当时官场的黑暗和帝王的独断专行，不以"政统"为皈依；而是以幽默诙谐的方式抒发他们生不逢时的满腔悲愤，同时又以委婉机智的方式批评官场的黑暗和皇权的专制，还以一种游戏和戏谑的方式游走在文学、生活和朝廷之间。西晋夏侯湛《东方朔画赞序》这样描述西汉一位滑稽多智、诙谐狂傲的士人，"戏万乘若寮友，视俦列如草芥，雄节迈伦，高气盖世"。史书记载他利用他的滑稽天性和异世脱俗的行为来保护自己，迷惑他人，如长安娶妇、拔剑割

---

① （汉）班固：《汉书》，3366页，北京，中华书局，1962。
② 如司马相如的《上林赋》把汉武帝描绘成圣王形象："于斯之时，天下大说，乡风而听，随流而化，卉然兴道而迁义，刑错而不用，德隆于三皇，功羡于五帝。"（《汉书》，2573～2574页，北京，中华书局，1962）
③ 如王褒对汉宣帝的歌功颂德："圣德巍巍荡荡，民氓所不能命。"（《四子讲德论》，见《全上古三代秦汉三国六朝文》，2250页，北京，中华书局，1958）"圣主冠道德，履纯仁，被六艺，佩礼文，屡下明诏，举贤良，求术士，招异伦，拔俊茂，是以海内欢慕，莫不风驰雨集。"（《四子讲德论》，见《全上古三代秦汉三国六朝文》，2254页，北京，中华书局，1958）"故世必有圣知之君，而后有贤明之臣。"（《圣主得贤臣颂》，见《全上古三代秦汉三国六朝文》，2092页，北京，中华书局，1958）"圣主不遍窥望而视已明，不单顷耳而听已聪，恩从祥风翱，德与和气游。"（《圣主得贤臣颂》，见《全上古三代秦汉三国六朝文》，2093页，北京，中华书局，1958）

肉、醉遗殿上、智辨驺牙等，其形迹与侏儒俳优相近。他以"大隐"的方式避世金马门，隐居于朝廷。① 用他自己在《诫子诗》中的话说"圣人之道，一龙一蛇。形现神藏，与物变化"。

东方朔之所以用游戏和戏谑的方式游走在文学、生活和朝廷之间，是因为他意识到，在中央集权这一大背景下，士人的独立性和自主性与先前已发生了很大的变化。在《答客难》中他阐明了这个问题。在《答客难》中，作者设客难己，代客批评自己在尽忠以事圣帝过程中是否有失检之行为？若没有失检，则为何居官日久，官不过侍郎，位不过执戟？作者辩护说，战国时苏秦、张仪之所以"身都卿相之位"，是因为战国时代重士，因为"得士者强，失士者亡，故谈说行焉。身处尊位"。但今则不然，天下一统，皇权至上，专制加剧，皇帝对士人可以凭个人好恶摆布，"尊之则为将，卑之则为虏；抗之则在青云之上，抑之则在深泉之下；用之则为虎，不用则为鼠"。个人在这样帝王独断专行的时代面前是不能掌握自己仕途和命运的，"虽欲尽节效情，安知前后？"作者最后表示自己虽位卑但还是一如既往，坚持士人的操守，坚持道统，不为世俗小人之匈匈而易其行。近人林纾曾评此文说："总之通篇主意，言隐志晦，满腹牢骚，不肯直接说出。语似安分，然言外皆含讥刺。"② 东方朔之所以在文学表达中也是以戏谑的方式而不是直白的方式表明他的观点，是因为他意识到在王权专制的背景下，若直白表达对现实政治官场的不满，会直接招来朝廷猜忌和打击。他要在保全生命的前提下又保持自身精神的独立，所以采取了一种依隐玩世、优哉游哉的处世及文学写作方式。他在《诫子诗》中说："明者处世，莫尚于中。优哉游哉，于道相从。首阳为拙，柳惠为工。饱食安步，以仕代农。依隐玩世，诡时不逢。才尽身危，好名得华。有群累生，孤贵失和。遗余不匮，自尽无多。"说明了他不愿直接对抗朝廷，（"孤贵失和"、遗余不匮）也不愿完全

---

① （东方朔）时坐席中，酒酣，据地歌曰："陆沉于俗，避世金马门。宫殿中可以避世全身，何必深山之中，蒿庐之下。"（《史记》，3205 页，北京，中华书局，1959）
② 林纾：《林纾选评古文辞类纂》卷十，473 页，杭州，浙江古籍出版社，1986。

脱离朝廷,("首阳为拙"、"饱事安步,以仕代农")也不想完全依附朝廷("有群累生"、"柳惠为工")的一种矛盾复杂的心理,于是他以自己的生存智慧找到了一种游戏和戏谑的生存方式。

两汉士大夫的精神迁转不断显现出文学新变之相,两汉的士大夫的文学新变之相,即以怎样的文学面貌写作,以怎样的文学精神立言,这在很大程度上也反映出了两汉士大夫是坚持了士之精神,还是以丧失士之精神为代价以换得官场中"大夫"的政治地位和身份。学者程世和对奠定两汉士人、士大夫精神原型的陆贾是这样评价的:"以《新语》而论,虽大力弘扬儒之精神大义,却无一语涉及对现存秩序的批判、对朝廷人事的论议,因此《新语》对汉廷有精神的感染但难有现实的冲击。"[1]这主要表现为陆贾本为刘邦集团的内部人士,与刘邦集团有一种"深相结"的天然关系,再加上为保自身政治地位和利益之故,他不轻易违逆他所寄存的政治集团。再如汉末士大夫蔡邕,曾"毁刺贵臣,讥呵竖臣"[2],以至于被朝廷流徙朔方达十二年之久,但后因仕于董卓之朝并备受董卓厚遇,更为董卓之诛灭而当众伤叹而被时人和后人非议,顾炎武《日知录》卷十三曰:"东京之末,节义衰而文章盛,自蔡邕始。其仕董卓,无守;卓死惊叹,无识。观其集中滥作碑颂,则平日之为人可知矣。以其文采富而交游多,故后人为立佳传。嗟乎! 士君子处衰季之朝,常以负一世之名而转移天下之风气者。视伯喈之为人,其戒之哉!"

概言之,坚持道统和士之精神的汉代士人,在面对官场之黑暗、现实之不公过程中自然激愤昂扬、直刺时事、"发愤著书",其文学精神高扬的是道统和对现实的批判。而皈依政统和完全依附于朝廷的士人,其文学写作要与汉政权所提倡的保持一致。为讨皇帝喜悦,极尽歌功颂德之能事,即使有时对朝廷进行讽谏,也是少愤激之情,其文中彰显的是儒家"温柔敦厚"之诗教精神。

---

[1] 程世和:《汉初士风与汉初文学》,110页,北京,中国社会科学出版社。
[2] (南朝宋)范晔:《后汉书》,2531页,北京,中华书局,1965。

◎ 第三节
汉代初中期士人文化心态对汉代文论的影响

　　两汉文论总体来说经历了三个发展阶段：西汉初到汉武帝前后是两汉文论发展的第一阶段。这一时期是道家文艺思想比较活跃的时期。像刘安、司马迁等，在文艺思想上都是以道家为主。特别是淮南王刘安所主编的《淮南子》乃是体现这一时期道家文艺观的代表作。从汉武帝的"罢黜百家"到东汉章帝亲自发起的白虎观会议是汉代文论发展的第二阶段。这一阶段是儒家文艺思想发展的极盛与高潮时期。这一时期的儒家思想"定于一尊"，儒家思想也成了指导当时文艺创作的唯一原则，产生了代表汉代儒家文艺思想的纲领性著作《礼记·乐记》和《毛诗大序》。从东汉中期白虎观会议到汉王朝灭亡是两汉文论发展的第三时期。东汉中期以后，思想文化领域呈现出多元化的倾向。此时，儒学因神秘化、迷信化倾向以及其他各种原因日渐暴露出它的局限性，这一时期的文论呈现出对正统儒学的突破、解构以及对道家思想重新亲近的趋势。

　　两汉文论（诗学）的提出以及各个时期呈现的态势，其背后都或多或少隐藏和折射出当时提出文论（诗学）的主体的文化心态，或者反过来说，文论（诗学）主体在不同时期的文化心态影响甚至决定着他们在文化上的努力方向。作为文化的一个组成部分，文论自然是在士人的种种文化心态下推动和形成的，因而，上述汉代文论的发展态势及整体面貌跟汉代士人的文化心态是息息相关的。本节拟从这个角度粗略梳理汉代士人不同时期的文化心态对两汉文论发展的影响。

一、汉初士人文化心态与汉初文论的构建

汉初政府在政治上采取诸侯王自治的政策,在经济领域采用休养生息政策,文化方面好黄老之学。汉初秉承先秦遗风,诸侯王皆喜欢聘四方贤士,王侯贵族养士之风尚存①,当时以招致文士著名者有处在南方的淮南王和处在北方的河间献王。《淮南子》就是淮南王和门客一起编订而成的。

在汉初,自战国以来的百家之学,稍得势于中央政府者,唯黄老之学和申商之术。黄老之学主张一切因循而行,清静而无为;申商之术主张循名责实,尊上以守法。这两者虽在表面上差异,却在情理上相近,这也是司马迁以老庄申韩合传的原因。正因为中央政府的提倡,所以汉初寄居在诸侯王门下的那些士人就可以放胆讲论道家之思想,《淮南子》一书的编撰和流行,说明了这一点。《淮南子》的特点是在承继先秦道家积极方面的同时,又吸收了门客中儒、墨、法等思想,一定程度上又避免了道家的消极思想。

而汉初儒家仅在民间和社会下层流行。汉初文帝时虽设有《诗》博士,景帝时设有《春秋》博士,但汉初朝廷不以儒家为治国思想。据《汉书·儒林传》记载,窦太后好《老子》书。召问博士辕固生。固说《老子》是百家言,他所治的《诗》《书》是王官之学,言下之意轻视比王官之学晚出的诸子百家言。窦太后听了大怒,辕固生差点招来杀身大祸。可见,当时执政者的喜好使那些坚持儒之正统者不敢过分宣扬儒家思想。汉初作为儒生的士人阶层在地位上处在下层的另一原因在于,当时朝廷自萧何以下,都因兵革汗马之功,封侯为相。汉初有一条约,非有功劳不得封侯,又非封侯不得为相,故宰相一职,遂为功臣阶级所独擅。"彼辈皆起军旅中,质多文少。即张良以下,陆贾娄敬诸文人,尚不得大用,何论新起之士。故贾谊卒抑郁以

---

① 《汉书·邹阳传》:"汉兴,诸侯王皆自治民聘贤。"(《汉书》,2338页,北京,中华书局,1962)《汉书·梁孝王传》,孝王"筑东苑,方三百余里……招延四方豪杰"。(《汉书》,2208页,北京,中华书局,1962)

死。 晁错进言，遽自见杀。 此皆不得专以文景不好儒为说也。"①这也在很大程度上决定了作为儒生的士人阶层因出身的原因而不能进入主流社会，从而使儒家文化思想不能进入当时的社会主流。 所以，在汉初，道家文艺思想流行，除了以《淮南子》为代表作外，还表现在其他文艺论著中，如贾谊的《吊屈原文》、陆贾的《新语》、韩婴的《韩诗外传》等。

二、汉中期士大夫文化心态对这一时期文论的影响

儒家文化思想不能进入当时社会主流的这种局面到汉武帝时有所改变。汉武帝为了重用儒生公孙弘，特先封他为侯，然后再拜其为相，"自此公卿大夫士吏彬彬多文学之士"②。 中国历史上的士大夫阶层也由此形成，此时的政府也成了士人政府。 这些士人主要由儒生和文章之士构成。 他们积极介入政治生活，尤其影响国家思想政治文化方面的建设。 东汉初年的班固在《两都赋序》中曾描述了他们在政治文化领域中的作为："故言语侍从之臣，若司马相如、虞丘寿王、东方朔、枚皋、王褒、刘向之属，朝夕论思，日月献纳。 而公卿大臣御史大夫儿宽、太常孔臧、太中大夫董仲舒、宗正刘德、太子太傅萧望之等，时时间作。 或以抒下情而通讽谕，或以宣上德而尽忠孝。 雍容揄扬，著于后嗣，抑亦雅颂之亚也。"对汉武帝以后的士人来说，他们一方面为有机会给国家出力、为朝廷服务而高兴；但另一方面，他们也看到了统治者吸纳他们进入朝廷乃是要他们完全效忠于皇帝、为汉代政治服务，这又给自身欲坚持孔子所开辟的士的道统提出了难题，因为道统与政统是对立的。 所以要想积极介入国家的政治生活，发挥自己在社会政治生活中的聪明才干，并使儒家思想得到朝廷认可，在官学中取得地位，经学士人不得不从政，而从政则意味着必须效忠于皇上，成为皇权的从属物。 而成为皇

---

① 钱穆：《秦汉史》，79 页，北京，生活·读书·新知三联书店，2004。
② （汉）司马迁：《史记》，3119 页，北京，中华书局，1959。

权的从属物，又则意味着士人的道统不能坚持。为回应当时政统与道统这样同时不能兼顾的二难处境，以董仲舒为代表的儒学之士采取了与先秦儒生不同的举措，并创造性地对先秦儒家思想进行改造以适应那个时代。

董仲舒等意识到，在当时的情况下他们不能直接搬用儒之道统，这样做会招致杀头的危险。同时，作为儒家思想的继承人，要恢复儒家思想在社会上的地位，董仲舒希望执政者能接受儒家所主张的仁政和德治。为此，董仲舒在两个方面做了努力。

其一，劝说汉武帝反对秦国统私学于王官、以吏为师的政治文化特点。董提出要采纳六艺而罢黜百家。他向武帝建议说："《春秋》大一统者，天地之常经，古今之通谊也。今师异道，人异论，百家殊方，指意不同，是以上亡以持一统；法制数变，下不知所守。臣愚以为诸不在六艺之科孔子之术者，皆绝其道，勿使并进。邪辟之说灭息，然后统纪可一而法度可明，民知所从矣。"[1]董甚至认为，当时社会的病根从下言之，乃是社会经济发展造成了大贫大富之阶级；从上言之，是汉初的黄老无为与申商之刑名不足以适应那个时代，社会需要通过教化来防治。汉初政局大体因袭秦旧，未能多加改革。而当局者恭俭无为的精神，则跟他们出身卑微、平民化之精神有关。董认为秦之为政，既急功又近利，复严刑而酷法，教化风俗，非其所重。汉武帝本有复古更化之意，他本人深斥亡秦，鄙薄始皇，远慕唐虞。董仲舒之政治文化改良之意在主观上暗合了他的心意。

其二，为了让汉武帝更易接受儒家思想，董仲舒结合先秦以来流行的阴阳五行来重新阐述儒家思想。一方面，为了满足统治者专制政治的需要，董仲舒提出了王者是天之子、代天而治的思想，为君权神授理论提供了哲学依据。董仲舒治的是春秋公羊学，本来非天论的春秋公羊学的方法论是追究《春秋》"笔法"，发挥出《春秋》经中隐藏着的微言大义，探求二百四十二年间的历史与人类活动的动乱和原因，进行道德审判，从而为现实中的统治

---

[1] （汉）班固：《汉书》，2523页，北京，中华书局，1962。

者提供历史的统治根据。这样的春秋公羊学在历史论议和道德审判中,虽有先入的道德理念(即儒家伦理道德),但并没有肯定"王道"是历史和社会之本,也并没有用"天"来加强王道的合法性和权威性。董仲舒则在《春秋繁露》中把这些都添加上去了。他肯定了王为贵、为重,并把道解释为王道,"春秋何贵乎元而言之？元者,始也,言本正也。道,王道也。王者,人之始也"①,"古之造文者,三画而连其中谓之王。三画者,天地与人也,而连其中者,通其道也,取天地与人之中以为贯而参通之,非王者孰能当是？"②

由于以董仲舒为首的汉代经学家为王权的合法性提供了形而上学基础,封建帝王的权威性得到了推崇,自然得到了汉武帝的肯定。

另一方面,董仲舒以"天之任德不任刑"来解释当权者在政治上也应"任德而不任刑"。"王者承天意以从事,故任德教而不任刑。……为政而任刑,不顺于天,故先王莫之肯为也。"③同时还认为,"王"之言论行动关系着"天"降下灾异,还是送来符瑞,也就是说,天降祥瑞和天降灾异是对王之政的一种反应,"王正,则元气和顺,风雨时,景星见,黄龙下。王不正,则上变天,贼气并见"④。所以王在实施王政时要小心翼翼,因为只有实行德泽四方的仁政,天才会降祥瑞以祝福,否则就会有"灾异"产生。为了能制约至高无上的政统,而在他那个时代无法有效地用孔子的道统对抗政统的情况下,董仲舒给统治者设立了一个比他更高的有意志的"天",这是董仲舒对儒家的一次改造。因为在先秦时代,孔子不语"怪力乱神",这样改造带来的一个结果是天子管理国家的好坏会受到天之祝福和谴告。

显而易见,董氏所倡导的儒学是一种新儒学,是在先秦儒学的基础上糅合了阴阳五行、黄老刑名等各家观点,具有明显的兼容性。而汉武帝崇儒实

---

① (汉)董仲舒:《春秋繁露·王道》,103 页,北京,中华书局,2012。
② (汉)董仲舒:《春秋繁露·王道通三》,421 页,北京,中华书局,2012。
③ (汉)董仲舒:《举贤良对策·一》,见《汉书》,2502 页,北京,中华书局,1962。
④ (汉)董仲舒:《春秋繁露·王道》,103 页,北京,中华书局,2012。

际上是出于政治上实用的功利目的,所以他也就不可能以儒家的全部学说作为自己制定政策的出发点,相反注重的只是儒学的"文饰功能",他对董仲舒也未加以重用。但不管怎样,客观上董仲舒所论的,为东方(齐鲁)儒学传统在政治理论上的正式抬头提供了现实机遇,这确是秦廷焚书坑儒以来政治学术思想的一大转变。

后随着"罢黜百家,独尊儒术"的实行,儒家思想渐渐在官方那里获得了独尊的地位,与此同步,儒家思想也成了指导当时文艺创作的唯一原则,产生了代表汉代儒家文艺思想纲领性著作的《礼记·乐记》和《毛诗大序》。这一时期文论的主要代表为西汉末年的刘向、扬雄,东汉初的桓谭、王充和班固,他们在文论的基本倾向方面,同属儒家理论体系,都是在儒家内部展开各自的文论。道家文艺思想则明显衰落了。汉代文论发展也进入了第二阶段。

这一时期的儒家文艺思想相较先秦儒家文艺思想保守性增强了,批判性减弱了,写作方面也喜好"苟驰夸饰"。

三、汉中期文章之士的文化心态与文学创作

汉代的士族阶层中除儒生出身外,还有一重要组成部分是文章之士。由于从汉武帝起,汉代的统治者大都喜好文学并提倡文学,所以这为汉代的文章之士进入仕途打开了方便之门。汉武帝酷爱辞赋、音乐,汉代著名的辞赋家枚乘、司马相如被召见,并封官赐帛。武帝之后的其他诸帝同样喜爱文学。成帝性格宽广而好文辞,灵帝嗜好文学艺术,善鼓琴、吹洞箫,执政时多选用在文学艺术上有所擅长者为官,并于光和元年(178)创建鸿都门学,"时其中诸生,皆敕州、郡、三公举召能为尺牍辞赋及工书鸟篆者相课试,至千人焉"[①]。

---

① (南朝宋)范晔:《后汉书》李贤注云,341页,北京,中华书局,1965。

不同于经学士族面临如何协调政统与道统这样的时代问题，汉代的文章之士所面临的问题是如何处理文学与政治的关系。那些文章之士虽愿意竭诚尽忠，但发现常不被朝廷重用[1]。他们的写作不是为国家的政治统治提供思想理论依据，而是统治者出于粉饰太平和歌功颂德的需要，所以他们在制约皇权和制定国家法规政策方面没有经学士族作用大。有些言语侍从之士如东方朔和枚乘之流，政治地位上更是卑贱，"上颇俳优畜之"。而这些文章之士却希望自己能扮演"帝王师"的角色。所以在汉代文学中，文章之士之所以那么热衷于"以抒下情而通讽谕，或以宣上德而尽忠孝"[2]，客观上固然跟汉政权所提倡的写作必须服务于政治、"美教化"有关，主观上也跟这些文章之士想与那些经学之士一样积极介入国家的政治进程有关，所以他们怀抱政治热情，希望自己在进入仕途之后，能发挥自己的政治才能，而不仅仅是文学才能。所以即使有些文章体裁不适合讽谏和教化的，他们也想方设法在文章中加入道德内容。比如大赋，众所周知，汉大赋最显著的特点之一就是极度铺张扬厉，这种文体特点在司马相如创作《子虚赋》《上林赋》时已定型。二赋以四千余字的篇幅描写了山海河泽、宫殿苑囿、土地物产、音乐歌舞、林木鸟兽、服饰器物、骑射宴饮等，所以这种文章体裁比以往的文学所表现的内容和范围都要宽广得多。它"苞括宇宙，总览人物"，"铺张扬厉"，展示了广阔丰富的图景和宏伟壮丽的大汉气象。所以汉赋作为一种"华丽富美"的文体，是不适合表达"讽谕"之旨的，"它处处自觉地讲文词的华丽富美，以穷极文辞之美为其重要特征。虽然它也有歌功颂德和所谓'讽喻'的政治作用，但构成汉赋最根本的特征的东西却在于它能给人充分的艺术美的享受，并以给人们这种享受为自觉追求的重要目的"[3]。尽管这样，汉大赋的作家却从来没有在创作过程中放弃"讽谕"的企图，从司马相

---

[1] 如东方朔，"武帝既招英俊……自公孙弘以下……终不见用……用位卑以自慰谕。"（《汉书》，2863页，北京，中华书局，1962）
[2] （汉）班固：《两都赋序》，见郭丹主编：《先秦两汉文论全编》，757页，上海，上海远东出版社，2012。
[3] 李泽厚、刘纲纪主编：《中国美学史》第一卷，54页，北京，中国社会科学出版社，1984。

如的"《子虚》之事,《大人》赋说,靡丽多夸,然其指风谏,归于无为"①,到王褒的《圣主得贤臣颂》"意主规讽",直至扬雄《河东》《甘泉》《长扬》《羽猎》四赋的自比讽谏。这中间作者的讽谏意图非但没有任何弱化,反而越来越强烈。到了晚年,扬雄不得不承认,汉赋创作不适宜于作讽谏的工具,汉赋"文丽用寡",以丽见长。②

一个有志于发挥文章政教作用的作家是对此不为的,"壮夫不为"③。扬雄晚年对赋的特征的认识和对其价值的否定,一方面说明了汉代文章之士有着强烈的济世意识,他们在儒家"美刺"思想主宰文坛的背景下,也主张文章能起到"移风易俗"的作用,所以汉代的大多文章都表现了自觉服务于政治、自觉"以抒下情而通讽喻,或以宣上德而尽忠孝"④。连坚持"成一家之言"的司马迁和对汉代官方经学谶纬之学持猛烈批判的王充也不例外,他们也提倡为统治者歌功颂德。但另一方面,我们也看到,在汉代,文学的艺术性和审美愉悦性获得了长足的发展,以辞赋为主的文学的特征"丽"已被作家、文论家捕捉到,他们意识到了有着审美愉悦特征的文章是不同于以博学见长的其他文章的。这从刘向的《别录》、刘歆的《七略》及班固的《汉书·艺文志》中得到鲜明反映,并且也在他们的图书分类上被确认。《别录》中专设诗赋以区分经传、诸子等类,《七略》则修订为《六艺略》《诗赋略》《诸子略》等不同类,《汉书·艺文志》即依《七略》而删其要。《后汉书》之《文苑》《儒林》分传,即《经》《文》分治之正式形成。这为魏晋时代像陆机、刘勰对文学及文学样式自身特征的探讨奠定了基础。

当他们的政治理想破灭,当他们所歌颂的帝王不是他们理想中的帝王,当他们身遭政治厄运,他们该怎么办?这些汉代的文章之士就有一部分转向

---

① (汉)司马迁:《史记》,3317页,北京,中华书局,1959。
② 赋必须"丽",是毫无疑义的,虽然对"丽"的程度扬雄有不同的看法,"诗人之赋丽以则,辞人之赋丽以淫"(《法言·吾子》,33页,北京,中华书局,2012)。
③ (汉)扬雄:《法言·吾子》,30页,北京,中华书局,2012。
④ 班固《两都赋序》。见郭丹主编:《先秦两汉文论全编》,757页,上海,上海远东出版社,2012。

了抒写自己内心的真情实感,而不是一味地把写作的目标投向歌功颂德和维护汉家政权,贾谊、董仲舒、司马迁如此,坚持明道、征圣、宗经的扬雄也因政治失落而内心保持着对皇权的距离。他在《解嘲》中说:"当涂者入青云,失路者委沟渠,且握权则为卿相,夕失势则为匹夫。""士不遇"也成了汉代文人反复吟唱的主题。从西汉初贾谊的《吊屈原赋》到汉中期董仲舒的《士不遇赋》,再到东汉末蔡邕的《吊屈原文》,它们都表达了怀才不遇和生不逢时的悲愤之情,给汉代的文学作品开辟了不同于儒家政教的另一个向度,并带上了浓郁的悲剧色彩。以至于数百年后,陶渊明接触到此类作品后也不禁发出深深的感叹,"昔董仲舒作《士不遇赋》,司马子长又为之。余尝以三余之日,讲习之暇,读其文,慨然惆怅"①。

四、总结

从以上分析可知,汉代士人文化心态有以下几点值得特别关注:

一是他们所面临的政治压力。在汉代,无论是经学士族还是文章之士,他们入仕都面临着政治上的压力,对于前者是如何协调政统与道统这样的问题,对于后者所面临的是如何处理文学与政治的关系问题,从特定时期来说,西汉士人的政治压力,多来自于大一统的专制政治,而东汉的士人则来自于专制政治中最黑暗的某些现象,如外戚、宦官之类。②由于面对政治上的大一统和专制,士人在进入这一体制时不得不迎合王权,所以汉代士人所提倡的"温柔敦厚"也好,"主文而谲谏"也好,"发乎情,止乎礼义"也好,都是极力强调文艺为政治教化服务,文艺所表达的内容不能触及统治者的地位和妨碍封建秩序的稳固。所以汉儒明确提出写文章的一大内容是对政权

---

① (晋)陶渊明:《陶渊明全集》卷五《感士不遇赋序并序》,131 页,上海,上海古籍出版社,2015。
② 详见徐复观:《西汉知识分子对专制政治的压力感》,见《两汉思想史》第一卷,北京,九州出版社,2014。

的美化和对圣上的歌功颂德,至于"刺"必须要考虑统治者接受的程度及接受的范围,这明显对孔子所说的"兴观群怨"的"怨"作了限制。在这种观念控制影响下,这一时期的文学艺术充满了僵化保守、复古模拟的倾向。

二是他们的入世精神。汉代士人有很强的入世精神,如果经学士族要以经学求致用,他们将不得不入世,那么文章之士就不一定以文章求致用,至少他们可以与现实保持一定的距离。

虽然他们的写作也受很大的限制,要为统治者粉饰太平和歌功颂德,但有着强烈济世意识的文章之士也希望自己如同经学士族那样能扮演"帝王师"的角色。他们的文章大多表现出自觉服务于政治、自觉"以抒下情而通讽喻,或以宣上德而尽忠孝",这客观上固然跟汉政权所提倡的写作必须服务于政治、"美教化"有关,主观上也跟这些文章之士想积极介入国家的政治进程有关。所以他们怀抱政治热情,在写作过程中即使有些文章体裁不适合于讽谏和教化的,他们也想方设法在文章中加入道德内容,如大赋。而当某一时期朝廷流行以符命说灾异的谶纬神学时,他们的文学艺术创作也跟着成了天变谴告、异物祥瑞之论。这使汉代论"文"不仅在文学批评和文学理论中呈现功利主义倾向,在创作实践上也有着明显的功利主义倾向。

三是他们喜好把文学艺术以及政治等放到宇宙大规律中去探讨。汉代士人受经学的影响,他们喜欢把一切人事伦理文学艺术都纳入到本体论的宇宙大规律中去探讨,经学士族想通过经学神圣化以获得永久的学术生命、经学政治化获得官方认可,而汉代的文论思想无疑也带上了这些痕迹。由于文学理论受经学的影响,对文学的探讨也自然地与天、道等联系起来,从而为文学的形而上学的探讨奠定了基础。

这一切都使汉代文论呈现出重教化、重歌功颂德以及重文学本质探讨的特质,并且使两汉文论在整体上迥异于先秦和魏晋。

第五章
从学术思想取向及士人境遇看汉人对《楚辞》的接受

本章将选择具有代表性的汉代人，并以他们对屈原与《楚辞》的接受与评价进行梳理，同时又对他们评价屈原与《楚辞》的方式、方法和得失做一总体评价。笔者认为，决定汉代人对《楚辞》以何种方式接受并给予评价，主要跟他们各自的学术思想取向及人生境遇有关。汉代人或以儒家经义为标准评判《离骚》，或以道家思想赞美屈原的人格理想，这种或儒、或道、或儒道兼顾的角度评价屈原及其作品的方法反映了他们的一种研究方法，即从义理角度评价作家和作品，有其局限性。而汉代人对屈原及其作品关注并对其持肯定态度，实际上也是借屈原来表达自己的生不逢时和不被重用的悲苦。这些都使汉代人在评价屈原及其《楚辞》时呈现出了不同而又复杂的面貌。

作为我国古代文学史上一位伟大诗人的屈原，其思想、艺术及人格魅力，对后世都有着无与伦比的影响。对屈原的研究与阐释是从汉代开始的。《楚辞》的结集，也成于汉代。汉代人对屈原的评价与解释，对楚辞的研究和认识，不仅是开创性的，而且奠定了楚辞学研究的基础和方向。因而，研究汉代人如何接受和评价屈原与《楚辞》是极有意义的。在汉代，围绕屈原及其作品的评价前后历时近三百年，从贾谊、刘安、司马迁、刘向、扬雄、王褒到班固、王充、王逸等，中间时而夹杂论争。这是汉代最大也是时间跨度最长的对某一文学作品的评价和论争。而决定屈原及其作品臧否的几乎与当时的学术思想走向及士人的境遇很有关系。本节也是从这一角度梳理汉代人对屈原及其《楚辞》的接受与评价，并与他们各自的学术思想取向和人生境遇相关联。因限于篇幅，只择其代表性述之。

◎ 第一节
贾谊、刘安、司马迁对屈原及其作品的评价

西汉前期，统治阶级奉行黄老之学，提倡无为而治，儒家的地位并不高，在文学批评中道家思想的影响较多，西汉前期的贾谊、刘安、司马迁对屈原都给予了很高的评价。

贾谊年少且才华出众，二十出头便获文帝之赏识，并受破格提拔的殊荣，但不久，文帝听信谗言疏远他，他被贬至长沙数年。因自身遭遇与屈原相似，他在《吊屈原赋》中对造成屈原悲剧命运的黑暗社会进行了激烈的抨击，"贤圣逆曳兮，方正倒植。谓随夷溷兮，谓跖、蹻廉；莫邪为钝兮，铅刀为铦。……章父荐屦，渐不可久兮；嗟若先生，独离此咎兮"。对屈原自沉汨罗江的选择表示了沉痛的惋惜和感慨，"般纷纷其离此尤兮，亦夫子之故也。历九州而相其君兮，何必怀此都也？凤凰翔于千仞兮，览德辉而下之。见细德之险征兮，遥缯击而去之。彼寻常之污渎兮，岂能容夫吞舟之巨鱼？横江湖之鳣鲸兮，固将制于蝼蚁"。清人刘熙载说："读屈、贾辞，不问而知其为志士仁人之作。太史公之合传，陶渊明之合赞，非徒以其遇，殆以其心。"①

---

① （清）刘熙载撰：《艺概·赋概》，91页，上海，上海古籍出版社，1978。

淮南王刘安作《离骚传》。① 认为"《国风》好色而不淫,《小雅》怨悱而不乱,若《离骚》者,可谓兼之。蝉蜕浊秽之中,浮游尘埃之外,皭然泥而不滓;推此志,虽与日月争光可也"②。《九章·涉江》中有"与日月兮齐光"诗句,从字面上看是刘安认可屈原在《楚辞》中对自身人格境界的期许,但实际上他是运用了道家超凡脱俗、不与浊世同流合污的思想。在刘安眼里,屈原就如"不食五谷,吸风饮露,乘云气,御飞龙,而游乎四海之外"③的藐姑射山上的神人,超然世外,一尘不染。

刘安还作《招隐士》以纪念屈原的品行,王逸《楚辞章句》卷十二曰:"小山之徒,闵伤屈原,又怪其文升天乘云,役使百神,似若仙者,虽身沉没,名德显闻,与隐处山泽无异,故作《招隐士》之赋,以章其志也。"司马迁承刘安之说,在《史记·屈原贾生列传》中不但全面吸收了刘安的观点,而且在此基础上还把对屈原的作品评价由道德领域拓展到诗学领域:"其文约,其辞微,其志洁,其行廉,其称文小而其指极大,举类迩而见义远。其志洁,故其称物芳;其行廉,故死而不容自疏。"在这里,司马迁把屈原在《离骚》中表现出来的思想品格概括为"志洁""行廉"。正因为屈原有着这样的高尚品格,所以他创作的《离骚》才具备了相应的艺术特点:"其文约","其辞微","其称文小而其指极大","举类迩而见义远"。可见,司马迁在评价屈原的作品时,是把道德评判和艺术评价有机结合起来的。

司马迁之所以对屈原道德评价很高,乃在于他自己有着与屈原十分类似的"信而见疑,忠而被谤"的人生经历,因而他体察到了屈原作为一个正直的知识分子在报国无门、怀才不遇、遭小人谗害时的痛苦:"离骚者,犹离忧也。夫天者,人之始也;父母者,人之本也。人穷则反本,故劳苦倦极,

---

① 据《汉书·淮南王传》云:"初,安入朝(据《史记》,事在武帝建元二年),献所作内篇,新出,上爱秘之。使为《离骚传》,旦受诏,日食时上。"(《汉书》,2145 页,北京,中华书局,1962。)
② (汉)班固:《离骚序》引,见郭丹主编:《先秦两汉文论全编》,759~760 页,上海,上海远东出版社,2012。
③ (清)郭庆藩:《庄子集释·逍遥游》,29 页,北京,中华书局,2013。

未尝不呼天也；疾痛惨怛，未尝不呼父母也。屈平正道直行，竭忠尽智以事其君，谗人间之，可谓穷矣。信而见疑，忠而被谤，能无怨乎？屈平之作《离骚》，盖自怨生也。"[1]司马迁在传记中也直接表达了对屈原怀才不遇的悲痛，"太史公曰：余读《离骚》《天问》《招魂》《哀郢》，悲其志。适长沙，观屈原所自沉渊，未尝不垂涕，想见其为人"。司马迁在《史记·屈原贾生列传》中，也发挥了屈原《九章·惜诵》中所反映的"发愤以抒情"的文学思想，明确指出："屈平之作《离骚》，盖自怨生也。"认定《离骚》的创作动机来自屈原内心的怨愤之情。以此为出发点，他联系历史上很多作品，认为"屈原放逐，乃赋《离骚》；左丘失明，厥有《国语》……《诗三百篇》，大抵贤圣发愤之所为作也"。（《报任安书》）从而提出了著名的"发愤说"。

◎ 第二节
扬雄、班固对屈原及其作品的评价

西汉中后期和东汉中前期经学势力极度高涨，此时对屈原及其作品的贬斥之声也就多了一些。西汉末年的扬雄和东汉前期的班固对屈赋的内容、风格乃至屈原的某些人生准则和生命态度等有所非难。《汉书·扬雄传》述其创作《反离骚》赋的动因时说："先是时，蜀有司马相如，作赋甚弘丽温雅，雄心壮之，每作赋，常拟之以为式。又怪屈原文过相如，至不容，作《离骚》，自投江而死，悲其文，读之未尝不流涕也。以为君子得时则大行，不得时则龙蛇，遇不遇命也，何必湛身哉！乃作书，往往摭《离骚》文而反之，自岷山投诸江流，以吊屈原，名曰《反离骚》。"扬雄对屈原的文学才华评价很高，认为高于他常拟之为赋的样式的作家司马相如，屈原之赋是"诗

---

[1] （汉）司马迁：《史记》，2482页，北京，中华书局，1959。

人之赋","赋莫深于《离骚》"。晋挚虞《文章流别论》中云:"《楚辞》之赋,赋之善者也。故扬子称赋莫深于《离骚》。"扬雄对屈原的悲剧结局充满痛惜,认为屈原品行高洁"如玉如莹",并为屈原在《离骚》中所表达的思想感情所打动,以至于到了读之痛哭流涕的地步。① (《法言·吾子》)

扬雄在惋惜屈原的同时也"责怪"屈原不会为时势而变通。既然楚王昏庸不堪,宠信谗佞,屈原在这种情况下不该执着于楚国,而当效法孔子周游列国,更无必要自沉汨罗江,而应避世全身,等待时机,即"君子得时则大行,不得时则龙蛇","遇不遇命也,何必湛身哉!"屈原思想里少了些道家以全身远离祸害,以及儒家的进可治国平天下、退可独善其身的观念。以上这些也是扬雄创作《反离骚》的初衷,"反"即继承、依法、反而广之,引申发挥之意也。另外,他认为屈原的作品"过以浮","蹈云天"(《文选》李善注引《法言》佚文)。这是对屈原作品中神话和幻想成分的批评。扬雄主张文学创作"事辞称则经","众言淆乱,必则诸圣",以儒家经典作为标准。

东汉的班固在《离骚序》中则鲜明地对屈原及其《离骚》予以否定:"今若屈原,露才扬己,竞乎危国群小之间,以离谗贼。然责数怀王,怨恶椒、兰,愁神苦思,强非其人,忿怼不容,沉江而死,亦贬絜狂狷景行之士。多称昆仑、冥婚、宓妃虚无之语,皆非法度之政,经义所载。谓之兼《诗》风雅而与日月争光,过矣。""责数怀王"被班固视为屈原不合人臣的行为。班固也批评屈原"露才扬己",因为屈原在《离骚》中大大张扬了自己的个性情感,这是不符合汉代经学所提倡的"发乎情,止乎礼义"的。屈原在《离骚》中大量描写的神话故事和传说,也不符合儒家经学所强调的经世致用,

---

① 有些后世论者认为扬雄不理解屈原甚至是对屈原的否定。宋代朱熹在《楚辞后语》卷三中斥扬雄是"屈原之罪人",《反离骚》乃"《离骚》之谗贼"。明代异端思想家李贽则认为扬雄挺理解屈原的,"《离骚》,离忧也;《反骚》,反其辞,以甚忧也,正为屈子翻愁结耳。彼以世不足愤,其愤世也益甚;010俗不足嫉,其嫉俗愈深。以神龙之渊潜为懿,则其卑鄙世人,驴骡下上,视屈子为何物,而视世为何等乎? 盖深以为可惜,又深以为可怜,痛原转加,而哭世转剧也"(《焚书》卷五)。

内容也不在儒家的五经之内。班固需要的是"或以抒下情而通讽谕，或以宣上德而尽忠孝，雍容揄扬，著于后嗣"（《两都赋序》）的文学作品，自然，无论在文学形式上还是在文学内容上，他对屈赋富于浪漫主义色彩的奇异想象和独特手法并不欣赏，以不合经典为由加以否定。不过，班固在《离骚序》及《汉书·艺文志》中对屈原也作了高度评价，说他的作品"咸有恻隐古诗之义"，显然是从儒家思想角度对其加以肯定。

正因为班固站在儒家思想的立场上，在对屈原及其作品的评价上与先前的刘安出现了分歧。关于屈原人格评价问题，他在征引刘安关于可与日月争光的观点后说："斯论似过其真。"班固对屈原展开正面批评："且君子道穷，命矣。故潜龙不见是而无闷，《关雎》哀周道而不伤。蘧瑗持可怀之智，宁武保如愚之性，咸以全命避害，不受世患。故《大雅》曰：'既明且哲，以保其身。'斯为贵矣。"班固根据《周易》《诗经》《论语》等儒家典籍批评屈原没有明哲保身，而是露才扬己，屈原的超凡脱俗、与众不同不是"与日月争光"，而是显示了屈原是一个"贬絜狂狷景行之士"，即显示了屈原有着病态的洁好和偏激的人生态度。刘安说《离骚》兼有《诗经》风雅的创作精神，而班固则认为《离骚》素材（主要指神话部分）不符合经传的记载。

◎ 第三节

汉中期文章之士的文化心态与文学创作

班固与刘安对屈原及其作品的论争主要是儒道之间的论争，而王逸与班固之间的论争则是儒家内部的论争。王逸认同刘安对屈原的评价"大义粲然"，并肯定了屈原的创作动机是出自"忧悲愁思""不胜愤懑"，并在《离骚经序》和《九歌序》对屈原"信而见疑，忠而被谤"所产生的愁思、愤懑之情予以突出的强调。王逸认为屈原的言行品格是"膺忠贞之质,体清洁之性","进不隐其谋,退不顾其命",是"绝世之行,俊彦之英",而班固对他的"露才扬己"的批评以及其他的责难是"亏其高明""损其清洁"的。王逸辩护说,如果屈原真有"扬己"的话,那么他所扬的也是符合儒家道义的"己",正所谓"上述唐、虞、三后之制,下序桀、纣、羿、浇之败,冀君觉悟,反于正道而还己也"①。对于屈原走向自杀而不是明哲保身,王逸也引用孔孟的杀身成仁、舍生取义观点为其辩护:"且人臣之义,以忠正为高,以伏节为贤。故有危言以存国,杀身以成仁。是以伍子胥不恨于浮江,比干不悔于剖心,然后忠立而行成,荣显而名著。若夫怀道以迷国,详愚而不言,颠则不能扶,危则不能安,婉娩以顺上,逡巡以避患,虽保黄耇,终寿百年,盖志士之所耻,愚夫之所贱也。"②

对于屈原在《离骚》中的"露才",王逸也认为是诗人才华横溢的自然表现,并非一种自我的炫耀和刻意的标榜,即所谓"智弥盛者其言博,才益多者其识远。屈原之词,诚博远矣"③。对于屈原所采用的浪漫主义手法,王逸也给予了充分肯定,他在《离骚经序》中说:"《离骚》之文,依《诗》取兴,引类譬喻。故善鸟香草,以配忠贞;恶禽臭物,以比谗佞;灵修美人,以媲于君;宓妃佚女,以譬贤臣;虬龙鸾凤,以托君子;飘风云霓,以为小人。其词温而雅,其义皎而朗。凡百君子,莫不慕其清高,嘉其文采,哀其不遇,而愍其志焉。"

王逸还认为《离骚》"金相玉质,百世无匹,名垂罔极,永不刊灭"。《离骚》"依托五经以立义",如《离骚》中的"驷玉虬以乘鹥兮",来源于《易·乾·象辞》的"时乘六龙,以御天也";"邅吾道夫昆仑兮,路修远以周流"句中的"昆仑"出自《书·禹贡》。王逸将《离骚》中的词语与

---

① （汉）王逸:《离骚经序》,见郭丹主编:《先秦两汉文论全编》,791页,上海,上海远东出版社,2012。
② （汉）王逸:《楚辞章句序》,见郭丹主编:《先秦两汉文论全编》,789页,上海,上海远东出版社,2012。
③ 同上书,790页。

《诗》《易》《尚书》《禹贡》等一一比附，把《离骚》提到与儒家经书同等的地位。

不难看出，王逸以五经为范本来评价《楚辞》，乃是汉代经学对文论的明显影响，这样评价自然有明显的牵强附会之处，但这对提高屈原及其作品的地位有其积极的作用。陈良运先生曾对王逸为屈原的辩解作过这样的评价："（王逸）承司马迁、刘安之后，深入到诗人创作心理动机的层面，初步作出区别经学史家的理论阐述。尤其是他肯定了屈原的'露才扬己'，'扬个性化人格之己'，'露'脱俗超众之'才'，为中国抒情文学理论亮出新的旗帜。王逸之论，发生于《毛诗》正热传之时（他与郑玄是同时代人，略早于郑玄），较之于儒家诗教'温柔敦厚'而'止乎礼义'，颇有标新立异之勇。"[1]

◎ 第四节
对屈原及其作品的评价

汉代经学地位的消长与儒、道势力颇有密切关系，当经学的势力相对较弱时，意味着道家的思想占据一定的影响力，当经学的势力高涨时，儒家的话语权占据主流地位。影响到对屈原及其作品的评价就是某一时期道家解释流行，某一时期儒家解释占优势，这种或儒或道或儒道兼顾的角度评价屈原的方法在汉代非常盛行，反映了汉代人对屈原与《楚辞》的一种研究方法——从义理角度评价作家和作品。确实，从贾谊、刘安、司马迁、刘向、王逸、班固等对屈原的评价中可看到，汉人从义理角度研究屈原和《楚辞》已成了一种风尚和研究方向，这中间仅有王逸的《楚辞章句》在以义理为主

---

[1] 陈良运：《中国诗学批评史》，91页，南昌，江西人民出版社，2001。

的同时又略兼注音释文一类。到了晋郭璞注《楚辞》，引《山海经》《淮南子》入说，考据之研究渐兴。义理研究有义理研究的好处，它使屈原和《楚辞》在文学史和思想史上得到重视并定位，也能贯穿屈原的文学和思想之间的关系；但从义理角度研究屈原也有它的局限性。这种局限性主要表现在把屈原的思想过于局限在儒、道或阴阳家思想中。例如，贾谊的《吊屈原赋》，在对屈原及其作品高度赞扬的同时，又认为屈原自沉是不必要的，他可以"远去""自藏"避离"浊世"。他既有才能，到处可以施展，"历九州而相其君兮，何必怀此都也？"稍后，司马迁在《史记·屈原贾生列传》中也发表了类似的看法："及见贾生吊之，又怪屈原以彼其材。游诸侯，何国不容，而自令若是？"又说读了贾谊《鹏鸟赋》后，"同死生，轻去就，又爽然自失矣"。显然这是从道家清静无为、任其自然的观点出发去评论作家和其作品的。

姜亮夫先生就批评这种从《楚辞》二十五篇中找出几句同于或类似于儒、道、名甚至法的言说后把屈原归于某派的做法，"况且屈子是个文学家、政治家，凡一切文学、政治的著作，都以反映时代要求为第一要义，如何能以一个学派限制他的一切？""一个思想家自然很伟大，一个大艺术家也自有其伟大处，不必附着某家某派以自重。"[1]从具体实践来看，这种把屈原的思想归于某派的做法也不一定符合屈原的实际情况，如扬雄以道家远离祸害和儒家退可独善其身的思想去要求屈原，这实际上是大大降低了屈原的道德水准——扬雄所提倡的"君子得时则大行，不得时则龙蛇"的思想与屈原的"伏清白以死直兮，固前圣之所厚"的道德底线是决然矛盾的；扬雄用"棍申椒与菌桂兮，赴江湖而沤之"来要求屈原也不对，屈原自沉汨罗江，做到了"质本洁来还洁去，不教污淖陷沟渠"。这是扬雄对屈原的误读，然而这也不完全是扬雄之过，这与他所处的时代语境和自身的遭遇有关。

从义理角度研究屈原作品，同样也会抹杀屈原作品独特的艺术性。实际

---

[1] 姜亮夫：《屈原问题论争史稿》，见黄中模主编：《中日学者屈原问题论争集》，3页，济南，山东教育出版社，1990。

上，屈原的辞赋对《诗经》有所继承，但更有所发展；在思想情感、句式体制、表现手法和艺术风格诸方面，双方都有差异。这说明屈原及其作品中确实存在着与经学相悖的成分。这种与经学相悖的成分表现在司马迁等人从屈原创作道路中总结出来的"发愤著书"的原则以及从这一原则衍生出来的对创作主体个性情感的张扬，这显然与经学家们所提倡的"温柔敦厚"的诗教精神不一致。对其写作上远离现实的想象的肯定，也违反了经学所提倡的依附经典和"经世致用"的原则，而从文学的角度来说，恰恰是屈原的"露才扬己"和丰富瑰丽的想象，才赋予《离骚》以独特的艺术个性和震撼人心的艺术感召力。班固在评价屈原作品时就遇到了这样的问题，一方面他认为《离骚》"文辞丽雅，为词赋之宗"，具有极高的艺术价值；但另一方面认为它与经书截然不同，又加以否定。

从贾谊、刘安、司马迁、刘向等对屈原及其作品的评价中，我们看到，汉代有很多士人（包括经学之士和文章之士）在评价屈原及其作品时或隐或显地将他们的人生境遇联系在一起。汉代士人阶层中存在着一个普遍问题，即士人阶层中常存在着与屈原同样报国无门、怀才不遇的问题，从西汉初的司马迁、贾谊到西汉末的扬雄，再到东汉末年壮志未酬的蔡邕。因而，汉代文人对现实的焦虑和对出路的困惑是屈原哀怨情结得以传承的政治环境。这种凄惨哀怨的格调既体现在他们对屈原和《楚辞》的评价中，也体现在他们以骚体赋为代表的各种辞赋创作中。西汉就有贾谊的《吊屈原赋》、东方朔的《七谏》、严忌的《哀时命》、王褒的《九怀》、刘歆的《遂初赋》、刘向的《九叹》[①]等，都和屈原赋愤怨世俗、书写哀怨、无所顾忌的精神一脉相承。东晋的陆机在《遂志赋序》中曾列举了东汉时期有班彪、梁竦、蔡邕等

[①] "'《七谏》者，法天子有争臣七人也。'东方朔追愍屈原，故作此辞，以述其志，所以昭忠信，矫曲朝也。"（王逸《楚辞章句》卷十三）"《哀时命》者，严夫子之所作也。……忌哀屈原受性忠贞，不遭明君而遇暗世，斐然作辞，叹而述之，故曰：'哀时命'也。"（王逸《楚辞章句》卷十四）"褒读屈原之文，嘉其温雅，藻采敷衍，执握金玉，委之污渎，遭世溷浊，莫能识пу。追而愍之，故作《九怀》，以裨其词。"（王逸《楚辞章句》卷十五）"《九叹》者，护左都水使者光禄大夫刘向之所作也。向以博古敏达，典校经书，辩章旧文，追念屈原忠信之节，故作《九叹》。"（王逸《楚辞章句》卷十六）

对屈原的哀悼，并分别写有《悼离骚》《悼骚赋》《吊屈原文》。东汉末王逸写有《九思》，写作的初衷也是"读《楚辞》而伤悯屈原"（《楚辞章句》卷十七），甚至汉中期被朝廷一度重用的董仲舒也写有《士不遇赋》。董仲舒曾以独尊儒术的主张受到汉武帝的重视，但却又因言阴阳灾异被人上告，被判死罪，幸免后贬为胶西王相，于是产生一种生不逢时的感慨。所以，汉代那些对屈原及其作品关注并对其持肯定态度的士人实际上是借屈原来表达自己的生不逢时和不被重用的悲苦。他们无论写作也好，评论也罢，与屈原的《离骚》表达的是同一类主题，抒发的是同一类情怀。

  总之，由于学术思想取向的差异，人生境遇的不同，汉代人在评价屈原和其《楚辞》时呈现出不同的面貌。前者具体表现在是同情屈原的遭遇，还是否定屈原的所为；是以儒家思想对待之，还是以道家思想研判之；即使用儒家思想对待之，则当中有肯定的，也有否定的。后者具体表现在个人评价屈原和《楚辞》时的矛盾，如扬雄，一方面承认屈原之赋是"诗人之赋"，"赋莫深于《离骚》"，赋的特点就是"丽"；另一方面又认为赋创作不适宜于用作讽谏，赋"文丽用寡"，一个有志于发挥文章政教作用的作家对此不为，"壮夫不为"。评价的矛盾同样也表现在屈原的自杀上，扬雄感慨其生不逢时，惋惜其怀才不遇，但同时也"责怪"屈原不会为时势而变通。再如王逸，从文学角度褒扬了《离骚》，但又从五经角度对其归正，认为《离骚》的文学价值在于，"依《诗》取兴，引类譬喻"。这是我们研究汉代《楚辞》学时要格外注意的。

第六章
《诗》在汉代的经典化及其权力运作

　　"礼乐"是中国古代文化最为显著的标志。先秦"诗乐舞"合一，春秋时期，礼乐制度瓦解，诗与乐、舞分离，这个时候《诗》的文本才开始出现，《诗》在先秦文化依旧占据着极为重要的地位。《诗》在汉代走向了经典化，成为神圣的经典。本章以《诗》在汉代的经典化为研究对象，试图揭示这一经典化事件背后的权力运作：政治权力如何介入到经典生产中去，汉代的统治者如何将一部古籍变成神圣的经典。《诗》的经典化过程非常复杂，本章仅仅从物质基础、文化基础以及权力基础这三个最为主要的方面来展开论述。脱离了乐、舞以文本形态出现的《诗》是其经典化的物质基础，同时物质文本也为阐释提供了一个平台。先秦以来的礼乐传统以及先秦诸子说诗解诗的实践是《诗》经典化的文化基础。在上述二者的基础上，权力依靠其强制力展开了运作。汉初尊黄老，汉武帝"罢黜百家，独尊儒术"，汉章帝时儒学真正成为国家统治的思想基础，儒家典籍正是在这样的政治背景中走向了经典化。汉代统治者还通过教育机构、考试制度、分享权力等方式控制了经典的阐释权力，《诗》正是在不断地被阐释中强化了它的经典地位。《诗大序》中所规定的阐释和创作原则正是权力为学术以及文学所制定的标准，《诗大序》也成为千百年来中国古代正统文艺批评的纲领性文件。

对《诗》三百①的研究是中国古代学术研究的重点之一，包括《诗》文本阐释和学术史论两个大的方面。无论立足哪一个方面展开研究，汉代《诗经》学②都是不可绕过的一个关键环节。前人研究《诗》的主要方法有三：（1）考据学方法。此方法清代学者成绩最为突出，以探求《诗》篇目的作者、年代、版本等为主要研究对象。（2）文艺批评方法。即立足文本，对"诗言志""六艺""诗教""四始""正变"等文艺范畴进行关键词解读，阐明《诗》《诗大序》在文学史和古代文学批评史上的重要地位。（3）考古学和人类学的方法。将这一方法运用于整个《诗》文化的研究中，以上古时期人类文化为整体研究背景来对具体诗篇中的事件、风俗、风物进行考察。这是五四以后西方新的治学方法传入中国后兴起的新的研究方法。三种研究方法各有其名家与追随者，且著述成林，成绩斐然，为进一步研究积累了丰厚的学术史料。本章则从另一角度来研究《诗》，即"《诗》在汉代是如何变成《诗经》"的这一问题。

位居五经之首的《诗经》在汉代学者的知识体系中被定位为神圣的经典，而非文学。因而研究汉代《诗经》学首先必须回归汉代人的视角，以经学为研究背景，而非一味以今人的文艺视角去研究汉代的《诗经》，

《诗》的经典化始于汉代，研究《诗》的经典化有很多困难，经典化的原因也很多，本章主要从经典形成的三个不可或缺的环节，即经典形成的物质基础、经典形成的文化基础和经典形成背后的权力运作这三个层次来对这一问题做简要论述。

我们认为：由于中国汉代社会经济尚未发展成熟，权力集中于君主手中，而权力场中的其他成员始终处于弱势，未能形成相互颉颃的力量。因

---

① "《诗》"与"《诗经》"为两个不同概念："《诗》"的外延更广，已经涵盖了"《诗经》"。《诗经》指西汉以降被统治者列入官方正典的《诗》，即经典化了的《诗》。本文涉及先秦以及汉初的部分时，多用"《诗》"，或"《诗》三百"；在论及西汉武帝"独尊儒术"以降部分，多用"《诗经》"。在概述性文字中，则用"《诗》"一词。"诗"与《诗》亦不同，在论述诗乐舞合一的综合艺术时，多用"诗"；而"《诗》"亦指文本化的"诗"。
② "《诗经》学"与"《诗经》诠释学"为两个不同概念，前者所包括内容更广，包括了后者；本文在说到作为学术背景的汉代的《诗》学研究时，多用"《诗经》学"一词。

此,《诗》的经典化更多是权力所有者依托知识分子展开权力运作的结果,而非各个独立的场域相互博弈的结果。权力在诗经典化过程中作用巨大,这也是本文阐述的重点所在。本文突破以往研究《诗》和《诗经》的研究范式,而另辟角度即借鉴西方理论视角,来研究和描述《诗》是如何经典化的,尤其引用场域概念和权力理论来观照中国古典文学(文化)的经典是怎样形成的,希望能够以方法论上的突破对《诗》经典化的来龙去脉做一初步探讨。同时,通过讨论这一典范个案可以更好了解在中国文化中政治参与文学的方式和基本特征,以及经典与权力的关系,也能为其他文本经典化的个案研究提供方法和思路。

◎ 第一节
《诗》经典化的物质基础:《诗》文字文本的形成

艺术所依托的媒介将会影响到这门艺术的发展态势,每一个艺术门类都有自己的经典之作。在通常状况下,文字作为最主要的传播媒介,文字文本因其稳定的物质基础最易被列入经典的范围。因此,研究《诗》的经典化过程,要先研究《诗》的经典化的物质基础,即《诗》文字文本的形成。阐释(描述)《诗》经典化的物质基础主要从两个层次来进行论述:第一,从艺术形态及其承载媒介转变的角度对《诗》的历史形态做一个现象描述。第二,《诗》的文字文本形成后给《诗》经典化带来的可能,即文字文本可以提供经典化过程中所需要的物质空间和诠释空间。因为文字文本的存在,就容易通过对文字文本不断地阐释,使文本化的《诗》获得经典地位。

一、"礼崩乐坏"和文本的固定:从"诗乐舞"合一的综合艺术到文字文本

在口传时代,文化形态是整体性的,意识形态和文化领域内的各个不同部门还没有清晰的界限,诸种话语混沌不分,而诗①在其中具有统摄性意义:通过口头语言和拥有语言权力的特殊的人群(巫觋史宗、史诗传唱者),原始社会的现实在语言的传递中被建构、维持和变化。而从现代学科研究的角度将这些先民的生命活动纳入艺术的范畴,实际上是后代研究者所做的一种回溯性梳理。口耳相传在穿越时空的时候是不稳定的,"当一个故事从一个族群传递到另一个族群或是代代相传时,他们势必丢失了许多他们原有的意思和来龙去脉,最终变得不可理解或成了隐喻。"②同时为了便于记忆流传,势必多用韵语,因此,很多民族的先民叙事采取了诗的形式。

韦伯在《经济与社会》中提出了合法统治的三种类型,即卡里斯马性质的统治,传统性质的统治和合理性质的统治③,有学者认为,这三种统治"恰好合前文字时代、文字印刷时代以及大众媒介时代的文学权力的性质存在着结构性对应关系。"④这里的"文学"当指泛化的文学,包括了各种尚未完全分化的文化形态;而"文字印刷时代"当包括了手抄本占绝大多数、书籍印刷技术尚未成熟的时代,在印刷技术不发达且依赖于手抄本的时代,书籍尚为稀缺的奢侈品,对书籍的占有也是对文化资本的占有⑤。"前文字时代"文明靠诗人、巫师等掌握着语言能力的人和具有特殊神秘权力的人口

---

① 在提到原始"诗"的时候,"诗"指代尚处于原始形态的文学文体,因而在提到这部分"诗"的时候并不加书名号,而用引号标注,以示区别作为诗歌选集之《诗》,下依此例。
② [美]罗杰·菲德勒:《媒介形态变化:认识新媒介》,51 页,北京,华夏出版社,2000。
③ [德]黑格尔:《美学》(第一卷),朱光潜译,15 页,北京,商务印书馆,1982。
④ 朱国华:《文学与权力:文学合法性的批判性考察》,53 页,上海,华东师范大学出版社,2006。
⑤ 古代奥斯曼帝国由细密画装帧的藏书即可说明书籍在那个时代书籍所具有的资本力量,每一本书的装帧都需要专业的技术和高超的艺术天分,书籍在奥斯曼帝国的贵族阶层那里,是财富和文化的象征。

传。这一历史文明现象在人类发展史上具有普遍性：柏拉图称诗歌乃是诗人神灵附体创作而生，诗歌是神人沟通的一种方式①；上古时期中国文化以诗乐舞三者合一为主要标志，诗歌用以沟通神人，祈福预言，带有强烈的巫术色彩，语言被认为富有神力，掌握诗歌的巫觋则为君主及其臣民代为沟通神人的中介。早期礼乐文化中的诗乐舞三者作为仪式（或固定的仪式符号），其实质是人向神沟通并在对神的"说"中找到一种存在的生命体验。②

夏商二代由于材料的缺乏无法得知具体情况，但从周公制礼作乐开始，礼乐正式纳入意识形态范畴，成为政治和文化的根基。"先君周公制《周礼》曰：'则以观德，德以处事，事以度功，功以食民。'"③这个时候，作为完整的仪式化符号体系，诗乐舞仍旧是合一的，而独立的艺术观念还没有形成，典籍所记载的赋诗言志充分说明这时的诗歌首先不是艺术作品，而是作为政治、伦理、道德和贵族文化修养的标志，所以孔子说："兴于诗，立于礼，成于乐。"④

根据《左传》和《国语》中记载的大量的"用诗"活动来看，此时《诗》应该有一个大致统一的文本，也有一致的范围以及约定俗成的用诗方法作为用诗基本繁荣前提条件。音乐学校的乐工和贵族学校的子弟根据这个文本学习音乐、礼仪和用诗规范。⑤ "春秋前期的引诗仅见两首，无赋诗；进入春秋中期，引诗赋诗大量出现。这自然是由于历史的发展，以及诸侯国之间

---

① 参看《申辩篇》《伊安篇》中的相关论述，见[古希腊]柏拉图：《柏拉图全集》第一卷，王晓朝译，8页，304～305页，北京，人民出版社，2002。另，"迷狂说"出自《斐德罗篇》，见[古希腊]柏拉图：《柏拉图全集》第二卷，王晓朝译，157～158页，北京，人民出版社，2003。
② "对于《诗经》时代而言，可能的关系维度主要有两大类：一是人与人的关系，二是人与神的关系。"神人关系是最先发展起来的一种关系，《诗经》中的《颂》部分即产生于"神—人"关系语境，而"人与人"之间的关系则体现在君臣、不同贵族、同侪平辈之间的约束与交往活动之中。
③ 李学勤主编：《春秋左传正义》，576页，北京，北京大学出版社，1999。
④ 《论语·泰伯》。孔子时代，各种文献仅仅是普通的典籍，即使是官方史书，也没有达到后代经典的地位，这与文化的发展成熟程度有关，随着政治权力对意识形态运作逐渐走向成熟，政治权力也慢慢选择经典作为推行其理念、道德和意识形态的范本。先秦时期的政治权力还没有这样强烈的文化控制意识，到了秦始皇统一中国，才有空前规模的文化专制政策。
⑤ 在先秦时期，精通诗乐歌舞是贵族的文化身份标志，贵族子弟从小学习音乐歌舞，其教师即宫廷乐官。"典者自卿大夫师瞽以下，皆选有道德之人，朝夕习业，以教国子。国子者，卿大夫之子弟也，皆学九歌，诵六诗，习六舞，五声、八音之和。"（《汉书·礼乐志》）

的更趋频繁的交往，同时与《诗》三百愈益广泛的传播也有直接关系。然而，使人感到困惑的是，今本《诗经》的编订必定在文公六年（此年秦人赋《黄鸟》）之后，而此前累见于记载的引诗、赋诗已多达三十九条……这是为什么呢？合理的解释只能是，《诗》三百并不是在春秋后期某个时间被一次变成定本后才蓦然传开去的，而是早于此前，久已在可观范围内为人们所传习、所熟悉，因而在事实上已获得相当流传。"① "获得相当流传"并不表示文化普及，文本依旧仅在特权阶级中流传，这个特权阶级在礼乐文化体系里垄断了所有的文化资本，牢牢掌控着文化符号的生产、流通和运用。（这个问题将在下文第三、第四部分具体论述）

春秋末期，礼崩乐坏，诗乐舞综合一体的艺术开始分解，《诗》文本逐渐脱离音乐和舞蹈，凝固为物质形态的文化典籍，或者说这种综合艺术变成了一种特殊的仪式话语固定为文字文本②。文本的固定，迈出了《诗》经典化的第一步。此时，文化开始下移，掌握文化典籍的人群开始逐渐扩大，贵族不知诗乐③或诸侯大夫有意僭越典礼用诗的记载开始见于史书④。出于拯救传统的崇高目标，孔子开始了他对《诗》文本的整理工作⑤，可见当时社会

---

① 董治安：《先秦文献与先秦文学》，26~28页，济南，齐鲁书社，1994。
② 汉代三家《诗》靠口头传授，这与文本固定为文字文本似有矛盾之处，这里的"文本固定"指相对稳定的，不以声乐为主的《诗》文本。这一文本在社会上流传，或靠专业礼乐人员的传授，或靠私学在更大的范围内传授而拥有更多的受众。为了教学和研习的方便，出现文字文本是必然的；同时，文字形态文本的存在也是必需的，否则就无所谓"删诗"一说。
③ 如《左传·襄公二十七年》载叔孙赋《相鼠》《茅鸱》，庆封不知此为讽刺他的诗篇。见李学勤主编：《春秋左传正义》，1211~1212页，北京，北京大学出版社，1999。
④ 如《左传·文公四年》记载"卫宁武子来聘，公与之宴，为赋《湛露》及《彤弓》"，即是僭用王乐。见李学勤主编：《春秋左传正义》，579页，北京，北京大学出版社，1999。
⑤ 关于"孔子删诗"有不同说法，汉代学者认为《诗经》的编订者为孔子，这种说法最初源于《史记·孔子世家》中的"删诗"说："古者诗三千余篇，及至孔子，去其重，取可施于礼义，上采契后稷，中述殷周之盛，至幽厉之缺，始于衽席，故曰'《关雎》之乱以为风始，《鹿鸣》为小雅始，《文王》为大雅始，《清庙》为颂始'。三百五篇孔子皆弦歌之，以求合韶武雅颂之音。礼乐自此可得而述，以备王道，成六艺。"《汉书》重复了这种说法，但是先秦典籍并没有孔子删诗、编诗的记载，"去其重，取可施于礼义者"，并不表示孔子就是最初编订者，也非唯一做过编订工作的人。西汉人却认为六经皆出孔子，为唯一的编订者。从唐朝开始，孔颖达、朱熹、叶适、朱彝尊、崔述、魏源等就不断质疑，"五四"后，更有胡适、顾颉刚、张寿林等"疑古"派学者的辩驳。孔子的工作可能只是一番恢复和整理。

上知识阶层对诗乐舞合一的《诗》的典礼意义已经比较陌生。到了孟子和荀子那里（尤其荀子），《诗》变成一种修辞手段，用以加强论辩，即一种系统化的表达。①

从汉代开始，《诗》被官方列入经典范围，《诗》变成了《诗经》，名称的变化表征着《诗》文本所具有神圣性和绝对的权威性。同时，神圣性和权威性又进一步保证了文本的稳定性，也暗含着经典诠释模式的稳定性，也就是说，无论具体解读诗篇和治学方法如何多变不稳定，一个基本的诠释立场是不变的。诠释立场的不变又规定了其生成的意义的相对稳定性，即解释不会偏离某个基本的原则，儒学体系内部不同的解释之间一般不会出现相互驳难的情况。实际上，这是权力植入话语的一种基本方式，不是禁止什么，而是通过允许什么，或者说允许怎样展开表述来进行权力运作的。而一个稳定的文字文本的形成则是这一系列变化最为基本的物质前提条件，对经典化的过程有着非常重要的作用。

二、文本形成的重要性：物质空间与诠释空间的形成

这一小节主要描述和分析《诗》文字文本形成后给《诗》经典化带来的可能，即文字文本可以提供经典化过程中所需要的物质空间和诠释空间，物质空间可以让经典的外在条件获得满足。经典之所以成为经典，一方面是通过伪本、赝品区分开，而当有了文字文本后，经典就拥有了物质空间，而物质空间标志着某一经典的诞生是某一特定的时空产物，所以诞生在某一特定时空的经典在物质层面上具有稀有性，这就有了孤本、善本之说。另一方面，因着《诗》文字文本的存在，作品就有了阐释空间，就容易通过对文字

---

① 孟子、荀子等频繁引用《诗》乃是上古时期诗歌这种话语所拥有的文化权力的惯性所在，他们所处的时代已是礼乐崩坏的时代，而他们频繁征引诗歌仍旧被看成是加强自己论辩权威性的最有效的方式之一，或可以解释为文化传统的力量。他们频繁征引诗歌并且用以传达特定场合的意义甚至影响到汉儒解《诗》的时候只偏重其中的衍生意义。

文本不断进行阐释,从而使文本化的《诗》获得经典地位。

那么文字文本相对于话语传递的口传文本究竟在诠释空间上提供了哪些优势,它又是如何允许对符号进行各种运作从而让经典化活动得以展开的,这里有必要阐述一下。本文引入"间距"这个概念来论述作为将《诗》经典化所必需的阐释活动得以展开的基础。按照保罗·利科尔的理解,"间距"是任何本文(text)理解的基础,也是文本诠释空间得以存在的基础,因为"间距"和"客观性"相关,而"客观性"则是人文科学合理性的基础。① 利科尔对间距的论述分为四个递进的层次:(1)作为间距原始类型的话语,它是瞬时性的。(2)作为作品的话语,作品通过风格把事件和意义联系在一起,风格超越了时间的限制。(3)话语和书写,书写的最大特征在于"固定化",这让语言事件免于毁灭,即通过媒介超越了话语的时间限制。(4)作品面前的自我理解,即解释主体的自主性。

文本优越于口传的地方首先在于文本能够通过自身承载的意义达到对所说事件的超越,由此文本实际上中断了文本意义与原作者的关系,作者的缺位让诠释的可能性得以实现。当话语被书写转换成本文,本文对于作者意图的自主性成了可能,本文所指的意义和作者的意思不再一致。② 原则上讲,读者范围的扩大,这保证了阅读的多样性和多个完整而严密的诠释体系形成的可能性,也就是说,文本形成的时候,作者的意图并不具有权威性,诠释者拥有很大自主性。我们转而观察作为文本的《诗》的情况,《诗》明确标

---

① "一方面,疏异间距是这样一种态度,它使在人文科学中占统治地位的客观化成为了可能,但另一方面,这个间距又是各门学科的科学地位的条件,同时又是一种衰落,它破坏了我们据此而属于并且参与到历史的实在中去的那种根本的和原始的关系,我们宣称把这种历史的实在建构成一种客体。"见[法]保罗·利科尔:《解释学与人文科学》,陶远华等译,133页,石家庄,河北人民出版社,1987。
② "本文必须能够使它自己在一种情境下可以"解除语境关联"(decontextualise)并在一种新的情境下可以"重建语境关联"(recontextualise),它是通过阅读行为来准确完成的。"见[法]保罗·利科尔:《解释学与人文科学》,陶远华等译,142页,石家庄,河北人民出版社,1987。

有作者姓名的仅仅只有四首①,因此《诗》诠释的重点就转向了接受者对文本的理解而非对作者本意的探求。 从先秦以《诗》为文化原典的各种用诗活动,到孔子的"兴、观、群、怨",以及孟子的"断章取义",再到荀子的用诗主张,最后到汉代鲁、齐、韩、毛(根据材料看,还有其他的诗说)四家说《诗》,诠释重点都集中在用诗者或者读者那里;尤其是《毛诗》独标"兴"体的"兴"的这种解释方法,更是给予读者很大的解读自由。 由于作者的缺位,文本"脱离开了"其产生的社会和历史条件,从而使自身面临着被人无限阅读的可能性。 文本的优越性还表现在它脱离了表面指谓的限制,即意义超越事件,以及所表达意义与言谈主体的分离。② 由此,对读者来说,作者的意图被忽略,意义只存在于文本自身之中,文本的这种自主性构成了文本诠释学的基础。 正是文本的形成,使得被文本中断的各种关系可能以一种新的形式又重新展现出来,使某种文本走向经典成为可能。

在此理论背景下,我们再回到《诗》的文本阐释空间来进行诗与《诗》的对照。"诗乐舞"三者本为一体,起源于上古的巫术,本身包含有审美因素,却并非艺术,而是以神人关系为基点,由巫师向神灵祈祷、言说的一种先民集体记忆的文化表象。 到了周王朝时期,周公"制礼作乐",礼仪制度关乎国家成败,《礼记》云:"武王崩,成王幼,周公践天子之位以治天下,六年朝诸侯于明堂,制礼作乐,颁量度而天下大服。"③首先,在这套严格的制度中,诗最初是以声为用,用于娱神;诗乐舞共同作用于听众。 作为一种宽泛概念上的"话语",诗与乐舞一起作为一套完整严密的仪式符号进行表征的时候,受众首先接触的是诗句的内容,诗句本身说了什么。"颂"表达

---

① "家父作诵,以究王讻"(《小雅·节南山》);"寺人孟子,作为此诗"(《小雅·巷伯》);"君子作歌,维以告哀"(《小雅·四月》);"吉甫作诵,其诗孔硕"(《大雅·崧高》);"吉甫作诵,穆如清风。"(《大雅·烝民》)
② 保罗·利科尔详细论述了话语分类、指谓和文字文本之间的关系,具体论述过程参见[法]保罗·利科尔:《解释学与人文科学》,陶远华等译,14~15、144~150 页,石家庄,河北人民出版社,1987。
③ 这里我们将"诗乐舞"称为话语,是从语言学的角度来界定"话语"概念的,而非下文将要论述的以福科对话语理论的界定为基础的与权力相互交织的"话语"观念。

了祈祷和歌颂的内容，宴飨之乐表达了君臣的和睦之境。其次是诗所表达的意义让受众做了什么，"颂"让周王谨慎恪守，这样宗法统治才会稳定，宴飨的和睦意寓着君臣之间的一种上下尊卑而亲善的伦理道德关系。最后诗乐舞结合在一起产生了一种统摄万物教化伦常的权威感。"诗乐舞"是贵族文化的标志，表明贵族对文化的独占。在先秦时期，贵族子弟从小必须学习歌舞，其教师即宫廷乐官。[①] 为了教学和乐官习乐，必定有记录下来的诗歌文本。当时的诗是一种乐语，仅仅为少数人所掌握，并用于庄重的场合，如政治、外交、祭祀等，只在特定场合流传，所以它的影响范围有限。况且诗乐舞是贵族文化身份的最为典型的标志，因此在贵族统治时期，他们必须保证自己的阶层对这一文化符号体系的绝对占有，这也限制了阐释空间的生长。而当贵族统治逐渐瓦解，士人阶级上升，贵族阶级在文化上的特权必须部分让渡给士人阶层。春秋时期，礼乐制度开始衰败，诗以声为用逐渐转到以义为用，春秋最后一例引诗在鲁哀公二十六年[②]，此时据战国不到20年时间。据《战国策》，诸侯往外朝聘再无赋诗言志的记载。至此，诗完全脱离了诗乐舞合一综合的艺术形态而由文字固定下来成为本文，《诗》的文本特性开始凸显，对这样一个《诗》文本空间的阐述就为多重解读提供了诠释空间和物质基础。这时候，孔孟荀等人的阐释实践也得以展开，儒家典籍《孟子》《荀子》等书中所引《诗》章句已经是在本文层面对《诗》进行阐释。与此同时，文本的形成，也为各种诠释力量提供了一个角力的场域，为《诗》经典化的最终形成奠定了基础。诗以文本形态出现，更有利于《诗》的传播，也便于士人阶级掌握《诗》这一文化资本，而先秦的这些阐释实践又为汉代《诗》的经典化奠定了基础。

当话语由于书写而成为文本进而获得自律时，这既意味着文本解释的可能性，也意味着解释的有限性。"（书写文字）将话语从事件中解放时，使

[①] 《汉书·礼乐志》载："典者自卿大夫师瞽以下，皆选有道德之人，朝夕习业，以教国子。国子者，卿大夫之子弟也，皆学歌九德，诵六诗，习六舞，五声、八音之和。"
[②] 卫子赣引"无兢维人，四方顺之"（《左传·哀公二十六年》），《周颂·烈文》《大雅·抑》也有此句，语句略不同："无兢维人，四方其训之。"

言语的自律成为了可能,在此出现的是书写文字的全部悖论:它表面上的软弱是一种拉开距离的机会,而这种距离给予了它全部的力量。如果没有这种拉开距离的能力,面对面的幻觉或浪漫主义的融合就威胁着话语的持久。'由于有书写文字,话语获得词义的三重自律:相对于说话人的企图的自律,相对于最初听众的接受的自律,相对于产生它的经济、社会、文化状况的自律。'"[①]从神巫之"诗",到诗乐舞之诗,再到断章赋诗之诗,又到《诗经》之诗,每一个阶段,都是话语自律的显现:口传的诗歌在表演或者宗教仪式中以话语形态出现,转瞬即逝,当它被确立为国家制度并且在文化实践中以文本形式记录下来时,《诗》文本阐开了它的阐释空间;而当《诗》被尊奉为"经",研究诗经的各家虽然具体解说各不相同,但是诠释仍旧具有一定的限度,超过了这个限度而过分偏离了解释的范围,这种诗说就会走向衰落。齐诗以五行灾异解释《诗经》,虽盛极一时,很快就走向了衰败。文本在敞开阐释空间让不同的诠释得以相互争竞的同时,也给诠释一定的限制,这是由文本的特性决定的。权力参与其中,平衡、控制、制约着各种学术力量,在最低限度的自由空间里保证政治权力所有者利益的最大化。因此,在权力对文本进行运作的过程中,文本成为连接内部动力和外部行动的中介,也为一种解释的运作和这种解释对现实能够施加影响提供了前提条件。

◎ 第二节
《诗》经典化的文化基础:《诗》作为一种礼乐文化的表意实践

在研究《诗》的经典化过程中,我们要考虑为什么其他文字文本没有进入汉代政府所定的经典中,而是《诗》,也就是说,成为经典实际上意味着

---

① [法]蒙甘:《从文本到行动——保尔·利科传》,刘自强译,114页,北京,北京大学出版社,1999。

这一文字文本本身需要某种文化品性。这一文化品性对指定者来说，具有可以推行其理念、道德和意识形态的作用；对接受者和推广者来说，有接受的基础或已是熟悉的。而作为一种礼乐文化的《诗》在这方面的表意实践比较符合这一点。"礼""乐"源于原始宗教文化，但礼乐文化的发展有着其历史的内在逻辑，并不能将之视为一种纯粹意义上的事神的行为。陈来先生指出："虽然事神行为意义上的'礼'可以追溯到三皇五帝甚至更早，凡有事神行为即可认为有礼，则考古发现所疑为神庙、祭坛者，都可以为原始宗教礼仪存在的表征。不过，周代所集大成而发展的'周礼''礼乐'显然早已超出宗教礼仪的范围。历史上所谓'周公制作礼乐'的礼乐，分明是指一套制度和文化的建构。若从后世《礼记》所说，'礼'根本是一个无所不包的文化体系。"①这就是说，礼虽然起源于原始的宗教文化，但是礼在后来的发展又并非直接继承了宗教仪式，它更多地与人事而非神事有关。原始的宗教活动主要是一种团体活动，"而团体的祭祀活动具有一定的团体秩序，包含着种种行为的规定。礼一方面继承了这种社群团体内部秩序规定的传统，一方面发展为各种具体的行为规范和各种人际关系的行为礼仪。"②因此，作为礼乐文化的代表性文本《诗》因具有了能为权力所用的文化品性而超越了其他文化典籍，并在反复的文化表意实践中成为经典化的对象性文本。

一、"赋诗言志"：先秦大夫的礼乐实践

先秦是"用诗"的时代，而非"作诗"的时代③，诗乐合一，在各种礼仪场合熟练运用诗乐，是贵族阶层的文化身份标志之一。先秦时期早已有《诗》的定本，在贵族学校里作为教材教授给贵族子弟，这样《诗》才能够

---

① 陈来：《古代宗教与伦理：儒家思想的根源》，225 页，北京，生活·读书·新知三联书店，1996。
② 同上书，225 页。
③ 战国以来，个人自作而称为诗的，最早是《荀子·赋》篇中的《佹诗》，其他则是民间的歌谣创作。

按照规定在各种仪式中得到广泛的应用，其核心内涵是公共生活中的道德，即"言志"。先秦时期是《诗》研究开始萌芽并走向成熟的时期，《左传》中记载了许多大夫用诗赋诗的实例，在这些实践中，贵族知识分子对诗歌的本体特征以及诗歌的功用有了一定认识，即"诗言志"和"诗以言志"①。严格来讲，大夫赋诗用诗并不能算是对《诗》的研究，仅仅是在文化实践中蕴含了某种《诗》学精神，真正的《诗》研究开始于孔子，孔子对《诗》的研究，基本上承续了先秦大夫用诗的基本精神内涵。他认为在钟鼓形式之外，还有更重要的道德内涵，由此而发展出一套自己的《诗》观念。到孟子和荀子时期，对《诗》的认识则达到了一定的理论高度。孟子提出"断章取义"的用诗策略，引《诗》为己所用以加强论辩；荀子把诗作为一种修辞，开创了这种用诗的先河。由荀子而下至汉代，汉儒将《诗》经学化，经学化《诗》学的诠释方法和思想成为汉代以下至清末的《诗》阐释模式。从先秦至汉代，无论是大夫引诗赋诗言志，还是孟子的"断章取义"，荀子的引诗为文，再到汉儒解诗，《诗》学研究最主要指的是对《诗》文本延伸意义的阐发，即《诗》的诠释学。

引诗和赋诗是在祭祀、外交、宴飨、礼仪、人际交往活动中引用诗句来传达意思，以完成交往活动。从时间分段上来讲，先秦大夫赋诗可分为五个阶段：西周到春秋前，春秋时期，春秋末到战国初期，战国中期，战国末期②。先秦用诗和赋诗虽然没有出现像亚里斯多德《诗学》那样完整的诗歌理论，但有一个基本的出发点，那就是围绕着"礼、乐、志"三者熟练地运用诗歌。

首先是"礼"和"乐"，志是在礼乐中通过后者得以彰显的。正史记载

---

① "诗言志"出自今文《尚书·尧典》："诗言志，歌咏言，声依永，律合声"，其含义可理解为两种：一，诗歌是用来表达自己的意志的；二，偏重对诗歌本体性质"言志"的阐明。这二者解释谁精准，要看《尚书·尧典》的产生年代。"诗以言志"出自《左传·襄公二十七年》，意为诗歌表达自己意志，原文为"武亦以观七子之志"。七子赋诗言志的详细记载见李学勤主编：《春秋左传正义》，1222～1223页，北京，北京大学出版社，1999。
② 袁长江：《先秦两汉诗经研究论稿》，28～37页，北京，学苑出版社，1999。

周公"制礼作乐",礼仪制度关乎国家成败。《礼记·明堂位》云:"武王崩,成王幼,周公践天子之位以治天下,六年朝诸侯于明堂,制礼作乐,颁量度而天下大服。"那么,"礼"之为何? 为何竟牵涉着如此重大的意义? 广义来看,"礼"主要包括三个方面:

首先是官制,即一个国家根本的政治制度。"既绌殷命,袭淮夷,归在丰,作《周官》。兴正礼乐,制度于是改,而民和睦,颂声兴。"《周官·周本礼》这个层次的"礼"是最为物质化的意识形态,用以分配权力的大小。第二是礼仪制度,用于各种政治、外交、军事、民俗等活动仪式中,用之于朝会、聘问、丧葬、庆典、祭祀、迎送、嫁娶等场合之中。从文化人类学的研究成果看,礼仪制度是由远古时代巫术仪式演变而来。巫术带有很直接的目的性,比如求雨、祈福、驱邪等,但是礼仪制度却超脱于这些非常直接的目的,即通过完整的仪式符号来确立国家政权的权威和王权的至高无上。第三是道德规范。《周礼·师氏》云:"以三德教国子。一曰至德以为道本,二曰敏德以为行本,三曰孝德以知逆恶。教三行,一曰孝行以亲父母,二曰友行以尊贤良,三曰顺行以事师长。"

由上述三个层次可见,礼乐和权力纠结在一起成为意识形态的一个部分①。礼是一种行为规范,与"法"相对,通过"礼"仪让自己的行为、身份得到社会认同,进而找到自己的社会等级归属。具体的礼仪制度是一套完整的文化符号,通过使用这些文化符号可以强化贵族的阶级文化意识。《礼记·曲礼上》云:"夫礼者,所以定亲疏,决嫌疑,别同异,明是非也。"社会不仅有差异,还需要将这些"差异"指出来,这就是"别异"。同样在《礼记·曲礼上》记载:"国君抚式,大夫下之。大夫抚式,士下之。礼不

---

① 从历史上看,所谓"意识形态"可以概括为三个阶段的三个类型:首先是制度化的意识形态,不以观念形态存在,而是融会于政治制度之中,并借助某种仪式的力量来实现其功能。其次是半制度化的意识形态,部分融于政治制度之中,同时保持自己独立的观念形态,前二者互为作用。第三是纯粹观念形态的意识形态,其与政治制度没有直接的联系,而是被表征为各种看似远离政治的文化现象和文化形式。西方学者所研究的意识形态主要是指第三种类型的意识形态,社会发展到高级阶段的时候才会出现这一类型的意识形态。而先秦时期的意识形态则主要是指前两种类型。

下庶人，刑不上大夫。"通过在社会生活各个方面渗透的礼仪仪式，来区别高低贵贱，即荀子所谓"贵贱有等，长幼有差，贫富轻重皆有称"，"在仪式的独特作用下，人们会忘记对原因的追问，他的主体性被同化于仪式营造的'场力'之中了"①，这些"别异"因此而变得天经地义，所以才有"礼乐之统，管乎人心"②。

再来看"志"在这个文化语境中如何生成自己的独特内涵。

先秦最为重要的诗歌理论都与"志"有关：一为今文《尚书·尧典》的"诗言志，歌咏言，声依永，律和声；八音克谐，无相夺伦，神人以和"；二为《左传·襄公二十七年》的"诗以言志"。《左传》是记载先秦用诗活动最为重要文献之一。从现代诗学的角度来看，今人所理解的"诗言志"是对诗歌本体和功能的恰当概括。"诗言志"可以被理解为两种：一是从诗歌的发生角度来讲，是"作诗言志"；二是本体和功用角度来讲，就是"诗以言志"或者"赋诗言志"。但当我们还原到先秦的文化语境就会发现，"诗言志"是否就是今人所理解的那样尚待商榷。

闻一多先生在《歌与诗》里认为，"志"有三个意思：一，记忆；二，记录；三，怀抱；最原始的意义是记录。今日的辨析都是从文献推知当时的文化语境而得出的结论，因此文献成书的时间非常关键。确定今文《尚书·尧典》的成书时间在对"诗言志"的内涵理解上非常重要。《尧典》的产生时间主要有两种说法：一为战国说，以顾颉刚为代表；二是周初说，近年来许多论者都持此观点。"如果信从顾说，则'诗言志'之说应是在春秋时期'赋诗言志'之普遍社会现象的背景下提出来的，因此，其所谓'志'应理解为赋诗者所表达的言外之意，与诗歌本身的蕴含无关。"③但是假如《尧典》产生于周初，那么"志"就只能是记录了。《说文》三上《言部》云：

---

① 李春青：《诗与意识形态：西周至两汉诗歌功能的演变与中国诗学观念的生成》，45 页，北京，北京大学出版社，2005。
② （清）王先谦撰：《荀子集解》，382 页，北京，中华书局，1988。
③ 李春青：《诗与意识形态：西周至两汉诗歌功能的演变与中国诗学观念的生成》，56～57 页，北京，北京大学出版社，2005。

"诗，志也。 志发于言。 从'言'、'寺'声。"可以理解为诗在最初并不具有抒怀的功用，而是用以记录事件的。 这样看来，"诗言志"就可以有两种不同的理解，一是对诗歌创作以及诗歌功能的普遍原理的概括；二是对诗歌在特定时期的独特功能的认定，关键点就在于《尧典》的产生年代。①

《左传》中记载的赋诗和引诗活动有所不同，分为"作诗而赋"和"赋既有之诗"，作之例仅有六处②，最多的是赋"既有之诗"。 因此，在当时的语境下，"诗言志"并非指"作诗言志"。 由于已经有了诗歌的既定文本，因此，赋诗和引诗活动都是从读者的角度出发去使用一个文本来表达自己所欲表达的意思，这里的"志"应是"怀抱"的意思。

然而我们要进一步追问，这个"志"是谁之志？"志"到底具有什么样的精神内涵？ 我们可以从《左传》的记录来追寻这个"志"的内涵。 例如，《左传·襄公二十七年》载，郑伯率七位大夫宴请晋国上卿赵孟一行，席间赵孟请七位大夫赋诗以观其志。 其中伯有赋《鹑之奔奔》。 赵孟就斥责他："床笫之言不逾阈，况在野乎？ 非使人所得闻也。"宴会之后，赵孟对其助手叔向说："伯有将为戮矣！ 诗以言志，志诬其上，而公怨之，以为宾荣，其能久乎？"③赵孟为何作此评价？《鹑之奔奔》毛序云："刺卫宣姜也。"郑玄的笺注为："刺宣姜者，刺其与公子顽为淫乱，行不如禽鸟。"④伯有在外交场合所赋之诗含有讽刺之意，且影射了床笫之事，被认为是不符合礼节，且将引来杀身之祸。 可见，"言志"需要符合一个公共标准，即关乎国家及公共生活所不可缺乏的道德准则。

先秦"礼"标志出贵族的身份，而"赋诗言志"必须要符合礼的规范，否则就是对贵族文化体系的冒犯，这种冒犯被认为会危及国家统治的根基而

---

① 李春青：《诗与意识形态：西周至两汉诗歌功能的演变与中国诗学观念的生成》，57 页，北京，北京大学出版社，2005。
② 霍松林主编：《中国诗论史》（上册），21 页，合肥，黄山书社，2007。
③ 七子赋诗言志的详细记载见李学勤主编：《春秋左传正义》，1063～1064 页，北京，北京大学出版社，1999。
④ 李学勤主编：《毛诗正义》，193 页，北京，北京大学出版社，1999。

引发权力的丧失。 礼、乐、志三者在国家权力的平台上又被统一到一起。《礼记·仲尼燕居》云:"不能诗,于礼谬;不能乐,于礼素。 薄于德,于礼虚。"周人的典礼用诗并不能算是严格意义上的《诗》/诗学研究,但是先秦典籍中所见的《诗》/诗学命题已经为后代成熟的《诗》诠释学规定了逻辑主线和文化策略,即礼乐志的三者贯通统一被极端强化为为国家政权服务的经学思想。 而当孔子感叹礼崩乐坏的时代已到来时,知识精英也不再强调前代的"礼乐",而是以"志"为主线贯穿于学说之中,成为延续传统和诠释前代文化的一个基本出发点。 到汉儒手中,《诗》已成为政权确认的带有国家宗教性质的经典文本,诗歌诠释仍旧以被改写后的"志"为基点,形成独特的《诗经》诠释学。

先秦时期,"诗"作为一种独特的话语系统,在贵族文化中是一种具有普遍性的言说方式。 有学者将先秦用诗分为八种类型:祭祀用诗、大射礼用诗、宴飨用诗、人际交往用诗、教育用诗、论说用诗、为文用诗和其他用诗①。 除论说和为文用诗之外,《左传》所载的用诗基本上包括了上述主要类型。 从这些用诗的类型中我们可以概括出几种主要的言说方式:人-神语境下的言说方式,国家权力语境下的言说,贵族阶级的交流符号。 经考证,《诗经》作品中以《颂》诗为最早,《颂》诗中又以《周颂》为最早。 最初的诗歌,并没有后代所谓的审美关系,而是以神人关系为基点,由巫师向神灵祈祷、言说。

综合上述分析,我们可以概括出先秦大夫用诗的逻辑起点和意义的生成方式:这是以"礼、乐、志"为逻辑起点在重复运用原典的过程中使传统得到保存的一种文化实践,其重点是特定的文化群体对《诗》文本的合法使用。 所谓"合法"并不指合于原意的运用,相反,"合法"的运用通常背离了诗歌文本的原义而仅仅合于具体运用诗歌的小语境,在更深广的维度上,用诗活动必须要符合为礼乐文化服务的大语境,即合于贵族统治的国家政权

---

① 袁长江:《先秦两汉诗经研究论稿》,20~28 页,北京,学苑出版社,1999。

需要,用《左传》原典的表述即"赋诗断章,余取所求"①。

二、《诗》作为汉儒的礼乐文化表意实践

秦朝以吏为师,崇尚法制,先秦时期的礼乐文化经历了长期的战乱和思想史上的演变之后并没有在秦朝得以恢复。到了汉代,戎马出身的高祖刘邦对儒生不敬,文士陆贾经常对汉代开国君主刘邦称颂《诗经》《尚书》等上古典籍,并写下探讨治世之道《新语》。

其后,叔孙通主持制定朝仪。朝仪又称朝礼,三代时此礼即存在。叔孙通与其弟子临时由鲁地征召来儒生30余人合作,以秦制为蓝本定汉家朝仪,朝堂之上"群臣饮争功,醉或妄呼,拔剑击柱"②的混乱局面再未出现。汉高帝七年(前200)十月朔日,在新落成的长乐宫举行了汉王朝的朝仪大典。③汉家天子体验到了至高无上的尊严和权力的获得感,从此,汉代政权在一群儒生的主倡下开始制定一套烦琐复杂的仪式制度,涵盖了祭祀、朝觐、朝服、旗帜、历法等各个方面。

汉文帝时虽尊黄老,但祭祀、朝觐等具体仪式却不得不依赖儒生。汉文帝时博士诸生奉命撰写《王制》,把天下分为九州一千七百七十三国,构想一个地域关系分明,管辖统治清晰,朝觐、律法、祭祀、权责等都极其明确的理想秩序,让汉代统治者意识到"普天之下莫非王土"。张苍根据五德终始理论和相天术为汉家定制历法,改换朝服,变更祭祀音乐,从宇宙论上为汉代政权确立合法性依据。

汉武帝时期的赵绾、王臧依靠窦田等权贵,请申公拟建明堂,把明堂作

---

① 《左传·襄公二十八年》,"……男女辨姓,子不辟宗,何也? 宗不余辟,独余焉辟之? 赋诗断章,余取所求焉,恶识宗?"
② (汉)司马迁:《史记》,2722页,北京,中华书局,1959。
③ "汉七年,长乐宫成,诸侯群臣皆朝十月……于是高帝曰:'吾乃今日知为皇帝之贵也。'"(《史记》,2723页,北京,中华书局,1959)

为诸侯朝见天子、象征天子权威的中心，配以封禅、巡狩、更换旗帜朝服等一系列以儒家礼乐为中心的文化表意实践，以实用主义的精神来为汉代政权提供思想和文化上的合法性支持。董仲舒的"天人合一"学说则进一步完善了汉代统治者的意识形态体系。汉武帝还是历史上封禅次数最多的帝王[①]，他为此做过长期大量准备，并召集群臣、诸生进行封禅礼仪讨论。虽然这些讨论并未能复原古礼的概貌，但儒生们提出的有关封禅事宜的建议或反驳意见，其主要理论根据都出自《尚书》《诗》《周礼》等儒家典籍。

汉朝皇帝的一系列文化措施实质是力图在传统中为政权寻找有力的合法性，以此来展开权力在各个领域的有效运作。而这一系列文化表意实践则与儒学地位的上升互为推动，并且为儒学最终成为权力的意识形态学说奠定了基础。儒学地位的上升则使得儒家典籍经典化成为可能，在今古文学者的反复阐释活动中，为权力所推崇和钦点的《诗》《书》《礼》《易》《春秋》五部经典为汉代政权提供了宇宙论、历史哲学和宗教神学等各个方面的思想支持。《诗》《书》《礼》《易》《春秋》在汉代成为经典并非权力单方面强制的结果，而与五部著作本身作为上古文化的表意实践及自身所积淀的礼乐文明精神很有关系。

◎ 第三节
权力参与下的文化生产行为及等级秩序

在论述《诗》在汉代的经典化的物质基础及文化基础后，还要谈一下《诗》经典化背后的权力运作。本节就论述在权力参与下文化生产行为等级

---

① 武帝在位期间封禅有五次说（《汉书》）和六次说（《资治通鉴》），依六次说有：元封元年（前110），元封五年（前106），太初三年（前102），天汉三年（前98），太始四年（前93），征和四年（前89）。

秩序的确立,认为文化生产行为等级秩序的确立与下述现象有关:(1)作为经典化背景的儒学地位的上升;(2)作为权力运作策略的学术与政治实践的结合;(3)位于文化最高层级的"经"与其他典籍的分离。

早在20世纪70年代,姚斯就在其论文《文学史对文学理论的挑战》中提请人们注意读者在一部文学史构成中的作用。当然,普通的读者并不能对经典的形成构成决定性的影响;一般而言,学界基本认同在成熟的社会市场条件下"经典"取决于下面三种人的选择:文学机构的学术权威,有着很大影响力的批评家和受制于市场机制的广大读者大众。在上述三方面的因素中,前二者决定作品的文学史地位和学术价值,后者则能决定作品的流传价值,当然我们也不可忽视,有时后一种因素也能对前一种因素做出的价值判断产生某些影响。

当提到学术权威和市场机制,不得不再次提到其中涉及的权力问题,"经典与权力是同谋。经典是有用的,因为它们可以让我们以别的方式去处理难以处理的历史沉积物。它们这么做靠的是肯定一些作品比另一些作品更有价值,更值得仔细关注。那些作品的价值是否完全取决于它们以这种方式被挑选出来,则是一个有争议的问题。"[1]也就是说,一部经典是如何形成的,最为关键的分析点在于揭示经典背后的权力运作,作品依靠权力钦点而功成名就,而权力则选择最为有利于自身的作品纳入自己的意识形态范围并以此来维护自己的统治。当我们审视各种文学史的时候就会很容易发现,无论怎样变化,一些作品总是会出现在文学史的视野中,变化的仅仅是局部:以中国现当代文学史为例,无论废名、张爱玲、石评梅、金庸在文学史地位上被抬得多高,一部严谨的文学史也不得不提到鲁迅;或者说,一部英国文学史缺少了莎士比亚、弥尔顿都将得不到承认。"经典的与非经典的著作之间无论如何都存在着完全不会弄错的地位差异,虽然它们都进入了经典之中。但是,一旦它们都进入了经典,某些变化就会接踵而至。首先,它们完全被锁定在它们的时代之中,它们的文本几乎被凝固了,因为虔诚的学术使它们变

---

[1] [英]弗兰克·克莫德:《经典与时代》,见阎嘉主编:《文学理论精粹读本》,57页,北京,中国人民大学出版社,2006。

得如此，它们的语言变得越来越隔膜。其次，面对这种现实，它们又自相矛盾地力图摆脱时代的束缚。第三，由于经典被作为一个整体来对待，所以各个独立的部分不仅凭借其自身的价值成为经典作品，而且也成了这个更大的整体的一部分。第四，这个整体以及它所有相互联系的部分，都可以被认为具有无穷无尽的潜在意义。所以，在时间过程中出现的东西——由于原初的语境变得越来越久远——就是新的意义的产生（它们可能通过"虚构"这种富有特征的思维方式被认为是原初的意义），而这些意义在不断变化着，尽管产生它们的原典仍然没有变。既然所有的著作现在都可以被看成是一本大书，那么，就可以在这个整体久远的各个部分中找到新的共鸣和重复的观点。"[1]简言之，一个时代有一个时代的经典。因此，强调经典的建构性质并不是要否定作品中含有的布鲁姆所谓"最为优秀的"那部分，而是关注于两个方面：（1）那变化的局部是如何变化和运作的；（2）那些不变的部分怎样通过不同的阅读方式而被赋予了新的意义。

一、儒学地位的上升及其经典地位的确立

《诗》本身蕴含着审美因素，但先秦两汉的《诗》始终和政治权力纠结在一起，成为意识形态的重要的组成部分。先秦时期大夫用《诗》、诸子引《诗》证理，都是以《诗》为文化原典的运用，而在这反复的引用过程中，《诗》的经典地位逐渐形成。到汉代，《诗》由具有意识形态价值的文化典籍上升为由官方颁定的儒家正典，成为恒常不变的"经"，具有了至高无上的地位。

考察汉代《诗》经典化的过程将会发现，《诗》的经典化是儒学经典化的一部分。通常来讲，儒家"六经"[2]的排序为"《诗》《书》《礼》《乐》《易》

---

[1] ［英］弗兰克·克莫德：《经典与时代》，见阎嘉主编：《文学理论精粹读本》，57 页，北京，中国人民大学出版社，2006。
[2] 《乐经》今不存，所以实则为"五经"。

《春秋》"①,《诗》居六经之首,足见其在经学体系内的重要地位。因此,在描述《诗》到《诗经》这一历史过程中,只有将其置于经学背景之中加以把握,才可更好地理解《诗》经典化的全貌。

1. "学"到"术"的转变

通常来讲,权力选择一种思想来为其代言,这种思想通常需要具备一定的实用性才能为其所用,而从这种学说本身来说,这也是它找到了可以与权力共谋的契合点。在前现代社会,"致用"是使一种思想学说②获得权力垂青的重要品格。"学"重研究,以明理为目标,侧重于对世界根源性的把握,在中国文化里表现为对"道"的寻求,在西方哲学里则是对"逻各斯"或"上帝"的终极追问。纯粹的学术研究往往远离现实世界,而"术"则立足现实,以实际运用为其最终目的,根据现实的需要进行适当变通。同时,权力垂青何种"术",又会推动其背后的理论研究,并以此来加强"术"的理论权威性,从而获得一种暂时的"双赢"结局。

从《史记》和《汉书》这两部汉代最重要的史学著作来看,《史记》没有出现"经学"二字,但区分"文学"与"儒术",学问、学人属于"文学",方法、手段属于"儒术"。《汉书》改"文学"为"经学",称"儒术"为"经书",后者所谓"通经致用",即以儒学学术研究为统治基础,知识与权力相互渗透在后者中已昭然若明。可见,汉代的学者已经有区分"学"与"术"的意识。

从汉初的政治实践来看可以证明此种观念区分的存在:"治术高明"比"学术高明"更为重要,从法家"法术势",再到黄老术和贾谊"取与守不同术",都强调治理方法或权术的高明与否,却没有标榜学术水平孰高孰低。武帝时期名儒公孙弘和兒宽也并非以治学出众而为武帝看中,而是表彰他们

---

① 排序有两种:一种诗、书居首,《论语·泰伯》《庄子·天下》《礼记·经解》《春秋繁露·玉杯》都采用这种排序;一种为"易、书、诗、礼、乐、春秋",班固《汉书·艺文志》采用这种排序,大体为经书产生的先后顺序。大体上讲,今文学家认同前一种,古文学家则赞同后一种。
② 思想(ideas)和学说(theory)往往只是一种基于知识积累的假设,需要经过验证才可以成为人们信任的真理。

"习文法吏事,而又缘饰以儒术"①。 公羊学派代表董仲舒之所以在经学家之中名望日隆,一方面他解释《春秋》时能把天道、儒家之道与《春秋》联系在一起,使《春秋》获得了神圣的地位,从而为《春秋》的经典化奠定基础;另一方面,董仲舒所阐发的《春秋》解决了王权的合法性问题,带有浓厚的"术"的倾向,所以他的经学思想深受朝廷重视,其对《春秋》阐发的着力点仍落在"致用之术上"。

正是在这样一个思想大背景下,《诗》从普通的文化原典上升为"经"。《诗》固有的审美因素被湮没在从经学角度做出的解释中,《诗经》不是现在所说的"文学",而是现实政治实践的思想支持。"《诗》三百为谏书"就是"《诗》以致用"最为著名的例子之一。②

2. 儒学地位的上升

从"学"到"术"的转变实际上是一种治学思想方法的转变,学术由象牙塔走向明堂,从经营自给自足的学术体系到为帝国出谋划策。 这一学术思想的转变,带来了儒学地位的上升。 儒家学者通过以学说参与现实政治,改变了儒学无益于现实的尴尬局面,并在权力场的角逐中击败了其他各家学说,成为自汉武帝以下千百年的帝国统治学说。

秦朝实行严酷的文化专制政策,如"焚书坑儒","有敢偶语《诗》、《书》者弃市,以古非今者族"③,当时文化领域如严冬一般肃杀。 秦朝统治者信奉法家,但随着秦朝灭亡,法家思想也退居幕后。 汉袭秦制,汉代统治者虽然继承了很多秦朝制度,但意识到要避免重蹈秦朝覆辙就需在文化和思想方面持开放的态度。 于是,在文化领域,汉初统治者很快就废除了"挟书律",让文化典籍得以公开流通传播,允许各家学说通行于世,各种思想开始复苏,一场新的文化整合和再生运动悄然展开。

---

① (汉)司马迁:《史记》,2950 页,北京,中华书局,1959。
② "式为昌邑王师,昭帝崩,昌邑王嗣立,以行淫乱废。 昌邑群臣皆下狱诛……式系狱当死,治事使者责问曰:'师何以无谏书?'式对曰:'臣以《诗》三百五篇朝夕授王,至于忠臣孝子之篇,未尝不为王反复诵之也;至于危亡失道之君,未尝不流涕为王深陈之也。 臣以三百五篇谏,是以无谏书。'使者以闻,亦得减死论。"(《汉书》,3610 页,北京,中华书局,1962)
③ (汉)司马迁:《史记》,255 页,北京,中华书局,1959。

一个新王朝为维护自己的统治地位,必然要寻找一种思想学术支持。 汉初统治者经过斟酌权衡,选择了黄老之术。 汉惠帝元年(前194)曹参为齐悼惠王刘肥相时,曾集合数百名儒生讨论治民之道,但儒生们没有提出适宜的对策,于是曹参转向治黄老之学的盖公,盖公认为"治道贵清静而民自定"①,这非常符合汉初政治刚刚稳定下来而经济与文化尚处于一片萧条混乱的局面,因此,曹参采纳了盖公的意见,结果"相齐九年,齐国安集,大称贤相"②。 惠帝二年,曹继萧何为汉相国,"举世无所变更,一遵萧何约束"③,恰恰是这样的"无为"政策,收到了良好的效果。 因此,汉初统治者都力挺黄老之术。

　　推崇黄老,实际上是一种宽松的思想尺度限定。 统治者尊崇黄老之术,实际上并不排斥其他学术流派,④"尊崇黄老"也是一个高明的文化尺度,它不以带有暴力和强制性色彩的法家权术方式来排挤和限定其他文化倾向,相反,它允许异己之说存在,仅仅限制了各家学术不能超过它的限定。

　　从典籍所反映的思想传承来看,汉初"黄老之术"中包含了儒家思想。《淮南子》整合了一些儒家观念。 陆贾《新语》强调仁义与无为的结合,紧扣如何长治久安发表论证,开始改变儒学无益于治国的局面,儒学开始与治术紧密结合。 贾谊将道德说引入到社会理论范畴,将仁义忠信与老庄的道德学说混为一谈,带有明显的整合意图。 韩婴的《韩诗外传》,也有儒道结合倾向。 连汉代大儒董仲舒的"天人"理论都与道家"天人感应"思想有理论上的承续关系。⑤

　　这些儒家理论的更新,可以看作是儒家学者对儒家学说主动做出的调整,通过学术体系的调整,来积极参与对道家"无为"主张的改造,渐渐对其施加一定影响。 "他们或用黄老思想补充儒家学说,或用黄老术语重新诠释儒家思

---

① (汉)司马迁:《史记》,2029 页,北京,中华书局,1959。
② 同上书,2029 页。
③ 同上书,2029 页。
④ 如汉文帝时候,曾派太常掌故晁错去济南向当过秦代博士的伏胜学习《尚书》,《尚书》正是儒家典籍,后列为官方学说之一。
⑤ 刘松来:《两汉经学与中国文学》,167~175 页,南昌,百花洲文艺出版社,2001。

想。尽管方式不同,手法有异,但基本用心却是一致的,这就是站在实用主义的立场上,通过肢解黄老之学来构造符合时代要求的儒学新体系。从这个意义上说,汉初诸儒对黄老之学与其说是吸纳,倒不如说是整合;正是通过对包括黄老之学在内的各家学说的整合,传统儒学才重新获得了生机。"①

到了武帝时期,黄老思想已经无法适应时代的发展,而儒家学说中关于"尊君抑臣""大一统""改化"等思想则更适合帝国统治的需要。当时好黄老的窦太后在世,"窦太后好黄帝、老子言,(景)帝及太子、诸窦不得不读《皇帝》、《老子》,尊其术"②,司马迁在此处用了"不得不"一词,可见当时景帝、太子、窦氏外戚等朝中权臣不少对黄老之术颇有不满,但鉴于窦太后的权势,只能尊崇老庄。景帝中元三年(前147)治《齐诗》的辕固生与主黄老的黄生论辩"汤武受命",③因言黄老为"家人言"而触怒窦太后,差点丧命。这次冲突中,景帝的暧昧调停及言语里不难捕捉到偏向于儒家一方,但迫于窦太后的压力,才没有采取强硬的措施引起正面冲突。

随着时势的变化,年轻的武帝登基第二年就采取了两项重要的尊儒举措:一是下诏问策,二任用好儒术的官吏主持朝政。建元元年(前140)冬

---

① 刘松来:《两汉经学与中国文学》,175 页,南昌,百花洲文艺出版社,2001。
② (汉)司马迁:《史记》,3945 页,北京,中华书局,1959。
③ "窦太后好老子书,召辕固生问老子书。固曰:'此是家人言耳。'太后怒曰:'安得司空城旦书乎?'乃使固入圈刺豕。景帝知太后怒而固直言无罪,乃假固利兵,下圈刺豕,正中其心,一刺,豕应手而倒。太后默然,无以复罪,罢之。"(《史记·儒林列传》)此次论辩中值得注意的是景帝的态度,"(辕固生)与黄生争论景帝前。黄生曰:'汤武非受命,乃弑也。'辕固生曰:'不然。夫桀纣虐乱,天下之心皆归汤武,汤武与天下之心而诛桀纣,桀纣之民不为之使而归汤武,汤武不得已而立,非受命为何?'黄生曰:'冠虽敝,必加于首;履虽新,必关于足。何者,上下之分也。今桀纣虽失道,然君上也;汤武虽圣,臣下也。夫主有失行,臣下不能正言匡过以尊天子,反因过而诛之,代立践南面,非弑而何也?'辕固生曰:'必若所云,是高帝代秦即天子之位,非邪?'于是景帝曰:'食肉不食马肝,不为不知味;言学者无言汤武受命,不为愚。'遂罢。是后学者莫敢明受命放杀者。"(《史记·儒林列传》)从引文可看出,一旦涉及西汉王朝政权合法性这一异常敏感的问题时,权力的暴力性质就会凸显出来,统治者通常会断然放弃与学术合作而采取暴力手段禁止这一话题。对董仲舒也是如此,"以春秋灾异之变推阴阳所以错行,故求雨闭诸阳,纵诸阴,其止雨反是。行之一国,未尝不得所欲。中废为中大夫,居舍,著《灾异之记》。是时辽东高庙灾,主父偃疾之,取其书奏之天子。天子召诸生示其书,有刺讥。董仲舒弟子吕步舒不知其师书,以为下愚。于是下董仲舒吏,当死,诏赦之。于是董仲舒不敢复言灾异。"(《史记·儒林列传》)可见,即使具有经典合法阐释权力的权威学者也不可避免地必须避开敏感话题,所有的阐释都是有限度的,在权力允许的范围内才能与当局有愉快的合作关系。

十月，汉武帝下诏"举贤良方正直言极谏之士"，但各地所推举的贤良中有不少是"治申商韩非苏秦张仪之言"的人。丞相卫绾认为这些人"乱国政，请皆罢"①，得到武帝批准，这是第一次罢黜百家。不久，武帝任命好儒术的窦婴、田蚡为丞相、太尉，"隆推儒术，贬道家言"②，推举儒家学者赵绾为御史大夫、王臧为郎中令，控制朝廷重要职务，又迎赵、王的老师《鲁诗》学者申公到长安"议立明堂"③。然而，建元二年（前139），太后先于御史大夫赵绾发动政变，罢逐赵绾、王臧，罢免丞相窦婴、太尉田蚡，暂时中断了汉武帝的儒化改革。建元六年（前135）五月，窦太后去世，武帝重新任命田蚡为丞相。④第二年五月（元光元年），武帝采纳了《春秋公羊学》大师董仲舒的建议"卓然罢黜百家，表章六经"（《汉书·武帝纪》）；元朔五年，前124年，准公孙弘设博士弟子员制度的建议⑤。至此，儒学成为官方唯一正统思想，并以经学形式登上了统治思想的宝座。需要指出的是，"罢黜百家，独尊儒术"并不是汉武帝提出的主张，只是从汉武帝开始，汉帝国开始了独尊儒家的思想进程。西汉昭帝始元六年（前81）的"盐铁会议"和宣帝甘露三年（前51）的"石渠阁会议"分别是两次后续大推动。在"盐铁会议"上儒家成功地把其价值观念上升到国家意识形态的高度，并且保证了儒家学者可以由通经而进入仕途，儒家学者由学者、顾问官转变成国家官吏。到汉元帝和汉成帝时则真正完成了儒学一统天下的文化专制格局。⑥王葆玹对此作了概括："西汉初期的官方学术政策是尊崇黄老，兼容

---

① （汉）班固：《汉书》，156页，北京，中华书局，1962。
② 同上书，2379页。
③ 汉代帝王对明堂设置似乎情有独钟，关于"明堂"的作用，可以参考王世仁的《明堂形制初探》（见《中国文化研究集刊》第4辑，上海，复旦大学出版社，1987），此文指出汉代明堂的修建不仅仅是提供一个祭祀天地鬼神的庙宇，而且是"作为一个政治的伦理的象征丰碑"。
④ 《史记·儒林列传》："及窦太后崩，武安侯田蚡为丞相，绌黄老、刑名百家之言，延文学儒者数百人，而公孙弘以春秋白衣为天子三公，封以平津侯。天下之学士靡然乡风矣。"
⑤ 《史记·儒林列传》："公孙弘为学官，悼道之郁滞，乃请曰……制曰：'可'，自此以来，则公卿大夫士吏斌斌多文学之士矣。"
⑥ 有关过程论述可参看刘松来：《两汉经学与中国文学》中篇第二章第一节，南昌，百花洲文艺出版社，2001。朱维铮：《中国经学史十讲》第五讲《儒术独尊的转折过程》，上海，复旦大学出版社，2002。

百家。 汉武帝及昭、宣、元帝时期的政策是尊崇《五经》,以儒家为主导,兼容其他各家学派,将诸子纳入辅经的'传记'范围。 从汉成帝时起,始'罢黜百家、独尊儒术',将包括诸子的传记博士罢免,取消其建制。"①

可见,汉元帝时独尊儒术才真正成定局。"罢黜百家,独尊儒术"是个漫长的角力过程,儒学地位的上升,依靠的正是"儒术"在实际政治实践中的胜利,而学与术之间实际上是一个互动的文化过程,用批判理论的术语来讲,就是"学术与权力的共谋"。 朱维铮一针见血指出,在"学术与权力的共谋"过程中,"学"就慢慢蜕变成了迎合统治者需要的"术":"注目于实用需要,可因时代不同而出现的需要变化,刺激文化的传统随之起变化。 但既然思想界已经养成以君主的需要为需要的习惯,那么任何变化只能限制在统治阶级实用需要所许可得范畴之内。"②

二、学术与政治的合流

在介绍了儒由"学"转向"术"并因这一转变而获得政权的认可之后,还需要进一步阐明权力运作的基本策略。 本节就此问题主要论述两个观点:(1)学术与政治的合流是非常典型的权力对文化的控制方式,其实质是控制诠释的过程,即"把注意力吸引到解释过程本身,并显示某些居支配地位的阅读怎样融合到文本中去"③,这样代表某种权力的世界观得以在重复的诠释活动中维持和再现;(2)学术主体对诠释方法的选择具有一定的自主性,即随着社会形态的变化,学术主体在权力场域内的自主性会随着权力与统治的不同类型而发生相应的变化。 也就是说,权力对文化的控制并非处于绝对的优势地位,在权力将自己的旨趣推广并合法化的过程中将会遇到来自不同旨趣群体的抵抗,而权力又需要用各种符号的表象和意义的变形来掩盖统治和冲突。

---

① 王葆玹:《今古文经学新论》,221 页,北京,中国社会科学出版社,1997。
② 朱维铮:《中国经学史十讲》,12~13 页,上海,复旦大学出版社,2002。
③ [美]丹尼斯·K. 姆贝:《组织中的传播和权力:话语、意识形态和统治》,陈德民等译,178 页,北京,中国社会科学出版社,2000。

在展开讨论以前,我们先要对"权力"这一概念做一个简单的界定。基本上,各种"权力"概念的界定都需引入"关系"来进行探讨。"权力意味着在一种社会关系里哪怕是遇到反对也能贯彻自己意志的任何机会,不管这种机会是建立在什么基础之上的。"①马克斯·韦伯的权力观建立在功能主义的基础之上,权力与统治结合在一起,促成一定地理区域范围之内所发布的命令,能够依靠行政管理班子以有形的强制和无形的威胁保证得以施行,权力的核心在于富有成效地让其他人执行命令者的旨意。② 这实际上就是我们通常所说的"元权力"。

在文化领域内,权力并不仅仅表现为政治统治权力,它以各种变形渗透到各种关系中去,以符号来掩盖自身的目的。③ 它在文化领域内的表现还

---

① [德]马克斯·韦伯:《经济与社会》(上),阎克文译,81 页,北京,商务印书馆,1997。
② "一种统治的事实仅仅与一个卓有成效祈使其他人的命令者现实的存在联系着,而既不绝对地与一个行政管理班子,也不绝对地与一个团体的存在相联系着。"(马克斯·韦伯《经济与社会》(上),阎克文译,81~82 页,北京,商务印书馆,1997)
③ 在很长一段时间内,对权力的定义并不是从本体出发,而是从关系出发或者权力的功能出发,权力的研究一般涉及另外两个概念:社会组织和意识形态。事实上,如果脱离了关系或者功能这一基本出发点而试图给权力下一个普遍的定义,是非常困难的。在很多时候,权力并不以单纯的暴力或者其他控制形态出现。因此,在讨论权力的定义,或者权力对文化的介入的时候,必须关注于权力场域内的各种关系,也即各种力量之间的对比。罗伯特·达尔认为,权力是使行为发生变化的能力,权力不是人拥有什么,而是人与人之间的关系。达尔对权力的定义的重点在于权力的使用而非来源。巴卡拉和巴拉兹认为达尔这一精英趣味十足的定义忽视了权力行使过程中无意识的问题,同时将权力的形式局限在无异议的事件范围之内。卢克斯认为上述达尔等人的理论都局限于个人关系之中,应该将权力放置于更广阔的理论背景中加以考查,即需要考虑占统治地位的群体旨趣与被统治群体旨趣之间产生矛盾的时候权力如何对之加以协调和防止冲突。卢克斯的观点将对权力考察和对意识形态的考察之间作了连接,同时将研究回归到权力基础"旨趣"的研究层面上来,为权力在各种文化体系中的研究打开了思路。丹尼斯·K.姆贝参考卢克斯的观点,提出"可将意识形态视为表达某种组织现实并使之合法化,即使部分群体所具有的旨趣相对于其他群体而言具有合法性,同时又蕴含了转化和变革的可能性。"(以上观点的简介可详见[美]丹尼斯·K.姆贝:《组织中的传播和权力:话语、意识形态和统治》,陈德民等译,64~69 页,北京,中国社会科学出版社,2000)布迪厄研究权力的时候引入了"惯习"(habitus)这个概念,惯习是"一种社会化了的主观性",是某个场域固有的必然属性体现在身上的产物。"惯习"概念由于引入了象征资本的社会习得而更加偏重文化方面,或者说,"惯习"具有辩证的交互性,比单纯的某一组织旨趣具有更广阔的视角。当惯习恰好遇到它所合适的那个场,它就感到如鱼得水。如果一种惯习在场域内与其他文化力量充满了冲突,这时候占据着符号资本优势的力量就必须对之进行掩盖。(详见[法]皮埃尔·布迪厄、[美]华康德:《实践与反思——反思社会学导论》,李猛、李康译,170~171 页,北京,中央编译出版社,1998)

有一个重要特点是它对表现为各种符号体系的文化进行介入的时候,更倾向于一种间接的统治。它利用自身所拥有的暴力为后盾,让权力所有者的观点被表述为具有普遍意义的文本,同时通过控制意义的生产来确保这种普遍性不受异己力量的怀疑,而仅仅在极端情况下才会以暴力的方式对文化进行控制。权力对文化的控制方式有多种,如通过教育体系、学术机制控制文化资本,或划定每一种学科在整个文化体系中的等级地位,同时通过制定教育和学术体系内部规则而划定知识的合法范围和合法阐释文本的范围等,而不同时期的具体文化政策会发生相应的调整。为了配合统治者的统治,统治者需要将他青睐的、有利于宣传其政权合法性的某种知识和学说在思想文化领域进行神圣化,如上所述汉人如何将经典神圣化所示,在古代中国的统治思想里,最普遍的方式是把"道—圣—经"三者作为不容置疑的思想前提加以全盘接受,而所有以经典文本为对象而展开的诠释都围绕着这个构架进行,以此来保证文本的经典化和神圣性。由于权力在文化领域中对文化起着影响和控制的作用,因此帝王在文化决策中扮演的角色要超出文化保护人和支持者的角色范围,而成为实质上最终的决策人。"(秦)燔灭文章,以愚黔首。汉兴,改秦之败,大收篇籍,广开献书之路。迄孝武世,书缺简脱,礼坏乐崩,圣上喟然而称曰:'朕甚闵焉!'于是建藏书之策,置写书之官,下及诸子传说,皆充秘府。"[1]在官方史书里,经常会读到与之类似的叙述,叙述者的表述方式通常会让读者产生是皇帝的个人智慧而导致文化繁荣这一错觉。甘露三年(前51),汉宣帝在京师石渠阁召开诸儒讲论五经异同的会议,《汉书·宣帝纪》载:"诏诸儒讲《五经》同异,太子太傅萧望之等平奏其议,上亲称制临决焉。乃立梁丘《易》、大小夏侯《尚书》、穀梁《春秋》博士。"[2]相对于当时占据官学主导地位的《公羊》而言,今文《穀梁》学只

---

[1] (汉)班固:《汉书》,1701页,北京,中华书局,1962。
[2] 同上书,272页。

是流传于民间的学派①。《穀梁》学要想在官学中占据一定位置比较困难，但有"上亲称制临决焉"，一切皆有可能，因为皇帝不仅在政治权力上拥有绝对权威，在文化上也有很大的影响力，皇帝可以扶持有益于己的学术派别从而达至文化上的绝对权威，就如最终设立"穀梁《春秋》博士"一样。

《汉书·艺文志》述诸子百家源流，或出于司徒之官（儒家），或出于史官（道家），或出于理官（法家）。可见掌握文化就成为一种得以进入权力体系内部的资本。"首先是能读会写，这原先确实还是一种价值极高的、稀罕的'艺术'，能读会写往往——最重要的例子是中国——由于文人的生活方式，对整个文化的发展起过决定性的影响，并且消灭了世袭制度之内招募官员的办法，这样一来，就'从等级上'限制了统治者的权力。"②当文化发展到成熟阶段，大批以学术成就而进入统治内部的官员对皇帝的权威性形成了一定的对抗。因此，在选取某种统治思想支持其政权和甄别各种关于经典文本的诠释流派的高下时，皇帝并不能完全凭借个人喜好就可以决定，在借助政权所赋予的个人统治权威和暴力威胁的同时，还必须对学术自身发展逻辑和学术资本占有者表现出一定的尊重。

这里，我们试图通过概述两汉经今古文之争来说明两个论点：（1）学术与政治实践的合流是非常典型的权力对文化的控制方式，其实质是控制诠释的过程；（2）学术主体对诠释方法的选择具有一定的自主性。两汉一共有四次今古文之争。西汉哀帝时刘歆移书太常博士争立古文经传于学官，从而揭开了今古文学之争的序幕。汉平帝时，王莽总揽朝政，出于政治上的需要，

---

① 《穀梁》学由于卫太子的缘故才逐渐流传开来，《汉书·儒林传》载：宣帝时卫太子好《穀梁》，"太子既通，复私问《穀梁》而善之"，此后"宣帝即位，闻卫太子好《穀梁春秋》，以问丞相韦贤、长信少府夏侯胜及侍中乐陵侯史高，皆鲁人也，言穀梁子本鲁学，公羊氏乃齐学也，宜兴《穀梁》。"之后甘露元年，"乃召《五经》名儒太子太傅萧望之等大议殿中，平《公羊》、《穀梁》同异，各以经处是非。时，《公羊》博士严彭祖、侍郎申挽、伊推、宋显，《穀梁》议郎尹更始、待诏刘向、周庆、丁姓并论。《公羊》家多不见从，愿内侍郎许广，使者亦并内《穀梁》家中郎王亥，各五人，议三十余事。望之等十一人各以经谊对，多从《穀梁》。由是《穀梁》之学大盛。"

② ［德］马克斯·韦伯：《经济与社会》（上），阎克文译，256 页，北京，商务印书馆，1997.

古文经学才位列官学,"平帝时,又立《左氏春秋》、《毛诗》、《逸礼》、《古文尚书》,所以网罗遗失,兼而存之,是在其中矣。"①光武帝执政,下令取消古文博士,古文经学又回到在野地位。

光武帝建武年间,尚书令韩歆上疏,要求为费氏《易》《左氏春秋》立博士。建武四年(公元28年)正月,光武帝在云台召见公卿大夫、博士,就是否立古文经学于学官问题展开一次争论。今文经学家范升和古文经学的力倡者韩歆、许椒和陈元展开了激烈论争,这是第二次论争。

第三次是围绕比较今古文经传的优劣异同问题展开的。建初四年(公元79年),汉章帝效法西汉宣帝石渠阁故事,召集群儒于白虎观,讲《五经》异同。之前通习今古文的古文学者贾逵②比较今古《春秋》《诗》等异同,认为《左氏传》优于《公羊》《穀梁》,特地向章帝陈述今古文优劣,特别陈明《左传》深明君臣父子之纪,又合于图谶,刘氏乃尧舜之后,是为正纲,这正中宣帝下怀。而主今文的李育则得出相反结论。李育"少习《公羊春秋》","尝读《左氏传》,虽乐文采,然谓不得圣人深意,以为前世陈元、范升之徒更相非折,而多引图谶,不据理体,于是作《难左氏义》四十一事",③李育"以《公羊》义难贾逵,往返皆有理证,最为通儒。"④此时参与论争的学者大都通习今古文,双方都能从学术角度进行辩难,而非单纯地争权夺利。会后章帝特地诏令诸儒各选高材生,授《左氏春秋》《穀梁春秋》《古文尚书》和《毛诗》,"由是四经遂行于世"。

第四次论争在东汉末年,此时经过许慎、马融等硕儒的弘扬,古文学派实力大增,马融弟子卢植在给汉灵帝的奏章中就宣称:"古文科斗,近于为实,而厌抑流俗,降在小学。中兴以来,通儒达士班固、贾逵、郑兴父子,并敦悦之。今《毛诗》、《左氏》、《周礼》各有传记,其与《春秋》共相表里,宜置博士,为立学官,以助后来,以广圣意。"⑤"近于为实"指出古文

---

① (汉)班固:《汉书》,3621页,北京,中华书局,1962。
② (南朝宋)范晔:《后汉书》,2582页,北京,中华书局,1965。
③ 同上书,2582页。
④ 同上书,2582页。
⑤ 同上书,2116页。

学的学术品格更加立足于学术本身,而此时今文学由于附会经义而失去了学术活力。加上东汉末年混乱的政治局面,古文学的务实和求真姿态更容易为天下士人所接受。

汉代今文为显学,博士官基本都是今文学者,官方教育所用文本和经书解释也都为今文学;古文则一直处于在野地位而通过私学在民间流传,王莽时期立于官学也很快被废除。按说今古文学派之间应有诸多不同,今文学致力于为政权服务而偏离学术道路,古文学则很可能醉心于学术本身从而保持相对独立的学术品格。然而事实是否果真如此?周予同先生例举今古文学之间的13种不同之处[1],多为后人(主要是清代学者)争论整理的结果,很难讲是汉代学者的学术观点。并且从四次今古文学者争论的焦点来看,今文学主要借助"天人合一"和阴阳五行理论这种近似宗教神学的方法来证明统治政体的合法性,而古文学则主要通过对经书义理的传承来论证封建纲常符合"圣人相天"之意,二者相比并没有政治目标上的差异[2]。可见学术内部的争议焦点并不在于怀疑统治政体的合法性而在于通过何种途径才能更好地论证这一合法性。以古文学的《毛诗》为例,《毛诗》以《关雎》为"美",今文三家以《关雎》为刺,但"美刺"只是说明诗歌与王政关系的角度不同,并无实质区别。同时,《诗大序》谈到诗歌发源时言:"诗者,志之所之也。在心为志,发言为诗。情动于中而形于言,言之不足故嗟叹之,嗟叹之不足故永歌之,永歌之不足,不知手之舞之足之蹈之也。情发于声,声成文,谓之音。"若立足于诗歌理论的学理探讨,则下文应该针对情志、舞蹈、歌咏作进一步探讨,然而《诗大序》接下去却言诗歌的政治功用,"治世之音安以乐,其政和。乱世之音怨以怒,其政乖。亡国之音哀以思,其民困。故正得失,动天地,感鬼神,莫近于诗。先王以是经夫妇,成孝敬,厚人伦,美教化,移风俗。"且与今文《礼记》的说法有诸多相似之处:"凡音者,生人心者也。情动于中,故形于声。声成文,谓之音。是故治世之音

---

[1] 见周予同:《经今古文学》,12~13页,上海,商务印书馆,1931。
[2] 刘师培考证今古文文字的区别之后,亦认为"考五经异义所载,则今文古文之学持说恒同"。见刘师培:《刘师培学术文化随笔》,74页,北京,中国青年出版社,1991。

安以乐，其政和。 乱世之音怨以怒，其政乖。 亡国之音哀以思，其民困。声音之道，与政通矣。"①《诗大序》对"六艺"也仅仅关注"风、雅、颂"，而对"赋、比、兴"这三个与诗歌理论更加密切的概念却并未作阐释。

古文虽与权力暗合，但是始终无法立于官学，一种推测可能是出于帝王权力的斗争。 河间献王刘德经术通明，推崇礼义，聚集了一群学术精英而形成与中央政权对抗的一个文化政治团体。 因而为武帝所忌讳，其所推崇的古文经学也自然得到压制。② 另，钱穆先生从学理上也对古文经学受压制做了论述："河间尚经术，淮南贵词赋，虽南北风尚相异，要亦自与中朝之学术不同……其时中朝学者……皆中原之士，均不脱功利现实之见，与秦廷之法后王，汉室之尚恭俭，犹是一脉相承。 而淮南河间王国学风，则先趋于复古奢侈之路也。 复古者尚礼乐，务纹饰，易近奢淫一路也。"③

虽然今文学长期占据着官学地位，但今文学自身学术上的缺陷并不能因为皇帝对它的青睐而消除；相反，古文学虽然在为王政服务上与今文学不相上下，但是古文学专注于经学文本和思想传承的治学之道反倒让它在与权力暗合的同时也获得自身的学术生命。 古文学对诗歌与王政、诗歌与教化之间关系的强调，不仅是对政治权力的一种呼应，也是得自孔子重视文化传统力量的学术和精神上的传承，古文学通过对经典文本的梳理和再诠释而获得解释和政治叙述的权力。 而今文学派过分注重经义直接为王权服务，经义研习与利禄之途紧密结合，甚至扭曲经义迁就政治需要，容易为权力的更迭所左右而失去学术自主的品格，或者说呈现在人眼前的是当朝政治的影响而非得自传统的力量。④ 在西汉末期开始出现的学术交融的背景之下，东汉以后古文学终于得以兴盛，古文学派的《毛诗》在三家诗失传之后

---

① 李学勤主编：《礼记正义》，1077 页，北京，北京大学出版社，1999。
② 蒙文通：《经学抉原》，见《蒙文通文集》第 3 卷，67～68 页，成都，巴蜀书社，1995。
③ 钱穆：《秦汉史》，84 页，北京，生活·读书·新知三联书店，2004。
④ 这是一种大体的概括，其实今文学派内部存有差异。 比如鲁齐韩三诗都喜欢挖掘诗的经义，或以《诗》当谏书，或以阴阳五行和谶纬的方式处理诗，或引诗证事，强调"诗教"的作用，但鲁诗本身也非常强调文字训诂。 详见本章第六节的分析。

竟得以流传至今。①

三、文化等级秩序中最高层级的"经"

权力以学术与政治实践相结合的基本策略介入经典化过程，排定文化体系内部各门类的高低等级秩序。在汉代，此一过程表现为政权推动经学地位上升而成显学，其结果是"经"高居文化等级秩序之巅。而当《诗》被定位为"经"时，无形之中《诗》的地位也就提升，"五经"也成了官方正统学说的一部分。

"经"原指丝织物的纵丝。②《诗》也有多处提到"经"，如："哀哉为犹，匪先民是程，匪大犹是经。"③"经始灵台，经之营之。"④"旅力方刚，经营四方。"⑤"何人不将，经营四方。"⑥"经营四方，告成于王。"⑦

这些"经"字，毛《传》郑《笺》孔《疏》多解释为"常""度""理""法"等义，已不是其本意。春秋战国时代的典籍中，"经"最为常见的意思也是"常""度""理""法"等。再有《左传·昭公二十八年》"经纬天地曰文"，《国语·周语下》的"经之以天"；《荀子·解蔽》，"经纬天地"，这些"经"意为涵摄、统摄、包罗、经过、经历等诸义。《尚书·周官》中的"论道经邦"，"经"作为动词，引申为管理治理。《荀子》里16次提到"经"，《荀子·劝学篇》第一次以"经"指称《诗》《书》："学恶乎始，恶乎终？曰：'其数则始乎诵经，终乎读《礼》。其义则始乎为士，终乎为圣人'。"⑧在荀子那里，

---

① 今文学派的三家诗在后代亡佚，古文学派的毛诗在后代获得流传，这中间有很多复杂因素，详见第六节结尾的分析。
② 《说文解字·卷十三》："经，织从丝也"，"织，作布帛之总名也。"见臧克和、王平校订：《〈说文解字〉新订》，858～859页，北京，中华书局，2002。
③ 李学勤主编：《毛诗正义》，739页，北京，北京大学出版社，1999。
④ 同上书，1042页。
⑤ 同上书，797页。
⑥ 同上书，948页。
⑦ 同上书，1242页。
⑧ （清）王先谦撰：《荀子集解》，11页，北京，中华书局，1988。

"经"开始与两汉经学典籍之意相通。但是荀子还没有把"经"提升到神圣的地位,他将"经"看作是古代典籍、资料。《庄子·天运》篇明确提到孔子治六经:"丘治《诗》、《书》、《礼》、《乐》、《易》、《春秋》六经,自以为久矣。"①但这里的六经也仅仅指的是儒家的典籍,不具有神圣的地位。

到了汉代,"经"因着与道、圣联系在一起获得了某种神圣性。班固在《白虎通·五经》明确训"经"为常:"经所以有五何?经,常也。有五常之道,故曰《五经》。《乐》仁,《书》义,《礼》礼,《易》智,诗信也。人情有五性,怀五常不能自成,是以圣人象天五常之道而明之,以教人成其德也。"②训"经"为"常",突出了"经"的恒久性、神圣性。《释名·释典艺》曰:"经,径也,常典也。如径路无所不通,可常用也。"③张华《博物志·文藉考》云:"圣人制作曰经,贤者著述曰传。"④经之所以获得神圣的地位,与圣人制作、能体道和明道有关。

从《诗》的经典化来看,《诗》确立为经,与儒学从子学到经学的学术地位的转变有关系,与汉儒尤其董仲舒的积极推动也有关系。在儒学趋于独尊、百家渐渐告退的历史进程中,《诗》的地位才渐渐上升为《诗经》。司马迁在《史记》中多称《诗》,可见汉武帝时期虽形成经典意识,然而尚未达到尊奉其为至高经典的地步。

可见,儒家学术在政治地位上的节节高升也让儒学典籍获得了官方正典的地位,同时,通过儒家学者的论证,"经"成为具有恒久价值的圣人之言,经书文本神圣不可改动。同时官方赋予一些学者对经书进行诠释的权力,这些对经典所作的诠释形成完整的诠释体系,它们立足于现实需要,与权力合作,同时又对权力进行一定的约束。虽然不同的诠释之间或有冲突,如经今古学派之间的矛盾和冲突,今文学内部的公羊学与穀梁学的相互驳诘争斗,但是无一例外地,这些学派都围绕着"道—圣—经"来建构自己的经典诠释

---

① "六经"之名见于古籍,最早记载在此。
② (清)陈立撰:《白虎通疏证》,447 页,北京,中华书局,1994。
③ (汉)刘熙撰,(清)毕沅疏证,(清)王先谦补:《释名疏证补》,211 页,北京,中华书局,2008。
④ (晋)张华撰,范宁校证:《博物志校证》,72 页,北京,中华书局,1980。

体系，不同学派都将诠释的重点落在通经致用和政治教化上，并围绕着"神圣性"来为政权统治从历史中寻找其合法依据。

◎ 第四节
《诗》经典化的权力保证：以对文化资本的控制为例

　　这一节主要从具体事件入手阐明汉代政权为儒家"五经"（《诗经》）地位的确立采取哪些举措，即权力如何从制度和行为实践方面保证"经"处于文化等级秩序最高层级的位置，并引入布迪厄"场域"概念进行论述。
　　"场域"是个动态的开放式概念，它得以存在的动力在于其结构形式，尤其是场域中相互面对的各种特殊力量之间的距离、鸿沟和不对称关系。资本赋予了场域内各方以特殊权力使之能够在场内游戏中与其它力量形成对抗，而一个文化/权力场域内占有文化资本优势的一方为抑制其他资本占有者力量的增长，必须在场域内制定对应规则对之进行抑制以保持文化资本占有团体的绝对权力；同时，也只有占据了资本优势的力量制定的规则才拥有被执行权力通过制定文化场域规则对文化资本进行控制。通常来讲有三种途径或形式：注解、稀缺和学科化，这三种方式目的在于要在文化场域内部对各种文化的表现形式或曰文化的载体划分出高低等级秩序。班固在《汉书·艺文志》中对诸子百家所用评语也能表现出他对诸子百家所处文化等级地位的定位，儒家最得赞誉，道家也得到相当称赞，小说家地位最低，其他各家都受到一定程度批评。① 由于《汉书》得到了官方的认可，因此这些评

---

① "儒家者流，盖出于司徒之官，助人君顺阴阳明教化者也。游文于六经之中，留意于仁义之际，祖述尧舜，宪章文武，宗师仲尼，以重其言，于道最为高。孔子曰：'如有所誉，其有所试。'唐虞之隆，殷周之盛，仲尼之业，已试之效者也。然惑者既失精微，而辟者又随时抑扬，违离道本，苟以哗众取宠。后进循之，是以《五经》乖析，儒学浸衰，此辟儒之患。"（《汉书》，1728页，北京，中华书局，1962）

语也颇能代表官方对诸子百家的文化等级划分。在总结部分，班固写道："今异家者各推所长，穷知究虑，以明其指，虽有蔽短，合其要归，亦六经之支与流裔。使其人遭明王圣主，得其所折中，皆股肱之材已。仲尼有言：'礼失而求诸野。'方今去圣久远，道术缺废，无所更索，彼九家者，不犹愈于野乎？若能修六艺之术。而观此九家之言，舍短取长，则可以通万方之略矣。"①班固的评语看似客观态度，实则用词有所偏颇，并且将各家都归于六经体系之下，等于让儒家位列文化的最高等级。

一、汉代大规模的注经解经活动

注解，尤其是对文化经典的注解是权力对文化和文化行为实施控制的方式之一。在一般层面上，注解就是对文本的说明使之晓畅明了，而更深入而言，注解是一种诠释。在具体的操作层面上，这一行为至少涵盖了三个方面的内容：（1）文本的选择，即哪些文本必须被一而再再而三地进行注解，并且文本连同注解一并成为权力认可的典范，这些典范成为所有希冀进入权力体系所必须研习的权威教科书。这些文本在文化实践中经过反复多次的阅读批评和实际运用，成为文化传统的一部分，并对个体的思想和行为方式产生影响，又会在下一轮的文化解读和建构活动中对之进行强化，从而形成一个连续不断的循环，传统在其中得以延续。同时，一些文本被划入禁区，注解阅读甚至存在都不得允许，若这些文本进行注解、阅读，那意味着是对官方权威的反抗，结果这些文本被排除在这个游戏场域之外不得进入以文化/权力场域之内。当这些"异端"文本的反抗声音过于嘹亮的时候，权力就会出面干涉，最为极端的结果是权力利用国家机器对之进行镇压。而一些文本则处于相对自由的位置，通常对权力认可的文化体系不构成威胁，因而权力通常并不会主动进行干预，甚至将其视之为一项娱乐。典型的例子来自汉代

---

① （汉）班固：《汉书》，1746页，北京，中华书局，1962。

的赋作,明清时期坊间流传的风月小说等。(2)诠释思想的植入。诠释思想包括权力所有者的思想和注解者个人的思想两个部分。前者制定规则,甚至其拥有的文化资本足以形成强制性符号体系,且对其中的任何文化活动形成影响;后者的行为带着强制性符号的痕迹、个人的智力因素、文化积累和传统对个人的影响,因而可能并非对权威百分之百绝对的服从。因此通常在这些文本上可以找出一个文化体系的裂缝,也正是在这些不稳定的地带,几种力量形成相互对抗的局面。(3)诠释方法的选择。前面两项影响了诠释方法的选择,诠释方法往往能够将维护或挑战某一权威贯彻在具体的解释活动中。而这一行为恰为权力的较量和运作提供了平台。

余英时先生在《两汉思想史》中将中国古代大规模的注经解经活动称为"思想表达的另一种方式",正是基于注解这一深层次含义,一部出色的儒家经典的注解可以成就一个著名的学者,同时注解活动也得到权力阶层的大力支持。余英时先生关注的重点在于注解中表达的思想史线索,而本节则重在探讨注解这一行为背后的权力运作以及权力对"经典"这一文化资本的控制是如何实现。本文以《诗经》诠释为论述对象,因此下文以《诗经》的注解为基础,兼论其他经典的注解情况。

《诗》三百的解释大致从先秦大夫的用诗活动开始,孔孟荀三代儒家重要代表人物都对《诗》作出自己的解释,而至汉代《诗》变为《诗经》,正式列入国家认可的经典行列并位居诸经之首,此时的《诗》不是因文学性,而是因包含礼乐文化才进入经典行列的。汉代主要的《诗经》学者主要分为鲁、齐、韩、毛四家[1],前三家为经文学派,重意义的阐发,《毛诗》为古文学派,重训诂文字。鲁齐韩三家《诗》两汉长期位列官学。《毛诗》虽未得此显赫地位而一直处于在野状态,东汉才位列官学,但毛诗却一直在民间流传,至汉代后期开始得到重视,最终三家诗消亡而仅存毛诗。从师承关系来看,两汉著名学者,上至汉室宗亲,下至平民百姓,非常重视研习《诗经》,

---

[1] 根据出土文献,当时民间流传的当不止这四家诗,如1977年出土的阜阳汉简《诗经》,说诗文字即与四家不同。

任何一个想进入官方文化体系的人都须研习五经以获得在文化/权力体系内的身份认同和发言权。既然《诗经》在汉代具有如此之高的地位，那么注《诗》也必然成为一项显学。自汉文帝立燕人韩婴、景帝立齐人辕固生为《诗》博士开始①，最高权力正式认可了《诗》文本的权威性。其后到汉武帝置五经博士，则是选定了官方认可的《诗经》注解，三家诗位列官学标明这三种解释得到了官方权威的认可，天下读书人都应当以此为标准研习经典以获取进入文化权力场域的资本。许多学者论及今古文异同时常有不同见解，而其中最为重要的一点差别莫过于今文学派重视对经典文句意义的发挥，这使其更易于满足权力部门的需要，因此也易讨权力所有者的欢心。而古文学派重训诂，在文字意义的解释上虽然也可以迎合权力所有者需要，但毕竟受到文字本身意义的约束，不如今文学派任意发挥以迎合权力所有者需要来得方便和有效，因而今文学派的注解方式更易得到权力部门的青睐。

二、稀缺：官学对文化教育的垄断

与经济场域内稀缺性资源具有很高经济价值这一规律相仿，文化场域内，某一文化资本的稀缺也能使其增值，若某一集团占有某种稀缺的文化资本越多，则其拥有越多的文化权力。

获取稀缺性文化资本的途径有多种，包括垄断教育、控制文化市场、建立相应的学术体制等。在这一部分，本节将集中论述汉代的官学对文化教育的垄断和对儒家文化经典的建构起到什么样的作用，而对汉代学术体系这一特殊情况的论述将留至下一节展开。

学校在中国起源很早②，西周时期的贵族子弟为保持其文化身份而必须

---

① "辕固，齐人也。以治《诗》孝景时为博士，与黄生争论于上前。""韩婴，燕人也。孝文时为博士，景帝时至常山太傅。婴推诗人之意，而作内外《传》数万言，其语颇与齐、鲁间殊，然归一也。"（《汉书》，3612、3613 页，北京，中华书局，1962）
② "闻三代之道，乡里有教，夏曰校，殷曰庠，周曰序。其劝善也，显之朝廷；其惩恶也，加之刑罚。"（《汉书》，3593～3594 页，北京，中华书局，1962）

对文化进行垄断,培养贵族子弟的学校全部为官学。至孔子兴办私学,开启了私人教育的先河。一直到汉代,私人授学的文化传统一直没有中断,申公在未被征召之前即在民间传授《鲁诗》,经师讲学、书馆授学一直连绵不绝。汉代第一次建立了比较完整的学校制度。汉武帝于中央设太学,地方郡国、县道邑设学校,乡聚设庠序,同时中央有官邸学和鸿都门学。(见下图)

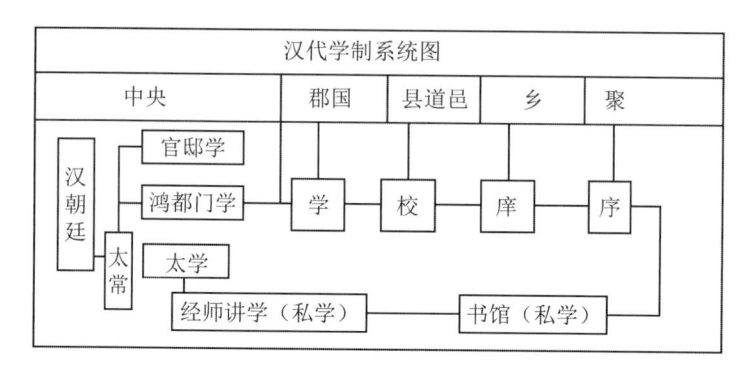

汉代学制系统图				
中央	郡国	县道邑	乡	聚

汉朝廷—官邸学
　　　—鸿都门学
　　　—太常—太学
　　　　　　—经师讲学(私学)
郡国—学
县道邑—校
乡—庠
聚—序
书馆(私学)

"故养士之大者,莫大乎太学;太学者,贤士之所关也,教化之本原也。今以一郡一国之众,对亡应书者,是王道往往而绝也。臣愿陛下兴太学,置明师,以养天下之士,数考问以尽其材,则英俊宜可得矣。"[1]这是董仲舒在其对策中给汉武帝提出的兴办太学的建议。太学之名古已有之,但是汉代始设于京师,成为由君主直接控制的全国最高教育机构。汉代的太学以儒家经典为教材,限定了学术研习的范围,超过这个范围的文本和知识将得不到权威的认可。官学对教材文本的遴选实际上是划分了各种学术流派的高低等级秩序,官方赋予儒家经典以最高的学术权威,其他学派只能以弱势的在野者身份与儒家学派并存、争竞,以期在时机成熟时摆脱在野地位。汉初黄老与儒术并存,士人尚可以通过多种途径入仕,而从武帝朝开始至章帝朝,儒学最终形成独尊的局面,汉朝廷缩小了可以用来参与文化/权力场域内知识资本竞争的范围,由多元并进和竞争走向一元做大,研习儒家经典几乎成为唯一让自己可以在文化/权力场域赢得文化资本和晋升的机会。扬雄以

---

[1] (汉)班固:《汉书》,2512页,北京,中华书局,1962。

《太玄》《法言》闻名，然而刘歆却对他说："今学者有禄利，然尚不能明《易》，又如《玄》何？ 吾恐后人用覆酱瓿也。"①昌邑王师式敢以"《诗》三百为谏书"为自己狡辩并且获得成功，正说明《诗经》的权威地位；而公孙弘以治《春秋》为丞相，更能说明研习儒家知识具有很高的价值回报，果然，随着儒家地位和声望的日隆，"天下学士靡然乡风矣"②。

概言之，权力通过评定某一学科/学术领域相对其他相应部分的高低等级秩序来提高这种知识的稀缺性，以使得自己能够更好控制文化资本。 权力在对知识教育的垄断过程中实现了某个群体意志的合法性，并保证其利益顺利而合法地实现。

三、经学研究的职业化和技术化

技术化意味着可操作性、可重复性和可评估性。 与文学的高低优劣评估相比，学术研究更易用一套标准来评定。 教育体系和考察制度都可以被看作是旨在生产合格符合权力标准的文化产品和文化人的生产机制，同时它们也为权力对知识的控制提供了一套审查机制。 进入学术场的个体需要按照场域的游戏规则争夺更多的"学术资本"，以此来争取自己的学术地位和其他权力效益，如社会地位的提升，在政治机构中获得职位等。"所谓学术资本，就是指与那些控制着各种再生产手段的权力相联系的资本。"③因此，获得更多的学术资本也就意味着在制定规则的时候为自己所代表的利益集团增加了砝码。 在古代中国，许多政治人物需要养士和广招宾客来提高自己的政治地位，实际上是在与中央政权争夺学术资本。 其目的在于通过许多学术上有声望学者的加盟来增加自己的文化资本以获取对抗中央的力量。 淮南王

---

① （汉）班固：《汉书》，3585 页，北京，中华书局，1962。
② 同上书，3593 页。
③ ［法］皮埃尔·布迪厄，［美］华康德：《实践与反思——反思社会学导论》，李猛、李康译，111页，北京，中央编译出版社，1998。

刘安在地方王国内广招宾客，建构有别于与中央政权统治思想的另一套哲学体系，正是力图与最高统治者形成一种对抗格局。

经学成为汉代统治思想而纳入官方学校教育并逐渐成为唯一合法教材内容之后，对它的研究和解释必须在官方认可的框架内进行，相应地，一套技术化和规范化的经学解释体系也在这一过程中形成。对经学的研究和解释意味着一种带有技术规范的语言的运用。语言并非一种简单的技术能力，也是一种规范能力，还是一种权力对其管辖范围内个体的控制，就如法国思想家福柯所说，知识总是与权力交织在一起，拥有了某种话语就意味着拥有某种权力。在中国古代，"学在官府"正说明了贵族以垄断各种文化资源和文化发言权的方式来表明自己的特殊血统，知识的话语权仅仅掌握在他们手中，他们在诠释知识和文化的过程中让礼乐文化优于其他体系的文化，从而可以通过"礼乐"来规训百姓，并在体现礼乐文化和精神的文本中找寻其权力的合法性支持。

我们可以通过考察汉代博士性格的演变来了解汉代经学的职业化和技术化的过程。以下的讨论是建立在徐复观先生讨论博士性格的演变的基础上进行的①。汉代经学很重要的变化即博士性格的演变，"博士"内涵的变化能够体现出汉代学术体制从松散宽泛变为严谨而相对狭窄的特性，进而以博士职能和学术品格为典范形成的一套经学评价标准。"博士"为秦官，"始皇置酒咸阳宫，博士七十人前为寿"②。"博士，秦官，掌通古今，秩比六百石，员多至数十人。"③又，"博士祭酒一人，六百石。本仆射，中兴转为祭酒。博士十四人，比六百石……掌教弟子。国有疑事，掌承问对。"④徐氏认为战国宋鲁已有博士，"博士"源于"博学于文"的传统。

第一阶段为"杂学博士"，博士性格有三：（一）设置博士的原来目的，

---

① 徐复观：《徐复观论经学史二种》，48～56页，上海，上海书店，2005。
② （汉）司马迁：《史记》，254页，北京，中华书局，1959。
③ （汉）班固：《汉书》，726页，北京，中华书局，1962。
④ （南朝宋）范晔：《后汉书》，3572页，北京，中华书局，1965。

在使其以知识参与政治，而不在发展学术。（二）博士在政治中无一定的职掌，亦无一定的员额，其任务是由皇帝临时咨询、指派的。（三）因博士得以成立的文化背景，所以其人选多来自儒生。博士代表知识，并非代表知识所来源的某一典籍。

第二阶段为"五经博士"成立。直接促成五经博士成立的是董仲舒《对策》，其变化有三：第一，五经博士虽然依旧承续传统的咨询、派遣等临时政治任务，但过去的杂学博士并无专门职掌，至此则各自以其所代表之经为其专门职掌。若仅从这一点说，加强了学术的意味。第二，对五经的地位，过去是由私人、由社会所评定的，至此五经则取得政治上法定的权威地位。过去博士仅以其知识而存在，至此则主要以其所代表之典籍（经）而存在。而每一博士所代表者仅为一经，势不得不走与博学相反的专经之路。"典籍地位重于知识地位，博士对自己所代表之典籍负责重于对知识负责"。第三，对经的解释，过去是由社会自由进行、自由选择的，至此则被举为某经博士之人，他对自己代表的经所作的解释即成为权威的解释，并且自然演进为"经的法定地位"，实际成为博士们所作解释的法定权威地位。

第三阶段，为博士置弟子员，为元朔五年（前124）夏六月间事。博士制度至此得到完善，并与教育机制的完善相携而进，也权力提供了源源不断的智力支持。其变化有：第一，至此而增加以教授为业的固定职掌，且博士任务的重点亦渐向此方面转移。战国末期儒家所提倡的理想大学学制，至此而得以实现。第二，因有固定的弟子员进入到政府部门各层级中去，博士的影响力加大。博士的教授随着博士在经学中的合法权威地位而获得合法权威的地位，师法的观念遂由此而产生。师法观念是为了维系博士教授的权威而形成的，在学习上是一种限制，恐为前此所未有。第三，博士虽专守一经乃至经中一传，如《公羊》《穀梁》，但知识活动的范围既狭，又须辗转相传以教授弟子，于是在故、训、传、说之外又兴起章句之学。公孙弘规定弟子员课试方法，即凭课试成绩获得进入政府各部门、各层级的途径。这有利于从政人员先接受一些文化教育，然学业与利禄直接挂钩，不利于学术的良性

第六章　《诗》在汉代的经典化及其权力运作　287

发展。

　　概言之，汉代博士精神性格的演变即为汉代学术标准体系的确立，有了学术标准体系，权力就可以利用这套学术标准体系来控制知识和文化生产。对符合标准的进行奖励，对不符合其标准甚至违反的进行惩罚，目的是利用这套标准体系让各式文化活动纳入其所能控制的范围内。由上述古籍征引"博士"官职解释的条文看，博士除政治职能外，还有三项文化职能：（1）掌通古今；（2）掌教弟子；（3）国有疑事，掌承问对。"博士"之"博"为其自身学术品格或曰文化资本储备；"博"又意味着标准的宽泛和客观评价具有操作上困难，因而权力必须划定博士以自身知识所能议及的范围，超过这个范围而涉及禁区的言论将受到禁止和惩罚[1]。第二项为教育功能，只有符合第一个条件者才能够承担"掌教弟子"和"掌承问对"两项功能。第三项为充当权力顾问以解决政权统治中出现的实际问题之功能。后两项职能在博士发展的三个阶段具体范围有所变化：汉武帝之后，博士参与政治的次数越来越多，大多事关国家大事。博士以知识和学术来为统治者出谋献策，博士解经之法即为学术标准之参照[2]。而"专经博士"的设立意味着经学研究体系职业化和技术化。权力也从两方面进行把关，在经学内部它要裁决何种人可以更好胜任某一角色来执行它所建立的学术标准体系，在外部它要进行审查，即凡是进入这个系统的文化典籍都需要屈服于"经"的标准才能得到它所给予的通行和支持。在汉代，《诗经》要融入这个学术体系，文本的审美因素就必须要得到压制以符合致用的目的，这也就是为什么以文学为业的辞赋家在权力体系内的政治地位和社会影响比经学家低，重要原因就在于文学创作与经书研习不同，它不符合这套与权力分享紧密相关的学术评估体系的规则。

---

[1] 第一个例子为辕固生与黄生争论"汤武受命"，见《汉书·儒林传》；第二个例子为董仲舒以《春秋》言灾异险些获罪，见《汉书·董仲舒传》。
[2] 如霍光废昌邑王，召御史、将军、列侯、中二千石、博士议废昌邑王，改立宣帝。

◎ 第五节
对《诗》的经典化及其权力运作的反思

一、《诗》的经典化与《诗》的文学性、审美性的遮蔽

从汉武帝开始，统治者选定了立足致用的儒家哲学作为其统治的思想基础。儒家典籍之所以获得统治者的青睐，是因为它们给王权的合法性提供了理论基础，它们所包含的礼乐文化精神有助于统治者建立社会与国家人伦及政治秩序，所以《诗》成为《诗经》不是因为它具有文学性，而是因为它所包含的礼乐文化精神适合统治者的需要。这就导致了汉代《诗》经典化的过程也是《诗》本身文学性、审美性遮蔽的过程。在这一经典化的过程中，《诗》突出的是它儒家思想礼乐精神的含义。

《诗经》为"五经"之首，是"五经"成为官方正典这一标杆性的思想文化生产事件的重要组成部分。从现代学术分科的范畴出发，经学并不能划入某个确切的学科门类，它更多表现为一种综合化的意识形态学说，因而所谓《诗》之经典化，首先是作为学术之《诗》而非文学之《诗》被经典化，这导致了《诗》的文学性被学术研究所遮蔽。

其主要表现为：（1）现代意义上的"文学"在整个汉代文化体系之中处于等级末端。上文已经论述过，权力将制定文化体系内部的各个文化门类的地位高下作为其控制文化艺术的手段之一。按照现代文学理论的观点来看，诗歌是最富有文艺审美特质的文体。但在汉代，"诗"的价值只有在经学的坐标里才具有对应的价值。同样能够展现语言魅力的辞赋被放在次要地位，虽然辞赋家得到帝王的赏识，但他们仍旧困惑于无法通过经义阐释的活动。

而让自身介入现实政治和融入礼乐传统中,以至于产生了类似于"俳优"的自卑感。① 所以在汉代文学中,文章之士之所以那么热衷于抒下情、通讽喻,或者宣上德、尽忠孝,客观上固然跟汉政权所提倡的写作必须服务于政治,及"美教化"有关,主观上也跟这些文章之士想与那些经学之士一样积极介入国家的政治进程有关。 所以他们怀抱政治热情,希望自己在进入仕途之后,能发挥自己的政治才能,而不仅仅是文学才能。 到了晚年,扬雄不得不承认,汉赋创作不适宜于作讽谏的工具,汉赋"文丽用寡",以丽见长,"诗人之赋丽以则,辞人之赋丽以淫"(《法言·吾子》),"非法度所存,贤人君子赋诗之正也"②。 一个有志于发挥文章政教作用的作家对此是不屑的。 扬雄晚年对赋特征的重新认识和对其价值的否定,一方面说明了汉代文章之士有着强烈的济世意识,他们在儒家"美刺"思想主宰文坛的背景下,也主张文章能起到"移风易俗"的作用。(2)现代意义上的文学的创作活动并未被列入官方认可的文化表意实践中。《诗》在汉代既尊奉为经,但官方既没有鼓励诗歌的创作,在解释《诗》文本时也是按照自身权力利益进行符号诠释。 西汉不多见的四言诗里,极少表达个人感情,韦玄成的《自劾诗》本以抒发政治失意的郁闷之情为核心,但最后却成为转述道德教化的枯燥平庸之作。 从其他文类来看,辞赋创作在汉代虽持续不断,官方也重视,但无法与经学的地位相比,因为经学与官方的意识形态结合得更紧密,作为远离现实和意识形态的辞赋自然处于文化体系的末端。

上述两种现象的本质在于,在儒家体系内部,文学始终处在学术目光的审视之下,即文学的最高境界以实现政治教化为目标;同时,礼乐文化精神贯穿了文学的创作活动并对之形成约束和驯化。《诗》的经典化是权力运作的结果,权力对文学、学术提出了具体的要求,并将之概括为著名的《诗大序》。《诗大序》集中概括出政治权力者所导向的对《诗》的一种解释模式:

---

① "雄以为赋者……又颇似俳优淳于髡、优孟之徒。"(《汉书》,3575 页,北京,中华书局,1962)
② (汉)班固:《汉书》,3575 页,北京,中华书局,1962。

所有的解释都必须引导读者走向"教化"这个思想内核,《诗大序》也随着《诗》经典地位的确立从而成为指导中国古代儒家文学创作的标尺。当然,对《诗》多样化的解释是存在的,但这并不为权力所认可,权力以自身所具备的能力限制那些不利于权力者的解释。

从内容上看,什么可以写入诗歌,什么必须列入禁忌范围,都可以从《诗经》和《诗经》的文化应用上找出源头。所谓"观志""观风""言志""美刺",分别从作诗、赋诗和听诗的角度限定了诗歌的政教功用[①]。作诗必须兼顾作者自身和读者的教化作用,才情需以道德为根基才能登堂入室,并要得到主流评价体系的认可。譬如爱情是可以描写的,因为天地人伦都是社会和家庭道德正常运作的基础,但艳情却是禁止的,《鹑之奔奔》因言床笫之事而拿不上台面。这也影响到历代所谓主流的、合乎道德标准的、为官方所认可的文学观点对情诗的评价,即使那些歌功颂德的台阁体诗歌再枯燥乏味和谄媚阿谀,也只不过是遭到浪费才情或空洞无聊等话语的评价,而不会像五言情诗那样遭到大规模的批判。另一方面,诗需要以教化为其道德底线,因此,哲理、感悟、学术皆能入诗,且均在诗文中占据着比较大的比重。

形式上,由于诗歌在声韵、对仗、字数篇幅上的限制,决定了它不可能像普通文章那样对事物极尽描写之能事。因此诗歌不可能像赋一样对事物精雕细刻,它更偏重写意,更能带领读者进入一个更为广阔的想象空间。而至于在这个空间里如何组织想象而将感性转变为理性的言语表达,则是权力干涉文艺的一个切入点,即本文所反复强调的,控制的过程不在于给出一个确定的解释,而是将目光吸引到解释的过程上来,并通过规定诠释的限度来进行控制。同时,诗歌需要更多文字技巧上的训练和才情上的储备,诗歌创作能力也是一种更为稀缺的文化资本,在经义研习之外又将士人分出三六九等,并以此来评判一个人应分享到的经济利益[②]。另外,鉴于篇幅的限制,

---

① 王运熙、顾易生主编:《中国文学批评史新编》(上册),12页,上海,复旦大学出版社,2001。
② 马克斯·韦伯的经济定义,与利益有关的各种行为,并非单指财产行为。

诗歌所能容许的表达空间也得到了限制①，而不像"文"（包括了赋）和小说那样能够将描写的技巧发挥到极致，以至于对人的感官体验造成极大的影响。②

二、《诗》代表谁的经典：对《诗大序》的话语分析

上文论述，权力参与文学文本的运作主要是通过控制文本的诠释，而权力运作的着力点并不在于给出一个精确的文本所指，却在于将文化参与者的注意力集中在诠释的过程之中，即必须按照权力认可的某种模式来进行解读，超出这个范围的解读都是违法的。《诗大序》作为古代文学批评的经典模式，正是权力在背后控制《诗经》诠释的结果。本节的重点就是解读《诗大序》中几个核心范畴，以此来分析权力话语如何通过规定的诠释模式来限定《诗经》的文学审美元素，进而依靠权力在利益分配上的权威和威慑力规定了所有文学的解读模式。

通过这样的分析表明，一样东西成为经典，是因为这一经典背后代表着某一阶层的身份和立场。在汉代，《诗经》代表的是汉代政权的经典，而不是作为文学审美的经典，也不是知识界单纯从学术出发推崇的经典。

1．"四始说"与王道兴衰

《诗经》本为诗，但是汉人并不将其当作诗歌来解读，而是将其当作圣人相天体道之后的产物"经"来解读的。"经"是指导现实政治运作的神圣宝典，因此，在将《诗》当作"经"的时候，汉人的观念发生了转移。以《诗经》文本为中介，诗人/诠释者、《诗经》和政治之间可以组合出三个层

---

① 理论上讲，诗歌的行数是可以无限延伸下去，比如长达数千行的《格萨尔王》，但是从占传统主流的诗的形态来讲，主要是律诗、绝句和歌行体，字数都是有限制的。
② "相如即奏《大人赋》，天子大说，飘飘有陵云气游天地之间意。"（《汉书·司马相如传》）在某些章回小说里，加在章回之前的诗文把某些情爱写得很露骨，但那是构成小说的一部分，并不能成独立的部分。

次：一是《诗经》文本与诗歌作者的关系；二是作者与政治的关系；三是《诗经》与政治（权力）的关系。汉代人对《诗经》的诠释注重读者的解读，而很少去探求《诗经》作者是谁，以及作者的本义是什么，因此三个层次的关系实际上可以归结为一个方面：以《诗经》文本为中介的诠释者和政治权力之间的关系，同时将这三者之间的关系扩展到其他文本的解读和创作中去。

根据郑玄的说法，"始者，王道兴衰之所由。"①何谓"四始"？"是以一国之事，系一人之本，谓之风。言天下之事，形四方之风，谓之雅。雅者，正也，言王政之所由废兴也。政有大小，故有小雅焉，有大雅焉。颂者，美盛德之形容，以其成功，告于神明者也。是谓四始，诗之至也。"②《毛诗》以风、大雅、小雅、颂为四始，显然并不是从文学特性上做出的划分，而是表明汉代人是将《诗》作为"经"来解读的。参看其他三家《诗》，发现其中说法虽然有所不同，但出发点都是在讲诗歌与王政的关系，更准确说是经与王政的关系。鲁说以"《关雎》之乱为风始，《鹿鸣》为小雅始，《文王》为大雅始，《清庙》为颂始"，魏源《诗古微》考韩《诗》"四始"，认为《关雎》以下十一篇皆为风始，《鹿鸣》以下十六篇皆为小雅始，《文王》之下十四篇皆为大雅始，《清庙》以下颂文武之功德者皆为颂始。又，齐《诗》翼奉说《诗》"四始"云："《大明》在亥为水始，《四牡》在寅为木始，《嘉鱼》在巳为火始，《鸿雁》在申为金始。"③

我们细查这些说法会发现，"言天下之事""美圣德之形容""言王政之所由废兴"等都是从诗歌的社会功用角度来阐发《诗经》的，而"告于神明"，以诗歌对应五行等则是从经的社会功用来阐发的。区分"诗歌"的社会功用和"经"的社会功用表明汉人已经意识到"诗"与"经"的各自特点及二者

---

① 李学勤主编：《毛诗正义》，22页，北京，北京大学出版社，1999。
② 同上书，19～22页。
③ 见洪湛侯所著《诗经学史》一书介绍。洪湛侯：《诗经学史》（上册），139～142页，北京，中华书局，2002。

互异之处。汉人诠释《诗经》的时候，理应意识到《诗经》的诗歌性质，但是由于"经"为神圣典籍这一先验观念不容置疑，因此一旦发生诠释，都应从"经"的政治功用出发，因此诗歌的性质由此得到压制。同时，由于默认经的神圣性，先验地认定有一圣人之意存在，因此汉人的《诗经》诠释都是按照已设定的圣人之意或某一先行观念进行解释的，既定的诠释和所列的论据也为历代接受，但牵强附会的成分显而易见。从解释的可能性来讲，不排除有其他诠释空间的可能性，但是这一诠释空间向来都没有得到挖掘，在权力的压制之下成为解释的一个禁区。下面我们将以"《诗经》为何始于《关雎》"这一问题为例对汉儒解释的限制性和先验性做一个简要探讨：

  毛说：《关雎》，后妃之德也，风之始也，所以风天下而正夫妇也。故用之乡人焉，用之邦国焉。风，风也，教也，风以动之，教以化之……然则，《关雎》、《麟趾》之化，王者之风，故系之周公……是以《关雎》乐得淑女，以配君子；忧在进贤，不淫其色。哀窈窕、思贤才，而无伤善之心焉，是《关雎》之义也。（《毛诗序》）

  韩说：子夏问曰："《关雎》何以为《国风》始也？"孔子曰："《关雎》之至矣乎！夫《关雎》之人，仰则天，俯则地，幽幽冥冥，德之所藏，纷纷沸沸，道之所行，虽神龙化，斐斐文章。大哉《关雎》之道也，万物之所系，群生之所悬命也，河洛出《书图》，麟凤翔乎郊。不由《关雎》之道，则《关雎》之事将奚由至矣哉？夫六经之策，皆归论汲汲，盖取之乎《关雎》。《关雎》之事大矣哉！冯冯翊翊，自东自西，自南自北，无思不服。子其勉强之，思服之。天地之间，生民之属，王道之原，不外此矣。"子夏喟然叹曰："大哉《关雎》，乃天地之基地。"《诗》曰："钟鼓乐之。"（《韩诗外传》卷五）

  齐说：臣又闻之师曰："妃匹之际，生民之始，万福之原。"婚姻之礼正，然后品物遂而天命全。孔子论《诗》以《关雎》为始，言太上者民之父母，后夫人之行不侔乎天地，则无以奉神灵之统而理万物之宜。故

《诗》曰:"窈窕淑女,君子好仇。"言能致其贞淑,不贰其操,情欲之感无介乎容仪,宴私之意不形乎动静,夫然后可以配至尊而为宗庙主。此纲纪之首,王教之端也。①

鲁说:自古受命帝王及继体守文之君,非独内德茂也,盖亦有外戚之助焉。夏之兴也以涂山,而桀之放也以末喜。殷之兴也以有娀,纣之杀也嬖妲己。周之兴也以姜原及大任,而幽王之禽也淫于褒姒。故《易》基乾坤,《诗》始关雎,《书》美厘降,《春秋》讥不亲迎。夫妇之际,人道之大伦也。礼之用,唯婚姻为兢兢。夫乐调而四时和,阴阳之变,万物之统也。可不慎与?人能弘道,无如命何。甚哉,妃匹之爱,君不能得之于臣,父不能得之于子,况卑下乎!既驩合矣,或不能成子姓;能成子姓矣,或不能要其终;岂非命也哉?孔子罕称命,盖难言之也。非通幽明之变,恶能识乎性命哉?②

四家说法大同小异,基本的推理逻辑为婚姻、夫妇之道乃为社会之基础,推论出夫妇婚姻匹配和谐为天下治乱之根,纲纪之首,王教之端,因而《关雎》为《诗经》第一篇。王教与夫妇关系和谐之间并不存在如此单一的决定论,《关雎》位列《诗经》第一篇或有其偶然性,但四家的说法都排除了其他的可能性,而笃定地认定这种排序是天经地义的。尤其《韩诗外传》载孔子之言,赞叹之词多于说理之词,并无多少论证的逻辑。可见汉代人说诗的出发点是以作为经的《诗》的政治功用为主的,这种方法方便于权力介入文本的解释,同时也限制了解释的多样性,让文本的解读趋于单一化。

用经表达政治观点和阐发大义也有其文化的传统。汉代五经之一的《春秋》经在汉代占据了重要的位置,"春秋笔法""微言大义"给汉代学术和士人的人格修养产生了重大影响。知识分子以学术参与政治,他们以经书章句和先王事迹为出发点,晓以大义,力图以文化传统的力量来影响权力的运

---

① (汉)班固:《汉书》,3342页,北京,中华书局,1962。
② (汉)司马迁:《史记》,1967页,北京,中华书局,1959。

作。四家诗说也以"微言大义"的诠释解读模式作为对经典的解释模式。春秋时期的贵族赋诗言志传统也给汉人很大影响，汉代士人常常借五经文本来表达政治观点，甚至依靠经的神圣性对抗最高权力，将五经诠释真正运用到现实的政治体验中去。因此，《诗经》诠释在汉代与其说是文学研究，不如说是思想的表达。

2. "后妃之德"与情欲的规训

《诗经》最初以声为用，《诗经》的乐章与文字文本分离后，解读诗篇就与原先音乐所表现的内容有所偏差。《诗经》为原始诗歌，按照人类学的解读，原始诗歌与情欲的关系密切，《诗经·国风》中不乏大量"桑间濮上"的情爱歌谣，汉代学者不可能不认识到其中的情欲成分。但是，《诗经》既是"圣人相天"之作，极富神圣性，则不能允许其中的情欲成分彰显出来。因此，文本中的情欲元素就通过将《诗》总体把握为"经"这一诠释思想来对之进行遮蔽，最终则以美刺政治教化的面目出现。

《关雎》本为描写爱情之作，然而《诗大序》将其定位为"后妃之德"，与爱情诗歌的缠绵悱恻无甚关系。其目的在于强调"夫妇之际，人伦大道"，而对民间的爱情描写容易流于俗而不符合礼的规范，进而危及纲常和伦理秩序，因此必须对之加以限制。这种限制从诠释文本的角度来讲有两点：（1）将《诗经》中出现的爱情诗划归为经学文本而非文学文本，即以经学元素排除审美元素。对爱情进行描写的文本按理该归入文学文本的范围，但是"经"在汉人的思想观念里并不是文学，因而爱情诗自然不能够被看作是文学文本，而是借以实现"美"或者"刺"的中介文本。（2）将情欲排除出解释和接受的视野而代之以符合礼制王化的典范道德，即"后妃之德"。因此，与其从限制的观点来看待《诗大序》背后的权力如何制约情欲描写，不如反向观之，即权力能够允许的情欲描写限度是什么？

结合具体篇章来看，官方的解释挑选了那些具有模糊性的文本作为典范，冠之以标准化的道德伦常，而对那些关乎男女之情的诗篇描写则视而不见，依旧以礼仪道德为说诗根本。《毛诗》认为《桃夭》，"后妃之所致也。

不妒忌,则男女以正,婚姻以时,国无鳏民也。"①而我们在重章叠唱的诗歌文本中所见的更多是一种女子适时出嫁时欢快愉悦的情绪,与"后妃"、"不妒忌"相差甚远,但汉儒的解释重点或许在于"婚姻以时":周代女子十五及笄,男子二十而冠,从此作为及婚年龄。一般认为,男子三十不娶则为鳏,女子二十未嫁则为过时。女子的婚配年龄显然要短于男子,因而女子适时而嫁,年轻健康和旺盛的生育能力就是一个新娘最值得称赞的优点。又如《螽斯》,诗说与文本之间的联系显得模棱两可,"《螽斯》,后妃子孙众多也。言若螽斯不妒忌,则子孙众多也。"②或可以认为以螽斯多产喻人之多子,然而不一定以后妃为旨归,更与"不妒忌"之间存在合理联系。《卷耳》中的女子思念丈夫归家,但却用想象中的丈夫在困境中怀念自己来表达自己的怀念之情。《毛诗》则认为"《卷耳》,后妃之志也,又当辅佐君子,求贤审官,知臣下之勤劳。内有进贤之志,而无险诐私谒之心,朝夕思念,至于忧勤也。"与文本内容相去甚远。《野有死麕》一篇,《毛诗》认为是"恶无礼也。天下大乱,强暴相陵,遂成淫风。被文王之化,虽当乱世,犹恶无礼也。"③古代男女婚嫁交往都必须严格遵循礼仪规范,无父母之命媒妁之言而私自结合者为"淫奔"。"淫奔"是打乱礼制的行为,因而必须加以谴责和制止。诗篇中"舒而脱脱兮!无感我帨兮,无使尨也吠!"一章情欲成分明显,难以阐释为正面的政教内容,汉儒叱责其"不由媒妁"这种违背礼法的行为将引起天下大乱。

"《毛诗序》给后世造成的最大误解在于,它把一篇诗可能引申出的意义夸大到完全代替了该诗原意的程度,致使《诗经》的解释者不惜曲解本文以弥缝《毛诗序》的臆断。"④这就是说,汉儒在解释《诗经》的过程中,《诗经》文本的解释和接受发生了变形:"首先,赋诗者借情诗传达君臣朋友之间

---

① 李学勤主编:《毛诗正义》,54 页,北京,北京大学出版社,1999。
② 同上书,51 页。
③ 同上书,116 页。
④ 康正果:《风骚与艳情》,57 页,北京,河南人民出版社,1988。

的感遇；然后，说诗者错误地把赋诗者的本事与该诗的本义混为一谈；随着这种解释原则的传播，人们习惯于把凡是说男女的诗都理解为说君臣；最后，以男女比君臣逐渐为文人遵循的创作方向。"①汉人具有非常强烈的经典意识，体现在经典之中的官方哲学为各种具体知识体系的构型提供了一种结构性的约束，这种约束被整合进话语活动中，并且要求所有参与其中的士人都要遵守这一解释方式。官方所认可的各家《诗经》解释，包括未列入官学的古文《毛诗》，虽然在个别题解上存在着不同意见，但其并没有实质上的相左意见。汉儒通过不断地重复伦理纲常的方式来谈论诗歌中明显的情欲元素，这种方式让读者或者潜在的诗歌作者认识到，只有符合道德标准的两性关系才是被允许和接受的。对情欲的这种规训，不仅在诠释上限制了它所能进行的深度与广度，而且也限制了诗歌创作的范围和内容。

3."主文而谲谏"与修辞的力量

修辞是语言运用的一种现象，因此谈论修辞这一话题必须先从语言谈起。思想依靠语言表达。人类靠语言或文字的传媒来认识世界，语言在人类的思维中构筑了第二个世界：通过语言的传递作用，人类认识了世界的现象；依靠语言的调整，人类在心中重新建构了一个更加完整的世界；借助语言表达，人类又将群体思想传播开来。语言构筑的思想世界经由人类不断加以补充、修正和习得，甚至能够影响现实世界的状态。早在先秦时代，依靠语言在权力场中激烈竞争的思想家们就意识到了语言对世界的重要作用，作为工具来把握的语言是那个时代所有希望在此权力场中争得一席之地的个体所须掌握的资本，"必也正名乎"，谁能拥有语言的权力谁就拥有了分享权力的资本。

在文化权力掌握在巫祝史宗的上古时代，语言的神秘力量来自于人们坚信语言的象征与真实世界的现象之间存在着某种对应关系，并且能够由拥有沟通神灵神力的人通过调整语言来达到调整现实的目的。因此，巫祝史宗凭

---

① 康正果：《风骚与艳情》，57页，北京，河南人民出版社，1988。

借所掌握的神秘语言对最高统治者形成制约。孔子正名思想中就包含着这一"调整"思想，希望通过语言的力量来理清世界的关系，并以此来达到恢复传统的目的。儒家门徒坚信孔子"正名"的主张，坚信只要恪守传统的语言系统，传统的社会秩序就有希望建立在合理的基础之上并且维持良好的运转。儒家学者非常注重纲纪的明确和巩固，实则是希望理清"名（语言）实（世界）"之间的关系来保持现实世界里的伦理秩序。"名"具有永恒的规定性，约束着现实的世界不超出古代语言体系所确立的秩序。汉儒尊奉儒家经典为治世基础，也是奉行这个"名实"思想思路去解决现实政治问题的，通过整理和控制由语言表达出来的思想体系来达到解决现实政治实务的目的。

汉儒对语言的这种小心谨慎的控制在《诗大序》里亦有表现，即"主文而谲谏"的诗歌主张。"主文而谲谏"的关键词并不在于"文"，而在于"谲谏"二字。因此作为分享帝王赐予权力的臣子就具有提醒君主品行和决策的义务，由于等级尊卑礼法的约束力量，臣子的语言在运用过程中不允许太过于直接揭露权威的过错，因而"谲谏"为语言文本限定了一个位置，读者（主要是通过各种途径而读到这些文本的帝王）能够在阅读这些文本的时候感受到其中修辞所表达的意愿和情绪的力量，从而能够修正自己的不当言行。巧妙的修辞运用策略能够规定一种诠释的限度，并且将所要表达的意愿通过修辞策略以温和的方式表现出来，这就是"谲谏"的作用。诗的写作是这样，赋的写作也如此，汉赋在直面现实时事政治时，也不是直接揭露时弊，而是采用"劝百讽一"的方式，只不过因汉赋文本自身"丽"的特点，这一"谲谏"效果并不明显。

总之，在《诗大序》文本的背后，权力的运作并不是简单地限制某种解释的限度，相反，它通过强化汉人的经典意识来让参与其中的人都自觉地遵守解释的规范。《诗大序》规定了包括《诗》三百在内的诗歌文本的解读途径，为以后对诗歌的解读提供了规范和指引：去掉诗歌的文学审美因素而将政治教化的功能凸显出来。所有的诗歌必须要以《诗大序》所规定的政教模式来解读才能获得权力的认可，而各个小序则是《诗大序》以政教为旨归的解释模式对文本进行排查和分类的结果。要想进入"文化/权力"场域之内并获得一席之地，所有参与者都必须按照这一政教模式来解读诗文本，只有这样才能够获得官方的许可和主流知识圈的认同。这并不是说《诗大序》的作者没有意识到《诗》的诗歌特性，而是作者重点突出了《诗》三百的教化功能，以此而符合官方意识形态的要求。

以上就是本章通过经典形成的物质基础、经典形成的文化基础和经典形成背后的权力运作这三方面，来对《诗》在汉代经典化的过程所作的一个详细的考察。从文化层面来说，孔子"以诗设教"而开"诗教"传统，《诗大序》就是这一诗教的集大成之作。《诗大序》所提供的文艺思想实际上代表的是经学一路的为文之道。以"经义教化"为本的思维模式影响中国文化长达数千年，权力在其幕后的支持加强了中国文化优先于道德价值和礼乐文化的诉求。文学与权力的纠结在《诗》的经典化过程中体现得很明显，这实际上是政治参与文学、控制文学生产的一个较典型的例子。《诗》经典化以及《诗大序》所代表的经典批评模式的生产事件背后，是一种支撑着权力在文化体系内运作的普遍性规律，即：在控制文本诠释、创作和阅读行为的过程中，随着权力形式和意识形态的发展，控制的方式会越来越隐蔽，权力将以更加柔和、坚韧和隐蔽的方式来参与文学的创作。

在诗教传统影响下，文学与权力的纠结一直绵绵不绝。一方面文学一直很难获得独立，包括以后所谓的文以载道、文以明道等唐宋文论思想，包括明清的八股文写作，清代的文字狱，近代文学界革命等；另一方面，文学与权力的纠结使得古代作家希望以知识分享权力，以学养参与治术，将学、术、修身、气节糅合为一体，成就"修身、治国、齐家、平天下"的梦想。

本章就是通过"《诗》在汉代的经典化"这样一个典型个案，来省视在中国这样特定语境中权力如何制约和规范文学的经典化，并由此影响着文学写作、文学批评。本文仅仅试图在《诗》经典化以及《诗大序》所提供的经典文学批评模式背后挖掘出一些权力运作的魅影，以此试图以新的方法来对古代文艺理论的批评做一些开拓性的研究。

◎ 第六节
对《诗》的传播及阐释:齐、鲁、韩三家的《诗》学研究

儒家《诗》《书》《礼》《乐》《易》《春秋》(《乐》失传,实际上为五经)典籍在汉代获得了空前的文化地位①,对《诗》的解释自先秦大夫的用诗活动开始,孔孟荀三代儒家重要代表人物都对《诗》作出自己的解释,至汉代《诗》则变为《诗经》正式列入国家认可的经典行列并位居诸经之首。汉代最早以《诗》立博士,文景时皆以三家诗立博士。诗三百篇虽遭秦火,但幸赖经师口耳相传,在汉时凭记忆完整记录下来。②

《诗》在汉代传授过程中主要分为四家,其中齐、鲁、韩三家称为今文学派,在西汉时都立于学官。毛诗,作为古文学派,至东汉时立于学官。"《诗》今文学分为鲁、齐、韩三家,西汉时,都立于学官。一、《鲁诗》溯源于荀卿,创始于鲁人申培(亦称审公)。据《汉书·楚元王传》,荀卿授诗浮邱伯、伯授申培、楚元王、穆生及白生,申培于文帝时以治《诗》为博士。据《儒林传》,申公独以《诗经》为训故以教,亡传,疑者则缺弗传。二、《齐诗》创始于齐人辕固生;景帝时,以治《诗》为博士。三、《韩诗》创始于燕人韩婴;文帝时,为博士。据《儒林传》:'婴推诗人之意而作《内外传》数万言,其语与齐、鲁间殊。'三家诗,《齐诗》亡于魏代,《鲁诗》亡于西晋,《韩诗》虽存,无传者。南宋以后,《韩诗》亦亡,仅存《外传》。"③

---

① "《六艺》者,王教之典籍,先圣所以明天道,正人伦,致至治之成法也。"(《汉书》,3589页,北京,中华书局,1962)
② "凡三百五篇,遭秦而全者,以其讽诵,不独在竹帛故也。"(《汉书》,1708页,北京,中华书局,1962)
③ 朱维铮编:《周予同经学史论著选集》,237页,北京,上海人民出版社,1983。

三家诗在解《诗》方面，鲁诗最为纯粹，这是鲁诗的一大特点。据《汉书·艺文志》记载："汉兴，鲁申公为《诗》训故，而齐辕固、燕韩生皆为之传。或取《春秋》，采杂说，咸非其本义。与不得已，鲁最为近之。""鲁最为近之"乃在于解《诗》时不像其他两家过于以《春秋》的阴阳五行和杂取诸子百家解诗，因为这些都不是"本义"。鲁诗的纯粹反映了鲁学的纯粹。在汉代鲁学的纯粹主要表现在两方面：一是指治学的严谨。"申公独以《诗经》为训故以教，亡传，疑者则阙弗传。"①申公在传授《诗》过程中严守师说，仅以文字训诂以传弟子，不穿凿附会，若有存疑者则不传。他的弟子也做到严守师说。在申公的大力宣扬下，鲁诗在西汉最为显豁。据史载，申公"弟子为博士十余人，孔安国至临淮太守，周霸胶西内史，夏宽城阳内史，砀鲁赐东海太守，兰陵缪生长沙内史，徐偃胶西中尉，邹人阙门庆忌胶东内史，其治官民皆有廉节称。其学官弟子行虽不备，而至于大夫、郎、掌故以百数。申公卒以《诗》、《春秋》授，而瑕丘江公尽能传之，徒众最盛。"②

鲁诗的另一特点是以《诗》为谏书，在社会生活中发挥着"诗教"的作用。历史上一个有名的例子是申公的再传弟子王式曾以诗为谏规劝昌邑王归正："王式字翁思，东平新桃人也。事免中徐公及许生。式为昌邑王师。昭帝崩，昌邑王嗣立，以行淫乱废。昌邑群臣皆下狱诛，唯中尉王吉、郎中令龚遂以数谏减死论。式系狱当死，治事使者责问曰：'师何以亡谏书？'式对曰：'臣以《诗》三百五篇超夕授王，至于忠臣孝子之篇，未尝不为王反复诵之也；至于危亡失道之君，未尝不流涕为王深陈之也。臣以三百五篇谏，是以亡谏书。'使者以闻，亦得减死论，归家不教授。"③确实，鲁诗能在当时社会产生很大影响，跟它发挥"诗教"的功能分不开，有学者评曰："……汉人传诗，率皆以讽刺实用为主，而鲁诗尤能发挥此重功效。此可由前所引汉

---

① （汉）班固：《汉书》，3608 页，北京，中华书局，1962。
② 同上书，3608 页。
③ 同上书，3610 页。

书儒林传叙述王式以三百五篇作谏书，得以证明。故此发挥诗之风谏实用精神，盖亦为鲁诗所以致盛主要之一因也。"①

齐诗传自辕固生。这方面《史记·儒林列传》有明确的记载："齐言《诗》皆本辕固生也。诸齐人以《诗》显贵，皆固之弟子也。"辕固生是齐人，治诗，孝景时立为博士。②《汉书·儒林传》曾记载辕固生与黄生的辩论，"（辕固生）与黄生争论于上（景帝）前。黄生曰：'汤武非受命，乃杀也。'固曰：'不然。夫桀纣荒乱，天下之心皆归汤武，汤武因天下之心而诛桀纣，桀纣之民弗为使而归汤武，汤武不得已而立，非受命为何？'黄生曰：'冠虽敝必加于首，履虽新必贯于足。何者？上下之分也。今桀纣虽失道，然君上也；汤武虽圣，臣下也。夫主有失行，臣下不正言匡过以尊天子，反因过而诛之，代立南面，非杀而何？'固末曰：'必若云，是高帝代秦即天子之位，非邪？'于是上（景帝）曰：'食肉毋食马肝，未为不知味也；言学者毋言汤武受命，不为愚。'遂罢。"又与信黄老之学的窦太后申辩儒家之学优于道家治学，招致太后怒，差点送命："窦太后好《老子》书，召问固。固曰：'此家人言耳。'太后怒曰：'安得司空城旦书乎！'乃使固入圈刺豕。上知太后怒，而固直言无罪，乃假固利兵下，固刺豕正中其心，豕应手而倒。太后默然，亡以复罪。"

从这两个历史记载来看，辕固生还是有先秦儒家精神的，即不"曲学以阿世"，有自己的独立人格，不肯随声附和政治的需要，也不刻意迎合统治者所好。司马迁在《史记》中也肯定了这一点："居顷之，景帝以固为廉直，拜为清河王太傅。久之，病免。今上初即位，复以贤良征固。诸谀儒多疾毁固，曰'固老'，罢归之。时固已九十余矣。固之征也，薛人公孙弘亦征，侧目而视固。固曰：'公孙子，务正学以言，无曲学以阿世！'"但齐诗在解诗方面则没有鲁诗的纯粹，它带有齐学的特点，即根据时代的要求，

---

① 黄振民编著：《诗经研究》，212页，台北，正中书局，1982。
② "辕固，齐人也。以治《诗》孝景时为博士，与黄生争论于上前。"（《汉书》，3612页，北京，中华书局，1962）

广纳诸子学说和阴阳五行理论，以此来说明《诗》中儒学的王道，再加上燕齐海上之士好言方术和灾变，这也给齐诗解诗蒙上了随意比附的色彩。尤其随着汉武帝以后谶纬之学的大肆流行，齐诗的谶纬化也日渐明显，其中以汉元帝时翼奉解诗在这方面最为典型："齐诗分化的派别很多，最突出的是翼奉一派，他们把对《诗经》的解释阴阳五行化，并进一步和谶纬神学相结合，发挥了《诗经》的'四始五际'和'六情'之说。所谓'四始'说，司马迁的《史记·孔子世家》已经提出：'《关雎》为《风》之始；《鹿鸣》为《小雅》始；《文王》为《大雅》始；《清庙》为《颂》始；此《诗》之四始也。'齐诗的'四始'说却与此不相同，他附会五行中的水、火、金、木四行，说'《大明》在亥，水始；《四牡》在寅，木始；《嘉鱼》在巳，火始；《鸿雁》在申，金始。'（《诗纬·泛历枢》）这样的编造是没有实际意义的。齐诗的所谓'五际'，是指卯、午、戌、亥，附会《易》卦的阴阳际会。所谓'六情'，是指喜、怒、哀、乐、好、恶；五行运行，阴阳际会而产生六情之变。齐诗把三百篇一一附会上'四始五际'和'六情'，把《诗经》简直变成了推算阴阳灾异的'推背图'或占卦书。对于'四始五际六情'之说，历代《诗经》研究者论述不一致，有人说并不是纯粹谈灾异，而是配合音乐的律历，指诗篇所和之五音六律。齐诗早已亡佚，乐曲也已失传，仅是推测之词，无法考察。齐诗与阴阳五行和谶纬神学相结合，很少学术价值，这是公认的。"①确实，将《诗》用阴阳五行和谶纬的方式处理之，有违《诗》的本义和引申义。

韩诗传自燕国韩婴。《汉书·儒林传》云："韩婴，燕人也。孝文时为博士，景帝时至常山太傅。婴推诗人之意，而作内外《传》数万言，其语颇与齐、鲁间殊，然归一也。淮南贲生受之。燕赵间言《诗》者由韩生。"

韩诗系以内外传说经为家法，一般认为内传已遗失，但今人杨树达认为，今本的《韩诗外传》就是混合了内传的本子，韩诗内传并没有亡逸："愚

---

① 夏传才：《诗经研究史概要》，74页，郑州，中州出版社，1982。

谓《内传》四卷实在今本《外传》之中。《班志》《内传》四卷，《外传》六卷，其合数恰与今本《外传》十卷相合。今本《外传》第五卷章为'子夏问曰：《关雎》何以为国风始'云云，此实为原本《外传》首卷之首章。盖《内外传》同是依经推演之词，故后人为之合并，而犹留此痕迹耳。《隋志》有《外传》十卷而无《内传》，知其合并在隋以前矣。近儒辑《韩诗》者皆以训诂之文为《内传》，意谓《内外传》当有别，不知彼乃《韩故》之文，非《内传》文也。若如其说，同名为传者，且当有别，而《内传》与《故》可无分乎？《后书郎传》引《易内传》曰：'人君奢侈，多饰宫室，其时旱，其灾火。'此是杂说体裁，并非训诂，然则汉之《内传》非训诂体明矣。"①因韩诗内传无可稽考，杨氏之言存此一说。

韩诗的说诗方式往往是引诗证事，不是注释或阐发《诗经》的经文意旨，而是发挥经义，有断章取义之嫌。有学者对其说诗体例作了这样概括："惟就今存外传而言，则其既非如毛传解释诗之字句，亦非如毛序解说诗之旨义，而系引叙周代种种故实，用以推演诗义。如以班志所称：'或取春秋，采杂说，咸非有其义'之语，批评外传说诗，实属至当。今存外传，多断章取义，并多引诗证事。其体例通常系先举事实而终以一二诗句结断其事。在此体例中，以举一事而以一二诗句官证者为多；以举不同事实，或举数种事实，以同样诗句断证者为少。"②四库馆臣评云"其书杂引古事古语，证以诗词，与经义不相比附"。

韩诗重在用《诗》的说诗方式将其渊源可追述至先秦，尤其深受荀子"引《诗》为证"的影响。学者徐复观说："他在《外传》中共引用《荀子》凡五十四次，其深受荀子影响，可无疑问。即《外传》表达的形式，除继承《春秋》以事明义的传统外，更将所述之事与《诗》结合起来，而成为事与诗的结合，实即史与诗，互相证成的特殊形式，亦由《荀子》发

---

① 杨树达：《汉书窥管》，160 页，北京，科学出版社，1955。
② 黄振民编著：《诗经研究》，212 页，台北，正中书局，1982。

展而来。"①并给予高度评价:"由春秋贤士大夫的赋诗言志,以及由《论语》所见之诗教,可以了解所谓'兴于诗'的兴,乃由《诗》所蕴蓄之感情的感发,而将《诗》由原来的意味,引申成为象征性的意味。象征的意味,是由原来的意味,扩散浮升而成为另一精神境界。此时《诗》的意味,便较原有的意味为广为高为灵活,可自由进入到领受者的精神领域,而与其当下的情景相应。尽管当下的情景与《诗》中的情景,有很大的距离。此时《诗》已突破了字句训诂的拘束,反射出领受者的心情,以代替了由训诂而来的意味。试就《论语》孔子许子贡子夏可与言诗的地方加以体悟,应即可以了然于人受到《诗》的感发的同时,《诗》即成为象征意味之诗的所谓'诗教'。此时的象征意味与原有的意味的关联,成为若有若无的状态,甚至与之不甚相干。"②徐氏认为,由荀子到《韩诗外传》的说经方式恰是孔门诗学的正统,是诗与史的结合,发明了诗的微言大义。但若说诗脱离了诗本身的训诂本义,走向随意附会和断章取义,则不值得提倡,也不足取。③

这三家《诗》虽然在训诂注释,以及用五行谶纬解诗方面与毛诗解诗不同,但有一点四家诗是相同的,即他们在解诗方面都继承儒家的功用观念,即用"美""刺"说诗,如《关雎》这一首诗,毛诗序说是"后妃之德也",齐、鲁、韩诗则解之为刺康后。申培鲁诗云:"后夫人鸡鸣佩玉去君所,周康后不然,诗人叹而伤之。"后苍齐诗传云:"周室将衰,康王晏起,毕公喟然,深思古道,感彼关雎,德不双侣,愿得周公妃,以窈窕防微渐,讽喻君父。孔氏大之,列冠篇首。"薛汉韩诗章句云:"诗人言关雎贞洁慎匹,以声相求,必于河之洲,隐蔽于无人之处。故人君退潮,入于私宫,后妃御见,

---

① 徐复观:《两汉思想史》第3卷,7页,台北,学生书局,1985。
② 同上书,7页。
③ 学者夏传才甚至认为,这样的研究不算《诗经》研究。"它并不是对《诗经》的解释和论述,而是先讲一个故事,发一通议论,然后引《诗》为证。古文著述引《诗》为证,源于先秦,在汉代有影响的《新序》《说苑》《列女传》等书都相类似。《韩诗外传》不能算是《诗经》研究。它和荀子'引《诗》为证'的方法有着继承的关系,所以后来魏源认为韩诗可能'为荀子所传'。"见夏传才:《诗经研究史概要》,75页,郑州,中州出版社,1982。

去留有度，应门击柝，鼓人上堂，退反宴处，体安志明。今时大人内倾于色，贤人见其萌，故咏关雎，说淑女，正容仪，以刺时也。"总体而言，汉代通《诗》致用乃受荀子《诗》学之影响，鲁诗、毛诗由荀子所传，韩诗亦可能为荀子所传。不过，虽然他们以"美""刺"说诗受先秦贤儒影响，但他们在《诗》学阐释方面与先秦说诗相比，呈现出向文本回归的趋势，一是汉代《诗》学注重字、词训诂，结合语言文字阐发诗旨；二是汉代《诗》学阐释更加注意诗文全篇的意旨，先秦引诗赋诗大多是寻章摘句，断章取义，而汉儒解诗对诗的整体性研究极为重视，汉诗各家都有序。①

自汉文帝立燕国韩婴、景帝立齐人辕固生为《诗》博士开始，至建元五年（前136）汉武帝置五经博士。汉平帝元开五年，《毛诗》始立博士。王莽篡汉建立"新"朝后，刘歆为国师，号"嘉新公"，古文经学《毛诗》得立于学官。汉武帝之后，汉帝习经渐成定制，如汉昭帝从蔡义学《韩诗》，从韦贤学《鲁诗》；汉宣帝受《诗》于东海澓中翁；汉元帝学《鲁诗》于高嘉、张游卿；汉成帝习《诗》于伏理；汉明帝从郅恽学《韩诗》。汉代举国上下兴起了学《诗》的热潮。

四家诗的会通与融合出现较晚，大概在东汉中期以后。班固所撰《白虎通义》，其书于《诗》三家，以鲁为主，《韩内传》《毛故训》间有采纳。贾逵曾受诏撰齐、鲁、韩三家诗与《毛诗》异同，许慎兼通鲁、韩《诗》学，郑玄初学《诗》从《韩诗》，但他所著《毛诗笺》以宗毛为主。东汉末年，玄学兴盛，士人转而尊尚老庄，在儒家经典中，《易》受重视，《诗》学则没落，齐诗于魏时亡佚。毛诗后来能够一直流传下去，主要原因是唐孔颖达等受诏撰《五经正义》，本着"疏不破注"的原则，对五经五部儒家经典所作进一步注解。其对《诗经》的注解采用的是郑玄的《毛诗笺》②，确立了《诗经》说解的标准，最终结束了两汉以来《诗经》解说众说纷纭的局面，规定

---

① 这方面详细论述请见刘立志：《汉代〈诗经〉学史论》，105~106页，北京，中华书局，2007。
② 孔颖达云："郑以毛学审备，遵畅厥旨，所以表明毛意，记识其事，故特称为笺。"见（唐）孔颖达：《毛诗正义》卷一，见（清）阮元校刻：《十三经注疏》，269页，北京，中华书局，1980。

了以《毛诗》解说作为《诗经》解说的官方地位。《毛诗正义》也成为以后科举考试官方法定的教材。而三家诗渐渐退出历史舞台。至于唐以后官方最终为什么选择毛诗而不是其他三家诗作为说《诗》的标准,学者黄振民认为是作为今文经学的毛诗能更好地为现实服务,更好地作为施教的工具:"盖四家诗学,皆以诗作为施教之工具,均已远离作诗者作诗之本旨,所不同者,乃在三家诗将此诗教,建立于个别之'谏书'上,而毛诗则以正变、美刺之说,将此诗教,更进一步建立于夫妇、父子、君臣之王化系统上而已。"[1]刘立志则补充说,东汉末年以后,《毛诗》独传,有几个方面的因素要注意:一是东汉蔡伦发明造纸术后,东汉中后期纸逐渐在社会上普遍使用开来,有助于书籍的流通。造纸术发明以前,三家诗学者撰著不在少数,但因传抄不便,难以广泛流传,后来亡佚在所难免。二是郑玄在注疏体例上学马融,以经笺相连的方式注《诗》,这样有利于世人读经,再加上当时纸已普及,经书的传播范围自然扩大,《毛诗笺》在当时广为流行与这些很有关系。三是郑玄笺《诗》,以《毛诗》之说为主,间取三家,有以《毛诗》为核心吞并和收编三家诗学之趋势,再加上郑氏弟子众多,势力庞大,一直影响到以后治《诗》者的学术取向,结果是魏晋《诗》学基本继承郑玄的《毛诗》学,六朝《诗》学著述绝大多数也是研究《毛诗》之学,郑玄取舍四家诗所产生的影响具有了决定性的作用。[2]

---

[1] 黄振民编著:《诗经研究》,234 页,台北,正中书局,1982。
[2] 刘立志:《汉代〈诗经〉学史论》,116~118 页,北京,中华书局,2007。

第二编 ◎ 西汉后期的文艺思想

第七章
西汉后期之政治与经学

按照时段划分，西汉后期是指自汉元帝元年至王莽地皇四年（前48—23）间七十余年的历史，先后历元、成、哀、平、新莽几朝。本部分的主要内容就是运用文化诗学①的方法，把该时段的文艺现象、文艺思想置于更大的历史语境与文化语境中予以考察，以期对之做出相对更为客观、更具历史实践指向的把握和阐释。

◎ 第一节
研究方法与范围

在当下，研究中国古代文化学术，古与今之间的关系是必然要面对的话题，围绕于此，学界历来诸说纷纭。或以为这套学问已然属于过去式，只宜做考据整理的客观研究；或认为这套学问作为文化基因在当下仍具有重要作用，故需做现代的阐释与发掘；或以为古今悬隔日远而需要在两者之间建立必要的对话机制；等等。至于具体立场、理论、方法的采用，更是不一而

---

① 文化诗学的方法，简单说"就是将阐释的对象置于更大的文化学术系统之中进行考察"。李春青：《在文本与历史之间——中国古代诗学意义生成模式探微》，11页，北京，北京大学出版社，2005。

足。这些讨论不仅涉及学术标准的考量,就学术研究中继承与发展的辩证关系来说也具有切实的意义。在我们看来,就像前辈大师学者钱穆、陈寅恪等人殷重提出"温情与敬意""了解之同情"①等诸种论说,中国古代学术文化研究始终需要有一个回返传统文化自身脉络及逻辑的过程,虽说按照当代学术观念,历史文化的传承总少不了所谓权力机制、文学叙事的运作与渗透,纯粹的客观、真实俨然已被重重迷雾所遮蔽,但就文本构成的意义及现实指向来看,这些依然是在当下建立学术研究客观性的基础,发掘文化学术的本来面目某种程度上依然是学术研究的动力所在。再者,就文化传统的有效吸取借鉴而言,恰恰不是片面依从某些现成的现代观念、理论和方法的裁剪和绳量,而是尽可能发掘古代学术固有的丰富蕴含,对于当下的文化建设更有意义。这就像外出旅游,我们在每一处风景名胜要找的不是已经习惯的高楼大厦、商场街道,而是要欣赏领略每处风景自身独有的内涵与特色。从这个意义上说,古今之间的异同不仅可以构成相互对照乃至反思的视域,而且也是丰富和深化当代文化形态的重要资源。更遑论作为文化传承,无论中西,都会有一个不断回溯传统并结合现实需要对之加以重建的过程。最后,在充分了解中国古代学术之固有脉络及特色的前提下,也可以更好地促进当下学术研究的深入。众所周知,受西方现代学术思潮的掩袭,中国学界尤为重视方法论的建设,曾经一度,西方诸种认识论、语言论、文化论、媒介论等理论方法被轮番引介试验,一时之间也确收夺人耳目之效,不过具体到中国古代学术研究自身,依然存在着诸多问题。其原因就在于,方法并非凭空而生,其建立往往与特定的学术传统、研究对象以及文化关联等密切相关,在某种意义上,方法本身即是思想的外化形式。以这些年来颇受中国学界瞩目的海外汉学家宇文所安为例,他在中国古典诗歌研究领域的斐然成就,自然少不了对于西方学术方法的运用,而运用本身即以合适合理作为前提。也正是因为这个原因,他在研究中并没有给自己框定某种相对固定的方法,反而会根据研究对象的特色及变化不断地"以持

---

① 二说分别见于,钱穆:《国史大纲》修订第3版"凡读本书请先具下列诸信念",1页,北京,商务印书馆,1996。陈寅恪:《审查报告一》,见冯友兰《中国哲学史》下册附录,432页,上海,华东师范大学出版社,2000。

续的反思提供另外的可能性"①。也正是基于这种持续的反思,他在谈到中国古代文论时亦曾敏锐意识到,"对于今天的学者,一个有前景的方向似乎是站在该领域之外,把它跟某个具体地点和时刻的文学和文化史整合起来"②。之所以强调文论、文学和文化史的"整合"研究,其关键就在于他意识到了中国文论所具有的文史哲互为关联的互文特色所在,相关研究若要获得自身的合理性,必然要据此来建立相应的研究模式。所以说,从中国古代学术自身的特色出发,在现代学术视野的贯通下,富于针对性地选择自身的研究方式,建构自身的研究格局,不仅可以避免从某些先在观念、方法或框架入手所带来的局限或偏见,而且也是使中国古代学术研究真正走向深入并充分呈现自身价值的必由之途。

以上不避烦琐反复申论回到中国古代学术自身之脉络及逻辑的理由,主要还是要就西汉后期文艺思想的讨论建立一必要的学理基础。我们注意到,虽说近年来,随着学术理性的复归以及研究的深入,汉代学术研究中已涌现出不少值得关注的成果。不过,因受到种种观念史研究方式的长期影响,依然存在着许多值得反思的问题:如评价汉代政治,或多或少不能摆脱"专制/民主"的二元框架,以至于造成以今绳古的诸种现象。评价汉代经学,或依据宋明以来的理学立场③,或依据学理化、思辨化的现代哲学视角,以至于不能对汉代那种杂糅阴阳五行的经学形态作应有的深入发掘。涉及汉代文

---

① 韩军:《跨语际语境下的中国诗学研究》,152 页,武汉,华中师范大学出版社,2008。
② [美]宇文所安:《中国文论:英译与评论》,2 页,王柏华等译,上海,上海社会科学院出版社,2003。
③ 后世特别是宋代以来受现实学术话语权争夺的促动,容易导致把儒学作为中国古代学术思想绝对主导的做法,在此之下,不免有所忽视中国学术思想之多元化特征,对于个别学者之判断也容易流于简单。以所谓"醇儒"概念而论,这个词在《汉书》中的出现,本是用以批评贾山"所言涉猎书记",意思是说治学不能深入精粹,则不能有所成就,这与后世使用该词主要指称学者对于儒家观念的持守还有所不同。不过,由于有了这一儒学主导的转向,汉代士人中之特立杰出者如董仲舒、刘向等,往往不能为宋儒所重视,汉代之学术思想建构与特色也每每受到轻视。这是因为,汉代的学术思想建构颇能体现某种"包容性",不只是儒家,另外包括道、法、阴阳等家,在当时学者身上都有兼容并包的特点,而这种特点又莫不映射出汉代特有的知识、思想与信仰的背景。而且在此包容的视域下,汉代学术门派的分立,即使包括今文与古文之间,也远远不似后世那么严重,这是研治这个时期的学术思想所不能不加以注意的。

艺观念，也因为受现代学科分界以及文学观念的影响，而造成人为的资料分割与剪裁，以至于不能对于中国古代"文学"观念之变迁有合理的看待，更遑论能够就几者之间的关系做有机整体的看待，以及充分结合历史文化语境与固有文化逻辑做深入的分析和判断，等等。这些都亟须在学术观念及具体研究中予以必要的改变。

此处不妨以"文学"为例略做分梳。关于"文学"，不少学者早已意识到古今之间存在的观念差异，如郭绍虞就曾指出：

> 时至两汉，文化渐进，一般人亦觉得文学作品确有异于其他文件之处，于是所用术语，遂与前期不同。用单字则有"文"与"学"之分，用连语则有"文章"与"文学"之分：以含有"博学"之意义者称之为"学"或"文学"；以美而动人的文辞，称之为"文"或"文章"。如此区分，才使文学与学术相分离。……
>
> 则知其所谓文学云者，自广义言之是一切学术的意思；即就狭义言之，亦指儒术而言，固不得以词章当之了。至于不指学术而带有词章的意义者，则称为"文章"或"文辞"。①

这些分梳对于了解古今观念之间的差异以及实现古今观念之间的交通，无疑具有非常重要的价值，不过在具体研究中，如果仅仅是以现代"文学"观念来对中国古代学术资料加以择取、分析和阐释，则不免容易忽略所谓"文学"在当时所固有的意义关联以及丰富形态，就像徐复观《两汉文学论略》一文，就曾给两汉文学划定了一个范围：

> 研究两汉文学，首先应当在西汉人之所谓文学的范围内探索。两汉人的所谓"文学"，姑且以《汉书·艺文志》的诗赋略为基点。……由诗赋

---

① 郭绍虞：《中国文学批评史》上卷，31、32页，天津，百花文艺出版社，1999。

略而可以了解到西汉人所承认的文学范围,不仅后世之所谓古文(散文)未包括在内,且诔谥箴铭等有韵之文亦未包括在内,其范围较东汉及其以后之所谓"文学"为狭。①

至于这"文学"的含义,徐氏在开篇即附注说明为现代概念,应该说,这种做法在具体研究中并不鲜见。不过细细推敲起来,仍有如下问题需要辩证。首先,此一独立创作的审美性的语言艺术含义的"文学",即使在西方也是近现代以来随着学科分立而加以建立的概念。作为观念性的存在,其含义自有其自古希腊以来始为哲学所涵摄而逐步走向独立的过程,至于具体意涵也有诸多变迁,如果一味依从于现代文学观念来看待中国文学及文论,不免容易掩盖中国文学自身的发生、发展轨迹②。其次,在这个意义上,徐氏的"两汉人的所谓'文学'",恐怕并非当时刘向、刘歆、班固的本义(当时也无所谓诗歌、散文之类的文体划分),即使可以和现代意义上的"文学"相沟通,在当时也是经学语境笼罩之下的文学(以下对此还有详论)。作为此种文学的价值与意义其实需要在与经学的关联中加以看待,而按照以上郭氏"文章""文辞"的含义来分析的话,其范围并非诗赋可以包括。为明辨这些问题,以下不妨进一步对中国古代学术中"文学"含义的演进做一概要分梳。

从字源考订,"文"的本义大约是指交错的纹理,如《易·系辞下》:"物相杂,故曰文。"韩康伯注曰:"刚柔交错,玄黄错杂";《礼记·乐记》:"五色成文而不乱";《说文解字》也将之解释为"错画";等等。在辗转使用中乃有音形义的多种分化。与"文学"相关,以先秦时期的《论语》为例,《学而》篇中所谓"行有余力,则以学文",《雍也》和《颜渊》篇中所谓"博学于文",以及《先进》篇中所谓"文学子游、子夏",注疏家都指出其中的

---

① 徐复观:《中国文学精神》,354 页,上海,上海书店出版社,2004。
② 关于中国文学研究由传统文化之文向西方美学之文研究范式的近代转换,可参阅徐复观的《中国文学精神》一书。

"文",乃是一个广义的文学定义,包括了五经在内的各种文化典籍。这一观念延续下来,至汉代则如以上郭氏所论,始出现了"文章""文辞"这种接近现代"文学"的用法。魏晋以下,两者开始分途,专事辞章者被列入文苑,擅长经术者被列入儒林,辞章之为"文",也有了诸多的解释,如"性情之风标,神明之律吕"①,其范围则包括"赞论之综缉辞采,序述之错比文华,事出于深思,义归乎翰藻"②的所有诗体与文体。相对于广义的"文学"定义,"文"之含义被缩小到了具有特定内容与形式的"辞章"上面,但就其包括的范围而言依然广泛③,这种情况实为古代讨论文体之一大传统。此后《唐文粹》《宋文鉴》《金文雅》《元文类》《明文衡》等,莫不以"文"为名,广泛包含具有特定内容和形式的各种"文章""文辞"。其他以文章为名的著述如《文章流别论》《文章辨体》等也莫不如是,其分体标准显然与现代意义上诗歌、散文、小说、戏剧的"文学"分类有不小差异。若就古今"文"之分体最为接近的情况看,则诚如郭绍虞所论,是到了唐代,"韩愈之所谓文,则专就非韵非骈的散体言之","待到韩、柳古文运动成功以后,只有诗文之分,而无文笔之分"④,诗与文乃得成为对举的两大文体。

凡治中国古代文学或文论的学者,对于以上资料及脉络自不陌生,相关研究若有分途,问题不在资料本身,而在于以什么样的态度来看待资料。若按照汉人所谓"文章"与"文辞"的观念,"文学"范围本不限于诗赋甚为明显,清代严可均之编辑《全汉文》《全后汉文》即是这种观念的最好说明。两书中,除史传、诸子、专书这类"专著"外,所有文字(包括赋),举凡各阶层人物的鸿篇巨制、片言只字,弥不穷蒐毕讨,加以见存。而且,在学术

---

① (南朝梁)萧子显:《南齐书·文学》,907页,北京,中华书局,1972。
② (南朝梁)萧统:《文选序》,见萧统编,(唐)李善注:《文选》,3页,上海,上海古籍出版社,1986。
③ "文笔之辨"的情况与之类似,刘勰《文心雕龙·总术》篇中即以"有韵""无韵"作为区分诗文的依据。随着诗体的流行,至梁元帝《金楼子·立言》"扬雄前言,抵掌多识者谓之笔;咏叹风谣,流连哀思者谓之",以及梁简文帝与湘东王书"谢朓沈约之诗,任昉陆倕之文"诸说法中,始显现出"诗""文"之别最初的痕迹。
④ 郭绍虞:《中国文学批评史》,第150页,天津,百花文艺出版社,2008。

意义上，上述文学观念的递进无疑包含有极为丰富的可加研讨的内容，如"文"之观念何以出现这种变化？这种变化的意义何在？等等，都是极有价值的学术话题。如果说，西方之学术传统因其相对具有承续性的发展而得以呈现自身清晰脉络的话，以上由"文学"到"文章（辞）"再到"散文"的轨迹，不正是中国古代"文学"特有内在理路的某种呈现吗？对此，与其用我们习惯的现代观念以及学科分界来加以剪裁组合，形成某种所谓的现代理解方式，反不如深入其中，来探寻、理解、进而建构某种与现代学术相契合的研究框架或研究模式。

基于以上思考以及对西汉后期学术资料的掌握情况，本部分章节安排有如下考虑：

第一，西汉后期的文艺思想实为经学语境笼罩下的文艺思想，西汉经学的形成及其特点又莫不与朝廷的支持、政策及利用有直接关系，在此之下，士人阶层也能借此而对经学有所建设和发展，两个方面的合力遂构成汉代经学的特定发展轨迹及特色所在，而这也是理解汉代文艺思想的必要基础。本部分第一章，拟对西汉后期政治与经学相互纠葛的诸般关系及相关问题做集中探讨。在汉代政治研究中，论者每每有"汉承秦制"的说法，作为"秦制"又是以法家学说之将君权神圣化及行使绝对之制度控制作为特征。虽说汉代统治者鉴于秦代覆灭的教训，对此有所调整有所完善，但就其基本形态和价值内核而言则没有根本变化，因此，自汉初以来，便不断有士人秉承儒家文治理念，对此加以反思和谏议，希望西汉统治者能够复古更化，对此加以必要矫正。而汉代统治者也认识到儒学及儒家士人在伦理、教育、行政、社会等层面日益重要的作用，于是一方面为顺应这种形势，越来越多地任用儒生；另一方面，这些做法依然是以儒学为法家政体的"缘饰"，儒家文治的政治理念并没能真正沉落于政体层面，因此，不是士人政府与君权之间的有效制衡，而是日益膨胀的专制君权，才是西汉前期政治的事实[①]。用中兴

---

① 徐复观对儒法两家政治思想的差异及汉武帝之法家政治的事实申论甚详，可参看徐复观：《中国思想史论集》，253~296页，上海，上海书店出版社，2004。

之主汉宣帝的话来说,即是:"汉家自有制度,本以霸王道杂之"①。 受以上形势之促动,汉儒遂纷纷倡言改制、让贤、礼乐、教化,并使这些观念在西汉后期之政治建设中鼓荡起伏。 以汉元帝即位作为西汉历史前后期的分界,无论就西汉政治还是学术发展来说是有其道理的。 政治上,西汉在经历了汉武之所谓极盛及昭宣中兴之后,有一由盛转衰终至被王莽新朝取代的过程,学术上,似乎也进入了一个经学大盛的阶段。 清人皮锡瑞就有"武、宣之间,经学大昌","经学自汉元、成至后汉,为极盛时代"②的说法,但就汉朝政治形态以及对儒学加以利用的方式来看,元、成以来专用儒术的做法之症结并主要体现于形式上的修补,而未能在文化精神与制度建设之深层契合上做实质改变。 再加上此一时期日渐丧失了汉"王霸法"相杂制度所形成的强力制衡能力,政权作为逞君主之"私"的方向,便相继由内廷、外戚之专权得以实现,遂成西汉后期之乱。 反过来,经学在这种政治形势下并不能实现其"经世致用"的功能,反而因为种种条件发生畸变。

第二,在古今沟通的意义上,今人普遍认可的汉代"文学"当属辞赋。若追溯汉人观念,赋原本又是"诗"的支流③,如《毛诗序》将赋列为诗的六艺之一;《周礼·春官·大师》中列"赋"为六诗之一:"教六诗:曰风,曰赋,曰比,曰兴,曰雅,曰颂"④;班固的《两都赋序》说得更为明确,所谓"赋者,古诗之流也"⑤;刘歆《七略》将诗赋归于一略,为班固《汉书·艺文志》所承袭,并评论道:"春秋之后,周道寖坏,聘问歌咏不行于列国,学

---

① (汉)班固:《汉书》,277 页,北京,中华书局,1962。
② (清)皮锡瑞:《经学历史》,56~65 页,北京,中华书局,2004。
③ "赋"作为一种文体名称,其来源与含义亦有多种看法,一者是认为赋取自诗六艺,义为"铺陈";二者认为取义于"诵读",与六艺无关;三者则介于前两者之间,认为赋兼取铺陈与诵读二义。 在列述以上看法基础上,曹明纲特别提醒,赋之成为文体,很大程度上与其政治功能有关,如《诗·大雅·烝民》中所谓"明命使赋""赋政于外"。 这一说法颇有启发性,即诗、赋文体之形成与流传,并非只是形式的意义,而是同时都具备政治之功能。 在这个意义上也可以说,汉人关于赋为"诗的别枝"的看法,很大程度上也是指这种文化精神的继承。 参见曹明纲:《赋学概论》,4~8 页,上海,上海古籍出版社,1998。
④ (清)阮元校刻:《十三经注疏》,796 页,上海,上海古籍出版社,1980。
⑤ (清)严可均辑:《全后汉文》,235 页,北京,商务印书馆,1999。

《诗》之士逸在布衣，而贤人失志之赋作矣。大儒孙卿及楚臣屈原离谗忧国，皆作赋以风，咸有恻隐古诗之义。其后宋玉、唐勒，汉兴枚乘、司马相如，下及扬子云，竞为侈丽闳衍之词，没其风谕之义。"①由此可知，在汉人心目中，赋乃承诗而来。正是基于这种认识，汉人对赋的写作也每每以"正得失，动天地，感鬼神……先王以是经夫妇，成孝敬，厚人伦，美教化，移风俗"②的诗学精神承继为己任，诚如班固《两都赋序》中所说，赋家们"朝夕论思，日月献纳"，"或以抒下情而通讽谕，或以宣上德而尽忠孝，雍容揄扬，著于后嗣，抑亦雅颂之亚也。故孝成之世，论而录之，盖奏御者千有余篇。而后大汉之文章，炳焉与三代同风"③。也就是说，赋家们创作时，所依循所追摹的乃是古代的诗人，所希望实现的依然是古诗的风雅之旨，是故赋作体制固然被极力拓展铺张扬厉，从中寄予深切的讽喻之旨仍然是普遍做法，只不过限于君王好恶，赋作并不能实际起到劝诫的作用而已，但即便是"劝百讽一"，本身也足以豁显出赋家们特定的自我期许与创作心态。在这个意义上，若要对汉人有关"文学"之赋的观念有深入把握，则必然要从了解汉人作为经学之诗的论说入手，更何况在古人观念中，五经向来被视为是文化传统的根本源头，各种文体写作也无例外，所谓"歌、咏、赋、颂生于诗"也是极普遍的看法④。基于这种诗、赋的关联性，欲对赋之观念思想有所讨论，则必然要了解此一时段"诗"学的状况。本部分第二章，拟通过对西汉后期"诗学"的研究，一方面说明西汉后期诗学观念的发展变化，另一方面则据此对汉代后期各种辞赋的观念来源做出说明。问题主要涉及这样几个方面：(1) 西汉后期今文三家诗学的传承如何？(2) 今文三家诗学的盛衰与西汉后期政治有何关联？(3) 西

---

① （汉）班固：《汉书》，1756 页，北京，中华书局，1962。
② （清）阮元校刻：《十三经注疏》，270 页，上海，上海古籍出版社，1980。
③ （清）严可均辑：《全后汉文》，235 页，北京，商务印书馆，1999。
④ 古代文体论者，往往有"文出'五经'"的说法，意思就是各种文体都源自"五经"，如北齐颜之推《颜氏家训·文章篇第九》就说："夫文章者，原出'五经'，诏、命、策、檄，生于《书》者也；序、述、论、议，生于《易》者也；歌、咏、赋、颂，生于《诗》者也；祭祀、哀诔，生于《礼》者也；书、奏、箴、铭，生于《春秋》者也。"另外，刘勰的《文心雕龙·宗经》、清代章学诚的《文史通义·诗教上》中也有类似说法。

汉后期今文三家诗学的主要观点及其蕴含。

第三，赋，向来被视为是两汉四百年文学之代表，以致有"汉赋"之专名，但专名只能标明特定文体在特定时代达到高峰，并不能说明特定文体在历史上的具体发展状况。汉赋，其在西汉时期的兴盛主要体现于武、宣两朝，这大约与两朝"润色鸿业"之政治需要密切相关。至于哀、成以后，经学臻于极盛，广大士人欣然向慕从事，赋之写作辄相对衰落。而且在这一背景下，以经学为本，乃形成有关赋之评价、选择乃至保存之机制，并进而使"一代之文学"呈现出"一代之面目"。本部分第三章，即对于西汉后期之赋作与赋论展开探讨。就目前汉赋的整理情况看，虽经过历史的反复淘洗乃至湮没，所存作品大体还可以呈现出"一代之面目"的具体情状，西汉后期赋作之相对衰落也可以从中得到反映。据费振刚、仇仲谦、刘南平之《全汉赋校注》整理，西汉后期所存赋家不过刘向、扬雄、刘歆、冯商、班倢伃五家而已，所存作品亦有限。虽然如此，经过分析还是可以发现，在"经学极盛"背景下，西汉后期赋作亦具有自身鲜明的特色：其一，对《诗》之美刺精神（主要是刺）有更自觉的发扬，以上诸篇几乎篇篇都寓含鲜明的讽谏之旨；其二，赋作日益体现出学者化的色彩，学问思力以及个人兴感在赋篇中得以充分凸显；其三，赋作体式也有不同程度的丰富，语词、用韵、句式、铺排等都有别具特色的营构。这些方面，既反映着汉赋的发展走向，也密切关联着西汉后期特定的赋论观念。对西汉后期赋论的研究主要围绕《汉书·艺文志·诗赋略》展开。根据其中的描述，《诗赋略》应该主要体现的是刘向、刘歆父子的赋学面目。结合相关史料予以分析，辄可以断定，刘向、刘歆父子的汉赋研究于后世可谓具有奠基之功。他们最早对当时所有汉赋进行搜集、校雠、编录，而建立总集别集之分，开启文体分辨之效；他们在与《诗》学相关联的意义上对辞赋加以评论，而确立渊源流变、意当讽谏、士人言志、抒情为体等基本论域。无论就哪个方面而言，都值得进一步深入探究。

就时段划分而言，西汉后期是指元、成、哀、平、新莽五朝。此一时段最可瞩目者，一方面是西汉国运自盛而衰终至为王莽建立的新朝所篡；另一方面则是自元、成以来，经学日益受到朝廷推重甚而真正形成"独尊儒术"局面，最终演化成王莽改制的闹剧。两者相互表里，不能不使人推问个中的因由、轨迹以及影响种种。就前者而言，论者往往可以就任用佞人、外戚专权及灾难频仍几个方面加以探究；就后者而言，亦有多条线索可以追索，如儒学在解决汉代政治中存在的"封建"与"郡县"或曰"秦制"与"汉制"之间的矛盾时所起到的作用，如朝廷层面借由儒术缘饰而确立专制格局，如由对秦制的反思与批判而兴起的理想性的恢复古制的诉求与冲动等。如果将两个方面相互联系，亦有互为表里的两个问题值得关注：一者，何以朝政日衰而儒学日尊？二者，何以儒学日尊而朝政日衰？对于前者，王葆玹在其《西汉经学源流》中曾有细致考辨："独尊儒术"的讲法虽来自汉武一朝，但就选举、祭祀、官制、礼制等制度层面真正实现"独尊"，则是成帝年间的事情，然对于学术本身的发展而言，独尊格局并非益事，因为"汉武帝的学术政策是尊崇五经，而不是独尊儒术，其尊崇五经的意义不过是兼容诸子百家之学并把它们统一到经书的旗帜之下，这种宽容的做法乃是当时文化繁荣的重要原因"[①]。与此相对，成帝时期的"独尊"格局反而限制了学术相对宽容的发展，此说颇具启发性。不过，若将因果关系加以倒置，则可说专任儒术对于朝政来说殊非益事，对此，汉宣帝时已有耐人寻味的预言：

> （元帝为太子时）见宣帝所用多文法吏，以刑名绳下，大臣杨恽、盖宽饶等坐刺讥辞语为罪而诛，尝侍燕从容言："陛下持刑太深，宜用儒生。"宣帝作色曰："汉家自有制度，本以霸王道杂之，奈何纯任德教，用周政乎！且俗儒不达时宜，好是古非今，使人眩于名实，不知所守，何足委任？"乃叹曰："乱我家者，太子也！"[②]

---

① 王葆玹：《西汉经学源流》，8页，台北，东大图书公司，2008。
② （汉）班固：《汉书》，277页，北京，中华书局，1962。

宣帝这段话固然针对元帝所说,但他对"纯任德教"而带来乱政的判断,也不幸在西汉后期的政治形势中得到验证。值得关注的是,在两方面因果是非的追究中,"日衰"形势都少不了朝廷之力,朝政为朝廷之朝政,经学亦为朝廷左右下之经学。虽说历史的发展变化总是来自于多方面合力的共同作用,偶然与必然之间,并不能简单依靠某个单一因素来加以判断和寻绎。不过就西汉后期的政治形势而言,显然有必要就朝政对于经学的影响、经学因此而受到的限制乃至畸变,以及经学究竟在政治层面起到何种作用等问题加以细致分析,如此才能就此一时段政治与学术的关系有相对准确的判断,也才能在个中相互纠葛的关系中为"诗学"、赋论、文章等文艺观念的讨论确立一必要的基础。

◎ 第二节
"王霸法杂之"与"专任儒术"

    讨论西汉政治,当先需确立一相对客观之态度,何也?人类社会自古及今社会制度众多,有关制度优劣之争论也众多,平心而论,每一制度皆为特定社会生产方式、文化习俗、历史条件等诸多因素共同作用的结果,实不可以以某个现成的或单一的标准妄加衡量。即便讨论优劣,也需要以综合的视野,将某种制度在特定时期之功过是非做全面的考察。就中国古代政治而言,"王道"与"霸道"、德治与法治、传统与现实之纠葛矛盾,以及君主、士人与民众的关系结构,往往会随着历史条件的变迁,又会呈现出不同的指向与格局来。汉代政治于此就有不同程度的体现。

一、"汉承秦制"及其反思

"汉承秦制"的说法见诸史籍者,如《史记·礼书》云:

> 至秦有天下,悉内六国礼仪,采择其善,虽不合圣制,其尊君抑臣,朝廷济济,依古以来。至于高祖,光有四海,叔孙通颇有所增益减损,大抵皆袭秦故。①

《汉书·刑法志》亦云:

> 汉兴,高祖初入关,约法三章曰:"杀人者死,伤人及盗抵罪。"蠲削烦苛,兆民大说。其后四夷未附,兵革未息,三章之法不足以御奸,于是相国萧何攈摭秦法,取其宜于时者,作律九章。②

意思是说,汉代承袭秦代制度,是由于建国之初的形势使然,当时战乱甫定,文化制度尚无法获得充分发展与建设,为适应统治需要与操作方便,遂袭取秦代制度。 不过在此之下,意识形态层面并不意味着对于秦代的认同。 钱穆在《秦汉史》中就曾敏锐地注意到,战国时期,东方诸国就因自身保有的文化传统而对秦国之边鄙功利抱持轻傲的态度③,更遑论秦代一统后,因政治上的酷虐残暴,所招致的天下各方力量的批评与攻击,其部分动因正在于"封建之残余,战国之余影,尚留存于人民之脑际"④。 作为对秦政的反驳,希望实行"文治"或"德治"乃是社会涌动的普遍情绪。 这种情

---

① (汉)司马迁:《史记》,1159 页,北京,中华书局,1959。
② (汉)班固:《汉书》,1096 页,北京,中华书局,1962。
③ 钱穆:《秦汉史》,9~12 页,北京,生活·读书·新知三联书店,2005。
④ 同上书,1 页。

况也反映在汉初政治中，如《汉书·高帝纪》中说：

> 戍卒娄敬求见，说上曰："陛下取天下与周异，而都雒阳，不便，不如入关，据秦之固。"上以问张良，良因劝上。①

娄敬劝说汉高祖定都关中，就是看到了汉代依靠武力征服得天下的形势已经远远不同于天下归心诸侯共举的周代，曾经的礼乐德化已然为势力纷争所取代。即便如此，作为一度轻视儒生溲溺儒冠的汉高祖也免不了向逝去的周代投以歆慕与留恋。在政体层面，自高祖五年（前202）至高祖卒年（即高祖十二年，前195），在消除异姓诸侯的战争中，高祖就接受了田肯、曹参等人的建议，大封同姓子弟以取代异姓诸侯②，其用意即在于把封建制与郡县制有所融合，以图解决秦政所遗留的弊端。不过这种做法因为时与事的迁变，以及在分封过程中未及时合理筹措以致同姓诸侯王势力过大，遂导致中央与诸侯王之间长时期的猜忌与争斗，实"可谓矫枉过其正矣"。汉王朝解决这一问题，也是一个长时间的过程：

> 故文帝采贾生之议分齐、赵，景帝用晁错之计削吴、楚。武帝施主父之册，下推恩之令，使诸侯王得分户邑以封子弟，不行黜陟。而藩国自析。自此以来，齐分为七，赵分为六，梁分为五，淮南分为三。皇子始立者，大国不过十余城。长沙、燕、代虽有旧名，皆亡南北边矣。景遭七国之难，抑损诸侯，减黜其官。武有衡山、淮南之谋，作左官之律，设附益之法，诸侯惟得衣食税租，不与政事。至于哀、平之际，皆继体苗裔，亲属疏远，生于帷墙之中，不为士民所尊，势与富室亡异。③

---

① （汉）班固：《汉书》，58页，北京，中华书局，1998。
② 楚元王交、荆王贾、代王喜、齐悼惠王肥为高祖6年受封的第一批诸侯王，此后，又陆续分封赵王如意、淮南厉王长、代王恒、梁王恢、淮阳王友、燕灵王建等。
③ （汉）班固：《汉书》，395、396页，北京，中华书局，1962。

也就是说，汉王朝因种种形势，乃以渐进的方式解决同姓诸侯的问题，明显保留了所谓"封建"的"亲亲"之义，暗里则收到了削弱诸侯势力的效用。史书所谓，"汉有厚恩，而诸侯地稍自分析弱小云"（《汉书·景十三王传》），至此，封建、郡县政体之融合始可谓完成。但个中"封建"显然已非三代之"封建"，关于二者的分别，以及何以在郡县与封建之间建立关联，明人尝有议论：

  三代之王天下，皆自诸侯而为天下之所推戴，自宜以爵土分天下，英贤共之，而权未尝不存也。后世之君天下者，无尺土一民之资以除暴救民，而得之势，与三代不同，固不宜踵三代之封建。然而圣人公天下之意，亦未尝不存也，是宜于郡县之中而寓封建之法。[1]

推究汉王朝的做法，在政治层面，"封建"功能固然渐被消除而终成"郡县"之附庸；在话语层面，它则成为汉帝国拨正秦政诸种"刚毅戾深"、唯法刻削之流弊，以及承继三代封建政治传统以建立政权合理性与合法性的文化基础。作为秉承儒家政治理念的广大士人阶层，更是大力予以推扩，并据此展开现实政治的评价，从事制度建设的思考，从而使文化传统之力愈发根深蒂固。影响所及，"封建"作为一套意识形态话语，或曰某种文化符号。一方面，它强迫郡县制帝国统治者必须按照封建传统为政权寻求道义与文化的依据，强调政统、道统的继承关系；另一方面，它作为价值标准，又与天命相符契，具备一定的现实超越性，既肯定社会中或历史上的政治势力具有接受天命以家天下的资格，又规定了郡县制帝国"非一人之天下"，突出了道义与形势在政权兴衰中的作用[2]。

在这种氛围中，汉代统治者日益意识到传统话语的力量所在，也日益重

---

[1] （明）柯尚迁撰：《周礼全经释原》卷十三，文渊阁四库全书，经部，礼类，周礼之属。
[2] 参见钱穆：《秦汉史》，240页，北京，生活·读书·新知三联书店，2005。徐兴无：《刘向评传》，35页，南京，南京大学出版社，2005。

视和秉承这一传统的儒学与儒家士人在伦理、教育、行政、社会等层面的作用,于是渐有政府结构方面的调整,越来越多的儒生受到任用。沿至汉武一朝,遂使汉政府渐次由宗室、军人、商人之组合转变为士人参政之新局面①。但另一方面,这些做法依然是以儒学为法家政体的"缘饰"②,儒家文治的政治理念并没能真正沉落于政体层面。因此,不是士人政府与君权之间的有效制衡,而是日益膨胀的专制君权,才是西汉前期政治的事实③,用中兴之主汉宣帝的话来说,即是"汉家自有制度,本以霸王道杂之"④。此外,随着时间推移,西汉所承"秦制"在礼制、刑法以及社会管理方面日益繁苛,社会矛盾也日益加剧,制度层面乃有不得不改的切实需要,如《汉书·刑法志》所述:

> 及至孝武即位,外事四夷之功,内盛耳目之好,征发烦数,百姓贫耗,穷民犯法,酷吏击断,奸宄不胜。于是招进张汤、赵禹之属,条定法令,作见知故纵、监临部主之法,缓深故之罪,急纵出之诛。其后奸猾巧法,转相比况,禁罔浸密。律令凡三百五十九章,大辟四百九条,千八百八十二事,死罪决事比万三千四百七十二事。文书盈于几阁,典者不能遍睹。是以郡国承用者驳,或罪同而论异。奸吏因缘为市,所欲活则傅生议,所欲陷则予死比,议者咸冤伤之。⑤

---

① 董仲舒尝有"国家养士"和"天下之士可得而官使"(《汉书·董仲舒传》)的谏议,可谓武帝时代具有代表性的说法。这意味着,士阶层及其文化传统的价值在经过与现实的调整与磨合后,终获官方认可。学问和道德乃成士人的晋身之资,以之为依据,乃有"选举"的系列科目、程序及规则,来保证合乎要求的人才为朝廷所用。所谓"学而优则仕",选举制度最终使士人阶层由春秋战国以来的游士转变成为政体构成的士大夫。见《汉书·董仲舒传》。
② 如于迎春所论,汉武帝所取于经术的,不是义理诂训,也不是对于"道"的内在体悟,而是儒学高大华美的外观。……与其说汉武帝推动了儒学在汉代社会生活中实质性的进展,不如说他贪图的是其可使事物显得典雅、深厚、文质彬彬的美饰之用。于迎春:《汉代文人与文学观念的演进》,41页,北京,东方出版社,1997。
③ 徐复观对儒法两家政治思想的差异及汉武帝之法家政治的事实申论甚详,可参看徐复观:《中国思想史论集》,253~296页,上海,上海书店出版社,2004。
④ (汉)班固:《汉书》,277页,北京,中华书局,1962。
⑤ 同上书,1101页。

受以上种种因素促动，汉儒纷纷论灾异、言禅让、言礼制、治章句①，使儒家观念在西汉后期之政治建设中鼓荡起伏。

二、西汉后期之改制及其衰颓

以汉元帝即位作为西汉历史前后期的分界，无论就西汉政治还是学术发展来说是有其道理的。政治上，西汉在经历了所谓汉武盛世及昭宣中兴后，由盛转衰终至被王莽新朝所篡；学术上，则如清人皮锡瑞所述，进入一经学极盛阶段：

> 经学自汉元、成至后汉，为极盛时代。……元帝尤好儒生，韦、匡、贡、薛，并致辅相。自后公卿之位，未有不从经术进者。青紫拾芥之语，车服稽古之荣。黄金满籝，不如教子一经。以累世之通显，动一时之羡慕。……经学所以极盛者，此其一。武帝为博士官置弟子五十人，复其身。昭帝增满百人。宣帝末，增倍之。元帝好儒，能通一经者皆复。数年，以用度不足，更为设员千人，郡国置五经百石卒史。成帝增弟子员三千人。平帝时，增元士之子得受业如弟子，勿以为员。岁课甲乙丙科，为郎中、太子舍人、文学掌故。后世生员科举之法，实本于此。经生即不得大用，而亦得有出身，是以四海之内，学校如林。汉末太学诸生至三万人，为古来未有之盛事。经学所以极盛者，又其一。汉崇经术，实能见之施行。武帝罢黜百家，表章六经，孔教已定于一尊矣。然武帝、宣帝皆好刑名，不专重儒。盖宽饶谓以法律为《诗》、《书》，不尽用经术也。元、成以后，刑名渐废。上无异教，下无异学。皇帝诏书，群臣奏议，莫不援引经义，以为据依。国有大疑，辄引《春

---

① 钱穆：《秦汉史》，234～254页，北京，生活·读书·新知三联书店，2005。

秋》为断。一时循吏多能推明经意，移易风化，号为以经术饰吏事。①

皮锡瑞作为今文经学的持守者，以上描述未免有将汉世理想化的成分，特别是"能见之施行"者，恐怕更是今文经学者经世致用观念之所系念。那么，"经学大昌"何以没能改变西汉后期日益衰颓的政治形势呢？以下不妨先就西汉后期"经学大昌"局面中朝廷之作为加以分析，然后就政体层面的关联做前后期的对比考察。

据史书所载，元帝自幼便受数量众多的名儒教诲，深受儒学熏陶，及为太子，就曾对宣帝"持刑太深"示以不满，即位后辄改弦更张大力提倡儒学，《汉书·匡张孔马传》："时，上好儒术文辞，颇改宣帝之政。"所谓"宣帝之政"，即"所用多文法吏，以刑名绳下"，也即"霸王道杂之"，元帝"改宣王之政"，即"多用儒生"。《汉书·元帝纪赞》："少而好儒，及即位，征用儒生，委之以政，贡、薛、韦、匡迭为宰相。"自此，朝野上下靡然成风，儒学成为政治生活的主导。

相对于元帝任用儒生而未及大力建设，成帝则在官制、郊祀制度等方面都有相应改革，其基本做法就是以符合三代规范的"周制"来革除汉初以来沿袭的"秦制"：

> 初，汉兴袭秦官，置丞相、御史大夫、太尉。至武帝罢太尉，始置大司马以冠将军之号，非有印绶官属也。及成帝时，何武为九卿，建言："古者民朴事约，国之辅佐必得贤圣，然犹则天三光，备三公官，各有分职。今末俗之弊，政事烦多，宰相之材不能及古，而丞相独兼三公之事，所以久废而不治也。宜建三公官，定卿大夫之任，分职授政，以考功效。"其后上以问师安昌侯张禹，禹以为然。时曲阳侯王根为大司马骠骑将军，而何武为御史大夫。于是上赐曲阳侯根大司马印绶，置官

---

① （清）皮锡瑞：《经学历史》，101～103页，北京，中华书局，1959。

属，罢骠骑将军官，以御史大夫何武为大司空，封列侯，皆增奉如丞相，以备三公官焉。

……

初，何武为大司空，又与丞相方进共奏言："古选诸侯贤者以为州伯，《书》曰'咨十有二牧'，所以广聪明，烛幽隐也。今部刺史居牧伯之位，秉一州之统，选第大吏，所荐位高至九卿，所恶立退，任重职大。《春秋》之义，用贵治贱，不以卑临尊。刺史位下大夫，而临二千石，轻重不相准，失位次之序。臣请罢刺史，更置州牧，以应古制。"奏可。①

后成帝因朱博等大臣谏议，又恢复御史大夫、刺史等旧职，"后四岁，哀帝遂改丞相为大司徒，复置大司空、大司马焉"，结合《百官公卿表》来看，哀帝改丞相为大司徒、复置大司空和大司马在元寿二年（前1），同年，复改刺史为牧②。改制过程虽有起伏，基本做法即是以大司徒、大司空、大司马的"三公"制度来取代丞相、御史大夫和太尉。

郊祀制度方面，据《史记·封禅书》《汉书·郊祀志》，秦人在雍地先后建鄜畤、密畤、上畤、下畤，分别祭祀白、青、黄、炎四帝，合称"雍四畤"。汉高祖时，以"天有五帝"乃增建北畤，祀黑帝，且"悉召故秦祝官，复置太祝、太宰，如其故仪礼"（《史记·封禅书》）。此后，"雍五畤"就成为郊祀五帝之所。至西汉后期，该制度遂纷纷为崇尚复古的大臣们所批评。据《汉书·郊祀志》，元帝时，有贡禹、韦玄成等公卿谏议改革祭祀制度。等成帝即位，丞相匡衡上书道："王者各以其礼制事天地，非因异世所立而继之"，意为汉朝应该制定自己的礼制，而不应继承秦制，又贬低"雍四畤"为"秦侯各以其意所立""诸侯所妄造"，谓其不符合天子礼制，理应

---

① 《汉书》，3404～3405、3406 页，北京，中华书局，1962。
② 《全后汉文·应劭二》，有"绥和元年，罢御史大夫官，法周制，初置司空。议者又以县道官狱司空，故覆加'大'，为大司空，亦所以别大小之文"（《续汉·百官志一》补注）条。（清）严可辑：《全后汉文》，345 页，北京，商务印书馆，1999。

罢黜。 成帝接受匡衡的谏议，罢废诸多祭祀之所，不过这些变革很快随着匡衡坐事免官、天灾（大风坏甘泉竹宫）、人祸（无有继嗣）等系列事件，而为成帝"意恨之"①。

即使如此，在"上无异教，下无异学"经学极盛的当时，改制之风依然鼓荡不已，至王莽代汉而达到高峰。 外戚王氏掌握朝政始自成帝建始元年（前32）②，"建始以来，王氏始执国命，哀、平短祚，莽遂篡位，盖其威福所由来者渐矣！"（《汉书·成帝纪》）王莽其人，大约既有"被服如儒生"、崇尚儒家学说的理想性一面，也有作为政治人物以经学为工具的功利性一面。 及至他上台，两方面汇合，乃有热情空前高涨的清除秦制、复古改制的种种行为，也有官制恨不能全然恢复周代之旧，以致名目繁多令人不知所守的局面，同时，制礼作乐似乎也没能令朝臣进退有矩，流通新货币、颁行井田制极大冲击了社会经济平衡，等等。 《资治通鉴·汉纪》批评，"莽性躁扰，不能无为，每有所兴造，动欲慕古，不度时宜，制度又不定；吏缘为奸，天下謷謷然，陷刑者众"。 王莽既以圣人自居，又全然以周制理想凌越于现实之上，强自制作，复多变易，不免造成种种脱节乃至混乱的情况。

三、"儒家化"政治及其辨析

综合以上西汉后期的政治行为，我们固然不能简单否定任用儒生所可能带来的实际效用，但也不能就此夸大儒学给予政体层面的影响。 就儒学传统而言，自春秋时期士阶层崛起，便在继承"王官学"文化资源的同时（特别是自孔子之后），使这套传统相对于现实的政治势力具备了某种理想性、超

---

① （汉）班固：《汉书》，1259页，北京，中华书局，1962。
② 建始元年（前32），王凤为大司马大将军，擅朝政。 成帝阳朔三年（前22），王凤去世，王音为大司马车骑将军，后来依次为王商、王根、王莽。 王莽于绥和元年（前8）代王根为大司马，虽然哀帝时一度被迁，不得在朝，但哀帝短祚，平帝登基之初即拜王莽为大司马，委之以政。 而后王莽摄政，篡汉。 王凤、王商、王根皆元帝王皇后的亲兄弟，成帝之舅；王音是王凤从弟；王莽是王凤之侄。

越性的特色①。 政治结构上,也有了"统治者"与"士"各司其职,"治"(政刑)、"教"(礼乐)相分的制衡局面。《新唐书·礼乐志》有云:"由三代而上,治出于一,而礼乐达于天下;由三代而下,治出于二,而礼乐为虚名。"所谓"治出于二"主要是指秦汉之后内法(袭用秦法)而外儒(缘饰礼乐)的政治现实,其中的"礼乐"作为"缘饰",也就不可避免地存在着儒家看来"习其器而不知其意,忘其本而存其末,又不能备具"的严重问题。 面对这样的局面,儒家之政治理念,或者借"三代之治"的政治传统来对君主予以规范,所谓"天视自我民视,天听自我民听"(《孟子·万章》),即将政权的合法性归于君主德性与民众所望;或者秉承仁政理念,以士人政府代君主完成实际的国家治理任务,宰相(丞相)则为政府的核心。 正是这点,被诸多学者认定为把握中国政治的关键所在,如钱穆讨论中国古代政治得失,开宗明义即说:

> 皇室和政府是应该分开的,而且也确实在依照此原则而演进。皇帝是国家的唯一领袖,而实际政权则不在皇室而在政府。代表政府的是宰相。皇帝是国家的元首,象征此国家之统一;宰相是政府的领袖,负政治上一切实际的责任。皇权和相权之划分,这常是中国政治史上的大题目。②

而在实际政治生活中,儒学并非通常认识中的"只有朝廷崇奉的风光面,更多的是受到打压的部分"③,这主要是说统治者之崇奉儒学主要还是基于意识形态的需要,至于儒家思想之根本内核,如仁政、天下有德者居之、天下大同,以及君礼臣忠等原则素为专制统治者所警惕乃至忌恨,也素来难以在现实政治中有真正落实。 汉昭帝时,眭宏推阐《春秋》之意,以为

---

① 参见余英时:《士与中国文化》,26~33页,上海,上海人民出版社,1987。
② 钱穆:《中国历代政治得失》,3页,北京,生活·读书·新知三联书店,2001。
③ 龚鹏程:《国学入门》,135页,北京,北京大学出版社,2007。

当有匹夫为天子者，上书要求天子退位禅让，结果就为执政的霍光所杀①。反过来，正因为儒家学说不能被专制君主完全接受甚而在实际中屡受抑制，故而儒家学说的某些层面或部分儒家士人一旦能为君主所用，其效果或功用往往又容易被无形中予以放大，成为朝廷"奖掖儒学"的种种证明。至于历史上那些真正持守儒家理念的学者，反而都会表现出某种程度上与现实不相协调的激进一面。依此来看，西汉后期的所谓"改制"，不免都是些形式上的文章②，儒家的"仁政"理念是否真正被贯彻于君主专制的政治实践，则大成问题。徐复观就曾以宰相制度作为焦点，细致剖析汉代官制的演变，择其要者述之：汉初，宰相一职在刘邦心目中，只是一个临时性的荣誉头衔，而非实际政治中不可缺少的重要职位，倒是掌兵的太尉一职，更容易成为限制、防范的对象。虽然如此，丞相在法理上的职权，仍不能加以抹煞，丞相府的组织也相当庞大。因而在专制君主猜忌的心理下，自汉初再至文、景、武三世，大都特选亲信之人或无能之辈充任丞相、御史大夫（副丞相）之职，"欲以无能者对特别恩遇的感激，换取居此种职位者的忠诚；并以无能来抵消、抑制此一重大职位所能发生的作用，借此减轻内心的疑忌。"而作为雄强之主的武帝，更以种种手段破坏丞相制度。第一阶段为人事选择、常情之外的严刑峻法及降低任用程序等；第二阶段是尚书③的抬头乃至中尚书的出现；第三阶段则由武帝临死时对霍光们遗诏辅政而开启"中朝"专政的变局④。

---

① （汉）班固：《汉书》，3153 页，北京，中华书局，1962。
② 造成这种局面大约与汉初以来朝廷利用儒术缘饰政治，以及部分儒生借制作礼仪获取成功有关。
③ 尚书，战国时亦作"掌书"，齐、秦均置。秦属少府，秩六百石，为低级官员，在殿中主发布文书。秦及汉初与尚冠、尚衣、尚食、尚浴、尚席，称"六尚"。汉武帝时，选拔尚书、中书、侍中组成"中朝"，直接服务于皇帝，成为实际上的中央决策机关，因系近臣，地位渐高。和御史、史书令史等都是由太史选拔。在汉宣帝时期权势已经很高，《汉书》盖宽饶传记载，担任卫司马的盖宽饶向尚书投诉卫尉不合理差遣，尚书责成卫尉废除弊端。卫尉是中二千石，仅次于三公的品秩，尚书在当时已经是有实权的职务了。
④ 徐复观：《两汉思想史》第一卷，120～137 页，上海，华东师范大学出版社，2001。徐复观进而断定："相权被剥夺、废弃的总结果，则是外戚、宦官、藩镇三者成为中国两千年一人专制中必然无可避免的循环倚伏的灾祸"，此说有过激之嫌。

就丞相制度这层关键来看，西汉后期的政治制度并没有因为任用儒生而有根本性的改变。如史书所载，元帝之时，中书令弘恭、石显弄权，《汉书·楚元王传》载，元帝征周堪"拜为光禄大夫，秩中二千石，领尚书事"，但"显干尚书事，尚书五人，皆其党也。堪希得见，常因显白事，事决显口"。周堪虽领尚书事而无实权。成帝即位，"以元舅侍中卫尉阳平侯王凤为大司马大将军，领尚书事"①，正式进入外戚专权的阶段，中间虽有哀帝时董贤的插曲，但这种局面一直延续到王莽篡汉。元帝时朝臣中有担当、有欲作为者，若萧望之、刘向等，曾全力反对尚书以宦官充任。换言之，欲罢废武帝所立中书，不仅未能奏效，反而以此罹祸。至成帝建始四年（前29），"罢中书宦者，又置尚书五人，一人为仆射，而四人分为四曹，通掌图书秘记章奏之事，各有其任"②。废掉中书宦者，外戚始而能以尚书专权，尚书员的增加，更进一步扩大了尚书的职权。至于丞相一职，反处于有名无实的境况。

进一步来看，相权之被削弱在西汉前后期还面临大不相同的政治局面。所谓专制，作为中国古代自秦以下之政治现实，其兴废存续必然有赖于专制者之才略作为，西汉前期若武帝，司马光继《汉书》中的传赞"如武帝之雄才大略，不改文、景之恭俭以济斯民，虽诗、书所称何有加焉"评论道：

> 孝武穷奢极欲，繁刑重敛，内侈宫室，外事四夷，信惑神怪，巡游无度，使百姓疲敝，起为盗贼，其所以异于秦始皇者无几矣。然秦以之亡，汉以之兴者，孝武能尊先王之道，知所统守，受忠直之言，恶人欺蔽，好贤不倦，诛赏严明，晚而改过，顾托得人，此其所以有亡秦之失而免亡秦之祸乎！③

---

① （汉）班固：《汉书》，302页，北京，中华书局，1962。
② （唐）房玄龄等撰：《晋书·职官志》，文渊阁四库全书，史部，正史类。
③ （宋）司马光：《资治通鉴》，747~748页，北京，中华书局，1956。

可谓允当之语，武帝固然大力破坏相权，固然穷奢极欲，但却能凭一己之雄才大略，勤于政事，多有作为，将国家中各方力量予以平衡的处置①，从而保证了政权运转。再若宣帝，《汉书》赞曰：

> 孝宣之治，信赏必罚，综核名实。政事、文学、法理之士，咸精其能。至于技巧工匠器械，自元、成间鲜能及之。亦足以知吏称其职，民安其业也。遭值匈奴乖乱，推亡固存，信威北夷，单于慕义，稽首称藩。功光祖宗，业垂后嗣，可谓中兴，侔德殷宗、周宣矣！②

宣帝用人之效，昭然可见，即使如徐复观这般痛恨专制者，亦注意到宣帝为求各方势力平衡，而对相权有所恢复之实。与武、宣形成鲜明对照，元、成固然大量任用儒生，然用权却颇多私欲，是以连忠服刘汉正统③的班固在评论时也不得不多作婉转之词，如元帝，赞曰：

---

① 如孙筱所论："西汉政体所采取的是中央专制与乡村政治相结合的形式，形象地说，即中央专制集权的框架结构之间所填充的仍是血缘宗法关系所组成的土坯模块。宗族势力强大，迫使西汉中央政府屡次给予打击、迁徙和限制"，从这一点来看，元、成之后，中央政府对于地方的控制明显减弱。孙筱：《两汉经学与社会》，313页，北京，中国社会科学出版社，2002。
② （汉）班固：《汉书》，275页，北京，中华书局，1962。
③ 此所谓正统，是指班固以忠服刘氏政权而在《汉书》中所贯彻的汉室正统之论。这种论说固然有刘氏政权与外戚争夺权力的特定背景，不过就其所利用的文化资源而言，却不免导致了以道统趋附形势进而趋附治统的趋向。列如，班固在《汉书》中曾区别董仲舒与刘向之不同："汉兴，承秦灭学之后，景、武之世，董仲舒治《公羊春秋》，始推阴阳，为儒者宗。宣、元之后，刘向治《穀梁春秋》，数其祸福，传以《洪范》，与仲舒错。至向子歆治《左氏传》，其《春秋》意亦已乖矣；言《五行传》，又颇不同。"班固的概括，除却以忠服刘氏政权的用心而贬抑刘歆的叙述外，道出了西汉经学以《三传》为纲，而转折于刘向的《洪范》学的事实。班固特别强调刘向与董仲舒的"错"，则说明了两者治学取向的根本不同。刘向作为汉家宗亲，本集治道于一身。此时，面对王权日渐受到外戚王氏所侵蚀的刺激，保存治统的自然反应盖过了道统精神的一面，不惜以五行灾异附会于《尚书·洪范》，以抗衡《公羊》学求变的主张。虽现实政治权力的转移是无可改变的事实，但是其维护治统的忠心用意，却因班固《汉书》的强调，得以国史的形式充分彰显。此后，历代正史的《五行传》，都以《洪范》休、咎之征附以五行阴阳为叙述框架，来说明"天命"的归宿。《洪范》取代《公羊传》，是治统对学术的片面选择，附会阴阳五行，是借学术来强化和延伸治统的力量，于是，西汉《公羊》学所蕴含的那份傲视君权以及致用天下的淑世情怀遂遭化解。对此，晚清龚自珍就有明确的批评，指出："刘向有大功，有大罪。功在《七略》，罪在《五行传》。"

元帝多材艺，善史书。鼓琴瑟，吹洞箫，自度曲，被歌声，分刌节度，穷极幼眇。少而好儒，及即位，征用儒生，委之以政，贡、薛、韦、匡迭为宰相。而上牵制文义，优游不断，孝宣之业衰焉。①

后世史书也大致延续这一说法，肯定元帝好儒之种种行为，至于其过失最多也只是性格"悠游"及"所用非人"而已，这不免带有儒家士人一厢情愿的色彩。元帝之才艺，似乎与君主之位并无必要关系，而"任用非人"，却导致了整个朝政的混乱失序。再若成帝，赞曰：

成帝善修容仪，升车正立，不内顾，不疾言，不亲指，临朝渊嘿，尊严若神，可谓穆穆天子之容者矣！博览古今，容受直辞。公卿称职，奏议可述。遭世承平，上下和睦。然湛于酒色，赵氏乱内，外家擅朝，言之可为於邑。②

推究其意可谓，成帝有天子之容，而不能理天子之政，外戚专权以致政权被篡，祸因正始自成帝之纵恣私欲。至于王莽，《汉书》基于正统立场对他极尽贬斥，如只肯为他立传而不将其置入帝王谱系，评价时也将他和暴秦相提并论，"……昔秦燔《诗》、《书》以立私议，莽诵《六艺》以文奸言，同归殊途，俱用灭亡，皆炕龙绝气，非命之运，紫色蛙声，余分闰位，圣王之驱除云尔！"③按照这个说法，王莽及其建立的新朝似乎成了西汉政治的异

---

① （汉）班固：《汉书》，298～299 页，北京，中华书局，1962。
② 同上书，330 页。
③ 同上书，4194 页。有学者曾指出，合理评价王莽的困难正在于这种正统立场下的偏见，"近代的历史学家面临着明显的偏见的问题。当班固编《汉书》，即《汉书》时，他是以兴复汉室的斗士的观点来写书的。虽然王莽当了 15 年皇帝，却没有他应有的历史。他占有的篇幅只是《汉书》之末的一篇传记，文中对他的为人和他的统治进行了连续的批判。《汉书》的其他地方很少提到他和他的支持者；《后汉书》对他的垮台的细节补充得很少，对王莽只能在这样贫困的材料基础上进行评价。"［英］崔瑞德、鲁惟一主编：《剑桥中国秦汉史》，杨品泉等译，205 页，北京，中国社会科学出版社，1992。

数，或者只是作为两汉政统延续中的一段不协调的插曲。不过就《汉书》中的描述来看，王莽之利用经学造势也好，将之应用于制度建设也罢，基本上仍是西汉后期政治逻辑的延续，在他这里，经学遭遇政治的悖论依然如故。

综上所述，西汉后期政治"儒家化"的变化，不免是儒家文化在社会各方面影响日益深入而不得不然的结果。自元帝开始，能够顺应潮流大量任用儒生，却不能如武、宣两朝有合理的处置，更不能真正接受儒家的政治理念全然发挥儒生的作用。而经学，或者成为政权合法性的某种缘饰，或者成为实际政务中的现成标准，或者成为某种可资利用的权力话语，在这种情况下，其"极盛"外表下所掩饰的畸变，也就成为探讨其义理与功用时不得不需要谨慎面对的话题。

◎ 第三节
经学极盛及其畸变

西汉后期政治的特色与对儒生的任用、对经学的提倡密切相关，反过来，西汉后期经学之发展也处处体现出政治的作用。在这个意义上，周予同关于经学史分期中经学开端的说法颇值得注意，他认为，经学开端应定于武帝时期，因为此前虽有儒家典籍流行，那也不过是作为百家中的一家之儒家所专力持守的，而到了武帝时期，所谓"独尊儒术，罢黜百家"，儒家遂取得正统地位，儒家典籍才被认定为法定经典，经学之名始得以成立[①]。是故也可以说，汉代经学之基本格局及特色，在武帝时期所奠立。大致而言，经学之建立又须有学理成立与功能成立两方面的交互作用，前者主要体现在董仲舒"天人三策"、《春秋繁露》等系列论述中，后者主要由设立五经博士及任用儒生等途径来实现。这其中，任用儒生的情况已如前述，博士制度则如

---

① 周予同：《中国经学史讲义》，38页，上海，上海文艺出版社，1999。

《汉书·儒林传赞》中所说：

> 自武帝立《五经》博士，开弟子员，设科射策，劝以官禄，讫于元始，百有余年，传业者寖盛，支叶蕃滋，一经说至百余万言，大师众至千余人，盖禄利之路然也。初，《书》唯有欧阳，《礼》后，《易》杨，《春秋》公羊而已。至孝宣世，复立《大小夏侯尚书》，《大小戴礼》，《施》、《孟》、《梁丘易》，《穀梁春秋》。至元帝世，复立《京氏易》。平帝时，又立《左氏春秋》、《毛诗》、逸《礼》、古文《尚书》，所以罔罗遗失，兼而存之，是在其中矣。①

这两个方面应该说都属于经学能够得以推行的外在条件，至于经学所欲实现的政治目标及社会作用，学术理念则是其内在支撑。大致而言，一种学说能够在政治、社会层面起主导作用，必然能够就几个方面有所建立：形上者可以对宇宙、人生之根本问题给予合理解释；形而下者可以为现实行为树立相应的原则或规范；居中者则可以为人自身确立立身出处的必要依据，如《易·说卦》所谓："是以立天之道曰阴与阳，立地之道曰柔与刚，立人之道曰仁与义。"又如汉王符《潜夫论·本训》所谓："是故天本诸阳，地本诸阴，人本中和。三才异务，相待而成。"武帝时期，学术思想并未划一，各种思潮此消彼长。儒术之能够"独尊"，除了它在政治、社会、教育诸多层面发挥的作用以外，更主要的是它能面对当时知识背景不断吸纳融汇，自我

---

① （汉）班固：《汉书》，3620～3621页，北京，中华书局，1962。钱穆考辨博士制度源流甚详，兹加引述："大抵先秦学官有二：一曰史官，一曰博士官。史官自商周以来已有之，此乃贵族封建宗法时代之旧传，博士官则自战国始有，盖相应于平民社会自由学术之兴起。诸子百家既盛，乃始有博士官之创建。博士官与史官分立，即古者'王官学'与后世'百家言'对峙一象征也。《汉书·艺文志》以六艺与诸子分类，六艺即古学，其先掌于史官，诸子则今学，所谓'家人言'是也。战国博士立官本儒术，然《汉志》儒家固俨然为九流百家之冠冕，列诸子不列六艺，则明属家言，非官学矣。《诗》《书》为六艺统宗，虽于古属之王官，然自王官之学流而为百家，《诗》《书》亦已传播于民间，故儒、墨皆道《诗》《书》，于是《诗》《书》遂不为王官所专有，然百家之言亦不以《诗》《书》为限。此即在儒术而已然矣。"钱穆：《两汉经学今古文平议》，187页，北京，商务印书馆，2001。

改造，与时俱进。"'扣其两端而执其中'的儒学，天生就具有中庸调和的学术精神，便宜其在变化过程中兼收并蓄，发展壮大。'时中'的儒学较其他学说，更能通权变，更能合乎时宜，更具有现实主义的观念。"[①]具体到董仲舒的学术贡献，正在于他以《公羊春秋》为主干，把道、法、阴阳诸家学说以及儒家各派以孔子名义统一起来，在"天人相感"的前提下，将天地之道与人道秩序加以糅合，将宇宙观与政治哲学加以贯通，从而使"不达时宜，好是古非今"的古典儒学，一变而为周遍汉代社会生活诸层面的经术，择其要者条陈一二：

> 所闻天下无二道，故圣人异治同理也。古今通达，故先贤传其法于后世也。……今所谓新王必改制者，非改其道，非变其理，……若夫大纲、人伦、道理、政治、教化、习俗、文义尽如故，亦何改哉？故王者有改制之名，无易道之实。(《春秋繁露·楚庄王》)
>
> 《春秋》之法，以人随君，以君随天。曰：缘民臣之心，不可一日无君，一日不可无君，而犹三年称子者，为君心之未当立也。此非以人随君耶？孝子之心，三年不当。三年不当而逾年即位者，与天数俱终始也。此非以君随天邪？故屈民而伸君，屈君而伸天，《春秋》之大义也。(《春秋繁露·玉杯》)
>
> 《春秋》辨物之理，以正其名。(《春秋繁露·深察名号》)
>
> 天有五行：一曰木，二曰火，三曰土，四曰金，五曰水。……故五行者，乃孝子忠臣之行也。五行之为言也，犹五行欤？是故以得辞也，圣人知之，故多其爱而少严，厚养生而谨送终，就天之制也。(《春秋繁露·五行之义》)
>
> 中者，天地之所终始也；而和者，天地之所生成也。夫德莫大于和，而道莫正于中。中者，天地之美达理也，圣人之所保守也。诗云：

---

① 孙筱：《两汉经学与社会》，115～116页，北京，中国社会科学出版社，2002。

"不刚不柔，布政优优。"此非中和之谓与？(《春秋繁露·循天之道》)①

按其逻辑，"春秋大一统"乃古今一贯之道，朝代、制度虽有因革，其中之"道"之"理"则没有改变，其基本法则为"屈民以伸君，屈君以伸天"。即一方面强调君权的尊贵与神圣，维护君王的权威；另一方面则是依靠"天"的力量对君权有所限制。"天"何以具有这样的力量呢？因为天地万物统一于天，天分阴阳，阴阳分木、火、土、金、水五行，五行的相生相克，无不体现出天的恩德与刑罚，作为人道的方方面面也同样依此秩序、规律而运演，所以圣人之为圣人，关键在于能够贯彻"阴阳之理"，布政育群，彰显天的生予之德。更重要的是，董仲舒继承并发挥"天人感应"的观念，并非只是在表象之间的附会、演绎或联系，而是把儒家最为基本的"中和"理念作为最终依据，如邓国光所论："'天理'就是'中'道，事事恰到好处，无过无不及，和汉代《洪范》'皇极'义的'大中'相呼应，要求人主有所节制。《春秋繁露·度制》说的'天理'，正是从节制立意的"，在此之下，邓国光还特别指出儒家"天理"的局限，"归根在人君的自我约束和检点，究竟实在处，便是如斯乏力。在'力'悬殊的情况下，'道统'之于'治统'，只能起到提点的作用。中国思想史便是在这出悲歌之中匍匐而进，嗡出微弱的声音而已。"②即便如此，以上论述也提醒我们，汉代经学并非通常人们所认为的侧重致用、附媚君权乃至谶纬迷信的面目，而是自有其甚深的义理③贯穿于内，自有其各种事项与依据证明于外，很多方面亟须获得现代

---

① （清）苏舆撰：《春秋繁露义证》，14、31、293、321、444页，北京，中华书局，1992。
② 邓国光：《经学义理》，48页，上海，上海古籍出版社，2011。
③ 这种义理并非后世那种纯粹理性化、逻辑化的义理，在相互比较和相互参照的意义上，更像是混合了西方学者讨论神话思维时所指出的"交感"或曰"类比"的成分。至于其作用，也并非所谓现代人所认定的"迷信"或"幻诞"，就像清代赵翼《廿二史札记》中所论："上古之时，人之视天甚近。迨人事繁兴，情伪日起，遂与天日远一日。此亦势之无可如何也。……宣元之后，刘向治《穀梁》，数其祸福，傅以《洪范》，（《五行志》序）而后天之与人又渐觉亲切。观《五行志》所载，天象每一变必验一事，推既往以占将来，虽其中不免附会，然亦未尽空言也。"可以推知，这套学问应该自有其方法与逻辑。（清）赵翼著，王树民校证：《廿二史札记校证》卷二"汉儒言灾异"条，38～39页，北京，中华书局，1984。

学术的深入认知。

就如上意义遂可以说，汉代经学（尤其是今文经学）仍然秉承了儒家学说之基本精神，即使在与当时的知识背景、信仰世界相融合的过程中形成了"汉代"之独有面目，其内核仍然体现了儒家学说作为义理之学、经世之学、制衡之学等诸多层面的进一步发展。不过，在西汉后期错综复杂的政治形势下，《汉书·儒林传》中所记述的经学立于学官的过程，一方面固然说明了经学日益繁盛的局面；另一方面，其中所纠葛的政治力量角逐，也不可避免地带来了儒家学说固有学术形态的改变，严重者甚至全然改变了相关言说的旨趣与方向。清代赵翼《廿二史札记》以史证史，探究"治乱兴衰"，其中涉及西汉经学的条目，颇能醒人耳目，以下讨论即据此并参酌相关材料展开。

一、经世功能之衰减

儒家学说承继"五经"这套"王官学"而来，原本就与政治系统紧密相连，借君行道、经世致用也一直是儒家士人之理想所寄。不过，自秦汉之法家专制政体形成，这种理想就有了各种限制，先秦时期广大士人那种"合则用，不合则去"的自由选择固然不复可能，就连儒家学说之推行也必须有赖于法家专制政体的肯定与吸纳。西汉后期，"汉承秦制"之弊日益显豁，刑法制度上的削繁裁苛自然是势在必行的事情，祭祀、官制变革则是附和于当时社会意识形态诉求而做的形式上的调整。和这些比较起来，儒家学说实际应用于政治实践之中并收治理之效，则更为儒家士人所瞩目，如《廿二史札记》"汉时以经义断事"条就专门搜集整理了相关事件，并就其发展趋势做了不无悲观的判断：

> 汉初法制未备，每有大事，朝臣得援经义以折衷是非。……朱博、赵玄、傅晏等奏，何武、傅喜虽已罢退，仍宜革爵。彭宣劾奏，博、

玄、晏等欲禁锢大臣，以专国权。诏下公卿议。龚胜引叔孙侨如欲专国，谮季孙行父于晋，晋人执囚行父，《春秋》重而书之。今傅晏等职为乱阶，宜治其罪。哀帝乃削晏封户，坐玄罪。（《朱博传》）

哀帝宠董贤，以武库兵送其第，毋将隆奏："《春秋》之谊，家不藏甲，所以抑臣威也。孔子曰：'奚取于三家之堂。'臣请收还武库。"（《隆传》）

贾捐之与杨兴迎合石显，上书荐显，为显所恶，下狱定谳。引书"谗说殄行"，"王制顺非而泽"，请论如法。捐之遂弃市，兴减死一等。（《捐之传》）

此皆无成例可援，而引经义以断事者也。援引古义，固不免于附会。后世有一事即有一例，自亦无庸援古证今，第条例过多，竟成一吏胥之天下，而经义尽为虚设耳。[①]

赵翼的这番感叹，可谓况味杂陈。一味援引古义不免造成牵强附会，古今之间毕竟形势不同，但是后世完全依靠事例来建立判断，不免会日益繁冗而为吏胥所专擅。推究其意，这两方面都是仅仅从直接的事功层面来从事的政治行为，经义的用与不用都不能完全改变现实政体的固有逻辑，因而若要真正实现儒家学说在政治上的功用，则势必要把儒家经义作为政治建设的法理依据才有可能。这个方面，可以进行比较的案例就是西方社会学家马克斯·韦伯在《新教伦理与资本主义精神》中的论述，他认为"新教伦理"在西方资本主义、官僚制度和法律权威的发展上扮演了的根本性的重要角色，意思就是说，文化必然要成为制度的依托才能充分发挥它的作用。而在西汉后期，经学固然极盛，但涉及根本，则是以现实政体为自身的依托，经学形态亦是受制度限制而形成的面目。在这种情况下，就可以理解，西汉后期能够真正对经学义理有所发展的，恰恰是在政治中心之外相对保持人格独立的

[①] （清）赵翼著，王树民校证：《廿二史札记校证》上，43页，北京，中华书局，1984。

扬雄，其《法言》和《太玄》在董仲舒之后继续"辨理""通理"，可谓深得要旨：

> 说理莫辨乎《春秋》。①
> 通天、地、人曰儒。通天、地而不通人，曰伎。(《法言·君子》)②
> 天下之理得之谓得也；理生昆群兼爱之谓仁也，列敌度宜之谓义也。(《太玄·玄摛》)
> 理也莹，事也昭，君子之道也。③

扬雄所说的"理"，一方面是"儒"的责任；另一方面也是"圣人""君子"即君主所负的责任。通过这种论述，那种希望把道统与治统统一起来，以儒家义理作为政体根本依据的意思甚为明显。不过，在西汉后期的政治形势下，这种深入的义理探讨固已稀少，经学之成为利禄之学、传家之学，则进一步削弱了经学的淑世精神。

例一，即如前引《汉书·儒林传》所谓："自武帝立《五经》博士，开弟子员，设科射策，劝以官禄，讫于元始，百有余年，传业者寖盛，支叶蕃滋，一经说至百余万言，大师众至千余人，盖禄利之路然也。"利禄之下，众人趋向，本属自然，而作为各自所守的经籍章句，这般繁衍扩充，不免容易割裂经文，所言失据。

例二，《资治通鉴》中记汉元帝征王吉、贡禹事，针对贡禹一番"节俭"的高论，评曰：

> 臣光曰：忠臣之事君也，责其所难，则其易者不劳而正；补其所短，则其长者不劝而遂。孝元践位之初，虚心以问禹，禹宜先其所急，

---

① （汉）扬雄撰，韩敬注：《法言注》，149页，北京，中华书局，1992。
② 同上书，326页。
③ （汉）扬雄撰，（宋）司马光集注：《太玄集注》，187页，北京，中华书局，1998。

后其所缓。然则优游不断，谗佞用权，当时之大患也，而禹不以为言；恭谨节俭，孝元之素志也，而禹孜孜而言之，何哉！使禹之智足不以知，乌得为贤！知而不言，为罪愈大矣！①

按照司马光的评论，贡禹的言论明显有投合汉元帝所好的色彩，至于当时政治上最根本也最迫切的用人问题，则避而不谈。考其原因，要么是把经义当成了博取名声博取利禄的手段，要么就是没有从经学当中获得明辨事理的眼光，这样的人在当时还被称之为贤者，可知以经学经世的种种限制所在。

例三，赵翼《廿二史札记》卷五有"累世经学"条，详述秦汉传经世家，又有"四世三公"条，所列之人皆以经术得官为政：

> 西汉韦、平再世宰相，已属仅事。韦贤，宣帝时为丞相，其子玄成，元帝时亦为丞相，邹、鲁谚曰："黄金满籯，不如教子一经。"又平当为丞相，其子晏为大司徒，时已改丞相为大司徒，大司徒即相也。《平当传》谓汉兴，惟韦、平父子至宰相。②

以上材料说明，汉代治经多世代相袭，及其为官，也是子承父业，虽然汉代选拔官员有选举之制，但是子承父业就会形成累世公卿的情况。作为保有利禄的方式，这种世卿世禄的情况颇为当时经学世家所向往，如余英时所论，"'累世经学'与'累世公卿'，便造成士族传袭的势力，积久遂成门第"，"但在西汉末叶，士人已不再是无根的'游士'，而是具有深厚的社会基础的'士大夫'了。这种社会基础，具体地说，便是宗族。换言之，士人的背后已附随了整个的宗族，士与宗族的结合，便产生了中国历史上著名

---

① （宋）司马光编著：《资治通鉴》第3册，895～896页，北京，中华书局，1956。
② （清）赵翼著，王树民校证：《廿二史札记校证》上，101页，北京，中华书局，1984。

的'士族'"①。士族的出现,一方面固然可以说是士人群体得以独立的标志;另一方面这种宗族势力的形成也必然改变士人"无恒产而有恒心"的"以道自任"的文化意识,甚至走向片面讲求自身利益的境地。余英时随后在讨论王莽之崛起与衰落时,就清楚说明了两者之间的关联,王莽之上台自然少不了当时某些名士和士族的支持,而上台后一旦出于统治需要,要裁抑地方势力以平衡社会关系,这些地方性的世家大族立刻转向了反对一方②。

同时,就经学而言,利禄之学也进一步加剧了学派政治和地缘政治的纷争:

> 武帝儒学定为一尊之时,齐学,尤其以《春秋公羊》一派得宠于时政。嗣后,齐学的虚亡,则遭到今文学内部学风较为朴拙的鲁学一派的反对。《汉书·地理志》说:"汉兴以来,鲁、东海多至卿相。"有学者统计,从宣帝至平帝,18位丞相中,属鲁籍者有10人;10人中又有6人为鲁籍博士或博士弟子。西汉中后期,鲁学的重要人物如薛广德、韦贤父子等人先后成为朝中重臣,对齐学学风抨击不遗余力。今文经学内部斗争,为古文经学兴起创造了条件。这就因为今文一派内部纷争,使他们无暇顾及古文势力的抬头;这就因为鲁学之朴拙,与古文经学的学风实有相通之处。③

由此可知,西汉后期的经学状况并不令人乐观,经学内部的淆乱尚且如此,对内的治统和对外的关系上,自然也存在诸多问题。

二、制衡之学的偏转

今文经学"屈君而伸天"的目的,原本在于通过将"天"描述为形而上

---

① 余英时:《士与中国文化》,220页,上海,上海人民出版社,1987。
② 同上书,225~236页。
③ 孙筱:《两汉经学与社会》,第315页,北京,中国社会科学出版社,2002。

的根本存在,来对君权加以限制。但作为这种超越日常感知范围的学问,它能够在社会生活中起作用,必然依赖于相应的条件。大致而言,一者可谓验,二者可谓信,特别是对这套学问的义理没有获得根深蒂固的了解之前,这两者就构成了最为直接的经验来源。赵翼《廿二史札记》整理相关条目,对此有生动的描述("汉儒言灾异"条):

> 汉兴。董仲舒治《公羊春秋》,始推阴阳,为儒者宗。宣、元之后,刘向治《穀梁》,数其祸福,傅以《洪范》,(《五行志》序)而后天之与人又渐觉亲切。观《五行志》所载,天象每一变必验一事,推既往以占将来,虽其中不免附会,然亦非尽空言也。昌邑王为帝无道,数出微行,夏侯胜谏曰:"久阴不雨,臣下有谋上者。"时霍光方与张安世谋废立,疑安世漏言,安世实未言,乃召问胜。胜对《洪范五行传》云:"皇之不极,厥罚常阴,时则有下人谋上者。"光、安世大惊(《胜传》)。
>
> 宣帝将祠昭帝庙,旄头剑落泥中,刃向乘舆,帝令梁邱贺筮之,云有兵谋,不吉,上乃还。果有任宣子章匿庙间,欲俟上至为逆,事发伏诛(《贺传》)。
>
> 京房以《易》六十四卦更直日用事,以风雨寒温为候,各有占验。每先上疏言其将然,近者或数月,远或一岁,无不屡中。(《房传》)
>
> 翼奉以成帝独亲异姓之臣,为阴气太甚,极阴生阳,恐反有火灾。未几,孝武园白鹤馆火。(《奉传》)
>
> 是汉儒之言天者,实有验于人,故诸上疏者皆言之深切著明,无复忌讳。

因为验而生信,或者因为信而获验,灾异祥瑞的种种说法确实取得了一定的政治作用,这进一步带来了两方面的效果。一方面,激励了士人借天的力量评价政事的热情。

> 翼奉谓："人气内逆则感动天地，变见于星气。犹人之五脏六体，脏病则气色发于面，体病则欠伸动于貌也。"
>
> 李寻谓："日失其度，晻昧无光，阴云邪气，在日出时者，为牵于女谒（嫔妃之言）；日出后者，为近臣乱政；日中者，为大臣欺诬；日入时者，为妻妾役使所营也。"
>
> 孔光谓："皇之不极，则咎征荐臻。"其传曰："有日月乱行诸变异也。"
>
> 而尤言之最切者，莫如董仲舒，谓："国家将有失道之败，天乃先出灾害以谴告之，以此见天心之仁爱人君，欲止其乱也。"
>
> 谷永亦言："灾异者，天所以儆人君过失，犹严父之明诫，改则祸消，不改则咎罚。"

另一方面，在一定程度上也对当时的君主起到了劝诫和提醒的作用：

> 是皆援天道以证人事，若有秒忽不爽者。而其时人君亦多遇灾而惧。
>
> 如成帝以灾异用翟方进言，遂出宠臣张放于外，赐萧望之爵，登用周堪为谏大夫。又因何武言，擢用辛庆忌。
>
> 哀帝亦因灾异用鲍宣言，召用彭宣、孔光、何武，而罢孙宠、息夫躬等。
>
> 其视天犹有影响相应之理，故应之以实不以文。

能够对君主有所劝诫、有所制约，并使君主能够按照儒家学说来从事统治，这大约是儒家士人最乐意看到的局面。是以赵翼在条陈以上史实之后，颇有感慨：

> 降及后世，机智竞兴，权术是尚，一若天下事，皆可以人力致，而

天无权。即有志图治者,亦徒详其法制禁令,为人事之防,而无复有求端于天之意。故自汉以后,无复援灾异以规时政者。间或日食求言,亦只奉行故事。而人情意见,但觉天自天,人自人,空虚寥廓,与人无涉。

抑思孔子修《春秋》,日食三十六,地震五,山陵崩二,彗星见三,夜恒星不见星陨如雨一,火灾十四,以及五石陨坠,六鹢退飞,多麋,有蜮,鸜鹆来巢,昼暝晦,大雨雹,雨木冰,李梅冬实,七月霜,八月杀菽之类,大书特书不一书,如果与人无涉,则圣人亦何事多费此笔墨哉。①

在赵翼看来,后世之所以不再以灾异规劝当政,主要问题在于人的自我力量的膨胀,以及与天的日益隔膜。这固然是一种解说,不过结合西汉后期的政治形势看,灾异学说在此时开始兴盛的同时,已经埋下了使之在未来走向衰落的因子。如前所说,灾异祥瑞之说若要发挥作用,则需要日常经验层面的"验","验"的前提又在于对阴阳五行学说以及天人关系极精微、极广大的体悟和了解。在当时的情况下,是不是每一位学者都能具备这样的素质,则大可质疑,而事若不验,则必然使这套学问的效力大打折扣。再者,由"验"所生的"信",无疑具有过分主观化的色彩,作为专制君主,喜怒好恶常在一念之间,因而是否选择"信"以及选择"信"什么也会造成不确定的情况,如《廿二史札记》"汉诏多惧词"条所录:

……

元帝诏曰:"元元大困,盗贼并兴,是皆朕之不明,政有所亏,咎至于此。朕甚自耻,为民父母,若是之薄,谓百姓何!"又诏曰:"朕晻于王道,靡瞻不眩,靡听不惑,是以政令多违,民心未得。"

---

① (清)赵翼著,王树民校证:《廿二史札记校证》上,38~41页,北京,中华书局,1984。

……

　　以上诸诏，虽皆出自继体守文之君，不能有高、武英气，然皆小心谨畏，故多蒙业而安。两汉之衰，但有庸主，而无暴君，亦家风使然也。①

　　最后的结论颇耐人寻味，灾异之说所能戒惧的，往往都是些"继体守文之君"，而至于像高祖、武帝、宣帝这样的英武之主，并不轻易受其辖制，甚至出于标榜盛世的需要，这样的时期还会刻意选择祥瑞来增添气象。更进一步，即使是这些被戒惧的"继体守文之君"，对于臣下的谏议也并非完全接受，验与不验，信与不信，都离不开个人的利欲好恶。《汉书·楚元王传》中所载刘向的上疏最为典型。针对当时中书恭、显擅权，刘向一腔忠义，推《春秋》灾异，欲以劝上，孰料整个事件却有了戏剧性的变化：

　　恭、显见其(刘向)书，愈与许、史比而怨更生等。堪性公方，自见孤立，遂直道而不曲。是岁夏寒，日青无光，恭、显及许、史皆言堪、猛用事之咎。上内重堪，又患众口之浸润，无所取信。时长安令杨兴以材能幸，常称誉堪。上欲以为助，乃见问兴："朝臣齗齗不可光禄勋，何邪？"兴者，倾巧士，谓上疑堪，因顺指曰："堪非独不可于朝廷，自州里亦不可也。臣见众人闻堪前与刘更生等谋毁骨肉，以为当诛，故臣前言堪不可诛伤，为国养恩也。"上曰："然此何罪而诛？今宜奈何？"兴曰："臣愚以为可赐爵关内侯，食邑三百户，勿令典事。明主不失师傅之恩，此最策之得者也。"上于是疑。会城门校尉诸葛丰亦言堪、猛短，上因发怒免丰。语在其传。又曰："丰言堪、猛贞信不立，朕闵而不治，又惜其材能未有所效，其左迁堪为河东太守，猛槐里令。"显等专权日甚。②

---

① （清）赵翼著，王树民校证：《廿二史札记校证》上，42页，北京，中华书局，1984。
② （汉）班固：《汉书》，1947~1948页，北京，中华书局，1962。

在上者偏听偏信，以致在下者附媚妄言，灾异之言在自然灾害或许能确实可证，而在人事是非面前则纠缠不明。更甚者，当政者出于统治需要，将灾异的责任推于大臣，更是令灾异说具有的制衡之力成了当政者控制大臣的辅翼，《廿二史札记》"灾异策免三公"条：

> 是汉时三公官，犹知以调和阴阳引为己职，因而遇有灾异，遂有策免三公之制。
>
> 徐防传："防为太尉，与张禹参录尚书事，后以灾异寇贼策免，三公以灾异策免自防始也。"（《防传》）然薛宣为丞相，成帝册曰："灾异数见，比岁不登，百姓饥馑，盗贼并兴。君为丞相，无以帅示四方，其上丞相印绶罢归。"是防之先，已有此制。
>
> ……
>
> 如元帝永光元年，春霜夏寒，日青无光，丞相于定国自劾，归侯印，乞骸骨；
>
> ……
>
> 以后则权移外戚之家，宠被近习之竖，及至灾异屡见，反以策让三公，至于死免。
>
> 往者任之重而责之轻，今者任之轻而责之重，此两汉三公，轻重不同之大概也。[①]

赵翼的这番梳理，已清楚说明了三公制度在当时的走形变质。更有甚者，这种以灾异符瑞手段所获取的政治便利一旦形成，便很容易造成朝野上下在这些方面的狂热。自西汉后期开始，谶纬之学大行其道绝非偶然，与此同时，这套学问原本具有的制衡功能则大为损减。

---

① （清）赵翼著，王树民校证：《廿二史札记校证》上，47~48页，北京，中华书局，1984。

三、经学之繁冗碎裂

无可否认,西汉经学在恢复文化传统、对抗法家政体、综括百家而建立统一思想体系诸方面,都曾经发挥过重要作用。但是,随着历史的发展,经学自身的痼疾也日益显露出来,并最终导致自身的衰落。

痼疾之一在于烦琐。儒家学说,尊崇古代礼乐制度,又注重文章典籍的学习和整理,早在春秋时期,晏子就有批评:

> 夫儒者滑稽而不可轨法;倨傲自顺,不可以为下;崇丧遂哀,破产厚葬,不可以为俗;游说乞贷,不可以为国。自大贤之息,周室既衰,礼乐缺有间。今孔子盛容饰,繁登降之礼,趋详之节,累世不能殚其学,当年不能究其礼。君欲用之以移齐俗,非所以先细民也。①

汉初司马谈亦有同感:

> 夫儒者,以六艺为法,六艺经传以千万数,累世不能通其学,当年不能究其礼。故曰"博而寡要,劳而少功"。若夫列君臣、父子之礼,序夫妇、长幼之别,虽百家弗能易也。②

儒学在汉代而为经学,其弊依然。相较而言,经学兴起之初还较为简易朴素,如申公传鲁诗,"独以《诗经》为训以教,无传,疑者则阙不传"③,但这种学风很快就荡然无存。成帝时,刘向、刘歆父子整理儒学典籍,据《汉书·艺文志》统计,所录六艺经传共计一百三十家,三千一百二十三

---

① (汉)司马迁:《史记》,1911 页,北京,中华书局,1959。
② (汉)司马谈:《论六家要旨》,见(汉)班固:《汉书》,3712 页,北京,中华书局,1962。
③ (汉)司马迁:《史记》,3121 页,北京,中华书局,1959。

篇，数目相当庞大。针对当时的不良学风，刘歆于《移让太常博士书》中入木三分地批评道：

> 往者缀学之士不思废绝之阙，苟因陋就寡，分文析字，烦言碎辞，学者罢老且不能究其一艺。信口说而背传记，是末师而非往古，至于国家将有大事，若立辟雍、封禅、巡狩之仪，则幽冥而莫知其原。犹欲保残守缺，挟恐见破之私意，而无从善服义之公心，或怀妒嫉，不考情实，雷同相从，随声是非……①

班固也痛切批评道：

> 古之学者耕且养，三年而通一艺，存其大体，玩经文而已，是故用日少而畜德多，三十而五经立也。后世经传既已乖离，博学者又不思多闻阙疑之义，而务碎义逃难，便辞巧说，破坏形体；说五字之文，至于二三万言。后进弥以驰逐，故幼童而守一艺，白首而后能言；安其所习，毁所不见，终以自蔽。此学者之大患也。②

皮锡瑞就班固的评论亦有感慨：

> 孟坚云"大师众至千余人"，学诚盛矣；"一经说至百余万言"，则汉之经学所以由盛而衰者，弊正坐此，学者不可以不察也。孟坚于《艺文志》曰："古之学者耕且养……"案两汉经学盛衰之故，孟坚数语尽之。凡学有用则盛，无用则衰。存大体，玩经文，则有用；碎义逃难，便辞巧说，则无用。有用则为人崇尚，而学盛；无用则为人诟病，而学衰。汉初申公《诗》训，疑者弗传；丁将军《易》说，仅举大谊；正所谓存大

---

① （汉）班固：《汉书》，1970 页，北京，中华书局，1962。
② 同上书，1723 页。

体、玩经文者。甫及百年，而蔓衍支离，渐成无用之学，岂不惜哉！①

从中可知，当时之"缀学之士"非但不能以经义经世致用，更甚者是说经烦琐，自蔽固守。究其原因，一是所谓传承使然，"经有数家，家有数说"，累积如山，不可逾越；二是利禄之途使然，说经愈繁，证明学问愈多，学问愈多，则官禄愈高；三是经典的神圣化必然导致烦琐的说经风气，今文经学所谓"无一字无精义"，古文经学所谓"无一字无来处"，穷究旁搜之下，皓首熬更之余，使经学本应具有的鲜活生命力日益消损。

痼疾之二在于师法固劣。对此，皮锡瑞的《经学历史》有深入的剖析，兹录于下：

> 汉人最重师法。师之所传，弟之所受，一字毋敢出入；背师说即不用。②

> 前汉重师法，后汉重家法。先有师法，而后能成一家之言。师法者，溯其源；家法者，衍其流也。师法、家法所以分者：如《易》有施、孟、梁丘之学，是师法；施家有张、彭之学，孟有翟、孟、白之学，梁丘有士孙、邓、衡之学，是家法。家法从师法分出，而施、孟、梁丘之师法又从田王孙一师分出者也。施、孟、梁丘已不必分，况张、彭、翟、白以下乎！……然师法别出家法，而家法又各分颛家；如干既分枝，枝又分枝，枝叶繁滋，浸失其本；又如子既生孙，孙又生孙，云礽旷远，渐忘其祖。是末师而非往古，用后说而舍先传；微言大义之乖，即自源远末分始矣。③

西汉重师法，一方面是师生转相授受已成传统，特别是在文字抄写不便

---

① （清）皮锡瑞：《经学历史》，133～134 页，北京，中华书局，1959。
② 同上书，77 页。
③ 同上书，136 页。

的当时，口耳相授之间，遵从师法势所必然；另一方面各家所传经典及治学方式各有不同，如《诗》有鲁、齐、韩诸家，各有所秉持的学术传统和规范。不过，一旦经学成利禄之学，一旦师法被极端化，势必造成胶固和相互攻击的乱象。

西汉中期，夏侯建传习今文《尚书》：

> 自师事胜及欧阳高，左右采获，又从《五经》诸儒问与《尚书》相出入者，牵引以次章句，具文饰说。胜非之曰："建所谓章句小儒，破碎大道。"建亦非胜为学疏略，难以应敌。[①]

此处争论，且不说夏侯建是否"章句小儒，破碎大道"，仅就其博学多参，综合五经以治《尚书》来看，本是博学鸿儒所应有的态度。而夏侯胜学《尚书》，也有一个"所问非一师"的过程，他曾先后师从夏侯始昌和欧阳氏。但等到他成了权威后，辄对夏侯建的转益多师大为不满，严厉指责其违背师法，最终导致师生之间相互攻击，反目成仇。其他若《易》之孟喜与梁丘贺之争，《公羊》家与《穀梁》家之争，都是为了权威地位相互排挤相互攻击。前引刘歆《移让太常博士书》中的评价，大致可以囊括西汉后期经学之不良风气。

痼疾之三则在于经学的意识形态化。经学意识形态化之后，思想定于一尊，不仅先秦时那种自由的学术争鸣不复可能，而且士人之言行也越来越经学化、模式化。成帝之初，东平王上疏求诸子及《太史公书》，大臣王凤对曰："诸子书或反经术，非圣人，或明鬼神，信物怪；《太史公书》有战国纵横权谲之谋，汉兴之初谋臣奇策，天官灾异，地形厄塞；皆不宜在诸侯王。不可予。不许之辞宜曰：'《五经》圣人所制，万事靡不毕载。王审乐道，傅相皆儒者，旦夕讲诵，足以正身虞意。夫小辩破义，小道不通，致远恐

---

① （汉）班固：《汉书》，3159 页，北京，中华书局，1962。

泥，皆不足以留意。诸益于经术者，不爱于王。'"①此事虽出于对不法诸侯的限抑，但其间所透露的儒学独尊，已可见是不折不扣的事实。再就当时的学术整理来看，《汉书·艺文志》所录十家中，儒、道、阴阳、法、纵横、杂、农、小说八家，除了儒家著述颇丰外，余者在汉武以后声音便十分细弱，至于名、墨，简直就迹杳无求。与司马谈的《论六家要指》相比较，诸子学说在独尊儒术的形势下，日趋衰弱在所难免。

再者，一旦经学成为一切之标准，势必导致学术个性和独立自由精神的萎缩。以扬雄这位"淡泊名利，好深湛之思，乐著述之业"的著名人物为例：他固然能够与政治势力保持相对超然的关系，但这种超然并不能消释当时思想一统的独断要求。他固然可以在处世与自处之道上包容儒道，撰《太玄》而融合《易》《老》，并在那些发抒内心情感的短章小赋中流露出超然物外的情绪；但是这种因生命苦闷而来的自我安顿，仍然不能影响到他以儒术经艺为绝对正统的思想立场：

> 雄见诸子各以其知舛驰，大氐诋訾圣人，即为怪迂。析辩诡辞，以挠世事，虽小辩，终破大道而或众，使溺于所闻而不自知其非也。及太史公记六国，历楚、汉，讫麟止，不与圣人同，是非颇谬于经。②

可见，在当时"独尊"的氛围中，不仅富有生命力的多元思想难以产生，而且能够允许不同乃至对立学说存在的相对宽容的思想家也少有其人。在政治实践上，士大夫们以"不合五经"为"不可施行"者；在思想领域，士大夫们则把那些与经术相左的学说，斥之为邪辞妄说，将之置入鄙视、贬抑、排斥之列。与此同时，在意识形态化过程中，政治对于经学的干预日益严重，甚至在特定情况下，诸儒对于经义的纷争最终不得不以帝王的裁决为

---

① （汉）班固：《汉书》，3324～3325页，北京，中华书局，1962。
② 同上书，3580页。

归依，经学自身的独立价值以及鲜活的生命力丧失殆尽。

综上所述，西汉后期的经学实为有限的经学，就其义理层面的建构而言，今文经学自有它深刻而卓绝的用心，但就其在政治层面的作用而言，却不能不受到当时各种条件的限制，甚至在这些条件的影响下发生畸变。这种状况，或许正是儒家士人目标远大与手段有限之间所必然遭遇的尴尬。在这样的氛围中，与之保持密切关联的诗学、赋论，必然也会在言说方式、学术旨趣、以及具体功用方面出现某些变化。

第八章
西汉后期之今文三家《诗》学

西汉后期经学的状况如前所述，就经学与政治的关联而言，西汉经学的发展始终与不同时期的政治斗争相表里，所经常涉及的内容（如礼制、决狱、灾异等）往往就是政治生活的主要内容，士大夫们政治观点的表达（如向天子、诸侯王上疏，诘难政治对手等）也往往借经学为工具。《诗经》作为《汉书·艺文志》所列"六艺"之一，本身就是经学的重要组成部分：

《诗经》二十八卷，鲁、齐、韩三家。《鲁故》二十五卷。《鲁说》二十八卷。《齐后氏故》二十卷。《齐孙氏故》二十七卷。《齐后氏传》三十九卷。《齐孙氏传》二十八卷。《齐杂记》十八卷。《韩故》三十六卷。《韩内传》四卷。《韩外传》六卷。《韩说》四十一卷。《毛诗》二十九卷。《毛诗故训传》三十卷。凡《诗》六家，四百一十六卷。

《书》曰："诗言志，歌咏言。"故哀乐之心感，而歌咏之声发。诵其言谓之诗，咏其声谓之歌。故古有采诗之官，王者所以观风俗，知得失，自考正也。孔子纯取周诗，上采殷，下取鲁，凡三百五篇，遭秦而全者，以其讽诵，不独在竹帛故也。汉兴，鲁申公为《诗》训故，而齐辕固、燕韩生皆为之传。或取《春秋》，采杂说，咸非其本义。与不得已，鲁最为近之。三家皆列于学官。又有毛公之学，自谓子夏所传，而河间献王好之,未得立。[1]

《艺文志》中的整理和论述大致反映了西汉《诗》学的基本面貌。这里统计了鲁、齐、韩、毛四家诗的撰述情况,并未完全囊括"六家"之数。在简明扼要地指出诗之本义、诗之传统及政教功能、诗得以保存的原因后,对于西汉《诗》学各家不同治学方式的描述最可注意。鲁诗训还较能依循本义,齐、韩两家作"传"则有较大的变化。以上三家此时已列入学官,唯《毛诗》还未得立。在这个意义上,西汉《诗》学恰如西汉经学的缩影,始终贯穿在经学发展中的本义与解说、今文与古文、官学与私学、师法与家法中。要对西汉后期《诗》学做出把握,则必然要依据历史文化语境的具体情状具体展开。

◎ 第一节
今文三家《诗》学之传承

西汉鲁、齐、韩、毛四家《诗》学,鲁齐韩为今文,毛为古文。其中,《齐诗》颇杂阴阳五行之说,神奇怪异,亡于魏代;《鲁诗》重诗句训诂,说诗平实,然亦亡于西晋;《韩诗》多引申,今仅存《外传》十卷。不过在西汉,被立为博士设官讲论的,主要还是今文三家《诗》学,《毛诗》成为主流是东汉时候的事情。针对这种情况,这里讨论《诗》学传承主要还是以今文三家《诗》学为主。至于今文三家《诗》学在两汉的发展形势,据《史记·儒林列传》和《汉书·儒林传》中的相关记载,也很不平衡。大致而言:《鲁诗》在西汉最为兴盛,至东汉犹然;《齐诗》兴盛于西汉,至东汉渐趋衰

---

[1] (汉)班固:《汉书》,1707~1708页,北京,中华书局,1962。

弱;《韩诗》在西汉影响不大,至东汉而盛极一时,个中原因,耐人寻味。以下试分而论之。

一、《鲁诗》在西汉后期的传承

《鲁诗》在西汉能够臻于极盛,得益于与西汉君主和诸侯王之间的密切关系。西汉景帝以后的七代天子中,武帝、昭帝、元帝、哀帝都曾学习《鲁诗》,这一点非《齐诗》《韩诗》可以相比。楚王刘交,以他的同门穆生、白生、申公为中大夫,其本人"好书、多材艺",尤其"好《诗》,诸子皆读《诗》"①,在他的推动下,楚王国事实上形成了一个汉初《鲁诗》的学术集团,进一步扩大了《鲁诗》的影响。据《汉书·儒林传》所载,西汉前期有影响的《鲁诗》学者有十数位之多:

> 兰陵王臧既从(申公)受《诗》,已通,事景帝为太子少傅,免去。武帝初即位,臧乃上书宿卫,累迁,一岁至郎中令。及代赵绾亦尝受《诗》申公,为御史大夫。
>
> (申公)弟子为博士十余人,孔安国至临淮太守,周霸胶西内史,夏宽城阳内史,砀鲁赐东海太守,兰陵缪生长沙内史,徐偃胶西中尉,邹人阙门庆忌胶东内史,其治官民皆有廉节,称其好学。其学官弟子行虽不备,而至于大夫、郎、掌故以百数。申公卒以《诗》、《春秋》授,而瑕丘江公尽能传之,徒众最盛。及鲁许生、免中徐公,皆守学教授。
>
> (王式)事免中徐公及许生。式为昌邑王师。②

至西汉后期,所谓师法家法,转相授受,较有影响的《鲁诗》学者也有十三位之多,基本与昭、宣之世相当,说明《鲁诗》在此期仍保持比较好的发展

---

① (汉)班固:《汉书》,1922页,北京,中华书局,1962。
② 同上书,3608~3609、3610页。

态势。

《汉书·儒林传》记韦氏鲁诗：

> 韦贤治《诗》，事（博士）大江公及许生，又治《礼》，至丞相。传子玄成，以淮阳中尉论石渠，后亦至丞相。玄成及兄子赏以《诗》授哀帝，至大司马车骑将军，自有传，由是《鲁诗》有韦氏学。①

与《汉书·韦贤传》相参照：

> 韦贤字长孺。鲁国邹人也。其先韦孟，家本彭城，为楚元王傅，傅子夷王及孙王戊。戊荒淫不遵道，孟作诗风谏。后遂去位，徙家于邹，又作一篇。……自孟至贤五世。贤为人质朴少欲，笃志于学，兼能《礼》、《尚书》，以《诗》教授，号称邹鲁大儒。征为博士，给事中，进授昭帝《诗》，稍迁光禄大夫、詹事，至大鸿胪。昭帝崩，无嗣，大将军霍光与公卿共尊立孝宣帝。帝初即位，贤以与谋议，安宗庙，赐爵关内侯，食邑。……丞相致仕自贤始。年八十二薨，谥曰节侯。……少子玄成，复以明经历位至丞相。故邹鲁谚曰："遗子黄金满籝，不如一经。"……上欲感风宪王，辅以礼让之臣，乃召拜玄成为淮阳中尉。是时，王未就国，玄成受诏，与太子太傅萧望之及《五经》诸儒杂论同异于石渠阁，条奏其对。及元帝即位，以玄成为少府，迁太子太傅，至御史大夫。永光中，代于定国为丞相。贬黜十年之间，遂继父相位，封侯故国，荣当世焉。……而东海太守弘子赏亦明《诗》。哀帝为定陶王时，赏为太傅。哀帝即位，赏以旧恩为大司马车骑将军，列为三公，赐爵关内侯，食邑千户，亦年八十余，以寿终。②

---

① （汉）班固：《汉书》，3609页，北京，中华书局，1962。
② 同上书，3101～3115页。

第八章　西汉后期之今文三家《诗》学

朱彝尊《经义考》云："按鲁诗有韦氏学，而章句不载于《汉志》。考后汉执金吾武荣碑云，治鲁诗经韦君章句，则当时韦氏父子亦有章句授弟子矣。朱倬曰：鲁诗起于申公，而盛于韦贤。"[1]韦贤、韦玄成、韦赏及贤门下博士义倩，构成鲁诗韦氏一脉。

《汉书·儒林传》记王式弟子及其再传三传弟子有云：

> 张生、唐生、褚生皆为博士。张生论石渠，至淮阳中尉。唐生楚太傅。由是《鲁诗》有张、唐、褚氏之学。张生兄子游卿为谏大夫，以《诗》授元帝，其门人琅邪王扶为泗水中尉，陈留许晏为博士。由是张家有许氏学。初，薛广德亦师王式，以博士论石渠，授龚舍。广德至御史大夫，舍泰山太守，皆有传。[2]

与《汉书·薛广德传》《两龚传》相参照：

> 薛广德字长卿，沛郡相人也。以鲁诗教授楚国，龚胜、舍师事焉。萧望之为御史大夫，除广德为属，数与论议，器之，荐广德经行宜充本朝。为博士，论石渠，迁谏大夫，代贡禹为长信少府、御史大夫。广德为人温雅有酝藉。及为三公，直言谏争。
>
> 两龚皆楚人也，胜字君宾，舍字君倩。二人相友，并著名节，故世谓之楚两龚。少皆好学明经，胜为郡吏，舍不仕。久之，楚王入朝，闻舍高名，聘舍为常侍，……而胜为郡吏，三举孝廉，……胜居谏官，数上书求见，……初，龚舍以龚胜荐，征为谏大夫，病免。复征为博士，又病去。顷之，哀帝遣使者即楚拜舍为太山太守。……舍亦通《五经》，以《鲁诗》教授。舍、胜既归乡里，郡二千石长吏初到官皆至其家，如师

---

[1] （清）朱彝尊：《经义考》第一百卷，文渊阁四库全书，史部，目录类，经籍之属。
[2] （汉）班固：《汉书》，3610～3611页，北京，中华书局，1962。

弟子之礼。①

由以上几段文字可知，鲁诗学经王式传授，后又有张、唐、褚氏之学，张家又有许氏学，王式学为师法，其后诸家则为家法。其中提到的薛广德"直言谏争"、龚胜的"数上书求见"、龚舍为谏大夫，皆可谓《鲁诗》谏争传统的体现。

楚元王刘交一支，习《诗》者众，西汉后期影响最著者，当属刘向、刘歆父子，他们以极其活跃的政治、学术活动，见证了西汉政权由盛至衰的主要过程。《汉书·楚元王传》：

> 向字子政，本名更生。年十二，以父德任为辇郎。……向睹俗弥奢淫，而赵、卫之属起微贱，逾礼制。向以为王教由内及外，自近者始。故采取《诗》、《书》所载贤妃贞妇，兴国显家可法则，及孽嬖乱亡者，序次为《列女传》，凡八篇，以戒天子。及采传记行事，著《新序》、《说苑》凡五十篇奏之。数上疏言得失，陈法戒。书数十上，以助观览，补遗阙。上虽不能尽用，然内嘉其言，常嗟叹之。②

楚元王刘交与《鲁诗》初祖申公，曾同学于浮丘伯，所传诗学当为鲁诗学。刘交子刘富为休侯，富子辟彊，辟彊子刘德，刘德子刘向，此刘氏鲁诗学之一脉也。由此可知，刘向所传的乃是鲁诗世学，他的诗学思想则主要体现于《列女传》《新序》《说苑》及其封事。谭献《复堂日记》有云："《新序》以著述当谏书，皆与封事相发明。"③非独《新序》，《列女传》和《说苑》同样体现了鲁诗学以三百五篇当谏书的传统。

---

① （汉）班固：《汉书》，3080～3084 页，北京，中华书局，1962。
② 同上书，928 页。
③ （清）谭献：《复堂日记》第六卷，石家庄，河北教育出版社，2001。

二、《齐诗》在西汉后期的传承

《汉书·儒林传》云：

> 辕固，齐人……以治《诗》孝景时为博士……诸齐以《诗》显贵，皆固之弟子。昌邑太傅夏侯始昌最明。后苍事夏侯始昌。始昌通《五经》，苍亦通《诗》、《礼》，为博士，至少府，授翼奉、萧望之、匡衡。奉为谏大夫，望之前将军，衡丞相。衡授琅邪师丹、伏理斿君、颍川满昌君都。君都为詹事，理高密太傅，家世传业。丹大司空。由是《齐诗》有翼、匡、师、伏之学。满昌授九江张邯、琅邪皮容，皆自大官，徒众尤盛。①

以上所记，辕固生传夏侯始昌，夏侯始昌传后苍，后苍传翼奉、萧望之、匡衡，此齐诗学在西汉前期的传承统绪；匡衡授师丹、伏理、满昌，满昌授张邯、皮容，此齐诗学在西汉后期的传承统绪。试略加分疏：

齐诗学先秦无渊源，最早当为西汉初祖辕固生，辕固生为齐人，此一学派与鲁诗学派相类，皆以初祖之籍贯相命名。据《汉书·儒林传》载，辕固生与黄生尝于景帝前争论"汤武受命"，此事虽与诗学没有直接关系，但辕固生立论本于《孟子》②，则大有为儒学张目的作用，刘师培《国学发微》有云：

> 至武昭以后，黄老渐衰。一由辕固与黄生之争论。黄生明黄老之术，辕固明儒家之术，而其论汤武受命也，说各不同。景帝迫于太后之命，虽暂抑辕固，然已深明儒家之有益于专制政体矣。其故一。一由武

---

① （汉）班固：《汉书》，3612～3613页，北京，中华书局，1962。
② 《孟子·梁惠王》篇记齐宣王与孟子论汤放桀、武王伐纣事，曰："臣弑其君可乎？"孟子对曰："闻诛一夫纣矣，未闻弑其君也。"

帝与汲黯之争论。汲黯之言曰："陛下内多欲而外施仁义，奈何欲效唐、虞之治乎？"盖黯治黄老家言，故不喜儒术。武帝知道家崇尚无为，与好大喜功者迥异，故抑黄老而崇《六经》。其故二。有此二故，此儒术所由日昌，而道家所由日衰也。①

此后齐诗学的发展，亦继承了这种以学术参政的风格，并善于根据政治需要发挥自身学说。董仲舒以公羊春秋为核心，在战国末年邹衍"五德终始"说的基础上，经过加工、改造，形成了"天人感应"说，对两汉政治、学术产生了深远影响。夏侯始昌则是将齐诗学与阴阳灾异结合的关键人物，《汉书·夏侯始昌》载：

> 夏侯始昌，鲁人也。通《五经》，以《齐诗》、《尚书》教授。自董仲舒、韩婴死后，武帝得始昌，甚重之。始昌明于阴阳，先言柏梁台灾日，至期日果灾。时，昌邑王以少子爱，上为选师，始昌为太傅。年老，以寿终。族子胜亦以儒显名。②

夏侯始昌以《洪范五行传》改造《齐诗》，这是齐诗学"阴阳家化"的开端。其后，后苍所传弟子翼奉以六情十二律说《诗》，更把《齐诗》推向"阴阳家化"的顶峰。萧望之曾为太子太傅，以《论语》《礼服》授元帝。甘露三年（前51）与会石渠，受诏平奏其议。后任前将军，与外戚、宦官进行了不懈的斗争。匡衡说《诗》精妙，自成一家，诸儒为之语曰："无说《诗》，匡鼎来；匡说《诗》，解人颐。"③以上三人，萧望之在宣帝时曾为御史大夫，在元帝时以师傅之重，数言治乱，并卒于元帝时。匡衡、翼奉宣帝时已有名，而匡衡任丞相是在元帝建昭三年（前36），翼奉也于元帝即位后

---

① 刘师培：《国学发微（外五种）》，9页，扬州，广陵书社，2013。
② （汉）班固：《汉书》，3154页，北京，中华书局，1962。
③ 同上书，3331页。

数上书言事，颇受元帝敬重。《齐诗》之繁荣，于此臻于巅峰。

西汉后期学《齐诗》者多出于匡衡。影响较著者若师丹，《汉书·师丹传》：

> 师丹字仲公，琅邪东武人也。治《诗》，事匡衡。举孝廉为郎。元帝末，为博士，免。建始中，州举茂才，复补博士，出为东平王太傅。丞相方进、御史大夫孔光举丹论议深博、廉正守道，征入为光禄大夫、丞相司直。数月，复以光禄大夫给事中，由是为少府、光禄勋、侍中，甚见尊重。成帝末年，立定陶王为皇太子，以丹为太子太傅。哀帝即位，为左将军，赐爵关内侯，食邑，领尚书事，遂代王莽为大司马，封高乐侯。月余，徙为大司空。……丹自以师傅居三公位，得信于上，……书数十上，多切直之言。……尚书令唐林上疏曰："丹经为世儒宗，德为国黄耇。……"①

师丹以师傅居三公位，任大司空，上书多切直之言，刘歆欲立古文经学于学官，师丹尝"奏歆改乱旧章，非毁先帝所立"，初启今古文经学之争。

再若伏理，其八世祖即济南伏生。伏理为名儒，以《诗》授成帝，为高密太傅；伏理子伏湛，少传父业，成帝时，以父任为博士弟子；伏湛弟伏黯，明齐诗，改定章句，作《解说》九篇。伏湛兄之子伏恭嗣为伏黯子，伏恭以伏黯章句繁多，乃省减浮词，定为二十万言。以上为齐诗伏氏学之统绪，实可谓"家世传业""世传经学"。

总起来看，《齐诗》的繁盛应该始于宣、元之世，而后继续发展，至张邯、皮容而"徒众尤盛"。

---

① （汉）班固：《汉书》，3503～3509 页，北京，中华书局，1962。

三、《韩诗》在西汉后期的传承

三家《诗》中,《韩诗》在西汉相对较弱。韩诗学的初祖为韩婴,与鲁诗学及齐诗学以初祖籍贯命名学派不同,韩诗学则以初祖姓氏来命名学派。《汉书·儒林传》云:

"韩婴,燕人也。孝文时为博士,景帝时至常山太傅。婴推诗人之意,而作《内》《外传》数万言,其语颇与齐、鲁间殊,然归一也。淮南贲生受之。燕、赵间言《诗》者由韩生。……后其孙商为博士。""赵子,河内人也。事燕韩生,授同郡蔡谊。谊至丞相,自有传。谊授同郡食子公与王吉。吉为昌邑(王)中尉,自有传。食生为博士,授泰山栗丰。吉授淄川长孙顺。顺为博士,丰部刺史。由是《韩诗》有王、食、长孙之学。丰授山阳张就,顺授东海发福,皆至大官,徒众尤盛。"[1]

与鲁、齐两家相比,西汉习《韩诗》者最少,除韩婴外,也只有蔡谊(蔡义)、王吉为名家。有一个细节颇能说明西汉《韩诗》的相对微弱。《汉书·蔡义传》:"久之,诏求能为《韩诗》者,征义待诏,久不进见。"这说明昭帝以前,《韩诗》虽然列为学官,但并不被朝廷重视,传习者亦少,以至朝廷需要时,"能为《韩诗》者"非"求"而莫能得。活跃于此期的《韩诗》学者有长孙顺、栗丰、张就、发福、薛方丘、侯苞等。《汉书·儒林传》:"丰授山阳张就,顺授东海发福,皆至大官,徒众尤盛。"则《韩诗》至迟在王莽之时,其研习者始繁盛起来。

---

[1] (汉)班固:《汉书》,3613~3614页,北京,中华书局,1962。

◎ 第二节
今文三家《诗》学与新莽政权

通过以上梳理，并结合《汉书》中的有关资料来看，两汉之际三家《诗》学的盛衰其实和诗学学者在朝廷中的位置密切相关，这种形势既在一定程度上充分说明了今文《诗》学经世致用的侧重所在，另外也充分显示出西汉政治对于《诗》学发展的影响。最值得关注的就是，自王莽秉政乃至篡汉以后，三家《诗》学者明显分为两大阵营：《鲁诗》《韩诗》学者基本不仕新莽，《齐诗》学者则几乎集体倒向王氏集团，这种明显的政治分化大约便是今文三家《诗》学在后汉盛衰易势的重要原因。具体来看：

一、《鲁诗》学者对新莽朝之拒斥

卓茂，"元帝时学于长安，事博士江生，习《诗》、《礼》及历算。究极师法，称为通儒。……王莽秉政，置大司农六部丞，劝课农桑，迁茂为京部丞。……及莽居摄，以病免归郡，常为门下掾祭酒，不肯作职吏。更始立，以茂为侍中祭酒，从至长安，知更始政乱，以年老乞骸骨归。"[1]

龚胜是西汉后期名儒，《鲁诗》名家薛广德弟子，哀帝时官至御史大夫。"王莽秉政，胜与（邴）汉俱乞骸骨。"（《汉书·王贡两龚鲍传》）新莽始建国三年（11），为太子置师友各四人，又置师友祭酒及侍中、谏议、六经祭酒各一人，"遣谒者持安车印绶，即拜楚国龚胜为太子师友祭酒，胜不应征，不食而死。"（《汉书·王莽传》）龚胜拒仕新莽、不食而死的过程，《汉书》本传言之甚详，兹不赘述。

李业习《鲁诗》，师博士许晃。平帝元始中，举明经，除为郎。"会王

---

[1] （南朝宋）范晔：《后汉书》，869 页，北京，中华书局，1965。

莽居摄，业以病去官，杜门不应州郡之命。太守刘咸强召之，业乃载病诣门。咸怒，……令诣狱养病，欲杀之。客有说咸曰：'赵杀鸣犊，孔子临河而逝。未闻求贤而胁以牢狱者也。'咸乃出之，因举方正。王莽以业为酒士，病不之官，遂隐藏山谷，绝匿名迹，终莽之世。"①

高诩传《鲁诗》，以信行清操知名。"王莽篡位，父子称盲，逃，不仕莽世。"②

总之，最早在王莽秉政，最迟至王莽篡汉，见于记载的《鲁诗》知名学者或称病，或归隐，或以死相拒，皆拒绝为王莽奔走。

二、《韩诗》学者对新莽朝之拒斥

《韩诗》学者的表现与《鲁诗》学者大体相似。

如郅恽治《韩诗》《严氏春秋》，明天文历数。他根据"上天垂象"说新莽左队大夫逯并，并西至长安，以图谶符命上书，劝王莽逊位。③

夏恭，习《韩诗》《孟氏易》，讲授门徒常千余人。"王莽末，盗贼从横，攻没郡县。恭以恩信为众所附，拥兵固守，独安全。"④

综上所引，对王莽代汉，鲁、韩两家皆抱持不予合作的态度。然势有不同，两家的表达方式则略有区别。西汉《鲁诗》盛极一时，影响甚巨，在西汉末年这场政治风暴来临之际，作为儒生固无力抗拒，然亦能坚持立场消极避让，或称病、或归隐、或死拒。即便如此，王氏集团因深知《鲁诗》学派的政治影响，遂对《鲁诗》学者不断利诱、逼迫。相比之下，西汉《韩诗》不显，其势远不及齐、鲁两家，故新莽期间见于记载的《韩诗》学者并不多，亦未闻称病、归隐或被强召者。以上所记郅恽主动西至长安，以图谶力

---

① （南朝宋）范晔：《后汉书》，2669 页，北京，中华书局，1965。
② 同上书，2569 页。
③ 同上书，1023 页。
④ 同上书，2610 页。

劝王莽逊位，实属英勇卓荦之行为，非寻常俗儒可比。

三、《齐诗》学者与新莽朝之合作

与鲁、韩两家的表现迥然不同，《齐诗》学者在西汉末年几乎全部倒向王氏集团。

如前所述，见于记载的西汉后期的《齐诗》学者皆出自匡衡。匡衡是后苍高足，早年即以说《诗》称誉儒林，诸生靡然风向，愿从匡氏游。翼奉、萧望之虽也是后苍名弟子，但前者自秘其学，不肯轻易示人；后者施之政事，无暇他顾。二人后学不昌也在情理之中。在《汉书·艺文志》所载匡衡弟子及再传弟子中，除伏理早卒、皮容事迹无考外，其余皆曾不同程度地与王莽过从。略述如次：

其一，师丹。师丹是西汉后期名儒，元帝末为博士。成帝末年，立定陶王为皇太子，以丹为太子太傅。绥和二年（前7）四月，哀帝即位，重用师傅，以师丹为左将军，赐爵关内侯，食邑，领尚书事。哀帝与师丹虽有师生之谊，但关系并不和谐，据师丹本传：

在哀帝与王氏集团的斗争中，师丹为王氏辩护。"上少在国，见成帝委政外家，王氏僭盛，常内邑邑。即位，多欲有所匡正。封拜丁、傅，夺王氏权。"为此，师丹书数十上，多切直之言，"……臣闻天威不违颜咫尺，愿陛下深思先帝所以建立陛下之意，且克己躬行以观群下之从化。天下者，陛下之家也。肺附何患不富贵，不宜仓卒……"（《汉书·师丹传》）

在哀帝祖母定陶傅太后、母丁姬是否称尊号的问题上，冲突更为激烈。哀帝初即位，高昌侯董宏上书谏议立定陶共王后为皇太后，事下有司，师丹以左将军与大司马王莽共劾奏董宏"知皇太后至尊之号，天下一统，而称引亡秦以为比喻，诖误圣朝，非所宜言，大不道。"（《汉书·师丹传》）哀帝不得已免宏为庶人。"后日，未央宫置酒，内者令为傅太后张幄，坐于太皇太后座旁。莽案行，责内者令曰：'定陶太后藩妾，何以得与至尊并！'撤去，更设坐。"（《汉书·师丹传》）冲突简直到了剑拔弩张的程度。事后，王莽被赐金免职。

哀帝遂追尊定陶共王为共皇，尊傅太后为共皇太后，丁后为共皇后。当时的朝臣多加附和，只有师丹议独曰："圣王制礼取法于天地，故尊卑之礼明则人伦之序正，人伦之序正则乾坤得其位而阴阳顺其节，人主与万民俱蒙韦占福。尊卑者，所以正天地之位，不可乱也。今定陶共皇太后、共皇后以定陶共为号者，母从子妻从夫之义也。欲立官置吏，车服与太皇太后并，非所以明尊卑亡二上之义也。……今欲立庙于京师，而使臣下祭之，是无主也。又亲尽当毁，空去一国太祖不堕之祀，而就无主当毁不正之礼，非所以尊厚共皇也。"（《汉书·师丹传》）言辞激烈，显然不合哀帝之意。

终于，哀帝抓住师丹在改币问题上的自相矛盾，罢免了自己的这位师傅：

"夫三公者，朕之腹心也。辅善相过，匡率百僚，和合天下者也。朕既不明，委政于公，间者阴阳不调，寒暑失常，变异屡臻，山崩地震，河决泉涌，流杀人民，百姓流连，无所归心，司空之职尤废焉。君在位出入三年，未闻忠言嘉谋，而反有朋党相进不公之名。乃者以挺力田议改币章示君，君内为朕建可改不疑；以君之言博考朝臣，君乃希众雷同，外以为不便，令观听者归非于朕。朕隐忍不宣，为君受愆。朕疾夫比周之徒虚伪坏化，寖以成俗，故屡以书饬君，几君省过求已，而反不受，退有后言。及君奏封事，传于道路，布闻朝市，言事者以为大臣不忠，辜陷重辟，获虚采名，谤讥匈匈，流于四方。腹心如此，谓疏者何？殆谬于二人同心之利焉，将何以率示群下，附亲远方？朕惟君位尊任重，虑不周密，怀谖迷国，进退违命，反复异言，甚为君耻之，非所以共承天地，永保国家之意。以君尝托傅位，未忍考于理，已诏有司赦君勿治。其上大司空高乐侯印绶，罢归。"①

措辞之严厉，在两汉诸帝诏书中实属罕见。

师丹既免数月，哀帝遂尊傅太后为皇太太后，丁后为帝太后，与太皇太后及皇太后同尊，又为共皇立庙京师，仪如元帝。

哀帝崩，平帝即位。王莽秉政，立刻实施报复："发掘傅太后、丁太后冢，夺其玺授，更以民葬之，定陶隳废共皇庙。诸造议泠褒、段犹等皆徙合浦，复免高昌侯宏为庶人。"与此同时，他并未忘记当初反对上傅太后丁太后尊号、立共皇庙于京师的师丹："征丹诣公车，赐爵关内侯，食故邑。"数月之后，太皇太后（王莽之姑）又专门下诏表彰师丹："关内侯师丹端诚于国，不顾患难，执忠节，据圣法，分明尊卑之制，确然有柱石之固，临大节而不可夺，可谓社稷之臣矣。……其以厚丘之中乡户二千一百封丹为义阳侯。"②

师丹死于王莽秉政之后、摄政之前，他是否赞成王莽代汉，固无法假设，但他在哀帝期间的所作所为符合王氏集团利益，则是事实，王氏对他的表彰即为证明。

其二，伏氏父子。伏理受《诗》于匡衡，以《诗》授成帝，为高密太傅。子孙世传家学，形成了《齐诗》伏氏学。伏理早卒，他的儿子伏湛、伏黯皆曾仕于新莽。伏湛"王莽时为绣衣执法，使督大奸，迁后队属正"。③伏黯是伏湛之弟。天凤元年（14），"单于咸既和亲，求其子登尸"。"莽选儒生能颛对者济南王咸为大使，五威将琅邪伏黯等为帅，使送登尸。"④致其命而还之，伏黯等皆为子。

其三，满昌。满昌与师丹、伏理同受《诗》于匡衡，大概最为后进，所

---

① （汉）班固：《汉书》，3507～3508 页，北京，中华书局，1962。
② 同上书，3510 页。
③ （南朝宋）范晔：《后汉书》，893 页，北京，中华书局，1965。
④ （汉）班固：《汉书》，4139 页，北京，中华书局，1962。

以至新莽时尚较活跃。始建国三年（11），王莽为太子置四师四友。"又置师友祭酒及侍中、谏议、六经祭酒各一人，凡九祭酒，秩上卿。"①满昌是"九祭酒"中的讲《诗》祭酒。王莽本欲拜龚胜为太子师友祭酒，龚胜不应征，不食而死。始建国五年（13），满昌以忤王莽意被免。

其四，张邯。张邯学《诗》于满昌，他在新莽政权中直接参与和策划了数起复古活动，并与新莽政权共始终（以下诸事俱见于《汉书·王莽传》）。

始建国元年（9），王莽复井田，更名天下田曰"王田"，严禁"非井田圣制"。具体司事者，张邯其一也。因此，地皇二年（21），故左将军公孙禄与议"禽贼方略"，以为数人"乱天文，误朝廷"，其中便说道，"明学男张邯、地理侯孙阳造井田，使民弃土业"，"宜诛此数子以慰天下"。

地皇元年（20），"望气为数者多言有土功象，莽又见四方盗贼多，欲视为自安能建万世之基者"，"于是遂营长安城南，提封百顷"。"崔发、张邯说莽曰：'德盛者文缛，宜崇其制度，宣视海内，且令万世之后无以复加也。'莽乃博征天下工匠诸图画，以望法度算，及吏民以义入钱谷助作者，骆驿道路。坏彻城西苑中建章、承光、包阳、大台、储元宫及平乐、当路、阳禄馆，凡十余所，取其材瓦，以起九庙。""太初祖庙东西南北各四十丈，高十七丈，余庙半之。为铜薄栌，饰以金银雕文，穷极百工之巧。带高增下，功费数百巨万，卒徒死者万数。"王莽劳民伤财，大起九庙，堪称好大喜功，倒行逆施。推波助澜者，张邯居其一，所陈理由，居然是"德盛者文缛"，颇具反讽意味！

地皇四年（23），新莽政权大厦将倾，张邯依然称说王莽之德及符命事："《易》言：'伏戎于莽，升其高陵，三岁不兴。''莽'，皇帝之名，'升'谓刘伯升。'高陵'谓高陵侯子翟义也。言刘升、翟义为伏戎之兵于新皇帝世，犹殄灭不兴也。"这时王莽"军师外破，大臣内畔，左右亡所信"，遂以王邑为大司马，张邯为大司徒。十月，汉兵攻入长安，"张邯行城

---

① （汉）班固：《汉书》，4126页，北京，中华书局，1962。

门，逢兵见杀"。

　　以上所列与王莽过从的齐诗学者，基本上囊括了西汉后期齐诗学的代表人物，其中又以满昌弟子张邯最为极端，这与鲁、韩两家的同期表现恰成鲜明对照。推究内在缘由，现实的利禄以及政治的立场，自然是不可或缺的因素，但在政治立场的背后，齐诗学者之倒向王莽恐怕也和自身秉承的学术观念密切相关。

　　前引辕固生与黄生于景帝前争论"汤武受命"，两人立论根本大相径庭，辕固生"汤武受命"说可为政权更迭寻找根据，而黄生"汤武弑君"说则为维护现政权张本。景帝一时难以在"高祖代秦"和自己"南面"之间找到平衡，只好对这场争论做出如下裁决："食肉不食马肝，不为不知味；言学者无言汤武受命，不为愚。"（《史记·儒林列传》）

　　值得注意的是，这种争论不仅体现在儒家和道家之间，不同派别的儒生内部也是同样泾渭分明。鲁诗学者以刘向为例，所持的观点就是"冠虽敝必加于首；履虽新必贯于足。何者？上下之分也。"（《汉书·儒林传》）至于齐诗学者，则抱持"受命"之说，董仲舒在这一点上与齐诗学者相近，尝于《春秋繁露·尧舜不擅移、汤武不专杀》中说："夏无道而殷伐之，殷无道而周伐之，周无道而秦伐之，秦无道而汉伐之。有道伐无道，此天理也，所从来久矣，宁能至汤武而然耶？……"由此也可以推知齐诗学"阴阳家化"的原因，那就是"受命"之说所推重的乃是"天"的力量，现实政权也只有在天命所属的情况下才具备其合法性。所以一方面，现实政权并不存在绝对的稳固性，必然要随着天命的变化而变化；另一方面，若要言明天命之含义，就不能不推究阴阳五行的道理来做出解释。

　　沿着此一逻辑，《齐诗》"汤武受命"说在西汉中后期渐渐演为"汉历中衰"说。

　　昭帝元凤三年（前78），眭孟以灾异辗转进言："先师董仲舒有言，虽有继体守文之君，不害圣人之受命。汉家尧后，有传国之运。汉帝宜谁差天下，求索贤人，禅以帝位，而退自封百里，如殷周二王后，以承顺天命。"①大将军霍光以其妖言惑众，大逆不道，诛之。

宣帝时司隶校尉盖宽饶上封事引《韩氏易传》云："五帝官天下，三王家天下，家以传子，官以传贤，若四时之运，功成者去，不得其人则不居其位。"②被有司定为指意禅代，最后自杀。

元帝初元三年（前46），翼奉因东方连年饥馑、灾异迭见而上疏，建议顺应天变而徙都成周。他虽然连称"汉德隆盛""汉道未终"，但又言"天道有常，王道亡常"，"天道终而复始"，"汉初取天下起于丰沛，以兵征伐，德化未洽"，"有天下虽未久，至于陛下八世九主矣"。话里话外，汉运中衰之意甚为明显。其建议徙都，正在于使汉朝"本而始之"，"永世延祚"。（《汉书·翼奉传》）

成帝时，齐人甘忠可诈造《天官历》《包元太平经》十二卷，以言"汉家逢天地之大终，当更受命于天"，下狱治服，未断病死。（《汉书·翼奉传》）

哀帝时，忠可弟子夏贺良又陈说"汉历中衰，当更受命"，劝哀帝"改元易号"，以"延年益寿，皇生子，灾异息"。哀帝竟然真的以建平二年为太初元将元年，号曰陈圣刘太平皇帝。终因其言无验，诛之。（《汉书·翼奉传》）

种种中衰之说在西汉后期甚嚣尘上实非偶然，这与当时频繁出现的天灾人祸、中央控制力的减弱、王氏家族的势力壮大以及刻意逢迎儒生们的政治做派都有密切的关系。所以，一方面是上天昭示给汉政权的种种灾异，另一方面是打扮的德行犹如周公的王莽，在这种形势下，师丹、伏理、满昌、张邯等齐诗学者与新莽朝合作，恐怕也符合他们一贯的学术主张。或许在他们看来，当时确已到了"汉历中衰"的关头，王莽代汉实乃"天命所授"。至于后汉刘氏又如何把"天命"改造为合乎己用的面目，以及如何挤压齐诗学的影响，则为后话。显然，以上过程中所涉及的种种争议，如果说涉及政治

---

① （汉）班固：《汉书》，3154页，北京，中华书局，1962。
② 同上书，247页。

利益的话，除了汲汲于利禄之辈，也都是和特定学术观念及学术立场相符契的。

从上述情况来看，考察西汉后期之今文经学，除了应该注意到三家学说和政治形势之间相互为用的格局和走向，所要建立的考察视野又不能简单的为这种关系所限，三家学说自身的特色以及价值同样也是需要充分予以注意的。

◎ 第三节
今文三家《诗》说

西汉经学最主要的特色为"经世致用"，《汉书》中的大量记载可为证实。皮锡瑞《经学历史》为之发凡道：

> 治经必宗汉学……惟前汉今文学能兼义理训诂之长。武、宣之间，经学大昌，家数未分，纯正不杂，故其学极精而有用。以《禹贡》治河，以《洪范》察变，以《春秋》决狱，以三百五篇当谏书，治一经得一经之益也。当时之书，惜多散失。传于今者，惟伏生《尚书大传》，多存古礼，与《王制》相出入，解《书》义为最古；董子《春秋繁露》，发明《公羊》三科九旨，且深于天人性命之学；《韩诗》仅存《外传》，推演诗人之旨，足以证明古义。学者先读三书，深思其旨，乃知汉学所以有用者在精而不在博，将欲通经致用，先求大义微言，以视章句训诂之学，如刘歆所讥"分文析义，烦言碎辞，学者罢老且不能究其一艺"者，其难易得失何如也。

又云：

> 汉崇经术，实能见之施行。武帝罢黜百家，表章六经，孔教已定于一尊矣。然武帝、宣帝皆好刑名，不专重儒。盖宽饶谓以法律为《诗》、《书》，不尽用经术也。元、成以后，刑名渐废。上无异教，下无异学。皇帝诏书，群臣奏议，莫不援引经义，以为据依。国有大疑，辄引《春秋》为断。一时循吏多能推明经意，移易风化，号为以经术饰吏事。汉治近古，实由于此。盖其时公卿大夫士吏未有不通一艺者也。①

皮氏所谓"治一经得一经之益"，主要就是指汉代今文经学应用于时政的情况，再论其致用之途径，则主要体现于皇帝诏书和群臣奏议。念及儒家士人面对专制政体时的无奈迂曲、果断勇决乃至担当智巧之种种，徐复观特别予此以高度称赞：

> ……宣、元、成、哀各代的经学意义，是通过他们的奏议而表现出来的。没有经学，便不能出现这些掷地有声的奏议。虽然其中多缘灾异以立言，但若稍稍落实地去了解，则灾异只是外衣，外衣里的现实政治社会的利弊是非，才是他们奏议中的实质。他们对现实政治社会的利弊是非，能观察得这样真切，能陈述的这样著明，是出于他们平日与人民为一体之仁，即判断明决，行为果断之义。这正是由经学塑造而来。所以两汉经学，除死守章句的小儒外，乃是由竹帛进入到他们的生命，再由生命展现为奏议，展现为名节的经学；这除宋代的理学家外，与一般人所了解的经学，尤其是与两部正续《皇清经解》所代表的清代经学，有本质上的差异。②

---

① （清）皮锡瑞著，周予同注释：《经学历史》，103页，北京，中华书局，1981。
② 徐复观：《中国经学史的基础》，244页，台北，台湾学生书局，1982。

皮锡瑞面对清末"中国微弱,四夷交侵,时事岌岌可危"之局面,欲倡导"有体有用之学",不免要借两汉今文经学以重振学风士风;徐复观面对现代中国之交困及知识阶层之沉沦,也不免有以古照今、重新砥砺发扬今文经学经世致用精神的用心。且不论以上论述是否有偏于理想的色彩,其中所揭示的汉代经学家由经学而奏议的作为,确实在一定程度上有力彰显了儒家融摄"内圣学"与"外王学"的气魄,以及传统士人"以道自任"的良知和勇气。

西汉三家《诗》学,作为经学的构成部分,自然要染有经世致用的色彩。就这一点来说,如《汉书·艺文志》所载,虽说当时三家诗分立于学官,个中义理并没有太大差异。清代经今文学亦持此看法[①]。徐复观则在《韩诗外传的研究》一文中试图为其确立客观依据,以为可能是汉初有一个共同的《诗经》文本供诸家所用,故而导致诸家解释的许多相似之处[②]。抛开这些纠葛不论,这里所要关注的是,西汉《诗》学在经世致用的观念下,究竟具有怎样的特色,又建立了哪些独到的学说,明乎此,则可以进一步把握与《诗经》相关的文学观念的演进。鉴于汉代三家《诗》宋代之前已亡佚,自宋末王应麟《诗考》为之辑佚以来,代不乏人,尤以清代最盛,先后有陈乔枞《三家诗遗说考》、王先谦《诗三家义集疏》、魏源《诗古微》、范家相《三家诗拾遗》、阮元《三家诗补遗》、冯登府《三家诗异文疏证》等重要著作。单标一家者,则有马国翰《鲁诗故》《齐诗故》《韩诗故》,陈桥枞《齐诗翼氏学疏证》,连鹤寿《齐诗翼氏学》等著作,是为研究三家诗之珍贵资料。

一、美刺说

"汉儒说《诗》,不过美刺两端。"[③]这句话在某种程度上基本概括了汉

[①] 如清末今文学大师廖平就认为:"今学多祖孔子改制之意,虽有流变,其大旨相同。"(《今古学考》,成都四益馆丛书本)
[②] 徐复观:《两汉思想史》卷三,7~11页,上海,华东师范大学出版社,2001。
[③] (清)程廷祚撰:《青溪集》卷二,38页,合肥,黄山书社,2004。

代《诗》学的特色。"美刺"说的形成,一方面体现了汉代士人对于先秦诗学传统的继承,另一方面也是他们为适应时变,将经学义理贯注于《诗》学的结果。在这个意义上则可以说,西汉《诗》学在《诗》学精神上基本还是保持了与先秦时期的延续性,说到改变,也主要还是体现在用诗、说诗的具体方式和具体指向上。由前引《汉书·艺文志》可知,西汉今文三家诗学者治《诗》的方式主要是"训故"或"为之传",两者都含有依据经义加以解说的意思,以下即依据解说的例证来进行具体分析。"美"诗如《甘棠》:

> 鲁说曰:召公之治西方,甚得兆民和。召公巡行乡邑,有棠树,决狱政事其下。自侯伯庶人各得其所,无失职者。召公卒,而民人思召公之政,怀甘棠不敢伐,歌咏之,作《甘棠》之诗。
>
> 齐说曰:召公,贤者也,明不能与圣人分职,常战栗恐惧,故舍于树下而听断焉。劳身苦体,然后乃与圣人齐,是故《周南》无美而《召南》有之。
>
> 韩说曰:昔者周道之盛,召伯在朝,有司请营召以居。召伯曰:"嗟!以吾一身而劳百姓,此非吾先君文王之志也。"于是出而就蒸庶于阡陌陇亩之间,而听断焉。召伯暴处原野,庐于树下,百姓大悦,耕桑者倍力以劝。于是岁大稔,家给人足。其后在位者骄奢,不恤元元,税赋繁数,百姓困乏,耕桑失时。于是诗人见召伯之所休息树下,美而歌之。《诗》曰:"蔽芾甘棠,勿剪勿伐!召伯所茇。"此之谓也。①

鲁、齐、韩三家对于这首诗的解读基本一致,都是对历史上召公的事迹加以赞颂,之间的细微差别在于:《鲁诗》质朴,如实言明召公为政之效及人民之感念;《韩诗》多感发,侧重于召公对黎民百姓之体恤以及诗人于特定情境之触发;《齐诗》恢诡,杂糅阴阳家说政治利害,侧重于召公审时度势尽臣

---

① (清)王先谦撰:《诗三家义集疏》,83~89 页,北京,中华书局,1987。

职分。虽有这些细微差别，但基本上都能借召公事迹来申明儒家文化理念的某个层面，都具备特定的现实政治意义。

"刺"诗则如《关雎》。当时未能列入学官的《毛诗》认为《关雎》作于文王之时，其义乃是赞美"后妃之德"。但在郑玄作笺以前，汉代流行的三家诗义却不是"美"，而是"刺"。兹据王先谦《诗三家义集疏》[1]陈列三家义如下：

　　《鲁诗》："佩玉晏鸣，《关雎》叹之。"（李奇曰："后夫人鸡鸣佩玉去君所，周康王后不然，故诗人叹而伤之。"）

　　《齐诗》："孔子论《诗》，以《关雎》为始。言太上者民之父母，后夫人之行不侔乎天地，则无以奉神灵之统而理万物之宜。故《诗》曰：'窈窕淑女，君子好仇。'言能致其贞淑，不贰其操，情欲之感无介乎容仪。宴私之意不形于动静。夫然后可以配至尊而为宗庙主。此纲纪之首，王教之端也。"

　　《韩诗》："今时大人内倾于色，贤人见其萌，故咏《关雎》，说淑女、正容仪以刺时。"[2]

今文三家诗均认为《关雎》为康王时所作，意为刺"今时大人内倾于色"，"后夫人之行不侔乎天地"，这是三家诗的通义，也是汉代流行的观点。对于这个说法，不难从汉代自诸吕篡政以来外戚专权的问题上找到现实的针对性。所谓在上好色宠内，在朝则易导致外戚之祸。陆贾《新语·慎微》就曾予以警惕："夫建功于天下者，必先备于闺门之内。"三家诗以《关雎》主"刺"，都充分体现出以诗义针砭时政的用心。上引《齐诗》，见于匡衡所上《戒妃匹劝经学威仪之则疏》，用意即在于借《诗》义劝谏成帝"采有德，戒声色"（《汉书·匡衡传》），而成帝恰恰因为宠飞燕、耽酒色而为

---

[1] （清）王先谦撰：《诗三家义集疏》，4～5页，北京，中华书局，1987。
[2] 同上书，4～15页。

当时及后世诟病。归结以上美刺之例，大约可以明确鲁、齐、韩三家诗之致用当代的特色，但这是否就是"美刺"说含义的全部，仍需要在诗学渊源中来予以定位和说明。

（一）汉儒"美刺"说某种程度上继承了周代诗歌写作中的美刺传统

历史地看，"美刺"观念在周人的观念里就已存在。在现存的《诗经》文本中，明言作者之诗的共有四人，即家父作《节南山》，寺人孟子作《巷伯》，尹吉甫作《崧高》《烝民》，奚斯作《閟宫》。从这确定的五篇来看，其思想倾向不外乎美和刺。另外，还有七篇没有说出作者为谁，但却明确交代了作《诗》的倾向，如：

> 维是偏心，是以为刺。（《诗经·魏风·葛屦》）
> 夫也不良，歌以讯之。（《诗经·陈风·墓门》）
> 作此好歌，以极反侧。（《诗经·小雅·何人斯》）
> 君子作歌，维以告哀。（《诗经·小雅·四月》）
> 王欲玉女，是用大谏。（《诗经·大雅·民劳》）

这些诗句表达的即是讽的思想倾向。把这些诗句和《诗经·大雅·崧高》以及《诗经·大雅·烝民》的颂诗："吉甫作诵，其诗孔硕，其风肆好，以赠申伯"，"吉甫作诵，穆如清风"联系起来，即可以明确诗之本源意义，所谓"诗言，是其志也"，诗歌无非是抒发情感、以上达时政的工具，发抒情感之效果，即在于"美"和"刺"。在这个意义上，汉儒"美刺"说继承了周人作"诗"的观念，不仅强调"美刺"与作者思想情感传达的关系，而且更加强调《诗》与王政可能具有的某种关联。

（二）汉儒"美刺"说也是对先秦时期"用诗"传统的某种继承

《诗经》中之篇什，作者可考者寥寥，所作内容也不必然全部与政治有关。它之能够在政治生活上起重要作用，主要还是以"经"的身份、以"王官学"的部分构成而实际具有的政治文化功能。也就是说，"五经"作为"王官学"，既是一套文化话语系统，也是一套政治话语系统。所谓"礼乐昌明"，就是说文化话语是被以诸种方式实际应用于政治制度的各个层面的。钱穆先生作为贯通经史的大家，曾明确说明风、雅、颂作为"用"的含义：

> 诗之风雅颂分体，究于何而分之？曰：当分于其诗之用。盖诗既为王官所掌，为当时治天下之具，则诗必有用，义居可见。颂者，用之宗庙。雅则用之朝廷。二南则乡人用之为乡乐。后夫人用之，谓之房中之乐。王之燕居用之，谓之燕乐。名异实同，政府、乡人、上下皆得而用之，以此与雅颂异。风雅颂之分，即分于其诗之用。①

对此，李春青先生从诗学与意识形态的关联中也有深刻的阐发：

> 总之，诗乐对于西周的贵族阶层来说所具有的重要意义远非从后世之于诗歌的理解角度能够窥见。钱穆先生将诗乐的使用视为周人"一时之大政"，实为有见之言。周公等人就是这样通过营构看上去为纯粹无关宏旨的礼仪形式来实现其伟大的政治目的，这样的手段可以说高明之极。②

此外，考诸经籍，孔子多有《诗》在修身、达政、专对几方面实际作用的论述，孟子也有"王者之迹熄而《诗》亡，《诗》亡然后《春秋》作"的说法，荀子论《诗》也多就儒家学说加以发挥。在这个意义上，汉儒说诗之渊

---

① 钱穆：《中国学术思想史论丛》卷一，100页，合肥，安徽教育出版社，2004。
② 李春青：《诗与意识形态——西周至两汉诗歌功能的演变与中国诗学观念的生成》第三章，94页，北京大学出版社，2005。

源不难明确，即使说到他们以诗义致用于当代，那也是在这样一个"用诗"传统的继承上结合具体情境做进一步的发挥而已。魏源为驳斥姜炳璋"毛传多用荀子之言，非三家所及"的说法，曾于《诗古微·齐鲁韩毛异同论上》中梳理三家诗的传承渊源，指出：

  《汉书·楚元王传》言："浮丘伯传鲁诗于荀卿"，则（鲁诗）亦出于荀子矣；《唐书》载"韩诗，卜商《序》"，则亦出于子夏矣；《韩诗外传》高子问《载驰》之诗于孟子，孟子曰："有卫女之志则可，无卫女之志则怠。"又载荀卿《非十二子篇》，独去子思、孟子，且《外传》屡引七篇之文，则亦出于孟子矣。故《汉书》曰："又有毛公之学，自谓子夏所传。""自言"云者，人不取信之词也。①

这段议论，除却其中今古文诗学相争的因素，也初步交代了三家诗的渊源传承，《鲁诗》传自荀子，载于《汉书》，昭然著明；《韩诗》与荀子关系密切，学者们也多有论述。可见，西汉三家诗都是有根源之学，它们与先秦诗学传统的关系甚为密切。此外，三家诗中所保存的某些资料也能说明这一点，如对《大雅·生民》及《商颂·玄鸟》篇，三家诗都以"圣人无父感天地而生"为说，此与毛诗"圣人皆有父，不感天而生"说不同，如果不是仅从理性角度斥之迂怪，应该可以看到这个说法对上古神话的某种记录和反映。再如《太平御览》卷九百八十三中注释"兰香"引《韩诗》说：

  《韩诗》曰：《溱与洧》说文云，诗人言，"溱与洧方流，洹洹然"。谓三月桃花水下之时，士与女方秉兰兮。秉，执也。兰，兰也。当此盛流之时，众士与众女方执兰而拂除。郑国之俗，三月上巳之溱洧两水之上，招魂续魄，秉兰草，祓除不祥。②

---

① （清）魏源：《诗古微》，见《魏源全集》第一册，127 页，长沙，岳麓书社，2004。
② （宋）李昉等编纂：《太平御览》卷九百八十三，文渊阁四库全书，子部，类书。

《韩诗》的解说，由是保留了与《溱洧》相关的民俗风情。

（三）汉儒"美刺"说是以有诗之周政来寄托政治批评

仅仅讨论历史的渊源并不能完全涵盖汉代"美刺"说的全部实质，在经过秦朝短暂的历史之后，学者们普遍都在探讨秦朝灭亡的原因，这在汉初贾谊等人的政论文章中即可体现出来，学术研究在某种程度上也有这种倾向。汉武帝即位之初，即召鲁诗学的申公问治乱之术。所以，《诗经》研究中出现的"美刺"理论在汉人的观念里着重于诗和王政的直接关联，其隐藏的深层原因可能就在于对政治改良的一种愿望。因而，一方面是远承周代而遗留下来的王政传统与诗学精神，另一方面则是"汉承秦制"的残酷现实，汉儒"美刺"说之基本倾向也就容易明确，即通过美周政（王政）而寄托政治批评，诗义也就成了儒生们抒发政治理想、劝谏当政乃至实际从事政治行为的依据所在。清王先谦《诗三家义集疏序例》有云：

> 《诗》有美有刺，而刺诗各自为体：有直言以刺者，有微词以讽者，亦有全篇皆美而实刺者。美一也，时与事不伦，则知其为刺矣。①

虽说王先谦认为《毛诗》多有窜乱之处，但也说明了《毛诗》"刺"说的同体性质。据统计，《毛诗序》解释诗篇的时世和作意，《风》、《雅》各篇序中明言"美"者凡28篇，明言"刺"者凡129篇。足以说明"美刺"的具体情况。

（四）汉儒用以"美刺"的训故、作传方式是缺乏制度依托条件下的义理发挥

汉儒"美刺"说最具代表性的一个例子是王式"以诗三百五篇当谏

---

① （清）王先谦撰：《诗三家义集疏》，2页，北京，中华书局，1987。

书",《汉书·儒林传》载：

> 昭帝崩，昌邑王嗣立，以行淫乱废，昌邑群臣皆下狱诛，唯中尉王吉、郎中令龚遂以数谏减死论。式系狱当死，治事使者责问曰："师何以无谏书？"式对曰："臣以《诗》三百五篇朝夕授王，至于忠臣孝子之篇，未尝不为王反复诵之也；至于危亡失道之君，未尝不流涕为王深陈之也。臣以三百五篇谏，是以亡谏书。"使者以闻，亦得减死论，归家不教授。①

该事件和"以《禹贡》治河，以《洪范》察变，以《春秋》决狱"一样经常被认为是汉代经学致用精神的典型代表。其中，除了王式有为自我开脱的成分，基本上可以体现出汉代人《诗》学的观念。在王式的说法中，"忠臣孝子之篇，未尝不为王反复诵之也"即是"美"，而"危亡失道之君，未尝不流涕为王深陈之也"即是"刺"。这样说来，这种"美刺"本来应该可以起到感化人心的作用，甚至还会改进社会秩序。但事实是昌邑王依然被废，事件背后是否也折射出"美刺"功能的某种局限呢？结合《史记·孔子世家》中的说法，也可以对之做出一定的解释：

> 古者诗三千余篇。及至孔子，去其重，取可施于礼义，上采契后稷，中述殷周之盛，至幽厉之缺，始于衽席，故曰："关雎之乱以为风始，鹿鸣为小雅始，文王为大雅始，清庙为颂始"。三百五篇孔子皆弦歌之，以求合韶武雅颂之音，礼乐自此可得而述，以备王道，成六艺。②

《史记》记述孔子整理《诗经》，涉及几方面的工作：（1）删定篇目；（2）就《诗》在礼义上的意义，奠立"四始"说（以下详论）；（3）对三百五

---

① （汉）班固：《汉书》，3610页，北京，中华书局，1962。
② （汉）司马迁：《史记》，1936～1937页，北京，中华书局，1959。

篇,"皆弦歌之",以完整其礼乐上的意义。这足以说明古时之诗不局限于文字意义,而是与音乐、仪式相配合相使用的特色,所以孔子说"兴于诗,立于礼,成于乐"。(《论语·泰伯》)根据史料来看,西周《诗经》藏诸乐官,本为乐官所用之曲调名及所歌诗之底本,三百五篇与其说是"诗",不如说是配乐而唱的"歌"。《左传·襄公二十九年》记季札至鲁观乐,鲁乐所奏诸曲,其曲名皆为《诗经》之诗名,周代诗教之面目,于此可征。在这个意义上,孔子整理《诗经》即是在当时"礼崩乐坏"的形势下对于诗教的重新恢复。孔子之世,去古未远,诗教之坏已然如此,及至汉世,这种传统更是荡然难存。

根据《汉书·礼乐志》的描述,西汉时期始终没有建立起符合儒家标准的礼乐制度,是故,诗与乐的和合为用更是无从谈起:

> 孔子曰:"殷因于夏礼,所损益,可知也;周因于殷礼,所损益,可知也;其或继周者,虽百世可知也。"今大汉继周,久旷大仪,未有立礼成乐,此贾谊、仲舒、王吉、刘向之徒所为发愤而增叹也。①

具体情况可以从两个方向来看:一是对于古代雅乐,虽然当时也有像河间献王这样的人物予以搜集整理。不过随着时过境迁,乐官们"但能纪其铿锵鼓舞,而不能言其义",公卿大夫们也是如此,"春秋乡射,作于学官,希阔不讲。故自公卿大夫观听者,但闻铿锵,不晓其意,而欲以风谕众庶,其道无由"。是故,当平当建议成帝以国家势力"修起旧文,放郑近雅,述而不作,信而好古"时,公卿们却以"久远难分明"为由,寝废其议。二是相对于遭遇冷落的雅乐而兴盛于西汉的乐府。乐府之乐来源有二,一是采集,"采诗夜诵,有赵、代、秦、楚之讴";二是制作,"以李延年为协律都尉,多举司马相如等数十人造为诗赋,略论律吕,以合八音之调,作十九章之

---

① (汉)班固:《汉书》,1075页,北京,中华书局,1962。

歌"。其乐其歌并被实际应用于汉代政治生活中，"以正月上辛用事甘泉圜丘，使童男女七十人俱歌，昏祠至明。夜常有神光如流星止集于祠坛，天子自竹宫而望拜，百官侍祠者数百人皆肃然动心焉"。但是这些诗歌在儒家正统观念看来，并非雅乐，"今汉郊庙诗歌，未有祖宗之事，八音调均，又不协于钟律，而内有掖庭材人，外有上林乐府，皆以郑声施于朝廷"。（《汉书·礼乐志》）乐府兴废不免又受君主兴趣的影响，所以到了"性不好音"的哀帝时，乐府官纷纷遭到罢废。

而失去礼乐配合的"诗"的接受和言说，在注重文化建设的汉代，不可避免地就会表现出文字化、书面化的趋向。正如宋代郑樵所做的概括：

> 自后夔以来，乐以诗为本，诗以声为用，八音、六律为之羽翼耳。仲尼编诗，为燕享祀之时，用以歌而非用以说义也。古之诗，今之辞曲也。若不能歌之，但能诵其文而说其义，可乎？不幸腐儒之说起，齐鲁韩毛四家，各为序训，而以说相高。汉朝又立之学官，以义理相授，遂使声歌之音湮没无闻。然当汉之初去三代未远，虽经主学者不识诗，而太乐氏以声歌肄业，往往仲尼三百篇，瞽史之徒例能歌也。奈义理之说既胜，则声歌之学日微。[1]

在这种情况下，先秦时期所流传下来的作诗之义也好，用诗之义也罢，就因为历史语境的疏隔日益失去了那种直接的感发心灵的力量和方式，对它们的了解也只能通过汉儒们对诗学义理的解说和发挥来一窥究竟，而在《诗》学被立于博士之后，其面目则进一步地被学术化、理想化和政治化。正如《文心雕龙·乐府》所说的："诗为乐心，声为乐体。乐体在声，瞽师务调其器；乐心在诗，君子宜正其文"[2]，诗与声既已相分，附着在《诗》篇上的文字意义在后世也逐渐开始为学者所重，所谓诗义迭变，某种程度上也

---

[1] （宋）郑樵：《通志·乐略》，文渊阁四库全书，史部，别史类。
[2] （南朝梁）刘勰著，周振甫注：《文心雕龙注释》，65页，北京，人民文学出版社，1981。

就有这方面的因素。

二、四始说

汉儒又有"四始"之说,从中可以具体说明汉儒说诗的特点。

《史记·孔子世家》中有"《关雎》之乱以为风始,《鹿鸣》为小雅始,《文王》为大雅始,《清庙》为颂始"的说法,据相关研究看,这种说法与《鲁诗》说相近:

《鲁诗》:以《关雎》三篇为《风》始,《鹿鸣》三篇为《小雅》始,《文王》三篇为《颂》始,《清庙》三篇为《颂》始。

《韩诗》说亦与此相近:

《韩诗》:《关雎》以下十一篇为《风》始,《鹿鸣》以下十篇为《小雅》始,《文王》以下十四篇为《大雅》始,《清庙》以下凡颂扬文武功德者为《颂》始。

"四始"说不见于翼奉,而由《诗纬·泛历枢》予以发挥,曰:

《大明》在亥为水始,《四牡》在寅为木始,《嘉鱼》在巳为火始,《鸿雁》在申为金始。凡此纬书之说皆本齐诗而推波助澜。

除了《纬书》中的《齐诗》说较为特异外,鲁、韩二家基本相近,只在论述构成"始"的篇目数量时有异。而参照清代颜师古注《汉书》引应劭的说法:"齐诗翼奉曰:诗有五际,君臣、父子、夫妇、朋友、兄弟,此为齐诗本义。其意盖以五达道为五际。"这种以人伦说诗的方式,也与鲁、韩二家所论相通。就个中关系而言，或如徐复观所论，三家诗大约有共同的传本来源。《三家诗拾遗》中予此也有说明：

> 诗始萌芽，申公训故，单行于世，故孔安国、司马迁、刘向、扬雄诸人，皆宗鲁诗。至于后汉之末，康成未见毛传之先，亦递相祖述。韩婴内传，见于薛君章句者，与鲁略同，唯外传述夫子之言，似与毛合然，非其本论也。①

渊源关系如此，三家"四始"说中所蕴义理亦相近，如论《关雎》何以为《诗》之始：

> 鲁诗。司马迁曰："周道缺，诗人本之衽席，《关雎》作。"又曰："周室衰而《关雎》作。"刘向曰："周之康王、夫人，晏而出朝。《关雎》起兴，思得淑女以配君子。夫雎鸠之鸟，未尝见其乘居而匹处也。"(《列女传》)杜钦曰："佩玉晏鸣，《关雎》刺之，知好色之伐性短年，离制度之生无厌，天下将蒙化，陵夷而成俗也。故咏淑女，几以配上，忠孝之笃，仁爱之至也。"(《本传》)扬雄曰："《关雎》作，为伤始乱。又曰：周康之时，颂声作乎下，关雎作乎上，习治也。"
>
> 齐诗。匡衡曰："'妃匹之际，生民之始，万福之原。'婚姻之礼正，然后品物遂而天命全。孔子论《诗》以《关雎》为始，言太上者民之父母，后夫人之行不侔乎天地，则无以奉神灵之统而理万物之宜。故《诗》曰：'窈窕淑女，君子好仇。'言能致其贞淑，不贰其操，情欲之感无介乎容仪，宴私之意不形乎动静，夫然后可以配至尊而为宗庙主。此纲纪之首，王教之端也。"
>
> 韩诗。子夏问曰："《关雎》何以为《国风》始也？"孔子曰："《关雎》至

---

① （清）范家相撰：《三家诗拾遗》卷三，文渊阁四库全书，经部，诗类。

矣乎！夫《关雎》之人，仰则天，俯则地，幽幽冥冥，德之所藏，纷纷沸沸，道之所行，虽神龙化，斐斐文章。大哉《关雎》之道也，万物之所系，群生之所悬命也。河洛出书图，麟凤翔乎郊。不由《关雎》之道，则《关雎》之事将奚由至矣哉？夫六经之策，皆归论汲汲，盖取之乎《关雎》。《关雎》之事大矣哉！冯冯翊翊，自东自西，自南自北，无思不服。子其勉强之，思服之。天地之间，生民之属，王道之原，不外此矣。"①

三家诗大义，都认为婚姻、夫妇之道（主要针对君主）关乎人世间之治乱，并都把这种说法的渊源归于孔子。如果说这种说法确有其传承的话，那么《关雎》立于《诗》始也就同时具备了作为经典的神圣性和针对当下的批评性（刺），意义不可谓不重大。不过，对于抱持近代文学观念的专业学者来说，这种微言大义因为无关乎《诗经》的文学属性，似乎并没有多少值得关注之处。相对于现代种种精致的批评方法，三家诗的说诗方式似乎看起来也过于牵强、过于实用主义。要对此给予说明，不能不回到古典学术的固有脉络和固有逻辑之中。对于"四始"说，清代魏源就注意到，尽管历代予以引用的著述众多，但是能够对其内在之理予以说明的则甚为乏少，是故他在《诗古微》中，经史互参，旁搜博采，给予诸说的关键之处以详尽解析，如《鲁诗》何以言"三"，《韩诗》何以是十数篇，《齐诗》何以杂糅阴阳五行？以下即择其要者列述一二：

> 曷言皆三篇连奏也？古乐章皆一诗为一终，而奏必三终，从无专篇独用之例。故《仪礼》歌《关雎》，则必连《葛覃》、《卷耳》而歌之；《左传》、《国语》歌《鹿鸣》之三，则固兼《四牡》、《皇皇者华》而举之；歌《文王》之三，则固兼《大明》、《绵》而举之。《礼记》言升歌《清庙》，必言下管《象舞》，则亦连《维天之命》、《维清》而举之。他若金奏《肆夏》之三，

---

① （清）范家相撰：《三家诗拾遗》卷三，文渊阁四库全书，经部，诗类。

工歌《寥萧》之三、《鹊巢》之三，笙奏《南陔》之三、《由庚》之三。此乐章之通例。而"四始"则又夫子反鲁正《乐》、正《雅》《颂》，特取周公述文德者各三篇，冠于四部之首，固全《诗》之裘领，礼乐之纲纪焉。故史迁不但言《关雎》为《风》始，而必曰"《关雎》之乱"者，正以乡乐之乱，必合乐《关雎》之三，故特取夫子师挚之言以明三终之义，犹《国语》但言《文王》"两君相见之乐"，而不及《大明》、《绵》。

魏源曰：吾言三家《诗》之"四始"也，姑先言《关雎》之三、《鹿鸣》之三、《文王》之三、《清庙》之三，以起其信。究而极之，则必言《关雎》之始、《鹿鸣》之始、《文王》之始、《清庙》之始，而始备其义。……是知《韩诗》以《周南》十一篇为《风》之正始，《小雅》《鹿鸣》十六篇、《大雅》《文王》十四篇为二《雅》之正始，《周颂》当亦以周公述文、武诸乐章为《颂》之正始。其《鲁诗》论"四始"，但举首篇者，犹《毛诗》《周南·关雎诂训传》，举首篇以统全国之风，非但以三篇为始，但观于首三篇，而知以下周公、文王之诗，皆同正始之例，韩义即鲁义也。

曰：《诗疏》及《汉书注》引《齐诗》"四始五际"之说，出于《诗纬·泛历枢》，固非"四始"本义，然其说亦可得闻乎？

曰：汉时古乐未湮，故习《诗》者多通乐，此盖以《诗》配律，三篇一始，亦乐章之古法。特又以律配历，分属十二支而四之，以为"四始"，与"三期"之说相次。如：《大明》在亥为水始，则知《文王》为亥孟，《绵》为亥季；《四牡》在寅为木始，则知《鹿鸣》为寅孟，《皇皇者华》为寅季；《嘉鱼》在巳为火始，则知《鱼丽》为巳孟，《南山有台》为巳季；《鸿雁》在申为金始，则知《吉日》为申孟，《庭燎》为申季。其举中以统孟、季者，犹《关雎》之以首篇统次三也。然《齐诗》匡衡曰"孔子论《诗》，以《关雎》为始"，则岂不知正始本义，而以纬说为"四始"哉？[1]

---

[1] （清）魏源：《诗古微》，见《魏源全集》第一册，175～187页，长沙，岳麓书社，2004。

在魏源的解析中，我们不难看出，《鲁诗》"四始"说确有史实可证，立足点则在于诗乐相和的使用方式；《韩诗》"四始"说则可以说是鲁诗学的放大版，不过其着落点应该已转为诗篇的构成；《齐诗》"四始"说最为特异，魏源基于今文学家立场也赋予相应解说，认为该说是汉时乐与律相融合的产物，也有其合理之处。从这些细微的变化处大体可以总结说，汉儒说诗有所本有所立，所本在于儒家政治理念、诗学精神的一脉相承，即"四始"是周代政教根本大义的体现，所立则在于随着时事迁变古今之间如何选择，是古之本义？篇什之义？还是据阴阳五行建立的衍生义？其中所涉及的经典问题、古今问题、传释问题等，也大都与现代学术息息相通。正是在这个意义上，也有不少学者对于汉儒说诗有了新的看法。

如张伯伟在梳理中国文学批评方法渊源脉络时，就认为汉儒说诗继承了孟子"知人论世""以意逆志"的传统，"这一方法（以意逆志）在中国文学史及文学批评史上产生了如此深远的影响，则不能不归功于汉儒将这一方法广泛地付诸实践。而汉儒在实践中所形成的意义及导致的弊病，对'以意逆志'法的发展也产生了莫大的影响。"①

另如徐复观在《韩诗外传的研究》指出，作为中国思想的另一种表达方式，来自于《春秋》系统，是要把自己的思想主要用古人的言行表达出来，是要通过古人的言行来建立自己思想成立的依据。《韩诗外传》也是借《诗经》研究来表达自己的思想。这种传统渊源有自：

> 由春秋贤士大夫的赋诗言志，以及由《论语》所见之诗教，可以了解所谓"兴于诗"的"兴"，乃由《诗》所蕴蓄之感情的感发，而将《诗》由原有的意味，引申成为象征性的意味。象征的意味，是由原有的意味，扩散浮升而成为另一精神境界。此时《诗》的意味，便较原有的意味为广为高为灵活，可自由进入到领受者的精神领域，而与其当下的情景相应。尽

---

① 张伯伟：《中国古代文学批评方法研究》，21页，北京，中华书局，2002。

管当下的情景与《诗》中的情景,有很大的距离。此时《诗》已突破了字句训诂的拘束,反射出领受者的心情,以代替了由训诂而来的意味。①

再如龚鹏程在谈到中国文学史上之作者意识建立时,也认为汉儒解经对于本义以及进而对作者的探究,促成了创作观念的形成②,等等。

所以综合起来看,汉儒说诗的指向固然不是直接就文学而言,但是贯穿在诗说中的文化精神、历史意识、言说方式等,无不成为中国文学观念进程中深层的、义理的、生发性的构成要素。正如西方诗学基于哲学而建立,中国文论则可以说借经史而拓展。

三、五际六情说

"美刺"说体现汉儒说诗的基本精神,"四始"说体现汉儒治《诗》也即学术上的特色,《诗》在皇帝诏书大臣奏议中的使用,则体现出汉儒用诗的特色。三家诗中,《齐诗》的阴阳家色彩最浓,这也可以说是将《诗》与当时思想糅合最为紧密的代表。翼奉诗说,则又为其中最突出者。混合阴阳家说,使齐诗学固然那看起来有迂怪的一面,但在研究中,亦不能以其迂怪而忽视对其内在学理的分析。依《汉书·翼奉传》本传的次序,先看"六情"说:

> 翼奉字少君,东海下邳人也。治《齐诗》,与萧望之、匡衡同师。三人经术皆明,衡为后进,望之施之政事,而奉惇学不仕,好律历阴阳之占。元帝初即位,诸儒荐之,征待诏宦者署,数言事宴见,天子敬焉。
> 时,平昌侯王临以宣帝外属侍中,称诏欲从奉学其术。奉不肯与言,而上封事曰:"臣闻之于师,治道要务,在知下之邪正。人诚乡正,

---

① 徐复观:《两汉思想史》第三卷,5页,上海,华东师范大学出版社,2001。
② 龚鹏程:《汉代思潮》,73~78页,北京,商务印书馆,2005。

虽愚为用；若乃怀邪，知益为害。知下之术，在于六情十二律而已。北方之情，好也；好行贪狼，申子主之。东方之情，怒也；怒行阴贼，亥卯主之。贪狼必待阴贼而后动，阴贼必待贪狼而后用，二阴并行，是以王者忌子卯也。《礼经》避之，《春秋》讳焉。南方之情，恶也；恶行廉贞，寅午主之。西方之情，喜也；喜行宽大，巳酉主之。二阳并行，是以王者吉午酉也。《诗》曰：'吉日庚午。'上方之情，乐也；乐行奸邪，辰未主之。下方之情，哀也；哀行公正，戌丑主之。辰未属阴，戌丑属阳，万物各以其类应。今陛下明圣虚静以待物至，万事虽众，何闻而不谕，岂况乎执十二律而御六情！于以知下参实，亦甚优矣，万不失一，自然之道也。乃正月癸未日加申，有暴风从西南来。未主奸邪，申主贪狼，风以大阴下抵建前，是人主左右邪臣之气也。平昌侯比三来见臣，皆以正辰加邪时。辰为客，时为主人。以律知人情，王者之秘道也，愚臣诚不敢以语邪人。……故曰：察其所繇，省其进退，参之六合五行，则可以见人性，知人情。难用外察，从中甚明，故诗之为学，情性而已。五性不相害，六情更兴废。观性以历，观情以律，明主所宜独用，难与二人共也。故曰：'显诸仁，臧诸用。'露之则不神，独行则自然矣，唯奉能用之，学者莫能行。"[1]

翼奉在这篇封事中提出"五性不相害，六情更兴废。观性以历，观情以律"的诗学理论，该理论显然是就《诗》的实际政治用途来立论。在翼奉看来，专制君主的"治道要务"，关键就在于"知下之邪正"，而人性、人情的方方面面，又和"六合五情"有着密切而神秘的关联，但凡可以体察其中的关联，"观性以历，观情以律"，并结合特定的分析模式，"察其所繇，省其进退，参之六合五行"，就可以对之做出有效的把握，是谓"知下之术，在于六情十二律而已"。这套学问，无疑对于专制君主有巨大的吸引力。再加上

---

[1] （汉）班固：《汉书》，3167~3170 页，北京，中华书局，1962。

翼奉自秘其说，说"明主所宜独用，难与二人共也"，"露之则不神，独行则自然矣，唯奉能用之，学者莫能行"，更是令该诗说染上了神秘难测的色彩，这与鲁诗学的笃实严谨以及韩诗学的以兴发说诗都大异其趣。虽然如此，结合《汉书》中有关注疏，还是可以了解该说的大概。唐初颜师古为《汉书》作注，征引注本二十三家，其中，曹魏时期学者孟康[①]对"六情十二律"有较为清楚的注释，依次引述于下：

> 孟康曰：北方水，水生于申，盛于子。水性触地而行，触物而润，多所好故；多好则贪而无厌，故为贪狼也。
>
> 孟康曰：东方木，木生于亥，盛于卯。木性受水气而生，贯地而出，故为怒；以阴气贼害土，故为阴贼也。
>
> ……
>
> 孟康曰：南方火，火生于寅，盛于午。火性炎猛，无所容受，故为恶；其气精专严整，故为廉贞。
>
> 孟康曰：西方金，金生于巳，盛于酉。金之为物，喜以利刃加于万物，故为喜；利刃所加，无不宽大，故曰宽大也。
>
> ……
>
> 孟康曰：上方谓北与东也。阳气所萌生，故为上。辰，穷水也。未，穷木也。翼氏《风角》曰："木落归本，水流归末"，故木利在亥，水利在辰，盛衰各得其所，故乐也。水穷则无隙不入，木上出，穷则旁行，故为奸邪。
>
> 孟康曰：下方谓南与西也。阴气所萌生，故为下。戌，穷火也。丑，穷金也。翼氏《风角》曰："金刚火强，各归其乡"，故火刑于午，金

---

① 孟康，字公休，安平广宗（今属邢台）人。黄初中为散骑侍郎，正始中出为弘农太守，领典农校尉，嘉平末徙渤海太守，入为中书令，转中书监，封广陵亭侯。孟康为三国曹魏时著名学者，精通地理、天文、小学，有《汉书音义》若干卷，《老子注》二卷。唐初颜师古为《汉书》作注，征引注本计二十三家，颇能集诸家之长，被誉为"班孟坚忠臣"，孟康《汉书音义》即其中之一。

刑于酉。酉午，金火之盛也。盛时而受刑，至穷无所归，故曰哀也。火性无所私，金性方刚，故曰公正。①

另外，就封事中提到的"观性以历，观情以律"，在《汉书》颜师古所引注本中，张晏、晋灼二人亦有疏释，可资参照：

张晏曰：性谓五行也，历谓日也。晋灼曰：翼氏《五性》，肝性静，静行仁，甲己主之；心性躁，躁行礼，丙辛主之；脾性力，力行信，戊癸主之；肺性坚，坚行义，乙庚主之；肾性智，智行敬，丁壬主之也。

张晏曰：情谓廉贞、宽大、公正、奸邪、阴贼、贪狼也。律，十二律也。②

考其大意，即是说在天、地、人之间方方面面都存在着相应的关联，翼奉之说则是将这些关联予以系统化、整体化的揭示。这样，人性、人情的显现就不是个别的、孤立的、无关的现象，而是可以作为这种天人系统的内在组成，被予以多层面的、见微知著的体察。以简表归纳，这种对应关系的眉目大体如下：

阴	忌	北	好	贪狼	水	申子	主	求索财物
		东	怒	阴贼	木	亥卯	主	劫盗
		上（北与东）	乐	奸邪	土	辰未	主	疾病
阳	吉	南	恶	廉贞	火	寅午	主	上客迁召
		西	喜	宽大	金	巳酉	主	酒食庆善
		下（南与西）	哀	公正	土	戌丑	主	执仇诤谏

经过这番努力，翼奉就为君主提供了一套极为高深的"察人之术"，就

---

① （汉）班固：《汉书》，3168～3169页，北京，中华书局，1962。
② 同上书，3171页。

这番为君主量身定做的用心和姿态而言，似乎使其诗说在混合了阴阳家说之外还具有了某种法家色彩，这是否意味着该说有刻意附媚君王以求利禄而失却《诗》学精神的一面呢？具体来看：

（1）孔子论诗，尝有"诗三百，一言以蔽之，曰思无邪"，诗有"兴、观、群、怨"的诸种说法，其中都涉及诗对人性情的影响作用。翼奉"诗之为学，情性而已"的说法在这个意义上也与之相通，而且相对于"子曰"提领式的说法，翼奉之说杂糅阴阳五行，乃能给予情性以宇宙论的解释与观照。

（2）阴阳五行学说本自成系统，不必待《诗》学亦足以起"察人"之效，翼奉以《诗》学道其术，一方面可以看出经学此时日益兴盛的现实，另一方面也是欲借经典之力赋予自身学说以必要的合法性乃至神圣性。在这个意义上，学术杂糅也意味着相互为用。

（3）翼奉此说虽为"知下之术"，但据阴阳五行所建立的宇宙论模式，依然凸显了"人天相感"的意义和作用。君主欲以之知下，也需要遵循人天相感之理，故依然具有"屈君以申天"之弱化表达色彩。

再看"五际"说。

汉元帝初元二年（前47），灾难频仍，"关东大水，郡国十一饥，疫尤甚"，大地震两次，元帝下罪己诏，求直言极谏，翼奉奏封事云：

> 臣闻之于师曰，天地设位，悬日月，布星辰，分阴阳，定四时，列五行，以视圣人，名之曰道。圣人见道，然后知王治之象，故画州土，建君臣，立律历，陈成败，以视贤者，名之曰经。贤者见经，然后知人道之务，则《诗》、《书》、《易》、《春秋》、《礼》、《乐》是也。《易》有阴阳，《诗》有五际，《春秋》有灾异，皆列终始，推得失，考天心，以言王道之安危。至秦乃不说，伤之以法，是以大道不通，至于灭亡。今陛下明圣，深怀要道，烛临万方，布德流惠，靡有阙遗。罢省不急之用，振救困贫，赋医药，赐棺钱，恩泽甚厚。又举直言，求过失，盛德纯备，天

下幸甚。

　　臣奉窃学《齐诗》，闻五际之要《十月之交》篇，知日蚀地震之效昭然可明，犹巢居知风，穴处知雨，亦不足多，适所习耳。臣闻人气内逆，则感动天地；天变见于星气日蚀，地变见于奇物震动。所以然者，阳用其精，阴用其形，犹人之有五脏六体，五脏象天，六体象地。故脏病则气色发于面，体病则欠申动于貌。今年太阴建于甲戌，律以庚寅初用事，历以甲午从春。历中甲庚，历得参阳，性中仁义，情得公正贞廉，百年之精岁也。正以精岁，本首王位，日临中时接律而地大震，其后连月久阴，虽有大令，犹不能复，阴气盛矣。古者朝廷必有同姓以明亲亲，必有异姓以明贤贤，此圣王之所以大通天下也。同姓亲而易进，异姓疏而难通，故同姓一，异姓五，乃为平均。今左右亡同姓，独以舅后之家为亲，异姓之臣又疏。二后之党满朝，非特处位，势尤奢僭过度，吕、霍、上官足以卜之，甚非爱人之道，又非后嗣之长策也。阴气之盛，不亦宜乎！

　　臣又闻未央、建章、甘泉宫才人各以百数，皆不得天性。若杜陵园，其已御见者，臣子不敢有言，虽然，太皇太后之事也。及诸侯王园，与其后宫，宜为设员，出其过制者，此损阴气应天救邪之道也。今异至不应，灾将随之。其法大水，极阴生阳，反为大旱，甚则有火灾，春秋宋伯姬是矣。唯陛下裁察。①

该封事可谓是西汉齐诗学主要思想的典型传达，基本观点有：

（1）翼奉赋予儒家"六经"以至高无上的地位，即"道"之体现。所谓"道"，也就是宇宙原理，也就是"天地设位，悬日月，布星辰，分阴阳，定四时，列五行"。圣人知"道"然后知"王治之象"，"故画州土，建君臣，立律历，陈成败"，来传示贤者，具体作品就是《诗》《书》《易》《春秋》

---

① （汉）班固：《汉书》，3172～3174 页，北京，中华书局，1962。

《礼》《乐》六经。其中,"《易》有阴阳,《诗》有五际,《春秋》有灾异,皆列终始,推得失,考天心,以言王道之安危",尤其反映天道运行和王道安危的道理。这段话中,道、圣和经三个基本范畴得以确立,并具有贯通的逻辑。如下:

天道—圣—经—贤—人道

总之,六经载道,明经明道,政治行为都要依道而行,如果"伤之以法",就会"大道不通,至于灭亡"。进一步,天道与人道相通,必待圣贤才能将其中的道理予以展现,"作者之谓圣,述者之谓贤",圣贤之业也就是贯通天道性命与王道仁政之业。

(2)"诗有五际"说的提出。对"五际"的解释主要有两种,一种来自颜师古注《汉书》引应劭的说法,"君臣、父子、兄弟、夫妇、朋友也"。以五伦来释"五际",甚为平实。但在皮锡瑞看来,"《诗》之五际,亦阴阳灾异之类"(《诗经通论》)。齐诗学杂阴阳五行说诗,"五际"说也应该体现出这方面的特色。第二种也来自颜师古的注引,孟康的说法是,"《诗内传》曰:五际,卯、酉、午、戌、亥也。阴阳终始际会之岁,于此则有变改之故也。"较为合乎齐诗学阴阳家的色彩。翼奉言天道与人道相通,这两层意思是否可以会通也未可知。大体而言,翼奉此处的"五际"说,本于阴阳交替循环之理,所谓"阳用其精,阴用其形",由此也就确立了由观察自然现象来判断政事的依据。

(3)天人相感说的提出。一方面,在阴阳家的系统里,天地、自然、人事无不具有"同质同构"的关联,那么"天人相感"就是必然的道理。翼奉上封事谏议"二后之党满朝""诸后宫才人各以百数"为"阴气太盛",就是对这一道理的具体运用。所以归结起来看,翼奉之所以如此造说,根本目的还是为了劝谏君上。但是在"屈民以申君"的当时,也只能通过"屈君以申天"的方式迂回曲折地进行。另一方面,天子既自以为"天命神授",在特定条件下便不能不接受来自于"天"的警示乃至辖制,如西汉后期"改元"的频繁发生:

汉元帝建元为初元，五年后改元永光，又五年后改元建昭，又五年后改元竟宁，竟宁元年五月汉元帝崩。汉成帝即位。时为公元前32年。

汉成帝即位后建元为建始，四年后改元河平，又四年后改元阳朔，又四年后改元鸿嘉，又四年后改元永始，又四年后改元元延，又四年后改元绥和，当年立定陶王欣为皇太子，绥和即治理天下得其太平的含义。绥和二年三月汉成帝崩，汉哀帝即位。

汉哀帝建元为建平元年，四年后改元元寿，汉哀帝即位就有痿痹之症，改元有求长寿之意。在位六年，元寿二年六月崩，年仅26岁。汉平帝即位，时为公元前1年。

汉平帝即位，改元元始。元始五年十二月，汉平帝崩，孺子婴即位，王莽摄政。

王莽摄政，改元居摄，三年后改元初始。一年后立新朝，改元始建国，史书也称建国。五年后改元天凤，六年后改元地皇。地皇四年十月，汉兵诛莽。时为更始二年（24）。

"改元"的频繁发生，多少都是对今文学者"天命维新""天道循环""阴阳交替"诸种说法的响应，"改元"的目的也无非是祈求汉王朝能够更长久地保有其统治。不过，在这种响应没有进一步体现为"天命自度，治民祈惧，不敢荒宁"的政治作为的情况下，以阴阳五行立论的儒生们那种以"神权"来制衡"君权"的良苦用心也就谈不上实现。

即便如此，阴阳五行作为当时一种普遍流行的学说，还是奠立了人们看待世界看待人生的某种广大精微、互为关联影响、生生不息的"见道"或"知道"方式。从上面的论述也可以看出，这种方式向上对《诗经》中的"兴感"传统有所承接，向下则确立人天交感的感物原则。因此，除却西汉后期以来谶纬横行所导致的神秘怪诞气息，类似观念仍然不断回响在后代文艺思想的建立和论述之中，如刘勰《文心雕龙》论述"文之枢纽"，原道、宗经、征圣就是首要的确立根本的工作，《文心雕龙·原道篇》云：

爰自风姓，暨于孔氏，玄圣创典，素王述训。莫不原道心以敷章，研神理而设教，取象乎河洛，问数于蓍龟，观天文以极变；然后能经纬区宇，弥纶彝宪，发挥事业，彪炳辞义。故知道沿圣以垂文，圣因文而明道。旁通而无滞，日用而不匮。①

"道沿圣以垂文，圣因文而明道"，简直可以说是翼奉的翻版。

◎ 第四节
《诗》学精神与刘向之《列女传》《新序》《说苑》

《汉书·楚元王传》有云：

赞曰：仲尼称"材难，不其然与！"自孔子后，缀文之士众矣，唯孟轲、孙况（荀子）、董仲舒、司马迁、刘向、扬雄，此数公者，皆博物洽闻，通达古今，其言有补于世。传曰"圣人不出，其间必有命世者焉"，岂近是乎？刘氏《洪范论》发明《大传》，著天人之应；《七略》剖判艺文，总百家之绪；《三统历谱》考步日月五星之度，有意其推本之也。②

刘向，原名更生，字子政，楚元王交四世孙，受家传鲁诗世学，先后事宣帝、元帝、成帝三朝，历任散骑谏大夫、散骑宗正、光禄大夫等职，曾屡次上书称引灾异，弹劾宦官外戚专权，为西汉后期鲁诗学派的重要学者。在传赞中，班固对刘向推崇备至，认为他和孟子、荀子、董仲舒、司马迁、扬

---

① （南朝梁）刘勰著，周振甫注：《文心雕龙注释》，1 页，北京，人民文学出版社，1981。
② （汉）班固：《汉书》，1972~1973 页，北京，中华书局，1962。

雄等人一样，"博物洽闻，通达古今，其言有补于世"，是屈指可数的"命世"之才。该称誉并非虚言，根据传赞中所列的刘向作品看，基本上囊括了西汉学术的根本方面。刘向《洪范论》今已不传，大致情形或许可从《汉书·五行传》中了知一二。《七略》亦散佚，主要内容大约被《汉书·艺文志》所继承，作为当时学术著述的系统整理，其考镜源流、辨章学术之功足以为汉学固本。《三统历谱》为天文历算之学，在阴阳五行天人感应之学盛行的当时，所谓"人之本在祖，万物之本在天"，天人之学也就是推本之学。除了这些以外，刘向还有诸多言辞恳切立意贞良的封事，以及《列女传》《说苑》《新序》三部辑录经史故事之书。对这三部书，学界已有众多详细的研究可资参考。而就其中的基本精神指向而言，三部书都有对今文《诗》学美刺讽谏传统的相承之处，如谈到三部书的编写缘起，《汉书·楚元王传》曾有清楚的说明：

> 向睹俗弥奢淫，而赵、卫之属起微贱，逾礼制。向以为王教由内及外，自近者始。故采取《诗》、《书》所载贤妃贞妇，兴国显家可法则，及孽嬖乱亡者，序次为《列女传》，凡八篇，以戒天子。及采传记行事，著《新序》、《说苑》凡五十篇奏之。数上疏言得失，陈法戒。书数十上，以助观览，补遗阙。上虽不能尽用，然内嘉其言，常嗟叹之。①

也就是说，三书都是有鉴于当时的政治乱象，力图对君上有所劝诫而成，其形式本为规模空前的奏议谏书。其中，《列女传》广引《诗》句，参仿经史以定体例，与今文《诗》传最为密切，俨然是《诗》传别体；《说苑》《新序》来源更为博杂，虽不必直接袭取《诗》传体例，但基本上都属于古之"经说"系统，自有其一以贯之之"道"。

---

① （汉）班固：《汉书》，1957~1958页，北京，中华书局，1962。

一、《列女传》

（一）《列女传》本"风始"之义，采掇《诗》《书》，以求镜鉴

在儒家伦教传统中，男女夫妇之伦意义重大。所谓"夫妇之道，生民之本，王政之端也"（《仪礼注疏》卷四）；"有天地然后有万物，有万物然后有男女，有男女然后有夫妇，有夫妇然后有父子，有父子然后有君臣，有君臣然后有上下，有上下然后礼义有所错"（《子夏易传》卷十）；故《诗》以《关雎》始，《易》以《咸》、《恒》对《乾》、《坤》。汉儒特重此义，刘向亦以为"王教由内及外，自近者始"，故《列女传》标举《诗》义，采取《诗》《书》，既言女性楷模，所谓"兴国显家可法则"者（分母仪传、贤明传、仁智传、贞顺传、节义传、辩通传六卷①），又言女性败类，所谓"孽嬖乱亡者"（一卷），铺叙妇女故事一百零五人，以为帝王、君子提供镜鉴。其有补于政教的深刻立意卓然可见，这与后世渐重女性贞顺节烈之狭隘观念大不相同。故《明史·列女传序》曰："刘向传列女，取行事可为鉴戒，不存一操。范氏宗之，亦采才行高秀者，非独贵节烈也。魏、隋而降，史家乃多取患难颠沛、杀身殉义之事。盖挽近之情，忽庸行而尚奇激，国制所褒，志乘所录，与夫里巷所称道，流俗所震骇，胥以至奇至苦为难能。"②臧庸在为王照圆《列女传补注》作的《序》中，亦有感慨："窃以三代治乱之原，多本女德；士大夫兴衰之兆，亦由妇人。考之于古，验之于今，昭昭然若黑白之分矣。中垒斯《传》，为垂世立教之大经，士人既多所不习，女子又鲜能通此，古道之不兴，盖由是矣！"③

---

① 张涛：《列女传译注》，1页，济南，山东大学出版社，1990。
② （清）张廷玉等编撰：《明史·列女一》，7689页，北京，中华书局，1998。
③ （清）王照圆撰：《列女传补注》，3页，上海，华东师范大学出版社，2012。

(二)《列女传》之体例参仿经史,有类《诗》传

《列女传》七卷,每卷之首,各有颂赞四字十句,大致解释本卷之立意,有如每卷之总序,而后依序展开传文,铺叙各人足以成为楷模或为世垂戒的事迹,该做法与汉儒解经之"诗序"相仿。传文略如《史记》之做法,以其人事迹之显著与否决定详略,最长者1387字(卷一《鲁季敬姜》),最短者90字(卷一《汤妃有㜪》),一般200—400字,清丽简约,文约事丰。结笔亦仿史传,每有"君子曰"之评语,而后引《诗经》两句(另有引《易》两则、引《论语》三则),借其寓意以兴美刺之用,一般以"此之谓也"论定。篇末有颂,归结大义。具体如《汤妃有㜪》:

汤妃有㜪者,有㜪氏之女也。殷汤娶以为妃。生仲壬、外丙,亦明教训,致其功。有㜪之妃汤也,统领九嫔,后宫有序,咸无妒媚逆理之人,卒致王功。君子谓妃明而有序。《诗》云:"窈窕淑女,君子好逑。"言贤女能为君子和好众妾,其有㜪之谓也。

颂曰:汤妃有㜪,质行聪明。媵从伊尹,自夏适殷。勤慤治中,九嫔有行。化训内外,亦无怨殃。①

再如《列女传·母仪传·有虞二妃》:

有虞二妃者,帝尧之二女也。长娥皇,次女英。舜父顽母嚚。父号瞽叟,弟曰象,敖游于嫚,舜能谐柔之,承事瞽叟以孝。母憎舜而爱象,舜犹内治,靡有奸意。四岳荐之于尧,尧乃妻以二女以观厥内。二女承事舜于畎亩之中,不以天子之女故而骄盈怠嫚,犹谦谦恭俭,思尽妇道。……二妃死于江、湘之间,俗谓之湘君。君子曰:二妃德纯而行笃。诗云:"不显惟德,百辟其刑之。"此之谓也。

---

① 张涛:《列女传译注》,12页,济南,山东大学出版社,1990。

颂曰：元始二妃，帝尧之女。嫔列有虞，承舜于下。以尊事卑，终能劳苦。瞽叟和宁，卒享福祜。①

其中，《列女传》援引《诗》句与《韩诗外传》近似，为古书引《诗》之惯例。古人解经，有内、外传之别，内传需依文释义，外传则不必与经文相关，二者关系大约相当于道与器、义理与应用之间。比之《韩诗外传》，《列女传》同经联系更少，只引《诗》证事，不释经义。尽管如此，《列女传》仍有解经之传的踪迹。清代章学诚说它："引风缀雅，托兴六艺，又与《韩诗外传》相为出入，则互注于《诗经》部次，庶几相合。"②故亦有将其体例视为《诗传》之别体者。

（三）《列女传》本意在于讽谏，在后世则收文体之效

刘向作《列女传》，原本针对赵氏姐妹溷乱内庭、嫉杀后宫的恶行而借题发挥，其卷次安排的轻重颇能体现一份良苦用心。美德妇女居六卷之众，"孽嬖乱亡"仅居一卷之终，两厢对照，愈发可以见出"孽嬖乱亡"之恶，以及应该具有的警惕戒惧之义。每传之中，所引《诗》句，都极为严厉痛切，其写作之所指甚为明显：

夏桀末喜传引《诗》曰："懿厥哲妇，为枭为鸱"；殷纣妲己传引《书》曰："牝鸡无晨，牝鸡之晨，惟家之索"；鲁桓文姜传引《诗》曰："乱匪降自天，生自妇人"；晋献骊姬传引《诗》曰："妇有长舌，惟厉之阶"；齐灵声姬传引《诗》曰："匪教匪诲，时惟妇寺"；赵悼倡后传引《诗》曰："人而无礼，不死胡俟"。③

---

① 张涛：《列女传译注》，3页，济南，山东大学出版社，1990。
② （清）章学诚：《校雠通义》，见《文史通义校注》附，1039页，北京，中华书局，1985。
③ 张涛：《列女传译注》，254页，济南，山东大学出版社，1990。

凡此种种，其视"孽嬖"为枭鸱，为牝鸡司晨，为祸乱之源，为长舌厉阶，为不可教诲与宦官同类，为背礼当死……莫不是以殷殷拳拳之心意，为朝纲国运所做的鼓与呼！除了现实的这份针对性以及蕴含的政教意义外，《列女传》对于后世的影响，还由其对单行传体的文体完成，引发了一种专写人物传记的风气。《隋书》卷三十三中的一段描述，大致可以说明其中的梗概，兹录于下：

> 武帝从董仲舒之言，始举贤良文学，天下计书，先上太史，善恶之事，靡不毕集。司马迁、班固，撰而成之，股肱辅弼之臣，扶义俶傥之士，皆有记录。而操行高洁，不涉于世者，《史记》独传夷齐，《汉书》但述杨王孙之俦，其余皆略而不说。又汉时，阮仓作《列仙图》，刘向典校经籍，始作列仙、列士、列女之传，皆因其志尚，率尔而作，不在正史。后汉光武，始诏南阳，撰作风俗，故沛、三辅有耆旧节士之序，鲁、庐江有名德先贤之赞。郡国之书，由是而作。魏文帝又作《列异》，以序鬼物奇怪之事，嵇康作《高士传》，以叙圣贤之风。因其事类，相继而作者甚众。[1]

受此影响，后世众多《列仙传》《列士传》《孝子图传》尽管非刘向所作，往往要依托于刘向名下。而《隋志》所录中古之世诸多《高士传》《逸士传》《逸民传》《高隐传》《高僧传》《名僧传》《众僧传》《孝子传》《孝友传》《名士传》《童子传》《幼童传》《美妇人传》《神仙传》《说仙传》《集仙传》《洞仙传》《列异传》《鬼神列传》等，当皆发轫于《列女传》的编校。此外，通过《列女传》的编撰，刘向最早完成了为妇女立传的较为系统完整的体裁结构，在此之后，史家逐渐注重对女性人物的记载，随时掇录，代不乏人。"盖凡以列女名书者，皆祖之刘氏。"（《列女传集注·序二》）

---

[1] （唐）魏徵等撰：《隋书·经籍二》，981～982页，北京，中华书局，1973。

二、《新序》《说苑》

《新序》《说苑》的情况相对复杂。

首先，流传过程中有大量散佚。《楚元王传》称《新序》《说苑》二书共有五十篇，《隋志》与两《唐志》均称《新序》三十卷，《说苑》二十卷。然《文献通考》所引《崇文总目》已称《新序》"其二十卷今亡"，《说苑》"今存者五卷"。经崇文馆臣曾巩的校订、补正，残本《说苑》五卷"从士大夫间得之者十有五篇，与旧为二十篇"，基本恢复旧观，而《新序》只得以三分之一的残本流行于世。

其次，关于三书的编撰及体例，后世学者颇有争执。其根源在于《楚元王传》言"序次为《列女传》"、"著《新序》《说苑》"，从字义看，"序次""序"当为对旧有典籍或史料加以编次。"著"则为撰著创作，但实际情况并非由字义可定。参考以往的种种看法，大多都以《新序》《说苑》为刘向据旧籍重加整理而成，如《四库全书总目提要》著录二书为"刘向撰"，然其中论及二书有同录一件事而出入颇多的现象，云："二书同出向手，而自相矛盾，殆捃拾众说，各据本文，偶尔失于参校也。然古籍散佚，多赖此保存。"但亦有将二书视为刘向自撰者，若刘知几、徐复观等据持此说。

最后，与编、著相关，二书中所录故事之真伪来源亦多争论。大略而言，除刘知几等认为刘向自造诸书，多构伪辞以欺世外，多数学者皆认为《列女传》《新序》《说苑》为刘向据旧史料编纂、改写并增补而成（有些古代史料可能已散佚）。这种观点之下的分歧，只在于《新序》和《说苑》原先到底是两种典籍还是一堆本无书名的零散故事和言论材料。主张前者的可以余嘉锡为代表，主张后者的可以徐复观为代表。至于具体情况，大约无可考证。

抛开这些外围资料的争论，立足于《新序》《说苑》文本，依然要面对两书极为博杂的资料来源。徐复观《两汉思想史》中的相关研究（见《刘向

〈新序〉、〈说苑〉的研究》一文①），细致缜密，有理有据，至今还未有能出其右的研究成果，以下权作引述，以说明两书的资料来源与分布情况，并进而一窥两书的思想特征。徐氏的概括有如下五个方面：

其一，与《韩诗外传》关系密切。根据徐氏的粗略统计，"《新序》较《说苑》，吸收《韩传》者为多。若《新序》之三十卷未残，则《韩传》几全为两书所吸收。"

其二，徐氏注意到，"《新序》、《说苑》中引用孔子的材料，在比例上超过了《韩诗传》。《新序》引用《论语》者有十一条……《说苑》引用《论语》十六条。""孔子在刘向心目中的特别地位，更从《新序》、《说苑》中引用《春秋》的分量，可以反映出来。两书中引用《春秋》时代故事的，多出于《左传》，但都不出'春秋'或'传曰'之名。""《新序》在七出'《春秋》'之名中，五用《穀梁》，一用《公羊》，一用《穀梁》与《公羊》之合义。""《说苑》出'《春秋》'之名凡二十四。"其中"有三条未查出，有一条系言《春秋》之通义。出于《公羊》者共十一条，其中入有《春秋繁露》者二条。出于《穀梁》者三条，见于今之《春秋繁露》者六条，其中入有《公羊》者三条……董氏之春秋说固出《公羊》。由此所述情况，可以了解：（一）刘向三《传》并用，无专经师法之说。（二）刘向虽引用《左传》甚多，其中并有'君子'之论断……但凡以'春秋'之名所称之传，皆属于《公羊》、《穀梁》，乃至董仲舒之《春秋》说。由此可知，因《公羊》与《穀梁》先后立于官，设有博士，刘向即以《公羊》、《穀梁》所传者为能得《春秋》之意。故对于两传，极少数称'传曰'，大多数即称'《春秋》'或'《春秋》曰'。"

其三，"《新序》、《说苑》中所引其他儒家典籍，计《新序》引《易》者三，引《书》者一，引《孟子》者二，引《荀子》者二。《说苑》引《易》者十八，引《书》者十六……引《礼记》者六……引《孟子》者八，引《荀子》

---

① 徐复观：《两汉思想史》第三卷，39～57页，上海，华东师范大学出版社，2001。

者四。"

其四，"儒家以外，《新序》仅卷四'梁大夫有宋就者'条引有'《老子》曰：报怨以德。 此之谓也。'《说苑》则五引《老子》，……《汉书·艺文志》，录有刘向说《老子》四篇，但综观《新序》、《说苑》所采的老子之说，在政治上已无多大意义，而特转重在人生处世的态度，这与汉初言黄老术者大不相同。"而其他引庄子、墨子、列子、商鞅、吕子（不韦）、杨子（朱）、尹文子、邹子（衍）、鬼谷子、屈原、宋玉之事迹、言论、思想者在一至三条左右。 而引管子、晏子的事迹与言论在其他诸子之上。 又引《太公兵法》者一（《说苑》卷十五）、引《司马法》者二（《说苑》卷十五）。

其五，两书还录有许多汉人汉事，"在刘向认为皆系有教训的意义；在今日，有的可补《史》、《汉》之缺。 ……若《新序》三十卷具在，则其所录汉事必多。《说苑》共录汉事十六条；卷五具录路温舒《尚德缓刑书》，用意深切。 此外，卷一录了两条河间献王的言论，卷三又录了两条，使一代保有高度儒家教养的名王，尚得留下他以人民为政治主体的言论风采于万一。"

在文献研究的基础上，徐氏进而认为，《新序》和《说苑》中反映出的刘向思想，"有由其身遭遇而来的针对现实的一方面；有由其学识恢宏，志行纯洁，因而突破现实限制，所提出的理想性的一面。"针对现实的一方面，刘向强调人君应任贤纳谏，不受谗言，并对现实政治提出了系统的意见，如重教化、轻刑罚、尊贤、以公与诚作为权谋的标准、上不玩兵、下不废武，等等。 在突破现实政治的理想性的一方面，刘向突出了儒家"天下为公"的基本愿望。 此外，徐氏认为两书的思想还涉及士的问题。 一重劝学，主张"学积成圣"（《说苑·建本》）；主张"天文、地理、人情之效于心，则圣智之府"（《说苑·辨物》）。 二重士节，多言立身处世之道。 徐氏的如上分析甚为精到。

归结起来看，两书的根本出发点不外乎儒家的政治理念、文化精神，目的不外乎劝谏君上、有补时政，而难能可贵之处，则在于围绕这种总体原则，两书能够囊括古今，包揽百家，将学术中凡是有用有益、足资借鉴的内容，做了集中、条理而生动的呈现。在这个意义上，不唯是《诗》学、经学、其他如诸子学、史学，都可成为发露根本、关乎至道的通学。这种将万有存乎一体的胸襟和眼光，正是西汉博士系统以外的儒者治学的规模，所以扬雄《法言》说"通天、地、人者为儒"。从这个意义上也可以说，"通"即为刘向《诗》学的根本精神。

两书除了思想深沉，体例安排也极为用心，徐氏又云：

> 《新序》三十卷，到北宋而只剩十卷，其全貌虽不可见，但如《杂事一》、《杂事二》开始的一段，系融铸许多故事以表达一个中心思想，这实际已是一篇的总论。更就《说苑》二十卷而言，其篇题由《君道》而至《反质》，反映出刘向的时代，并组成一个思想系统，此已可见其经营构造的苦心。且除《君道》外，其余十九篇，篇首皆有刘向缩写的总论性的一段文章，以贯穿全篇，篇中也和韩婴《诗传》样的，加入了许多自己的议论，此非有计划的著书而何？《君道》篇之所以缺少篇首的总论，我推测，这是他对成帝说话的技巧，君道应如何？只让历史讲话，不把自己的话摆在当头，致贬损了皇帝的自尊心。但收尾两段的意思，是刘向固根本、抑外戚的奏疏的提要。总言之，每一篇皆有由刘氏所遭遇的时代问题而来的特别用心；而二十篇又构成一个思想系统。①

具体篇目兹不具引。就所构成的思想系统而言，由卷次安排即可得见。《新序》残缺，有"杂事"五卷，"刺奢""节士""义勇"各一卷，"善谋"两卷，其他类名不得而知。《说苑》完备，全书计二十卷，每卷一类，且相邻类名义项接近。罗列于下：

第一组义项（论君臣之道）：君道（卷一）、臣术（卷二）。

---

① 徐复观：《两汉思想史》第三卷，41页，上海，华东师范大学出版社，2001。

第二组义项(论君子立身之本)：建本(卷三)、立节(卷四)。

第三组义项(论君主臣民以德相感召)：贵德(卷五)、复恩(卷六)。

第四组义项(论王霸之政及尊贤成功之理)：政理(卷七)、尊贤(卷八)。

第五组义项(论进谏敬慎，存身全国之道)：正谏(卷九)、敬慎(卷十)。

第六组义项(论知言善说及行人之辞)：善说(卷十一)、奉使(卷十二)。

第七组义项(论权谋公正，慎兵备战之道)：权谋(卷十三)、至公(卷十四)、指武(卷十五)。

第八组义项(汇纂修身治国之言)：谈丛(卷十六)、杂言(卷十七)。

第九组义项(论辨物达性，文质相用之道)：辨物(卷十八)、修文(卷十九)、反质(卷二十)。

此外，两书在篇章撰述方式上与《韩诗外传》也有同有异，同者在于"依兴古事"，不同者在于两书立题撰述，而《韩诗外传》全未标题。考究其意，这大约是刘向为了达到借经史而行政治劝谏的功效，而对不同撰述方式进行了有效结合，这样，既可以充分发挥故事的可兴可感，又通过分门别类系统呈现了儒家政治理念的方方面面。

第九章
西汉后期之赋作与赋论

赋，大约是中国文学史上最为复杂的文体了，正如郭绍虞曾生动描述的："很奇怪，中国文学中有赋这一种体裁，它介于情的文与知的文之间，它又界于有韵文与无韵文之间，无论从形式或性质方面视之，它总是文学中的两栖类，文的总集中可有赋，诗的总集中也可有赋。赋之为体，非诗非文，亦诗亦文，所以中国文学中之诸种文体，其性质最不明显者即是赋。"[1]文体性质既不明显，学术研究中欲使之明显的说法也就多种多样，大略言之，就有从"不歌而诵"的角度、从为诗之"六义"之一的角度、从是否为有韵之文的角度分别立论发挥者[2]，如果再加上现代文体四分法的羼入，情况就更为复杂。抛开这些争执不论，回到西汉时期的文化语境，赋主要还是被视为"诗"的支流，如《汉书·艺文志》所论："春秋之后，周道寖坏，聘问歌咏不行于列国，学《诗》之士逸在布衣，而贤人失志之赋作矣。大儒孙卿及楚臣屈原离谗忧国，皆作赋以风，咸有恻隐古诗之义。其后宋玉、唐勒，汉兴枚乘、司马相如，下及扬子云，竞为侈丽闳衍之词，没其风谕之义。"可见，在汉人心目中，赋乃承诗而来。赋之文体如是，赋之功能如是，赋之保存与流传亦与之有莫大关系。

---

[1] 郭绍虞：《汉赋之史的研究·序》，见陶秋英：《汉赋之史的研究》，1页，北京，中华书局，1939。
[2] 参见孙晶：《汉代辞赋研究》，45～65页，济南，齐鲁书社，2007。

◎ 第一节
西汉后期赋作的流传与评论

赋，向来被视为是两汉四百年文学之代表，以致有"汉赋"之专名。清代学者焦循有云："夫一代有一代之所胜，舍其所胜，以就其所不胜，皆寄人篱下者耳。余尝欲自楚骚以下至明八股，撰为一集。汉则专取其赋；魏晋六朝至隋则专录其五言诗；唐则专录其律诗；宋专录其词；元专录其曲；明专录其八股。一代还其一代之所胜。"[1]王国维《宋元戏曲史序》亦云："凡一代有一代之文学：楚之骚，汉之赋，六代之骈语，唐之诗，宋之词，元之曲，皆所谓一代之文学，而后世莫能继焉者也。"[2]这些讲法，只在标明特定文体在特定时代达到高峰，并不能说明特定文体在历史上的具体发展状况。即如汉赋，西汉时期之兴盛主要体现于武宣两朝，这大约与两朝"润色鸿业"之政治需要密切相关。至于哀、成以后，经学臻于极盛，广大士人欣然向慕从事，赋之写作辄相对衰落。而且在这一背景下，以经学为本，乃形成有关赋之评价、选择乃至保存之机制，并进而使"一代之文学"呈现出"一代之面目"。

就目前汉赋的整理情况来看，虽经过历史的反复淘洗乃至湮没，所存作品大体还是可以呈现出"一代之面目"的具体情状，西汉后期赋作之相对衰落也可以从中得到反映。据费振刚、仇仲谦、刘南平之《全汉赋校注》整理，西汉后期所存赋家不过刘向、扬雄、刘歆、冯商、班倢伃五家而已，所存作品亦有限。试分别论之（以下所引赋篇、赋评，除特别标注

---

[1] （清）焦循：《易馀籥录》卷十五，见《丛书集成续编》第二十九册，369页，台北，新丰文出版公司，1988。
[2] 王国维：《宋元戏曲考序》，见《王国维遗书》第九册，493页，上海，上海古籍出版社，1983。

外，具见于该书）。

一、刘向赋之残篇与存目

刘向简传已如前述，他在中国古代学术分类整理方面的学术成就，如《别录》《列女传》《新序》《说苑》《洪范五行传》等，都有流传或于史可征，相关评价亦多肯定乃至称许。至于赋作，据《汉书·艺文志》载："刘向赋三十三篇"，今仅存《请雨华山赋》《雅琴赋》《围棋赋》残文三篇和存目六篇[1]，基本面目已不可知。明代程敏政曾有评价："刘向初以献赋进，喜诵神仙方术，尝言黄金可成，铸作不验，下吏当死，其兄阳城侯救之，获免。所著《洪范五行传》，最为舛驳，使箕子经世之微言，流为阴阳术家之小技，其于名教得罪非小。"大约可以推知，至少到明代英宗朝，刘向赋作"喜诵神仙方术"的早期面目还可以得见，至于这些赋作的散佚，恐怕也和后世学者对刘向好言"阴阳五行"至为不满有密切关系。在残文三篇中，《请雨华山赋》已"缺讹难读，姑存其旧"；《雅琴篇》残句或可当沈约"清词丽曲"之评。至于这些残句所传达的意蕴，大约是借听琴以抒怀，讽谕世之智者即如雅琴之高妙，在其世已甚为乏少。

二、扬雄赋之模拟与创新

扬雄，字子云，蜀郡成都（今四川成都）人，西汉著名辞赋家、思想家。少好学，博览群书，口吃不能畅谈，默而好深湛之思。年四十余，始游京师，成帝召对明庭，献所作《甘泉》《羽猎》等赋，任给事黄门郎，久不得升迁。王莽时，因事恐被捕，自投阁下，几死，以病免。后召为大夫，校书天禄阁。扬雄是司马相如之后西汉最著名的辞赋家，所谓"歇马独来寻

---

[1] 费振刚、仇仲谦、刘南平校注：《全汉赋校注》，204~211 页，广州，广东教育出版社，2005。

故事，文章两汉愧扬雄"（白翱《西山题诗》）。《汉书·艺文志》称他有赋十二篇，大约还只是就所入陆贾赋类而言。据目前的整理看，则有《蜀都赋》《甘泉赋》《河东赋》《羽猎赋》《长杨赋》《太玄赋》《逐贫赋》《反骚》《酒赋》《覈灵赋》《解嘲》《解难》十二篇，大约可知扬雄原有赋作应不限于十二篇之数。对于扬雄赋作的评价，也和他的学术著述一样，历来存在着诸多争议。若论争议源起，《汉书·扬雄传》之"赞"语最可注意：

> （扬雄）实好古而乐道，其意欲求文章成名于后世，以为经莫大于《易》，故作《太玄》；传莫大于《论语》，作《法言》；史篇莫善于《仓颉》，作《训纂》；箴莫善于《虞箴》，作《州箴》；赋莫深于《离骚》，反而广之；辞莫丽于相如，作四赋。皆斟酌其本，相与放依而驰骋云。①

班固所论，本为史书写作之特定面目，即着重对扬雄著述做历史现象的梳理归纳，而相对忽视内在学理的考察思辨。后世不少学者祖述其说，又由于特定学术立场而生偏见，每每以"复古""摹拟"评论扬雄所作，论其影响也无非保守、消极②。与此稍异，尚有折中之见，以为扬雄以儒为主间杂道家，以复古摹拟为主间求新变，但因其主导，对后世影响仍为保守与消极③，此论与前说相去未远。这些论说的学理依据，一者在社会历史层面，将西汉后期儒学复古运动视为附着于日益衰颓的政治形势的惰性力量，扬雄身处其中不能不受其影响。二者在学术层面，以为汉儒宗经好古，重视师法，代代相因，成一时之风气。扬雄"非圣哲之书不好"，是为宗经好古之最好代表。以上论说，除了有特定时代遗留的因对古代学术缺乏"同情之理

---

① （汉）班固：《汉书》，3583页，北京，中华书局，1962。
② 持此类见解的论述甚多。郭绍虞《中国文学批评史》和丁思文《中国文学史话·汉代辞赋》可为国内之代表；[美]康达维《扬雄赋之研究》亦举"模仿"为扬雄文学最大特点，此可为国外扬雄研究之代表。
③ 如施昌东，其《汉代美学思想述评·扬雄的美学思想》（北京，中华书局，1981）在主流上否定扬雄，但对扬雄间求新变之处颇多肯定。

解"而造成的某些学术先见外,更主要的还是将西汉后期政治与文化的关系简单化了,即单纯把成败的历史逻辑作为评价文化的标准,又将这一标准视为扬雄著述的必然选择。依此逻辑,扬雄本身的研究虽然有欠深入,但扬雄在中国学术史上所享有的崇高地位[1]也难以获得有效解释。

与此有异,亦有学者能够结合西汉之特定历史文化语境来讨论扬雄及其著述,如徐复观就曾指出,扬雄一生的学术活动既与西汉学术风气演变的三大阶段相应合,即:由文帝、景帝至武帝中期,主流为辞赋,扬雄有"少而好赋"的阶段;景末武初由董仲舒开其端,直至宣元而极盛的学术风气主流为附会经义,以阴阳术数讲天人性命的合一,扬雄中年后有草《玄》的阶段;自成帝时起,开始有人对此前之学术风气有所质疑,渐次要求回到五经的本来面目,以下遂开东汉注重五经文字考求的训诂学,并出现以桓谭为先河的一批理智清明的思想家。扬雄末年亦有作《法言》以及以余力写成《輶轩使者绝代语释别国方言》(以下简称《方言》)的阶段[2],同时也具有自身的某些鲜明特色,如其辞赋,以为扬雄所悔者乃是依附流行时风的大赋,而非自抒怀抱之作。其草《玄》,其动机有消极有积极,而其中所贯穿的老子思想,自不同于当时一般的学术风气;其《法言》,亦有对当时五经博士系统的严厉批评;等等[3]。另如许结,在其《汉代文学思想史》中就明确提出要在当时复杂的社会、文化现象中来探索扬雄的特异性,并在这一前提下深入探讨了扬雄思想中无处不包的由摹拟到变化的发展现象,"宇宙论方面,扬雄由因袭先儒盖天说而提出'难盖天八事',以立浑天说,开东汉张衡、三国王蕃天象理论之先声;哲学观方面,扬雄首以老氏拟易,融合儒、道,建构了以玄为最高境界,万物生生不息的自然观体系;历史观方面,扬雄又以

---

[1] 若东汉桓谭、三国陆绩、江左葛洪等都视扬雄为圣人,从全人、著述着眼,扬(雄)班(固)一词在六朝乃才学兼备的代称,为当时人心目中企慕的典范。《三国志》《文选》《晋书》等典籍中多有称道的记述。隋唐时期,推崇者仍不乏人,但訾议之声亦起。南宋时名教趋紧,乃有肆言极诋者,然亦只就其名节而言。具体参见王青:《扬雄评传》第八章《扬雄的影响》,322~342页,南京,南京大学出版社,2000。
[2] 徐复观:《两汉思想史》第二卷,270页,上海,华东师范大学出版社,2001。
[3] 同上书,286~340页。

时代变迁论取代不变论,以唯物史观反谶纬神学;治经思想方面,扬雄于今文经学衰退、古文经学初起的历史转轴上作为古学主要倡导者,从今文派'师法'藩篱中超拔出来,由章句之儒向通儒过渡;文学思想方面,扬雄由语言文学口语型向文字型转变,由好赋到悔赋等"①。 简宗梧《从扬雄的模拟与开创看赋的发展与影响》一文,对扬雄赋作逐篇加以分析,最能具体说明扬雄赋作以模拟而能开创的意义和价值,以下即参酌《全汉赋校注》中所录历代赋评,略作引述以见其具体面目:

其一,《甘泉赋》②。 模拟之处:若其中记行游,多仿《大人赋》;写宫观形势,多取《上林赋》和《长门赋》。 独创方面则有:(1)立意之独创。司马相如奉诏作《上林赋》,多投合汉武帝对田猎和辞赋方面的爱好,极肆铺张,逞才邀宠。 只是由于赋作之惯例,方"曲终奏雅",于最后接上讽喻之旨;扬雄则不同,其待诏承明之庭,可谓竭尽心智以求讽谏,夸饰铺叙只是作赋的手段,谲谏悟主才是主要目的,即如《汉书·扬雄传》云:

> 甘泉本因秦离宫,既奢泰,而武帝复增通天、高光、迎风……游观屈奇瑰玮,非木摩而不雕,墙涂而不画,周宣所考,般庚所迁,夏卑宫室,唐虞采椽三等之制也。且其为已久矣,非成帝所造,欲谏则非时,欲默则不能已,故遂推而隆之,乃上比于帝室紫宫,若曰此非人力之所为,党鬼神可也。又是时赵昭仪方大幸,每上甘泉,常法从,在属车间豹尾中。故雄聊盛言车骑之众,参丽之驾,非所以感动天地,逆釐三神。又言"屏玉女,却虙妃",以微戒齐肃之事。赋成,奏之,天子异焉。③

(2)题材之独创。《甘泉赋》写郊祀,为司马相如未曾开发的题材,遂以此

---

① 许结:《汉代文学思想史》,192~218页,广州,人民文学出版社,2010。
② 费振刚、仇仲谦、刘南平校注:《全汉赋校注》,230页,广州,广东教育出版社,2005。
③ (汉)班固:《汉书》,3534~3535页,北京,中华书局,1962。

成为两千年来郊祀赋的代表作。（3）体制之独创。该赋虽大体承楚辞体的余绪，段落之转承，却多用散文赋的提头接头虚字及句型，似"有意打破骚体赋抒情述志，散文赋体物叙事的传统，促其合流以集其大成"。（4）文辞之独创。运用古人名和事典，与司马相如不同，那种在辞藻上好奇、好胜、好深、好博的态度，也就成了赋家"莫取旧辞"的典范。

其二，《河东赋》①。同为记叙祭祀，作为后进献者，讽谏也要另出新意，《汉书·扬雄传》云：

> 其三月，将祭后土，上乃帅群臣横大河，凑汾阴。既祭，行游介山，回安邑，顾龙门，览盐池，登历观，陟西岳以望八荒，迹殷周之虚，眇然以思唐虞之风。雄以为，临川羡鱼不如归而结网，还，上《河东赋》以劝。②

《河东赋》之写作，基本上受司马相如《哀二世赋》影响而成，讽谏方式则不同。司马相如借哀秦二世之行失，以古讽今，隐约寓含劝谏借鉴之意；扬雄则借颂扬汉德，指陈自兴至治之道，寓讽于颂，立意明显。该赋不到五百字，篇幅之短小也与不到二百字的《哀二世赋》有关，就通篇形式看，可谓融合散文赋和骚体赋的另一种尝试，比之《甘泉赋》，"提头接头虚字大量减少，而对偶对句的句型大增；人名地名事典增多，状声状貌的语辞相对减少，都是开汉赋转变之契机，汉赋演化之迹即循此渐进"。

其三，《羽猎赋》③。写天子校猎，仿司马相如《上林赋》，体制内容完全相仿佛。其独到处，乃自铸新词以作形容，胡韫玉云："《上林》之遗，奇崛过之。"杨慎亦云："战国讽谏之妙，惟司马相如得之；司马《上林》之旨，惟扬子《校猎》得之。"更为重要者，西汉之赋本无序文，《文选》所录

---

① 费振刚、仇仲谦、刘南平校注：《全汉赋校注》，247页，广州，广东教育出版社，2005。
② （汉）班固：《汉书》，3535页，北京，中华书局，1962。
③ 费振刚、仇仲谦、刘南平校注：《全汉赋校注》，253页，广州，广东教育出版社，2005。

西汉赋作之序"全系史辞",《羽猎赋》则不尽然。王芑孙《读赋卮言·序例》尝云:"自序之作,始于东京。"而据简宗梧的分析,《羽猎赋》之第一段:

> 或称戏、农,岂或帝王之弥文哉?论者云否,各亦并时而得宜,奚必同条而共贯?则泰山之封,乌得七十而有二仪?是以创业垂统者俱不见其爽,退迩五三孰知其是非?遂作颂曰:……

类似东汉赋篇的赋序,与班固《两都赋序》尤相仿佛,应该可作为赋序的滥觞。

其四,《长杨赋》①。"是使赋有了以议论为主的篇章。"《长杨赋》以天子长杨观猎为论辩的对象,虽同样针对狩猎,但与《羽猎赋》有很大不同。何焯《义门读书记》说:"《羽猎赋》序以议论,赋用叙事;《长杨赋》序用叙事,赋出议论,此善于用变也。《羽猎》步趋《上林》,而意极夸张,语加奇崛,以序中奢丽夸诩四字为主、归诸谦逊,以为讽也。长杨之事,尤为荒远,故其辞切。"二赋之不同,清晰可见,除却各自以史传文字所加之序文,最大之不同,即《羽猎》叙事,《长杨》议论。就模拟而论,考诸内容、表现技巧、讽谏手法,则为司马相如《难蜀父老》之流裔,姚鼐有云:"此篇仿《难蜀父老》。"而就《汉书·扬雄传》看:

> 明年,上将大夸胡人以多禽兽,秋,命右扶风发民入南山,西自褒斜,东至弘农,南驱汉中,张罗罔置罘,捕熊罴豪猪虎豹狖玃狐菟麋鹿,载以槛车,输长杨射熊馆。以罔为周阹,纵禽兽其中,令胡人手搏之,自取其获,上亲临观焉。是时,农民不得收敛。雄从至射熊馆,还,上《长杨赋》,聊因笔墨之成文章,故借翰林以为主人,子墨为客卿

---

① 费振刚、仇仲谦、刘南平校注:《全汉赋校注》,273页,广州,广东教育出版社,2005。

以风。①

其写作背景与动机，促成了赋作之特定设计与安排。篇中借子墨客卿之口，申述因成帝逞欲而"农民不得收敛"之弊，再设翰林主人予以驳斥，以所谓安不忘危来为皇帝打圆场，其倾向不难明确。何焯论曰："客卿之谈，正论也；主人之言，微辞也。正论多忤，微辞易入，所以为讽。借客卿口中入正论，此正妙于讽谏处。"正是在这个意义上，简宗梧指出："（《长杨赋》的模仿），并不是逞才以媲美前贤，而是援笔拟篇时，想到前贤的谋篇技巧可以取法，于是仿其格局，用其体式。他的模仿，使这体类结构有了雏形，楼昉以为韩愈的《进学解》《送穷文》都是仿《长杨赋》之作。由此可见扬雄在'文成法立'过程中，扮演了重要的角色。"

其五，《太玄赋》②。扬雄撰《太玄经》而作《太玄赋》，该赋不但语法、体式都秉承楚辞的余绪，内容也直抒胸臆，与前四赋迥然不同。胡韫玉评曰："体近《离骚》，理兼庄老，造句辞遣，雅近古质。"就这些方面而论，简宗梧认为："当今论文学史的学者，大多推重张衡的《归田赋》，说它改长篇巨制为短小篇章，变描述京殿游猎为表现个人胸怀，一扫堆积模拟之恶习，以清丽的字句，直写人生的境界、道家的哲学，开魏晋哲理文学的先声。其实这几方面，《太玄赋》都足以称之。所以汉赋的转变，《太玄赋》已见其契机。"

其六，《蜀都赋》③。写京都的赋篇大盛于东汉，西汉之世写京都的赋篇，唯有扬雄的《蜀都赋》，故有开风气之先及为汉赋开发新题材的意义。此类赋作中有一手法，如袁枚《随园诗话》所论："古无类书，无志书，又无字汇，《三都》《两京》赋，言木则若干，言鸟则若干，必待搜辑群书，广采风土，然后成文，果能才藻富丽，便倾动一时，洛阳所以纸贵者，直是家置

---

① （汉）班固：《汉书》，3557页，北京，中华书局，1962。
② 费振刚、仇仲谦、刘南平校注：《全汉赋校注》，285页，广州，广东教育出版社，2005。
③ 同上书，212页。

一本，当类书字汇读耳。"说法虽属臆测，但也不无道理。赋家们铺叙山川鸟兽草木虫鱼，不但务求淹博，也求字形骈排整齐富丽。个中做法，固可以上推司马相如《子虚》《上林》，不过到了对文字有高深造诣的扬雄，《蜀都赋》中更是大事排比，如"仓山隐天"至"砾乎岳岳"一段，共九十二字，山旁的字就罗列三十九字。从此以后，蔚然成风。

其七，"《逐贫赋》①是句式复古的通变尝试"，如浦铣《复小斋赋话》所论："赋四字为句，起于子云《逐贫》，次则中郎《青衣》、子建《蝙蝠》。唐则柳州《牛赋》，元则袁桷《洛赋》是也。"虽说对该赋的立意古人多有微词，但对其形式上的改变则予承认。该赋一变汉赋之体式，全篇一百一十五句全部四言，既无散文赋的提头接头词语，也无骚体赋的语中稽词或语尾助词，用韵亦不同于一般赋作，两句八字用一韵字，并常连用五六个韵字才换韵，让人直以为是诗不是赋。后世那些亦诗亦赋、援诗入赋的做法大约都可从中找到借鉴。

其八，"《反骚》②是仿《离骚》而反其义的变新"。《反骚》约作于成帝阳朔元年（前24），当时扬雄尚在蜀地，为早年述志之作。据《汉书·扬雄传》自述：

> 先是时……又怪屈原文过相如，至不容，作《离骚》，自投江而死，悲其文，读之未尝不流涕也。以为君子得时则大行，不得时则龙蛇，遇不遇命也，何必湛身哉！乃作书，往往摭《离骚》文而反之，自岷山投诸江流以吊屈原，名曰《反离骚》；又旁《离骚》作重一篇，名曰《广骚》；又旁《惜诵》以下至《怀沙》一卷，名曰《畔牢愁》。③

从中可知，扬雄对屈原作品曾大量模仿（另有《广骚》《畔牢愁》已散佚

---

① 费振刚、仇仲谦、刘南平校注：《全汉赋校注》，289页，广州，广东教育出版社，2005。
② 龚克昌等评注：《全汉赋评注》，400页，石家庄，花山文艺出版社，2003。
③ （汉）班固：《汉书》，3515页，北京，中华书局，1962。

不传）。以所传《反骚》看，其形式和词语，大多依傍《离骚》，篇中虽对《离骚》之言、屈原之行不时责难，不过他的责难，"是他自负得周楚之美烈，出于惺惺相惜之情，痛天路之不开，使纯善贞烈之人沉江而死，与班固出于史笔之论断，完全不同。……"谢无量尝云："《反骚》之义，诚不同屈原，而词实旁《骚》而作。"这种做法影响所及，使后世"借吊屈原以自吊者日众，成为愤世疾邪者自伤的表达方式，而《反骚》取《离骚》之词以抒怀的方式，更为吊屈原以自吊者另辟蹊径"。

其九、十，"《解嘲》《解难》①为设论体奠定规模"。两篇都是扬雄为《太玄》而作。关于《解嘲》，《汉书·扬雄传》中述其写作缘由有云：

> 哀帝时，丁、傅、董贤用事，诸附离之者或起家至二千石。时雄方草《太玄》，有以自守，泊如也。或嘲雄以玄尚白，而雄解之，号曰《解嘲》。②

赋篇假设二问二答，除表明心迹外，亦针对时事有所托讽，如胡韫玉所说："以滑稽之辞，抒愤懑之气。"若推其源流，则如林希元所论："此祖东方曼倩《答客难》，枝叶文采过之，其一气浑成，则不及矣。中间又意不过四转，说出人才遇世升落之端，曲折详尽，孟坚《答宾戏》亦是祖此。"可谓有褒有贬，不过对于篇中虞舜之治的政治理想则推崇有加，"扬子云《解嘲》真金玉质之文，《客难》其歉于丰腴，《宾戏》则过于模拟。"

《汉书·扬雄传》交代《解难》的写作缘起有云：

> 雄以为赋者，将以风也，必推类而言，极丽靡之辞，闳侈巨衍，竞于使人不能加也，既乃归之于正，然览者已过矣。……繇是言之，赋劝而不止，明矣。又颇似俳优淳于髡、优孟之徒，非法度所存，贤人君子

---

① 费振刚、仇仲谦、刘南平校注：《全汉赋校注》，298、312 页，广州，广东教育出版社，2005。
② （汉）班固：《汉书》，3565～3566 页，北京，中华书局，1962。

诗赋之正也，于是辍不复为。……《玄》文多，故不著；观之者难知，学之者难成。客有难《玄》大深，众人之不好也，雄解之，号曰《解难》。①

赋篇以一难一答，说明闳言崇议不得不深难的道理，并认为曲高则和寡、自然不为流俗所好，但相信必有知己。直写胸襟怀抱，比《解嘲》更率直，并少愤懑之气。以上篇目，除《反骚》外，费振刚等《全汉赋校注》皆有收录、校注并附历代赋评，龚克昌等评注《全汉赋评注》②则全有收录。

尚未论及的篇目：《酒赋》③，出自《汉书·陈遵传》，"以讽谏成帝，其文为酒客难法度士，譬之于物"。赋篇设置巧妙，语词诙谐，为君子正士鸣不平之意跃然而出，其透彻犀利为后世所称道。周紫芝《竹坡诗话》有云："扬子云好著书，固已见诮于当世，后之议者纷纷，往往词费而意殊不尽。惟陈去非一诗，有讥有评，而不出四十字：'扬雄平生书，肝肾间雕镌。晚于玄有得，始悔赋《甘泉》。使雄早大悟，亦何事于玄。赖有一言善，《酒箴》真可传。'后之议雄者，虽累千万言，未必能出诸此。"《覈灵赋》④残篇，"自今推古"，畅言宇宙之道人世之理，引经据典，娓娓道来，当为其晚年思想成熟期之作品。两篇之归入赋作，亦多用四字句，《酒赋》用韵，《覈灵赋》则全似散文，可知《逐贫赋》句式复古之通变尝试并非孤例，且形式也并非全部依从《诗》作。综上所述，扬雄之赋作与其他方面的著述一道，其模拟与创新恰如《本传》赞语所论，皆是欲就当世之最高者用力运心之作加之他本人博学多能，非常人所能及，故而所作或命意深湛，或法度完备，或巧于变通，或拓开新题，正所谓"文成法立"，足以为后世作者所宗法。

---

① （汉）班固：《汉书》，3575页，北京，中华书局，1962。
② 龚克昌等评注：《全汉赋评注》，石家庄，花山文艺出版社，2003。
③ 费振刚、仇仲谦、刘南平校注：《全汉赋校注》，294页，广州，广东教育出版社，2005。
④ 同上书，296页。

三、刘歆《遂初赋》之历叙纪传

刘歆，字子骏，后改名秀，字颖叔。沛（今江苏沛县）人，刘向少子。西汉末年为古文经学争立学官，于学术整理、天文历算有重要成就。成帝时，与王莽同为黄门郎，颇为王莽所重。河平中，与父向领校皇家秘书，对六艺、传记、诸子、诗赋、术数、方技无所不究。向死，歆复为中垒校尉。哀帝即位，为王莽所荐，任侍中、太中大夫，迁奉车都尉、光禄大夫，继承父业，总校群书，撰成《七略》。后为古文经争立学官，遭今文博士反对，出为河内、五原、涿郡太守。王莽执政，立古文经博士，歆任"国师"，封嘉新公。地皇四年，起义军迫近长安，歆与卫将军王涉谋诛王莽，事泄自杀。传见《汉书·楚元王传》《王莽传》。刘歆文风典雅峻洁雄放，原有文集已失传，明人辑有《刘子骏集》。赋作今存《遂初赋》完篇，残文《甘泉宫赋》《灯赋》两篇。

《遂初赋》[①]赋序说明写作缘起有云：

> 《遂初赋》者，刘歆所作也。歆少通诗书，能属文。成帝召为黄门侍郎、中垒校尉、侍中、奉车都尉、光禄大夫。歆好《左氏春秋》，欲立于学官，时诸儒不听，歆乃移书太常博士，责让深切，为朝廷大臣非疾，求出补吏，为河内太守。又以宗室不宜典三河，徙五原太守。是时朝政已多失矣，歆以论议见排摈，志意不得。之官，经历故晋之域，感今思古，遂作斯赋，以叹征事而寄己意。

可知，该赋正是刘歆在争立古文经博士失败后外放途中所作。依《汉书·楚元王传》中所载《移太常博士书》来看，刘歆之为《左氏春秋》及《毛

---

① 费振刚、仇仲谦、刘南平校注：《全汉赋校注》，316页，广州，广东教育出版社，2005。

诗》《逸礼》《古文尚书》争立学官，颇有一番保存典籍、张大学术的用心，然其针对今文博士不肯置对的责让之词，"专己守残，党同门，妒道真，违明诏，失圣意，以陷于文吏之议"未免过于激切，以至于诸儒怨恨，执政忤怒，不得已求出补吏，其内心必然愤懑不平，赋中写道：

  昔仲尼之淑圣兮，竟隘穷乎蔡陈。彼屈原之贞专兮，卒放沉于湘渊。何方直之难容兮，柳下黜出而三辱。蘧瑗抑而再奔兮，岂材知之不足。扬蛾眉而见妒兮，固丑女之情也。曲木恶直绳兮，亦小人之诚也……

  那种借古自况，讥讽时事恶浊之激烈情绪清晰可辨，至于赋作最后之"乱曰"：

  处幽潜德，含圣神兮。抱奇内光，自得真兮。宠幸浮寄，奇无常兮。寄之去留，亦何伤兮。大人之度，品物齐兮。舍位之过，忽若遗兮。求位得位，固其常兮。守信保己，比老彭兮。

  一番人生如寄、荣辱无常的叹息与议论，与前面追思历史之雄肆格调迥然不同，句式亦由富于变化的七字句变为整齐的四字句，其势恰如奔流入平川，已全然转为自遣无奈之词。至于刘歆赋作体式上的特色，评论俱见于刘勰《文心雕龙》，《章句》篇有云："若乃改韵从调，所以节文辞气。贾谊、枚乘，两韵辄易；刘歆、桓谭，百句不迁；亦各有其志也。昔魏武论赋，嫌于积韵，而善于资代。陆云亦称'四言转句，以四句为佳'。观彼制韵，志同枚、贾。然两韵辄易，则声韵微躁；百句不迁，则唇吻告劳。妙才激扬，虽触思利贞，曷若折之中和，庶保无咎。"说刘歆赋篇用韵百句不迁（夸张之辞），于该赋体现并不明显，大约该赋恣意汪洋，多有转折，非一韵可以一气贯通。《事类》篇有云："观夫屈宋属篇，号依诗人，虽引古事，而莫取旧辞。唯贾谊《鹏赋》，始用鹖冠之说；相如《上林》，撮引李斯之书，此万分之一会也。及扬雄《百官箴》，颇酌于《诗》、《书》；刘歆《遂初赋》，历叙于纪传；渐渐综采矣。至于崔班张蔡，遂捃摭经史，华实布濩，因书立功，皆后人之范式也。"可知，西汉后期赋作日趋学问化的作法甚为明显，刘歆之综采主要以历叙史事为特色，该作法与扬、崔、班、张、蔡等人的作法一道，直接影响了后世"捃摭经史"写作范式的形成。

《甘泉宫赋》[1]残篇，《古文苑》章樵题下注云："甘泉宫……成帝时扬雄从祠甘泉，还奏赋以风（讽）。此赋（刘歆赋）不及祠祝，后有缺文也。"

《灯赋》[2]存于《艺文类聚》卷八十，似为残篇。马积高《赋史》则以为非残，为全篇。此赋赋灯，在中国文学史上为首次。赋篇全用四言句式，其类乎《诗》处，可与扬雄句式复古之作相参照；隔句押韵，一韵到底，则符合《文心雕龙·章句》篇刘歆用韵之评论。

四、冯商赋存目一篇

冯商，籍贯与生平俱不可考，西汉末人，与扬雄所处时代相近，官待诏。《汉书·艺文志》载："待诏冯商赋九篇。"《艺文类聚》存目《灯赋》[3]。

五、班倢伃赋中之女德

班倢伃，名不详，楼烦（今山西宁武）人，西汉女文学家。班固祖姑。少有才华，善辞赋，成帝时被选入宫，始为少使，后立为倢伃。平日谨遵礼法，处事从容，甚蒙太后赏识。后见赵飞燕姐妹专宠后宫，形势峻切，遂自

---

[1] 费振刚、仇仲谦、刘南平校注：《全汉赋校注》，326 页，广州，广东教育出版社，2005。
[2] 同上书，329 页。
[3] 同上书，330 页。

请于长信宫供养太后。成帝死，守皇陵，后亦葬于陵侧，传见《汉书·外戚传》。其作品很多，当时曾有集通行，今仅存《自悼赋》《捣素赋》赋作两篇及五言诗《怨歌行》一首。

对班倢伃赋作的评价，多有从其哀怨苦闷之情着手者。殊不知西汉后期赋体之地位，颇有类于后世诗歌之居于正统，有着内容体制上的诸种要求。前面所论赋作，或托于讽谕，有补政教；或抒写怀抱，寄托遥深；或出经入史，气势森然，已然可以说明此时赋作之接洽《诗》义、整肃丰腴之诸般特色。班倢伃之两篇赋作，亦是就政教（女德）之正统意义生发而来，与其五言诗之自伤格调颇有不同。《汉书·外戚传》中之记载颇能说明其情操修养：

> 成帝游于后庭，尝欲与倢伃同辇载，倢伃辞曰："观古图画，贤圣之君皆有名臣在侧，三代末主乃有嬖女，今欲同辇，得无近似之乎？"上善其言而止。太后闻之，喜曰："古有樊姬，今有班倢伃。"倢伃诵《诗》及《窈窕》、《德象》、《女师》之篇。每进见上疏，依则古礼。①

> 许皇后坐废，考问班倢伃，倢伃对曰："妾闻'死生有命，富贵在天。'修正尚未蒙福，为邪欲以何望？使鬼神有知，不受不臣之诉；如其无知，诉之何益？故不为也。"上善其对，怜悯之，赐黄金百斤。②

这份自觉与从容，足以当"充实之谓美"（《孟子·尽心章句下》）之评价，以这份修养来写正统之赋体，即便哀婉，格调亦不凡。

《自悼赋》③就其内容看，作于长信宫供养太后之时。赋篇首段，由追述女德典范，言自己恪守遵行，怎奈"仍褪袱而离灾"，只能感叹天命难求。次段，抒写供养长信宫之情状，虽托于末流，但誓愿以此归骨于青山松柏之

---

① （汉）班固：《汉书·外戚传》，3984 页，北京，中华书局，1962。
② （汉）班固：《汉书》，3984~3985 页，北京，中华书局，1962。
③ 费振刚、仇仲谦、刘南平校注：《全汉赋校注》，331 页，广州，广东教育出版社，2005。

间。以上两段,依循骚体,于太息间作意转折,可谓"哀而不伤"。"重曰"段,句式突变,叹词"兮"字置于句中,七字、五字、六字句轮错,音节促迫,写宫中清幽,思君涕流,又复顾左右而自遣,"惟人生兮一世,忽一过兮若浮。已独享兮高明,处生民兮极休。勉虞精(娱情)兮极乐,与福禄兮无期"。篇终。"《绿衣》兮《白华》,自古兮有之",引《诗》似为后宫现状作解,同时亦成借古讽今之效。此赋诚如魏庆之《诗人玉屑》所论:"班倢伃所作《自悼赋》,归来子以为其词甚古,而侵寻于楚人,非特妇人女子之能言者,是固然矣。至于情虽出于幽怨,而能引分以自安,援古以自慰,和平中正,终不过于惨伤。又其德性之美、学问之力,有过人者,则论者有不及也。呜呼,贤哉!《柏舟》、《绿衣》见录于经,其词义之美,殆不过此云。"

《捣素赋》[①]载《艺文类聚》卷三十,《古文苑》卷三。先看赋题,"捣素"之"素",意为白色生绢,《礼记·杂记下》:"纯以素,纰以五采"[②],乃可以喻朴质无华,原始本色诸义,《鹖冠子·学问》云:"道德者,操行所以为素也"。孔门论"素以为绚兮"之诗而言"礼后乎"(《论语·八佾》),可知本篇寄托高洁德行之义。《古文苑》章樵题注曰:"成帝耽于酒色,政事废弛,倢伃贞静而失职,故托捣素以见意。"赋篇始以观察时序变化,至"虽松梧之贞脆,岂荣雕其异心"相感,颇有《诗》之起兴之意,而兼具学识理性之色彩,《古文苑》章樵注:"秋月景色凄清,物性虽不同,其感则一也。"次写捣素女之美不可言,所谓"调铅无以工其貌,凝朱不能异其唇。胜云霞之迹日,似桃李之向春"。次写捣素声之妙弗能传,以致"钟期改听伯牙驰琴"。次写捣素女"幽静贞专",而其颇为自责,以为未能克尽妇德,因而篇终之哀怨,就非一己之自伤,而是有更重大之关切,诚可谓"发乎情而止乎礼"。刘熙载《艺概·赋概》评曰:"班倢伃《捣素赋》,怨而不怒,兼有'塞渊、温惠、淑慎'六字之长,可谓深得风人之旨。"林联桂评其体式:

[①] 费振刚、仇仲谦、刘南平校注:《全汉赋校注》,335 页,广州,广东教育出版社,2005。
[②] 《礼记注疏》卷四十三,文渊阁四库全书,经部,礼类,礼记之属。

"骈赋之体，四六句法为多，间有用三字叠句者，则其势更耸，调更遒，笔更峭，拍更紧，所谓急管促节是也……有用之于承笔者，如……班婕妤《捣素赋》云：'于是投香杵，扣纹砧，择鸾声，争凤音'之类，皆三字叠句作承笔，笔之最峻峭者也。"（《见星庐赋话》）皆足以当之。

以上专论班婕妤赋中女德及其表现，于当代性别理论亦有可资参照比较的意义。在过去很长一段时间里，美国乃至整个西方的性别研究，基本上遵循"差异观"到"迫害论"的思路，专力探讨因性别"差异"所造成的男性对女性的压制以及以男权为中心的文学观念，影响到中国学界，亦有不少简单搬用、套用的现象。而就性别在中西方文化中的不同界定而言，两者还是有着诸多区别的。海外华裔学者孙康宜就认为，西方"受害者"的话语体系并不适用于中国古代文学的性别研究。在中国古代，即使男性诗人和女性诗人之间存在着某种"差异"，那也是一种不带敌意和防御性的差异。因为中国古代女性并不都是受害者，尤其是有文学才能的女性，她们的创作不仅得到了一些男性文人的肯定和欣赏，还得到了许多男性的支持和帮助。与现代人所想象的相反，古代女诗人并没有受到其同时代人的忽视。即使一般女人的社会地位不高，才女的文学地位却是很高的，而优秀的女性诗作普遍受到推崇，这和西方那种排斥女性作家的传统是有很大差别的[①]。

更为重要的是，这种关系还促成了中国古代文学里男女互补现象的出现，这与西方社会里经常存在的性别战争也大异其趣。中国传统男女一直分享着共同的互为关联的伦理文化，也用共同的文学语言认同着这种文化。就像"温柔敦厚"的诗教观念，其中就蕴含着一种女性特质的发挥。在《诗经》里，我们能够听到众多女性的声音，而在后世的诗词写作中，也充斥着"男子作闺音"的情感及声调模仿。至于女诗人们的写作，她们或者用较阳刚的语言来摆脱所谓的"脂粉气"，或者有意识地体现出对政教伦理的维护，或者把文学的技巧发挥到足以比肩男子的程度，从而与男性诗人一道，

[①] 宁一中、段江丽：《跨越中西文学的边界——孙康宜教授访谈录》，载《文艺研究》，2008（9）。

共同丰富了中国传统文学的表达。班倢伃的赋作,正具有这方面的意义,后世纷纷以《诗》义对之做出评价,充分说明了她在将女性情感的敏锐纤柔融入学问道德境界之后所展现出的温厚深沉的力量。在她这里,性别关系丝毫没有体现出所谓压抑,而是更为自觉地指向了政教大义的维护,指向了自我人格内在的充盈丰满。这份表达,比之那些"以道自任"的君子贤者,也丝毫不见逊色。因此,对于"女德",只要我们不是一味以现代道德观念对之一笔抹煞的话,就足以发现它在中国文化、文学中所具有的功能和价值,足以发现传统女性写作特有的价值取向和脉络,并进而为当下性别理论的思考拓开视域。

从以上赋篇的流传及评论情况看,虽说西汉后期的创作相对衰落,但在"经学极盛"的背景下,此时赋作亦具有自身鲜明的特色。其一,对《诗》之美刺精神(主要是刺)有更自觉的发扬,以上诸篇几乎篇篇都寓含鲜明的讽谏之旨。其二,赋作日益体现出学者化的色彩,学问思力以及个人兴感在赋篇中得以充分凸显。其三,赋作体式也有不同程度的丰富,语词、用韵、句式、铺排等都有别具特色的营构。这些方面,既反映着汉赋的发展走向,也密切关联着西汉后期特定的赋论观念。

◎ 第二节
《诗赋略》对汉赋的整理、分类及评论

西汉后期的赋论,主要体现在扬雄"诗人之赋丽以则,辞人之赋丽以淫"的论述中,以及《汉书·艺文志·诗赋略》对汉赋的整理、分类及评论工作中。其中,《诗赋略》作为对西汉赋作的整体研究,也保留了扬雄的说法,以下讨论即主要围绕《诗赋略》展开。

在汉代,因为书籍传播条件的限制,文献整理、保存的工作主要还是借

由官方之力来实现的。今天能够看到的汉赋全篇，相当一部分就保存于几部正史之中：西汉司马迁的《史记》，全文载录贾谊、司马相如赋作七篇；东汉班固的《汉书》，以及南朝梁范晔的《后汉书》，整理、载录汉赋共十一家，三十一篇。不过，这些整理仅限于成就较高、影响较大的名作，搜集的写本也未必全面，无法使人一窥汉赋全貌。中国史籍中，最早对于当时所有汉赋进行系统整理、分类与评论的，见于《汉书·艺文志·诗赋略》，而《诗赋略》，又与刘向、刘歆父子的《别录》《七略》有极密切的关系。班固对此有明确说明：

> 至成帝时，以书颇散亡，使谒者陈农求遗书于天下。诏光禄大夫刘向校经传、诸子、诗赋，步兵校尉任宏校兵书，太史令尹咸校数术，侍医李柱国校方技。每一书已，向辄条其篇目，撮其指意，录而奏之。会向卒，哀帝复使向子侍中奉车都尉歆卒父业。歆于是总群书而奏其《七略》，故有《辑略》，有《六艺略》，有《诸子略》，有《诗赋略》，有《兵书略》，有《术数略》，有《方技略》。今删其要，以备篇籍。①

后世史籍亦承袭此说："校书郎班固、傅毅等典掌焉（经籍），并依《七略》而为书部，固又编之以为《汉书·艺文志》。"②因此可以确定，《汉书·艺文志》所保存的正是刘向、刘歆父子总校群书的精华，其中之《诗赋略》主要体现的也是刘氏父子的赋学面目。

一、汉赋的搜集、校雠与编定

汉赋整理为汉代文献典籍整理的一个部分。在当时条件下，这项工作必然有一个艰苦浩大、费时费力的过程。自秦火以来，文献保存或口口相传，或辗转抄录、或民间私藏、或官府遗存，途径非一，来源多方，改窜字句、

---

① （汉）班固：《汉书》，1701页，北京，中华书局，1962。
② （唐）魏徵：《隋书·经籍志》，文渊阁四库全书，史部，正史类。

以讹传讹的情况势难避免；加之书籍主要书写载体为竹简，保存流通颇为不易，断简、错简乃至蚀坏的情况也容易发生。由此可以推知，陈农、刘向等人搜集、整理的文献典籍，不仅要广为搜罗，更需要在大量版本间从事细致的比对与校勘。章学诚《校雠通义》就曾指出：

> 刘向校雠中秘，有所谓中书，有所谓外书，有所谓太常书，有所谓太史书，有所谓臣向书，臣某书。夫中书与太常太史，则官守之书不一本也。外书与臣向臣某，则家藏之书不一本也。夫博求诸本，乃得雠正一书，则副本固将广储，以待质也。夫太常领博士，今之国子监也。太史掌图籍，今之翰林院也。凡官书不特中秘之谓也。①

根据这段描述，当时刘向面对的版本就有中书、外书、太常书、太史书、臣某书等；官府藏书的有中书、太常书、太史书等；私人藏书更是臣某与臣某个个不同。面对如此繁多的版本系统，"校雠"之义法由此得以建立。《文选·魏都赋》注引《风俗通》云："刘向《别录》：校雠：一人读书，校其上下，得谬误为校；一人持本，一人读书，若怨家相对，为雠。"②从中可知，校雠的内容主要是订正讹脱窜乱的文字，脱字补之，误字改之，以求善本，同时也涉及篇章的增删与排定，如《管子书录》云："护左都水使者光禄大夫臣向言，所校雠中《管子书》三百八十九篇，大中大夫卜圭书二十七篇，臣富参书四十一篇，射声校尉立书十一篇，太史书九十六篇，凡中外书五百六十四篇，以校，除复重四百八十四篇，定著八十六篇，杀青而书可缮写也。"③意思是说《管子》各家抄本互有重复，刘向删其重复，存其互异，并重新编定次序，最终得到一本篇目最全、文字最精的《管子》。

汉赋整理，虽然不似其他经籍需要面对抄本众多、流派纷呈等复杂问

---

① （清）章学诚：《校雠通义·校雠条理第七》，见《文史通义》附，64页，上海，上海书店，1988。
② （南朝梁）萧统编，（唐）李善注：《文选》第一册卷六，287页，上海，上海古籍出版社，1986。
③ （清）严可均辑：《全汉文》卷三十七，381页，北京，商务印书馆，1999。

题，但自汉初到刘向之时，汉赋也经过了二百余年的写作、传抄、进献过程，所产生的赋作数量亦甚为可观。据班固《两都赋序》所言，仅进献给皇帝的赋作，就有千余篇："孝成之世，论而录之，盖奏御者千有余篇。"①面对如此众多的赋篇，整理工作亦不轻松，中间是否也要像对先秦古书那样要对不同抄本进行搜集和校雠，因《诗赋书录》散佚，已无从了解。

刘向、刘歆父子校书除了勘定文字版本外，另一重要工作就是撰写"书录""书略"。《汉书·艺文志》有云："每一书已，向辄条其篇目，撮其指意，录而奏之。"梁阮孝绪《七录序》说得更具体："昔刘向校书，辄为一录，论其指归，辨其讹谬，随竟奏上，皆载在本书。时又别集众录，谓之《别录》，即今之《别录》是也。"②由此可知，刘向曾经为每本书都撰写了书录（或叙录），附在各书之后，并将各书书录抽出结为一集，是为《别录》。就上引文字及今存《战国策书录》《晏子叙录》《孙卿书录》《韩非子书录》《列子书录》《邓析书录》《关尹子书录》《子华子书录》《说苑叙录》③等篇目而言，刘向《别录》大致包括如下内容：篇目编次、校勘说明、作者介绍、评论思想内容、探究学术源流、考辨真伪、权衡价值等。这种做法颇有类于今天所说的提要或简介，只是所涉及的内容更为广泛和全面，对于欲了解汉代及汉代之前的学术著述梗概的读者来说，大为方便。这也是图书整理方面一项重要的创举。

以上所列书录，俱可见于严可均《全汉文》。从中可以推想，作为刘向校书的特定体例，他在校定诗赋一类的图书时，如《屈原赋》《荀卿赋》《陆贾赋》《司马相如赋》《扬雄赋》等，也必然撰写有书录加以介绍。这个推断可以从《汉书·艺文志》"七略"的编写结构中获得说明。七略编写体例统一，每一部分俱以略、种（类）、家（作者）卷（篇目）三个层次来加以安排，如：

六艺略—《易》—《易经》十二篇，施、孟、梁丘三家。

---

① （清）严可均辑：《全后汉文》卷二十四，235 页，北京，商务印书馆，1999。
② （南朝梁）阮孝绪：《七录序》，见《广弘明集》卷三，文渊阁四库全书，子部，释家类。
③ （清）严可均辑：《全汉文》卷三十七，379～386 页，北京，商务印书馆，1999。

诸子略——儒家——《晏子》八篇。

诗赋略——屈原赋之属——唐勒赋四篇。

兵书略——兵权谋——《吴孙子兵法》八十二篇。 图九卷。

术数略——天文——《泰壹杂子星》二十八卷。

方技略——医经——《黄帝内经》十八卷。

最后《艺文志》总结道:"大凡书,六略三十八种,五百九十六家,万三千二百六十九卷。 入三家,五十篇,省兵十家。"在这种结构中,《唐勒赋》四篇与《晏子》八篇都属于第三层次,即家与卷(具体作品)范畴。 那么,既然有《晏子叙录》,也应该会有《唐勒赋书录》,但问题在于目前所能看到的书录相当有限,除如上零星收录者,绝大部分俱已散佚,不能令人一睹其具体面目。 即便如此,目前所遗存的某些材料中,还是能够找到一些书录的蛛丝马迹。《史记·屈原贾生列传》注引中,南朝宋裴骃《集解》就列出了刘向评贾谊《吊屈原赋》的一条佚文:"骃案,刘向《别录》曰:因以自谕自恨也。"这句话应该来自《贾谊赋书录》无疑。 此处虽然明确标明刘向《别录》,但就评论而言,"自谕",是指贾谊以屈原的不幸来比拟自己的遭际;"自恨",则是指该赋借追悼屈原以抒发自己有志难酬的憾恨和人生多艰的感慨。 仅仅两个词,便真切道出了该赋的主旨,这比起班固"谊追伤之,因以自谕"(《汉书·贾谊传》)的解释更为确切。 再如另一条《汉书·艺文艺》注引颜师古的材料:"刘向《别录》云:隐书者,疑其言以相问,对者以虑思之,可以无不谕。"《隐书》是《艺文志》"杂赋"中的最后一类,刘向的《隐书》叙录,显然意在扼要说明这一类赋在文体上的特点。 这类简明扼要的写法,都足以说明书录(叙录)的提要或简介性质。

严可均《全汉文》还辑录了几条与汉赋有关的《别录》佚文,摘录如下:

1. 淮南王有《薰笼赋》(《太平御览》卷七一一引刘向《别录》云云,又见《北堂书钞》卷一三五)。

2. 向有《芳松枕赋》(《太平御览》卷七〇七引刘向《别录》云云,《白氏六帖》卷四作《芳松赋》)。

3. 向有《合赋》（《太平御览》卷七一七引刘向《别传（录）》云云）。

4. 有《麒麟角杖赋》（《北堂书钞》卷一三三引刘向《别录》云云，《太平御览》卷七一〇引刘向《别传（录）》作"有麒麟角杖○"，又见《事类赋注》卷一四）。

5. 有《行过江上弋雁赋》、《行弋赋》、《弋雌得雄赋》（《太平御览》卷八三二引刘向《别录》云云。笔者按：明杨慎《丹铅杂录》卷十云："刘向赋雁云：顺风而飞，以助气力；衔芦而翔，以避矰缴。"杨慎所录，虽无标题，但大致不出这三篇）。

6. 待诏冯商作《灯赋》（《艺文类聚》卷八。引刘向《别传（录）》云云）。

7. 臣向谨与长社尉杜参校中秘书（《汉书·艺文志》颜师古注引刘向《别录》云云）。

8. 骠骑将军史朱宇（《汉书·艺文志》颜师古注引刘向《别录》云云）。

9. 隐书者，疑其言以相问，对者以虑思之，可以无不喻（《汉书·艺文志》颜师古注引刘向《别录》云云）。

10. 有《丽人歌赋》。汉兴以来，善雅歌者鲁人虞公，发声清哀，盖动梁尘。（《艺文类聚》卷四三引刘向《别录》云云，又见《文选·啸赋》注、《初学记》卷一五、《事类赋注》卷一一）。①

这些零散辑文，是否全部来自刘向《别录》，已无法考证。但它们分别辑自《艺文类聚》《北堂书钞》《太平御览》《初学记》《事类赋注》《文选注》《史记集解》《汉书注》等诸多典籍，应该具有一定的可信性；而且，以上各书大都为唐人所撰，有的还出自六朝，大约当时《别录》尚有流传，时人撰注，尚可加以援引，不似后世只以抄录前人为务。根据这些辑文，大略可知刘向《别录》中定有不少论述汉赋的内容，或者进一步说，凡经过整理的赋家及赋作在刘向这里大约都作有书录以述其梗概，而且内容必然涉及赋作的

---

① （清）严可均辑：《全汉文》卷三十八，396 页，北京，商务印书馆，1999。

方方面面（仅以上辑录，就涉及赋题、赋家生平、校勘经过、赋作构思、创作主旨等）。

综上所述，刘向、刘歆父子对于汉赋的整理，在今天固然难以了解其全貌，但依据《汉书·艺文志》及其他史料加以推断，大体上可以归纳为这样几个方面的工作：一者，对于汉赋作品加以遴选、校雠，并从中形成较为完善的定本；二者，依据略、种、作之特定体例对赋家赋作加以编排，使赋家赋篇形成较为清晰条理的系统；三者，对于赋家赋作方方面面予以梗概精要的梳理，撰成书录以备参考，以达到提纲挈领予便以了解之效用。经过这番工作，汉赋便和其他六略一道，构成了西汉时期学术著述的全面而清晰的面貌。根据《汉书·艺文志》还可以推断，刘向之整理群书撰成别录，虽然只是陈其梗概，但因为涉及每位著者的每种著述，所形成的篇幅仍然颇有规模。歆承父业，两年而能撰成《七略》，大体上应该属于对《别录》的进一步提炼和缩写，并借此实现了对当时学术著述总体扼要的了解。最终，《七略》借《汉书·艺文志》而能基本保持旧观，更为详细的《别录》则纷纷散佚（王莽时曾遭火焚），这不能不说是文献史上极大的憾事。无论如何，就汉赋而言，这毕竟是有史以来第一次，也是规模最大的一次整理工作，共涉及赋家六十余家，赋作九百余篇，基本上展现了当时汉赋创作的全貌。即使各家赋的书录几乎全部失传，但是在这个整理基础上所形成的有关赋的认识，必定会对当时及后世赋的创作及评论产生深远影响。

二、赋分四类及文体初分

在遍研西汉赋作、撰写各家书录的基础上，刘向、刘歆父子还对汉赋进行了一次系统的归纳与分类工作。由"删其要"而成的《汉书·艺文志》可知，刘氏父子将周秦西汉的诗赋分为五个小类。除去第五小类"歌诗"，前四个小类皆为辞赋。

(一) 屈原赋类，计有：

屈原赋二十五篇。楚怀王大夫，有《列传》。

唐勒赋四篇。楚人。

宋玉赋十六篇。楚人，与唐勒并时，在屈原后也。

赵幽王赋一篇。

庄夫子赋二十四篇。名忌，吴人。

贾谊赋七篇。

枚乘赋九篇。

司马相如赋二十九篇。

淮南王赋八十二篇。

淮南王群臣赋四十四篇。

太常蓼侯孔臧赋二十篇。

阳丘侯刘隁赋十九篇。

吾丘寿王赋十五篇。

蔡甲赋一篇。

上所自造赋二篇。

兒宽赋二篇。

光禄大夫张子侨赋三篇。与王褒同时也。

阳成侯刘德赋九篇。

刘向赋三十三篇。

王褒赋十六篇。

凡二十家，三百六十一篇。除去屈原、唐勒、宋玉赋四十五篇，实际上收录汉代辞赋凡十七家，三百一十六篇。

（二）陆贾赋类，计有：

陆贾赋三篇。

枚皋赋百二十篇。

朱建赋二篇。

常侍郎庄忽奇赋十一篇。枚皋同时。

严助赋三十五篇。

朱买臣赋三篇。

宗正刘辟疆赋八篇。

司马迁赋八篇。

郎中臣婴齐赋十篇。

臣说赋九篇。

臣吾赋十八篇。

辽东太守苏季赋一篇。

萧望之赋四篇。

河内太守徐明赋三篇。字长君，东海人，元、成世历五郡太守，有能名。

给事黄门侍郎李息赋九篇。

淮阳宪王赋二篇。

扬雄赋十二篇。

待诏冯商赋九篇。

博士弟子杜参赋二篇。

车郎张丰赋三篇。

骠骑将军朱宇赋三篇。

凡二十一家，二百七十五篇（《汉书》原作二百七十四篇，盖有误），全属汉代辞赋。班固自注"入扬雄八篇",除去这八篇赋,在《七略》原本中,此类赋应为二百六十七篇(或二百六十六篇)。

(三)孙卿赋类,计有:

孙卿赋十篇。

秦时杂赋九篇。

李思《孝景皇帝颂》十五篇。

广川惠王越赋五篇。

长沙王群臣赋三篇。

魏内史赋二篇。

东暆令延年赋七篇。

卫士令李忠赋二篇。

张偃赋二篇。

贾充赋四篇。

张仁赋六篇。

秦充赋二篇。

李步昌赋二篇。

侍郎谢多赋十篇。

平阳公主舍人周长孺赋二篇。

雒阳锜华赋九篇。

眭弘赋一篇。

别栩阳赋五篇。

臣昌市赋六篇。

臣义赋二篇。

黄门书者假史王商赋十三篇。

侍中徐博赋四篇。

第九章 西汉后期之赋作与赋论 **437**

黄门书者王广吕嘉赋五篇。

汉中都尉丞华龙赋二篇。

左冯翊史路恭赋八篇。

凡二十五家，一百三十六篇。除去荀卿及秦杂赋，共著录汉赋二十三家，一百一十七篇。

（四）杂赋类，计有：

《客主赋》十八篇。

《杂行出及颂德赋》二十四篇。

《杂四夷及兵赋》二十篇。

《杂中贤失意赋》十二篇。

《杂思慕悲哀死赋》十六篇。

《杂鼓琴剑戏赋》十三篇。

《杂山陵水泡云气雨旱赋》十六篇。

《杂禽兽六畜昆虫赋》十八篇。

《杂器械草木赋》三十三篇。

《大杂赋》三十四篇。

《成相杂辞》十一篇。

《隐书》十八篇。

凡十二家，二百三十三篇。难辨其产生年代，但多出自西汉，当无可疑。

对《诗赋略》何以把赋分为四类，章学诚曾经推断说，"名类相同而区种有别，当日必有其义例。今诸家之赋，十逸八九，而叙论之说，阙焉无闻，非著录之遗憾与？"一方面认为这种区分定然有相应的义例，另一方面又表示出因文献缺失而不能确切了解的遗憾①。刘师培、章太炎则力图对前三种的区分做出相对明确的解释。刘氏谓，"盖屈平以下二十家，均缘情托物之作也；体兼比兴，情为里而物为表。陆贾以下二十一家，均骋辞之作也；聚事征材，旨诡而词肆。荀卿以下二十五家，均指物类情之作也；侔色揣声，品物毕图，舍文而从质"（《左盦集》卷八《〈汉书·艺文志〉书后》）②。其《论文杂记》云："写怀之赋，屈原以下二十家是也。骋辞之赋，陆贾以下二十一家是也。阐理之赋，荀卿以下二十五家是也。写怀之赋，其源出于《诗经》。骋辞之赋，其源出于纵横家。阐理之赋，其源出于儒、道两家。"③章太炎在《国故论衡·辨诗》中指出："《七略》次赋为四家：一曰屈原赋，二曰陆贾赋，三曰孙卿赋，四曰杂赋。屈原言情，孙卿效物，陆贾赋不可见。其属有朱建、严助、朱买臣诸家，盖纵横之变也。扬雄赋本拟相如，《七略》相如赋与屈原同次，班生以扬雄赋隶属陆贾下，盖误也。"④以上章、刘二氏对屈原赋、陆贾赋两类的说法，几乎完全相同，只是对于荀子赋类的理解有些出入：章氏言"效物"，刘氏一则曰"指物类情"，再则曰"阐理之赋"。至于刘、章二氏的解释是否符合向、歆父子著录的原意，限于文献已不得而知，不过这种区分还是可以结合具体赋作以及刘、章等人的评论来进行了解。

屈原赋类，根据刘、章两人的解释，特色为专主抒情，"即所谓言深思远，以达一己之中情者也"。其中，若屈原之《离骚》、《九章》、《九歌》、《天问》等，莫不抒发忧愤，感动天地；他如唐勒、宋玉、贾谊、刘安、汉武帝等人辞赋，多能吟咏性情，各从义类；司马相如，虽其《天子游猎赋》开创汉代大赋体制，声情少而丽辞多，以致有"长于叙事，而或昧于情"⑤之

---

① （清）章学诚：《校雠通义》，见《文史通义》附，98 页，北京，中华书局，1985。
② 转引自周勋初：《魏晋南北朝文学论丛》，70 页，南京，江苏古籍出版社，1999。
③ 刘师培：《中国中古文学史　论文杂记》，115~116 页，北京，人民文学出版社，1959。
④ （清）章太炎：《国故论衡》，90~91 页，上海，上海古籍出版社，2003。
⑤ （明）吴讷、（明）徐师曾：《文章辨体序说　文体明辨序说》，101 页，北京，人民文学出版社，1962。

评。但相如赋凡二十九篇（今仅存七篇），其中《哀二世赋》《长门赋》《美人赋》等皆长于抒情，亡佚二十二篇赋作或多类乎此。此外，刘向、刘歆父子将屈原赋置于《诗赋略》之首，明显有把屈原尊为辞赋之祖的意思。这种认识始于司马迁，但尚未明言，至东汉班固《离骚序》，才明确提出了"其文弘博丽雅，为辞赋宗"①的观点。

陆贾赋类，主"骋辞之作"，也"即所谓纵笔所如，以才藻擅长者也"。此类赋以陆贾为首，但陆赋今已失传。《文心雕龙·才略》云："汉室陆贾，首发奇采，赋《孟春》而选典诰，其辩之富矣。"②可见陆贾《孟春》等赋富于才辩，辞藻华丽，颇有纵横家驰骋翰藻、汪洋辟阖之风。其他各家赋作多佚，而《汉书》将朱建与陆贾同传，亦辩士之流；枚皋、严助、朱买臣等，皆工于言语；严助亦被《汉书》列为纵横家；司马迁、冯商皆良史之才，作赋必近于纵横。扬雄存赋较多，但扬雄赋有八篇是班固后来加入，不能代表刘向、刘歆父子的意见，况且其《长杨》《羽猎》诸赋，多富丽之辞，亦近乎骋词之赋。大概此类赋作多取法于《孟子》、《庄子》及战国纵横家说辞，铺张扬厉，气势不凡，颇具感染力乃至震撼力。

荀卿赋类，刘师培称之为"阐理之赋"。此类赋多亡佚，就今日所存荀子《赋篇》及《成相篇》③（或以为《赋篇》有《礼》《知》《云》《蚕》《箴》《饱诗》凡六篇，《成相篇》亦五篇，共得荀卿赋十一篇）。《成相》颇具民歌风味，但已近于赋体，其考列往迹，阐明事理，已开后世连珠手法；《赋篇》实取法民间隐语（谜语），然即小验大，析理至精，阐理至明，故可称之为阐理之赋。此外，刘师培还对于三种赋的来源加以断定："写怀之赋，其源出

---

① （清）严可均辑：《全后汉文》卷二十五，北京，商务印书馆，1999。
② （南朝梁）刘勰著，周振甫注：《文心雕龙注释》，502页，北京，人民文学出版社，1981。
③ 对于《成相篇》是否为赋体，历来争议颇多。肯定者若杨倞，否定者若吴讷，态度摇曳者若祝尧。朱熹有谓："杂陈古今治乱兴亡之效，托声诗以风时君，若将以为工师之诵，旅贲之规者，其尊主爱民之意亦深切矣。相者，助也。举重劝力之歌，史所谓'五投大夫死，而舂者不相杵'是也。"（《楚辞后语·成相第一》），对于后来学者有莫大启发。就其与辞、诵的联系而言，应该可以归于赋。

于《诗经》；骋词之赋，其源出于纵横家；阐理之赋，其源出于儒、道两家。"①

至于杂赋类，刘、章两家都没有很具体的论述。承明代胡应麟《诗薮·杂编》卷一以"杂赋"为"后世总集所自始也"的说法②，清人章学诚《校雠通义》乃云："（前）三种之赋，人自为篇，后世别集之体也；杂赋一种，不列专名，而杂叙为篇，后世总集之体也。"③刘师培《论文杂记》则发扬章说，以为："客主赋以下十二家，皆汉代之总集类也（此为总集之始）；余则皆为分集。而分集之赋，复分三类：有写怀之赋，有骋辞之赋，有阐理之赋。"④意思是说，前三类赋作相当于作家别集，杂赋类则相当于其余作品的总集。杂赋的具体面目，诚如顾实所论："此杂赋尽亡，不可征。盖多杂诙谐，如《庄子》寓言者欤？"⑤也只是根据篇目名称加以推测而已。推其本意，当是有一批作者失考或者不宜归入前三类的赋作，不能弃掷不论，故另列为第四类，名之曰"杂赋"，又因屈原、唐勒、宋玉、荀卿赋及秦杂赋已见录于前，故判断此类杂赋，大都是汉人作品。萧统编《文选》时，将无法归入前几类的歌谣与诗作名之为"杂歌"与"杂诗"，放置在诗类之最后，盖与此相类。

对于刘向、刘歆父子的这种分类方式，后世因文体区分标准的变化而有不同看法，如刘师培所论，"可以知诗歌之体，与赋不同，（不歌而诵为之赋，则诗歌皆可诵者矣。）而骚体则同于赋体。至《文选》析骚赋为二，则与班《志》之义迥殊矣，（惟戴东原则称楚辞为屈原赋，仍用班《志》之称，作有《屈原赋注》一书。）故特正之。"⑥但无论如何，把赋体分为四类本身已经表明，刘氏父子试图约同别异，来对赋作的不同风格与特色做出把握。

---

① 刘师培：《中国中古文学史 论文杂记》，116页，北京，人民出版社，1962。
② （明）胡应麟：《诗薮·杂编》卷一，255页，上海，上海古籍出版社，1958。
③ （清）章学诚：《校雠通义·汉志赋诗》，见《文史通义》附，99页，北京，中华书局，1985。
④ 刘师培：《中国中古文学史 论文杂记》，115页，北京，人民文学出版社，1959。
⑤ 顾实：《〈汉书·艺文志〉讲疏》，190页，上海，商务印书馆，1924。
⑥ 刘师培：《中国中古文学史 论文杂记》，116页，北京，人民文学出版社，1959。

在这个意义上则可以说，上述分类法又体现了汉人对于文体的初步区分意识。

目前学界的文体研究，大体上呈现出西方文体学研究和中国传统文体学研究各自为政、各胜擅场的格局。而治中国传统文体学的学者，有时因受近代那种纯形式文体观念的影响，而不能对传统文体的某些层面做客观看待，如古代文体论者，往往有"文出《五经》"的说法，意思就是各种文体都源自《五经》。例如，北齐颜之推《颜氏家训·文章篇第九》就说："夫文章者，原出《五经》，诏、命、策、檄，生于《书》者也；序、述、论、议，生于《易》者也；歌、咏、赋、颂，生于《诗》者也；祭祀、哀诔，生于《礼》者也；书、奏、箴、铭，生于《春秋》者也。"①此外，如刘勰的《文心雕龙·宗经》、清代章学诚的《文史通义·诗教上》中都有类似说法。这个说法表面看来似乎有牵强的成分，但从文体研究来看却自有它的道理，而且，它还有力说明了中国古代文类生成的特色所在。《五经》系统，基本上涵盖了古代社会政治生活的方方面面，相应的，从《五经》中衍生出来的上述各种文类，规约了与特定社会空间和社会功用相关的特定语言方式，如"诏"，是指"昭也，人暗不见事宜，则有所犯，以此示之，使昭然知所由也"。又如"檄"，是指"激也，下官所以激迎其上之文书也"②，等等。为了某种社会功用而采取特定的语言方式，这种语言方式又因为约定俗成的力量而被指认、命名，于是，中国古代文体的产生就和特定的社会功用之间达成了某种共生关系，"体用不二""义例合一"，也就成为中国古代文学分类学的要义所在。反过来，体式类型的形成也会对文本形态以及言辞表达提出必要的要求和规范，如《易经》中就有"修辞立诚"的说法，将准确、恰切地表达思想作为修辞的第一目的。孔子在修习、传授《五经》过程中，也曾深刻意识到言辞表达的重要性。他一方面说，"辞，达而已矣"，提出言辞要以清楚地表达"义"即思想意旨为旨归；另一方面也说，"言之无文，行而不远"，点

---

① （北齐）颜之推：《颜氏家训·文章篇第九》，文渊阁四库全书，子部，杂家类。
② （汉）刘熙撰：《释名·释书契第十九》，文渊阁四库全书，经部，小学类。

出"文采"的功用,即从作为"例"的文本形式风貌上提出尽善尽美的要求。

同样,汉代文体观念的演进亦有自身的逻辑。两汉时期,随着赋作的大量创作,"文"之观念则如郭绍虞所论,而出现了某种分化,作为泛指文化学术的大"文学"观念依然存在,与此同时,则出现了接近于现代"文学"意义上的"文章"和"文辞"的表述。在这个范围内,也才会有文类内在形态的进一步分析与讨论。刘向、刘歆父子整理学术,将《诗赋略》与《六艺略》《诸子略》《兵书略》《术数略》《方技略》相并列,收录的乃是今天看来最纯粹的文学作品类型——诗与赋。其中,《诗赋略》又分五类,即:屈原赋类、陆贾赋类、荀卿赋类、杂赋类、歌诗类。这里,既有赋和诗两种文类的区别,又有赋体四种类型作品的区分,在某种意义上自可以说充分体现了文学文体的发展与分化。不过,结合章、刘等人的论述来看,这种文体的分化自有其依循于文化传统的内在逻辑。

(1)刘向、刘歆父子把诗赋单独归为"诗赋略",大约与几方面相互作用的因素有密切关系。一方面,刘氏家族自楚元王交开始,传鲁诗世学("诗学"一章已有论述),就这种学术传承而言,《诗》及由之衍生的诗赋写作受到了格外的关注;另一方面,赋被视为是诗之支流,在实际政治社会生活中,既体现了抒写情志以兴感寄托的传统,同时也被赋予讽谏以体现《诗》义的特定功能,虽说这两者之间并不一致,但都是对于《诗》学精神的不同层面的发挥。

(2)根据刘师培的分析,前三类赋作既与特定作者相关联,其写作风格又与该类作者之学术背景密切相关,大体可以说明,赋作划分所依据的标准并非单纯的语言形式,而是注重作者与语言风格及学术渊源之间的综合考察,这在某种程度上也体现了对于"体用不二""义例合一"文体传统的继承。

(3)由此所奠立的赋类观念,包罗甚广。楚辞体、赋体、颂体、七体,以至《成相杂辞》《隐书》,皆可称之为"赋"。这与司马迁、扬雄、班固等人的看法基本一致，也反映了汉人的一般认识。辞、颂、七体入赋，至今仍有不少学者认同。《成相杂辞》十一篇及《隐书》十八篇，则历来颇有非议。其中的区别，大约就在于重"义"与重"辞"的不同侧重。

（4）刘向、刘歆父子为每位赋家作品进行整理校雠，编定目次，撰写书（叙）录，其面目当是非常规范的赋家别集；杂赋诸种，区分细密，以类相从，又应是总集之始。这些无疑开启了后世文献整理区分总集和别集的做法，意义深远。

三、诗赋略论

《诗赋略》最后，还有一段综论性质的文字，人们称之为《诗赋略论》，曰：

> 传曰："不歌而诵谓之赋，登高能赋可以为大夫。"言感物造耑，材知深美，可与图事，故可以为列大夫也。古者诸侯卿大夫交接邻国，以微言相感，当揖让之时，必称《诗》以谕其志，盖以别贤不肖而观盛衰焉。故孔子曰"不学《诗》，无以言"也。春秋之后，周道寖坏，聘问歌咏不行于列国，学《诗》之士逸在布衣，而贤人失志之赋作矣。大儒孙卿及楚臣屈原离谗忧国，皆作赋以风，咸有恻隐古诗之义。其后宋玉、唐勒，汉兴枚乘、司马相如，下及扬子云，竞为侈丽闳衍之词，没其风谕之义。是以扬子悔之，曰："诗人之赋丽以则，辞人之赋丽以淫。如孔氏之门人用赋也，则贾谊登堂，相如入室矣，如其不用何！"自孝武立乐府而采歌谣，于是有代赵之讴，秦楚之风，皆感于哀乐，缘事而发，亦可以观风俗，知薄厚云。[①]

[①] （汉）班固：《汉书》，1755～1756 页，北京，中华书局，1962。

根据《艺文志》的描述，这段文字当是班固删节刘歆《七略》而成，所保存的基本上是刘向、刘歆父子的汉赋观。之所以这样说，主要在于班氏在赋家传记及《两都赋序》中的有关论述（如司马相如论、扬雄论，汉赋讽谕说等），与此颇有龃龉之处。此外，汉人治学最重师法家法，刘氏父子承家传世学，父传子受，学术观点应该具备其延续性，如前揭刘向治学具备"通"之特征，刘歆欲为古文经学争立学官，也有保存典籍张大学术的用心，二人学术都体现出不固守的色彩。是故可以推论，刘歆《七略》为刘向《别录》的精要提炼，其中的《诗赋略论》必然与《别录》中诗赋书录的基本精神保持一致。只不过在面貌上，《别录》书录为赋家别集的提要，具体而丰赡翔实。《诗赋略论》则为诗赋一大类的总纲，综括而简明精到。同时，正因为这段文字所具有的这一特点，其中的看法也多为后世论者予以继承发挥，并构成了汉赋研究中的几个基本论域。

（一）"不歌而诵"与"登高能赋"

《诗赋略论》开头所说的"《传》曰"，据考，很有可能就是指刘向的《别录》，《文心雕龙·诠赋》也曾指出："刘向明不歌而诵。"[①]由此可见，"不歌而诵""登高能赋"的说法当为刘向所说。刘歆上来就引用这段话，自然是为辨明诗赋的渊源流变，其主要含义也就是把诗作为赋的源头。虽然两句话的意思并不艰深，但其内在逻辑关系仍需要获得必要的辨析。在笔者看来，两句话置于一处，却分指"赋"源自"诗"的两方面属性。"不歌而诵"指的是"赋"与"诗"相比的手法而言，"登高能赋"则指的是"赋"源自"诗"的某种文化功能。根据第二章"诗学"的有关讨论，这两方面的问题在《诗》中本来是统一的一体两面，即"诗"体之分既体现着"诗"在政治社会领域的具体应用，同时也紧密关联着应用中的音乐配合。简单来说，就是在诗教仍然得以推行的时期，诗体区分所依照的并非文字标准，而是应用

---

① （南朝梁）刘勰著，周振甫注：《文心雕龙注释》，80 页，北京，人民文学出版社，1981。

标准和音乐标准,而这两者又是紧密结合在一起的。随着礼崩乐坏以及大一统帝国的建立,诗教日益衰微,三家今文诗学也主要借义理阐发来行使"美刺"的政治功能。赋被视为是诗的别支,其"不歌而诵"及"登高能赋"首先都是就诗学政教意义的承继而言的。例如,曹明纲就指出,赋之成为文体,很大程度上与其政治功能有关,如《诗·大雅·烝民》中所谓"明命使赋""赋政于外","登高能赋"原本是代君主为四方宣政的方式。① 这种取向与西汉《诗》学精神相配合,赋作"讽谏"的意义被突出强调。在实际政治生活中,赋能否起到讽谏作用全有赖于帝王趣好,但这方面的意义则获认可:

> (宣帝)令褒与张子侨等并待诏,数从褒等放猎,所幸宫馆,辄为歌颂,第其高下,以差赐帛。议者多以为淫靡不急,上曰:"'不有博弈者乎,为之犹贤乎已!'辞赋大者与古诗同义,小者辩丽可喜。辟如女工有绮縠,音乐有郑、卫,今世俗犹皆以此虞说耳目,辞赋比之,尚有仁义风谕,鸟兽草木多闻之观,贤于倡优博弈远矣。"②

也正是沿着这样的思路,后世对于汉赋的价值始有所肯定,如以下说法:

> 按诗有六义,其二曰赋。所谓赋者,敷陈其事而直言之也。古者,诸侯卿大夫交接邻国,揖让之时,必称诗以喻意,以别贤不肖而观盛衰。……春秋之后,聘问咏歌不行于列国,学诗之士逸在布衣,贤士大夫失志之赋作矣,屈子楚辞是也。赵人荀况游宦于楚,考其时在屈原之前,所作五赋,工巧深刻,纯用隐语,君子盖无取焉。两汉而下,独贾生以命世之才,俯就骚律,非一时诸人所及。它如相如,长于叙事而或

---

① 参见曹明纲:《赋学概论》,4~8页,上海,上海古籍出版社,1998。
② (汉)班固:《汉书》,2829页,北京,中华书局,1962。

昧于情；扬雄长于说理而或略于辞；至于班固辞理俱失，若是者何？凡以不发乎情耳。然上林甘泉，极其铺张，终归于讽谏，而风之义未泯。《两都》等赋，极其炫曜，终折以法度，而雅颂之义未泯。长门自悼等赋，缘情发义，托物兴词，咸有和平从容之意，而比兴之义未泯。故君子犹取焉，以其为古赋之流也。①

基本上就是对于《诗赋略论》的进一步发挥。

再看"不歌而诵"，亦是诗体标准下的产物，其区分的关键只在于合乐与否，而没有文字上的具体限定。这也形成了赋之文字来源广泛的特点，如章学诚就指出：

> 古者赋家者流，原本诗骚，出入战国诸子，假设问对，庄列寓言之遗也；恢廓声势，苏张纵横之体也；排比谐隐，韩非储说之属也；征材聚事，吕览类辑之义也。②

赋的语言来源显然具有多元的性质，屈、荀之赋不消说，春秋行人辞命、战国纵横之辞，还有民间的谐词、隐语，都曾哺育、滋养着汉赋。甚至在武、宣朝及其后，在宫廷与社会上并存追逐世俗娱乐的强大潮流。汉代还存在着一种诙谐性的小赋，虽源自民间，但却为宫廷日常娱乐所用。其情节生动，文辞通俗，体制灵活，与司马相如等文人精心写作的宏深雅丽的赋作大异其趣，从而也为正统文人系统所难以兼容。从这个意义上可以说，"不歌而诵"的讲法，虽在形式上对赋体与诗体做出了区分，但仍然是一个相对宽泛的标准。

此外，还值得注意的是，《诗赋略论》最后一段文字："自孝武立乐府而采歌谣，于是有代、赵之讴，秦、楚之风，皆感于哀乐，缘事而发，亦可以

---

① （南朝梁）任昉撰，（明）陈懋仁注：《文章缘起》，文渊阁四库全书，集部，诗文评类。
② （清）章学诚：《校雠通义·汉志六艺第十三》，见《文史通义》附，98页，中华书局，1985。

观风俗,知薄厚云。"从中也可以看出刘向、刘歆父子相对宽容的学术态度,他们并没有像某些严格的经学家那样,片面讲求典籍而将采自民间的作品斥之为"郑卫之音",而就这些作品在西汉政治生活中实际起到的礼乐作用,给予充分肯定。根据《汉书·礼乐志》的记载,汉代礼乐制度的建立,原本也是承袭秦制,到了汉武帝时设立乐府,采集民乐,又加制作,所谓:

> 乃立乐府,采诗夜诵,有赵、代、秦、楚之讴。以李延年为协律都尉,多举司马相如等数十人造为诗赋,略论律吕,以合八音之调,作十九章之歌。以正月上辛用事甘泉圜丘,使童男女七十人俱歌,昏祠至明。夜常有神光如流星止集于祠坛,天子自竹宫而望拜,百官侍祠者数百人皆肃然动心焉。①

就这些作品的合乐性质而言,正是"歌诗"一类得以建立的依据。

(二)"贤人失志之赋作"

对于赋作何以产生,《诗赋略论》把"周道寝坏"视为最直接原因,这也基本符合历史真实。至春秋后期,诸侯纷争,礼乐崩坏,随即产生了中国文化史上的重大变迁,即政治系统与文化系统相分离,"士阶层"由对文化系统的秉持而得以独立,有关这些方面的论述已经甚为详备。在这种形势下,一方面是传统诗教日益沦替,另一方面则是志士贤者抱持文化理念力图对之有所恢复,由此也导致了诗教取向的重大变化:

> 后王稍更陵迟,懿王始受谮谮亨齐哀公。夷身失礼之后,邶不尊贤。自是而下,厉也幽也,政教尤衰,周室大坏,《十月之交》、《民劳》、《板》、《荡》,勃尔俱作,众国纷然,刺怨相寻。五霸之末,上无

---

① (汉)班固:《汉书》,1045页,中华书局,1962。

天子,下无方伯,善者谁赏? 恶者谁罚,纪纲绝矣! 故孔子录懿王、夷王时诗,讫施于陈灵公淫乱之事,谓之变风变雅。①

就此而言,"变风变雅"诗作的出现主要就是针对混乱的政治形势,而突出政治批评的意义。 这能否作为汉儒"美刺"观念的先声,尚不好确定。 但面对当时纵横辩说之士肆行、势利权谋之术驰逐的局面,抱持文化政治理想的士人借文字以抒发失志之慨,所谓"贤人失志之赋作",也是很自然的事情。

(三)"诗人之赋"与"辞人之赋"

刘向、刘歆父子袭用扬雄的观点,认为辞赋产生之初,荀卿、屈原"皆作赋以风,咸有恻隐古诗之义",是"诗人之赋";而后来的宋玉、唐勒、枚乘、司马相如、扬雄等"竞为侈丽闳衍之词,没其风谕之义",是"辞人之赋"。 对于这个区分,历来也有各种各样的讲法,大体来看,传统论者基本上承接扬雄,认为赋作有一个日益背离"诗义"的过程,现代论者则就文体意义认为赋作完成了抒情向体物的转变,云云。 要对这个说法做出合理解释,关键就在于明确"诗人"与"辞人"的不同。

如前所论,汉人论诗,主要侧重于《诗》的政治功能,不过涉及"诗"何以具备这样的功能,还需要进一步的分析。 孔子尝有"兴于诗,立于礼,成于乐"的说法,笔者认为基本上说明了诗教作用的综合特性,即"诗"主要在于兴起情志,"礼"主要在于理性规则的约束,而最终借由"乐"达到中和平正的境界。 在这个意义上,作为"诗"的特色关键就在于能否兴起情志,能否在政治社会生活中构成"交感"的效果。 对于这一点,不妨以现代学人的相关论述加以参照,以具体说明个中情状。 学者柯庆明曾对《诗经》极力称赞:

---

① (汉)郑玄:《诗谱序》,见(清)阮元校刻:《十三经注疏》,263 页,北京,中华书局,1980。

这个世界或好或坏，但透过情感的融汇和浸润，它或许不免于是非得失祸福苦乐的种种划分，但却绝不是一个疏离冷漠的世界。因而冷酷的思量计算是不存在的，有的只是人同此心、心同此理以至花鸟共忧乐的同情共感。赋、比、兴：直接的赞怨或草木虫鱼鸟兽的交相引发回环譬喻就成为它的基本思考方式，并且在重叠复沓的韵律形式中达到它的一唱三叹的效果。[①]

这也可以解释，何以《诗经》这部大体以日常生活各方面为主的歌谣集成了中国文学的根源，何以以少数英雄之杀伐战斗作为主题的史诗成了西方文学的源头。此外，叶嘉莹"兴发感动"说也与此相通。叶嘉莹认为诗歌"兴发感动"的力量体现了某种最深沉广大的生命共感。所谓宇宙之间，冥冥中常似有一"大生命"之存在。此"大生命"之起结终始，及其价值与意义之所在，虽然不可尽知，但是它的存在，它的运行不息与生生不已的力量，却是每个人都可以体认得到的事实。"我"之中有此生命之存在，"他"之中有此生命的存在，"物"之中亦有此生命之存在。故而我们常可自此纷纭歧异的万象之中，获致一种生命的共感。这不仅是一种偶发的感情而已，甚至可以说是一种与生俱来的本能，而中国诗词恰能予此以充分的呈现。（《迦陵论词丛稿》）在笔者看来，这对《诗》学精神也有有效的揭示。就像人们通常所说，中国文化看待人与物、人与人之关系与西方那种二元对立的方式有别，是相互关联相互依存的，呈现在文学的发生之中，也就不是那种个体意志、力量的一味实现，而是出以更具普遍和广大的生命境界。古人以"诗教"诸说作为个体生命的塑造方式之一，所接通的也正在于此。那么，"诗人之赋"之义旨，也就在于能否对"兴起情志"和"交相感发"的传统有所发挥。

---

① 柯庆明：《中国文学的美感》，4页，石家庄，河北教育出版社，2001。

至于"辞人之赋",则体现着应和帝王趣味以极力铺张刻意藻饰的写作方式。做法本身,既说明在专制政体下,赋家为实现有限的"讽谏"效果,是如何的困难和曲折,同时也说明经学语境下,赋家必须以学问思力才能博取足够重视的尴尬处境。在以通经致用为时尚的当时,具备政治才干者往往易受皇帝器重,具有经术学养者易为皇帝尊重。是以,汉廷"辩知闳达,溢于文辞"之士,"自公孙弘以下至司马迁皆奉使方外,或为郡国守相至公卿"(《汉书·东方朔传》)。在武帝左右的内朝才士中,"其尤亲幸者,东方朔、枚皋、严助、吾丘寿王、司马相如。相如常称疾避事。朔、皋不根持论,上颇俳优畜之。唯助与寿王见任用"①。而"不通经术,诙笑类俳倡"的枚皋,只好"比东方朔、郭舍人等,而不得比严助等得尊官"②。政治待遇如此悬殊,天下风尚往往又好显达而避卑贱,辞赋写作中极力铺张刻意铺排的做法,也就多少体现了某种经学化的味道③。故而,简宗梧才会对赋家与儒家之关系有如下判断,"汉代赋家与儒家,源远流长,是有亲密的血缘关系的,尤其是有汉一代,赋家依附儒家而求发展,儒家藉辞赋以达目的,同车共辙,相形益彰。"④

　　不过,这种做法本身并没有实现赋家的政治期待。"劝百讽一"能令帝王兴凌云之志,但不能使之接受讽谏大义;"为赋乃俳,见视如倡"则使赋家沦于调笑润色的角色,而为世人所轻贱。这与作赋所付出的艰辛努力恰成鲜明对比。《西京杂记》卷二载:"司马相如为《上林》、《子虚》赋,意思萧散,不复与外事相关,控引天地,错综古今,忽然如睡,焕然而兴,几百日而后成。"⑤如果说《西京杂记》不免于夸张、妄诞的话,桓谭《新论·祛蔽》所记扬雄自道,当是确实的:"成帝时,赵昭仪方大幸,每上甘泉,诏使作赋。为之卒暴,思精苦。始成,遂困倦小卧,梦其五脏出在地,以手收

---

① (汉)班固:《汉书》,2775 页,北京,中华书局,1962。
② 同上书,2366 页。
③ 参见冯良方:《汉赋与经学》,62~73 页,中国社会科学出版社,2004。
④ 简宗梧:《汉赋源流与价值商榷》,102 页,台北,文史哲出版社,1980。
⑤ (晋)葛洪:《西京杂记》卷二,93 页,西安,三秦出版社,2006。

而内之。及觉，病喘悸，大少气。病一岁。"所以桓谭总结说："由此言之，尽思虑，伤精神也。"①在这种落差之下，扬雄悔少作的原因也就可以理解，与此同时，则如徐复观所论，扬雄所悔者乃是依附流行时风的大赋，而非自抒怀抱之作。

综上所述，"诗人之赋"与"辞人之赋"的分别就甚为明显，后世论赋者也往往承接此说，予以发挥，如刘勰《文心雕龙·诠赋》指出：

> 原夫登高之旨，盖睹物兴情。情以物兴，故义必明雅；物以情观，故词必巧丽。丽词雅义，符采相胜，如组织之品朱紫，画绘之著玄黄。文虽新而有质，色虽糅而有本，此立赋之大体也。②

就涉及作赋的登高之旨、物情并举、丽词雅义几个互为关联辩证的问题。挚虞《文章流别论》对赋也有较全面的讨论：

> 赋者，敷陈之称，古诗之流也。古之作诗者，发乎情，止乎礼义。情之发，因辞以形之，礼义之指，须事以明之，故有赋焉，所以假象尽辞，敷陈其志。……古诗之赋，以情义为主，以事类为佐；今之赋，以事形为本，以义正为助。情义为主，则言省而文有例矣；事形为本，则言当而辞无常矣。文之烦省，辞之险易，盖由于此。夫假象过大，则与类相远；逸辞过壮，则与事相违；辩言过理，则与义相失；丽靡过美，则与情相悖。此四过者，所以背大体而害政教。是以司马迁割相如之浮说，扬雄疾辞人之赋丽以淫也。③

这也明确说明，比起"古诗之赋""以情义为主"的特色，后世赋作"以

---

① （清）严可均辑：《全后汉文》卷十四，128页，北京，商务印书馆，1999。
② （南朝梁）刘勰著，周振甫注：《文心雕龙注释》，81页，北京，人民文学出版社，1981。
③ （明）梅鼎祚编：《西晋文纪》卷十三，文渊阁四库全书，集部，总集类。

事形为本"则导致了与类相远、与事相违、与义相失、与情相悖几方面的问题。

　　刘向、刘歆父子的汉赋研究于后世可谓具有奠基之功。他们最早对当时所有汉赋进行搜集、校雠、编录，而建立总集别集之分，开启文体分辨之效。他们在与《诗》学相关联的意义上对辞赋加以评论，从而确立渊源流变、意当讽谏、士人言志、抒情为体等与辞赋有关的基本论域。无论就哪个方面而言，都值得我们进一步深入探究。

第三编 扬雄的文艺思想

第十章
"诗人之赋"与"赋诗言志"

汉赋有一代文学之称，赋是汉代最重要的文学样式之一，但是文学史上对于汉赋乃至整个赋体的研究至今依然不够深入全面，有很多问题尚待厘清。例如，赋的源流问题、汉赋与楚辞的关系、汉赋与汉乐府的关系、赋作为文体的特征，等等。学术界对于辞赋的研究，往往被辞赋作为体裁的外部特征缠住手脚，从而遗漏了辞赋作为文体的本来面貌。赋之为体，对于古人来说，绝不仅仅只是体裁形态意义上的，其中更涵纳着主体性的独特。

扬雄说"诗人之赋丽以则，辞人之赋丽以淫"[①]，就是依着主体性的差异来谈赋的差异的。扬雄的这一论说，既是中国文学史上对于赋的最早、最重要的批评之一，也是对于赋作的第一次明确的文体区分。这是研究汉赋乃至整个辞赋史与文学史的一个极为重要的切入点，由此进入赋学，会给研究者展示出一片独特而别具启示意义的视野。

扬雄是汉赋最重要的代表作家之一，他把自己一生最美好的年华倾注在了赋体的创作上，呕心沥血，殚精竭虑，但是他在晚年却否定了自己的这些赋作，悔之为"雕虫"。扬雄对于赋作，由入而出，其体会自然要远比一般人要深刻得多，他对赋的批评上及司马相如，下启班固，在汉代乃至整个传统文学史上的影响都是极为巨大的，几乎成为其后论赋者的基本依据。今天

---

① （清）汪荣宝：《法言义疏》（上），49页，北京，中华书局，1987。

的汉赋研究者,反而往往对这位举足轻重的汉赋作家有所忽视,以"保守""艰深"等论词轻易地一带而过,更谈不上深入到了解之同情的地步。

扬雄是最了解赋的,他的赋作经历贯穿着他的生命意识与人生理想,他对于赋的反思与批判与他所生活的时代的文化氛围以及扬雄个人的主体精神有着密切的关联。但由于扬雄的话显得过分的简约,我们要想真正触及其中意味深长的内涵,就须把他的话语放在一个宏大的历史背景下,用心地去探询其文字表面上缺席的主体精神。

◎ 第一节
赋的源流与士人的政教话语行为

对于"赋"作为文类的渊源问题,从古至今,聚讼纷纭,不同的观点见解歧出,一般研究辞赋的论著对于这些不同的看法都有归纳。马积高在《赋史》中将赋的起源问题总结为四种不同的观点,即"源于诗的不歌而诵"、"出于诗的六义之一"、"原本《诗》、《骚》,出入战国诸子"和"本于纵横家言"。① 曹明纲在《赋学概论》中将赋的起源问题归纳为"诗源说""辞源说"、"综合说"与"赋出俳词"四种。② 更有论者把对赋的渊源问题的探讨归结出具体的八、九种之多,例如叶幼明在《辞赋通论》一书中提出了八种起源观:"不歌而诵"说、"受命于诗人"说、"拓宇于楚辞"说,以及"原本诗骚,出入战国诸子"说、本于纵横家言说、出于史篇说、源于隐语(谜语)说和起源于楚民歌说。③ 对于赋的起源的不同看法,虽然各有所不同,但其实仔细分析,这些看似五花八门散乱芜杂的观点大多数是建立在相同或

---

① 马积高:《赋史》,2页,上海,上海古籍出版社,1987。
② 曹明纲:《赋学概论》,51页,上海,上海古籍出版社,2012。
③ 叶幼明:《辞赋通论》,42~48页,长沙,湖南教育出版社,1991。

相似的认识基础之上的。比如几乎所有的起源观点都承认赋与《诗》的密切关系，或认为赋是直接原本于《诗》的"六义"之一，即"赋"，因而强调赋之雅颂讽谏性质；或认为是源于对于《诗》的一种独特的诵读方式，即"不歌而诵"，因而似诗而非诗；或指出赋是由于《诗》用于聘问辞令而渐形成的文体；或强调赋是《诗》与作为楚地民歌的楚辞结合的产物。种种看法都不约而同地把赋囿于"诗"的话题中了，因而对于赋的独特的渊源与文体特征都有所忽视。

下文将从班固对于赋的经典论说入手，详细辨析赋作为一种独特的文体的起源、特征以及与诗的相互纠缠的关系。

较早且较为详细地谈论赋体文学的是班固，班固在《汉书·艺文志·诗赋略》中说：

> 传曰："不歌而颂谓之赋，登高能赋可以为大夫。"言感物造端，材知深美，可与图事，故可以为列大夫也。古者诸侯卿大夫交接邻国，以微言相感，当揖让之时，必称《诗》以谕其志，盖以别贤不肖而观盛衰焉。故孔子曰："不学《诗》，无以言"也。春秋之后，周道寖坏，聘问歌咏不行于列国，学《诗》之士逸在布衣，而贤人失志之赋作矣。大儒孙卿及楚臣屈原离谗忧国，皆作赋以风，咸有恻隐古诗之义。其后宋玉、唐勒，汉兴枚乘、司马相如，下及扬子云，竞为侈丽闳衍之词，没其风谕之义。是以扬子悔之，曰："诗人之赋丽以则，辞人之赋丽以淫，如孔氏之门人用赋也，则贾谊登堂，相如入室矣，如其不用何！"[1]

又，班固在《两都赋序》中曰：

> 或曰：赋者，古诗之流也。昔成、康没而颂声寝，王泽竭而诗不

---

[1] （汉）班固：《汉书》，1755～1756页，北京，中华书局，1962。

作。大汉初定,日不暇给。至于武宣之世,乃崇礼官,考文章,内设金马石渠之署,外兴乐府协律之事,以兴废继绝,润色鸿业。①

班固的这两段文字,首先指出了赋的文体特征,即所谓"不歌而颂谓之赋,登高能赋可以为大夫";其次指出了赋的渊源并梳理了赋的产生与发展过程,所谓"赋者,古诗之流也",即由诸侯卿大夫在外交聘问时"称《诗》以谕其志"(赋诗言志)到春秋之后"贤人失志之赋作",再到汉代的大赋创作的繁荣;最后强调了赋与政教的密切关系,批评不关政教的辞赋("竟为侈丽闳衍之词,没其风谕之义"),提倡辞赋的政教讽颂功能("兴废继绝,润色鸿业")。从这三个方面来看,班固对于赋的认识是全面而准确的,是我们了解和研究赋体文学最重要的材料,而很多研究者对于班固的这两段话重视不够,而且多有误解,甚或妄加批评,从而无法准确把握赋体文学的渊源、流变及其文体特征。下文将以班固所提供的材料为基础,深入辨析辞赋的源流与文体特征。

其一,关于赋的文体特征。

班固所谓"传曰"当指《毛诗》传,《毛诗》卷三《鄘风·定之方中》传曰:"建邦能命龟,田能施命,作器能铭,使能造命,升高能赋,师旅能誓,山川能说,丧纪能诔,祭祀能语,君子能此九者,可谓有德音,可以为大夫。"②《正义》曰:"升高能赋者,谓升高有所见,能为诗赋其形状,铺陈其事势也。"③另在《韩诗外传》卷七中有一个关于孔子和他的弟子"登高必赋"谈论志向的故事:

孔子游于景山之上,子路子贡颜渊从。孔子曰:"君子登高必赋,小子愿者何?言其愿,丘将启汝。"子路曰:"由愿奋长戟,荡三军,乳

---

① (清)严可均辑:《全上古三代秦汉三国六朝文》,237页,北京,中华书局,1997。
② (唐)孔颖达等正义:《毛诗正义》,236页,上海,上海古籍出版社,1990。
③ 同上。

虎在后，仇敌在前，蠡跃蛟奋，进救两国之患。"孔子曰："勇士哉！"子贡曰："两国构难，壮士列阵，尘埃涨天，赐不持一尺之兵，一斗之粮，解两国之难，用赐者存，不用赐者亡。"孔子曰："辩士哉！"颜回不愿，孔子曰："回何不愿？"颜渊曰："二子已愿，故不敢愿。"孔子曰："不同，意各有事焉，回其愿，丘将启汝。"颜渊曰："愿得小国而相之，主以道制，臣以德化，君臣同心，外内相应，列国诸侯莫不从义向风，壮者趋而进，老者扶而至，教行乎百姓，德施乎四蛮，莫不释兵，辐辏乎四门，天下咸获永宁，蝗飞蠕动，各乐其性，进贤使能，各任其事，于是君绥于上，臣和于下，垂拱无为，动作中道，从容得礼，言仁义者赏，言战斗者死，则由何进而救，赐何难之解。"孔子曰："圣士哉！大人出，小子匿，圣者起，贤者伏。回与执政，则由赐焉施其能哉！"①

这个故事也出现在《韩诗外传》卷九、《说苑·指武》以及《孔子家语·致思》，不过"君子登高必赋"一语都作"二三子各言尔志"。② 在这个故事中，子路、子贡与颜回都陈述的是各自的政教理想与志向，也就是毛传所谓的"德音"，这也就是"登高必赋"的内容，是君子成为大夫的基本条件之一。 可以说："登高必赋"之"赋"也就是表德、言志，这正是赋之为赋的话语行为的特征，从而区别于"命""铭""誓""说"等其他君子之能。"能赋"尽管是士人君子从事政教生涯的一种必要的基本能力，但这显然并不是一种具体的实践，而是士人君子在从事政教实践过程中的主体条件，即才华、志向、道德等主体精神的展现，也就是班固所说的"言感物造端，材知深美，可与图事，故可以为列大夫也"。

"赋"字从"贝"，它最初的含义是赋税，《说文》释"赋"为"敛"。如《尚书·禹贡》："厥赋惟上上错，厥田惟中中"③，"庶土交正，厎慎财

---

① 屈守元笺疏：《韩诗外传笺疏》，450页，成都，巴蜀书社，2012。
② 朱自清：《朱自清说诗·诗言志辨》，31~32页，上海，上海古籍出版社，1998。
③ （汉）孔安国传，（唐）孔颖达正义：《尚书正义》，194~195页，上海，上海古籍出版社，2007。

赋，咸则三壤，成赋中邦。"①孔安国注："赋，谓，土地所生以供天子。"②赋税是邦国政治的公共事务，需要执政者慎重收取，所谓"厎慎财赋"，孔安国注曰："致所慎者，财货、贡赋。言取之有节，不过度。"③所以赋要做到公正、公开。因此，"赋"字除了有"取"之意，还引申为公布，成为一种公开透明、双向沟通的政教话语行为。

《诗·大雅·烝民》："仲山甫之德，柔嘉维则。令仪令色，小心翼翼；古训是式，威仪是力。天子是若，明命使赋。王命仲山甫：式是百辟，缵戎祖考，王躬是保，出纳王命。王之喉舌，赋政于外，四方爰发。"④此诗意在歌颂仲山甫之德，可以辅弼君王，使周室中兴。其中两次用到了"赋"，《毛传》释其为"布也"，释"明命使赋"为"显明王之政教，使群臣施布之"；释"赋政于外"为"布政于畿外"。依诗中之义，"赋"可以解释为"显明政教"话语行为，是对于王道政治的宣扬，同时也由此取信于天下。对于被赋予"赋政"使命的士人大夫而言，这是一种神圣庄严的政教话语行为，不仅需要有公认的美德，还要有威仪口才，如《烝民》所言"仲山甫之德，柔嘉维则。令仪令色，小心翼翼；古训是式，威仪是力。天子是若，明命使赋"。这应该是后来的赋体文学文体特征的原始规范和核心要素。

另，《左传》僖公二十七年，晋、楚之战前，晋国赵衰推荐大夫郤縠作三军统帅的理由是："臣亟闻其言矣，说《礼》、《乐》而敦《诗》、《书》。《诗》、《书》，义之府也；《礼》、《乐》，德之则也；德、义，利之本也。夏书曰：'赋纳以言，明试以功，车服以庸。'君其试之！"⑤杜预注云："赋纳以言，观其志也；明试以功，考其事也；车服以庸，报其劳也。赋犹取

---

① （汉）孔安国传，（唐）孔颖达正义：《尚书正义》，238 页，上海，上海古籍出版社，2007。
② 同上，194 页。
③ 同上，238 页。
④ （唐）孔颖达等正义：《毛诗正义》，568 页，上海，上海古籍出版社，1990。
⑤ （清）阮元校刻：《十三经注疏》，1822 页，北京，中华书局，1980。

也。"①孔颖达疏曰："言用臣之法。 赋，取也。 取人纳用以其言，察其言观其志也。"②这里的"赋"是听"取"考察的意思，是为了选取人才而进行的慎重的表志、观志的话语交流，也就是现在所说的政审谈话。《左传》所载的这段《尚书》佚文同样非常明显表现出了"赋"作为庄重、正式的政教话语行为的特点。

从前面对于"赋"字的举例分析中还可以看出，作为一种在《尚书》时代既已出现的政教话语行为，"赋"与"诗"之间没有必然的关系，至少不是"诗"的单纯附属行为，主要是一种较为正式而严肃的政教话语行为。 需要说明的是，"赋"这种话语行为的主体是处于社会上层的君子大夫，具有明确的互动性和实践性。 就"赋"与"诗"的关系而论，可以做如下推测：在上古时期，"赋"作为一种在特定场合表达和展现特定主体才情的言志话语行为即已比较普遍地存在，那时候"诗"在处于有感而发的自然抒情状态。 随着"诗"在正式的场合被普遍吟诵，"诗"成为了《诗》，逐渐成型并成为一种士人皆熟习的公共话语资源时，《诗》成为了"赋"的最重要的言志表才媒介（"赋诗言志"），与此同时，"赋"也被整合进了"诗学""诗教"的范畴中，成为"六义"之一。 对于这个问题，下文还会作进一步的阐明。 这里先对"赋"的话语特征作一下分析，以辨明其文体特征的源流。

"赋"一方面是对话语行为主体（"大夫"）的显明，另一方面也提供了被观察了解的话语界面，因此所"赋"的功能在《左传》的士大夫交往事例中，有"赋诗言志"和"赋诗观志"的交互性。 在孔子及其弟子的对话中，三位弟子各自陈述自己的政教志向，孔子以此了解弟子的思想抱负，分别以"勇士""辩士"和"圣士"点评，师生间和洽的交流气氛在这个赋志的过程中跃然纸上，与《论语·先进》侍坐言志之情状如出一辙。

在"传曰：'不歌而颂谓之赋，登高能赋可以为大夫'"这句话中，两个

---

① （清）阮元校刻：《十三经注疏》，1822页，北京，中华书局，1980。
② 同上。

"赋"字都是作为动词用的,与后来作为文体名称之"赋"是有差距的,但显然有着密切的渊源关系①,所以是研究赋体文学的关键环节,研究者都非常重视。不过后世论者多对"不歌而颂谓之赋"更感兴趣,对于什么是所谓的"不歌而颂"的研究颇为细密,例如范文澜推测"窃疑赋自有一种声调,细别之与歌不同,与颂亦不同。荀子、屈原所创之赋,系取瞍赋之声调而作,故虽杂出比兴,无害其为赋也"②,甚至有论者由此得出赋是"从颂读方式演为文体之名"的结论③这类的研究固然有其可取之处,但却有些流于偏颇了。

探讨文体之源流,不仅要注意文体的外部体裁特征的发展变化,还必须关注文体传达文化内涵与主体精神的话语功能表征,而后者可能是文体在其初始时期最核心的特质。童庆炳先生在《文体与文体的创造》一书中认为:"从表层看,文体是作品的语言秩序、语言体式,从里层看,文体负载着社会的文化精神和作家、批评家的个体的人格内涵。"④很多人对于中国古代文体的研究,受体裁细分的文类观念的影响,往往只注意符合现代文学概念的形式因素,而有意无意地忽略了中国古代文体在初始阶段鲜明的政教言志功能。

远在出现自觉的文类观念以前,文体的观念是以主体精神为特征的。《毛诗序》说:"诗者,志之所之也。在心为志,发言为诗。情动于中而形于言。"⑤刘勰在《文心雕龙·体性》中说:"夫情动而言形,理发而文现,盖沿隐以至显,因内而符外者也。"因才、气、学、习等的主体性差异,刘勰将文体分为八种,他指出:"故辞理庸俊,莫能翻其才;风趣刚柔,宁或改其气;事义浅深,未闻乖其学;体式雅郑,鲜有反其习:各师成心,其异如面。若总其归涂,则数穷八体:一曰典雅,二曰远奥,三曰精约,四曰显

---

① 古汉语中的动词绝大多数可作意义相类的名词。
② 范文澜注:《文心雕龙注》,137 页,北京,人民文学出版社,1978。
③ 骆玉明:《论"不歌而颂谓之赋"》,载《文学遗产》,1983(2)。
④ 童庆炳:《文体与文体的创造》,1 页,昆明,云南人民出版社,1994。
⑤ (唐)孔颖达等正义:《毛诗正义》,15 页,上海,上海古籍出版社,1990。

附，五曰繁缛，六曰壮丽，七曰新奇，八曰轻靡。"①就赋之一体而言，刘勰说：

> 诗有六义，其二曰赋。赋者，铺也，铺采摛文，体物写志也。昔邵公称："公卿献诗，师箴赋。"传云："登高能赋，可为大夫。"……原夫登高之旨，盖睹物兴情。情以物兴，故义必明雅；物以情观，故辞必巧丽。丽辞雅义，符采相胜，如组织之品朱紫，画绘之著玄黄，文虽新而有质，色虽糅而有本，此立赋之大体也。②

作为君子大夫言志显才方式的"赋"的政教话语行为特征也成为后来作为独立文体出现的"赋"的核心特征，并决定和制约着赋的产生和发展。

其二，赋与诗的关系以及赋的产生、发展。

在前面的引文中，刘勰提到了《国语·周语》"公卿献诗，师箴赋"的记载，原文为：

> 为川者决之使导，为民者宣之使言。故天子听政，使公卿至于列士献诗，瞽献曲，史献书，师箴，瞍赋，矇诵，百工谏，庶人传语，近臣尽规，亲戚补察，瞽、史教诲，耆、艾修之，而后王斟酌焉，是以事行而不悖。③

在邵公劝谏周厉王的这段话中，"赋"与"献诗""献曲""献书"等补察政教得失的话语行为是并列的，可见"赋"是一种相对独立的言志的话语行为，所赋之内容想必与"献诗"之义相同，都是与政教相关的。尤其当

---

① 徐复观在《中国文学论集》一书中有专文《〈文心雕龙〉的文体论》，辨析甚精，强调了"文体出于性情"的中国古代文体观念。参见徐复观：《中国文学论集》，台北，台湾学生书局，1985。
② 范文澜注：《文心雕龙注》，134页，北京，人民文学出版社，1978。
③ 鲍思陶点校：《国语》，5页，济南，齐鲁书社，2005。

《诗》在春秋时期成为类似于圣典的公共话语资源的时候,"赋"与《诗》的结合就日益密切了。用班固《汉书·艺文志》中的话说就是"古者诸侯卿大夫交接邻国,以微言相感,当揖让之时,必称《诗》以谕其志,盖以别贤不肖而观盛衰焉。故孔子曰:'不学《诗》,无以言'也"。关于赋诗言志、赋诗观志的记载在《左传》中比比皆是。例如,《左传·襄公二十七》年:

> 郑伯享赵孟于垂陇,子展、伯有、子西、子产、子大叔、二子石从。赵孟曰:"七子从君,以宠武也。请皆赋,以卒君贶,武亦以观七子之志。"
>
> 子展赋《草虫》,赵孟曰:"善哉,民之主也!抑武也,不足以当之。"
>
> 伯有赋《鹑之贲贲》,赵孟曰:"床笫之言不逾阈,况在野乎?非使人之所得闻也。"
>
> 子西赋《黍苗》之四章,赵孟曰:"寡君在,武何能焉!"
>
> 子产赋《隰桑》,赵孟曰:"武请受其卒章。"
>
> 子大叔赋《野有蔓草》,赵孟曰:"吾子之惠也。"
>
> 印段赋《蟋蟀》,赵孟曰:"善哉,保家之主也!吾有望矣。"
>
> 公孙段赋《桑扈》,赵孟曰:"'匪交匪敖',福将焉往?若保是言也,欲辞福禄,得乎?"
>
> 卒享,文子告叔向曰:"伯有将为戮矣。诗以言志,志诬其上而公怨之,以为宾荣,其能久乎?幸而后亡。"叔向曰:"然,已侈,所谓不及五稔者,夫子之谓矣。"
>
> 文子曰:"其余皆数世之主也。子展其后亡者也,在上不忘降。印氏其次也,乐而不荒。乐以安民,不淫以使之,后亡,不亦可乎!"[①]

[①] (清)阮元校刻:《十三经注疏》,295页,北京,中华书局,1980。

这段对话与孔子及其弟子登高赋志的故事极其相似，都存在着以"赋"为媒介的言志与观志的双向交流情形，所不同的是，这里是"赋诗"，孔子与弟子的故事中则是直陈其志。在《左传》中，以《诗》为媒介赋志的记载很普遍，而且认可断章取义的做法，赋诗不必全篇，赋诗之义不必符合全篇之义，只要能表达赋诗者的在特定场合的特定表志需要就行。①《诗》因"赋"的特定主体关系与特定语境而表达出特定的志意来，以诗合意。引文中除了伯有，其他六人为了联络晋、郑两国的交情，都赋诗颂美赵孟。只有伯有对郑伯不满，赋《鹑之贲贲》，取诗中"人之无良，我以为君"之义讽骂郑伯，所以赵孟（文子）说"伯有将为戮矣。诗以言志，志诬其上而公怨之"。②文子告叔向言中所谓"诗以言志"其实即是"赋诗言志"。在此句下，孔颖达疏曰："《正义》曰：在心为志，发言为诗。是诗所以言人之志意也。郑君实未有罪，伯有称人之无良，是诬其上也。"③此处"诗所以言人之志意"的"志意"并非作诗人的"志意"，而是赋诗人的"志意"。所以，朱自清怀疑伪《今文尚书·尧典》中所谓"诗言志"的说法"也许是从'诗以言志'那句话来"的，但并不肯定。④其实如果再注意一下《毛诗序》那个对于"诗言志"的著名表述，就会发现这种怀疑是有道理的。《毛诗序》说："诗者，志之所之也。在心为志，发言为诗。情动于中而形于言。"这里的"在心为志，发言为诗"与"情动于中而形于言"是有些矛盾的，大多数的解释是把"志"与"情"视为同义，并不能使人信服。"志"与"情"是有区别的，古人说"言志"，但不说"言情"，而说"吟咏情性"。由此作一个大胆的推断："言志"就是"赋"志，"诗言志"指的其实是"赋诗言志"。《毛诗序》所谓"在心为志，发言为诗"是针对赋诗人而言的；"情动于中而形于言"是针对作诗人而言的，因为诗是要合乐而歌的，所以接

---

① 《左传》僖公二十三年"公赋《六月》"句《正义》云："古者礼会，因古诗以见意，故言赋诗断章也。"
② 朱自清：《朱自清说诗》，18页，上海，上海古籍出版社，1998。
③ （清）劳孝舆：《春秋诗话》，1页，北京，中华书局，1985。
④ 朱自清：《朱自清说诗》，6页，上海，上海古籍出版社，1998。

着说"言之不足,故嗟叹之;嗟叹之不足,故永歌之"以及"吟咏情性"这样的话。

《诗》的作者几乎都没有流传下来,清代劳孝舆《春秋诗话》的解释是:"盖当时只有诗,无诗人。古人所作,今人可援为己诗,彼人之诗,此人可赓为自作,期于'言志'而止。"①《诗》是先民应感而发的自然抒情之作,是合乐而歌的,即使是公卿所献之诗,也不是特定个体主观控制(创作)、表现特定主体精神的产物,而言说的是天下事,其表现的也是人群普遍的风情,②所以不能落实于某一特定的个体主体之上,也正是因为《诗》的这种特质,所以孔子才说它具有兴、观、群、怨的体察、泄导民情的政治功效。而"赋诗言志"则是特定主体在特定语境中一种表达特定政教意图的话语行为,正是这种赋志的话语行为将《诗》赋予了"言志"的实用性和方便性,以义为主而不必合乐而歌,即所谓"不歌而颂",当然这也是以《诗》在先秦时期的普遍流行并被视为公共的话语资源为前提的。

先秦时期最活跃的"赋诗言志"的特定主体是奔走于列国之间的"行人",他们一方面是熟习诗歌的士人,另一方面又肩负着特定的聘问交接使命,他们对于赋体文学的最终成熟影响深远。在这方面,古今学者多有评说,其中刘师培论述最详:

> 古人诗赋,俱谓之文。然诗赋之学,亦出行人之官。盖赋列六义之一,乃古诗之流。古代之诗,虽不别标赋体,然凡作诗者,皆谓之赋诗,诵诗者亦谓之赋诗。……行人之术,流为纵横家。故《汉志》叙纵横家,引"诵诗三百,不能专对"之文,以为大戒。诚以出使四方,必有当于诗教。则诗赋之学,实惟纵横家所独擅矣。试考之古籍,则周代之诗,非徒因行人之作,且多为行人所赓诵。……故诗赋之根源,惟行人最审。……《汉志》所载诗赋,首列屈原,而唐勒、宋玉次之,其学皆源

---

① 朱自清:《朱自清说诗》,21 页,上海,上海古籍出版社,1998。
② 《诗大序》:"是以一国之事,系一人之本,谓之风;言天下之事,形四方之风,谓之雅。"

于古诗，虽体格与三百篇渐异，然屈原数人皆长于辞令，有行人应对之才。西汉诗赋，其见于《汉志》者，如陆贾、严助之流，并以辩论见称，受命出使。是诗赋别为一略，不与纵横同科，而夷考作者之生平，大抵曾任行人之职。……又班《志》有言："不歌而颂谓之赋。"案"登高能赋"之言，本于毛公《诗传》，在"君子九能"之内。夫九能均不外乎作文，故总名曰德音。而"登高能赋"与"使能造命"相次，其为行人之诗赋无疑。……欲考诗赋之流别者，盖溯源于在纵横家哉。①

刘师培在这里没有认真区分"诗赋"与"赋诗"的差别，把"赋"这种属于"君子九能"的政教话语行为囿于诗之六义，随声附和而缺乏审辨。不过，刘师培在这里明确指出了"赋诗"的主体性与政教性特点，对于诗赋在汉以前与行人、纵横家的关系梳理得很清楚，对认识赋体文学的源流发展很有助益。

在上面的引文中，刘师培还指出了"赋诗"的两种情形：一种是"诵诗"，另一种是"作诗"。这种说法并非刘师培自创，《诗·小雅·棠棣》引《郑志》答赵商云：

凡赋诗者，或造篇，或诵古。②

诵古诗之例上文已举，造篇之"赋诗言志"在《左传》中也不乏其例，常被提到的如隐公元年传记郑武公与母姜氏"隧而相见"云："公入而赋：'大隧之中，其乐也融融。'姜出而赋：'大隧之外，其乐也泄泄。'遂为母子如初。"③孔颖达疏云："赋诗，谓自作诗也。"④

---

① 刘师培：《中国中古文学史》，126～129 页，北京，人民文学出版社，1959。另章太炎《国故论衡》云："纵横者ううの本。古者诵诗三百，足以专对，七国之际，行人胥附，折衡于尊俎间。其说恢张谲宇，紬绎无穷，解散体，易人心志。鱼豢称鲁连邹阳之徒，援譬引类，以解缔结，诚文辩之隽也。武帝以后，宗室削弱，藩臣无邦交之礼。纵横既黜，然后退为赋家，时有解散。"
② （唐）孔颖达等正义：《毛诗正义》，上海，上海古籍出版社，1990。
③ （清）阮元校刻：《十三经注疏》，1716～1717 页，北京，中华书局，1980。
④ 同上书，1717 页。

在《左传》中的"赋诗",是要表达特定的具有告白性质的志意,如郑武公与母姜氏的"隧而相见",具有明显的仪式化的政治"作秀"味道,二人之赋也同样是这次表演的话语仪式。由于这种性质,"赋诗"与礼乐是分不开的,"赋诗"既强调义,也重视形。这是与春秋时期"赋诗"的外交与仪式语境相一致的。而到了礼乐崩坏、道术为天下裂、学术下移的战国时代,在外交场合作为礼乐仪式的"赋诗"情形很少载于史籍了,不过这时候独立的赋体文学却出现了。正如班固《汉书·艺文志》所云:"春秋之后,周道寖坏,聘问歌咏不行于列国,学《诗》之士逸在布衣,而贤人失志之赋作矣。大儒孙卿及楚臣屈原离谗忧国,皆作赋以风,咸有恻隐古诗之义。"①

其三,赋体文学的成形与政教的关系。

"诵诗"与"作诗"这两种"赋诗"形态对于"赋"由政教话语行为过渡到赋体文学具有关键性的意义。由于"诵诗","赋"这种政教话语行为与"诗教"产生了密切的意义关联;由于"作诗","赋"逐渐具有了相对独立的创作合法性,成长为一种与《诗》有所区别又密切相关的文体形式。

班固在《两都赋序》一开头的那句语焉不详的"或曰:赋者,古诗之流也"的话成为后世人论赋的最重要的依据之一,并因此得出赋体文学是出自《诗》的结论,而且具体到诗之六义的"赋"。没有证据表明在汉代以前已经有明确的所谓"六义"的说法,②可以说诗之六义(风、赋、比、兴、雅、颂)的说法是汉代《诗》学发展的成果,是《诗》经学化阐释的产品。③赋、比、兴连用的"六义"之"赋"的出现因此要晚于"赋诗"之"赋",甚

---

① (汉)班固:《汉书》,1756 页,北京,中华书局,1962。
② 《周礼》中有"六诗"的说法,但《周礼》的成书是在汉代。另,上博竹书《孔子论诗》系战国中叶之物,其中有"风、雅、颂"之谓,而无"赋、比、兴"之说。
③ 徐复观说:"《毛诗·关雎序》'诗有六义'中的赋比兴,乃由《毛传》将三百篇之作法,加以分析整理所归纳出的结论,并把三者结成一个完整序列,以概括三百篇的做法,似为《毛传》一家之言。"但他认为"六义"中的"赋"与赋体文学之"赋"没有关系,因为"《毛传》中的赋,乃对比兴而言,指的是'直陈其事不譬喻者'。而汉赋则体兼比兴。虽同名为赋,而性质各殊",虽不无道理,但未免有些武断。参见徐复观:《中国文学论集》,353~354 页,台北,台湾学生书局,1985。

至晚于《荀子》中独立的赋体文学之的"赋"。这说明赋体文学与诗之六义并没有直接的渊源关系，但这也并不能说明赋体文学与《诗》以及"六义"没有关系。

可以说不是赋体文学源出于"六义"，反而是"六义"受到了赋体文学发展的影响。"六义"是汉代经学家对于《诗经》的整体分析总结的理论归纳，在这一过程中，流行于先秦的"赋诗"观念与话语实践不可能不对《诗》学没有影响，所以可以推测，"赋诗"以及诸如《荀子·赋篇》与汉赋的出现对于汉代经学家的《诗》学研究有所启发，从而"赋"被纳入到了《诗》学的体系中了。如上文所论，《诗》在春秋时期就与"赋"这种士人君子的政教话语行为产生了密切的联系，形成了深刻的意义依存：一方面《诗》的神圣性、权威性与公共性为赋诗者提供了一个可以显示"君子"身份的交流平台；另一方面，"赋诗"的流行强化了《诗》的神圣性、权威性与公共性，同时也积累《诗》的符号价值并拓展了《诗》的意义空间。由于这种深刻的意义依存关系，《诗》具有了"言志"的特定意义指向，"赋诗"的政教话语行为与"诗教"结合在了一起。这种关系在汉代的经学语境下被视为是当然和自然的，因此"赋"作为一种很早就有的、曾相对独立的君子大夫的政教话语行为被遮蔽了，隐蔽在《诗》学这一日益强势的话语体系中了。这正是造成后世对于诗赋关系的认识混沌不清的主要原因。

"王者之迹熄而诗亡，诗亡然后《春秋》作"[1]，孟子这句饱含深意的话似乎也可以用于赋体文学的出现上——"王者之迹熄而诗亡，诗亡然后辞赋作"。在战代乱世之中，儒家所推崇的王道理想、礼乐制度日渐式微，作为话语表征系统的《诗》的神圣性、权威性与公共性在百家争鸣的文化空间中不再有效通用，诸子纷纷建言立说，表达对于政道理想的见解看法。在这一语境下，赋的主体性以及政教话语实践的功能得以凸显，其直接铺陈展现依然怀抱着王道理想的贤士大夫的政教态度的文体特征以"作诗"的名义发展

---

[1] （宋）朱熹撰：《四书章句集注》，295页，北京，中华书局，1983。

了起来,于汉代逐渐蔚为大观。 这也就是班固所谓"春秋之后,周道寖坏,聘问歌咏不行于列国,学《诗》之士逸在布衣,而贤人失志之赋作矣。 大儒孙卿及楚臣屈原离谗忧国,皆作赋以风,咸有恻隐古诗之义"和荀子所谓"天下不治,请陈佹诗"的内涵。

刘勰论赋,虽也受"六义"之说的影响,认为赋是《诗》的"附庸",但他注意到了赋与诗的关系在经典的论说中的差异:"诗序则同义,传说则异体。"而且刘勰用非常简洁的话准确指出了赋体文学的独立过程,他在《文心雕龙·诠赋篇》中说:

> 至如郑庄之赋《大隧》,士芳之赋《狐裘》,结言扭韵,词自己作。虽合赋体,明而未融。及灵均唱《骚》,始广声貌。然赋也者,受命于诗人,拓宇于《楚辞》也。于是荀况《礼》、《智》,宋玉《风》、《钓》,爰锡名号,与诗画境,六义附庸,蔚成大国。遂客主以首引,极声貌以穷文,斯盖别诗之原始,命赋之厥初也[①]。

《楚辞·九章·悲回风》云:"介眇志之所惑兮,窃赋诗之所明。"[②]其中的"赋诗"显然是自作诗的意思,作者担心自己高远的志向不被人理解,于是赋诗以表明衷肠。 屈原在这里继承的是"赋诗言志"传统。 屈原曾是楚国重要的外交使臣,《史记》本传称其"博闻强志,明于治乱,娴于辞令。 入则图议国事,以出号令;出则接遇宾客,应对诸侯"[③],他对于赋诗言志的政教辞令是非常擅长的。 但在屈原的作品中直接引《诗》言志的例子很少,其中的原因,一个是所引《诗》的只言片语不足以表达他缠绵悱恻、沉郁顿挫的复杂情感;另外也可能是因为《诗》在当时已经不为大多数人所熟知了。 屈原把自己所创作的作品视为是"诗",一则继承赋诗言志,表明自己

[①] 范文澜注:《文心雕龙注》,134 页,北京,人民文学出版社,1978。
[②] (宋)洪兴祖撰:《楚辞补注》,157 页,北京,中华书局,2006。
[③] (汉)司马迁:《史记》,2481 页,北京,中华书局,1982。

的王道政教理想，二则显示己作的神圣性与合法性。

屈原的"赋"还是在"赋诗"意义上的"赋"，而在荀子和宋玉那里，这种依着赋诗言志的传统而写作的表达作者自己政教思想的作品本身就称为了"赋"。这些号为"赋"的作品，有时也还以诗自命，如《荀子·赋篇·佹诗》："天下不治，请陈佹诗。"按王先谦注，所谓"佹诗"就是"佹异激切之诗"。但与诗的区别也是非常明显的，"赋"相对于《诗》而言，具有明确的主体色彩，"词自己作"，有着明确的作者，表达的是明确的特定作者自己的观念情志，而且是与作者本人的政教理想相关的，往往有着特定的诉求对象，这就形成行文的对话问答的特定"风貌"。赋体文学这种特点是从最初的大夫登高而赋的政教话语行为一脉相承的，而且也是汉代赋家所共同相承的核心特征。下面举荀子的《礼》赋为例：

> 爰有大物，非丝非帛，文理成章；非日非月，为天下明。生者以寿，死者以葬。城郭以固，三军以强。粹而王，驳而伯，无一焉而亡。臣愚不识，敢请之王？王曰：此夫文而不采者与？简然易知而致有理者与？君子所敬而小人所不者与？性不得则若禽兽，性得之则甚雅似者与？匹夫隆之则为圣人，诸侯隆之则一四海者与？致明而约，甚顺而体，请归之礼。①

此赋中，很显然荀子要表达的是他的礼治思想，不过他采用的是"主文而谲谏"的诱导的方式，要体现最终让"王"自己悟出礼治的重大意义。全文充满着启发与商议的色彩，这让人自然想起前文引论过的孔子与弟子"登高必赋"的故事来。宋玉的《风赋》将风分为"大王之雄风"与"庶人之雌风"，赋是这样起始的：

---

① （清）王先谦：《荀子集解》，313页，北京，中华书局，1954。

楚襄王游于兰台之宫，宋玉景差侍。有风飒然而至，王乃披襟而当之曰："快哉此风！寡人所与庶人共者邪？"宋玉对曰："此独大王之风耳，庶人安得而共之？"王曰："夫风者，天地之气，溥畅而至，不择贵贱高下而加焉，今子独以为寡人之风，岂有说乎？"宋玉对曰："臣闻于师，枳句来巢，空穴来风。其所托者然，则风气殊焉。"①

宋玉以自然之风委婉地嘲讽了楚襄王所谓"寡人所与庶人共"的自我陶醉。不过，宋玉的赋表现出的政教讽谏意味的确是比较淡薄的，其华丽逞才的倾向显得很突出，这既是汉赋风格的源头，也是汉赋受到批评的原因。

◎ 第二节

从屈原学案看扬雄作赋的心态

从前文对于赋体文学的源起与发展的辨析中可以看出，"赋"在早期是一种士人君子在特定的场合相互表达、交流政教观念的话语行为，后来与《诗》这一公共话语资源紧密结合，形成了流行于春秋时期的赋诗言志的传统。但在战国时期，随着《诗》这一公共话语平台与礼乐制度一起崩坏，有着崇高政教理想的士大夫以作诗的名义表达自己离谗忧国的情志思想，至此，"赋"这一古老的政教话语行为在屈原、荀子等人的手里落实为一种独立的文本形式。

"赋"这一话语行为一开始就属于政教实践，然后逐渐成为那些有志于、同时也是有资格关注天下之事的精英知识分子间的"言志""观志"的思想交流与沟通实践。刘向《说苑》卷六有"君子为赋，小人请陈辞"之说，

---

① （南朝梁）萧统编：《文选》，581页，北京，中华书局，1977。

具有作"赋"的主体资格的是"君子","小人"之所陈的称为"辞","赋"与"辞"有着明显的区分。"君子"是社会中有教养的人士,其所作之"赋"须有雅正的风格,而对"辞"则没有这种规范要求。

由于是士大夫和君子之间的话语行为,所以使"赋"一般具有了高雅、含蓄、委婉、华美等贵族特征,因此也使《诗》这一具有神圣性和权威性的文本成为"赋"的主要的公共资源和话语形式。但"赋"毕竟是一种相对独立的政教话语实践,"赋诗言志"是对于《诗》的方便性、工具性的应用,往往不惜断章取义,其目的是为了达到特定政教或外交的需要,因此"赋"先天具有辞令应对的纵横家风格。对于那些不见得有什么崇高的儒家政教理想的行人、游士,其所作之辞赋也就不必依从或张扬什么特定的价值规范,只要其娴熟的辞令能够打动君王,自己因此得以进身显名,其辞赋的价值也就实现了。扬雄所谓的"诗人之赋"和"辞人之赋"的划分,显然是从辞赋中是否体现了作者的高洁人格与崇高道义理想精神这一特定的价值规范来区别辞赋的。这是一种带有"成见"的区分,且不谈这种"成见"是否合理,扬雄的之一"成见"之所以形成却是一个非常值得研究的问题。

从汉代的屈原学案入手去认识扬雄"诗人之赋"的"成见"形成的机会是一个非常好的切入点。汉代在扬雄之前,有贾谊、司马迁、刘安等人对于屈原的评论;扬雄之后,比较重要的有班固、王逸的评注,后来刘勰在《文心雕龙·辨骚篇》中对整个汉代对于屈原的评说进行了总结。

屈原是汉代人的一个特殊的情结。汉家天下起于楚地,楚风、楚韵对于汉代文化的影响是巨大而深刻的,以屈原赋为代表的楚文学对于汉代文艺的影响是与文化的培育同时发生的。尤其是屈原作品中所表现出的高洁的人格品质与理想志趣深得汉代知识分子的推许。汉代文人对于屈原有褒有贬,但大都推崇其文而悲其志。在扬雄之前,司马迁对于屈原的评说是最有代表性的,司马迁《史记·屈原贾生列传》云:

屈平正道直行,竭忠尽智以事其君,谗人间之,可谓穷矣。信而见疑，忠而被谤，能无怨乎？屈平之作离骚，盖自怨生也。国风好色而不淫，小雅怨诽而不乱。若离骚者，可谓兼之矣。上称帝喾，下道齐桓，中述汤武，以刺世事。明道德之广崇，治乱之条贯，靡不毕见。其文约，其辞微，其志絜，其行廉，其称文小而其指极大，举类迩而见义远。其志絜，故其称物芳。其行廉，故死而不容自疏。濯淖污泥之中，蝉蜕于浊秽，以浮游尘埃之外，不获世之滋垢，皭然泥而不滓者也。推此志也，虽与日月争光可也。①

  刘安对于屈原的《离骚》的赞美几乎与司马迁此说如出一辙。② 司马迁重点突出了屈原的人品道德、对君王的忠诚，称其"正道直行，竭忠尽智以事其君"，并给予了极高的褒扬，云"推此志也，虽与日月争光可也"，与屈原志洁行廉的品德极不和谐的是他"信而见疑，忠而被谤"的不公平政治遭遇。从司马迁对于屈原的赞美中不难听出司马迁其实也是借此为自己的遭际抗辩，也为自己的发愤著书建构认同的榜样。③ 可以说，正是司马迁最早确立了屈原作为伟大的爱国者和伟大的爱国诗人的双重形象和地位，虽然在司马迁之前有将屈原作为楚国忠臣的记载（如贾谊），但几乎没有材料表明屈原写作过《离骚》《九歌》等作品。④ 对于屈原其人其文的真伪考察不是本文的任务，本文感兴趣的是司马迁将屈原塑造成伟大的忠臣和伟大的诗人的双重角色的背景，及其所隐含的西汉文人普遍的悲剧性处境。在《史记·屈原贾生列传》最后，有这样一段意味深长的话：

---

① （汉）司马迁：《史记》，2482页，北京，中华书局，1982。
② 《楚辞》王逸注本中班固《离骚序》引刘安《叙离骚传》："国风好色而不淫，小雅怨诽而不乱，若《离骚》者，可谓兼之，濯淖污泥之中，浮游尘埃之外，皭然泥而不滓。推其志，虽与日月争光可也。"
③ 司马迁在《报任安书》中说："古者富贵而名摩灭不可胜记，唯倜傥非常之人称焉。盖文王拘而演《周易》；仲尼厄而作《春秋》；屈原放逐，乃赋《离骚》……"这里同样表现的是著书不朽的渴望。
④ 参见［日］冈村繁：《周汉文学史考》，50页，上海，上海古籍出版社，2002。

太史公曰：余读《离骚》、《天问》、《招魂》、《哀郢》，悲其志。适长沙，观屈原所自沉渊，未尝不垂涕，想见其为人。及见贾生吊之，又怪屈原以彼其材，游诸侯，何国不容，而自令若是。读《鵩鸟赋》，同死生，轻去就，又爽然自失矣。①

因其文而见其志、悲其人，司马迁在屈原身上看到了自己的不幸，但也看到了自己的希望，不容于当世的高洁志行可以通过其诗文赋作晓谕来者，文章可以使身处困厄而品行高尚的人不朽，所谓"古者富贵而名摩灭，不可胜记，唯倜傥非常之人称焉"（《报任安书》）。不过在这段话中，最值得注意和回味的是司马迁借贾谊之凭吊"又怪屈原"与"又爽然自失"的复杂心情。之所以责怪屈原，是因为屈原在当时是有选择去就的自由的；之所以"又爽然自失"，是因为自己作为一个大一统的汉家王朝统治下的士人并没有选择去就的自由。如果说，在汉代初期还有"游诸侯"的可能的话，到了司马迁所生活的汉武帝时期，士人已经无国可去，他们逐渐失去了择主而仕的自由和权利了。② 士人价值的最大体现就是对于汉家皇帝的"竭忠尽智"。况且大一统的政治格局，本来就是士人与权利共谋的结果，贾谊、董仲舒等知识分子可以说是属于那种汉代大一统政治得以形成并巩固的关键性人物，司马迁也不例外，他自己也为能参与汉武帝的泰山封禅大典并记录下此等盛世辉煌而激动和自豪。西汉士人对于大一统政权的高度认同的热情和实际政治处境的残酷之间的强烈反差，使他们"幽怨"了起来。"士不遇"不约而同地成为众多文人的赋作主题，如东方朔的《哀命》、严忌的《哀时命》、刘向的《愍命》、董仲舒的《士不遇赋》、司马迁的《悲士不遇

---

① （汉）司马迁：《史记》，2503 页，北京，中华书局，1982。
② 西汉中央政权用"推恩令"彻底削弱了地方诸侯的势力，颁布"左官律""附益法"又断绝了知识分子为地方诸侯王服务的路子。《汉书·诸侯王表》："故文帝采贾生之议分齐、赵，景帝用晁错之记削吴、楚。武帝施主父之册，下推恩之令，使诸侯王得分户邑以封子弟，不行黜陟，而藩国自析。……景遭七国之难，抑损诸侯，减黜其官，武有衡山、淮南之谋，作左官之律，设附益之法，诸侯惟得衣食税租，不与政事。"

赋》等。

所以可以说,屈原受到汉代文人的关注除了这种文化上的亲近之外,家国意识形态观念的逐渐形成也是极为重要的一个因素。随着汉代大一统政治局面的出现,汉人对于帝王的忠诚意识与屈原对于楚国一君生死不渝的忠诚产生了一定的共鸣,所以屈原作品中所表达出来的忠君爱国的思想感情日益受到重视,而且越是到后代,家天下的观念越是深入人心,屈原的忠君爱国思想就越是受到张扬。① 不过,屈原所表现出来的强烈执着的忠诚意识与先秦士人的天下意识有着内在的深刻矛盾。孔子对于君王的态度是对等合作的,所谓合则留,不合则去,"危邦不入,乱邦不居。天下有道则见,无道则隐。"②士志于道,应该以天下为己任,努力恢复和维护礼乐制度的公共价值规范,因此不必也不应该仅仅效忠于一地一国之君王。汉代知识分子,由于普遍的"忠而见放"的身世悲慨,一方面与屈原有着强烈的共鸣,另一方面在他们生命中依然激荡的先秦择主而仕的游士精神,以及经学思想又使他们对于屈原的死忠及其赋作产生了困惑甚至批判。汉代的屈原学案正是这种共鸣与批判的张力下作用的结果。

尽管对于屈原其人、其文,目前在学术界一直存在极大的争议,但可以明确的是,屈原在汉代文人的心目中,作为他们自己的身份处境与人格精神的象征,"真切"地存在着:他的人格让他们敬仰,他的遭遇让他们悲悯,他的骚赋让他们唏嘘感怀。其实,屈原其人其文就是汉代文人的一种文化建构,在这上面堆积了汉代文人太多复杂的感情与思想,是了解汉代思想史弥足珍贵的文化实体。

扬雄对于屈原的态度同样也是复杂的,但由于扬雄语言的含蓄简约,使得后世对于扬雄的屈原观认识颇有争议。

---

① 闻一多在《读骚杂记》中提出:"屈原的捐洁,是大一统的帝王下的顺民才特别要把屈原拟想成一个忠臣。"转引自王钟陵主编:《二十世纪中国文学史论文精粹——散文赋卷》,321 页,石家庄,河北教育出版社,2001。
② (宋)朱熹撰:《四书章句集注》,106 页,北京,中华书局,1983。

《法言·吾子》:"或问:屈原智乎? 曰:如玉如莹,爰变丹青。 如其智! 如其智!"①最早为《法言》作注的晋朝的李轨认为,扬雄此处意在批评屈原的不智:"夫智者达天命,审行废,如玉如莹,磨而不磷。 今屈原放逐,感激爰变,虽有文彩,丹青之伦尔。"②而清朝的汪荣宝在《法言义疏》中对此注提出了异议,认为:"然则以玉喻德,而智在其中。 昭质无亏,以成文采,智孰有过于此者? 此子云深致赞美之义也。"③《汉书》本传引扬雄自序云:"先是时,蜀有司马相如,作赋甚弘丽温雅,雄心壮之,每作赋,常拟之以为式。 又怪屈原文过相如,至不容,作《离骚》,自投江而死,悲其文,读之未尝不流涕也。 以为君子得时则大行,不得时则龙蛇。 遇不遇命也,何必湛身哉! 乃作书,往往摭《离骚》文而反之,自岷江投诸江流以吊屈原,名曰《反离骚》;又旁《离骚》作重一篇,名曰《广骚》;又旁《惜诵》以下至《怀沙》一卷,名曰《畔牢愁》。"④本传班固的赞语说扬雄以为"赋莫深于《离骚》,反而广之"。⑤ 现只有《反离骚》留存了下来。 对于此赋的内涵向来争议颇大,传统的主流观点基本上认为扬雄对于屈原持的是批评、否定的态度,为之作注的颜师古以为是处处讽刺和责难屈原,朱熹在《楚辞集注》中更是认为扬雄为"屈原之罪人",而这篇《反离骚》乃"《离骚》之谗贼"。

要准确体会扬雄的思想,最妥帖的办法还是应该回到扬雄自己的言说文本中去。 先细读一下《反离骚》结尾处集中体现扬雄态度的一段:

夫圣哲之不遭兮,固时命之所有;虽增欷以于邑兮,吾恐灵修之不累改。(师古曰:雄言自古圣哲,皆有不遇,屈原虽自叹于邑,而楚王终不改寤也。)昔仲尼之去鲁兮,斐斐迟迟而周迈,终回复于旧都兮,何

---

① (清)汪荣宝撰:《法言义疏》(上),57页,北京,中华书局,1987。
② 同上。
③ (清)汪荣宝撰:《法言义疏》,58页,北京,中华书局,1987。
④ (汉)班固:《汉书》,3515页,北京,中华书局,1962。
⑤ 同上书,3583页。

必湘渊与涛濑！（师古曰：言孔子去其本邦，迟迟系恋，意在旧都，裴回反复。屈原何独不怀鄢郢而赴江湘也？）溷渔父之餔歠兮，洁沐浴之振衣，弃由、聃之所珍兮，跖彭咸之所遗！（师古曰：此又非屈原不慕由、聃高踪，而遵彭咸遗迹。）①

这段赋的表层意思颜师古注解得比较清楚了。圣贤不遇，乃时命也，屈原的忧患悲叹并不能使楚王有所改悟。孔子虽去鲁而终又返鲁，屈原何必蹈水自沉。放弃了许由、老聃全己保身的自珍之路，而学彭咸誓死之行。对于扬雄在此赋中流露出的深层苦心，颜师古显然缺乏了解与同情的体味。

在《反离骚》中，扬雄以"累"称喻屈原："因江潭而往记兮，钦吊楚之湘累。惟天轨之不辟兮，何纯絜而离纷！"②本传注引李奇曰："诸不以罪死曰累，荀息、仇牧皆是也。屈原赴湘死，故曰湘累也。"③下句师古注曰："天轨，犹言天路。辟，开也。离，遭也。纷，难也。言天路不开，故使纯善贞絜之人遭此难也。易曰：'天地闭，贤人隐。'"④在赋中，以"神龙""圣哲"以及"仲尼"等类比屈原，扬雄在《反离骚》中对于屈原的态度与其说是讽刺、否定不如说是一种诚挚的同情与深切的哀悯，以为世人时君不值得屈原这样的圣哲之士为之忧叹，因为"虽增欷以于邑兮，吾恐灵修之不累改"，因此而蹈水自沉就更不值得了。扬雄借吊屈原之名其实是在愤世嫉俗，如李贽在《焚书·读史·反骚》中所云："彼以世不足愤，其愤世也益甚；以俗为不足嫉，其嫉俗愈深。以神龙之渊潜为懿，则其卑鄙世人，驴骡上下，视屈子为何物，而视世为何等乎？盖深以为可惜，又深以为可怜，痛原转加，而哭世转剧也。"⑤这正是扬雄写作《反离骚》的深层苦心所在，是扬雄对于屈原深切同情的写照，是扬雄在"悲其文，读之未尝不流涕"的心

---

① （汉）班固：《汉书》，3521 页，北京，中华书局，1962。
② 同上书，3516 页。
③ 同上书，3516 页。
④ 同上书，3516 页。
⑤ （明）李贽：《焚书》，547~548 页，北京，中华书局，1974。

情下写出的，表现的是其在巨大的政治压抑下的真实感受。

可以说，扬雄是在对于屈原诚挚的钦佩与深切的哀恸的复杂心情中开始他的赋的写作的，他不仅钦佩屈原其文，更钦佩屈原其人。因钦佩其人，而更爱其文，因爱其文，而悲其志，由悲其志而反思知识分子的现实境遇，思考面对无可奈何的政治困境，知识分子如何应对。扬雄在《反离骚》之后的赋作，显然走了一条不同于屈原赋的道路。这不等于否弃屈原，而是面对大一统专制的政治现实的一种权变的选择。

扬雄如同当时大多数欲有所作为的知识分子一样，希望能够介入政治，扬名当世。但扬雄显然不喜欢当时已经成为士人进入仕途的主要门径的经学章句，而是选择了一条不太合时宜但可以彰显自己才智抱负的赋作之途。扬雄《自序》云："雄少而好学，不为章句，训诂通而已，博览无所不见。……自有大度，非圣哲之书不好也；非其意，虽富贵不事也。顾尝好辞赋。"①他钦慕屈原那样的高洁人格和执着不屈的政治理想，但屈原的悲剧与现实的残酷让他认识到个体生命的卑微。那么作为知识分子，如何才能使自己的生命更有价值呢？皓首穷经或许可以让一个原本贫寒的读书人获得富贵，但这是一条磨灭个人才智与理想抱负的体制化之路，这显然不是扬雄所情愿的。扬雄选择的是屈原那样以文章显志的方式，辞赋不仅可以在经学章句之外为他介入政治提供晋身的机会，更重要的是赋作能直接体现他的才智人格与政教关怀。

很多论者注意到了扬雄"尚智"的人生态度，比如，徐复观认为扬雄"是一个'知识型'的人生形态，近于西方所谓'智者'形态的人物"②。但对于"尚智"的理解却往往流于表面。扬雄的"尚智"观主要表现在《法言·问明》中的两处问答：

或问："人何尚？"曰："尚智。"曰："多以智杀身者，何其尚？"曰：

---

① （汉）班固：《汉书》，3514 页，北京，中华书局，1962。
② 徐复观：《两汉思想史》，283 页，台北，台湾学生书局，1984。

"昔乎,皋陶以其智为帝谟,杀身者远矣;箕子以其智为武王陈《洪范》,杀身者远矣。"①

或问"活身"。曰:"明哲。"或曰:"童蒙则活,何乃明哲乎?"曰:"君子所贵,亦越用明保慎其身也。如庸行翳路,冲冲而活,君子不贵也。"②

不难看出,扬雄所尚之智并非老庄全身远害"处于用与不用之间"的智,也非单纯的所谓"知识型"的智,而是孟子论盆成括之智③,是以大道辅佐明君并充分实现自我的智。所谓的"明哲保身",其所保的不是庸碌苟且的生命,而指的是人格名声,后者才可能是不朽的。扬雄认为屈原"如玉如莹,爰变丹青。如其智!如其智!"这是对屈原既能保持如玉的品德("如玉如莹"④),又能把这种高洁不阿的品德形之于文章("爰变丹青"⑤)的高明智慧的衷心赞美。

扬雄虽然走的是"欲求文章成名于后世"(《汉书·扬雄传》)的著述之路,但他其实始终都更注重的是能使文章彪炳千代的高洁人格和崇高道义理想,这正是他之所以推崇屈原及其赋作并努力学习的内在原因,同时这也是扬雄形成"诗人之赋"与"辞人之赋"两种赋观"成见"根本所在。"诗人之赋"与"辞人之赋"的根本区别就在于,在华美的文辞背后是否有高洁的人格和崇高的道义理想的主体性与伦理性支撑。《法言·吾子》云:

或问:"景差、唐勒、宋玉、枚乘之赋也,益乎?"曰:"必也,淫。"

---

① (清)汪荣宝撰:《法言义疏》(上),186页,北京,中华书局,1987。
② 同上书,198页。
③ 《孟子·尽心章句下》:盆成括仕于齐。孟子曰:"死矣盆成括!"盆成括见杀,门人问曰:"夫子何以知其将杀?"曰:"其为人也,小有才,未闻君子之大道也,则足以杀其躯而已矣。"赵注云:"言括之为人小有才慧,而未知君子仁义谦顺之道,适足以害其身也。"焦疏云:"慧则精明,精明则照察人之隐;慧则捷利,捷利则超越人之先,皆危机也。"
④ 《法言·君子》云:"或问'君子似玉'。曰:'纯沦温润,柔而坚,玩而廉,队乎其不可形也。'"
⑤ 对这句话有不同的解释,总体来看,汪荣宝的疏解最为恰切:"然则丹青谓玉采。屈原以忠信之质,蔚为文章,犹玉以皎洁之色,化为华采。此与君子篇'丹青初则炳,久则渝'异义。彼谓绘事之所施,乃人为之饰;此谓玉色之所见,则自然之美也。"

"淫,则奈何?"曰:"诗人之赋丽以则,辞人之赋丽以淫。如孔氏之门用赋也,则贾谊升堂,相如入室矣。如其不用何?"①

扬雄是把"景差、唐勒、宋玉、枚乘之赋"称为"辞人之赋"的,按《史记·屈原贾生列传》云:"楚有宋玉、唐勒、景差之徒者,皆好辞而以赋见称。"这三人的特点首先是"好辞",其所作之赋属于纵横家、行人逞才游说之赋,没有高洁的人格与崇高的道义理想精神的"正义"内涵。枚乘其人其赋同样如此。枚乘是西汉前期典型的游士,擅长行人辞令,《汉书·枚乘传》云:"梁客皆善属辞赋,乘尤高。"②其作品《七发》以奇声、奇味、骑射、游宴、校猎、观涛以及"要言妙道"七事启发太子,"全篇的构思与战国游士的说辞相似"③,强调语言和辩说的魅力,风格与宋玉的《风赋》相似,所以扬雄把他的赋作也归于"辞人之赋"。贾谊与司马相如的赋在扬雄看来是属于"诗人之赋"的,扬雄的赋作就是以后者为榜样的④。虽然他对"诗人之赋"是相对肯定的,但他又说贾谊与司马相如也没有资格入孔门,原因是孔门不用赋。

从以上的论述可以看出,扬雄并未把赋完全纳入到经学的评价体系中,而是承认赋的相对独立性。如前文所论,赋原本是一种大夫君子的政教话语行为,具有鲜明的主体性和政教性特征,这一特征贯穿在赋体文学产生、发展乃至成形的全过程。在《诗》这一公共文化资源与赋这种政教话语行为结合以后,赋的话语形态以及内在的价值取向都逐渐受到了《诗》的影响。但赋又不同于《诗》,因为赋作为一种独立的文体出现时,指的是"自作诗"。因此屈原说自己所作的是"诗",而汉代人却都不约而同地称其为赋,西汉

---

① (清)汪荣宝撰:《法言义疏》(上),49~50页,北京,中华书局,1987。
② (汉)班固:《汉书》,2356页,北京,中华书局,1962。
③ 马积高:《赋史》,64页,上海,上海古籍出版社,1987。
④ 徐复观认为扬雄之所以推重司马相如而对与司马相如同样以辞赋得名的王褒只字不提,究其因,"不仅是作品的高下问题,也有人格的感应问题在里面"。参见徐复观:《两汉思想史》,288页,台北,台湾学生书局,1984。

前期的严忌同样认为自己表志的赋作是"属诗"——"志憾恨而不逞兮，抒中情而属诗"①。在汉代人看来，赋这一文体的写作在屈原、荀子这些贤哲那里自觉地依据传统儒学的道义理想精神表达高洁的人格和对于时政的忧患、批评与劝诱。除了这类"诗人之赋"外，在扬雄眼里，还有另外一类赋作，虽然同样属于士人大夫的政教话语，但却无高尚的人格精神与道义理想的内涵，逞才游说，故而称之为"辞人之赋"。

"辞人之赋"固与道义无涉，"诗人之赋"也不足以揄扬大义，因为赋这一讲究华美修辞的话语形式，在好大喜功专断的大一统帝王那里，其政教功能是无效的。扬雄本人作赋就是遵从屈、荀"诗人之赋"这一传统，他从模拟屈原赋开始，进而向司马相如学习，希望能够通过赋的创作展示自己的才华抱负，并见用于当朝，以赋作当谏书，实现规讽时政的政教价值。扬雄作赋比起司马相如来，他的讽谏意图更为自觉，其大赋的讽喻目的大多很鲜明：

> 《甘泉赋序》：孝成帝时，客有荐雄文似相如者，上方郊祠甘泉泰畤、汾阴后土，以求继嗣，召雄待诏承明之庭。正月，从上甘泉，还奏《甘泉赋》以风。②
>
> 《河东赋序》：其三月，将祭后土，上乃帅群臣横大河，凑汾阴。既祭，行游介山，回安邑，顾龙门，览盐池，登历观，陟西岳以望八荒，迹殷周之虚，眇然以思唐虞之风。雄以为临川羡鱼不如归而结网，还，上《河东赋》以劝。③
>
> 《校猎赋序》：其十二月羽猎，雄从。以为昔在二帝三王，宫馆台榭沼池苑囿林麓薮泽财足以奉郊庙，御宾客，充庖厨而已，不夺百姓膏腴谷土桑柘之地。……武帝广开上林，南至宜春、鼎胡、御宿、昆吾，旁南山而西，

---

① （清）严可均辑：《全上古三代秦汉三国六朝文》，194 页，北京，中华书局，1997。
② （汉）班固：《汉书》，3522 页，北京，中华书局，1962。
③ 同上书，3535 页。

至长杨、五柞,北绕黄山,濒渭而东,周袤数百里。……游观侈靡,穷妙极丽。虽颇割其三垂以赡齐民,然至羽猎田车戎马器械储偫禁御所营,尚泰奢丽夸诩,非尧、舜、成汤、文王三驱之意也。又恐后世复修前好,不折中以泉台,故聊因《校猎赋》以风。①

《长杨赋序》:明年,上将大夸胡人以多禽兽,秋,命右扶风发民入南山,西自褒斜,东至弘农,南驱汉中,张罗罔罝罘,捕熊罴豪猪虎豹狖玃狐菟麋鹿,载以槛车,输长杨射熊馆。以罔为周阹,纵禽兽其中,令胡人手搏之,自取其获,上亲临观焉。是时,农民不得收敛。雄从至射熊馆,还,上《长杨赋》,聊因笔墨之成文章,故藉翰林以为主人,子墨为客卿以风。②

在四大赋的序言中,扬雄自觉地以儒家的道义理想与政教观念对于帝王的奢靡扰民进行了明确的讽刺与规劝,其苦心孤诣绝非只是虚晃一枪的装点门面,确可以看出其一以贯之的讽喻时政的诚挚努力。可能正是因为扬雄的希望过于真诚和迫切,所以他后来的失望也因此尤其强烈,不讽反劝的效果令他对赋的政教功能彻底失望了。所以扬雄悔叹自己的赋作为"童子雕虫篆刻",从而转向了直接的道义话语建构方面。对于这一问题后文将作详细阐释。在扬雄以后,无论是对于赋的批评还是对于赋的辩护,其评说标准基本上都纳入了经学的价值批判体系中了,比如班固、王逸、刘勰等人的争论,兹不赘述。

扬雄对于赋作政教功能采用的是一种搁置的态度,而不是完全不作,他后期依然有不少赋作,如《解难》《解嘲》等名作,但此类赋作的创作心态显然有别于前期对大赋的政教期待。

---

① (汉)班固:《汉书》,3540~3541 页,北京,中华书局,1962。
② 同上书,3557 页。

◎ 第三节

扬雄后期的赋作与主体精神的内敛

《汉书·艺文志·诗赋略》在"陆贾赋"类中录"扬雄赋十二篇",又在"陆贾赋"的总结处与"诗赋略"总结处,用小字标注"入扬雄八篇"。班固的《艺文志》基本上是对刘歆《七略》的存录,王应麟《汉书艺文志考证》认为:"本传:赋莫深于《离骚》,反而广之(原注:又旁《惜颂》以下至《怀沙》一卷,名曰《畔牢愁》),赋莫丽于相如,作四赋(原注:《甘泉》、《河东》、《校猎》、《长杨》)。《志》云:入扬雄八篇。盖《七略》所略止四赋也。《古文苑》有《太玄》、《蜀都》、《逐贫赋》。《文选注》有《覈灵赋》。"王应麟的意思是刘歆的《七略》只收录了扬雄《甘泉》、《河东》、《校猎》、《长杨》四赋,班固《艺文志》又加入八篇,王应麟指出了七篇:《反离骚》、《广骚》、《畔牢愁》、《太玄》、《蜀都》、《逐贫赋》与《覈灵赋》。还有一篇,后人补入《酒赋》,《全汉文》卷五十二收录《酒赋》并序,编者严可均案语云:"《汉书》题作《酒箴》,《御览》引《汉书》作《酒赋》,各书作《酒赋》,《北堂书钞》作《都酒赋》。"①

现代费振刚等人辑校的《全汉赋》收录扬雄赋十一篇,分别为:《蜀都赋》《甘泉赋》《河东赋》《羽猎赋》(《文选》所题,即《校猎赋》)《长杨赋》《太玄赋》《逐贫赋》《酒赋》《覈灵赋》《解嘲》与《解难》。《全汉赋》以辞、赋不同为理由,减去了《汉书》属扬雄赋名下的《反离骚》《广骚》《畔牢愁》三篇,增入《解嘲》《解难》两篇。

本编采用的是一种较为宽泛的赋体文学观,所以以上提到的作品都属于本编研究的范围。尽管以上所述并不是扬雄赋体文学创作的全部,但就目前所存的篇目来看,扬雄也是汉代辞赋留存最多的作家,而且他的辞赋创作承

---

① (清)严可均辑:《全上古三代秦汉三国六朝文》,728 页,北京,中华书局,1997。

前启后，说扬雄是中国赋体文学史上最伟大的作家之一并不为过。

扬雄的辞赋作品，根据他的身世和思想的变化，大致可以分为三个时期。第一阶段是未出仕之前的骚体辞赋的写作时期，这一阶段的作品主要模拟屈原的骚赋，写有《反离骚》《广骚》《畔劳愁》三篇，其中后两篇目前只有存目。第二阶段是扬雄四十岁左右经人引荐而受汉成帝任用的时期，这是扬雄赋体文学写作的高峰时期，为他赢得声誉的四篇大赋（即《甘泉赋》《河东赋》《校猎赋》《长杨赋》）是这一时期的代表作。第三阶段是扬雄写赋的后期，大约从汉哀帝登基，即扬雄五十岁左右开始，直到临终，这一时期扬雄反思和批判赋体文学并声称"辍不复为"，但实际上他的赋体文学的写作并没有停止，又写作了《解嘲》《解难》《太玄赋》《逐贫赋》等影响深远的赋体作品。

如前所论，扬雄早期可以说是在屈原的人格精神的感动下开始他的赋体文学写作的，屈原的人格精神和《离骚》为扬雄的赋体文学写作确立了标准榜样，扬雄作品中所表现出来的深广的忧患意识应该说与屈原对于他的影响是分不开的。扬雄正是带着早期的这种忧患意识进入中期的大赋写作的，早先的人生与思想忧患在这一时期落实为具体的政治忧患，这时所创作的赋体文学属于政治的公共话语，具有强烈的理性政教色彩。

扬雄是一个厚积薄发的人，他直到四十岁的时候才来到京城出仕，在此前，他一直在进行着学养与艺术素养的积累。扬雄在《自序》中云："雄少而好学，不为章句，训诂通而已，博览无所不见。为人简易佚荡，口吃不能剧谈，默而好深湛之思，清静亡为，少耆欲，不汲汲于富贵，不戚戚于贫贱，不修廉隅以徼名当世。家产不过十金，乏无儋石之储，晏如也。自有大度，非圣哲之书不好也；非其意，虽富贵不事也。顾尝好辞赋。"[①]虽说不能排除扬雄可能会有的自诩，但也足见扬雄是一个博达而有定见并不随波逐流、曲学阿世的人。他介入政治的动机，绝不是仅为了功名富贵，他有自

---

① （汉）班固：《汉书》，3514页，北京，中华书局，1962。

己想要为之奋斗的政治与道义理想，他在成帝时期的大赋就是真诚而自觉地为着这样的政教理念而创作的。所以扬雄这一时期的赋作是典型的依据儒学的"主文而谲谏"的诗教精神写作的公共政教话语，显然他的这一政教意图令他越来越失望，他感觉到了以迎合取悦专制帝王的华美写作，其讽谏功能是无效的，甚至落入了一种助长其淫靡的尴尬境地。因此扬雄对于自己所信奉的道义理想表现出了前所未有的危机感。这时的扬雄进行了一次在他的人生中关键的思想与写作转型。

扬雄后期的主要精力投入到了经典化的话语建构中，这是他更明确地表达自己一以贯之的道义理想的最纯粹的方式，是一种自觉地承续原始儒学道统的努力，是在与日益强大的霸道政治保持一定距离的同时，为士人修建可以安身立命的相对独立的价值体系。这时扬雄并没有搁置他曾用生命书写的赋体文学的创作，只不过他不再写给帝王看了，因为他们看不懂，也不愿意看懂。这时扬雄的赋作是写给自己的心灵的，表达的是自己的人生感悟，是一种私人化的书写，所以用不着什么宏大的架构与华美的辞藻。

扬雄后期的赋作比较明确的有四篇，即《解嘲》《解难》《太玄赋》《逐贫赋》，其中《太玄赋》有论者怀疑是伪作[1]，本文亦存疑，不作讨论。下文将以《解嘲》《解难》以及《逐贫赋》三赋为例分析扬雄后期赋作的文体特征。

《解嘲》与《解难》这两篇作品都是与《太玄》有关的。据《汉书·扬雄传》所录扬雄《自序》，"哀帝时丁、傅、董贤用事，诸附离之者或起家至二千石。时雄方草《太玄》，有以自守，泊如也。或嘲雄以玄尚白，而雄解之，号曰《解嘲》。"[2]《太玄》"观之者难知，学之者难成。客有难《玄》

---

[1] 王青认为《太玄赋》所表现出的游仙思想与指斥圣人、抵挞仁义的庄老观念与扬雄一贯的思想有明显的矛盾。其全文最早出现于令人生疑的《古文苑》，而且从未被各种类书引用过。因此，"倾向于认为《太玄赋》是伪作"。参见王青：《扬雄评传》，269～272页，南京，南京大学出版社，2000。

[2] （汉）班固：《汉书》，3565～3566页，北京，中华书局，1962。

大深，众人之不好也，雄解之，号曰《解难》。"①陆侃如的《中古文学系年》把这两篇赋作的时间确定在哀帝建平三年（前4），《太玄》大约正是在这一时期完成的。

有论者认为扬雄之所以作《太玄》是因为哀帝继位以后，扬雄在政治上比起成帝时期越发不得意，所以以玄自守。② 其实，如果对于扬雄一生的政治生涯稍作考察，就会发现，他平生最重要的政治实践，不是发生在对他有知遇之恩的成帝时期，而恰好是王氏后戚受到排挤的哀帝时期。 在汉哀帝短短不满六年的在位期间，扬雄两次参与了政事，而且都得到了认可。 一次是哀帝建平二年（前5）论鼓妖事，另一次是建平四年上书谏勿许单于朝。 这两次是扬雄政治生涯中最为重要的政治事件，可见哀帝对扬雄是非常器重的。 他之所以没有飞黄腾达，其一是因为他不愿意依附权贵，一如他在王氏后戚当权时不愿依附一样；其二是由于他淡泊自守的个性与担当道义的独立精神使然。 如果说，撰《太玄》是扬雄道统意识自觉的表征的话，那么，围绕《太玄》的写作而作的《解嘲》与《解难》则是这一时期扬雄人生感悟的真实流露。

写作《解嘲》的起因是一句颇为幽默的调侃："或嘲雄以玄尚白。"颜师古注曰："玄，黑色也。 言雄作之不成，其色犹白，故无禄位也。"③汉人崇尚通经致用，扬雄拟经作《太玄》，但却始终碌碌无为、一穷二白，如赋中客人所嘲："顾而作《太玄》五千文，支叶扶疏，独说十余万言，深者入黄泉，高者出苍天，大者含元气，纤者入无伦，然而位不过侍郎，擢才给事黄门。

---

① （汉）班固：《汉书》，3575页，北京，中华书局，1962。
② 冈村繁认为扬雄之所以在哀帝之世"断然弃掷辞赋创作"，主要的原因是："扬雄失去了成帝这位对自己特别关照的保护者，离别了关系密切、相处和谐的王氏一族以及亲密朋友刘歆等，并且创作华丽辞赋的场地也被夺去，在公私两方面都陷入了极度的失意中。"参见［日］冈村繁：《周汉文学史考》，195页，上海，上海古籍出版社，2002。 另王青《扬雄评传》也认为："扬雄不在成帝时淡泊自守，不在平帝时淡泊自守，而是在王氏集团最危险的哀帝时淡泊自守，表明坚决不与新兴外戚合作的态度，这只能说明他对王氏集团的忠诚。"见王青：《扬雄评传》，112页，南京，南京大学出版社，2000。
③ （汉）班固：《汉书》，3565页，北京，中华书局，1962。

意者玄得毋尚白乎？何为官之拓落也？"①玄本为黑色，乃西汉官服颜色，而扬雄之玄却并未使其官运亨通，因此客人以"尚白"调侃。如此会心的调侃，可见此客当是扬雄的知心好友，此赋也可以视为是一对好友之间推心置腹的交谈。因而"扬子笑而应之曰"：

> 客徒欲朱丹吾毂，不知一跌将赤吾之族也！往者周罔解结，群鹿争逸，离为十二，合为六七，四分五剖，并为战国。士无常君，国亡定臣，得士者富，失士者贫，矫翼厉翮，恣意所存，故士或自盛以橐，或凿坏之遁。是故驺衍以颉亢而取世资，孟轲虽连蹇犹为万乘师。
>
> 今大汉左东海，右渠搜，前番禺，后陶涂。东南一尉，西北一候。徽以纠墨，制以质铁，散以礼乐，风以诗书，旷以岁月，结以倚庐。天下之士，雷动云合，鱼鳞杂袭，咸营于八区，家家自以为稷契，人人自以为咎繇，戴继垂缨而谈者皆拟于阿衡，五尺童子羞比晏婴与夷吾；当涂者入青云，失路者委沟渠，旦握权则为卿相，夕失势则为匹夫。②

你希望我获得富贵的好意我能理解，但这却会使我满门灭绝的！现在的局势已经大不同于战国之世，那时的士人是自由的，也是尊贵的，而如今大汉一统天下，在政权的威逼利诱之下，士人已经完全成为权力的工具，仕途险恶，枯荣遽变。

从青年时期就满怀着崇高的政教理想的扬雄，当然也希望自己能够像先秦士人那样积极用世，有所作为。但世易时移，铁桶一般令人窒息的帝王专制使士人完全工具化了。在这样的体制之内，一个人的生死荣辱将完全受到政权斗争的任意摆布。成帝与哀帝两朝交替之间的血腥残酷的权力斗争，让亲历了这一切的扬雄对于"霸王道杂之"的专制政权彻底失望了，也使他开

---

① （汉）班固：《汉书》，3566 页，北京，中华书局，1962。
② 同上书，3567～3568 页。

始深刻反思知识分子及其写作的体制化这一问题。"霸王道杂之"的实质是霸道,王道对于大一统的帝王来说只是一个装点与修饰,士人一旦在威逼利诱之下进入了这一专制体制,就可能会自觉不自觉地成为这一体制的共谋者,其原本满怀崇高政教期望的讽谏之作的意义也会因此顿时化为乌有,甚至反而成为润色鸿业的权力玩物。

那么面对笼罩一切的大一统体制,文人将何以自处? 如果不进入体制,还有什么地方可以安身立命呢? 孔子认为君子当对君主有所择取:"危邦不入,乱邦不居。天下有道则见,无道则隐。"①孔子的意思是如果士人对这一个邦国不满意的话,就离开它,到其他有道的邦国去实现自己的抱负,并不是真的如老庄那样的隐居全身。汉代的士人显然已经没有了这样的政治环境了,尤其对于那些不甘于无所作为的儒学之士,大一统的政治体制成为了他们永远逃不掉的宿命。但处于体制之中又充满了危险,所以在西汉时期出现了像东方朔那样的"朝隐"之士。扬雄选择的隐遁方式是"文隐"——"故为可为于可为之时,则从;为不可为于不可为之时,则凶。夫蔺先生收功于章台,四皓采荣于南山,公孙创业于金马,骠骑发迹于祁连,司马长卿窃訾于卓氏,东方朔割炙于细君。仆诚不能与此数公者并,故默然独守吾太玄。"②历数蔺相如、四皓、公孙弘、霍去病、司马相如以及东方朔的功名荣辱之后,《解嘲》以"默然独守吾太玄"表志作结。

以文自守,不仅可以保全自己独立的人格,而且还可以承续并发扬古圣人的道统理想,这是扬雄找到的最恰当的身处体制之中对抗体制化的方式。同时这也是扬雄"文必艰深"论的内在苦衷,如《解难》中所云:"若夫闳言崇议,幽微之涂,盖难与览者同也。昔人有观象于天,视度于地,察法于人者,天丽且弥,地普而深,昔人之辞,乃玉乃金。彼岂好为艰难哉?势不得已也。"③艰深是扬雄拒绝体制化、超越体制经学的一种不得已的话语选

---

① (宋)朱熹注:《四书章句集注》,106 页,北京,中华书局,1983。
② (汉)班固:《汉书》,3573 页,北京,中华书局,1962。
③ 同上书,3577 页。

择，正如他选择贫穷一样——彼岂好处穷哉? 势不得已也。在《逐贫赋》中，扬子对于"贫"与自己如影随形深感不满，欲驱贫困，然"贫"的一番话最终让扬子甘心处贫："长与汝居，终无厌极。贫逐不去，与我息游。"①扬雄的态度之所以发生转变，是因为"贫"的一段自述生平的话：

> 昔我乃祖，宣其明德。克佐帝尧，誓为典则。土阶茅茨，匪雕匪饰。爰及季世，纵其昏惑，饕餮之群，贪富苟得。鄙我先人，乃傲乃骄。瑶台琼榭，室屋崇高；流酒为池，积肉为崎。是用鹄逝，不践其朝。三省吾身，谓予无愆。处君之家，福禄如山；忘我大德，思我小怨。堪寒能暑，少而习焉。寒暑不忒，等寿神仙。桀跖不顾，贪类不干。人皆重蔽，子独露居；人皆忧惕，子独无虞。②

要想保持自己高洁的人格，要想洁身自好，要想承续古圣人的道统，要想免除利禄权势的烦恼危险，那就只有与贫困为伍。贫困，这或许是知识分子在专制社会中拒绝体制化的基本代价，只有能处贫，并乐于处贫，才能真正保持孟子所推崇的威武不屈、富贵不淫的君子品格，才有资格担荷道义，为万世法。扬雄在《逐贫赋》中，用了一种独特的调侃的方式进行了一次严肃的自我考问，表达了为仁义道统以及自我人格的独立完整而甘愿贫困的决心。

扬雄后期的赋作可以说正是他对于士人及其写作的体制性反思的写照，这时其的赋作在形式上也有主客问答，但显然不同于此前大赋作品中主客之间立场分明、政治色彩强烈的"体国经野，义尚光大"的鸿篇巨制，而成为一种私人性的、活泼幽默的"触兴致情，因变取会"的自我抒怀小制。扬雄后期的这些赋作，抛弃了大赋写作的政教讽喻模式，转向自我情怀的抒写，这在某种程度上是对于早期骚体赋的回归，但是脱去了早期骚体赋中表现个

---

① 费振刚、仇仲谦、刘南平校注：《全汉赋校注》（下），290页，广州，广东教育出版社，2005。
② 同上。

人才华的炫耀意味，不再有期待阅读的顾忌，是内在自我的真实流露。

总之，扬雄即使是在对大赋的政治讽喻功能彻底失望之后，始终并没有停止赋体文学的写作，因为赋对于他来说，不仅是一种对外的显示才华与政治观念的工具，同时也是一个文人疏离于体制之外时的心灵寓所。扬雄后期的赋作，不仅对于他自己来说是意义非常的，对于东汉抒情小赋的大量出现也具有深远的影响。

◎ 第四节
扬雄对汉赋的批评与汉乐府之兴衰

扬雄从大赋的政教讽喻功能的失效中，意识到了让他更为担心的问题，即传统儒学价值的失范。《解嘲》云："当今县令不请士，郡守不迎师，群卿不揖客，将相不俯眉；言奇者见疑，行殊者得辟，是以欲谈者宛舌而固声，欲行者拟足而投迹。乡使上世之士处乎今，策非甲科，行非孝廉，举非方正，独可抗疏，时道是非，高得待诏，下触闻罢，又安得青紫？"[1]

自汉武帝以来，儒学受到了尊奉，五经之学得到了极大的普及和发展，士人因此也有了更多进入政权的机会，整个社会也逐渐地儒学化，甚至帝王也自觉不自觉地受到了儒学的塑造，例如，汉元帝从小就"仁柔好儒"。这如果算是儒学的胜利的话，儒学本身的危机也伴随着这种胜利日渐严重。当儒学通过政权的推崇而成为政权的意识形态时，当士人凭借经学进入政权成为士大夫时，儒学作为道义的独立性与生命力也就随之开始枯萎了，士人担当道义的崇高性与独立不羁的"恒心"也随之凋谢了。在大一统的专制体制中，原始儒学的真精神、士人的真品格在意识形态的迷离中被逐渐消解。意

---

[1] （汉）班固：《汉书》，3570页，北京，中华书局，1962。

识形态的作用不在于它的强制性,而在于不知不觉中的同化。强秦的暴烈统治激发了天下人的对抗,汉代从立国开始就吸取了秦亡的教训,以柔化天下。但毕竟黄老之术只适合于缓和矛盾、休养生息,并不能使天下成为一个高度凝聚的专制政权。儒术之所以能打动雄心勃勃的汉武帝,就在于经董仲舒阐释的天人合一、大一统的儒学满足了专制政权寻求合法性与凝聚力的需要。

学术信仰的力量,一方面来自它与权力的微秒关系,另一方面也需要某种可以抗衡权力的社会势力的保障。与西方的基督教相比,儒学在汉代与政权结合了,从而成为中国传统文化的主流,但并不像基督教那样有相对独立的社会信众势力,因此使儒学很容易成为官本位体制的附庸与装饰,其内在的学理与道义价值因此也就极容易沦为掌权者的把玩之物。"书中自有黄金屋,书中自有颜如玉",学问只有转化为权力,学问才有价值,文人只有出仕,才真正有社会地位。汉人尚经,对于大多数经生来说,其价值只在于经书是通向名利权势的媒体。真正的以道义理想为信守的士人是没什么社会地位的,而且还可能动辄得咎,所以扬雄说"当今县令不请士,郡守不迎师,群卿不揖客,将相不俯眉;言奇者见疑,行殊者得辟"。扬雄能对"今大汉"提出这样的批判,显然是据于先秦的士人价值观上的,而这一点正是西汉知识分子较之后世文人更能反思自身社会处境的原因所在。西汉的知识分子身处大一统的专制体制之中,虽不乏"曲学阿世"之徒,但也有相当一部分有一种强烈的压抑感与不适应感,这种感觉迫使他们在反省自身处境的同时,也有时敢于对时政提出整体性的批判,这也是王莽能够改制的文化背景。

扬雄显然是属于这类知识分子的一员。他对于大赋的政教功能失效的反思本身还包含着更为深广的文化忧患,即传统儒学价值的沦陷,这表现为文艺政教意图的失效和文人的倡优化,也就是扬雄《自序》所说的"往时武帝好神仙,相如上《大人赋》,欲以风,帝反缥缥有陵云之志。繇是言之,赋劝而不止,明矣。又颇似俳优淳于髡、优孟之徒,非法度所存,贤人君子诗赋之正也"。汉宣帝论赋比之于"倡优博弈",曰:"辞赋大者与古诗同义,小者辩丽可喜。譬如女工有绮縠,音乐有郑、卫,今世俗犹以此虞说耳目,辞赋比之,尚有仁义风谕,鸟兽草木多闻之观,贤于倡优博弈远矣。"①

汉人往往诗赋并提,视为同类,前举扬雄与汉宣帝之言如是,班固《汉书·艺文志》与《两都赋序》中都诗赋并论。在文学史上,西汉时期最重要的文学形式,一般认为有两类,一是汉赋,二是汉乐府。这两种文学类型既有着非常密切的关系,又似乎存在着天壤之别。

说它们有着密切的关系,其一是因为它们与《诗》学、"诗教"均有很深的渊源,其二是在西汉有很多作家是这两类文学的共同创作者,其三是因为这两类文学在西汉的发展曲线有着惊人的相似,大约都在武帝时期走向繁荣,而同时又不约而同地在西汉末哀帝时期走向衰落。

说它们不同,是因为汉赋被称为是宫廷贵族文学,而汉乐府则被认为是来自民间并反映民生的人民大众的文学,无论在内容还是形式上都形成了鲜明的对比。

本章之所以把这两种所谓的文学种类拿出来作对照,是因为这两类文学与扬雄后期对于创作的反思批评有着微妙的联系。

在乐府文学的发展史上,西汉成帝绥和二年发生了一件非常重要的事,刚刚当上皇帝的汉哀帝下诏罢乐府:

《汉书·哀帝纪》:绥和二年六月,诏曰:"郑声淫而乱乐,圣王所放,其罢乐府。"②

《汉书·礼乐志》:是时(汉成帝时期),郑声尤甚。黄门名倡丙强、景武之属富显于世,贵戚五侯定陵、富平外戚之家淫侈过度,至与人主争女乐。哀帝自为定陶王时疾之,又性不好音,及即位,下诏曰:"惟世俗奢泰文巧,而郑卫之声兴。夫奢泰则下不孙而国贫,文巧则趋末背本者众,郑

---

① (汉)班固:《汉书》,2829页,北京,中华书局,1962。
② 同上书,335页。

卫之声兴则淫辟之化流,而欲黎庶敦朴家给,犹浊其源而求其清流,岂不难哉!孔子不云乎?'放郑声,郑声淫。'其罢乐府官。郊祭乐及古兵法武乐,在经非郑卫之乐者,条奏,别属他官。"①

就在哀帝时期,扬雄在对自己前期的创作追悔反思时,也对汉赋提出了批评,并决定不再创作大赋,转向经学模拟的写作。据《汉书·扬雄传》引扬雄《自序》云:

> 哀帝时丁、傅、董贤用事,诸附离之者或起家至二千石。时雄方草《太玄》,有以自守,泊如也。或嘲雄以玄尚白,而雄解之,号曰《解嘲》。……雄以为赋者,将以风也,必推类而言,极丽靡之辞,闳侈巨衍,竞于使人不能加也,既乃归之于正,然览者已过矣。往时武帝好神仙,相如上《大人赋》,欲以风,帝反缥缥有陵云之志。繇是言之,赋劝而不止,明矣。又颇似俳优淳于髡、优孟之徒,非法度所存,贤人君子诗赋之正也,于是辍不复为。②

哀帝罢乐府官的理由是:"惟世俗奢泰文巧,而郑卫之声兴。"班固以历史家的眼光指出,哀帝罢乐府官的两个方面的背景:一是哀帝对于成帝时期"郑声尤甚"的风气深恶痛绝,二是哀帝本人"性不好音"。只要联系一下成、哀两朝之间的种种权力纠葛,就不难看出,哀帝诏书中所谓"郑卫之声兴"其实只不过是一个冠冕堂皇的理由而已,其真正的动机是批评成帝一朝,而以这种方式则显得比较委婉。

哀帝的父亲定陶共王曾经是成帝成为太子的重大威胁。据《汉书·元后传》,太子(后来的成帝)"其后幸酒,乐燕乐,元帝不以为能。而傅昭仪有宠于上,生定陶共王。王多材艺,上甚爱之,坐则侧席,行则同辇,常有意

---

① (汉)班固:《汉书》,1072~1073 页,北京,中华书局,1962。
② 同上书,3565~3575 页。

欲废太子而立共王。"由于王凤、皇后（王政君）以及史丹的拥护，成帝继位，由此王氏后戚的势力日趋强大，此时有成帝宠幸赵飞燕歌舞于朝，有王氏贵戚淫靡于下。成帝无嗣，"而定陶共王已薨，子嗣立为王。王祖母定陶傅太后重贿遗骠骑将军根，为王求汉嗣，根为言，上亦欲立之，遂征定陶王为太子"①。哀帝继位后，王氏外戚马上受到严厉打击，即使是曾拥立哀帝有功的王根也不例外。

哀帝的"性不好音"与成帝的"幸酒乐燕乐"正好形成一个鲜明的对照，不管这其中有多少是所谓"性情"的因素，或权力斗争的因素，但至少，这两位帝王的喜好的确深刻地反映了汉代文艺的发展，表现了汉赋与汉乐府的兴衰。

赋与乐府都可以说是源远流长的，但不容置疑的是，到了汉武帝时期，汉赋与汉乐府才被以政治动员的方式，得以大张旗鼓地发展，并被纳入到权力体制的宏图之内。用班固的话说就是："至于武、宣之世，乃崇礼官，考文章，内设金马石渠之署，外兴乐府协律之事，以兴废继绝，润色鸿业。"②从此朝臣及文人殚精竭虑于大赋的写作，"故言语侍从之臣，若司马相如、虞丘寿王、东方朔、枚皋、王褒、刘向之属，朝夕论思，日月献纳。而公卿大臣御史大夫儿宽、太常孔臧、太中大夫董仲舒、宗正刘德、太子太傅萧望之等，时时间作。或以抒下情而通讽谕，或以宣上德而尽忠孝。雍容揄扬，著于后嗣，抑亦雅颂之亚也。故孝成之世，论而录之，盖奏御者千有余篇，而后大汉之文章，炳焉与三代同风"③。这种风气显然是与独尊儒术的意识形态相一致的，文雅礼乐，雍容盛世，大赋与乐府的兴盛是汉代大一统专制演绎儒术之诗教与乐教的豪华仪式。仪式毕竟是仪式，表面上的热热闹闹终究只是一场欺世盗名的假象。

汉赋与汉乐府皆兴起于汉武帝之好大喜功，而大约到汉成帝时期，达致

---

① （汉）班固：《汉书》，4027页，北京，中华书局，1962。
② （清）严可均辑：《全上古三代秦汉三国六朝文》，237页，北京，中华书局，1997。
③ 同上书，238页。

第十章　"诗人之赋"与"赋诗言志"　　497

鼎盛。班固说"孝成之世,论而录之,盖奏御者千有余篇",可见赋作之盛况。哀帝罢乐府,在丞相孔光、大司马何武所奏的罢乐府人员名单中,总共有829人之众。乐府之所以在能发展到如此庞大的地步,是汉武以来历代帝王喜好的必然结果。成帝"乐燕乐",其父元帝可以说是有过之而无不及,《汉书·史丹传》载:"元帝被疾,不亲政事,留好音乐。或置鼙鼓殿下,天子自临轩槛上,陨铜丸以擿鼓。声中严鼓之节。"①元帝号称"仁柔好儒",但帝王之"儒"岂是学术之"儒",帝王之"儒"表现出的一方面是其执政的优柔寡断,这是造成西汉后期后戚专权的一个极为重要的原因;另一方面是个性方面的,其实只是一种风尚性的喜好而已,就如同南朝帝王好文学一样,并不是真正对于儒学道义理想的身体力行的贯彻,反而会将儒学所含有的道义理想力量消解于无形。

就汉代而言,社会的经学化程度意味着"无恒产而有恒心"的士人的士大夫化的进程,意味着儒学的体制化的进程。这一进程,在西汉后期愈演愈烈:

> 昭帝时举贤良文学,增博士弟子员满百人,宣帝末增倍之。元帝好儒,能通一经者皆复。数年,以用度不足,更为设员千人,郡国置五经百石卒史。成帝末,或言孔子布衣养徒三千人,今天子太学弟子少,于是增弟子员三千人。岁余,复如故。平帝时王莽秉政,增元士之子得受业如弟子,勿以为员,岁课甲科四十人为郎中,乙科二十人为太子舍人,丙科四十人补文学掌故云。②

以经学为尚,学问遂成利禄之途,士人不再是以学术道义为业的知识的传承者与社会价值体系的建构者,而成为了持禄保生的官吏,其后果是带来了双向的弊端。即使学术日益功利化、技术化,也不能使吏治经学化。前

---

① (汉)班固:《汉书》,3376页,北京,中华书局,1962。
② 同上书,3596页。

者造成了汉代立学官的斗争和经学的日趋烦琐,直至"依席不讲"的儒学普遍衰颓;后者使得官吏不专注于事功,造成吏治效率的低下。

在这样的政治文化背景下,儒学所提倡的诗教与乐教的怨刺讽喻功能逐渐变了味,体现儒学的这种政教功能的赋与诗也随之变了味,成为声色犬马的工具,如扬雄所说的"非法度所存,贤人君子诗赋之正也"①。汉赋与汉乐府的兴盛皆是由于在儒术治世的名义下得到统治者的倡导,因此对于这两类文体的评价在汉代是被纳入《诗》学的体系中的,但显然汉赋与汉乐府在体制化的发展过程中,其与《诗》学精神背道而驰的实际效果又令真正的儒学之士大感失望。虽然没有证据表明扬雄对于汉赋的反省与批评是受到汉哀帝罢乐府的影响,但以郑卫之音为理由对汉赋或汉乐府进行指责的方式,却是相同的。《法言·吾子》云:"或问:'交五声、十二律也,或雅,或郑,何也?'曰:'中正则雅,多哇则郑。'请问'本'。曰:'黄钟以生之,中正以平之,确乎,郑、卫不能入也!'"②李轨注曰:"中正者,宫商,温雅也。多哇者,淫声,繁越也。"③扬雄对于郑卫之音的批评显然不是以其"出身"为依据的,而是根据其是否含有温雅中正的内质来评判的,一如他对于汉赋的评论。

汉乐府的设立的初衷确是要继承先秦的采诗传统,如《汉书·艺文志》所谓:"自孝武立乐府而采歌谣,于是有代赵之讴,秦楚之风,皆感于哀乐,缘事而发,亦可以观风俗,知薄厚云。"④但其实际的政治用途却是为了郊祀祭奠,"民间祠有鼓舞乐,今郊祀而无乐,岂称乎?"⑤这就需要御用文人对来自民间的乐曲进行改编与再度创作,"延年善歌,为新变声。是时上方兴天地诸祠,欲造乐,令司马相如等作诗颂。延年辄承意弦歌所造诗,为之新

---

① (汉)班固:《汉书》,3575 页,北京,中华书局,1962。
② (清)汪荣宝撰:《法言义疏》(上),53 页,北京,中华书局,1987。
③ 同上。
④ (汉)班固:《汉书》,1756 页,北京,中华书局,1962。
⑤ 同上书,1232 页。

声曲。"①从这里可以看出，汉代的乐府很大一部分是文人的创作，而且其实际作用与班固所谓的"感于哀乐，缘事而发，亦可以观风俗，知薄厚云"几乎没有什么关系。恢复与光大采诗传统只是汉乐府润饰鸿业的一个冠冕堂皇的合法性理由，此为《诗》学精神的第一层失落。随着乐府的不断发展，供宫廷贵胄声色娱乐的燕乐也繁盛了起来，此为《诗》学精神的第二层失落。②哀帝时期对于这种状况的批判，应该说正好从反面说明这种形式目的与实际作用的强烈反差。

对于一个反思体制、拒绝体制化，并力图承续原始儒学的道义理想精神的知识分子来说，汉赋与汉乐府的价值失范与功能失效不能不引起他的关注与警惕。扬雄对于诗赋的反省与批判自然会激发他对于文人身份与文的整体价值在大一统专制语境中命运的关注和思考。

赋是汉代最重要的文学形式之一，扬雄是汉代最重要的赋作者之一，同时也是文学史上较早对赋进行分类并提出批评的有深远影响的学者。扬雄对于汉赋的最著名的评论是他关于"诗人之赋"与"辞人之赋"的分别批评，这既是文学史上最早的对于赋的自觉分类，也是最早较为系统的批评。为了彻底理解扬雄对汉赋的这种批评，本章首先辨析了赋体文学的源起及其基本的文体特征。赋最早是一种君子大夫之间相互表志观志的政教话语行为，当《诗》成为士人君子表达志意与政教观念最主要的公共话语资源时，作为政教话语行为的"赋"与这一公共话语资源便自然地结合在了一起，出现了《左传》中普遍的"赋诗言志"的说法。此后，"赋"逐渐由话语行为落实为具体的文本形式，并顺理成章地被纳入了"诗学"与"诗教"的

---

① （汉）班固：《汉书》，3725 页，北京，中华书局，1962。
② 赵敏俐认为：在礼崩乐坏之后，汉代诗歌"从'周礼'中获得解放，满足个人私欲的娱乐性增强"，"无论是两汉各阶层的群众性创作，还是汉武帝立乐府采用新的调子制作颂神歌，客观上都标志着地主阶级以享乐、娱乐为主的诗歌艺术，已经完全取代了先秦宗法制的雅乐"。但认为，与诗歌的娱乐化不同的是，汉赋依然继承着周礼的影响，因此"诗赋分途"。参见赵敏俐：《论中国诗歌发展道路从上古到中古的历史变更——兼谈汉诗创作新趋向和诗赋分途问题》，见《周汉诗歌综论》，252 页，北京，学苑出版社，2002。这种观点其实依然是长期以来关于中古文学自觉之论的继续，诗赋分途的看法有待商榷。

范畴。

  在汉代的经学语境中,"赋"的"诗教"规范被格外地凸显了出来,扬雄的"诗人之赋"与"辞人之赋"的分别正是在这种背景下提出的,他对于屈原及其赋作的评价也是寻着这一理路进行的。高洁的人格精神以及崇高的道义理想,不仅是扬雄将屈赋视为"诗人之赋"的原因,也是他自己在赋体文学的写作中始终坚持和追求的最核心的东西。扬雄前期的大赋是作为一种试图实现政教功能的公共话语来写作的,具有明显的讽喻色彩。在他对大赋的政教讽喻功能彻底失望之后,扬雄在后期的赋作中同样没有放弃"诗人之赋"的价值操守。扬雄对大赋的公共政教价值的功能失效的批判,对于我们认识西汉末年乐府的衰落具有重要的借鉴意义,因为在汉代的经学语境中,汉大赋与汉乐府具有相似的文化含义与意识形态功能。

第十一章
"雕虫"之叹遮掩了什么

"雕虫"与"雕龙"是中国传统文论中常见的两个词语，从诗学的角度看，这两个词语并不属于什么重要的学理范畴。"雕虫"一词从作者本人所涉猎的文献资料来看，最早出自扬雄的《法言》，在《吾子》篇中反省自己"少而好赋"时自贬为"童子雕虫篆刻"。作为汉大赋最重要的创作者之一，扬雄对于汉赋的批评成为后世汉赋批评的基调，汉赋的最终衰颓应该说与扬雄的批评有密切的关系。自扬雄之后，"雕虫"成为文章小道的代名词[1]，南朝梁时的裴子野写有以此为题的专文《雕虫论》，痛心于"乱代之征""人自藻饰"的齐梁文风。与裴子野同时代，带着同样的问题意识，刘勰创作了文论巨著《文心雕龙》，其批评矛头直指宋、齐、梁的柔靡文风。《文心雕龙》的立意主旨与《雕虫论》大同小异，同祭儒家六艺经典大旗，尊崇圣典以裁衡时风。不过，两个作品的标题却形成鲜明的对比，一曰"雕龙"，一曰"雕虫"，相照成趣，发人深思。

---

[1] 南朝萧子范《求撰昭明太子集表》："各称小善，靡擅雕虫。"萧绎《内典碑铭集林序》："予幼好雕虫，长而弥笃，游心释典，寓目词林；顷常搜聚，有怀著述。"李昶《答徐陵书》："弱年有意，颇爱雕虫。"顾野王《虎丘山序》："故总辔齐镳，竞雕虫于山水；云合雾集，争歌颂于林泉。"庾信《赵国公集序》："自魏建安之末，晋太康以来，雕虫篆刻，其体之变，人人自谓握灵蛇之珠，抱荆山之玉矣。"以上各条见郁沅、张明高编撰：《魏晋南北朝文论选》，350、370、391、395、423 页，北京，人民文学出版社，1999。另《宋书·臧焘传》云："自魏氏膺命，主爱雕虫，家弃章句，人重异术。"《隋书·李谔传》，载《上隋文帝论文书》："魏之三祖，更尚文辞，忽君人之大道，好雕虫之小艺。"

关于《文心雕龙》的标题含义，刘勰本人在其中的《序志》篇里有所交代："夫文心者，言为文之用心也。昔涓子《琴心》，王孙《巧心》，心哉美矣，故用之也。古来文章，以雕缛成体，岂取邹奭之群言'雕龙'也！"①这里明白无误地说明了刘勰为他的著作标题时的典故源出，而且从行文的语气可以看出，刘勰并不是信手拈来的，而是有着深刻用心的。

"雕龙"所指代的是以邹衍为代表的阴阳五行学派的文化特征，这一学派思想在汉代与儒学紧密结合，经董仲舒之手演变为享有独尊地位的神学、经学，成为汉代乃至其后中国两千余年的主流意识形态，深深地影响了中国古代社会的文化政治形态。在汉代，以邹衍为代表的阴阳五行学说更是影响深广的显学，扬雄在他的著作中对这一学术思想多有评论。那么，这里不妨作一个大胆的追问：喜好"模拟"的扬雄在若有所悟地说出"童子雕虫篆刻"的时候有什么不言而喻的隐衷呢？这种隐衷和"雕龙"传说有什么形式和内涵上的联系呢？

◎ 第一节
扬雄"雕虫"之叹背后的隐衷

刘勰所言"雕龙"的典故在司马迁的《史记·孟子荀卿列传》中有详细记载：

> 驺（同邹）奭者，齐诸驺子，亦颇采驺衍之术以纪文。……驺衍之术，迂大而闳辩，奭也文具难施；……故齐人颂曰：谈天衍，雕龙奭。②

---

① 范文澜注：《文心雕龙注》，725 页，北京，人民文学出版社，1978。
② （汉）司马迁：《史记》，2347～2348 页，北京，中华书局，1982。

裴骃《集解》对此作了进一步的说明：

> 刘向《别录》曰："驺衍之所言五德始终，天地广大，尽言天事，故曰'谈天'。驺奭修衍之文，饰若雕镂龙文，故曰'雕龙'。"①

另外，《汉书·艺文志》在"阴阳家者流"的条目前录《邹子》四十九篇、《邹奭子十二篇》，《汉书》原注分别为：邹子，"名衍，齐人，为燕昭王师，居稷下，号谈天衍"②。邹奭，"齐人，号为雕龙奭"③。《后汉书·崔骃传》中有"赞曰：崔为文宗，世禅雕龙"④之语，章怀注引刘向《别录》曰："言驺奭修饰之文，若雕龙文也。"⑤

从以上的材料可以看出，在战国时已经成为谚语的"雕龙"一词，在其后的两汉与魏晋南北朝都是颇为人们所熟知的，几乎已然成为文人的常识与习惯用语。从前面的引文来看，这一典故主要涉及两个人物，即邹衍和邹奭，《汉书·艺文志》将这两个人都归入"阴阳家者流"，其中邹衍是这一流派思想的主要代表者。"谈天衍"这一称号是就邹衍迂大闳辩的阴阳家思想而言的，而"雕龙奭"则侧重强调邹奭将以邹衍为代表的阴阳家的思想表述出来的宏大建构与精美文采。所以，我们可以这样说："谈天"和"雕龙"所概括的是以驺衍为代表的"阴阳家者流"的整体的文化活动。

据《史记·孟子荀卿列传》的记载，齐国有三位"驺子"，孟子之前有驺忌，孟子之后有驺衍和驺奭，司马迁重点介绍并评价了驺衍的思想：

> 驺衍睹有国者益淫侈，不能尚德，若《大雅》整之于身，施及黎庶矣。乃深观阴阳消息而作怪迂之变，《始终》、《大圣》之篇十余万言。其

---

① （汉）司马迁：《史记》，2348 页，北京，中华书局，1982。
② （汉）班固：《汉书》，1733 页，北京，中华书局，1962。
③ 同上书，1733 页。
④ （清）王先谦等撰：《后汉书集解（外三种）》二，22 页，上海，上海古籍出版社，2006。
⑤ 同上。

语闳大不经，必先验小物，推而大之，至于无垠。先序今以上至黄帝，学者所共术，大并世盛衰，因载其禨祥度制，推而远之，至天地未生，窈冥不可考而原也。现列中国名山大川，通谷禽兽，水土所殖，物类所珍，因而推之，乃海外人之所不能睹。称引天地剖判以来，五德转移，治各有宜，而符应若兹。以为儒者所为中国者，于天下乃八十一分居其一分耳。……然要其归，必止乎仁义节俭，君臣上下六亲之施，始也滥耳。①

从司马迁的这段评述可以看出，邹衍的思想主旨与儒家是相近似的②，不同的是邹衍的学术形式，"诡奇富丽，闳大不经"。不过也正得益于此种学术形式，邹衍之徒游走于列国，得到了孔、孟不曾得到的殊荣礼遇。邹衍凭借其构思宏大又颇有震撼力的学说而被诸侯敬重，所到之处，国君们待以师长贵宾之礼。司马迁是用一种传奇般憧憬的口吻描述的："是以驺子重于齐。适梁，惠王郊迎，执宾主之礼。适赵，平原君侧行撇席。如燕，昭王拥彗先驱，请列弟子之座而受业，筑碣石宫，身亲往师之。作《主运》。其游诸侯见尊礼如此，岂与仲尼菜色陈、蔡，孟轲困于齐、梁同乎哉！"③且不谈邹衍是否符合儒家礼乐精神，作为士人，邹衍受到的礼遇应该说是包括孔、孟在内的天下士子所梦寐向往的，担荷大道，为君王师。谈天论道的邹衍之流之所以能够得到君王们师长般的礼遇，根本的原因还在于他所代表的士人团体的社会与道义价值。战国时的齐国，有一群稷下先生④，在当时颇

---

① （汉）司马迁：《史记》，2344 页，北京，中华书局，1982。
② 司马迁将邹衍与孟子、荀子合传，这本身说明了在司马迁看来，他们的思想是相似的；在本传中，三人的传文比重以邹衍最大，介绍最详，足见邹衍在司马迁所生活的时代的影响之巨大。另《盐铁论·论儒第十一》云："邹子以儒术干世主，不用，即以变化始终之论，卒以显名……邹子之作，变化之术，亦归于仁义。"
③ （汉）司马迁：《史记》，2345 页，北京，中华书局，1982。
④ 对于稷下先生们的文化学术活动在中国文化史上的重要意义，余英时在他的《士与中国文化》中"古代知识阶层的兴起与发展"一章中有精彩的论述，参见余英时：《士与中国文化》，56~68 页，上海，上海人民出版社，1987。

为活跃：

> 自驺衍与齐之稷下先生，如淳于髡、慎到、环渊、接予、田骈、驺奭之徒，各著书言治乱之事，以干世主，岂可胜道哉！……于是齐王嘉之，自如淳于髡以下，皆命曰列大夫，为开第康庄之衢，高门大屋，尊宠之。览天下诸侯宾客，言齐能致天下贤士也。①

在《田敬仲完世家》中也有对于稷下先生们的记载，可资相互发明：

> 宣王喜文学游说之士，自如驺衍、淳于髡、田骈、接予、慎到、环渊之徒七十六人，皆赐列第为上大夫，不治而议论。是以齐稷下学士复盛，且数千人。②

战国的游士风流成为西汉士人不言而喻的人格追求与文化价值表达的参照，稷下先生"不治而议论"的洒脱尊宠自然给他们极为深刻的印象。被司马迁称为"希世度务，制礼进退，与时变化，卒为汉家儒宗"③的叔孙通，以秦博士身份投靠汉王刘邦后，号称"稷嗣君"，"盖言其德业足以继踪齐稷下之风流也"④。先秦以来，士人不言而喻的价值主要体现为某种政治价值。汉代政治的一统，一方面为士人提供了一个空前的政治活动舞台；另一方面，汉代采取了不同于秦朝的对待士人的做法，并积极整理经秦火之后岌岌可危的典籍文献，将经学纳入官学体系，使士人进入政治有了合理、合法的渠道，所有这些都令汉代的士人感到前所未有的欢欣鼓舞。但随着大一统专制的日益完善，儒学成为润饰鸿业的意识形态，体制对于士人的人身自由限

---

① （汉）司马迁：《史记》，2346~2348 页，北京，中华书局，1982。
② 同上书，1895 页。
③ 同上书，2726 页。
④ 同上书，2722 页。

制越来越强,思想的独立与自由也受到了前所未有的威胁,西汉士人随之而来的精神苦闷也日益强烈,尤其当他们还对已经逐渐模糊的先秦游士活跃的身影念念不忘的时候。

扬雄生活于西汉末与新莽时期,作为汉代儒学一个重量级的关键人物,他在《解嘲》一文中表达了自己的愤懑与无奈:

> (战国)士无常君,国亡定臣,得士者富,失士者贫,矫翼厉翮,恣意所存。……是故邹衍以颉颃而取世资,孟轲虽连蹇犹为万乘师。……(今大汉)当涂者入青云,失路者委沟渠,旦握权则为卿相,夕失势则为匹夫……夫上世之士,或解缚而相,或释褐而傅;或倚夷门而笑,或横江潭而渔;或七十说而不遇,或立谈间而封侯;或枉千乘于陋巷,或拥彗篲而先驱。是以士颇得信其舌而奋其笔,窒隙蹈瑕而无所诎也。当今县令不请士,郡守不迎师,群卿不揖客,将相不俯眉;言奇者见疑,行殊者得辟,是以欲谈者宛舌而固声,欲行者拟足而投迹。乡使上世之士处乎今,策非甲科,行非孝廉,举非方正,独可抗疏,时道是非,高得待诏,下触闻罢,又安得青紫?①

扬雄通过今昔对比,强调了"上世之士"和"今大汉"士人的政治处境和地位的巨大反差,表达了对于战国士人不为权势所困、自由自在、以道自任、各施所擅、信舌奋笔而无所顾忌的生命状态的无限向往之情,同时也深刻地嘲讽了他所生活的时代政治权势对于士人的思想和心灵的压抑。这段文字体现了扬雄貌似玄默的外表下其实有着一颗自由不羁的心,同时也可以看出扬雄对于学术体制化的强烈不满。扬雄好深、好奇、尚智的学术性格与这篇《解嘲》所表现出的心情正好是一致的。出于本论题的需要,我们有必要注意一下文中"是故邹衍以颉颃而取世资"这句话。这句话的意思是说:

---

① (汉)班固:《汉书》,3570 页,北京,中华书局,1962。

因此驺衍才能够凭借他变幻莫测的奇谈怪论而取得被世人君王所尊崇的资格。文中"或拥彗而先驱"同样也指的是邹衍,是说燕昭王为邹衍执彗清道并列弟子座而受其业。在这短短的一篇文字中,两次提到邹衍,显然是把他作为以政教大道见重于列国的"上世之士"的楷范,而以邹衍为代表的谈天雕龙的稷下风流也正是扬雄衷心向往的士人价值得以高扬的自由境界。

按《解嘲》序言以及《汉书·扬雄传》,此赋作于汉哀帝时,"方草《太玄》"之际①。在此同时,扬雄表达了对赋的批评:

或问:"吾子少而好赋。"曰:"然。童子雕虫篆刻。"俄而,曰:"壮夫不为也。"或曰:"赋可以讽乎?"曰:"讽则已,不已,吾恐不免于劝也。"或曰:"雾縠之组丽。"曰:"女工之蠹矣。"《剑客论》曰:"剑可以爱身。"曰:"狴犴使人多礼乎?"②

即使是已经过去了两千多年,今天的读者依然能从这段话中听到扬雄深重的叹息,读出扬雄当时充满难言之隐的沉痛来。尤其需要格外注意的是,这段话中"俄而"这两个字,这是一声长叹、一个停顿、一段空白、一种若有所思的沉默、一个值得读者认真关注的"症候"。这段对话很是生动传神,其中蕴含着言说者欲说而止、耐人寻味的苦衷。细细地品味,我们会真切地体会到扬雄在他年届半百之际,反思自己走过的人生历程,对于曾经让他殚精竭虑、呕心沥血、给过他荣誉和职位的大赋的复杂感情。③可能也正

---

① 陆侃如把扬雄作《太玄》和《解嘲》的时间具体推定为哀帝建平三年(公元前 4 年),扬雄 50 岁。参见陆侃如:《中古文学系年》(上),20 页,北京,人民文学出版社,1985。
② (清)汪荣宝:《法言义疏》(上),45 页,北京,中华书局,1987。《汉书·扬雄传》云:"雄以为赋者,将以风之,必推类而言,极丽靡之辞,闳侈钜衍,竞于使人不能加也,既归之于正,然览者已过矣。往时武帝好神仙,相如上《大人赋》,欲以风,帝反缥缥有凌云之志。繇是言之,赋劝而不止,明矣。又颇似俳优淳于髡、优孟之徒,非法度所存,贤人君子诗赋之正也,于是辍不复为。"班固在传中依据《法言》之意而又有所演绎。
③ 《汉书·扬雄传》赞语引扬雄的"自序"云:"初,雄年四十余,自蜀来至游京师,……岁余,奏《羽猎赋》,除为郎,给事黄门。"

因为扬雄对于汉赋的反思批判是饱含着生命性的体味与感悟,因此扬雄的批判几乎成为后世文人对汉赋评价的标准。这就使得对于扬雄这段话的解读具有丰富深刻的文化诗学意义。

从小好学深思的扬雄,颇有雄心大志,"不为章句,训诂通而已,博览无所不见……自有大度,非圣贤之书不好也;非其意,虽富贵不事也"①。他看不起当时已经颇为普遍的章句之儒,很有些"上世之士"奋笔信舌"恣意所存"的恢宏大度。扬雄创作大赋,早年是以司马相如为榜样的,《汉书·扬雄传》云:"先是时,蜀有司马相如,作赋甚宏丽温雅,雄心壮之,每作赋,常拟之以为式。"②具有洒脱风流的游士风范、又有瑰丽奇幻的文采的司马相如,凭借其大赋令汉武帝生相见恨晚之感。这样的事例自然让扬雄心动不已,在当时朝野上下作赋成风的政治文化语境中,大赋的创作不仅可以最大程度地彰显作者的才华,而且也可以因此得到皇帝的赏识,从而希望能够凭此最终实现自己的政治抱负。这方面的需要,使得汉大赋颇有纵横家言的风格。司马相如之成功,在"不为章句"的扬雄看来,就如同"以颉颃而取世资"的邹衍一样,运用其"闳侈钜衍,竞于使人不能加"的"雕龙"般思构与文采成功地介入了政治,并得到了帝王的赏识。刘勰在《文心雕龙·时序》篇中论述文之源流,谈到"角战英雄,六经泥蟠,百家飙骇"③的战国时期时,注意到了"炜烨之奇意"的雕龙艳说与当时士人的纵横之术以及政治活动的联系:

> 方是时也,韩魏力政,燕赵任权,五蠹六虱,严于秦令,惟齐楚两国,颇有文学。齐开庄衢之第,楚广兰台之宫。孟轲宾馆,荀卿宰邑。故稷下扇其清风,兰陵郁其茂俗;邹子以谈天飞誉,驺奭以雕龙驰响;屈平联藻于日月,宋玉交彩于风云。观其艳说,则笼罩雅颂。故知炜烨

---

① (汉)班固:《汉书》,3514页,北京,中华书局,1962。
② 同上书,3515页。
③ 范文澜注:《文心雕龙注》,671页,北京,人民文学出版社,1978。

之奇意，出乎纵横之诡俗也。①

扬雄后来显然对大赋的这种政治功能的期待是失望了，但他始终还是承认大赋有"讽"的政治功能的——"雄以为赋者，将以风也，必推类而言，极丽靡之辞，闳侈钜衍，竞于使人不能加也，既乃归之于正，然览者已过矣"②。徐复观先生在谈到司马相如的大赋创作的时候，很敏锐地注意到"他的'侈丽宏衍'之辞，实即《史记·孟荀列传》中所说的邹衍五德运转等说法，乃出于'牛鼎之意'"③。所谓"牛鼎之意"是指《史记·孟子荀卿列传》："伊尹负鼎而勉汤以王，百里奚饭牛车下而缪公用霸，作先合，然后引之大道。邹衍其言虽不轨，倘亦有牛鼎之意乎？"④用扬雄的话说就是"邹衍以颉颃而取世资"。《西京杂记》载司马相如有"合纂组以成文，列锦绣而为质，一经一纬，一宫一商，此赋之迹也。赋家之心，苞括宇宙，总览人物"⑤之赋论，足见其有以"雕龙"之文以饰"谈天"之旨的自觉追求。扬雄称赞"长卿赋不似从人间来，其神化所至邪"⑥！他自己的大赋创作被刘勰称为"辞义最深，观其涯度悠远，搜选诡丽，而竭才以钻思，故能理赡而辞坚矣"⑦，"构深玮之风"⑧。《汉书·扬雄传》记载了他作《甘泉赋》的过程：

孝成帝时，客有荐雄文似相如者，上方郊祠甘泉泰畤、汾阴后土，以求继嗣，召雄待诏承明之庭。正月，从上甘泉，还奏《甘泉赋》以风。……（甘泉）非成帝所造，欲谏则非时，欲默则不能已，故遂推而隆

---

① 范文澜注：《文心雕龙注》，671～672 页，北京，人民文学出版社，1978。
② （汉）班固：《汉书》，3575 页，北京，中华书局，1962。
③ 徐复观：《中国文学论集》，374 页，台北，台湾学生书局，1985。
④ （汉）班固：《汉书》，2345 页，北京，中华书局，1962。
⑤ （晋）葛洪撰：《西京杂记》，12 页，北京，中华书局，1985。
⑥ 同上书，13 页。
⑦ 范文澜注：《文心雕龙注》，699 页，北京，人民文学出版社，1978。
⑧ 同上书，135 页。

之，乃上必于帝室紫宫，若曰此非人力之所为，党鬼神可也。又是时赵昭仪方大幸，每上甘泉，常法从，在属车间豹尾中。故雄聊盛言车骑之众，参丽之驾，非所以感动天地，逆釐三神。又言"屏玉女，却虙妃"，以微戒斋肃之事。赋成，奏之，天子异焉。①

这段文字所记录的扬雄作赋的作风，竟与《史记·孟子荀卿列传》所载"驺衍睹有国者益淫侈，不能尚德，若《大雅》整之于身，施及黎庶。乃深观阴阳消息而作怪迂之变，……其语闳大不经，必先验小物，推而大之，至于无垠。……然要其归，必止乎仁义节俭"的作风如此相似！如果把司马迁对邹衍们的评述与他对司马相如的评述对照一下，就会发现两处甚至连用语都非常相似：

《春秋》推见至隐，《易》本隐之以显，《大雅》言王公大人而德逮黎庶，《小雅》讥小己之得失，其流及上。所以言虽外殊，其合德一也。相如虽多浮辞滥说，然其要归引之节俭，此与《诗》之风谏何异？②

扬雄把自己最美好的年华和他最富创造力的才智用在了大赋的写作上，本希冀通过自己闳侈深玮的"雕龙"之文，打动君王，引之大道，从而实现自己的政治抱负。奈何世易时移，生在"县令（国君）不请士，郡守不迎师，群卿不揖客，将相不俯眉；言奇者见疑，行殊者得辟"的专制大一统时代，在帝王眼里，知识分子不再是什么"共为治"的贤士人才，而只是可以用来润饰吏治的玩具（俳优）而已。士子虽有"以颉颃而取世资""连蹇犹为万乘师"的"上世之士"的雄心，但已无"士无常君，国亡定臣，得士者富，失士者贫"的时势。"策非甲科，行非孝廉，举非方正，独可抗疏，时道是非，高得待诏，下触闻罢，又安得青紫？"如果不是吏治体制所许可的

---

① （汉）班固：《汉书》，3522、3534～3535 页，北京，中华书局，1962。
② 同上书，2609 页。

人，官非甲科、孝廉、方正，如果上疏论道是非，则是以下犯上，则必见罢而不用，遑论"取世资""为万乘师"！ 欲以赋讽，"推类而言，极丽靡之辞，闳侈钜衍"，虽然"归之于正"，但是"览者已过矣"。 当文章的价值只有单方面地依赖帝王（"览者"）的自觉喜好时，虽有"雕龙"之才志、"牛鼎之意"，然终只得"雕虫"之用！ 这可能正是扬雄年值半百之时悲怆的感触吧？《太玄》正是在这种认识背景下的感愤之作。 在形式上，《太玄》最有"谈天""雕龙"之风采，①这颇合司马迁对于邹衍的描述："深观阴阳消息而作怪迂之变，……其语闳大不经，必先验小物，推而大之，至于无垠。"然《太玄》之根本旨趣已与阴阳家之流大相径庭了，这个问题后文将会作具体论述。

◎ 第二节
"雕虫"之叹的特定政治语境

　　扬雄在人生半百之际的"雕虫"之叹，既是对汉大赋的失望批评，也是扬雄对于自己壮年的沉痛反省。 他的人生形态、学术思想以及写作方式在此发生了重大的转变，成为扬雄前后期思想与写作的分水岭。 这是全面地认识扬雄的关键所在。

　　扬雄前期的人生理想与政治追求是以大赋的创作为核心的，从扬雄的赋作中所表现出的思想来看，这时的扬雄显然并不是一位志于廓清诸子学说、高扬孔学的醇儒。 他的思想行为与董仲舒以来的主流儒术思潮基本是一致

---

① 《太玄》图式的基本构成是所谓"四位"，即方、州、部、家。扬雄说："方、州、部、家，八十一所画，下中上以表四海，玄术莹之。"（《太玄·玄莹》）《太玄》所构建的世界图景概括起来就是：三方、九州、二十七部、八十一家。 考虑到邹衍学派在汉代的巨大影响，扬雄作《太玄》虽未明言与邹衍思想的关系，但《太玄》的整体构思中显然有邹衍大九州说法的痕迹。

的，既有儒家的王道政治理想与法术观念，也有阴阳五行学说的谈天雕龙的神异色彩。不过，"侈丽闳衍"的汉赋毕竟不同于政论策对，对于阅览者来说，其精美的形式与诡奇的构思往往淹没了其所以表达的含蓄曲折的讽谏之意，这也就是《汉书·扬雄传》所说的"雄以为赋者，将以风也，必推类而言，极丽靡之辞，闳侈钜衍，竞于使人不能加也，既乃归之于正，然览者已过矣。往时武帝好神仙，相如上《大人赋》，欲以风，帝反缥缥有陵云之志"①。大赋的意义呈现几乎完全依赖于作为"览者"的帝王的意志趣味，作者的主观意图由于受制于赋的形式而与实际的阅读效果适得其反。况且，汉大赋所要表达的讽喻之旨往往都围绕着帝王过度的奢靡而发，并不能对帝王进行根本的政治规范与价值指导，倒是更类似于邹衍之徒"其语闳大不经"，"然要其归，必止乎仁义节俭"的话语行为。

扬雄对大赋的反省批评与他对以灾异论为特征的神学经学的反思批判，以及对于儒学在与权势的合谋过程中沦为"缘饰吏治"的意识形态工具的危机意识是同时发生的。这是他痛定思痛，决心以孔孟自任，回归原始儒学的契机和基本动力。这构成了扬雄后期思想及其书写的重要特征。

顾颉刚在《汉代学术史略》一书中开宗明义地指出："汉代人的思想骨干，是阴阳五行。无论在宗教上，在政治上，在学术上，没有不用这套方式的。"②邹衍一派的阴阳五行思想对于汉代人的影响是最大的。《吕氏春秋》被认为是秦汉哲学的开端之作，《中国哲学发展史》（秦汉）认为这部书的一个很重要的思想渊源就是阴阳五行学说，并介绍了这种学说的主要情况与特点：

> 阴阳五行学说最著名的代表人物是邹衍。据《史记》的《孟荀列传》、《封禅书》和李善的《文选·魏都赋注》所载，邹衍的哲学思想要点有三：一是"深观阴阳消息"，以阴阳消长说明四时的更替；二是"禨祥度制"，

---

① （汉）班固：《汉书》，3575页，北京，中华书局，1962。
② 顾颉刚：《汉代学术史略》，1页，北京，东方出版社，1996。

即天瑞天谴说；三是"五德转移"或称"终始五德"，以五行相生相胜解释朝代的兴衰。①

尤其重要的是，邹衍的阴阳五行学说对董仲舒的天人感应的神学体系产生了非常深刻的影响，而后者是汉代最重要的学术思想，被认为是"先秦儒家思想的转折及天的哲学的完成"②。《汉书·五行志》说："汉兴，承秦灭学之后，景、武之世，董仲舒治《公羊春秋》，始推阴阳为儒者宗。"③董仲舒的思想体系中最重要的几个方面，如刑德论、灾异论以及三统论都很显然与邹衍的哲学思想有直接或间接的承接关系。钱穆认为："凡汉儒治《公羊春秋》，言通三统，改制质文诸说，其实源自阴阳，与邹衍说合。"④在《邹衍考（附邹奭）》的小字注释里补充道："汉王吉能治《邹氏春秋》。又《盐铁论·论儒》篇，谓邹子以儒术干世主，不用，即以变化始终之论，卒以显名。则邹衍阴阳之术，其先本之儒，汉儒尚多能言之者。"⑤虽然没有材料能说明扬雄前期的思想在多大程度上赞同阴阳家的观念，不过就邹衍的阴阳之术与汉代儒学的密切关系这一点来说，这一时期的扬雄深受其影响是可以成立的，尤其是"上世之士"邹衍以及稷下先生们肆志尊贵的风流，作为士人社会价值最高体现的象征，毫无疑问是会令扬雄乃至整个西汉士人欣然向往的。

以"雕虫"之叹为标志，扬雄的思想发生了变化。在经过了对于倾注了他弥足珍贵的年华与才情的大赋的巨大失望之后，原本"雕龙"的激情与热望转变为沉静的反省。在对大赋的功能失效与价值失范的反思中，扬雄似乎意识到了与当权者共谋的悲剧：作赋者本来是希望通过大赋的话语实践实现与权力的结合，以含蓄的讽谏表达诚挚的忠心，但结果却落得个见视如俳。

---

① 任继愈主编：《中国哲学发展史》（秦汉），18页，北京，人民出版社，1985。
② 徐复观：《两汉思想史》（第二卷），182页，上海，华东师范大学出版社，2001。
③ （汉）班固：《汉书》，1371页，北京，中华书局，1962。
④ 钱穆：《先秦诸子系年》，474页，石家庄，河北教育出版社，2002。
⑤ 同上。

那些自觉建构并维护着主流意识形态（"以儒术缘饰吏治"）的士人儒生在帝王专制的政治语境中不也经历着同样的遭遇吗？"当涂者入青云，失路者委沟渠，且握权则为卿相，夕失势则为匹夫"[1]，"言奇者见疑，行殊者得辟，是以欲谈者宛舌而固声，欲行者拟足而投迹。乡使上世之士处乎今，策非甲科，行非孝廉，举非方正，独可抗疏，时道是非，高得待诏，下触闻罢，又安得青紫？"[2]权势决定着人们的命运和知识分子的荣辱，士人的言说与行动的自由都丧失了，权力成了唯一的也是最高的是非标尺。曾几何时士人们安身立命的价值信仰——"道"，失去了与权势抗衡的力量，因为知识分子在与权力合作的过程中，逐渐失去了对于"道"的信仰的忠诚。

扬雄意识到了，而且他立志要恢复原初的"道"，为知识分子寻求生命与信仰的价值支点。扬雄在《解嘲》中所说的"邹衍以颉颃而取世资，孟轲虽连蹇，犹为万乘师"[3]这两句话，对于他的前后期思想与书写的演变是颇有象征意味的。如果说扬雄前期所作所为是类似于"邹衍以颉颃而取世资"的话，那么，扬雄后期的理想与书写行为则是以"孟轲虽连蹇犹为万乘师"为他的人生价值追求与书写准则的。在大一统君主专制的专制环境中，像邹衍之徒"颉颃而取世资"的行为，不但不能实现其"牛鼎之意"，反而只可能落得个屈意从人、苟合取容的俳优地位。知识分子要想保持其人格与精神的独立自由，抗衡权势，就得重塑先秦士人为帝王师友的道义信仰。

如果我们注意到了，促使扬雄对自己壮年所作所为的反省和对汉大赋的整体性批判的根本原因是对大一统的专制霸道的压力反弹的话，那么我们也就理解了扬雄致力于恢复光大孔子儒学传统的问题意识和真正目标。基于此，扬雄对作为"霸道"专制的思想内核的法家进行了严厉的批判：

> 申、韩之术，不仁之至矣，若何牛羊之用人也？若牛羊用人，则狐

---

[1] （汉）班固：《汉书》，3568页，北京，中华书局，1962。
[2] 同上书，3570页。
[3] 同上书，3567页。

狸、蝼螾不腊也与?或曰:"刀不利,笔不铦,而独加诸砥,不亦可乎?"曰:"人砥,则秦尚矣。"……或曰:"申、韩之法非法与?"曰:"法者,谓唐、虞、成周之法也。如申、韩!如申、韩!"①

或曰:"因秦之法,清而行之,亦可以致平乎?"曰:"譬诸琴瑟郑、卫调,俾夔因之,亦不可以致箫韶矣。"或问:"处秦之世,抱周之书,益乎?"曰:"举世寒,貂、狐不亦燠乎?"或曰:"炎之以火,沃之以汤,燠亦燠矣!"曰:"燠哉!燠哉!时亦有寒者矣。"非其时而望之,非其道而行之,亦不可以至矣。秦之有司负秦之法度,秦之法度负圣人之法度,秦弘违天地之道,而天地违秦亦弘矣。②

周之人多行,秦之人多病,行有之也,病曼之也。周之士也贵,秦之士也贱;周之士也肆,秦之士也拘。③

汉因秦制,汉代的政治体制基本上是搬用秦朝的。秦朝在文化政治制度方面最为后世瞩目的特点是"以法为教,以吏为师"④。汉代统治者虽然先后尊奉黄老之术和儒术,以求缓和并缘饰刻薄寡恩的"吏治",不过其从以强权统治为特征的秦王朝继承来的制度体制以及与此配套的专制思想却并未从本质上改变,甚至随着大一统专制的日渐成熟和稳固,皇权更是披上了以儒术为华美修饰的意识形态外衣,其合法性得到了空前的巩固。西汉的儒生们在沉痛反思秦王朝迅速灭亡的教训的同时,也积极地向统治者推销他们认为可以有效地克服秦制弊病的儒家礼教思想,当统治者接受了儒术并大张旗

---

① (清)汪荣宝撰:《法言义疏》(上),130~134页,北京,中华书局,1987。
② 同上书,243~244页。
③ 同上书,620页。
④ 《史记·秦始皇本纪》:"丞相李斯曰:'……今天下已定,法令出一,百姓当家则力农工,士则学习法令辟禁。……今皇帝并有天下,别黑白而定一尊。私学而相与非法教,人闻令下,则各以其学议之,……臣请史官非秦记皆烧之。非博士官所职,天下敢有藏诗书百家语者,悉诣守、尉杂烧之。有敢偶语诗书者弃市。以古非今者族。……所不去者,医药卜筮种树之书。若欲有学法令,以吏为师。'制曰:'可。'"《韩非子·五蠹》:"故明主之国,无书简之文,以法为教;无先王之语,以吏为师。"

鼓地进行体制化的意识形态的建构的时候,儒生们也越来越感觉到了亲近权力的不自在。他们要么丢弃道义追求与人格尊严甘心成为随弃随用的"吏治"工具,要么承受来自权力政治的压制和迷失价值坐标的精神苦闷。

前文提到徐复观认为"西汉知识分子几乎无不反秦;而反秦实际上即是反汉"①的观点,虽然有些不够周严,因为西汉早期"反秦"的知识分子,其衷心目的应该说是为长治久安的制度完善考虑的,是建设性的,但在大一统专制格局日益成熟的时候,知识分子的反秦就具有了越来越明显的精神性的"反汉"色彩。比如,上文所引扬雄对于法家与秦的严厉抨击,具有明显地影射"当今之世"的微言大义。

《法言》在著作形式上是规摹《论语》的,以对话的方式表现思想观念。但对话的实质是决然不同的,《论语》中的对话问答就是孔子及其门人日常本色的生活情态的生动记录,而《法言》中的对话问答却是扬雄一人的刻意设计,是设问、设答的辩白语录,这种特征使得《法言》同时兼有了《孟子》的风格,这一问题后文将有专门的论述。《法言》这种辩白性是了解扬雄文本的内在意义的重要切入处,是需要阅读者时刻关注的"症候",而其中的设问部分则是症候中的症候。在上文所引的扬雄对于秦制与法家批判的独白性"语录"中,尤其值得注意的是其中的几个"或曰"("或曰:'申、韩之法非法与?'"与"或曰:'因秦之法,清而行之,亦可以致平乎?'")。在"或曰"的设问中,扬雄一方面设立了批判的靶子,另一方面也可以借"或曰"的方式,将无法或不便于由"自己"说出的话说出,这是扬雄《法言》独特的叙述策略。作为体制中人,扬雄不便于直接表白他对于当世政治体制的不满,而是把对于时政"因秦之法"、应用"申、韩之法"的行政实质借"或曰"的设问策略性地表达了出来。设答则是一石二鸟,既强烈而直接地批判了秦制与法家,也含蓄地嘲讽了"所用多文法吏,以刑名绳下""霸王道杂之"②的汉家制度。同样的批判,扬雄在新莽时期所作的《剧

---

① 徐复观:《两汉思想史》(第一卷),167页,上海,华东师范大学出版社,2001。
② (汉)班固:《汉书》,277页,北京,中华书局,1962。

秦美新》中就不再含蓄了：

  （秦）盛从鞅、仪、韦、斯之邪政，……铲灭古文，刮语烧书，驰礼崩乐，涂民耳目。遂欲流唐漂虞，涤殷荡周，燃除仲尼之篇籍，自勒功业，改制度轨量，咸稽之于《秦纪》。是以耆儒硕老，抱其书而远逊；礼官博士，卷其舌而不谈。……

  会汉祖龙腾丰沛，……挞秦政惨酷尤烦者，应时而蠲。如儒林、刑辟、历纪、图典之用稍增焉。秦余制度，项氏爵号，虽违古而犹袭之。是以帝典阙而不补，王纲驰而未张，道极数殚，闇忽不还。

  逮至大新受命，……是以发秘府，览书林，遥集乎文雅之囿，翱翔乎礼乐之场，胤殷周之失业，绍唐虞之绝风，……帝典阙者已补，王纲驰者已张，炳炳麟麟，岂不懿哉！①

  在此文中，依据儒家的礼乐制度标准，扬雄对三种政治形态分别采用不同的臧否态度：严厉地抨击秦政，有保留地批判汉政，高度赞美王莽新政。秦政与新政是截然对立的两种制度形态，汉政是这两种制度的过渡形态。在这三种态度中，最值玩味的是作者对于汉政的态度。其中反秦的态度是西汉文人的老生常谈，从《剧秦美新》的叙述策略来分析，作者的"反秦"态度只是虚晃一枪，其实质性意义在于作为批判汉家制度和赞美新政的前提标尺。扬雄在此文中对于汉制的批判完全是以秦政为尺度的。相对于秦制，作者首先也肯定了汉政的进步之处，即"挞秦政惨酷尤烦者，应时而蠲。如儒林、刑辟、历纪、图典之用稍增焉"②。不过，汉制并未从根本上改变秦制，作者认为汉政对于秦制的损益仅限于"酷烈尤烦者"和礼乐制度的"稍增"，而其统治制度的核心依然是"秦余制度"，在王道礼乐制度的建设方面未有建树。汉制的这种缺陷因此从天道本质上动摇了汉家制度的统治合法

---

① （清）严可均辑：《全上古三代秦汉三国六朝文》，738~739页，北京，中华书局，1997。
② （南朝梁）萧统编：《文选》，407页，上海，上海古籍出版社，1998。

性，即"是以帝典阙而不补，王纲驰而未张，道极数殚，闇忽不还"①。

关于汉家制度的特征，如《汉书·元帝纪》中汉宣帝所谓"汉家自有制度，本以霸王道杂之"②，而"霸道"始终是大一统专制的核心，这不仅因为汉代的制度基本承续强秦制度，这也是由皇帝一人独裁的专制体制所决定的。因此，不必奇怪，儒术的独尊与经学的繁荣，在西汉并没有真正对皇权统治的"霸道"有什么实质性的改观，在某种程度上比信奉黄老之道的文景时期有过之而无不及③。这种状况直到扬雄生活的西汉末期，依然如此。《汉书·哀帝纪》称其"长好文辞法律"，在赞语中，班固对汉哀帝的评价是："睹孝成世禄去王室，权柄外移，是故临朝娄诛大臣，欲强主威，以则武、宣。"④汉哀帝即位不久就起用一度罪免家居的朱博，而这位朱博，属于酷吏型的人物，《汉书·朱博传》说他是："博本武吏，不更文法……文理聪明殊不及薛宣，而多武谲，网络张设，少爱利，敢诛杀。"⑤他对儒生儒学很不以为然："博尤不爱诸生，所至郡辄罢去议曹，曰：'岂可复置谋曹邪！'文学儒吏时有奏记称说云云，博见谓曰：'如太守汉吏，奉三尺律令以从事耳，亡奈生所言圣人道何也！且持此道归，尧舜君出，为陈说之。'"⑥在扬雄一生中少有的政治参与活动中，其中最重要的一次是哀帝时期的所谓"对诏问灾异"，议论弹劾的就是这位朱博。据《汉书·五行志》记载，哀帝建平二年四月，御史大夫朱博时任丞相，"临延登受策，有大声如钟鸣"⑦，哀帝就此事询问时任黄门侍郎的扬雄，扬雄认为："鼓妖，听失之象也。朱博为

---

① （南朝梁）萧统编：《文选》，407页，上海，上海古籍出版社，1998。
② （汉）班固：《汉书》，277页，北京，中华书局，1962。
③ 这就是为什么汉代的儒生往往会抬高文帝而贬低独尊儒术的武帝的原因。《盐铁论·非鞅》："昔文帝时，无盐铁之利而民富，今有之而百姓困乏。"《汉书·景帝纪·赞》："周云成、康，汉言文、景，美矣！"《汉书·武帝纪·赞》："如武帝之雄才大略，不改文、景之恭俭，以济斯民，虽《诗》、《书》所称，何有加焉！"
④ （汉）班固：《汉书》，345页，北京，中华书局，1962。
⑤ 同上书，3399页。
⑥ 同上书，3400页。
⑦ 同上书，1429页。

人，强毅多权谋，宜将不宜相，恐有凶恶呕疾之怒。"①这时，扬雄已经年届五十，为了批判"奉三尺律令以从事耳，亡奈生所言圣人道何"②的朱博，他不惜运用他一向颇为讨厌的灾异论手段，足见他对于无视圣人王道理想的职业文吏的不满。

　　按照《剧秦美新》对于秦汉三种政治文化模式的区分，汉家制度虽然不再似秦政那般酷烈，但依然继承秦朝的法家制度，远远没有实现儒家所崇尚的王道政治，这就使王莽新政在儒生心目中具有了"革命"并"受命"的正当性。由于距离先秦自由的学术风气尚且不是很远，而且汉武帝独尊儒术的做法也在很大程度上鼓励了儒生的士气与批判时政的勇气，而日益变本加厉的现实皇权的专制霸道又一而再地无情打击着儒士们的信念，并加深了对于汉家制度合法性的怀疑，因此西汉的知识分子往往能对汉代政治提出整体性的批判。这种批判的具体表现就是依据王道理想、运用灾异理论对专制霸道进行指责，再往下落实，那就是对于严格依据律令治狱的酷吏的批评。扬雄作为西汉末与新莽之际最为自觉的原始儒学的维护者与倡导者，他对于汉政"霸道"的不满是可想而知的。不过，扬雄对于霸道吏治的批评中还包含着对于儒生日益可疑的政治身份的反思与质疑。扬雄认识到，随着儒学的日益意识形态化，儒生也在越来越自觉或不自觉地体制化，道义理想在士人的生命中逐渐萎顿，"士志于道"的传统有沦丧的威胁，儒生已然逐渐成为专制霸道的自觉维护者，沦落为忠实服务于"三尺律令"的刀笔文吏。这正是扬雄"雕虫"之叹的根本苦衷。

　　对于"雕虫"一词的解释，通行的说法多是依从汪荣宝的解释：

　　　　"童子雕虫篆刻"者，《说文》："雕，琢文也。""篆，引书也。"虫者，虫书。刻者，刻符。《说文序》云："秦书有八体：一曰大篆，二曰小篆，

---

① （汉）班固：《汉书》，1429页，北京，中华书局，1962。亦见《全汉文》卷五十二，扬雄的《对诏问灾异》。
② 同上书，3400页。

三曰刻符，四曰虫书，五曰摹印，六曰署书，七曰殳书，八曰隶书。汉兴，有草书。《尉律》：'学僮十七以上始试，讽籀书九千，乃得为吏。又以八体试之，郡移大史，并课最者以为尚书史。'"《系传》云："按《汉书》注，虫书即鸟书，以书幡信，首象鸟形，即下云鸟虫是也。"……是虫书、刻符尤八书中纤巧难工之体，以皆学僮所有事，故曰"童子雕虫篆刻"。言文章之有赋，犹书体之有虫书、刻符，为之者劳力甚多，而施于实用者甚寡，可以为小技，不可以为大道也。①

汪荣宝的疏解可谓细致入微，但将"雕虫"之义最后落实在"为之者劳力甚多，而施于实用者甚寡，可以为小技，不可以为大道"上，没有深刻体会扬雄之苦衷，这种疏解缺乏"了解之同情"的功夫，显得不够通达。在扬雄心目中，讽微反讽的赋作，岂止是"实用者甚寡"的"小技"，扬雄从赋作的价值失范与功能的失效中意识到了知识分子自觉不自觉的自我异化，接受着官僚体制的同化，其角色依然等同于"雕虫篆刻"的刀笔文吏。

汉代政府通过考核年轻学生的刀笔书写的技能来选拔政府公务员，即文吏，《汉书·艺文志》上说："古者八岁入小学，故《周官》保氏掌养国子，教之六书……汉兴，萧何草律，亦著其法，曰：'太史试学僮，能讽书九千字以上，乃得为史。又以六体试之，课最者以为尚书、御史、史书令史。'吏民上书，字或不正，辄举劾。"②文书是吏治统治的基本手段，萧何以其刀笔吏的职业精明，不仅在入咸阳时"独先入收秦丞相、御史律令图书藏之"（《史记·萧相国世家》），立国后一方面依据秦的律令制定汉朝的吏治体制，另一方面大力倡导识字教育，培养吏政行政人员。在当时，官吏上书，如果写错了字，一经检举揭发是要受到惩罚的。统治者就是要培养一大批远离道义思想、忠心服务于大一统专制的职业刀笔文吏，这其实正是"霸道"的关键内容。汉代小学之发达与这一政府行为有很大的关系。汉代的辞赋

---

① （清）汪荣宝撰：《法言义疏》（上），46页，北京，中华书局，1987。
② （汉）班固：《汉书》，1720～1721页，北京，中华书局，1962。

作者多通小学，据《汉书·艺文志》记载，司马相如曾"作《凡将篇》，无复字"①，扬雄曾"作《训纂篇》，顺续《苍颉》，又易《苍颉》中重复之字，凡八十九章"②。扬雄用"童子雕虫篆刻"来回应"少而好赋"之文，足见他是颇有切身感触的。扬雄晚年花大量的精力用于《方言》的收集与整理，这也可以看作是他对于汉代小学有一种超越之心。《方言》是扬雄遵照先秦的采风传统收集整理的民间语言汇集，与为了满足识字教育和学习经书需要的小学从根本上是不同的，可以说《方言》同样也是扬雄致力于恢复王道政教理想的一种实践性书写。

扬雄在他的早期，虽然还没有他后期那种"志于道"的明确的自觉意识，但他还是一直怀着"上世之士"的热情去写作的，他苛求自己的写作能出现"雕龙"般宏大华美的效果，从而实现讽谏帝王，进而见重朝堂的愿望，扬雄绝不甘于作一唯三尺律令是用的刀笔文吏。随着宦海阅历的不断积累，扬雄日益清醒地意识到这种期望的不切实际，那种愉悦君主的写作不但不可能实现讽谏的意图与自身的价值，反而在写作中逐渐迷失作为士人的身份特性，沉落为刀笔文吏般的吏治工具，甚至更糟糕的是，被视为连有用的吏治工具都不如的俳优。

在"童子雕虫篆刻"之后，原文有三组针对这一问题的对话：

> 或曰："赋可以讽乎？"曰："讽乎！讽则已，不已，吾恐不免于劝也。"或曰："雾縠之组丽。"曰："女工之蠹矣。"《剑客论》曰："剑可以爱身。"曰："狴犴使人多礼乎？"③

这三组对话都是就赋的伦理失范与价值失效而论的，第一组是说赋不讽反劝，第二组是说赋的"丽以淫"，这两组都较好理解，第三组则有些麻烦。

---

① （汉）班固：《汉书》，1721页，北京，中华书局，1962。
② 同上。
③ （清）汪荣宝撰：《法言义疏》（上），45页，北京，中华书局，1987。

李轨的注解是："言击剑使人㹜犴多礼，辞赋使人放荡惑乱也。"①很显然他是把"㹜犴"解释为具体的剑术。汪荣宝也是沿着这一思路解释这个词和这句话的："㹜犴读为批扞。击虚谓之批，坚不可入谓之扞，皆剑术之要。……盖击剑之道，坐作进退，咸有法则，犹礼之于升降上下，皆有节文，故为此术者，必有学剑使人多礼之说。而此即用其语以反诘之，谓批扞之术岂能使人多礼，以明剑可爱身之亦为妄也。犹赋家之说，谓赋可以讽，而不知靡丽之辞，岂能使人归于正也。"②这一思路的解说表面上看是能解释得通的，不过，对"㹜犴"一词的解释过分注意与剑术的关联，拘泥于文句表层的疏解，未考虑到扬雄回答的跳跃性，因而未将扬雄的真实意图阐发出来。

在《太玄》"错"首次七有"正其足，蹛于㹜狱，三岁见录"③之句，其中的"㹜"与"狱"同义，《说文》释为"牢也"。汪荣宝在《法言义疏》中也保留了历代注家对这句话的解说，大多也将"㹜犴"一词解作牢狱。《法言音义》："㹜，边衣切；犴，音岸，狱也。《太玄》曰：'蹛于㹜狱。'《家语》曰：'狱犴不治。'"则以㹜犴为牢狱之谓。宋咸云："若使击剑可卫身，则囹圄之牢有三木之威，囚者多恭，岂使人多礼乎？言不能也。"吴祕云："言剑之威，人莫敢犯，岂牢狱之威，使人多礼乎？"司马光云："人在牢狱之中，不得动摇，因谓之多礼。不知已陷危辱之地，不若不入牢狱之为善也。剑虽可以卫身，不若以道自防，不至于用剑之为善也。"④这几家的注解对于扬雄的思想的理解明显更为合理，尤其司马光的疏解，用心最深。

这组问答的意思是：对方以剑可以保护人身安全来比喻大赋的写作可以保禄安身，而扬雄认为剑术之用犹如苛法牢狱，虽繁杂威严使人不敢轻犯，但同时也会因此危及自身，而且也在根本上违背了以仁义化天下的王道理想。这与扬雄对于法家与霸道专制的批评的态度是一致的，体现了扬雄后期

---

① （清）汪荣宝撰：《法言义疏》（上），45 页，北京，中华书局，1987。
② 同上书，47～48 页。
③ （汉）扬雄撰，（宋）司马光集注，刘绍军点校：《太玄集注》，148 页，北京，中华书局，1998。
④ 以上所引诸家解释均见（清）汪荣宝撰：《法言义疏》（上），48～49 页，北京，中华书局，1987。

对于士人身份以及霸道制度的反思深度。扬雄的这种政治观念可以从《法言·先知》中的几段话得到印证:

> 或曰:"人君不可不学律、令。"曰:"君子为国,张其纲纪,谨其教化。导之以仁,则下不相贼;苍之以廉,则下不相盗;临之以正,则下不相诈;修之以礼义,则下多德让。此君子所当学也。如有犯法,则司狱在。"①
>
> 或曰:"为政先杀后教。"曰:"於乎!天先秋而后春乎?将先春而后秋乎?"②
>
> 民可使觌德,不可使觌刑,觌德则纯,觌刑则乱。③
>
> 或问曰:"载使子草律。"曰:"吾不如弘恭。""草奏。"曰:"吾不如陈汤。"曰:"何为?"曰:"必也律不犯,奏不剡。"④

扬雄认为,作为君子式的人君应该学习仁政之道,而不是什么文法律令,以为这些不但无益于仁政之道,而且还会使天下纷乱。他个人对于作为霸道统治的骨干,如弘恭、陈汤之类的文法苛吏更是不满,以扬雄的简奥文笔,他对这两个人进行了不露声色的讽责。陈汤"少好书,博达善属文",他曾经在与甘延寿出使西域的时候矫制发兵歼灭郅支单于,传首京师,欲以此邀功。这件事在当时引起了极大的争议,其中批评者以丞相匡衡为代表,认为他们"擅兴师矫制,幸得不诛,如复加爵土,则后奉使者争欲乘危徼幸,生事于蛮夷,为国招乱"⑤,不能论功。但陈汤得到了王氏家族的支持重用,"大将军凤奏以为从事中郎,莫府事一决于汤。汤明法令,善因事为

---

① (清)汪荣宝撰:《法言义疏》(上),295～296页,北京,中华书局,1987。
② 同上书,299页。
③ 同上书,300页。
④ 同上书,303页。
⑤ (汉)班固:《汉书》,3016页,北京,中华书局,1962。

势，纳说多从。常受人金钱作章奏，卒以此败"①。陈汤死后数年，王莽还追谥其为破胡壮侯。②对于陈汤的行事，主张民族怀柔政策的扬雄自然不能接受，就其"善因事为势"、受钱作奏的唯名利是图的能吏本色，扬雄将其等同于著名的佞幸宦官弘恭。

《汉书·佞幸石显传》："（石显、弘恭）皆少坐法腐刑，为中黄门，以选为中尚书。宣帝时任中书官，恭明习法令故事，善为请奏，能称其职。恭为令，显为仆射。"③中书官属于内官，是皇帝架空外朝、将家国大权一人独揽的关键性吏职，同时也是中国历代专制王朝乱败的主要由头。战国时即已有尚书之职，不过只是收存文书的小吏，尚是主管的意思，书即文书。在汉武帝以前，无尚书之官，也没有尚书参与政治的记载。汉武帝"征伐四夷，开置边郡，军旅数发，内改制度，朝廷多事"④，致使"文书盈于几阁，典者不能遍睹"⑤的文牍繁滥的情形。在一人专制的情况下，所有的文书在形式上汉武帝都要审批，因此就出现了替皇帝审阅检送文书的中书官。⑥汉武帝之后，此职遂成定制，汉时儒者，多有不满之议。《汉书·萧望之传》："初，宣帝不甚从儒术，任用法律，而中书宦官用事。中书令弘恭、石显久典机枢，明习文法。……望之以为中书政本，宜以贤明之选，自武帝游宴后廷，故用宦官，非国旧制。"⑦同书《盖宽饶传》也说："是时上（宣帝）方用刑法，信任中尚书宦官。宽饶奏封事曰：'方今圣道寝废，儒术不行，以刑余为周、召，以法律为《诗》、《书》。'"⑧

综上所述，扬雄"雕虫"之说的提出是有着深刻的问题意识的，对"雕

---

① （汉）班固：《汉书》，3023 页，北京，中华书局，1962。
② 同上书，3028～3029 页。
③ 同上书，3726 页。
④ 同上书，2775 页。
⑤ 同上书，1101 页。
⑥ 参见徐复观《两汉思想史》（第一卷）中《汉代一人专制下的官制演变》一文，以及参见祝总斌：《西汉的中朝官与尚书》，《两汉魏晋南北朝宰相制度研究》，北京，中国社会科学出版社，1998。
⑦ （汉）班固：《汉书》，3284 页，北京，中华书局，1962。
⑧ 同上书，3247 页。

虫"的理解不能仅仅局限于字面的表层含义，需要深入到扬雄所处的时代背景以及他内在的思想理路去把握。随着汉代大一统的"霸道"专制体制日益成熟，儒士文人在体制化的泥沼中越陷越深，原始儒学的道义理想精神在渐渐失落，士人们日益沦落为吏治的工具。扬雄在这样的政治语境中感到了前所未有的无奈绝望，"雕龙"的热望最后只化为一句"童子雕虫篆刻"的哀叹。不过这声哀叹也表明了扬雄在体制化的处境中的超然清醒，这声哀叹因此也成了他痛定思痛批判"霸道"吏治、反省知识分子道义责任的契机。

◎ 第三节
"雕虫"之叹的学理内涵

　　汉承秦制，在当时的文人看来，这种制度以文法律令为尚，所谓"以刑余为周、召，以法律为《诗》《书》"[①]，这是"道术为天下裂"之后周文疲弊的变本加厉，因而需反质以革文弊。这就是汉代文人所讨论的文质之辨。
　　扬雄晚年的"雕虫"之叹，是对大赋创作和文人身份的反思的结果，其本身就包含着深刻的文质之辨，只有认识到这一点，才能更深入地理解扬雄后期思想的内在理路。在汉代统治者实行以儒术饰吏事、以王道行霸道的专制政治语境中，扬雄对于以文法吏治为特征的霸道专制的不满与批判在西汉的儒学之士中具有相当的普遍性，这种不满与批判在学理层面上的表现就是关于文质问题的探讨。汉代的文质之辨与士人政治批判有着内在深刻的关联性，或者说，文质之辨是文化反思性的政治批评与介入。
　　文质问题在文学理论方面的探讨已经有很多了，不过从学术史的角度来看，文质问题是一个很复杂的问题，在成为文学范围内的话题之前，文质问

---

① （汉）班固：《汉书》，3247页，北京，中华书局，1962。

题在很长的历史时期内都有着非常宽泛的论域。在先秦，文质问题已经是诸子讨论的一个重要话题，其中以儒家的孔子对于这一问题的论说最为详切著名。儒家虽然肯定作为典章制度的"文"的价值，但相对而言，还是更强调仁义道德之"质"的优先性。尤其在经历了强秦的繁文苛法的体制荼毒之后，汉代知识分子在继承先秦哲人对于礼崩乐坏的反省与批判的基础上，提出"文弊"的制度过烦的判断，即司马迁所谓："三王之道若循环，终而复始。周秦之间，可谓文弊矣。秦政不改，反酷刑法，岂不缪乎？"①正是基于文烦的忧患意识，那些有着人文价值关怀的西汉儒者强调"反质"，以原始儒学所张扬的诚敬仁爱之道，救济周秦以来日趋过渡制度化的文弊。对于这一问题的历史性的反省，形成了汉儒独特的文质史观，例如前文谈到的司马迁的三王之道的观念。这种思想在董仲舒那里进一步发展为"三统""四法"的神学学术符码体系。董仲舒的大一统话语建构虽然在事实上起到了神化皇权专制的效果，但就董仲舒更深层的用心而言，他还是希图以一套高度符码化的学术话语体系来建构能够规范现实权势的儒家式的终极价值系统。在文质问题上，固然承认"文"，即体制化的文化的意义，但他更强调的是"质"，即主体伦理精神作为本体的根本地位。《春秋繁露·玉杯》云："质文两备，然后其礼成。文质偏行，不得有我尔之名。俱不能备而偏行之，宁有质而无文。"②在董仲舒那里，重"质"即是重"志"，他在辨析"《春秋》讥文公以丧取"的微言大义时说：

> 春秋之论事，莫重于志。……缘此以论礼，礼之所重者，在其志，志敬而节具，则君子予之知礼；志和而音雅，则君子予之知乐；志哀而居约，则君子予之知丧。故曰非虚加之，重志之谓也。志为质，物为文，文着于质，质不居文，文安施质；质文两备，然后其礼成。……然则春秋之序道也，先质而后文，右志而左物，故曰："礼云礼云，玉帛

---

① （汉）司马迁：《史记》，393～394 页，北京，中华书局，1982。
② 钟肇鹏主编：《春秋繁露校释》，43 页，石家庄，河北人民出版社，2005。

云乎哉!"推而前之,亦宜曰:朝云朝云,辞令云乎哉!"乐云乐云,钟鼓云乎哉!"引而后之,亦宜曰:丧云丧云,衣服云乎哉!是故孔子立新王之道,明其贵志以反和,见其好诚以灭伪,其有继周之弊,故若此也。(《春秋繁露·玉杯》)①

在文质问题上,扬雄一方面继承了董仲舒的质文批判中强调主体精神的合理观念,另一方面则否弃了其中神学化的因素。尤其需要强调的是,两汉是文质说由哲学与政治伦理问题逐渐落实到文学艺术领域的过渡时期②,扬雄是这一转化过程中极为重要的关键人物。由于扬雄对于文质问题的反省是直接生发于他倾尽半生心血的大赋写作的文学创作基础上的,所以扬雄对于文质的看法就明显具有文论色彩,这是文质之辨在中国传统文化史上的一次关键性的转化,即将文质问题由先秦时的泛文化讨论以及西汉前期的政治哲学话题引到了文学理论的具体领域。扬雄这一基于特定的文化问题而诱发的文质思考对于其后的中国传统文论有着深刻的影响,王充《论衡》与刘勰《文心雕龙》对于文质、华实的讨论都有扬雄影响的明显痕迹,这个问题下文将有详论。

扬雄半百之际的"雕虫"之叹,是在对于大赋的政治价值的极大热忱和极大失望的认识反差中引发的,他意识到了在日益强大的霸道政治体制下,文人出于政治热情的写作过程反而成为了自我异化的过程,同时也是原始儒学理想陵夷的过程。大赋闳侈巨衍、靡丽失正,文过其质,在扬雄看来,这不仅仅是文人写作本身的伦理失范的问题,同时也是士人理想价值失效的问题。对于这种异化危机的克服,关键是要重塑先秦儒学以道抗势的道义精神内质,以补救文过之弊。因此扬雄针对大赋的写作问题,在并不抹煞文学的

---

① 钟肇鹏主编:《春秋繁露校释》,40~46页,石家庄,河北人民出版社,2005。
② 陈良运在《文质彬彬》一书的第三章"中国文学的奠基理论"中认为:"汉代,是中国文学史上'文学的不自觉',开始向'文学的自觉'转化、过渡的一个特殊时代。三种文体(诗、骚、赋)'文'、'质'关系的处理,都面临对历史的经验是亦步亦趋的遵奉,还是敢于实现大胆突破的重大选择,在现实的创作实践与理论探求中能否摆脱传统的'文'、'质'关系的纠缠而建构崭新的文学观念体系,也在考验着文学家们的创新精神与能力。"参见陈良运:《文质彬彬》,58页,南昌,百花洲文艺出版社,2001。

审美性质的情况下，一而再地对大赋的文过其质的弊病提出批评①，注意到过渡的文饰会对本质造成损害，所谓"雾縠之组丽，……女工之蠹矣"，"诗人之赋丽以则，辞人之赋丽以淫"，"女恶华丹之乱窈窕也，书恶淫辞之掘法度也"②。扬雄后期的思想贯穿着原道、征圣、宗经的主张，究其深层意图，就是想以此来反正求质。

扬雄在其后期的作品中对于文质问题多有涉及，基于前期的靡丽的偏失，他更热衷于强调质对于文的优先性和重要性：

> 故质干在乎自然，华藻在乎人事也。……务其事而不务其辞，多其变而不多其文也。（《太玄·玄莹》）③
>
> 或曰："有人焉，自云姓孔，而字仲尼。入其门，升其堂，伏其几，袭其裳，则可谓仲尼乎？"曰："其文是也，其质非也。""敢问质。"曰："羊质而虎皮，见草而说，见豺而战，忘其皮之虎矣。"（《法言·吾子》）④
>
> 或问："君子言则成文，动则成德，何以也？"曰："以其弸中而彪外也。般之挥斤，羿之激矢，君子不言，言必有中也；不行，行必有称也。"（《法言·君子》）⑤
>
> 或问："圣人之言，炳若丹青，有诸？"曰："吁！是何言与？丹青初则炳，久则渝。渝乎哉？"（《法言·君子》）⑥

外表可以伪装，但其本质却无法改变，只有积行内满，质实而后文彰，

---

① 聂振斌在《扬雄文质副称说的美学意义》一文中认为："文与质的统一，亦即美与真善的统一，这是扬雄观点美学思想的基本。他从这一基本观点出发，对汉赋进行了批评，强调了文学作品内容的决定意义，和文学的社会功利目的。"参见聂振斌：《扬雄文质副称说的美学意义》，59～60页，载《西北师院学报》，1983（2）。
② （清）汪荣宝撰：《法言义疏》（上），57页，北京，中华书局，1987。
③ （宋）司马光集注：《太玄集注》，190页，北京，中华书局，1998。
④ （清）汪荣宝撰：《法言义疏》（上），71页，北京，中华书局，1987。
⑤ 同上书，496页。
⑥ 同上书，602页。

才能算得上是真正的君子；外在的浮华是经不起时间岁月的考验的，只有内在美好的品质可以日久弥彰。不过，扬雄毕竟是一位在文学创作上颇有素养和成就的文学家，在文质问题上，他并不是一味地强调质，同时也积极地肯定文所应具有的审美特征，甚至他大胆地认可"女有色，书亦有色"的看法。扬雄追求的是一种文质彬彬、华实相扶的和洽境界：

> 阴敛其质，阳散其文，文质班班，万物粲然。(《太玄·文首》)①
>
> 是故文以见乎质，辞以睹乎情，观其施辞，则其心之所欲者见矣。(《太玄·玄莹》)②
>
> 或问："君子尚辞乎？"曰："君子事之为尚。事胜辞则伉，辞胜事则赋，事、辞称则经。事功省而辞美多，则赋颂者虚过也。事、辞相称，乃合经典。足言足容，德之藻矣。"(《法言·吾子》)③
>
> 实无华则野，华无实则贾，华实副则礼。(《法言·修身》)④
>
> 圣人，文质者也。车服以彰之，藻色以明之，声音以扬之，诗、书以光之。笾豆不陈，玉帛不分，琴瑟不铿，钟鼓不抎，则吾无以见圣人矣。(《法言·先知》)⑤
>
> 或问"圣人表里"。曰："威仪文辞，表也；德行忠信，里也。"(《法言·重黎》)⑥

从以上所引的材料可以看出，扬雄绝不是一般人的印象中的那个古板拘泥的保守经生，他赋予了文采与质实几乎同样重要的意义与地位，认为质无文无以见（"文以见乎质"，"足言足容，德之藻矣"，"笾豆不陈，玉帛不

---

① （宋）司马光集注：《太玄集注》，97页，北京，中华书局，1998。
② 同上书，190页。
③ （清）汪荣宝撰：《法言义疏》（上），60页，北京，中华书局，1987。
④ 同上书，97页。
⑤ 同上书，291页。
⑥ 同上书，365页。

分，琴瑟不铿，钟鼓不抟，则吾无以见圣人矣")。也正因为"文"有如此重要的作用，因而要追求文质彬彬、事辞相称、华实相副的理想审美境界。扬雄虽然对于大赋的功能失效与价值失范的情形非常失望，把早年的赋作视同"雕虫"，但可贵的是他并没有陷于愤世嫉俗的偏激，而是自觉以孔子为圭臬，重树知识分子独立的价值主体性，以对抗专制强权下士人的体制性身份异化。扬雄的"雕虫"之叹是基于特定的现实感受和问题意识的，对此前文已作了大量的分析，这里需要注意的是，"雕虫"之叹并不是要否定"文"本身，他否定的是体制化的繁文缛节与文法律令的"文"。① 如果"文"能与"质"相表里，则"文"不仅是知识分子独立精神、自我价值体现与认同的最重要载体（"言，心声也；书，心画也；声画形，君子小人见矣"②），而且也是规范社会、建构价值体系的最基本途径（"圣人存神索至，成天下之大顺，致天下之大利"③）。所以扬雄始终很重视"文"的写作，他的《太玄》《法言》乃至《方言》都是在价值自觉的光照下"著作"的，因此为当时谨守章句师法的俗儒以"诛绝之罪"谴责。扬雄的这种以文传心的著述精神为后来的通达之士桓谭、王充所推重，也被刘勰的"雕龙"之作所本。

◎ 第四节
"雕虫"之叹的影响与刘勰的"雕龙"之作

扬雄生前落寞，但在他死后的数百年中，自东汉一直到唐代，他的思想

---

① 徐复观说："他（扬雄）所悔而不为的，乃是作给皇帝看的这一类的赋，并不是悔自抒怀抱的赋；所以他以后还写了《解嘲》，《解难》，《太玄赋》。从他'诗人之赋丽以则，辞人之赋丽以淫'的话看，他由反省而加以否定的是'淫'而不是丽。文学是他基本嗜好之一，一直到暮年，他也不曾轻视文学的意义。"参见徐复观：《两汉思想史》（第二卷），291页，上海，华东师范大学出版社，2001。
② （清）汪荣宝撰：《法言义疏》（上），160页，北京，中华书局，1987。
③ 同上书，141页。

第十一章 "雕虫"之叹遮掩了什么 531

与文学都受到了极大的推崇。

桓谭比扬雄年轻三十岁，但二人交往甚多，忘年而交，彼此欣赏。扬雄受桓谭的影响由盖天说转而信浑天说，桓谭对于扬子云更是推赏倍至，将其视同圣人[1]。可惜桓谭论扬子之说多是就其人格而言的，与扬雄的文论思想没什么直接的关系。在后汉，真正继承并阐发扬雄文论思想的是班固和王充。

《后汉书·班固传》："固自以二世才术，位不过郎，感东方朔、扬雄自论，以不遭苏、张、范、蔡之时，作《宾戏》以自通焉。"[2]由于身世感受的切近，班固对扬雄甚为推崇，他曾说："自孔子后，缀文之士众矣，唯孟轲、孙况、司马迁、刘向、扬雄。此数公者，皆博物洽闻，通达古今，其言有补于世。传曰'圣人不出，其间必有命世者焉'，岂近是乎？"[3]《汉书》之异于《史记》者，其间扬雄的影响不容忽视[4]，尤其是扬雄论文之说，经常被班固引为同调。例如班固评价西汉最为重要的两位"缀文之士"——司马相如与司马迁的观点，均来源于扬雄。《司马相如传赞》结论曰："扬雄以为靡丽之赋，劝百而讽一，犹骋郑、卫之声，曲终而奏雅，不已戏乎！"[5]《司马迁传赞》评价司马迁之文："其是非颇缪于圣人，论大道则先黄老而后六经，序游侠则退处士而进奸雄，述货殖则崇势利而羞贱贫，此其所蔽也。然自刘向、扬雄博极群书，皆称迁有良史之材，服其善序事理，辨而不华，质而不俚，其文直，其事核，不虚美，不隐恶，故谓之实录。"[6]扬雄《法言·君子》说："淮南说之用，不如太史公之用也。太史公，圣人将有取焉；淮

---

[1] 据《意林》称引《新论》曰："张子侯曰：'扬子云西道孔子也，乃贤如此。'吾应曰：'子云亦东道孔子也。昔仲尼岂独是鲁孔子？亦齐、楚圣人也。'"
[2] （清）王先谦等：《后汉书集解（外三种）》一，656 页，上海，上海古籍出版社，2006。
[3] （汉）班固：《汉书》，1972 页，北京，中华书局，1962。
[4] 参见徐复观：《扬雄论究》，见《两汉思想史》（第二卷），上海，华东师范大学出版社，2001；参见徐复观：《〈史〉、〈汉〉比较研究之一例》，见《两汉思想史》（第二卷），上海，华东师范大学出版社，2001。
[5] （汉）班固：《汉书》，2609 页，北京，中华书局，1962。
[6] 同上书，2737～2738 页。

南，鲜取焉尔。必也，儒乎！乍出乍入，淮南也；文丽用寡，长卿也；多爱不忍，子长也。仲尼多爱，爱义也；子长多爱，爱奇也。"①李轨注曰："实录不隐，故可采择。"②宋咸注云："迁之学不专纯于圣人之道，至于滑稽、日者、货殖、游侠，九流之技皆多爱而不忍弃之。"③又《法言·重黎》："或问《周官》，曰：立事。《左氏》，曰：品藻。太史迁，曰：实录。"④班固赞论所本，彰著明确。班固对于"文"的社会伦理价值的强调以及文以致用的观念，均与扬雄晚年对于写作的反思以及反思的写作有着密切的关系。作为后汉最重要的大赋创作者之一，班固论赋同样也是沿着扬雄"雕虫"的反省而发的。班固的赋论主要有以下两则：

> 《汉书·艺文志》：春秋之后，周道寖坏，聘问歌咏不行于列国，学《诗》之士逸在布衣，而贤人失志之赋作矣。大儒孙卿及楚臣屈原离谗忧国，皆作赋以风，咸有恻隐古诗之义。其后宋玉、唐勒，汉兴枚乘、司马相如，下及扬子云，竞为侈丽闳衍之词，没其风谕之义。是以扬子悔之，曰："诗人之赋丽以则，辞人之赋丽以淫，如孔氏之门人用赋也，则贾谊登堂，相如入室矣，如其不用何！"⑤

> 《两都赋序》：或曰：赋者，古诗之流也。昔成康没而颂声寝，王泽竭而《诗》不作。大汉初定，日不暇给。至于武、宣之世，乃崇礼官，考文章，内设金马石渠之署，外兴乐府协律之事，以兴废继绝，润色鸿业。……或以抒下情而通讽谕，或以宣上德而尽忠孝。雍容揄扬，著于后嗣，抑亦雅颂之亚也。故孝成之世，论而录之，盖奏御者千有余篇，而后大汉之文章，炳焉与三代同风。⑥

---

① （清）汪荣宝撰：《法言义疏》（上），507～508页，北京，中华书局，1987。
② 同上书，507页。
③ 同上书，508页。
④ 同上书，413页。
⑤ （汉）班固：《汉书》，1756页，北京，中华书局，1962。
⑥ （南朝梁）萧统编：《文选》，1页，上海，上海古籍出版社，1998。

班固的这两则文字，对于赋的态度一贬一扬，看似是矛盾的，实则是统一的。在《汉书·艺文志》中，班固借扬雄之口，批评了汉赋背离风轨的形式主义趋势；在《两都赋序》中，班固谈古论今，盛赞大汉的盛世鸿业，赞美了继承雅颂"或以抒下情而通讽谕，或以宣上德而尽忠孝"①之古风的盛世文章。两种不同的态度，其标准却是完全一致的，那就是《诗经》的讽谕精神。不过，很显然，班固对于汉赋的认识已经没有了扬雄深刻的主体性的价值反省，随着皇权专制意识形态的日益深入人心，扬雄文论中的社会政治批判精神在其传承者那里也日益暗淡，文人的社会政治主体性逐渐被个体写作主体所代替。这种变化在王充《论衡》中更为鲜明。

王充对于扬雄的评价是非常高的，这一方面有王充极为推崇的桓谭的影响，另一方面，更重要的是，王充的文论思想与扬雄有着极大的相似性。王充自称其《论衡》的主旨是"疾虚妄"②，强调文章"劝善惩恶"③的社会作用，这些都与扬雄的文艺观念志同道合。扬雄的著述精神，在王充这里得到了充分的肯定。在《超奇》篇中，王充把读书人分为四等：

> 夫通览者，世间比有；著文者，历世希然。近世刘子政父子、扬子云、桓君山，其犹文、武、周公，并出一时也。其余直有，往往而然，譬珠玉不可多得，以其珍也。故夫能说一经者为儒生，博览古今者为通人，采掇传书以上书奏记者为文人，能精思著文连结篇章者为鸿儒。故儒生过俗人，通人胜儒生，文人逾通人，鸿儒超文人。故夫鸿儒，所谓

---

① （南朝梁）萧统编：《文选》，1页，上海，上海古籍出版社，1998。
② 《论衡·佚文》："扬子云作《法言》，蜀富人赍钱千万，愿载于书，子云不听。夫富无仁义之行，[犹]圈中之鹿，栏中之牛也，安得妄载！班叔皮续《太史公书》，载乡里人以为恶戒。邪人枉道，绳墨所弹，安得避讳？是故子云不为财劝，叔皮不为恩挠。文人之笔，独已公矣。贤圣定意於笔，笔集成文，文具情显，后人观之，（见）[见]正邪，安宜妄记！足蹈于地，迹有好丑；文集於礼，志有善恶。故夫占迹以睹足，观文以知情。《诗》三百，一言以蔽之，曰：思无邪。《论衡》篇以十数，亦一言也，曰：疾虚妄。"
③ 《论衡·佚文》："文岂徒调笔弄墨为美丽之观哉？载人之行，传人之名也。善人愿载，思勉为善；邪人恶载，力自禁裁。然则文人之笔，劝善惩恶也。"

超而又超者也。……阳成子长作《乐经》,扬子云作《太玄经》,造于(助)[眇]思,极窅冥之深,非庶几之才,不能成也。①

从上面的引文不难看出,王充对于经生、博士很不以为然,这与扬雄的观念同样是一致的;王充认为"精思著文"的读书人才是"历世希然"的真正人才,所以他极为推崇扬雄等人的著作精神。在儒生、通人、文人、鸿儒这四个相推而胜的等级中,扬雄当属于最高的鸿儒这一级。不过,必须注意的是,王充所推崇的扬雄是后期经过了"雕虫"之悔的扬雄,所以常常被提到的作品是《太玄》与《法言》等。在《定贤》篇中,王充把衡裁人品的标准归于"立言"之上,即"言必有起""文必有为"的著作,如孔子之作《春秋》;"敏于赋颂,为弘丽之文"者并不合乎这一标准,"则夫司马长卿、扬子云是也",王充的理由是:"文丽而务巨,言眇而趋深,然而不能处定是非,辩然否之实。虽文如锦绣,深如河、汉,民不觉知是非之分,无益于弥为崇实之化。"②王充的这种论调与《汉书》扬雄本传所谓"雄以为赋者,将以风也,必推类而言,极丽靡之辞,闳侈钜衍,竞于使人不能加也,既乃归之于正,然览者已过矣"③的口吻何其相似乃尔!

其实,王充对于读书人的分类,在通常提到的四等之下,还有一等,那就是"文吏"。在《论衡·效力》篇中,王充从扬雄论才德之力获得启发,以才力大小将读书人大致划分为文吏、儒生与文儒三类:

人有知学,则有力矣。文吏以理事为力,而儒生以学问为力。或问扬子云曰:"力能扛鸿鼎、揭华旗,知德亦有之乎?"答曰:"百人矣。"夫知德百人者,与彼扛鸿鼎、揭华旗者为料敌也。夫壮士力多者,扛鼎揭旗;儒生力多者,博达疏通。故博达疏通,儒生之力也;举重拔坚,壮

---

① 黄晖:《论衡校释》,606~608 页,北京,中华书局,1990。
② 同上书,1117 页。
③ (汉)班固:《汉书》,3575 页,北京,中华书局,1962。

士之力也。……夫文儒之力过于儒生，况文吏乎？能举贤荐士，世谓之多力也。然能举贤荐士，上书(日)[占]记也。能上书(日)[占]记者，文儒也。……世称力者，常褒乌获，然则董仲舒、扬子云，文之乌获也。①

在这段文字中，王充所谓的"儒生"大约相当于《超奇》篇之所谓"儒生"与"通人"两类，这里的"文儒"涵括着《超奇》篇中所说的"文人"与"鸿儒"。王充这里的论说可与本文前面对于扬雄"雕虫"之叹的初衷的论述相发明，对于有着崇高的现实价值关怀的士人来说，无论如何仅仅作为一个政治工具的刀笔文吏是极其不齿的事。"曾子曰：'士不可以不弘毅，任重而道远。仁以为己任，不亦重乎！死而后已，不亦远乎！'由此言之，儒者所怀，独己重矣，志所欲至，独己远矣。身载重任，至于终死，不倦不衰，力独多矣。"②在王充心目中，以道自任的读书人价值实现的最有效方式就是"立言"：

阳成子长作《乐经》，扬子云作《太玄经》，造于(助)[眇]思，极窅冥之深，非庶几之才，不能成也。孔子作《春秋》，二子作两经，所谓卓尔蹈孔子之迹，鸿茂参贰圣之才者也。王公(子)问于桓君山以扬子云，君山对曰："《汉》兴以来，未有此人。"君山差才，可谓得高下之实矣。……彼子长、子云说论之徒，君山为甲。自君山以来，皆为鸿眇之才，故有嘉令之文。笔能著文，则心能谋论，文由胸中而出，心以文为表。观见其文，奇伟俶傥，可谓得论也。由此言之，繁文之人，人之杰也。有根株于下，有荣叶于上；有实核于内，有皮壳于外。文墨辞说，士之荣叶、皮壳也。实诚在胸臆，文墨著竹帛，外内表里，自相副称，意奋而笔纵，故文见而实露也。人之有文也，犹禽之有毛也。毛有五色，皆生于体。苟有文无实，是则五色之禽，毛妄生也。……岂徒雕文

---

① 黄晖：《论衡校释》，579～583页，北京，中华书局，1990。
② 同上书，581页。

饰辞，苟为华叶之言哉？ 精诚由中，故其文语感动人深。①

  王充在这里的论说很显然是对扬雄"圣人文质""圣人表里"以及"心声""心画"诸说的继承与进一步发挥。 扬雄那些零散、言简意赅的论说，在王充这里被予以集中而又形象生动的阐发，此为王充论文之长；扬雄文质论中，虽然已经有别于先秦及汉初的文质论，有着明显的文学意味，但其中依然有着丰富而深刻的政治文化含义，在《论衡》中，这种政治文化含义进一步淡化，已然近乎纯粹的文章之论。 这种变化，似乎绝不仅仅是由于"出身的低下，社会交游的狭窄""限制了王充的眼界，使他同淮南王刘安、司马迁、扬雄、桓谭等思想家相比，缺乏较多方面的文化素养"②。 徐复观所说的"只是为了辩解自己，伸张自己""因为他除了立言这件事以外"其他一无所长的说法似乎也有些过分尖刻。③ 其实，除了王充个人的一些因素，由扬雄到王充，文质论的文学化趋势其背后还有着深刻的政治文化和文学自身发展的宏观因素。

  可能是由于徐复观对于王充的浅薄无德过分地深恶痛绝，一味地急于攻击王充本人，因而缺失了他一向颇为得意的政治分析视野。 前文曾谈到徐复观所论两汉知识分子的不同的政治压力感："西汉知识分子的压力感，多来自专制政治的本身，是全面性的感受。 而东汉知识分子，则多来自专制政治中最黑暗的某些现象，有如外戚、宦官之类。 这是对专制政治自身已经让步以后的压力感。 两汉知识分子的人格形态，及两汉的文化思想的发展方向，与其基本性格，都是在这种压力感之下所推动、所形成的。"④前汉的文质论中包含着"五德""三统"递相转移、受命改制的政治"革命"观念，这种观念

---

① 黄晖：《论衡校释》，608～612 页，北京，中华书局，1990。
② 李泽厚、刘纲纪：《中国美学史》（先秦两汉编），510 页，合肥，安徽文艺出版社，1999。
③ 徐复观：《王充论考》，见《两汉思想史》（第二卷），344～392 页，上海，华东师范大学出版社，2001。
④ 徐复观：《两汉思想史》（第一卷），167 页，上海，华东师范大学出版社，2001。

也是王莽改制的理论基础。可以想见，在这种文质观背景下，知识分子会凭着合法的道义理论支持而对政权进行整体性、根本性、大胆的批评，等到王莽失败后，汉家刘姓天下的观念日渐深入人心，大一统的皇权专制日甚一日，知识分子为天下立法的政治主体性受到了意识形态的根本性置换，文人的公共话语权力在家天下专制意识形态的挤压下日益萎缩，文人的主体性建构逐渐从政治的视域转向个体修养的方面，即由以建构社会价值规范为理想的"外王"向以道德的、智性的自我生命安顿为旨趣的"内圣"转变。① 这是一个复杂的文化与文人心态的话题，一般认为这一转变发生在汉末六朝时期，其实这个变化在王莽失败后就已经比较明显地开始了，试比较从司马迁、扬雄到班固、王充的文章气象就可以看出。司马迁的《史记》与扬雄的《法言》都有孔子作《春秋》之以一家言成后世法的"微言大义"。司马迁在《报任少卿书》中说他作《史记》的目的是"亦欲以究天人之际，通古今之变，成一家之言"；扬雄亦有"有教立道，无止仲尼，有学术业，无止颜渊"②的独自"立道"的雄心。而班固的《汉书》、王充《论衡》显然已无《春秋》立道、立法之意图了。虽然王充自负其书为"论之平也"，并以《诗》之"思无邪"为准，设其主旨为"疾虚妄"，然所疾者多是些世俗迷信与古书记载，对于根本性的政治问题基本上没有触及，对于当时盛极一时的政治性的图谶却以符瑞来解说，对于大汉盛世大加赞颂。王充所推崇的鸿儒的价值，在他看来，主要在于：

---

① 钱穆指出："孔子在汉人观念中，是内圣而兼外王的，更毋宁是因其具备了外王之道而益证成其内圣之德的。所以孔子在汉代，要和尧、舜、禹、汤、文、武、周公古明王并列了。但唐以后的孔子，在人们心目中，时时把来和佛陀与老聃并列了。换言之，这是渐渐看重了他的'教'而看轻了他的'治'。"钱穆所谓的"汉人"指的主要是西汉的士人，因为他还说："光武中兴，不仅把新莽'发得《周礼》'的新圣典贱视了，即前汉圣典《公羊春秋》那些'存三统'、'作新王'一类的话，也渐渐变成当代之忌讳。所以即如《公羊》学大师何休，也要说《公羊春秋》里有所谓'非常异议可怪之论'了。那时则汉宣帝所谓的'汉家自有制度，本以霸王杂用之，奈何纯任德教用周政'之说，也变成了光武以下之国是。于是博士官学仅成为利禄之途，失却其从来王官学地位的真尊严，而十四博士也终于要'倚席不讲'了。这一变，却是中国历史上绝大的大变，惜乎后来人渐渐忘却了这一大变之内涵的真意义。"参见钱穆：《两汉经学今古文平议》，292、286页，北京，商务印书馆，2001。

② （清）汪荣宝撰：《法言义疏》（上），44页，北京，中华书局，1987。

  然则鸿笔之人，国之船车采画也。农无(疆)[强]夫，谷粟不登；国无强文，德暗不彰。汉德不休，乱在百代之间，强笔之儒不著载也。高祖以来，著书非不讲论。汉司马长卿为《封禅书》，文约不具。司马子长纪黄帝以至孝武，扬子云录宣帝以至哀、平，陈平仲纪光武，班孟坚颂孝明，汉家功德，颇可观见。今上即命，未有褒载，《论衡》之人，为此毕精，故有《齐世》、《宣汉》、《恢国》、《验符》。①

  王充所谓"鸿笔之人，国之船车采画也"与班固《两都赋序》之所谓"润色鸿业"可谓是异口同声，并都自觉地以此自任，如王充之宣称"为此毕精"，表明自己效忠皇上的竭诚之心。由此可见，在东汉以来的家天下皇权专制的意识形态氛围中，大部分文人已经习惯了在皇权大一统专制体制框架下生存，其主体性价值的实现表现为个体的修养和为体制服务并得到认可上，具体就是文学之士与文章之士的分化。文学之士以通经求利禄，文章之士以立言求名利。由于写作群体的不断扩大，无关治道却体贴情性的诗文日益成长，书写个人感受遭际的诗文写作的源流渐成气候，对于这类诗文的论说也逐渐增多，在这一背景下，文学（现代广义上的）逐渐具有了自身合理化的独立性，即所谓的"文学的自觉"。② 刘勰的《文心雕龙》是这一发展趋势的集大成的表现。

  刘勰以"文心雕龙"题其著作，对于这一标题含义的探讨很多，张少康提出："所谓'文心'，乃以心为本，反映了刘勰对文学本体论的认识与见解。"若《原道》篇所谓"心生而言立，言立而文明，自然之道也"。张少康进一步指出刘勰的这种"文以心为本的思想实导源于汉代之扬雄。《法言·问神》篇云：'言，心声也；书，心画也；声画形，君子小人见矣。'又云：

---

① 黄晖：《论衡校释》，854 页，北京，中华书局，1990。
② 张少康提出"文学的自觉"不是自魏晋开始的，而是从汉代就开始的观点。参见张少康：《论文学的独立和自觉非自魏晋始》，《夕秀集》，北京，华文出版社，1999。

第十一章 "雕虫"之叹遮掩了什么 539

'言不能达其心，书不能达其言，难矣哉！ 惟圣人得言之解，得书之体'"。① 扬雄对于刘勰的影响其实远不止这一例，徐复观说："扬雄的文学活动，给刘彦和以莫大的影响。……扬雄有关文学的言论，皆成为刘彦和论文的准绳。 扬雄与文学生活有关的片断，彦和心目中皆为文坛的掌故。 扬雄的各种作品，《文心雕龙》无不论到。 我认为最能了解扬雄文学的，古今无如彦和。"②徐复观自己对于《文心雕龙》的研究用力颇大、用心颇深，他所说的扬雄对于刘勰的深广影响的话绝非心血来潮之论，而的确是言之有据、言之有得的。

《文心雕龙》共 50 篇，其中有近半数（23 篇）的篇章谈论到了扬雄，而且扬雄的许多文论思想在《文心雕龙》中成为刘勰本人遵从的观点。 举其要者如下：

> 故文能宗经，体有六义：一则情深而不诡，二则风清而不杂，三则事信而不诞，四则义直而不回，五则体约而不芜，六则文丽而不淫。扬子比雕玉以作器，谓五经之含文也。（《文心雕龙·宗经》）③
>
> 及汉宣嗟叹，以为皆合经术；扬雄讽味，亦言体同诗雅。（《文心雕龙·辩骚》）④
>
> 原夫登高之旨,盖睹物兴情。情以物兴,故义必明雅;物以情观,故辞必巧丽。丽辞雅义,符采相胜,如组织之品朱紫,画绘之著玄黄,文虽新而有质,色虽糅而有本,此立赋之大体也。然逐末之俦,蔑弃其本,虽读千赋,愈惑体要,遂使繁华损枝,膏腴害骨,无贵风轨,莫益劝戒。此扬子之所以追悔于雕虫,贻诮于雾縠者也。（《文心雕龙·诠赋》）⑤

---

① 张少康：《文心论略》，见《夕秀集》，152～153 页，北京，华文出版社，1999。
② 徐复观：《扬雄论究》，见《两汉思想史》，289 页，上海，华东师范大学出版社，2001。
③ 范文澜：《文心雕龙注》，23 页，北京，人民文学出版社，1958。
④ 同上书，46 页。
⑤ 同上书，136 页。

观其大抵所归,莫不高谈宫馆,壮语畋猎,穷瑰奇之服馔,极蛊媚之声色;甘意摇骨体,艳辞动魂识。虽始之以淫侈,而终之以居正,然讽一劝百,势不自反。子云所谓"先骋郑卫之声,曲终而奏雅"者也。(《文心雕龙·杂文》)①

盖圣贤言辞,总为之书。书之为体,主言者也。扬雄曰:"言,心声也;书,心画也。声画形,君子、小人见矣。"故书者,舒也。舒布其言,陈之简牍,取象于夬,贵在明决而已。(《文心雕龙·书记》)②

若夫八体屡迁,功以学成,才力居中,肇自血气;气以实志,志以定言,吐纳英华,莫非情性。是以贾生俊发,故文洁而体清;长卿傲诞,故理侈而辞溢;子云沉寂,故志隐而味深。(《文心雕龙·体性》)③

今才颖之士,刻意学文,多略汉篇,师范宋集。虽古今备阅,然近附而远疏矣。夫青生于蓝,绛生于蒨,虽逾本色,不能复化。桓君山云:"予见新进丽文,美而无采;及见刘、扬言辞,常辄有得。"此其验也。故练青濯绛,必归蓝蒨,矫讹翻浅,还宗经诰;斯斟酌乎质文之间,而櫽括乎雅俗之际,可与言通变矣。(《文心雕龙·通变》)④

是以属意立文,心与笔谋,才为盟主,学为辅佐。主佐合德,文采必霸;才学褊狭,虽美少功。夫以子云之才,而自奏不学,及观书石室,乃成鸿采。表里相资,古今一也。(《文心雕龙·事类》)⑤

战代任武,而文士不绝:诸子以道术取资,屈宋以《楚辞》发采,乐毅报书辨以义,范雎上疏密而至,苏秦历说壮而中,李斯自奏丽而动。若在文世,则扬、班俦矣。荀况学宗,而象物名赋,文质相称,固巨儒之情也。……相如好书,师范屈宋,洞入夸艳,致名辞宗。然覆取精意,理不胜辞,故扬子以为"文丽用寡者长卿",诚哉是言也!王褒构采,以密巧为致,

---

① 范文澜:《文心雕龙注》,255~256页,北京,人民文学出版社,1958。
② 同上书,455页。
③ 同上书,506页。
④ 同上书,520页。
⑤ 同上书,615页。

附声测貌，泠然可见。子云属意，辞人最深，观其涯度幽远，搜选诡丽，而竭才以钻思，故能理赡而辞坚矣。……潘勖凭经以骋才，故绝群于锡命；王朗发愤以托志，亦致美于序铭。然自卿、渊已前，多俊才而不课学；雄、向以后，颇引书以助文。此取与之大际，其分不可乱者也。（《文心雕龙·才略》）①

昔屈平有言："文质疏内，众不知余之异采。"见异，唯知音耳。扬雄自称："心好沉博绝丽之文。"其（不）事浮浅，亦可知矣。夫唯深识鉴奥，必欢然内怿，譬春台之熙众人，乐饵之止过客。（《文心雕龙·知音》）②

刘勰论文宗旨，诚如其《序志》篇所谓："盖《文心》之作也，本乎道，师乎圣，体乎经，酌乎纬，变乎骚。"③这种观念几乎完全与扬雄的文论思想契合。张少康认为"扬雄文学思想的核心是倡导文学创作必须合乎儒家之道，以圣人为榜样，以六经为楷模，简言之，也即是所谓原道、征圣、宗经的原则"。④这里所说的"征圣"与"宗经"两条一般没什么异议，扬雄之"原道"与刘勰之"原道"是否相同可能会有不同的意见。

扬雄的"道"的观念里既有所谓"儒家之道"的意思，也有"自然之道"的意思。在《法言·问道》中，扬雄集中表达了他对于"道"的看法，他说："道也者，通也，无不通也。……适尧、舜、文王者为正道，非尧、舜、文王者为它道，君子正而不它。"⑤又说："道若涂若川，车航混混，不舍昼夜。……涂虽曲而通诸夏则由诸，川虽曲而通诸海则由诸。"⑥在扬雄的观念里，"道"是一个中性概念，因而在不同的范畴内其含义随之而不同，在社会伦理范畴中，"道"应是合目的性的，即要遵循儒家之道；在自然范畴

---

① 范文澜：《文心雕龙注》，698～700 页，北京，人民文学出版社，1958。
② 同上书，715 页。
③ 同上书，727 页。
④ 张少康、张三富：《中国文学理论批评史》（上），128 页，北京，北京大学出版社，1995。
⑤ （清）汪荣宝撰：《法言义疏》（上），109 页，北京，中华书局，1987。
⑥ 同上书，110 页。

中,"道"是合规律性的,即所谓自然之道,所以扬雄说"吾于天与,见无为之为矣!"①"老子之言道德,吾有取焉耳。及搥提仁义,绝灭礼学,吾无取焉耳。"②可见扬雄的道论是兼宗儒道二家的。

刘勰的道论其实同样也兼涵儒道二家。《文心雕龙》首篇论文之道,其思路由"自然之道"谈到"人文之道"。"夫玄黄色杂,方圆体分,日月叠璧,以垂丽天之象;山川焕绮,以铺理地之形。此盖道之文也。……心生而言立,言立而文明,自然之道也。"③"爰自风姓,暨于孔氏,玄圣创典,素王述训,莫不原道心以敷章,研神理而设教。……故知道沿圣以垂文,圣因文而明道,旁通而无滞,日用而不匮。"④刘勰这里贯通自然与人文之思想与扬雄也是一致的。由此可见,徐复观所谓"扬雄有关文学的言论,皆成为刘彦和论文的准绳。……最能了解扬雄文学的,古今无如彦和"⑤之说并非妄语。不过,值得玩味的是,在扬雄以"雕虫"论文之后,何以刘勰会以"雕龙"命篇呢?

刘勰论文,之所以追踪扬雄,首先是因为他们的人生价值观是相似的。扬雄尚智,以著作显名,以文传心;刘勰在《序志》篇自序其著作初衷是说:"夫宇宙绵邈,黎献纷杂,拔萃出类,智术而已。岁月飘忽,性灵不居,腾声飞实,制作而已。……生也有涯,无涯唯智。逐物实难,凭性良易。傲岸泉石,咀嚼文义。文果载心,余心有寄!"⑥其次,二人论文的问题意识与崇儒观念是一致的。扬雄后期痛心于淫靡失旨的赋作之风,欲重树以孔子为代表的先秦儒家之道义主体精神;刘勰称其论文的缘起是:"去圣久远,文体解散,辞人爱奇,言贵浮诡,饰羽尚画,文绣鞶帨,离本弥甚,将遂讹滥。盖《周书》论辞,贵乎体要;尼父陈训,恶乎异端;辞训之异,宜

---

① (清)汪荣宝撰:《法言义疏》(上),114 页,北京,中华书局,1987。
② 同上。
③ 范文澜:《文心雕龙》,1 页,北京,人民文学出版社,1958。
④ 同上书,2~3 页。
⑤ 徐复观:《两汉思想史》(第二卷),289 页,上海,华东师范大学出版社,2001。
⑥ 范文澜:《文心雕龙》,725~728 页,北京,人民文学出版社,1958。

体于要。于是搦笔和墨，乃始论文。"①最后，他们论文的标准皆以"文质彬彬"为理想。扬雄文质表里之论前文已详述，刘勰论文以文质为基本纬度，在《文心雕龙》中，无论是论文之纲领大义还是各体优劣，均以此为尺度。论文章宏观的流变："逮及商周，文胜其质，《雅》、《颂》所被，英华日新。"②"时运交移，质文代变，古今情理，如可言乎！"③"质文沿时，崇替在选。终古虽远，旷焉如面。"④"斟酌乎质文之间，而櫽括乎雅俗之际，可与言通变矣。"⑤谈文章的性质："圣贤书辞，总称文章，非采而何！夫水性虚而沦漪结，木体实而花萼振，文附质也。虎豹无文，则鞟同犬羊；犀兕有皮，而色资丹漆，质待文也。"⑥论文章之优劣："唯陈寿三志，文质辨洽。"⑦"荀况学宗，而象物名赋，文质相称，固巨儒之情也。"⑧

不过，"文"的观念从扬雄的时代发展到刘勰的时代，其内涵与意义已经发生了很大的变化，随着文章创作群体的不断扩大，文章的数量也不断地积聚，以文章为对象的专门论述也越来越多，"文"的独立价值日益深入人心。扬雄的作为其"尚智"成果的著作，其用心绝不仅仅是为了论"文"，其问题意识所涉及的，如前文所论，既有对于汉大赋的文过其质的批判，同时也含有对于作为汉代主流意识形态"霸王道杂之"的主体性反省以及反质救文的政治忧患与形而上审视。刘勰制作的学术规模比起扬雄，淡去了政治的、形而上的色彩，则更具体落实在了文章修辞上，也因此对于文章的论说更为全面切实。在刘勰那里，"文"已非"雕虫"小道，已经具有了"雕龙"之体势价值。

"雕虫"和"雕龙"虽然不是一组截然对立的观念，但放在从扬雄到刘

---

① 范文澜：《文心雕龙》，726 页，北京，人民文学出版社，1958。
② 同上书，2 页。
③ 同上书，671 页。
④ 同上书，675～676 页。
⑤ 同上书，520 页。
⑥ 同上书，537 页。
⑦ 同上书，285 页。
⑧ 同上书，698 页。

勰的历史流变的时段中，这两个概念的对照就显得意味深长了。"雕虫"在扬雄那里虽然不是对于"文"的完全否定，但显然有着反对文滥的强烈忧患，是以"破"的消极倾向为主的；"文弊"的这一忧患虽然也被刘勰所继承，但刘勰是以"破"而求"立"的，是从积极的方面认定和规范"文"的价值的，所以他用"雕龙"。刘勰虽然积极地肯定"文"的价值，但显然并不是单纯"雕缛成体"的文采本身，所以他要用"文心"之质来均衡"雕龙"之文，用道、圣、经来证成文之价值的合法性。以"文心雕龙"命题，足见刘勰文质彬彬的文论观念和"唯务折衷"的论文态度。正是由于如此，刘勰要比其同时的裴子野高明许多，刘勰不是像裴子野那样只是简单地批评所谓"雕虫"之风，而是将文章之道在学理上纳入经典的体系里，从而既使他对于世风的批评有理有据，又使文学相对于经典的独特价值凸显了出来，成为刘勰所标榜的"雕龙"之文。

在扬雄把他最宝贵的年华和最美好的才情倾注到他殚精竭虑的大赋创作之后，进入晚年的他却对前半生的心血一概否定，贬为"童子雕虫篆刻"。这句评语看似轻描淡写，实则蕴含着扬雄无限的痛楚和怅惘，其背后隐藏着丰富深刻的内容。"雕虫"之论的提出，其前提是扬雄对于以邹衍、邹奭为象征的战国游士风流不言而喻的艳羡。那些以"雕龙"般的才情和政教大道见重于列国的"上世之士"肆志风发与汉代士人动辄得咎的危难处境在扬雄的心目中形成了鲜明的对照，在欣然向往之余，引发了他对于现实的"霸道"专制以及在这种体制环境中士人的尴尬处境的悲恸与深刻反思。

专制政治一方面需要知识分子对于政治的热情，需要把这些有话语自觉的社会力量纳入体制的规范之中；但另一方面却并不欢迎知识分子对于政治的积极介入与批评，专制需要的只是忠诚的配合者。显然扬雄意识到了这一点，满腔的政治热情对于那些君王来说毫无意义，他的处心积虑的写作对于道义理想的实现没有任何价值，反而成了使自己逐渐体制化并沦为刀笔文吏的表征。既然无力改变体制本身，但至少需要警惕士人自身的独立人格精神的沦丧。大赋闳侈钜衍、靡丽失正，文过其质，在扬雄看来，这不仅仅是文人写作本身的伦理失范的问题，同时也是士人理想价值失效的问题。对于这种异化危机的克服，关键是要重塑先秦儒学以道抗势的道义精神内质，以补救文过之弊。在继承先秦以来关于文质问题的思辨基础上，扬雄针对大赋的写作问题，在并不抹煞文学的审美性质的情况下，对大赋的文过其质的弊病提出批评，注意到过度的文饰会对本质造成损害。"雕虫"之叹在此落实为具体的对于写作本身的反省。这是扬雄内在回归的体现，也是"文学自觉"的先兆。扬雄的这种对于文的价值的反思批判对后来的王充、刘勰等产生了深远的影响。扬雄用"雕虫"来说明文的政教价值的无效，而刘勰却用"雕龙"来确立文本身独立的审美价值。这一转变过程是耐人寻味的，相信对于研究中国古典文论的价值取向在汉魏六朝之际的重大变化是有重要的启发意义的。

第十二章
扬雄作经与经学超越

　　扬雄一生最重要的写作，似乎皆以"模拟"为务，后期的经学写作的"模拟"倾向似乎较之前期的赋体文学的写作更是有过之而无不及，班固说扬雄"实好古而乐道，其意欲求文章成名于后世，以为经莫大于《易》，故作《太玄》；传莫大于《论语》，作《法言》"[①]。由此，论者遂以为汉代乃至整个中国传统的模拟复古风气以扬雄为始作俑者，这种论调在现在的各种教材以及相关论著中已然成为最普遍的说法。其实只要是对于扬雄的作品与思想能有较为深入的了解和理解的话，这种通常的说法的可靠性就不能不令人生疑。在现在的这类教材与相关论著中，王充被认为是汉代为数不多能"反对复古，提倡独创"的思想家[②]，而正是他却对扬雄及其创作推崇有加；倒是在那些真正泥古不化的读书人眼里，扬雄"模拟"经书的写作行为被视为是离经叛道的表现，"诸儒或讥以为雄非圣人而作经，犹春秋吴楚之君僭号称王，盖诛绝之罪也"[③]。汉代人不以扬雄为模拟复古，甚至以为其有些过激，倒是今天的人说扬雄保守复古，颇有意思。

　　扬雄虽然主张尊圣，然而极力推崇的却只是孔子及其弟子颜渊，而非当时经学家所尊奉的尧、舜乃至周公、孔子一系；扬雄推重孔子、颜渊，但又

[①] （汉）班固：《汉书》，3583 页，北京，中华书局，1962。
[②] 张少康、张三富：《中国文学理论批评史》（上），150 页，北京，北京大学出版社，1995。
[③] （汉）班固：《汉书》，3585 页，北京，中华书局，1962。

说"有教立道,无止仲尼;有学术业,无止颜渊"①;扬雄虽然征经,但他又对当时主流的经学进行了深入的批评。 那么,扬雄思想中这些不合时宜的思想,到底是基于什么样的问题意识与苦衷而产生的呢? 扬雄观念中看似悖谬的观念,到底隐含着什么样的意图与动机呢?

◎ 第一节
儒学的体制化:从董仲舒到扬雄

　　儒学发展到扬雄的时代,由诸子百家之学变为汉代的官方意识形态,扬雄生活的后期,即哀、平时期,附会经书的纬书逐渐兹演盛大。 在这一过程中,董仲舒是一个关键性的人物。 儒学经他的发明演绎,一举享得独尊的政治地位,但从此,儒学的理性精神与合理主义却日益萎顿,士人的独立意志与道义理想在体制化的巨大压力下日益衰微。 要理解扬雄的学术理念,需要先了解西汉儒学与士人自董仲舒以来的体制化遭遇。

　　在著名的"天人三策"中,董仲舒建议汉武帝说:"《春秋》大一统者,天地之常经,古今之通谊也。 今师异道,人异论,百家殊方,指意不同,是以上亡以持一统;法制数变,下不知所守。 臣愚以为诸不在六艺之科孔子之术者,皆绝其道,勿使并进。 邪辟之说灭息,然后统纪可一,法度可明,民知所从矣。"②武帝采纳了董仲舒的建议,儒学从此成为中国几千年来的主流意识形态,这就是历史上著名的"罢黜百家,独尊儒术"。 不过,在汉代有一依托孔子之名的谶语,流传甚广,曰:"董仲舒,乱我书!"③且不论这句

---

① (清)汪荣宝撰:《法言义疏》(上),44页,北京,中华书局,1987。
② (汉)班固:《汉书》,2523页,北京,中华书局,1962。
③ 此一谶语在王充的《论衡》中提到过两次。 在《实知篇》,此谶语与其他一些同样托孔子之名的谶语(如"不知何一男子,自谓秦始皇,上我之堂,踞我之床,颠倒我衣裳,至沙丘而亡。")一起被王充斥之为虚言妄语。 而在《案书篇》中,则又肯定地说:"谶书云'董仲舒乱我书',盖孔子言也。 读之者或为'乱我书者,烦乱孔子之书也',或以为'乱者理也,理孔子之书也'。"

谶语的实际意思是什么，董仲舒的天人学说与在西汉后期兴起的图谶之学有着推脱不掉的干系。

不可否认，董仲舒神学经学的思想体系虽然为大一统的汉代政治体制提供了理论的依据和神学意义的规划，但其欲以神学经学的方式规范帝王的个人意志的良苦用心也不难看出。董仲舒虽然强调"以人随君"，但也强调"以君随天"，而天的意志是通过灾异来体现的，灾异就是对于帝王的谴责。《春秋繁露·玉杯》云："以人随君，以君随天……故屈民而伸君，屈君而伸天，《春秋》之大义也。"①徐复观认为："以臣民随君，在政治上臣民由君所统率，语意尚无大害。至于'屈民而伸君'，民的地位本是屈，君的地位本是伸；……在他所承认的大一统专制皇帝之下，为了使他的'屈君而伸天'的主张得到皇帝的承认，便先说出'屈民而伸君'一句；这一句，或许也如史公在《孟荀列传》中说邹衍的大九州及五德终始等说法，乃'牛鼎之意'，即是先迎合统治者的心理，再进而说出自己真正的主张。所以站在董仲舒的立场，'屈民而伸君'一句是虚，是陪衬；而'屈君而伸天'一句才是实，是主体。至于统治者及后世小儒，恰恰把它倒转过来，以至发生无穷的弊害，这是董仲舒所始料不及的。对于董仲舒整个思想，都应从这一角度去了解。"②说董仲舒"始料不及"可能也不准确，因为在董仲舒有生之年，他已经明显地体会到了"屈君而伸天"这句话的巨大危险。《汉书·董仲舒传》云：

> 仲舒治国，以《春秋》灾异之变推阴阳所以错行，故求雨，闭诸阳，纵诸阴，其止雨反是；行之一国，未尝不得所欲。中废为中大夫。先是辽东高庙、长陵高园殿灾，仲舒居家推说其意，草稿未上，方父偃候仲舒，私见，嫉之，窃其书而奏焉。上召视诸儒，仲舒弟子吕步舒不知其

---

① （汉）董仲舒：《春秋繁露》，12页，上海，上海古籍出版社，1989。
② 徐复观：《两汉思想史》（第二卷），212页，上海，华东师范大学出版社，2001。

师书，以为大愚。于是下仲舒吏，当死，诏赦之，仲舒遂不敢复言灾异。①

董仲舒推阴阳说灾异，就是对于天的意志的阐述，显然这种特殊的话语权力，即令其他儒生忌妒，也让武帝不安，以至于最后"遂不敢复言灾异"。这时，董仲舒原本想握在知识分子手里的对于天的阐释权也逐渐失落了，话语权随之也被现实专制的权力所夺取。西汉敢以灾异之言论帝王事者皆引火烧身。《汉书》卷七十五《眭两夏侯京翼李传》赞曰：

幽赞神明，通合天人之道者，莫著乎《易》、《春秋》。然子赣（贡）犹云"夫子之文章可得而闻，夫子之言性与天道不可得而闻"已矣。汉兴推阴阳言灾异者，孝武时有董仲舒、夏侯始昌；昭、宣则眭孟、夏侯胜；元、成则京房、翼奉、刘向、谷永；哀、平则李寻、田终术。此其纳说时君著明者也。察其所言，仿佛一端。假经设谊，依托象类，或不免乎"亿则屡中"。仲舒下吏，夏侯囚执，眭孟诛戮，李寻流放，此学者之大戒也。京房区区，不量浅深，危言刺讥，构怨强臣，罪辜不旋踵，亦不密以失身，悲夫！②

推阴阳言灾异，此不合孔门之教，所以班固对这种做法提出了批评；从政治上的遭遇来看，这些推阴阳言灾异者也都无善果，因此班固说"此学者之大戒也"。但问题是：为什么与推阴阳言灾异形式类似的谶纬学说却没有因此而湮没，反而在哀、平之世开始大行其道呢？

其实与谶纬相比而言，推阴阳言灾异是属于整体性的政治批判理论，而谶纬则只能算是一种政治性的迷信。但无论如何，谶纬的出现并在东汉蔚为

---

① （汉）班固：《汉书》，2524 页，北京，中华书局，1962。
② 同上书，3194～3195 页。

大观,与董仲舒以来的神学经学的发展有着非常密切的关系。随着汉代大一统专制的日益成熟,士人的体制化进程日益加快,神学经学的阐释方式也日益体制化,原本对于政治体制的整体性的批判,逐渐琐碎化为权力内部斗争的隐喻性政治符号。由灾异论向谶纬的变化,这可以说是政治权力吞噬话语权力的过程,是一个儒学在不断地与政权共谋的同时逐渐被体制化的过程。"故先秦经学,实至仲舒而一大歪曲;儒家思想,亦至仲舒而一大转折;许多中国思维之方式,常在合理中混入不合理的因素,以至自律性的演进,停滞不前,仲舒实是一关键人物。"①儒学之受尊与儒学之遭乱,儒学在汉代的这种悖反的处境似乎皆与董仲舒有关。

扬雄对于董仲舒这样一位汉代极为重要的儒学大师的态度是很微秒的。在《法言》一书中,扬雄多次提到了董仲舒:

> 公仪子、董仲舒之才之邵也,使见善不明,用心不刚,俦克尔?②
>
> 美行,园公、绮里季、夏黄公、角里先生。言辞,娄敬、陆贾。执正,王陵、申屠嘉。折(抗)节,周昌、汲黯。守儒,辕固、申公。菑异,董相、夏侯胜、京房。(《渊骞》)③
>
> 或问"近世社稷之臣"。曰:"若张子房之智,陈平之无悟,绛侯勃之果,霍将军之勇,终之以礼乐,则可谓社稷之臣矣。"或问:"公孙弘、董仲舒孰迩?"曰:"仲舒欲为而不可得者也,弘容而已矣。"(《渊骞》)④

班固作《汉书》多受扬雄的影响,对于董仲舒的评价即是典型的例子。第一条是扬雄对于董仲舒的赞美,称誉其才德双馨,智勇兼备。《汉书·董仲舒传》称:"仲舒为人廉直。"⑤第二条则暗含贬讽,将董仲舒排斥在能立

---

① 徐复观:《两汉思想史》(第二卷),221 页,上海,华东师范大学出版社,2001。
② (清)汪荣宝撰:《法言义疏》(上),91 页,北京,中华书局,1987。
③ 同上书,450 页。
④ 同上书,471 页。
⑤ (汉)班固:《汉书》,2525 页,北京,中华书局,1962。

德、立言、刚直、守节、守学的士人行列之外,而是归之于扬雄颇多批判的"灾异"之列。前文所引《汉书》卷七十五《眭两夏侯京翼李传》与扬雄此条的态度一致。第三条盖痛惜之意也,真正是一种惺惺相惜的同情态度,董仲舒毕竟是一位廉直有抱负的儒者,非公孙弘曲学阿世之流,但他的政治遭遇却远没有公孙弘之亨达。"欲为而不可得",这里面包含有一种悲悯,同时也有一种对于现实政治与曲学之士的沉痛批判。《汉书·董仲舒传》引刘歆语论曰:"仲舒遭汉承秦灭学之后,六经离析,下帷发愤,潜心大业,令后学者有所统壹,为群儒首。然考其师友渊源所渐,犹未及虙游、夏,而曰管、晏弗及,伊、吕不加,过矣。"①刘歆推崇其学问,对于董仲舒的师承与政治才能则不以为然。刘歆是站在重师承的经学角度和仕途成功与否的角度来批判董仲舒的,依据的是官学体制的立场态度。而扬雄所要批判的正是这种官学体制本身,他所痛惜于董仲舒的,是这样一位曾经为大一统的政治体制提供了理论依据的优秀儒学之士,竟然不见容于这一体制。这其中,需要批判的不仅仅是体制本身,同时还要反省学术的意义和士人的使命。

从以上三条的对比可以看出,班固虽然受到了扬雄的多方面影响,但班固已经是一个完全士大夫化的文人,他的思想与扬雄的差异就在于他没有了扬雄疏离体制化的超越性视野。比如,班固对于大赋的功能性批评与赞美,都是基于已然自然化为内在视角的体制经学的立场做出的,所以他与扬雄之间总是隔着一层。班固身上其实正好体现了汉代文人体制化的宿命,同时也见出扬雄的孤寂与凄凉,因为他是在这样的宿命般的体制化进程中,试图拒绝体制化,并试图回到原始儒学的以道为任的学统。这在扬雄生活的时代,几乎就是一个不可能完成的任务。

从先秦直到汉初,士人有别于四民的其他几类——农、工、商,也不同于贵族,士人没有经济的或政治的天然依凭,可以说是一群有一定的知识信仰的社会浮游者。孔子多次提到士儒的使命是"志于道",孟子说:"士无恒

---

① (汉)班固:《汉书》,2526 页,北京,中华书局,1962。

产而有恒心者。"在汉武帝之前，士人游走天下，寻求实现各自理想与抱负的机会，虽然过着贫困艰难的流浪生活，但却是以自由和独立的姿态向政权势力寻租。随着汉代中央集权体制的日益成熟，自从汉武帝采纳董仲舒独尊儒术的大一统思想架构，士人在集权势力的挤压和仕途利禄的劝诱之下，这股桀骜不驯的社会势力逐渐被收拢到为中央集权服务的政治体系中来。在以政治关怀为尚的时代中，士人作为一种以道自任的民间群体，其道义理想的实现也自然是以其政治价值的体现为目标的。因此，士人对于政权势力有着天然的依附性，因为士人虽然有政治关怀与政治理想，但士人并没有形成自己独立的社会政治势力，因此其政教道义理想的实现必然是要以对现实政权势力的依附并供驱遣为代价的。当初秦始皇统一六国之时，士人们同样满怀向往，"秦灭周祀，并海内，兼诸侯，南面称帝，天下之士，斐然向风"①。但是秦始皇强横酷烈的政治统治以及焚书坑儒的思想钳制将士人排挤出他的政治体制，天下士人共同声讨之，结果身败名裂。汉武帝以此为训，软硬兼施，积极地将这样一股关系到帝国统治合法性建构与政权稳定的重要民间力量纳入体制化的轨道。

学术与政治的结合，这是一个共谋的过程。士人的政教关怀促使他们积极地与政权势力合作，统治者出于长治久安的考虑同样也需要士人的服务。这种共识在汉武帝接受了董仲舒的建议以后达成了，从此以国家动员的方式，将学术与政治整合了起来。董仲舒以太学养士和公孙弘设立五经博士弟子的建议均被汉武帝采纳，使汉代士人的体制化速度大大提高。许多贫贱之士通过苦读经书而飞黄腾达。例如翟方进出身寒微，十二三岁时与老母去长安，其母织履供读，十余年后，明经而为宰相②。兒宽年少读书时贫寒，以给同学作炊饮助学，挤出余暇苦读经书，后为御史大夫③。这样的故事在《汉书》中比比皆是，这就如同宗教中的奇迹一样，其示范作用是极其巨大

---

① （汉）贾谊：《贾谊新书》，7~8 页，上海，上海古籍出版社，1989。
② （汉）班固：《汉书》，3411~3442 页，北京，中华书局，1962。
③ 同上书，2613~2636 页。

的。班固在《汉书·儒林列传》中说：

> 自武帝立五经博士，开弟子员，设科射策，劝以官禄，讫于元始，百有余年，传业者寖盛，支叶蕃滋，一经说至百余言，大师众至千余人，盖禄利之路然也。①

在利禄的劝诱之下，士人的政教道义理想逐渐枯萎。政教道义理想本来是一种乌托邦的政治批判力量，但是当士人本身成为体制中的一员的时候，批判的距离没有了，批判的需要也内在地被消解了，况且对于政权的批判所带来的政治压力与生命危险也令这些被纳入体制的士儒甘心埋首于烦琐经学中，并享受体制带来的种种功名好处。

◎ 第二节
扬雄对体制化儒术的批判与超越

到了西汉后期，整个社会的经学化程度已经非常高了。由于从上而下的大力倡导，学经不仅成为利禄之途，而且也被认为是一个士人实现自我价值、荣身耀族的最好的方式。由此，天下之士无不靡然向风。朱买臣家庭贫困，但却不思整治产业，以读书为好。温饱相迫，只好和妻子卖柴为生，担柴时依然大声诵读经书，妻子觉得当道诵读很难为情，朱买臣笑着对他的妻子说："我年五十当富贵，今已四十余矣。女苦日久，待我富贵报女功。"②经书对于当时大多数的读书人，其意义不在于书本身，而在于经书所

---

① （汉）班固：《汉书》，3620页，北京，中华书局，1962。
② 同上书，2791页。

提供的利禄之途。朱买臣是贫困无以求师，但仍苦读苦学；在当时稍有家资者，求师学经更是当时社会基本的追求。当时，除了国家和地方政府兴办的各级官方学校，民间私人授徒风气也非常盛行，有名的儒者居家授经，学生多的甚至达到上千人。

扬雄本人同样也在体制化的强大旋涡中挣扎，但是他始终有一种对于体制化的警惕。扬雄从年轻的时候就并不热衷于仕途经学，在《自序》中说："雄少而好学，不为章句，训诂通而已，博览无所不见。"在《答刘歆书》中亦云："雄少不师章句，亦于五经之训所不解。"他进入政治的方式也不是通过当时通行的经明行修的体制性方式，而是因赋作而得以荐举，因此他始终是皇帝的一位文学侍从，而非真正意义上的官吏。扬雄从一开始就没有被纳入"吏"的政治官吏职能体系之中，他自己也并不想成为整个体系中的一员。而且当扬雄意识到赋作并不足以实现他的"雕龙"之志的时候，他也很警惕地注意到士人整体性地被纳入到了帝国的政权体制之中，即使是赋作之士也不免落入成为类似于文吏、服务于霸道专制的处境。所以他决心向学，以学术的方式与现实专制势力保持适当的批判的距离。这样不仅可以相对保全士人的独立性，避免体制化的进一步侵蚀，而且可以通过对整体道义价值体系的恢宏为天下的士人提供体制外的安身立命的文化空间。[①] 这成了扬雄后期自觉的文化使命，为此，他宁愿忍受穷困，"雄为郎之岁，自奏少不得学，而心好沉博绝丽之文，愿不受三岁之奉，且休脱直事之繇，得肆心广意，以自克就"[②]。

扬雄后期浸心于儒学，并以孟子自比，试图通过对西汉的儒学的拨乱反

---

① 李泽厚认为，扬雄虽然受儒家思想的束缚，没有司马迁那样的批判精神，"但在对儒家思想实质的理论阐明上，有超过了他之前的董仲舒和在他之后的王充之处。董仲舒把儒家思想神学化，并且对儒家所强调的个体人格的独立性很不重视；王充虽有鲜明的唯物主义精神，但对作为主体的人的能动性认识不足，而且缺乏较为广阔的眼界和较多的文化修养，常常陷于片面之中。扬雄的友人桓谭在《新论》中说：'扬子云何人耶？ 答曰：才智开通，能人圣道，汉兴以来，未有此人也。'这话虽有夸大之处，但并非毫无根据。"参见李泽厚：《中国美学史（先秦两汉编）》，491页，合肥，安徽文艺出版社，1999。

② （汉）扬雄著，张震校注：《扬雄集校注》，263～264页，上海，上海古籍出版社，1987。

正，将孔子的原始儒学发扬光大。这是扬雄后期的思想特征，也是扬雄写作《太玄》《法言》的真正动机。从这一使命出发，扬雄对于神学经学、博士体制、诸子学说尤其是法家思想进行了深刻的反思和批判。扬雄在《自序》中谈到他作《法言》的动机时说："雄见诸子各以其知舛驰，大氏诋訾圣人，即为怪迂，析辩诡辞，以挠世事，虽小辩，终破大道而或众，使溺于所闻而不自知其非也。及太史公记六国，历楚汉，（记）[讫]麟止，不与圣人同，是非颇谬于经。故人时有问雄者，常用法应之，撰以为十三卷，象《论语》，号曰《法言》。"①从这段自述中不难看出，扬雄作《法言》的意图，不仅仅是要"象《论语》"，同时也是要像司马迁一样作《史记》象《春秋》，成一家言为后世法，只不过扬雄是一个更为自觉而纯粹的儒者，所以他批评司马迁。

在当时，孔子儒学的真正敌人，已经不再是什么诸子学说，经过武帝以来近百年的儒术独尊，诸子学说对于儒学已经构不成什么威胁了，倒是由博士体制利禄化了的经学以及政治神学在扬雄生活的时代成为了原始儒学的最大的敌人，因为这种体制化的所谓儒术不仅使儒学功利化和庸俗化，而且也使儒学成为了大一统专制霸道政权体系的神圣化外衣。②面对势力强大的经学官学，扬雄在《法言》中的批评是委婉而意味深长的：

> 或曰："书与经同，而世不尚，治之可乎？"曰："可。"或人哑尔笑曰："须以发策决科。"曰："大人之学也，为道；小人之学也，为利。子

---

① （汉）班固：《汉书》，3580 页，北京，中华书局，1962。
② 徐复观认为"由'雄见诸子各以其知舛驰'到'使溺于所闻而不自知其非也'的这段话，好像说的是先秦的情形，其实主要是针对他所面对的思想形势。由董仲舒所引发的许多方技谶纬，怪诞不经之说，有如《汉志》中所录《诸子略》中的《阴阳家》，《兵书略》中的《兵阴阳》，《数术略》中的《天文》（主要以星象占吉凶），《五行著龟》，《杂占》，《方技略》中的《房中》，《神仙》等，给思想文化以极大的扰乱。但他们几乎皆依附各种传说性的古人以及孔子自重。不过当时王莽诸人，正欲凭谶纬符瑞以取天下，故《法言》在消极方面，以扼要钩玄的方式，破坏了不少的怪迂之说。在积极方面，阐述了他所把握得到的以孔子为中心的思想。这便构成《法言》的第一部分。"参见徐复观：《两汉思想史》（第二卷），308～309 页，台北，台湾学生书局，1984。

为道乎？为利乎？"或曰："耕不获，猎不飨，耕猎乎？"曰："耕道而得道，猎德而得德，是获飨已，吾不睹参、辰之相比也。"是以君子贵迁善。迁善者，圣人之徒与！百川学海，而至于海；丘陵学山，不至于山，是故恶夫画也。①

或问："司马子长有言，曰五经不如老子之约也，当年不能极其变，终身不能究其业。"曰："若是，则周公惑，孔子贼。古者之学耕且养，三年通一。今之学也，非独为之华藻也，又从而绣其鞶帨，恶在老不老也？"或曰："学者之说可约邪？"曰："可约解科。"②

从以上两条引文中可以看出，扬雄对于急功近利、烦琐乏味的体制化的经学进行了严肃的批判。他认为，作为知识分子应该以"道"与"德"作为追求的根本目标，为了获得真知卓识，不仅要学习已立博士学官的经书，而且也应该广泛学习儒家其他的各种书传。扬雄还对为了治经而治经的庸俗烦琐学风作了深入的剖析，那些经生们不是去探究经典的道义精神，而是一味地在琐碎的文词注解上下功夫，"非独为之华藻也，又从而绣其鞶帨"，不但老而少功，而且也使儒学失去学术生命力③。造成这种庸俗烦琐学风的直接原因就是儒学的体制化和因此而带来的功利化，周、孔的道统岌岌可危。经学尚师承，固守门派，画地为牢，支持这种保守的学术的是其背后的话语权力的争夺。

扬雄对于这种固陋的经学作风非常反感，这种纯粹的利禄之学不但无益于儒学大义，而且使读书人在功名利禄的体制中越陷越深，最终彻底异化为

---

① （清）汪荣宝撰：《法言义疏》（上），31页，北京，中华书局，1987。
② 同上书，221页。
③ 《汉书·艺文志》也表达了同样的担忧："古之学者耕且养，三年而通一艺，存其大体，玩经文而已，是故用日少而畜德多，三十而五经立也。后世经传既已乖离，博学者又不思多闻阙疑之义，而务碎义逃难，便辞巧说，破坏形体；说五字之文，至于二三万言。后进弥以驰逐，故幼童而守一艺，白首而后能言；安其所习，毁所不见，终以自蔽。此学者之大患也。"桓谭《新论》谓："秦延君能说《尧典》篇目，两字之说，至十余万言。但说'曰若稽古'，三万言。"此即扬雄所谓"绣其鞶帨"。

体制的工具。扬雄将学问分为"大人之学"与"小人之学",这是对于孔子、荀子的"为己之学"与"为人之学"①的发展,显然扬雄这种区分在"为己"与"为人"的基础上突出了伦理价值的区分,将以功名利禄为目的的博士经学斥为"小人之学",将不拘于门户之见的向上求道之学称为"大人之学",注重思想的博约通达。所以扬雄主张为学需博,需要先有一个开阔的学术视野,然后精研圣人之道,这样就会克服五经博士系统的固陋之风,有益于圣人道义精神的光大。他在《法言·吾子》说:"多闻则守之以约,多见则守之以卓。寡闻则无约也,寡见则无卓也。"②扬雄推崇孔子,但对于诸子学说也并不简单排斥,他总体上采取的是博采众家而突出儒学的学术做法。虽然扬雄依然是沿着董仲舒以来的学术方向,但扬雄采用的是一种更为纯粹的学术的方式。当董仲舒将儒学设计为官方独尊的学说时,诸子学术因此受到了非学术性的野蛮排斥,这样其实是从政治的角度削弱了学术的整体性势力,学术的单一化同时也使得儒学自身的生命力萎缩,因为儒学的价值就在于与诸子学说的交流与交锋中体现出来并不断完善的。儒学的体制化的同时逐渐成为意识形态的僵死的符号系统,儒学话语由士人之学转变为权力之术,灾异论向谶纬神学的发展在这种语境中成为很自然的事了。

  或问:"赵世多神,何也?"曰:"神怪茫茫,若存若亡,圣人曼云。"(《法言·重黎》)③

  或曰:"甚矣!传书之不果也。"曰:"不果则不果矣,人以巫鼓。"(《法言·君子》)④

  或问:"人言仙者,有诸乎?""吁!吾闻虙羲、神农殁,黄帝、尧、舜殂落而死。文王,毕;孔子,鲁城之北。独子爱其死乎?非人之所及也。仙亦

---

① 《论语·宪问》:"子曰:'古之学者为己,今之学者为人。'"《荀子·劝学》:"古之学者为己,今之学者为人。君子之学也,以美其身;小人之学也,以为禽犊。"
② (清)汪荣宝撰:《法言义疏》(上),77页,北京,中华书局,1987。
③ (清)汪荣宝撰:《法言义疏》(下),327页,北京,中华书局,1987。
④ 同上书,508页。

无益子之汇矣!"或曰:"圣人不师仙,厥术异也。圣人之于天下,耻一物之不知;仙人之于天下,耻一日之不生。"曰:"生乎! 生乎! 名生而实死也。"(《法言·君子》)[1]

在扬雄所生活的西汉末期与新莽之际,由于帝王多好仙道,由阴阳灾异之论而引发的方技谶纬甚嚣尘上,扬雄本着"子不语怪力乱神"的原始儒学精神,对神怪仙术以及谶纬对于经典的怪诞曲解("不果""巫鼓")作了批驳,强调"知"对于"生"的伦理价值与实质意义。扬雄的所作所为,"可以说,这是顺着董仲舒推明孔氏,罢黜百家,立五经博士的大方向而来的。但他的贡献是把当时附会到孔子及《五经》上面的许多驳杂的东西,都澄汰干净了。要在混乱的时代中,建中立极。"[2]

扬雄批驳体制化的经学是为了正本清源,而正本清源的真正意义,还在于弘扬儒学的理想价值,使士人保持一定的人格独立性和批判精神,在无以逃避的大一统专制体制之内,以求为天下士人确立安身立命的道义信仰。孔子理想中的知识分子是"志于道,据于德,依于仁,游于艺"[3]。孟子从其仁政的理想出发,强调以道安身立命、匡世救俗的士人人格追求。士人人格的独立和理想实现须得有与权势相抗衡的伦理与信仰依据,"孟子曰:古之贤王,好善而忘势。古之贤士,何独不然。乐其道而忘人之势,故王公不致敬尽礼则不得亟见之。见且由不得亟,而况得而臣之乎!""故士穷不失义,达不离道。穷不失义,故士得己焉;达不离道,故民不失望焉。"[4]扬雄处处自比孟子,是因为他看到了汉代士人在日益强大的专制政治的压力与利禄的引诱之下,道德学术的独立性逐渐在丧失,扬雄希望自己能像孟子一样有张扬乐道忘势之独立精神,"穷则独善其身,达则兼善天下",在保持人格精

---

[1] (清)汪荣宝撰:《法言义疏》(下),518页,北京,中华书局,1987。
[2] 徐复观:《两汉思想史》(第二卷),309页,台湾:台湾学生书局,1984。
[3] 语出《论语·述而》。
[4] 语出《孟子·尽心上》。

神的独立完整的同时，积极恢复并发扬光大孔孟的道义传统。

牟宗三先生认为："唐宋以前都是周孔并称。由宋儒开始，才了解孔子的独立价值，了解他在文化发展中有独特的地位，不能简单地由他往上溯，而作为尧、舜、禹、汤、文、武、周公的骥尾。宋儒的贡献在此。所以由宋儒开始，不再是周孔并称，而是孔孟并称。这很不同，表示这个时代前进了一步，是个转折的关键。孔孟并称，则孔子本身可以开一个传统，孔子本身在中国文化上有个独特的地位。到了孔子开始政教分离。假定以尧、舜、禹、汤、文、武、周公为主，就是以政治事业为主，以业绩为主。……孔子的地位是'教'的地位，不是'政'的地位。所以孔子本身含一传统。宋儒就把握了这一点。"①牟宗三先生这里的分析很是精辟，将孔子放入不同的统系来看中国传统哲学的性格的变化；但牟宗三先生可能没有注意到在西汉其实就有一位儒学大师将孔子之"教"的地位视为一个统系，这人就是扬雄。

扬雄在《法言》中，有时也和汉人一样，将周、孔并提，如《学行》："孔子习周公者也，颜渊习孔子者也。"②也从政教系统谈孔子，如《学行》："学之为王者事，其已久矣。尧、舜、禹、汤、文、武汲汲，仲尼皇皇，其已久矣。"③不过，在《法言》一书中，这种情形是个别的，更多的时候扬雄是将孔子与颜渊并提④，而且对颜渊尤多赞美之辞。以《法言》的开宗卷第一《学行》为例：

孔子习周公者也，颜渊习孔子者也。

或问："世言铸金，金可铸与？"曰："吾闻觌君子者，问铸人，不问

---

① 牟宗三：《中国哲学十九讲》，376页，上海，上海古籍出版社，1997。
② （清）汪荣宝撰：《法言义疏》（上），13页，北京，中华书局，1987。
③ 同上书，22页。
④ 徐复观指出："（《法言》）全书言颜渊者约十二次以上，且特设《渊骞》一章。孔颜并称，在不确定的意味上，殆始于庄子。在确定的意味上，殆始于扬雄。为学需以孔颜为鹄的，亦即以圣人为鹄的，也始于扬雄。这给宋理学家周敦颐以相当大的影响。"徐复观：《两汉思想史》（第二卷），310页，台北，台湾学生书局，1984。

铸金。"或曰："人可铸与？"曰："孔子铸颜渊矣。"或人踧尔曰："旨哉！问铸金，得铸人。"

睎骥之马，亦骥之乘也。睎颜之人，亦颜之徒也。或曰："颜徒易乎？"曰："睎之则是。"曰："昔颜尝睎夫子矣，正考甫尝睎尹吉甫矣，公子奚斯尝睎尹吉甫矣。不欲睎则已矣，如欲睎，孰御焉？"

或曰："猗顿之富以孝，不亦至乎？颜其馁矣！"曰："彼以其粗，颜以其精；彼以其回，颜以其贞。（李轨注：回，邪也。贞，正也。）颜其劣乎？颜其劣乎？"

或曰："使我纡朱怀金，其乐可量也。"曰："纡朱怀金者之乐，不如颜氏子之乐。颜氏子之乐也，内；（李轨注：至乐内足，不待于外。）纡朱怀金者之乐也，外。"或曰："请问屡空之内。"（李轨注：欲以此义嘲扬子也。）曰："颜不孔，虽得天下不足以为乐。""然亦有苦乎？"曰："颜苦孔之卓之至也。"或人瞿然曰："兹苦也，只其所以为乐也与！"

曰："有教立道，无止仲尼；有学术业，无止颜渊。"或曰："立道，仲尼不可为思矣。术业，颜渊不可为力矣。"曰："未之思也，孰御焉？"①

扬雄将孔子与颜渊并提，其意很显然在于强调学术的传承，强调孔子的圣人之教。颜回是孔子最为钟爱的弟子，尤其颜回安贫乐道的好学精神与贤德人品最被孔子欣赏，《论语·雍也》云："子曰：'贤哉，回也！一箪食，一瓢饮，在陋巷，人不堪其忧，回也不改其乐。贤哉，回也！'"郑玄注云："贫者人之所忧，而颜渊志道，自有所乐，故深贤之。"朱熹注云："颜子之贫如此，而处之泰然，不以害其乐，故夫子再言'贤哉回也'以深叹美之。程子曰：'颜子之乐，非乐箪瓢陋巷也，不以贫窭累其心而改其所乐也，故夫子称其贤。'又：'箪瓢陋巷非可乐，盖自有其乐尔。其字当玩味，自有深意。'又：'昔受学于周茂叔，每令寻仲尼、颜子乐处，所乐何事？'"②对

---

① （清）汪荣宝撰：《法言义疏》（上），13、15、28、40、41、44页，北京，中华书局，1987。
② 语出《论语·雍也》。

第十二章　扬雄作经与经学超越　561

于颜子之乐,宋代的理学家颇感兴趣,扬雄对于颜回所乐的见解与这些理学家似乎有所共鸣。扬雄以为颜回之乐是一种内在的精神的自足之乐,甚于身佩朱绶、怀藏金印的外在功名之乐,追随孔子学道,虽然贫穷,但其中的快乐也甚于得到天下,如果说颜回也有苦恼的话,那就是苦于无法达到孔子的卓然境界。扬雄以颜渊学孔子而独立开出政教以外纯粹的学业道统,并以自己之处穷而向学的执着比附于颜子之乐,表明了自己以学为业,以仁德为鹄的人生价值取向。《法言·修身》云:"或问:士何如斯可以褆(安)身?曰:其为中也弘深,其为外也肃括,则可以褆身矣。"①

扬雄对于孔、颜一系的学统的大力赞美与倡导不仅体现了扬雄本人好学尚智的人格精神,而且这种与西汉末期政治经学的功利语境大相径庭的主张,也表现出扬雄对于功利经学的反感与批判,同时这也体现了扬雄深刻的儒学危机感与超越意识。

当经学成为士人仕进的敲门砖的时候,大部分士人苦读经书,直接的目的是进入政权的功利需要,求知学道的读书之乐被经学致用的功利目标所冲蚀,安贫乐道的守学精神甚至成为时人嘲讽的对象,如上文所引"或曰:'请问屡空之内。'"在盐铁会议上,文学儒生的贫穷粗鄙常常成为大夫功利之士所嘲笑的口实,一再嘲笑"儒皆贫羸,衣冠不完","迫于窟穴,拘于缊袍",甚至因此否定文学儒生的言说理义的话语资格,曰:"盖闻士之居世也,衣服足以胜身,食饮足以供亲,内足以相恤,外不求于人。故身修然后可以理家,家理然后可以治官。故饭蔬粝者不可以言孝,妻子饥寒者不可以言慈,绪业不修者不可以言理。"②"今内无以养,外无以称,贫贱而好义,虽言仁义,亦不足贵也!"③虽然文学儒生表示:"夫贱不害智,贫不妨行。……古之君子守道以立名,修身以俟时,不为穷变节,不为贱易志,惟

---

① (清)汪荣宝撰:《法言义疏》(上),106 页,北京,中华书局,1987。
② 王利器校注:《盐铁论校注》,301 页,北京,中华书局,1992。
③ 同上书,229 页。

仁之处，惟义之行。"①其实，文学儒生也并不是一味以贫贱为贵，孔子说："邦有道，贫且贱焉，耻也；邦无道，富且贵焉，耻也。"②当儒学之士失去了对于"邦有道"或"邦无道"的政治批判依据时，守贫贱之乐也就会失去道义的价值支撑。在大一统专制日渐深入人心的时代，对于体制的整体性的批判在意识形态的内部成为不言而喻的禁忌，对于所处时代是"有道"的认同，既是必须的，也是必然的。在这样的"有道"盛世，士人依然处于贫贱，即使是强言辩解，也被认为是底气不足的，因为在那样的时代，利禄富贵在体制上是向所有士人开放的，众多布衣大夫处于贫贱的原因只能被归咎于部分读书人的懒惰和胸无大志。

不可否认，对于普通的知识分子，道德或理想的热情，即使是最终不诉诸现实的富与贵，也需要有来自社会的赞誉或普遍道义的认可，才会有坚持的力量与信心。当所有的兑换方式都成问题的时候，知识分子的人格理想其实是很脆弱的。③在扬雄看来，在大一统体制及其意识形态的挤压与同化中，西汉后期的士人及其儒学理想，正处于这种深刻的危机之中。克服这种危机的办法，首先是要确立与政教系统的儒术保持适当距离的孔子儒学的学术纯粹性，树立仁、德的自为人格追求，这样才能真正做到处贫而不移；其次是要有因革损益的智识与勇气，使学术理想能够不断地生成现实的生命力，所谓"有教立道，无止仲尼；有学术业，无止颜渊"。后者体现了扬雄在传承儒学道统方面所具有的超越性的一面，对于这一点，后世的论者表现出了严重的漠视。

---

① 王利器校注：《盐铁论校注》，209 页，北京，中华书局，1992。
② 语出《论语·泰伯》。
③ 徐复观指出，脱离了生产以后的士，常常处于二难的"窘境之中：一是生活问题，一是人格问题。两个问题，都密切关联在一起。当孔子说：'士志于道，而耻恶衣恶食者，未足与议也'，及孟子说'志士不忘在沟壑，勇士不忘丧其元'这一类的话时，已深切反映出士的生活与人格上的冲突"。徐复观：《两汉思想史》（第三卷），22 页，台北，台湾学生书局，1984。

扬雄后期的思想以孔子的道义理想为鹄的[1]，以颜渊的学术精神为楷模，但扬雄在继承发扬孔、颜传统的同时，也认识到了道统需要根据时代人文的特点有所革新，有因有革才是孔子道统的真正精神。孔子曰："殷因于夏礼，所损益，可知也。周因于殷礼，所损益，可知也。其或继周者，虽百世，可知也。"[2]扬雄秉承孔子的这种损益因革的道统意识，他在著作中多次明确阐述了他的因革观念：

> 或问："道有因无因乎？"曰："可则因，否则革。"（《法言·问道》）
> 或问："新敝。"曰："新则袭，敝则益损之。"（《法言·问道》）
> 或曰："经可损益与？"曰："易始八卦，而文王六十四，其益可知也。诗、书、礼、春秋，或因或作，而成于仲尼，其益可知也。故夫道非天然，应时而造者，损益可知也。"（《法言·问神》）
> 夫道有因有循，有革有化。因而循之，与道神之。革而化之，与时宜之。故因而能革，天道乃得。革而能因，天道乃驯。夫物不因不生，不革不成。故知因而不知革，物失其则。知革而不知因，物失其均。革之匪时，物失其基。因之匪理，物丧其纪。因革乎因革，国家之矩范也。矩范之动，成败之效也。（《太玄·玄莹》）[3]

扬雄的思想既通达不拘，又有执着而坚定的儒道理想，这是他之所以能不断自觉地反省自己的人生形态、学术名利与体制规驯的内在基础，是他有别于当时乃至后世的腐儒的高明之处。扬雄对于"道"的认识也是通达的，

---

[1] 黄开国认为扬雄对于儒学发展的贡献主要有两个方面，一是"建立了一个以儒家伦理为核心的思想体系"，二是"塑造了一个伦理形象的孔子偶像"。黄开国注意到了扬雄对于孔子的无上的尊崇，但以"偶像"化来概括扬雄的尊孔目的似乎太草率，缺乏对于扬雄尊孔的文化心理机制的深入分析和认识。
[2] 语出《论语·为政》。
[3] （清）汪荣宝撰：《法言义疏》（上），125、127、144页，北京，中华书局，1987；（宋）司马光集注：《太玄集注》，190页，北京，中华书局，1998。

在他的笔下，"道"是一个中性的概念："或问道，曰：道也者，通也，无不通也。或曰：可以适它与？曰：适尧、舜、文王者为正道，非尧、舜、文王者为它道。君子不它。""或问道。曰：道若涂若川，车航混混，不舍昼夜。"①扬雄"道"的观念是"道"作为道路的原初含义，是儒家与道家关于"道"的思想的共同的源头与交汇点。扬雄的"道"，既含有儒家的社会伦理意义上的"道"，也涵括了道家自然无为意义上的"道"。上文所引《法言·问神》所谓："故夫道非天然，应时而造者，损益可知也。"其中的"道"指的就是儒家社会伦理意义上的"道"。《法言·君子》云："有生者，必有死，有始者，必有终，自然之道也。"《法言·问道》："或问天。曰：吾于天与，见无为之为矣！或问：雕刻众形者匪天与？曰：以其不雕刻也。如物刻而雕之，焉得力而给诸？"在这两处，扬雄显然是从自然之道的角度谈论"道"的。

在扬雄的著作中，主要探讨的是儒家社会伦理意义上的"道"。在社会伦理意义上论"道"，扬雄采用的是一种变通的观念，强调"道"的内涵的社会性与时代性，需"应时而造"，只有这样，圣人之道才能始终保持现实的生命力，儒学才不至于陷入体制化的利禄之途故步自封，成为死水一潭的、散发着腐臭气息的僵死之学。《法言·君子》曰：

> 或曰："仲尼之术，周而不泰，大而不小，用之犹牛鼠也。"曰："仲尼之道，犹四渎也，经营中国，终入大海。它人之道者，西北之流也，纲纪夷貉，或入于沱，或沦于汉。"②

> 或曰："圣人之道若天，天则有常矣，奚圣人之多变也？"曰："圣人固多变。子游、子夏得其书矣，未得其所以书也；宰我、子贡得其言矣，未得其所以言也；颜渊、闵子骞得其行矣，未得其所以行也。圣人之书、言、行，天

---

① （清）汪荣宝撰：《法言义疏》（上），109～110页，北京，中华书局，1987。
② （清）汪荣宝撰：《法言义疏》（下），503～504页，北京，中华书局，1987。

也。天其少变乎？"①

扬雄所推崇的圣人之道，当是浩荡大气磅礴的活水源流，"仲尼之道，犹四渎也，经营中国，终入大海"，比喻形象生动，显示出了超越的气势。圣人之道，固然可以规范经营政治，但其意义与价值却远不止于此，它的指向是"大海"——这是一个现代中国人为之心潮澎湃的语汇。圣人之道绝非僵死的经学教条可范，其价值是指向未来的。

扬雄所谈论的圣人之道，从现实的意义上来说，是对于西汉后期体制化的官学经学的超越，从哲学意义上说，他提倡的社会伦理是一种强调损益因革的方向性伦理。所谓方向性伦理，是相对于本质性的伦理而言的。方向性伦理并不设定一个永恒不变的伦理实体，是以向善为指向的一种内在而超越的伦理精神。扬雄所张扬的正是孔子的原始儒学的真精神、真信念，所以他既尊崇孔子，而又勇于超越孔子，从而突破汉代官方经学对于孔子偶像化、神学化的固陋学风。②

对于"有教立道，无止仲尼；有学术业，无止颜渊"一句，汪荣宝的解释是："言或以立道为教，进而不已，斯仲尼矣；或以述业为学，进而不已，斯颜渊矣。"这种解释，不仅于上下文不通③，而且显然有削足适履之嫌，因为解释者低估了扬雄对于他自己极为推崇的圣人的超越性。扬雄不仅自比孟子，《法言·吾子》云："古者杨、墨塞路，孟子辞而辟之，廓如也。后之塞路者有矣，窃自比于孟子。"④而且也自比为孔子一样的圣人——"山陡之蹊，不

---

① （清）汪荣宝撰：《法言义疏》（下），509~510 页，北京，中华书局，1987。
② 牟宗三认为："儒家由孔孟开始，首先表现的是海德格尔所谓的'方向伦理'。……方向伦理在西方是有康德开始的；康德以前的伦理学，海德格尔称之为'本质伦理'，这个名词用得很恰当。后者是由本质方面决定道德法则，决定什么是善；这正好是康德所要扭转的。……但儒家一开始就出现了方向伦理，到朱夫子才出现本质伦理，正好与西方的先后次序相反。"牟宗三：《中国哲学十九讲》，上海，上海古籍出版社，1997。
③ "曰：有教立道，无止仲尼；有学术业，无止颜渊。或曰：立道，仲尼不可为思矣。术业，颜渊不可为力矣。曰：未之思也，孰御焉？"这一段的意思是说，道与学都不可拘止于孔子或颜渊，如果认真体会孔子的道学精神，就会明白，道学无止境，它的发展是不可遏制的。
④ （清）汪荣宝撰：《法言义疏》（上），81 页，北京，中华书局，1987。

可胜由矣；向墙之户，不可胜入矣。曰：恶由人？曰：孔氏。孔氏者，户也。曰：子户乎？曰：户哉！户哉！吾独有不户者矣。"①孔子的儒学是通往大道的门户，扬雄说：在如今这个不学无术的时代，自己也是这样的门户。扬雄这种以道自任的勇气，正是来自他对于孔子学说思想的尊崇以及由此而来的责任感。所以他说：

> 天之道不在仲尼乎？仲尼驾说者也，不在兹儒乎？如将复驾其所说，则莫若使诸儒金口而木舌。（《法言·学行》）②

李轨注曰："驾，传也。……金宝其口，木质其舌，传言如此，则是仲尼常在矣。"天之道经仲尼而传布后世，所有的儒学之士皆有义务继续将仲尼所传之道发扬光大，尤其在道学陵替、功名利禄之学败坏道义理想的时期，儒学之士更是义不容辞。扬雄正是这样一位"驾说"的大无畏实践者，他冒天下之大不韪，顶"诛绝之罪"而作《太玄》、《法言》。

◎ 第三节
述事作文：《太玄》是淡泊之作吗

关于《太玄》的写作情况，《汉书·扬雄传》引扬雄《自序》曰：

> 哀帝时丁、傅、董贤用事，诸附离之者或起家至二千石。时雄方草《太玄》，有以自守，泊如也……

---

① （清）汪荣宝撰：《法言义疏》（上），68页，北京，中华书局，1987。
② 同上书，6页。

往时武帝好神仙，相如上大人赋，欲以风，帝反缥缥有陵云之志。繇是言之，赋劝而不止，明矣。又颇似俳优淳于髡、优孟之徒，非法度所存，贤人君子诗赋之正也，于是辍不复为。而大潭思浑天，参摹而四分之，极于八十一。旁则三摹九据，极之七百二十九赞，亦自然之道也。故观《易》者，见其卦而名之；观《玄》者，数其画而定之。《玄》首四重者，非卦也，数也。其用自天元推一昼一夜阴阳数度律历之纪，九九大运，与天终始。故《玄》三方、九州、二十七部、八十一家、二百四十三表、七百二十九赞，分为三卷，曰一二三，与《泰初历》相应，亦有颛顼之历焉。撰之以三策，关之以休咎，缀之以象类，播之以人事，文之以五行，拟之以道德仁义礼知。无主无名，要合《五经》，苟非其事，文不虚生。为其泰曼漶而不可知，故有《首》、《冲》、《错》、《测》、《摛》、《莹》、《数》、《文》、《掜》、《图》、《告》十一篇，皆以解剥《玄》体，离散其文，章句尚不存焉。①

另，在《法言·问神》中，扬雄也谈到《太玄》的写作问题：

或曰："述而不作，《玄》何以作？"曰："其事则述，其书则作。"育而不苗者，吾家之童乌乎！（李轨注：童乌，子云之子也。仲尼悼颜渊苗而不秀，子云伤童乌育而不苗。）九龄而与我《玄》文。（李轨注：颜渊弱冠而与仲尼言《易》，童乌九龄而与扬子论《玄》。）或曰："《玄》何为？"曰："为仁义。"曰："孰不为仁？孰不为义？"曰："勿杂也而已矣。"②

在以上几段文字中，扬雄自己说明了写作《太玄》的外部政治环境、写作起因、主要内容以及写作的根本目的，如果把这几个表面上似乎没有太大关联的方面联系起来考虑，会对《太玄》这部作品的整体意义有一个不同寻

---

① （汉）班固：《汉书》，3575页，北京，中华书局，1962。
② （清）汪荣宝撰：《法言义疏》（上），164～168页，北京，中华书局，1987。

常的认识。

其一,《太玄》与其说是淡泊之作,毋宁说是发愤之作。

从扬雄所谈到的写作《太玄》的外部政治环境来看,在哀帝时期,扬雄的同僚因为趋附权贵而纷纷飞黄腾达,而他自己却一直没有升迁。这时候,扬雄默默地创作着《太玄》,对于自己的这种窘困的现实处境,扬雄似乎并不在意,表现得很平静("泊如也")。不过,从扬雄对于写作《太玄》的起因的描述来看,扬雄说他之所以"大潭思浑天",原因是他对于赋作的政治讽谏作用大失所望,武帝好神仙,司马相如作赋的效果是不讽反劝,赋作者的政治地位类似于倡优,所以他决定不再作赋,潜心于《太玄》的写作。从这部分的表述来看,扬雄之作《太玄》时心情并不平静,他是基于一种极度失望而且郁闷的情绪写作《太玄》的,很难说是"泊如也"。况且这时候自己早慧的爱子,在与他一起创作《太玄》的过程中夭折了,扬雄哀呼"育而不苗者,吾家之童乌乎!"其字里行间流露出的悲恸情状较之孔子对于颜渊之早逝的呼天之悲有过之而无不及也,这难道就是他自己所谓的"泊如也"吗?

其实扬雄是以他自己独有的方式表达他的激愤与忧患意识的。《自序》中说:"哀帝时丁、傅、董贤用事,诸附离之者或起家至二千石。时雄方草《太玄》,有以自守,泊如也。"在表面上简洁得几乎没有任何表达情绪思想的词语中,读者明显能够感觉到,在这段文字的下面,压抑着一股强烈的不平之气。在这段文字中,扬雄以一种近乎冷酷的语气,在叙述上构成了近乎生硬的强烈反差对比,"时丁、傅、董贤用事"与"时雄方草《太玄》"之间,"诸附离之者或起家至二千石"与"有以自守,泊如也"之间,白描似的对照却传达给读者一种浓烈的愤懑之情。扬雄在谈他如何因为对赋失望而转向《太玄》的写作缘起的时候,同样是用一种表面上平淡安详的语气表达着他的愤懑与忧患。帝王的专断与随心所欲与赋家的无奈自伤之间的反差,让读者感到一种强烈的郁闷。不过,在这里,扬雄所传达出的更多的是一种深深的忧患意识,即"非法度所存,贤人君子诗赋之正"的反省精神,这一点在前文谈"雕虫"之叹的时候已经作了充分的论述。

如果说扬雄在《自序》中是用一种史家的笔调较为含蓄地表达着他的郁闷与忧患的话,他在《解嘲》这样的赋作中的情绪与思想的表达就要更为直接酣畅了:

> 且吾闻之,炎炎者灭,隆隆者绝;观雷观火,为盈为实,天收其声,地藏其热。高明之家,鬼瞰其室。攫挐者亡,默默者存;位极者宗危,自守者身全。是故知玄知默,守道之极;爱清爱静,游神之廷;惟寂惟寞,守德之宅。世异事变,人道不殊,彼我易时,未知何如。今子乃以鸱枭而笑凤皇,执蝘蜓而嘲龟龙,不亦病乎!子徒笑我玄之尚白,吾亦笑子之病甚,不遭臾跗、扁鹊,悲夫!……故为可为于可为之时,则从;为不可为于不可为之时;则凶。夫萄先生收功于章台,四皓采荣于南山,公孙创业于金马,票骑发迹于祁连,司马长卿窃訾于卓氏,东方朔割炙于细君。仆诚不能与此数公者并,故默然独守吾《太玄》。①

《解嘲》是以自嘲的名义嘲世。"世异事变,人道不殊",这句话不仅仅是指由成帝到哀帝的朝代更迭,人事陵替,在扬雄的语境中,所谓"世异"也指由先秦的自由社会向如今大汉的大一统专制社会的转变,是"士颇得信其舌而奋其笔,窒隙蹈瑕而无所诎也"的自由洒脱处境向"当今县令不请士,郡守不迎师,群卿不揖客,将相不俯眉;言奇者见疑,行殊者得辟,是以欲谈者宛舌而固声,欲行者拟足而投迹"的艰危处境的转变。

---

① (汉)班固:《汉书》,3571~3573页,北京,中华书局,1962。

可见，扬雄的幽愤是深广的，[1]他的幽愤既是个体性的，同时也是西汉士人普遍的政治感愤与怀才不遇的整体性文化的延续与投射。从董仲舒的《士不遇赋》到东方朔的《答客难》，再到司马迁的《悲士不遇赋》，幽愤之情溢于言表。扬雄之《解嘲》在形式结构上是模仿东方朔的《答客难》的，其生逢大一统专制的时代的幽愤如出一辙。东方朔云："圣帝流德，天下震慑，诸侯宾服，连四海之外以为带，安于覆盂，动犹运之掌，贤不肖何以异哉？遵天之道，顺地之理，物无不得其所；故缓之则安，动之则苦；尊之则为将，卑之则为虏；抗之则在青云之上，抑之则在深泉之下；用之则为虎，不用则为鼠；虽欲尽节效情，安知前后？"不过，在扬雄看来，仅止于幽愤或玩世不恭是没有意义的，更重要的是要以此为动力，反思士人及其书写的体制化现状，以道义理想的学术实践精神对抗体制化，拨乱反正，为士人重新确立安身立命的精神领地，《太玄》是扬雄幽愤的反思之作，是扬雄的理性精神的表征。所以扬雄对东方朔颇多微词，认为他只能算是一位"依隐玩世"的"滑稽之雄"，至于东方朔自己所谓的"朝隐"，扬雄说："圣言圣行，不逢其时，圣人隐也。贤言贤行，不逢其时，贤者隐也。谈言谈行，而不逢其时，谈者隐也。"[2]东方朔算是最后一类，即"谈者隐"，其实言外之意，扬雄自己虽然也像东方朔那样"不逢其时"，但他要做的是"圣人隐"或"贤者隐"。这可能就是扬雄之所以要"作经"的雄心所在。

其二，《太玄》所表达的并非道家思想。

大多数论者认为《太玄》是扬雄道家思想的体现，所谓"玄"就源自老

---

[1] 王充在《论衡·书解篇》指出："司马长卿不预公卿之事，故能作《子虚》之赋，扬子云存中郎之官，故能成《太玄经》，就《法言》。使孔子得王，《春秋》不作，长卿、子云为相，赋、玄不工籍。"王充注意到了司马相如、扬雄由于没有投身官场，所以才会有所著述，但王充没有揭示出使他们有所著述的真正原因其实是他们身上的那种忧患意识和批判精神。许结认为："观扬雄平生'忧患'，可分为三：一为政治忧患，即面临'一跌将赤吾族'的社会环境，他陷于仕、隐矛盾；二为哲学忧患，使他远去圣人，反西汉儒学传统，以隐词晦语寄'忧'于'玄'，锐意独造，自创体系；三为艺术忧患，使他对汉大赋艺术假象尽辞、敷陈其志产生怀疑，并悔其'劝百风一'，对自持的文艺观产生逆想而转入艺术的深奥探索。"许结：《汉代文学思想史》，215页，南京，南京大学出版社，1990。
[2] （清）汪荣宝撰：《法言义疏》（下），483页，北京，中华书局，1987。

子《道德经》中"常无，欲以观其妙；常有，欲以观其徼。此两者同出而异名，同谓之玄，玄之又玄，众妙之门"（一章）之"玄"，况且扬雄在《解嘲》与《太玄赋》中也表现出了非常浓郁的道家祸福相依清静无为的思想观念。这种说法显然与扬雄自己对于写作《太玄》根本目的的说明是冲突的。扬雄在《汉书》本传的《自序》以及《法言》中都明确强调了《太玄》的目的是"拟之以道德仁义礼知"，是"为仁义"。①

扬雄"少而好学，不为章句，训诂通而已，博览无所不见。为人简易佚荡，口吃不能剧谈，默而好深湛之思"②，胸有大志，思想通脱。一般认为扬雄的道家思想与曾经跟随以治《老子》著称的严君平游学有关。《汉书·王贡两龚鲍传》云："蜀有严君平，扬雄少时从游学，已而仕京师显名，数为朝廷在位贤者称君平德。"在《法言·问明》中，扬雄也提到他，说："蜀庄（严君平）沈冥，蜀庄之才之珍也，不作苟见，不治苟得，久幽而不改其操，虽随、和何以加诸？"③就这两段文字而言，扬雄所推崇的是严君平高洁的品德，似乎与道家思想没有任何关系，以此来说明扬雄有道家思想似乎有些过于牵强。

扬雄不是一个所谓的"醇儒"，一开始不是，最后也不是。他算是一位儒者，一位通儒，他的所谓道家思想也是以通达的儒家思想的方式表现出来的。让我们来分析一下他所谓的"擢挐者亡，默默者存；位极者宗危，自守者身全。是故知玄知默，守道之极；爱清爱静，游神之廷；惟寂惟寞，守德之宅"，"默然独守吾《太玄》"（《解嘲》）以及"亲故更代，阴阳迭循，清浊相废，将来者进，成功者退；已用则贱，当时则贵"（《太玄·玄文》）这样的具有明显道家思想色彩的言论的真正含义。

---

① 黄开国认为："扬雄以玄为最高范畴，建立其一个网罗天地人在内的世界图式。这个世界图式以天地人合一为基本观念，以阴阳五行为骨架，而以儒家的伦理原则为其归宿。"参见黄开国：《一位玄静的儒学伦理大师——扬雄思想初探》，103 页，成都，巴蜀书社，1989。
② （汉）班固：《汉书》，3514 页，北京，中华书局，1962。
③ （清）汪荣宝撰：《法言义疏》（上），200 页，北京，中华书局，1987。

或问"君子"。"在治曰若凤,在乱曰若凤。"或人不谕。曰:"未之思矣。"曰:"治则见,乱则隐。鸿飞冥冥,弋人何慕焉?鹪明遴集,食其絜者矣;凤鸟跄跄,匪尧之庭。"(《法言·问明》)①

或问"活身"。曰:"明哲。"或曰:"童蒙则活,何乃明哲乎?"曰:"君子所贵,亦越用明保慎其身也。如庸行翳路,冲冲而活,君子不贵也。"(《法言·问明》)②

上交不谄,下交不骄,则可以有为矣。或曰:"君子自守,奚其交?"曰:"天地交,万物生;人道交,功勋成,奚其守?"(《法言·修身》)③

圣人乐陶成天下之化,使人有士君子之器者也,故不遁于世,不离于群。遁离者,是圣人乎?(《法言·先知》)④

扬雄所谓"治则见,乱则隐"与孔子所说的"危邦不入,乱邦不居"的儒学精神是一致的,如李轨之注曰:"随时之义,美之大者,治见乱隐,凤之德也。……非竹实之絜不食,君子非道德之禄不居。"⑤君子俟时而动,当外部的政治条件成熟时,就积极地介入政治,将一己的才华抱负为世所用;如果时机不成熟,也不勉强,保持与完善自己的人格理想。《法言·问明》曰:"亨龙潜升,其贞利乎? 或曰:龙何如可以贞利而亨? 曰:时未可而潜,不亦贞乎? 时可而升,不亦利乎? 潜升在己,用之以时,不亦亨乎?"⑥《太玄·玄文》亦云:"君子修德以俟时,不先时而起,不后时而缩。"⑦"俟时"既体现了儒家思想的一种现实的理性态度,也是知识分子保护自身的独立性与对于现实的适当距离感的一种理智的生存手段。 始终保持人格精神的独立完整,不屈其意,不降其身,但绝不等于玩世不恭,碌碌

---

① (清)汪荣宝撰:《法言义疏》(上),194页,北京,中华书局,1987。
② 同上书,198页。
③ 同上书,90页。
④ 同上书,303页。
⑤ 同上书,194页。
⑥ 同上书,197~198页。
⑦ (宋)司马光集注:《太玄集注》,206页,北京,中华书局,1998。

无为，苟活于世。君子之"保身"亦即是保仁义礼智，君子的价值，既可以体现在规范君王、教化黎庶的政教方面，也可以体现在道德仁智的人格完善与修养之上。孟子所谓"达则兼济天下，穷则独善其身"，只要有独立自足的道义理想精神，"达"是有为，穷且益坚，人格精神的独立完善同样也是有为。所以扬雄说"如庸行翳路，冲冲而活，君子不贵也"，认为"上交不谄，下交不骄，则可以有为矣"，士君子当"不遁于世，不离于群"。《解嘲》所谓"惟寂惟寞，守德之宅"、"默然独守吾《太玄》"，说明《太玄》所谓的"自守"其实正好反映了扬雄尽管处穷而依然能够保持自己人格独立、进德修业的有为精神，这正是《易传》"君子以自强不息"的精神真谛。

道家认为礼智仁义都是一种使生活表现出恶的祸端，因此主张绝圣弃智。对于个人来说，要想保全生命，就应该弃绝任何的价值观念，做到逍遥无为浑然无识如赤子，这就是大乐的境界，也就是"活身"的境界。《庄子·至乐》曰："天下有至乐无有哉？有可以活身者无有哉？……烈士为天下见善矣，未足以活身。吾未知善之诚善邪，诚不善邪？若以为善矣，不足活身；以为不善矣，足以活人。……吾以无为诚乐矣，又俗之所大苦也。故曰：'至乐无乐，至誉无誉。'天下是非果未可定也。虽然，无为可以定是非。至乐活身，唯无为几存。请尝试言之：天无为以之清，地无为以之宁，故两无为相合，万物皆化。"①扬雄所论之"活身"，显然不同于道家所论之"活身"，甚至可以说是针锋相对的。扬雄在《法言·问道》中明确表示："老子之言道德，吾有取焉耳。及搥提仁义，绝灭礼学，吾无取焉耳。"②扬雄之所以说"老子之言道德，吾有取焉耳"，是因为老子道德之言"可以止奔竞，训饕冒之人"③，可以对那些贪恋功名利禄的人有所训诫，但对于老子的非价值化倾向表示否定。

扬雄不但肯定人，尤其是知识分子应该有自己的价值追求，而且认为人

---

① 语出《庄子·至乐》。
② （清）汪荣宝撰：《法言义疏》（上），114页，北京，中华书局，1987。
③ 同上。

的生命长度与生命质量也应该以价值追求的精神性来衡量与体现：

> 或曰："人羡久生，将以学也，可谓好学已乎？"曰："未之好也，学不羡。"（《法言·学行》）①
> 或问："寿可益乎？"曰："德。"曰："回、牛之行德矣，曷寿之不益也？"曰："德，故尔。如回之残，牛之贼也，焉得尔？"曰："残、贼或寿。"曰："彼妄也，君子不妄。"（《法言·君子》）②

颜回、伯牛虽早亡但名不朽，因为他们不贼害仁义，倾心向善之故；残贼仁义的人，虽苟活长命，也只能算是行尸走肉的妄生之人，非君子所羡。在短暂的有生之年，君子所应该做的是不断地学习完善，不断提升自己的道德人品，而不该陷于琐碎固陋的利禄之术，违背大道真学，屈意从人，降心委志。所以扬雄在《法言·问神》中说："君子德名为几。梁、齐、赵、楚之君非不富且贵也，恶乎成名？谷口郑子真，不屈其志，而耕乎岩石之下，名振于京师。"③扬雄这种强调君子进德有为的思想，显然是与道家思想格格不入的，他的这种观念与《易传》有着密切的关系，《太玄》的写作及其所表达的思想更是与《易传》密不可分。

《易传》曰："天行健，君子以自强不息。"扬雄所推崇的进德修业的思想正与这一儒学传统是一致的。《法言·君子》云：

> 或曰："子于天下则谁与？"曰："与夫进者乎！"或曰："贪夫位也，慕夫禄也，何其与？"曰："此贪也，非进也。夫进也者，进于道，慕于德，殷之以仁义，进而进，退而退，日孳孳而不自知倦者也。"或曰："进进则闻命矣，请问退进。"曰："昔乎，颜渊以退为进，天下鲜俪焉。"

---

① （清）汪荣宝撰：《法言义疏》（上），5页，北京，中华书局，1987。
② （清）汪荣宝撰：《法言义疏》（下），520页，北京，中华书局，1987。
③ （清）汪荣宝撰：《法言义疏》（上），173页，北京，中华书局，1987。

或曰:"若此,则何少于必退也?"曰:"必(苟)进易俪,必退易俪也。苟进则贪禄利,苟退则慕伪名也。进以礼,退以义,难俪也。"①

《太玄》的一个核心的思想就是"贵进"、"贵新",《太玄·玄文》曰:"亲故更代,阴阳迭循,清浊相废,将来者进,成功者退;已用则贱,当时则贵。"②《太玄·玄摛》曰:"其动也,日造其所无,而好其所新;其静也,日减其所有,而损其所成。"③在《太玄》的第一首《中》的第六赞云:"月阙其抟,不如开明于西。 测曰:月阙其抟,贱始退也。"④司马光《太玄集注》引唐人王涯注曰:"六为盛极,物极则亏,故象月之过望而阙其抟。 开明于西,象月之初一也。《玄》道贵进,故一象月初而吉,六象月阙而凶。"⑤"《玄》道贵进"是对于《易传》的"日新之谓盛德"、"生生之谓易"的思想的继承与发展。 这种继承同样也体现在《玄》道贵阳这一观念上,《太玄·玄首序》:"阴阳比参,以一阳乘一统,万物资形。"⑥无论是贵进还是贵阳,都显示了《太玄》与道家思想的距离,体现了与儒学的《易传》系统思想的亲缘关系。

其三,《太玄》以一种近乎纯粹的方式试图对功利经学拨乱反正。

不可否认,《太玄》与《易经》有着非常密切的关系,但不能不令人诧异的是:扬雄自己从来没有说过他的《太玄》是模拟《易经》的。⑦ 说"以为经莫大于《易》,故作《太玄》"的是班固,后世的论者也不约而同地以《易》论《玄》,无论是称赏的,还是贬损的。 前文我们已经论述过,扬雄

---

① (清)汪荣宝撰:《法言义疏》(下),511~512 页,北京,中华书局,1987。
② (宋)司马光集注:《太玄集注》,205 页,北京,中华书局,1998。
③ 同上书,187 页。
④ 同上书,6 页。
⑤ 同上书,6 页。
⑥ 同上书,1 页。
⑦ 扬雄虽然也有时拿《周易》与《太玄》相比较,但其目的是要说明《太玄》与儒学经典的因革关系,显示《太玄》虽与《周易》有关,但却不同于《周易》。 如他在《自序》中说:"故观《易》者,见其卦而名之;观《玄》者,数其画而定之。《玄》首四重者,非卦也,数也。"

对于当时的博士经学是持否定和批判态度的,他自己更是不屑于致力于这种"绣其鞶帨"的烦琐固陋之学。以经准《玄》论《玄》的思路是一种典型的经学思路,就如同以经学的标准裁衡屈骚一样,这种方式本身就背离了扬雄作《太玄》的良苦用心,何谈去真正理解《太玄》。

要真正理解《太玄》,首先要了解扬雄作《太玄》的动机。《法言·问神》云:

> 或曰:"述而不作,《玄》何以作?"曰:"其事则述,其书则作。"……或曰:"《玄》何为?"曰:"为仁义。"曰:"孰不为仁?孰不为义?"曰:"勿杂也而已矣。"①

这段话中,有两句话需要格外注意,即"其事则述,其书则作"与"勿杂也而已矣"。所谓"其事则述"的"事"当指的是"仁义"之事,即周、孔以来的儒学道义传统,这应该说是《太玄》的内核。"其书则作"体现了《太玄》是扬雄拒绝并对抗体制经学的一种书写实践,是一种试图恢复并光大原始儒学精神、对拘泥烦琐的博士经学作风进行拨乱反正自觉的话语实践。曰"勿杂也而已矣",同样是针对体制经学的烦杂碎乱、不得要领而发的。这表明他的《太玄》是在以一种纯粹的儒学经典的话语方式弘扬儒学的道义理想精神,是对于正在泛滥并毁坏儒学大义、侵蚀士人学术品格的体制经学的拨乱反正。

扬雄对于急功近利、烦乱琐碎的体制经学的批判在班固的《汉书·艺文志》得到了响应:"古之学者耕且养,三年而通一艺,存其大体,玩经文而已,是故用日少而畜德多,三十而五经立也。后世经传既已乖离,博学者又不思多闻阙疑之义,而务碎义逃难,便辞巧说,破坏形体;说五字之文,至于二三万言。后进弥以驰逐,故幼童而守一艺,白首而后能言;安其所习,

---

① (清)汪荣宝撰:《法言义疏》(上),164、168页,北京,中华书局,1987。

毁所不见，终以自蔽。此学者之大患也。"①对于经学之士的"务碎义逃难，便辞巧说，破坏形体"之讥，作为汉代官学五经之首的《易经》②自然也不能例外。《汉书·儒林列传》谈到《易》学的情况时说："京房受《易》梁人焦延寿。延寿云尝从孟喜问《易》。会喜死，房以为延寿《易》即孟氏学，翟牧、白生不肯，皆曰非也。至成帝时，刘向校书，考《易》说，以为诸《易》家说皆祖田何、杨叔［元］、丁将军，大谊略同，唯京氏为异，党焦延寿独得隐士之说，托之孟氏，不相与同。房以明灾异得幸，为石显所谮诛，自有传。房授东海殷嘉、河东姚平、河南乘弘，皆为郎、博士。繇是《易》有京氏之学。"③为了成为官学的利禄之途，经学家们党同伐异，汉代经学门派之争由此也可见一斑。《易》学发展到扬雄生活的时代，不仅解说分门别派，纷纭芜杂，而且与灾异也联系在了一起，出现了《灾异孟氏京房》这样的灾异《易》学。扬雄在《法言·渊骞》云："灾异：董相、夏侯胜、京房。"④

正是在这样的经学语境中，扬雄的《太玄》才会显得如此突兀，如此大逆不道。《太玄》无论从内涵上还是形式上都是自觉地对于先秦儒学经典的传承，并在传承的基础上进行了革新创作，即扬雄所谓"其事则述，其文则作"。对于扬雄本人来说，"作"是理所当然的事，在他看来，他的写作是对于经典的因革损益，《法言·问神》曰："或曰：经可损益与？曰：《易》始八卦，而文王六十四，其益可知也。《诗》、《书》、《礼》、《春秋》，或因或作，而成于仲尼，其益可知也。故夫道非天然，应时而造者，损益可知也。"⑤扬雄作《太玄》正是他所提倡的"贵知大知"的尚智追求与"学行"

---

① （汉）班固：《汉书》，1723 页，北京，中华书局，1962。
② 《汉书·艺文志》"六艺略"首列《易经》。
③ （汉）班固：《汉书》，3582 页，北京，中华书局，1962。
④ （清）汪荣宝撰：《法言义疏》（下），450 页，北京，中华书局，1987。
⑤ （清）汪荣宝撰：《法言义疏》（上），144 页，北京，中华书局，1987。

精神的一种实践，①是针对儒学体制化的现实危机，"应时而造"、勇于担荷道义理想的精神与智识的表征。

《太玄》在形式上的艰深，在某种程度上也是扬雄戛戛独造、以圣贤自任的精神的一种象征性的表现。扬雄在回应别人对于《太玄》艰深的责难时说：

> 若夫闳言崇议，幽微之涂，盖难与览者同也。昔人有观象于天，视度于地，察法于人者，天丽且弥，地普而深，昔人之辞，乃玉乃金。彼岂好为艰难哉？势不得已也。……盖胥靡为宰，寂寞为尸；大味必淡，大音必希；大语叫叫，大道低回。是以声之眇者不可同于众人之耳，辞之衍者不可齐于庸人之听。（《解难》）

他在《法言·问神》中亦云："或问：圣人之经不可使易知与？曰：不可。天俄而可度，则其覆物也浅矣；地俄而可测，则其载物也薄矣。大哉！天地之为万物郭，五经之为众说郭。"②可见，扬雄是把《太玄》与"圣人之经"等量齐观的，难怪他在《太玄·玄莹》中说："不约则其旨不详，不要则其应不博，不浑则其事不散，不沉则其意不见。是故文以见乎质，辞以睹乎情，观其施辞，则其心之所欲者见矣。"③扬雄所谓的"约"、"要"、"浑"、"沉"就是要他的作品像"圣人之经"那样博大精深。不过，扬雄在这里也指出，为文之道与观文之道是相通的，皆需潜心用情。"或问：神。曰：心。请问之。曰：潜天而天，潜地而地。天地，神明而不测者也。心之潜也，犹将测之，况于人乎？况于事伦乎？""言不能达其心，书不能达其言，难矣哉！惟圣人得言之解，得书之体，白日以照之，江、河

---

① 《法言·问明》："师之贵也，知大知也。小知之师，亦贱矣。"《法言·学行》："学行之，上也；言之，次也；教人，又其次也；咸无焉，为众人。"
② （清）汪荣宝撰：《法言义疏》（上），157页，北京，中华书局，1987。
③ （宋）司马光集注：《太玄集注》，190页，北京，中华书局，1998。

以涤之，灏灏乎其莫之御也！"①言之所以不能达其心，关键在于一般人为学用心不专，潜心不诚，只有真正没有功利之念的圣人才能够以言达其心，以心感所言。扬雄这里所阐发的其实就是《中庸》所谓"诚而明，明而诚"的道理。苏轼指责扬雄是"以艰深之词，文浅易之说"（《答谢民师书》），足见其并未真正潜心于扬雄，遂发此才子轻率之论。

据《汉书》载，刘歆曾经不无嘲讽地对扬雄说："空自苦！今学者有禄利，然尚不能明《易》，又如《玄》何？吾恐后人用覆酱瓿也。"雄笑而不应。扬雄之笑，有两层含义：一则是笑那些"学者"急功近利，为学以利而无所用心，自然不可能得到真学，体悟大道，因而愈惑体要；同时也反讽刘歆，其实他也是此等背离大义的功利之徒，自己不悟，反欲以其昏昏使人昭昭。扬雄之笑的第二层含义，是一种自信的笑，是一个纯粹的学者超越功利的一种自足而从容的表现：

> 或问："孔子知其道之不用也，则载而恶乎之?"曰："之后世君子。"曰："贾如是，不亦钝乎?"（李轨注：言畜货以遗后，畜道俟将来，是迟钝。）曰："众人愈利而后钝，圣人愈钝而后利。关百圣而不惭，蔽天地而不耻，能言之类，莫能加也。贵无敌，富无伦，利孰大焉?"（《法言·五百》）②

扬雄虽有这份自信的期待，可惜后世知音稀少，"自雄之没至今四十余年，其《法言》大行，而《玄》终不显，然篇籍具存"③。

---

① （清）汪荣宝撰：《法言义疏》（上），137、159 页，北京，中华书局，1987。
② （清）汪荣宝撰：《法言义疏》（上），255～256 页，北京，中华书局，1987。
③ （汉）班固：《汉书》，3585 页，北京，中华书局，1962。

◎ 第四节
义兼《孟子》《春秋》:《法言》的微言大义

司马光在《读玄》一文中表达了他在三十余年的研读与思索之后对于扬雄的理解、敬意与赞叹:

> 初则溟涬漫漶,略不可入,乃研精易虑,屏人事而读之数十过,参以首尾,稍得窥其梗概。然后喟然置书叹曰:"呜呼!扬子云真大儒者邪!孔子既没,知圣人之道者非子云而谁?孟与荀殆不足拟,况其余乎?"观《玄》之书,昭则极于人,幽则尽于神,大则包宇宙,小则入毛发,合天地人之道以为一,括其根本,示人所出,胎育万物而兼为之母,若地覆之而不可穷也,若海挹之而不可竭也。盖天下之道虽有善者,蔑以易此矣。……夫《法言》之道与《论语》之道庸有异乎?《玄》之于《易》亦然。大厦将倾,一木扶之,不若众木扶之之为固也。大道将晦,一书辨之,不若众书辨之之为明也。学者能专精于《易》诚足矣,然《易》,天也;《玄》者,所以为之阶也。子将升天而废其阶乎?[①]

司马光将《玄》比为《易》之阶梯,此比虽与扬雄因革损益的本意已经不甚契合,但司马光对于扬雄在儒学历史中的重要地位与价值的肯定,体现了他对于西汉后期儒家学统危机的深刻认识。 在"大厦将倾"、"大道将晦"之际,扬雄及其著述对于儒学道统的挽救与弘扬,其功至伟,所以司马光称其为孔子之后的第一人,孟子与荀子都比不上他。 司马光之所以能对扬雄有如此同情与激赏,大概与他自己的学术人格以及政治遭遇有密切的关系。 司马光思想上始终恪守儒家正统,学术上谨严审慎,勤勉有加,在政治上,与

---

① (宋)司马光集注:《太玄集注》,1~2页,北京,中华书局,1998。

王安石之变法格格不入，长期退居务学。司马光这种与扬雄相似的学术人格与政治处境，使他对于扬雄及其所面对的问题有感同身受的理解。

司马光赞叹扬雄为大儒，以为"孔子既没，知圣人之道者非子云而谁？孟与荀殆不足拟，况其余乎？"对于这样的赞誉，扬雄自己可能并不会觉得过分。扬雄以圣人著述而自居不愧，他以秉承孔子学统自任，要以自己的学术实践在利禄经学泛滥的时代作拨乱反正的工作，所以他自己在《法言》中也处处以孟子自比：

> 古者杨、墨塞路，孟子辞而辟之，廓如也。后之塞路者有矣，窃自比于孟子。(《法言·吾子》)
>
> 孟子疾过我门而不入我室。或曰："亦有疾乎？"曰："摭我华而不食我实。"(《法言·问明》)[1]

扬雄《自序》中谈到他写作《法言》的动机时说："雄见诸子各以其知舛驰，大氐诋訾圣人，即为怪迂析辩诡辞，以挠世事，虽小辩，终破大道而或众，使溺于所闻而不自知其非也。及太史公记六国，历楚汉，讫麟止，不与圣人同，是非颇谬于经。故人时有问雄者，常用法应之，撰以为十三卷，象《论语》，号曰《法言》。"[2]扬雄的这种以道义为己任的忧患意识和担荷勇气与孟子可谓意气相投，孟子曾说："予岂好辩哉？予不得已也。天下之生久矣，一治一乱。……尧舜既没，圣人之道衰。暴君代作，坏宫室以为污池，民无所安息；弃田以为园囿，使民不得衣食。邪说暴行又作。"[3]孟子的这种语气也令人想起扬雄在《解难》中"彼岂好为艰难哉？势不得已也"的语气来。

扬雄说他的《法言》"象《论语》"，在语录体这样一种形式方面，《法

---

[1] （清）汪荣宝撰：《法言义疏》（上），81、181 页，北京，中华书局，1987。
[2] （宋）司马光集注：《太玄集注》，3580 页，北京，中华书局，1998。
[3] 语出《孟子·滕文公章句下》。

言》与《论语》是相似的，但就其内容及其动机而言，毋宁说《法言》其实更接近《孟子》与《春秋》。

我们对于扬雄思想的了解主要是通过他的《法言》，《法言》的内容在各种论述中都已经大量地谈到了，在此处，本文不准备在这方面再多说什么，这里探讨的重心是：《法言》这部著述本身，从儒学史的角度来看，体现了什么样的学术意义与精神价值？

《法言》的写作晚于《太玄》，但其写作的时间跨度却远远长于《太玄》。如果说《太玄》是扬雄以一种纯粹的原始儒学的学术姿态对抗体制化的官学经学体系并试图弘扬本色的儒学的道义理想传统精神的话，那么，《法言》则是扬雄长期以来对于自己的人生以及汉代士人的处境和儒学体制化的反思性精神记录。对于《法言》这一特点的把握，本文将从以下三个方面来具体分析：

首先，从《法言》全书的整体风格来看，《法言》虽然是语录体，但其内容不如《论语》那样的夫子对于弟子的日常教诲之谈，而主要是与"他人"的辩驳之语，或委婉劝诱，或直言相斥。《法言》中的确没有《论语》中所自然流露出的日常生活情态，显示出来的主要是一种充满理想思辨色彩的尚智作风。《法言》的这一特点却正好与《孟子》的论辩色彩是一致的，正如扬雄其人与孟子其人的相似一样。

在汉代，孟子的影响并不大，扬雄可以说是孟子在汉代最重要的知音，韩愈曾经说"因扬书而孟氏益尊"[1]。扬雄论孟子，常常会给人一种惺惺相惜的感觉。比如扬雄谈孟子之勇的时候说："或问'勇'。曰：轲也。曰：何轲也？曰：轲也者，谓孟轲也。若荆轲，君子盗诸。请问'孟轲之勇'。曰：勇于义而果于德，不以贫富、贵贱、死生动其心，于勇也，其庶乎！"[2]扬雄所推崇的"勇于义而果于德，不以贫富、贵贱、死生动其心"的孟子之勇不也正是扬雄本人在穷困中始终持守并勇于担荷道义的那种精神

---

[1]（唐）韩愈：《韩昌黎文集》卷十一《读荀》："孟氏醇乎醇者也。荀与扬大醇而小疵。"
[2]（清）汪荣宝撰：《法言义疏》（下），419页，北京，中华书局，1987。

吗? 扬雄《法言》开宗明义的一句话是:"学行之,上也;言之,次也;教人,又其次也;咸无焉,为众人。"①以为作为士人,不仅要勇于求知进德,而且还要勇于实践自己所信奉追求的道义理想,扬雄称赏孟子不仅"孟子知言之要,知德之奥",而且能做到"非苟知之,亦允蹈之"②。无论是《太玄》还是《法言》,应该说都是扬雄的这种"学行"精神的实践性体现。

需要说明一下的是,这里所说的实践主要是从作为知识分子特性的表征的话语行为的角度来说的。知识分子的特性就是言说,因为知识分子应该是社会良知的代言者,一个合格的知识分子不仅要不断地探求符合人道理想的正义精神,而且要勇于维护正义并弘扬正义。孟子所谓"予岂好辩哉? 予不得已也"的言说精神就是知识分子的实践精神。无论是《太玄》还是《法言》,可以说都是扬雄为了维护儒学的道义理想、对抗体制化的学理性实践,是不得已的"好辨"之作。尤其是《法言》。如果说孟子是在同几个不明王道的君王进行周旋与辩论的话,那么,扬雄在《法言》中则是在和天下所有的庸常之士辩论,书中大量的"或曰"代表的正是那个时代最普遍的思想观念。

其次,虽说《法言》与《孟子》之间更有亲和性,但这也并不是说《法言》就是模仿《孟子》的。这种关于扬雄的"模仿"成见对于扬雄是不负责任的,也是不公平的。扬雄是以属于他自己的独特的姿态和视野进行他的写作实践的。

作为一位思想通达、胸有大志的智者来说,扬雄的孤独是孟子所不曾有的。扬雄从来就不是一个拘儒,从年轻时就博览群书,思想绝不囿于官学经学,不仅视野开阔,而且默然好深湛之思,有着那个时代少有的思想深度。才华横溢,好雄博弘丽之文,辞赋堪与司马相如比肩。但是,扬雄却也是一位"口吃不能剧谈"的人,加之他始终处于"家产不过十金,乏无儋石之储"的窘困境况之中,友人没有几个,弟子更是寥若星辰,"家素贫,耆酒,

---

① (清)汪荣宝撰:《法言义疏》(上),5页,北京,中华书局,1987。
② (清)汪荣宝撰:《法言义疏》(下),498页,北京,中华书局,1987。

人希至其门。时有好事者载酒肴从游学，而钜鹿侯芭常从雄居，受其《太玄》、《法言》焉"①。比起孟子曾经的徒从甚众，扬雄一生都没有几个可以倾心交谈的朋友或弟子，无法沟通的思想的痛楚与孤独，这是孟子所不曾有的。与孟子相比，扬雄的孤独更来自一种体制性的压抑。孟子敢于对君王声色俱厉地辩驳，敢于与君王分庭抗礼，那个自由时代的回响对于扬雄来说如同梦魇般缥缈，在对于士人随用随弃的大一统的专制时代，扬雄只能以孤独的方式保持自己的一点点人格的尊严与精神的独立，反思并拒绝体制化就意味着必须忍受绝对的孤独。

《法言》正是扬雄的这种孤独的精神产物，孤独不仅成就了他的思想的深度，同时也使得他的语言显得过分的简约深奥，没有《孟子》的滔滔不绝、汪洋恣肆的宏辩。其实这种宏辩不是扬雄不能，而是不为。看看他早期的大赋，语言之辨丽令人折服，但那对于扬雄来说，却是一段令他心痛的写作经历，后期扬雄的写作似乎在有意摒弃以前的那种闳侈钜衍的弄才文风，而是尽量让自己的思想表达更纯粹、更简要。

其实孤独也是思想的沉静与清醒的保障，是保持反思能力的存在状态。那个安于孤独的扬雄，他的思想既没有急功近利者的利令智昏，也没有学术活动家们的见风使舵。扬雄推崇孔子、颜回以及孟子等人，但他决不迷信他们，他遵守的是一种因革损益的精神，提倡"有道立教，无止仲尼；有学术业，无止颜渊"的学术态度。扬雄对于孟子的批驳给人的印象是深刻的，尽管扬雄的批驳是以非常含蓄的方式进行的。

孟子有一个很有名的关于天道轮回的说法，云："五百年必有王者兴，其间必有名世者。"又云："由尧、舜至于汤五百有余岁，若禹、皋陶则见而知之，若汤则闻而知之。由汤至于文王五百有余岁，若伊尹、莱朱则见而知之，若文王则闻而知之。由文王至于孔子五百有余岁，若太公望、散宜生则见而知之，若孔子则闻而知之。"②《史记·太史公自序》亦引孟子此说而论

---

① （汉）班固：《汉书》，3585页，北京，中华书局，1962。
② 分别见《孟子》的《公孙丑章句下》与《尽心章句下》。

曰："先人有言：'自周公卒，五百岁而有孔子。孔子卒后，至于今五百岁，有能绍明世，正《易传》，继《春秋》，本《诗》、《书》、《礼》、《乐》之际？'意在斯乎！意在斯乎！小子何敢让焉。"这种五百年而道统轮转的观念对于后世的文人影响深远，直到唐初的陈子昂依然以此论文道之衰兴："文章道弊五百年矣，汉魏风骨，晋宋莫传，然而文献有可征者。仆尝暇时观齐梁间诗，彩丽竞繁，而兴寄都绝，每以永叹。思古人常恐逶迤颓靡，风雅不作，以耿耿也。"① 然而，扬雄对此"五百年"之说却颇不以为然：

或问："五百岁而圣人出，有诸？"（李轨注：孟轲、史迁皆有此言。）曰："尧、舜、禹，君臣也而并；文、武、周公，父子也而处。汤、孔子数百岁而生。因往以推来，虽千一不可知也。"（李轨注：千岁一人，一岁千人，不可知也。）（《法言·五百》）②

唐人司马贞《〈史记〉索引》对于"五百岁而圣人出"的问题做过一个颇为精到的阐释，曰："以为淳气育才，岂有常数，五百之期，何异瞬息。是以上皇相次，或有万龄为间，而唐尧、舜、禹比肩并列。降及周室，圣贤盈朝；孔子之没，千载莫嗣，安在于千年五百乎？具述作者，盖记注之志耳，岂圣人之伦哉。"③ 在注解中，司马贞是利用扬雄之论，微讽司马迁以当五百年之圣人自居而作《史记》以象《春秋》。司马贞的确看出了司马迁依《春秋》之例而作《太史公书》的闪烁其词的良苦用心，但司马贞却并没有注意到，其实扬雄的《法言》同样也有司马迁之心。只不过扬雄的《法言》不再借重天道，而是依人道效《春秋》。

最后，关于《法言》象《春秋》的问题。

---

① 周祖譔编选：《与东方左史虬修竹篇序》，《隋唐五代文论选》，70 页，北京，人民文学出版社，1999。
② （清）汪荣宝撰：《法言义疏》（上），247 页，北京，中华书局，1987。
③ （汉）司马迁：《史记》，3297 页，北京，中华书局，1982。

《春秋》对于西汉的士人有着特殊的吸引力。《春秋》被认为是孔子现实的政教志业彻底受挫之后的拨乱反正、为万世立法的著作。董仲舒贤良对策曰："孔子作《春秋》，先正王而系以万事，是素王之文焉。"[①]《史记·孔子世家》："子曰：'弗乎弗乎！君子病末世而名不称焉。吾道不行矣，吾何以自见于后世哉？'乃因史记作《春秋》。"《史记·太史公自序》云："余闻董生曰：'周道衰废，孔子为鲁司寇，诸侯害之，大夫壅之。孔子知言之不用，道之不行也，是非二百四十二年之中，以为天下仪表，贬天子，退诸侯，讨大夫，以达王事而已矣。'子曰：'我欲载之空言，不如见之于行事之深切著明也。'夫《春秋》，上明三王之道，下辨人事之纪，别嫌疑，明是非，定犹豫，善善恶恶，贤贤贱不肖，存亡国，继绝世，补敝起废，王道之大者也。《易》著天地阴阳四时五行，故长于变；《礼》经纪人伦，故长于行；《书》记先王之事，故长于政；《诗》记山川溪谷禽兽草木牝牡雌雄，故长于风；《乐》乐所以立，故长于和；《春秋》辩是非，故长于治人。是故《礼》以节人，《乐》以发和，《书》以道事，《诗》以达意，《易》以道化，《春秋》以道义。拨乱世反之正，莫近于《春秋》。《春秋》文成数万，其指数千。万物之散聚皆在《春秋》。……故《春秋》者，礼义之大宗也。"司马迁发愤著书的动力正是来源于孔子作《春秋》所给予他的启示和信念力量。扬雄作《法言》也有效法《春秋》之志，这一方面是源于他对于体制化的神学经学的拨乱反正的企图，另一方面也源于他一再声称的纯然"不杂"的儒学姿态。所以同是效法《春秋》，扬雄与司马迁却有着截然不同的问题意识。

徐复观在《扬雄论究》一文中注意到了《法言》兼有《春秋》之义：

> 在两汉任何一部思想性的著作中，找不出一部像《法言》这样以大量篇幅来品评人物的。他是力追孔子。孔子的思想人格，不仅表现在《论

---

① （汉）班固：《汉书》，2509页，北京，中华书局，1962。

语》上，更表现在《春秋》上。孔子作《春秋》，以褒贬为万世立人极，好胜的扬雄，断没有不向往之理。但"《春秋》，天子之事也"，他的这一野心，只能用间接的方式表达出来，当时及后人便被他瞒过了。①

徐复观的见解的确是非常有见地的，他把关于《法言》的研究提升到了一个全新的视角。徐复观在此文中还分析了扬雄自述《法言》的动机，认为有两层含义，由"雄见诸子各以其知舛驰"到"使溺于所闻而不自知其非也"的这段话，是以孔子的思想驳斥当时盛行的谶纬神怪不经之说，"接着他说'及太史公记六国，历楚汉，记（讫）麟止，不与圣人同是非，颇谬于《经》。'这是说史公所作《史记》，对历史人物的是非，不合于孔子所作《春秋》的褒贬，'颇谬于经'的'经'，是指《春秋》而言。由此一动机所写出的，是属于《法言》的第二部分。"②

看来，扬雄写《法言》一个极为重要的目的就是要表达他的历史观。扬雄曾经续写过《史记》，王充云："司马子长记皇帝以至孝武，扬子云录宣帝以至哀、平。"③虽然没有留存，但由《法言》依然可见其大致规模。在《法言》中至少有五分之一的篇幅是专论先秦至西汉以来的历史人物与事件的，如《法言·序》云："仲尼以来，国君将相卿士名臣参差不齐，壹概诸圣。撰《重黎》第十。仲尼之后，讫于汉道，德行颜、闵，股肱萧、曹，爰

---

① 徐复观：《两汉思想史》（第二卷），308 页，台北，台湾学生书局，1984。
② 徐复观：《两汉思想史》（第二卷），309 页，台北，台湾学生书局，1984。
③ 见《论衡》卷二十《须颂》。《后汉书》卷四十上《班彪传》："武帝时司马迁著《史记》，自太初以后阙而不录。后好事者颇或缀集时事，然多鄙俗，不足以踵继其书。"章怀注："好事者谓扬雄、刘歆、阳城衡、褚少孙、史孝山之徒也。"《史通》卷十《辨职》："才若马迁，精勤不懈若扬子云。"又卷十一《史官建置》："司马迁既没，后之续《史记》者，若褚先生、刘向、冯商、扬雄之徒，并以别职，来知史务。"又卷十二《古今正史》："《史记》所书，年止汉武；太初以后，阙而不录。其后刘向、向子歆及诸好事者，若冯商、卫衡、扬雄、史岑、梁审、肆仁、晋冯、段肃、金丹、冯衍、韦融、萧奋、刘恂等，相次撰续，迄于哀、平间，犹名《史记》。至建武中，司徒掾班彪以其言鄙俗，不足以踵前史；又雄、歆褒美伪新，误后感众，不当垂之后代也。"陆侃如《中古文学系年》关于扬雄续《史记》事材料收集甚详，参见陆侃如：《中古文学系年》，34 页，北京，人民文学出版社，1985。

及名将尊卑之条,称述品藻。 撰《渊骞》第十一。"①书中其他部分也多有对于历史人物事件的"微言大义"的品评。 关注历史,这是扬雄反思体制化的一个重要的方式和内容。 扬雄对于司马迁的评论在《法言》中有三处:

或曰:"淮南、太史公者,其多知与? 曷其杂也!"曰:"杂乎? 杂! 人病以多知为杂,惟圣人为不杂。"书不经,非书也;言不经,非言也。言、书不经,多多赘矣。(《法言·问神》)②

或问"周官"。曰:"立事。""左氏"。曰:"品藻。""太史迁"。曰:"实录。"(《法言·重黎》)③

淮南说之用,不如太史公之用也。太史公,圣人将有取焉;(李轨注:实录不隐,故可采择。)淮南,鲜取焉尔。必也,儒乎! 乍出乍入,淮南也;文丽用寡,长卿也;多爱不忍,子长也。仲尼多爱,爱义也;子长多爱,爱奇也。(《法言·君子》)④

概括起来,扬雄对于司马迁的评价是三个词:芜杂,实录,爱奇。 这种评价与《自序》中所说的"颇谬于经"的批评是一致的。 在扬雄看来,《春秋》的特点应该是一字褒贬,微言大义,其实质不在于记录历史,而在于辩别仁义道理,所谓"说理者莫辩乎《春秋》"⑤。 而扬雄自己,无论是作《太玄》还是《法言》,一再说明其著述的目的是"为仁义",以五经为榜样,纯然"不杂"。 与《史记》生动详细的历史叙事相比,《法言》对于人事的评议严格以儒家思想为标准进行微言大义的简要点评。 以《渊骞》中的两则为例:

---

① (汉)班固:《汉书》,3582 页,北京,中华书局,1962。
② (清)汪荣宝撰:《法言义疏》(上),164～165 页,北京,中华书局,1987。
③ (清)汪荣宝撰:《法言义疏》(下),413 页,北京,中华书局,1987。
④ 同上书,507 页。
⑤ (清)汪荣宝撰:《法言义疏》(上),215 页,北京,中华书局,1987。

或问"萧、曹"。曰:"萧也规,曹也随。""滕、灌、樊、郦"。曰:"侠介。""叔孙通"。曰:"桀人也。""爰盎"。曰:"忠不足而谈有余。""晁错"。曰:"愚。""酷吏"。曰:"虎哉!虎哉!角而翼者也。""货殖"。曰:"蚊。"曰:"血国三千,使捋疏,饮水,褐博,没齿无愁也。"或问"循吏"。曰:"吏也。""游侠"。曰:"窃国灵也。""佞幸"。曰:"不料而已。"①

或问"近世名卿"。曰:"若张廷尉之平,隽京兆之见,尹扶风之絜,王子贡之介,斯近世名卿矣。""将"。曰:"若条侯之守,长平、冠军之征伐,博陆之持重,可谓近世名将矣。"请问"古"。曰:"鼓之以道德,征之以仁义,舆尸、血刃,皆所不为也。"②

如果说《史记》更接近于《左传》的风格的话,而《法言》则更接近于《春秋》的特点:一字褒贬,微言大义,严格以仁义为准则。这就是扬雄所谓的"不杂"。

扬雄的这种"不杂"的精神是一以贯之的。他正是秉持这种纯粹的经典学术意识对董仲舒以来的荒诞不经的神学经学与功利官学进行批判的,他对于孟子的"五百年"之论也是这种"不杂"精神的贯彻。尽管扬雄并不否定天命的存在,但他更重视人的主观能动性,强调个人进德修业的"人为"意义,他说:

或问"命"。曰:"命者,天之命也,非人为也,人为不为命。"请问"人为"。曰:"可以存亡,可以死生,非命也。命不可避也。"或曰:"颜氏之子,冉氏之孙。"曰:"以其无避也,若立岩墙之下,动而征病,行而招死,命乎!命乎!"(《法言·问神》)③

---

① (清)汪荣宝撰:《法言义疏》(下),460~461页,北京,中华书局,1987。
② 同上书,476页。
③ (清)汪荣宝撰:《法言义疏》(上),189~190页,北京,中华书局,1987。

扬雄这种人事可以生存或自取死亡而非天命的观念，其实也是直接秉承先秦儒学的理性精神的。《韩诗外传》云："哀公问孔子曰：'有智寿乎？'孔子曰：'然。人有三死而非命也者，自取之也。居处不理，饮食不节，劳过者，病共杀之；居下而好干上，嗜欲无厌，求索不止者，刑共杀之；少以敌众，弱以侮强，忿不量力者，兵共杀之。故有三死而非命者，自取之也。诗云：'人而无仪，不死何为？'"①即此文之义。只有那些个人完全无法控制的自然的因素，那才是"命"，如生老病死等。

这与扬雄对于"道"的认识是一致的，有自然之道，也有非自然之道，对于人与社会来说，后者才是最有意义的，是人可以不断完善的，"或问：神。曰：心"。所谓"故夫道非天然，应时而造者，损益可知也"②。扬雄的这种人道的理性精神是他品评历史人事的一个基本态度："或问：圣人占天乎？曰：占天地。若此，则史也何异？曰：史以天占人，圣人以人占天。"③

总之，扬雄的《法言》是一部自觉依循孟子弘扬仁义、攘辟不经邪说的儒学精神，兼有《春秋》微言大义的纯然"不杂"的思想性著作，在儒学的发展史上有着重要的价值。

汉代是一个经学的时代，经学笼罩着当时的学术与政治。汉代经学风气的动力来自汉武帝以来独尊儒术的意识形态动员，董仲舒在这一过程中自然是一位举足轻重的儒者。扬雄身处那个经学浓郁的时代中，一方面他也同样关注儒学经典，但另一方面他却始终与当时琐碎繁杂的经学风气保持距离，对于董仲舒以来的体制化的经学神学进行了深入的批判。在对自己前期的赋体文学写作以及尴尬的体制身份做了沉痛的反省之后，扬雄意识到士人的体制化处境归根结底是由于这一群体赖以独立的基本精神与学术立场的缺失。扬雄后期浸心于儒学，并以孟子自比，试图通过对西汉的儒学的拨乱反

---

① （汉）韩婴撰，许维遹校释：《韩诗外传集释》，5～6页，北京，中华书局，1980。
② （清）汪荣宝撰：《法言义疏》（上），137、144页，北京，中华书局，1987。
③ 同上书，264页。

正,将孔子的原始儒学精神发扬光大,所以他的思想既有批判性,也有超越性。扬雄秉承"应时而造"、因革损益的儒学精神,以其纯然不杂的学术态度,准圣人而作经,创作了《太玄》、《法言》。扬雄推崇孔、孟,但他并不拘泥于孔、孟,他的思想资源是多元的,但其核心是儒学的,所以他既有坚定的信念操守,又能够不断自觉地反省经学的功利化倾向与士人的体制化困境。《太玄》与《法言》正是扬雄反思体制化的学术与士人处境的自觉学术实践的结晶,是本着先秦儒学的自由与纯然的道义理想精神为处于体制桎梏的儒学与士人探询突破与安顿的智性表达。

两汉文艺思想史

中国文艺思想通史 第二卷 中

本卷主编 李春青 姚爱斌

北京师范大学出版集团
北京师范大学出版社

《两汉文艺思想史》
编委会

主　编

李春青　姚爱斌

作　者

（以撰稿前后为序）

李春青　包兆会　韩　军

魏鹏举　吉新宏　郭世轩

姚爱斌　贡巧丽　冯小禄

徐宝锋　郑　伟　朱存明

　　　　李　颖

《两汉文艺思想史》
主编简介

李春青

1955年生，北京市人。现任教育部人文社会科学重点研究基地北京师范大学文艺学研究中心研究员、华南师范大学文学院特聘教授。曾任北京师范大学文艺学研究中心主任、学术委员会主任。主要从事中国古代儒家文化、古代文论和文学基本理论的教学与研究。兼任中国中外文学理论学会副会长、中国文学理论学会副会长、《文学评论》编委、《中国文学批评》编委及中国文艺评论家协会理事、中国古代文论学会理事等。出版学术专著十五部，另有合著、合译、主编著作十余种；发表学术论文二百余篇。专著《诗与意识形态》等曾获教育部人文社会科学优秀成果奖二等奖、三等奖各一项，北京市哲学社会科学优秀成果一等奖两项。

姚爱斌

1968年生，安徽枞阳人。北京师范大学文学院教授，博士生导师，教育部人文社会科学重点研究基地北京师范大学文艺学研究中心研究员，兼任中国《文心雕龙》学会秘书长。主要从事中国古代文论研究，尤以中国古代文体论、《文心雕龙》研究见长。主持国家社科基金项目及教育部人文社会科学重点研究基地重大项目多项。出版专著《中国文体论：原初生成与现代嬗变》《中国古代文体论思辨》《〈文心雕龙〉诗学范式研究》等，在《文学评论》《文艺研究》等学术刊物发表论文五十余篇。

第四编 ◎ 东汉前期的文艺思想

第十三章
东汉前期政治、文化语境与文艺思想

汉代还没有形成现代意义上的"文艺"或"文学"观念,"文艺"或"文学"这个概念实际上被包容于"文章"概念之中,所以,我们谈的"文艺思想",很大程度上指的是"文章思想"。 文人的写作行为也不是单纯的"文学写作",而是"文章写作",比如班固的历史写作,与王充的政论写作,都可归入"文章写作"。 东汉前期也没有我们现代所理解的"文学理论"或"文艺理论","文学"或"文艺"很大程度上被包容于"文化"这个更为广义的概念之中,所以,我们这里谈的"文艺思想",也常常不得不从"文化思想"这个更为广义的方面来谈。 所谓"文艺思想"常常是与各种"文化思想"相杂的"混成形态",如王充的"疾虚妄"与班固的"宣汉"。 东汉前期除了王充《论衡》之外,很少有以概念体系、逻辑论证、理论命题为特征的"思想"。 更多时候,东汉前期的"思想"并不呈现为逻辑、概念形态,而是呈现为"观念"形态,如盐溶于水,这种"思想观念"也融于文艺、文化的现象之中。 我们只能通过对文艺现象、文化现象的解析,把其中的"思想观念"给"蒸馏"出来,如汉赋、汉画像石中的文艺思想。

在这一编里我们力求贯穿下列研究路径:首先是"语境的重建"。 虽然我们无法完全再现当时的文化语境,但我们会依据现有的材料,以及在此基础之上的推断,尽最大努力还原当时的文化语境,并在这个语境中来考察当时文艺思想的总体情势。 其次,还要注意考察知识、思想生产主体的具体情态，看主体是在怎样的处境下进行知识与思想的生产的。最后，在此基础上，对具体文艺作品和文艺现象进行解析，并从中揭开"思想"的面纱。当然，不可否认，这种研究也必然会打上研究者的鲜明印迹。但我们认为这并不是坏事，因为思想史的写作本身就是今人与古代思想者在思想与精神上的对话。

◎ 第一节
太平盛世与集权政治

考察东汉前期的知识与思想，有三个重要因素是不可忽略的：一是"太平盛世"的时代背景，二是"中央集权"的政治现实，三是"大一统"的思想文化特征。这三个要素构成东汉前期知识与思想得以产生的重要语境。集权政治的核心是王权，其旨归是帝王对权力、对臣下的有效控制；"大一统"的主要执行者是儒家士人（士大夫）。其目的一方面是为了保障王权对知识与思想的有效规划，另一方面也是为了满足儒家士人具有足够的知识与思想方面的话语权。儒家士人，他们是知识与思想生产的主体。在"大一统"的集权政治背景下，帝王与士人之间构成了一种既互相利用，又互相制衡的关系。东汉前期的文艺思想是在"太平盛世"的背景下，以及在王权的注视下和在帝王与士人的博弈中，与其他知识与思想的生产一道问世的。

一、太平盛世的专制帝王

东汉前期的 80 年（25—105）历经光、明、章、和四朝，是东汉王朝的昌盛时期。汉王朝在历经西汉的哀、平末世和新莽、更始王朝的衰败之后，迎来了历史上著名的"光武中兴"和"明章盛世"。盛世王朝有一些共同特点，比如会出现几个勤勉的皇帝，以及推行相对昌明的吏治、减轻人民负担、实施一些有利于农业生产的措施等，以维持稳定的社会秩序。其结果是生产发展、社会安定、人口增殖。东汉王朝也不例外。就人口来说，这80年间的人口基本都处于增长之中，后期还有较快的增长速度。到公元2世纪初期，东汉的全国人口已与西汉高峰时期的人口数目相差不多了。到和帝永元元年（89），东汉人口从两汉之交的1000多万增加到5232万多。[1] 80年的"太平盛世"，是东汉前期知识与思想得以存在和发展的现实基础。

集权政治的主体是帝王，因此，我们对东汉前期政治、文化语境的考察不妨先从帝王开始。四位盛世帝王——汉光武帝、汉明帝、汉章帝、汉和帝，他们有一些共同特点，比如他们都是勤勉的"好皇帝"，都非常精通治国之术，都提倡儒学、重视文化。当然，他们又有各自的性格和作为。

先说汉光武帝刘秀。像所有开国皇帝一样，刘秀凭着他辉煌的文治武功，开创了东汉帝国政治与文化的基本格局。刘秀是东汉王朝在位时间最长（25—57），也是最有作为的一位皇帝。《后汉书·光武帝纪下》有一段广为引用的话：

> 初，帝在兵间久，厌武事，且知天下疲耗，思乐息肩。自陇、蜀平后，非徼急，未尝复言军旅。皇太子尝问攻战之事，帝曰："昔卫灵公问陈，孔子不对，此非尔所及。"每旦视朝，日仄乃罢。数引公卿、郎、将讲论经理，夜分乃寐。皇太子见帝勤劳不怠，承间谏曰："陛下有禹汤之明，而失黄老养性之福，愿颐爱精神，优游自宁。"帝曰："我自乐此，不为疲也。"虽身济大业，兢兢如不及，故能明慎政体，总揽权纲，量时度力，举无过事。退功臣而进文吏，戢弓矢而散马牛，虽道未方古，斯亦止戈之武焉。[2]

---

[1] 葛剑雄：《中国人口史》第一卷，407、415页，上海，复旦大学出版社，2002。
[2] （南朝宋）范晔：《后汉书》，85页，北京，中华书局，1965。

又《后汉书·循吏列传》：

> 初，光武长于民间，颇达情伪，见稼穑艰难，百姓病害，至天下已定，务用安静，解王莽之繁密，还汉世之轻法。①

这段话说明了光武帝刘秀的几大优点：体察民情、勤于政事、精于吏治。起于草野的开国皇帝，自能体察民情。刘秀"按照保护人民生活最好的办法是尽可能少干预人民生活，这种传统理论，政府尽可能减轻农业税。公元30年恢复了按照平均年成1/30估算的低田赋"②。刘秀对于日常政事动辄"日仄乃罢""夜分乃寐""勤劳不息"，不仅勤勉，而且能够"乐此不疲"，这也是典型的开国皇帝的热情。与勤勉相关的另一个优点是节俭，《后汉书·百官志》："世祖中兴，务从省约。并官省职，费减亿计。"③

吏治的精明与王朝命运息息相关。刘秀是一个善于识人的、精明的政客④，能够"明慎政体，总揽权纲，量时度力，举无过事"。他知道如何恰到好处地摆布自己手下这个庞大的官僚系统。鉴于西汉后期吏治败坏、官僚奢侈腐化的积弊，他即位以后，注意整顿吏治、躬行节俭、奖励廉洁，并选拔贤能为地方官吏，对地方官吏严格要求、赏罚从严。因而经过整顿之后，官场风气为之一变。故《后汉书·循吏列传》有"内外匪懈，百姓宽息"之誉。⑤

"退功臣而进文吏"是光武帝非常有效的"帝王术"。吕思勉在《秦汉史》中说："其致治之术，实在以吏事责三公，而功臣不用。《贾复传》言：

---

① （南朝宋）范晔：《后汉书》，2457页，北京，中华书局，1965。
② ［英］崔瑞德、鲁惟一：《剑桥中国秦汉史》，杨品泉等译，588页，北京，中国社会科学出版社，1992。
③ （南朝宋）范晔：《后汉书》，3555页，北京，中华书局，1965。
④ ［英］崔瑞德、鲁惟一：《剑桥中国秦汉史》，杨品泉等译，232页，北京，中国社会科学出版社，1992。
⑤ 白寿彝总主编：《中国通史》第四卷，390页，上海，上海人民出版社，1995。

是时列侯公卿，参议国家大事者，惟商密（邓禹）、固始（李通）、胶东（贾复）三侯而已。 故复等亦能摽甲兵，敦儒学焉。……则光武于将士，御之未尝不严，且其待之颇薄。 所云'高爵厚禄，允答元功'者，特在其功成身退之后而已。"①光武帝偃武而修文，令昔日功臣将士功成身退，根除来自功臣们对于王权的隐患，这是一招聪明的"御臣术"。 以"敦儒学""进文吏"为导向，光武帝对自己王权之下行政系统的建立和运行，更是颇费苦心。《后汉书·申屠刚传》：

> 时内外群官，多帝自选举，加以法理严察，职事过苦，尚书近臣，乃至捶扑牵曳于前，群臣莫敢正言。刚每辄极谏，又数言皇太子宜时就东宫，简任贤保，以成其德，帝并不纳。以数切谏失旨，数年，出为平阴令。②

可见光武帝对文吏督责之严。 自己亲自选派朝廷内外官员，法律严格，职事辛苦，连尚书等近臣都常常惹他不高兴了也会被拉过来捶打一通。 这则材料说明了刘秀对王权的极度敏感和悉心维护，他必须保证官僚系统在自己的意志下运行。 这是"由一人专制自然而然所产生的猜嫌心理。 一人专制，需要有人分担他的权力，但又最害怕有人分担他的权力。"③唯我独尊的地位，产生唯我独尊的狂妄。 身处专制体系的金字塔顶端，"由一人专制自然而然所产生的狂妄心理，以为自己的地位既是君临于兆民之上，便幻想着自己的才智也是超出于兆人之上。"④听不进臣下的劝谏，也就理所当然了。"质性方直"的申徒刚多次直言劝谏，结果不仅不被皇帝采纳，反而触怒龙颜被贬出朝廷。 申徒刚的遭遇是一个典型，它昭示了作为人臣的士大夫所面临

---

① 吕思勉：《秦汉史》，226 页，上海，上海古籍出版社，2005。
② （南朝宋）范晔：《后汉书》，1017 页，北京，中华书局，1965。
③ 徐复观：《两汉思想史》第一卷，135 页，上海，华东师范大学出版社，2001。
④ 同上书，135 页。

的一个严重问题：专制集权之下，该如何处理与帝王的微妙关系，既能使自己免于刑戮，又能最大限度地实现自己的意愿。

汉明帝刘庄继承了光武帝的勤勉严明。《东观汉记》卷二载，明帝"夜读众书"，"夜尽乃寐，先五鼓起，率常如此"，又说他"自帝即位，遵奉建武之政，有加而无损。"①《后汉书》卷二《明帝纪》对明帝的赞辞是：

> 明帝善刑理，法令分明。日晏坐朝，幽枉必达。内外无幸曲之私，在上无矜大之色。断狱得情，号居前代十二。故后之言事者，莫不先建武、永平之政。②

明帝在吏治方面的严厉和精明毫不逊于光武帝。这种精明首先表现在对官员的选举上。明帝即位之初（57）就下诏："今选举不实，邪佞未去，权门请托，残吏放手，百姓愁怨，情无告诉，有司明奏罪名，并正举者。又郡县每因征发，轻为奸利，诡责赢弱，先急下贫。其务在均平，无令枉刻。"③永平九年（66）又下诏："令司隶校尉、部刺史岁上墨绶长吏视事三岁以上理状尤异者各一人，与计偕上。及尤不政理者，亦以闻。"④

对王权的潜在威胁一为权臣，一为外戚。明帝与光武帝一样，对二者始终保持着足够的警惕。《东观汉记》卷二言："世祖闵伤前世权臣太盛，外戚预政，上浊明主，下危臣子，汉家中兴，唯宣帝取法。至于建武，朝无权臣，外族阴、郭之家，不过九卿，亲属势位，不能及许、史、王氏之半。至永平，后妃外家贵者，裁家一人备列将校尉，在兵马官，充奉宿卫，阖门而已，无封侯豫朝政者。自皇子之封，皆减旧制。"⑤对于权臣，多数汉代帝王都能保持足够警惕，而对于外戚或宦官，就常常警惕不够或力不从心了。

---

① 吴树平：《东观汉记校注》，56、57 页，北京，中华书局，2008。
② （南朝宋）范晔：《后汉书》，124 页，北京，中华书局，1965。
③ 同上书，98 页。
④ 同上书，112 页。
⑤ 吴树平：《东观汉记校注》，57～58 页。

这方面，光武帝和明帝无疑是成功的。

章帝刘炟继续巩固明帝以来的盛世气象。他勤勉宽厚，禁用酷刑，减轻人民的徭役赋税，在吏治上能选拔廉能之吏。他在位期间，国家昌盛、政治稳定，社会安定繁荣，所以明帝和章帝统治时期才被称为"明章之治"。

章帝刘炟与光武帝、明帝的共同点是为人为政的勤勉和对于吏治的用心。章帝自称"统理万机，惧失厥中，兢兢业业，未知所济"①，虽为谦辞，确也合于情理。章帝即位之初，就颇在意整顿吏治、勉劝农桑。建初元年（76）春正月丙寅日的一个诏书是这样说的：

> 比年牛多疾疫，垦田减少，谷价颇贵，人以流亡。方春东作，宜及时务。二千石勉劝农桑，弘致劳来。群公庶尹，各推精诚，专急人事。……有司明慎选举，进柔良，退贪猾，顺时令，理冤狱。……布告天下，使明知朕意。②

建初元年三月甲寅日的一个诏书这样说：

> 朕以无德，奉承大业，夙夜慄慄，不敢荒宁……又选举乖实，俗吏伤人，官职耗乱，刑罚不中，可不忧与！……明政无大小，以得人为本。夫乡举里选，必累功劳。今刺史、守相不明真伪，茂才、孝廉岁以百数，既非能显，而当授之政事，甚无谓也。每寻前世举人贡士，或起畎亩，不系阀阅。敷奏以言，则文章可采；明试以功，则政有异迹。文质彬彬，朕甚嘉之。其令太傅、三公、中二千石、二千石、郡国守相举贤良方正、能直言极谏之士各一人。③

---

① （南朝宋）范晔：《后汉书》，129页，北京，中华书局，1965。
② 同上书，132～133页。
③ 同上书，133页。

从这个诏书来看，章帝不仅对当时的吏治状况有着清醒的了解，而且对官吏的选举、人才的作用有非常明确的"章法"。"政无大小，以得人为本"，他批评州刺史、郡太守、国相不能明辨真伪，所举的茂才、孝廉，每年都在百数，委任他们政事，却没什么才干。他提出选举人才的标准是，不论出身于草野还是门阀，只要他陈言奏事文章可观，处理政事成绩不凡，都可任用。"贤良方正、能直言极谏"是章帝心中的理想人才。这点上确实比光武帝大大进步了。

章帝是个宽厚的人，这是他与光武帝、明帝的明显差异。《后汉书·章帝纪》对明帝和章帝的对比评价是："明帝察察，章帝长者"，"章帝素知人厌明帝苛切，事从宽厚。感陈宠之义，除惨狱之科。深元元之爱，著胎养之令。"①章帝一改光武帝与明帝的苛严，做到对臣下宽厚，对百姓慈爱。对于一个专制帝王而言，确实是很难得的事，这也是为历代儒家士人所津津乐道的。

章帝还继承和发扬了自光武帝、明帝以来提倡儒学的政策。他不仅重用儒臣、提倡儒术，还在建初四年（79）主导了一个值得大书特书的历史事件：白虎观会议。待后文详述。

在东汉历史上，和帝处于一个过渡性的地位。章和二年（88），汉章帝逝世，和帝刘肇即位，时年只有十岁。东汉从和帝起，每个皇帝都是儿时即位。和帝养母窦太后临朝，其兄窦宪掌大权，东汉从此进入外戚专权时代。永元四年（92）六月，14岁的和帝联合宦官郑众将窦氏剿灭。郑众受封为鄛乡侯，干预政事，东汉亦从此进入宦官专权时代。

清剿窦氏之后，和帝亲理政事。他是一位少年有为的好皇帝，宽和仁爱，为政勤苦。

> 自窦宪诛后，帝躬亲万机。每有灾异，辄延问公卿，极言得失。前

---

① （南朝宋）范晔：《后汉书》，159页，北京，中华书局，1965。

后符瑞八十一所，自称德薄，皆抑而不宣。旧南海献龙眼、荔支，十里一置，五里一候，奔腾阻险，死者继路。时临武长汝南唐羌，县接南海，乃上书陈状。帝下诏曰："远国珍羞，本以荐奉宗庙。苟有伤害，岂爱民之本。其敕太官勿复受献。"由是遂省焉。①

能够"躬亲万机"的皇帝不在少数；相信灾异之应而下诏责己的皇帝在汉代也不稀奇；能够以爱民为本，不因为自己吃荔枝就折腾百姓的皇帝就不多了；而面对"前后符瑞八十一所"，能够"自称德薄，皆抑而不宣"的皇帝却实在是太少了。

但是和帝却时运不佳。他在位的 17 年中，国家灾异不断，水灾、旱灾、虫灾、雹灾、地震、日食，于是他就不断地下诏反省，同时整顿吏治，赈灾纳贤。以永元六年三月丙寅的诏书为例：

> 诏曰："朕以眇末，承奉鸿烈。阴阳不和，水旱违度，济河之域，凶馑流亡，而未获忠言至谋，所以匡救之策。寤寐永叹，用思孔疚。惟官人不得于上，黎民不安于下，有司不念宽和，而竞为苛刻，覆案不急，以妨民事，甚非所以上当天心，下济元元也。思得忠良之士，以辅朕之不逮。其令三公、中二千石、二千石、内郡守相举贤良方正、能直言极谏之士各一人。昭岩穴，披幽隐，遣诣公车，朕将悉听焉。"帝乃亲临策问，选补郎吏。②

一个宽和仁厚、有德有为的好皇帝未必能挽救一个王朝的衰落。专制王朝的历史逻辑不会因为一个好皇帝的个人品德而改变。在"帝王—权臣—外戚—宦官"的关系体系中，围绕王权而进行的"利用—制衡—打压"的权力游戏，其和谐与平衡的状态只是暂时的，最终也逃脱不了失衡与混乱的结局。

---

① （南朝宋）范晔：《后汉书》，194 页，北京，中华书局，1965。
② 同上书，178 页。

二、集权政治的典型事件:削弱三公

就帝王与士人的关系而言,帝王专制要得以顺利运行,至少需要两个条件。一方面是在政策上对士人的引导甚至拉拢,让他们看到未来的希望,以达到令士人最终为帝王所用的目的;另一方面也要对士人、官员进行严格控制,限制其思想,也要限制其权力。前者如大力提倡儒学,后者如"白虎观会议"、削弱三公等。

为什么要削弱"三公"。就权力关系而言,中央集权的维持总是在与王权的削弱性因素(潜在的,或现实的,或想象的)的斗争中展开的。在东汉前期,对王权的削弱性因素主要有权臣、外戚、宦官。光武帝、明帝、章帝三朝盛世,对外戚与宦官的抑制是成功的,从和帝开始,外戚、宦官交替掌权。在专制体制中,官员士大夫、外戚、宦官与帝王的关系状态是不尽相同的,同时官员士大夫与帝王的关系是互相利用与制衡的,帝王需要能够有效运行并且绝对忠于自己的官僚系统来推行自己的意志。宦官与帝王的关系靠的是生活中的亲近,他们往往成为皇帝最信任的人。外戚与帝王的关系靠的是与帝王之间的家族血亲,他们在亲情上成为皇帝的"自家人"。在这三类关系中,宦官凭借的是生活上的情感关系,外戚凭借的是血缘上的亲情关系,只有官员与帝王之间的关系与"亲近"无关,只是利用与制衡的关系。进言之,帝王对官员士大夫的心态是:既要利用,又免不了猜疑;既要赋予他们必要的权力,又对他们手中的权力惴惴不安。于是,限制官员尤其是权臣的权力,保证官僚系统能有效地、绝对忠诚地执行自己的意志,就成为历代帝王们处心积虑要做的事情。而且,他们这样做不存在来自"亲近"或"亲情"的犹疑。历史早已经证明,帝王对宦官与外戚的限制常常是失败的,而对于官员士大夫的限制与利用却是非常成功的。

在东汉,帝王对官僚士大夫权力的限制集中体现在"削弱三公"这一著名政治举措中。这个事件并不是个案,"王权"与"相权"的冲突一直是研究中国两千多年的专制集权史的一条重要线索。

"三公"为秦时所创官制,是秦代中央集权的重要部分。"三公"分别是丞相、太尉、御史大夫,丞相是最高的行政长官,太尉是最高的军政长官,御史大夫负责皇帝诏令、群臣奏章,以及监察百官。"三公"直接对皇帝负责。皇帝—三公—九卿—各级地方官吏—天下兆民,形成一个权力金字塔,这应该是最早的专制集权者秦始皇的理想设计。

专制帝王有一个共同特点,那就是把天下看成是自家的私产。"于是便总是从权力方面去看官制,而决不从义务方面去看官制。"①对于有权支配其私产的他人(官员)总是怀有严重的警惕和猜忌,尤其是对于最具"分权"效果的"相权"更是耿耿于怀。为了加强王权,汉武帝就曾对宰相制度进行有意地破坏。徐复观对这种现象有很精当的论述。

> 武帝所以要破坏宰相制度,一方面是出于由一人专制自然而然所产生的猜嫌心理。一人专制,需要有人分担他的权力,但又最害怕有人分担他的权力。这便使宰相首遭其殃。另一方面,则是出于由一人专制自然而然所产生的狂妄心理,以为自己的地位既是君临于兆民之上,便幻想着自己的才智也是超出于兆人之上。这种无可伦比的才智自我陶醉的幻想,便要求他突破一切制度的限制,作直接地自我表现。限制一人专制者作直接自我表现的便是宰相制度。他向自我表现的这一方向突进,因即破坏了宰相制度,大体可以分作三个阶段的发展。第一阶段是把当时具有纵横才智口辩之士,收罗在他的大门房里——光禄勋里,挟"天子宾客"之势,奉天子之命,诘难大臣,折服大臣,使大臣通过这种诘难、折服,而感到皇帝的允文允武,不可测度,只有彻底地服从,在政策上完全处于被动的地位;同时皇帝即可直接地掌握政策。……宰相制度破坏的第二阶段,是尚书的抬头,乃至中尚书的出现。此一阶段,若

---

① 徐复观:《两汉思想史》第一卷,159 页,上海,华东师范大学出版社,2001。

在时间上来说，尚书的抬头，应当和第一阶段相权的抑制，是同时开始的。第三阶段则由武帝临死时对霍光们的遗诏辅政而开启了"中朝"专政的变局。相权被剥夺、废弃的总结果，则是外戚、宦官、藩镇三者成为中国两千年一人专制中必然无可避免的循环倚伏的灾祸。[1]

与汉武帝遥相呼应，精明的光武帝对"三公"权力作进一步削弱。虽然"他是一个名实相副的君主，善于识人"，但他同时"还是一个精明的政客，视情况需要既能慷慨大方，也能冷酷无情。"[2]削弱"三公"的目的很明显，就是以帝王的绝对权威，确保帝王在与权臣互相利用、互相制衡的关系中占据绝对优势。

> 尽量降低三公的地位，夺其实权，并不惜加以摧折。三公中大司马列第一位，自建武元年到建武二十年，皆由吴汉为大司马，这只是名义上的推崇。哀帝改丞相为大司徒，大司徒应当为三公的重心……到了建武二十七年因朱祐奏之，三公并去"大"字。……又将大司马改为太尉，尔后遂常以太尉为三公的首揆……这都是为了压低三公地位而来的做法。
>
> 西汉尚书处理政务，是通过"平尚书事"的人以属于皇帝；至光武，则尚书直属于自己。而他对尚书的态度，据《后汉书》卷二十九《申屠刚列传》谓："时内外群臣，多帝自选举。……尚书近臣，至乃捶扑牵曳于前，群臣莫敢正言。"[3]

经过光武的改制，尚书台成为实际的决策机构，尚书台长官叫"尚书

---

[1] 徐复观：《两汉思想史》第一卷，135～137页，上海，华东师范大学出版社，2001。
[2] [英]崔瑞德、鲁惟一：《剑桥中国秦汉史》，杨品泉等译，232页，北京，中国社会科学出版社，1992。
[3] 徐复观：《两汉思想史》第一卷，156～157页，上海，华东师范大学出版社，2001。

令"，尚书台下设六曹，曹长官为"尚书"。尚书台代表君主意志，发布诏令、颁布政令、选举朝臣，三公被架空，成了摆设。

三公成了摆设之后，其地位和职分更加尴尬。尚书台位卑而权重，尚书令官秩不过千石，居九卿之下；三公位高而权轻，无其职分而空具其名位。光武帝"以吏事责三公"，也只是让三公职事同一般官员而已。三公虽然职权被削夺，但却常常要承担与其"名位"相当的责任，每当有灾异发生，首先要引咎去职的就是他们。"削弱三公"、限制臣下的目的，就是为了极力守护自己的绝对权力。"到公元1世纪后半段，甚至更早以前，中兴以后的汉政府的政治就成为专制的和过于严酷的了"。①

"削弱三公"作为集权政治的一个典型事件，标示了帝王与士大夫之间的紧张关系，也标志了帝王专制之下的文人命运。在现世生活中，文人士大夫的最高人生理想大概不过于"位居三公"了，然而三公尚且被帝王如此猜忌与限制，更遑论扬雄、班固等"位不过郎"者乎？更遑论身居草野如王充者乎？

◎ 第二节

意识形态的"大一统"工程

汉代统治者以亡秦为戒，否定秦代严刑苛政的法家模式，以儒术作为最主要的思想依据。自武帝的"罢黜百家，独尊儒术"之后，以儒家思想为中心的意识形态"大一统"得以确立。与政治上的抑制权臣一样，这也是集权政治得以巩固的重要保证。这项工程主要包括两个方面：一方面是通过历代

---

① [英]崔瑞德、鲁惟一主编：《剑桥中国秦汉史》，杨品泉等译，270页，北京，中国社会科学出版社，1992。

帝王对儒学的提倡，达到对士人（文人）引诱与规划；另一方面是以国家法典的形式对各种知识形态进行重新规划，使之服务于帝王意志。

一、提倡儒学

东汉前期四位帝王都对儒学非常提倡。考察《后汉书》和《东观汉记》中的四位帝王本纪可以发现，儒学教化占了相当大的篇幅，足见其在国家政治生活中的重要地位。

先看光武帝。光武帝的好儒为后代汉世做出了榜样，他以自己的实际行动对儒学进行了全方位的扶植。首先是对遗落民间的儒经和儒者的访求，而因王莽、更始时期的乱世，儒家经籍文献多为毁坏、失落。《后汉书·儒林传》载：

> 及光武中兴，爱好经术，未及下车，而先访儒雅，采求阙文，补缀漏逸。先是四方学士多怀挟图书，遁逃林薮。自是莫不抱负坟策，云会京师，范升、陈元、郑兴、杜林、卫宏、刘昆、桓荣之徒，继踵而集。[1]

其次，得到儒书和儒者之后，光武帝就以国家力量恢复儒学："于是立五经博士，各以家法教授，易有施、孟、梁丘、京氏，尚书欧阳、大小夏侯，诗齐、鲁、韩，礼大小戴，春秋严、颜，凡十四博士，太常差次总领焉。"[2]十四家博士之学的重新设立，使得儒学得以接续前代，也为东汉帝国儒家人才与知识的再生产奠定了基础。于是到建武五年，重新设立太学，"稽式古典，笾豆干戚之容，备之于列，服方领习矩步者，委它乎其中。"[3]最后，儒学最终又作为国家制度得以确立。

---

[1] （南朝宋）范晔：《后汉书》，2545页，北京，中华书局，1965。
[2] 同上书，2545页。
[3] 同上书，2545页。

明帝刘庄自幼便因其聪明好学、博通儒书而备受其父光武帝刘秀的喜爱。《东观汉记》说他"幼而聪明睿智……温恭好学，敬爱师傅……治尚书，备师法，兼通四经，略举大义，博观群书，以助术学，无所不照"①。他的经学老师便是光武帝当年访贤求得的大儒桓荣。明帝即位之后，就亲自"删定拟议，稽合图谶……亲自制作五行章句。"他的"垂意于经学"可谓是身体力行、言传身教，"每飨射礼毕，正坐自讲，诸儒并听，四方欣欣。是时学者尤盛，冠带缙绅游辟雍而观化者以亿万计。"②

章帝号称"长者"，被史家描述为一个典型的儒家帝王，集仁德、博学、教化于一身。《后汉书·章帝纪》言，"孝明皇帝圣德淳茂……泽臻四表，远人慕化……以烝庶为忧，不以天下为乐。备三雍之教，躬养老之礼。作登歌，正予乐，博贯六艺，不舍昼夜。聪明渊塞，著在图谶。至德所感，通于神明。功烈光于四海，仁风行于千载。"③他对儒学似乎怀着一种强烈的责任意识。建初八年（83）冬十二月甲午日的一则诏书这样说："五经剖判，去圣弥远，章句遗辞，乖疑难正，恐先师微言将遂废绝，非所以重稽古，求道真也。其令群儒选高才生，受学左氏、穀梁春秋，古文尚书，毛诗，以扶微学，广异义焉。"④当然，章帝最著名的文化事件还是主持"议五经同异"的白虎观会议，此后文详述。

和帝10岁即位，27岁英年早逝，他也是一位垂意于儒学的皇帝。《东观汉记》载永元十三年春正月上日，"上以五经义异，书传意殊，亲幸东观，览书林，阅篇籍。"⑤和帝在位的17年多灾多难，他对儒家精神的领悟与其忧患意识融为一体，"外忧庶绩，内勤经艺，自左右近臣，皆诵诗、书。"⑥当有灾异发生，他的做法总是先检点吏政是否过严或教化是否有失。

---

① 吴树平：《东观汉记校注》，54 页，北京，中华书局，2008。
② 同上书，58 页。
③ （南朝宋）范晔：《后汉书》，130～131 页，北京，中华书局，1965。
④ 同上书，145 页。
⑤ 吴树平：《东观汉记校注》，88 页，北京，中华书局，2008。
⑥ 同上书，88 页。

当然，作为东汉国家意识形态的儒学是谶纬化的儒学，它与天人感应、灾异祥瑞之论紧密结合在一起。帝王对儒学的提倡也总是与上述因素联系在一起，它们构成汉代政治生活中极其重要的一个组成部分。

帝王对儒学的重视，自然得到广大儒家士人的称许。但不可否认的是，对儒术的推重仍旧是帝王统治之术的一部分。儒学经过帝王的提倡，必然会对知识者（儒生、文人）起到一种引诱和规划的作用，他们会自觉或不自觉地以国家意志（帝王意志）来规划自身的思想和行为，并从思想精神上和人生实践上把自己纳入到帝国的"大一统"之中。

进一步言，儒学是联系帝王与知识者之间的精神纽带，也是现实功利的纽带。儒学是国家政治的重要内容，对于知识者而言，它是进入官僚体系的晋身阶梯，对于帝王而言，它是承载帝王意志的有力工具。知识者与帝王正是通过儒学而达成妥协的。

二、标准与禁忌

对儒学的正面倡导是为了对知识者进行引诱和鼓励。专制帝王们还有一种更直接的策略，那便是确立强制性的标准和禁忌，从而对思想进行强制性规划，对知识者提供一种否定性参照。这是达到"大一统"的另一种力量。这个工程是通过两个典型事件来实现的：一是光武帝的"宣布图谶于天下"，二是章帝的"白虎观会议"。

（一）"宣布图谶于天下"

先解释一下"图谶""谶纬"。"图"指的是《河图》《洛书》，人们一直将之视为上古的神秘预言。"谶"是神的预言，是古代卜筮占梦之类预卜吉凶的迷信策书。① 《后汉书·张衡传》："立言于前，有征于后，故智者贵

---

① 钟肇鹏：《谶纬论略》，1~2页，沈阳，辽宁教育出版社，1991。

焉,谓之谶书。"①"图谶""谶纬"常常并称。"纬"本是对"经"而言的。《释名·释典艺》云:"纬,围也。反覆围绕以成经也。"苏舆说:"纬之为书,比傅于经,辗转牵合,以成其谊,今所传《易纬》、《诗纬》诸书,可得其大概,故云反覆围绕以成经。"(《释名疏证补》)由此可见纬书的产生是依傍经义的,其实质是神学迷信、阴阳五行说与经义的结合。②

"谶"的起源可追溯到秦代,《史记·赵世家》所谓"秦谶",《史记·秦始皇本纪》记始皇三十二年(前215)燕国的方士卢生从海上归来,因奏《录图》书曰:"亡秦者胡也"。可见个别零星的谶词秦汉以前早已有之,但是依傍六经的谶纬神学和比附经义的纬书则出现于汉代。③《后汉书·张衡传》认为其兴于"哀、平之际","刘向父子领校秘书,阅定九流,亦无谶录。成、哀之后,乃始闻之。……至于王莽篡位,汉世大祸,八十篇何为不戒?则知图谶成于哀平之际也。"④

西汉末年,各种政治势力都希望以"图谶"这种神圣预言的形式来宣告自己的神圣背景,以期在混乱时代确立自己的合法性。王莽、公孙述、刘秀都曾经这样做。

王莽的政治投机是利用齐人甘忠可所造的《包元太平经》。《汉书·李寻传》载,汉成帝时,齐人甘忠可诈造《包元太平经》十二卷,言:"汉家逢天地之大终,当更受命于天,天帝使真人赤精子,下教我此道。"⑤哀帝时,王莽对这个谶语加以利用,胁迫汉哀帝宣布"再受命",王莽便做了"安汉公"。后来,有人报武功长孟通浚水井,掘一白石,上圆下方,上有丹书大字:"告安汉公为皇帝"。于是王莽便做了"摄皇帝"。

时世的混乱总是伴随着意识形态的混乱。因此,人们在混乱中便渴望寻

---

① (南朝宋)范晔:《后汉书》,1912页,北京,中华书局,1965。
② 钟肇鹏:《谶纬论略》,2页,沈阳,辽宁教育出版社,1991。
③ (清)赵在翰辑:《七纬》,2页,北京,中华书局,2012。
④ (南朝宋)范晔:《后汉书》,1912页,北京,中华书局,1965。
⑤ (汉)班固:《汉书》,3192页,北京,中华书局,1962。

求一种恒久、神圣之物，即在混乱的世界中为自己寻得一个稳定的依托。 乱世的人们渴盼"救世主"的降临，"图谶"便成了"真龙天子"的直接证据。王莽的这一套是奏效的，于是刘秀也玩起了这一套把戏。《后汉书·方术列传》说："王莽矫用符命，及光武尤信谶言，士之赴趣时宜者，皆骋驰穿凿，争谈之也。"①

建武元年，刘秀的同乡儒生强华给他带来一件宝贵的礼物——谶书《赤伏符》。《赤伏符》是当时广为流传的谶书，其中有"刘秀发兵捕不道，四夷云集龙斗野，四七之际火为主"。《赤伏符》以神谕的形式，指名点姓地选定刘秀作为西汉"火德"的继承人。 刘秀即位时的祝文也以此为据：

> 皇天上帝，后土神祇，眷顾降命，属秀黎元，为人父母，秀不敢当。群下百辟，不谋同辞，咸曰："王莽篡位，秀发愤兴兵，破王寻、王邑于昆阳，诛王郎、铜马于河北，平定天下，海内蒙恩。上当天地之心，下为元元所归。"谶记曰："刘秀发兵捕不道，卯金修德为天子。"秀犹固辞，至于再，至于三。群下佥曰："皇天大命，不可稽留。"敢不敬承。②

图谶授予了刘秀神圣的合法性。 但是，图谶作为"天下公器"，谁都可以从中寻求合法性依据。 像刘秀一样玩图谶把戏的还有公孙述。 当时，公孙述也是一股割据势力，他也引谶记以自立。《后汉书·公孙述列传》载：

> 述亦好为符命鬼神瑞应之事，妄引谶记。以为孔子作《春秋》，为赤制而断十二公，明汉至平帝十二代，历数尽也，一姓不得再受命。又引《录运法》曰："废昌帝，立公孙。"《括地象》曰："帝轩辕受命，公孙氏握。"《援神契》曰："西太守，乙卯金。"谓西方太守而乙绝卯金也。五德

---

① （南朝宋）范晔：《后汉书》，2705 页，北京，中华书局，1965。
② 同上书，22 页。

之运,黄承赤而白继黄,金据西方为白德,而代王氏,得其正序。又自言手文有奇,及得龙兴之瑞。数移书中国,冀以感动众心。帝患之,乃与述书曰:"图谶言'公孙',即宣帝也。代汉者当涂高,君岂高之身邪?乃复以掌文为瑞,王莽何足效乎!君非吾贼臣乱子,仓卒时人皆欲为君事耳,何足数也。君日月已逝,妻子弱小,当早为定计,可以无忧。天下神器,不可力争,宜留三思。"署曰"公孙皇帝"。述不答。①

这是一场刘秀与公孙述围绕图谶解释权问题而进行的斗争。公孙述说得头头是道,引述四部典籍,还有"掌文"为证。最后刘秀以势力取胜。他告诉公孙述,动乱年代,谁都想当皇帝,但我看你不是贼臣乱子,还是别争了吧,早早为自己的妻儿考虑才好。

虽然刘秀胜了,但是精明的光武帝看到图谶神谕背后潜藏的危机:图谶的解释权事关帝王的根本利益,任何人都可以用自己解释的图谶来觊觎王权,就如同一把刀,可以卫己,也可伤人,别人也可以拿来伤你。所以必须进行管制,并垄断图谶的解释权。于是就有了中元元年(56)的举措:"宣布图谶于天下"。

"宣布图谶于天下",就是把图谶作为定本公开于世。《后汉书·张衡传》说:"《河》、《洛》六艺,篇禄已定。"②"河洛"就是《河图》九篇,《洛书》六篇,"六艺"指六经的纬书。"宣布图谶于天下",这包含着两层意义:(1)在这以前,图谶可以各自造作,如公孙述据蜀与刘秀对立,就曾自造谶语。(2)过去可以增益图书,私改谶记,如光武帝刘秀曾经命尹敏校订图谶,尹敏就曾经私改谶记。"宣布图谶于天下"就是把谶纬写成定本,使谶纬定型,此后凡有增损改易谶纬的也得治罪。这样就使谶纬书籍定型化,并且用政治和法律的权力来维持谶纬神学的尊严。③

---

① (南朝宋)范晔:《后汉书》,538页,北京,中华书局,1965。
② 同上书,1912页。
③ 钟肇鹏:《谶纬论略》,27~28页,沈阳,辽宁教育出版社,1991。

光武帝钦定的 81 篇谶纬,即指"河洛六艺"之总数,包括《河图》《洛书》这两类谶书计 45 篇,合五九之数,《七经纬》36 篇,合于四九之数,两者之和即"河洛六艺"81 篇,合于九九之数。 这些神圣文本经过强制性的标准化处理之后,成为不可更动的恒久之物,私人图谶的行为就是"大逆不道"了。 永平十六年(73),明帝异母弟兄刘延以及谢弇、韩光等造作图谶,为人揭发,谢弇、韩光自杀,刘延也被贬。"刘延与其说有罪,不如说他轻信;他对图谶祠祭秘术的兴趣已被夸大为对皇帝的一种危险。"①

光武帝的"宣布图谶于天下",标示了王权对知识形态的重新规划。 图谶由民间和官方的自由阐释变成官方垄断的强制阐释,其职能变成帝王的私家工具,在形态上成为国家意识形态。 在这个事件中,其关键不在于图谶是否"妖言",不在于是否"正确",而在于"为谁服务"。 这个事件释放了一个强烈信息,知识、思想将受到王权的强制规划,独立性已经丧失。

这种强制规划经建初四年(79)的"白虎观会议"宣告完成。

(二)白虎观会议与东汉的国家意识形态

建初四年,汉章帝大会群儒于白虎观,"考详同异,连月乃罢。 肃宗亲临称制,如石渠故事。"②这就是著名的"白虎观会议"。 参加会议的有校书郎班固、博士赵博、李育、议郎杨终、郎官贾逵、广平王刘羡、鲁阳侯丁鸿等人。 五官中郎将魏应按皇帝的旨意提问,侍中淳于恭代表群儒作答,章帝亲自裁决。 会后,由班固将会议内容整理成《白虎通德论》(又称《白虎通义》)。

"白虎观会议"宣告了帝王意志与儒学思想的整合,成为国家意识形态时代的来临。

《白虎通义》是东汉前期最重要的文献之一,说它承载了东汉前期的帝国精神大概也不为过。《白虎通义》的理论资源主要是今文经学、纬书、阴

---

① [英]崔瑞德、鲁惟一:《剑桥中国秦汉史》,杨品泉等译,237 页,北京,中国社会科学出版社,1992。
② (南朝宋)范晔:《后汉书》,2546 页,北京,中华书局,1965。

阳五行，其理论逻辑是"天人感应"指导下的"天—地—人"的比附系统。《白虎通义》给人一种相当鲜明而强大的秩序感，一种强烈规划世界秩序的意志和力量，并让人感到，这群儒家士大夫在帝王的领导下，要为整个世界（自然、社会）建立秩序、赋予意义。

1.《白虎通义》的世界图式

《白虎通义》展示了一种经过严格规划的、秩序井然的、无所不包的世界图式。这是一个由"天人感应"的意志力量统辖下的"天—地—人"一体的庞大的比附系统。它由以下几个层次构成：①

(1)宇宙图式

构成内容：

　　天(三光：日、月、星)

　　地(三形：高、下、平；四渎、五岳)

　　人、万物

关系模式：

　　六合(上下、四方)

　　年岁、四时、月日、昼夜

运行规则：

　　五行(金、木、水、火、土)

　　阴阳

运行内容：

　　灾变，等等

(2)帝国图式

构成内容：

　　天子、君、王、圣人

---

① 这个图式只是一个大致分类，只取其大致的内容倾向，而忽略概念的细部交叉之处。

诸侯、臣(公、卿、大夫)

民

关系模式:

三纲(君臣、父子、夫妇)

六纪(诸父、兄弟、族人、诸舅、师长、朋友)

三教(忠、敬、文)

五刑

行为规则:

尊卑

行为内容:

爵号、礼乐、三军、诛伐、谏诤、乡射、致仕、辟雍、封禅、巡狩、考黜、商贾、丧服、崩薨

(3)人生图式

构成内容:

三纲(君臣、父子、夫妇)

六纪(诸父、兄弟、族人、诸舅、师长、朋友)①

五性(仁、义、礼、智、信)

六情(喜、怒、哀、乐、爱、恶)

五藏(肝、心、肺、肾、脾)

六府(肠、小肠、胃、膀胱、三焦、胆)

关系模式:

三纲(君臣、父子、夫妇)

六纪(诸父、兄弟、族人、诸舅、师长、朋友)

生活规则:

尊卑

---

① 对于人生而言,三纲六纪既是人生内容的构成因素,又是人生关系和秩序的构成模式。

生活内容：

姓名、寿命、衣裳、绋冕、嫁娶

宇宙图式、帝国图式、人生图式，这三种图式同时也是三种相互比照的秩序，即宇宙秩序、帝国秩序、人生秩序，它们按照一脉相承的比附关系，构成一个井井有条的世界图景。宇宙、社会、人生，天道、人伦，都被纳入一种"客观性"的关系模式，这样，《白虎通义》就给整个帝国提供了一整套法典化的解释系统，一切人、物都有一个确定的位置，一切事态都有一个客观的依据。在这个世界秩序中，有一种依天意而贯通上下的意志与力量，"天不变道亦不变"，世间万事万物都可以上溯到这个最终的、至高无上的终极依据。《白虎通义》最主要、最重要的内容是帝王，他被安放在距离"天"最近的一个位置上，整个《白虎通义》所贯穿的就是"天意"旗帜下的帝王意志。

2.《白虎通义》的意义系统

现在我们再看一下这个庞大的世界图式是依据怎样的解释机制建立起来的。

（1）谶纬化：天人感应——宇宙论依据。

既然《白虎通义》以"天意"来贯彻帝王意志，确立帝王（"天子"）在人间的至高无上的地位，必然要借助宇宙论的支持。这种资源来自纬书。《白虎通义》卷一"爵"：

天子者，爵称也。爵所以称天子者何？王者父天母地，为天之子也。故《援神契》曰："天覆地载谓之天子，上法斗极。"《钩命决》曰："天子，爵称也。"帝王之德有优劣，所以俱称天子者何？以其俱命于天，而王治五千里内也。[1]

---

[1] （清）陈立撰：《白虎通疏证》，1~3页，北京，中华书局，1994。

这里的《援神契》《钩命决》均系纬书。纬书是儒典的神学化,从这里很容易找到"君权神授"的直接依据。除了直接援引纬书,还有"理念上"的谶纬化。以"天人感应"为精神支柱的今文经学是《白虎通义》最重要的精神资源,非常明显,《白虎通义》建立的整个世界图式就是一个"天人感应"的巨大系统。

（2）经典化、神圣化。

谶纬化的解释是以寻求"天意"为终极依据的,而经典化的解释则是以来自儒家圣人的经典为神圣依据的。《白虎通义》卷五"诛伐":

> 诛不避亲戚何？所以尊君卑臣,强干弱枝,明善善恶恶之义也。《春秋传》曰:"季子煞其母兄,何善尔？示诛不避母兄,君臣之义也。"《尚书》曰:"肆朕诞以尔东征",诛弟也。[1]

在汉代,"六艺"本身就具有神圣价值,《白虎通义》正体现了儒者与帝王在国家意识形态建构工程中的一次出色的合作。

（3）数字化:建立"天—地—人"的"客观系统"。

《白虎通义》也有一个来自宇宙自然法则的知识背景,它上承董仲舒关于天人关系的思路,下采当时颇为流行的纬书中的天文地理、阴阳五行、数术方技等知识,又仿效《淮南子》的总体布局,合成为一个很和谐的构架。[2] 这样,它就把"天人感应"的世界秩序纳入了一个"客观系统",为意识形态找到了一个"标准化"的解释。显然,这样的解释至少在形式上更接近"真理",它为《白虎通义》的人间秩序提供了最重要的结构依据。《白虎通义》卷四"封公侯":

> 王者所以立三公九卿何？曰:天虽至神,必因日月之光。地虽至

---

[1] （清）陈立撰:《白虎通疏证》,211页,北京,中华书局,1994。
[2] 葛兆光:《中国思想史》第一卷,273页,上海,复旦大学出版社,2001。

灵，必有山川之化。圣人虽有万人之德，必须俊贤。三公、九卿、二十七大夫、八十一元士，以顺天成其道。司马主兵，司徒主人，司空主地。王者受命为天地人之职，故分职以置三公，各主其一，以效其功。一公置三卿，故九卿也。天道莫不成于三：天有三光，日、月、星；地有三形，高、下、平；人有三尊，君、父、师。故一公三卿佐之，一卿三大夫佐之，一大夫三元士佐之。天有三光，然后能遍照，各自有三法，物成于三，有始，有中，有终。明天道而终之也。三公、九卿、二十七大夫、八十一元士，凡百二十官。下应十二子。①

卷八"三纲六纪"：

三纲法天地人，六纪法六合。君臣法天，取象日月屈信，归功天也。父子法地，取象五行转相生也。夫妇法人，取象人合阴阳，有施化端也。六纪者，为三纲之纪者也。师长，君臣之纪也，以其皆成己也。诸父、兄弟，父子之纪也，以其有亲恩连也。诸舅、朋友，夫妇之纪也，以其皆有同志为己助也。②

这样，"神秘而又神圣、沉默而又有序的宇宙法则就成了一切合理性的来源。"③国家意识形态经过这样的"数字化""客观化"的处理，便成为人间秩序的守护神。

（4）阴阳、五行——人间秩序的隐秘规则。

阴阳、五行之说是非常古老的宇宙论学说，也是今文经学最重要的观念基础之一，它简单明晰的消长、生克关系模式可以为人间秩序提供灵活方便的解释。《白虎通义》卷四"封公侯"：

---

① （清）陈立撰：《白虎通疏证》，129～132页，北京，中华书局，1994。
② 同上书，375页。
③ 葛兆光:《中国思想史》第一卷，274页，上海，复旦大学出版社，2001。

> 封诸侯以夏何？阳气盛养，故封诸侯，盛养贤也。封立人君，阳德之盛者也。《月令》曰："孟夏之月，行赏，封诸侯，庆赐，无不欣悦。"①

《白虎通义》卷六"耕桑"：

> 王者……耕于东郊何？东方少阳，农事始起。桑于西郊何？西方少阴，女功所成。②

阴阳、五行的消长、生克关系模式是对宇宙万物运动的一种简明解释，它本身就是一种秩序模式。正是因为这种简明的秩序，把它引入到人间秩序时，才会有广阔的解释空间。这正是意识形态建构所需要的理论资源。

《白虎通义》以世界图式的形式确立了国家意识形态体系，以及一个思想观念世界的标准图式。儒者和帝王共同参与了这项庞大工程，他们向世人展示了一次政治与学术、权力与知识的成功合作。经过这次合作，帝王与儒者全都有章可循了，今文经学各家省去了没完没了的争执，帝王也确立了让自己满意的合法性依据。这看似是一个完美的合作过程，但危机却始终隐藏在这个看似完美的世界图式之中。在"天意"主宰的标准化、客观化的世界图式中，儒家知识者的创造性、独立性、自由性也随着"大一统"的规划而大打折扣；而且，在帝王与儒者的关系中，儒者的服从性本来就远远大于其批判性。此时，他们面对的是这个完美规划过的"美丽新世界"，以及这个强大的汉帝国和这个代表"天意"的帝王，他们知道，他们最该做、最能做的就是赞美。就连被后世尊为"神学斗士"的王充，和在他那号称"疾虚妄"巨著的《论衡》里，对这个强大帝国和神圣帝王，所做的也只是赞美，而且还连篇累牍地指责其他儒者在赞美上有所失职。

---

① （清）陈立撰：《白虎通疏证》，144 页，北京，中华书局，1994。
② 同上书，276 页。

看到这个被完美规划的世界图式,这一切似乎都是可以理解的了。

◎ 第三节
专制集权背景下的士人生存

"大一统"的集权政治,是东汉前期文艺思想最重要的现实背景,在这个总体背景之下,作为文艺思想主体的汉代士人在身份、心态、价值取向、表达方式等方面都发生了明显的变化,呈现出与先秦时代截然不同的特征。

一、从帝王师到帝王奴

(一)身份的历程

汉代的士人身份与先秦时期是截然不同的,这种不同,主要是由于士人与帝王关系的不同。先秦时代,由于诸侯列国的纷争,士人有相对自由的身份,士人对于君王,也有着事关政权存亡的重要意义。士人与君王(帝王)是一种互相利用、互相依存的关系。因此,成功的士人可以成为"帝王师",而且,他们还能以"帝王师"的资格游走于各个势力集团,最终找到自己安身立命、显身扬名的舞台。到汉代,随着集权制度的建立和巩固,士人对于国家政权的意义急剧降低,士人与帝王的关系变为一种单向的依附关系,士人们也不再是先秦的"游士"。"秦、汉统一帝国的出现,中国知识阶层史上的游士时代随即告终,这是完全不必诧异的。"[①]

他们中的一部分人成为帝王专制体制中的"士大夫",另一部分则沦落草野。总体上,士人的身份地位由"帝王师"逐渐沦为"帝王奴"。

---

① 余英时:《中国知识人之史的考察》,79 页,桂林,广西师范大学出版社,2004。

士人由"帝王师"沦为"帝王奴"的历程,也就是集权政治的确立和一步步加强的过程。汉代继承了秦代确立的金字塔式的、"一人专制"的集权政治,帝王对隶属于自己的官僚系统总是怀着既利用又猜忌的心态,他总是对任何潜在的"分权"威胁耿耿于怀。所以,在集权政治体制中,士人要从帝王权力中分得一杯羹,不仅艰难,而且危险。

在东汉前期的太平盛世里,士人"帝王奴"的地位就更加明显。春秋战国以及秦汉之交,心怀大志的士人们可以一展雄才,但时逢专制集权的太平盛世,即使他们还有先秦时代的才略,也没有施展的可能和必要。他们能做的不是"指点"帝王建立伟业,而是"加入"和"协助"帝王实现自己的蓝图,而且,这个蓝图也包括帝王对士人们的利用和限制。

集权政治一步步加强的历程,同时也伴随着思想文化"大一统"的历程,经过汉武帝时代的"罢黜百家,独尊儒术",宣帝时代的"石渠会议",再到章帝时的"白虎观会议",儒学越来越繁盛,但儒家士人的自由思想空间却越来越小。独尊儒术,本来就是王权与儒学妥协的结果,是双方"互利互惠"的成功合作。借此,儒学取得了独尊地位,但是士人们再也不可能与帝王分权力之羹,而只能期待着帝王从权力之杯赏赐一口残酒,只能是努力使自己成为帝国官僚体制中的一分子。

(二)"士不遇"的时代主题

士人理想包括两方面的内容:一是希望以自己的才智影响帝国的政治生活,这是"宏大理想";二是通过加入帝国的政治生活而获得更为优势的生存资源,这是"私人理想"。当然这两种内容都可以用一个词来概括,那就是"建功立业"。

事实证明,这两方面的建功立业都很难实现。汉代士人们协助帝王建立了集权制度,反过来又受到这种制度的制约。他们努力成为这个制度的一分子,并努力服务于这种制度。然而更多时候不是他们影响帝国的政治生活,而是被后者所影响,也就是说,他们的"宏大理想"实际上就是成为"高级帝王奴"。东汉时期最闪光的士人之一——王充一生都在为这个理想而奋斗，他写作《论衡》的一个重要目的，就是证明自己有资格成为一个高级御用文人。

"私人理想"的实现也是不容易的。

虽然汉代士人的地位降低了，但士人的人数却增加了。"汉代在中国历史上的主要贡献之一是自认为绅士（士）的人群扩大了。地方精英分子开始认为自己是有教养的士，即使学识平庸之辈也是如此。尽管他们在地理上彼此分隔和他们的大部分活动集中于本地，他们仍然不仅从共同集体的角度来看待自己，而且也认为自己是全国的文化、学术和政治事务的参加者，即使是非常间接的参加者。"①但是，人数的增加并不代表境遇的改善，出身低微的士人很少有进入社会高层的机会。从《后汉书》来看，大多数获得功名的人出身于在地方上已定居数代之久的名门望族，许多家庭已经有人为官。《后汉书》所载"因政治活动而闻名"的252人以及"因文学成就或笃行而闻名"的120人中，社会地位低下或贫困者只占4%（9人）和10%（12人）。②

这样，一方面"帝王师"时代已经一去不复返，高级的"帝王奴"也不是那么容易就做到的，连普普通通的出人头地都是如此艰难。于是"士不遇"便成为一个普遍性的时代主题。

可以说，"士不遇"是有汉一代士人们解不开的"心结"。这种心态的总体特征是：因为再也没有先秦士人"纵横捭阖"的舞台，他们只能怀想着先秦士人的光彩，怀着强烈的建功立业的渴望；他们只能憧憬，甚至企求帝王的垂青从而实现他们的人生理想。但是，在帝王专制面前，他们必然以失败而告终，无法实现自己的理想，于是对帝王、对自我又陷入失望、怨愤和怀疑之中。

这种心态在文艺作品中多有体现。就辞赋来说，两汉出现大量的"失志

---

① ［英］崔瑞德、鲁惟一：《剑桥中国秦汉史》，612页，北京，中国社会科学出版社，1992。
② 同上书，604～605页。

之赋",如东方朔的《答客难》、扬雄的《解嘲》、贾谊的《鹏鸟赋》、董仲舒的《士不遇赋》、司马迁的《悲士不遇赋》、班固的《幽通赋》与《答宾戏》等。当然,西汉和东汉的辞赋家在面对"士不遇"的时候是有差异的。同为"失志之赋",西汉赋多"怨",而东汉赋多"志"。原因也不难发现,西汉赋家尚存有对先秦时代、秦汉之交士人风采的回望,而东汉士人经过二百多年的"大一统",早已经淡化了这份情怀。还有一个类似问题也与"士不遇"有关,就是汉代辞赋家对屈原颇为关注,大量的"骚体赋"也正是在"失志"这一心态上与屈原同类相应。与此相关,还有一个被人广为谈论的文学思想话题,那就是司马迁与班固在对屈原评价问题上的差异。司马迁对屈原的评价本于"诗可怨"的传统,认为"屈平之作离骚,盖自怨生也",赞扬屈原的"正道直行""竭忠尽智";而班固则认为屈原自沉是不明智的,批评他不能明哲保身,反而"露才扬己"。显然,班固的态度缘于他的命运观,以及在"大一统"背景下对王权的认可与忠诚。

二、从"谏"到"颂"

(一)"谏"与"天":士人制衡帝王之二柄

不论其现实地位如何,"王政"一直是汉代士人一个重要的价值维度,汉代士人干预政治的冲动是一直存在的。一方面他们要依附于帝王,另一方面他们又希望对帝王行为进行适当的制衡。总体而言,汉代士人对王政的干预主要有两个方面,一是"谏",一是"天"。

先说"谏"。对于士大夫们而言,"谏"是他们对帝王的义务。历朝都有专门的"谏官",东汉的"谏官"称"谏议大夫",置三十人,他们的职责便是直言极谏、匡正君非。当然,帝王纳谏与否,取决于帝王的个人意愿。

"谏议大夫"毕竟是极少数人,士人之"谏"更多是以文章来表达他们对帝王的"谏"。这就是《毛诗序》所言的诗有六艺之"风":

上以风化下，下以风刺上，主文而谲谏，言之者无罪，闻之者足以戒，故曰风。①

孔颖达："风训讽也，教也。讽谓微加晓告，教谓殷勤诲示。讽之与教，始末之异名耳。言王者施化，先依违讽谕以动之，民渐开悟，乃后明教命以化之。"②通过"风"，达到君王与臣下之间的沟通。然后是臣民的回应："下以风刺上。"臣下用审美形式的诗来讽谏君王，不是直切的揭露，而是"主文而谲谏"，也就是说，用优美的文辞进行委婉隐约的劝谏，"不直言君之过失"③。这样，"言之者无罪，闻之者足以戒"，下民在诗的感动之下，美化了风俗，改正了过失，上下的和谐交流得以完成，诗歌干预现实政治的功能也得以实现。

当然，这是帝王与臣下交流的理想状态，要求帝王有足够的自省意识，臣下也要把握好"主文而谲谏"的恰当尺度。汉代的赋家们也希望用辞赋对帝王进行"主文而谲谏"，但结果却是失败的。因为双方都没有实现这种完美交流的可能。赋家之赋过于"文"而埋没了"谏"，而且帝王在阅读辞赋的时候，似乎本来就没考虑赋家在讽谏自己，更不要说他能有什么自省意识了。司马相如《天子游猎赋》讽谏帝王奢华，证明是无效的，他的《大人赋》也想讽谏，反而让武帝"缥缥有凌云之志"。于是扬雄就对这种讽谏形式失望了，讥之为壮夫不为的"雕虫小技"。到了东汉，辞赋的讽谏功能越来越少，终于告别了"谏"，只保留了"颂"。

士人还有另一种用以制衡帝王的手段，那就是"天"，或"天道"。

相对于"天道"而言，诗赋文章确实是"小技"。"天道"处于宇宙观的至尊地位，掌握了天道，就是掌握了"真理"。从春秋战国时代以来，中国的士人一直就以道自任。中国历史上，再专制的帝王也不能以一己之私垄断

---

① （汉）郑玄笺，（唐）孔颖达疏：《毛诗注疏》，16页，上海，上海古籍出版社，2013。
② 同上书，6页。
③ 同上书，16页。

真理，这一点上，他必须与士人（知识者）进行妥协。对真理的解释权一直是士人与帝王对话的资本。以道自任的士人们也正是凭着自己所承担的"道"来制衡帝王的"势"。

> 中国知识分子不但自始即面对着巨大的政治权势，而且还要直接过问恺撒的事。他们虽自任以"道"，但这个"道"却是无形的，除了他们个人的人格之外，"道"是没有其他保证的。……为了使"道"不受委屈，中国古代知识分子进行了客观和主观两方面的努力。客观方面他们要建立"道"尊于"势"的观念，使拥有政治权势的人也不能不在"道"的面前低头。……在主观方面，古代知识分子则提倡内心修养，这是要给"道"建立内在的保证。①

倡导"罢黜百家，独尊儒术"中的董仲舒，以及白虎观会议的儒者们，也正是凭借着自己所掌握的"天道"的解释权与帝王达成的妥协。董仲舒所言"屈民而伸君，屈君而伸天，春秋之大义也"②正是这种策略的体现：确认帝王在人间的至尊地位，但同时又让他受到"天"的宰制，而"天"的解释权在儒者。《白虎通义》也是用类似的逻辑企图达到制衡帝王的目的：

> 当人间的这些准则已经在宇宙法则的支持下成了无须论证的、天然合理的东西之后，……它凭借宇宙法则的象征性，确立一个以君主为中心的社会秩序，也确认一个以天子为中心的封建诸侯联邦制的国家形式，同时又在《三纲六纪》篇中，进一步论证"人"与天地、日月、四时的秩序的关系，确认等级秩序在人的层面的不容置疑的合理性与必要性，再论证天子的权威通过"封禅"、"巡狩"等外在的仪式性活动，取得"天"的认可，于是他的"诛伐"便拥有了来自"天"的绝对的合理性，而臣下则

---

① 余英时：《中国知识人之史的考察》，106～107页，桂林，广西师范大学出版社，2004。
② （清）苏舆撰：《春秋繁露义证》，32页，北京，中华书局，1992。

通过"灾变"取得了与皇权协调与整合的可能，"谏诤"也由此获得了某些相对的合理性。①

所以说，看似"封建迷信"的"谶纬神学"，在专制帝国的意识形态建构中，也确实融入了儒者的一番苦心。而且，这种苦心也确实达到了一定的效果。就连以独断著称的光武帝也不得不对"天"有所畏惧。《后汉书·志第七·祭祀上》言：

> 群臣上言，即位三十年，宜封禅泰山。诏书曰："即位三十年，百姓怨气满腹，吾谁欺，欺天乎？曾谓泰山不如林放，何事污七十二代之编录！桓公欲封，管仲非之。若郡县远遣吏上寿，盛称虚美，必髡，兼令屯田。"于是群臣不敢复言。②

哪怕这只是一种姿态，但对于一个专制帝王而言，能如此已经相当难得了。

当然，由于专制集权的严酷现实，拥有绝对现世权威的帝王与士人之间的对话关系并不是真正对等的，最终败下来的一定是士人。好在，以道自任的儒者还有另一个安身之处：内心，以及精神上的修养。"试想士之所以自任者如此之大，而客观的凭借又如此薄弱，则他们除了精神修养以外，还有什么可靠的保证足以肯定自己对于'道'的信持？所以从孔子开始，'修身'即成为知识分子的一个必要条件……孔子以后已转化为一种内在的道德实践，其目的和效用则与重建政治社会秩序密不可分。"③

考察从屈原到班固的"失志之赋"，不论其情调是怨还是悲，也不论其倾向是消极还是进取，这些失志的士人们最终多会把精神的修养作为对抗失

---

① 葛兆光：《中国思想史》第一卷，275页，上海，复旦大学出版社，2001。
② （南朝宋）范晔：《后汉书》，3161页，北京，中华书局，1965。
③ 余英时：《中国知识人之史的考察》，107～108页，桂林，广西师范大学出版社，2004。

意的良方。屈原宁自沉也要保持自己的"皓皓之白",最终"从彭咸之所居";贾谊的《鵩鸟赋》归于"德人无累,知命无忧"的老庄情怀;班固的《幽通赋》则归于"保身遗名""舍生取义"的儒家精神。

以入世的情怀,执着于精神的价值,不能不说这是中国士人的可爱之处。

（二）"颂":责任意识的变异

"主文谲谏"是士人的理想,更多时候是一厢情愿的幻想,因为它与专制政治的本性是相违背的。所谓专制、集权,就是要一人(帝王)独揽更多的权力,就是要否定来自他者的制衡。虽然儒者进行"主文谲谏"时要经过小心翼翼的文饰,把"谏"中的"刺"美化到给人痛感最小的程度,但这种"刺"常常就没有实际意义了。赋家的苦心常常白费。考察文学史,"讽谏"的作品应该说比比皆是,但是有哪个帝王因为听信了某首诗、某篇赋的"美刺"之语而反省自责呢？有些时候,虽然讽谏之作进入士人与帝王的交流,但讽谏之义却并没有进入帝王的阅读视野,他只愿接受其中的"美"而忽略了被层层包裹着的"刺"。大赋所反映出的就是这样的效果。

同样,"天"对于专制帝王的制约也是有限的。在儒者与帝王之间所进行的学术话语权与世俗王权的交易中,王权虽然不能直接侵夺儒者的话语权,但却可以世俗权利控制话语者。"天"的解释者(儒者)只是"天子"的雇员,所以实际情况是,"天"按照"天子"的意志被儒者阐释,并最终加以法典化。虽然有学者指出,《白虎通义》并非章帝一人的意见,而是一群儒者们集体讨论的结果,但再明显不过的常识是,一个有生杀权力的帝王坐在会议的前台,其他与会的儒者们不可能提出并讨论"有违圣意"的问题,更何况最终是由皇帝"临决称制"呢！再说,白虎观会议虽然讨论的是"学术问题",但其实质上并不是或并不主要是学术会议,而是政治会议,这是再明显不过的事实。

不难想见，虽然士人们曾经对"讽谏"寄予了很大希望，但只达到了极其有限的效果。"主文而谲谏"的背后，是士人的焦虑感，借用徐复观的话，是来自"大一统"一人专制的压力感。

有压力就要释放。当专制空间略有松动的时候，相反的心理能力就会释放出来。东汉后期，专制社会的严密秩序已经受到冲击，这时，仲长统的《昌言》便对专制帝王进行愤怒地揭露：

> 及继体之时，民心定矣。普天之下，赖我而得生育，由我而得富贵，安居乐业，长养子孙，天下晏然，皆归心于我矣。豪杰之心既绝，士民之志已定，贵有常家，尊在一人。当此之时，虽下愚之才居之，犹能使恩同天地，威侔鬼神。暴风疾霆，不足以方其怒；阳春时雨，不足以喻其泽；周、孔数千，无所复角其圣；贲、育百万，无所复奋其勇矣。[①]

如果不能释放，就会以其他方式来转移。东汉前期，"颂"就是转移专制压力的一种形式。专制背景之下，"讽谏"变得无力甚至失效，于是，"谲谏"式微，同属于诗之"六艺"的"颂"便出场了。

就像"讽谏"出于士人的责任意识，"颂"也出于责任意识。一方面，对于政治具有强烈介入和干预的意识，本来就是士人的本性；另一方面，伟大的时代需要积极的鼓手，太平盛世为士人提供了"颂"的必要。而且，"颂"并不需要像"讽"那样冒风险，士人们所要做的，只需对盛世进行积极地响应就够了。班固《两都赋序》云：

> 大汉初定，日不暇给。至于武、宣之世，乃崇礼官，考文章，内设金马石渠之署，外兴乐府协律之事，以兴废继绝，润色鸿业。是以众庶悦豫，福应尤盛。《白麟》、《赤雁》、《芝房》、《宝鼎》之歌，荐于郊庙。

---

① （南朝宋）范晔：《后汉书》，1647页，北京，中华书局，1965。

神雀、五凤、甘露、黄龙之瑞,以为年纪。故言语侍从之臣,若司马相如、虞丘寿王、东方朔、枚皋、王褒、刘向之属,朝夕论思,日月献纳;而公卿大,臣御史大夫兒宽、太常孔臧、太中大夫董仲舒、宗正刘德、太子太傅萧望之等,时时间作。①

这是让人兴奋的盛世情怀。盛世而不知"颂"便是没有尽到对这个时代的义务。王充《论衡》便把那些不知"颂汉"的儒者称为"俗儒""拘儒"。而且,这种情怀又与士人的生存利益连在一起。司马相如就是因为所献的《子虚赋》《上林赋》而受到武帝垂青的。试想,有几个士人是靠讽谏帝王而获得垂青的呢?

盛世的士人们找到了另一种更适宜的生存方式,即以"赞美"的状态积极地活着。这也反映了专制制度下,士人由被规划、被压抑到主动投靠、认可的心路历程。受此影响,此时期的文章观念带有强烈的功利主义色彩,也就不足为怪了。

◎ 第四节

东汉前期知识生产的总体情势

前文主要是从集权政治以及"大一统"的思想、文化背景来谈东汉前期文艺思想的出场,现在来看东汉前期文艺思想是在怎样的知识生产总体格局之下出场的。我们从以下几个维度来考察:一、面对儒家经典的不同取向;二、总揽世界的气魄;三、谶纬作为独特的知识形态;四、司马迁与班固的历史书写。

---

① (南朝梁)萧统编,(唐)李善注:《文选》,2~3页,上海,上海古籍出版社,1986。

一、面对经典:汉代知识生产的四种重要类型

对圣贤"经典"的解读和传授,是考察汉代知识生产不可跨越的第一个重要维度。圣贤经典是历史留给这个庞大帝国的精神资源。汉儒借助国家政权的力量,经过"罢黜百家,独尊儒术",使儒家"五经"取得正统、神圣地位。从此,"五经"成为汉代任何知识生产都无法忽视、无法逾越的重要维度。知识者该如何运用这些精神资源,建构起自己的精神世界?他们开辟了四条路径:"传经""仿经""注经""非经"。

(一)"传经"

严格说,"传经"是知识的教授、学习、传播和运用,但它也是另一种意义上的"知识再生产",而且是汉代最重要的知识生产形式,它是在儒者的积极行动与官方的积极支持与配合之下进行的知识生产。儒学从汉初众家学说中脱颖而出并大行其道,依赖的是政权支持,所谓"罢黜百家,独尊儒术"。《汉书·儒林传》言:

> 汉兴,言《易》自淄川田生;言《书》自济南伏生;言《诗》,于鲁则申培公,于齐则辕固生,燕则韩太傅;言《礼》,则鲁高堂生;言《春秋》,于齐则胡毋生,于赵则董仲舒。及窦太后崩,武安君田蚡为丞相,黜黄老、刑名百家之言,延文学儒者以百数,而公孙弘以治《春秋》为丞相封侯,天下学士靡然乡风矣。[①]

经学成为"官学",是国家政治生活的一部分,事关礼乐人伦,因此,汉代经学不仅是一种知识的学习和再生产,而是一种政治实践。"经世致用"成为经学,尤其是成为今文经学知识者的立身之道。至董仲舒《春秋繁

---

① (汉)班固:《汉书》,3593页,北京,中华书局,1962。

露》，其以春秋公羊学为指导，建立起一个庞大的天人感应系统，成为汉代国家意识形态的基础观念。当然，以董氏为代表的今文经学的成功，不仅因为得到国家政权的支持，也因为其今文经学能够容纳其他各家知识形态，如阴阳、五行、方技之学等，从而使儒家经典"扩容"，令今文经学更为"致用"。

东汉王朝对儒学当然也是大力支持的。光武帝就是一位热衷于儒学的帝王，王朝建立之初，他便大兴儒学：

> 昔王莽、更始之际，天下散乱，礼乐分崩，典文残落。及光武中兴，爱好经术，未及下车，而先访儒雅，采求阙文，补缀漏逸。先是，四方学士多怀协图书，遁逃林薮。自是莫不抱负坟策，云会京师，范升、陈元、郑兴、杜林、卫宏、刘昆、桓荣之徒，继踵而集。于是立《五经》博士，各以家法教授，《易》有施、孟、梁丘、京氏，《尚书》欧阳、大小夏侯，《诗》齐、鲁、韩，《礼》大小戴，《春秋》严、颜、凡十四博士，太常差次总领焉。①

经学的繁盛，在传播过程中出现各种"家法""师法"的纷争，为免于各家之间学说的混乱无章，也为了国家的意识形态工程的建构，两次著名的会议在皇帝的主持下召开，即"石渠会议"和"白虎观会议"。此不赘述。

（二）"仿经"

汉代部分士人还有一种"向圣贤看齐"的冲动，以扬雄为代表。扬雄的《法言》和《太玄》，在体制上模仿《论语》和《易经》，这是一个大胆的行为。如果说，"传经"的行为还只限于"经世致用"政治实践的话，那么扬雄的《法言》和《太玄》写作，便是对儒家经典采取的"智慧的行动"。这种胆识，在五经被奉为神圣的年代，其思想史意义是值得大书特书的。可叹

---

① （南朝宋）范晔：《后汉书》，2545页，北京，中华书局，1965。

的是，人们谈起汉代的思想创造，首先谈到的总是王充的"唯物论"以及他与"谶纬神学"的斗争，对扬雄的《法言》和《太玄》的思想创造，往往重视不够。倒是徐复观对扬雄评价极高：

> 当时学者以五经博士为师，即以五经为发策决科的标准，于是五经以外的诸子，渐少人研究，这正是当时因博士的学术专利以致学术日趋固陋的情形。……扬雄为破当时博士系统固陋之弊，及他们以利禄为求学动机之可羞，故在此处特加点出。他在《吾子篇》说："多闻则守之以约，多见则守之以卓。寡闻则无约也，寡见则无卓也。"也是这种意思。
>
> 因五经博士知识活动之范围狭隘，而又获独占的地位，便只好在狭隘范围之内，玩弄语言魔术，以自欺欺人。在性质上与后世科举制度下的八股并无分别。……扬雄一面尊崇五经，一面要求把五经从固陋贪鄙的博士系统中解放出来，有如马丁·路德，要求把《新旧约》的解释权，由教廷的垄断中解脱出来一样。①

世人对五经的态度：德行高者为高德，德行低者为逐利。扬雄在这样的风气中，能以知识、智慧为使命，当属难能可贵。"扬雄在这一大倾向中，却主要是以好奇好异之心，投下他整个生命去追求知识。他当然也谈到政治问题，道德问题；但他都是以知识人的态度去谈，有点近于冷眼旁观，而不将自己介入的去谈。所以他是一个'知识型'的人生形态，近于西方所谓'智者'形态的人物。"②他以自己独特的知识创造，为两汉士人树立了一个异样的人生标杆。

（三）"注经"

像扬雄这样敢于"仿经"的毕竟只是极少数。在汉代知识生产中，还有

---

① 徐复观：《两汉思想史》第二卷，310~311页，上海，华东师范大学出版社，2001。
② 同上书，283页。

一类也非常出色,那就是以郑玄为代表的"注经"。郑玄注解经义,代圣人立言,成为后世知识生产最重要的形式之一。这种知识生产方式,一直延续到清代考据之学的大兴,直到今世仍有其余绪。郑玄的伟大之处首先在于他在博通众经的基础上,能超越古今文经学两大派别的门户纷争,超越经学各家"家法""师法"的刻板局限,把圣贤经典融会贯通,给出最具说服力的解释。《后汉书·郑玄传》云:

> 汉兴,诸儒颇修艺文;及东京,学者亦各名家。而守文之徒,滞固所禀,异端纷纭,互相诡激,遂令经有数家,家有数说,章句多者或乃百余万言,学徒劳而少功,后生疑而莫正。郑玄括囊大典,网罗众家,删裁繁诬,刊改漏失,自是学者略知所归。①

有人将他的注经说成"中国的解释学",应该是有些道理的。郑玄以毕生精力注释儒家经典,他不仅为后世提供了最可资参照的经典解释,同时他也为后世知识展示了一个典型的学术人生的样本。身遭"党锢之祸"之后,郑玄14年杜门著书,党锢结束后,仍旧能以学术为业,面对利禄,不为所动,宁静自守。这是"学术化生存"的另一种"名节之士",当人们以经学为饭碗的时候,他让人们见识到了另一种人生价值。

(四)"非经"

"非经"是异端的声音,以王充、桓谭为代表。他们反对盲从经典,对儒家经典持一种反思与质疑的态度。这种类型的知识生产可一直持续到明代的李贽。

学术发展有其自身的逻辑。一种学术发展得足够成熟之后,自然就会滋生出"异"的因素来,即从不同的向度进行突破,而反向的突破就是最惊世

---

① (南朝宋)范晔:《后汉书》,1212~1213页,北京,中华书局,1965。

骇俗的异端倾向。因为学说中的"唯物论"因素,今人对王充给予了足够的重视,后文有专章详述,此处且说桓谭。桓谭,字君山,沛国相(今安徽濉溪县西北)人。《后汉书·桓谭传》对他这样描述:

> 父成帝时为太乐令。谭以父任为郎,因好音律,善鼓琴。博学多通,遍习《五经》,皆诂训大义,不为章句。能文章,尤好古学,数从刘歆、扬雄辨析疑异。性嗜倡乐,简易不修威仪,而憙非毁俗儒,由是多见排抵。①

好音律、嗜倡乐、博学、不为章句、不修威仪,这是一个性情自由、不受拘束的文人形象,自然,这样的人肯定不会招"俗儒"们待见,也一定会被视为异端。当然,异端的不仅在其行止,更在其思想。王充将桓谭视为值得尊敬的同道,称之为"鸿儒",在思想上,他们二人同属异端,都反对当时流行的谶纬思想。桓谭给王充提供了一个危险的参照,他差点因为反对谶纬丢了命。

> 有诏会议灵台所处,帝谓谭曰:"吾欲以谶决之,何如?"谭默然良久,曰:"臣不读谶。"帝问其故,谭复极言谶之非经。帝大怒曰:"桓谭非圣无法,将下斩之。"谭叩头流血,良久乃得解。②

桓谭极言谶之"非经",光武帝就说桓谭"非圣",不在于帽子扣得对不对,而在于谁的权力大。最后,这位可爱的文人也只能对着帝王"叩头流血"。其实,桓谭的"异端精神"远不似王充的"问孔""非韩""刺孟"那样质疑儒家基本经典,他只是想说"谶之非经",目的是出于一个文人的良知,维护他心中的儒家经典。与其说他有意唱反调,还不如说他单纯。在此之前,他明知道皇帝信谶纬,但还是"忠言直谏",上书反对;在"帝省

---

① (南朝宋)范晔:《后汉书》,955 页,北京,中华书局,1965。
② 同上书,961 页。

奏，愈不悦"之后，皇帝有意要治他的罪，他仍旧迎刃而上，"极言谶之非经"。他怀有一个文人的单纯与执着，直到"叩头流血"才知道帝王不是想"谏"就能"谏"的。

桓谭有《新论》十六卷，其学说与王充《论衡》多有相互阐发之处。朱谦之为其所辑桓谭《新论》所撰的序言，对桓谭有如下评价：

> 君山之书，非图谶，辟方士虚言，破时俗迷妄，当以论神形为第一，谓生之有长，长之有老，老之有死，若四时之代谢，以灯烛为喻，何异范缜？……仲任称子长、子云论说之徒，君山为甲；然而有幸有不幸者，君山以疏贱之质，熹非毁俗儒，论说世短，智者或能察，愚者不怀诽谤而怨之乎？是为世俗所遗失宜也。①

朱谦之所言的"灯烛为喻"，系指桓谭的"神形之论"：

> 余见其旁有麻烛。而炧垂一尺所，则因以喻事，言："精神居形体，犹火之然烛矣。如善扶持，随火而侧之，可无灭而竟烛。烛无火，亦不能独行于虚空，又不能后然其炧。炧，犹人之耆老，齿坠发白，肌肉枯腊，而精神弗为之能润泽，内外周遍，则气索而死，如火烛之俱尽矣。"②

此篇名曰"祛蔽"。"灯烛之喻"以一种修辞化的方式讲述"神形"观念，为惑者"祛蔽"。范缜的"神灭"之论也是如此表述。当然，使用这种表述方法最多、最精熟的当属王充，他的《论衡》几乎可以说是用修辞方式来"疾虚妄"的大著。

---

① （汉）桓谭撰，朱谦之校辑：《新辑本桓谭新论》，3页，北京，中华书局，2009。
② 同上书，32页。

二、总揽世界：汉人气魄

汉人总是有一种"总揽世界"的气魄。繁荣的大帝国给人们提供了一个极其广袤的现实空间，同时也给人提供了一个想象和创造的广阔空间。

（一）世界图式：《淮南鸿烈》《春秋繁露》《论衡》《白虎通义》

大一统的王朝，强盛的国家，使汉代知识者们有可能、有兴趣构筑世界、社会、人生的宏大知识体系，刘安的《淮南鸿烈》、董仲舒的《春秋繁露》、王充的《论衡》、班固的《白虎通义》等，都属于此类。当然，先秦时代的《吕氏春秋》应该也属于此类，不过，知识者有意识地、大规模地建构世界知识体系，当属汉代。

这些著作虽然在具体内容及意义旨归上有很大差异，但是，它们的运思方式却极其类似，都是在一个整体的"宇宙意识"统摄之下结构的知识体系，都是在一个总体的宇宙观的统摄之下，确立一个囊括天地—人伦—万物的无所不包的"世界图式"。

刘安的《淮南鸿烈》成于西汉文、景之世，其时尚黄老，所以《淮南鸿烈》是以道家思想为核心，杂以儒、法、阴阳等各家学说融汇而成的巨著。在内容上，它先确立"无为"之"道"的至高无上的主宰地位，以此统摄天、地、时、万物等自然世界，以及帝王、兵事、礼俗、人体等生活世界，还有精神、言论等主观世界。

董仲舒的《春秋繁露》以公羊经学思想为主导，以阴阳五行学说为依据，以天道的阴阳四时五行作为解释、判断一切自然与社会人生问题的依据，建构了一个在"天意"统摄之下，由"天人感应"所联系的宇宙系统，帝王、臣民、万物都是这个秩序井然的世界体系的一部分。

《白虎通义》是汉明帝与众儒者共同讨论并确定的一个具有世界图式的法典化表述。它同样是以"天意"统摄世间，以"天人感应"作为联系纽带，建立起帝王、臣民、万物的秩序系统。只不过，它所建立的世界秩序更加明晰，意志性更强。

之所以把王充《论衡》与前三部著作并论，是因为《论衡》同样有一种宇宙视野。只不过，它的宇宙视野不是体现在世界图式的确立上的，而是体现在他对世界图式的成见和批判上的。王充的《论衡》在否定意义上提供了一个世界图式的参照体系。《论衡》也有统贯全书的观念——"天道无为"，并以这种观念来比照他认为是"虚妄"的"成见世界"。这个"成见世界"也是由"天道—帝王—人事—性命—万物"构成的世界系统。

相似的世界图式，源自其相似的观念背景。宇宙视野的建立，与当时通行的天象学说相关，"宣夜说""盖天说""浑天说"已经进入人们的观念，其中"浑天说"已经为人们广泛接受。这种学说认为，天地如卵裹黄，天运动而地静止。不过，从王充的《论衡》来看，他的天象观应该是"盖天说"。天象学说给人们的世界想象提供了参照系和重要素材。此外，还有当时普遍流行的阴阳、五行、方技之论，它们给世界万物之间的生克、消长、关联，提供了一种有效的解释原则，这些都是构成世界图式的重要因素。

（二）宇宙情怀：大赋

大赋被称为汉代的"正统文学"，这种文学体裁在汉代的出场也与汉人的宇宙视野相关。司马相如在谈到大赋创作时说，"合綦组以成文，列锦绣而为质，一经一纬，一宫一商，此赋之迹也。赋家之心，苞括宇宙，总览人物，斯乃得之于内，不可得而传。"①其实，这种"不可得而传"的"赋家之心"就是"宇宙意识"或"宇宙情怀"。体现到具体的汉赋写作思维方式中，既有"苞括宇宙，总览人物"的整体性安排，又有"一经一纬，一宫一商"的细致铺陈；既可以总览宫苑、都市、山林，甚至天地日月的总体情势，又可以细观人物、草木、鸟兽的具体情态。可以说，我们能见到的所有

---

① （西汉）刘歆撰，（晋）葛洪集：《西京杂记》，见《汉魏六朝笔记小说大观》，89页，上海古籍出版社，1999。

大赋都有这样的特征。

这种既有总体性把握又不失细部描摹的写作思维方式,缘自汉代赋家对世界的把握方式和体验方式,其观念背景也与"天人感应"的宇宙观有关。"天人感应"宇宙观首先是一种世界图式,是一种整体性关联的关系结构;而且它还是人对世界的把握方式和体验方式,它的世界是一个"有情"的世界,而不是一个"无情"的"物"的集合。而且,它又与阴阳、五行、方技观念相结合,就使这个世界不仅是结构性的,更是生成性的,一个生生不息的"生活世界"。以现代的观念来看,这个"天人感应"的世界,本来就是一个巨大的"意象世界""修辞世界"和"寓言世界",这种宇宙观统摄下的世界本身就与审美体验有着天然的"亲和"。

三、谶纬:独特的知识形态

从意识形态看谶纬,则是别有用心的政客为了达到自己的政治目的而建立起的具有合法性解释的骗术;以当今的科学理性地看谶纬,它是反科学的,是封建迷信的神学观念。这是具有现代科学观念的我们给它放置的一个位置。但是,如果我们回到历史语境的话,它可能呈现出另一种不同的样态。从历史角度来说,人们对观念世界所作的类似"科学"与"迷信"的分野不是凝定不变的,而是生成性的、过程性的、语境性的,换句话说,今天的"迷信",在历史上曾经扮演"科学"的角色,同样,今天的"科学",也可能在将来被视为"迷信"。对谶纬,也应该持一种生成性的、过程性的、语境性的态度。"生在后世理性昌明时代反观那些残存的谶语纬书,固然可以斥之为'虚妄'或'迷信',站在精英的立场以冷静的理智态度来评价这些似乎神秘的思想,固然可以把它们革出经典思想史的门墙,但是,如果我们回到当时的心情,把它作为不绝如缕的一般知识与思想的自然延续,我们应当理解它的发生有其必然的内在理路,而在它的发生背后,又有极其复杂的社会与文化背景。"①

如果把谶纬当成一种知识形态的话,它是中国先民们把握世界、解释世界的重要方式。 从人类知识创造的本性来说,人总是企图揭示现象世界背后的类似"本质"的"永恒之物"(如"理念""泰一""道"),以及支配现象世界运行变化的类似"规律"的关系机制,并以此作为现象世界的解释系统。

谶纬也是一种解释系统。 谶纬的观念基础是中国传统中"天人合一""天人感应"的宇宙观。 这种宇宙观把"天"作为神圣的"恒久之物",作为现象世界的恒久性依据,作为解释系统的逻辑起点。 它的解释机制是天—地—人三位一体的同源结构,其具体的解释规则就是"阴阳""五行"等观念。 这类观念简单而抽象,但也正因为如此,它们才有非常强的包容能力和解释能力。 阴阳五行是当时广为流行的方技、数术、卜筮、星占等知识与观念的主要的基础形态。 不过到汉代,这类知识只能以民间形态存在,并不能登上主流知识界的大雅之堂。

任何知识作为一种话语,总要努力争取自己在整个知识群落中的地位。 要改变自己不登大雅之堂的边缘处境,有必要寻求与作为中心的、主流的儒家经典的支持。 在此同时,儒家经典知识话语也在寻求宇宙观的支持。"与一般知识力图向精英思想提升的趋势一致,精英思想也在向这种一般知识索

---

① 葛兆光:《中国思想史》第一卷,277 页,上海,复旦大学出版社,2001。 原书注释对学界关于谶纬的各种看法做了比较全面的评述,现转引如下:在过去尤其是 50 年代以后的思想史研究中,对谶纬基本上是用政治的背景、近代的科学加上西洋的哲学思路来批评的。 如侯外庐《中国思想通史》第二卷在谈到白虎观会议时曾说,白虎奏议使"谶纬国教化",使皇帝与上帝的关系固定化,显然是以政治史的立场来评价思想史问题。 见葛兆光:《中国思想史》第一卷,225 页,上海,复旦大学出版社,2001。 而任继愈《中国哲学史》在论及谶纬时也认为它是"封建神学与庸俗经学的混合物",并批评它"宣扬宗教迷信"是"十分浅薄荒诞"的,尽管谶纬中有"古史资料,古地理材料,还有一些天文、乐律、医学史料,但纬书的主要内容和基本趋向是宣传反科学的宗教迷信"。 见任继愈:《中国哲学史》第二册,95~98 页,北京,人民出版社,1966。 近年出版的钟肇鹏《谶纬说略》也认为谶纬是"一个包罗万象的神学体系","整个思想体系是神学唯心主义的",尽管"内容庞博繁富,里面也包含着一些科学知识"。 日本的一些思想史研究者的研究也大体如此,不过他们的立场往往是经典主义的,例如武内义雄的《中国思想史》等。 所以,日本学者安居香山指出,武内义雄把谶纬看成是齐学一流儒学与阴阳五行结合的末流,是堕落的迷信,实际上是过分强调儒家经典的立场,把思想强分为主流与异端了,凡是不在主流的思想统系都被当成异端,这种方式是不可取的。

取资源。在汉初以来学术与思想的意识形态化过程中,儒学不断修正其过分理想主义与精神主义的道德中心思路,采纳了相当多的黄、老思想为自己建构宇宙支持系统……同时也采纳了相当多的数术方技知识为自己建设一种沟通宇宙理论与实际政治运作和实际社会生活之间的策略与手段,不仅是董仲舒,此后相当多的儒者及官僚都在运用这种以阴阳五行为骨架、天人感应为中心、灾异祥瑞与现实政治相贯通的理论,也有不少儒者或官僚本人就很精通这种预测祸福的技术。"[1]正是经过这两种知识形态的合作,谶纬这种独特的知识形态登上汉代知识世界的前台,并在相当长的一段时间内取得了观念世界的优势地位。可以说,东汉前期的观念世界处处都打上了谶纬的烙印。

谶纬得到了主流知识界甚至王权的认可,取得了近乎"国家神学"的地位,也有其意识形态原因。一方面它与董仲舒以来的今文经学知识谱系联在一起;另一方面,它在实际政治生活中,又成为"帝王术"的一部分。在这一点上,崇尚今文经学的知识界与帝王达成了利益共谋。新莽起于谶纬,光武也兴于谶纬。自光武帝以来,谶纬成为国家政治生活的一个重要组成部分。《后汉书·方术列传》说:"王莽矫用符命,及光武尤信谶言,士之赴趣时宜者,皆骋驰穿凿,争谈之也。"[2]《后汉书·张衡传》说:"光武善谶,及显宗、肃宗皆因祖述焉。自中兴之后,儒者争学图纬,兼复附以妖言。"[3]

当然,不可否认的是,今文经学的儒者们有他们的苦心在内,"天人感应"的谶纬是他们接近帝王和制衡帝王的有力工具。徐复观说:

> 天以灾异显示其谴责的意志,因而引起人君的警惕……自董仲舒上《天人三策》,以为"天人相与之际,甚可畏也"。于是以此为一转折点,通过灾异以表现有意志的天,重新压在大一统的一人专制的皇帝头上,

---

[1] 葛兆光:《中国思想史》第一卷,284 页,上海,复旦大学出版社,2001。
[2] (南朝宋)范晔:《后汉书》,8205 页,北京,中华书局,1965。
[3] 同上书,1911 页。

常常引起他们由惶恐而求直言极谏,并选举贤良方正等举措。①

但由于帝王专制的绝对权力,他们用以制衡帝王的谶纬,实际上很难起到预期的作用,倒是常常成为推行帝王意志的有力工具。刘秀的"宣布图谶于天下"即是如此。

另外,东汉前期的文艺实践当然也少不了谶纬观念的渗入。这对于审美创造而言,未尝不是一件好事。谶纬是以"天人感应"的方式来把握世界的,它不是以马克思所说的"理论的""宗教的、"艺术的""实践—精神的"四种思维方式中的某一种方式来把握,而是在一种融合了理论、实践、想象、神秘体验等多种因素的混成状态中把握世界,建立一种想象性的世界图式。它是依靠"天人感应"的解释技术建构起来的想象性世界。它一方面以理论家的方式"数字化"、系统化地把握世界;另一方面又以诗人的方式,意象化、情感化的方式把握世界。诗人化、情感化的把握对现实实践可能是一种严重的伤害,但对于文艺的审美创造却是好事。汉赋的瑰丽奇诡的审美世界,在一定程度上也得益于谶纬观念之赐。

四、司马迁与班固的历史书写

司马迁与班固奠定了后世历史书写的基本格局,《史记》为纪传体通史,《汉书》为断代史。《汉书》借鉴《史记》之长,纪、传、表、志整齐划一,堪称二十四史的典范。司马迁、班固二人的历史书写最明显的差异,当属史观的不同。司马迁的史观是"通变",而班固的史观是"宣汉"。《史记》一直讲"变","穷本知变,乐之情也;著诚去伪,礼之经也。"(《史记·乐书》)"日变修德,月变省刑,星变结和。"(《史记·历书》)"终始古今,深观时变,察其精粗,则天官备矣。"(《史记·历书》),所以他在《报任安

---

① 徐复观:《两汉思想史》第1卷,155页,上海,华东师范大学出版社,2001。

书》中"究天人之际,通古今之变,成一家之言"。司马迁的"变",包括人变、事变、天变,三者互相作用,产生不断的兴衰事变。司马迁梳理这些表面的纹理,探索其变的内在动因,以此规划个人、群族相应的适应策略,探天人之际,了解主客因素互相影响与消长。当然,司马迁"究天人之际",并不是说他笃信"天人感应"。他的"天"更近于道的"无情"之天,"马迁唯不信'天道',故好言'天命';盖信有天命,即疑无天道,曰天命不可知者,乃谓天道无知尔。"①同时,他又强调"天道"之下的"人为",比如谈到夏商周间,忠敬文相通,不是一个替换另一个的关系,而是承接救补,三者共存,有所偏重。因此,钱锺书评价其历史写作说,"马迁奋笔,乃以哲人析理之真通于史家求事之实"。②

班固的史观是"宣汉"。这种观念与他的辞赋观念乃至人生观念都是一致的。班固处在一个"宣汉"的年代,他的同代人王充亦明确打出"宣汉"大旗。宣汉的观念还与他的"天命"观念有联系。班固作为《白虎通义》的撰写者,受到谶纬观念的影响是不言自明的。谶纬是一种"数字化"的解释系统,《白虎通义》更是谶纬观念下的"数字化"的世界图式。所以,班固的历史写作具有一种先验的宿命论,甚至在字里行间暗示着历史的终结。《汉书》强调着整体时间的延绵,将时间、事件引到当下,比如《艺文志》《古今人表》等创设,皆是以后来居上的高度历检前贤,将过去的人事通过注解,排列、归纳以及分解等,并整合进当下的世界观中。

不仅史观上有明显差别,二人的文风差别也很明显。司马迁"疏荡"而有"奇气"(苏辙《上枢密韩太尉书》),而班固之文则呈"典诰之风"(刘知几《史通·论赞》)。司马迁重视抒发自己的感情,所以文章有"奇气";班固以体例谨严、布局合理为特色,所以《汉书》呈"典诰之体"。司马迁有更大的才气,笔势纵放,文章打动人心;班固则更注意把历史表述得明白清楚,把丰富的材料组织得妥帖,从历史学的角度说,也是可贵的优点。正如

---

① 钱锺书:《管锥编》,306页,北京,中华书局,1979。
② 同上书,252页。

李、杜二人各代表一种风格一样，迁、固二人也各具风采，未可轻易地扬此抑彼。

班固的典诰之风，来自于五经的浸染。至东汉前期，儒学已经大盛，传疏繁多，学者皓首穷经，这也让人对经典体会得更加深入，自然会影响到文章风格。而班家家传儒学，班固本身又是大儒，撰《白虎通义》，作文时自会习染五经之气，平缓从容，温文尔雅。司马迁的文风自由纵横、疏宕而有奇气，与他的博学修养、远行多闻的经历有关，他后来的遭际带给他的心理变化，也影响了其文章孤愤不群的气质。

总之，司马迁、班固二人，以其学养、个性、才华而各领风骚，《史记》《汉书》二巨著，以其史观、格局、文采而彪炳千古，为后世的历史书写确立了光辉典范。

第十四章
王充的文艺思想

王充是一位伟大的、独特的思想家,他的文艺思想也处处闪烁着独特的光彩。 王充还是一位一生不得志的边缘文人(士人),他的文艺思想又与其生活境况密不可分。 历史上的王充,总伴随着不断的非议,要把握王充。我们只有从两个方面着手:一是回到王充的历史语境,二是回到王充的文本。

◎ 第一节
王充:一个边缘文人

在中国思想史上,王充是一个颇具争议和令人感慨的人物。 自古以来,人们对王充的褒贬不一。 褒之者谓其"一代英伟"[1],谓其"前世孟轲、孙卿,近汉扬雄、刘向、司马迁,不能过也"[2];贬之者谓其"非圣无法"[3],"罪至于慢

---

[1] 黄晖:《论衡校释》,1237 页,北京,中华书局,1990。
[2] 同上书,1237 页。
[3] 同上书,1245 页。

天"①。王充在现代的地位得到空前提升,被当作唯物主义的反对"封建神学"的"斗士"。②然而亦不乏微词,比如著名学者徐复观便指出王充性格"颇好夸矜矫饰","是一个非常重视名位的人","在王充的生命中,完全缺乏艺术感、幽默感"。③

人们之所以对王充的评价有如此大的差异,除了评论者所处的时代差异之外,还因为王充本人就是一个具有争议的人物,他的现实身份与自我的身份定位之间,御用文人的梦想与生存现实之间,都存在着深刻的矛盾。下面我们先回到王充的时代语境。

一、王充与他的时代

王充字仲任,生于光武刘秀建武三年(公元 27 年),卒于和帝刘肇永元八年(96),终年七十岁。王充生活在汉光武帝、汉明帝、汉章帝、汉和帝四朝,这是东汉的盛期,是所谓"太平盛世"。"太平盛世"也有其独特的时代问题,这些问题也必然影响着王充其人与其文。

(一)太平盛世:王充的歌颂对象

王充经历了东汉王朝最辉煌的"光武中兴"和"明章之治"。前文已有详述,此不多言。作为一个士人,对于国家美好未来的期愿,是可以想见的:他多想进入帝国的统治机器,多想为这个帝国的进一步繁荣尽自己的一

---

① 黄晖:《论衡校释》,1258 页,北京,中华书局,1990。
② 龚鹏程《汉代思潮》:"以唯物史观诠释《论衡》,……万马齐喑,一枝独秀。然此说实亦胡适所提出,前引文即曾说:王充之言,'是一种很明了的唯物的历史观。有趣的就是,近世马克思的唯物史观也是和他的历史的必然趋向说是相关的。王充的唯物观,也是和他的历史的定命论是在一处的。'后来胡适自批本虽用笔删去将王充牵合于马克思那一段,视王充为唯物史观则仍坚持着。"(龚鹏程:《汉代思潮》,235 页,北京,商务印书馆,2005。)这一说法基本符合实际,但也有些绝对。其实,从近年来对王充的研究来看,突破以往研究范式的学者,还是不乏其人的,比如《中国思想史》(复旦大学出版社)的作者葛兆光等。
③ 徐复观:《两汉思想史》第二卷,345、364 页,上海,华东师范大学出版社,2001。

份力量。王充对这个太平盛世极尽肯定和赞扬：

> 夫太平以治定为效，百姓以安乐为符。孔子曰："修己以安百姓，尧、舜其犹病诸！"百姓安者，太平之验也。夫治人以人为主。百姓安，而阴阳和；阴阳和，则万物育；万物育，则奇瑞出。……圣主治世，期于平安，不须符瑞。(《论衡·宣汉篇》)[1]

王充认为，汉帝国社会安定，百姓安居乐业，这就是难得的太平盛世，并不亚于周。这个伟大的王朝需要"须鸿笔之臣褒颂记载"(《论衡·须颂篇》)，他要把自己所有的才华与热情献给伟大的"颂汉"事业，"《论衡》之人，为此毕精。"(《论衡·须颂篇》)。

（二）帝王与士人：王充"论衡"之二端

前面讲过，士人们生存于"大一统"的帝王专制之下。他们必须面对两种关系模式：

一种是帝王与臣下（士人）之间的利用与制衡的关系，帝王要利用与控制臣下（士人），而臣下（士人）则要在尽量不激怒帝王的情况下，对帝王权力进行某种制衡，以维护自己的有限的权力资源。在权力资源的分配上，帝王拥有绝对的话语权，而士人则掌握着文化学术话语的主动权。

另一种关系模式来自士人（官员、儒生等）之间。他们都需要从专制帝王那里获得生存资源，所以，他们之间又形成一种竞争关系。他们拥有一种相同的资源和权力——即来自"知识"的"话语权力"，他们不得不用这种资源和权力让自己在士人群落中凸显自己，并以知识、才能、德行来表明自己在知识系统、权力关系中的独特地位。

所以，"太平盛世"下的士人（儒者），常常不得不承受着来自帝王和同

---

[1] 黄晖：《论衡校释》，815~816页，北京，中华书局，1990。凡本书第三编所引《论衡》原文，皆引于此书，不再一一注明。

行的两种焦虑。他们要接受、接近帝王,又要制衡帝王。一个士人既要与其他士人竞争,又要寻求思想和灵魂的同路人。王充就是在这两种关系模式之下辛苦地生存着。当然,他有着比其他"得志"的士人更让人感慨的地方:他是一个边缘文人(详见下文)。他要尽最大的可能在士人群落中凸显自己,从而获得帝王的垂青。他渴望成为像班彪、班固一样以文章才华而显身扬名的人。

怎样才能达到这个理想呢,由上述两种关系模式,可知作为"边缘文人"的王充,要获利帝王(上层统治者)的垂青,必须成为盛世的歌者;要以文章显身立业、名扬于世,必须成为"腐儒""拘儒"的敌人——这就是他"论衡"的事业:"颂汉"与"疾虚妄"。

(三)虚妄之风:王充的批判对象

王充所处的太平盛世,同时又是一个极度迷信的时代,不论是官方还是民间,都是如此。在民间,存在着大量的巫觋风气,这成为汉代人社会生活中的常见内容。根据林富士《汉代的巫者》的归纳,汉代的巫觋、方士主要有交通鬼神、解除灾祸、治疗疾病、参与战争、防禁水旱、祝诅害人、左右生育、料理丧葬八种职事。① 不过,这种民间形态的知识和生活,虽然大量存在,但不会得到官方权力和主流知识界的认可,他们对这种巫觋风气的态度是敌视的和批评的。

> 当时这些知识与技术以及它们的拥有者确实并不占据话语的权力,也不处在社会的主流,在那个时代里,它们一直受到来自政治与文化两方面的很严厉的批评,持实用政策的西汉政府官吏方面批评"疫岁之巫,徒能鼓口舌耳",而持文化价值观念的知识阶层方面也抨击他们是"饰伪行诈,为民巫祝"以"成业致富"的骗子。②

---

① 林富士:《汉代的巫者》,50~83页,台北,稻乡出版社,1988。
② 葛兆光:《中国思想史》第1卷,345页,上海,复旦大学出版社,2001。

王充在《论衡》中的《解除篇》《调时篇》《讥日篇》《卜筮篇》《辨祟篇》《诘术篇》《祀义篇》等，对这种现象进行了激烈的批评，如《论衡·解除篇》：

> 今世信祭祀，中行子之类也。不修其行而丰其祝，不敬其上而畏其鬼；身死祸至，归之于祟，谓祟未得；得祟修祀，祸繁不止，归之于祭，谓祭未敬。夫论解除，解除无益；论祭祀，祭祀无补；论巫祝，巫祝无力。竟在人不在鬼，在德不在祀，明矣哉！

所有这些巫觋活动，都有一个共同的观念基础，即"天人感应"；但另一种"天人感应"——谶纬，却得到了主流知识界和王权的认可，甚至成了"国家神学"。在这种情况下，反对的声音是很危险的，但又是难能可贵的。桓谭是一个典型的"反对派"，他因为"极言谶之非经"，对谶纬说了几句真话而差点送了命。他为知识者最基本的"求真"的良知精神而付出了巨大的代价。这时的谶纬，既有主流知识界的话语权，又有至高皇权的支持。正因如此，桓君山才得到王充真心的钦佩——他是王充的榜样。

迷信谶纬，是主流知识界最流行、最重要的"虚妄"表现的之一，这些"腐儒""拘儒"们还有其他的"虚妄"之处，比如"以古非今""不知颂汉"等。王充也全都一一揭露和批判，这是他"论衡之人"的一个重要使命。

二、王充的身份

王充与班固、桓谭等人最大的不同在于身份：王充是一个边缘文人。出身"细族孤门"的王充最终也没能走进王朝权力系统的核心地带，他始终有着身处"边缘"（"草野"）的焦灼，同时也有着身为"文人"（"儒生"）的自省。

（一）边缘文人：王充的生存现实。

关于王充的生平，《后汉书·王充传》只有短短的几百字：

> 王充字仲任，会稽上虞人也，其先自魏郡元城徙焉。充少孤，乡里称孝。后到京师，受业太学，师事扶风班彪。好博览而不守章句。家贫无书，常游洛阳市肆，阅所卖书，一见辄能诵忆，遂博通众流百家之言。后归乡里，屏居教授。仕郡为功曹，以数谏争不合去。
>
> 充好论说，始若诡异，终有理实。以为俗儒守文，多失其真，乃闭门潜思，绝庆吊之礼，户牖墙壁各置刀笔。著《论衡》八十五篇，二十余万言，释物类同异，正时俗嫌疑。
>
> 刺史董勤辟为从事，转治中，自免还家。友人同郡谢夷吾上书荐充才学，肃宗特诏公车征，病不行。年渐七十，志力衰耗，乃造《养性书》十六篇，裁节嗜欲，颐神自守。永元中，病卒于家。①

学者们对这几段短短的生平文字也是多有争论的②。比如王充是否"乡里称孝"，是否"受业太学"并"师事扶风班彪"，等等。对于这些争论，我们无意参与其中。我们的处理方法是存异求同，尽量搁置那些争论不定的内容，尽力找出那些为人们所广泛认可的基本内容，并将它们作为我们研究的出发点。

这些基本内容包括以下几个方面：

1. 出身低微，生存艰苦

王充在《论衡·自纪篇》叙述了自己的身世，可与《后汉书·王充传》作互文性理解：

---

① （南朝宋）范晔：《后汉书》，1629～1630页，北京，中华书局，1965。
② 关于这些争论，今人学者有两类典型观点：一种是台湾学者徐复观，对王充的生平与思想提出了多方质疑，具体观点见《王充论考》（徐复观：《两汉思想史》第二卷，上海，华东师范大学出版社，2001）；另一种是大陆学者周桂钿，反对徐复观的观点，认为其生平文字基本符合史实，具体观点见《王充评传》（钟肇鹏、周桂钿：《桓谭王充评传》，南京，南京大学出版社，1993）。

......其先本魏郡元城一姓①。几世尝从军有功,封会稽阳亭。一岁仓卒国绝,因家焉,以农桑为业。世祖勇任气,卒咸不揆于人。岁凶,横道伤杀,怨仇众多。会世扰乱,恐为怨仇所擒,祖父汎举家檐载,就安会稽,留钱唐县,以贾贩为事。生子二人,长曰蒙,少曰诵,诵即充父。祖世任气,至蒙、诵滋甚,故蒙、诵在钱唐,勇势凌人,末复与豪家丁伯等结怨,举家徙处上虞。

在一个讲究门第与家世的时代,出身于"细族孤门"的王充几乎注定不可能在当世拥有显赫的声名。现实中,王充是一个平民。这使他的知识活动能有一种来自普通人生经验的、踏踏实实的真切感;当然,低微的出身、平民化的生活内容,也在一定程度上局限了他知识活动的境界。

2. 博闻强识,富于文才

王充有很好的先天禀赋:即卓越的记忆力("阅所卖书,一见辄能诵忆"),以及与生俱来的求知热情。这为他后来从事学术活动提供了基本的条件。《论衡·自纪篇》可作补充说明:

建武三年,充生。为小儿,与侪伦遨戏,不好狎侮。侪伦好掩雀、捕蝉、戏钱、林熙,充独不肯,诵奇之。六岁教书,恭愿仁顺,礼敬具备,矜庄寂寥,有臣人之志。父未尝笞,母未尝非,闾里未尝让。八岁出于书馆,书馆小僮百人以上,皆以过失袒谪,或以书丑得鞭。充书日进,又无过失。手书既成,辞师受《论语》《尚书》,日讽千字。经明德就,谢师而专门,援笔而众奇。所读文书,亦日博多。

儿童时期的王充与其他儿童不同的地方在于"书",以及围绕"书"而

---

① 此处原文字疑有脱误。

形成的能力、性格与心志。

3. 好为异说，思想不俗

不论是在性格上还是在思想上，也不论是儿时还是成年，王充最大的特征就是："异"。王充的祖父王汎、伯父王蒙、父亲王诵都是"任气"之人，这是他思想性格之"异"的家族因素。一般儿童好玩、好动，王充儿时则好书、好静，"独立思考"是王充学术研究中的最重要因素。正因为他具有独立思考的素质，才使小小年纪的王充性格沉稳，有"臣人之志"；同时，在求知上又"好博览而不守章句"（《后汉书·王充传》）、"才高而不尚苟作"（《论衡·自纪篇》）。

王充其人、其书，对于众人而言，都是一个"异数"。"气以实志，志以定言"（《文心雕龙·体性篇》）。他的"异"的文章与"异"的性情，本就是一种"表里必符"的关系。王充在《自纪篇》说：

> 淫读古文，甘闻异言。世书俗说，多所不安，幽处独居，考论实虚。
>
> 充为人清重，游必择友，不好苟交。所友位虽微卑，年虽幼稚，行苟离俗，必与之友。好杰友雅徒，不泛结俗材。

喜"独居"，喜"异言"，喜"杰友雅徒"：他是一个与"俗"为敌的人。在人际关系上，也是如此。

> 才高而不尚苟作，口辩而不好谈对，非其人，终日不言。其论说始若诡于众，极听其终，众乃是之。以笔著文，亦如此焉；操行事上，亦如此焉。（《论衡·自纪篇》）

文才很高而不轻易写作，口才很好却不随便与人对答。如果所遇非志同道合，宁可整天不说话。这样的人，最适合的活动是求知，以及进行学术研究、知识创造，而不适合日常的人际交往，尤其不适合从政。但是，像中国多数传统知识分子一样，他偏偏有着自己的火热的政治理想和仕途愿望。但这几乎是注定的悲剧。

4. 官位卑微，仕途多舛

王充在《自纪篇》中这样描述他的仕进历程："在县位至掾功曹，在都尉府位亦掾功曹，在太守为列掾五官功曹行事，入州为从事。"根据周桂钿的考订，王充在建武二十八年至三十年（52—54）前后，到陈留一带任职。其先在县任掾功曹，又在都尉府任掾功曹，后在陈留郡为列掾五官功曹行事，也在州任过从事。[①] 从"在县位至掾功曹"的"位至"两字看，他开始的职位，当然比掾功曹低得多。他由县掾功曹至都尉府掾功曹，再至太守府的五官功曹行事，这是由走入仕途，到五十一二岁时的官历。[②] 王充终其一生，仕途也没有超过地方官属员的位置。这当然是自视才高、博闻强识的他所不能释怀的。

（二）"儒生"：王充的身份意识。

1. "文吏"与"儒生"

王充一生的仕途都是在地方政府担任僚属。东汉地方政府的僚属，主要由两种人构成：一是儒生，一是文吏。儒生指的是研习五经的读书人，文吏是指熟习政务的一般官吏。儒生晓圣贤之道，而文吏则通日常政务。虽然王充在地方政府的身份是儒生，但他也要从事一般日常政务。在这方面，他大概就比不上同僚的文吏，这就免不了遭到同僚甚至上司的轻视。王充在《论衡》的《程材篇》《量知篇》《谢短篇》《效力篇》等篇目中，将儒生与文吏相比较，为儒生"正名"，也为自己"正名"。以《程材篇》为例：

[①] 钟肇鹏、周桂钿：《桓谭王充评传》，114页，南京，南京大学出版社，1993。另据黄晖《王充年谱》认为："光武建武二十四年（48），充二十二岁。在县，位至掾功曹，在都尉府，位亦掾功曹。"此处从周桂钿之考订。

[②] 徐复观著：《两汉思想史》第二卷，349~350页，上海，华东师范大学出版社，2001。

世俗共短儒生，儒生之徒，亦自相少。何则？并好仕学宦，用吏为绳表也。儒生有阙，俗共短之；文吏有过，俗不敢訾。归非于儒生，付是于文吏也……然世俗共短之者，见将不好用也。将之不好用之者，事多己不能理，须文吏以领之也。夫论善谋材，施用累能，期于有益。文吏理烦，身役于职，职判功立，将尊其能。儒生栗栗，不能当剧；将有烦疑，不能效力。力无益于时，则官不及其身也。将以官课材，材以官为验，是故世俗常高文吏，贱下儒生。儒生之下，文吏之高，本由不能之将。世俗之论，缘将好恶。

世人诋毁儒生，儒生们也互相瞧不起。因为他们都想做官并学习当官的本领，而且以文吏作为标准。儒生一有缺点，一般人就一起诋毁他们；文吏有过错，一般人都不敢去诋毁。把错的东西归罪于儒生，把对的东西归功于文吏。由于文吏善于处理繁杂事务，做好本职事务，建立功绩，所以地方长官爱重他们的能力。儒生事事小心翼翼、战战兢兢，不能担当繁杂的工作，地方长官有烦难疑问，则不能效力。所以地方长官和世人看重文吏，看不起儒生。① 之所以如此，在于地方长官（将）的无能，而世人看法也是顺随着地方长官（将）的好恶的。

王充的困境，是一个低级官吏、底层文人的生存困境。在"君王—将—文吏/儒生"构成的官场食物链中，以王充为代表的"儒生"显然处于最低端，地位还远不如"文吏"。

《程材篇》进一步对儒生与文吏在职能、价值等方面进行了比较全面的权衡。

今世之将，材高知深，通达众凡，举纲持领，事无不定。其置文吏也，备数满员，足以辅己志。志在修德，务在立化，则夫文吏瓦石，儒

---

① 译文参考袁中华、方家常译注：《论衡全译》，741~742 页，贵阳，贵州人民出版社，1993。

生珠玉也。……儒生不习于职，长于匡救，将相倾侧，谏难不惧。案世间能建蹇蹇之节，成三谏之议，令将检身自敕，不敢邪曲者，率多儒生。阿意苟取容幸，将欲放失，低嘿不言者，率多文吏。文吏以事胜，以忠负；儒生以节优，以职劣。二者长短，各有所宜，世之将相，各有所取。取儒生者，必轨德立化者也；取文吏者，必优事理乱者也。

文吏与儒生的两种职能：儒生之用在"忠"、在"节"，在于"轨德立化"，而文吏之用在"职"、在"事"，在于"优事理乱"的辅助性事务。也就是说，儒生之职能在"道"，文吏之职能在"器"，他们之间是有"形而上"和"形而下"的区别的。

既然两种职能的差别是"道"与"器"的差别，那么儒生与文吏便有高下之别了。《程材篇》接着论证道：

然则儒生所学者，道也；文吏所学者，事也。假使材同，当以道学。如比于文吏，洗涤泥者以水，燔腥生者用火。水火，道也，用之者，事也，事末于道。儒生治本，文吏理末，道本与事末比，定尊卑之高下，可得程矣。

牛刀可以割鸡，鸡刀难以屠牛。……儒生能为文吏之事，文吏不能立儒生之学。

儒生所学的是"道"，是根本的原则；文吏所学的是"事"，是具体的事务，相对于根本原则而言，它们是末节。儒生可以治本，文吏只能理末，儒生能做文吏的职事，文吏却不能做儒生的学问。儒生、文吏本同为政府辅员，王充将二者差别上升到"道"与"器"、"本"与"末"的原则之别上，似乎有点过于"上纲上线"了，但我们从中体味到的是王充焦虑的身份意识，以及为儒生"正名"的苦心。

造成"儒生之下，文吏之高"的原因，在于"不能之将"，所以，王充把希望寄托在能够恰当使用文吏与儒生的"将"身上。所以，王充向他心中贤明的地方长官呼吁：

  故习善儒路，归化慕义，志操则励变从高，明将见之，显用儒生。（《程材篇》）

  他说，儒生们学习好的东西，倾慕仁义，其志向和节操就会由于自己的努力而变得很高尚，高明的地方长官看到这一点，就会重用儒生。
  王充的儒生文吏之论，道出了处于生存困境之中的底层士人的感慨与渴望。他们不得不求食于将相，但却贬抑于时俗，排挤于文吏。这些都是王充最真实的生活体验。虽然我们从这样的论述中，看不到扬雄、班固等人的"大家气度"，但我们不要忘了：王充只是一个边缘文人，是一个一生不得意、不得志的低级官吏。
  2."文儒""通人""文人""鸿儒""贤儒"
  王充除了为自己的"儒生"身份"正名"之外，还进一步具体分析了各种不同的儒者。"儒生"是王充的现实身份，但王充的身份理想并不是一般的"儒生"，在《论衡》的《效力篇》《状留篇》《别通篇》《超奇篇》《定贤篇》等篇目中，他对"儒生"从不同方面进行了定位。
  （1）"文吏""儒生"与"文儒"。

  文吏以理事为力，而儒生以学问为力……夫壮士力多者，扛鼎揭旗；儒生力多者，博达疏通。故博达疏通，儒生之力也；举重拔坚，壮士之力也……此言贤人亦壮强于礼义，故能开贤，其率化民。化民须礼义，礼义须文章。行有余力，则以学文。能学文，有力之验也。（《效力篇》）

  使儒生博观览，则为文儒。文儒者，力多于儒生，如少都之言。文儒才能千万人矣。……能上书日记者，文儒也。文儒非必诸生也，贤达用文则是矣。（《效力篇》）

《效力篇》从能力、才力这个角度来分析"文吏""儒生"与"文儒"的区别。王充首先强调,"文吏"与"儒生"的区别在于才力倾向的不同。前者力在"理事",即处理一般事务,而后者在于"学问",即发扬圣贤之道。但是,真正有能力的,不是能说一经的儒生,而是怀先王之道、懂晓各家、博古通今、下笔万言的"文儒"。他们真正的作用在于以他们的才力推行礼义教化,并上书辅佐君王。

但是,真正具有大才的"文儒"却得不到重用,无法发挥出他们的才力("效力"),其原因在于没有得到他人的举荐和任用。若没有人举荐或任用文儒,则会致使他们"抱其盛高之力,窜于闾巷之深",甚至"退窜于岩穴"。(《效力篇》)

成为一个伟大的"文儒",为帝王和长官"效力",正是王充的梦想。

(2)"富人""儒生"与"通人"。

夫通人犹富人,不通者犹贫人也。俱以七尺为形,通人胸中怀百家之言,不通者空腹无一牒之诵,贫人之内,徒四所壁立也……夫富人不如儒生,儒生不如通人。通人积文十箧以上,圣人之言,贤者之语,上自黄帝,下至秦、汉,治国肥家之术,刺世讥俗之言,备矣。(《别通篇》)

人不通者,亦能自供,仕官为吏,亦得高官,将相长吏,犹吾大夫高子也,安能别之?随时积功,以命得官,不晓古今,以位为贤,与文之①异术,安得识别通人,俟以不次乎?(《别通篇》)

"通人",即前文的"文儒"。什么才是真正的富有?王充认为,"胸中怀百家之言"、"积文十箧以上,圣人之言,贤者之语"的儒者,才是真正的富有者,他们是王充心中的"通儒",而不是只通一经的庸庸碌碌的"儒

---

① "之"字疑为"人"字之误。"文人",这里指通人。

生"。"治国肥家之术，刺世讥俗之言"，这不仅是王充的"通儒"理想，同时也隐含着自我评价。

但王充也意识到了一个现实："通儒"未必得官，而得官者未必是"通儒"。"以命得官，不晓古今"的人，也可能成为"将相长吏"。"通儒"之才如此之高，"通儒"的命运却如此难测，其言辞间隐含着一个强烈的渴望：希望君王和长官能够真正赏识和提拔像王充一样的"通儒"。

（3）"儒"的四个等级："儒生""通人""文人""鸿儒"。

> 说一经者为儒生，博览古今者为通人，采掇传书以上书奏记者为文人，能精思著文连结篇章者为鸿儒。故儒生过俗人，通人胜儒生，文人逾通人，鸿儒超文人。故夫鸿儒，所谓超而又超者也……然鸿儒，世之金玉也，奇而又奇矣。（《超奇篇》）

王充把"儒"分为四等："儒生""通人""文人""鸿儒"。只能讲解一经的是儒生（这个"儒生"与前文中的"文吏"相对应的"儒生"不同）；能够博览古今的是"通人"；能摘引传书、上书写奏议、作传记的是"文人"；能潜心思考，著书立说的是"鸿儒"。在这四个等次中，唯有"鸿儒"是"超而又超""奇而又奇"的"世之金玉"。王充在《超奇篇》篇中又举出四等儒者的代表人物：

> 儒生：谷子云、唐子高：说书于牍奏之上，不能连结篇章；或抽列古今，纪著行事。
>
> 通人：司马子长、刘子政：累积篇第，文以万数，其过子云、子高远矣，然而因成纪前，无胸中之造。
>
> 文人：陆贾、董仲舒：论说世事，由意而出，不假取于外，然而浅露易见，观读之者，犹曰传记。
>
> 鸿儒：阳成子、扬子云：阳成子长作《乐经》，扬子云作《太玄经》，

造于助思，极窅冥之深，非庶几之才，不能成也。

王充理想中的"鸿儒"是刘向、扬雄、桓谭，他们都是"历世希然"的"著文者"。这其中，自然也隐含着为自己的著作《论衡》张目的意思。

（4）"贤儒"与"俗吏"。

为什么身负大才的贤能的儒者（"贤儒"）不被提拔、重用，而那些"俗吏"们却得以飞黄腾达？ 王充在《状留篇》篇分析了这种原因：

今贤儒怀古今之学，负荷礼义之重，内累于胸中之知，外劢于礼义之操，不敢妄进苟取，故有稽留之难。无伯乐之友，不遭王良之将，安得驰于清明之朝，立千里之迹乎？

遵礼蹈绳，修身守节，在下不汲汲，故有沉滞之留。沉滞在能自济，故有不拔之扼。其积学于身也多，故用心也固。俗吏无以自修，身虽拔进，利心摇动，则有下道侵渔之操矣。

在"贤儒"与"俗吏"的比赛中，"贤儒"总是失败者。"贤儒"不遇的原因有两个：一是身负先王之道，不事个人钻营；二是无人举荐。"贤儒"所看重的是修养与节操，遵循的是先王之道，他们不会苟且贪图世俗利益，不肯去钻营，所以他们不被推荐。 器重难举，只有像伯乐、王良这样真正能够赏识他们才能的长官才能够发现并举荐他们。 而"俗吏"就不同了，他们不用在乎自身的修养，只要苟且钻营，达到一己的私利就可以了。 更有甚者，如遇地方长官（将）"妒贤，不能容善"，"贤儒"不仅不能被举荐，能够免于刑戮就算幸运了：

长吏妒贤，不能容善，不被钳赭之刑，幸矣，焉敢望官位升举，道理之早成也！（《状留篇》）

这是边缘士人王充的一声长叹，也是"贤儒"的一曲哀歌。

三、王充的《论衡》

我们现在能够看到的王充的文本，只有《论衡》。然而，一部《论衡》已经足够展现王充思想的全貌了。

今本《论衡》共 85 篇，其基本内容大致有如下几个方面：①

（一）性命

性命论共 14 篇，这是首先探讨的问题。其中，《物势篇》是王充性命说的理论基础，"天地合气，人偶自生"；《本性篇》与《率性篇》说性；《初禀篇》《无形篇》《偶会篇》《命禄篇》《气寿篇》《命义篇》《逢遇篇》《累害篇》《幸偶篇》《吉验篇》言命；《骨相篇》则是性、命的骨体表征。

（二）天人关系

天人关系论共 28 篇，这是王充《论衡》的重头戏，论题集中在"天人感应"。其中，《自然》是天人关系论的理论基础，即所谓"自然主义天道观"。《寒温篇》《谴告篇》《变动篇》《招致篇》《佚文篇》《感类篇》《明雩篇》《顺鼓篇》《乱龙篇》《遭虎篇》《商虫篇》评论当时出现的一些阴阳灾异、天人感应之事；《变虚篇》《异虚篇》《感虚篇》《福虚篇》《祸虚篇》《龙虚篇》《雷虚篇》主要是评论书传中的天人感应之说。王充指出天人之间的感应关联是不存在的，所有这些看似感应的现象只是"偶适"而已。《治期篇》《齐世篇》《讲瑞篇》《指瑞篇》《是应篇》《宣汉篇》《恢国篇》《验符篇》《须颂篇》《佚文篇》讨论当时出现的各种"瑞应"现象。

---

① 这个分类方法参照了袁中华、方家常译注：《论衡全译》，贵阳，贵州人民出版社，1993。前言所提出的分类方式，并作适当修改。

（三）人鬼禁忌

这部分共 16 篇，其中贯穿了为后世所津津乐道的"无神论思想"。其中，《论死篇》《死伪篇》《纪妖篇》《订鬼篇》《言毒篇》《薄葬篇》《祀义篇》《祭意篇》讨论人鬼关系，鬼妖禁忌，申明人死无知、不能为鬼、鬼妖荒谬，因而提倡薄葬；《四讳篇》《䜛时篇》《讥日篇》《卜筮篇》《辩祟篇》《难岁篇》《诘术篇》《解除篇》讨论各种人事禁忌，辨析各种禁忌之事的虚妄，阐明"吉凶祸福，皆遭适偶然"的基本观点。

（四）经传虚言

这部分共 17 篇，讨论书传典籍中的虚妄之言，包括《奇怪篇》《书虚篇》《道虚篇》《语增篇》《儒增篇》《艺增篇》《问孔篇》《非韩篇》《刺孟篇》《谈天篇》《说日篇》《实知篇》《知实篇》《定贤篇》《正说篇》《书解篇》《案书篇》。王充在这些篇章里，针对基本文化学术典籍发起批评，这是《论衡篇》最为后世所诟病的地方。

（五）人才贤佞

这部分共 8 篇文章，包括《答佞篇》《程材篇》《量知篇》《谢短篇》《效力篇》《别通篇》《超奇篇》《状留篇》，批评时人（尤其是地方长官）在人才（尤其是儒者）的评判与任用方面的虚妄之处，并提出怎样区分人才的贤佞高下，并合理地任用他们。

（六）自序自传

《对作篇》和《自纪篇》两篇，叙述《论衡》的写作背景，并阐明写作目的："疾虚妄"。

王充在《佚文篇》里说："《论衡》篇以十数，亦一言也，曰：'疾虚妄'。"王充所批驳的"虚妄"对象，囊括了天地人事各个方面，如天人感应、性命骨相、人鬼禁忌，等等。他从"自然无为"的基本立场出发，在经验主义方法论指导下，论证天与人之间、人事与命运之间的因果关联是不存在的，所有的关联最终都归结为"偶适"，而不是谶纬神学所宣扬的"感应"。应当说，这种声音，在谶纬之风盛行的东汉，是振聋发聩的。因此，王充常常被认为是反抗"封建神学"的斗士，但这并不是王充"疾虚妄"的全部意义所在。

◎ 第二节
王充的"疾虚妄"及其"御用文人梦"

作为文人，王充要实现自己的人生价值，只有取得帝王的垂青；作为一个出身寒微的边缘文人，要达到这个目的，只有发出不同于大多数文人的异样声音。这是王充写作《论衡》的直接目的。他所反对的，绝不是现世的王权，而是"主流知识界"和世俗陈说。王充在《论衡》中打出的鲜明的理论旗帜是"疾虚妄"，而他，便是冲破这些"虚妄"的"论衡之人"。他反对厚古薄今的"俗儒""拘儒"，称颂像班固那样能称颂汉德润色鸿业的人。他明确指出《论衡》的目的就在于"为汉平说"，他希望有一天能够入"台阁"，进而可以"论功德之实，不失毫厘之微"，"彰汉德于百代，使帝名如日月"。（《论衡·须颂篇》）

王充在"疾虚妄"的目的，就是为了实现他的"御用文人梦"。

一、王充"疾虚妄"的目标：是主流知识界，而不是专制王权

王充为什么写《论衡》？王充为什么要"疾虚妄"？要弄清这个问题，先要明白王充反对的是什么，他支持的又是什么。通览《论衡》，我们就会发现,王充所最集中批驳的"虚妄"就是董仲舒以来的"天人感应",他所最明显维护的,就是汉室王权的合法性。

(一)再看"天人感应"

汉代思想格局的形成,开始于董仲舒。《汉书·五行志序》说:"汉兴,承秦灭学之后,景武之世,董仲舒治《公羊春秋》,始推阴阳,为儒者宗。"①董仲舒以阴阳五行学说为依据,以天道的阴阳四时五行作为解释、判断一切自然与社会人生问题的依据,建立起一个庞大的、几乎无所不包的"天人感应"的哲学系统。

这个"天人感应"哲学系统的确立,与徐复观所说的汉代知识分子的"压力感"密切相关。这种压力主要是来自"大一统的一人专制"的压力。自秦王朝的"大一统"帝王专制确立以来,知识者"王者师"的地位不复存在,他们不得不依附于专制帝王,而帝王的权威却呈无限膨胀之势。对儒者而言,一方面,他们要承认帝王的绝对权力,只有在这个前提之下才有儒者存在的可能;另一方面,他们试图对帝王的绝对权力加以适当的限制,又对这个无限膨胀的王权感到深深的忧虑,因为这与他们心中的上古先王、圣贤的政治理想是不一致的。对于董仲舒而言,能对帝王的绝对权力进行制衡的,只有"天"。《春秋繁露·玉杯》有一段典型的论断:

> 春秋之法:以人随君,以君随天。曰:缘民臣之心,不可一日无君。一日不可无君,而犹三年称子者,为君心之未当立也。此非以人随君耶?孝子之心,三年不当。三年不当而逾年即位者,与天数俱终始也。此非以君随天邪?故屈民而伸君,屈君而伸天,《春秋》之大义也。②

"屈民而伸君,屈君而伸天",恰恰是以董仲舒为代表的汉代儒者面对

---

① (汉)班固:《汉书》,1317页,北京,中华书局,1962。
② (清)苏舆撰:《春秋繁露义证》,31~32页,北京,中华书局,1992。

专制王权不得不采取的两种必要策略：一方面要承认和支持，另一方面又要警策和限制。在"民—臣—君"的关系中，汉儒承认君主的至尊地位，体现"民""臣"对君主的服从；而在"君"与"天"的关系中，确立"天"的至高无上的地位，"君"对"天"要忠实服从。而作为"臣"的儒者，正是"天"的阐释者。这正是汉儒的一片苦心所在。清人苏舆对这段"春秋大义"的解释颇得董仲舒之意：

> 屈民以防下之畔，屈君以警上之肆。夫天生民而立之君，此万古不敝之法也。圣人教民尊君至矣，然而盛箴谏以纠之，设灾异以警之，赏曰天命，刑曰天讨，使喚之罔敢私也。视自民视，听自民听，使喚之知所畏也。崩迁则有南郊称天告谥之文，有宗庙观德之典，屈伸之志微矣。故曰《春秋》大义。《墨子·天子志篇》："天子未得恣己而为政，有天正之。"亦此义。①

在帝王专制背景之下，人们无法在现世人间找到一个可以对至上王权有所制衡的东西，在这种情形之下，儒者们只能求助于位于人间世俗权力之上的"天"了。董仲舒"大概也感到儒道两家，想由个人的人格修养来端正或解消这种权源之地，几于是不可能的，于是只好把它纳入到天的哲学中去，加上形上性的客观法式，希望由此以把权源纳入正轨。……近代对统治者权力的限制，求之于宪法；而董氏则只有求之于天，这是形成他的天的哲学的真实背景。"②

董仲舒把"天"确立为至高无上的、类似人格神的意志体："天者，百神之大君也。事天不备，虽百神犹无益也。"③人必须对它心存敬畏，小心侍奉："天之不可不畏敬，犹主上之不可不谨事。不谨事主，其祸来至显；不

---

① （清）苏舆撰：《春秋繁露义证》，32页，北京，中华书局，1992。
② 徐复观：《两汉思想史》第2卷，183页，上海，华东师范大学出版社，2001。
③ （清）苏舆撰：《春秋繁露义证》，398页，北京，中华书局，1992。

畏敬天，其殃来至暗，……天地神明之心，与人事成败之真，固莫之能见也，唯圣人能见之。"①董仲舒说得很明白，"天地神明之心"与"人事成败"之间存在着隐秘的关联，"人主"的任务就是要参悟这种隐性的关联，并依照"天"的训示反省自身，行人间之事。然而，董仲舒的"天"并不只是一个冷酷的惩戒者，而是一个富于仁慈心的、恩威并施的神，或者近似地说，它是一位儒家理想的"守护神"。试举两则材料：

> 天子者，则天之子也。以身度天，独何为不欲其子之有子礼也。今为其天子，而阙然无祭于天，天何必善之？所闻曰：天下和平，则灾害不生。今灾害生，见天下未和平也。天下所未和平者，天子之教化不行也。②
>
> 天高其位而下其施，藏其形而见其光。高其位，所以为尊也；下其施，所以为仁也……故位尊而施仁，藏神而见光者，天之行也。故为人主者，法天之行，是故内深藏，所以为神；外博观，所以为明也；任群贤，所以为受成；乃不自劳于事，所以为尊也，泛爱群生，不以喜怒赏罚，所以为仁也。③

"天"以其至高至尊守护着儒者们以"仁政""教化"为核心的政治理想。"天之行""位尊而施仁，藏神而见光"，唯有儒家的圣人能够洞见它，而儒者们正是"圣人之言"的阐释者。正是在这个意义上，儒者在一定程度上实现了对帝王专制权力的制约。

从某种程度上说，"天的哲学"的确立也是儒家理论话语在汉代"大一统"时代背景下的一次自我完善，它使儒家的伦理原则和政治理想获得了宇宙论的支持。"天"成了一切人间伦理、政治制度的不言自明的前提，因而儒家理想在现实政治生活中的具体实施也就成为可能。董仲舒的"天人感

---

① （清）苏舆撰：《春秋繁露义证》，396～397页，北京，中华书局，1992。
② 同上书，399、401页。
③ 同上书，164～165页。

应"原理简单表述就是：因为"人副天数""同类相动"，所以帝王之行的美与恶，同天的祥与灾，构成一种感应关系。因此，帝王要约束自己、反省自己的行为是否顺应、符合"天"的意志。《春秋繁露》不厌其烦地向"王者"表达这个意图：

> 圣人副天之所行以为政，故以庆副暖而当春，以赏副暑而当夏，以罚副清而当秋，以刑副寒而当冬。庆赏罚刑，异事而同功，皆王者之所以成德也。……王者配天，谓其道。①
>
> 天地之符，阴阳之副，常设于身，身犹天也，数与之相参，故命与之相连也。②
>
> 美事召美类，恶事召恶类，类之相应而起也……帝王之将兴也，其美祥亦先见；其将亡也，妖孽亦先见……美恶皆有从来，以为命，莫知其处所。……物以类应之而动者也，故聪明圣神，内视反听，故独明圣者知其本心皆在此耳。③
>
> 灾者，天之谴也；异者，天之威也。谴之而不知，乃畏之以威。《诗》云："畏天之威。"殆此谓也。凡灾异之本，尽生于国家之失，国家之失乃始萌芽，而天出灾害以谴告之；谴告之而不知变，乃见怪异以惊骇之；惊骇之尚不知畏恐，其殃咎乃至。以此见天意之仁而不欲陷人也。④
>
> 《春秋》举之以为一端者，亦欲其省天谴而畏天威，内动于心志，外见于事情，修身审己，明善心以反道者也。⑤

应当说，以"天人感应"论为基础的儒家策略，在有汉一代的政治生活中还是有效的。清赵翼《廿二史札记》卷二《史记 汉书》中列举了诸多证

---

① （清）苏舆撰：《春秋繁露义证》，353 页，北京，中华书局，1992。
② 同上书，356 页。
③ 同上书，358～360 页。
④ 同上书，259 页。
⑤ 同上书，156 页。

666　第四编　东汉前期的文艺思想

据，仅择其要者如下：

"汉诏多惧词"条：

> 东汉明帝诏曰："朕承大运，继体守文，不知稼穑之艰难，惧有废失。若涉渊水而无舟楫，实赖有德左右小子。"又诏曰："比者水旱不时，边人食寡，政失于上，人受其咎。"章帝即位，诏曰："朕以无德，奉承大业，夙夜战栗，不敢荒宁，而灾异仍见，与政相应。朕既不明，涉道日寡，又选举乖实，俗吏伤人，官职耗乱，刑章不中，可不忧欤！"岐山得铜器，诏曰："今上无明天子，下无贤方伯，民之无良，相怨一方，斯器曷为来哉！"……以上诸诏，虽皆出自继体守文之君，不能有高、武英气，然皆小心谨畏，故多蒙业而安。两汉之衰，但有庸主，而无暴君，亦家风使然也。①

"汉重日食"条：

> 光武诏曰："吾德薄致灾，谪见日月，战栗恐惧，夫何言哉！今方念怨，庶消厥咎。其令百官各上封事，上书者不得言圣。"明帝诏曰："朕奉承祖业，无有善政，日月薄蚀，彗孛见天，虽夙夜勤思，而知能不逮。今之动变，倘有可救，其言事者，靡有所讳。"又诏曰："朕以无德，下贻人怨，上动三光，日食之变，其灾尤大。《春秋》图谶，所谓至谴。永思厥咎，在予一人。"章帝诏曰："朕之不德，上累三光，震栗切切，痛心疾首。前代圣君，博思咨诹，有开匦反风之应。今予小子，徒惨惨而已。"以上诸诏，皆有道之君，太平之世，尚遇灾而惧如此。②

这个论断是发人深省的："两汉之衰，但有庸主，而无暴君"。之所以如

---

① （清）赵翼撰，王树民校证：《廿二史札记校证》，42页，北京，中华书局，1984。
② 同上书，41页。

第十四章　王充的文艺思想　667

此，就在于他们"畏天"。在"天"面前，君王是卑微的，面对"天"的"谴告"，他们"遇灾而惧"，他必须约束自己、反省自己，以此来求得他自身和他的帝国安然无恙。

"天人感应"论的知识系统，经过东汉建初四年（79）的白虎观会议，与东汉非常流行的谶纬观念相整合，在《白虎通义》中得到进一步系统化、理论化的表述，成为国家意识形态的重要组成部分。在这个过程中，儒家主流知识界与王权达成进一步妥协：作为臣下的儒者在尊重和维护帝王绝对权威的前提下，从帝国的权力体系中可以分得一杯羹；同时，对王权进行适度的、有限的约束，以维护帝国的统治秩序得以正常运转。

所以，对于董仲舒以来的"天人感应"学说，不应该因为它是"神学唯心主义"，便简单而武断地将之否定①，它作为汉儒在特定历史语境下的必要策略，有其意义和价值。② 同样，王充对"天人感应"的批评，也不应该因为他坚持了"唯物主义"，便对其一味地、不加判断地肯定。"天人感应"学说有董仲舒等汉代儒者的一片苦心，而王充的批评理论也有他的具体动机。

（二）王充怎样反对"天人感应"

王充被人们认为是反对封建神学、反对"天人感应"的斗士。"天人感应"包括两个方面的内容：对君王的恶德恶行，"天"用灾异来"谴告"；而对于君王的美德美行，"天"则用符瑞来表彰。虽然就"天人感应"而论，灾异与符瑞都是"天意"的表现，但王充对于二者的态度却似乎是矛盾的：

---

① 葛兆光《中国思想史》认为：不必把这种"感应"学说看成是一种"神学唯心主义"，"因为在古代中国一直存在着一个十分强大而且久远的传统观念系统，即宇宙与社会、人类同源同构互感，它是几乎所有思想学说及知识技术的一个总体背景与产生土壤。"（葛兆光：《中国思想史》第一卷，266~267页，上海，复旦大学出版社，2001）

② "天人感应"说作为儒者的策略，主要兴盛于汉代。赵翼说："降及后世，机智竞兴，权术是尚，一若天下事皆可以人力致，而天无权。即有志图治者，亦徒详其法制禁令，为人事之防，而无复有求端于天之意。故自汉以后，无复援灾异以规切政者。间或日食求言，亦只奉行故事。而人情意见，但觉天自天，人自人，空虚寥廓，与人无涉。"（见赵翼著，王树民校证：《廿二史札记校证》，40页，北京，中华书局，1984）

他断然否认灾异的"谴告",却极力宣扬汉室的祥瑞。

王充以"天道自然论"来反对以董仲舒为代表的"天人感应论"。董仲舒从至高无上的"天"的意志与人事的关联来给人间确立秩序,进而对帝王进行约束;王充也是从至高无上的"天"入手的,他首先否定"天"的意志性,进而切断天道与人事之间的关联,从而在客观上为帝王解除了来自"天"的约束。① 《论衡·谈天篇》:

> 且夫天者,气邪?体也?如气乎,云烟无异,安得柱而折之?女娲以石补之,是体也。如审然,天乃玉石之类也。石之质重,千里一柱,不能胜也。

天,是气,还是实体? 王充受"盖天说"②的影响,加以日常经验的佐证,倾向于认为天是实体,而不是气。但这不是我们讨论的重点。我们要进一步考察的是"天者,气邪? 体也?"这一发问本身。

王充的这一问,撇开了董仲舒"天人感应"论的前提,不管它是"气"还是"体",它首先不是"神"。王充接着说,"天"如果是气,那它跟云烟没有什么两样,怎么会有撑天的柱子被折断呢? 女娲用石补天,看来天是实体。如果确实是这样,天就是玉石之类。玉石很沉重,将它做成千里长的一根柱子,是不能胜任的。"天",是气则与烟气无异,是体则与玉石无异,总之,它是现实世界中具有物性的物质,而不是踞于现实世界之上的精神。王充把董仲舒眼中的意志的、神性的"天"从至尊的神坛上拉了下来,让它

---

① 需要说明的是,我们并不否认王充的"天道自然论"在哲学史、思想史上的意义和价值。比如,他发展了战国到汉初颇为盛行的黄老学派"天道自然无为"的思想,使之具有了更为坚实的"唯物"的基础;又比如,在东汉谶纬风行的时代,王充的异样声音,是非常宝贵的思想财富。东汉王朝之后,谶纬思想渐趋沉寂,王充的思想越发显示出其独特价值。但这些不是我们这里要探讨的主要内容,我们要探讨的是王充的"天道自然论"在东汉文化语境下,是怎样与他的边缘文人身份与生存发生关联的,以及这样的关联对他的文艺思想产生了怎样的影响。
② 关于"天",汉代天文学家有三种学说:"盖天说""浑天说"和"宣夜说"。"盖天说"认为天是一个旋转着的圆盖子。

进入了现实的人间烟火世界。

既然"天"是"物"不是"神",那么它也就没有意志,它所秉承的规律只是"自然无为":

> 自然无为,天之道也。(《论衡·感虚篇》)
> 夫天道,自然也,无为。(《论衡·谴告篇》)
> 夫天道自然,自然无为。(《论衡·寒温篇》)

既然天道是自然无为的,那么它又是怎样作用于外物的呢? 王充指出,"天"与万物之间有一个中介因素——"气",通过这个"气","天"对万物自然而然地施加影响。"天之动行也,施气也,体动气乃出,物乃生突。"(《论衡·自然篇》)"天气变于上,人、物应于下"(《论衡·变动篇》),这个"施气"的过程完全是无意识的,"天之行也,施气自然也,施气则物自生,非故施气以生物也。"(《论衡·说日篇》)"天"自然无为地运行,自然而然地向万物"施气",万物也自然而然地产生,这并不是"天"故意施放"气"来使万物产生的。

"天"既然不会故意生物,当然也就不会故意生人。

> 儒者论曰:"天地故生人。"此言妄也。夫天地合气,人偶自生也,犹夫妇合气,子则自生也。(《论衡·物势篇》)

王充说,天与地的"气"相结合,人就偶然地自己产生了,就像丈夫与妻子的"气"相结合,孩子自己就会生出来。"天地合气,人偶自生",这个命题是直接针对"儒者"提出来的。"儒者"认为,"天""地""人"之间存在着一种德性的、意志性的关联,"今善善恶恶,好荣憎辱,非人能自生,此天施之在人者也……天施之在人者，使人有廉耻"。① 这种关联在德性相通的基础上，甚至有点温情脉脉的味道：

  故位尊而施仁，藏神而见光者，天之行也。②
  天德施，地德化，人德义。……天地之精所以生物者，莫贵于人。③

  儒者观念中的"天"是富于德性与意志的"施仁"之天，"天"是仁慈的施与者，而"人"则是"天"的宠儿。王充观念中的"天"是"自然无为"的"施气"之"天"，"人"与"天"无法沟通："天人同道，好恶均心。人不好异类，则天亦不与通。"（《论衡·奇怪篇》）"天地合气，人偶自生"（《论衡·物势篇》），这是一种非常"危险"的观念，他的下一个推论就是"天"与"人"之间的意志性、精神性的关联根本不存在：

  人不能以行感天，天亦不随行而应人。（《论衡·明雩篇》）
  天道自然，人事不能却也。（《论衡·变虚篇》）

  "天道"与"人事"，是不相干的两码事。
  于是，另一个重要的推论也就呼之欲出了：自然的灾异与帝王的行为无关！
  在灾异与人事之间建立因果关联，是汉儒的重要策略："凡灾异之本，尽生于国家之失。国家之失乃始萌芽，而天出灾害以谴告之；谴告之而不知变，乃见怪异以惊骇之；惊骇之尚不知畏恐，其殃咎乃至。以此见天意之仁而不欲陷人也。"④用当代语言来说，汉儒的"灾异谴告论"是"天"与帝王

---

① （清）苏舆撰：《春秋繁露义证》，63页，北京，中华书局，1992。
② 同上书，165页。
③ 同上书，354页。
④ 同上书，259页。

第十四章 王充的文艺思想　671

（"天子"）的关于国家政治行为的一次想象性"对话"，"对话"的媒介便是"灾异"。上天以"灾异"来谴告帝王，而帝王则通过"灾异"来聆听上天。帝王知过而改，上天垂怜帝王，于是灾异消失了：这是上天与帝王之间的进一步"对话"。

王充《论衡》要批驳的是，这种关于灾异的"对话"是根本不存在的。《论衡》中的《自然篇》《感类篇》《谴告篇》《寒温篇》《遭虎篇》《商虫篇》《顺鼓篇》《明雩篇》等从各个方面批驳了这种学说。王充所论述的最典型的"灾异"就是"寒温"。我们就以"寒温"为主要例证来说明王充的理论策略。

归纳起来，王充的论证理路如下：

1. 王充的宇宙观：天道自然无为。这是王充的出发点和立足点。

如前所述，既然"天"不会与人发生意志的、精神的、德性的任何关联，那么也就不会对人发出什么"谴告"。"夫天道，自然也，无为。如谴告人，是有为，非自然也。"（《论衡·谴告篇》）天道是自然的，自然是无为的，既然无为便不能"谴告"；如果天能"谴告"，那它便是有为的，便不是自然的。这看上去像一个"循环论证"，支持这个"循环论证"的是一个大前提，即王充的"天道自然无为"的宇宙观。

2. "灾异"本是自然现象，"天"之"灾异"与"人君"及其政事无任何必然关联。

因为天道自然无为，上天与帝王之间不存在"谴告"与聆听的关系，那么"灾异"也就失去了上天与帝王之间的中介地位，它们只是自然现象，并无特别的"意义"。

关于自然界的寒温之变，在汉代"天人感应"知识系统中主要与两种"感应"相关：一是君王的喜怒和刑赏能引起寒温的变化，君主喜乐行赏，天气就变温暖；相反，发怒施罚，天气就变寒冷。二是以寒温之变来"谴告"君王的政治之失。当君王"为政失道"的时候，天就降寒温的灾难，如果君主不悔改，灾异就会祸及人民，再不改，就会祸及君主自身。其实，这两种"寒温感应"说的都是同一个问题，即寒温之变与君主及其政事之间是一种互相呼应的关系。

王充的任务就是要切断这种关联。王充说："春温夏暑，秋凉冬寒，人君无事，四时自然。……寒温，天地节气，非人所为，明矣。"(《论衡·寒温篇》)天气的寒温，是由天地的节气所决定的，并不是人力所能影响的。因此，天气的寒温与君王的喜怒刑赏之间本无关联。

> 夫寒温之代至也，在数日之间，人君未必有喜怒之气发胸中，然后渥盛于外。……当人君喜怒之时，胸中之气未必更寒温也。……胸中之气，不为喜怒变，境内寒温，何所生起？(《论衡·寒温篇》)

王充首先从一般常识出发，还原君主的喜怒与天气寒温之间的"感应原理"：寒、温天气交替而至，可能就发生在几天之间，那么这时的君主也应该有喜怒的气从胸中产生，然后强烈地表现在外面，从而引起外面气候的寒、温交替。很显然，这不是事实。而且，君主在喜怒的时候，他胸中的气也不一定会相应地改变寒温状态。如果连他自己胸中的气都不会因喜怒而改变，那么外部天气的寒温，又怎么会产生变化呢？

将寒温之变应用于君主之赏罚，就更说不通了。"赦令四下，万刑并除，当时岁月之气不温。"(《论衡·寒温篇》)大赦死囚的时候，千万人免于刑戮，没有比这更大的奖赏了，但那时的天气也并没有因此而变得温暖。同样，君主的怒与罚也与寒温无关。"前世用刑者，蚩尤、亡秦甚矣。蚩尤之民，涅涅纷纷；亡秦之路，赤衣比肩，当时天下未必常寒也。"(《论衡·寒温篇》)君主之怒，刑戮之惨，大概莫过于蚩尤、秦朝时代，蚩尤的百姓，流乱逃亡；秦朝的囚犯，布满道路。可是，当时天气并未因此而变得寒冷。

同理，天气之寒温也与上天的"谴告"无关。"儒者"的观点是：

> 人君用刑非时则寒,施赏违节则温。(《论衡·谴告篇》)

君主用刑不符合时令,天就用寒气来谴责并警告他;施赏违背节气,天就用温气来谴责警告他。他们的理路是:寒温之变是天降的灾异,天降灾异的原因是人君为政之失,目的是"谴告"人君并促其悔改。也就是说,"儒者"先把自己摆在一个"代天立言"者的地位,然后再"以天度人","谴告"人君。王充在《谴告篇》批驳"寒温谴告"的理路正好是相反的:

> 身中病,犹天有灾异也。血脉不调,人生疾病;风气不和,岁生灾异。灾异谓天谴告国政,疾病天复谴告人乎?
>
> 且天审能谴告人君,宜变异其气以觉悟之。用刑非时,刑气寒,而天宜为温。施赏违节,赏气温,而天宜为寒。变其政而易其气,故君得以觉悟,知是非。今乃随寒从温,为寒为温,以(非)谴告之意,欲令变更之且(宜)。①……今乃重为同气以谴告之,人君何时将能觉悟,以见刑赏之误哉?
>
> 天不告以政道,令其觉悟……而顾随刑赏之误,为寒温之报,此则天与人君俱为非也。

在王充看来,如果寒温之变是上天的"谴告"的话,那么"天"一定是犯了错误了。

王充的论证理路是:从人间事实出发,然后"以人度天",证实"谴告"之谬。也就是他所说的"占大以小,明物事之喻,足以审天"。(《论衡·谴告篇》)他说,天有灾异就像人的身体有病。人的血脉不调,就会生病;天的气候失调,就会发生灾异。如果灾异是上天"谴告"国家政治的话,那

---

① 此处文字有误,依黄晖《论衡校释》观点:"以",宋本、宋残卷、朱校元本并作"非",是也。"且"当为"宜"字形误。此文当作:"非谴告之意,欲令变更之宜。"(黄晖:《论衡校释》,636页,北京,中华书局,1990)

么生病是不是上天在谴告人呢？显然不是这么回事。而且，就算上天真的是要"谴告"人君的话，它也应当采用正确的方法。如果要使人君觉悟，明了是非，就应当改变他施政时的天气，以示是天的"谴告"。但是，现在"天"对君王的"谴告"方法却是"用刑非时则寒，施赏违节则温"。也就是说，刑罚不合时节，刑气本寒，上天却继续用寒气来"谴告"；施赏不合时节，赏气本温，上天却继续散布温气来"谴告"。这样施行寒气和温气，是不符合"谴告"的意图的，君主怎么能觉悟到自己的失误呢？所以说，即使寒温之变是上天对君王的"谴告"，那也是错误的"谴告"。

3. 从另一方面来说，它们之间的关系是单向的，而不是"双向互动"的。

"天人感应"论对寒温的理解是："乃言以赏罚感动皇天，天为寒温以应政治。"（《论衡·变动篇》）王充否定了这种"双向互动"的"交流关系"，把天人关系还原为一种单向关系：天之寒温与灾变可以影响人（君主），而人（君主）的政事却不能影响天。王充先从"物"说起：

> 夫天能动物，物焉能动天？何则？人、物系于天，天为人物主也。……天气变于上，人、物应于下矣。故天且雨，商羊起舞，[非]使天雨也。……故天且风，巢居之虫动；且雨，穴处之物扰，风雨之气感虫物也。（《论衡·变动篇》）

人和物都隶属于天，天是人与万物的主宰。天的"气"在上面发生变化，人与物就在地下应和。所以，天将要下雨，商羊鸟就会飞舞，但决不能说是商羊鸟的飞舞才使天下雨的。天将刮风，巢中的鸟就会飞，天将下雨，穴处的动物就会骚动。这是因为风雨的"气"影响了虫鸟之类的动物，而不能说是虫鸟的飞舞和骚动使天刮风下雨。

鸟虫如此，对于人来说，也是如此的。王充说，"夫寒温，天气也。天至高大，人至卑小。"天在上高而大，人在下卑而小，所以"天能动人，而人不能动天"。(《论衡·变动篇》)君主的政事也不能使"天"有所改变。

> 故以口气吹人,人不能寒;吁人,人不能温。……寒温之气,系于天地而统于阴阳,人事国政,安能动之?(《论衡·变动篇》)
>
> 其夏欲得寒而冬欲得温也,至诚极矣。欲之甚者,至或当风鼓箑,向日燃炉,而天终不为冬夏易气,寒暑有节,不为人变改也。夫正欲得之而犹不能致,况自刑赏意(喜)思(怒)不(而)欲求寒温乎。(《论衡·变动篇》)

一个简单的生活常识:用嘴里的气吹人,人不会寒冷;用气呵人,人也不会温暖。不论是寒气还是暖气,都受制于天地阴阳,人事、国政是不能够影响它的。还有人说,只要"心诚",就能感动上天。但是,夏天想要凉爽,冬天想得到温暖,也算是极其虔诚了,最心切者,甚至有人迎风扇扇子,有人向阳而坐却又生着火炉,但是,上天终究也不会为了他的"诚心"而改变寒温之气。因为寒来暑往自有一定规律,不会因"诚心"而改变。诚心想得到寒温之气尚且不能得到,更何况君主施行刑赏的时候本来就没有想要得到寒温之气呢!

4. "灾异"的意义只是后来的"儒者"出于特定的目的而加上去的。

由于天道自然无为,"天"不会以寒温灾异来"谴告"人,人(君主)更不可能以自己的行为而影响天,那么"儒者"的"天人感应"工程——"使自然无为转为人事"(《论衡·谴告篇》)也就成了一厢情愿的想象。

> 六经之文,圣人之语,动言天者,欲化无道、惧愚者。之(欲)言非独吾心,亦天意也。及其言天,犹以人心,非谓上天苍苍之体也。变复之家,见诬言天,灾异时至,则生谴告之言矣。(《论衡·谴告篇》)

王充深知儒者代天立言的苦心:想教化无道的君主,恐吓愚昧的百姓。

擅长阴阳五行占验之术的"变复之家"对儒者们的"言天"之语加以演绎，于是就成了"谴告"之论。言为"天意"，实为"人心"，因为所有的"谴告""皆以人心效天意。"（《论衡·谴告篇》）这样，与其求助于"天意"，还不如直接求助于"人心"。最有价值的"人心"，自然在于"圣人"：

> 文、武之卒，成王幼少，周道未成，周公居摄，当时岂有上天之教哉？周公推心合天志也。上天之心，在圣人之胸，及其谴告，在圣人之口。不信圣人之言，反然灾异之气，求索上天之意，何其远哉！（《论衡·谴告篇》）

王充说，周文王、周武王死后，成王年幼，周朝统治还没有完全得到巩固，于是周公摄政，这在当时难道有上天的教导吗？其实只不过是周公推知人心以符合天意罢了。所以，上天的心意，在圣人的胸中，等它需要谴告时，就由圣人之口表达出来。如果人们不相信圣人之言，反而相信灾异之气，这样求索上天的意志，是多么遥不可及啊！

但问题是，当今已经没有圣人了，怎么能听到圣人的话呢？那就只能求助于贤人。因为"贤人庶几之才，亦圣人之次也"。（《论衡·谴告篇》）那么，什么样的人才是"贤人"呢？王充在《定贤篇》里说了他心中的"贤人"标准：

> 夫贤者，才能未必高也而心明，智力未必多而举是。何以观心？必以言。有善心，则有善言。……心善则能辩然否。……虽贫贱困穷，功不成而效不立，犹为贤矣。

要辨别贤人，就要看他有没有善心。贤人未必才能高，但能明辨是非；未必多智谋，但行为没有错误。有善心，就有善言。心善，就能辨明是非。这样的人，即使贫穷低微，境遇困窘，功名不成，业绩不立，仍然可以

第十四章 王充的文艺思想　677

称为贤人。

有善心,能明辨是非,"贫贱困穷""功不成而效不立"的贤人,大概首推王充自己吧!

5. 结论:"天"之灾异与君王行为无关,所以君王行事大可不必考虑"天意"的"谴告"。

由此来看,"天人感应"论中的"天"与君王之间以"灾异"为中介的交流行为,在各个环节上都是有问题的,这种"谴告"的交流只是儒者心中一厢情愿的想象。王充说出了与多数儒者截然不同的结论:"天"之灾异与君王行为无关,君王行事大可不必考虑"天意"的"谴告"。

《论衡》中有一个典型的句式很恰当地表达了王充反对灾异"谴告"之说的意图:"使人君……"。

> 旸久自雨,雨久自旸,变复之家,遂名其功。人君然之,遂信其术。试使人君恬居安处,不求己过,天犹自雨,雨犹自旸。……夫人不能以行感天,天亦不随行而应人。(《论衡·明雩篇》)

> 久雨不霁,试使人君高枕安卧,雨犹自止。止久,至于大旱,试使人君高枕安卧,旱犹自雨。何则?旸极反阴,阴极反旸。(《论衡·顺鼓篇》)

> 生出有日,死极有月,期尽变化,不常为虫。使人君不罪其吏,虫犹自亡。(《论衡·商虫篇》)

在这里,王充的"天道自然论"颇有解释力。一切灾异之变,晴雨也好,水旱也好,虫灾也好,都是自然之事,对于儒者所宣扬的"谴告"之论,君王大可不必理它! 天晴久了自然会下雨,雨下久了自然会天晴,面对晴雨之变,水旱之灾,君主丝毫也不必担心"天"的"谴告",完全可以"恬居安处""高枕安卧"。 虫灾来了,君主也不必去责罚下面的官吏,因为虫灾的出现和消亡自有时日,与官吏是否贪暴无关。

"谴告"是儒者们通过"天人感应论"加给人间帝王的一条精神绳索。王充用"天道自然论"把这条绳索给解开了。身为边缘文人的王充对汉帝国的君王想要表达的意图,套用一句现代的时髦话,就是:走自己的路,让他们(儒者)说去吧!

二、王充梦想的实施:"为汉平说"

(一)《论衡》的目的:"为汉平说"。

王充认为"俗儒"们最大的"虚妄"就在于,面对这个伟大的时代和伟大的君王,他们只会不切实际地批评,而不懂得为它和他唱颂歌。这,就成为《论衡》最重要的目的和任务——"为汉平说":

> 谷熟岁平,圣王因缘以立功化,故《治期》之篇,为汉激发。治有期,乱有时,能以乱为治者优。优者有之。建初孟年,无妄气至,圣世之期也。皇帝执(敦)德,救备其灾,故《顺鼓》、《明雩》,为汉应变。是故灾变之至,或在圣世,时旱祸湛,为汉论灾。是故《春秋》为汉制法,《论衡》为汉平说。(《论衡·须颂篇》)

这段话很能表达王充著《论衡篇》的心迹。他说,作《治期篇》是为了宣扬汉室"圣王"的功德,《顺鼓篇》《明雩篇》是为了建议王朝如何应对灾变。就如孔子的《春秋》为几百年后的汉朝制定了治国之法,他的《论衡》也要为汉朝公平地论定是非曲直。也就是说,王充《论衡》的目的,是要为汉室君王正名。

要正名,也就是要针对儒者们对汉王朝的批评,为汉王朝辩护。《论衡》所"疾"的最大的"虚妄"有二,一是儒者们以"天人感应""灾异谴告"之论批评君王,迷惑世人;二是儒者们以经书为据,以古非今,批评当世。面对"灾异谴告",王充所做的是"揭露",面对以古非今,王充所做的是"歌颂"。

歌颂什么？怎样歌颂？"须颂""齐世""宣汉""恢国"。这些既是《论衡》的篇目之名，也是他歌颂汉室的原因、内容和策略。①

"须颂"，就是应当称颂汉王朝：

> 古之帝王建鸿德者，须鸿笔之臣襃颂记载，鸿德乃彰，万世乃闻。……或说《尚书》曰："尚者，上也；上所为，下所书也。""下者谁也？"曰："臣子也。"然则臣子书上所为矣。问儒者："礼言制，乐言作，何也？""礼者，上所制，故曰制；乐者，下所作，故曰作。天下太平，颂声作。"方今天下太平矣，颂诗乐声，可以作未？传（儒）者不知也，故曰："拘儒"。卫孔悝之鼎铭，周臣劝行。孝宣皇帝称颖川太守黄霸有治状，赐金百斤，汉臣勉政。夫以人主颂称臣子，臣子当襃君父，于义较矣。虞氏天下太平，夔歌舜德。宣王惠周，《诗》颂其行。召伯述职，周歌棠树。是故《周颂》三十一，《殷颂》五，《鲁颂》四，凡颂四十篇，诗人所以嘉上也。由此言之，臣子当颂，明矣。（《论衡·须颂篇》）

王充要表达的意思是：（1）自古以来，建立鸿大功德的帝王，都有"鸿笔之臣"记载称颂，而且这也是符合经书、礼制的。（2）古代圣贤的太平盛世，都有臣子称颂，如"夔歌舜德"、《诗》颂宣王、"周歌棠树"，都是臣下歌颂贤主的例证。（3）君王称颂臣子之贤能，臣子也应当颂扬君王之功德。这本是"礼尚往来"，古今皆然。比如，卫国孔悝受到鼎铸铭文的表彰，周代的臣子们互相激励操行。汉宣帝称赞颖川太守黄霸有优良的政绩，赏赐百金，汉朝的大臣就更加勤勉于政事。上有君之赏，下有臣之应，本是情理之中的事。（4）现今的汉室，也是天下太平，君王也做出了功德的表率，但是

---

① 当然，王充对汉一时的歌颂，不止于这几篇。"除了《须颂篇》《宣汉篇》《恢国篇》替汉朝直接辩护，论证歌颂之必要、赞美之必要外，这个赞颂的立场和心态，其实更是贯串整部《论衡》的线索。"（龚鹏程：《汉代思潮》，199页，北京，商务印书馆，2005）

拘泥狭隘、目光短浅的"拘儒"们却根本不懂得歌功颂德这回事！ 这是有损于义的。（通俗地说，"拘儒"们的做法"不够意思"。）

简单地说，天下太平，"臣子当颂"，这是身为臣子义不容辞的责任，但是"拘儒"们没有承担，也没有能力承担这个责任。 现在需要一个"鸿笔之臣"来担当这个伟大的使命。 他就是王充。

王充在《论衡》中的《齐世篇》《宣汉篇》《恢国篇》诸篇章中，对汉室极尽颂扬。

"齐世"，就是古今社会齐同。 这是针对"俗儒"尊古卑今的观念而发的。 比如"俗儒"说，在身材上，因为古代"和气"纯厚，古人比今人姣美强健，寿命也长；在风俗上，古人比今人淳朴，容易教化；在道义上，古代比今世有更多"重义轻身""死不顾恨"的忠义之人。 王充以他的"自然气论"来说明古今无异：

> 夫上世治者，圣人也；下世治者，亦圣人也。圣人之德，前后不殊，则其治世，古今不异。上世之天，下世之天也，天不变易，气不改更。上世之民，下世之民也，俱禀元气。元气纯和，古今不异。（《论衡·齐世篇》）

古与今，天不变，气不变，人亦不变。 古人所秉承的"仁义"之性、"五常"之道，也与今无异。 所以不论是身体、风俗还是道德，今人都与古人无异。 之所以如此，只是因为"世俗之性，好褒古而毁今，少所见而多所闻"（《论衡·齐世篇》）——这正是王充所难以接受的。

《齐世篇》把今人提到与古人平起平坐的水平。《宣汉篇》更进一步，隆汉室于古代之上。"宣汉"，即宣扬汉世功德，"论汉已有圣帝，治已太平"。（《论衡·须颂篇》）因此，"高汉于周，拟汉过周"。（《论衡·恢国篇》）王充从各个方面论证了"周不如汉"：

（1）太平盛世过于周。 西汉高祖到东汉章帝，"汉家三百岁，十帝耀

德""文帝之时,固已平矣……前汉已灭,光武中兴,复致太平"。(《论衡·宣汉篇》)

(2)圣人过于周。周代有三位圣人,文王、武王和周公旦。汉代有汉高祖、光武帝,可与周文王、武王比肩;而汉代的文帝、武帝、宣帝、明帝以及"今上"章帝,都超过了周代的成王、康王和宣王。

(3)祥瑞过于周。就开国帝王而论,周代的文王、武王比不上汉代的高祖和光武帝:"文、武受命之降怪,不及高祖、光武初起之祐。孝宣、明之瑞,美于周之成、康、宣王。孝宣、孝明符瑞,唐、虞以来,可谓盛矣。"就祥瑞应太平盛世而论,汉代宣帝、明帝的祥瑞应"倍五帝、三王也"。(《论衡·宣汉篇》)

(4)"今上"更过于周。"今上即命,奉成持满,四海混一,天下定宁。物瑞已极,人应订隆。"在王充眼中,"今上"(章帝)的功德是胜过古今所有帝王的。

所以,王充最后得出结论说:"夫实德化则周不能过汉,论符瑞则汉盛于周,度土境则周狭于汉,汉何以不如周?"(《论衡·宣汉篇》)

《宣汉篇》是将汉与周相比,已经对汉王朝极尽推而隆之了;但王充还觉得力度不够,还要"极论汉德非常实然,乃在百代之上"(《论衡·须颂篇》),要达到一个"恢而极之,弥见汉奇"(《论衡·恢国篇》)的颂扬效果。这就是《恢国篇》。王充以"百代"为参照,从威盛、天命、符瑞、功德等各个方面对伟大的汉帝国都极尽颂扬:

(1)威盛超过百代。高祖建功,力败强敌,四夷朝贡,疆域广大,非百代可比。

(2)奉天命,有神助,超过百代。高祖、光武帝起于平民,无所依凭,"高祖从亭长提三尺剑取天下,光武由白水奋威武海内";后来光武帝又伐新莽,"汉统绝而复属"。《论衡·恢国篇》伟大事业所承天命非百代可比。

(3)祥瑞超过百代。高祖母"梦与神遇",光武帝母分娩时室中无烛自明。高祖、光武帝皆身随云气。黄帝、尧、舜之时,"凤皇一至,凡诸众瑞，重至者希"。（《论衡·恢国篇》）文帝、武帝、宣帝、平帝、明帝、章帝时期的祥瑞都不可胜数。

（4）功德超过百代。汉代帝王个个行事宽宏，广施恩德，有仁君风范；因此人民感恩，贤臣辅君，夷人教化，种种功德都远胜尧、舜、周文王、周武王等古代贤君。

值得指出的是，王充对"今上"（章帝）更是极尽褒奖美化之能事：

今上即命，奉成持满，四海混一，天下定宁。物瑞已极，人应订隆。（《论衡·宣汉篇》）

今上嗣位，元二之间，嘉德布流。……前世龙见不双，芝生无二，甘露一降，而今八龙并出，十一芝累生，甘露流五县，德惠盛炽，故瑞繁夥也。自古帝王，孰能致斯？（《论衡·恢国篇》）

（广陵王刘荆、楚王刘英）怨恶谋上，怀挟叛逆。……今上宽惠，还归州里。开辟以来，恩莫斯大！（《论衡·恢国篇》）

今上即令，诏求亡失，购募以金，安得不有好文之声？……汉今为盛，故文繁凑也。（《论衡·佚文篇》）

为了表达出"恢论汉国，在百代之上"的修辞效果，王充在《恢国篇》中不惜调用最盛隆的赞词、最极端的表达：

此则汉之威盛，莫敢犯也。
然则汉力胜周多矣。
唐之晏晏，舜之烝烝，岂能逾此！
比方五代，孰者为优？皆不及汉太平之瑞。
德惠盛炽，故瑞繁夥也。自古帝王，孰能致斯？
汉统绝而复属，光武存亡，可谓优矣。
德孰大？壤孰广？

开辟以来,恩莫斯大?

在汉代的知识者中,能把自己所身处的王朝颂扬到如此无以复加的程度,同时激烈批判其他知识者对这个王朝的批评,大概非王充莫属了吧。

(二)"为汉平说"的目的:做一个出色的"御用文人"。

王充为什么要"为汉平说"? 为什么打着有"疾虚妄"旗号的《论衡》对汉王朝极尽歌颂之能事? 学者们从不同的研究背景出发,对这个问题给出了不同的答案。① 我们认为,王充之所以竭力颂汉,"为汉平说",是出于他自己的人生理想:他梦想成为一个出色的"御用文人"。

王充"为汉平说"的工程,是在对没有这样做的其他儒者的批评、揭露和对比中展开的。 在《须颂篇》中,他有意无意地把儒者分为两类:一类是懂得颂汉的"鸿笔之人",另一类是其他不知颂汉,只知以古非今的"俗儒""拘儒""盲暗之儒"。

> 古之帝王建鸿德者,须鸿笔之臣褒颂记载,鸿德乃彰,万世乃闻……方今天下太平矣,颂诗乐声可以作未?儒者不知也,故曰拘儒。
> 儒者谓汉无圣帝,治化未太平。……舍其家而观他人之室,忽其父

---

① 有关王充颂汉的原因,曾有以下几种解释:1. 朱谦之提出的"讽汉"说。 他在《王充著作考》里,把自《寒温篇》至《须颂篇》的十九篇文章,作为王充的《政务》之书。 然后指出"因为《政务》之书是在专制主义统治之下,不得不作褒颂之文,然而《政务》的褒颂,意在讽汉。 褒颂至过其实,讽之也"。 2. 蒋祖怡的"免祸"说。 认为王充所以褒颂汉德,是由于《论衡》从求实诚疾虚妄的宗旨出发,必然要批判当时帝王所信奉的"天人感应""灾异""祯祥"等等,他怕会像桓谭那样因此得祸,所以"实以褒颂之言"。 [蒋祖怡:《论王充的〈政务〉》之书》,载《杭州大学学报》,1962(2)]3. 田昌五提出的"盲目歌颂"说。 王充之所以对"汉代,特别是对当时最高统治者——章帝采取盲目歌颂的立场",是由于他祖上及自己曾得过朝廷的好处,因而对东汉统治者存在幻想,同时也担心自己的思想体系可能获"大逆不道"的罪名,希望用盲目歌颂掩盖他对当时正统思想的抨击。 (田昌五:《王充——古代的战斗唯物论者》,人民出版社,1973)4. 孙如琦的"自荐求官"说。 王充溢美章帝为"自荐求官",主要表现在两个方面:一是《须颂篇》中的自我表白,二是他和他的友人在政治上的种种活动。 [孙如琦:《王充溢美章帝原因辨析》,载《杭州大学学报》(哲学社会科学版),1994(3)]

684 第四编 东汉前期的文艺思想

而称异人之翁，未为德也。汉，今天下之家也；先帝、今上，民臣之翁也。夫晓主德而颂其美，识国奇而恢其功，孰与疑暗不能也？

涉圣世不知圣主，是则盲者不能别青黄也；知圣主不能颂，是则喑者不能言是非也。然则方今盲喑之儒，与唐击壤之民，同一才矣。

故夫古之通经之臣，纪主令功，记于竹帛；颂上令德，刻于鼎铭。文人涉世，以此自勉。

汉德不及六代，论者不德之故也。

国德溢炽，莫有宣褒，使圣国大汉有庸庸之名，咎在俗儒不实论也。

在王充看来，这些不知颂汉的儒者是一群拘泥保守、狭隘无知的儒者（"拘儒"），是一群庸俗不实的儒者（"俗儒"），他们简直就是一群瞎子、哑巴（"盲喑之儒"）。汉朝如此之盛，汉德如此之隆，他们却装聋作哑，甚至以古非今，"忽其父而称异人之翁"，他们简直是一群知恩而不知报、受德而不知颂的不义之徒！因为他们的庸俗无知、不德不义，才使得汉室"天下太平"而不闻"颂诗乐声作"，"汉德非常"而无人"颂其美"；因为他们，才使得"远在百代之上"的大汉帝国显得"汉德不及六代"，使得"圣国大汉有庸庸之名"！

简单地说，这些不知颂汉的儒者们，简直就是国家的罪人。伟大的汉帝王的荣光似乎就要毁在他们手里了。

王充所做的，是一项为汉室"平反"的工作。在一片俗儒俗议的声浪中，有一种声音得以凸显，那就是"鸿笔之人"王充的"颂汉"之声。接着看《须颂篇》：

船车载人，孰与其徒多也？素车朴船，孰与加漆采画也？然则鸿笔之人，国之船车、采画也。……汉德不休，乱在百代之间，强笔之儒不著载也。

第十四章　王充的文艺思想　　685

> 龙无云雨，不能参天。鸿笔之人，国之云雨也。载国德于传书之上，宣昭名于万世之后。……国之功德，崇于城墙；文人之笔，劲于筑蹢。
>
> 汉德酆广，日光海外也。知者知之，不知者不知汉盛也。汉家著书，多上及殷、周，诸子并作，皆论他事，无褒颂之言，《论衡》有之。
>
> 故不树长竿，不知深浅之度；无《论衡》之论，不知优劣之实。汉在百代之末，上与百代料德，湖池相与比也。无鸿笔之论，不免庸庸之名。

"鸿笔之人"如"国之船车、采画"，如"国之云雨"，没有他们，汉德就不能载于传书，就不能彰显于百代，就不能免于平庸的声名。汉室功德，如日光大海，但汉代的著作，多是上溯殷周，很多人都在著文，但都在论说他事，并没有褒颂汉室。《论衡》是个例外，它一直都在为大汉歌功颂德。

到此，王充颂汉的动机已经很清楚了，他意在表明：只有他，才是汉室所需要的歌功颂德的最佳人选。王充甚至按捺不住他的自荐冲动：

> 今上即命，未有褒载，《论衡》之人，为此毕精，故有《齐世》、《宣汉》、《恢国》、《验符》。
>
> 从门应庭，听堂室之言，什而失九；如升堂窥室，百不失一。《论衡》之人，在古荒流之地，其远非徒门庭也。……圣者垂日月之明，处在中州，隐于百里，遥闻传授，不实。形耀不实，难论。得诏书到，计吏至，乃闻圣政。是以褒功失丘山之积，颂德遗膏腴之美。使至台阁之下，蹈班、贾之迹，论功德之实，不失毫厘之微。

面对大汉的辉煌功德，在众儒者万马齐喑的情况下，只有身为草野之士的王充发出了自己的颂扬之声。但是在"荒流之地"，不容易听到帝王的消息；而帝王也因为身处中州深宫之中，远远地听到别人传来的消息也可能不真实。"论衡之人"想要看到圣主的光辉，了解圣王的政治，只有等诏书下达，计吏①归来，才有可能。这样，"论衡之人"在歌功颂德的时候，就有可能把圣主丘山一般的功绩和膏腴般的美德都给遗漏了。假如能让我到台阁去当官的话，我就可以继承班固、贾逵的颂汉大业，论述圣王功德的真实情况，不会有丝毫的差错。

至此，我们也就可以明白，王充对儒者们依"天人感应"言"灾异""谴告"的批判，对"拘儒""俗儒"们厚古薄今的批判，以及对汉王朝的极力颂扬，都有着十分强烈的现实功利目的，那是一个身处草野之中的边缘文人的人生梦想：做一个出色的"御用文人"，进入这个帝国的官僚系统，为他心中这个伟大的帝国"润色鸿业"。

这是一个边缘文人的终生梦想。在王充看来，"御用文人"的榜样是像班固、贾逵、杨终、傅毅这样的人，"永平中，神雀群集，孝明诏上《爵颂》。百官颂上，文皆比瓦石，唯班固、贾逵、傅毅、杨终、侯讽五颂金玉，孝明览焉。"（《论衡·佚文篇》）这个边缘文人的"宏大梦想"又是那样的卑微："他这样迫切地想见知于朝廷的目的，是认为他到了朝廷以后，能更进一步地歌功颂德。而受知于朝廷以后想做的官，乃是俸禄一百石的兰台令史的芝麻绿豆大的官。"②

王充说，他称颂汉室，"非以身生汉世，可襃增颂叹，以求媚称也。"《论衡·宣汉篇》虽然话是这样说，但他确实脱不了与"媚称"的干系。

做一个出色的"御用文人"，王充一生的最富于创造力的时光都在追寻这个"宏大而卑微"的梦想。明白了这一点，对于《论衡》中许多看似不可思议的矛盾现象就可以理解了。

这其中最大的矛盾，就是他一面极力否认"天人感应""灾异""谴告"，另一面却极力支持"汉多祥瑞"。

---

① 计吏：即上计吏，年底代表郡国入京报告户口、垦田、钱谷等情况的官员。汇报以后，又把朝廷的情况及指示带回郡国。
② 徐复观：《两汉思想史》第二卷，351页，上海，华东师范大学出版社，2001。

首先，王充肯定符瑞的存在，并指出其产生的"原理"：

> 阴阳之气，天地之气也，遭善而为和，遇恶而为变，岂天地为善恶之政，更生和变之气乎？然则瑞应之出，殆无种类，因善而起，气和而生。亦或时政平气和，众物变化……或时太平气和，獐为骐驎，鹄为凤皇。是故气性，随时变化，岂必有常类哉？（《论衡·讲瑞篇》）

王充解释符瑞的"和气发生说"的要点是：符瑞出于一种特殊的阴阳之气——"和气"。"和气"与善政相"遇"，就成为符瑞。正因为符瑞产生于偶然的"遇"，那么符瑞的出现在具体的类型、形体、色彩等方面就各有不同，没有"常类"。

这个解释原则是为说明"汉多祥瑞"这个总命题服务的。王充还是从批判"俗儒"尊古卑今的"符瑞论"入手。因为符瑞本无"常类"，那么，"俗儒"依据经传之书所认定的符瑞未必真实，今世的符瑞也未必不真实。《论衡·讲瑞篇》用大量篇幅讨论了两种典型的符瑞——凤皇、骐驎的古今之辩：

> 以人无类议之，以体变化论之，凤皇骐驎生无常类，则形色何为当同？
> 上世所见凤皇骐驎，何知其非恒鸟兽？今之所见鹊獐之属，安知非凤皇骐驎也？
> 或时以有凤皇骐驎，乱于鹄鹊獐鹿世人不知。

王充进一步提出他的符瑞判断标准：

> 实难知也，故夫世瑞不能别。别之如何？以政治、时王之德。

然后，王充亮出自己的底牌：为汉室的符瑞"平说"：

> ……然而唐、虞之瑞必真是者，尧之德明也。孝宣比尧、舜，天下太平，万里慕化，仁道施行，鸟兽仁者，感动而来，瑞物小大、毛色、足翼必不同类。以政治之得失、主之明暗，准况众瑞，无非真者。事或难知而易晓，其此之谓也。……案永平以来，讫于章和，甘露常降，故知众瑞皆是，而凤皇骐骥皆真也。（《论衡·讲瑞篇》）

王充的思路是：唐虞时代的符瑞是真的，因为那时政治清明。这一点是儒者们必然承认的；今世（宣帝、章帝时代）比尧、舜时代还要天下太平，这样说也是今世儒者们难以反对的。所以说，如果唐、虞时代之符瑞是真的，那么今世的符瑞也是真的。所以王充可以理直气壮地说："方今圣世，尧、舜之主，流布道化，仁圣之物，何为不生？"（《论衡·讲瑞篇》）

王充沿着"古今符瑞之辩"这个命题继续展开，"俗儒好长古而短今，言瑞则渥前而薄后，《是应》实而定之，汉不为少。"所谓《是应》"实而定之"，乃是论定经传所载、儒者所传的古代符瑞之说的"不实"。比如太平盛世的瑞应"五日一风，十日一雨"、"男女异路"、"市无二价"等都是"溢美过实"；奇草（屈轶、蓂荚）、神兽（觟𧣾虎）等，根本"无有此物"。抑古，是为了崇今，王充在这方面用了更多笔墨，《讲瑞篇》《宣汉篇》《恢国篇》《难符篇》《须颂篇》等，都对汉室的符瑞进行了不厌其烦的罗列和赞颂。

而且，我们发现，王充对于古今的符瑞现象，采用了不同的"话语策略"：对于"俗儒"所言、经传所载的符瑞，王充的策略是极尽精细地分析与揭露；而对于汉室的符瑞，王充的策略是极尽铺张地描述与展示。试以"甘露"为例：

首先，王充对于儒者所言的"甘露"，进行了精细的"语义分析"。

> 《尔雅》又言："甘露时降，万物以嘉，谓之醴泉。"醴泉乃谓甘露也。

> 今儒者说之，谓泉从地中出，其味甘若醴，故曰醴泉。二说相远，实未可知。案《尔雅·释水泉章》："[泉]一见一否曰瀸。槛泉正出。正出，涌出也。沃泉悬出。悬出，下出也。"是泉出之异，辄有异名。……若此，儒者之言醴泉从地中出，又言甘露其味甚甜，未可然也。（《论衡·是应篇》）

关于"甘露"有两种解释，《尔雅》上说，从天上降下的滋润万物的是"醴泉"，也就是"甘露"；而儒者说，地下涌出的甘甜如醴的是"甘露"。《尔雅·释水泉章》中有"沃泉悬出"之说，就是说"沃泉"从上往下流出来，并不是一般的从地下涌出的泉水。因此，儒者所持的甘露"地中出，其味甘若醴"的说法，就是不正确的了。

> 儒曰："道至大（天）者，日月精明，星辰不失其行，翔风起，甘露降。"雨济而阴一（曀）者谓之甘雨，非谓雨水之味甘也。推此以论，甘露必谓其降下时，适润养万物，未必露味甘也。亦有露甘味如饴蜜者，俱太平之应，非养万物之甘露也。何以明之？案甘露如饴蜜者，着于树木，不着五谷。彼露味不甘者，其下时，土地滋润流湿，万物洽沾濡溥。（《论衡·是应篇》）

王充接着论述两种"甘露"的区别：（人君）的道德达于上天，使得日月明亮，星辰不偏离轨道，祥风吹来，甘露普降。这里所说的"甘露"指的是有利于农事的好雨，并不是说雨的味道是甜的，而是说它滋润万物。当然，也有另一种"甘露"，它是应圣王的太平之政而出现的，并不是《尔雅》上所说的滋养万物的"甘露"。因为，味道甘甜的"甘露"，都是附在树木上，而不是附在谷物上，而味道不甜的"甘露"，却是滋润土地和万物的。

最后，王充指出，儒者的"甘露说"是不正确的，《尔雅》中的"甘露"是合理的：

缘《尔雅》之言，验之于物，案味甘之露下着树木，察所着之树，不能茂于所不着之木。然今之甘露殆异于《尔雅》之所谓甘露。欲验《尔雅》之甘露，以万物丰熟，灾害不生，此则甘露降下之验也。甘露下，是则醴泉矣。(《论衡·是应篇》)

所以说，儒者所说的"甘露"不同于《尔雅》上所说的甘露。通过实物验证，可知味道甜的露水降下，附着在树木上，而这些树木并不比其他不附着甘露的树木更茂盛。也就是说，味道甜的"甘露"应的是"圣王之政"，而不是为了滋润万物。《尔雅》上所说的"甘露"，验证标准是农作物的饱满成熟，灾害没有发生。这个"甘露"，也就是"醴泉"。

可以看出，对于儒者及经传所言的"甘露"，王充用《尔雅》章节之间的文本互证、经验佐证，精细分析了儒者所言"甘露"的不实，以及《尔雅》所言"甘露"的具体意义内涵。即何种情况下是"醴泉"，何种情况下是滋润万物的"好雨"，何种情况下是表征帝王美政的"符瑞"。

王充对儒者"甘露"之论的分析与揭露可谓明察秋毫，但对于汉朝"甘露"的表现策略却是截然不同的：

今上嗣位，元二之间，嘉德布流……前世龙见不双，芝生无二，甘露一降，而今八龙并出，十一芝累生，甘露流五县。(《论衡·恢国篇》)

仁者，养育之味也，皇帝仁惠，爱黎民，故甘露降。(《论衡·验符篇》)

神雀二年，凤皇、甘露降集京师。……明年……甘露、神雀降集延寿万岁宫。……甘露元年，黄龙至，见于新丰，醴泉滂流……或时异鸟而各至，麒麟、神雀、黄龙、鸾鸟、甘露、醴泉，祭后土天地之时，神光灵耀，可谓繁盛累积矣。孝明时虽无凤皇，亦致[麒]麟、甘露、醴泉、神雀、白雉、紫芝、嘉禾，金出鼎见，离木复合。(《论衡·宣汉篇》)

第十四章 王充的文艺思想 691

> 天下并闻，吏民欢喜，咸知汉德丰雍，瑞应出也。四年，甘露下泉陵、零陵、洮阳、始安、冷道五县，榆柏梅李，叶皆洽薄，威委流溇，民噏吮之，甘如饴蜜。(《论衡·验符篇》)

这些所谓"甘露"，有没有可能只是滋润作物的好雨？有没有可能是地下涌出的"醴泉"？有没有可能是"非实之论"？面对汉朝普降的"甘露"，王充似乎觉得，没有必要再用批评、揭露"俗儒"的方法去分析、判断、鉴别了，似乎它们只是和其他众多符瑞一样，是确定不移的圣王盛世的"符应"，理论家这时所需要的，似乎只是罗列和赞美。"吏民欢喜，咸知汉德丰雍"、"民噏吮之，甘如饴蜜"，这样令人肉麻的赞语，与前面对儒者的缜密分析、批评比较起来，真是判若两人。但从另一方面看，它们又确实是统一的：对儒者从反面批评，对汉室从正面赞美，全都服务于"为汉平说"的目的。

我们再回过头来梳理一下王充批判灾异"谴告"与支持"符应"之间的关系。如果从"天人感应"角度来看，这两方面确实是矛盾的，灾异"谴告"是"天人感应"，而符瑞也是"天人感应"论者的一个惯常话题。否定灾异的"感应"，而肯定符瑞的"感应"，好像王充为了颂汉而"不择手段"了，但作为理论家的王充不会犯如此低级的错误。王充的理论策略是把两者放入一个新的解释系统。

为了批判符应，王充从他的"天道自然论"出发，断然否定了"天"与"人事"之间的意志性关联。"天"与"人"之间靠"气"联系在一起，它们之间是一种单向的偶然性的关系，"天"不会以灾异来"谴告"人，人（君主）更不会以自己的行为而影响天。

确实，按照这个逻辑，"符应"也是"天人之应"，用上述理论来衡量的话，也应该在批判之列才对。王充只有在"天道自然论"和"气论"的基础上，把原来的解释系统略作修正，以达到支持"符应"的目的。

在论"灾异"时，王充依据"自然无为"的"气论"，否定"天"与人事之间的意志性关联；在论"符应"时，王充把它的理论修正为"阴阳之气"基础上的"善恶相应论"："夫瑞应犹灾变也。瑞以应善，灾以应恶，善恶虽反，其应一也。灾变无种，瑞应亦无类也。阴阳之气，天地之气也。遭善而为和，遇恶而为变"（《论衡·讲瑞篇》）以灾应恶，以瑞应善，这与"天人感应"之论在理论精神上是一致的，王充不得不在他的"气"论上接着做文章。他指出"符应"之"应"不是"天人感应"之"应"，而是源于一种特殊的"气"——"和气"。然后，王充再接着论证"符瑞"与"善政"之所以相"应"，是因为它们都是禀"和气"而生的，所以可以建立一种表征性的关联，所以"或时政平气和，或时太平气和，獐为骐驎，鹄为凤皇。"（《论衡·讲瑞篇》）

这种理论表述又可见王充的"颂汉"苦心。与对待灾异"谴告"论的策略一样，王充也斩断了"天"与帝王的意志性关联，符瑞与帝王善政之间的关系只是一种"和气"之"应"，而不是"天"以符瑞为中介对帝王的"报"。也就是说，符瑞不是"天"对帝王的"奖励"，而只是帝王善政的单向证明，所以，帝王不用因为符瑞的出现而感谢"天"，而要更加自勉于政事。

这样，王充的"灾异论"与他的"符瑞论"之间就构成一种理论上的呼应关系：灾异不是"天"对帝王的"谴告"，而符瑞却是帝王美政的标志，一面为帝王松了绑，另一面又为帝王贴了金。"灾异论"与"符瑞论"，一反一正，系统地成就了他的"颂汉"工程。

再进一步说，不仅王充的"灾异""符瑞"之论如此，他的"九虚""三增"诸篇，无不是这个工程的一部分。

现在我们可以明确，王充支持的是谁，反对的是谁了：他支持的是汉室的王权，反对的是当时的主流知识界。他所"疾"的"虚妄"，不是"封建统治者"的"虚妄"，而是被他称为"俗儒""拘儒"的主流知识界以古非今的"虚妄"。王充的批判，也只是对主流知识形态的批判，并不是对王权的批判。他所努力维护的，是汉室王朝现存政治秩序的合理性与

第十四章 王充的文艺思想 *693*

合法性。

王充以自己的实际行动证明了,他是最有资格成为一个最优秀的"御用文人"的。①

我们"了解"了王充以"为汉平说"为中心,以"御用文人"为目的的"论衡"动机后,还要进一步"理解"他为什么这样做。简单地说,是因为一个边缘文人的生存现实。

帝王专制背景之下,士人(儒者)与帝王的关系成为一种单向的依附关系。士人(儒者)们必须进入帝王的权力体制(官僚系统),获得王权的认可,然后才有自己进一步的生存空间,实现自己的人生价值。已经进入这个体制的儒者们,作为知识界的主流力量,他们一方面与帝王合作,为帝王服务,同时还企图以儒者自身的话语优势,援引圣贤经典,代"天"立言。对无限膨胀的帝王权力加以适当而有效的规引,使之不会过分偏离"王道""仁政"的儒家理想。所以,他们对王权的态度常常呈现为既认可又批评的双重倾向。

但王充是不在这个主流系统之中的。他终其一生都徘徊在权力体制的大门之外,至多以一个小吏的身份,倚在官僚体制的大门旁,羡慕地观望一下里面的热闹情景。他很想进入这个体制。而要进入这个体制,入得"台阁",成为班固那样的"成功人物",就必须向帝王表明自己的心迹,让帝王听到自己的声音,发现自己的价值。这种声音必须是与众多儒者迥异的声音,而且必须是帝王感兴趣的声音。这种声音只能是用最强的音符为当时的帝王和他的王朝所唱的赞歌。

---

① 王充的理论在体系上虽然能够"自恰",但在实际表述中,出于"颂汉"的需要,他似乎"宁可"让自己的理论处于矛盾、尴尬的境地。这方面的例子不少,比如王充言天道无情,但又说"天或者憎秦,灭其文章,欲汉兴之,故先受命,以文为瑞也。"(《论衡·佚文篇》);又如《论衡·死伪篇》反对土龙致雨,说"土龙非实,不能致雨。仲舒用之致精诚,不顾物之伪真也。"这应该符合他"疾虚妄"的本意,然而在《定贤篇》里又说"董仲舒信土龙之能致雨,盖亦有以也"。这种矛盾现象也从另一个方面证明了王充的"颂汉"苦心。

三、王充梦想的破灭

（一）王充梦想的破灭

王充的梦想最终还是破灭了。他以一个"草野之士"的热诚，承担"为汉平说"的伟大使命，并"为此毕精"，但他终其一生也没能入得"台阁"，当然更没有成为帝王的近臣。王充的遭遇令人感慨，但梦想的破灭也是他命运的必然。归纳起来，有两个原因：一在于"清君侧"的天真幻想，二在于入"台阁"的现实障碍。

1. "清君侧"的天真幻想。

在王充"为汉平说"的策略中，似乎有这样一个逻辑：主流知识界的儒者们以圣贤经典为依据，以古代圣王为参照，以虚妄之言评判汉室王朝，迷惑世人。所以主流儒者们是汉室王朝的"罪人"，甚至是"敌人"。而"为汉平说"的王充，则是汉室帝王真正的朋友，他的使命就是协助帝王揭露这些虚妄的"罪人"和"敌人"。也就是说，王充企图以一个边缘士人的身份，在知识界发动一次为帝王"清君侧"的伟大行动。

这个行动必然以失败而告终。原因也很简单：帝王与主流知识界的关系始终也不是一种敌对关系，而是一种"共谋"关系。

前面讲过，东汉前期的帝王有一个共同特征，那就是尊重儒学和儒者。与此相关的，就是东汉前期经学的空前繁盛。作为今文经学重要精神的"天人感应"，成为儒者最重要的理论依据之一。它一方面寄托了儒者以知识制约帝王的理想，另一方面又为儒家经学和帝王权力提供了坚固的宇宙论支持。正是在后一点上儒者与帝王的共谋关系得以形成。沿着这个逻辑，由今文经学派生、兴于西汉末的谶纬之学受到东汉主流儒者和帝王的共同青睐，也是意料之中的事了。

当然，在经学越来越繁盛的过程中，帝王专制也一步步得到巩固和加强，经学与王权越来越紧密地结合，最终成为神圣化、法典化的国家意识形态。这个漫长的工程到章帝时期的白虎观会议得以完成。章帝以朝廷的名义召集学者,"讲议五经同异",最后章帝"称制临决",定《白虎议奏》,并由班固将其撰成《白虎通义》。《白虎通义》"上承董仲舒时代关于天人关系的思路,下采当时颇为流行的纬书中的天文地理阴阳五行数术方技知识,又仿效《淮南子》的总体布局,合成为一个很整齐和谐的构架。"《白虎通义》作为"经过君主认可的国家意识形态",完成了"对宇宙秩序、人间秩序的简约化数字化表述"。① "天""地""人"成为一个严整的感应系统,"三纲六纪"等人间秩序获得简约而明确的宇宙论的支持,贵为"天子"的帝王的权力获得绝对合法性;同时,由于这个感应系统的存在,作为臣下的儒者也可以通过"灾异"之论来劝谏帝王。

在经学作为国家意识形态这个意义上,帝王与儒者之间实际上构成了一种"一损俱损、一荣俱荣"的共谋关系。所以,王充对"天人感应""灾异谴告"的批评,实际上构成了对国家意识形态的批评,而国家意识形态又是帝王权力合法性的依据。同理,王充的"颂汉""为汉平说",从内容上看是对汉室王朝的无条件的支持和颂扬,但其理论基础是与"天人感应论"相对立的"自然无为论",汉室的祥瑞充其量只是自然"圣物"与"圣主"、"美物"与"美政"的"偶遇",而不是"天"对于"天子"的"赏报",这在实际上又削弱了帝王权力的合法性。所以,持"自然无为论"的王充不论对儒者的"批",还是对汉室王朝的"捧",都是得不到帝王的真正嘉许的。所以,不论是主流儒者,还是受到颂扬的帝王,都不会接受王充把矛头指向他们努力维护的国家意识形态。后人批评他的"罪至漫天",也是从这个意义上来说的。

当然,这不是王充的本意。他绝对不会有意批评帝王支持的国家意识形态。他只想批评主流知识界的虚妄,向今世帝王表明自己"颂汉"的心迹,希望以此入"台阁",实现自己的人生梦想。后来他甚至意识到了自己"疾

---

① 葛兆光:《中国思想史》第一卷,273页,上海,复旦大学出版社,2001。

虚妄"可能带来危险，所以在《对作篇》里他反复表明他的《论衡》《政务》只是想批评世俗的虚妄，绝对无意"诽谤"君王：

> 故夫贤人之在世也，进则尽忠宣化，以明朝廷；退则称论贬说，以觉失俗。
>
> 五经之兴，可谓作矣。太史公书、刘子政序、班叔皮传，可谓述矣。桓山君《新论》、邹伯奇《检论》，可谓论矣。今观《论衡》《政务》，桓、邹之二论也，非所谓作也。……今《论衡》就世俗之书，订其真伪，辩其实虚，非造始更为，无本于前也。
>
> 《论衡》实事疾妄，《齐世》《宣汉》《恢国》《验符》《盛褒》《须颂》之言，无诽谤之辞。造作如此，可以免于罪矣。

王充反复申明，他的《论衡》所"贬"所"疾"的对象，只是虚妄的世俗之说，绝不是针对朝廷的，他对朝廷也绝无"诽谤之辞"。既然得罪了皇帝的桓谭都可以免罪，他的《论衡》"造作如此"，就该也"可以免于罪矣"。

"论衡之人"王充，心怀"颂汉"理想，几十年"为汉平说"，到最后却只存得"免罪"的卑微希望，着实令人感慨无奈。

2. 入"台阁"的现实障碍。

王充必须面对出身寒微、身为草野之士的生存现实。现实生活中，作为低级官吏的王充，要得到帝王的垂青，必须获得高级官吏的推荐。然而，有资格向皇帝进言的高级官员，有几个不是他所批判的"俗儒"呢？王充有着中国文人常见的耿介与清高，不喜与"俗儒"交往，从《论衡》及王充本传来看，与王充交友的仅有巨鹿太守谢夷吾、扬州刺史董勤、司空第五伦以及班彪、班固父子等人。这些人中，推荐过王充的只有董勤和谢夷吾。董勤推荐他做过"从事"和"治中"的小官儿，这时他已届花甲之年了。章和二年（88），王充辞官家居，同郡友人谢夷吾上书朝廷，推荐王充，章帝"特诏公车征,病,不行"。(《后汉书·王充传》)有关此事,本传的记述过于简单,他究竟是"真病"还是"托病",我们不得而知。但有一点可以肯定,此时的他已经心灰意冷了。

(二)梦想破灭后的王充。

在王充的人生目标中,求仕与著书的地位是不同的,求仕是第一位的,著书立说也是为了求仕,"为汉平说"是为了入"台阁",著书立说的价值是依附于求仕的价值。当求仕的功利动机失败以后,著书立说便成为主要的价值目标了。"充仕数不耦,而徒著书自纪。"(《论衡·自纪篇》)这确实是让他耿耿于怀的一件事:

或戏曰:"所贵鸿材者,仕宦耦合,身容说纳,事得功立,故为高也。今吾子涉世落魄,仕数黜斥。材未练于事,力未尽于职,故徒幽思属文,著记美言,何补于身?众多欲以何趋乎?"(《论衡·自纪篇》)

有人嘲笑他说,有大才的人之所以可贵,就在于官运亨通、被重用,主张被采纳,能建功立业,这才是真正的了不起。现在你却如此潦倒,做官也屡遭贬黜。你的才干没有在事业上展现,你的能力也没有在职务中充分显示,所以也就只能冥思苦想,作文著书。你的言辞再美妙,文章写得再多,对你来说又有什么用呢?

这种诘问也并非全属无稽之谈。他自己也承认:"《论衡》之人,奏记郡守,宜禁奢侈,以备困乏。言不纳用,退题记草,名曰《备乏》。酒縻五谷,生起盗贼,沉湎饮酒,盗贼不绝,奏记郡守,禁民酒。退题记草,名曰《禁酒》。"(《论衡·对作篇》)身不被容,说也不被纳,最后只能"退题记草"。著书,成了他实现自己人生价值的最后机会。所以,他为这种人生价值积极"平说":

> 答曰：……身贵而名贱，则居洁而行墨，食千钟之禄，无一长之德，乃可戏也。若夫德高而名白，官卑而禄泊，非才能之过，未足以为累也。……身与草木俱朽，声与日月并彰，行与孔子比穷，文与扬雄为双，吾荣之。身通而知困，官大而德细，于彼为荣，于我为累。偶合容说，身尊体佚，百载之后，与物俱殁，名不流于一嗣，文不遗于一札，官虽倾仓，文德不丰，非吾所臧。德汪涉而渊懿，知滂沛而盈溢，笔泷漉而雨集，言溶（濔）灟而泉出，富材羡知，贵行尊志，体列于一世，名传于千载，乃吾所谓异也。（《论衡·自纪篇》）

王充所坚持的这种价值叫作"不朽"。他比较了两种状况：一种人是"身贵而名贱"者。虽然他们"身尊体佚"，"食千钟之禄"，但由于他们文才与德性的匮乏，最终也只落得"名不流于一嗣，文不遗于一札"，没有任何东西在他们死后可以存留下来。这类人只满足了现世的功利，却无法克服现世的有限性，"百载之后，与物俱殁。"另一种人是"官卑"而"名白"者。虽然他们在现世功利上是匮乏的，虽然他们有一天也会"身与草木俱朽"，但他们的声名、德行、文章却留存下来，"名传于千载"，"声与日月并彰"，他们从此进入"不朽"。

这种豪言壮语似乎表明，王充已经超越了有朽之身，去迎接不朽之名；放弃了短暂的现世功利，去实现永恒的千载文德。但这只是他理性之下的价值判断。事实上，面对生存的困境、失败的现实、逝去的梦想，面对"有朽"的肉身，他并没有真正的超越，也没有真正的释怀。《论衡·自纪篇》的最后一段是这样说的：

> 充以元和三年徙家辟[难]，诣扬州部丹阳、九江、庐江，后入为治中。材小任大，职在刺割。笔札之思，历年寝废。章和二年，罢州家居。年渐七十，时可悬舆。仕路隔绝，志穷无如。事有否然，身有利害。发白齿落，日月愈迈。俦伦弥索，鲜所恃赖。贫无供养，志不娱

快。历数冉冉，庚辛域际，虽惧终徂，愚犹沛沛，乃作《养性》之书，凡十六篇。养气自守，适食则酒。闭明塞聪，爱精自保，适辅服药引导，庶冀性命可延，斯须不老。既晚无还，垂书示后。惟人性命，长短有期，人亦虫物，生死一时。年历但记，孰使留之？犹入黄泉，消为土灰。上自黄、唐，下臻秦、汉而来，折衷以圣道，栉理于通材，如衡之平，如鉴之开，幼老生死古今，罔不详该。命以不延，吁叹悲哉！

语调充满悲凉。《论衡·自纪篇》是王充在垂老之年的人生回望，而这最后一段是他回望之后的最终感言。似乎一切都即将逝去，一切都已无可奈何。"仕路隔绝，志穷无如"，求仕做官的门路已经断绝，他将不得不面对人生理想的失落。这时，另一个严重问题凸显出来，他不得不认真面对：日益衰朽的身体和依然难辨的生活。他说过，他更看重著述活动给他带来的声名的不朽，但肉身的衰朽却是他再真实不过的亲身体验：头发白了，牙齿掉了，岁月一天天逝去，死亡越来越近了；生存境遇仍然毫无改观，他体验不到快乐：同辈朋友越来越少，可以依靠的人更少，生活贫困，得不到供养。

面对这个严重问题，王充有他自己的解决方式：依黄老之术，努力养生，"养气自守，适食则酒。闭明塞聪，爱精自保，适辅服药引导，"并且"作《养性》之书，凡十六篇"，"垂书示后"。也就是说，一方面是生存实践，另一方面对生存实践"著述"，使之成为可以传世的书籍。一方面努力对抗肉身的"有朽"，另一方面努力迎接声名的"不朽"。其实，王充的《论衡》也是这种"文人智慧"的产物：他的"疾虚妄""为汉平说"，一方面是他仕途经营的一部分，出于现实功利目的，另一方面也是为了实现文人著述活动的基本目的——以著述求不朽。

现实总是无奈的。他的现实功利追求失败了，他害怕自己的著作同肉身一样的"朽"了，"年历但记，孰使留之？犹入黄泉，消为土灰。"这是他一直耿耿于怀的。而现在，这部《论衡》几乎是他生命价值的全部了："上自黄、唐，下臻秦、汉而来，折衷以圣道，栉理于通材，如衡之平，如鉴之开，幼老生死古今，罔不详该。"这是他的骄傲，更是他的安慰。

王充的养生是不是延缓了他的衰朽，我们不得而知，但《养性》之书确是失传了。幸好，《论衡》却存了下来。

"命以不延，吁叹悲哉！"这是《论衡》的最后一句话。

"永元中，病卒于家。"（《后汉书·王充传》）我们无法确定"永元中"到底是哪一年。"年渐七十""发白齿落"，直到最后的"病卒于家"，这几年中的王充，似乎没有故事。从《自纪篇》的最后一段推断，他大概会继续两件事情：一是继续努力养生延命，二是接着修订《论衡》。

《论衡》最后的吁叹是：悲哉！

◎ 第三节

王充的宿命论与怀疑论

作为知识者的王充，本来就有着两种人生动机，首先是"御用文人"的梦想，其次是知识上的"求真"。前者是世俗生活上的"立功"，后者是知识、学问上的"立言"。他以自己的人生事实和理论探索证实了他所坚持的"宿命论"，又以一个知识者执着的"求真本性"实践了他的"怀疑论"。宿命论与怀疑论，就构成了王充"疾虚妄"的基本观念系统。

一、宿命论

"天人感应"论是汉代意识形态的观念基础。经过建初四年的"白虎观会议"，"天人感应"论指导下的国家意识形态系统得以正式确立，并通过《白虎通义》把"三纲六纪"、自然、人事等全部纳入一个法典化的解释系统,在这个系统中,"天地—人伦—性命"由"天意"一以贯之:"天地""六和""阴阳""五行"应对着人世的"三纲六纪"("三纲"即君臣、父子、夫妇,"六纪"即诸父、兄弟、族人、诸舅、师长、朋友),并具体化到个人的"五性六情"("五性"即仁、义、礼、智、信,"六情"即喜、怒、哀、乐、爱、恶),并一直作用于人体的"五藏六府"("五藏"即肝、心、肺、肾、脾,"六府"即大肠、小肠、胃、膀胱、三焦、胆)。这其中最重要的观念之一就是"天命论"。

> 命者,何谓也?人之寿也。天命已使生者也。命有三科,以记验。有寿命以保度,有遭命以遇暴,有随命以应行。寿命者,上命也。若言文王受命唯中身,享国五十年。随命者,随行为命,若言息弃三正,天用剿绝其命矣。又欲使民务仁立义,无滔天。滔天则司命举过言,则用以弊之。遭命者,逢世残贼,若上逢乱君,下必灾变,暴至,夭绝人命,沙鹿崩于受邑是也。①

这就是著名的"命有三科"论。它认为,人的"命"分为三种,即"寿命""随命"和"遭命"。"寿命"是人"禀天而生"的本来就该如此的命运;"遭命"即"行善而遇凶"的命运;"随命"即"随命以行",是"随其善恶而报之"②的命运。人以自己的道德行为感应上天,上天因之改变人的命运,行善得善,行恶得恶,这就是"随命"。

这"三科"中,"禀天而生"的"寿命"最容易理解,此不多谈。"随其善恶而报之"的"随命"最能体现"天意",也最能体现借"天意"来"劝善抑恶"的用意。它告诉人们,遵守"三纲六纪",恭行仁、义、礼、智、信("五性"),完善自己的德行就可以获得"好命",败坏自己的德行就会遭到恶运。"遭命"最难处理。"行善而遇凶"的"遭命"如何纳入"天意"系

---

① (清)陈立:《白虎通疏证》,391~392页,北京,中华书局,1994。
② 同上书,391页。

统呢?《白虎通义》的解释是:"逢世残贼,若上逢乱君,下必灾变,暴至,夭绝人命。"也就是说,"遭命"是因为"君上逆乱,辜咎下流"[①],君主乱来,违背天意,致命天降灾乱,贻害下民。它的潜台词似乎是:人顺应天意而为,遵守"三纲六纪",规范"五性六情",这没有错误;但人们因为君主"逆乱"而遭了殃,这是君主的错误,他是要承担责任的。这里尤显出"天意"对君主的约束。

总体来说,"寿命"系"禀天而生","遭命"因"君上逆乱",都是"下流"之人所不能改变的,唯有"随命"因人的德行而变,也就是说,人应该修养自身的德行,为自己挣得一份好的"随命"。这应该是"命有三科"论传达的一个明显的意识形态倾向。

王充的做法正好相反。他从"天道无为"的自然观出发,斩断"命"与"天意"的关联,以及"命"与个人德行("性")的关联,把"命"还给"自然",还给"偶然"。

王充绝不是否认"命"的存在,相反,他认为人生的一切都是"命"中注定的。在《白虎通义》的解释系统中,"命"由意志性的"天意"所决定,"命运"体现了"人"与"天"之间以德性为中介的"互动"关系。在王充的理论中,"命"是由"自然无为"之"天道"所注定的,人在它面前是无能为力的,只能"认命"。也就是"死生有命,富贵在天"。

> 子夏曰"死生有命,富贵在天"……死生者,无象在天,以性为主。禀得坚强之性,则气渥厚而体坚强,坚强则寿命长,寿命长则不夭死。禀性软弱者,气少泊而性羸窳,羸窳则寿命短,短则蚤死。故言"有命",命则性也。至于富贵所禀,犹性所禀之气,得众星之精。众星在天,天有其象,得富贵象则富贵,得贫贱象则贫贱,故曰"在天"。……人禀气而生,含气而长,得贵则贵,得贱则贱。(《论衡·命义篇》)

---

① (清)陈立:《白虎通疏证》,392页,北京,中华书局,1994。

王充从他的"自然元气论"出发，对子夏"死生有命，富贵在天"之说做了新的解释。人的生死取决于"性"。这个"性"不是"仁、义、礼、智、信"之"性"，而是由"气"所主宰的生命本性。"人承受气而出生，怀气而长大"，身体所秉承的"气"浓厚，身体则坚强，寿命就长，就不会夭折；反之则身体瘦弱，寿命也就短，就会早死。与此相似，人的富贵也是由所承受的"气"所决定的，这种"气"来自天上星宿，承受尊贵之气的人就尊贵，承受卑贱之气的人就卑贱。

王充否定了"天意"主宰下的"神性天命论"，建立起一个"无为之气"主宰下的"自然命定论"。在《白虎通义》的"三科"之论中，最有诱惑力的就是"随命"，它最能体现"命"与"性"在"天意"干预之下的关联。王充重点批判的就是它。

> 凡人受命，在父母施气之时，已得吉凶矣。夫性与命异，或性善而命凶，或性恶而命吉。操行善恶者，性也；祸福吉凶者，命也。或行善而得祸，是性善而命凶；或行恶而得福，是性恶而命吉也。……行善当得随命之福，乃触遭命之祸，何哉？言随命则无遭命，言遭命则无随命，儒者三命之说，竟何所定？……今言随操行而至，此命在末，不在本也。（《论衡·命义篇》）

也就是说，富贵贫贱是"命"中注定的安排，德行善恶只关道德，不关命运，所谓"性自有善恶，命自有吉凶"。人的"命"与"性"之间毫无关联——这是王充最想说的。

既然人"命"之吉凶并非取决于善恶德行，那是由什么决定的呢？王充给它寻找了一个坚实的"自然基础"：父母交合、妊娠之初所禀之"气"：

> 则富贵贫贱皆在初禀之时，不在长大之后随操行而至也。正命者，至百而死。随命者，五十而死。遭命者，初禀气时遭凶恶也，谓妊娠之时遭

得恶[物]也，或遭雷雨之变，长大夭死。此谓三命。(《论衡·命义篇》)

王充在他的理论视野里，给儒家的"三命"重新做了解释，这是一种自然的、生理、"唯物"的解释。不得不说，这种解释在学理上是非常粗陋的，在实践上、价值观上是令人悲哀的：

使命吉之人，虽不行善，未必无福；凶命之人，虽勉操行，未必无祸。(《论衡·命义篇》)

王充所说不假，这是历史和现实证明了的事实。但是，"真"的事实与"善"的价值剥离之后，人所面对的只能是更加灰暗、更加无奈的宿命。人在这样的宿命面前，除了承受和等待，还能有什么呢？在《论衡·命禄篇》中，他把这个观点反复申说：

命当贫贱，虽富贵之，犹涉祸患矣。命当富贵，虽贫贱之，犹逢福善矣。故命贵从贱地自达；命贱从富位自危。

富贵之福，不可求致；贫贱之祸，不可苟除也。由此言之，有富贵之命，不求自得。信命者曰："自知吉，不待求也。天命吉厚，不求自得；天命凶厚，求之无益。"

天命难知，人不耐审，虽有厚命……虽逃富避贵，终不得离。……勉力勤事以致富，砥才明操以取贵，废时失务，欲望富贵，不可得也。

王充给他的宿命论寻了一个"客观的""唯物主义"的标准——"骨相"：

人有寿夭之相，亦有贫富贵贱之法，俱见于体。故寿命修，短皆禀于天；骨法善恶，皆见于体。(《论衡·命义篇》)

是故知命之人，见富贵于贫贱，睹贫贱于富贵。案骨节之法，察皮

肤之理，以审人之性命，无不应者。(《论衡·骨相篇》)

论者认为，人之封侯，自有天命。天命之符，见于骨体……封侯有命，非人操行所能得也。(《论衡·祸虚篇》)

"封侯有命"，这"命"只关骨相，与操行无关。王充在《论衡·骨相篇》中不厌其烦地陈说他的"骨相决定论"，比如汉高祖、汉惠帝、卫青等，皆因骨相而贵。然而，骨相缘于父母交合所秉之气，而这"气"又是"自然无为"的，它与人之间的关系只是一种"偶合"。于是"偶合"便成了王充命运系统中的唯一的动力机制。对于王充这样的士人而言，他的命运如何最终取决于一种偶然性：是否得遇。

《逢遇篇》是《论衡》之首篇，可见命运之"遇"是王充关心的首要问题，也是令士人们最为心痛的问题。一个士人所拥有的，是其"才"、其"知"；而其人生价值的实现，恰恰与其"才"、其"知"无关，但只与一事有关，那就是"遇"。这正是士人的宿命。《逢遇篇》开篇则说：

操行有常贤，仕宦无常遇。贤不贤，才也；遇不遇，时也；才高行洁，不可保以必尊贵；能薄操浊，不可保以必卑贱。或高才洁行，不遇，退在下流；薄能浊操，遇，在众上。世各自有以取士，士亦各自得以进。进在遇，退在不遇。处尊居显，未必贤，遇也；位卑在下，未必愚，不遇也。

也就是说，士人能否顺利走上仕途，人尽其才，完全取决于士人与君主之间偶然的"遇合"。这种"遇合"的概率究竟有多大？至多四分之一。士人与君主可能的"遇"有四种：

1. 异操同主：伍员、帛喜——帛喜尊重，伍员诛死。
2. 同操异主：伊尹、箕子——伊尹为相，箕子为奴。

3. 以贤才事贤君：君欲为治，臣以贤才辅之，趋舍偶合，遇。
4. 以贤才事恶君：君不欲为治，臣以忠行佐之，操志乖忤，不遇。

以上的四种"遇"中，只有第三种"以贤才事贤君"的"遇"是士人真正的"得遇"，且能让士人有实现自己的人生价值的可能性。但是这种"得遇"，又可派生出进一步的"偶然"来：

以大才干小才：圣贤务高，至言难行，小才不能受。不遇。
以大才干大才：可遇。

进一步推论是：即使是大才之臣，遇大才之主，仍有"遇"与"不遇"的偶然情况：

道虽同，同中有异；志虽合，合中有离。何则？道有精粗，志有清浊也。

除此之外，还有其他的偶然情况，导致士人"得遇"的可能性更小了。符合了君主的个人喜好，就"得遇"了，反之就可能"不遇"。不幸的是，人主又总是好恶无常的。还有一些极端情况，如为人的奸巧、形貌的佳丑，都有可能成为是否"得遇"的决定因素。

《逢遇篇》篇有着严密的逻辑，足见王充对这个问题用心之深、之密。但是，在严密的、几乎无懈可击的逻辑之下，似乎隐藏着一个观念层面的问题：士人与君王之间的"遇合"经过层层逻辑推演，最后凝缩为一种极端性状态。也就是说，王充理想中的"得遇"是士人与君主之间排除了任何杂质的、对等的、亲密无间的"绝对遇合"。可以说，在任何历史时期，这种"遇合"都几乎是不存在的。

这还不算完。王充又借助语义分析的方法，把士人实现人生价值的其他

第十四章　王充的文艺思想　707

可能性也都排除在"遇"之外。

> 且夫遇也，能不预设，说不宿具，邂逅逢喜，遭触上意，故谓之"遇"。如准推①主调说，以取尊贵，是名为"揣"，不名曰"遇"。春种谷生，秋刈谷收，求物得物，做事事成，不名为"遇"。不求自至，不做自成，是名为"遇"。犹拾遗于涂，摅弃于野，若天授地生，鬼助神辅，禽息之精阴庆，鲍叔之魂默举，若是者，乃"遇"耳。今俗人既不能定遇不遇之论，又就遇而誉之，因不遇而毁之，是据见效，案成事，不能量操审才能也。（《论衡·逢遇篇》）

王充对"遇"的概念进行了严格的界定。他说，事先把自己的才能练好，把主张准备好，这不叫"遇"；而揣摩君主意图，据此来改变自己的主张，这样得到的尊贵应该叫"揣摩"，不能叫"遇"。春天耕种谷物生长，秋天收割获得收成，求物物得，做事事成，都不能称为"遇"。只有一种情况才叫"遇"，就是"不求自至，不做自成"，就如同在路上捡到别人遗失的东西。通俗地说，偶然的"捡便宜"才叫"遇"，努力求得的不叫"遇"。

对于士人来说，靠自己努力而被君王赏识不叫"遇"，只有他的才能和主张碰巧符合君主的心意，通过偶然途径获得的君王的赏识才叫"遇"。

王充的语义分析并没有错误，但在概念与事实的关系的处理上，却是有偏颇的。他指摘世人不能对"遇"与"不遇"的言论做出正确判断，只凭"遇"与"不遇"的事实而妄加毁誉。概括地说，就是昧于"名"而妄于"实"，但是，王充自己却犯了相反的错误。他是拘于"名"而失于"实"的。他从"遇"的概念出发，通过"遇"的概念的语义分析，严格限定"遇"与"不遇"的内涵和外延；然后用重新厘定过的"遇"与"不遇"的概念，进而把士人"遇"与"不遇"的事实进行严格限定，把不符合他所界定

---

① "推"字疑为衍文。

的概念的那一部分，全都排除在外。但是，这些才能靠"预设"，主张靠"宿具"，通过"准主调说"而获得君王赏识、走上仕途的人，应该是士人中所谓"得遇"的大多数。因为他们不属于王充的讨论范围，所以也就不管了。也就是说，王充以一个关于"遇"的概念辨析，借助对世人"偷换概念"的批驳，顺带架空了这一事实。

符合王充"遇"的概念的士人肯定是不多的。他举出了两个：一个是春秋时期被秦国大夫禽息向秦穆公推荐的百里奚，另一个是被齐国大夫鲍叔牙向桓公推荐的管仲。他们二人都是在不知情的情况下被"暗中"推荐的，是在偶然情况下"捡了便宜"的，所以他们是得"遇"的。

让事实迁就概念，以逻辑剪裁历史。在严密的语义分析之下，王充心中的"遇"只剩下一种极端的偶然性。在这种偶然性的映照之下，士人们"希世准主"的仕进之路被证明是一种虚妄。

> 世可希，主不可准也；说可转，能不可易也。世主好文，己为文则遇；主好武，己则不遇。主好辩，有口则遇；主不好辩，己则不遇。文王不好武，武主不好文；辩主不好行，行主不好辩。文与言，尚可暴习；行与能，不可卒成。学不宿习，无以明名；名不素著，无以遇主。仓猝之业，须臾之名，日力不足。不预闻，何以准主而纳其说，进身而托其能哉？（《论衡·逢遇篇》）

王充列举了一系列影响仕进的偶然因素：君主方面，主上好武还是好文，主上好辩还是好行；士人方面，与主上相应的文与言、行与能是否具备，名声是否足够卓著而使主上可以接纳。要这些因素恰好与君王合拍，已是艰难，又加上"人主好恶无常"，"遇"的可能性就更小了。王充讲了一个令人无限感慨的士人故事：

> 昔周人有仕数不遇，年老白首，泣涕于涂者。人或问之："何为泣

乎？"……对曰："吾年少之时，学为文，文德成就，始欲仕宦，人君好用老。用老主亡，后主又用武，吾更为武，武节始就，武主又亡。少主始立，好用少年，吾年又老。是以未尝一遇。"(《论衡·逢遇篇》)

这是一个边缘士人的绝望与悲哀。以君王为代表的权力体制，那个寄托他个人理想的权力舞台，与他无缘。

人生观上的宿命论常常导向价值态度上的绝望和虚无。王充也不例外。

故人之在世，有吉凶之性命，有盛衰之祸福，重以遭遇幸偶之逢，获从生死而卒其善恶之行，得其胸中之志，希矣。(《论衡·命义篇》)

王充不是没有梦想。前面讲过，他一直念念不忘他的"御用文人梦"。当这个梦想破灭之后，他把自己的生命寄托于写作和养生，也就是说，以《论衡》寄托声名的不朽，以养生寻求肉身的安泰。然而，身体不可挽回地衰朽了，于是，"疾虚妄"的《论衡》就成了他的唯一寄托，"疾虚妄"就成了他最有价值的生存方式。

二、怀疑论

"求真"是知识者的本性，这种本性也贯穿了王充的一生。"求真"的过程也必然是一个怀疑的过程，王充的"疾虚妄"就起于对既成之论的怀疑。

王充的怀疑对象无所不包，他视野所及的各个方面，天道、人事、鬼妖、经史都成了所"疾"的"虚妄"对象，若说他"怀疑一切"，也许并不夸张。他的"疾虚妄"行为中最惊世骇俗的有两个方面：一是针对"天人感应"指导下的主流意识形态，二是针对被奉为至上权威的儒家经典，也就是论者所指责说的"非圣"与"慢天"。"天人感应"方面前文已经谈过，这里主要谈第二个方面,看他如何面对儒家经典。

(一)向修辞宣战。

王充似乎有一种深入骨髓的"求真"本性。他保有一种对语词、对修辞的极度敏感,似乎他所面对的文本世界处处都隐藏着虚妄之言,世俗的人们对此却毫无所知。甚至被人们理解为"天然正确"的经典文本,也存在着数不清的语词漏洞。王充所要做的,就是以他细致入微的"求真"本领,深入到经典文本的字里行间,揭示出其中隐藏的"虚妄"。

《语增篇》《儒增篇》《艺增篇》就是这种做法的典型体现。从这三篇来看,王充所揭示的经典文本中的"虚妄",主要体现为历史事件描述中的言过其实("增")。王充的做法也很有意思,他对经典文本中表示程度的副词和量词表现出极大兴趣,认为这是导致描述失实的罪魁祸首。我们把他的批判对象归纳为以下两组:

第一组:副词

(1)或言武王伐纣,兵不血刃……独云周兵不血刃,非其实也。言其易,可也;言不血刃,增之也。(《论衡·语增篇》)

(2)儒书言:"卫有忠臣弘演……引力自刳其腹,尽出其腹实,乃内哀公之肝而死。"言其自刳内哀公之肝而死,可也;言尽出其腹实乃内哀公之肝,增之也。(《论衡·儒增篇》)

(3)《诗》曰:"维周黎民,靡有孑遗。"……夫旱甚,则有之矣;言无孑遗一人,增之也。(《论衡·艺增篇》)

(4)《易》曰:"丰其屋,蔀其家,窥其户,阒其无人也。"……《尚书》曰:"毋旷庶官。"……《易》宜言"阒其少人",《尚书》宜言"无少众官"。以"少"言之,可也;言空而无人,亦尤甚焉。(《论衡·艺增篇》)

(5)《论语》曰:"大哉,尧之为君也!荡荡乎民无能名焉。"……言荡荡,可也;乃欲言民无能名,增之也。四海之大,万民之众,无能名尧

之德者,殆不实也。(《论衡·艺增篇》)

(6)《尚书》:"祖伊谏纣曰:'今我民罔不欲丧。'"……夫言欲王之亡,可也;言无不,增之也。(《论衡·艺增篇》)

第二组:量词

(1)传语曰:"圣人忧世,深思事勤,愁扰精神,感动形体,故称尧若腊,舜若腒,桀、纣之君垂腴尺余。"夫言圣人忧世念人,身体羸恶,不能身体肥泽,可也;言尧、舜若腊与腒,桀、纣垂腴尺余,增之也。(《论衡·语增篇》)

(2)儒书称:"尧、舜之德,至优至大,天下太平,一人不刑。"……言其犯刑者少……可也;言其一人不刑……增之也。(《论衡·儒增篇》)

(3)儒书称:"楚养由基善射,射一杨叶,百发能百中之。"……夫言其时射一杨叶中之,可也;言其百发而百中,增之也。(《论衡·儒增篇》)

(4)儒书称:"鲁般、墨子之巧,刻木为鸢,飞之三日而不集。"夫言其以木为鸢飞之,可也;言其三日不集,增之也。(《论衡·儒增篇》)

(5)书说:"孔子不能容于世,周流游说七十余国,未尝得安。"夫言周流不遇,可也;言干七十国,增之也。(《论衡·儒增篇》)

(6)书言:"秦穆公伐郑,过晋不假途,晋襄公率羌戎要击于崤塞之下,匹马只轮无反者。"……夫三大夫复还,车马必有归者,文言"匹马只轮无反者",增其实也。(《论衡·儒增篇》)

(7)书称:"齐之孟尝,魏之信陵,赵之平原,楚之春申君,待士下客,招会四方,各三千人。"……夫言士多,可也;言其三千,增之也。(《论衡·儒增篇》)

(8)传记言:"高子羔之丧亲,泣血,三年未尝见齿。"……今高子痛亲,哀极涕竭,血随而出,实也。而云"三年未尝见齿",是增之也。

(《论衡·儒增篇》)

(9)儒书言:"……轲以匕首擿秦王,不中,中铜柱,入尺。"……夫言入铜柱,实也;言其入尺,增之也。(《论衡·儒增篇》)

(10)儒书言:"董仲舒读《春秋》,专精一思,志不在他,三年不窥园菜。"夫言不窥园菜,实也;言三年,增之也。(《论衡·儒增篇》)

(11)《尚书》"协和万国。"……言协和方外,可也;言万国,增之也。(《论衡·艺增篇》)

王充这样做的原因,按他自己的说法,是因为好多经传之书"作惊名之论,以骇世俗之人",而另一方面"世信虚妄之书,以为载于竹帛上者,皆贤圣所传,无不然之事,故信而是之,讽而读之"。(《论衡·书虚篇》)经传记"虚妄",世人信"虚妄",于是经传之书的"虚妄"成为王充必须批驳的"主流文化"。这类"虚妄"的主要表现就是"闻一增以为十,见百益以为千"的夸大描述。

通过上文所列的材料可以看出,王充所谓的"言众必言千数,言少则言无一"的夸大失实的描述,绝大多数是只是一种文学性的修辞,如"兵不血刃""尽出其腹实""靡有孑遗""阒其无人""民无能名""罔不欲丧",只是用"不""尽""孑""无""罔"等副词极言其程度,从修辞语境上说,本来就不属于对事实的准确界定,而是事件的渲染性描述。同样,"垂腴尺余""一人不刑""百发百中""三日不集""七十余国""匹马只轮""门客三千""三年未尝见齿""匕首入尺""三年不窥园""协和万国"等表述,虽看似事实描述,但结合具体语境来看,也多是借助"一""三""百""千""万"等量词极言其多或极言其少,本来就未必实指。

在这点上,王充与他所批判的世俗之人在思维方式上是一样的,双方都是以"事实真实"的视角来看待修辞性的描述。只不过,世俗之人以修辞为事实的真实,王充以修辞为事实的不真实。王充和世人都没有抓住问题的关键,或者说,王充所批判的本来就是一个"假问题",因为修辞本来就不是一个"事实真实"的问题。由此看来,世人"虚妄",王充也未必不"虚妄"。

由此来看,面对世人对"闻一增以为十,见百益以为千"现象的盲目相信,真正对症下药的做法应该是还原其作为修辞的本来面目,让人明白这类夸大描述本来就不真实的,因为它只是"极言其多""极言其少"的修辞用法而已。

王充没有这样做。他的做法不是把修辞还原为修辞,而是以事实来框定修辞。以事实的真实来揭露修辞的失实,以逻辑的分析来推翻修辞的渲染。单就话语策略而论,王充还是非常成功的。他的主要策略是矛盾分析。具体来说,首先找到与论题类似的历史事件,以事实常理推论出与论题相反的结论;然后以其他文献佐证这个推论是正确的,再由这个结论进行类推,证明原论题观点是站不住脚的。以《论衡·语增篇》对"尧若腊,舜若腒,桀、纣之君垂腴尺余"的分析为例:

(1)对"尧若腊,舜若腒"的分析:

①史实:齐桓公得到仲父管仲的辅佐,感到治理国家很容易。(齐桓公云:"寡人未得仲父极难,既得仲父甚易。")

②类推:因为尧、舜贤于齐桓公,其贤臣禹、契贤于管仲,所以尧、舜得到禹、契的辅佐,治理国家应该更容易。

③文献佐证:《论语·泰伯》称赞舜、禹统治天下而不参与国家具体事务。("巍巍乎!舜、禹之有天下而不与焉。")《尚书·多士》上说舜帝是长久安逸的("上帝引逸")。

④事实常理:治理国家容易就少忧愁,少忧愁身体就不会瘦。

⑤所以:尧、舜也不会太瘦。

(2)对"桀、纣之君垂腴尺余"的分析:

①史实:商纣经常通宵达旦饮酒。

②推论:昼夜不休息,肯定会生病。病了就会不想吃东西,那么腹

部肥肉就不会垂一尺长。

③类推：魏公子无忌也是通宵达旦地饮酒，结果中毒而死。商纣虽然没有死，应该瘦弱。

④文献佐证：《尚书·无逸》说："只知道纵情过分享乐，从此以后就没有能长寿的君主了。"（"惟湛乐是从，时亦罔有克寿。"）

⑤桀、纣之君也不会"垂腴尺余"。

总的结论是：说圣人忧虑社会、关心百姓，身体瘦弱，肌肉无光泽是可以的；但要说尧、舜瘦得像干肉，桀、纣腹上肥肉垂下一尺多，就不真实了。

王充用这种"言实对照""互文相参"的方法，让原论题陷入矛盾，不能自圆其说。其他命题如"武王伐纣，兵不血刃"、"尧、舜之民，可比屋而封"、"尧、舜之德一人不刑"、"秦缪公伐郑，匹马只轮无反"，也都是这种矛盾分析方法的典范。

王充的话语策略是成功的，不过，从另一个角度看，这种"以事实衡量修辞"的成功却并不值得称道。他批驳的好多"虚妄"之语，充其量只是文学修辞的常见手法，王充却抓住不放，进行咬文嚼字的、甚至有点歇斯底里的"较真"。

比如他对"协和万国"的批驳。王充当然知道，《尚书·尧典》这个说法是为了赞美尧的美德能导致天下太平的教化，并施及华夏和边远各族。他所"较真"的是"协和"范围表述应严格限定为"方外"，而决不能说是"万国"。他接着考证说，西周时有一千七百九十三个诸侯国，加上"荒服、戎服、要服及四海之外不粒食之民"，总数也不到三千。尧所统治的土地与西周一样，都是五千里以内，所以尧德之所及也一定不会超过三千。然后他又征引《诗经·大雅·假乐》中"子孙千亿"的表述错误，周宣王因为德行高、敬重天地，得天地护佑，所以子孙众多，但一定达不到"千亿"。王充认为，"千""万"这类数字是不能轻易使用的，不然就会犯"增过其实"的错误。

同理,"阒其无人"(《周易·丰卦》)应该说成"阒其少人";"匹马只轮无反者"(《春秋公羊传·僖公三十三年》)应该说成"少有反者";"民罔不欲丧"应该说成"民欲丧";"三年不窥园菜"(《史记·儒林列传》)应该说成"不窥园菜"。甚至《诗经》中的文学修辞也应该修正,"鹤鸣九皋,声闻于天"(《诗经·小雅·鹤鸣》)应该说成"鹤鸣九皋,声闻高远";"维周黎民,靡有孑遗"(《诗经·大雅·云汉》)应该说成"维周黎民,少有孑遗"。这种"较真"就显得不仅过分,而且无聊。

需要指出的是,按照王充批评他人"虚妄"之语的逻辑,他自己也是不能幸免的。试举几例:

(1)人闻犬声于外,莫不惊骇,竦身侧耳以审听之。(《论衡·雷虚篇》)

(反驳:胆大者、习以为常者则不惊骇。故言"多有惊骇",可也,言"莫不惊骇",增之也。)

(2)昔儒旧生,著作篇章,莫不论说,莫能实定。(《论衡·本性篇》)

(反驳:儒生品性不一,则必有不为论说者,必有能实定者。故言"多有论说,少能实定",可也,言"莫不论说,莫能实定",增之也。)

(3)齐部(郡)世刺绣,恒女无不能;襄邑俗织锦,钝妇无不巧。(《论衡·程材篇》)

(反驳:一郡之妇女多矣,则必有拙者、不能者,故言"恒女无不能"、"钝妇无不巧",增之也,言"恒女多有能"、"钝妇多能巧",可也。)

(4)盖以精神不能若孔子,强力自极,精华竭尽,故早夭死。世俗闻之,皆以为然。(《论衡·奇怪篇》)

(反驳:世俗之人多矣,必有不以为然者。故言"皆以为然",增之也,言"多以为然",可也。)

如果要按王充的逻辑方式"较真"的话，他自己也会犯严重"失实"的错误。比如《论衡·非韩篇》有言："秦，强国也，兵无不胜。"而在《论衡·儒增篇》引证传书所言："秦穆公伐郑，过晋不假途，晋襄公率羌戎要击于崤塞之下"，也就是说，秦至少有一次败绩。那么，说秦国"兵无不胜"就"失实"了。

按王充的思路，还有更严重的：

> 情窳之人……椎人若畜，割而食之……千人以上，万人以下，计一聚之中，生者百一，死者十九，可谓无道，至痛甚矣。（《论衡·祸虚篇》）

若言"生者百一"，那么死者应该是百分之九十九；若言"死者十九"，生者应该是百分之九十。两种结果只能选一，不可并列。按王充的逻辑，这应该是严重的计算错误了！

我们当然不会以此来责怪王充。修辞就是修辞，但如果以严格的事实逻辑检验文学性修辞，修辞就只能死掉了。我们要追问的是，王充为什么要执着于批驳连自己也要经常运用的文学性修辞？至少有以下几个方面的原因：

第一，王充对于经典文本中修辞现象的苛刻挑剔，虽然今天来看多不可思议，但在当时的时代语境中，定有其现实所指。王充作为时代趣味的反面，他对经典极端挑剔的背后，必有世人对经典的极端膜拜。在五经被尊为官学和奉为圣典的年代，这种现象不足为奇。就如王充所言的"世信虚妄之书，以为载于竹帛上者，皆贤圣所传，无不然之事，故信而是之，讽而读之。"（《论衡·书虚篇》）正是因为有人盲目地以经典为"真实"，才有王充过分苛责经典的"不实"。王充作为一个以"疾虚妄"为毕生使命的知识者，"求真冲动"是他最重要的生命力源泉，"真实性崇拜""确定性崇拜"在他的《论衡》中几乎随处可见。

但是，他自己又决不能在事实上拒绝修辞，因为这是普遍有效的、常见的语言策略。王充是要以《论衡》传世的，他自己也不想让《论衡》的语言味同嚼蜡，也免不了要用各种修辞手法。他在《论衡》中就使用了大量的比喻、类比甚至夸张。所以《论衡》里有一种有意思的现象：王充对语言修辞的批判常常显得很过分，甚至有些无聊，但是他所使用的批判语言却不枯燥。"真实性崇拜"并没有给他的文风太大伤害。

第二，应该说，王充作为一个边缘文人，他的怀抱不是很深厚，境界也不太高远。他对经典文本中的修辞语言进行咬文嚼字的、过分的"较真"，也就在情理之中了。王充作《论衡》，有很强的现实功利目的，他要努力发出与主流知识界截然不同的异样声音，与流行的时代趣味唱反调，以此来凸显出一个卓尔不群的自己。这种功利意识与他的强烈的求真意识结合在一起，促使他对任何虚妄之言、之事都不会降低批判的火力。以五经为代表的经典文本是时代主流观念的集中承载者，王充自然不会放过。他写作《论衡》的时候"于宅内门户墙柱，各置笔砚简牍，见事而作。"①这种写作习惯也使他可以随时关注经传文本的修辞细节。

第三，从文体发展史来看，在当时的"文章"观念中，还没有细致、发达的"文体"意识，还没有文学文体、历史文体、哲学文体、政论文体的文体分野，只有"长书""短书"或"经书""子书"之别。一部"经书"或"传书"，可能同时具有文学、历史、哲学、政论的文体特征。文学要求审美，历史要求信实，哲学、政论要求逻辑、理路的严谨。由于这些特征要素可能同处于一个文本中，而这些特征要素在价值指向上存在着差异甚至矛盾。同时，由于文体特征的混合性、综合性，每一种文本也不可能独占某一种文体特征。所以，如果我们以其中的一个特征要素来要求整个综合性的文本，必然会出现捉襟见肘的尴尬情况。比如，如果我们以文学的审美特征要求《尚书》，那么《尚书》在很多地方是很枯燥的，不符合文章之美的标准；

---

① 转引自《王充年谱》，见黄晖：《论衡校释》，1224 页，北京，中华书局，1990。

同样，如果用事实真实的原则要求《论语》，那么《论语》也会有很多不合格的地方。

王充恰恰就是这样做的。因为不可能意识到文体之别，所以王充对审美特征最为鲜明的《诗经》中的诗句，也以事实真实为准绳进行了批判。

（二）向圣贤发难。

在王充面前，除了汉室王权，似乎一切权威都没有逃过他质疑的眼睛，甚至被历代尊为圣贤的孔、孟、韩。王充对他们的态度可以从《论衡》中三篇的题目看出来："问孔""刺孟""非韩"也就是说，对孔子的态度是"问难"，对孟子的态度是"讥刺"，对韩非的态度是"非难"。当然，就外延而论，"讥刺"和"非难"可以被包容到"问难"之中，都是向圣贤"发难"；就内涵而论，王充对孟子的"讥刺"和对韩非的"非难"要比对孔子的"问难"有更强的否定性。就发难的内容来说，王充对孔子和孟子的发难主要集中在语言失当和言行不一，对韩非的发难则在此基础上批判其"明法尚功"思想的错误。但总体上看，《问孔篇》《刺孟篇》和《非韩篇》在观念上和方法上都是一脉相承的。其中《问孔篇》是整部《论衡》中篇幅最长的一篇，也是对圣贤经典的批判分析最详尽、最细密、最见功力的一篇。下面我们以《问孔篇》为例考察王充如何向圣贤发难。

1. 问难：面对圣贤的"标准态度"

怎样面对圣贤及其经典？王充的态度是"问难"。

> 世儒学者，好信师而是古，以为贤圣所言皆无非，专精讲习，不知难问。夫贤圣下笔造文，用意详审，尚未可谓尽得实，况仓卒吐言，安能皆是？不能皆是，时人不知难；或是，而意沉难见，时人不知问。案贤圣之言，上下多相违；其文，前后多相伐者，世之学者，不能知也。

这一段文字是王充进行"问孔""刺孟""非韩"的总纲。第一，儒生学者对圣贤迷信崇拜，他们只知道盲从，不知道问难。 第二，圣贤不是完人，他们应该被问难。 原因是：他们下笔作文的时候，尽管构思周密，也不可能完全正确。 在匆忙中说的话，就更不能全对了。 有时，他们的文章言辞虽然正确，但文意的表达却隐晦难晓。 第三，概括起来说，圣贤的"短处"就是：圣贤之言，上下相违，圣贤之文，前后矛盾。 揭示圣贤文辞中的内部矛盾（"上下相违、前后相伐"），便是问难的总目标，也是问难的方法论。

进而，王充把"能否问难"作为评判一个人才能高下的基本标准。 从这个角度说，被称为贤人的"孔门七十弟子"也多是庸才。 虽然他们有孔圣人这样的老师，但他们对圣人的话，并不能很好地理解；不能透彻理解，却又不知道问难。 这样的学生放到今世，和普通的儒生没有什么区别。

以这个标准来衡量"孔门七十弟子"，正面典型只有一个，那就是子游：

> 孔子笑子游之弦歌，子游引前言以距孔子。自今案《论语》之文，孔子之言，多若笑弦歌之辞，弟子寡若子游之难，故孔子之言遂结不解。以七十子不能难，世之儒生，不能实道是非也。

子游是一个敢于"问难圣人"的人。 孔子到武城听见弦歌之声，就讥笑做武城长官的子游："割鸡焉用牛刀？"子游反驳道，以前我听老师说过："君子学道则爱人，小人学道则易使。"孔子听了之后非常高兴，就对其他子弟说，子游说得对，我刚才所说的只是开个玩笑罢了（"前言戏之耳"）。 子游勇敢地问难孔子，提出圣人文辞中的前后矛盾之处，最后老师和学生一道明辨整理、伸张礼乐。 王充非常赞赏这个问难情境。 令王充遗憾的是，《论语》中讥笑"子游弦歌"之类前后矛盾、似是而非的文句非常多，而像子游这样敢于问难、有能力问难的弟子却非常少。 现世的儒生中，敢于问难的就更少了，于是，圣贤文辞中的矛盾、缺陷之处被遮蔽得就更严重了。

2."王充式"的"细读"与"解构"

王充的"问孔"，是从《论语》文本的语言、逻辑出发，深入到文本语言的细微处，发现其中的"语言漏洞"，从中生发出多种意义的可能性；然后再将这种"发散"的意义扩展到"文本间"的意义系统，圣贤文辞的"相违""相伐"便昭然若揭了。我们不妨将这种方法称为"王充式"的"细读"，他将这种"细读法"运用得很成功。下面试举几例。

例1："孟懿子问孝"。

> 孟懿子问孝，子曰："毋违。"樊迟御，子告之曰："孟孙问孝于我，我对曰'毋违'。"樊迟曰："何谓也？"子曰："生，事之以礼；死，葬之以礼。"

一般认为，《论语·为政》这一段的主旨是想告诉孟懿子，"孝"就是不要"违礼"。孔子在与樊迟谈话的时候，把"礼"的内容做了具体的解说，即"生，事之以礼；死，葬之以礼"。王充要问难的是：孔子对孟懿子的回答，是否能达到预期的交流效果？事实是：樊迟要经过孔子的具体解释之后，才能明白"勿违"的具体所指，而孟懿子之才不过樊迟，怎么能明白"毋违"的所指而没有误解呢？孔子把本来应该对孟懿子阐明的事理，有意地说给樊迟。也就是说，孔子发起了一次错位的交流。

进而，王充把孔子的"毋违"之说放到几种不同的语境中加以考察：

（1）目的相同，回答方式相矛盾。《论语·为政》中有几个人问孝，孔子根据他们每个人的缺点，有针对性地加以回答。但是对"孟懿子问孝"的回答却与其他类似情境相矛盾。

> 目的：攻其短——武伯忧亲，懿子违礼
> 情境①：孟武伯问孝，子曰："父母，唯其疾之忧。"武伯善忧父母，故曰"唯其疾之忧"。
> 情境②：孟懿子问孝，子曰："毋违。"

孟武伯问孝，孔子说"父母，唯其疾之忧"。因为孟武伯处处为父母担忧，所以孔子说只在父母生病时担忧就够了。而对于侍奉父母却违背周礼的孟懿子，却只是回答了一句模棱两可的"毋违"。这是解释不通的。

（2）圣人之间也有矛盾。

  周公告小才敕，大材略。[樊迟]，大材也，孔子告之敕；懿子，小才也，告之反略，违周公之志。

孔子被后世尊为圣，孔子亦尊周公为圣，周公告诫说对才小之人要说得详细，对才大之人可以说得简略。孔子正好相反，对才小的懿子说得简略，对才大的樊迟说得详细。这是两个圣人的做法发生矛盾了，连孔子都会与"圣意"相违！

（3）两种引申情境：畏权还是不畏权？两者都说不通。

  情境①：如以懿子权尊，不敢极言，则其对武伯，亦宜但言"毋忧"而已。但孟氏子也，权尊钧同，敕武伯而略懿子，未晓其故也。
  情境②：使孔子对懿子极言毋违礼，何害之有？专鲁莫过季氏，讥八佾之舞庭，刺太山之旅祭，不惧季氏增邑不隐讳之害，独畏答懿子极言之罪，何哉？

王充引申出两种假设情境：如果孔子是因为畏惧权势而不敢把话说透的话，孟懿子和孟武伯都很有权势，孔子为什么对孟武伯说得很详尽，而对孟懿子说得很简略？如果孔子不畏权势的话，也不会有什么伤害。他既然敢指责季孙氏"八佾舞于庭"，难道就怕得罪孟懿子吗？

我们不得不佩服王充文本分析的功力。他先用同类文本相参照，见出圣贤文本中的自相矛盾；然后将孔子言论与其他圣贤言论（周公）相对照，见出"文本间"矛盾；最后引申出两种对立情境，孔子"必居其一"，但两者又都是不能成立的，也就说，最后孔子陷入了两难境地！

例2："孔子欲居九夷"。

> 子欲居九夷，或曰："陋，如之何？"子曰："君子居之，何陋之有？"

《论语·子罕》的这段话并不难理解。孔子感到他的主张行不通，于是有"乘桴浮海"之意，要去九夷。有人对他说，那些蛮夷之地太过鄙陋。孔子说，有君子去住，那里就不简陋了。因为"君子所居则化，何陋之有？"①这是最通行的解释。但是在王充看来，短短的一问一答，却隐含着多重意义裂隙，甚至隐藏着孔子躲躲闪闪、似是而非，甚至言不由衷的潜台词。

（1）孔子为什么"欲居九夷"？无法自圆其说。

孔子自己说，是因为"道不行于中国"吗？但实际上这个理由无法成立。

> 夫中国且不行，安能行于夷狄？"夷狄之有君，不若诸夏之亡。"言夷狄之难，诸夏之易也。不能行于易，能行于难乎？

《论语·子罕》说"子欲居九夷"，是因为"道不行于中国"，而九夷可以被教化。而《论语·八佾》又说"夷狄之有君，不若诸夏之亡"，也就是说夷狄难以教化。这样，同处于《论语》文本中的两处对立观点，在意义上互相否定，互相拆解，都站不住脚了。

（2）两种引申情境：为什么"修君子之道"？是为了安顿自身（"自容"），还是为了教化他人（"教之"）？两种理由都不成立。

---

① （宋）朱熹：《四书章句集注》，113页，北京，中华书局，1983。

第十四章 王充的文艺思想　723

情境①：如修君子之道苟自容，中国亦可，何必之夷狄？

情境②：如以君子之道教之，夷狄安可教乎？禹入裸国，裸入衣出，衣服之制不通于夷狄也。禹不能教裸国衣服，孔子何能使九夷为君子？

这又是一个两难情境。既然孔子认为，如果君子居于"九夷"，那么"九夷"也就不鄙陋了，因为他能行"君子之道"。王充进一步追问，行"君子之道"的原因不外乎两个：一个是为自己，一个是为他人。安顿自身（"自容"）和教化他人（"教之"），两者必居其一。但事实上，这两者都是站不住脚的。前者没有必要，"中国亦可，何必之夷狄？"后者没有可能，"禹不能教裸国衣服，孔子何能使九夷为君子？"

这样，去"九夷"行"君子之道"的目的就被彻底架空了。那么，"子欲居九夷"就成为一句冠冕堂皇的谎言！

或孔子实不欲往，患道不行，动发此言。或人难之，孔子知其陋，然而犹曰"何陋之有"者，欲遂已然，距或人之谏也。

原来，所谓"子欲居九夷"，根本没有这么一回事儿！王充的猜测是：或许是心疼他的政治主张行不通，一时激动而出此言；或许是有人责难他，他知道自己理亏，又不想承认，只得用"何陋之有"之类的话来搪塞。

（3）一个大胆推论：孔子是"佞人"。

王充让孔子自己打了自己的嘴巴。孔子所反对的言论，他自己也说了；孔子所厌恶的行为，他自己也做了。他和子路一样，全都不能自圆其说但却强词夺理。

事实：实不欲往，志动发言，是伪言也。

孔子言论1："君子于言无所苟矣。"

孔子言论 2："子路使子羔为费宰，子曰：'贼夫子之子。'子路曰：'有社稷焉，有民人焉，何必读书，然后为学?'子曰：'是故恶夫佞者!'"

类比 1：如知其陋，苟欲自遂，此子路对孔子以子羔也。

类比 2：子路知其不可，苟对自遂，孔子恶之，比夫佞者。孔子亦知其不可，苟应或人。

结论：孔子、子路，皆以佞也。

"孔子、子路，皆以佞也。"这是王充对孔子说得最狠的一句，大概也是自汉至清的整个"封建时代"中少有的一句"狠话"。

王充对孔子的问难，有一种强烈的解构的力量。他从文本内部的细微之处入手，从似是而非的圣人言辞中拆解出自相矛盾的多重意义，这些意义的互相消解，互相抗拒，使圣贤之言在根基上被架空。"内部拆解"之后，王充又将本已失去根基的圣贤言辞放入"文本间"的大系统中，实现文本间的互相拆解。最后，经过"内部拆解"和"文本间拆解"，圣贤言辞的神圣意义便轰然崩塌了。

3. 过度阐释与错位对话

面对圣贤经典，王充表现出了非常出色的文本细读功夫以及深刻尖锐的解构力度。但是，矫枉难免过正，过于"细读"就免不了苛刻，过于尖锐就免不了偏颇。王充就是如此。在他对圣贤的问难中，过度阐释、错位对话等"过度问难"的现象比比皆是。

第一，"问难标准"的绝对化。还以前文的"子游弦歌"为例。王充把"能否问难"作为评价孔门七十弟子，甚至一个儒生、一个士人是否合格的绝对标准。敢于问难孔子的子游几乎是孔门七十弟子中唯一的正面典型。这就难免以偏概全了。但事实是，孔子的学生各有所长，孔子本人也善于因材施教。就学习能力而言，孔门弟子中至少有以下几种类型：

子游型：敢于驳难。（"弦歌之难"）

子夏型：认真领会，善于学习。（"绘事后素"）

曾子型：理解领会。（"吾道一以贯之"）

孔鲤型：言听计从。（"退而学诗""退而学礼"）

颜回型：闻一知十。（"回也闻一以知十"）

子路型：勇于行动。（"由也好勇"）

也就是说，孔子学生各有不同的学习方式，各自有各自的成材方式，未必一定要"问难"，如颜回，师孔子之义，不必问难；子夏曾子，认真领会，也不必问难。所以说，"问难"作为评判孔门、评判儒生和士人的绝对标准是不妥的。

第二，从细微之处苛责古人。从细微之处入手，抓住圣贤经典文句中的语言漏洞进行问难，是王充的本领。但有时，这种从细枝末节处生发出来的"微言大义"显得过于苛刻，过于"上纲上线"。比如《论语·里仁篇》中的一句：

富与贵，是人之所欲也，不以其道得之，不居①也；贫与贱，是人之所恶也，不以其道得之，不去也。

王充抓住句中的"得"字进行问难，就显得有点小题大作。孔子要表达的意思非常简单："富贵是人人都想要的，但不以正当途径得到它，君子就不接受的；贫贱是人人都厌恶的，但不从正当途径摆脱它，君子宁可不摆脱。"很显然，这个"得"字的使用有问题，是明显的用词不当。读者很容易发现这个问题，并且很容易就可以领会孔子究竟要说的是什么。杨伯峻说，"这里也讲'不以其道得之'，'得之'应该改为'去之'。译文只就

---

① 今本《论语》作"处"。

这一整段的精神加以诠释,这里为什么也讲'得之'可能是古人的不经意处,我们不必再在这上面做文章了。"① "得"字的错误对阅读理解并无大碍。王充则不然。他以对圣贤"较真"的执着和文本细读的功夫,抓住这个"得"字不放,穷追猛打。

夫言不以其道得富贵,不居,可也;不以其道得贫贱,如何?富贵顾可去,去贫贱何之?去贫贱,得富贵也;不得富贵,不去贫贱。如谓得富贵不以其道,则不去贫贱邪?则所得富贵,不得贫贱也。贫贱何故当言"得之"?顾当言"贫与贱,是人之所恶也,不以其道去之,则不去也。"当言"去",不当言"得"。"得"者,施于得之也。今去之,安得言得乎?独富贵当言得耳。何者?得富贵,乃去贫贱也。

难以想象,对一个如此浅显的问题进行如此繁密的论证。王充不厌其烦地反复论证一些简单的道理:"得"富贵,才能"去"贫贱;富贵当用"得",贫贱当用"去";言"去"就不能言"得",言"得"就不能言"去";最后归结为一个不必要过多解释的结论:应当用"去",不该用"得"。然后王充把"得"字的问难问题上升到一个"原则"的高度:

七十子既不问,世之学者亦不知难。使此言意结不解,而文不分,是谓孔子不能吐辞也;使此言意结,文又不解,是孔子相示未形(敕)悉也。

在王充看来,这个"得"字问题很严重。如果孔子的这句话意思无法理解而文字又不分明,说明孔子不会说话;如果这句话的含意纠缠不清而文字又不好理解,则孔子表述得不明白、不详尽。王充通过细密的语义分析得出

---

① 杨伯峻:《论语译注》,35 页,北京,中华书局,1980。

的结论，在实际阅读中并不存在，很少有人会因为这一个字而认为孔子的这句话无法理解或纠缠不清，人们会明白，这充其量只是一次口误，没必要如此"上纲上线"。

第三，生活语境的学术化。王充的"问孔"，以及对《论语》文本进行细密的逻辑分析，在很大程度上是一种错位的对话，问难者与被问难者处于不同的语境。孔子的《论语》本为其门人弟子所辑的语录，它本是孔子与弟子们日常交谈的生活情境。王充对孔子的问难，出于一个知识者求真的执着，也就是说，王充本于严格的学术立场，严密的学术话语解析、衡量孔子在生活情境中的言辞。这样，对话的错位就出现了：孔子的话语在特定的生活情境中是可以理解和交流的，是说得通的，是可以达到交流的目的。但是，把这种言辞放到严格的学术情境中解释和衡量的话，不可避免会有各种语义上、表达上的漏洞。语境的错位是王充的"问难行动"最鲜明的特征之一。这方面的例子非常多，试举几例。

例1：子贡与回孰愈。

> 子谓子贡曰："汝与回也孰愈？"曰："赐也何敢望回？回也闻一以知十，赐也闻一以知二。"子曰："弗如也，吾与汝俱不如也。"

《论语·公冶长》中的这段话，是孔子借赞美颜渊来试探子贡是不是自知。王充通过语义分析表明，孔子的这个目的是根本达不到的，他与子贡的对话是一次无效的交流。王充引申出三种假设情境：

> 情境①：使子贡实愈颜渊，孔子问之，犹曰不如；使实不及，亦曰不如。非失对欺师，礼让之言宜谦卑也。今孔子出言，欲何趣哉？
> 情境②：使孔子知颜渊愈子贡，则不须问子贡。使孔子实不知，以问子贡，子贡谦让，亦不能知。
> 情境③：使孔子徒欲表善颜渊，称颜渊贤，门人莫及，于名多矣，

何须问于子贡?

情境④:或曰:"欲抑子贡也。当此之时,子贡之名,凌颜渊之上,孔子恐子贡志骄意溢,故抑之也。"夫名在颜渊之上,当时所为,非子贡求胜之也。实子贡之知何如哉?

情境①是一个"二难情境"。 不管子贡强过颜渊,但还是不如颜渊,他都要回答"不如"。 因为孔子要求弟子懂得礼让,回答"不如"是谦虚的说法。 情境②也是一个"二难情境"。 不管孔子是否知道颜渊强过子贡,这个问题都没有必要问。 情境③从孔子发问的目的进行质疑。 假如孔子只想赞美一下颜渊,那么名目多得很,何必非要去问子贡? 情境④从孔子发问的另一个假设的目的进行质疑。 如果孔子想压抑一下子贡,免得他骄傲自满,孔子的发问也是无效的。 同样的"二难情境":如果子贡自知的话,就用不着压抑;如果他不自知的话,压抑也没有用。

这四种情境是王充根据孔子发问的文本而进行的逻辑推演,应该说,这是一种严格的学理分析。 如果单从学理角度来看,王充的分析是无懈可击的。 孔子在生活情境之中的一句日常话语,经过王充的学理分析,显得漏洞百出、荒谬之极。 但是,如果我们跳出逻辑推演的学术情境,沿着相反的理路,把王充引申出的四种假设情境与孔子与弟子对话的生活情境相对照,进行生活语境的"还原"的话,我们会发现,王充的分析也是站不住脚的。

孔子与子贡对话的性质,是一次日常对话,而一定不是学术探讨。 其目的,不外乎两种:赞美颜渊才高,提醒子贡自知。 那么:

情境①:如果子贡是强过颜渊,回答"不如",说明他谦虚;如果子贡确不如颜渊,他回答"不如",表明他自知。不论他怎样回答,孔子都达到了目的。而事实上,颜渊是孔子弟子中才德最高的弟子,《论语》中反复提及,子贡不会不知道。

情境②:对照《论语》文本,可知这个引申出来的"二难情境"是一个假问题。第一，孔子不可能不知道颜渊强过子贡。第二，这个问题有必要问。孔子问这个问题不是为了"求真"，不是为了确证一个自己本来就明白的问题，而是为了"求善"，具体来说，就是赞美颜渊以激励子贡，提醒子贡应当自知，不能骄傲。

情境③：在抽象的逻辑推演下，这个问题是存在的；在具体的生活情境之下，这个问题是不存在的。任何一个行动，在抽象追问之下都有多种可能，但在具体情境之中则只有一种现实。试想，如果孔子问的不是子贡，而是子路，王充也可以同样追问：孔子为什么不去问颜渊等人，而非要去问子路呢？

情境④：在具体的生活情境中，不管子贡是不是自知，这个发问都是有效的。如果子贡自知，孔子想鞭策他；如果他不自知，孔子想提醒他。道理很简单，不管子贡是一个"好学生"还是一个"坏学生"，作为老师的孔子都有责任去激励他、鞭策他。

进一步说，王充由孔子的"明知故问"引申的四种情境，都是理论状态下的逻辑推演，在具体的生活情境中，只有一种。孔子与子贡等弟子谈话，谈到了"颜渊的才德"这个话题。孔子赞美颜渊才高，同时提醒子贡等弟子要自知。子贡了解老师的意思，表示自知不如颜渊。如此"还原"当时的生活情境，应当不为过。

例2："天厌之！"

孔子见南子，子路不悦。子曰："予所鄙者，天厌之！天厌之！"

孔子此言见于《论语·雍也》。具体情境是：卫灵公夫人南子要见孔子，孔子不得已，就去拜见她。由于南子的名声不好，所以子路很不高兴。于是孔子为自己辩解，发誓说："我如果干了卑鄙的事，天塌下来压死我吧!"①

"天厌之",本是孔子一时情急之下的赌咒之语。孔子觉得子路屈枉自己了,以此重语来表明心迹。王充对这句性情之语进行了细密的事理分析:

①誓言的信度标准:孔子自解,安能解乎?使世人有鄙陋之行,天曾厌杀之,可引以誓,子路闻之,可信以解。今未曾有为天所厌者也,曰"天厌之",子路肯信之乎?

②事实一:雷击杀人,水火烧溺人,墙屋压填人。如曰:"雷击杀我","水火烧溺我","墙屋压填我",子路颇信之。今引未曾有之祸,以自誓于子路,子路安肯晓解而信之?

③事实二:适有卧厌不悟者,谓此为天所厌邪?案诸卧厌不悟者,未皆为鄙陋也。

④结论:子路入道虽浅,犹知事之实。事非实,孔子以誓,子路必不解矣。

王充以"事实真实"作为誓言的"信度标准"。只有世上确实发生过因为行鄙陋之事而让老天压死的事情,孔子说"如果我有鄙陋之事,就让天压死我"的誓言才有可信性。如果没有发生过这样的事情,那么孔子的誓言就是不可信的。孔子有很多其他誓言可选,如"雷击杀我","水火烧溺我","墙屋压填我",这些都是确有其事的,更适合作誓言,孔子偏偏用"让天压死我"这些根本不会发生的事情作誓言,这是无效的。王充又举出极端性事实:确有人做噩梦而死。但这也不是被天"压死"的。进一步考察,做噩梦死去的人,也未必都干了卑鄙的事。所以说,孔子以"不真之事"为誓,子路一定不会信,他的誓言无效。

这又是王充的一次过度阐释,概括来说就是,以成事之理,剪裁誓言之

---

① 关于"厌"字,有两种解释,一为"厌弃、弃绝",一为通"压",似都讲得通。第二种解释更符合《问孔》一篇的语境。

情；以事实之真，检验情感之效。"天厌之"，充其量只是情急之下脱口而出之语，表明心迹而已。誓言之内容，皆自贬自损之语，多取其情感倾向，为的是加重表达效果；而所言之事，并非实指。就听者而言，感其情意之真切，而信其心迹之真实，不必在乎誓言本身的"真实性"。一句"天厌之"，子路完全可以了解孔子的心迹，因为他所说的是如此情真意切。"天厌之"，就如同"天打雷劈"一样，它所履行的是"能指性"的情感功能，谁也不会在乎天是不是真的会把人压死，雷会不会真的把人劈死。

由此看来，王充的对一句誓言的"学理分析"，确实有点过分。我们可以沿着王充的理路，把他为孔子提供的誓言选项加以情境的"还原"：

> 孔子誓言："予所鄙者，天厌之！"
> 王充选项1："予所鄙者，水溺之！"
> 王充选项2："予所鄙者，雷杀之！"
> 王充选项3："予所鄙者，火烧之！"
> 王充选项4："予所鄙者，墙屋压填之！"

王充的选项，在实际上的语用功能上，与孔子的"天厌之"相比，又有什么区别呢？这些誓言在实际表达功用上，是没有区别的，只取其自我贬损义的"情感意义"而已。孔子的一句"天厌之"，不能说明孔子的失实，恰恰说明了孔子的可爱之处。然而王充却以实事衡量它们，这样的"论衡"并非"论之衡"，而是"论之死"。

例3：宰我昼寝。

> 宰我昼寝。子曰："朽木不可雕也，粪土之墙不可杇也，于予，予何诛？"子曰："始吾于人也，听其言而信其行；今吾于人也，听其言而观其行。于予，予改是。"

王充对《论语·公冶长》中"宰我昼寝"的分析,在整个《问孔》一篇中堪称最详尽、最有力的一次问难。它典型地体现了王充对圣贤文本的细读方法和解构策略,同时也典型地体现了王充对圣贤经典的过度阐释和错位对话。

"宰我昼寝"这一章的情境是这样的:孔子看见宰我在白天睡觉,非常生气,就把他狠狠地责备了一通,说他是"朽木不可雕也,粪土之墙不可杇也"。由于看到宰我的言行不一,孔子改变了对待人言行的态度:"听其言而观其行。"

对这个情境,王充还是站在他的学术视野内,对孔子之言进行了细密的语义分析,揭示了其中隐藏着的四重语义漏洞。

①比喻失当。"昼寝之恶也,小恶也;朽木粪土,败毁不可复成之物,大恶也。责小过以大恶,安能服人?"

②"二难情境"。不论宰我性善还是不善,孔子之言都不成立。"使宰我性不善,如朽木粪土,不宜得入孔子之门,序在四科之列;使性善,孔子恶之,恶之太甚,过也。"

③文本间矛盾。"宰我昼寝"之论与《论语·泰伯》之论相矛盾:"人之不仁,疾之已甚,乱也。"孔子疾宰予,可谓甚矣!

④由事理类比引申出"二难情境"。以事理类比:"使下愚之人涉耐罪之狱,吏令以大辟之罪,必冤而怨邪?将服而自咎也?"引申出"二难情境":"使宰我愚,则与涉耐罪之人同志。使宰我贤,知孔子责人,几微自改矣。明文以识之,流言以过之,以其言示端而已自改。自改不在言之轻重,在宰予能更与否。"

王充的语义分析非常缜密,对矛盾的揭示也是非常深刻的。从王充的理论语境内部来看,他的观念和理路是无懈可击的。但是,如果我们从孔子与宰我对谈的生活情境角度来看的话,王充的观念和理路都是有问题的。

①关于"朽木粪土"之喻。孔子的这个比喻是在盛怒情形之下的性情之语,它的基础是情感倾向,并非"事实真实"。特定情形之下的性情之语,不应该、也无法接受建立在"事实真实"基础之上的"定性分析"。另外,"朽木粪土"之喻本为文学修辞,它本来就与"事实真实"没有直接关系。这种情境,就如一个生气的父亲对不听话的孩子说"你是死狗""你像懒猪",他要表达的是一种"恨铁不成钢"的情感倾向,与"死狗""懒猪"的"事实真实"毫无关系。而且,在孔子看来,宰我的"昼寝"行为并不是"小过",而是"大过",这关系到"君子之学"的基本品行,所以孔子在恼怒之下才说出了"朽木粪土"之喻。

②关于宰我"性善"与"性恶"的"二难情境"是不存在的。宰我"昼寝"的毛病无关"性善"与"性恶",而是"勤"与"不勤"。孔子为什么把宰我的"昼寝"怒责为"朽木粪土"?因为这是懒惰的行为。"此二者,以喻人之学道,当轻尺璧而重寸阴。今乃废惰昼寝,虽欲施功教之,亦终无成也。"[①]

③同理,"宰我昼寝"之论与《论语·泰伯》的"人之不仁"之论也不存在文本间矛盾,因为"宰我昼寝"是"勤"与"不勤"的问题,不是"仁"与"不仁"的问题。

④王充也犯"类比失当"的错误。"耐(小)罪大辟"之事与"朽木粪土"之责,双方无法建立对等的类比关系。前者强调违常理之事,重在事理,后者表达愤怒责备之情,重在情感。两者是性质截然不同的对象,如果强行建立类比关系,势必造成偏颇,或者以事理剪裁情感,或者以情感歪曲事理。王充的这个类比就属于前者。即使单就语义而论,"耐(小)罪大辟"之事与"朽木粪土"之责也无法进行类比,因为在孔子看来,宰我之过不是"小过",而是"大过"。

就王充进一步引申的"二难情境"而论,在具体语境中也并非不可解

[①] 李学勤主编:《十三经注疏论语注疏》,65 页,北京,北京大学出版社,1999。

决。宰我位列"四科",自然是贤人。但是,他同时还是孔子的学生,学生犯了严重错误,孔子自然要狠狠地责备他。"犯大过而小责",这不是一个老师应有的态度。

王充在四重语义漏洞分析的基础上,把问难的视野扩展到更广的文本间矛盾——《论语》与《春秋》:

> 《春秋》之义,采毫毛之善,贬纤介之恶。褒毫毛以巨大,以巨大贬纤介,观《春秋》之义,肯是之乎?不是,则宰予不受;不受,则孔子之言弃矣。圣人之言与文相副,言出于口,文立于策,俱发于心,其实一也。孔子作《春秋》,不贬小以大,其非宰予也,以大恶细,文语相违,服人如何?

王充要说的是,《论语》是孔子言论,《春秋》是孔子所作,但二者在善恶褒贬上却是不同的。孔子作《春秋》的原则,是对细小的好事都要称赞,对细微的坏事都要指责。而《论语》中孔子对"宰我昼寝"的原则却是用严重的话来指责纤小的过错,这不符合《春秋》的原则,而且宰我也不会接受。《春秋》之文从不以大贬小,而孔子之言却以大责小,这样,"圣人之笔"就和"圣人之口"自相矛盾了。

就抽象原则而论,孔子的"宰我昼寝"之论与"春秋大义"是冲突的,是不可理解的。但如果"还原"两者的具体语境,两者的冲突又是可以理解的,甚至这种冲突根本是不存在的。《春秋》为历史著作,其内容重在事件的信实,表意上重在微言大义;《论语》虽然也不乏微言大义,但其内容却为生活情境中孔子话语的辑录。《春秋》与《论语》本处于两种不同的语境。具体来说,孔子对弟子的严格要求,与"春秋大义"之间,并无必然关联。《春秋》对历史人物的褒贬与《论语》中孔子对学生的训诫,二者之间有根本的差别。老师对学生的训诫属于具体的生活情境,其中有很浓的情感韵味,语言使用上也更重于情感性的渲染,所以才会有孔子的"朽木粪土"之喻,这种语言在《春秋》里是绝对不会有的。

王充接着对"宰我昼寝"的结果进行问难。孔子因为宰我的"昼寝"，改变了他对人的看法，由"听其言而信其行"改为"听其言而观其行。"王充对此颇不以为然：

> 人之昼寝，安足以毁行？毁行之人，昼夜不卧，安足以成善？以昼寝而观人善恶，能得其实乎？案宰予在孔子之门，序于四科，列在赐上。如性情怠，不可雕琢，何以致此？使宰我以昼寝自致此，才复过人远矣。如未成就，自谓已足，不能自知，知不明耳，非行恶也。晓敕而已，无为改术也。如自知未足，倦极昼寝，是精神索也。精神索至于死亡，岂徒寝哉！

王充要说的是：第一，"昼寝"与人的品行善恶无关。品行败坏的人，昼夜都不睡觉，也成不了好人。第二，"昼寝"与人的才能高下无关。宰我位列"四科"，才能一定不低，所以"昼寝"的宰我不是一个"不可雕琢"的人。第三，"昼寝"有功而无害。宰我是一个很有才能的人，如果他是因为"昼寝"才这样的，那么"昼寝"就是好事；如果不是这样，他要是有自知，提醒他一下就够了，犯不上发这么大的脾气。要是他没有自知，那么他只是精神倦怠了想睡个懒觉罢了。如果他不"昼寝"，那么他会精神耗尽而死，相比之下，还不如让他"昼寝"好了！

王充的上述诊断，在逻辑上是成立的，在分析上是缜密的，在语言上也是富于气势的。但是，如果我们从一个简单的生活语境来看王充的理论分析，就会感到他的诊断是令人难以接受的，说得通俗点，简直是"抬杠"。

首先，王充不动声色地玩了一个语词上的小技巧，把"昼寝"偷偷转换成"昼夜不卧"，把论题进行了极端化处理。然后，他理直气壮地为宰我的"昼寝"行为张目。我们可以尝试把王充的理由还原为一个日常的教育情境，用现代汉语表达出来是这样：

  一个老师看见学生白天睡大觉而不努力学习，训斥了他一句："你真是一点出息也没有！"被训斥的学生这样反驳他的老师："难道白天睡觉就没有出息了吗？难道非要让我日夜不睡觉才能学好吗？"还没等老师回答，学生接着抢白："我睡觉是因为我累了。累了不睡觉，精神就会萎靡，严重的话就会死掉。是不睡觉而死掉好呢，还是睡一觉保养精神好呢？"

  王充是教过书的。试想，如果他遇到这样跟老师"抬杠"的学生，大概也不会把他当作好学生吧！

  可见，由于对话情境的错位，导致王充对圣贤文本的阐释过度，甚至"失度"。生活情境之中简单明了的人生事理，更多地体现为一种价值倾向、情感态度，它经受不住学术情境下严格细密的逻辑推演、定性分析。经过这样的分析、拆解之后，生活情境中原本鲜活的事件和道理就走样了，失味了。王充不满于孔子过分求备于宰我，也大可不必过分求备于孔子。当然，我们也不必过分求备于王充。一句话，回到各自的语境中，会有更多的理解和谅解。

第十五章
班固的文艺思想

班固之所以成为班固,"大一统"的盛世王朝为其提供了总体背景,班氏家族的精神与功业的传承为其提供了文化基因。"大一统"背景之下的文人,如何安身立命? 班固用他的一生作了具体诠释。 他"立言"又"立功",著史又作赋,"位不过郎"而心怀汉室,"宽和容众"却不免"身陷大戮"。 他的人生足迹和思想心态,对汉代文人而言具有"典型"的意义。 汉代文人首先需要在价值观层面上处理如何面对"士不遇"的时代主题。 班固的做法是"以儒统命",以"命理"来解释"不遇",再以"儒理"来规划"命理",这样就能安时处顺,躬行圣王之道;然后他就是以自己的著述活动践行宏大的"宣汉"工程。 班固倾注毕生心力而撰的《汉书》自然是"宣汉"工程的一部分,从《两都赋》《典引》等经典文本中也可以窥见其"颂汉"的心迹。

◎ 第一节
班固其人与其文

谈到班固,必然要先谈及史上赫赫有名的"班氏家族"。 汉代学术颇重"家学"。 班彪、班固父子以著史为毕生事业,父子相继修成《汉书》,实有其深厚的家学渊源。在西汉二百余年中，班氏家族先为边地豪富，后为皇亲贵戚，终成儒学世家。这个家族既有志节慷慨的精神，又有蕴蓄深厚的学术素养。班彪与班固、班昭兄妹两代相继修史，以及班固追随窦宪出击匈奴、班超和其子班勇威震西域，都可以在其家族史中找到性格与文化基因。

一、班氏家族及其与帝王的关系

以下是班氏家族的大略谱系：

```
班壹—班孺—班长—班回—班况 ┬ 班伯
                          ├ 班斿
                          ├ 班穉—班彪 ┬ 班固
                          │           ├ 班超
                          │           └ 班昭
                          └ 班倢仔
```

贵族远祖，边地豪富。 班氏先人是楚国贵族，班固在《汉书·叙传》中自叙家世说：

> 班氏之先，与楚同姓，令尹子文之后也。子文初生，弃于梦中，而虎乳之。楚人谓乳"穀"，谓虎"於檡"，故名穀於檡，字子文。楚人谓虎"班"，其子以为号。秦之灭楚，迁晋、代之间，因氏焉。①

据此，其家世渊源可以追溯到春秋时期身居楚国最高官职、执掌军政大权的令尹子文。《左传·宣公四年》记载，子文为楚国贵族若敖之子斗伯比

---

① （汉）班固：《汉书》，4197页，北京，中华书局，1962。

的私生子,被弃于云梦泽中,得虎哺乳。被祁国国君祁子外出打猎时发现,将其收养。① 子文长大后做了令尹,先后执政 28 年,政绩显著,而且具有较高的文化修养和高尚的道德情操,被孔子称赞为"忠"②。子文的儿子斗班后来也官至令尹,孙子克黄官至箴尹,祖孙三代都以尽忠职守而著称,这对班氏后人有一定影响。秦灭楚后,子文的这一支后人被迁到北方边境晋、代之间,以"班"为姓。

秦始皇末年,班固的七世祖班壹迁居楼烦(今山西雁门)避乱。通过努力经营,最终发家致富,"致马、牛、羊数千群"。③ 西汉初年实行"无为而治"的政策,解除对民间的车服禁令,孝惠帝和吕太后当政时,财力雄厚的班家"出入弋猎,旌旗鼓吹"④,成为边地雄豪。为班家打下坚实经济基础的班壹活到百岁高龄,寿终正寝。受其影响,北方不少人以"壹"为名。

班壹之子班孺承继家业,以"任侠"著称,名闻州郡;班孺之子班长做过上谷(郡治在今河北怀来东南)郡守,是班家最早步入仕途的人;班长之子班回被举为本郡茂才(即秀才),做过长子(今山西上党)县令。总体来看,经过四代人的发展,班家奠定了在北方的经济地位,在政治上则处于起步阶段,还没有接触到汉代权力的核心。

外戚近臣,儒学世家。班氏家族发展的转机出现在班回之子班况(班固的曾祖父)及其子女身上。起初,班况通过举孝廉做了郎官,积功劳,升任上河(今宁夏银川市东南)农都尉,政绩考核最优,被大司农推荐到朝廷做左曹越骑校尉。汉成帝初年,班况的女儿被选入宫中,颇受宠幸,封为倢伃,地位仅次于皇后和昭仪。班家一跃而成为外戚,由北方边境徙居长安城郊的昌陵,权势煊赫。

班倢伃是班氏家族史上的一个关键人物,她不仅使这个家族与汉朝皇室

---

① 杨伯峻:《春秋左传注》,682~683 页,北京,中华书局,2016。
② 《论语·公冶长》:"子张问曰:'令尹子文三仕为令尹,无喜色;三已之,无愠色。旧令尹之政,必以告新令尹。何如?'子曰:'忠矣。'"
③ (汉)班固:《汉书》,4197 页,北京,中华书局,1962。
④ 同上书,4198 页。

紧密联系在一起，真正接触到政治权力的核心，而且在一定程度上影响了家族中人的思考和行事方式。班固在《汉书·外戚传》记载了这位祖姑姑的宫廷际遇。她才德出众，恪守礼仪，常以《诗经》等古箴戒之书自励，曾以"贤圣之君皆有名臣在侧，三代末主乃有嬖女"①为由，拒绝汉成帝同辇出游的要求，被王太后比作辅佐楚庄王成就霸业的贤妃樊姬。而且，班婕妤懂得谦抑克制，善于自我保全。赵飞燕姐妹专宠骄妒，"谮告许皇后、班婕妤挟媚道，祝诅后宫，詈及主上"，许后因之被废，婕妤面对成帝质问，对以"妾闻'死生有命，富贵在天'，修正尚未蒙福，为邪欲以何望？使鬼神有知，不受不臣之诉；如其无知，诉之何益？故不为也"②。成帝赞许她这番充满理性的回答，"怜悯之，赐黄金百斤"③。之后她自请退居长信宫侍奉太后，彻底摆脱了来自赵氏姐妹的威胁。班婕妤，这位芳名失考的淑女贤妃，以其高尚的品格和出色的文才，使原本只是边地豪富、地方官吏的班氏家族首次以才情登上大汉的政治舞台。

外戚是汉代政治生活中一支重要的力量，班固《汉书·外戚传序》全袭《史记·外戚世家序》，历数夏、商、周三代外戚对王朝兴灭的作用，强调史家对作为"人道之大伦"的夫妇关系的重视。然而他们看到，帝王婚姻充满偶然与变数，不但"妃匹之爱，君不能得之于臣，父不能得之于子"（《史记·外戚世家序》），而且有人虽欢合承宠却终无子嗣，有人虽成子姓却不能终其荣宠。"序自汉兴，终于孝平，外戚后庭色宠著闻二十有余人，然其保位全家者，唯文、景、武帝太后及邛成后四人而已"，"其余大者夷灭，小者放流"④。汉武帝时贵震天下的卫皇后、倾国倾城的李夫人，均遭灭族，致使史、班无不将之归于渺茫难测的天命，借用孔子之语，反复慨叹"人能弘道，末如命何"、"非通幽明之变，恶能识乎性命"⑤。班固在《外戚传》中

---

① （汉）班固：《汉书》，3984 页，北京，中华书局，1962。
② 同上书，3984～3985 页。
③ 同上书，3985 页。
④ 同上书，4011 页。
⑤ 同上书，3933 页。

第十五章 班固的文艺思想　741

突出班婕妤对"死生有命""天命不可求"的认识。在"女宠至极"的权力集中之地能以礼自防、自谦自抑；在"稀复进见"时能较好地应对地位变化，在无可奈何的有限境地里，妥善求得自身安全。她的这套宫中策略，可能得益于班氏的家庭教育，也必然影响家族中人的立身与行事方式。

与班婕妤在宫中的活动相对应，这一时期，班况的三个儿子班伯、班斿、班稚皆以贵戚子弟获得进身之阶，参与到汉室高层的行政与学术活动之中。也正是在这一时期，班氏家族逐渐培养起儒学的传统，并且表现出较为自觉的政治取向。

班伯早年曾向经学博士师丹学习《诗经》，志节慷慨，有豪爽之气，受到大将军王凤的赏识，被推荐给成帝，成帝"召见宴昵殿，容貌甚丽，诵说有法，拜为中常侍"[1]。当时成帝正喜欢学习，让班伯跟他一起在金华殿听郑宽中、张禹讲解《尚书》《论语》等儒家经典。班伯学通经书大义后，又与许商就诸家异同进行深入讨论，颇有见地。几年后金华殿讲席中止，班伯不屑与许、班家族那些绮襦纨绔子弟胡混度日，多次向朝廷请求出使匈奴。班氏先祖自班壹以下，几代人都在北方边境生活，任侠慷慨的气质已沉淀为某种家族基因，不仅在班伯身上有鲜明表现，后来班固跟随窦宪北击匈奴、班超投笔从戎平定西域，都可以追溯到家族早期的这段历史。河平年间（前28—前25），匈奴单于来长安朝见汉朝皇帝，成帝便派班伯持节到塞外迎接单于。

阳朔三年（前22），执掌朝政的大将军王凤死后，成帝整天与宠臣富平侯张放、定陵侯淳于长玩乐胡闹，在宫中大开筵宴，饮酒狂欢。班伯虽是外戚出身，但不党附邪恶势力，还能引申儒家经书中的道理，当面向荒淫的成帝进言直谏。皇太后欣赏其政治见识与魄力，建议成帝远离张放之流，进封班伯为水衡都尉。只可惜，班伯38岁便英年早逝。

班斿少而聪颖，"博学有俊材"[2]。左将军史丹推举其为贤良方正，以

---

[1] （汉）班固：《汉书》，4198页，北京，中华书局，1962。
[2] 同上书，4203页。

对策为议郎,后升任谏大夫、右曹中郎将。他曾襄助刘向校理群书,汉成帝赏识他的才华,曾将秘府藏书的副本赏赐给他。这件事对班氏家族意义重大,因为当时由于物质条件限制和人为控制等原因,图书流布不广,许多皇室藏书不但民间无法看到,甚至宣帝之子东平思王刘宇都没有机会看到《太史公书》和诸子之书,班斿却享受殊宠,获赐秘书。班家因此得阅大量珍贵藏书,为后来班彪、班固父子从事著述提供了极为优越的文献条件。班斿卒于校书任上,亦英年早逝。

班况的幼子班稚是班固的祖父,他在三兄弟中行事最为谨慎。他所生活的西汉末年政局动荡,稍有不慎就会卷入政治旋涡。班稚年轻时以郎官进身,授黄门郎中常侍。他方直自守,言行至慎,不敢因地位亲近皇帝而耍弄手段。到汉平帝即位时,王莽操纵大权。王莽与班氏兄弟少年时代同为外戚子弟,王莽"兄事斿而弟畜稚"①。当时群臣早已看出王莽篡汉的野心,争相逢迎拍马,伪报所谓"祥瑞",制造太平假象,班稚却不肯跟着造假,"稚绝嘉应,嫉害圣政,皆不道"。②因为班稚不愿向王莽假报祥瑞,王莽称帝时班家地位下降,王莽败亡时也未受牵连,从而避开了最大的政治风险。

经过近两百年的发展,到班固的祖父一辈,因为外戚身份,与西汉皇室有着直接联系。他们在内廷与外朝所采取的低调作风和谦冲自抑的姿态,也塑造了家族的性格。与此同时,班家这一辈人受到良好的家庭教育,又在长安这个主流文化圈中,与当世知名学者有着密切的关系,且因特殊机缘获赐秘府藏书,为家族子弟的成长提供了浓厚的学术氛围和优越的学习条件,使班氏家族成为两汉之际的儒学世家。另外,长期的边地生活,也使得家族中一些人具有"志节慷慨"的"任侠"精神。西汉末年至东汉初年,班氏家族的文化品位得到进一步提升,涌现出班彪及其二子一女(班固、班超、班昭)四位杰出人物。

班彪字叔皮,幼年时代仍是贵戚子弟,"家有赐书,内足于财,好古之士

---

① (汉)班固:《汉书》,4204页,北京,中华书局,1962。
② 同上。

自远方至,父党扬子云以下莫不造门"①。 在良好的物质与文化环境中,班彪与从兄班嗣相伴读书,而且因为父辈们的关系,与当时的学者多有交往,开阔了眼界。 班彪致力于儒家经典,"唯圣人之道然后尽心焉"②,并以儒家思想为立身行事的准则。 与班彪思想相关的有三个重大事件,一是与隗嚣论时势,二是作《王命论》,三是著史与论史。

刘秀即位后,最大的地方割据势力之一,陇西隗嚣曾向班彪问天下大势,是否会重新回到战国一样的分裂局面。 班彪认为"周之废兴与汉异",周代实行分封制,"本根既微,枝叶强大,故其末流有从横之事"。 汉代实行的是中央集权,"汉家承秦之制,并立郡县,主有专己之威,臣无百年之柄",虽然成帝之后由于"皇帝短命,国嗣三绝"、外戚专权而导致王莽窃位,但是"危自上起,伤不及下",其危险仅限于上层,社会根基并未受到损害。"王氏之贵,倾擅朝廷,能窃位号,而不根于民"③,老百姓仍然相信刘氏是"真龙天子"。 时下的各个割据势力都不具备战国七雄世代相承的基业,能够统一天下的只有汉家刘氏。

由于隗嚣不满"汉家复兴"的说法,班彪又作一篇《王命论》,反复论证刘邦得天下是天命所归,"以为汉德承尧,有灵命之符;王者兴祚,非诈力所致"。④ 他在汉末动乱中所写的《王命论》,从项氏亡、刘氏兴的人事成败立论,将刘邦由布衣而得天下的原因归纳为五个方面:"一曰帝尧之苗裔,二曰体貌之奇异,三曰神武有征应,四曰宽明而仁恕,五曰知人善任使。"⑤班彪写作此文,意在从天命和史实两方面规劝各路割据势力认清形势,臣服刘秀,结束分裂,实现统一。 这篇结合历史现实与传说、并且混杂着"天命观"的《王命论》,反映了汉代今文经学家的思想面貌:一方面大肆宣扬图

---

① (汉)班固:《汉书》,4205 页,北京,中华书局,1962。
② 同上书,4207 页。
③ 同上书,4207 页。
④ (南朝宋)范晔:《后汉书》,1324 页,北京,中华书局,1965。
⑤ (汉)班固:《汉书》,4211 页,北京,中华书局,1962。

谶祥瑞等思想，强调汉室帝业实由"天授，非人力也"①，将权力与神秘观念挂钩，为之寻求某种合法的基础；另一方面又竭力主张实现大一统，渴望重现盛世王朝的荣光。

班固在《汉书·叙传》中没有提及父亲的其他著述，却全文收录了《王命论》，由此可见，《王命论》所表达的维护汉家正统的立场与主张，是班固意欲强调的重点，也是其在政治上受父亲影响最大的地方。

班彪在文化上最重要、并为班固所继承的，是他的著史事业。西汉武帝时司马迁所著的纪传体通史《史记》，所载内容止于武帝太初年间，所以多位学者对其进行"续作"。班彪认为这些续作"多鄙俗，不足以踵继其书"②，于是他采集武帝以后的政事记载和人物事迹，重新撰写《史记》"后传"数十篇。这些篇章虽然现今大多失传，却是班固著史的重要依据。就家学系统而言，班彪乃是班氏家族承前启后的关键人物，他的著史事业是班固撰成《汉书》的先声。

《后汉书·班彪传》保留着班彪的一篇珍贵文献《略论》，其中这样评价司马迁及其《史记》：他首先肯定司马迁的"良史之才"，体察司马迁"一人之精，文重思烦"③的著述甘苦；批评司马迁对黄老、游侠和货殖的态度与"圣人之是非"相抵触，不符合儒家正统思想的要求，认为对此应有所纠正。这也是班彪作史的重要动机。班固继承与发展了父亲的思想，并在《汉书》中实践和实现了父亲对《史记》"慎覈其事，整齐其文"④的理想。

班彪的另一重大成就是培养了班固、班超、班昭三位子女，东汉初年，他们在不同领域建立功勋，成为中国历史的杰出人物。后文专论班固，此处先对班超和班昭进行简要介绍。

班超，字仲升，自幼生活在诗书氛围浓厚的儒学世家，"为人有大志，不

---

① （汉）班固：《汉书》，4212 页，北京，中华书局，1962。
② （南朝宋）范晔：《后汉书》，1324 页，北京，中华书局，1965。
③ 同上书，1327 页。
④ 同上书，1327 页。

修细节",却不愿像父兄那样专事著述,曾自叹"大丈夫无它志略,犹当效傅介子、张骞立功异域,以取封侯,安能久事笔砚间乎"①。 永平十六年（73）,他随大将军窦固出击匈奴,因功而任假司马,并受命带领36名军士出使西域,联络西域诸国,共同对付匈奴。 班超虽然选择了与父兄不同的人生道路,但其思想观念与班氏家族是一致的,那就是以维护汉王朝为最高准则。

班昭,又名姬,字惠班,有"博学多才"之誉。 十四岁嫁给同郡曹寿,曹寿早卒,她"有节行法度",②后世因称其为"曹大家"。 汉和帝欣赏她的才华,"数召入宫,令皇后诸贵人师事焉,号曰'大家'"（"家"通"姑","大家"是对有学问有才能的妇女的尊称）。③

班昭的最大成就则是续成《汉书》。 永元四年（92）班固冤死于狱中,《汉书》中的八表和《天文志》尚未完成。 永元十一年（99）,汉和帝诏令班昭在东观（洛阳南宫）藏书阁续作《汉书》。 班昭为此付出了毕生的精力。 永初七年（113）,班昭在完成全部"校叙"、编撰八表之后,已经年逾六旬,于是由经学家马融之兄马续编撰《天文志》。 至此,倾注了父子、兄妹两代三人数十年心血的史学名著《汉书》终于问世。

经过几代人的沉淀,班氏家族形成两个优良传统:一是世习儒学,熟读经书,学问上造诣颇深,加上家富藏书并与当世知名学者关系密切,班氏家族成为两汉之际的儒学世家;二是长期的边地生活,使家族成员形成"志节慷慨"的任侠精神。 此外,因班婕妤入宫,班家获得外戚身份,汉室皇权无疑由此开始在班氏家族史中打下印记。 即便在改朝换代的动荡中,班家的政治地位丧失、经济基础崩溃,家族的集体记忆也不曾褪色——班固就是在家族荣光的记忆中成长起来的。

---

① （南朝宋）范晔:《后汉书》,1571页,北京,中华书局,1965。
② 同上书,2784页。
③ 同上书,2785页。

二、班固的功利事业

班固一生历经光帝、明帝、章帝三朝,这正是东汉王朝最鼎盛的时期,即"光武中兴"和"明章之治"。光武、明帝和章帝都是勤勉的好皇帝,光武节俭,明章严明,章帝宽和。东汉盛世在政治上的特点是中央集权的进一步加强,比如"退功臣而进文吏"、削弱"三公"、限制宗室,等等。与中央集权相配合的是在文化思想方面继续强化西汉武帝以来的以儒家思想为中心的"大一统"。生活在盛世的文人多有强烈的建功立业、报效帝王的冲动,班固也不例外。但是,强大的中央集权虽然成就了强大的帝国,却也成为士人们建功立业的实际的羁绊,而"大一统"的思想状况又成为文人们实实在在的限制。因此,在强大帝国的舞台上,像班固一样的士人们注定要戴着沉重的镣铐跳舞。

有关班固的一生,《汉书·叙传》和《后汉书·班固传》有较为全面的记载,我们这里不作现代汉语的转述,而是将班固一生的际遇分为两类,一类是世俗功利方面的建功立业,一类是著述活动。① 我们先看一下他是怎样在盛世舞台上努力建功立业的。

班氏家族与帝王有着比较密切的关系,而且生逢盛世的士人本来就容易激发出参与时政的热情,所以班固对于政治参与的热情也就很容易理解了。班固从小就文才出众,"年九岁,能属文诵诗赋"②。16岁入洛阳太学学习,建武三十年,父班彪卒于望都任上,班家失去依靠,生计困难,班固只好中止学业从京城迁回扶风安陵老家。班固时年23岁,面对父丧家贫的现实,他作《幽通赋》以慰志:"咨孤蒙之渺渺兮,将圮绝而罔阶。岂余身之

---

① 当然,这只是一个大致的分野。严格考察的话,班固的著述活动也与他的功利活动密切相关,在某种意义上,这就是一种功利活动。而某些功利活动,如对"白虎观会议"的参与,也是与著述相关的活动。这里不做这种严格区分,只是为了阐述方便,而取一个大致的分野。

② (南朝宋)范晔:《后汉书》,1330页,北京,中华书局,1965。

足殉兮？ 悼世业之可怀。"①作为家中长子，他有两大责任：既要应对现实困境，挑起生活重担，更要思考未来出路，重振祖先荣光。 这种责任感令他急于建功立业。

建武中元二年（57），班固服丧期满，这一年光武帝刘秀病死，明帝即位。 第二年，明帝同母弟东平王刘苍"以至戚为骠骑将军辅政，开东阁，延英雄。"②班固于是向刘苍上书，极其隆重地赞颂其地位与品德，称其有"周、邵之德"；然后谏刘苍像唐尧、商汤、伊尹、皋陶一样广纳人才，"远近无偏，幽隐必达"，最后他向刘苍推荐了桓梁等六位"殊行绝才，德隆当世"的贤才。 在这篇奏记中，班固夹带了显而易见的"自荐"的"私货"：既然将军"幕府新开，广延群俊"，我又美赞盛德、举荐英才，那么将军也不要让我像断趾献宝的卞和与沉身纳忠的屈原一样，请您"咨嗟下问，令尘埃之中，永无荆山、汨罗之恨。"③

刘苍采纳了班固举荐人才的建议，却没有提拔班固。 虽然献计无功，但是这件事也让统治者赏识了他的才华，这是他直接参与政治事件的开始。

一过就是四年。 班固不仅在功名上没有进益，反而在永平五年（62）被人告发"私改作国史"，摊了官司，多亏弟弟班超赴京上书才得脱免。 因祸得福，班固因此事得遇明帝赏识，被召诣校书部，任为兰台令史。 这是一个官秩仅为"百石"的小官④。 次年（63），班固迁为郎，负责"典校秘书"，同时继续他的《汉书》写作。

这个小小的"郎"官，他一做就是十多年。"位不过郎"的现实，实际上成了班固心中一个绕不过去的"坎儿"，解不开的"结"。 虽然著书作文、参与国家政治给他带来巨大的声誉，但却始终没有改变"位不过郎"的

---

① （汉）班固：《汉书》，4213 页，北京，中华书局，1962。
② （南朝宋）范晔：《后汉书》，1330 页，北京，中华书局，1965。
③ 同上书，1331~1332 页。
④ 关于兰台令史的官秩，《后汉书》的记载有出入，《后汉书·百官志》记载是"六百石"，《班超列传》与《班彪列传》中记载是"百石"，本书以为"百石"为当。

残酷现实。这促成他内心深处的一种焦灼之感，令他不免想起东方朔、扬雄等人在辞赋中所抱怨的，不能像苏秦、张仪那样一展才华。

直到建初三年（78），他终于升了官，当上了"玄武司马"。① 然而这次升官主要原因不是他的才华，而是因为他沾了窦氏外戚的光。班氏与窦氏为世交，当年窦融即曾厚遇班彪。章帝即位后，窦家再次掌权。班固因而被任命为玄武司马，官秩千石。

由于著述《汉书》，班固的才华越发得到帝王赏识。79年，班固参加了著名"白虎观会议"，并撰集《白虎通德论》。这时的班固，以皇家学术代言人的姿态，直接参与了东汉王朝意识形态建构的顶层规划，达到了他人生的辉煌。"白虎观会议"进一步巩固和提升了班固的社会地位，同时，也让他的思想、著作与正统的国家意识形态更加紧密地捆绑在一起；但在另一方面，他并没有从这次"宏大事件"中获得"实质性"的封赏。

著国史、写文章，即使成就再高也不可能被帝王重用。班固不能忍受以一个"玄武司马"的身份终老一生。看着弟弟班超在西域的建功立业，他也不免有了"投笔从戎"的冲动。和帝永元元年（89），班固终于走上了这条道路。他以中护军身份随大将军窦宪出征匈奴，参与谋议。窦宪率兵"与北单于战于稽落山，大破之"，"遂登燕然山，去塞三千余里，刻石勒功"，② 那篇铭文就是出自班固手笔。

外戚窦宪因击匈奴后有功，权势愈盛。班固在窦宪幕府，也随之受益。班固家奴骄横，辱慢洛阳令种兢。不久，窦宪失势自杀，种兢趁机报复，逮捕班固。永元四年（92）班固冤死狱中，享年61岁。班氏一宗的家学传统，也就到此终结了。

《后汉书·班固传》是这样评价班固之死：

> 固伤迁博物洽闻，不能以智免极刑；然亦身陷大戮，智及之而不能

---

① 丁施：《汉书新注》，3068页，西安，三秦出版社，1994。
② （南朝宋）范晔：《后汉书》，814页，北京，中华书局，1965。

守之。呜呼，古人所以致论于目睫也！①

班固曾痛惜司马迁见闻广博、知识丰富，却不能凭借智慧免于极刑，可是他自己也难免身遭刑戮。班固的才智可以赶上司马迁，却最终也没能保全自身。就像人的眼睛看不到睫毛，班固能评论司马迁，却不能省验自己。也难怪，有几个陷于名利旋涡中的人能够静下心来体察潜伏于身边的危险呢？

班固生时不甘寂寞。他以性命为代价换来的功名，随着他的身死就烟消云散了。留在后人心中的，是他的文章。他因此不朽。

三、班固的著述事业

班固自幼聪明好学。建武二十三年（47）至建武三十年（54）这七年是班固在太学的学习时代，也正是儒学兴盛的时代。他精通各种经书典籍中的学问，兼涉诸子百家学说，同时注重见识，不拘一师之说，不停留在字音字义、细枝末节的注解，而是要求通晓经籍大义，这为他日后的文学成就、学术成就奠定了良好的基础。

班固在史学、文学、政论上均取得杰出成就。主要由他完成的《汉书》是中国第一部断代史著作，与司马迁的《史记》一样，在史学发展史上具有里程碑的意义。此外，《后汉书》载"固所著《典引》《宾戏》《应讥》、诗、赋、铭、诔、颂、书、文、记、论、议、六言，在者凡四十一篇"②，已多佚失。严可均《全上古三代秦汉三国六朝文》所辑班固论著，有《终南山赋》《两都赋》《幽通赋》《答宾戏》《典引》《匈奴和亲议》《奏记东平王苍》《秦纪论》等。

---

① （南朝宋）范晔：《后汉书》，1386 页，北京，中华书局，1965。
② 同上书，1386 页。

(一) 史家班固

《左传》襄公二十四年中说："大（太）上有立德，其次有立功，其次有立言。"[1]汉代文人大多信奉儒家"功成名就"的人生理想，将读书求仕作为人生道路之首选，但是也不反对通过修书达到不朽，将"立言"作为自己的人生归宿。比如班彪，生逢乱世，虽一生沉沦下僚，然"才高而好述作，遂专心史籍之间"；[2]"以通儒上才，倾侧危乱之间"[3]。即以儒家正统思想指导立身行事，将著述作为实现人生价值的重要方式。这种观念也被班固所继承。

班固在《答宾戏》中以"婆娑虖术艺之场，休息虖篇籍之囿"[4]，申明自己对从事经籍研究的向往。班固在服丧期间整理父亲遗稿，上书刘苍遭遇挫折后，明帝永平元年（58），"乃潜精研思，欲就其业"，[5]开始在班彪《史记后传》基础上继续《汉书》写作。著述工作进展到永平五年（62），班固身陷"修史风波"，幸有弟班超赴京陈情得免。此后班固在明帝支持下继续修史。永平七年（64）班固被任命为兰台令史，班固由此步入仕途，"典校秘书，专笃志于博学，以著述为业"[6]。至章帝建初七年（82），经过25年努力，班固《汉书》基本完成，"其八表及《天文志》未及竟而卒"[7]，最后，《汉书》终于"凡经四人[8]手，阅三四十年，始成完书"[9]。

在班固看来，《汉书》之成，是泽被万世的神圣事业，《汉书·叙传》有如下叙说：

---

[1] 杨伯峻：《春秋左传注》，1088页，北京，中华书局，2016。
[2] （南朝宋）范晔：《后汉书》，1324页，北京，中华书局，1965。
[3] 同上书，1329页。
[4] （汉）班固：《汉书》，4231页，北京，中华书局，1962。
[5] （南朝宋）范晔：《后汉书》，1333页，北京，中华书局，1965。
[6] （汉）班固：《汉书》，4225页，北京，中华书局，1962。
[7] （南朝宋）范晔：《后汉书》，2784页，北京，中华书局，1965。
[8] 即彪、固、昭、续四人。
[9] （清）赵翼撰，王树民校证：《廿二史札记校证》，2页，北京，中华书局，1984。

固以为唐虞三代，《诗》《书》所及，世有典籍，故虽尧舜之盛，必有典谟之篇，然后扬名于后世，冠德于百王……汉绍尧运，以建帝业，至于六世，史臣乃追述功德，私作本纪，编于百王之末，厕于秦、项之列。太初以后，阙而不录，故探纂前记，辍辑所闻，以述《汉书》，起元高祖，终于孝平王莽之诛，十有二世，二百三十年，综其行事，旁贯《五经》，上下洽通，为春秋考纪、表、志、传，凡百篇。①

　　班固认为，唐虞三代有《尧典》《皋陶谟》等典籍篇章记载传世，而汉朝承唐尧国运，却没有典籍恰如其分地为其传名。司马迁的《史记》不仅没有记载汉武帝太初以后的史事，而且还私作帝王本纪，把汉朝排列于百王之后，与秦朝、项羽同列，这显然有损于汉室荣光。为汉室修史这个光荣的使命，要由班固来完成。于是他访求史料见闻，撰述《汉书》，从汉高祖一直到孝平、王莽被诛，近二百三十年，重现了汉王朝的伟大荣光。然后，他对汉室历代帝王进行了隆重甚至肉麻的颂扬，比如颂扬高祖："皇矣汉祖，纂尧之绪，实天生德，聪明神武……"②

　　《汉书》获得了来自帝王和社会的广泛认可，"当世甚重其书，学者讽诵焉"③。它见证了班固的"良史之才"，成就了他的"宣汉"大业，也成就了他"立言"的人生理想。

（二）赋家班固

　　班固的另一个身份是赋家。目前可以看到的班固赋作，除了《后汉书》及严可均《全上古三代秦汉三国六朝文》所辑篇目之外，另外还可参照费振刚等辑校《全汉赋》（北京大学出版社 1993 年版，2006 年对其全面修订，并由广东教育出版社出版《文白对照全汉赋》），以及龚克昌等人的《全汉赋评

---

① （汉）班固：《汉书》，4235 页，北京，中华书局，1962。
② 同上书，4236 页。
③ （南朝宋）范晔：《后汉书》，1334 页，北京，中华书局，1965。

注》(花山文艺出版社 2003 年版)所辑录的班固赋作 9 篇,即《两都赋》《幽通赋》《答宾戏》《竹扇赋》《终南山赋》(残篇)、《耿公守疏勒城赋》(残句)、《览海赋》(残句)、《白绮扇赋》(存目)。

班固几乎一生都焦灼于"士不遇"的人生现实,多年"位不过郎"的卑微地位与他卓异的才学形成鲜明的对比,在这点上,他与多数赋家的际遇是相似的;同时他又有着与多数赋家不同的人生内容,他有深厚的"家学"传统可以继承,有显赫的外戚势力可以攀附,有奉召修史的千秋功业,还有机会参与国家的重要政治活动(比如白虎观会议)。他不是形同"倡优"的赋家,他是可以接触权力核心的,但地位低微的赋家。

班固的人生情境造就了他的赋,他的赋反过来也服务于他的人生。赋对于班固的人生来说,呈现为更强的工具性特征;当然,也有少量抒情体物的赋作,是以慰志娱情为目的。班固的很多赋作都与他的世俗功利活动连在一起,或者说,其本身就是功利追求的一部分。最典型的代表当然是《两都赋》,后文将专门讨论。

和众多赋家一样,班固也曾经为了讨好皇帝而作赋颂。① 光武帝至明帝、章帝时,汉赋(包括"颂")的主要消费者是皇帝及其身边的文人。这段时间天下清平,屡有嘉应。皇帝便令身边文人作赋颂之,而有时不等皇帝诏令,这些文人们就主动献赋颂之。② 《论衡·佚文》载,"永平中,神雀群集,孝明诏上《神爵颂》。百官颂上,文皆比瓦石,惟班固、贾逵、傅毅、

---

① 关于"颂"与"赋"的关系,有不同的理解。第一,"颂"可以作为一种独立文体,"歌咏帝王、诸侯、大夫的功德,以至山川、宫室、器物的赞美之辞"(万光治:《汉赋通论》,115 页,北京,中国社会科学出版社,2004),因为这种文体易于夸张铺陈,与"赋"多有相似之处。第二,正因为如此,"颂"与"赋"存在互相渗透的复杂情况,比如有时"赋""颂"并称,《论衡·定贤》:"以敏于赋颂,为弘丽之文为贤乎? 则夫司马长卿、杨子云是也";有时某些篇目称"赋"亦称"颂",《论衡·谴告》:"孝武皇帝好仙,司马长卿献《大人赋》……孝成皇帝好广宫室,杨子云上《甘泉颂》";另外,有些篇目虽然名为"颂",但从词藻、句式等方面特征来看,却实为"赋"体,如班固《窦将军北征颂》。正因为这种复杂情况,本小节把班固的"颂"也作为其"赋家"创作的一部分,并且"赋""颂"并称,而不细穷其差异。
② 孔德明:《汉赋的生产与消费》,196 页,武汉,华中师范大学博士论文,2010。

杨终、侯讽五颂金玉。"①这类赋颂，班固确实作了不少，而且作得非常优秀，像《高祖颂》《东巡颂》《南巡颂》。且看他的《东巡颂》：

> 窃见巡狩岱宗，紫望山虞，宗祀明堂，上稽帝尧，中述世宗，遵奉世祖，礼仪备具，动自圣心，是以明神屡应，休徵仍降。事大而瑞盛，非一小臣所任颂述，不胜狂简之情，谨上《岱宗颂》一篇。
>
> 曰若稽古，在汉迪哲，肆修厥德，宪章丕烈。翿六龙，较五辂，齐百僚，练质素，命南重以司历，历中月之六辰，备天官之列卫，盛舆服而东巡。乘舆动色，群后屏气，万骑齐镳，千乘弭辔。②

元和二年（85）章帝东巡，班固作此颂以献，确实堪称是"美盛德之形容"的金玉之文。当年汉武帝读到司马相如的《大人赋》时"飘飘有凌云之气"，章帝读此赋后，想来也会有如此的感觉吧。皇帝爱赋，对一种文学类型的兴盛是件好事，但同时也加剧了赋家们的依附性。令人感慨的是，班固与其他大多数赋家一样，并没有从辞赋的创作中获得什么功利上的收获。这也不难理解，帝王对赋家的态度，与他对赋的态度是一致的。帝王览赋颂，图的是一种飘飘然的愉悦感，那么赋家充其量也就是愉悦感制造者而已。帝王把一群赋家召来是为了活跃气氛的，谁愿意因为这个原因给你升官呢？

但班固确确实实把赋颂汉德当作一件大事来做。这是他"宣汉"工程的一部分。从班固精神世界的价值追求来说，他就是为了"宣汉"而生的。著《汉书》是为了给伟大的汉王朝独作一史以彪炳千秋，作赋颂则是为了给汉王朝"润色宏业"，宣扬汉功。

班固辞赋的主格调是颂扬。颂扬对象除了帝王和帝国外，还有功勋卓著的将军。比如，《耿恭守疏勒城赋》就是颂扬著名将领耿恭，颂扬他在永平

---

① 黄晖：《论衡校释》，863～864 页，北京，中华书局，1990。
② （清）严可均校辑：《全上古三代秦汉三国六朝文》，612 页，北京，中华书局，1958。

十八年（75）至建初元年（76）间的疏勒城（今新疆维吾尔自治区奇台县境内）之战中的神勇，只可惜此赋只存残句。比较突出的是班固对窦宪的赋颂。和帝即位后，窦太后临朝，窦宪仗势行凶杀人，为赎死罪出征匈奴，不想却大破北匈奴，在燕然山刻石勒功。班固也随军出征。历史没有记载他是否在此次军事行动中立过战功，但却记载下了他的两篇颂铭文章，一篇是《窦将军北征颂》，另一篇是《封燕然山铭》。这位身为杀人犯的大将军因为班固的颂文而不朽，班固也因为参与出征，加上窦、班两家本来世好，班固便获得了他此生中最耀眼的风光和权势。但好景不长，他不久就因此送了命。

班固还有抒写个人情志的《幽通赋》和《答客难》。在形式上，《幽通赋》是和神灵的对话，《答客难》是和他人的对话。二者的价值指向却是一致的，都是在"以儒统命"的总体价值观之内规划自己的人生。班固信命，更信儒家理想。他能把命定之论与圣贤之论结合起来，并最终以儒家圣贤理想作为自己最终的价值归宿，这是他的超越之处。《幽通赋》和《答客难》都体现出班固对人生的思索，但思索的结果不是归于虚无，而是归于一种可行性的君子式人格建构，以圣贤理想指引下的修行来超越困窘的人生状态。这是他高于王充的地方。虽然，班固最终也没有做到。

◎ 第二节

"以儒统命"的人生哲学

一、"以儒统命"：面对"士不遇"的时代主题

"怀才不遇"，是几千年以来中国文人的固有情结。中国传统文人心中的"得遇",主要指的是成功进入朝廷的权力体制,受到帝王常识,获得一个尽量高的官位。 优秀的文人总是社会中的"少数人",他们都对自身的理想和价值有较高的定位,因而免不了对君主、对国家有着较高的期许。 而君主、社会对文人进行价值定位的出发点主要是现世功用,而不是他们有多高的文才。 两种价值定位之间,总是存在着很大的落差。 进一步言,文人的"得遇",取决于文人与帝王之间的一种近乎偶然的"遇合",这就是王充在《论衡》中反复强调的"幸偶",所谓"操行有常贤,仕宦无常遇。 贤不贤,才也;遇不遇,时也"。(《论衡·逢遇》)

"怀才不遇"的文人情结在汉代显得非常突出。 告别了秦时代的严酷暴虐,大汉帝国迎来了文化的繁荣,一批优秀文人得以涌现。 但同时,汉承秦制,"大一统"的中央集权又更加完善,汉代文人们只能在这个强大体制的规范下做一个"螺丝钉",再也不能梦想先秦士人们纵横捭阖的风采。 但他们又忍不住要不断回望那个可以自由"得遇"的黄金时代。 所以他们在辞赋中反复咏叹这个时代主题,如东方朔的《答客难》、扬雄的《解嘲》、贾谊的《鵩鸟赋》、董仲舒的《士不遇赋》、司马迁的《悲士不遇赋》。 到了东汉,这个主题得到继续关注,并且注入了新的时代内涵,其突出代表就是班固的《幽通赋》与《答宾戏》。

(一)《幽通赋》:面对命运的宣言

《幽通赋》作于班固二十多岁丧父之后,当时的班固处于生存与立业的双重压力之下。 "咨孤蒙之眇眇兮,将圮绝而罔阶。 岂余身之足殉兮,怃世业之可怀。""弱冠而孤"的他,既要面对养家人、维生计的现实生存问题,又要进行建功立业的人生规划。 永平初年,班固向"开东阁,延英雄"的骠骑将军刘苍上书,举荐六位"殊行绝才"之人。 刘苍采纳了他的意见,任用了他举荐的贤才,却没有任用班固。 命运弄人。 作为知识者的他,需要对这类问题有一个观念层次上反思和解决。 用他自己的话说就是

"致命遂志"①，陈述自己对命运吉凶的理解，进而表明自己的心志。

从内容上来看，《幽通赋》可以分为"神遇""致命"和"遂志"三个部分。"幽通"，就是与神灵相通，班固借梦与神遇来表达自己面对命运的焦虑心态。梦之所占，有吉有凶，神灵"既谇尔以吉象兮，又申之以炯戒"，由此引发对人生多艰、命运难知、吉凶难测的感慨。这是"致命"的主要内容。班固列举了几组情节相似而结局相反的历史事件，比如：

> 卫叔武迎接他的哥哥成公，让位于他，结果成公却把他当作敌人射死；管仲曾想要射死仇敌公子小白，然而桓公即位后竟任命管仲为相。
>
> 雍齿对刘邦不满，却最先受到封赏；丁公救过刘邦，对刘邦有恩，但当丁公归附刘邦时，却被他杀掉。
>
> 汉景帝栗姬之子被立为太子，本为吉事，结果却由于嫉妒，忧愤而死；汉宣帝王皇后，无子，本不是好事，结果却因此而被立为皇后。
>
> 单豹能以导引之术调理体内五脏，却为猛虎所食；张毅外修礼仪，却因体内发热病而死。

行为与结果之间似乎没有必然关联，甚至总是走向原先预想的反面。可见世事难料、吉凶难测，人无从把握自己的命运。甚至，行中庸之道也未必可使自己免于灾祸，颜回早死，冉耕恶疾，他们全都德行高尚，却都不脱恶运。所以班固发问道："游圣门而靡救兮，虽覆醢其何补？"对于命运，圣人也是没有办法的。

那么，该如何面对、如何解答穷达福祸、生死寿夭这些人生的基本问题呢？班固从两方面来阐述：一是对待命运的态度，二是对待命运的方法。

在态度上，要老实承认"死生有命，富贵在天"。那些让人困惑的纷乱现象说明，以个人的一己之私、一己之力来控制命运、改变命运是不可能

---

① （汉）班固：《汉书》，4213页，北京，中华书局，1962。本节所引《幽通赋》原文，都引自《汉书·叙传》，4213～4225页，中华书局，1962，不再一一注明。

的。命运就是命运，人只能遵从它。

人虽然不能控制命运，但却能参悟命运。班固的理由是："道悠长而世短兮，夐冥默而不周。胥仍物而鬼诹兮，乃穷宙而达幽。"天道长而人事短，故而圣人借助卜筮以谋诸鬼神，以达穷通古今的精幽之义。班固笃信命理，也相信解读命理的梦占、谶应、卜筮之术。《幽通赋》列举了一系列古圣先王参悟命理的典故，如周宣王的梦占得吉兆，鲁成公、卫灵公的谥名源于铭谣之谶，叔向母亲听到伯石哭声就知道他是亡晋之人，许负从周亚夫的面部纹理断定他以后必定饿死，等等。儒家命理论中的卜筮谶应之术与一般民间方技意义上的卜筮谶应之术有着根本区别。后者止于"术"，前都通于"道"，两者不在同一层次。儒家圣贤、古圣先王们运用卜筮谶应之术来参悟命运，是他们行使儒家之"道"的一部分。在儒家之道的统摄之下，儒家的命运观导向一种积极而通达的人生实践。这就是班固《幽通赋》所论的命运观的第二个方面。班固先把他的命定论做了概括：

> 道混成而自然兮，术同原而分流。神先心以定命兮，命随行以消息。斡流迁其不济兮，故遭罹而赢缩。（《幽通赋》）

宇宙之"道"本浑然一体，成于自然，但具体实践层面的"术"却有多种分支。大道长，人事短，神明在人心思虑之前就已经注定了他的命运，人随着命运就会呈现出不同的盛衰祸福。世事如流无止无息，人生遭遇也时有祸福盈亏。所以说，每个人命运不同，虽然看上去混乱纷呈，但却总归于一种命理。面对无情的命运之流，人该如何面对？

> 洞参差其纷错兮，斯众兆之所惑。周、贾荡而贡愤兮，齐死生与祸福。抗爽言以矫情兮，信畏牺而忌服。
> 所贵圣人至论兮，顺天性而断谊。物有欲而不居兮，亦有恶而不避。守孔约而不贰兮，乃辖德而无累。三仁殊于一致兮，夷、惠舛而齐

声。……俟草木之区别兮，苟能实而必荣。要没世而不朽兮，乃先民之所程。(《幽通赋》)

人各有命，命自有定。面对人不能主宰的命运，有两种人，两种办法。一种是庄周、贾谊式的，"齐死生与祸福"的"爽言矫情"，他们是"惑人"。在班固看来，他们陷入了困惑迷乱而不能自拔。他们宣扬"齐生死""一祸福"的高论，却违反了自己的本心，实际上他们是害怕作为牺牲的牛，害怕鹏鸟带来的凶信。也就是说，庄周、贾谊等人并没有把自己从命运难题中真正解脱出来，他们所坚守的"道"成了他们的拖累。

另一种是儒家圣贤式的。他们顺应天性，以儒家道义为决断的依据。就如《论语·里仁》所言："富与贵，是人之所欲也，不以其道得之，不处也。贫与贱，是人之所恶也，不以其道得之，不去也。"如果坚守儒家正道始终如一，这样道德也就不会成为负担，也就不会被外在物欲所累。这类儒家圣贤的典型如殷末的三位仕人（比干、箕子、微子），行事虽异却不妨同致于仁；伯夷、柳下惠去留不同，也都拥有美名。所以说，不管身处于何种处境，遭遇何种命运，只要他能够始终如一地实践儒家正道，就可以获得荣名，成就不朽。

班固在儒道观念的对比中确立了儒家命运观的合理性。只有儒家之道才能使人得救；只有以儒理之"一"，才能统命相之"多"；只有以儒理之"道"，才能统命相之"乱"。这样，班固把命理与儒家的人生原则结合起来，让命理观念成为儒家精神的一个注脚。

观天网之纮覆兮，实棐谌而相训。谟先圣之大猷兮，亦奕惪（邻德）而助信。虞《韶》美而仪凤兮，孔忘味于千载。素文信而底麟兮，汉宾祚于异代。

登孔、颜而上下兮，纬群龙之所经。朝贞观而夕化兮，犹喧己而遗形。若胤彭而偕老兮，诉来哲而通情。(《幽通赋》)

第十五章　班固的文艺思想　759

人生有命，天道有情，它辅助、保佑着一心实践先圣之道的人们。所以，虞舜的《韶》乐引得凤凰来朝，千年之后还使孔子听后"不知肉味"。孔子的《春秋》因信而不妄而招来麒麟，汉代对他加以追谥。儒家先圣之道的两大原则就是"德"和"信"。正如孔子所说的，"德不孤，必有邻。"（《论语·里仁》）班固这样赞颂他心中的儒家理想：

> 天造草昧，立性命兮。复心弘道，惟贤圣兮。浑元运物，流不处兮。保身遗名，民之表兮。舍生取谊，以道用兮。（《幽通赋》）

班固说，天造万物于蒙昧之中，确立它们的本性和命运，只有圣贤才能恢复本心弘扬大道。天地生化万物，周流不息。如果生能保其身，死后留令名，自然是万民表率；如果不幸舍生取义，也符合大道。这是命理观照之下的儒家理想，也是人面对命运难题时儒家的解决方式。这是班固的宣言，但他自己也没有做到。

在怎样对待命运的态度上，班固与王充是一致的，二人都持"命定论"，都相信"死生有命，富贵在天"。但是，在对待命运的方法上，二人却有很大差别。王充的命定论导向绝对的宿命论，以"天道自然"观念统摄个人命运和社会历史，因此导致社会与人生的意义在价值论上的消解。班固则不同。他禀承儒家的天命观，在承认命定论的基础上，把儒家之道上升为一种统摄整个人生与社会的精神实体，这样，班固的命运观在认识论上具有一种"一以贯之"的解释能力，在实践论上生成一种"以不变应万变"的行动策略，在价值观上成就一种既积极进取又宠辱不惊的君子之性。

（二）《答宾戏》："不遇者"的自辩

借宾主问答来抒写情志的辞赋，起于东方朔的《答客难》，后来辞赋各家纷纷效仿。《文心雕龙·杂文》"《对问》已后，东方朔效而广之，名为《客难》，托古慰志，疏（疏）而有辨。扬雄《解嘲》，杂以谐谑……班固

《宾戏》，含懿采之华……"①看来刘勰对班固此赋的评价还是相当高的。我们且不谈其辞采之美，主要来分析一下"托古慰志"的《答宾戏》所蕴含的思想内涵。

赋的小序交代的是写作背景，同时也是班固所面对的人生问题：以著述为业，位卑而无功。回望先秦时代，备感怀才不遇的无奈。这不仅是班固所面临的问题，也是有汉以来所有渴望建功立业的知识者所面临的问题。这个问题都是由问答情境中的"宾"来提出的：

> 今吾子幸游帝王之世，躬带冕之服，浮英华，湛道德，杳龙虎之文，旧矣。卒不能撠首尾，奋翼鳞，振拔洿涂，跨腾风云，使见之者景骇，闻之者响震。徒乐枕经籍书，纡体衡门，上无所蒂，下无所根。独撠意乎宇宙之外，锐思于豪芒之内，潜神默记，恒以年岁。然而器不贾于当己，用不效于一世，虽驰辩如涛波，摛藻如春华，犹无益于殿最。意者，且运朝夕之策，定合会之计，使存有显号，亡有美谥，不亦优乎？②

"宾"嘲笑"主人"说，你生在圣明时代，宽衣博带，名声很好，修养很高，文采出众，但却始终不能出人头地、建功立业为世人所瞩目，只是身卧书堆之中，委身于破旧庐舍，上无援引，下无依靠。因而只能冥想宇宙之外，精思细微之中，潜思默记，经年累月。然而，才能不能在有生之年得以舒展，即使纵横辩论如波涛，铺张辞藻似春花，最终也算不上什么业绩。想来还是考虑一些见效快的办法，赢得朝野的赏识，使自己活有令名，死有美谥，不是更高明吗？

从文字表述来看，"宾"所提出的问题，只是众人出于一般世俗功利的眼光对作者进行的评判。值得注意的是，"宾"所说的都是"主人"所面临的

---

① 詹锳：《文心雕龙义证》，499页，上海，上海古籍出版社，1989。
② （汉）班固：《汉书》，4231页，北京，中华书局，1962。本节所引《答宾戏》原文，都引自《汉书·叙传》，4225～4231页，北京，中华书局，1962，不再一一注明。

生存现实，是小序中所言的位卑而无功的具体展现。"宾"之所言是"主人"反驳的耙子，因为后文都是"主人"对"宾"之言论的超越。但从班固的现实行动来看，他对此没有超越，而是对此耿耿于怀。为了实现他建功立业的梦想，58岁时还跟随窦宪出征匈奴。刘勰《文心雕龙·程器》言"班固谄窦以作威"，并将此作为"文士之疵"。那么，这个"宾"到底是谁呢？

"客难""宾戏"之类辞赋，都由一个"他者"来道出"主人"不如意的甚至惨淡的生存现实，这些事实是"主人"所不愿面对却又无法摆脱的。那么，这个"宾"，不是别人，不是"他"，而是作者本人①，是作者心中的另一个声音，是另一个"我"。"宾"之所言，不仅是俗众对他的讥笑之辞，更是他自我意识的投射。

具体来说，作者心中有两个声音，一个投射为"主"，一个投射为"宾"。这个"宾"，是作者自我的另一面。"宾"以现实的窘境进行诘问，而"主"则以圣人之则进行解答或解释。这一诘一答，正代表着作者心中两个声音的冲突，一个来自现实，一个来自理想；一个来自世俗的功利冲动，一个来自宏大的价值追求。

"宾"的声音，这恰恰是班固心中的真实声音。"高才低位"的处境，始终是他心中的一个"结"。他以"著书为业"，但在他的心中，还始终有更重要的"业"，即加入现实的功利活动，直接参与"王政"。所以，最终他也没有坐得住，"投笔从戎"，随窦宪出征了。

怀才不遇的汉代士人心中，都有这样一个"他"的声音。这个"他"发声的逻辑是：（1）盛世宜建功的普遍价值观；（2）才高而位卑的现实窘境；（3）问题：如何安放自身，如何给现实的窘境和冲突的内心一个合理的解释？比如东方朔的《答客难》：

今子大夫修先王之术，慕圣人之义，讽诵《诗》《书》百家之言，不可

---

① 从现代理论来看，"主人"和"宾"都不是严格意义上的作者本人，他们代表的是"隐含作者"。出于理论表述的方便，这里不作严格区分。

胜数，著于竹帛，唇腐齿落，服膺而不释，好学乐道之效，明白甚矣；自以智能海内无双，则可谓博闻辩智矣。然悉力尽忠以事圣帝，旷日持久，官不过侍郎，位不过执戟，意者尚有遗行邪？同胞之徒无所容居，其故何也？①

再比如扬雄的《解嘲》：

> 吾闻上世之士，人纲人纪，不生则已，生则上尊人君，下荣父母，析人之圭，儋人之爵，怀人之符，分人之禄，纡青拖紫，朱丹其毂。今子幸得遭明盛之世，处不讳之朝，与群贤同行，历金门上玉堂有日矣，曾不能画一奇，出一策，上说人主，下谈公卿。……然而位不过侍郎，擢才给事黄门。意者玄得毋尚白乎？何为官之拓落也？②

面对"官不过侍郎，位不过持戟"的惨淡现实，"主人"的应对之辞也有其共通性：以精神性价值的高扬来超越世俗人生的无奈，将圣贤之道作为最后的价值归宿，在圣贤之道的光照下安放自己不安的灵魂。

东方朔《答客难》中的"主人"是这样应对的：

> 东方先生喟然长息，仰而应之曰："是固非子之所能备也。彼一时也，此一时也，岂可同哉？夫苏秦、张仪之时，周室大坏，诸侯不朝，力政争权……得士者强，失士者亡，故谈说行焉。……今则不然。圣帝流德，天下震慑……贤不肖何以异哉？……尊之则为将，卑之则为虏；抗之则在青云之上，抑之则在深泉之下；用之则为虎，不用则为鼠……使苏秦、张仪与仆并生于今之世，曾不得掌故，安敢望常侍郎乎！故曰

---

① （汉）班固：《汉书》，2864 页，北京，中华书局，1962。
② 同上书，3566 页。

时异事异。"①

扬雄《解嘲》中的"主人"这样应对：

> 往昔周网解结，群鹿争逸……士无常君，国无定臣，得士者富，失士者贫……今大汉左东海，右渠搜，前番禺，后陶涂。……天下之士，雷动云合……当涂者升青云，失路者委沟渠，旦握权则为卿相，夕失势则为匹夫……故当其有事也，非萧、曹、子房、平、勃、樊、霍则不能安；当其亡事也，章句之徒相与坐而守之，亦亡所患。故世乱，则圣哲驰骛而不足，世治，则庸夫高枕而有余。②

东方朔、扬雄两人对"士不遇"的解释都是"时移世易"：汉代以前，士人们生逢乱世，诸侯相争，士人有用武之地，有更多的主动性；大一统的汉代"天下平均，合为一家"③，士人们在共沐皇恩的同时，他们对自己的前程也没有多少选择余地，位尊与位卑，得势与失势，都不是他们所能主宰的。二人对"士不遇"的态度也非常相似，他们的语气中不仅有无奈，更有愤激，"尊之则为将，卑之则为虏"，"用之则为虎，不用则为鼠"，"旦握权则为卿相，夕失势则为匹夫"，"世乱，则圣哲驰骛而不足。世治，则庸夫高枕而有余"，都是充满了火气的。

班固则不然。他的语气中没有这么大的火气，他不是在两个时代的对比中发泄"士不遇"的牢骚，而是把这种现实赋予一种合理性。虽然他也承认，先秦士人们得以建功立业、身价百倍，是因为时代给他们提供了一个得以大显身手的舞台，但他却否认先秦士人们纵横捭阖的正面价值。班固没有以现实功业作为评判标准，而是从另一个标准——势利与道德的对比来评判

---

① （汉）班固：《汉书》，2864~2865 页，北京，中华书局，1962。
② 同上，3567~3568 页。
③ （汉）司马迁：《史记》，3895 页，北京，中华书局，2014。

先秦士人们的行为和境遇：

> 主人逌尔而笑曰："若宾之言，斯所谓见世利之华，暗道德之实，守突奥之荧烛，未卬天庭而睹白日也。……因势合变，遇时之会，风移俗易，乖迕而不可通者，非君子之法也。"（《答宾戏》）

在班固的评价标准之下，苏秦、张仪、商鞅、李斯、韩非、吕不韦等是逐势利而无道德的名利之徒，他们利用时代际遇而一时发迹，这种辛苦钻营也没有什么好下场。《说难》写成了，韩非也被囚禁；秦公子子楚即位之后，吕不韦的家族也被诛灭。靠投机时局、走歪门邪道而建立的功名，都是"朝为荣华，夕而焦瘁，福不盈眦，祸溢于世"。事败身毁，连他们自己都后悔，所以这种求取功名之路为君子所不取。君子之人有另一种行为准则，那就是孔孟之道。

> 是以仲尼抗浮云之志，孟轲养浩然之气，彼岂乐为迂阔哉？道不可以贰也。（《答宾戏》）

孔孟之道不会因为时势而变易，它是君子的行为准则，应该一以贯之。所以，在这个标准之下，今昔之比就有了全然不同的结论：

> 方今大汉洒扫群秽，夷险芟荒，廓帝纮，恢皇纲……是以六合之内，莫不同源共流，沐浴玄德……参天坠而施化，岂云人事之厚薄哉！（《答宾戏》）

大汉一统天下，士人们和天下世人一道，共同沐浴在帝国的宏恩浩德之下，怎么能说现在的世道不比战国呢？

同一种处境，同一种问题，班固给出了与东方朔和扬雄迥然不同的解

第十五章　班固的文艺思想

释。东方朔和扬雄的解释是时代的差异——"大一统"的汉代没有给士人们提供施展才干的舞台;班固的解释是价值观的差异——道德与势利的取舍,以及儒家之道与法家、纵横家之术的比照。因而,靠"因势合变,遇时之会"而赢得的功业是不道德的,因而最终也不会有好结果。所以,班固对"士不遇"问题的态度和处理办法与东方朔、扬雄也截然不同。东方朔等人发出的是"士不遇"的感慨和愤激,班固表达的是儒家道德普照之下的"安时处顺"。相比之下,先秦士人之术为君子不取,只有行孔孟之道才能使人真正地安身立命,当今时代处处沐浴皇德,"安时处顺"就是最好的选择。

那么,为什么班固与东方朔、扬雄等人会有如此之大的差异? 原因也不难解释,汉初之文人,还可以回望先秦士人纵横捭阖之业,面对"大一统"的中央集权,他们感到莫大的压力,感到不适应。到班氏时代,皇权之下的大一统早已形成,士人们"对大一统专制的全面性的压力感,便由缓和而趋向麻木"[1],所以他们对自己的际遇只能寻求皇权之下的合理性。

班固给出的可行性策略是:以"儒理"统"命理",并将之融入"宣汉"的伟业之中。这方面,战国纵横之士不能提供充分证据,班固以"宾"之口,将话题转移到"上古":

> 敢问上古之士,处身行道,辅世成名,可述于后者,默而已乎?
> (《答宾戏》)

"处身行道,辅世成名"是先贤的遗则。班固将它放到"命理"中作为参照系进行解释:

> 昔咎繇谟虞,箕子访周,言通帝王,谋合圣神;殷说梦发于傅岩,周望兆动于渭滨,齐宁激声于康衢,汉良受书于邳沂,皆俟命而神交,

---

[1] 徐复观:《两汉思想史》第一卷,170页,上海,华东师范大学出版社,2001。

> 匪词言之所信，故能建必然之策，展无穷之勋也。(《答宾戏》)

皋陶为虞舜谋划，箕子受询于周王，他们的言论达于帝王，他们的谋划合于圣人神灵；傅说因为商王武丁的梦占而发迹，吕望因为周文王的占卜被起用，宁戚因大路上慷慨高歌而得遇齐桓公，张良因下邳河老人传授兵书而建功。这些人都是因天命的安排而建立的不朽功业。为什么要"安时处顺"？因为"命"该如此。古圣先贤们是后世士人的榜样，他们启发当今士人们，不要像苏、张、韩、李之流辛苦钻营，只要行圣贤之道，时运自至。

> 近者陆子优游，《新语》以兴；董生下帷，发藻儒林；刘向司籍，辨章旧闻；扬雄覃思，《法言》、《大玄》……(《答宾戏》)

这些人都以著述为业，最后显身扬名，"婆娑乎术艺之场，休息乎篇籍之囿，以全其质而发其文，用纳乎圣所，烈炳乎后人。"因文章而得遇，因文章而扬名，最后因文章而不朽。一时不得志，也要安时处顺，仍旧要显出儒家大道的本色：

> 若乃夷抗行于首阳，惠降志于辱仕，颜耽乐于箪瓢，孔终篇于西狩，声盈塞于天渊，真吾徒之师表也。(《答宾戏》)

这些人都是身处逆境而不忘修养自身，躬行儒家大道，他们是今世士人的表率。只要感沐皇泽，安时处顺，奉行圣贤之道，好运终究会到来。就像和氏璧、随侯珠，虽然一时被埋没，但终有流光吐艳的一天。

总之，士人面对"不遇"的命运的正确原则就是：

> 壹阴壹阳，天坠之方；乃文乃质，王道之纲；有同有异，圣喆之

常。故曰：慎修所志，守尔天符，委命供己，味道之腴，神之听之，名其舍诸！（《答宾戏》）

班固说，一阴一阳是天地之道；文质兼备，是王道纲常；有同有异，是圣哲常理。因此说，谨慎修养自己的心志，保持上天的符命，听从命运的安排，谨守自己的本分，体察圣道的精义，神明就会知晓，必然会护佑，名声、福禄也自然就可恒久保持。这就是命，依圣人之则而行，修行自身，等待天时，这就是最好的命。正因为班固持此命运观，他才不会看上与命运抗争得头破血流的屈原。

可以看出，班固对待"不遇"命运的策略是：以"命理"来解释际遇，然后再以"儒理"来规划命理。最后，所有令人感到迷惑、纷乱的历史和现实，都可以在儒家圣道之下"一以贯之"。"命理"提供了解释的基础，而"儒理"提供了价值和归宿。这样，班固就给了在"大一统"时代遭遇尴尬际遇的士人一个让人"安心"的解释。

班固的这两篇"士不遇"之赋，与汉代多数同主题的赋作有个重大差别，那就是它虽然有痛苦，但却没有"怨"。

"怨"是"士不遇"类赋作的一个普遍的思想倾向。"怨"的理论渊源可以追溯到孔子的"诗可以怨"（《论语·阳货》），"怨"在汉代观念背景仍旧可以关联到《毛诗》之"风"。"风"训"讽"（孔颖达疏），其基本内容是"臣下作诗，所以谏君，君又用之教化，故又言上下皆用此上六义之意。在上，人君用此六义风动教化；在下，人臣用此六义以风喻箴刺君上。"[1]孔安国对"诗可以怨"之"怨"的解释是"怨刺上政"，与此意义相通。但是，由"风"而来的"怨刺"是一种公共的、政治行为的"怨刺"，与赋家之"怨"还略有差别。赋家之"怨"多是其"士不遇情结"的发显，这其中虽也有"怨刺上政"的因素，但其阅读对象不是帝王，而首先是赋家本人，其

---

[1] （汉）郑玄笺，（唐）孔颖达疏：《毛诗注疏》，6、16页，上海，上海古籍出版社，2013。

次是士人同行或一般众人。所以说这种"怨"以赋家私人情感的抒发为主。汉代赋家的"士不遇"之"怨"也有一个演变历程，汉初赋家之"怨"往往在当今士人的"不遇"与先秦士人的"得遇"对比中抒发自己"生不逢时"的哀怨，如司马相如的《答客难》；汉末士人之"怨"往往体现为对社会黑暗、人生无望的愤激，如赵壹的《刺世疾邪赋》。这两种"怨"都不合于"怨刺上政""主文而谲谏"的儒家正统。两者都不是在群臣正常交流中进行的，第一种"怨"恋旧而无"谏"，第二种"怨"过激而不"文"。还有一种抒写个人情志的赋，与上述两种"怨"截然不同，它是身处东汉盛世赋家的"士不遇"之赋，以班固的《幽通赋》《答宾戏》为代表，它们有"哀"而无"怨"。班固用"以命统儒"的方式给自己的"士不遇"找一个令他至少在"理论上"得以安心的解释系统。

为什么班固之赋没有"怨"？这固然与他宽厚的性格有关，其主要原因还是要到"大一统"盛世中去找。他对强大的东汉王朝"怨"不起来，不像汉初和汉末的士人，看着无望的现实，怀想着一个逝去的时代（先秦和强汉）。"位不过郎"的他对王朝和帝王还存有强烈的梦想，有卓异的才华，有家族的背景，有帝王的赏识，他要做的不是悲叹或愤激，而是去追逐梦想。

很多"不遇"的赋家都在赋作中感怀屈原，就因为汉代赋家的"士不遇"之"怨"，与战国时代的屈原遥相呼应，因为屈原是他们的一面镜子。"屈平之作离骚，盖自怨生也。"①屈原之赋是"失志之赋"，屈原之"失志"之"怨""介眇志之所惑兮，窃赋诗之所明"（《楚辞·悲回风》）。这样，也就不难理解，为什么偏偏是班固对屈原颇有微词，批评他"露才扬己"，言外之意，认为他不懂得安时处顺。因为班固与其他士人们处于不同的语境。时移世易，班固的人生境遇和价值体系已经与屈原相隔万里了。"大一统"盛世不需要泽畔行吟的屈原，需要的是"宣汉"的班固。

---

① （汉）司马迁：《史记》，3010页，北京，中华书局，2014。

二、"大一统"之下的文人如何安身立命

"以儒统命"的一个重要背景是"独尊儒术"之后的知识、思想的"大一统"。武帝的"罢黜百家,独尊儒术",使儒家思想得以在帝王意志的支持下取得思想霸主地位,尤其是经过"白虎观会议","谶纬化"的儒家思想和帝王意志进一步紧密结合成国家意识形态,《白虎通义》就是这个国家意识形态的文本化。就知识形态而论,以《白虎通义》为代表的国家意识形态是以帝王意志和儒家思想为主导,对阴阳五行、图谶、命相、数术等其他知识形态的重新整合。这种作为国家意识形态的知识系统,必然会对整个社会的观念世界起到一个或隐或显的塑形作用。

这种知识形态落实到人生社会的行为实践,就成为"以儒统命"的伦理价值形态。它以"天人感应"论作为观念基础,以"天地""六和""阴阳""五行"与"三纲六纪""五性六情"的对应关系为解释系统,以"命有三科"之论作为人生际遇的最终解释。"三科"之中,最重要的就是"随命以行""随其善恶而报之"的"随命"。善恶的行为标准是什么呢?自然是儒家理想中的"圣王之道"。"圣人"被置于通天地神明的至上地位,"圣人者何?圣者,通也,道也,声也。道无所不通,明无所不照,闻声知情,与天地合德,日月合明,四时合序,鬼神合吉凶"①。禹、汤、文、武、周公、皋陶,以及被尊为"素王"的孔子都是圣人。对于士人而言,生在"大一统"的辉煌帝国,安时处顺,躬行圣王之道,不论"得遇"还是不"得遇",都是最好的人生道路。

所以说,"以儒统命"的人生观、价值观源自有国家意识形态支持的"时代趣味"。班固是"白虎观会议"的参加者,也是《白虎通义》的撰写者,当然他还是儒家信条的实践者,自然会受到这种"时代趣味"的影响。

"以儒统命"的人生信条作为观念形态,虽然在赋家文章中得到淋漓尽

---

① (清)陈立撰:《白虎通疏证》,334 页,北京,中华书局,1994。

致的表达，但完全落实到人生实践上的确有相当的难度。"立德""立功"还是"立言"，该何去何从，这是一个问题。像颜回一样的"立德"，对于班固辈文人而言，似乎不大现实，他们最擅长的还是"立言"，而且"立言"的同时也可以"立德"，他们的文章"全其质而发其文，用纳乎圣听，烈炳乎后人"（《答宾戏》）。但是，"位不过郎"的现实让他们不可能完全静下心来以著述为业。擅长"立言"的文人们更希望的是"立功"。这是中国传统文人普遍存在的心态，它被班固的弟弟班超以"投笔从戎"的实践证实了，也被后世的诗人李贺以其诗句证实了："请君暂上凌烟阁，若个书生万户侯？"（李贺《南园十三首》其五）

  班固当然也没有做到真正的静心凝虑、心无二念地以著作为业来成就"圣王之道"，他始终怀想着对汉帝国的军国大事进行实质性的参与。晚年的他随军出征匈奴，迎来了他人生中最后的辉煌，同时也埋下了灾难的种子。他最终也没有能够安心俟命、躬行圣训以享天年。《后汉书·班固传》对他的最后评价是"固迷世纷"。作为良史之才的班固，对世事应该是有判断能力的。与其说他"迷于世纷"，倒不如说"陷于世纷而不能自拔"。"大一统"帝国治下的一个才学极高的士人（文人），始终怀着一个未能实现的建功立业的梦想。是这个不合时宜的梦想让他"陷于世纷"，最终"身陷大戮"，丢了性命。

◎ 第三节
班固的"宣汉"事业

一、"修史风波"及其象征性意义

  关于《汉书》的史学价值，我们这里不作过多探讨。在班固修史过程中，有一个重要事件，颇具思想史意义，那就是著名的"修史风波"，《后汉书·班固传》对这次事件的描述是：

> 父彪卒，归乡里。固以彪所续前史未详，乃潜精研思，欲就其业。既而有人上书显宗，告固私改作国史者，有诏下郡，收固系京兆狱，尽取其家书。先是扶风人苏朗伪言图谶事，下狱死。固弟超恐固为郡所核考，不能自明，乃驰诣阙上书，得召见，具言固所著述意，而郡亦上其书。显宗甚奇之，召诣校书部，除兰台令史，与前睢阳令陈宗、长陵令尹敏、司隶从事孟异共成《世祖本纪》。迁为郎，典校秘书。固又撰功臣、平林、新市、公孙述事，作列传、载记二十八篇，奏之。帝乃复使终成前所著书。①

表面上看来，这只是由诬告造成的一场虚惊，但仔细考察，却可以发现这个事件透露出很多关于王权意志的隐秘信息。

一、为什么"私修国史"是犯罪

在汉王朝，《史记》一直被当作"谤书"。《后汉书·蔡邕传》："昔武帝不杀司马迁，使作谤书，流于后世。"李贤注："谓迁所著史记，但是汉家不善之事，皆为谤也。"②帝王们承认司马迁的良史之才，但同时也敏感地意识到《太史公书》的危险性，它敢于揭帝王老底，这令他们震怒，也令他们恐惧。司马迁"作《景帝本纪》，极言其短及武帝过，武帝怒而削去。"③所以，即便在上层统治集团中，《史记》的传布也受到官方严格的控制。西汉

---

① （南朝宋）范晔：《后汉书》，1333～1334 页，北京，中华书局，1965。
② 同上书，2006～2007 页。
③ （西汉）刘歆撰，（晋）葛洪集：《西京杂记》，见《汉魏六朝笔记小说大观》，117 页，上海，上海古籍出版社，1999。

元帝之弟东平王刘宇来朝见，请求元帝赐给《太史公书》。元帝找大将军王凤来商议。王凤对皇帝严肃地说：

> 臣闻诸侯朝聘，考文章，正法度，非礼不言。今东平王幸得来朝，不思制节谨度，以防危失，而求诸书，非朝聘之义也。诸子书或反经术，非圣人，或明鬼神，信物怪；《太史公书》有战国纵横权谲之谋，汉兴之初谋臣奇策，天官灾异，地形阨塞：皆不宜在诸侯王。不可予。不许之辞宜曰："《五经》圣人所制，万事靡不毕载。王审乐道，傅相皆儒者，旦夕讲诵，足以正身虞意。夫小辩破义，小道不通，致远恐泥，皆不足以留意。诸益于经术者，不爱于王。"①

王凤对元帝说了两套话。一套话对元帝陈说《太史公书》的危险性：它记载了战国策士们"纵横权谲"的权谋之术，还有汉初的"谋臣奇策"，以及"天官灾异，地形阨塞"的帝国大事，所以不能让侯王得到这样的书，不然会形成对现世王权的潜在威胁。另一套话是让元帝来搪塞东平王的：你应该多读些《五经》之类的圣人之书，读《太史公书》书，对你没有好处！元帝和东平王见面时，果然按照大将军的话，把他拒绝了。

为什么"私修国史"是犯罪，而且是重罪？就因为"国史"是国家意识形态建构的核心部分之一。如何阐述帝国的重大事件，波及帝国形象如何在观念世界得以重现，并最终凝定为知识形态"历史文本"。班彪续太史公书，"因斟酌前史而讥正得失"②，这种行为本身就触及了王权的隐秘内容，它揭示了"帝王之术"。而"私修国史"的行为在政治上的意义是：本该是在"帝王之术"治下的臣民，以个人的书写行为来阐释、揭示"帝王之术"。这种没有作用于王权也没有被王权规划的知识活动，至少在象征意义上构成对国家机器、帝王意志的挑战。

---

① （东汉）班固：《汉书》，3324～3325 页，北京，中华书局，1962。
② （南朝宋）范晔：《后汉书》，1324 页，北京，中华书局，1965。

"扶风人苏朗伪言图谶事，下狱死"这件事，可以提供一个旁证。图谶对于帝王而言，并不是对与错的问题，而是图谶为谁所用的问题。王莽、刘秀都是靠图谶起家的，他们都晓得图谶是什么把戏。所以，图谶这种特殊的工具，必须为帝王所用，才被赋予合理性与合法性，否则，就是"妖言惑众"，必须受到严惩。"私作图谶"和"私修国史"一样，都是在没有王权许可的情况下，私自运用作为"国器"的意识形态工具。苏朗下狱死掉了，班固因"私修国史"被告发，自然也就引起整个班氏家族的极度恐慌。

二、为什么班超向明帝陈情之后，班固就被赦免了

直接原因是班超的赴京上书，被明帝召见，班超详细陈述了班固著书的意图，明帝也亲自审阅了班固的书稿，发现班超所言非虚，而班固又确有奇才。班超替班固申辩的著书意图是什么？《太平御览》卷六〇三史传上有所记载：

> 《后汉书》曰：班彪续司马迁，后传数十篇，未成而卒。明帝命其子固续之。固以史迁所记，乃以汉氏继百王之末，非其义也，大汉当可独立一史，故上自高祖，下终王莽，为纪、表、传、志九十九篇。
> 《东观汉记》曰：时人有上言班固私改作史记，诏下京兆，收系固。弟超诣阙上书，具陈固不敢妄作，但续父所记述汉事。[1]

班超的陈说有两重意义：一是说其兄班固"不敢妄作"，与那些偏私、鄙俗的续作不是一回事，当然也不是司马迁那样"成一家之言"的"谤书"。他作史的目的是"宣汉"。他不同意司马迁"以汉氏继百王之末"的做法，要为伟大的汉王朝作一部独立的国史。明帝发现班超所言属实，就把班固召

---

[1] （宋）李昉编纂：《太平御览》第五卷，742页，石家庄，河北教育出版社，1994。

到校书部,任命为兰台令史,与陈宗、尹敏等共同作《世祖本纪》。不久班固又被升为郎官,掌管校理国家的图书秘籍。也就是说,明帝确证了班固作史不仅无"谤书"之嫌,而有"宣汉"之才,他确确实实是在为汉家帝王"私作国史",这样,明帝不仅饶了他,而且提拔了他。

"修史风波"告诉知识者,你的知识行为必须受到帝王意志、国家机器的规划之后,知识活动才有其合法性,不然就会受到国家权力的严惩。《后汉书·蔡邕列传》记载,蔡邕因董卓被杀事件而惹怒了司徒王允,王允要治他死罪,他乞求王允让他黥首刖足,以继成汉史。王允不同意,"昔武帝不杀司马迁,使作谤书,流于后世。方今国祚中衰,神器不固,不可令佞臣执笔在幼主左右。"①最后王允还是把蔡邕杀掉了。

班固是幸运的。"修史风波"的满意结局,是帝王与儒家知识者一次成功的对话、完美的共谋。在必要的时候与司马迁"划清界限",是王权规划之下知识者自我保护的一部分。

班固开创了王权注视之下著史的新格局。此后近两千年的所谓"正史",都是沿着班固的路子走下来的。只是,后来所有"正史"之作,再也没有、也不可能超越班固。一方面修史者没有班固的才华,另一方面也要"归功于"帝王专制对知识者控制能力的越发成熟。

二、赋的颂歌

(一)"颂"与"讽"

文人总要发出声音。"发声"的方式不外乎"言志"与"抒情"。"诗缘情"的命题还要等几百年之后才能面世,对于汉代文人,他们的分内之事主要是"言志"。就内容而言,"言志"的内容是对于国家政治的文学表达。

---

① (南朝宋)范晔:《后汉书》,2006页,北京,中华书局,1965。

文学的"自觉"要到汉末才能萌芽,在此之前,文艺内容的主角是政治。"诗言志"作为最早的"诗学"理论,也是从一开始便与政治搅在一起。舜帝命夔"典乐,教胄子",然后夔才道出了"诗言志,歌永言"的主张。《乐记》则提出了"声音之道,与政通"的观念,明确强调"乐"(文艺)的政治属性:"故礼以道其志,乐以和其声,政以一其行,刑以防其奸。礼乐刑政,其极一也,所以同民心而出治道也。"①《毛诗大序》把诗(文艺)对于国家政治的意义表达得更为具体:"正得失,动天地,感鬼神,莫近于诗。先王以是经夫妇,成孝敬,厚人伦,美教化,移风俗。"②要达到这种目的,要通过"六艺"即"风""雅""颂""赋""比""兴",其中最重要的就是"风"。

> 风,风也,教也。风以动之,教以化之。……上以风化下,下以风刺上,主文而谲谏,言之者无罪,闻之者足以戒,故曰风。③

孔颖达:"风训讽也,教也。讽谓微加晓告,教谓殷勤诲示。讽之与教,始末之异名耳。言王者施化,先依违讽谕以动之,民渐开悟,乃后明教命以化之。"④通过"风",达到君王与臣民之间的沟通。首先是君王用审美形式的诗来感动、晓谕下民,在潜移默化中实现"厚人伦""移风俗"的目的,这就是"上以风化下"。然后是下民的回应:"下以风刺上。"臣下用审美形式的诗来讽谏君王,不是直切地揭露,而是"主文而诵谏"。也就是说,用优美的文辞进行委婉隐约的劝谏,"不直言君之过失"⑤。这样,"言之者无罪,闻之者足以戒",下民在诗的感动之下,美化了风俗,君王在诗的感动之下,改正了过失,上下的和谐交流得以完成,诗歌干预现实政治的

---

① (汉)郑玄注,(唐)孔颖达正义:《礼记正义》,1456页,上海,上海古籍出版社,2008。
② (汉)郑玄笺,(唐)孔颖达疏:《毛诗注疏》,11~12页,上海,上海古籍出版社,2013。
③ 同上书,6、16页。
④ 同上书,6页。
⑤ 同上书,16页。

功能也得以实现。

当然,这是儒家的理想状态,它有一个前提,就是愿意推行儒家理想的君臣之间上下谐和"王政",并诚心接受来自儒家士人的善意的批评。但在现实中,究竟怎样的"主文而诵谏",才能达到"言之者无罪,闻之者足以戒"的理想效果? 这确是个问题。它要求帝王有足够的宽容和通达,还要求臣下对"讽谏"的尺度有足够恰当的拿捏。事实证明,这种理想状态是很难达到的。于是,现实中的文人出现以下三种典型:一是"极谏""死谏"的诤臣(如屈原),二是唱赞歌吹鼓手(如班固),三是"不合作"的隐士。(如白居易所言的"小隐"隐于山林,"大隐"隐于朝市)在王朝初立,国家昌明之时,第二种人居主流;在王朝走向没落时,第一、第三种人则成为主流。

到汉代,尤其是东汉前期的光武帝、明帝、章帝、和帝时代,文人的创作境况又有新的表现,讽谏的力度轻了,而赞颂的势头更盛了。其背景和原因当然还是要到"大一统"中去找。"大一统"帝国的疆域更广了,国家更强盛了,这给文学提供了广阔的表现题材。汉代的正统文学——大赋在这种背景下产生并大放异彩。"大一统"的另一种结果是,"独尊儒术"背景之下思想文化的"单向度"繁荣。也就是说,在帝王意志和以今文经学为主导的儒家思想"强势结盟"的背景之下,所有知识活动都受到严格的规划。"大一统"的国家强盛了,王权也空前加强了。儒家理想中"主文而谲谏"的君臣对话机制也面临挑战,对话实际上向王权一方过度倾斜。而且,同样由于帝国的"大一统",以"讽谏"为内容的对话在很大程度上被抽去了合理性,帝国已经强大了、"一统"了,要像先秦策士那样被帝王待为上宾,对于汉代帝王而言是没有必要的。所以,大赋只有一件事情最适合做,那就是"颂"。"宣汉",给帝国唱赞歌,成了汉赋最理直气壮的价值追求。

所以,"劝百而讽一"的大赋,其中微不足道的讽,只是一个"摆设"而已。赋家的初衷可能是好的,目的是以自己的"赋"来达到"主文而谲谏"的效果。"主文"是指"知作诗者主意,令诗文与乐之宫商相应","谲谏",

"谲者,权诈之名,托之乐歌,依违而谏,亦权诈之义,故谓之谲谏"①。 但事实是,大赋在"主文"上非常成功,足够让帝王流连忘返;而在"谲谏"上非常失败,或者说,赋家动的心思太"谲"(权诈)了,以至于皇帝都察觉不到赋家企图"谏"他! 司马相如就是个好例子。 也难怪扬雄以大赋为"童子雕虫篆刻""壮夫不为"。 也有学者指出,从文学发展的角度来看,大赋"劝百而讽一"的现象,恰恰是好事,因为这使它脱离了经典的轨迹,跳出了历史性散文、政论性散文和哲理性散文的界限,显现出自己的艺术特点来,为以后文学体裁的独立发展扫清了道路。 这个论断似乎有待商榷。 理由是:大赋是否"讽谏","讽谏"了多少,讽谏的效果如何,它是否预示着文学体裁的独立? 大赋的文学性并不是因为它少了"讽谏"而确立的,而是"讽谏"借助大赋的文学形式得以"劝百讽一"地实施。 也就是说,"讽谏"与"文学性"之间并不是一种对立关系,而是一种并存关系。 进一步说,不论是否有"讽谏"或"讽谏"多少,大赋的政治功利目的都是很明显的,它们或者作为娱乐君王的工具,或者作为赋家的晋身敲门砖,或者作为颂扬汉德的传声筒,总之,它与鲁迅所说的"为艺术而艺术"的文学独立还差得很远。

赋发展到东汉前期的光武帝、明帝、章帝盛世时代,"讽谏"功能愈加微弱,至多小心翼翼地做出一种"讽"的姿态。 至于班固的赋,便几乎连个"讽"的姿态都没有了。 只有颂扬。 这正是他"宣汉"工程的一部分。

"颂",自然也是儒家文艺观念的重要组成部分,是文艺的基本功能之一。 在《毛诗序》中,它与"讽"共属于诗之"六艺",而"风""大雅""小雅""颂"是诗的"四始":

> 是以一国之事,系一人之本,谓之风。言天下之事,形四方之风,谓之雅。雅者,正也,言王政之所由废兴也。政有大小,故有小雅焉,

---

① (东汉)郑玄笺,(唐)孔颖达疏:《毛诗注疏》,16~17页,上海,上海古籍出版社,2013。

有大雅焉。颂者，美盛德之形容，以其成功，告于神明者也。是谓四始，诗之至也。①

对于汉代赋家来说，"风"的内容被极大压缩了，如前所述。"雅"的"言王政之所由废兴"，在汉赋中有特殊的处理方式，即言暴秦之所由"废"和皇汉之所由"兴"，即"过秦"和"宣汉"两部分，实际上成了变相的"颂"。最后，只有"颂"被发扬光大了，对"君王盛德"极尽颂扬，将其丰功伟绩昭告神明。这是理论的逻辑和实践的需要，以及历史的必然。把"宣汉"作为一个时代课题集中宣扬的是王充。他的《论衡》就是一部倾注毕生心力的"宣汉"之书。《论衡》多次明言他的"宣汉"意图，如《论衡·须颂》：

> 儒者谓汉无圣帝，治化未太平。《宣汉》之篇，论汉已有圣帝，治已太平。《恢国》之篇，极论汉德非常，实然乃在百代之上。表德颂功，宣襃主上，《诗》之颂言，右臣之典也。舍其家而观他人之室，忽其父而称异人之翁，未为德也。汉，今天下之家也；先帝、今上，民臣之翁也。夫晓主德而颂其美，识国奇而恢其功，孰与疑暗不能也？
>
> 涉圣世不知圣主，是则盲者不能别青黄也；知圣主不能颂，是则喑者不能言是非也。然则方今盲喑之儒，与唐击壤之民，同一才矣。

王充是一个极端的"宣汉"者。他不仅标榜自己的"宣汉"事业，而且把"能否宣汉"作为评价一个儒者是否合格的标准：如果不"宣汉"，就是瞎子、哑巴，就是忘恩背德的小人。相反，像班固、贾逵那样的台阁之臣才是儒者的表率。

班固是王充所敬仰的。但班固没有那么大的火气，他"性宽和容众，不

---

① （东汉）郑玄笺，（唐）孔颖达疏：《毛诗注疏》，20～23页，上海，上海古籍出版社，2013。

以才能高人",决不会像王充那样以"宣汉"为界把儒者分成两大阵营,但他以自己的《汉书》和辞赋完成了更大的"宣汉工程"。他的《两都赋序》对赋和赋的功能与价值有一段著名的论述,堪称"宣汉"声音的最强者。

(二)《两都赋序》:"颂"的赋家苦心

《两都赋序》的内容分为两个方面:一是赋与赋家的伟大,二是当今赋颂的必要。班固把当今赋颂之事与神圣的"三代"并论以确立赋与赋家的价值。把赋定位于"古诗之流",也就是说,它是从"三代"的雅颂传统一脉相承的。西周成王、康王时代结束,雅颂之声也就终止,雅颂之声是与行圣人之道的昌明盛世联系在一起的。到了汉代的武帝、宣帝时代,国家昌盛,于是礼乐之事大兴,设礼官,考校文章,设金马门、石渠阁以吸收人才。又设置乐府,协律都尉,从事诗歌的收集与创作,"以兴废继绝,润色鸿业"。经过这样的建设,出现了繁荣昌盛的局面,祥瑞的"福应"大量出现。武帝时期,有白麟、赤雁、九茎灵芝、宝鼎出现,就令乐府为此作歌以颂。宣帝时期,有神雀、五凤、甘露、黄龙等祥瑞出现,于是就以此为年号。正因如此,"言语侍从之臣"司马相如、吾丘寿王、东方朔、枚皋、王褒、刘向等人,"朝夕论思,日月献纳",公卿大臣如御史大夫兒宽、太常孔臧、太中大夫董仲舒、宗正刘德、太子太傅萧望之等,也都"时时间作"。班固又列举成帝时期的统计数字,"盖奏御者千有余篇"。有如此繁荣的赋颂,所以可以说是"大汉之文章,炳焉与三代同风"。① 班固把成宣之世的赋颂之美盛,标榜得无以复加了。

接着论今世赋颂的必要性。前代成宣之雅颂,还有"皋陶歌虞,奚斯颂鲁",都被孔子采集,列于诗书。古代如此,汉代也当如此,而且汉代武帝、宣帝时期已经做出了表率。所以,由上古遗留下来的赋颂,在当世也是必要的:"国家之遗美,不可阙也。"②

---

① (南朝梁)萧统编,(唐)李善注:《文选》,2~3页,上海,上海古籍出版社,1986。
② 同上书,3页。

说到此，有必要注意班固《两都赋序》文措辞中的一个文字细节："雅颂"。

> 赋者，古诗之流也。昔成康没而颂声寝，王泽竭而《诗》不作。……故言语侍从之臣……时时间作。或以抒下情而通讽谕，或以宣上德而尽忠孝。雍容揄扬，著于后嗣，抑亦雅颂之亚也。故孝成之世，论而录之，盖奏御者千有余篇，而后大汉之文章，炳焉与三代同风。①

这里，班固玩了一个小小的文字游戏，需要具体分析。他先确认"赋者，古诗之流也"，建立汉代赋颂与"古诗"的"雅颂"传统之间的关联；然后举出三代之证，"昔成康没而颂声寝，王泽竭而《诗》不作"，以说明"雅颂"的必要。接着指出汉代武、宣时期的"语言侍从之臣"以及"公卿大臣"们创作具有"抒下情而通讽谕，或以宣上德而尽忠孝。雍容揄扬，著于后嗣"的特征。"抒下情而通讽谕"当属于"风"和"雅"的内容，"宣上德而尽忠孝，雍容揄扬，著于后嗣"当属于"颂"的内容。"抒下情而通讽谕"是"主文而谲谏"的事，也与"言王政之所由废兴"的"雅"相关。班固在序文里将之全都归入"雅"。这也是可以理解的。但问题在于，班固所列举的有关汉代赋家之事全都是"颂"的内容，没有多少"雅"，更没有"抒下情而通讽谕"的"风"：

> 是以众庶悦豫，福应尤盛。《白麟》、《赤雁》、《芝房》、《宝鼎》之歌，荐于郊庙。神雀、五凤、甘露、黄龙之瑞，以为年纪。故言语侍从之臣，若司马相如、虞丘寿王、东方朔、枚皋、王褒、刘向之属，朝夕论思，日月献纳；而公卿大臣，御史大夫兒宽、太常孔臧、太中大夫董仲舒、宗正刘德、太子太傅萧望之等，时时间作。②

---

① （南朝梁）萧统编，（唐）李善注：《文选》，2~3页，上海，上海古籍出版社，1986。
② 同上。

这些"言语侍从之臣""公卿大臣"的"日月献纳""时时间作"的赋，根本见不到"抒下情而通讽谕"之意义，全都是颂赞"国家之遗美"；他们以为先代遗则"故皋陶歌虞，奚斯颂鲁，同见采于孔氏"也是此义。"班固自言作赋之事虽微，然先臣皋陶旧法，国家歌颂遗美，不可阙也。"①

小小的文字把戏，其概念的内容却有重大的转换。引证前代遗则时是"雅颂"并举，同时含"风"；而在述汉代之实时，却只剩下"颂"了。班固把"赋"当作"古诗"之流，实质上是把古诗的"风雅"内容给严重缩水了。或者说，班固心中的赋，已经是"古诗"传统沿着"颂"这一方向的变异。

这个小小的文字"裂隙"彰显了班固观念中一种欲言又止、躲躲闪闪的尴尬状态。参照《汉书·艺文志·诗赋略序》，我们可以发现更大的"裂隙"：

> 传曰："不歌而诵谓之赋，登高能赋可以为大夫。"言感物造耑，材知深美，可与图事，故可以为列大夫也。……大儒孙卿及楚臣屈原离谗忧国，皆作赋以风，咸有恻隐古诗之义。其后宋玉、唐勒，汉兴枚乘、司马相如，下及扬子云，竞为侈丽闳衍之词，没其风谕之义。是以扬子悔之，曰："诗人之赋丽以则，辞人之赋丽以淫。如孔氏之门人用赋也，则贾谊登堂，相如入室矣，如其不用何！"②

不难发现，班固在《艺文志·诗赋略序》中对赋的看法③与他在《两都赋序》中的看法有很大差异。在《诗赋略序》中，他以"风谕"作为评价赋的基本标准，并以此指出"宋玉、唐勒，汉兴枚乘、司马相如，下及扬子云，竞为侈丽闳衍之词"，而且认同扬雄对赋的"雕虫"之议。这样，问题

---

① （南朝梁）萧统编，（唐）李善注：《文选》，3 页，上海，上海古籍出版社，1986。
② （汉）班固：《汉书》，1755~1756 页，北京，中华书局，1962。
③ 虽然《艺文志》主要内容来自刘歆《七略》，但其内容和观念一定是班固所认可的，不然他不会收录到自己倾注毕生精力的《汉书》中。

就来了：他为什么在《诗赋略序》中贬司马相如等人之赋为"没其风谕之义"，而且《两都赋序》中赞扬其赋为"雅颂之亚""三代同风"？班固又怎样处理这个矛盾？我们又怎样看待这个矛盾？

班固的处理办法是：于"史"中论赋则谈"风"（讽），于"赋"中论赋则谈"雅颂"。在不同的语境中将同一类赋定位为不同的价值。《艺文志》"诗""赋"并谈，重在"风谕"之义；而《两都赋序》服从于整篇大赋的思想内容，故而专注于"雅颂"，有意将"风"隐去。然后，再用那个小小的文字把戏，在谈到大汉的赋作时，把"雅颂"再缩减为"颂"，然后就可以展开后面"颂汉"的正文了。

矛盾就是矛盾。它反映了赋家们面对"赋"以及"赋"的创作行为时所陷入的价值观的内在冲突。其实，这个冲突不仅在班固身上有（他似乎是最轻的），在其他赋作家身上更为突出，尤其是前汉的司马相如、扬雄等人。身为赋家，他可以示人的最大资本就是他的赋，对于司马相如、东方朔而言，赋是他立身的依据；对于扬雄、班固等人而言，赋是证明自己才华胜于他人的利器。恰好，汉代盛世的帝王都雅好文章，所以，以自己的赋作来效命帝王，就成了赋家们立身、显才之道。但身为汉家文人，以"主文谲谏"为代表的儒家诗学观念不可能对他们没有影响。所以他们在赋中又不可避免地要小心翼翼地表达自己的政治关怀。于是，大赋"劝百而讽一"风格得以形成。不过，"劝百而讽一"的效果几乎为零。赋家们既没有因为自己的赋作而改变"位不过郎"的现实，也没有对帝王进行半点有效的劝谏。这样，赋家们对于自己的创作行为，带有着一种失望和怀疑。扬雄到后来悔其少作，将其斥为"雕虫小技"，而专事他的《法言》《太玄》，但更多的赋家还得照样做下去。李贺《南园十三首》（其七）或许是这种心境的写照："长卿牢落悲空舍，曼倩诙谐取自容。"

支持他们做下去的还有另外一种原因，那就是来自审美创造的诱惑。审美创造是赋家的"本能"，身怀文才就如身怀利器，总要寻求一展身手的机会。而且，广阔强盛的帝国使他们得以饱览自然山林之美、宫室之壮、都市之繁华，这为他们的创造提供了丰富的审美对象。审美创造的冲动与丰富的审美对象的遇合，促使他们不论自身处于何种功利境地，都会情不自禁地拿起笔来。

班固也是如此。他也身处"位不过郎"的境遇，面临文才虽高而功业不建的尴尬现实，他也怀有同样的审美冲动，拥有同样的审美对象。他九岁能做诗赋，弱冠而能著史，他的才华丝毫不弱于相如、扬雄。他也将继续他的辞赋创作，所以否定相如就是否定他自己。这也就可以理解为什么他在《两都赋序》中对司马相如等人的赞扬了。只不过，他在理论上做了必要的"改装"，从语境中去掉了"讽谏"而专就"颂"论。其实，班固在《汉书·司马相如传赞》中作了另一种折中处理：

> 司马迁称："《春秋》推见至隐，《易本》隐以之显，《大雅》言王公大人，而德逮黎庶，《小雅》讥小己之得失，其流及上。所言虽殊，其合德一也。相如虽多虚辞滥说，然要其归引之于节俭，此亦《诗》之风谏何异？"扬雄以为靡丽之赋，劝百而讽一，犹骋郑、卫之声，曲终而奏雅，不已戏乎！①

班固在此处指出相如之赋含有讽谏之义，可以归到"大雅""小雅"之统。没有把司马相如之赋抬得如同"三代之文"那么高，同时又指责扬雄不该把赋贬得那么低。值得注意的是，班固把司马相如"大雅""小雅"之统，于《两都赋序》中却只归于"颂"。这又是为什么？

当然是为他的《两都赋序》服务的。《两都赋序》在体制和语言方面并无新意，几乎全仿司马相如的《天子游猎赋》(《子虚赋》和《上林赋》合称)，也是在双方互相夸耀、对比中展开，最后也是代表当今天子的一方说服了另一方。《两都赋序》与《天子游猎赋》不同的地方有两点值得注意：

---

① （汉）班固：《汉书》，2609 页，北京，中华书局，1962。

一是它多了一篇序文，二是它对于"雅颂之义"的继承不同于相如赋。《天子游猎赋》虽然描写上极尽铺张，显得"虚辞滥说"，但最后还是忘不了"曲终奏雅"，小心地劝谏帝王要注意节俭。 班固赋则不同，它没有"讽谏"这一曲终所奏之"雅"，只有对今上的"颂"。 所以也就可以理解为什么《两都赋序》多了一篇序文，是为了给其"颂"张目的。

《两都赋序》这样叙述他作赋的具体目的：

> 臣窃见海内清平，朝廷无事，京师修宫室，浚城隍，起苑囿，以备制度。西土耆老，咸怀怨思，冀上之瞵顾，而盛称长安旧制，有陋洛邑之议。故臣作两都赋，以极众人之所眩曜，折以今之法度。①

班固作赋的理由是：其一，臣下我看到"海内清平，朝廷无事"，京城正修筑宫室，疏浚护城河，并定为制度。 其二，有这样一批人，来自长安的"耆老"们，他们怀念旧都，心怀怨心，不无鄙陋洛阳之论。 其三，所以我作赋，称写他们如何夸耀西都的华丽，然后再以今世盛明的法度来折服他们。 也就是说，班固此赋是替皇帝帮忙，以他的赋为工具，对那些不满当今东都制度的"西土耆老"们进行一番"说服教育工作"。《后汉书·班固传》对此事作了必要的背景交代：

> 自为郎后，遂见亲近。时京师修起宫室，浚缮城隍，而关中耆老犹望朝廷西顾。固感前世相如、寿王、乐方之徒，造构文辞，终以讽劝，乃上《两都赋》，盛称洛邑制度之美，以折西宾淫侈之论。②

也就是说，他作此赋，是为了感报皇恩，才效仿司马相如、吾丘寿王、东方朔等人进行"讽劝"的。 然而这两种"讽劝"的意义是不同的。 司马

---

① （南朝梁）萧统编，（唐）李善注：《文选》，3~4 页，上海，上海古籍出版社，1986。
② （南朝宋）范晔：《后汉书》，1335 页，北京，中华书局，1965。

相如《天子游猎赋》的讽劝是"曲终奏雅",小心地劝帝王"不要干什么",班固的《两都赋序》是支持帝王"干什么",怎样对付那些对当今王事有微词的那些"西土耆老"们。也就是说,班固的"讽劝",纯粹就是"颂"。从这点似乎也就可以理解,班固为什么要支持司马相如了,从"讽谏"角度而言,他还比不上相如。

当然,这不能全怪班固,毕竟时代不同了。司马相如的年代,赋家对于帝王还是存有"规劝""讽谏"的幻想的,他们还希望能以自己的赋作唤起帝王的自省意识,从而修正自己的过失。这种讽劝的机制,我们不妨将其称为一种"审美快感交换机制",即,赋家通过自己的赋作,向帝王提供审美快感,帝王在阅读中获得"飘飘然"的享受;作为回报,帝王给赋家一部分政治功利和个人功利,从而实现赋中"讽"的内容。

然而事实证明,这种交易常常是失败的。赋家至多从此交易中收获一些小名小利,以"审美快感"的供给,"自容"于帝王,至于政治功利则几乎毫无所获。

当然这已经是很了不起的了。要知道,这是直接给皇帝看的。在一句话不当就可能丧命的情况下,能小心翼翼地做到如此讽谏,已经是难能可贵的了。当年的司马迁,已经给所有士人做出了榜样。这种机制本身就有问题。赋的劝谏功能是否实现,完全取决于帝王的道德自觉。而至高无上的皇帝的道德自觉,只是个偶然。

但我们却不能否定这种讽谏的意义,其中有赋家小心翼翼的苦心在内。这实际上仍旧是一个在帝王极权之下文人如何面对极权,以及在极权许可的范围内达到自己的理想的问题;同时,仍旧是一个掌握了文化话语的赋家如何驾驭帝王快感的问题。

不幸的是,这种苦心常常是无效的。至班固所在的章明盛世,怯生生的"劝谏"就变成了堂而皇之的颂歌。

班固面临司马相如式的"审美快感交易",他先在理论上堂而皇之地打出与三代相通的"雅颂"旗号,然后以臣下的卑微姿态,让《两都赋》的双方采用全然不同的"对话"内容。《天子游猎赋》中"子虚""乌有"之间的对话是双方功业的攀比,最后"亡是公"以天子之辉煌令二人惭败。《两都赋序》中"西都宾"与"东都主人"的对话是功利与道德的对话,最后徒知宫室之美与都市之盛而不晓盛德之容的"西都宾"面惭于"东都主人"而诚心受教。

三、《典引》:颂汉的宣言书

"典引"就是汉王朝继承尧舜的典则,引申为光大。这样的文章共有三篇,除了班固的《典引》之外,还有司马相如的《封禅文》、扬雄的《剧秦美新》,三篇同被收入到《昭明文选》,同为"符命"之属。《文心雕龙》将其归入"封禅",专列一章来讲述。封禅是古代帝王所谓"功成治定"之后祭告天地的典礼,"封"指祭天,"禅"指祭地。①"封禅文是为夺得皇位的统治者歌功颂德,并制造理论根据的文章。……《昭明文选》把《封禅文》《剧秦美新》《典引》三篇文章划归一类,取名'符命'。所谓'符命'者,就是说天降瑞应,以为帝王受天之命的一种符信。……这样的文章,从其性质来讲,叫做'符命';从它运用的场合来讲,就是'封禅文'。"②

三个堪称汉代最出色的赋家,都深得帝王的赏识,都有过多年"位不过郎"遭遇,都写了"符命""封禅"的"拍马屁"文章。这是很有意思的。司马相如的《封禅文》写得最早,相比之下也最不成熟,还没有脱掉铺张侈丽的大赋的影子,还像大赋一样设置了"大司马"和皇帝的交流情境。这样,他的《封禅文》审美性、故事性增强了,但吹捧的"信度"就差了,风格上也就显得不那么严肃了,所以班固说他"靡而不典"。后来扬雄的《剧秦美新》,就要典雅得多,但还有不少"兼包神怪"之处,所以班固说他"典而不实";而且,扬雄的《剧秦美新》在暴秦与新莽的对比中展开,虽然说理

---

① (南朝梁)刘勰著,陆侃如、牟世金译注:《文心雕龙译注》,296页,济南,齐鲁书社,1995。
② (南朝梁)刘勰著,詹锳义证:《文心雕龙义证》,794页,上海,上海古籍出版社,1989。

效果更强了,但班固认为不够信实,因为在他看来,秦朝和新朝都是残暴的。当然,班固说扬雄不"实"应该还有另一层意思,按"汉德"来说,或说按照"成王败寇"的逻辑,王莽作为"篡臣",本是无资格承受"符命"的,所以扬雄的"美新"之论自然就是"不实"的了。

班固在借鉴和超越司马相如、扬雄二人的基础上,创作了既"典"又"实"的《典引》。《典引》对汉王朝封禅的吹捧建立于严密的理论逻辑之中,这是它超出《封禅文》和《剧秦美新》的地方。

《封禅文》和《剧秦美新》都有较强的"历史感",《封禅文》从上古时代开始说起,扬雄更甚,从"天地未袪"、天地混沌时开始说起。他们都给自己要吹捧的"正统帝王"寻了一个足够久远的渊源,然后都沿着一个"神圣"的历史线索说到"今上"的仁德以及本朝的符瑞。这似乎是封禅文之类文章的一般套路。班固也沿用了这个套路,他高明的地方在于给这个"神圣"的历史链条加上一些逻辑上的"节点",让历史有了一个看似"必须如此"的理由。

> 太极之元,两仪始分,烟烟煴煴……庶类混成。肇命人主,五德初始,同于草昧,玄混之中……厥有氏号,绍天阐绎者,莫不开元于太昊皇初之首……①

在天地始分、一片混沌的时候,帝王就已经孕育雏形了,因为他是与五德(金、木、水、火、土)同始终的。帝王不是凭空就出来的,他源于一个由太极到两仪,由两仪到五行的衍生过程,"混沌状态的帝王"就是在"五行"这个节点上出现的。蔡邕注:"自伏羲已下,帝王相代,各据其一行,始于木,终于水,则复始也。"②这时还没有文字,无从记载。有了姓氏名

---

① (南朝宋)范晔:《后汉书》,1375 页,北京,中华书局,1965。本节所引《典引》原文,均引自《后汉书·班固传》,1375~1385 页,北京,中华书局,1965,第不再一一注明。
② (南朝梁)萧统编,(唐)李善注:《文选》,2159 页,上海,上海古籍出版社,1986。

号以后，那些继承天命可以流传下来的帝王，就从太昊皇初开始的。这样，真实的人间帝王还没出世，就已经具备了一个逻辑态、概念态的前身。在这种宇宙论、天命论的必然性逻辑之下，真实的人间帝王出场了，他们就是陶、唐。由陶、唐到刘氏，沿着五行流转的逻辑，经过一个长长链条："陶唐舍胤而禅有虞，虞亦命夏后，稷契熙载，越成汤武。股肱既周，天乃归功元首，将授汉刘。"(《典引》)

但是，由"虞"到刘，要经过一段特别的时期，就是三代之末桀、纣、幽王的时代，这些末世帝王贻害无穷，天象昏暗，礼法失度，典章缺损，这种情况下，圣王帝业怎样才能传承到刘氏呢？于是，班固又给他们找了一个逻辑节点：号称"玄圣"的孔子。

> 故先命玄圣，使缀学立制，宏亮洪业，表相祖宗，赞扬迪哲，备哉灿烂，真神明之式也。虽前圣皋夔衡旦密勿之辅，比兹褊矣。《典引》

在帝业传给刘氏之前，上天派来个文明"使者"——孔子。让他来发扬先王大业，表彰祖德，赞扬明君，行使神明的法则，他比皋陶、后夔、阿衡、周旦这些著名的贤臣还要强得多。待孔子把这些神圣事业完成之后，汉高祖、光武帝才出场。

> 是以高光二圣，辰居其域，时至气动，乃龙见渊跃。……盖以膺当天之正统，受克让之归运，蓄炎上之烈精，蕴孔佐之弘陈云尔。(《典引》)

孔子完成使命以后，高祖、光武二位圣君，时运已至，瑞气发动，如龙腾渊，接受天受的皇位，续唐尧之国运，积炽盛之火德，落实先前孔子辅佐之下的遗则宏论。

班固非常大胆，也非常富于"宣汉"的想象力。他的理论是：天降孔子，就是为了给尧到刘氏之间提供一个逻辑中介，而三季之荒末（夏商周末世），只是了为给孔子的出世提供一种必要！不是人因历史而立，而是历史因人而立。被尊为"至圣"的孔子，成了汉家帝王的一个马前卒。孔子把汉家帝王抬到如此高位，那么再怎么吹捧他都顺理成章了。从前圣到汉帝，从历史到现实，三光到毫芒，全都普照在大汉皇泽之下。当然，更少不了铺天盖地的符瑞。

在"应天""承运""继圣"的前提之下，整个世界、整个宇宙都因大汉圣王而荣光。《典引》是喊着口号结束的："唐哉皇哉，皇哉唐哉！"

第五编 ◎ 东汉后期的文艺思想

第十六章
东汉中后期的政治文化状况与文艺思想概况

　　东汉中后期是汉代文学艺术史上特色鲜明的一个重要阶段。经过此前西汉和东汉前期三百年的积累和发展，东汉中后期的文学艺术类型丰富，文人众多，创作繁盛，文学艺术观念进一步自觉。传统文学艺术样式推陈出新，新的文学艺术样式产生并逐渐成熟，《诗》学研究进入总结阶段。东汉后期为汉代文学艺术的新变期，基本特点是大一统政权在逐渐弱化后崩溃，官方一统的意识形态开始疲乏、松动；文化思想内在、自发地要求并趋向解放与活跃，思想观念趋向通达和兼容；重新关注人和人性本身，理性觉醒，感性复苏，生命体验和现实生活意义重新受到重视。士人和文人的个体意识高涨，文学艺术向现实生活和个人世界回归，日常经验和个体情感得到充分关注和表现。在这种社会语境中，自然产生了两种突出的思想文化现象：其一是"求通"，即各种文化、思想和学术在总结和集大成中，走向融合兼容或并存杂糅；其二是"求异"，即各种有别于正统意识形态和学术观念的思想、学术兴起，狂狷之风盛行，各种思想和行为方式都可以大行其道，文学艺术创作和理论领域中的探索和创新成为常态。本编重点研究东汉后期文学艺术思想的变迁状况，主要内容包括郑玄诗学思想及其历史影响、汉末文体观念自觉的丰富内涵和文体论产生的文学史意义，以及以《古诗十九首》为代表的汉五言诗体的生成机制、文体特征和文化意味，七言诗体在汉代酝酿发展的渐进过程及其文体层面的原因等。

◎ 第一节
和质时期的政治状况与士人心态

东汉进入和帝时期时，政治格局已发生了极大的变化，外戚与宦官两股异己势力交互作用，此消彼长，共同左右着国家的命运，宰割着士人的荣辱和大汉的天下。"东京皇统屡绝，权归女主，外立者四帝，临朝者六后，莫不定策帷帟，委事父兄，贪孩童以久其政，抑明贤以专其威。任重道悠，利深祸速。身犯雾露于云台之上，家婴缧绁于圄犴之下。湮灭连踵，倾辀继路。而赴蹈不息，燋烂为期，终于陵夷大运，沦亡神宝。"[①]"外立者四帝"，是指安帝、质帝、桓帝、灵帝皆非皇子。"临朝者六后"，是指章帝窦太后、和熹邓太后、安思阎太后、顺烈梁太后、桓思窦太后和灵思何太后。这是史家范晔对东汉女主执政情况的描述。此期宦官势力很大，他们中的许多人被封侯，操纵着朝廷大事，对东汉中后期的政治格局产生了不可忽视的影响，桓灵两朝尤为明显。而作为临朝执政的女主，更多地出现在和帝到冲帝时期。其中有四人主宰着这一时期的朝政，如章帝窦太后、和熹邓太后、安思阎太后、顺烈梁太后。这四位太后在不到六十年的时间内掌握着六个小皇帝的废立，操纵着朝臣的升迁，左右着刘氏皇家的命运。在这六个皇帝中，即位时年龄最大的为11岁，最小的仅百天。和帝10岁，殇帝百天，安帝10岁，顺帝11岁，冲帝2岁，质帝8岁。质帝因不满梁冀的专横，称其为"跋扈将军"，后为心狠手辣的梁冀所鸩杀。

女主执政，外戚专权，产生了两个专横骄纵的家族，即和帝时的窦氏家族和顺帝时的梁氏家族。其中最突出的代表就是勒功燕然山的窦宪与邪恶

---

① （南朝宋）范晔：《后汉书》，401页，北京，中华书局，1965。

至极的梁冀。前者在和帝时被铲除,后者为桓帝时所灭杀。外戚势力的不可一世,使士人难以取舍,进退失据。在朝显宦重臣畏惧祸端,多阿附党与,结朋为奸,谋私自存,置儒家的修齐治平于不顾,为保禄存身而混淆是非,自甘堕落,同流合污,如最著名的"太平官",即圆滑世故的胡广,竟能一帆风顺地做到"三公",此时已为顺帝末年之事。其处事经验为"居丧尽哀,率礼无愆。性温柔谨素,常逊言恭色。达练事体,明解朝章。虽无謇直之风,屡有补阙之益。故京师谚曰:'万事不理问伯始,天下中庸有胡公。'"①这位"在公台三十余年,历事六帝"②的胡伯始胡广能说会道,被察孝廉,到京师"试以章奏,安帝以广为天下第一。"③结合史载他的行状,其最大的长处就在于:知道什么时候,什么场合该说什么话,什么事能够强谏,什么事则不能强谏。就是这种人,一生唯有几次"过失":一次是诛梁冀时身为太尉的他因不卫宫而被免为庶人(主要是梁冀的党羽之故),一次是因举吏不实而被免去济阳太守,还有一次是因日食免④。就是这样的人,阿附梁冀,巴结宦官,与中常侍丁肃联姻⑤;就是这样的人,能够平步青云,前程似锦,虽一时免官削爵,但很快又能官复原职并获得重任;就是这样的人,为灵帝所感念,画像于省内瞻仰,并诏议郎蔡邕为之作颂!⑥然而这种"怀禄以图存""纡于物则非己""辞其艰则乖义"的行径,为史家所讥讽:"胡公庸庸,饰情恭貌。朝章虽理,据正或桡。"⑦这充分说明了朝纲不振、邪恶横行的政治形势下,士人自保意识的增强,皇家天下意识的淡漠——明哲保身,乱世求存。而儒家的"中庸"哲学竟然被庸俗到了以活命自存为第一,圆滑世故到无原则的地步。在儒学大兴并作为士人入仕必备工具的时代,这可以说是对先秦原始儒学"士不可不弘毅,任重而道远"(曾子)承担

---

① (南朝宋)范晔:《后汉书》,1510 页,北京,中华书局,1965。
② 同上书,1510 页。
③ 同上书,1505 页。
④ 同上书,1509 页。
⑤ 同上书,1510 页。
⑥ 同上书,1511 页。
⑦ 同上书,1512~1513 页。

精神的极大嘲讽!

胡广只是这一时期荣任"三公"之职的代表而已! 封侯赐爵的还有邓彪、张禹、徐防、张敏之流。他们的业绩仅仅只是"尸身素位":"邓、张作傅,无咎无誉。敏正疑律,防议章句。"①此时朝中阴柔气十足,男人的阳刚气多为宦竖的阴柔气所同化。不仅政治上流行"朝野之人,以忠为讳"、"公卿以下,类多拱默,以树恩为贵,尽节为愚",信奉"白璧不可为,容容多后福"②的犬儒主义理论和苟且活命的生存哲学。在文学上,汉大赋此时也失去了往日的豪迈雄浑与阳刚之势。除了堆砌掌故、愈写愈长外,就是哀伤叹息,苟延残喘,已为抒情小赋所遮蔽。虽然而政治上尚有左雄、黄琼、李固等人的铁骨铮铮和力挽狂澜,但由于邪恶势力太过强大,刚直之士的怒吼与狂啸很快被淹没。狂澜难挽,倾厦难扶,终归徒唤奈何!此时的政治、军事及文化也并非一无是处,如和帝征服了北匈奴,使边患不再以匈奴为最;安帝时重视《古文尚书》《毛诗》《穀梁春秋》等古文经学,禁止浮华之风;顺帝时推行轻侮法、举孝廉的考试,实行经学、奏章、孝悌与复试相结合的取士制度等。

如上所述,在女主执政、外戚逞威的形势下,执掌重权的"三公"尚且如此,那么人微言轻的士人又能如何呢? 我们将通过对张衡、马融的介绍与分析,试图回答这一问题。

张衡,字平子,南阳西鄂人(今属河南邓州市),为东汉著名的科学家、文学家。"世为著姓",祖曾任郡太守。从少年时爱好写文章。后游学于京师,"观太学,遂通《五经》,贯六艺"。张衡虽然有如此的才华,却很谦虚自持,漠泊名利,"常从容淡静,不好交接俗人"。从他拒绝举孝廉、回避公府征召和对大将军邓骘的欣赏累召不应来看,他的志向确实不在仕宦上,而似乎更看重文章传名、立言不朽的名山事业。从他的生平来看,他一生主要处于和帝、安帝、顺帝时期。和帝永元年间(89—104),他正处于青少年时

---

① (南朝宋)范晔:《后汉书》,1513页,北京,中华书局,1965。
② 同上书,2015页。

期,却对做官没有兴趣。 这与王充青少年时期截然不同,倒与稍后的黄琼有些相似。 当然这不一定有养节蓄名、以退为进之嫌,主要是他的兴趣不在仕途上。 若对做官有兴趣,他既能文章又爱经艺,何愁官运不通? 从他作《二京赋》所花的工夫来看,他是致力于文章立言的,所以才"精思傅会,十年乃成"。 关键还是在"传名"上:他要比"拟"并试图超过前辈作家班固的《西都赋》,以传文名于久远。 据费振刚先生等人所校的《全汉赋》统计,两汉共有作家83人,作品293篇(含存目)。 西汉的赋远没有东汉多,而东汉就作家作品数量论,王粲27篇,蔡邕17篇,张衡16篇,应场15篇,繁钦13篇,陈琳12篇,班固9篇,傅毅、马融各7篇。 西汉赋家中的前三名为:扬雄11篇,司马相如10篇,刘向9篇。 从汉赋的篇幅来看,呈纺锤形,两头小中间大,即西汉前期与东汉后期的都多是小赋;从篇数与作家数来看,东汉中后期尤其是桓灵之后的更多。 张衡在西汉赋家中按篇数算排第三,其中蔡邕、王粲属于东汉后期作家。 在两汉大赋作家中,张衡就篇目来说最多,班固最少。 即使按每篇大赋的字数而言,四大家中,只有他和司马相如的相当,如司马相如的代表作《子虚赋》15页、《上林赋》27页;张衡的《西京赋》27页、《东京赋》15页;而扬雄的《蜀都赋》10页、《甘泉赋》13页。 由此可见,张衡擅长作文是名副其实的,其文名也确实能赶超班固而进入汉赋四家之列。 也可以说,他是将文学或文章当作名山事业来看待的。 这也可能会给曹丕在帝王之尊的位置上予以启发:生命寿夭、荣华富贵皆过眼云烟,只有文章方可以使自己不朽。

事实确实是如此,曹丕的文名比魏文帝来得更响亮、更有光彩,而张衡的文章风采、科学成就远比他的官名更长久、更闻名。 他的著述有"诗、赋、铭、七言、《灵宪》、《应间》、《七辩》、《巡诰》、《悬图》凡三十二篇。"[1]事实上,与其在混浊的官场上尔虞我诈,虚掷光阴,倒不如著书立说有益后世。 他的前辈们如司马相如、司马迁、董仲舒、刘向、扬雄、桓谭、

---

[1] (南朝宋)范晔:《后汉书》,1940页,北京,中华书局,1965。

王充、班固等人莫不如是。这正是王充重文的缘故，大概也是王充"文儒高于世儒"的理论对张衡的启发。当然，这也许就是史家范晔首先将文学放在张衡传首的缘故，也充分说明了张衡以文为重的志向。

张衡的志趣在文学与科学上，所以在仕途上自然就难以有大的建树。应安帝诏，他被拜为郎中，再迁为太史令，一干就是十多年。到顺帝初年，转为他职，再任太史令。他既不羡慕当时世人的浮华与势利，也不愿意阿附权贵，而是安时处顺，率性而为，淡泊自守。所以"所居之官，辄积年不徙。自去史职，五载复还。"如此窘况，自然非己之所愿，但却淡泊自处。在面对世人的白眼与俗人的讥讽时，他则特撰写《应间》赋文，虚拟答客问，应客之非难而鸣己之志向。"间"者，非也。"应间"，即对他人非议的回应。客人的非难，大概是：你才高八斗，学富五车，无所不精，无所不能，虽能立言，何如立功？"器赖雕饰为好，人以舆服为荣"，穷守典籍，贫居下潦，为何不"卑体屈己，美言以相剋？"既然有"轮可使自转，木雕犹能独飞"之本领，为何自己却还"垂翅而还故栖"，不"调其机而铦诸"？① 他的回答则是金声玉振、铁骨铮铮、掷地有声：君子主要担心的是德不高、智不博，而不是位不尊、禄不多。技艺可学，只要尽力就行；而皇家俸禄，得之在命：也许会不招自来，也许会羡而不至。与其求之无用而伤心，反不如背而不想亦心安理得来得智慧。危身以邀幸，尚未得到而快乐已失去，这是贪夫的愚蠢之处。若以屈志而盈欲，怎能不令人羞愧！"人各有能，因共授任"，"官无二业，事不并济"，"所考不齐，如何可一"②？况且古今异势，不可一概而论。战国之时，君臣相感，"咸以得人为乐，失士为忧"，所以"能同心戮力，勤恤入隐"，"一介之策，各有攸建"，上下相安，各有所用。而今则是"皇泽宣洽，海外混同，万方亿丑，并质共剂，若修成之不暇，尚何功之可立！立事有三，言为下列；下列且不可庶矣，奚冀其二哉！"③若不识时

---

① （南朝宋）范晔：《后汉书》，1899页，北京，中华书局，1965。
② 同上书，1903页。
③ 同上书，1904页。

务，一味苛求钻营，无异于刻舟求剑、守株待兔之愚。我仍然"奉顺敦笃，守以忠信，得之不休，不获不吝"①。咱们是道不同则不相谋，哭笑异感也。况且我"进不能参名于二立，退又不能群彼数子。愍《三坟》之既颓，惜《八索》之不理。庶前训之可钻，聊朝隐乎柱史"②。东方朔曾经说过，"首阳为拙，柳惠为工"。应劭也认为，"老子为周柱下之史，朝隐终身无患，是为上也"③。由此可见，在朝政荒疏、贤愚颠倒的情势下，采取"朝隐"的方式，亦不失为一种存身全命之计。

当然在汉武帝高压专断的压力下，"朝隐"也要付出代价的，那就是人格与尊严的丧失，东方朔即是以倡优之身供武帝取乐而谋生的。而在成帝、哀帝、平帝之时，扬雄也有"朝隐"的愿望与压力，终因世危而难保。张衡此时的《应间》，既是对扬雄《解嘲》《解难》的文体模仿，也是对其生存智慧与人生志趣的效法。当时外戚专权、权威下移。针对这种情况，作为发明候风地动仪的张衡，上书陈明时事，也以"天人感应"为武器，以"灾异说"劝谏皇帝。"阴阳未和，灾眚屡见，神明幽远，冥鉴在兹。""灾异示人，前后数矣，而未见所革，以复往悔。……愿陛下思惟所以稽古率旧，勿令刑德八柄，不由天子。若恩从上下，事依礼制，礼制修则奢僭息，事合宜则无凶咎。然后神望允塞，灾消不至矣。"④由此也可以看出其间较为滑稽的对比：作为科学家的张衡也相信天人感应说，或者说他虽不相信天人感应说，却只能以此作为进谏的武器，使相信天人感应说的皇帝好自为之、修德向善，或拾遗补阙，使政治走向良性循环的轨道。这说明天人感应说确实已让古代中国人处于一种集体无意识状态，这也彰显农业文明下人们敬天畏神，是深信天人感应关系的。光武帝刘秀深信谶纬并以谶纬起家，而明帝、章帝都跟着效法，因而形成了一种风气：凡儒者竞相学习谶纬，并再以妖言

---

① （南朝宋）范晔：《后汉书》，1906 页，北京，中华书局，1965。
② 同上书，1908 页。
③ 同上书，1909 页。
④ 同上书，1910～1911 页。

附会而惑众，混淆视听。张衡认为，图谶为妄虚之说，荒诞不经，并非圣人之法。因而上书抨击图谶，认为所谓谶纬之书都是先立以说，后征以事，以示灵验，纯为附会。因此他从历史、地理等方面考察，认为纬书大概产生于或起源于哀、平时代，漏洞百出，决不可信。其目的在于"要世取资""譬犹画工，恶图犬马而好作鬼魅，诚以实事难形，而虚伪不穷也。"[1]其批评的路径与王充疾虚妄的招数非常相近，攻其虚弱，很有杀伤力。张衡后来迁为侍中，陪伴在顺帝身边，以备顾问、咨询。宦官们害怕被张衡谏毁，都对他多有防范。顺帝曾经问及他最厌恶的事情是什么，张衡有所顾忌，因而以机智的回答避开了这一问题。宦官们最终合力共谋谗毁张衡，使之离开顺帝。张衡常常思考存身保命之计，认为吉凶互依，幽微神秘，难以说清，乃作《思玄赋》，以表达自己的困惑与求索之情。自西汉景帝以来，凡面折廷争的臣子，因逆龙鳞而吃罪者不可胜数，轻则贬谪，重则殒命或灭族。虽说忠诚于皇家，但皇命不可违。一旦犯龙颜，那可会被定为大逆不道、犯上作乱。公孙弘之所以讨武帝喜欢，乃是此前因惹皇帝不高兴而丢官归家学得了生存智慧：不强争，最后发言，察言观色，不惜反悔前约等。光武时，桓谭因面折非谶险些丧命。所以，张衡为求自保而"诡对而出"[2]也是可以理解的。因为说出实话，愚弱的皇帝难保自身的安全，会为宦官所害，这在桓帝时不乏其例。因而说与不说都不好，只有智慧地"诡对"始为上策。其《思玄赋》主要表达"惟天地之无穷兮，何遭遇之无常！不抑操而苟容兮，譬临河而无航。欲巧笑以干媚兮，非余心之所尝"[3]的苦闷与无奈，因而"心犹与而狐疑兮，即岐阯而摅情。"[4]"摅"，读 shū，有表示、发表之意[5]，这里的"摅情"有抒情之意。张衡在南寻、西游、北访而终归中州求

---

[1] （南朝宋）范晔：《后汉书》，1912 页，北京，中华书局，1965。
[2] 同上书，1914 页。
[3] 同上书，1916 页。
[4] 同上书，1918 页。
[5] 中国社会科学院语言研究所词典编辑室编：《现代汉语词典》（第七版），1212 页，北京，商务印书馆，2018。

索的过程中,最后决心已定:"苟中情之端直兮,莫吾知而不恶。 墨无为以凝志兮,与仁义乎消摇。 不出户而知天下兮,何必历远以劬劳?"其四方上下求索的思路与屈原的《离骚》非常相似。 最后的"系曰"共十二句,已是较为标准的七言诗,开曹丕《燕歌行》等七言长诗之先河。 顺帝永和初年,张衡外调出任河间相。 当时河间王刘政骄纵奢侈,"不尊典宪,又多豪右,共为不轨。 衡下车,治威严,整法度,阴知奸党名姓,一时收禽,上下肃然,称为政理。 视事三年,上书乞骸骨,征拜尚书。 年六十二,永和四年卒。"①这是张衡一生仕途中唯一的一次外任,结果证实他很有治政理民的才能。 后被征为尚书,这也是张衡一生仕途的顶峰。 惜已风烛残年,其上书乞骸骨,恐怕也有董仲舒治胶东相之忧,有恐为所害、难以自保之虑。 纵观张衡的一生,可以看出科学的错位、文学的悲哀与儒者的贵生全命之忧。 张衡以"朝隐"的方式整理坟典,充分说明了儒家精神在现实中的真实困境,"英俊沉下潦",是汉代皇权走向衰微的象征。

马融,字季长,扶风茂陵(今陕西兴平)人。 其父为马援的兄长、将作大匠马余。 马融善于言辞,容貌佳美,才华出众。 当时京兆人挚恂以儒术隐居南山,教授弟子,不应征召,闻名关西。 马融拜他为师,博通儒家经典。 挚恂非常欣赏他,把女儿嫁给了他。 安帝永初二年(108),临朝执政的邓太后之兄大将军邓骘听说他的大名,想召其为舍人。 此时30岁的马融认为这并非他的喜好,遂不应命,却往凉州武都、汉阳交界处客居。 不久羌族叛乱,边境形势严峻,粮价飞涨,关西之地,饿殍遍野。 此时陷于饥寒交迫的他非常懊悔地哀声叹息道:古人认为,一手给你富贵,一手要你的老命,即使傻瓜也不干,因为生命比富贵更珍贵。 现在因为如果爱面子而丢了老命,这不就是老庄所说的"以名害生"吗? 因此他放下架子前往应召,投奔于邓骘门下。 如果说在仕途的升迁中张衡还能淡然自守,不愿失去尊严去献媚取容的话,那么此时陷于困顿、为饥饿所驱使的马融已将尊严看得不如

---

① (南朝宋)范晔:《后汉书》,1939页,北京,中华书局,1965。

一口粮，毕竟活命要紧："生贵于天下也。"①此时博通经籍的儒生马融，俨然一副道家派头。在生与义的选择中，不是舍生取义、不食嗟来之食，而是舍义取生、活命要紧。此时的马融已是判若两人：因为要活命，非其好又有何妨？

两年后，他被拜为校书郎中，去东观校典皇家所藏图书。此时邓太后临朝执政，大将军邓骘辅政掌权。一般的儒生士人认为天下太平，文德可兴而武功应废，因此皇室停止了狩猎之礼和战阵之法，而不法之徒也趁机作乱，纵横一时。对此，马融深有感触，认为文武之道，张弛并用，即使圣贤也不会走向极端废弃不用。就在投奔邓骘的那一年，他进献《广成赋》以讽谏。他的赋作较为冗长，描述广成宫的狩猎情状，除了堆砌典故与辞藻外，很难有动人之处，且与扬雄的《羽猎赋》相比，要逊色得多。其主要的意思是："盖安不忘危，治不忘乱，道在乎兹，斯固帝王之所以曜神武而折遐冲者也。"②并进而指责当下朝廷："方今大汉收功于道德之林，致获于仁义之渊，忽蒐狩之礼……聋昏不闻雷霆之震，于今十二年，为日久矣。亦方将刊禁台之秘藏，发天府之官常，由质要之故业，率典刑之旧章。"③这篇赋的效果可想而知：首先赋没有才气，缺少动人的感染力和雄浑的气势，除了句式以四言外，杂有三言、二言、一言外，乏善可陈。其次是不合时宜，直斥邓太后之朝，缺少委婉之意，甚至有狂妄之嫌。最后，平心而论，邓太后临朝以身作则，主张节俭，减少浪费，对于抑制奢僭的官风民风大有好处。而此时的马融上书既不识时务，也充满着迂腐的气息。如此之赋，怎能为心性甚高、才性聪慧的邓太后看上？"颂奏，忤邓氏，滞于东观，十年不得调。因兄子丧自劾归。太后闻之怒，谓融羞薄诏除，欲仕州郡，遂令禁锢之。"④邓太后的火气不小，而马融的事办得也确实糟糕。岂不是错上加错？好在

---

① （南朝宋）范晔：《后汉书》，1953 页，北京，中华书局，1965。
② 同上书，1967 页。
③ 同上书，1969 页。
④ 同上书，1970 页。

邓太后于122年去世，安帝开始执政，他才得以被"召还郎署，复在讲部。出为河间王厩长史，时车驾出东巡岱宗，融上《东巡赋》，帝奇其文，召拜郎中，及北乡侯即位，融移病去，为郡功曹。"①顺帝阳嘉二年（133），马融被城门校尉岑起举荐，拜为议郎。大将军梁商又表荐他为从事中郎，转为武都太守。

当时西羌反叛，久征无功。马融上书毛遂自荐，以为能扬长避短，建立奇功，却不为朝廷所用。他又以星象预测西戎北狄反，应加强边备，后来果然应验。随后又经过三次迁任，到桓帝时担任南郡太守。此前马融曾得罪了大将军梁冀，被梁冀指使官员上奏他在南郡有贪污行为，结果马融被免官，并发配到朔方。他感到前途绝望，自杀未遂，后又得以赦还，再次被拜为议郎，重新在东观著述，后来又因病离职免官。马融与梁氏外戚关系暧昧，则因为受到邓太后的惩罚，所以不敢再违忤权贵外戚之家。他后来得到梁冀的提携，为图报答，作《西第颂》以称颂梁冀。这被正直之士视为耻辱。马融才学高明，融通诸经，为一代大儒。教授弟子诸生常常有上千人，尤为著名者有镇压黄巾起义军中的卢植和大儒郑玄等。他擅长鼓琴、吹笛，达生任性，不遵守儒者应有的节操，衣着居处都很奢侈，注重修饰和美观。"常坐高堂，施绛纱帐，前授生徒，后列女乐，弟子次相传，鲜有入其室者。"②这种气象，确为异类，与孔子授徒时俨然两样。他很注重人生享受，也异于其师挚恂的隐居自守，只是将儒学仅仅当作谋生之术运用、实践与传授。后来的郑玄也为大儒，但绝不似他这样言行不一的。《世说新语》中曾记载，说郑玄"在马融门下，三年不得相见，高足弟子传而已。"郑玄聪慧好学，儒学造诣深厚。在辞别马融后，"融有礼乐东归之叹。"他料到马融对自己必然追杀，因而躲到桥下，藏在水中才躲过一劫③。若从马融的言行与一生的行止来看，似不必捏造与诽谤。有如此之行，儒者精神已荡然无

---

① （南朝宋）范晔：《后汉书》，1971页，北京，中华书局，1965。
② 同上书，1972页。
③ （南朝宋）刘义庆：《世说新语》，37页，沈阳，辽宁教育出版社，1997。

存。 其所作所为已是将神秘化、迷信化的儒学朝着道家化方向发展,使人难以见出儒、道之别来! 对于马融而言,"贵生"就是自私自保,为求活命可以不顾一切。 观其行为,与党锢之祸发生时陈蕃、李膺等义士的行为相比真乃天壤之别! 可以说,在马融身上,儒学彻底为名利所污,为随心所欲所取代,成为贪生怕死、自堕名节、蝇营狗苟的谋生工具和沽名钓誉的手段。 由此也可以看到魏晋清谈放达甚至放荡的身影和大概原因! 他之所以成为一时的大儒,名不虚传,有其丰厚的著述为证:"注《孝经》、《论语》、《诗》、《易》、《三礼》、《尚书》、《列女传》、《老子》、《淮南子》、《离骚》,所著赋、颂、碑、诔、书、记、表、奏、七言、琴歌、对策、遗令,凡二十一篇。"①由此可见他是儒道杂用、儒道混同、儒道互释,已开魏晋玄学之先声。 他只重"术"而不重学,只重养生而不遵道义,实为儒学堕落的代表。

◎ 第二节
桓灵时期的政治危机与士人身份认同的变化

桓灵之时,汉代政治开始走向败亡,可谓历史上乱世昏君的象征,可与桀纣相比,为西汉所无。 此时外戚的势力逐渐弱小,而宦官的势力逐步扩大,以至登峰造极、无恶不作。 如果说自顺帝、章帝以来的历史惯性难以刹车的话,那么梁冀等外戚掌权长达三十多年,已经积患已久。 在这四十余年的时间内,三公之职走马灯式地更换:任期短则几个月,长则一两年。 原因很多:或因过错,或因灾异,更多的是由外戚或宦官把持朝政而随心所欲地摆布朝臣之故。 小人得志、忠良失势,这种严酷的政治现实在考验着儒家的仁政和王道。 天灾频现,是对神秘化的天人感应说效力的检验。 信者自

---

① (南朝宋)范晔:《后汉书》,1972 页,北京,中华书局,1965。

信，不信者枉然，但信者与不信者皆以此作为谋身立名、党同伐异的武器和手段。这些考验，也同时拷问着士人的良知，撕裂着他们的心灵，使之做出自己的应对与选择。

党锢之祸是朝政荒废、权柄下移于阉竖而士人起而救之的结果，是士权与君权彼此较量、正邪交战的展现，也是君权不作为、胡作为而士权想有作为而不得的抗争。正是由于朝廷的腐败昏庸、皇帝的愚顽不化、大臣的守禄自保、坐观成败和阉竖小人的胆大妄为，所以才促使有良知、有正义感、有胆识的士人们积极行动与奋起反抗。自安帝独立执政以来，外戚多乘幼主之弱，逞其专威，胡作非为。一旦弱主羽翼渐丰，宦官势力为皇帝所依靠，因而诛杀外戚就成为必然之势。到了顺帝后期，梁氏外戚称盛三十余年，到了桓帝时，方对梁氏大开杀戒，则主要依靠宦官之力。此后外戚势弱，宦官跋扈：封侯者有之，任骠骑将军者有之。后来窦氏、何氏也意欲专权，不久终因女主过于信赖宦官而难以割弃，反为宦官主动出击所灭。而大臣的任命、朝廷的封赏皆由宦官所把持，正直的大臣无论多么好的谏议，很少被采用；若触及宦官的利益，很少有好下场：轻则罢官，重则弃市。只有德高望重的重臣如黄琼、黄琬和杨震、杨赐、杨秉等才能幸免于难。至于如陈蕃、李固者，也为狂妄无知的宦官所棒杀。正是在这种情况下，连有"关西孔子"之称的杨震也被逼自杀，党人因此拍案而起，朝野呼应，以补救弊端，激浊扬清。

史家范晔在追溯"党锢"源起时，认为战国之时，"霸道既衰，狙诈萌起。强者以决胜为雄，弱者以诈劣受屈。至有画半策而绾万金，开一说而锡琛瑞。或起徒步而仕执珪，解草衣以升卿相。士之饰巧驰辩，以要能钓利者，不期而景从矣。自是爱尚相夺，与时回变，其风不可留，其弊不能反。"[1]这种令贾谊、东方朔、扬雄等人神往的局面，延续到汉高祖初创天下。"及汉祖杖剑，武夫勃兴，宪令宽赊，文礼简阔，绪余四豪之烈，人怀

---

[1] （南朝宋）范晔：《后汉书》，2184页，北京，中华书局，1965。

陵上之心,轻死重气,怨惠必雠,令行私庭,权移匹庶,任侠之方,成其俗矣。"①及至文景之时,天下太平。"游士"已经失去了自由驰骋的空间,生存压力较大,前程仕途受限。因而诸侯与中央皇权之间的紧张关系则使士人逐渐失去了"游"的自由而被固定在中央集权的大网中。自雄才大略的汉武帝即位之后,一改汉代休养生息的治政方略,不仅从政治上削藩推恩,使宗室的力量彻底弱化而加强皇权,而且从思想文化上"罢黜百家,独尊儒术",将士人的思想与仕途全部控制在经术上。及至王莽篡位,"忠义之流,耻见缨绂,遂乃荣华丘壑,甘足枯槁。"②士人隐居山林的原因很多:或称病不仕,或不愿污身,或恐性命之忧。这种政治后遗症并未因刘秀的"光武中兴"而有多大改观。"虽中兴在运,汉德重开,而保身怀方,弥相慕袭,去就之节,重于时矣。"③如张衡所处的时代,也大有屡召不仕者在。到了女主临朝的时代,外戚专权,宦官作乱,士人的生存更为艰难。"逮桓灵之间,主荒政缪,国命委于阉寺,士子羞与为伍,故匹夫抗愤,处士横议,遂乃激扬名声,互相题拂,品核公卿,裁量执政,婞直之风,于斯行矣。"④由此可见,党人之祸源于政治腐败、朝政荒疏、阉竖乱政!所谓"婞直",即倔强固执之意⑤。"婞",刚愎自用,不听话。"婞,很也",引申为刚直⑥。以"婞直"来形容党人的性格或整个形象,极为准确形象。

顺帝时,作为蠡吾侯的刘志受业于甘陵的周福,即位后的桓帝提拔恩师为尚书。当时周福的同郡乡友河南尹房植在朝中闻名。民间有歌谣予以讽刺,"天下规矩房伯武,因师获印周仲达。"这样一来两家宾客相互讥讽,各树朋党渐成仇隙,"党人"的议论由此形成。在太学中,郭林宗、贾伟节与

---

① (南朝宋)范晔:《后汉书》,2184页,北京,中华书局,1965。
② 同上书,2185页。
③ 同上书,2185页。
④ 同上书,2185页。
⑤ 中国社会科学院语言研究所词典编辑室编:《现代汉语词典》(第七版),470页,北京,商务印书馆,2018。
⑥ 王力主编:《王力古汉语言词典》,199页,北京,中华书局,2000。

李膺、陈蕃、王畅等人相互标榜、褒扬，因此"天下楷模李元礼，不畏强御陈仲举，天下俊秀王叔茂"的歌谣便在太学广为流传。再加上"渤海公族进阶、扶风魏齐卿"，并"危言深论，不隐豪强"，因此"自公卿以下，莫不畏其贬议，屣履到门。"①至此，党人的舆论力量可见一斑，引起了朝野震动，成为不可忽视的、颇具威胁的一股势力！实际上，若从对人的褒贬而形成一种舆论力量来看，早在东汉初年就已露端倪。马援在致侄子的信中告诫他们要学龙伯高的敦厚周慎，而不学杜季良的豪侠好义。后来杜季良的仇人上书，起诉杜季良"为行浮薄，乱群惑众，伏波将军万里还书以诫兄子，而梁松、窦固以之交接，将扇其轻伪，败乱诸夏。"②光武帝把讼书和马援的诫书给梁、窦二人看，并训诫之。两人叩头流血才免于罪行。马援所贬的人被免官，被褒的人被提拔为零陵太守。梁、窦二人一为驸马，一为将军。可见，马援训诫侄子之书所形成的舆论威力。及至河南尹李膺捕杀获赦的杀人犯张成之子，反为其弟子牢修所诬告，称他树立声名，交结宾客游士，"更相驱驰，共为部党，诽讪朝廷，疑乱风俗。"因此，相信张成"善说风角"的桓帝非常愤怒，诏令全国搜捕党人，株连两百多人。第二年，因尚书霍谞、城门校尉窦武的上书请求，党人才得以赦免归乡，但却"被禁锢终生"。从此，"党人之名，犹书王府"③。后因宦官势力占上风，党人遭受空前的打击。然而坏事也可以变成好事，失败与成功相辅相成。正直的党人却因此名声大震、远播海内，虽败犹勇、虽辱犹荣；而邪枉的小人却深受世人的轻蔑。这样至少迎合了或者说暗合了中下层士人学子或其他人士无缘于功名仕途却可以由此而获名的内在心理动机：这是立德、立功、立言之外的另一种成名的捷径，虽然同样要承担很大风险，但只要能够青史留名，即便搭上身家性命，也在所不惜。因此"海内希风之流，遂相摽榜，指天下名士，为之称号。"品第由高到低，有"三君""八俊""八及""八顾""八对"之称。

---

① （南朝宋）范晔：《后汉书》，2186 页，北京，中华书局，1965。
② 同上书，845 页。
③ 同上书，2187 页。

"君",指为一世所宗,如陈蕃、刘涉等;"俊",即人杰,如李膺、杜密等;"及",指能以德行吸引、指引人,如郭林宗、范滂等;"顾",指能引导人学习的,如张俭、刘表等;"对",指能以财物解救、帮助人的,如张邈、刘儒等①。由这些命名的价值取向来看,含义多样而复杂:从德行上看,似儒家的"三立";由物质方面和节义方面看,似墨家的侠义;从其果敢杀伐看,又似法家;从其先斩后奏或斩而不奏看,似有悖于儒家的"温柔敦厚"。这杂多的因素也影响了时人与世人对党人的评价,如当时的名门之后杨赐、黄琬对党人颇有微词,而同为党人却很温和的郭林宗也很知时处顺,迥然不同。史家范晔也认为党人的作风因太"过"而获祸:"夫上有好则下必甚,矫枉故直必过,其理然矣。若范滂、张俭之徒,清心忌恶,终陷党议,不其然乎?"②而桓帝灵帝均对党人予以严厉的打击,直到黄巾起义因害怕党人为黄巾所利用才予以解锢。这充分说明朝廷对婞直党人是深恶痛绝的。

后来的魏文帝曹丕在黄初四年(223)春正月下诏禁止复仇,"丧乱以来,兵革未戢,天下之人,互相残杀。今海内初定,敢有私复雠者皆族之。"③这虽然是针对当时的情况,但结合党人多敢杀人报私仇的历史来看,未尝不是对民间复仇遗风的禁绝,也间接说明了魏文帝对桓灵时代党人之风的不满。这与他此前有关禁止外戚干政、宦官专权的诏令极为相关,即吸取前朝的教训,如黄初三年(222)九月的诏令,"夫妇人与政,乱之本也。自今以后,群臣不得奏事太后,后族之家不得当辅政之任,又不得横受茅土之爵;以此诏传后世,若有背违,天下共诛之。"④又如黄初元年(220),"置散骑常侍、侍郎各四人,其宦人为官者不得过诸署令;为金策著令,藏之石室"。⑤今人余英时先生认为,此乃士大夫群体与个体自觉的表现。"盖自东汉中叶以来,士大夫之群体自觉与个体自觉日臻成熟,党锢狱后,士大夫

---

① (南朝宋)范晔:《后汉书》,2187页,北京,中华书局,1965。
② 同上书,2185页。
③ (晋)陈寿:《三国志》,82页,北京,中华书局,2000。
④ 同上书,80页。
⑤ 同上书,58页。

与阉宦阶级对抗精神渐趋消失，其内在团结之意志亦随之松弛，而转图所以保家全身之计。"①这既说明了党人思想资源的复杂性，也说明了党人内部的巨大分歧，但作为首脑人物的李膺却是激进派的代表。

李膺，字元礼，颍川襄城人。祖父李修曾任安帝时的太尉，父亲李益为赵国相。他性情"简亢"，即简慢而高亢。也就是说既无礼而又高傲。由于家庭出身较好，所以才非常傲慢。因此之故，他很少与人交朋友。只与同郡的荀淑、陈寔成为良师益友。从他的性格、经历看，确实是名如其人。"膺"，有胸、接受（天命等好的东西）、抵抗、抗击、讨伐之意②。由于心高气傲，所以只能接受好的或者是他认为好的人或事，而抵抗或讨伐他认为不好的人或事。正因为如此，所以他才有很高的威望。《世说新语》评之为："李元礼风格秀整，高自标持，欲以天下名教是非为己任。后进之士，有升其堂者，皆以为'登龙门'。"③因此他择友也很苛刻，主要注重道德品格的完善。与之相师友的无一例外都是名人与"完人"：陈寔是陈蕃的兄弟，荀淑也是知名人士。李膺曾经被荀淑评为"清识难尚"④，实为知言。以"清"识人，以"清"传世，但这种过于苛刻的标准使人难以效法学习。正所谓，水至清则无鱼，人至察则无友。因此之故，"高自标持"的初衷大概与追求卓尔不群而扬名于世有关吧。这样就难免使自己在"知名"的同时也陷于孤立的境地，为后来的"党锢之祸"埋下了伏笔。李膺初举孝廉，为司徒胡广所辟，后数任地方太守、刺史等职。任青州刺史时，地方的太守、县令害怕他的威严与廉明，"多望风弃官"。担任乌桓校尉，不畏危难，所向披靡，令敌人心惊胆寒。后因公事被免官，定居纶氏，教授门徒，常有千人慕名求学。由于收徒标准很严，品行不端者拒不接纳。曾被他拒绝的南阳人樊陵后来阿附宦官而致太尉，为士林所不齿。而品行高洁的荀淑受到他的

---

① 余英时：《士与中国文化》，317 页，上海，上海人民出版社，2003。
② 王力主编：《王力古汉语言词典》，1633 页，上海，中华书局，2000。
③ （南朝宋）刘义庆：《世说新语》，3 页，沈阳，辽宁教育出版社，1997。
④ 同上。

赏识，并以能为他驾车而倍感荣幸。

永寿二年（156）鲜卑入侵云中地区，桓帝听说李膺的才干而征其为度辽将军。他一到任，鲜卑人皆闻风丧胆，同时，羌人还将此前所掳掠的人口全部送还。从此以后，他的声名威震边关。延熹二年（159）征为河南尹，听说宛陵大姓羊元群因贪赃而被从北海郡免官，李膺准备上书治其罪，终因羊氏贿赂宦官而反被诬陷，贬官降职。此时与他共同协力、志在"纠罚奸过"的廷尉冯琨、大司农刘佑等人也戴罪受罚。正因为司隶校尉应奉受理此案并上书朝廷请求宽大，才得以全部免刑。李膺后再拜司隶校尉。当时中常侍张让的弟弟张朔为野王令，贪残无道，甚至杀害孕妇。听说李膺的严厉与威风后，畏罪潜逃，躲在其兄家的合柱中。李膺了解详情后，率领将吏直接破柱取人，押回洛阳监狱，审完后立即诛杀。张让向桓帝喊冤，桓帝诏李膺进宫，质问他为何不先奏而斩。他则义正词严，理由充足，桓帝也无话可说，训斥张让并遣其出宫。从此宦官们都老老实实的，无事不敢出宫胡作非为。桓帝感到很奇怪，询问原因，宦官们叩头哭诉：害怕李校尉。此时朝廷混乱，纲纪废弛，而李膺却以特立独行的风采而闻名遐迩，朝野瞩目。士人有被他接纳者，称作"登龙门"。后李膺在遭遇党祸被审判时，太尉陈蕃拒不受理，认为所审判的都是国内名流和忧国秉公的忠臣，这些人都应该十代赦免，怎能罪名不明显就逮捕审讯呢？桓帝更加恼羞成怒，于是将李膺等人投到黄门北寺监狱。李膺等人掌握很多宦官子弟的罪状，宦官害怕多被牵连，请求桓帝赦免。李膺获赦免官回归乡里，住在阳城山中。天下士人都以李膺的道德为高尚，朝廷的政治为污浊。陈蕃被免去太尉之职后，朝野都认为李膺是最佳人选。荀爽却怕他名声太大，易成为群小攻击的目标，想让他保持低姿态，以求在乱世中保全自己。就修书一封，认为现在朝廷混乱，小人得逞，"智者见险，投以远害。虽匮人望，内合私愿。想甚欣然，不为恨也。愿怡神无事，偃息衡门，任其飞沉，与时抑扬。"①很明显，荀爽的态

---

① （南朝宋）范晔：《后汉书》，2196页，北京，中华书局，1965。

度也很能代表相当多士人的心理取向：邦有道则见，邦无道则隐，明哲保身，这既是儒家孔圣人的处世之道；在乱世中保持"怡神无事""与时抑扬"的态度也说明了相当多的士人对当时的朝廷已不抱任何希望，对刘氏政权的君权神授观念也深表怀疑，仿佛有大厦将倾、独木难支、赶快逃离、避害全生的末世感。面对这种明智而又消极的建议，志在必得、一往无前的李膺是不会接受的。

不久，桓帝死，陈蕃为太傅，与大将军窦武共同执政，联合谋诛宦官。因此广招天下贤良的名士，任命李膺为长乐少府。后来因消息走漏，陈蕃、窦武为宦官所杀，李膺等名士也因此再次被废。后来名门之后张俭因弹劾宦官侯览及其母亲"残暴百姓，所为不轨"①的罪行并请诛杀，却反被侯览指使佞妄小人朱并诬为党人而追杀。面对大肆搜捕党人的血腥气氛，面对乡人劝逃的忠告，他则毫不畏惧，主动自投罗网，并留下铁骨铮铮的遗言："事不辞难，罪不逃刑，臣之节也。吾年已六十，死生有命，去将安之？"等待他的是："考死，妻子徙边，门生、故吏及其父兄，并被禁锢。"②对此，范晔也有自己的评价："李膺振拔污险之中，蕴义生风，以鼓动流俗，激素行以耻威权，立廉尚以振贵执，使天下之士奋迅感概，波荡而从之，幽深牢破室族而不顾，至于子伏其死而母叹其义。壮矣哉！子曰：'道之将废也与？命也！'"③这说明李膺的"节义"可嘉，然而，汉命将亡，人力难救！徒唤奈何？正因为临危不惧、视死如归的凛然正气，才使世人为之称叹、仰慕。当时的侍御史景毅因仰慕他的贤德，派儿子景顾拜他为师，因没有记录在案而幸免于牵连。景毅则认为"岂可以漏夺名籍，苟安而已！"④而自愿上表免官，回归乡里。对这种以涉党祸为荣、不以党祸为耻的行为，人们评价很高，认为是"义"举而称道。而范滂在灵帝建宁二年（169）被追捕之时，

---

① （南朝宋）范晔：《后汉书》，2210 页，北京，中华书局，1965。
② 同上书，2197 页。
③ 同上书，2207～2208 页。
④ 同上书，2197 页。

当事官员和他母亲的态度充分说明了世人对党人"义举"的尊崇与肯定。 负责抓捕他的督邮吴道抱着诏书,关在传舍趴在床上哭泣;县令郭楫大为震惊,解去印绶,想与他一起逃亡;其母则称赞他死得其所:"汝今得与李、杜齐名,死亦何恨! 既有令名,复求寿考,可兼得乎?"①这同时不也透露出时人对名节之"名"的重视吗?

高祖时赵王张耳的后代张俭被追捕逃亡。 从民间吏民士绅对他的冒死救护来看,说明朝廷王纲的废弛,人心思变,此情此景宛如战国时期的短暂再现。"俭得亡命,困迫遁走,望门投止,莫不重其名行,破家相容。"流亡到东莱李笃家,外黄令毛钦率兵跟踪而至。 面对李笃"张俭知名天下,而亡非其罪,纵俭可得,宁忍执之乎"的仗义执言,毛钦叹息而去。 张俭因此逃到塞外而幸免。 然而为了保护他,民间付出的代价可谓惨重:"其所经历,伏重诛者以十数,宗亲并皆殄灭,郡县为之残破。"②对此,范晔给予了激情而理性的评价:"昔魏齐违死,虞青解印;季布逃亡,朱家甘罪。 而张俭见怒时王,颠沛假命,天下闻其风者,莫不怜其壮节,而争为之主。 至乃捐城委爵、破族屠身,盖数十百数,岂不贤哉! 然俭以区区一掌,而欲独堙江河,终婴疾甚之乱,多见其不知量也。"③中元元年(184)党锢禁令解除,才回到乡里,面对任何征召"皆不就"。 献帝初年,"百姓饥荒,而俭资计差温,乃倾竭财产,与邑里共之,赖其存者以百数"。"建安初,征为卫尉,不得已而起,俭见曹氏世德已萌,乃阖门悬车,不豫政事。"④李膺的"鼓动流俗"和张俭的"独堙江河",在范晔眼中皆是应对乱世的不智之举。 因为这毕竟不是战国诸侯争雄的时代,这皇家一统的天下令士人插翅难逃。 于是党人很快被镇压,张俭之辈也就很快灰心丧气,重心反思人生,只行善事而不再热衷于政事。 这是谷永"天下者,天下人之天下"观念在现实中的短暂实

---

① (南朝宋)范晔:《后汉书》,2207 页,北京,中华书局,1965。
② 同上书,2210 页。
③ 同上书,2211 页。
④ 同上书,2211 页。

验,经过血与火的考验在后世偶尔闪现光辉,如明末东林党人和清末的戊戌六君子以及五四新文化运动的闯将等。这可以说是士人赴汤蹈火、视死如归的热情在短暂释放之后的疲软,是亢奋之后对现实的绝望,是士人憧憬战国残梦后的破灭。因而此后的士人更加内敛,更加转向内心以图自保,不再关心时世的情绪更加浓烈起来,直到冷眼目送汉王朝的形同木偶、任人操纵直至寿终正寝。

如果说李膺为代表的党人有知难而进的惨烈精神,效仿战国游士为匡扶汉室殉难、名垂青史的话,那么郭泰为代表的,同样为党人、士人所推崇的知难而退、安时处顺、隐忍自存的价值取向更为持久与深刻。前者有墨孟式的舍生取义之果敢,后者有孔老式的明哲保身之智慧。前者有名誉高于一切之倾向,后者则有生命高于一切之立场。前者为"狂",勇于进取;后者为"狷",洁身自好。孔子云:"不得中行而与之,必也狂狷乎?狂者进取,狷者有所不为也。"(《论语·子路》)"'狂'、'狷'也有不合流俗、不守常规的特征。可见,孔子并不喜欢后世之'谦谦君子'。"①胡广这样的"和事佬"大概就是所谓的苟且偷生式的"谦谦君子"吧!从历史进程看,"狂"(狂士)与"狷"(洁者)二者是相辅相成,互为补充的。前者有"达则兼济天下"、"重道弘毅"之精神,后者有"穷则独善其身"、忍辱负重之极端。相比较而言,后者更为普遍,更为明智,颇有孔子"邦有道则现,邦无道则隐"的内敛。与李膺同时而齐名的郭泰就是其中的代表。郭泰,字林宗,太原界休人。与李膺的出身名门相反,他则早孤并家世贫贱。面对母亲想让他在县廷里找份杂差干的善意,他则自有大志而辞退:"大丈夫焉能处斗筲之役乎!"②颇有陈蕃"大丈夫处世,当扫除天下,安事一室乎!"③的壮志。不过,陈蕃是"扫"与"惩",而郭太则是"识"与"誉"。二者有进取与自处之别,是两种人格类型,则分别代表着两种价值取向,终有两种人

---

① 李泽厚:《论语今读》,317页,合肥,安徽文艺出版社,1998。
② (南朝宋)范晔:《后汉书》,2225页,北京,中华书局,1965。
③ 同上书,2159页。

生结局。他虽出身贫贱，却志向高远。他跑到成皋向屈伯彦求学，由于聪明好学，刻苦勤奋，三年毕业，博通典籍。他的长处是不仅身材高大魁伟、风流倜傥，而且声音洪亮优美；不仅善于"谈论"，而且更明于"知人""好奖训士类"。这些形成了他独具特色的个人魅力，使他成为士林倾慕的人物。他游学到京师，拜见河南尹李膺，为心高气傲的李膺"大奇之，遂相友善，于是名震京师。后归乡里，衣冠诸儒送至河上，车数千辆。林宗唯与李膺同舟而济，众宾望之，以为神仙焉"①。

如此高洁自处的人物，自然为士林所效法。曾经在陈梁之地云游，途中遇雨，就将头巾一角垫高为了遮雨，却为时人所摹仿，称之为"林宗巾"。面对如何看待郭林宗这个问题，范滂的回答颇令人回味："隐不违亲，贞不绝俗，天子不得臣，诸侯不得友，吾不知其它。"②这说明范滂眼中的郭泰，不是道家老庄之徒，仍然为儒家中的异类与智者，因而也有暗自佩服之意。因为《礼祀》也有"儒有上不臣天子，下不事诸侯"之论，说明郭泰确实是儒中的大智者，为范滂等人所不及。其实范滂在首次遭遇党祸被赦免返乡时，也有智者的忧思。"滂后事释，南归。始发京师，汝南、南阳士大夫迎之者数千两。同囚乡人殷陶、黄穆，亦免俱归，并卫侍于滂，应对宾客。滂顾谓陶等曰，'今子相随，是重吾祸也。'遂循还乡里。"③经过临死获赦的历难之后，范滂似乎对生命有所领悟，似乎比李膺更富有智慧。他在接受中常侍王甫的审讯时，已领悟到善不可为、好人难当的困惑，大义凛然，不畏刑戮之节令王甫为之改容。"古之循善，自求多福；今之循善，身陷大戮。身死之日，愿埋滂于首阳山侧，上不负皇天，下不愧夷、齐。"④本可以逃走，却自愿就死。主要是因为既不忍亲人流离遭难，更不愿连累劝之逃生的办案官吏。"滂死则祸塞，何敢以罪累君，又令老母流离乎！"这里似乎可以看到戊戌变法失

---

① （南朝宋）范晔：《后汉书》，2225 页，北京，中华书局，1965。
② 同上书，2226 页。
③ 同上书，2206 页。
④ 同上书，2205～2206 页。

败后慷慨就义时谭嗣同的身影。面对儿子，他百感交集，充满着焦虑与困惑，主要是道德选择方面的"二难"："吾欲使汝为恶，则恶不可为；使汝为善，则我不为恶。"①这与后来嵇康《诫子书》中的训诫何其相似！党人的悲壮依然唤不回汉家江山的清平，反令志士仁人寒心，加速了昏妄君主的灭亡。郭林宗深深地意识到这一点，因此较为清醒与理性。在忠孝难于两全的情况下，他义无反顾地舍忠而取孝。他不仅至孝，而且善生；只有善生，才能保家为孝。当然"善生"不是偷生、苟生，而是智慧地生存，不损人利己，也不卖媚求容，而是有尊严地活着：凭智慧而正直地生存。他"虽善人伦，而不为危言核论，故宦官擅政而不能伤也。及党事起，知名之士多被其害，唯林宗与汝南袁闳得免焉，遂闭门教授，弟子以千数。"②当然他也不是一味为全身避害而无是非感，其爱憎仍很鲜明，只不过比较内敛、低调而已。建宁元年（168）听说太傅陈蕃和大将军窦武为阉人所残酷杀害的消息之后，在临野中云游的他放声恸哭，并感叹汉家江山之难固③。也许是悲伤过度，也许是对现实的绝望，年仅四十二岁的他于169年正月在家中去世。前来参加吊唁的士人成千上万。《后汉书》注引《谢承书》称："自弘农函谷关以西，河内汤阴以北，二千里负笈荷担弥路，柴车苇装塞途，盖有万数来赴。"与他志同道合的人为之刻石立碑，并请蔡邕撰写碑文。事后蔡邕对涿郡的名儒武将卢植说："吾为铭多矣，皆有惭德，唯郭有道无愧色耳。"一代经史博通的大儒的评价和四方之士万人的凭吊，充分说明了乱世求生存楷模对士人的吸引力与影响力。郭林宗的影响力不仅在于他的清节自守，而且还在于他所奖掖的士人皆如他的鉴别，可谓神明知人。他令那些后来的好事之徒，"或附益增张，故多华辞不经，又类小相之书"，难忘其项背。他所奖掖者，多名副其实。他既能识孟敏、茅宏、虞乘于微贱之时令其从学以成器，又能励左原、贾淑、宋果弃恶而从善；既能料史叔宾、黄允盛名之下其实难副的不足，又能预谢甄、边让英才有余而拙于守道

---

① （南朝宋）范晔：《后汉书》，2207页，北京，中华书局，1965。
② 同上书，2226页。
③ 同上书，2226页。

的后果。总之，他所赏识、鉴拔的六十多人，"并以成名"①。对此范晔有更高的评价："庄周有言，人情险于山川，以其动静可识，而沈阻难征。故深厚之性，诡于情貌；'则哲'之鉴，惟帝所难。而林宗雅俗无所失，将其明性特有主乎？然而逊言危行，终亨时晦，恂恂善导，使士慕成名，虽墨、孟之徒，不能绝也。"②与其同时或稍后的符融、田盛、许劭等或优游不仕，或谨慎出处。面对劝仕者，许劭也认为"方今小人道长，王室将乱，吾欲避地淮海，以全老幼"③。由此可见，许劭与郭泰为英雄所见略同。若从最根本处来说，乱世中谁也难保一生平安，但相对而言，淡泊名利，慎于出处，全生保家的安全系数要高得多。而这种处世思想与生存意识则为绝大多数士人所接受。这在汉末表现得尤为突出。而面折廷争的极少，面对强权与邪恶势力，采取迂回曲折或智慧求生者很多。士人似乎明白了一个道理，既然不去谋江山，谁人做皇帝皆可以，只求自己有较好的生存空间与较大的发展机遇就成！这与农民谁当皇帝都一样——只要有饭吃，交皇粮就成的意识可谓异曲同工。当然，这也是儒家经过神化后难应乱世的失态表现。这既是士人人格的分裂，也是士人生存的常态；既是对刘氏江山君权神授的怀疑，也是对天人感应说的认同；既是对现实强权的强烈抗议，也是对昏庸王朝的沉默哀悼！

◎ 第三节

献帝时期的政治崩坏与士人心态

汉朝经过王莽的篡位称帝，已经龙脉大丧，虽经光武中兴，仿佛死而复

---

① （南朝宋）范晔：《后汉书》，2231 页，北京，中华书局，1965。
② 同上书，2231 页。
③ 同上书，2235 页。

生的人终难再有大气浑圆之感。这位以柔术治天下的半个秀才虽经营甚勤，然三帝而盛，其后由女主执政，宦官作乱，再由桓灵两个败家子皇帝的胡作非为，终于使刘氏江山元气尽丧，逐渐走向灭亡的边缘。灵帝崩亡，何太后女人见短，而大将军何进优柔寡断，其弟何苗更是鼠目寸光，贪利容宦。何进欲引董卓威胁何后诛杀宦官，结果反为宦官张让先发制人而诛杀，何氏一族灭亡。至此外戚专权已告结束。袁术焚烧东、西两座宫殿，袁绍、卢植前后夹击，将宦官诛杀殆尽。至此宦官乱政的历史也几乎同时落下帷幕。何进不听王允、陈琳等人的进谏，结果招来禽兽大盗、一介屠夫式的武夫董卓，可谓引狼入室。董卓以虎狼之心君临朝廷，视百官如群羊，为所欲为；自为司空、相国，而谋废少帝、杀太后、焚宫室、迁西都。"天下饥乱，士大夫多不得其命。"①自189年至192年，诛杀董卓，夷其三族，西北军阀的灾祸仍然在蔓延。李傕、郭汜等军阀为董卓复仇，横行暴虐，滥杀大臣。直到建安元年（196）秋七月甲子，献帝回到洛阳。此时经过长达七年的战火摧残，洛阳的情境令人心酸："宫室烧尽，百官披荆棘，依墙壁间。州郡各拥强兵，而委输不至，群僚饥乏，尚书郎以下自出采稆，或饥死墙壁间，或为兵士所杀。"②同年八月庚申，迁都许。

至此汉王朝已进入军阀割据时代，汉献帝仿佛是东周时的"共主"。而经过南征北战，曹操终于胜出，"挟天子以令诸侯"，以其武勇与智慧逐渐平息了长江以北中国的大部分地区。208年的官渡之战，曹操彻底打败并消灭了袁绍的势力；212年赤壁之战，曹操试图征服孙权无功而返。此后直至220年曹操死，曹丕称帝，三国鼎立的局面已经确立。而在各自割据的范围内，社会基本稳定，人民逐渐得到休养生息，国家处于恢复元气和争雄并峙的状态：曹操据有长江以北，刘备据有长江上游的西南巴蜀之地，而孙权据有长江中下游的江东地区。此时的家国观念再一次考验着士人，君臣观念重新定位，贤臣择明君、雄才弃暗主的局面再次出现，士人的自由之梦再次复

---

① （南朝宋）范晔：《后汉书》，2260页，北京，中华书局，1965。
② 同上书，379页。

活。然而由于曹操据有北中国、刘备偏居西南和孙权偏安东南,士人生存的空间远不如战国时期。而战国七雄有六个在长江以北,况且那时的霸主多世袭贵族出身,多少还有些雍容大度气象,思贤如渴、礼贤下士之风甚浓,为的是得士者得天下。而今长江以北主要在曹操的掌控之中。况且三位割据者都非名门,而作为名门之后的二袁反而较早败灭。相比之下,出身微贱的三位霸主只有曹操略胜一筹。然而,士人一旦为他所用,稍不留意亦会死于非命。因为逐鹿称帝的野心在耸动着霸主的神经。而持守正统和大一统忠孝观念的士人也在面临着忠孝节义的新考验:明君与贤相、世袭与禅让,何者为先,谁主沉浮?汉献帝虽然贤明,但生不逢时。"献生不辰,身播国屯。终我四百,永作虞宾。"[1]纵他再有回天之力,也难挽汉代的败运。"天厌汉德久矣,山阳其何诛焉!"[2]在末世之时,面对强敌,汉献帝也只能忍气吞声,听凭曹氏集团随心所欲的摆布。建安十九年(214),曹操兴师问罪,清算旧账,诛杀伏皇后,汉献帝也只有以泪洗面的份。曹操分别于建安十八年和二十一年称魏公、魏王。直到曹操去世,狂妄而轻率的曹丕取汉献帝而代之。事实证明,在一个皇权虚弱、强梁环伺的空间里,士人是无奈的,皇帝也只是一只纸老虎而已。君权不再神圣,忠孝不再崇高,仅为诛杀异己的借口而已。曹丕逼汉献帝禅让,为司马氏篡曹所效仿。这种灵魂的交战煎熬着士人,其中尤以孔融为代表。

孔融(154—209),也是一个很复杂而又很矛盾的人物。他之所以知名于后世,首先是他惊世骇俗的言论与过于早熟的智慧,其次是他为孔子的第二十代孙,再次是他与曹操对着干。尤其是最后一点,因人们或民间对曹操出身与奸诈的不满而在心理上的放大,从而使他在阴影的对比下闪亮登场,仿佛是光明为衬托黑暗而存在。纵观他的一生,其政治建树了了,但或因《世说新语》的记载并忝列"建安七子"而为后人所称赏。充其量,孔融只是一个不合时宜的名士和无大作为的文人而已。他的悲剧也由此而产生,并

---

[1] (南朝宋)范晔:《后汉书》,392页,北京,中华书局,1965。
[2] 同上书,391页。

留给后人无尽的思考。

我们先看他惊世骇俗的言论与行为。孔融,字文举,鲁国人,孔子的第二十代孙,他的七世祖孔霸为元帝的老师、侍中;父亲孔宙,为泰山都尉。他名如其人,"文举"者,以文才而举世也。这文才,在幼小时即已崭露头角。十岁的他有两件事即已令人称叹:其一是,排行第六的他,在兄弟分梨时专拣小的拿,面对大人的询问,他的理由是:"我小儿,法当取小者。"由此令族人称奇①。这位孔融,小小年纪就流露出超级"遵法守纪"的自觉。如此早熟的智慧,似乎有违"自然之性",确实令人匪夷所思!当然,从中也可以看出他因循古道的天性来!其二是,随父亲到京师洛阳游玩,慕名前去拜访大名鼎鼎的李膺。当时任河南尹的李膺心高气傲,凡外来求见者非当世名人与通家友好之人,概不接待。久闻李膺大名而又机智的孔融就对其门人说是李膺的通家子弟。见到孔融后,李膺大吃一惊,问他两家有何恩旧。他则答道,因为孔子与李聃"同德比义,而相师友",所以,"融与君累世通家"。这里,聪明的他用的是诡辩法,钻了"通家"的空子,使在座的"当世名人与通家"无不叹为观止。稍后而来的太中大夫陈炜听到这个消息后评论道:"夫人小而聪了,大未必奇。"孔融则反唇相讥:"观君所言,将不早惠乎?"②李膺大笑着说,"高明必为伟器"。当时凡被李膺接见的士人被荣称为"登龙门",而此时十岁的孔融可谓已登龙门,名震士林了。

其实相比较而言,陈炜更能识人,比李膺更具识力!此时孔融的怪异与偏执已初露锋芒:虽为孔门之后,却不守孔门规矩——不知尊敬师长,有违长幼之序,更有蔑视权威之嫌;虽为童言无忌,但却让人为之惊叹与担忧!在十岁的孔融身上已透露出崇拜权威与蔑视权威的矛盾组合。十三岁时,失去父亲,过度的悲哀使之非常虚弱,乡里称孝。性好学,广泛博览并多精通。十六岁时,张俭被中常侍侯览诬蔑为党人而被追捕逃亡。此时与兄长孔褒有旧交的张俭前来投奔,孔褒不在。张俭认为孔融年龄

---

① (南朝宋)范晔:《后汉书》,2261页,北京,中华书局,1965。
② 同上。

小，未能告诉他实情。机灵的孔融看到他一脸窘相，对他说："兄虽在外，吾独不能为君主邪？"后来走漏风声，追兵赶到，张俭得以逃脱，孔融、孔褒被捕入狱。在审讯中兄弟二人和母亲争相承担罪过，"一门争死，郡县疑不能决，乃上谳之。诏书竟坐褒焉，融由是显名，与平原陶丘洪、陈留边让齐声称。州郡礼命，皆不就。"①青少年时期的奇谈怪论，人们可以视之为早慧聪敏的表现。虽有冲撞、无礼之嫌，人们也不去追究较真，至少他不会闯下大祸。而一旦进入社会，尤其是进入风险很大的官场，稍不留神，将会大祸临头。孔融、边让、祢衡的放荡不羁被视为非圣非法，结果都死于非命。

孔融因为精通儒学，自然遵从古制，富有正义感。如被辟为司徒杨赐府下，不畏官权威，多举报宦官亲族，面对尚书的责问，他"陈对罪恶，言无阿挠"②。后来奉杨赐之命，前去祝贺由河南尹刚刚荣升为大将军的何进，只因何家通报不及时，他则"夺谒还府，投劾而去。河南官属耻之，私遣剑客欲追杀融"③。后有人劝说何进，认为孔融名气很大，若结怨于他恐怕"四方之士引领而去矣。不如因而礼之，可以示广于天下"④。于是被何进拜为御史，因与中丞赵舍性情不合而托病归家。后又被辟为司空掾，拜为中军候，不到三天又升为虎贲中郎将。当时董卓废立皇帝，他则以匡正之言对答，因违背董卓的意旨而被降为议郎。当时北海郡的黄巾势力最凶，董卓让三府派他任北海相，似有借刀杀人、置之死地而后快的动机。通过这一考验，充分说明孔融的政治才能非常有限。他刚一到任，就"收合士兵，起兵讲武，驰檄飞翰，引谋州郡"，"更置城邑，立学校，表显儒术，荐举贤良郑玄、彭璆、邴原等"，采取重文礼善之举。而军务上先为张饶二十万大军所败，退守朱虚县，后为管亥包围于都昌。被逼无奈之下，请东莱太守太史慈

---

① （南朝宋）范晔：《后汉书》，2262页，北京，中华书局，1965。
② 同上书，2262页。
③ 同上书，2263页。
④ 同上书，2263页。

求助于平原相刘备，刘备深感荣幸。"孔北海乃复知天下有刘备邪？"①于是派遣三千人为之解围。当时袁绍、曹操的势力很大，而孔融却不去依附交善。很有智谋的左丞祖，劝他前去结交。他知道袁绍、曹操两人都有图谋汉室的野心，不想苟同，因此怒而杀害左丞祖。由此可见他的顽固不化、残忍霸道与不识好歹。他"负其高气，志在靖难，而才疏意广，迄无成功"②。在北海郡的六年，无甚作为。表荐刘备为青州刺史，大概与刘备为之解围很有关系。

孔融骨子里笃信儒学，等级尊卑观念极强，因而对曹操种种僭越之举极为不满，并不时予以冷嘲热讽，与之对抗。曹操对袁绍的大本营邺城屠城之后，大肆掳掠袁氏的女性，并为曹丕私娶袁熙美丽的妻子甄氏。孔融得知消息后，修书一封予以嘲讽，称之为"武王伐纣，以妲己赐周公"。可谓妙语连珠，明褒暗贬。面对博学的孔融之说，曹操不解其意问其出处，他则和盘托出："以今度之，想当然耳。"③曹操讨伐乌桓，他又加以嘲讽，显示出他的聪明、博学与刻薄来。由于对曹操有很强烈的成见在先，因而不分青红皂白地与之对着干，几近于逞能与胡闹。当时由于战事频繁，灾年相仍，曹操为节约用粮，提倡节俭之风，因而颁布禁酒令。他则多次上书称颂酒德，与之相争，并多侮谩之辞。事实上，他自己嗜酒，常有"坐上客恒满，樽中酒不空，吾无忧矣"④之名言。因而称颂酒德既为不合时宜，也为诡辩，更有不顾大局、一味自私与无理取闹之嫌。"既见操雄诈渐著，数不能堪，故发辞偏宕，多致乖忤。又尝奏宜准古王畿之制，千里寰内，不以封建诸侯。操疑其所论建渐广，益惮之。然以融名重天下，外相容忍，而潜忌正议，虑鲠大业。"⑤孔融的目的是阻挠曹操功大僭越，而曹操对此也心知肚明，只是

---

① （南朝宋）范晔：《后汉书》，2263页，北京，中华书局，1965。
② 同上书，2264页。
③ 同上书，2271页。
④ 同上书，2277页。
⑤ 同上书，2272页。

还没有找到下手的机会。时任御史大夫的山阳人郗虑,曾受学于郑玄,与孔融并为献帝所赏识,只因孔融的苛评而结怨。郗虑看到这种情况,投其所好,借机奏免孔融之官。狡诈多谋的曹操则将郗虑与孔融二人的旧怨重新提起,修书一封以激将法刺激孔融,孔融则反唇相讥修书予以回应。这样,曹操就可以借机指使丞相军谋祭酒路粹虚构罪名,上奏他聚会众徒、图谋不轨:与孙权使者,谤讪朝廷;不修边幅,违背朝仪;与祢衡相互标榜、大放厥词,非圣非孝。有此四罪,大逆不道,应予重诛。"书奏,下狱弃市。时年五十六。妻子皆被诛。"①

他大约死于209年,既然有如此罪名,恐非全为无稽之谈。以孔融的名气与辩才来说,若是不实之词,恐会不攻自破。所列举他的四条罪状之一,就是他的怪论:"父之于子,当有何亲?论其本意,实为情欲发耳。子之于母,亦复奚为?譬如寄物瓴中,出则离矣。"②作为性至孝的孔门之后,如此言论真可谓惊世骇俗,颇有韩非彻底的功利主义、人性恶之嫌。若细细推究,颇值得玩味:既然父母与子女只有情欲与利用关系,那么"孝"也就会因此而不会存在;既然君臣如父子,父子关系尚且如此,那么君臣之忠也就无关紧要啦,也完全为功利与互谋关系。这样一来,既然君主无利用价值,将其推翻、舍弃也就视为必然。孔融此论,无论是愤世嫉俗抑或抨击主张,结果都会推出与他初衷完全相反的结论。这恰恰可以为曹操的行为作注脚。应该说,曹操对孔融已经是非常宽容:许攸、娄圭与曹操或有功或有旧,皆因炫耀己能显示不敬而被诛;而孔融除了虚名之外,一无所有。孔融之所以被诛杀,是因为他自己的倚老卖老和恃才傲物。平心而论,曹操在当时是出类拔萃的、最优秀的政治家;不然,荀彧不会全力辅助他,更不会向他推荐一大批文武兼备的人物。他虽有奸诈、多疑、内忌等缺点,但更有许多优点,为当时的名士所欣赏。李膺的儿子李瓒临终前嘱咐孩子要投奔曹操,认

---

① (南朝宋)范晔:《后汉书》,2278 页,北京,中华书局,1965。
② 同上。

为："时将乱矣，天下英雄无过曹操。"①党人何颙见到曹操之后，感叹"汉家将亡，安天下者必此人也"，并称赏颍川荀彧为"王佐之器"②。可见何颙的识力。许劭对他也给予很高的称评："君清平之奸贼，乱世之英雄。"③虽然治世难有作为，而乱世却可以大有作为，如他"起义兵，为天下除暴乱"④，体恤、安抚将士之后，兴办学校，任用人才，提倡节俭、薄葬，实行屯田等。尤为重要的是在210年和214年两次求贤令中所体现出的用人思想，对后世影响很大。首先是认识到贤才的重要性。其次是灵活机变，用人"唯才是举"⑤，不问出身品行。这既是魏无忌推荐陈平于刘邦时的思想再现，也是非常时期需要非常之人所采取的非常措施。最后是认识到进取之士与德行之士难以统一的问题，涉及德与才、行与能的关系问题，也为后来魏晋"品行"论首开了先声。其"士有偏短，庸可废乎！有可明思此义，则士无遗滞，官无废业矣"⑥的思想既启发了曹丕《典论·论文》"文各有偏，难以兼善"，故不要"文人相轻"的思想，也包含有"人尽其才"的倾向。总之，历史的车轮滚滚向前，而汉室将亡，大势所趋。与曹操几乎同岁的孔融，无论是文学才能、政治才能皆不是曹操的对手，唯一的长处就是精通经典。这在治世兴许有些用处，而在乱世则一无是处，哪能是曹操的敌手。孔融不识时务，强行与之对抗，无异于以卵击石。孔融以"与琳玉秋霜比质可也"的性格气质走完了他悲剧性的一生，连同早熟的孩子与无辜的妻子一起为汉王朝做了陪葬品。这既是时代的悲剧，更是个人性格的悲剧。

---

① （南朝宋）范晔：《后汉书》，2197页，北京，中华书局，1965。
② 同上书，2218页。
③ 同上书，2234页。
④ （晋）陈寿：《三国志》，22页，北京，中华书局，1959。
⑤ 同上书，32页。
⑥ 同上书，44页。

◎ 第四节

诗性认同：时代的悲歌与个人的抒情

东汉时期，最重要的文化事件有两个：一个是楚王刘英信奉佛教，说明此时佛教已经进入中国，约明帝年间，和帝时已派人出使西域，佛教得以有规模有计划地在朝野流传；另一个是蔡伦于和元元年（107）发明了造纸术，使纸张成为廉价轻便的传播媒介，对信息传播和文化保留都产生了深远影响，直接或间接促进了文学的发展。如"飞书"流传、"传檄"立至、东汉赋作比西汉流传下来的篇幅长而数量多以及作家作品的增多等。蔡伦的贡献也许为宦官的罪恶减轻了一点点。这两大文化事件，对东汉文学产生了不可忽视的影响。具体表现为文学种类的多样化、作家作品的增多和作家思想感情与人生体验的丰富与深化。东汉文学有赋、乐府和文人诗几种类型。其中赋有大赋与抒情小赋，乐府有民间乐府和文人乐府，而文人诗则有文人五言诗和《古诗十九首》。大赋在东汉的发展最明显的变化有四点，即篇幅加大、典故增多、文辞华丽和趣味转变。篇幅加大，尤以张衡的《西京赋》、《东京赋》为代表，还有班固的《西都赋》、《东都赋》。典故增多，是由于时代使然。武帝之后，儒学独尊并成为进取功名的唯一门经。因而对典籍的研习和对前辈赋家的学习与继承，自然表现在知识积累、词采华丽上的更进一步。尤为突出的是，作家的审美情趣和艺术视野也发生了明显的变化①。

西汉帝都长安的繁华举世无双，可以说是当时世界上最为壮丽辉煌的都市。然而王莽灭亡之日，即是长安城毁灭之时。赤眉绿林农民起义军进入长安，相继烧杀抢掠，焚毁宫室，挖掘帝陵。长安城是继咸阳之后的第二次焚毁：前者毁于项羽，后者毁于赤眉绿林。而光武帝刘秀定都洛阳之初，杜笃曾建议恢复高祖定都长安的先例。刘秀考察之后，看到长安一片废墟，满

---

① 袁行霈主编：《中国文学史》第一卷，241页，北京，高等教育出版社，1999。

目凄凉与萧条，因而决心定都洛阳。此时杜笃密变奏章为汉赋，作《论都赋》，假主客问答的形式，以论长安"乃帝王之渊囿，而守国之利器"。认为在地理位置上，洛阳远不如长安优越，定都长安才能长治久安。他凭着对西都长安残存的历史记忆，极为夸张地多方面表现长安城的豪华、壮观与雄伟，充分说明西都是王气之所在。"利器不可久虚，而国家不忘乎两都。"虽经前汉十一帝的变迁，而帝都长安依然繁华："德衰而复盈，道微而复章，皆莫能迁于雍州而背于咸阳。"杜笃将东汉初年朝野关心的迁都问题以文学形式表现出来，无意中预示了汉赋风气的转变：将关注的焦点由帝王生活的狭小领域聚焦于国计民生的重大场域，作品的视野与思想感情也随之发生了较大变化。因此，以洛阳、长安为题进行构思、立意，已成为东汉赋家的重要标志。而班固的《西都赋》首创京都赋之先例。和杜笃一样，他也是对比两都的繁盛，但感受却截些相反：杜笃是怀旧主义者，思古而忽今，而班固则是崇今主义者，贵今而不恋古。实际上，描写都城、宫殿之美，西汉扬雄的《蜀都赋》与《甘泉赋》已开先例。然而，班固的创新之处则是将两个单篇合成一个系列，作以对比。《两都赋序》的《西都赋》、《东都赋》实为上、下篇章。这是对司马相如《子虚赋》、《上林赋》以构成《天子羽猎赋》体例的借鉴，使之形成前后对比、相互夸饰、寓褒贬于其中以建构具有张力的和谐体。作者借"西都宾"、"东郡主人"的谈话和各自的态度以阐明作者的立场。《西都赋》代表的是怀旧立场，展现的是国家之遗美、品物繁盛之美；而《东都赋》则体现的是趋新意识，呈现的是巨丽之美、文明制度之美。前者是守旧的西都人，缅怀秦时的京都之美而忽视今天的京都之美；而洛阳的法度礼乐文化制度之美，恰恰正是后者所要展示的，也是作者所要主张的理想的京都美。《东都赋》高度称赏光武与明帝在文治武功上的成就，体现在帝都的法度之美、中和之美，充分展现了天子应有的风光：重声教、崇文德、尚礼治的法度之美。这既是对怀旧者的批评，也是对东汉帝王的希冀，以体现作者的政治理想与审美情趣。这也是班固高于同时代作家杜笃、傅毅等人的相关作品之处。《两都赋序》对西汉赋上下篇结构相互对比、主客问答过渡、依次展开铺叙的艺术经验有所继承的同时也有所创新,如一改过去劝百(多)而讽一(少)的表现原则,使二者尽可能地平衡。《东都赋》通篇皆是讽喻、诱导,其主张、见解、理想皆融入其中,这是对汉赋艺术表现手法的新贡献:既有大处泼墨,又有工笔描摹,做到风格与内容的有机统一。《西都赋》以气势与华彩表现其汪洋恣肆,而《东都赋》则以平实典正展示其法度风范。

另外张衡的《二京赋》也是如此,结构上完全模仿《两都赋序》。《西京赋》假借"凭虚公子"之口表现对长安繁丽富盛、穷奢极欲的称赏,而《东京赋》则借"安处先生"之嘴表达了对西京奢侈糜烂生活的否定,盛赞东汉君主的政治成就:尚懿德、修礼教、奢而不侈、俭而不陋,以凸显"苟好剿民以偷乐,忘民怨之为仇"的主旨。这俭与奢的对比,使作者寓理想于宽泛的讽喻之中,也是他有别于此前同类题材之处。另外,铺叙中不求素材的典型性,只求规模的超前性和铺叙的全面性,使之成为京都赋之最。这既是造纸术的发明使纸张廉价易普及的结果,也同时促进了京都文学和都市文学的繁荣与发展,使东汉中后期汉赋作家作品数量激增,呈现出汉赋高潮之后的又一次繁荣。王延寿的《鲁灵光殿赋》描写了西京宫室得以保存的鲁灵光殿的壮丽、崇高与幸运,成为"辞赋英杰"的佳作。随着东汉王室自和帝之后女主临朝执政、外戚骄横、宦官作乱的交替进行,政昏朝乱,国势日衰,汉大赋也开始走向衰微之路。而取而代之的是抒情、状物之小赋,基本上难以超出楚辞的风格与成就,只不过题材逐渐多样化:鸟类、玉器、写人、述事、感物、述怀等不一而足。但在气势的大气、浑圆上,远不如西汉司马相如、扬雄的赋。朝政的昏乱使小人飞扬跋扈、贤士穷途末路、民间难以辄生,灾害、苛政、疾病、瘟疫、游仕、逃难、生离、死别等不幸时刻威胁着士人的生命,煎熬着士人的灵魂。加上儒家经学迷信化、神学化的积重难返和应对现实的疲软乏力,道家、佛教也因此乘虚而入,成为朝野士人的另一门修身课程,与民间道教的形成与盛行相互呼应。随着参照系统的增多、价值选择的困惑与人生前途的迷茫,士人、文人的心灵冲突更加复杂剧烈、心理体验更加细腻深刻。

这样,西汉时为盛世气象所掩盖的微弱悲鸣已成为洪亮的时代主旋律,放大为浮华盛世下的悲歌。因而"抒情"已成为时代的主题与关键词,取代了状物、铺叙,占据了士人的心灵,成为文人墨客、朝野歌者共同的基调,化作杜鹃啼血,滋润着后世的文坛,丰富着汉代文学的内容。下面主要对乐府、文人诗进行具体的分析与描述,以揭示汉代世情的演变和士人的心灵历程,以具体全面地呈现东汉审美的风貌。

一、乐府文人诗:不幸中的抒情与抒情中的不幸

乐府本为西汉武帝时设立而至哀帝时罢减的一种由朝廷常设的音乐管理机构。其行政长官为乐府令,为少府所管辖下的令丞之一。另外负责音乐管理的太乐令则为奉常所统属。太乐主管前代流传下来的雅颂古乐,是郊庙之乐,主要用于如祭祀、战争等国家大典,属传统古乐。而乐府则分管天子、朝廷平时燕饮所用的乐章,多以楚声为主,属流行曲调。西汉乐府的发展在武帝时期,"至武帝定郊祀之礼……乃立乐府,采诗夜诵,有赵、代、秦、楚之讴。以李延年为协律都尉,多举司马相如等数十人造为诗赋,略论律吕,以合八音之调,作十九章之歌。以正月上辛用事甘泉圜丘,使童男女七十人俱歌,昏祠至明。"这是《汉书·礼乐志》的记录。此时,不仅乐府的功能得到大力强化,如组织文人创作、搜集民间歌谣,而且乐府诗的地位也有明显提高,文人创作的乐府歌诗可以用于享宴与祭天。至成帝末年,乐府已成为规模庞大的音乐机构,多达八万余人。而东汉音乐管理机构则有两套系统:太予乐令掌管太予乐署,属于太常卿;承华令管辖黄门鼓吹署,属于少府,与乐府的关系较为密切——为天子享宴群臣提供歌诗,实施着西汉乐府的功能,负责乐府诗歌的创作、搜集与演唱。现存的两汉乐府诗的作者涵盖了各个阶层,朝野皆有,更多的是为东汉时所创作。而乐府诗既有民间的,也有文人的。而文人乐府诗与文人诗有相交叉处,"自孝武立乐府而采

歌谣,于是有代、赵之讴,秦、楚之风。皆感于哀乐,缘事而发。"这是《汉书·艺文志》的评述。"感于哀乐,缘事而发",可以说是中国古代艺术尤其是文学创作的通则,包括汉赋大多也不例外。而为装饰应酬的无聊之作、奉命而为的唱和之作,是为文而造情、甚至无情的支流,毕竟不能代表汉代文学发展的主流。大凡人在生活中遭受挫折、不幸、失落、惆怅、打击等,必然导放心理失衡,引起灵魂的纠结、冲突、斗争。发展到极致,情不能已、难以自持,就必然会表现为手舞足蹈,哀哭悲鸣、呐喊乃至怒吼。这既是物感与感物的结果,也是一切优秀艺术作品产生的必然。于是,作家们"感于哀乐,缘事而发",为着心灵的自由与情感的和谐而呈现为想象的自由和语言的自由,化歌哭为抒情,变生活感受为艺术审美。

东汉乐府与文人诗,包括大约产生于桓帝时期的《古诗十九首》[1],其主要思想感情倾向主要不外乎是对苦与乐、爱与恨、穷与达、生与死、聚与散等几组人生命题的思考与困惑。作为抒情的歌谣却能足以表达东汉士人内心世界的丰富与灵魂失衡的深刻。

其一,是对苦与乐的诗意呈现。由于作者来自各个阶层,因而社会生活的各个层面在诗歌中皆得到全面的反映,尤其是对贫富悬殊、苦乐不均的敏感乃成为诗人首先焦聚的关注点。"盎中无斗米储,还视架上无悬衣。拔剑东门去,舍中儿母牵衣啼。"(《东门行》)这是贫者难以生存下去的绝望与铤而走险。"白发时下难久居",与其饿而等死,不如起而反抗,面对妻子的求救而内心痛苦不堪。病妇连年累月、撒手而去,为抚养孩子沿街乞讨,遗孤却在家中哭喊母亲,"入门见孤儿,啼索其母抱。徘徊空舍中","抱时无衣,襦复无里"(《病妇行》)。这是绝境中男人的无奈。"使我朝行汲,暮得水来归","冬无复襦,夏无单衣。居生不乐,不如早去,下从地下黄泉"。"将与地下父母:'兄嫂难与久居。'"(《孤儿行》)这是孤儿的无助与呐喊。贫者饥寒交迫,富人荣华富贵。两相对照,天壤之别。"黄金为君

---

[1] 袁行霈主编:《中国文学史》第一卷,272页,北京,高等教育出版社,1999。

门,白玉为君堂。堂上置樽酒,作使邯郸倡。中庭生桂树,华灯何煌煌。"(《相逢行》)"大子二千石,中子孝廉郎,小子无官职,衣冠仕洛阳。三子俱人室,室中自生光。大妇织绮纻,中妇织流黄。小妇无所为,挟瑟上高堂。丈夫且徐徐,调弦讵未央。'"(《长安有狭斜行》)这是富人的天堂,令地狱中的穷人无法想象!这是后世贫富悬殊的标准,"金门玉堂",可谓"朱门酒肉臭,路有冻死骨",成为魏晋之后描写公子王孙、富豪生活的原型与范例。

其二,是对爱与恨的大胆表白。两性之爱、夫妻之情自古而然。《关雎》为《诗经》第一篇,说明爱情在人生中的首要地位。甜蜜和美的爱情很少在诗中呈现,因为它本身足够完美和谐,无需用诗来描摹。而更多的是爱的誓言、情的毁弃、由爱而恨的决绝和无奈以及对背信弃义绝情行为的诅咒。"上邪!我欲与君相知,长命无绝衰。山无陵,江水为竭,冬雷震震,夏雨雪,天地合,乃敢与君绝!"(《上邪》)这是女子对爱情的执着与宣誓,可谓千古绝唱!"双珠玳瑁簪,用玉绍缭之","拉杂摧烧之。摧烧之,当风扬其灰","从今以往,勿复相思"(《有所思》)。爱既然那样执着,那么恨就会来得异常痛快。"皑如山上雪,皎若云间月。闻君有两意,故来相决绝。今日斗酒会,明旦沟水头。""凄凄复凄凄,嫁娶不须啼。愿得一心人,白头不相离。""男儿重意气,何用钱刀为!"(《白头吟》)这是自尊的爱和爱的自尊,虽还有爱,但既然已是三心二意,那么为了唯一的爱也只好忍痛割爱。另外,《孔雀东南飞》是对包办婚姻的抗争,对毁灭完美爱情暴行的抗议。《陌上桑》《羽林郎》则是对强权无赖的鞭挞与嘲笑。

其三,是对聚与散的痛苦感知。在重视功名利禄的时代,游子背井离乡坎坷求学求宦则是势所必然。虽然有"父母在,不远游"之训诫,但还有"游必有方"之豁达。更何况,自古忠孝难以两全。这是每个有志男儿所必须面对的道德困境。实际上,能为国尽忠、光宗耀祖却又是最大的孝。这又成为中国古代为人父母者心照不宣的伦理法则。即使这样,在尚未功成名就之时,游子对功名利禄的渴望追求和对爱妇故园的思念留恋,同样难全。这些幽情困思共同构成了思乡三部曲：游宦、思妇、思乡。《古诗十九首》就是对一群无名作者的祭奠，集中体现了这方面的题材与体验。"涉江采芙蓉，兰泽多芳草。采之欲遗谁？所思在远道。还顾望旧乡，长路漫浩浩。同心而离居，忧伤以终老。"（《涉江采芙蓉》）这是对远方妻子的苦恋。"明月何皎皎，照我罗床帏。忧愁不能寐，揽衣起徘徊。客行虽云乐，不如早旋归。出户独彷徨，愁思当告谁？引领还入房，泪下沾衣裳。"（《明月何皎皎》）沦落天涯的游子面对异国他乡的芳草与明月，却难释内心的孤寂与苦恼，更加激起对亲人（妻子、双亲）的思念。这是失意潦倒游子唯一的心灵慰藉！这里既无苏秦、项羽"富贵不回乡，如衣锦夜行"的踌躇满志，也无李白《静夜思》顾盼生辉的豁达开朗。在这里，妻子是思乡的焦点。"思妇"将思乡与怀内、乡情与柔情融合为一体①。游子多为仕宦而行，虽为游学，而目的仍在仕途。这既是农业文明下士人的崇高入世理想，也是儒家所规约的高远人生目标，更是两汉士人自觉、必然的选择。太平盛世，济济多士，竞相仕宦，谈何容易？"何不策高足，先据要路津。无为守贫贱，辘轲常苦辛。"（《今日良宵会》）这是游子对仕宦前程的"影响的焦虑"、试图尽快告别贫穷的希冀和"出名要趁早"的呐喊。"盛衰各有时，立身苦不早"、"奄忽随物化，荣名以为宝。"（《回车驾言迈》）这是求取功名之后对不朽的追求。这是积极入世建功立业的表白，然而毕竟凤毛麟角。因为游子功成名就者毕竟少数，更多的是困窘他乡，或羁守贫穷、默默无名，或皓首穷经、穷困潦倒，以至于客死他乡、含恨九泉。"服食求神仙，多为药所误。不如饮美酒，被服纨与素。"（《驱车上东门》）这是失意之后对口腹之欲的追求和对心灵失衡的补偿！然而在这强作欢颜的达观之中依然透露出掩饰不住的悲凉。而家中所思的妇人又如何呢？盼夫早归，同样思夫。"客从远方来，遗我一书札。上言长相思，下言久别离。置书怀袖中，三岁字不更。"（《孟冬寒气至》）这是对夫君的珍惜。"客从远方来，遗

---

① 袁行霈主编：《中国文学史》第一卷，272~273页，北京，高等教育出版社，1999。

我一端绮。相去万余里，故人心尚尔。文彩双鸳鸯，裁为合欢被。"（《客从远方来》）这是对真情的挚爱。"思君令人老，岁月忽已晚。弃捐勿复道，努力加餐饭。"（《行行重行行》）这是对夫君长去不归行为的抱怨与对自己的安慰。"昔为倡家女，今为荡子妇。荡子行不归，空床难独守。"（《青青河畔草》）这是怨妇的寂寞与感叹。相比之下，游子尚有功名和圣贤书籍的安慰，而思妇除了无望的等待和以泪洗面外，别无选择，否则只有另攀高枝、心有他附。当然，这些思妇诗的抒情是较为理性的：乐而不淫，哀而不伤，怨而不怒，放而不荡，大致在礼教与世俗之间徘徊，是情与理、欲与礼的有机结合。

其四，是对穷与达的深刻反思。这是文人五言诗的主题。通过对人生失意、怀才不遇的抒发，表现了对社会的批判和对全身远害的渴望。如郦炎的五言体《见志诗》二首，表现了备受压抑的不平之气。第一首展现了自己的远大志向与壮志豪情，视自己为冲天巨鸟和驰骋骏马；第二首哀叹自己的不遇与不幸，喻自己为受困的灵芝和霜打的兰花。二者构成巨大的反差而形成内在情感的张力。赵壹的《疾邪诗》二首也是五言，前者表现了对现实的彻底绝望："河清不可俟，人命不可延"，"文籍虽满腹，不如一囊钱"。"伊优北堂上，抗脏倚门边"（其一），"势家多所宜，咳唾自成珠。被褐怀金玉，兰蕙化为刍。"这是对桓灵之世奸阉当道的强烈愤怒，表现了东汉党人的婞直风尚，颇有初盛唐诗人愤世嫉俗与渴望功名的心声。蔡邕的《翠鸟诗》则是乱世文人全身远害心理的展现。这是一首寓言诗，翠鸟逃脱了猎人的追捕，愿把生命托付于若榴树主，虽有栖身之地，仍然寄人篱下，惊弓之情依然难忘。这是蔡邕饱经灵帝末至献帝初年为董卓所征引、为王允所斥杀前忧患心情的悲哀写照。郦炎、赵壹、蔡邕都是灵帝时代的文人，他们对压抑的抗争与不平、对乱世的批判与惶恐，既展现了他们独立的人格光辉，也构成了他们诗的双重色调，同时也开启了建安文学梗概多气、志深笔长的先路。

其五，对生与死的深情体验。乐生恶死乃人之常情，而死又是任何人所逃避不了的。地位、出身可以不平等，而在死亡面前却是人人平等的。如何超越有限的生命以使自己身后不朽，或变生命的物理长度与数量为心里的深度与质量，却一直是士人困惑与思考的问题。"薤上露，何易晞？露晞明朝更复落，人死一去何时归？"（《薤露》）这是由露水的消长而引起对生命的拷问。人生苦短，譬如朝露。朝露还有再现时，人生一去不复回。这是对生命一次性的独立思考，具有建安七子和魏晋士人的心声与启蒙。"蒿里谁家地？聚敛魂魄无贤愚。鬼伯一何相催促，人命不得少踟蹰。"（《蒿里》）这是对死亡的正视，死亡面前圣贤与愚夫有何区别。"水深激激，蒲苇冥冥，枭骑战斗死，驽马徘徊鸣。"（《战城南》）这是对战争与死亡的描写，然而死者依然豪迈。这似乎在曹操的乐府诗中得到了延续与回应："老骥伏枥，志在千里。烈士暮年，壮心不已。"当然，面对死亡与思考死亡，只有正视了死亡的残酷，才能对生存寄予厚望。因而诗人具有超验的想象与体验，则更多地表现了超世之想与神仙之慕。如《日出入》则由日出日落联想到个体生命的轮回与延长。《艳歌》则描绘了进入天国理想境界的想象，超生以达至乐，给许多天体注入了生命，彼岸的神祇和此岸的诗人欢聚一堂，仿佛但丁《神曲》中的天堂，似有佛教的启发与感悟。另外《长歌行》、《董逃行》所追求的长生之乡为仙山，以神药来益寿延年，此为后来仙游诗的先声。《练时日》、《华烨烨》、《上陵》更是对天上的神灵和水中的仙人大胆想象，既有对庄子屈原为代表的楚文化的借鉴，也可能受佛教极乐世界的启发，为后来的志怪小说所延续。

其六，对人生真谛的全面领悟。以上诸种问题皆可以化为对人生辩证关系的体悟，整体表现在《古诗十九首》中，落实在以下几个方面：一是对永恒与有限关系的思考。人生短暂，稍纵即逝。物长人短，人物异质，物之永恒凸显人之短促，即使人物同构，也是难以永恒的。"人生非金石，岂能长寿考"，是《回车驾言迈》、《青青陵上柏》、《驱车上东门》等诗歌的主题。二是对人的心态与生命关系的思考。"与君生别离"、"思君令人老"（《行行重行行》）是思妇的叹息，"与君为新婚"、"思君令人老"（《冉冉孤竹生》)是待嫁女子的怨愁。婚姻变故，美人迟暮，青春易逝，红颜怕老，而思念与等待更加快了自然衰老的步伐，岂不令人更加悲伤！这既是怨妇们的闺怨，更是无名诗人们的自我比拟、自我认同与生命体验！这既是对屈原、宋玉美人迟暮、悲秋题材的开拓，也是对建安及魏晋诗人的启发。这青春易逝的悲叹与功业难成而生的"影响的焦虑"在曹丕《典文·论文》中更是化作"立言不朽"的人生格言。三是对欢乐与忧郁关系的思考。忧乐相对而生，有乐就有忧。"生年不满百，常怀千岁忧。昼短苦夜长，何不秉烛游？为乐当及时，何能待来兹。愚者爱惜费，但为后世嗤。仙人王子乔，难可与等期。"(《生命不满百》)这是对生命洞悉后的豁达：人生苦短，哪有工夫去愁苦，应该抓紧时间，及时行乐，钱财无用，高兴最好，神仙难成，活在当下。这种只求当下精彩和眼前享乐的人生观不也在魏晋士人的诗文创作与生活作风中得到淋漓尽致的呈现吗？"今日良宴会，欢乐难具陈。弹筝奋逸响，新声妙入神。"(《今日良宴会》)与朋欢会，新声逸响，快神惬意，无需大费。"一弹再三叹，慷慨有余哀。不惜歌声苦，但伤知音稀。"(《西北有高楼》)只要有知音相赏相遇，就是人生的最大快乐与幸福。这在"竹林七贤"与王子猷雪夜访戴的掌故中得以深化与演绎。当然，如有条件，斗酒娱乐、都市游赏也不过为。"斗酒相娱乐，聊厚不为薄。驱车策驽马，游戏宛与洛。"(《青青陵上柏》)实际上，这已是建安七子东观会文生活的诗意先声，也为"三曹"父子生活方式的风雅先导。四是对亲疏来去关系的思考。人生在世，聚散亲疏，不仅与血缘伦理有关，更有名利权势相连，尤其与志向情趣相涉。"去者日以疏，生者日以亲。出郭门直视，但见丘与坟。古墓犁为田，松柏摧为薪。白杨多悲风，萧萧愁杀人。思还故里闾，欲归道无因。"(《去者日已疏》)这是生者对死者的哀叹、对生命的留恋和对亲疏关系的反思，在曹丕的《典论·论文》和陶潜的《拟挽歌辞》(其三)中都有很好的表现。总之，东汉乐府、文人诗尤其是《古诗十九首》已达到很高的艺术成就，其敏锐的时序感、奇妙的空间感、深切的悲凉感、自然的抒情感、浑融的境界感和语言的平淡感都对魏晋南北朝文学产生了深远影响,成为无可争议的经典①。

二、建安文学:乱世中的悲歌与悲歌中的乱世

在这里之所以提及建安文学,是因为笔者以为建安文学应当属于汉代文学,尤其是东汉文学的一个有机组成部分。 目前国内的权威教材和知名学者都将建安文学自觉或不自觉地划归到魏晋文学的范围,也许是出于将魏晋文学在精神上的相似性而视为一体的缘故,仿佛建安文学无可置疑地归并为魏晋文学,已成为学界的共识与不言而喻的认同②。 还有的学者将建安文学的界限延伸到曹植去世那一年,大概也是为了照顾"三曹"的一体性而置历史时间于不顾的缘故吧③。 而事实上,"建安七子"中孔融已于建安十四年(209)被曹操诛杀④,阮瑀卒于建安十七年(212),王粲"二十二(217年,引者注)年春,道病卒,年四十一","幹、琳、玚、桢二十二卒"⑤。 就在这一年,"昔年疾疫"⑥。 也就是说,王粲、徐幹、陈琳、应玚、刘桢五人都没有逃过瘟神的搜索,而于建安二十二年(217)相继谢世。 也就是说,七子全部在建安十四(209)至二十二年(217)相继去世。 而建安二十五年(220),曹操去世,曹丕称帝建立魏,汉朝正式结束。 曹丕在黄初七年(226)正月去世,时年四十岁。 曹植则于太和六年(232)谢世,时年四十一岁⑦。 若从实际创作来看,曹操固然是建安时期的,而曹丕称帝七年即已去世,称帝之后大概很少有创作之雅兴,其《典论·论文》也是他为太子居东宫时所为,属于《皇览》的一部分。 也就是说,曹丕的创作与理论皆在建安年间(196—220)完成。 只有曹植的创作跨越建安与魏两个时期,也即在

---

① 袁行霈主编:《中国文学史》第一卷,275~278 页,北京,高等教育出版社,1999。
② 同上书,27~50 页。
③ 罗宗强:《魏晋南北朝文学思想史》,北京,中华书局,1996。
④ (南朝宋)范晔:《后汉书》,2278 页,北京,中华书局,1965。
⑤ (晋)陈寿:《三国志》,602 页,北京,中华书局,1959。
⑥ 同上书,389 页。
⑦ 同上书,576 页。

29—41岁的创作属于魏。

因此，严格按历史朝代划分，"建安七子"与"三曹"中的曹操、曹丕都属于汉朝建安年间的作家，只有曹植跨越汉魏。即使从魏之源起来算，曹操于建安十八年（213）被封为魏公，建安二十一年（216）四月甲午"自进号魏王"①，始封国。此时七子已经有两人去世，其余五人皆于第二年同时谢世。而四年后曹操也去世。综合看来，建安文学的主干应该属于汉代文学的有机组成部分，而其内在精神却呈现出承前启后的特色，即上承桓灵，下开正始。那么我们就来分析"七子"与"三曹"的创作（曹植的前期创作），以审视建安文学的审美趣尚与诗意追求。需要补充的是，蔡邕之女蔡琰自匈奴归汉，她的创作也应该属于建安文学的范畴。建安七子中，文学成就最突出的当数王粲，另外还有刘桢。七子之称源自曹丕的《典论·论文》，而孔融与曹操是一个年龄段的，于建安十四年被杀，而只有六人参加曹丕邺下时期的文学活动。曹丕建安十六年春正月被命为"五官中郎将，置官署，为丞相副。"②建安二十二年冬十月，"以五官中郎将丕为魏太子。"③邺下文学活动主要在这一时期，前后十年（210—220）。也许是曹丕喜爱孔融文章的缘故，故将其列入七子之内。"魏文帝深好融文辞，每叹曰：'杨、班俦也。'募天下有上融文章者，辄赏以金帛。所著诗、颂、碑文、论议、六言、策文、表、檄、教令、书记凡二十五篇。文帝以习有栾布之节，加中散大夫。"④其中习，指脂习，为孔融的好朋友。孔融被腰斩弃市后，他抚尸而哭，曹操大怒，想逮捕杀害他，后被赦免。由此观之，曹丕的行为当在其父曹操去世、他称帝之后所为。不过，即使不把孔融算在七子之内，也不影响把他划在建安文学的范围，因为他生命的最后十三年是属于建安时期的。

---

① （南朝宋）范晔：《后汉书》，388页，北京，中华书局，1965。
② （晋）陈寿：《三国志》，34页，北京，中华书局，1959。
③ 同上书，49页。
④ （南朝宋）范晔：《后汉书》，2279页，北京，中华书局，1965。

总体而言，七子之中，王粲与刘桢的文学成就最大，皆被钟嵘《诗品》列为上品。王粲，字仲宣，有23首诗存留，他于建安十三年（208）离开刘表而投奔曹操。此前的作品多写战乱、流落荆州时的羁旅之情和有志难聘之慨，因为刘表认为其貌不扬、文弱多病而看轻他。然而王粲却得到蔡邕的称赏，欲以所藏图书全部赠送之。他的代表作是《七哀诗》三首，尤以第一首最为有名。该诗将董卓部将李傕、郭汜作乱长安时诗人避乱荆州途中的见闻予以诗性呈现，可谓是当时仅有的史诗表现。"出门无所见，白骨蔽平原。路有饥妇人，抱子弃草间。顾闻号泣声，挥涕独不还。未知身死处，何能两相完？驱马弃之去，不忍听此言。"将战争的残酷、生民的涂炭整体而又细腻地刻画了出来，使整体与局部、宏观与特写有机地结合起来，给人以心灵的震撼。庾信的《哀江南赋》和杜甫的"三吏""三别"似乎有他的身影。北归之后较为重要的为《从军诗》五首，主要写他从军出征的感受，既再现了汉末战乱后农村破败荒凉的惨象，也表达了自己跟随英明神武的曹操为国效力的愿望。他的诗感情深沉而内敛、慷慨而悲壮。谢灵运称之为贵公子孙，"自伤情多"[1]。自伤是他的性情气质，贵公子的出身却遭遇离乱困厄，自然使敏感的他格外感伤，既感物伤怀又忧世悲己。他从自身的感伤中迸发出对百姓众生的同情与驰骋抱负的愿望。"发愀怆之词"（钟嵘《诗品》）却难免"悲而不壮"。他的诗歌为后世所称评，刘勰称赞他为"七子之冠冕"[2]，方东树称评他为"苍凉悲慨，才力豪健，陈思而下，一人已而"（《昭昧詹言》）。钟嵘称颂他，认为连魏文帝曹丕"也颇有仲宣之体"，并将潘岳、张协、张华、刘琨、卢谌等著名诗人皆归源于他。值得一提的是，他的赋作有名目可录者二十七篇[3]，为至今有案可稽的汉赋作家中保留作品最多的。其赋文创作感情真挚，随感而发，别具特色，为建安文学赋作之翘首。

---

① 郁沅、张明高编选：《魏晋南北朝文论选》，248页，北京，人民文学出版社，1996。
② 周振甫：《文心雕龙今译》，428页，北京，人民文学出版社，1986。
③ 费振刚等辑校：《全汉赋》"目录"，北京，北京大学出版社，1993。

刘桢，字公干，有诗二十余首存世。当时被曹丕称为"五言诗之善者，妙绝时人"①。他性格豪迈，狂放不羁，因不回避惊艳迷人的甄氏而直视之，为曹操所治罪，后获释。其诗"言壮而情骇"②，钟嵘评之为"仗气爱奇，动多振绝。贞骨凌霜，高风跨俗"（钟嵘《诗品》）。他的赠答诗以《赠从弟》三首最为著名，分别以蘋藻、松树、凤凰比喻坚贞高洁的性格，对从弟的赞美中展现了诗人的自我怀抱。尤以第二首为佳："亭亭山上松，瑟瑟谷中风。风声一何盛，松枝一何劲。冰霜正惨凄，终岁常端正。岂不罹凝寒，松柏有本性。"写得气势雄浑，凌厉豪迈。被曹丕称之为"壮而不密"③。与王粲相同的是，面对动乱的社会和坎坷的人生，更多的是从本我出发以表现个人抑郁难平的性情，因而透露出磊落慷慨之气。诗中松树的风骨就是他俊逸奇丽诗风的写照。另外《赠徐幹》《赠五官中郎将》（四首），也都写得情真意切。游乐诗中《公宴诗》以华丽的诗笔饱含游赏之乐与山水之美。《斗鸡诗》通过斗鸡的神采展现其豪迈的个性。刘桢的诗作以气势取胜，抒情咏物中无不透露出雄视千古、踔厉不凡的豪气。蔡琰的《悲愤诗》展现了自己惨绝人寰的不幸经历，为战乱中广大妇女不幸命运的典型写照。其生动的细节描写、传神的心理体验，栩栩如生，不愧为女性的大手笔。《悲愤诗》深受汉乐府叙事诗的影响，与《孔雀东南飞》一起，成为汉乐府叙事诗的双璧，直接影响了杜甫的《北征》等史诗的创作。陈琳的《饮马长城窟行》假借秦筑长城之事，揭露了暴政繁役给人民带来的无端痛苦与灾难，实为借古讽今。全诗为对话体，在质朴的语言和深挚的情感中透露出悲凉苍劲的格调，颇具乐府民歌之风。阮瑀的《驾出北郭门行》通过后母虐待孤儿的惨状，揭露了末世人心不古、世风日下的道德堕落现状。与汉乐府民歌《孤儿行》的风格颇为相近。徐幹的《室思诗》文辞深婉，感情缠绵，给人以无限哀怨与深蕴凄美之叹。其中"思君如流水，何有穷已时"尤为人称

---

① 郁沅、张明高编选：《魏晋南北朝文论选》，10页，北京，人民文学出版社，1996。
② 周振甫：《文心雕龙今译》，259页，北京，人民文学出版社，1986。
③ 郁沅、张明高编选：《魏晋南北朝文论选》，10页，北京，人民文学出版社，1996。

传。《答刘桢诗》云:"与子别无几,所经未一旬。我思一何笃,其愁如三春。虽路在咫尺,难涉如九关。陶陶朱夏德,草木昌且繁。"朋友之间诚挚的友谊、深厚的感情于自然浑朴中流露出来,显得高洁质朴、通脱真率,令人称叹。诗歌化用《诗经》"一日不见如三秋兮"为"其愁如三春",甚为奇妙,在李煜的"问君能有几多愁,恰似一江春水向江流"、欧阳修的"离恨恰如春草,渐行渐远还生"和贺铸的"一川烟雨,满城风絮,梅子黄时雨"的意象中得到升华与发展。

与"七子"之诗相比,曹操、曹丕实为大手笔、大制作、大气派,呈现出开宗立意、纵横自如的帝王气象。作为汉末杰出的政治家、军事家和文学家,曹操出身微贱,放荡任侠,擅长权术与刑威,为人简易无威重。然而他却能随机应变,任贤使能,吸引了大批优秀人才,在成为北中国的实际统治者的同时,也促进了文化尤其是文学的发展。曹操多才多艺,兴趣广泛,好学深思,既对书法、音乐、围棋比较精通,又好读兵书、吟诗作赋。在戎马生涯中,他继承汉乐府的优秀传统,创作了二十多首诗歌,全为乐府诗。他的诗歌内容大致可分为纪实与咏志两类。他的纪实诗,以《蒿里行》为代表,形象地展现了初平元年(190)关东义军联盟讨伐董卓的历史场面。"铠甲生虮虱,万姓以死亡。白骨露于野,千里无鸡鸣。生民百遗一,念之断人肠。"这是在对义兵先聚后散、各怀私心的谴责之后,对长期的战乱给社会所带来的深重灾难和罪恶的控诉,也透露出自己欲重整河山、统一国家的远大抱负。《蒿里行》不愧为实录之史诗,与王粲的《七哀诗》相比,更显出雄浑与大气。曹操的咏志诗,主要表现出作者的政治主张、治国理想和一统河山的壮志雄心。例如,《度关山》主张以法治国、省刑薄赋与崇尚节俭。《对酒》表现了他对太平盛世理想的向往:贤王良相,礼让无讼,丰衣足食,长寿安康。《短歌行》则表现了人生苦短、建功立业、思贤如渴、一统天下的宏愿与壮志。"对酒当歌,人生几何? 譬如朝露,去日苦多。慨当以慷,忧思难忘。何以解忧,唯有杜康。"如此的雄才豪杰,也会有如此的伤感。"悲从中来"却并不悲伤,而是积极有为,建功立业。他从汉乐府

《薤露》的"薤上露,何易晞？ 露晞明朝更复落,人死一去何时归"中受到生命的启迪,由露水的消长而引起对生命的拷问,进而激发壮志豪情以建功立业,抗拒时间的流逝,活出生命的精彩与光华。《步出夏门行·观沧海》写出大海的博大精深和难以揣测的气派:"日月之行,若出其中。 星汉灿烂,若出其里。"这恰恰就是诗人自我形象的写照。 这既是我国现存的第一首完整的山水诗,也是第一首完全正面写大海的四言诗。 这种宏大气象在杜甫《登岳阳楼》的"吴楚东南坼,乾坤日夜浮"中有了进一步的发展。《步出夏门行·龟虽寿》中"老骥伏枥,志在千里。 烈士暮年,壮心不已"的雄心壮志,是对神龟与腾蛇的超越,既是对"天行健,君子以自强不息"圣训的继承,也是对马援"男儿要当死于边野,以马革裹尸还葬耳,何能卧床上在儿女子手中邪"[1]的"烈士"情怀的升华。 他的诗是学习乐府并超越乐府的优秀成果。 他以雄豪之才、如椽之笔,改造乐府旧题为我所用以写时事与抒怀。 如用挽歌体的《薤露》《蒿里行》描写现实,以罗敷体的《陌上桑》写求仙,以戏妻体的《秋胡行》来抒写怀抱。 这些诗歌的写作可以说是曹操的独创:仅用其体裁与形式,自由书写眼中所见与心中所想。 这给杜甫等唐代诗人以重要启发。 他的诗脱胎于汉乐府,既有现实感又有悲凉感,语言古朴真率,依然葆有乐府本色。 后人称之为"曹公古直,甚有悲凉之句"(钟嵘《诗品》)和"慷慨悲凉"(冯班《钝吟杂录》)。 他的诗主要是四言体,以他独特的艺术实践为四言诗注入了时代的生机与活力,上承《诗经》传统,下为嵇康所秉承。 作为建安文坛的领袖,曹操以开风气之先的创作成就影响了一代诗风,繁荣了一代文学。

曹丕,字子桓,为曹操次子。 他的诗歌创作和其他文学事业主要毕功于220年称帝之前。 现存的约四十首诗歌内容大致可分为宴游、言志、相思三类。 宴游诗如《芙蓉池作诗》《于玄武陂作诗》等内容多为游赏宴乐、模山范水之作,词采华丽,对偶工整,对山水诗的发展有所裨益。 抒情言志诗如

---

[1] (南朝宋)范晔:《后汉书》,841页,北京,中华书局,1965。

《黎阳作诗》三首，既描写了曹军南征之苦，又表达了救民靖乱之志。《煌煌京洛行》与《典论》的某些篇章立意相同。而最突出的则是写征人思妇的相思离别及思乡之情，代表了他的诗才与水平。如《于清河县见挽船士新婚与妻别》、《代刘勋妻王氏杂诗》、《杂诗》二首等，尤以《燕歌行》（其一）为代表。"秋风萧瑟天气凉，草木摇落露为霜。群燕辞归雁南翔，念君客游多思肠。慊慊思归恋故乡，君何淹留寄他方？贱妾茕茕守空房，忧来思君不敢忘。不觉泪下湿衣裳。援琴鸣弦发清商，短歌微吟不能长。明月皎皎照我床，星汉西流夜未央。牵牛织女遥相望，尔独何辜限河梁。"诗的前两句是对宋玉《九辩》悲秋意象的借鉴与创造，以铺垫思妇的气氛。诗的最后五句则是对《古诗十九首》中《明月何皎皎》、《迢迢牵牛星》诗歌意境的化用，写出了思妇的孤寂与思念，情思绵绵，深婉动人。这是我国现存的第一首成熟的七言诗与代言体诗，对后来歌行体与代言体诗的发展产生重要影响。

曹丕与曹操相比，有两个"新变"：其一，是注重个人情感的抒发。曹操为乱世英雄，多展现其欲改写历史之宏愿和平定天下之远志。而曹丕则具有浓厚的文士气，舞文弄墨以抒写个人之情感。他敏感多情，甚至颇有伤感的倾向。在欢会饮宴之时会突然悲从中来，似有睹花落泪、怜香惜玉之伤感。他的《杂诗》虽然采用《古诗十九首》的题材，然而对人生悲凉情感的体验既敏感于汉末他的前辈，又超过他的同辈诗人，已为东晋王羲之的《兰亭集序》所宗法。其二，是文人化的艺术手段与风格，使诗歌一改"古直"质朴之风而趋向细腻与华丽，具体表现为丽炼的语言与精巧的形式，以清词丽句与和谐音韵来表达纤丽细腻的情思，如《燕歌行》共15句，通押一ang韵，一韵到底，颇为精巧，为曹操的古直质朴所不及。在形式上，勇于创新，三、四、五、六、七、杂言，诸体皆备。《大墙上蒿行》长达75句，360多字，三字至九字句在纵横挥洒中彼此闪现，被王夫之评为"长句长篇，斯为开山第一祖"（《船山古诗评选》卷一）。他在留守邺城时，与文士诗酒宴游，竞逞诗豪，开后世文人雅集之先声，已具文人集团之雏形。曹植的创作以曹丕称帝（220）为限，可分前后两个时期。他前期的诗作则属于建安时期。二十九岁之前的他充满朝气与活力、拥有野心与理想，多是对理想抱负的歌唱，乐观而浪漫，自信而张扬，如《白马篇》对游侠儿高超技艺与爱国情怀的赞赏，寄托了建功立业的热望。《薤露行》则是对自己文武兼善才能的自信与标榜。

综上所述，建安诗人共同以自己的生命体验编织着时代的审美理想，呈现出鲜明的时代特色，成为他们对时代审美趣味的认同与共识，具体表现为四个方面：其一，对政治理想的高扬。乱世出英雄，乱世将正常的政治秩序打乱，使一切成规、偏见失灵，使任何有才能、有抱负者皆有可能取得一统天下时难以取得的成就与功名。曹操若在治世则为奸雄，而乱世时却成为超凡的英雄。因为有其英雄之父，所以必有其不凡之子。曹丕文武兼善、有救民之志，曹植也有非凡雄心、不以文人自居。王、陈、徐、阮、刘、应诸人皆有非凡气象，共同打造了"雅好慷慨"、"志深笔长"、"梗概多气"[①]的诗歌品牌。而"慷慨"一词与"悲风"意象，为建安诗人所频繁使用。因此这种悲悯慷慨的诗歌精神是时代使然。其二，对人生苦短的哀叹。战事频繁、生灵涂炭、疫病流行、人多短寿。当时诗人的寿命都很短：曹操66岁，曹丕40岁，曹植41岁，王粲41岁，而王、徐、应、刘、陈皆死于建安二十二年的瘟疫，孔融、杨修、丁仪、丁廙先后被曹操曹丕所杀。面对这种险恶而艰难的处境，诗人们大致采取了这样几种不同的态度：或单纯消极的哀叹；或虽慨叹岁月短暂，仍然努力追求功名以实现自己的宏愿；或积极进取，征服生命的长度以扩充生命的深度，在有生之年争取更大的自我实现。后两者体现了诗人积极向上的人生观，尤以曹氏父子为代表。这对后世的仁人志士产生了较大的激励作用。其三，追求强烈的个性表现。建安时代既是王纲解纽、政治失序的时代，也是士人自由选择出处、诗人个性张扬的时代，更是士人集体走向"充分觉醒"、文学走向"充分自觉"的时代。此时

---

① 周振甫：《文心雕龙今译》，404页，北京，人民文学出版社，1986。

诗人多高自期许、自负文武,而在诗歌创作上自然不愿因循前人而欲独辟蹊径,开创自己的新局面。如"三曹"、王粲、刘桢,各具其面、自成风格。在诗体的运用上各有胜场,曹操为四言独擅,曹丕为七言之祖,曹植、王粲、刘桢、蔡琰等各以五言名世。语言上,曹操、阮瑀、陈琳朴质为主,曹丕、王粲较为秀美,而曹植则风骨文采兼善,成为彼时诗歌创作成就最为杰出者。其四,具有浓郁的悲剧色彩。这是时代使然。乱世多不幸,穷困加疫病,尤为雪上加霜。然而诗人敢于正视时代的混乱不幸与苦难的社会人生,扼住命运的咽喉,激励自我与他人,抓住机遇,早日建功立业,以赢得不朽的盛名,在立言上大显身手。

三、士人心态之文学表征

通过以上的论述与追踪,我们可以看到,随着国家政权的变迁和对士人控制的微调,士人的精神面貌也在发生着相应的变化与调整,因而对现有政权、人生价值、审美趣味以及自由生存的认同也发生着相应的变化与调整。相对于春秋末战国直至秦时期,汉代的专制在西汉时期已经达到了空前严酷的程度,士人的压抑感、不时感,到东汉中后期已转化为苟同感与绝望感。士人在欢唱盛世颂歌之后,很快为被压抑与被控制、被侮辱与被损害的悲歌哀鸣所取代。抒情小赋、东汉乐府和桓灵时的文人诗,尤其是成就卓著的《古诗十九首》已将五言诗的艺术成就与审美趣味发展到极致,集中展现了士人乱世末路的心灵历程,直接开启了汉末建安文学的慷慨悲歌风尚。如果说党人风气是士人在政治上的"自觉选择",那么《古诗十九首》和建安诗歌则是士人在文学和审美上的"充分觉醒":将西汉以来士人的嘤嘤哀鸣汇合为宏大的悲歌。由汉赋的华丽词采和宏大气象、乐府"缘事而发,感于哀乐"以及文人诗的重生悲时而放大为文质彬彬、朴实优美的歌唱和境界浑融的气象。无论是《古诗十九首》的无名作者,还是"三曹"与七子等人的创作,在内容与形式和谐的前提下,词采基本上还是较为质朴的。而真正对后世文学尤其是魏晋南北朝文学产生重要影响的建安文人中，也只有曹植最为突出。论文学成就，曹植不仅为"三曹"之最，而且也是建安文学和魏文学之最。由于曹植的创作纵跨建安（汉）和魏两个时期，因而其过渡色彩与承上启下的作用尤为明显。随着曹丕的称帝而加紧对他的迫害，曹植的创作明显地分为两个阶段。前期为建安时期，歌唱理想与抱负，充满着乐观自信、浪漫豪迈的情调，基本上与建安诗风相协调。而后期由于自己名为侯王而实为囚徒的处境，因而使他受曹丕父子的歧视与压抑备感悲愤、屈辱与不平，构成了他后期诗歌的基调：因理想与现实的巨大反差而生的英雄末路之悲愤。具体表现为四个方面：有对自己和亲朋遭遇迫害的愤慨，如《野田黄雀行》《赠白马王彪》等；有用思妇、弃妇、怨妇以寄托身世、表白心迹的拟代言体诗，如《浮萍篇》《美女篇》《七哀诗》《种葛诗》《杂诗》（"西北有织妇""南国有佳人"）等，这是屈原美人香草以喻君子传统的继承与运用；有以诗述志表达强烈的用世之心，试图在曹丕之子明帝继位后即他生命中最后六年里有所作为，期望曹叡能给他这位皇叔以用武之地，如《杂诗》（"仆夫早严驾"）；有表达现实中饱受碰壁与迫害之苦而生出尘之想、慕真远翔的游仙诗，如《仙人篇》《五游咏》《远游篇》《升天行》等，寄托他那永难实现的理想，慰藉落寞绝望的痛苦心灵，以支撑残生余存的希望。

相比较而言，无论就题材内容来看，还是就诗歌才能而言，曹植是他那个时代的最优秀人才！他的诗歌题材多样，内容丰富，几乎涵盖了魏晋六朝诗歌的全部领域。他的诗不仅内容充实、丰富、感人，而且语言华丽、优美、雅致，在另一层次上达到内容与形式的和谐统一。可以说他有父兄诗作之长而又避其所短——避免了曹操的"古直苍凉"和曹丕的"便娟婉约"，达到了风骨与文采的完美结合，代表了当时诗坛的最高成就。他的诗既有《诗经》"哀而不伤"的典雅，又有《楚辞》温丽深邃的奇伟；既有汉乐府关注现实的精神，又有《古诗十九首》婉美悲远的情调。他的五言诗以自己独特的风格，肩负着时代的使命，卓越地完成了乐府诗向文人诗的历史转变。他又是第一位致力于五言创作的诗人，现存九十多首诗歌中五言诗占了三分之二,这在魏晋六朝五言诗极盛的时代自然备受欢迎。 再加上他虽有王侯的身份却备受魏文帝曹丕父子的欺凌与压抑、最终抑郁而死的悲惨遭遇,使他在后世无论得志或失意的文人中皆得到更多的认同与同情。 因而政治上备受压抑、备感失意的他以卓越的诗歌创作赢得了后世高度的称评与赞赏。 大才如谢灵运者,认为"天下才有一石,曹子建独占八斗,我得一斗,天下共分一斗。"(《说郛》卷十二下)钟嵘评之为:"骨气奇高,词采华茂,情兼雅怨,体被文质,粲溢今古,卓尔不群。 嗟乎! 陈思之于文章也,譬人伦之有周孔,鳞羽之有龙凤,音乐之有琴笙,女工之有黼黻。"①而实际上,曹植之所以受到魏晋六朝的推崇,很重要的原因就在于他辞词的华丽恰好投合了魏晋六朝人的审美趣味。 而钟嵘在《诗品》中主要按照辞采华丽的程度以划分诗人的品第。"逮义熙中,谢益寿斐然继作。 元嘉中,有谢灵运,才高词盛,富艳难踪,固已含跨刘、郭,凌轹潘、左。 故知陈思为建安之杰,公幹、仲宣为辅;陆机为太康之英,安仁、景阳为辅;谢灵运为元嘉之雄,颜延年为辅;斯皆五言之冠冕,文词之命世也。"②他所推尊的"三英"曹植、陆机、谢灵运全是词采华美的诗人,都在"上品"。 对曹植的称评,已如上所举。 而对陆机的称评,为"才高词赡,举体华美"、"咀嚼英华,厌饫膏泽,文章之渊泉也。"③对谢灵运的称评是,"故尚巧似,而逸荡过之,颇以繁芜为累。 ……其繁富,宜哉! 然名章迥句,处处间起,丽典新声,络绎奔会。 譬犹青松之拔灌木,白玉之映尘沙,未足贬其高洁也"④。 我们再看看他对曹操、曹丕、嵇康、陶潜的评价就可一目了然。 置曹操于下品,原因是"曹公古直,甚有悲凉之句"⑤。 倘若没有"悲凉"句,仅有"古直"的话,恐怕连"下品"也不算。 曹丕则"皆鄙直如偶语。 惟'西北有浮云'十

---

① (南朝梁)钟嵘著,周振甫译注:《诗品译注》,37页,北京,中华书局,1998。
② 同上书,17页。
③ 同上书,43页。
④ 同上书,49~50页。
⑤ 同上书,79页。

余首,殊美赡可玩,始见其工矣。"①虽然"鄙直",但有"美赡可玩",故居中品。嵇康则因"过为峻切,讦直露才,伤渊雅之致。然托喻清远,良有鉴裁,亦未失高流矣。"②也因"直露"而居中品。至于陶潜,他则采取先贬后褒而辩的态度,认为"文体省净,殆无长语。笃意真古,辞兴婉惬。每观其文,想其人德,世叹其质直。至如'欢言酌春酒','日暮天无云',风华清靡,岂直为田家语耶! 古今隐逸诗人之宗也。"③也被列为中品。他对陶潜的评价采取的策略与萧统的《陶渊明集序》相近。"吾观其意不在酒,亦寄酒为迹者也。其文章不群,辞彩精拔,跌宕昭彰,独超众类,抑扬爽朗,莫与之京。""余爱嗜其文,不能释手;尚想其德,恨不同时。"④因爱其德故爱其文,而其文恰恰是质朴平实而少文采的,但仍为之辩护而强说。钟嵘置陶潜为中品,萧统被人称为陶渊明的知音,然而观其主编的《昭明文选》,若按作品的总量与入选的篇目相比,远远不及曹植、陆机、谢灵运的多,甚至也大大少于与他同时代的颜延之⑤。对陶潜高评低选的矛盾现象,其实也是受时代浮华奢靡文风的影响,重词采而轻古直、俚俗的结果。⑥

实际上,"古直"、"鄙直"、"俚俗"、"田家语",在南朝不是好词,皆含有贬义,这是承平日久、世风华靡的贵族趣味在齐梁时的表现。所以凡有这种倾向的诗人所得到的评价都不高。那个时代的优秀文人对"二曹"、嵇、陶的评价都是如此。如作为陶潜好友的颜延之,在《陶征士诔并序》中只称其德而对其文仅以"文取指达"四字提及而已⑦。而沈约著《宋书·谢灵运传》对陶潜只字未提,却将他放在《隐逸传》中。刘勰尤为过分,在《文心雕龙》中论及作家246人,却对陶潜只字未提⑧。可以说陶潜除了被当作

---

① (南朝梁)钟嵘著,周振甫译注:《诗品译注》,53页,北京,中华书局,1998。
② 同上书,55页。
③ 同上书,66页。
④ 郁沅、张明高编选:《魏晋南北朝文论选》,335页,北京,人民文学出版社,1996。
⑤ 刘文忠:《中古文学与文论研究》,144~155页,北京,学苑出版社,2000。
⑥ 郭世轩:《萧统为何对陶渊明高评低选》,载《阜阳师范学院学报》,2008(3)。
⑦ 郁沅、张明高编选:《魏晋南北朝文论选》,269页,北京,人民文学出版社,1996。
⑧ 刘文忠:《中古文学与文论研究》,145页,北京,学苑出版社,2000。

"隐士"被误读外,主要是其平淡自然的风格与当时崇尚的华丽文风不合之故①。 而曹操、曹丕的被低评也应作如是观。 由此看来,曹植在南朝乃至魏晋备受欢迎,充分说明了他的词采华丽与齐梁注重艺术形式与技巧的暗合。 这也是人们视这一时期为文学自觉的标志与原因所在。 因为此时既有齐梁诗坛永明体文学创作的繁荣,也有《文心雕龙》、《诗品》这样"体大思精"的理论总结。 因此可以说,曹植是魏艺术精神的重要体现者,也是承上启下的优秀人物。 其后的阮籍、嵇康、陶潜等优秀诗人和陆机、刘勰、钟嵘等优秀理论家共同构成、完善并体现着魏晋艺术精神。 而魏晋艺术精神渊源有自,有一个逐渐完善与创生的过程,由先秦到两汉,由隐而显、由量的积累而至质的飞跃。

---

① 袁行霈主编:《中国文学史》(第二卷),84 页,北京,高等教育出版社,1999。

第十七章
文学的自觉与文体的自觉

中国传统文学的自觉是一个长期持续的历史过程,先秦两汉的文学自觉主要表现为"文用"的自觉,汉末至魏的文学自觉则主要表现为"文体"的自觉,而南朝时期的文学自觉主要表现为"审美"的自觉。从先秦两汉的文用论发展到南朝的文学"审美"论,汉末建安之际的文体自觉起到了关键作用,而文体自觉也成为此期文学观的独特标志。文体的自觉与汉末个体生命的觉醒互为表里,标志着对文章的关注重心回到了文章自身,不同类型文章的特征得到了更细致、具体的辨析和描述。文体论直接促进了文学观念的高度分化,文章的审美特征逐渐被鲜明、集中地揭示出来,由此出现了所谓文学"审美"的自觉。

◎ 第一节
"魏晋文学自觉说":从流行到质疑

汉末至魏是中国文学史的一个重要阶段,关于此期的文学观,最为流行的说法也许即是"魏(晋)文学自觉说"。这一观点源于日本学者铃木虎雄的《中国古代文艺论史》,由鲁迅《魏晋风度及文章与药及酒之关系》转述到中国学界,并逐渐被认可和接受,20世纪80年代后又因李泽厚的《美的历程》得到广泛传播。但在转述和传播过程中,这一观点并未保持其原初内涵,而是产生了不同程度的偏离和误解。首先,铃木虎雄所谓的"文学自觉"特指"魏"这一时期;其次,他所理解的"文学自觉"是指文学价值不再取决于作为道德的手段,而是取决于"文学自身"①。但他也并未直接说明"文学自身"的价值究竟体现在哪些方面。在鲁迅的转述中,铃木的观点发生了一个很关键的变化,原本含糊的"文学自身的价值",被明确理解为文学"不必寓教训",是"为艺术而艺术"。这种理解显然已偏离了曹丕《典论·论文》的原意,因为所谓"经国之大业,不朽之盛事",即已包含了政教道德的价值在内。尤需注意的是,鲁迅的这种理解在文学自觉说中注入了西方现代审美文学的具体内涵,并成为后来持"魏晋文学自觉说"者的基本思路。如刘大杰《魏晋思想论》评《典论·论文》说:"他对于文学的对象,有离开六艺而注重纯文学的倾向","盖文章经国之大业,不朽之盛事","已经有艺术至上主义的倾向,对于纯文学的发展,是要给予以重大的影响的"②。郭绍虞《中国文学批评史》:"迨至魏、晋,始有专门论文之作,而且所论也有专重在纯文学者,盖以进至自觉的时期。"③李泽厚《美的历程》:"文的自觉(形式)和人的主题(内容)同是魏晋的产物。"④20世纪90年代至今,认同"魏晋文学自觉说"者仍然为数不少,并在不断补充和完善着这一观点⑤。

"魏(魏晋)文学自觉"说的积极意义在于借用西方现代审美文学观,增进了对中国古代文学特征和思想的了解,揭示出中国古代文学思想与西方现代审美文学观相近的内涵(如重个体、重抒情、重辞采等),醒目地标识

---

① [日]铃木虎雄:《中国古代文艺论史》,孙俍工译,47页,上海,北新书局,1928。
② 刘大杰:《魏晋思想论》,见《古典文学思想源流》,121页,上海,上海世纪出版集团上海书店,2008。
③ 郭绍虞:《中国文学批评史》,54页,天津,百花文艺出版社,2008。
④ 李泽厚:《美的历程》,96~97页,北京,文物出版社,1981。
⑤ 参看范卫平:《"文学自觉"问题论争评述——兼与张少康、李文初先生商榷》,载《甘肃社会科学》,2001(1)。

出魏晋在中国古代文学史上的转折意义[①]。但颇为吊诡的是，当"文学自觉"的标准被明确为若干审美特征后，中国传统的"文学的自觉"却陷入被泛化的境地。研究者陆续发现，存在于魏晋文学、文论中的那些审美特征，也可见于更早的两汉文学和文论，甚至已出现在战国后期的文学和文论中。另一方面，这些审美特征在魏晋以后的南北朝文学、唐代文学、宋代文学以至明代文学中，不仅继续发展，甚至表现得更为强烈、鲜明，"文学自觉"的程度似乎更高。于是，学界对"魏晋文学自觉说"的质疑声渐多，并且以同样的"审美特征"为依据，又提出了"汉代文学自觉"说[②]、"魏晋南北朝文学自觉"说[③]、"宋齐文学自觉"说[④]、"文学多阶段自觉"说[⑤]等。当"文学自觉"说可以并在实际上被无限泛化时，它对阐释中国古代文学史的特殊意义和理论价值也就被稀释甚至消解了。

产生这种现象的主要原因，并不在于诸"文学自觉说"的提出者标新立异，而恰在于"文学自觉"说这一观点本身。持"文学自觉"说者，无论定位于哪个历史时段，对文学性质的理解大多深受西方现代审美文学观的影响。不过，且不论这一标准是否契合中国古代文学史的发展特点，即便在二者之间能够找到某些相似或相通之处，是否即可称之为中国文学自身的"自觉"？而且，"文学的自觉"是否仅限于对文学"审美特征"的自觉？"文学自觉"的内涵是否如此单一？即如先秦时期对文学的文化属性和功能的认识，岂不也是"文学自觉"的题中应有之义？涂光社先生的看法殊为通达，他认为："一旦人们表述了对文学的认识，就必然会在一定层面显示其自觉意

[①] 参看范卫平：《"文学自觉"问题论争评述——兼与张少康、李文初先生商榷》，载《甘肃社会科学》，2001（1）。
[②] "汉代文学自觉说"，参见龚克昌：《汉赋——文学自觉时代的起点》，载《文史哲》，1988（5）；张少康：《论文学的独立和自觉非自魏晋始》，载《北京大学学报》（哲学社会科学版），1996（2）；詹福瑞《文士、经生的文士化与文学的自觉》，载《河北学刊》，1998（4）；李炳海：《黄钟大吕之音——古代辞赋的文本阐释》，16页，长春，吉林人民出版社，2001。
[③] 参看袁行霈主编：《中国文学史》第一卷，3、4页，北京，高等教育出版社，1999。
[④] "宋齐文学自觉说"，参见刘跃进：《门阀士族与永明文学》，北京，生活·读书·新知三联书店，1996。
[⑤] 参见崔文恒：《"文学的自觉时代"论理》，载《阴山学刊》，2003（6）。

识。谁说'诗言志'的论断和'兴观群怨'以及'温柔敦厚'的诗教中没有体现相当程度的文学自觉意识呢？因为文学确实有这些方面的功能，可以产生这样的社会作用。"①

至此，一些向来被具体问题掩盖的基本问题便浮现出来。如何谓"自觉"？何谓"文学自觉"？如何确定"文学自觉"的标准？"文学自觉"是体现于作品，还是体现于文论？一般说来，所谓"自觉"，应是指对自身存在状态的认识和反思。"自觉"不同于"自在"，而是对"自在"的明确意识和观念，集中表现为有关理论话语。所谓"文学自觉"，也主要体现为作家、文论家对文学活动性质、特点和规律的认识。这种认识可以出现在具体文学作品中，如《诗经·小雅·节南山》中的"家父作诵，以究王讻"，屈原《离骚》中的"发愤抒情"说等，而更集中表现为各种形式的文学理论。

依此理解，如果说中国古代文学史确实存在"文学自觉"这一事实，那么这个"自觉"也应该是指中国传统文学观按其自身规律的发展过程，由不同时代对文学不同层面性质的认识共同构成，而非根据某个特殊标准限定于某个特定的历史时期。文学是一种历史存在，人们对文学的认识也是一个历史过程。倘若把"文学自觉"的内涵仅限于对文学审美特征的认识，同时有意无意地将文学史上对文学的文化特征和社会功能的认识排除在"文学自觉"之外②，这显然是一种非历史的观点。

如果从更深层的动机看，"魏晋文学自觉说"实际上反映了学界为汉末魏晋这一较为特殊的文学时段寻求一种恰当"说法"的努力。不过，在"文学自觉"成为"中国传统文学观自身发展"的同义语后，继续从"文学自觉"的角度解读汉末魏晋文学史已显得泛而不切。"魏晋文学自觉说"凸显了汉末魏晋文学的部分审美特征，完成了对这段文学史的现代包装，但同时也模

---

① 涂光社：《"文学自觉时代"泛议》，见徐中玉、郭豫适主编：《古代文学理论研究》第二十三辑，84页，上海，华东师范大学出版社，2005。
② 参看闫月珍：《文学的自觉：一个命题的预设与延异》，载《华南师范大学学报》（社会科学版），2005（1）。

糊了汉末魏晋文学史的本色与基调，在长时间内抑制了其他阐释的可能。"魏晋文学自觉说"实已成为推进汉末魏晋文学史研究亟须突破的一个理论围城。学界宜在更深入具体地认识汉末魏晋文学发展特点的基础上，对这一时期"文学自觉"的内涵做出更为洽切的揭示和描述，提出并回答诸如汉末魏晋"文学自觉"有何特殊内涵？与前后其他阶段的"文学自觉"有何不同？汉末魏晋"文学自觉"最突出的理论标志是什么？哪些概念、范畴最能在整体上反映汉末魏晋"文学自觉"的独特历史品质？等等。

◎ 第二节

文体的自觉：汉末魏晋文学观的独特标志

还是从曹丕的《典论·论文》说起。一篇《典论·论文》，在不同研究者那里往往呈现出不同面目。以其为魏晋文学自觉的理论标志者，多对"诗赋欲丽"、"文以气为主"等命题情有独钟；以其仍囿于文学功用论者，又特别留意"经国之大业，不朽之盛事"所传达的观念内涵；而不满这种主观倾向过于明显的解读者，则试图从论文写作的具体语境和现实动机去揭示其劝勉邺下文士相互尊重、安心本职的本意。

由《论文》所述可以看出，曹丕的写作初衷主要有两点：一是反对"文人相轻"的文坛劣习，说明文士为文各有长短的道理及原因；二是晓谕文章于国于己的重要价值，勉励身边的文士致力于文章事业。通俗点说，即希望曹魏集团中的一班文人搞好团结，安心工作。为了批评"文人相轻"，《论文》从客、主两方面说明理由。以客观言，因为"文非一体，鲜能备善"，"文本同而末异"，而"能之者偏"；如王粲、徐幹擅长辞赋，陈琳、阮瑀精于章表书记，孔融却拙于作论等。以主观言，因为"文以气为主"，而"气之清浊有体，不可力强而致"；如徐幹有"齐气"，孔融有"高妙"之气等。为了激发文士们对文章事业的热情，《论文》把文章的意义提到"经国之大业，不朽之盛事"的高度，将文章之无穷与生命之短促对比，劝导文士们轻功名而惜寸阴，通过文章成就身前身后之名。

倘若细寻《论文》的脉络和思理，还可发现：无论是批评"文人相轻"的劣习，还是强调文章事业的价值，都贯穿着一个基本观念，即对个体差异的尊重和对个体价值的肯定。正是这一观念构成了《论文》整篇的立论基础。具体说来，"文本同而末异"等，体现的是对不同类型文章特征的自觉；"文非一体，鲜能备善"，表达的是对文士于不同文体各有所偏的尊重；"气之清浊有体"，反映的是对文士不同气质特征的认识；强调文章乃"不朽之盛事"，突出的则是文章对于个体生命的意义。

从文学史角度看，尤须注意的是《论文》中有关"文体"的观念。可以说，"文体"观是《论文》整体上所体现的对个体差异、特征及价值的自觉与肯定在文论层面的集中表现，通过"文体"这一概念，曹丕将其对不同类型文章特征和不同文士文章特征的认识鲜明地表达了出来。

学界对《论文》中的"文体"观早有关注，但已有研究无论对"文体"概念内涵的理解，还是对其文学史意义的揭示，都存在较大欠缺，并因此影响到对汉末魏晋文学观整体特征的把握，也使人们在质疑"魏晋文学自觉说"的同时，始终难以对汉末魏晋文学观提出一种更确切的正面说法。

文体观的自觉之于汉末魏晋文学史的意义，可由与前后两个阶段文学史的整体比较看出。先秦与两汉的大部分时期，主流文学观可称为"文用论"，论文的基本出发点是文章之于社会人心的政治治理功能和道德教化作用，或者是文章之于作者的言志抒情价值（其情志也多具有鲜明的社会政治伦理内涵），《诗三百》、楚骚、汉赋等经典文章都曾以社会功用为标准得到认识和评价。到了汉末魏晋后的南朝，文学观的基本面与先秦两汉相比发生了一个明显的逆转，抒情之美、声律之美和辞藻之美等所谓"审美特征"为论文者所尚。在文用论向"审美"论的转变过程中，汉末魏晋时期发展起来的"文体"观是一个重要环节,是南朝文学"审美"论产生的观念和理论基础。

以"体"论文,渊源甚早。《尚书·毕命》已有"政贵有恒,辞尚体要,不惟好异"之说。西汉司马迁《史记·扁鹊仓公列传》记扁鹊引有关医典辨证论治后称"此谓论之大体也,必有经纪"。扬雄《法言·问神》云"惟圣人得言之解,得书之体",此处"书"即著于文字的书籍文献。东汉班固《汉书·地理志》:"临菑名营丘,故《齐诗》曰:'子之营兮,遭我乎峱之间兮。'又曰:'俟我于著乎而。'此亦其舒缓之体也。"王充《论衡·正说》:"文字有意以立句,句有数以连章,章有体以成篇,篇则章句之大者也。"汉末卢植《郦文胜诔》言:"自龀未成童,著书十余箧,文体思奥,烂有文章,箴缕百家。"[1]蔡邕《独断》以"文体"言"策":"三公以罪免,亦赐策,文体如上策。"[2]时至魏晋,以"体"论文已蔚成风气。曹丕《典论·论文》明确用"文体"称奏、议、书、论、铭、诔、诗、赋等各种类型文章,西晋挚虞《文章流别论》专论诗、赋、颂、铭等各类文体,陆机《文赋》称诗、赋、碑、诔、铭、箴、颂、论、奏、说等"体有万殊"。到了南朝,"文体"又广泛用于论不同作者、不同时代、不同流派的文章(详见后),并出现了如刘勰《文心雕龙》、钟嵘《诗品》这类集文体论大成或专论某类文体的著作。

需要追问的是:汉末魏晋之际发展起来的文体论在中国文学史上究竟有何特殊意义? 具体说,从先秦两汉的文用论转向汉末魏晋的文体论有何特殊意义? 随后的南朝文学"审美"论的兴起又与文体论的发展有何内在联系?

文体自觉与文体论的产生,首先意味着文论的重心已从文章与社会的外部关系转向文章自身。这是文用论与文体论的一个最基本的区别。

在盛行于先秦两汉的文用论中,关注和谈论的主要是诸如文章于政治何用、于道德何用、于人格养成何用等问题。孔门论诗,曰"兴观群怨",曰"思无邪";汉儒注诗,曰"经夫妇,成孝敬,厚人伦,美教化,移风俗",

---

[1] (清)严可均辑:《全后汉文》,809页,北京,商务印书馆,1999。
[2] 张少康、卢永璘编选:《先秦两汉文论选》,649页,北京,人民文学出版社,1996。

曰"主文谲谏";王逸序骚,曰"上以讽谏,下以自慰";班固论赋,曰"或以抒下情而通讽谕,或以宣上德而尽忠孝",曰"润色鸿业"……诸如此类,不一而足。即使论及文章自身的特征,也多著有浓厚的功用色彩,如《毛序》称诗"温柔敦厚",扬雄评赋"诗人之赋丽以则,辞人之赋丽以淫"等。

在以"文体"论文之前的先秦两汉时期,虽然关于各种文类的理论已较为完整、系统,但论者对各种文类的描述仍然着眼于用。如《周礼·春官·大祝》述大祝之职:"作六辞,以通上下、亲疏、远近:一曰祠,二曰命,三曰诰,四曰会,五曰祷,六曰诔。"①尽管尚未对祠、命、诰等六类文辞分别说明,但将其统归于"通上下、亲疏、远近"之用。东汉郑玄《周礼注》引郑众语从功用角度对"六辞"做了更详细的描述:"祠当为辞,谓辞令也。命,《论语》所谓为命裨谌草创之。诰,谓《康诰》、《盘庚之诰》之属也。盘庚将迁于殷,诰其世臣卿大夫,道其先祖之善功,故曰以通上下亲疏远近。会,谓王官之伯,命事于会,胥命于蒲,主为其命也。祷,谓祷于天地、社稷、宗庙,主为其辞也。……诔,谓积累生时德行,以锡之命,主为其辞也。……此皆有文雅辞令,难为者也,故大祝官主作六辞。"②郑玄注亦云:"玄谓一曰祠者,交接之辞。《春秋传》曰'古者诸侯相见,号辞必称先君以相接'。辞之辞也。会,谓会同盟誓之辞。祷,贺庆言福祚之辞。"③注者或引典,或举例,对每类文辞的社会功能一一说明,明确其在政事、祭祀、人际、外交、庆吊等现实活动中的具体作用。

汉末刘熙的《释名》在《释书契》与《释典艺》两部分解释了奏、檄、谒、符、传、券、契、策书、册、启、书、告、表、敕、纪、令、诏书、论、赞、叙、铭、诔、碑、词共计24种文章类型,也同样以用释义。如:"檄,激也。下官所以激迎其上之书文也。""谒,诣也,诣告也。书其姓名于上,以告所至诣者也。""符,付也。书所敕命于上,付使转行之也。""传,

---

① (清)阮元校刻:《十三经注疏》,809页,北京,中华书局,1980。
② 同上。
③ 同上。

转也。 转移所在，执以为信也。""策书，教令于上，所以驱策诸下也。""汉制，约敕诸侯曰册。 册，顺也。 敕使整顺不犯之也。""上敕下曰告。 告，觉也，使觉悟知己意也。""下言上曰表，思之于内，表施于外也。 又曰上，示之于上也。 又曰言，言其意也。""记，纪也，纪识之也。""诏书，诏，昭也，人暗不见事宜，则有所犯，以此示之，使昭然知所由也。""称人之美曰赞。 赞，纂也，纂集其美而叙之也。""铭，名也，述其功美，使可称名也。""诔，累也，累列其事而称之也。"①人们可能对《释名》使用的同音训义的可靠性会有怀疑，但其间对各种类型文章之用的解释则明确无疑。

上述两例汉代不同时期的文章类型论都表现出如下特点：一方面从其所论之实看，与后来明确称为"文体论"的如挚虞《文章流别论》、任昉《文章缘起》、刘勰《文心雕龙》之"论文叙笔"等并无二致；但与后一类"文体论"相比，这两例文章类型论对各类文章的注解与释义近乎纯然是对其现实功用的说明，而对各类文章内部特征的概括尚付阙如。 汉代文章类型论的这种情形具有明显的从文用论向文体论过渡的特点。 其中虽已蕴含着较为自觉的文类文体的区分和辨析意识，但其区分和辨析又还停留于文类的社会功用层面。

汉末（三国）蔡邕《独断》对文章类型的说明也还具有这种过渡性质，但明显不同的是，该书不仅论及各文类功用，而且详述各文类体例。 例如，谓"策书"："策者，简也。 礼曰：'不满百丈，不书于策。'其制长二尺，短者半之，其次一长一短，两编下附篆书，起年月日，称'皇帝曰'，以命诸侯王三公。 其诸侯王三公之薨于位者，亦以策书谥其行而赐之，如诸侯之策。 三公以罪免，亦赐策，文体如上策，而隶书以尺一木两行，唯此为异者也。"②对策书的用纸、格式、称谓等做了详细规定。 尤值一提的是，行文中已出现"文体"一词，并以之作为对上述命意、体例的统称。

与上引诸论相比，曹丕的《典论·论文》可称为中国古代第一篇完整的

---

① （东汉）刘熙：《释名》，影印文渊阁四库全书本。
② 张少康、卢永璘编选：《先秦两汉文论选》，649 页，北京，人民文学出版社，1996。

第十七章　文学的自觉与文体的自觉　855

"名实相副"的文体论。甚至可以说,该文作为中国古代第一篇文章专论的意义,很大程度上是借由其作为第一篇文体论显示出来的。首先,《论文》在言及奏议、书论、铭诔、诗赋等文章类型时,已明确以"体"为中心,从"文体"角度认识和定位各类文章。其次,文中之"体"已直接用来指称奏、议、书、论等各类文章。如所谓"文非一体",意即文章已分诗、赋、铭、诔等各种类型;"惟通才能备其体",意为通才方可兼擅从奏议至诗赋等各类文章。"体"的这种用意,表明"文体"意识与"文章"意识已融为一体,而且文体观已成为当时评论文章的一个新的观念平台,研究者的目光也因此更多地集中于各类文章自身的特征。

文体论所包含的回到文章自身的意识,典型体现为《论文》对各类文体特征的概括与区分:"夫文,本同而末异。盖奏议宜雅,书论宜理,铭诔尚实,诗赋欲丽。此四科不同,故能之者偏也,唯通才能备其体。"徐复观先生曾在《〈文心雕龙〉的文体论》中把此处的"体"理解为"艺术的形相性",认为其具体所指即是奏议之"雅"、书论之"理"、"铭诔"之"实"和诗赋之"丽"。[①]这明显是因其对中国古代"文体"一词含义的先入之见而造成的误解。循曹丕文意,此处之"体"应即指奏、议、书、论、铭、诔、诗、赋八种类型的文章;所谓"唯通才能备其体",也是指对八种类型文章的掌握,绝非指掌握"雅""理""实""丽"四种文体特征。

从文体观发展的角度看,更值得关注的是《论文》对八种类型文章特征的确切精练的概括。在中国文学(文论)史上,《论文》第一次用如此精当、明确的概念标识出当时流行的主要文章类型的整体特征。这种高度概括、洽当的描述只有在对各类文章的题材、语言、功能、性质等有了深入的认识后才能产生,是文章写作经验、阅读经验及批评经验的提炼和升华。在这个意义上可以说,文体观和文体论的产生反映了文学主体(写作者与批评者)对文章作为一种社会存在的高度自觉;正是在文体论的语境中,各种文

---

① 徐复观:《〈文心雕龙〉的文体论》,见《中国文学精神》,128 页,上海,上海书店出版社,2004。

章的内部构成和特征得到了前所未有的呈现和描述。此后，文章分类更多地被称为"区判文体"、"辨体"等。

以《典论·论文》为标志，中国古代的文章分类论发展到了"辨体"论阶段。自此，文章类别和文类特征的辨析获得了更大的理论空间，分类更加精细、完备，特征描述更加准确、精练。如《文赋》称文章"体有万殊"，称诗体特征为"缘情而绮靡"，赋体特征为"体物而浏亮"，碑体特征为"披文以相质"，诔体特征为"缠绵而凄怆"，铭体特征为"博约而温润"，箴体特征为"顿挫而清壮"，颂体特征为"优游以彬蔚"，论体特征为"精微而朗畅"，奏体特征为"平彻以闲雅"，说体特征为"炜晔而谲诳"[1]。刘勰《文心雕龙》"论文叙笔"二十篇对几十种文体的特征既有凝练的概括，又有细致的分析。如以"雅润"许四言，以"清丽"许五言；要求赋有"丽词雅义"，颂能"典懿""清铄"等。在《定势》篇又做了集中说明："章表奏议，则准的乎典雅；赋颂歌诗，则羽仪乎清丽；符檄书移，则楷式于明断；史论序注，则师范于核要；箴铭碑诔，则体制于宏深；连珠七辞，则从事于巧艳。"[2]

◎ 第三节
文章观念分化与审美文学观的成熟

随着文体论的进一步发展，"文体"范畴广泛用于文论的各个领域。文体论的外延迅速扩大，在文类文体论之外，又产生了作者文体论、时代文体论、流派文体论等，昭示着作者文章特征、时代文章特征、流派文章特征的

---

[1] （晋）陆机撰，张少康集释：《文赋集释》，99页，北京，人民文学出版社，2002。
[2] （南朝梁）刘勰著，范文澜注：《文心雕龙注》，530页，北京，人民文学出版社，1958。下引《文心雕龙》文，均见此书。

更高自觉。

作者文体论在《典论·论文》中已露端倪，如谓"应玚和而不壮，刘桢壮而不密"，即是对应、刘文章整体特征的评述。《典论》佚文也有"优游按衍，屈原之尚也；浮沉漂淫，穷侈极妙，相如之长也"，这是对屈原和司马相如辞赋特征的比较与说明。作者文体论多就同一文类的不同文章进行比较，如傅玄《连珠序》："其文体辞丽而言约，不指说事情，必假喻以达其旨，而贤者微悟，合于古诗劝兴之义。欲使历历如贯珠，易睹而可悦，故谓之连珠也。班固喻美辞壮，文章弘丽，最得其体。蔡邕似论，言质而辞碎，然旨笃矣。贾逵儒而不艳，傅毅有文而不典。"其中谓班固之连珠"喻美辞壮"、蔡邕之连珠"言质而辞碎"、贾逵之连珠"儒而不艳"、傅毅之连珠"文而不典"等，都是对各家（连珠）文体特征的简洁品评。再如《文心雕龙·诸子》："研夫孟荀所述，理懿而辞雅；管、晏属篇，事核而言练；列御寇之书，气伟而采奇；邹子之说，心奢而辞壮；墨翟、随巢，意显而语质；尸佼尉缭，术通而文钝；鹖冠绵绵，亟发深言；鬼谷眇眇，每环奥义；情辨以泽，文子擅其能；辞约而精，尹文得其要；慎到析密理之巧，韩非著博喻之富；吕氏鉴远而体周，淮南泛采而文丽：斯则得百氏之华采，而辞气之大略也。"纵论战国至西汉的诸子文体，洋洋大观，对各家文体特征的点评则要言不烦，体现了论者对各家文体特征的准确认识和完整把握。钟嵘《诗品》专论各家五言诗体，乃是作者文体论高度成熟的产物，可谓集作者文体论之大成。如评曹植"骨气奇高，词采华茂，情兼雅怨，体被文质"，王粲"文秀而质羸"，陆机"才高词赡，举体华美"，张协"文体华净"，左思"文典以怨"，张华"其体华艳"，郭璞"文体相辉，彪炳可玩"，袁宏"鲜明紧健"，陶潜"文体省净"，颜延之"体裁绮密，情喻渊深"，等等。

文体论发展至一定阶段，有关时代文体特征的论述也自然出现。沈约《宋书·谢灵运传论》这样概述自汉至魏四百多年间的文体变化规律："甫乃以情纬文，以文被质。自汉至魏四百余年，辞人才子，文体三变：相如工为形似之言，二班长于情理之说，子建仲宣以气质为体，并标能擅美，独映当时。降及元康，潘陆特秀，律异班贾，体变曹王，缛旨星稠，繁文绮合，……灵运之兴会标举，延年之体裁明密，并方轨前秀，垂范后昆。"论者以相如的形似之体为西汉文体的典型，以班彪、班固的情理之体为后汉文体的范例，以曹植和王粲的气质之体为三国魏文体的代表。另如刘勰《文心雕龙·通变》篇所谓"黄唐淳而质，虞夏质而辨，商周丽而雅，楚汉侈而艳，魏晋浅而绮，宋初讹而新"，也可视为对上古至南朝宋的历代文体特征演变的简要概括。

人们又尝试对同时代的文体进行整体划分，标识出不同文体流派。如萧子显《南齐书·文学传论》："今之文章，作者虽众，总而为论，略有三体。一则启心闲绎，托辞华旷，虽存巧绮，终至迂回，宜登公宴，本非准的。而疏慢阐缓，膏肓之病；典正可采，酷不入情。此体之源，出灵运而成也。次则缉事比类，非对不发，博物可嘉，职成拘制。或全借古语，用申今情，崎岖牵引，直为偶说。唯睹事例，顿失清采。此则傅咸五经，应璩指事，虽不全似，可以类从。次则发唱惊挺，操调险急，雕藻淫艳，倾炫心魂。亦犹五色之有红紫，八音之有郑卫，斯鲍照之遗烈也。"论中把当时文体分为三类，各有其特征，各有其渊源，又各有其代表作家。

如果说文体论的发展标志着文论重心转移到了文章自身，那么作者文体论、时代文体论、流派文体论等的产生，则进而表明人们对文章自身特征的全面自觉。因为回到了文章自身，人们不仅发现并总结出了各种文类文体的特征，亦且发现并总结出了作者文体的特征、时代文体的特征、流派文体的特征等。文体的自觉打开了极其丰富的认识文章的视角，先秦两汉时期文用论的单一视角被文体论的全方位视角所替代，或小或大，或内或外，或远或近，或纵或横，在各种关系中感受文章的千姿百态，评价文章的雅俗优劣，认识文章的源流通变。

回到文章自身——此即为《典论·论文》文体论和其他文体论的关键意义所在。不过，《典论·论文》所蕴含的回到文章自身的意识仍然是对各类文章特征的自觉，而非特别倾向于"审美特征"更加突出的文章类型如诗赋等的自觉。有学者为了强调《论文》之于文学"审美自觉"的意义，片面突出"诗赋欲丽"一语在《论文》中的地位①,这显然有点强古人以就己意。其实,即使就《论文》对各体文章特征的揭示而言,其文学史意义已足够明显。正是有了《论文》四科之末的"诗赋欲丽",才会有陆机(西晋)《文赋》论述十类文体时置"诗缘情而绮靡,赋体物而浏亮"于首。也即是说,文学"审美"意识的增强和"审美"文体的突出,是以各类文章特征的自觉为理论前提的。

文体观的发展首先催生了"文""笔"二体的区分,文章的声韵之美得到特别关注。如《宋书·颜竣传》:"太祖(宋文帝)问延之:'卿诸子谁有卿风?'对曰:'竣得臣笔,测得臣文……'"《文心雕龙·总术》以"无韵者笔也,有韵者文也"加以总结。因为诗为有韵之文之首,所以又有以"诗""笔"对举。如《南齐书·萧子懋传》:"及文章诗笔,乃是佳事。"《梁书·刘潜传》:"潜字孝仪,秘书监孝绰弟也。兄弟相励勤学,并工属文。孝绰常曰:'三笔六诗'三即孝仪,六即孝威也。"钟嵘《诗品》:"彦升少年为诗不工,故世称'沈诗任笔'。"萧纲《与湘东王书》:"至如近世谢朓、沈约之诗,任昉、陆倕之笔,斯实文章之冠冕,述作之楷模。"

不过,声韵之美还只是"文"、"笔"分体现象所体现的最直观的一层文学内涵。在此基础上,文章的情思之美与辞藻之美又得以彰显。如梁萧统《文选序》将选文标准归结为"事出于深思,义归乎翰藻",并以此排除了"姬公之籍,孔父之书"等儒家经典、"以立意为宗,不以能文为本"的诸子著作、纪录"贤人之美辞,忠臣之抗直,谋夫之话,辨士之端"的策士之书以及"褒贬是非,纪别异同"的"记事之史,系年之书"。萧绎《金楼子·立言》对"文""笔"特征的规定,较有韵无韵更为丰富:"至如不便为诗如阎纂,善为章奏如伯松,若此之流,泛谓之笔。吟咏风谣,流连哀思者,谓之文。……笔退则非谓成篇,进则不云取义,神其巧惠,笔端而已。至如文者,惟须绮縠纷披,宫徵靡曼,唇吻遒会,情灵摇荡。"萧绎将"文"的特征归之于抒情之美(所谓"吟咏风谣,流连哀思")、辞采之美("绮縠纷

---

① 郭绍虞:《中国文学批评史》,55页,天津,百花文艺出版社,1999。其云:"更看出诗赋之欲丽,以见纯文学自不可废去修辞的技巧。"

披")、声韵之美("宫徵靡曼,唇吻遒会")和强烈的感发效果("情灵摇荡")。黄侃《文心雕龙札记》评:"案文笔之别,以此条为最详明。其于声律以外,又增情采二者,合而定之,则曰有情采韵者为文,无情采韵者为笔。"①声言这是对文章审美特征最全面、鲜明的阐述和主张,也最能反映中国古代审美文学的自觉。

总之,中国文学史从先秦两汉时期的文用论发展到南朝时期的"审美"论,汉末魏晋之际的文体自觉起到了关键作用。文体的自觉标志着人们对文章的认识回到了文章自身,不同类型文章的特征得到了更细致、具体的辨析和描述,加上社会风气、文化环境和文学趣味的影响,文章的审美特征逐渐鲜明、集中地被揭示出来,由此出现了所谓文学"审美"的自觉。要之,中国传统文学的自觉是一个持续的过程,先秦两汉时期的文学自觉主要表现为"文用"的自觉,汉末魏晋时期的文学自觉则主要表现为"文体"的自觉,而南朝时期的文学自觉主要表现为"审美"的自觉。此后文学观的发展,从基本性质看大都不出上述范围。

◎ 第四节
文章生命整体观与个体生命的觉醒

从更广泛的文化背景看,《典论·论文》中的文体自觉意识是与个体生命的自觉意识密切相关、互为表里的。

学界习惯把《论文》中有关"文以气为主"的论述概称为"文气"论,这自然有其道理,但若从"文气"论与文体论的内在联系看,则更适合称为"气体论"。这并非笔者杜撰,《论文》已有明确表述:"文以气为主;气之

---

① 黄侃:《文心雕龙札记》,214 页,北京,中华书局,1962。

清浊有体，不可力强而致。譬诸音乐，曲度虽均，节奏同检；至于引气不齐，巧拙有素，虽在父兄，不能以移子弟。"这段话虽以"文以气为主"一句冠首，且此句也的确为这段话的总起，但细析其全部论述，应该说"气之清浊有体"一句才是关键，而"文以气为主"更像是一句引论，主要作用是为了导出"气之清浊有体"这一核心观点。"气之清浊有体"以下，都是围绕此句展开，强调气各有"体"，有"清""浊"之分，各人所禀不同，无法遗传，更不可传授。

"气体"论之于"文气"论的关系如同"文体"论之于"文章"论的关系。从一定意义上说，"文体"论是对尚显笼统的"文章"论的进一步分化、细化和深化，文章的诸多性质和特征正是在"文体"论中得到了更充分、更清楚的揭示。同理，"气体"论也是对较为混沌的"文气"论的进一步规定和描述，文气的具体特征和表现也恰是在"气体"论中得到更清晰的说明。

因此，更准确地说，《论文》中的理论格局应该由过去的"文体"论与"文气"论的前后关联调整为"文体"论与"气体"论的客主对照。这不是在做文字游戏，两种观点出现在同一篇文论中，自有其深刻的内在联系和文学史意义。

首先，如果说"文体"观的产生反映的是人们对不同类型文章自身特征的自觉与重视，那么"气体"论的出现则表明了曹丕对不同作家自身禀性的关注和理解。在汉末魏晋这个较为特殊的时代，人们从外发现了文章类型的多样性和差异性，对每种类型文章的特征自觉进行分析和归纳，并在创作中充分尊重不同文类的特征和要求。几乎是同时，人们又自内认识到文章作者气质禀性的多样性与差异性，开始对不同作家的气质特征进行描述和评价，并特别指出作家气质的差异不能成为文人相轻的理由。

申而论之，"文体"论与"气体"论不仅同样体现为对个体特征的自觉及尊重，而且在更深的文化层面相通，这就是"文体"论所蕴含的生命整体观的自觉与"气体"论所反映的个体生命意识的高涨。

"文体"一词本由人体之"体"譬喻而来，并保留了人体之"体"的生命性与整体性等内在规定。但在现代研究中，"文体"范畴内蕴的生命性与整体性内涵并未受到足够的重视和充分的阐述，学界多满足于将"文体"解释"体裁"与"风格"二义。且不说这种二分式释义于词源、文献、逻辑都难以立足[①]，至少忽略了"文体"范畴非常基本的一层内涵，即"文体"一词所暗含或明示的古人对文章作为一个生命整体的体验和认知。

在文体论产生之初，"文体"所蕴的生命整体性特征还较为隐含，主要作为一种语义积淀，存在于论文者经验式的使用之中，处于"日用而不知"的状态。而在文体论发展成熟后，在文学语境和文论语境的激发下，最初的这层无意识语义积淀便逐渐呈现，并由理论话语清楚地表达出来。如《文心雕龙·附会》篇称："夫才童学文，宜正体制：必以情志为神明，事义为骨髓，辞采为肌肤，宫商为声气。"刘勰直接以生命整体譬喻文章的生命整体，对"文体"内涵的揭示再也清楚不过。再如《颜氏家训·文章》："文章当以理致为心肾，气调为筋骨，事义为皮肤，华丽为冠冕。"二说可能有前后影响，也可能属于巧合。表述虽略有不同，其基本用义则没有变化。又如《文心雕龙·附会》篇云："若统绪失宗，辞味必乱；义脉不流，则偏枯文体。"借用"偏枯"这一中医用语，很形象地说明"文体"应该如人体一样是一个有机的生命整体。徐复观先生讲得很好："'体'就是人的形体，大概在魏晋时代，开始以一篇完整的作品，比拟为人的形体之'体'。人的生命的形体，包含有神明（精神），有骨髓，有肌肤，有声气。……人的形体，是由各部分所构成的有机的统一体；一篇文章，也是由各部分所构成的有机的统一体。形体的各部分没有得到有机的统一，必系残废之人；文章的各部分、各因素没有得到有机的统一，必定系杂乱无章，不配称为一篇文章。所以凡说到文体时，首先要了解，这指的是由各部分所构成的一篇完整而统一的文

---

① 可参看笔者在其他论文中对"文体"内涵的详细解析。

章,不是指文章的某一部分或某一因素而言。"①虽然这里的观点与他在《〈文心雕龙〉的文体论》中对"文体"含义的理解明显不统一,但更符合"文体"范畴的本义。

一个很有意思的现象是,正是在文体论产生和发展过程中,文论中出现了大量取自汉末魏晋人物品评的概念,如"风格""风貌""风骨""神韵""气韵""气力""气格""气魄""气脉""骨力""骨鲠""骨髓""骨劲""骨韵""格调"等。这些充满生命性的概念,一方面更具体地展现了文章的生命构成与特征,另一方面又表明了文体论与当时勃兴的个体生命的自觉意识关系密切——文体的自觉乃是汉末魏晋个体生命自觉的文化土壤上结出的一颗文论之果。回到文章自身的背后是回到人自身,对不同文类特征的理解与尊重的背后是对不同个体生命特征的理解与尊重。

在社会文化层面,文体论中的生命整体观与汉末魏晋兴起的个体生命的觉醒都与其时的人物品评有直接的渊源。人物品评源于汉代选官任职的察举制,又因曹魏实行的九品中正制而被强化。但在汉末清议之风的影响下,人物品评的政治实用色彩转淡,个体品行、才识、风格、体貌的特征和价值成为品题、标榜的主要对象。如《世说新语·德行》评汉末名士李膺:"李元礼风格秀整,高自标持,欲以天下名教是非为己任。"《赏誉》载:"武元夏目裴、王曰:'戎尚约,楷清通。'"又载:"世称荀子秀出,阿兴清和。"《品藻》:"抚军问孙兴公:'刘真长何如?'曰:'清蔚简令。''王仲祖何如?'曰:'温润恬和。''桓温何如?'曰:'高爽迈出。''谢仁祖何如?'曰:'清易令达。''阮思旷何如?'曰:'弘润通长。''袁羊何如?'曰:'洮洮清便。''殷洪远何如?'曰:'远有致思。''卿自谓何如?'曰:'下官才能所经,悉不如诸贤;至于斟酌时宜,笼罩当世,亦多所不及。然以不才,时复托怀玄胜,远咏《老》、《庄》,萧条高寄,不与时务经怀,自谓此心无所与

---

① 徐复观:《〈文心雕龙〉浅论之三——能否解开〈文心雕龙〉的死结》,见《中国文学论集》,404页,台北,台湾学生书局,1982。

让也。'"(《世说新语笺疏》)以上所记人物品评,涉及人物众多,每人所题言虽玄远,意却简当,各有特征,不相混同。风气所向,个体生命的特征被反复品味以至欣赏,而其价值也因此得到肯定。

在此背景下,文章的特征与价值也更多地与个体生命联系在一起。如《典论·论文》所论:"粲长于辞赋;徐幹时有齐气,然粲之匹也。如粲之《初征》《登楼》《槐赋》《征思》,幹之《玄猿》《漏卮》《圆扇》《橘赋》,虽张、蔡不过也。然于他文,未能称是。琳、瑀之章表书记,今之隽也。应玚和而不壮,刘桢壮而不密。孔融体气高妙,有过人者,然不能持论,理不胜词,以至乎杂以嘲戏,及其所善,杨、班俦也。"这段话主要为了说明文士与文体各有所长,难以备善,但已间或论及作家气质与文体的关系。结合曹丕的《与吴质书》,这一观点更加明显。如此段称"粲长于辞赋",《与吴质书》则云"仲宣独自善于辞赋,惜其体弱,不足起其文";又称"刘桢壮而不密",《与吴质书》则云"公干有逸气,但未遒尔",道出了刘桢文体"壮而不密"的主观原因。时至南朝,出现了关于个体独特情性与文体特征关系的专论,这就是《文心雕龙·体性》篇。其云:"贾生俊发,故文洁而体清;长卿傲诞,故理侈而辞溢;子云沈寂,故志隐而味深;子政简易,故趣昭而事博;孟坚雅懿,故裁密而思靡;平子淹通,故虑周而藻密;仲宣躁锐,故颖出而才果;公干气褊,故言壮而情骇;嗣宗俶傥,故响逸而调远;叔夜俊侠,故兴高而采烈;安仁轻敏,故锋发而韵流;士衡矜重,故情繁而辞隐。"

文章价值的旨归也由政治教化转向个体生命。《典论·论文》中的这段话当作如是观:"盖文章经国之大业,不朽之盛事。年寿有时而尽,荣乐止乎其身。二者必至之常期,未若文章之无穷。是以古之作者,寄身于翰墨,见意于篇籍,不假良史之辞,不托飞驰之势,而声名自传于后。故西伯幽而演《易》,周旦显而制《礼》,不以隐约而弗务,不以康乐而加思。夫然,则古人贱尺璧而重寸阴,惧乎时之过已。而人多不强力,贫贱则慑于饥寒,富贵则流于逸乐,遂营目前之务,而遗千载之功。日月逝于上,体貌衰于下,忽然与万物迁化,斯志士之大痛也。"有学者围绕"经国之大业"大做文章，以此说明曹丕对文章地位的推崇；但正如"文以气为主"乃是"气之清浊有体"的"导入语"，"经国之大业"也不过是"不朽之盛事"的门面语。在曹丕的心目中，文章乃是个体生命超越死生、贫贱、富贵、权势以至肉体存在的重要手段。曹丕不仅颠倒了传统的"立德、立功、立言"的先后次序，将"立言"置于首位，而且改变了"立言不朽"的社会伦理内涵，易之以个体生命的永恒。

第十八章
汉代五言诗体的发展及其文化意味

五言诗体的成熟是东汉后期文章创作发展和文体类型分化过程中的一个重要现象，也是汉末文体观念自觉和文体论生成的现实基础。成熟的五言诗体与传统的四言诗体、乐府杂言诗体以及初步成型的七言诗体一道，构成了汉末诗坛众体并存、五言独秀的繁荣局面，促进了时人及后人诗体辨析意识的发展，也为陆机《文赋》、挚虞《文章流别论》、刘勰《文心雕龙》、钟嵘《诗品》等六朝文论著作中关于各种诗体生成、特征和创作方法的论述提供了丰富的经验。作为汉末诗坛的流行文体，五言诗体确立了一种新的抒情类型和审美范式，也凝聚了深厚丰富的人情和世风。解读汉代五言诗体的发展和成熟过程，其意义是多方面的。

◎ 第一节
汉五言诗体的真伪之辨与风格评析

"夫欲窥见一代诗章之迹象，而探其精髓，自当以辨真伪祛疑滞，为其首要：此犹之稼穑须先耕芸也。"①从汉代五言诗的研究历史来看，逯钦立先生的这句话精当地概括了其中的要义。研究五言诗是为了"探其精髓"，而要"探其精髓"，就须窥其迹象（也就是汉代五言诗产生和发展的轨迹），而欲窥其迹象就需要从"辨真伪祛疑滞"开始。关于汉代五言诗的真伪之辨，主要集中在李陵、枚乘、班倢伃名下五言诗的真伪，有名（作者）五言诗的起源，《古诗十九首》的作者及产生时代等几个问题上。

这里所说的李陵诗主要是指萧统《文选》中署名李陵的《良时不再至》《嘉会难再遇》《携手上河梁》这三首诗。关于这三首诗，从萧统同时的刘勰开始至后来的宋苏轼、洪迈、清顾炎武、翁方纲、钱大昕以及近代梁启超等诸多学者，则都持不同意见，认为这些诗并非李陵所作。其理由大致有：第一，署名李陵的五言诗中有"独有盈觞酒，与子结绸缪"句，而"盈"字犯惠帝的讳；第二，《文选》所选的三首所谓李陵的诗"皆与苏李当日情事不切"（梁章钜《文选旁证》卷二十五引）；第三，梁启超认为，汉武帝时决无此种诗体，赠答起源于建安七子，两汉中除了秦嘉《赠妇》之外没有别的，而且《汉书·苏武传》中李陵有"径万里兮度沙幕"这样质直的诗句，不可能又写出"风波一失所，各在天一隅"这样纯熟的五言诗。通过各方面分析，现在学界基本倾向于认为这些诗并不是李陵所作。但是也有学者对上述反对意见提出反驳：第一，汉代的避讳情况要视情形而定，有的是生则避讳，死则不避，而李陵作诗时惠帝已死，即使不避讳也是可能的；第二，梁启超也认为，说李陵、苏武诗与其事不合，固然有理，"然为之辩护者亦自有说，如谓各诗未必皆作于塞外，谓陵诗未必皆赠武，武诗未必皆赠陵，则许多矛盾之点也可以勉强解释过去。所以仅靠这些末节，还不能判定此公案。"②第三，有研究者认为：梁氏所持理由，是有相当分量的，但嫌不够充分，因而有的还不能令人信服。……如谓"一个人前后作品相差总不会太远"，这就一般而言，还可以说得过去，如就个别而言，就不一定对了。如

---

① 逯钦立：《汉魏六朝文学论集》，1页，西安，陕西人民出版社，1984。
② 梁启超：《中国之美文及其历史》，137页，北京，东方出版社，1996。

创作《新乐府》和《秦中吟》的白居易，几乎同时写出了"一篇《长恨》有风情"；如在散文中经常表现道貌岸然的欧阳修，写的词却非常富于风流蕴藉的情调；而"稼轩词以激扬奋厉为工，至'宝钗分，桃叶渡'一曲，昵狎温柔，魂销意尽。"①新时期以来也有不同意见出现，如雷树田的《试论李陵及其几首五言诗的真伪》，章培恒、刘骏的《关于李陵与苏武及答苏武书的真伪问题》等。

第二个五言诗真伪之辨是关于所谓"枚乘诗"的。徐陵《玉台新咏》中把《古诗十九首》的八首《西北有高楼》《东城高且长》《行行重行行》《涉江采芙蓉》《青青河畔草》《庭前有奇树》《迢迢牵牛星》《明月何皎皎》和另外一首《兰若生春阳》题为《枚乘杂诗九首》，此后，胡应麟、张裕钊、吴汝纶、黄侃等也都同意此说。但是，也有许多学者提出反对意见，刘勰、钟嵘、萧统、逯钦立等人就怀疑其真实性。②甚至有的学者如逯钦立认为这些所谓的枚乘诗"乃唐人袭刘勰'或称枚叔'之说，而删取《古诗》九首附入之李善所据之本"③。从已有的反对意见看，我们确实也不能肯定说上述作品就为枚乘所作。

第三个辨伪与班婕妤名下的一首五言诗《怨歌行》有关。在《文选》和《玉台新咏》中都把此诗题为班婕妤所作。逯钦立先生对此诗的真伪问题有专门的论述，他主要根据诗中的托喻内容否定《怨歌行》是班氏作品，其结论很有说服力。但是，在五四新文化运动以后，由于妇女的地位得到一定程度的提高，作为为数不多的妇女诗作之一，班婕妤作为《怨歌行》作者的身份当然不会被轻易否定，如萧涤非在《汉魏六朝乐府文学史》中就认为以前所提出的否定根据不足，他认为："然自班固已云然，实无可致疑。且汉世女子如班婕妤、班昭、徐淑、蔡琰等皆善属文，同时戚姬与稍后之乌孙公

---

① 郑文：《汉诗研究》，169页，兰州，甘肃民族出版社，1994。
② 郑文：《汉诗研究》第152页至166页对各家看法及理由有详细的论述，所以这里不再详列。
③ 逯钦立：《汉魏六朝文学论集》，30页，西安，陕西人民出版社，1984。

主，亦皆有歌传世，斯固汉代女子之多才，不必于唐山夫人而独疑其倩人也。"①"近有据《汉书》无作怨诗之言，遂疑此篇为伪作者。关于此点之解释有二：（1）由于当时史家，轻视此种文艺作品，以为小道郑声，无关大体，故缺而不载。……（2）由于班固为亲者讳之微意。……婕妤于班固为大姑母，则此篇班氏不载，亦自在情理中，并非不可能。……""但凭臆断，以全其说，其不足信，实无待言。"②萧涤非先生对各种否定班婕妤为《怨歌行》作者的说法予以反驳。从中我们也可以得到启示，即我们也应该对这首诗给予充分重视，因为它是一种崭新的文化现象，其中可能蕴含着一些新鲜、生动的文化内涵。

因为上举置于李陵、枚乘、班婕妤等名下的五言诗都难以确定，因此很多学者一般把班固的《咏史》作为第一首有名（作者）的五言诗。但如果据此就推断班固时代是五言诗产生的时代，那就值得商榷了。由于钟嵘在《诗品》中评价《咏史》是"质木无文"，所以我们现在对这个词语的理解，更容易望文生义，认为这首《咏史》确实是五言诗产生早期的作品。班固的《咏史》是五言诗产生早期的作品，还是五言诗走向成熟的标志？这一问题在新的研究语境中，在新的研究方法指导下，正在有新的突破。③

《古诗十九首》是一组公认的优美的、成熟的五言诗，对其作者及产生年代的界定，对于研究五言诗的成熟时期具有很重要的意义。关于其产生年代，大致有如下几种看法：

第一，产生于西汉中期，多数为东汉前期或中期之作，少数为东汉后期之作。唐代李善《文选注》就指出《古诗十九首》中有西汉枚乘之作、有东汉之作；宋人蔡厚居也认为十九首不是一人所作，其中就有西汉枚乘、李陵之作；张茹倩、张启成认为《古诗十九首》大约最早产生于西汉中期，多数

---

① 萧涤非：《汉魏六朝乐府文学史》，34页，北京，人民文学出版社，1984。
② 同上书，103～104页。
③ 比如赵敏俐《论班固〈咏史诗〉与文人五言诗的发展成熟问题》就是这样的一个突破，在文章中作者对"质木无文"就有了新的看法。在下面论及五言诗"艺术风格"一节会有详细论述。

可能作于东汉前期或中期,少数作于东汉后期。①

第二,产生于东汉中期以前。赵敏俐《两汉诗歌研究》通过对班固《咏史》"质木无文"的重新考证,认为五言诗到班固时代已经成熟;李炳海认为《古诗十九首》只能产生在秦嘉《赠妇诗》之前而不可能在其后,而《赠妇诗》创作在东汉比较平稳的时期,也就是东汉中期以前,所以认为《古诗十九首》中的大部分作品,至晚也应该产生在东汉中期以前。②

第三,产生于东汉末年或魏晋时代。王瑶《中古文学史论集》、李泽厚《美的历程》通过分析《古诗十九首》中所表达的生命意识的觉醒,认为《古诗十九首》是汉末或者魏晋时代的作品;梁启超《中国美文及其历史》认为"估定《十九首》之年代,大概在西纪120至170约50年间",即"东汉安、顺、桓、灵间的作品"。后罗根泽、刘大杰、马茂元《古诗十九首探索》、游国恩等补充认为《古诗十九首》是东汉末年的产物(这也是20世纪50年代后最有影响的观点);隋树森《古诗十九首集释》则认为"把《古诗十九首》定为东汉人作或汉魏间人作,理由都是很不充分的"。

第四,产生于曹操之后的建安曹魏时代。徐中舒根据《诗品》中所说《去者日已疏》四十五首"旧疑是建安中曹、王所制",认为"不但西汉人的五言全是伪话,连东汉的五言诗,仍有大部分不能令人相信。"所以"五言诗的成立,要在建安时代"③;木斋在其《古诗十九首》研究系列论文《初论古诗十九首产生于建安曹魏时代》、《论曹操诗歌在五言诗形成中的地位》等文章中,从五言诗成熟的标志、曹氏父子所开创的清商乐对五言诗的影响等方面提出了《古诗十九首》产生在曹操之后。

从以上研究情况看,在较为传统的五言诗研究中,人们多把研究重点放在对上述问题的考证上。一方面,由于史料中没有对这些问题的记载,或者是记载而佚散,至少我们现在是见不到了,使这些问题成为了问题,而且它

---

① 张茹倩、张启成:《古诗十九首创作时代新探》,载《贵州民族学院学报》,1990(4)。
② 李炳海:《〈古诗十九首〉写作年代考》,载《东北师范大学学报》,1987(2)。
③ 徐中舒:《五言诗发生时期的讨论》,载《东方杂志》,第24卷,1927(18)。

们又对五言诗研究很重要，所以这类研究就体现了传统研究的语境和精神。另一方面，在没有找到确切的史料之前，这些问题永远都是问题。也正是因为这样，和传统研究相比，当下的研究的重点大都不再放在这些问题上，而是另觅角度，在《论班固的〈咏史诗〉与文人五言诗的发展成熟问题》一文中，作者说："因此，本文认为，研究汉代文人五言诗的创作情况，关键并不在于对这些诗篇作者问题的纠缠，更重要的是实事求是地对两汉诗歌创作的各种复杂现象进行深入具体的分析，庶几得出较客观的认识。"[1]这里也就指出了传统的研究和当下的研究的一些不同之处。关于这两种研究，并不能简单地说孰高孰低，只能说哪一种更适合当下的语境，显然是后一种。但是，并不能因为这样就说前一种完全没用、是徒劳的，因为传统的研究是当下研究的基础，对当下同样具有指导作用。

通过两种研究的比较，我们也能感受到其中的文化氛围是不一样的。陶渊明在慨叹生者对死者的不同态度时曾作诗《拟挽歌辞》说：

亲戚或余悲，他人亦已歌。死去何所道，托体同山阿。

我们不妨也套此诗对传统的五言诗研究与当下的五言诗研究作一比较："传统或余惑，当下亦无解。散佚何所道，文化出新说。"（传统五言诗研究中的问题依然存在，在当下依然没有确切的解答。史料都遗失了，还有什么可说的？也许，从文化的角度研究会有一些新的发现。）

汉代五言诗艺术风格的研究主要体现在对古辞歌谣、汉乐府、《古诗十九首》等作品艺术特色的论述上。其中，钟嵘评班固《咏史诗》"质木无文"所蕴含的文体意义，对研究五言诗发展轨迹来说尤其关键，受到越来越多的关注。

汉初，甚至汉以前，在古辞歌谣中就存在一些五言诗句。如《诗经》中

---

[1] 赵敏俐：《周汉诗歌综论》，306 页，北京，学苑出版社，2002。

"若五七言之句，则间出而仅有也"①，《召南》中就有五言诗句。《文心雕龙·明诗》中也说：

按《召南·行露》，始肇半章；孺子沧浪，亦有全曲；《暇豫》优歌，远见春秋；《邪径》童谣，近在成世：阅时取证，则五言久矣。

根据留下来的有记载的资料，五言诗句一直就伴随着中国文学的发展，虽然在初期它只不过就像茫茫草原中的一棵小草。从《诗经》中的《行露》第二章、第三章：

谁谓雀无角，何以穿我屋？谁谓女无家，何以速我狱？虽速我狱，室家不足。
谁谓鼠无牙，何以穿我墉？谁谓女无家，何以速我讼？虽速我讼，亦不女从。

《沧浪》：

沧浪之水清兮，可以濯我缨；沧浪之水浊兮，可以濯我足。

秦时民歌《长城谣》：

生男慎勿举，生女哺用脯。不见长城下，尸骸相支柱。

以至越来越多的汉代童谣——《燕燕尾涎涎》《邪径败良田》《李延年歌》《戚夫人歌》《尹赏歌》……正是在这些五言诗句中，也体现着五言诗从

---

① （明）吴讷：《文章辨体序说》，30页，北京，人民文学出版社，1982。

出现到发展的苗头和影像。

关于古辞歌谣,从现有的研究来看,还没有引起大家足够的重视。在研究中只是把它们作为一种正式文体出现以前的极不成熟的形式,无论从形式上还是内容上都把它们看作是质拙的、古朴的,在研究中也往往是一带而过,最多也只是把它们看作文人做此体的滥觞,或者是突出正式文体样式的比较对象,用它们的"不成熟"、"质朴"来突出文人诗作的成熟和优美。同时,古辞歌谣和民歌还不一样,前者似乎是更加粗朴,尤其是和后来的南北朝民歌相比更是如此。基于以上认识,在研究中它们就是被严重忽略的一部分。其实,即使是作为滥觞,也应该是具有很重要的意义的,尤其是其背后的文化意味,应该引起我们足够的重视。

汉乐府诗歌是汉代诗歌的重要组成部分,汉武帝"立"乐府也是中国文学史上的大事。汉乐府的文学和艺术成就在文学史上是有口皆碑的,历来就有很多研究汉乐府的著作,尤其是在20世纪20年代以后的中国文学研究中,汉乐府诗歌得到了前所未有的重视,出现了一大批研究专著,比如罗根泽的《乐府文学史》、萧涤非的《汉魏六朝乐府文学史》、王运熙的系列论文等。这些著作对汉乐府诗的产生渊源、发展流变和艺术成就等作了全面的梳理。直到今天,汉乐府诗歌依然吸引着众多研究者的目光。汉乐府诗歌中五言诗占了很大的一部分,它们也是汉代五言诗的重要组成部分。所以对汉乐府诗歌艺术风格的论述在很大程度上也代表着对汉代五言诗发展过程中的一个重要阶段——乐府五言诗的论述,从中我们也可以看出,乐府中的五言诗比起古辞歌谣来确实是一个极大的发展。

《古诗十九首》历来被看作是五言诗中的奇葩,也是五言诗走向成熟的标志之一。之所以这样说,是和历来研究者对《古诗十九首》艺术风格的论述和高扬分不开的。通过对之艺术风格的论述,我们可以从中看到汉代五言诗走向成熟的轨迹,也引发了大家对汉代五言诗成熟时期和发展轨迹的思考。在20世纪的汉代诗歌研究中,《古诗十九首》依然是一个热点。同时,在新的研究方法、思维方式等指导下,研究者不仅对前代遗留的具体问题做了进一步考证，并且还探索出了许多新的研究角度，比如《古诗十九首》的语言形式、美学特点、艺术手法等。李泽厚、钱志熙、赵敏俐等人对《古诗十九首》的研究正显示了这一时期汉代诗歌研究中创新的努力。

钟嵘在《诗品序》中曾说：

> 自王、扬、枚、马之徒，辞赋竞爽，而吟咏靡闻。从李都尉迄班婕妤，将百年间，有妇人焉，一人而已。诗人之风，顿已缺丧。东京二百载，唯有班固《咏史》，质木无文。

历来研究者多断章取义，说班固的《咏史》质木无文，而且从现代人的语言习惯出发，认为这是对《咏史》带有贬义性的评价，从而得出结论：在班固的时候，五言诗远没有达到成熟的地步，而只是质朴木讷，毫无文采。针对这样的断言，现在已有研究者提出了反驳的意见。比如，赵敏俐先生就认为通过对钟嵘《诗品》系统、原典地阅读我们可以发现，"钟嵘之所以说班固《咏史诗》'质木无文'，与他写作《诗品》的目的和他的文艺观念有关，是对班固诗风的批评，并不涉及五言诗是否成熟的问题。""'质木无文'，实在不能证明文人五言诗尚不成熟，也绝不是钟嵘的原意。"[①]并且通过对原诗的分析，进一步指出，班固并不是写不出形象的诗句，而《咏史诗》之所以"质木无文"，除了受诗的体裁限制外，与班固本人的文学观念也是相关的。所以，从班固的《咏史诗》"质木无文"而推论出文人五言诗的成熟只能是班固以后的东汉末年的结论就值得怀疑了。因此，赵敏俐先生认为应该把文人五言诗的成熟看作是东汉早年，或者说是班固时代的事。

基于上述对"辨真伪祛疑滞"和五言诗"艺术风格"问题的探究，人们描画出了关于汉代五言诗产生和发展的不同轨迹。从中我们也可以看到，结论是大相径庭的。其原因固然是由于历史资料的欠缺，但也不能说和研究者

---

① 赵敏俐：《周汉诗歌综论》，295页，北京，学苑出版社，2002。

的研究方法和研究语境没有关系。在不同的研究语境中，利用不同的研究方法，为了不同的研究目的，往往会得出不同的结论。也许在当下的研究语境中，具体的结论、五言诗具体的产生年代对我们来说已经不是最重要的问题了，反而隐含在这些问题背后的文化意味成了最值得关注的东西。比如，为什么会有这样的结论？这种结论反映了研究对象甚至研究者怎样的文化心理和文化背景？这样的文化意味对我们当下的研究语境又有怎样的意义和启发？……

◎ 第二节
五言诗体成立的标准

　　五言诗的标准对于人们认识五言诗产生和发展的轨迹有着重要的影响和意义。什么样的形式才是五言诗的标准形式？五言句式要具备哪些特点？是通篇五言句式，还是允许有个别例外？……这些问题都关系到人们对五言诗的界定，从而也影响到人们对其产生和发展轨迹以及文化内涵的认识。因此，有必要先确立具有一定说服力的五言诗的标准，然后再来讨论其产生、发展和文化内涵。

一、量的标准

　　关于五言诗的标准，论述最为系统、最有影响力的要算逯钦立先生的说法。他在《汉魏六朝文学论集·汉诗别录》一文中认为：

　　　　凡称五言诗，须通篇皆为五言，一也。凡称五言诗，不得含有兮字，二也。一体裁之成，须经长期酝酿，今故不以某一人之有此作，定其原始，而分别以一般时间为其发生期及成立期，三也。

这是一个成熟的五言诗的标准。也就是说，我们可以用它来衡量一首五言诗是否成熟。这样一来，这一标准就是完成的、量化的，而完成性、量化性也正是传统研究中标准应具有的特点，它对于纷纷攘攘的争论有着重要的指导意义。比如，如果大家都认可这一标准，那么用这一标准来看关于五言诗产生和成熟时期的讨论，我们就能对大部分的说法加以辨别，可以排除以《诗经》中的某些五言诗句为五言诗起源的理论，可以排除以楚歌"兮字调"为五言诗起源的理论……因此，这一标准在当时的语境中，对于厘清当时讨论中的一些分歧是有指导意义的。

另一方面，从文本来说，五言诗产生和发展的轨迹也不是定性的、完成的现象，而是一个发展的、活泼的系统。而且这里的五言诗是律化以前的五言诗，即使从形式本身来说，也是具有弹性的、具有丰富的文化内涵的。因此，仅仅从量化的形式上来断定五言诗的标准在当下的研究中确实有一定的不足。我们需要的标准，不仅要从形式技巧上来体现，而且要从生成的角度、文化的角度来体现。在这一方面，一千多年前的钟嵘（约 480—552 年）是我们的榜样。

二、质的标准

钟嵘的《诗品》是众所周知的研究五言诗的专著，在其中他提出了著名的"滋味说"。"滋味说"包含了丰富的美学思想，这也是历来被论证过的。这里是想指出，"滋味说"对于我们探讨五言诗的标准问题也具有很重要的意义。而且在钟嵘那里，"滋味"也是五言诗的标准。

诗歌的文体特点，在钟嵘那里，不仅仅被当作形式技巧来讨论，而且是从人文感情、人生意义的高度来对待的。他说：

> 五言居文词之要，是众作之有滋味者也，故云会于流俗。岂不以指事造形，穷情写物，最为详切者耶？（《诗品序》）

关于五言诗的审美标准，钟嵘说：

> 故诗有三义焉：一曰兴；二曰比；三曰赋。文已尽而意有余，兴也；因物喻志，比也；直书其事，寓言写物，赋也。宏斯三义，酌而用之，干之以风力，润之以丹彩，使味之者无极，闻之者动心，是诗之至也。（《诗品序》）

虽然钟嵘并没有明确指出五言诗的标准是什么，但是从他文章的字里行间，从他对五言诗这种当时来说还算是新兴文体的文体形式的评价，我们不难感觉到其实在钟嵘心中还是有一个五言诗的标准的。在文中，他也对"淄渑并泛，朱紫相夺，喧议竞起，准的无依"的现象颇有微词，而且《诗品》本身就是要品评诗歌和诗人的，所以，钟嵘必然有自己的标准。只不过，正像上面说过的，这个标准不是具体的、定性的、量化的标准，而是包含了人文感情的。

首先，从他提到的"滋味"来看。"滋味"本身就不是可以量化的，而是蕴含着主体性、弹性的，其中必然包含着人文感情。而和四言诗相比，和其他文体形式相比，五言诗在钟嵘看来是最有滋味的一种，在这里，滋味就成了五言诗的一种标准。而这种滋味是"会于流俗"的，或者说，正是因为五言诗本身是有滋味的，所以它才能"会于流俗"。按照字面的意思，我们可能会理解成，五言诗迎合了社会上一般人的趣味。这固然也是不错的。五言诗和以《诗经》为代表的四言诗相比，确实更接近一般人的风格，而由《诗经》形成的四言诗传统，相比而言，则是整饬的、严肃的、高高在上的，雅、颂自不必言，即使有民歌之称的国风也是如此。虽然其内容是接近民歌的，可是只要仔细领会，来自其四言形式的"压力"也是很明显的，就以《关雎》为例，虽然其内容是最富人文感情的、最活泼的、最有生气的爱情，可是四言的形式却无时无刻不在提醒人们所处的语言环境和应该遵守的道德律条，就像"皇帝讲笑话"一样，本来大家都应该开心一笑，可是身处大殿之上、群臣之中、威严之下，有几个人能真心地、毫无顾忌地笑出来？也难怪很多后人会把《诗经》中的很多包括《关雎》在内的篇目和政治挂上钩，和"后妃之德"联系起来！而在钟嵘看来，五言诗则更接近于"流俗"，如果我们不仅仅把这句话理解为"迎合了社会上一般人的口味"，而和魏晋风度联系起来看，那我们也可以说，"流俗"不仅代表着一般人，代表着大众，它同时也可以表示着崇尚自然、超然物外、率真任诞而风流自赏的名士风度。至少，对"滋味"的追求如果成了"流俗"的，那么，我们就不能不说，这已经很接近魏晋风度了，是它的滥觞，是它的一部分。

所以，"滋味"这一五言诗的标准，就和传统的、量化的标准是不同的，它是一种具有弹性的标准。一方面，"滋味"本身是带有个人感情色彩的；另一方面，作为一个标准，又具有很大的普遍性，能够得到同一语境鉴赏者和批评者的大致认可。

其次，在提到五言诗的审美标准时，钟嵘除了对赋、比、兴加以阐发外，还接着说要："干之以风力，润之以丹彩，使味之者无极，闻之者动心，是诗之至也。"其中的"风力""丹彩""味""无极""动心"，也都反映了钟嵘品评五言诗的标准。这些都不是能够量化的标准，主要是阅读者的感受和理解。在钟嵘看来，赋、比、兴是一些相对具体的写作技巧和手法，是古已有之的，在以《诗经》为代表的四言诗中已运用得很成熟。因此，钟嵘的言外之意就是除了对古已有之的赋、比、兴的运用之外，五言诗还有自己的特点或者说优点，那就是"风力""丹彩""味""无极""动心"这些相对非具体的"滋味"。既然如此，作为五言诗标准的"滋味"就不仅仅是从欣赏主体的角度而言，而且也包含了创作主体的角度，对创作主体提出了要求。

最后，从中国古代文化的思维传统来看，这种自由的、非量化的、有弹性的标准也是符合传统文化习惯的。相对于西方国家来说，古代中国的自然科学不算发达,而人文情怀却更加宽广,浪漫的气息也很浓厚。人们在解释一些现象,甚至是自然科学中的现象时,不是从数字、原理等量化的角度做出"科学"的解答,而往往从人生、情感的角度出发做出"想象"的、"浪漫"的阐释。在很长的一段时期里,曾经存在着关于中国古代是否有科学的论争,这也是上述思维方式和文化习惯的反映。正是因为中国古代的科学也带上了非量化的特点,所以有的观点会认为中国古代没有科学。这其中一个重要的原因就是因为中国古代的科学是在中国传统文化的氛围中形成的,带上了中国传统文化思想的自由的、非量化的、有弹性的色彩。比如,在《试论中国古代科技的儒学化特征》一文中,作者就认为:"在以儒家文化为主流的中国传统文化背景下,中国古代科技的发展在很大程度上受到儒家文化的影响,甚至在某种意义上可以说,中国古代的科学家大都是儒学化的科学家,中国古代的科学研究大都是儒学化的研究,中国古代科技大体上带有明显的儒学特征,中国古代的科学是儒学化的科学。"科技尚且如此,诗歌就更加突出了。

三、"滋味"与"形式"的结合

钟嵘的"滋味"标准和逯钦立的三个标准相比,显然前者更多的是从人文感情方面来谈,后者则更倾向于形式方面。在当下的语境中,我们的标准是要把二者结合起来使用。也就是说,关于五言诗的标准,首先要从形式上有一定数量的五言句式,其次还要在人文感情上,有"滋味"。而且这两个方面是相互制约的,由于对五言诗提出了人文感情上的标准,所以从形式上是"一定数量"的五言句式,而不是全部都要是五言句式,同时也不排除"兮"等虚字在其中出现。而且因为我们的研究对象是五言诗的生成轨迹,是一个过程,在这一过程中句式、字数、词性等也必然表现出发展过程的特点。所以,这样的一种标准对我们的研究来说是比较适合的。韦勒克、沃伦的《文学原理》中就说过:"我们认为文学类型应视为一种对文学作品的分类编组。在理论上，这种编组是建立在两个根据之上的：一个是外在形式（如特殊的格律或结构），一个是内在形式（如态度、情调、目的以及较为粗糙的题材和读者观众的范围等）。"①这里的文学类型就相当于我们的文体形式，而韦勒克本人是有形式主义倾向的，但他也不主张这种形式成为封闭的形式主义，而要从外在和内在两个方面确定文学类型。这里的外在形式和我们说的形式方面是接近的，而内在形式则和我们说的人文感情是接近的。

所以，我们的标准是把"滋味"和"形式"结合起来的一种五言诗的标准，这就使这一标准具有了自由、非量化、有弹性等特征。这样的一种五言诗的标准是符合我们当下的研究语境的，因为文化从来就不是量化的，这种研究语境中的学术氛围也不是死气沉沉、只允许一种声音存在的，而是活泼泼的、充满人文气息的，只有用一种相对自由的标准来看问题，才能适合、才能促进这种氛围的存在和发展。而且，现在也已经有研究者注意到这一情况，提出了新的标准，比如木斋就在自己的文章中提出五言诗的诗体体制"包括五言诗的外形式——五言音步和五言诗内形式——由言志诗向抒情诗的转型"。（《初论古诗十九首产生在建安曹魏时期》）同时，这样的一种标准对于本文的研究对象也是适合的。五言诗的产生和发展轨迹本来就是古代的一种现象，是一种流动的、发展的现象，也只有用这种从中国传统文化思想背景中生成起来的、非量化、有弹性的标准，才能更加合理地、生动地发现五言诗的文化内涵。

四、汉代五言诗体的生成轨迹

汉代五言诗的产生、发展、成熟也是一个渐变的过程，其中包含着无数的量变，也有几次相对的质变。只不过在以往的研究中我们重视的是其质变的情况，比如，当我们在追问第一首真正的五言诗是哪个作品、第一首文人

---

① ［美］韦勒克、沃伦：《文学理论》，刘象愚等译，263页，北京，生活·读书·新知三联书店，1984。

五言诗是谁写的、五言诗的成熟到底在哪一时期等这些问题时，我们其实是在探讨五言诗的质变，探讨四言质变为五言、五言从不成熟质变为成熟等问题。于是，我们就可能把大部分的研究放在和这些具体问题的纠缠中，其实只要真正地理解了辩证法量变、质变的原理，那么这些质变性的问题就都是在量变的基础上发生的，就要以渐变的眼光看待五言诗发展之途中的现象和问题。正如逯钦立先生所说："近世之论五言者，率举一时之谣，一人之作，以定此一体裁之肇始。夫新体之起，非一人所能创，亦非一短时间所能成。"①综合关于五言诗的众家之说，结合当下的研究语境和五言诗的标准，可以对五言诗产生、发展的历史轨迹做如下描述：

《诗经》中的五言诗句、汉代以前无论是民间歌谣还是其他形式作品中的五言句式，可以看作是五言诗的滥觞。有人认为这些五言诗句或句式不能算真正的五言诗，因为它们有的并不是全篇都是五言，有的则有"兮"字等虚词……但实际上，在五言诗的滥觞期谈论它是不是真正的五言诗，是不公允的。因为在这样的断言中，"真正"就等于"成熟"，那么在它的滥觞期当然不可能是成熟的，不只五言诗是这样，一切事物都是如此。而上面提到的作为五言诗滥觞的五言诗句或句式既然出现了，它就是不同于四言、不同于其他形式的诗句和句式，而且以我们的五言诗标准看，它们之中就包含了不同于其他形式的文化感情，也就是前面提到的"滋味"。所以，在这里不能以它们不是真正的五言诗为理由而忽略其意义，而它们恰恰是五言诗的滥觞。

汉代出现的越来越多的五言童谣、歌谣是五言诗的萌芽。在这些童谣、歌谣之中已经包含了汉代所特有的文化意味，也正是在这个意义上，笔者认为这些五言童谣、歌谣是汉代五言诗的萌芽。至于其具体的文化意味，后文将有详细论述，这也是本章的重点之一。

汉乐府中的五言乐府诗、文人创作的五言诗以及著名的《古诗十九首》

---

① 逯钦立：《汉魏六朝文学论集》，58页，西安，陕西人民出版社，1984。

等五言作品，是五言诗的发展。至于五言诗的"成熟"，本文不打算做过多的论述，或者说，五言诗作为文体，是一个一直处于发展中的过程，它没有所谓"成熟"的固定的阶段。也许这样说，会引起传统五言诗研究的强烈反驳，因为在其研究中我们总能看到寻找五言诗成熟时期的努力，并且有一定的结论，比如五言诗成熟于"西汉说""东汉说""魏晋说"，等等。而在本文的研究语境中，五言诗一直是处于一个渐变的旅途中，是一种"在路上"的状态，而这个旅途的终点才是"成熟"，而一旦五言诗走到终点，结束了"在路上"的状态，它也就死亡了。

在五言诗的发展阶段，它经历了几次具有质变性的完善。比如，五言乐府的繁荣、文人开始创作五言诗、《古诗十九首》这些优美的作品等，这些都是五言诗在发展中的大事，因此，五言诗的发展并不是平静的、平均的，而是有起伏的、体现着量变与质变的辩证关系的过程。

因此，五言诗在汉代以前及汉代初期曾有过自己的滥觞和萌芽期，而在两汉中，五言诗是一直处于发展阶段的，是一种"在路上"的状态，也正是在这一阶段，它经历了自己最丰富、最活泼、最有意味的时期，伴随着两汉的喜怒哀乐、征人思妇、百姓文人而充实饱满！

◎ 第三节

汉五言诗体的形式特征

文体形式是指文体中包含的具有了文化意味的直观感想的特殊形式。每一种文体都有自己与众不同的、独特的形式，具体到汉代五言诗，它也有自己独特的视觉的、听觉的形式特色，而且在这些形式特色中蕴含着丰富的文化内涵，它们共同构成了汉代五言诗的文体形式。

一、在"雅"与"郑"之间游走——音乐与五言诗

音乐,自古以来就是一种重要的艺术形式,在中国历史中扮演着重要的角色,它不仅是娱乐人们感观、陶冶人们精神的艺术形式,而且成了中国历史中社会意识形态和人们社会情感的反映,具有强烈的文化内涵。中国的诗歌也是在音乐的陪伴下诞生的,诗乐一体的传统是我们熟之又熟的,如果说音乐在一开始是可以独立存在的话,那么诗歌则一开始就是和音乐结合而存在的,有乐有词才是一开始的诗歌,而我们现在看到的上古的诗歌只是其词罢了。只是由于声音和文字相比,对于古代来说是难以保存下来的,所以我们看到的是没有音乐的诗歌,并且在其发展过程中,这种情况成为了主流。但是,对于中国古代诗歌的考察是不能离开音乐的。

在中国的音乐传统中存在着"雅乐"与"郑声"这样一对悖论性的概念。《论语·阳货》中有"恶紫之夺朱也,恶郑声之乱雅乐也"一说,孔子同时也从自己以道德为本位的诗学观出发认为"郑声淫",所以要"放郑声"。"雅乐"代表的是雅、是官方的意识形态、是音乐的政治功能;而"郑声"代表的是俗、是民间的艺术精神、是音乐的娱乐功能。从中我们也可以看出,从一开始,在中国的传统中,音乐就是和道德联系在一起的,比起它的娱乐功能,可能更彰显的是音乐的政治功能。正如萧涤非先生所说:"乐在先秦,乃所以为治,而非以为娱。乃将以启发人之善心,使百姓同归于和,而非以满足个人耳目之欲望。"① 但是,作为一种艺术形式,音乐的娱乐功能、音乐的形式美不可能永久地被忽视和埋没。当雅乐有了自己的程式而逐渐走向僵化时,郑声就得到了人们的喜爱。这种看似只是艺术趣味的变化,其实蕴含着丰富的社会、心理等方面的文化巨变。而这种变化的趋势逐渐明显正是发生在汉代,汉乐府的出现及其活动正是这一变化的标志性

---

① 萧涤非:《汉魏六朝乐府文学史》,4页,北京,人民文学出版社,1984。

事件。

其实,雅与郑之间的"斗争"很早就开始了。《史记·周本纪》载:

> 今殷王纣乃用其妇人之言,自绝于天;断弃其先祖之乐,乃为淫声,用变乱正声,怡悦妇人。

夏桀同样有"以诗乐怡悦于妇人"的罪名,并被斥为"弃绝先神祇不祀,变乱诗乐"(周公旦批判纣王所说的话)。这时候音乐的政治功能显然是第一位的。在孔子的时代,虽然他对"郑声"也是持批判态度的,但孔子毕竟是中庸之道的坚持者,和纣桀时期相比,其态度似乎要温和许多,而"郑声"也毕竟出现在了经典性的诗集《诗经》中,同时也得到了许多人的喜爱。比如《溱洧》(郑风)、《褰裳》(郑风)、《氓》(卫风)等,这些诗歌的音乐虽然没有流传下来,现在已无处可闻,但是从其中大胆开放的感情、活泼的语言、接近大众生活的内容,我们也不难感受到"郑声"热烈奔放、大胆不拘的吸引力。

到了汉代,人们对"郑声"的态度越来越温和,人们的艺术兴趣也是在"雅"与"郑"之间游走,而这种情况对五言诗的产生和发展又有着重要的意义。

"自秦燔《乐经》,雅音废绝,汉兴,承秦之弊,虽乐家有制氏,然但能纪其铿锵,而不能言其义。故多以郑声施于朝廷,所谓乐教,盖式微矣。然如武帝之立乐府而采歌谣,以为施政之方针,虽不足以语于移风易俗,固犹得其遗意。"[1]这段阐述告诉我们这样一个事实:从秦到汉,雅乐一步步衰微而郑声则逐渐成为主流,音乐的政治功能逐渐退化,娱乐功能逐渐增强,但是官方依然有用音乐发挥其教化功能的需要,所以汉代出现了乐府,而乐府的政治教化功能虽然不是很强,但它毕竟也在一定程度上代表了官方的教

---

[1] 萧涤非:《汉魏六朝乐府文学史》,4页,北京,人民文学出版社,1984。

化意愿。从中我们也能感觉到汉代音乐在"雅"与"郑"之间游走的迹象。

汉代,相对于前代来说,毕竟是一个新的时代,在经过了战乱和流离的动荡之后,人们终于又进入了一个相对较稳定的社会环境和心理环境中。和前代相比,人们所处的环境是一个宽松的环境,秦代是汉代之前第一个也是唯一一个建立了统一社会的时代,它使纷争的战乱局面得以统一,对人们的生存来说无疑有着巨大的进步性,但是对百姓来说,秦代又是一个暴虐的时代,这也是导致它灭亡的一个重要因素。汉代正是吸取了秦代的教训,对百姓的态度和政策是柔顺和宽松的,同时也非常重视百姓的力量,对"水可载舟,亦可覆舟"的道理体会得更加深入。这样一种社会状况使官方对民间的关注成为可能,这种关注包括生活上的、思想上的、艺术上的……对乐的关注也是如此。

《汉书·礼乐志》记载:

> 至武帝定郊祀之礼,祠太一于甘泉,就乾位也。祭后土于汾阴,泽中方丘也。乃立乐府,采诗夜诵,有赵、代、秦、楚之讴。以李延年为协律都尉,多举司马相如等数十人造为诗赋,略论律吕,以合八音之调,作十九章之歌。

关于汉武帝立乐府的说法,从一开始认为是到汉武帝时才开始有乐府这一机构,到现在学术界所认同的说法是班固所说的汉武帝"立乐府",并不是后人所理解的"始立"之义,而是有重建、扩充的意思,也就是说,并不是在汉武帝时才创立乐府,而是很早以前就有了乐府,只是到了汉武帝时对之更为重视,并进行了重建、扩充。[①] 由此可见,到了汉代,乐府的功能和职责有所增加,有所出新。如果以上说法是正确的,那么据原文的思路,"立乐府"之后的一句"采诗夜诵,有赵、代、秦、楚之讴"也就应该是乐府

---

① 杨生枝:《乐府诗史》,5页,西宁,青海人民出版社,1985。

的新的功能和职责。而其新也正是新在对赵、代、秦、楚这些"郑声"的关注之上。

按照萧涤非先生的观点:"乐府之制,其来已久,殷有瞽宗,周有大司乐,秦有太乐令、太乐丞,皆掌乐之官也。"①也就是说,从殷周以来,就有了乐府的体制,有了掌握音乐的官职。这也不难理解,因为殷周时代是众所周知的宗法制社会,其对"礼"是非常重视的,而"乐""那是'礼'的仪式中最主要的组成部分"②,尤其是周公时代,"制礼作乐"更是国家生活中的重点,所以在当时的社会中也必然有专门掌管音乐的人员。但是"乐府之制"也必然随着社会的发展而有所不同。在"礼"是国家核心的社会中,比如周代,这时的"礼"包括官制、礼仪制度、道德规范等方面的内容,这时候"礼"就是行为规范,是关于社会等级的规定,是使贵族成为贵族的方式。③ 与之相应的"乐"肯定也就是从《周颂》中感受到的庄严、神圣、谨慎,是"雅乐","现代学者早已证明,《诗经》作品都是入乐的。对于'颂'诗和大雅来说,入乐的唯一目的就是成为重大的礼仪形式的一部分。这时'诗'与'乐'是相结合而发挥其仪式功能并进而发挥意识形态功能的。"④随着社会的发展,王道衰落,礼制式微,在一定程度上,反而是民道抬头,俗风上扬,这时候的乐必然不再是"礼"的专属品,而是和民间有了更大的联系,是"郑声"之乐淹没了"雅乐"。汉代就是一个这样的时代。

上文也讲到了,汉乐府的新就新在它对"郑声"的关注之上。我们知道,汉武帝"立"乐府的目的之一就是要用"赵、代、秦、楚之讴"这些当时所谓的民歌、新声来适应其新的"制礼"的需要,因此,在一定程度上,汉代乐府的意义就如有学者总结的那样:"汉武帝利用'新声变曲'为郊祀之礼配乐,客观上等于承认了从先秦以来就一直难登大雅之堂的世俗音乐——

---

① 萧涤非:《汉魏六朝乐府文学史》,5页,北京,人民文学出版社,1984。
② 李春青:《诗与意识形态》,45页,北京,北京大学出版社,2005。
③ 同上书,37~43页。
④ 同上书,89页。

新声（郑声）的合法地位，这为其在汉代顺利地发展铺平了道路。从艺术生产的角度讲，是借助于官方的力量，推动了从先秦以来就已经产生的世俗音乐——新声（郑声）的发展。"[1]但乐府毕竟是一个官方的机构，自古以来的"雅乐"影响并不会在短时间里消失，于是在汉代的乐府中就出现了在"雅"与"郑"之间游走并最终导致"雅"与"郑"融合的情况。这种情况主要体现在两个方面：一是"雅乐"或者说官方文化对"郑声"或者说民间俗文化的关注和二者的融合；二是汉帝国各民族之间以及与外族之间的文化交往和融合，其中音乐是一个重要的部分。

汉乐府在五言诗的发展历程中是功不可没的，它以自己融合"雅""郑"的工作使五言诗在汉代成为了新兴的、主要的诗体。正如萧涤非先生所言："吾国诗歌，与音乐之关系，至为密切，盖乐以诗为本，而诗以乐为用，二者相依，不可或缺。是以一种声调之变革，恒足以影响歌诗之全部。汉乐府之能以脱离诗骚之藩篱而别开生面者，虽亦缘诗骚之体，已弊不堪用，而声调之改换，殆其主因也。"[2]正是由于"声调"的变革引起了诗体的变化，而这"声调"的变革正是在很大程度上缘于汉乐府所促成的"雅"与"郑"的融合。

首先来看"雅乐"对"郑声"的关注和二者的融合。汉代以前的诗体主要是以《诗经》为代表的四言诗，其中的雅、颂更是"雅乐"的代表，由此我们也可以推知：在"雅乐"支配下产生的诗歌主要是四言的。在《〈诗经〉四言体起源探论》一书中，作者对"雅乐"的节奏进行了寻源，从周代乐器的构造特点和夏、商、周三代耕作文化等方面的研究指出："在中国的青铜时代——奴隶制时代的礼制文化演进过程中，双音节奏一直是礼乐文化的基础节奏单位。大约到殷周晚期，初步演变成了以双音节拍为基础的'四音'式组合，到周代，这种节奏形式全面固化，成为周代礼制文化演进进程

---

[1] 赵敏俐：《周汉诗歌综论》，273 页，北京，学苑出版社，2002。
[2] 萧涤非：《汉魏六朝乐府文学史》，27 页，北京，人民文学出版社，1984。

中的特定的节奏框架。"①所以,在"雅乐"支配下产生的四言诗也就成了官方话语的代表样式,也会给人一种威严、庄重的感觉。也因此,这种"声调"是不利于民间话语表达的,使下层人民的声音和感情得不到完全的抒发,这样一来,和民间有千丝万缕联系的艺术必然要寻求新的突破。

和官方的整饬、庄严相对的,在民间存在的是一种生动活泼的文化情感,这种情感反映到音乐上就是和"雅乐"相对的"郑声"。在这种音乐支配下产生的诗歌也必然是突破了四言诗的另一种形式,同时,按照事物发展的规律,诗歌句式也应该是向更丰富、更长的方向发展,因此,最有可能先出现的就是五言诗句。在前面我们也提到过,从史料来看,汉代以前就存在着一些五言歌谣,而《诗经》以后,最重要的一种诗体可以算是屈原所大力发扬的"骚体",这种诗体中存在着很多的五字诗句,虽然我们从其节奏上看和后来的五言诗是有很大差别的,可它毕竟也有由四言向五言转变的趋势。在这些五言歌谣中存在着广大人民生动的智慧和哲学,在"雅乐"逐渐走向程式化,成了官方意识形态的代言者之后,汉代乐府机构把目光转向"郑声"也是必然的,于是汉乐府对五言歌谣产生了浓厚的兴趣。

萧涤非先生也认为"西汉乐府作品有两种:一为贵族的。用之祭祀,多出自文士之手,始于高祖唐山夫人之《安世房中歌》,若武帝时司马相如等所作之《郊祀歌》,亦皆贵族乐章也。一为民间的。用之'夜诵',多出自街陌间闾,始于武帝之采歌谣,若《汉书》所谓赵代秦楚之讴,皆民间乐章也。是二者性质面目,实判然不同,前者为说理的、教训的,而后者则为抒情的、写实的;前者为古典的,故多模拟《诗经》、《楚辞》,而后者则为创作的,故一无依傍。五言为一种新兴之诗体,其不能出于因袭雷同之贵族乐府,而必出于富有创造性之民间制作,殆可断言也。"②可以说,汉乐府是以其雅正的态度去接近民间五言歌谣,从而形成了五言乐府,文人对五言乐府

---

① 何丹:《〈诗经〉四言体起源探论》,253~254页,北京,中国社会科学出版社,2001。
② 萧涤非:《汉魏六朝乐府文学史》,16页,北京,人民文学出版社,1984。

的习作就大大促成了五言诗的发展。

其次是汉帝国各民族之间以及与外族之间的文化交往和融合。汉作为中国历史上第二个统一的帝国,和秦相比可以说是一个空前统一和强大的帝国,往往被我们称为大一统。其统治范围也远非前代所能比,尤其是到了武帝时,"招徕东瓯,事两粤"、"开西南夷"、"广巴蜀"、"置沧海郡"(《汉书·食货志下》)更是大大地扩大了其统治范围。而且汉帝国的统一不仅表现在军事、政治、经济上,还表现在文化上,使各民族的文化得到了交往和融合。这种空前的地域、文化和政策上的开阔和统一也必然影响到人们的心理,潜移默化地使人们的接受心理更为开阔,眼界也更为宽广,对外界异样的事物也更易接受。加上自古以来的"雅乐"在此时已是程式化的,对人们的吸引力日渐弱化,外族的音乐必定受到本土的重视。

从汉乐府的声调来看,情况也确实如此。按照萧涤非先生的观点,汉乐府的声调有四:雅声、楚声、秦声、新声,而在这四声之中,雅声在汉代几乎是不存在的,所以实际上只有其余三声。因为到了汉代"雅乐"已经呈现出"残阙""敷衍""渐就消灭""奄奄一息"的情形,所以在汉初就不得不寻找新的声调去取代雅乐,而汉初这新的声调正是楚声;而秦声的存在是因为秦楚本来就都是大国,西汉的都城长安本来就属于秦地,所以秦声的流行也是很自然的事情;新声则是外族输入的音乐,汉初曾有过,而影响最大的则是汉武帝时外族新声的输入。① 这一次外族音乐的输入对乐府的影响是极大的,现在能见到的《铙歌十八曲》就是在其影响下产生的。虽然《铙歌十八曲》中的诗歌并不全是五言句式,而是以杂言为主,但它新奇的句式、突破传统的乐调和思路必然对五言诗这种新诗体产生重要的影响。正如在《〈汉鼓吹铙歌〉十八曲研究》一文中作者指出的:"《汉鼓吹铙歌》十八曲在中国

---

① 此处可参考萧涤非先生《汉魏六朝乐府文学史》27页至31页的论述。在其中尝言:"汉初雅乐,既已沦亡殆尽,故不得不别寻新调,其取雅乐而代之者,则楚声也。""自春秋以降,秦楚并称大国。虽高祖以楚人,乐楚声,然京师所在之长安,则固秦地也,度其时亦必有一种秦声流行。"新声"即北狄西域之声。计前后输入凡两次:第一次在汉初。……然其时既未立乐府,又无妙解音律如李延年其人者,故于诗歌,未发生若何影响。第二次在武帝时。"云云。

文学史上的意义,不仅在于由此而产生了中国诗歌中的杂言一体,更重要的是对中国传统诗歌形式以及其诗歌精神的冲击所造成的影响。如果说,诗歌本身的语言节奏韵律特征和时代对艺术提出新的要求,决定了中国诗歌形式从汉代以后必然走上以五言、七言和杂言为主的发展道路的话,那么,异族音乐的输入和由此而产生的《汉鼓吹铙歌》十八曲,则无异于中国五言、七言和杂言诗歌体式诞生的催化剂,也是开创汉乐府精神的先导。"[1]

从五言诗作为一种文体的发展过程来看,"雅"与"郑"都是其不可或缺的方面。"雅"(在这里既有音乐上的含义,也有意识形态上的含义。"郑"也是如此。)让五言诗的"合法性"地位得以确立;"郑"使五言诗成为可能。二者共同作用使得在"雅"与"郑"之间游走的汉代五言诗有了独特的文化内涵,比起其前代单纯的"郑"以及其后代单纯的"雅",汉代五言诗是更为生动、活泼的!

其实,雅与郑,雅与俗也是相对而言的,并且二者在一定条件下会互相转换。从中国的艺术传统来看,前代的俗乐到了其后代往往有变成雅乐的趋势。也就是说,在一个时代的人们看来是雅的东西在其前代可能是俗的东西,而这一时代俗的东西在其后代也可能变为雅的东西。比如郑振铎先生就曾指出:"正统文学的发展,和俗文学的发展是息息相关的。许多的正统文学的文体原都是由俗文学升格而来的。"[2]历史上的许多事实也已经证明了这一观点,比如《诗经》中的一些诗歌,尤其是国风部分,本来就是民间的歌诗,在当时都是民间的通俗之语,到了后代就成为了雅乐、雅文化的代表;又如武帝时立乐府、大造歌诗,但是"常御及郊庙,皆非雅声"(《汉书·礼乐志》),而到了东汉,武帝时的这些诗歌已经具有了雅化的趋势。我们也知道,在中国文学艺术史上曾出现过几次复古的风格,即使到了现代,我们的一些服饰、家居、文学、艺术等方面也时常会有一阵阵复古之风刮过,其实在复古之风中也蕴藏着由俗到雅、由雅到更雅的一种文化心理。在把前代

---

[1] 赵敏俐:《周汉诗歌综论》,396页,北京,学苑出版社,2002。
[2] 郑振铎:《中国俗文学史》,2页,北京,作家出版社,1954。

的东西看得比它在自己时代要"雅"得多时，就可能产生对它的崇敬和模仿，就可能兴起复古的风气。

如果从这一角度来看五言诗，它在汉代也正处于这样一种在"雅"与"郑"之间游走，并逐渐走向雅化的过程中。如果说，五言歌谣还属于"郑声"，那么有着"雅"的官方意识形态的汉乐府对之的关注，则使游走的道路豁然开朗，在这一条道路上，五言歌谣、五言乐府、文人五言诗就像里程碑一样记录着五言诗在汉代的历史，也让人们在"雅乐"与"郑声"的交相唱和中感受着音乐和五言诗之间生动而密切的关系！

二、由"偶"向"奇"的转变

我们现在能见到的四言诗和五言诗文体形式上最明显的不同就是字数上的不同，由每句四字转变、发展为每句五字。虽然只是一字之差，却是诗歌发展史上的轩然大波，它使诗歌的节奏由四言诗和楚辞体的二节拍向三节拍转变，使诗句容量大大增加，更加契合了人们生活和思想的丰富性，并使这种节拍成为了以后中国诗歌的主流。在诗句从四字向五字转变的过程中，也表现了诗句字数从"偶"向"奇"的转变。自汉代以后，中国诗歌的主要形式是五言诗和七言诗，它们都属于奇字数的诗句，但是在它们发展的过程中也都是定位于"每句字数和全诗行数奇偶互补的体制"[1]。也就是说，每句的字数是 5 或 7 这样的奇字数，而全诗包含的句字数却是偶数，比如，最典型的绝句和律诗的 4 和 8，当然在其律化以前的诗句虽然多少句不确定，但肯定也是偶数的。在这一节我们就从"偶"与"奇"的角度来分析数字与五言诗的关系。

奇、偶现在看来是一对数学上的概念，而它们更是和中国传统的阴阳学说的思想联系在一起的。在阴阳学说中数字是一个重要的因素，在这一学说

---

[1] 李炳海：《试论制约古代诗体生成演变的诸种因素》，载《延边大学学报》（社会科学版），2002（3）。

看来数字也是有阴阳之分的，以1、3、5、7、9这些奇数为阳，以2、4、6、8、10这些偶数为阴，而阴与阳的关系也正如太极图所表达的那样：二者你中有我，我中有你，只有和谐相配，才能是"无极""太极"，万物由此生，也必遵循其道。奇、偶也是如此。李兆洛《骈体文钞序》中说：

> 天地之道，阴阳而已。奇偶也，方圆也，皆是也。阴阳并俱生，故奇偶不能相离，方圆必相为用。道奇而物偶，气奇而形偶，神奇而识偶。孔子曰：道有变动，故曰爻；爻有等，故曰物。物相杂，故曰文。又曰：分阴分阳，迭用刚柔，故《易》六位而成章，相杂而迭用。言语章之用，其尽于此乎？

所以，对奇、偶的运用也是要"不能相离"，奇偶互补，才更符合"天地之道"，也更符合人们的审美心理。

从四言诗来看，其诗句的字数和诗句的数目大部分都是偶数。在中国古老的思想中，可能自然就有偶数的意识，到文学上就是对对偶、偶字数的喜爱，正如刘勰所言：

> 造化赋形，支体必双；神理为用，事不孤立。夫心生文辞，运裁百虑，高下相须，自然成对。……岂营丽辞，率然对尔。（《文心雕龙·丽辞》）

从《诗经》来看，情况也是如此。这种偶偶相配的文体形式对于《诗经》的时代来说，可能是非常合适的，因为《诗经》表达的是周代社会温柔敦厚、怨而不怒的情感，这种情感是略带威严的、稳重平和而具有典范性的，《诗经》四言形式的规范典雅、庄重平稳正好符合了这种情感的内在感觉。所以，诗歌所表达的感情与诗歌的形式就完美结合在一起，成为了一种后代再不可能实现的雅诗典范。

但是，这种偶偶相配的文体形式也容易形成审美疲劳，在那种整齐庄严之下，缺少的是灵动和变化，会给人一种很大的压力，而没有停顿和间歇。虽然现在我们无法感知其音乐是怎样的，但是仅从歌词来看，上述问题也是很明显的。从《诗经》中的典型形式来看，在阅读上，较大的停顿应该是两个四言句子后面，以《鹿鸣》为例：其第一节应是：

呦呦鹿鸣，食野之苹。/我有嘉宾，鼓瑟吹笙。/吹笙鼓簧，承筐是将。/从之好我，示我周行。

这样一来，就是四个同样的包括了两个四字句的结构，全是偶数。再小一点的停顿就是一个四言句子之后了，这样就成了八个四字句。再小一点的节奏，也是四言诗的原始节奏，就是每一个四字句是两个节拍，两个字一个节拍，同样是偶数个的偶数字。同样的结构在一定程度上会淹没了其间的停顿和间歇，给人造成审美的疲劳。歌词如此，音乐也可以想见了。这样读下去的感觉，就是始终在重复着一个节奏，这才是诗的一个小节，如果把全诗读完，这种沉闷的疲劳感可能会更加强烈。

尤其是随着时代的发展，"雅乐"越来越得不到人们的认同，无论是人们对艺术的要求，还是人们的心理意识，都是向着灵动多变、生动活泼的方向发展的。所以这种偶偶相配的结构，也正应验了阴阳学说的观点，必然会向着奇偶互补的方向发展。

我们知道，在以《诗经》为代表的四言诗之后出现的是以《离骚》为代表的楚辞体。从奇、偶的角度讲，楚辞体就是打破那种偶偶相配结构的一个尝试，但可惜的是，这个尝试只是在表面上实现了，而其实质的节奏和结构依然没有改变。因为，从楚辞体的外在形式上来看，它打破了四言诗固定的模式，使句子的字数更为灵活，但其每一句的节奏依然是《诗经》四言诗的二节拍节奏，如：

若有人兮/山之阿，被薜荔兮/带女萝。(《山鬼》)

思君兮/太息，极劳心兮/忡忡。(《云中君》)

吉日兮/良辰，穆将愉兮/上皇。(《东皇太一》)

从中我们也可以看出，楚辞体中的兮字确实调节了以前四言诗很沉闷的气氛，但是其基础的节拍和四言诗一样，依然是二节拍。虽然如此，楚辞体还是诗歌发展史上的一大进步。其中已经有了人们从喜用偶数向喜用奇数转变的苗头，因为这种转变不仅仅体现在形式上，而且体现在人们的思想意识中，体现在一种突破传统的努力之中。

这种突破往往是在充满自由气息的民间表现得更为集中。汉代的民间正是这一突破的土壤，而且在汉初那种调和阴阳的思想极易得到青睐，由此，奇偶相配也就应运而生。

汉初，面临的是一个既欣欣向荣又百废待举的环境：一方面是大一统的整体风貌，另一方面是上至帝王将相下至平民百姓对个人感情抒发的自由和大胆，诗歌的意识形态功能式微，娱乐和抒情功能上扬。对于帝王来说，他们虽然位高权重，但也有着享乐的追求，而且汉初从下层走上来的帝或王都有着"质木无文"的性格，他们也很少去追求文字上的华丽，更不可能写出像《诗经》那样整饬典雅、文字讲究的作品；对于平民百姓来说，改朝换代的利弊自在人心，对上层或下层的现象，也有自己的感受和观点，当他们来寻求艺术的言说方式时，就一定也会摆脱传统典范的束缚，创造出新的、活泼的文体……许多对立性的因素在汉代都得到了自然而然的调和。汉初的五言民谣、戚夫人的《春歌》、武帝时代李延年的《北方有佳人》、武帝的《李夫人歌》(七言)、《郊祀歌》(杂言)以至汉乐府、《古诗十九首》、文人五言诗等都在一定程度上是这一氛围中的产物。本来出现在楚辞体中的奇偶互补的苗头在这种气氛中得到了完全的发展，五言诗和七言诗的发展就是其明证，尤其是五言诗在汉代的初步辉煌，让奇偶互补的体制得到充分的发展和被认同，并奠定了其以后成为中国诗歌主流的基础。

第十八章　汉代五言诗体的发展及其文化意味　895

其实，传统中的偶偶相配的习惯也不是一下子就中断而被奇偶互补所替代的。前面提到，楚辞体是从偶偶相配到奇偶互补的尝试，但没有完全成功。"但是，非常有意思的是，楚辞体这种在四言二拍基础上增加字数的方法，到汉代以后却逐渐朝着两个方向分化。第一是和四言体一起演化成中国后世传统的四六言句式，在汉大赋和骈文再到后世的各种散文式的文体中大量使用。……第二是把二节拍的'兮'字去掉，变成三节拍的七言诗。"[①]其实除了七言诗外，还有五言诗，也是汉代最重要的一种诗体。其中，四、六言句式还是偶偶相配的传统，而五言诗、七言诗则是奇偶互补的创新。同时，这种奇偶互补的句式，从文体的内部特征来看，已经是从二节拍发展为三节拍了，这也是一个飞跃性的发展。

五言诗的奇偶相配就打破了四言诗的沉闷，也使楚辞体相对而言的"杂乱"得到了收敛。因为四言诗基本上是在重复着一个节奏，所以会给人一种沉闷的感觉，而楚辞体是完全适应楚地的音乐、风俗等文化元素而诞生的，它的字数没有规律，也没有严格的规定，相对于诗歌形式的传统来说，是显得很杂乱的一种形式，而且它从根本上并没有改变四言诗原来的节奏，也不能完全适应广大人民对诗歌形式的需求。所以，到了汉代，四言诗和楚辞体慢慢就成为了历史，而五言诗得到了蓬勃的发展。五言诗每句5个字，每首诗包含的诗句一般却是偶数的，而且五言诗的节奏是二二一的节奏，这些都是奇偶相配的形式。这样的节奏无论是朗诵、吟唱还是音乐欣赏都是既灵活又有一定规律和体制的，每一句之间的停顿在二二一节奏之后也是很明显的，就不容易使人产生疲劳感；同时，五言诗每一句5个字，每首诗总是有偶数个诗句，这也是其一般的规则，有一定的规则就更符合中国传统的对诗歌形式的认识。这一切都是和四言诗与楚辞体相比，五言诗在形式和节奏上具有的优点。

另外，五言诗的奇偶相配也更适合汉代思想感情的表现。偶偶相配的四

[①] 赵敏俐：《周汉诗歌综论》，284页，北京，学苑出版社，2002。

言诗形成了其庄重、严肃的表现特点和传统，所以它所较为适合表现的内容也是非个人感情的、说教性的"雅颂"之言。但是，到了汉代，前面也提到了，无论是帝王将相这些新兴的地主阶级，还是平民百姓这些一直就有自己的感情和思想的阶层，都有了强烈地表达个人思想感情和娱乐的需求，奇偶相配的五言诗正是应这种需求而产生的，所以，五言诗很适合表达汉代的思想感情。萧统在《文选序》中说：

> 自炎汉中叶，厥途渐异：退傅有"在邹"之作，降将著"河梁"之篇。四言五言，区以别矣。

退傅也就是韦孟，他的《在邹诗》是仿效《大雅》的四言诗，其中抒发思恋楚王之情，赞美邹鲁尊孔崇礼的风气，是很明显的周代情感；而降将则指李陵，托名于李陵的《携手上河梁》则抒发了个人的离情别绪，更偏重汉代的个人感情。这就是四言诗和五言诗的区别了。

人们逐渐意识到四言、五言虽然只有"一字之差"，蕴含的意义却是巨大的，它使诗歌的容量大大增加，所以也开始从各个角度对二者进行比较研究，并取得了较大的成果，其中从二者的句法结构和语言功能角度的研究就是一个实例。有学者（如赵敏俐）对《诗经》中的四言诗句与《古诗十九首》中的五言诗句从句法结构和语言功能角度进行了详细的比较，也得出了极具启发意义的结论："第一，语言结构的复杂化，使诗歌语言更加精练，相应，五言诗歌结构中的虚词使用量反而减少了。第二，语言结构的复杂化，客观上有利于五言诗中双音词的逐步增加。第三，语言结构的复杂化，使诗歌的叙述描写手段发生了变化。"[1]下面，主要就第三点谈一下自己的看法：

诗歌叙述描写手段的变化，可以说是和诗歌的发展同质的，它在一定程

---

[1] 赵敏俐：《周汉诗歌综论》，180～183页，北京，学苑出版社，2002。

度上也是人们对"言"与"意"关系认识的发展变化。因为一切叙述描写手段都是为了实现以言尽意或者再进一步追求言外之意,语言和人的思维是密切相关的,当语言或者说人的思维还很贫乏时,总是在做着"以言尽意"的努力,这种努力很大程度上是依靠叙述描写手段来完成的;而当语言日渐丰富,人的思维日渐成熟的时候,会进入一个"择言尽意"的阶段,会在丰富的语言中选择最合适的,这也要依靠叙述描写手段;再进一步发展,会感受到"言不尽意"的痛苦和"言外之意"的喜悦,这时会感受到叙述描写手段的无奈和惊喜。

《吴越春秋》记载了描写原始狩猎这一劳动过程的《弹歌》:

断竹,续竹,飞土,逐肉。

短短的几个字让我们感受到了原始社会中语言和思维的贫乏以及人们"以言尽意"的努力,这其中的叙述描写手段也是简朴的、直白的。四言诗中体现的叙述描写手段已是有所发展的,其中的词汇也明显地丰富起来,偶偶相配是重要的叙述描写手段之一,但是比起后代的语言和思维,它依然显得生涩、程式化、不够灵活,这时候与其说是由于四言诗难以容纳较复杂的语法结构,不如说是较简单的思维方式和语言决定了较简单和程式化的叙述描写手段,从而形成了四言诗这种缺少复杂语法结构的形式。五言诗则是语言、思维乃至叙述描写手段进一步发展的成果。奇偶相配手段的运用显示了五言诗的优点和进步,更显示了由语言和思维的丰富化决定的对语言和表达手段的选择性,这也是"择言尽意"的呈现。这时候的五言诗就是人们为了适应日益丰富的语言和思维而选择的一种诗体。汉代及其以后,语言和思维都是不断发展的,随着其日渐丰富,文学史中就出现了许多上文所提到的"择言尽意""推敲"的例子,以及对"言不尽意"和"言外之意"的认识,这个过程中的叙述描写手段也是不断丰富和发展的,并最终促成了诗歌的发展。

总之,从四言诗发展到五言诗,是诗歌发展史中的一个飞跃,它使中国诗歌从传统的喜用偶数向喜用奇数发展,从偶偶相配到奇偶互补,并最终成为中国诗歌的主流。这种由偶向奇的转变不仅大大提高了诗歌的容量,而且使诗歌形式庄严又灵活,更符合中国的阴阳之道,更符合人们的审美习惯,也更为适应汉代以后发展的社会生活和思想感情。

三、虚字与五言诗体

人类在创造了诗歌的同时,就给自己的世界创造了一个新鲜的抒情天地,在这一片天地不断发展的历程中,人类也随之更为丰富。可以说,在诗歌这一文体逐渐发展、完善的过程中,许多因素都起了重要的作用,而"虚字"这一类通常被人们称为"无概念之字"的字、词,也在其中扮演了重要角色,尤其是在诗歌由四言向五言发展的过程中。也许,原始人所发出的"吭唷"之音已在我们耳边渐渐绝响,那"兮"字也随着屈原被汨罗江的流水带向远方,但作为后来者,我们仍能清楚地听到它们对我们的召唤,召唤着我们去发现它们那也许曾被我们忽略的伟大意义。

虚字,一般是指"无概念之字",因为本章要探讨虚字在诗歌尤其是五言诗中的意义,所以我们这里对虚字不做严格的语言学意义上的界定和划分,而只是相对于诗歌中绝大部分的实字而言,因为在中国传统诗歌中,不表达实在意义的虚字相对于有实在意义的实字来说,还是极少的一部分。刘勰在《文心雕龙·章句》中称虚字为"外字",所谓"无概念"是说虚字不表达实在意义,但这并不意味着虚字无意义,相反,在一定程度上,它承担着更大的文体形式意义。陈鱣《简庄集·对策》中说:"实字其形体,虚字其性情也。"刘勰也说虚字是"据事似闲,在用实切"(《文心雕龙·章句》)。他们的论述可以说对虚字的作用有了很透彻的认识,而在诗歌发展的历程中,尤其是四言诗向五言诗发展的历程中,虚字同样有着重要的意义。

首先在诗歌的发生方面,虚字对诗歌具有"从无到有"的产生意义。关于诗歌的起源，后人已做了许多探究，也提出了许多说法，我们暂且不对这些说法加以评价，不管事实上怎样，反正诗歌进入了人类的视野。萧涤非先生在《汉魏六朝乐府文学史》中提出："夫人莫不有心，有心斯感，有感斯发，发则不知手之舞之，足之蹈之，口之歌之。然则即谓乐之起源，自生民始，固无不可也。""上古邈远，莫得而论，若《吕氏春秋》所载'葛天氏之乐，三人操牛尾，投足以歌八阕……'其歌词又皆失传。且时在书契以前，恐根本即无歌辞，上列八目，当亦出后人附会。"①这段文字论述了乐之起源，认为葛天氏之乐可能没有歌辞，而我们知道，中国历来有诗乐结合的传统，乐之起源在一定意义上也就是诗之起源。那么，所谓"葛天氏之乐"中的歌辞也说不定就是先人口中所哼出的虚字，因为先民在劳动中由于心有所感而发出一定的声音，形成"葛天氏之乐"，可能也正如"吭唷"之音一样，其中就是虚字之音。

诗的最原始形式——歌，最初也是没有歌词的，而一些表达语气的虚助词，如"啊"等，正是诗歌之"元声"，它们也就成为了最早的诗之为诗的标准。例如，被称为"南音之始"的涂山氏所作"侯人兮猗"，其中的虚字"兮猗"正是这首诗歌鲜明的文体标志，如果没有这些虚字，它就只是一种客观事实的表达，而不是诗歌。"'兮'和'猗'都是语尾叹词，相当于'啊'……《诗经》中所收的诗，比涂山氏这首诗歌可晚多了，但其中也还有不少的诗依旧带着语尾'兮'，这是中国诗歌原始面貌的遗留。当然，《诗经》中也有很多的诗不带'兮'字，这只是由于照顾诗的整齐押韵而把它省落了。但虽然省落了，它还在诗句中隐藏着，字可以不写，读的时候可不能忘掉它。所以中国人读诗都讲究'吟咏'，要拉长了声音来念，这就是要读出诗句中所隐藏着的那个感叹词的意思。"②

萧涤非先生说："且从文学史上观之，一种新诗体之产生，皆抒情先于咏

---

① 萧涤非：《汉魏六朝乐府文学史》，1页，北京，人民文学出版社，1984。
② 李壮鹰：《禅与诗》，109~110页，北京，北京师范大学出版社，2001。

史，此亦可注意也。"①这里就告诉了我们一个诗歌发展中的事实，那就是诗本来是产生于抒情的，而对客观事实的描述则还在其次。虚字在诗歌中正具有强烈的抒情功能。比如上文中提到的"兮猗"，它正相当于"啊"，即使到今天，"啊"仍是一个强烈的抒情之字。再比如，众所周知，骚体这样一种当时的新诗体就大量地使用了虚字。"仅以《离骚》为例，它反复使用的虚词就有之、兮、于、以、其、而、乎、夫、惟、亦、凭、羌、謇、矣、哉等。这些词一般无实义，只是用在句首、句尾或句中表达语气，但是正是这些不同的语气，使得原本僵直的诗句变得感情外溢，活泼而有节奏，显示出一种意味深长，带有南方楚地特征的色彩和情调。"②从这里我们可以明显地看到虚字对骚体的意义。

以上分析了虚字在诗歌及诗体发生中的"从无到有"的产生意义，在诗歌发展过程中，虚字同样担负着"从有到多"的生产意义。比如，楚辞体中的"兮"字，它正是对四言诗的突破，在诗歌由四言发展到五言的过程中起到了很重要的作用。

刘勰在《文心雕龙·章句》中指出了诗歌的每句字数从少到多的发展情况：

> 寻二言肇于黄氏，《竹弹》之谣是也；三言兴于虞时，《元首》之诗是也；四言广于夏年，《洛汭》之歌是也；五言见于周代，《行露》之章是也；六言七言，杂出《诗》、《骚》；两体之篇，成于西汉。

虽然刘勰在这段论述之后说："情数运周，随时代用矣。"指出诗歌的发展变化和不同的时代有关，但隔段他就论述到了"外字"，也就是我们这里所说的虚字。

---

① 萧涤非：《汉魏六朝乐府文学史》，4 页，北京，人民文学出版社，1984。
② 杨仲义、梁葆莉：《汉语诗体学》，85 页，北京，学苑出版社，2000。

又诗人以兮字入于句限，《楚辞》用之，字出于句外。寻兮字成句，乃语助余声，舜咏《南风》用之久矣；而魏武弗好，岂不以无益文义耶？至于夫、惟、盖、故者，发端之首唱；之、而、于、以者，乃札句之旧体；乎、哉、矣、也者，亦送末之常科。据事似闲，在用实切。巧者回运，弥缝文体，将令数句之外，得一字之助矣。

也正是在这一段中，刘勰指出了虚字"据事似闲，在用实切"的重要意义。这样的论述，又是和谈诗歌从二言到七言的发展过程联系在一起的，从中我们就不难发现虚字对诗句字数"从有到多"的生产意义。诗句字数的增加也就促进了诗歌文体的一步步成熟、完善。

其实，虚字在诗歌中也有从稚嫩到成熟的一个发展轨迹。钱锺书的《谈艺录》对诗歌用虚字也有论述，并举了许多例子。书中说："盖周秦之诗骚，汉魏以来之杂体歌行……或四言、或五言记事长篇，或七言、或长短句，皆往往使语助以添迤丽之概。……五言则唐以前，斯体不多。……六代则徐幹一作，仿制者尤多。唐则李杜以前，陈子昂、张九龄使用助词较多。然亦人不数篇，篇不数句，多摇曳以添姿致，非顿勤以增气力。唐以前惟陶渊明通文于诗，稍引厥绪，朴茂流转，别开风格。……唐人则元次山参古文风格，语助无不可用，尤善使'焉'字、'而'字……昌黎荟萃诸家句法之长，元白五古亦能用虚字，而无昌黎之神通大力，充类至尽，穷态极妍……宋人诗中有专用语助，自成路数，而当时无与文流者……惟近体虚字虽多，而虚字对……全集不数见……盖理学家用虚字，见其真率容易，故冗而腐；竟陵派用虚字，出于矫揉造作，故险而酸。"[①]从这一大段的论述中，我们可以看出虚字从少到多、甚至到"滥"的一个发展过程。而当虚字用得过"滥"就会出现"冗而腐""险而酸"等弊病，这在另一方面也证明了虚字在诗歌中的重要作用和意义。

---

① 钱锺书：《谈艺录》，70~78 页，北京，中华书局，1984。

由于虚字不表达实在的意义，因此，它的作用也常常被人们忽略，其实也正是由于虚字的这种特质，使它具有了更大的文体形式意义。因为虚字无实义，所以，如果把虚字用在字数相对较多的散文中表达语气，起帮助作用，我们会觉得很正常，毕竟散文中字数较多，给虚字一席之地也无大碍。而诗歌就不同了，它的一句只是有限的几个字，还要表达丰富的内容，可谓是"一字千金"，所以，如果不表达实义的虚字在诗歌中没有重要的形式方面的意义，那么就不会在其中拥有一席之地。谢榛《四溟诗话》有云："律诗重在对偶，妙在虚实……惟虚字极难，不善学者失之。"并说韦应物"江汉曾为客，相逢每醉还。浮云一别后，流水十年间。欢笑情如旧，萧疏鬓已斑。何由不归去，淮上有秋山。"一诗"多用虚字，辞达有味"。而"李西涯曰：'诗用实字易，用虚字难。盛唐人善用虚字，开合呼应，悠扬委曲，皆在于此。用之不善，则柔弱缓散，不复可振。'"前面我们也提到了陈鱣所言"实字其形体，而虚字其性情"。这皆由于虚字一方面和实字一样表达了一种语气、情感上的意义，是字类的一种，另一方面又具有重要的文体形式上的意义。

　　虽然，出于研究的需要，我们还是会提出"内容""形式"这类术语，但内容与形式并不能截然分开也已经被我们认可，虚字在诗歌中的运用正显著地体现了这一特点。虚字在诗歌中的内容正是它的形式，形式也是它的内容。以陈子昂《登幽州台歌》为例，

　　　　前不见古人，后不见来者，念天地之悠悠，独怆然而涕下。

　　其中的"之""而"正是虚字，它们并没有实在意义，去掉并不改变诗歌的实义，反而会使句式整齐，似乎更符合诗歌的要求。可是如果把两个虚字去掉再来看这首诗，则意境大不一样，因为这首诗并不是要描述多么复杂的场面和事件，而是表达一种辽阔、幽寂的感情（大多数诗歌都是如此），"之"和"而"的运用使这种感情在内容和形式上都变得更为开阔、丰富，意

境更为鲜明，它们的形式和内容浑融为一体，构筑了这一千古绝唱。

在诗歌由二言向七言发展过程中，尤其是从四言向五言过渡过程中虚字的文体形式意义也很重要。在探讨五言诗的标准时，本文就曾指出：当下研究语境中的五言诗标准是非量化的标准，由于有了"滋味"上的标准要求，我们并不绝对排斥"兮"等虚字在其中的出现。建安时代，曹操的诗歌创作就有四言向五言演变的痕迹，这也已有学者加以论述。木斋在他的文章中指出："曹操最早的五言乐府是《薤露行》……此诗在形式上虽然是曹操第一首五言诗，但在内在表达方式上，仍然属于四言言志诗的范畴，是使用四言诗的写作方式加上一个虚字来凑够五言的……若把此诗的虚字或可有可无的赘字去掉……也完全可以成立。其中有的句式，甚至是一句式使用两个虚字……"[①]木斋先生显然也是在表达实义的层面上来理解虚字的，但是我认为这里的虚字并不是"可有可无"的，而是具有非常重要的文体形式意义的。如果没有这些虚字的运用，或者我们依然顽固地删掉这些无实义的虚字，那么我们可能永远也不会迈出四言诗向五言诗过渡的这一步伐。

文体的发展其实与人类的思维能力和对世界的感受方式有关系，它是一种有意味的形式。当人们在四言诗中感受世界，那种偶数的、整齐的感觉可能会慢慢转化为局促的、压抑的感觉，于是就要有所突破，有所延伸。虽然这种感觉一开始可能是朦胧的、没有实在语义的，于是正好找到虚字这样一种载体，但是，随着这种要突破、要延伸的感觉一步步明晰、实在起来，也许，真正完善的五言诗也就产生了。

由此看来，虚字在中国诗歌发展中确实有着重要的文体形式意义，它更突出中国诗歌中的"妙""味""性情"，由此，我们又可以引发出虚字对中国诗歌中一个重要的范畴——"意境"的意义。

我们知道"意境"是中国诗歌非常推崇的一个范畴，它往往也是诗歌的一个评判标准。至于意境是什么，也是众说纷纭，但有一点是大家都认可

---

① 木斋：《论曹操诗歌在五言诗形成中的地位》，载《山西大学学报》，2005（2）。

的，那就是意境中包含着一种不可言说的形上意味，它讲究虚实结合。这样看来，其实从中国诗歌产生之始就萌生着这一范畴。前面我们也论述了诗歌的产生就包含了感情抒发和事实陈述两个方面，一个是形上的，一个是形下的，二者完美融合在一起就产生了意境。以"侯人兮猗"为例，实词"侯人"表达的正是事实陈述，虚字"兮猗"正是感情的抒发，它们结合在一起显示了独特的意境，如果没有虚字，就没有那种意境。

随着诗歌的发展，诗歌中不用虚字而全用实字的诗歌，也能传达独特的意境，其实，在这意境中就隐含着虚字——感情的抒发。更何况，还仍有许多诗歌保留了虚字的使用，借助它来创造意境，使我们真正领会"实字其形体，而虚字其性情"的含义，这就是实与虚的结合。而蒋寅也在其文章《语象·物象·意象·意境》中指出"意象是包括虚字在内的完整陈述"，意境正是这一完整的"呼唤性的本文"，其中特别提到了"包括虚字在内"是很有道理的。

从中国诗歌发展历程中，我们也能理出一条以虚字为主角的线索，那就是从"啊"这一类诗歌之元声的虚字，到诗歌所抒发的感情这类或隐藏在诗歌背后或显露于诗歌之中的虚字，再到诗歌意境中蕴含的虚字的意义。从中，我们也可以看到那由于不表实义而一度被忽略的虚字在诗歌发展中扮演着多么重要的角色，而在从四言诗向五言诗转变的过程中，虚字同样是不能被我们遗忘的一部分。

◎ 第四节
汉五言诗体的文化意义

汉代，是有着典型的盛世气象的时代，也是五言诗的初步辉煌时期，因为此时的五言诗有着强烈的流动性和生成性；虽然如此，无论是和同时代其他文体的横向比较,还是和其后时代五言诗文体的纵向比较,从创作数量上,汉代五言诗都如浩浩大江中的一股细流、嘈嘈乐声中的一缕悄音。所以,难免会使人有"汉代乃是诗思最消歇的一个时代"①之叹。于是,在这辉煌和消歇、盛世和悄音之间就形成了一种悖论。

一、民间与汉代五言诗体

文学与民间的关系向来是非常密切的,五言诗的产生及发展也和民间有着千丝万缕的联系,五言诗产生于民间,也是一个被认同的、有代表性的结论。正如郑振铎先生所言:"因为正统文学的发展和'俗文学'的发展是息息相关的。许多的正统文学的文体原都是由'俗文学'升格而来的。像《诗经》,其中的大部分原来就是民歌。像五言诗原来就是从民间发生的。像汉代的乐府,六朝的新乐府,唐五代的词,元、明的曲,宋、金的诸宫调,哪一个新文体不是从民间发生出来的。"②萧涤非先生在其《汉魏六朝乐府文学史》中也曾经说:"五言本出于民间歌谣,不出于文士制作。"③"关于五言在两汉之历程,个人所见如此。要之,五言一体,出于民间,大于乐府,而成于文人,此其大较也。"④

由此看来,五言诗确实有着"民间素质"⑤,而这正来源于汉代的"民间质素"⑥。在五言诗的"民间素质"以及汉代的"民间质素"中我们能见出汉代的民间文化。

所谓汉代五言诗的"民间素质",有以下含义:

首先,五言诗本出于民间,是由民间土壤中的一颗种子生长出来的。刘

---

① 郑振铎:《中国俗文学史》,38页,北京,商务印书馆,2005。
② 同上书,2页。
③ 萧涤非:《汉魏六朝乐府文学史》,20页,北京,人民文学出版社,1984。
④ 同上书,23页。
⑤ 本文用"民间素质"一词来表示由于来自于民间、受民间影响而使五言诗具有的一些特点。
⑥ 本文用"民间质素"来表示汉代民间的特点,这些特点又是足以对五言诗的产生和发展造成影响的特点。

勰尝言：

> 至成帝品录，三百余篇，朝章国采，亦云周备；而辞人遗翰，莫见五言，所以李陵班婕妤见疑于后代也。按《召南·行露》，始肇半章；孺子《沧浪》，亦有全曲；《暇豫》优歌，远见春秋；《邪径》童谣，近在成世：阅时取证，则五言久矣。(《文心雕龙·明诗》)

可见，五言诗在很早就出现了，只不过不是出现在文人诗中，而是出现在民间歌谣中，以至到了汉成帝时，还没有明确文人署名的五言诗。而从流传下来的最早的五言诗片断来看，确实有着突出的民间色彩。其中《召南·行露》和《沧浪》歌前文已引，而《暇豫歌》唱的是：

> 暇豫之吾吾，不如鸟乌。人皆集于苑，己独集于枯。(《国语·晋语二》)

《野人歌》：

> 既定而娄猪，盍归吾艾豭。(《左传·定公十四年》)

秦时民歌《长城谣》：

> 生男慎勿举，生女哺用脯。不见长城下，尸骸相支柱。

从其所表达的内容、叙述的口吻、风格来看，都具有当时的口语化民间风格。到了汉代也是如此，最早的五言诗也是如《邪径败良田》《燕燕尾涎涎》等民谣、童谣。

其次，在汉代，很长的一段时间里，五言诗的主体还是民歌、民谣，即使文人五言诗的作品也带有浓厚的民歌的风格。"五言诗在什么时候代替楚歌而起的呢？起于枚乘或李陵苏武之说是不可靠的。最早的五言诗都是童谣民歌一类的东西。……后汉的时代，五言诗的主体还是民歌民谣。"而文人的创作情况也是："张衡也有《同声歌》：'邂逅承际会，得充君后房。情好所交接，恐慄若探汤'，颇富于民歌趣味。汉末，五言诗始大行于世，但还未脱尽民歌作风，许多还是带着很浓厚的口语的成分。"蔡邕的作品"托物见志，也有民歌的余意"，郦炎的《见志诗》"也明白如话"，赵壹的《疾邪诗》二首，"最近于口语"，秦嘉的三首《赠妇诗》"显然也是受当时流行的民歌的影响"，《古诗十九首》"以情诗为主，大抵这些情诗都是思妇怀人之作，其内容和辞语有些是不甚相远的；这乃是民歌的特质之一；他是决不迟疑地袭用他人之辞语的。"被称为苏武、李陵作的十几首古诗"它们本来是民间歌曲，至少或是受民歌影响很深的"……汉乐府中的民歌就更不用说了[①]。

最后，汉代五言诗的"民间素质"具体表现如下：第一，所抒之情以个人情感为主。这也是汉代五言诗重要的文体内容之一。民间的感情就是一种个人的感情，他们所关心的往往不是国家大事，不是政治局势，而是自己的喜怒哀乐、家人的温饱寒饥，所以体现在诗歌中，其情感就是个人的情绪和感受。第二，不动声色的叙事中往往包含着分明的感情。或者是对罗敷的赞美，或者是对成帝的讥刺，或者是对酷吏的厌恶，或者是对缇萦的佩服……在叙事中几乎不假刻意的艺术手法而能将感情表达得分明鲜活。这也是民间叙事的特征。第三，说理生动而不枯燥，对隐语、谐音的利用更增添了诗与理的趣味性。"少壮不努力，老大徒伤悲"浅显易懂又意味深长，"枯鱼过河泣"极富风趣又感人至深。这一类的说理，正是民间才可能出现的特质。而高高在上的官方意识，则是枯燥与死板的代名词。第四，由以上三点决定的生动、活泼、大胆、质朴的艺术风格。正如民间的布衣与宫廷

[①] 可参考郑振铎先生《中国俗文学史》第37页至78页的分析。

的华服相比一样,民间的诗歌也是如此,虽不华美却质朴自然,别有一番滋味。

汉代五言诗之所以会出现以上的"民间素质",除了和文学史自身的发展规律有关外,还和汉代的"民间质素"息息相关。这里的民间是和宫廷、官方相对而言的,虽然在每一个时代都有民间与宫廷、官方的区别,但是由于社会的不同,每一个时代的民间的含义、地位等都可能有所不同,也就是说,每一个时代都具有自己特有的"民间质素"。而且,反过来,民间特有的质素也会对自己的时代造成影响,影响到当时包括文学在内的各个方面的气象。

应该说,在人类社会的原初阶段,是没有民间与官方的划分的,那时候人与人之间是原始的平等关系,因为没有阶级,没有显著的高下次序,所以还没有严格的社会秩序,也就无所谓民间、官方。原始社会就是这样,但是"由黄帝以来,经过尧舜禹的二头军长制(军事民产)到夏代'传子不传贤',中国古史进入了一个新阶段:虽然仍在氏族共同体的社会结构基础之上,但早期宗法制统治秩序(等级制度)在逐渐形成和确立。公社成员逐渐成为各级氏族贵族的变相奴隶,贵族与平民(国人)开始了阶级分野。"[1]正是有了这种分野,才开始有了民间与官方的分别及意识。

在夏、商、周这样的宗法制社会,民间与官方的划分是非常清晰的,而且是没有异议的,双方似乎都各得其所,认为天生就应该如此。这样就会导致两种较为典型的后果:一是在夏、商那样的暴虐之君统治下出现的暴政、官方对民间赤裸裸的压制;二是在周代那样的较为开明的君主统治之下出现的礼政,这是官方对民间不怒而威的压制。不管哪种后果,此时的官方是完全压倒民间的,官方有着绝对的独立性,而民间则完全听制于官方,它有自己存在的独立性,但是没有自己权力的独立性,也没有自己的特色。从周代对庞大的礼乐社会工程的建构上就可见这一点。

---

[1] 李泽厚:《美学三书》,39页,合肥,安徽文艺出版社,1999。

官方与民间也都是在不断发展的，它们都不会安于自己的现状。到了秦末，以上情况就发生了明显的改变。秦代的覆灭在一定程度上可以说是来自于民间对官方的反抗，陈胜、吴广替民间发出了呼声："王侯将相宁有种乎？"民间的独立性在这一呼声中逐渐彰显出来。但是其中就存在着一个悖论，这既是对民间的彰显，也是对民间的背叛。它在告诉官方，我们也有自己的追求；但另一方面又表明，这一追求正是向官方的靠拢。它是以牺牲自己的特质来追求自己的独立性的，它的理想一旦实现，它本身也就不存在了，此时的民间就消失了，可能变成了另一个官方。因此，到了汉代，民间与官方不再是理所当然的、没有异议的分级了，尤其是汉代的民间，有着自己的特色，它以自己特有的"民间质素"影响着汉代社会包括官方、文化、政治、经济等在内的方方面面。

首先，汉代君王身上体现的是民间与官方的结合。汉代开国皇帝高祖刘邦本是和陈胜、吴广差不多的身份，做皇帝之前其最高职位也不过是沛县泗水亭的亭长，相当于今天的村长。刘邦的"高参"如萧何、曹参、樊哙、周勃、灌婴等也不过是一些小吏、狗屠、卖缯、织席之徒。由这样的君臣所建立起来的大汉王朝，其民间与官方相结合的特质我们也是不难想象的。众所周知，"刘邦只相信他手中的'三尺剑'，扬言'老子马上得天下，马上守天下'，他见到儒生后的一个习惯动作，就是抓下儒生的帽子往里面撒尿——这个举动把他的文化素质表露无遗。"[1]也在一定程度上表露了汉代君王身上的民间性，虽然，刘邦是一个极端的例子，因为他毕竟是从民间走来的开国之君，其后继承君位的君主不可能再有如此明显的"民间之举"，但作为开国之君，刘邦的举动也一定会影响到其后的继承者。而且刘邦毕竟身处于国君之位，其民间的因素很快就和官方结合在一起。他要建立君主的威严，他也要极力提升自己作为君主应有的文化素质，帝王生涯逐渐使他缓和了对儒生的态度，在戚夫人的影响下竟然也能击筑而歌了。可以说，在刘邦的身上

---

[1] 杨树增、陈桐生、王传飞：《盛世悲音——汉代文人的生命感叹》，1～2页，保定，河北大学出版社，2001。

明显地体现了汉代君主民间与官方相结合的一种民间质素。汉代的第二个皇帝惠帝刘盈也应该是对民间深有体会、有着民间情结的，他的童年是随着父亲的征战在颠沛流离中度过的，而且刘盈生性懦弱，是缺少官方应有的威严的，这也是刘邦不喜欢刘盈而欲废太子的原因之一。在惠帝即位的短短七年间曾废除了"挟书律"，民间的藏书不再受到禁止，这或许和惠帝身上本来就有民间情结是分不开的。和前代相比，汉代帝王身上都有与民间相结合的一些特点。

帝王的这一特点必然会影响到士人和下层。因此，在艺术欣赏旨趣上，也表现出了这样的特点。由于帝王身上具有民间性，并表现出对民间的一定的欣赏，所以士人和下层为了满足帝王的口味，也会对民间有一定的重视。汉代的帝王已经全然不像周代的君主有着纯粹的官方的自律，而是表现出官方与民间相结合的特点，在欣赏旨趣上，正统的雅乐已不能满足汉代君主的需求，他们一方面需要雅乐为皇室装饰门面，另一方面又更倾向于喜爱带有民间色彩的艺术。在汉代出现了从民间发展起来的专业艺人，《史记》中就有记载：

> 中山地薄人众，犹有沙丘纣淫地余民，民俗懁急，仰机利而食。丈夫相聚游戏，悲歌慷慨，起则相随椎剽，休则掘冢作巧奸冶，多美物，为倡优。女子则鼓鸣瑟，跕屣，游媚富贵，入后宫，遍诸侯。（《史记·货殖列传》）

所以说，这些从民间发展起来的专业艺人，正是为了满足社会较高阶层，尤其是官僚阶层的欣赏需要而能够存在的。

正是因为官方有了和民间相结合的特点，才使得包括五言诗在内的产生于民间的各种艺术得以在上层社会流传，并最终被认可，成为一种文体。也正是因为有了这样一种民间质素，所以说："把一个时代的诗歌艺术同歌舞艺人的表演结合起来，并形成各阶级各阶层广泛的诗歌创作繁荣局面的，在历史上恐怕唯有汉朝最有这种特色。它既不同于先秦时代《诗经》、楚辞以贵族阶层创作为主体的局面，也不同于魏晋以后文人诗逐渐突出的局面。"①

其次，到了汉代，民间与官方处于"势均力敌"的状态。官方仍有着自己的威严，而民间也在不甘示弱地影响着官方。单从儒学在汉代的发展来看："文帝临政之际，民间儒学的传授活动已有了一定的声势。文帝之所以欲召伏生并登用贾谊、申公、韩婴诸儒为博士，一方面反映了此前陆贾在汉廷推阐儒学大义对汉皇的精神影响，另一方面也显示了当时民间学风由微而显并渐向汉廷伸延的实际势态。正因为有一种文化气息在民间涌动，贾谊以年少才秀而'称于郡中'。"②儒学在汉代的发展就鲜明地体现了官方与民间地位和影响的状态，此时的民间也有了影响官方的努力，它也力图拥有自己的话语权，不但要有存在的独立性，也要有权力的独立性。

可以说，在汉代，人的主体性精神已有了进一步觉醒。"天生如此"开始遭到了质疑，处于民间的阶层也不认为自己天生就是低贱的，相反还极力表现出自身的优势，他们也以自己的视角评说着官方，发表着自己的看法，并以期对官方造成影响。汉代的唯物主义思想较之前代是大有发展的，王充、张衡、范缜、司马迁等一大批具有朴素的唯物主义思想者的言论一方面是人们真实思想的写照，一方面也影响着人们主体性精神的进一步觉醒。

从诗歌艺术来看，汉代有成就的诗歌大多是受民间影响的，比如汉乐府诗歌，甚至文人五言诗都是如此。我们也知道，《诗经》中所描写的多是贵族社会的人和事，即使风诗中的民间也是带有贵族色彩的，或者是从贵族的视角所关注的民间。而汉乐府诗和文人五言诗的描写对象则是多方面的，尤其是对具有民间色彩的人和事的关注构成了汉诗中的主要描写对象，如远行的游子、失意的文人、劳作的农人、愁苦的思妇，等等。诗中描写的往往就是他们的日常生活、具有民间色彩的故事。尤其五言诗的出现是不同于前代正统文学四言诗的，更为民间表达提供了得心应手的工具，它和汉大赋成为

---

① 赵敏俐：《周汉诗歌综论》，221页，北京，学苑出版社，2002。
② 程世和：《汉初士风与汉初文学》，251页，北京，中国社会科学出版社，2004。

了分别代表民间与官方的两种文体。在前文我们也比较分析过汉代五言诗与汉大赋，从二者不同的文体意味中，我们也可以看出民间与官方在汉代的势均力敌与相互影响。

汉代五言诗"民间素质"的四个具体表现和汉代的这一"民间质素"也是有密切关系的。正是由于汉代的官方与民间处于势均力敌的状态，而民间又对自身的地位和状况有一个较为清楚的认识，其态度是不卑不亢的、并且以期对官方形成影响，所以在民间的代表性文体——五言诗中才会呈现出不卑不亢的精神状态。而其四个具体表现——抒发个人感情和看法；不动声色而感情分明；说理形象不枯燥；生动、活泼、大胆、质朴等——正是这种不卑不亢精神在艺术风格上的具体展现。

最后，汉代的民间有着较强的独立性。上文也提到了，在先秦的宗法制社会，民间与官方的界限划分虽然是很清楚的，可是官方对民间有着明显的压制，民间虽然有存在的独立性，却没有权力的独立性，因此，此时的民间独立性还是较弱的。这同时也是由于先秦社会的典型模式是封建领主制，民间的代表农奴与官方的代表封建领主之间有着较强的人身依附关系，这种关系同时由血缘关系联结起来，所以就使得民间的独立性非常有限。汉代则有很大不同，其基本阶级为地主与农民，二者之间基本不讲究血缘关系，农民对地主的依附性相对于农奴与封建领主来说减弱了很多，所以民间与官方各自的独立性都更强了。除了皇族之外，文人士子、地主、农民以及商人阶层等，都各以其比较独立的身份而存在。

作为有着较强独立性的民间，必然要有自己的、有着较强独立性的文学艺术形式，五言诗就是民间的文体。汉代相对较稳定的生活环境、充足的物质条件、君主的提倡等因素使得官方的歌舞娱乐呈现出前所未有的盛况，这是我们从各种史书的记载中都能得知的。那么，民间的情况又怎样呢？由于在宫廷中，官方成员有条件欣赏专业的歌舞艺术表演，他们可以边饮酒，边欣赏有音乐、有舞蹈、有歌辞、有乐器的歌舞，而民间的情况就完全不同了。除了培养供给官方的专门歌舞人才外，民间是很少有机会表演像官方那样专业的歌舞艺术的,而只能以自己特有的方式表达自己的感情和思想。 专门的乐器、音乐和舞蹈几乎是不可能的,而最可能出现的艺术样式就是像徒歌一般的民谣了,那么,汉代的民间找到的就是五言诗这一艺术样式。 所以,汉代民间这种较强的独立性就为五言诗成为一种文体提供了可能性。

五言诗是在民间土壤中孕育出的一颗种子,而这民间土壤正是汉代所具有的一些"民间质素",它使得五言诗具有了自己的"民间素质",也就使得五言诗这朵诗歌园地中的奇葩带上了独具魅力的色彩!

二、文人与五言诗体

"文人五言诗"确实是一个普通而又特殊的术语。 说它普通,它不过是对汉代的一批五言诗的归类;说它特殊,是因为中国的诗歌种类是很多的,就拿从字数上来分的四言诗、五言诗、七言诗、杂言诗等来看,只有五言诗被冠以"文人"二字,有"文人五言诗",却没有"文人四言诗""文人七言诗""文人杂言诗"之说。 而且,从中国文学史上来看,如果没有刻意指明,那么文学术语一般暗含就是指文人的,比如,诗歌,肯定是指文人创作的诗歌,除非指明这是民歌、民间诗歌。 也就是说,在我们一般的文学思维中,不是文人创作的文学作品需要被特别说明,而这里的五言诗却被冠以"文人"二字,这就更显示了五言诗及文人五言诗的特殊意味。

文人,也是一个很特殊的群体,从广义上来讲,文人属于古代士人阶层的一部分,而且是重要的一部分。 从其诞生、发展的过程中来看,这一阶层有其一脉相承的品质,也有不同时代的不同特点。 士,现在看来一般认为是起源于周代就存在的王官文化系统内部,它是"古代贵族阶级中最低的一个集团"[①]。 这一地位就有一定的特殊性、悖论性,其后士阶层的许多品质也都源于这一特点。 虽然,士的地位也是随着不同的时代、不同的境遇而有所

---

① 余英时:《士与中国文化》,8页,上海,上海人民出版社,2003。

变化，但其既属于贵族阶级同时又是其中最低的一个集团，这一地位似乎始终伴其左右。

正因为他们属于贵族阶级，是"四民"(《穀梁传·成公元年》"上古者有四民：有士民、有商民、有农民、有工民。")之首，有很高的文化素养，所以他们都有一种自觉的文化传承意识和乌托邦精神①，也使得他们骨子里有了一种高扬的独立的人格精神和气节，这是一种有很强的自豪感、责任感的精神，是一种很清高的、坚贞的气节。但同时，又因为他们是贵族阶级中最低的一个集团，所以也不免会有一种失落感和不满的情绪。而且这种地位有着极强的流动性，很容易发生改变，有可能会向着更高的贵族阶层发展，也有可能向下沦落为非贵族。所以就会给士人造成一种"尊之则为将，卑之则为虏；抗之则在青云之上，抑之则在深泉之下；用之则为虎，不用则为鼠"（东方朔《答客难》语）的局面，统治阶级的态度、社会环境对其地位和思想的影响是非常大的。

而自从士阶层产生之后，可以说就遇到了他们的黄金时期，尤其是战国时代，似乎更是士人的天下。当时，天下还没有一个大一统的局面，群雄分地而居，诸侯竞争的一个重要手段就是争士养士，所以当时就形成了一种贵族求士而不是士求贵族的局面，此时的士阶层就有向着更高的贵族阶级发展的趋向，而社会上也形成了尊士的风气，士人在此时受到了高度的尊重，士人的独立人格也得到了进一步的高扬，其自豪感、责任感也是空前高涨的。正如有研究者描述的："战国士文化是以战国时期士林阶层为创造主体、以平治天下为目标、以思想解放自由创造为特征的文化思潮。战国文化的发生是

---

① 按照李春青先生的观点（参见《诗与意识形态》第137至141页），在春秋战国之际，西周的礼乐制度遭到了破坏，一个由士人阶层开创出来的新的文化空间产生了，其时，私学大兴于世，各种学术流派产生了学术争鸣，"正是在这样的文化空间中，先秦士人阶层才演出了一种狂欢式的文化大合唱。具体而言，正是这种文化空间促使士人阶层完成了从礼乐文化向诸子文化的转换过程，同时也就实现了那延绵中国古代两千余年的士人乌托邦精神的原始生成。由国家意识形态转变为士人阶层的乌托邦精神——这是春秋末期在精神文化领域发生的最为重大的事件，也是影响中国文化两千多年中发展方向的重大事件。"关于士阶层的乌托邦精神，在李春青先生《乌托邦与诗》（北京，北京师范大学出版社，1995）一书中也有详尽而独到的论述。

以当时多元分裂、诸侯兼并作为直接背景，诸侯们为了自身的生存和发展而展开了人才竞争，于是当时诸侯贵族竞相争士养士蔚然成风。赵简子、魏文侯开其端，齐闵王、齐威王、齐宣王、燕昭王继其绪，战国四公子和吕不韦扬其波，尊士热潮一浪高过一浪。他们或尊士为师，郊迎侧席，拥彗先驱；或视士为友，存问馈赠；或以国宾待士，倍加礼遇；或与士同衣食，共荣辱；或以贵下士，以监门驾车，与博徒卖浆者游；或命士为列大夫，'为开康庄之衢，高门大屋，尊宠之'。"①

随着时代、社会的改变，士人那种与生俱来的极易改变的地位也随之发生了重大的改变。秦王朝的建立使士人的地位又向着其"最低的一个集团"的方向极度倾斜，"焚书坑儒"更使得士人的地位遭到了重创。招致这一后果的一个原因是齐地儒生淳于越等人试图继承战国庶人议政的风气，建议秦始皇分封诸子作为藩王，所以，战国那样的士人黄金时代是不复存在了，代之的是君主专制的强权暴政。"这一盛衰之变，一方面根源于先秦士林内部的精神分化；一方面根源于'政统'对'道统'的现实进逼。就前一方面而言，先秦诸子偏执一端，已使士林整体渐趋分解；而战国中后期趋竞之士大量羼入士林，虽使士林人数骤增，却也造成了士林由'义'到'利'的精神蜕变，造成了士'志于道'精神的失落与士人纷乱失群的无序状态。就后一方面而言，在'道统'因士林精神分化而渐趋分裂的同时，'政统'则随着天下统一大势由分裂走向统一。两种互逆的运动，势必导致'政统'对'道统'的现实进逼，导致先秦士林在'政统'的进逼中无法相抗的精神衰退。"②这一论述可谓切中了问题的要害。

汉代情况又有所改变。它对于士人来说几乎是中和了战国与秦的时代特征，汉承秦制，依然是君主专制，而且又是空前的大一统，但比起秦的暴政来说则要宽松得多。从汉高祖刘邦对儒生的侮辱态度到汉武帝刘彻时期

---

① 杨树增、陈桐生、王传飞：《盛世悲音——汉代文人的生命感叹》，4～5 页，保定，河北大学出版社，2001。
② 程世和：《汉初士风与汉初文学》，20 页，北京，中国社会科学出版社，2004。

"罢黜百家，独尊儒术"、从篡弑君权的王莽对士人的安抚与吸引到光武帝刘秀尊经重士而建立起彬彬儒雅的东汉气象的历史中，我们也能看到士人阶层与统治阶级渐渐联盟的过程，士人阶层在汉代的地位也可见一斑。此时的士人阶层从成分上来说是更加复杂的，但他们依然维持着自己"贵族阶级中最低的一个集团"的地位，战国时高扬的独立精神与气节依然没有泯灭，而暴秦留给其的心灵创伤也是一时难于治愈的。

汉代士阶层中另一个值得注意的事实是文人阶层的形成。有人就认为："中国文人的形成经过了漫长的历史时期，从严格意义上说，中国文人是在封建大一统的汉帝国时期形成的。"[1]汉代以前，士阶层往往是和政治紧密联系在一起的，其活动的中心往往是为了在政治上一显身手，而文学在此时还处于非专门、不自觉的状态。虽然我们常说，魏晋南北朝时期是中国文学的觉醒时期，但这一觉醒其实在汉代就已经开始了。汉惠帝刘盈废除了秦挟书令，中国文学与文化在经过了秦朝的浩劫之后，此时已慢慢复苏。正如以下所言："文、景时期，挟书令已废，儒家的典籍开始为世人传授，社会上出现了由黄老无为思想向儒家有为思想转变的趋势。此时，诸侯王爱招四方游士为门客，吴王刘濞、梁孝王刘武、淮南王刘安等，身边都有以辞赋见长的文士。……当士阶层中出现了以从事文化为其专门职业的群体时，就标志着中国文人已经形成。"[2]

其实，在汉代文人身上就像士阶层本身的地位一样存在着很大的矛盾性。汉初的社会是动荡以后的安定，这种现实状况也深深地印入了文人的心灵之中，中和了战国与秦两种社会的汉代，文人经受的也是战国士文化与王者一统天下文化的共同浸染。一方面文人要高扬自己的人格精神和价值理想，另一方面又面临着王者的一统天下而不得不小心翼翼。汉代的政治环境虽然从整体上说要比暴秦宽松许多，但是在专制本质上则是与秦王朝完全相

---

[1] 杨树增、陈桐生、王传飞：《盛世悲音——汉代文人的生命感叹》，329页，保定，河北大学出版社，2001。

[2] 同上书，333页。

通的，特别是在汉武帝独尊儒术之后尤其如此。汉代文人所面临的是君权高度膨胀的专制现实，所感受到的是无处不在的专制君主的威权，似乎一切活动都要为君主的大一统服务。而文人们也蒙受了战国士文化高扬的独立人格精神的滋润，所以他们一方面期望着实现自己的政治与人生理想，一方面他们的穷通却又完全取决于君主的用与不用；他们希望受到社会的高度重视，但是在上层统治者的眼中他们并无多少分量，文人稍有不慎就可能招致杀身之祸；理想与现实的差距如此之大，这样他们就难免萌生失落情绪了。所以，在汉代社会中，不管是受到排斥还是受到重视，文人的内心深处其实始终是存在这种矛盾心理的。

在作为抒发文人情怀的重要工具的文学作品中，这种矛盾心理的表现也是很明显的，其作品的思想内容自不必言，从文体形式上来看，其表现也是如此。

一方面，文人要高扬自己的人格精神和价值理想，这就要依靠统治者的"用"来实现，也就要求文人再一次和官方意识形态联结起来，虽然不可能再达到战国时贵族求士的辉煌，但是即使能通过士求官方达到实现士人的人格理想与价值精神也就非常不错了。而作为文人言说的重要工具的文学是文人实现自己理想的手段，所以汉大赋，在一定程度上，就是士求官方以实现自己的人格精神和价值理想的工具。所以，汉大赋多抒发文人的政治情怀，去迎合官方意识形态的建构。这也仍是其原始地位"贵族阶级中最低的一个集团"中"贵族阶级"的表现，文人在内心深处还是把自己等同于贵族的，至少是精神上的贵族。

但另一方面，文人又始终摆脱不了"最低的一个集团"的定位，加上汉代大一统的君权制度，文人的独立人格和他们自己的理想是很难得到实现的，他们的思想中也不免会有压抑感、失落感；汉代盛行的娱乐之风气以及汉代社会丰富的物质基础为这一娱乐之风提供的条件，又使文人进一步感受到和官方的压抑完全不同的一种气氛。这样，一方面是在官方理想得不到实现的压抑和失落，另一方面是在世俗中行乐的合理化和全新的满足感，二者共同作用使得文人更加倾向于世俗的生活和感情。他们为这种生活和感情找到的言说方式就是文人五言诗。所以，与汉大赋抒发政治情怀不同，文人五言诗多表达汉代文人的世俗情怀，表达他们的怀才不遇，表达他们对人生短促、及时行乐以及男女相思之情的感叹。

两汉四百余年，士人的地位和思想风貌也是随着社会环境的变迁而不断变化的，尤其是在西汉与东汉，士人也呈现出不同的特点。先秦时代的士人由于诸侯的存在可以称作是"游士"，他们往往游走在各诸侯之间寻找自己的知音，他们有很大的可选择性，一旦与此君发生冲突会马上游转于彼君，直到找到完全接纳自己的君主，因此，此时的士人言论少有屈从，而有着相当的权威性。西汉时，大一统的格局打破了先秦时诸侯纷呈的形势，天下只有一个最大的君主，那就是皇帝，士人要实现自己的价值就只能为这一个君主效力，还要千方百计地取得君主的赏识，因为此时的士人很难再有其他的选择，所以他们的言论就不得不屈从于当时的官方意识形态的需要。从汉武帝推行独尊儒术以来，先秦的"游士"在西汉就变成了"儒士"。

而且在汉武帝时采纳董仲舒的建议推行了察举制度作为选士进入国家机构的途径。这一制度按照于迎春先生的观点："十分合乎专制主义中央集权政治的结构方式，充分体现了皇帝至高至上的绝对权威。……既有法定的顺序、科目入仕，春秋后期以来一崛起于社会，就是以散乱无序状态存在着的士人，便被纳入由中央集权的一统政治所规范好的轨道，按照对文化思想和人才素质的一定要求，按照年龄、员额等的一定之规，士人无论在成长还是自我成立上，都开始接受标准和规范的塑造。"[1]这也使得士人与政治进一步结合，只要儒士符合了察举的条件就能够被社会政治所容纳。

可以说在汉代以后的历代君主基本上都秉承了武帝时重士以为国家政治和意识形态服务的原则，而且士人和仕途更为紧密地结合在一起。到了东汉，士人已由原来的"儒士"变为了"士大夫"。作为东汉的第一任皇帝，

---

[1] 于迎春：《秦汉士史》，95页，北京，北京大学出版社，2000。

光武帝刘秀对士人的态度迥异于其先祖刘邦，他对经学相当的重视，倡导文德之治，对东汉的士人有非凡的吸引力。同时在西汉士风的影响下，东汉士人更是向国家政治和意识形态靠拢。如果说西汉初期的士人还是不自觉地列身于国家政权之中，那么到了东汉，士人则是自觉地屈从于国家政权了。也正是在这个意义上，我们说士人由西汉时的"儒士"变为了东汉时的"士大夫"。

所以，从士人由先秦到西汉再到东汉的发展历程可以见出，其与政治、政权、国家意识形态的结合是日趋紧密了，因此，士人对于在国家政治中实现自身价值的期待值也是日趋高涨的。以上提到的无论是"游士"，还是"儒士""士大夫"都是士人在各自环境中的理想状态，也就是说实现了与诸侯、与政治结合以后的士人，而实际情况却是，无论在哪个时代都有相当一部分士人不能实现自己的理想状态。尤其是在大一统的汉代，君主的思想是单一的，就是要为自己的统治服务，而此时的士人又需要和政治结合在一起，所以只有迎合了君主的思想才能被认同，而稍有异议就会使士人在表面上脱离这一集团。比如司马迁，他绝对没有想到自己和君主不同的说辞会给自己招来如此的大祸，而和司马迁有类似命运的士人在汉代比比皆是。期待落空以后必带来失望，期待值越高失望的情绪越强烈。而对与政治结合的失望以后，士人必定把目光转向政治以外。

如果和文学结合起来，我们可以想见，汉大赋必定是士人参与政治的理想工具，士人在政权及意识形态中的言说方式也必然是汉大赋式的。而文人五言诗则是士人政治以外的生活、个人情感的言说方式。从汉大赋与文人五言诗的内容也能看出这一点。比如扬雄的代表作《甘泉赋》《羽猎赋》《河东赋》《长扬赋》都描写了汉成帝的活动，明显是和政治挂钩的；而在前文我们分析的《古诗十九首》则多是抒发个人感情的。这也是由不同的文体形式所决定的其不同的用途、不同的使用场合。士就政事劝颂君主必用汉赋的形式，而像李延年所作《北方有佳人》之类恐怕只能用于政事以外的生活或情感的描述与表达了。

明白了这一点，我们就可以从汉代士人地位及思想的变化中参悟文人五言诗发展过程中的一些事实了。从有准确记载的史料来看，文人五言诗显然是在东汉时期数量更多，文笔更成熟，这固然和诗歌本身的发展规律有关，从上述分析我们还可以看出这和汉代士人地位及思想的变化有关。西汉时期，士人所面对的是一个全新的气象，他们期待着能出现以前的美好境遇，可是却不自觉地被政治所吸纳，成为了纯粹为帝王服务的人，即使在失意之后，因为前面的"得意"是不自觉的，其失落感并不会特别强烈，而且在士人眼中，这毕竟还是一个充满希望的时代，所以，也许一时的失落反而会更激发其昂扬的志向，去向着自己的理想重新努力。所以，他们会沉浸在汉大赋的言说方式中，而少顾及其他。此时的文人五言诗就是很少的，也可能即使有文人创作，也是不屑于署名的。而汉代存在着很多无名氏的五言诗，而极少无名的赋作，可能也是根源于此。

东汉时期，士大夫已是自觉地融入汉家政治了，他们的期望很明确，期望值也很高，而且他们很清楚自己所处时代的境况，与西汉相比，尤其是在东汉末年，士人感受到的更多的是其黑暗与无奈，各种情况都使得其希望破灭以后的失落感是巨大而无奈的。于是，在政治上失意之后，其再也无心恋战于政界，只好将疲惫的心灵与身体一起寄托在汉大赋以外的言说方式和生活方式之中。而从民间发生的、迥异于传统抒情方式的五言诗于是成为了他们的新宠。尤其是当经学在汉末渐趋式微、政治环境日益黑暗与险恶（比如汉末的两次党锢之祸就是士人的巨大灾难）之时，士人就不再用汉大赋抒情言志了，而更多地将目光转向了五言诗。所以，这也是东汉末期文人五言诗增多的深层原因之一。

同时，"文人五言诗"这一术语也从另一个侧面证明了五言诗出于民间之说。正是因为五言诗出于民间，汉代一开始流行的五言诗也多是民间之作，所以，当文人开始仿效民间诗体作出五言诗时，才被冠以"文人五言诗"的名称。因为文人本来就有向其更低层——民间流动的地位特点，当他们在贵族阶级中受不到重视，理想也不能得以实现，他们也必然会自觉地向民间寻求其精神寄托。这也正是五言诗易被文人重视,并从此以后大行于世,成为一种重要的文体样式的原因之一。

以《古诗十九首》为代表的汉代文人五言诗所取得的成就是千百年来一直为人所称道的,刘勰称之:

婉转附物,怊怅切情,实五言之冠冕也。(《文心雕龙·明诗》)

钟嵘赞之:

文温以丽,意悲而远。惊心动魄,可谓几乎一字千金。(《诗品》)

五言诗在汉代自萌芽于民间土壤中,又受到了汉代经学的濡染、汉代社会环境这外来营养的滋润,终于在汉代文人的参与下展示给人们破土而出的满眼绿色,并呈现出了郁郁葱葱、花团锦簇之势!

◎ 第五节
汉五言诗体的发展趋向

在以上的诸章节,我们讨论了五言诗在汉代产生与发展的轨迹,并揭示了文体的本质特征,也对汉代五言诗的文体形式及文体内容进行了分析,以企探讨汉代五言诗文体背后的文化意味。从中我们也会发现,五言诗在汉代有着一个明显的从产生到成立、发展的过程,而正是在这一过程中,五言诗这一文体呈现出明显的流动性,它的诸多性质和特征也正是在这一过程中形成的,所以本文才得出结论——五言诗文体的初步辉煌是在汉代。但是,文学史中确实也有这样一个事实,那就是五言诗是在汉代以后的魏晋时期才出现了数量更多的作品,出现了"五言腾踊"的局面,五言诗的创作也呈现出郁郁成林之势。而这种郁郁成林之势其实也是蕴含在汉代相较而言为数不多的五言诗作品之中的,从汉代现存的五言诗作品中我们也能看到其后的发展趋向,而这更进一步说明了汉代对于五言诗的重要意义。

汉代以前,诗歌的主体是四言诗,偶然出现的五言诗句还只能算在杂言之列。《诗经》自不必说,是四言诗的代表性、经典性作品,而先秦文献所引的诗句大都也是《诗经》中的诗句,很少有其外的作品,这就说明《诗经》基本上就是流传至今的先秦诗歌的全部,而此外所谓的"逸诗"数量是非常非常少的。也就是说,先秦各地的诗歌都是以四言诗为主的,四言诗就是当时诗歌的正体,刘勰也言"四言正体,雅润为本"(《文心雕龙·明诗》),不是四言的诗句在当时自然就只能算是杂言了。

而到了汉代,虽然还有四言诗的存在,但也出现了数量较多的五言诗、七言诗和其他与四言相对的杂言诗,并且最终五言诗代替了四言诗、超过了七言诗成为了汉代诗歌的主体。其原因,我们在上文也已经分析了不少,无论如何,五言诗成为从民间到文人被广泛使用的文体样式,这是不争的史实。而且在两汉四百年左右的时间里,五言诗从质朴的民间歌谣发展到文人五言诗,其艺术形式、艺术风格都有了明显的成熟。其后的魏晋时期必然会沿用这一文体样式,继承它在汉代的文体辉煌。

五言诗的文体形式在汉代基本得以确立,其品质和特征也在这一过程中得到了发展和完善。经过了民间、文人共同的创作实践,五言诗的文体形式在汉代逐步完善起来。其基本形式就是每句五个字与偶句数的奇偶相配,除了每句五个字以及并不严格的押韵外,几乎没有什么形式上的要求。可以说,汉代的五言诗还是较为自由的五言诗,它既有一定的要求,又能让人自由创造。比如,它的句子数量没有严格的限制,仅以《古诗十九首》为例,其中就有八句的、十句的、十二句的、十四句的,也有十六句、十八句、二十句的。其押韵要求也不甚严格,《江南》一诗,前三句"莲""田""间"是每句都押韵的,后四句"东""西""南""北"则是每一句都不押韵的。《生年不满百》一首,其每一句末字为"百""忧""长""游""时""兹""费""嗤""乔""期",几乎并不押韵,但又不失为一首优秀的五言诗。《凛凛岁云暮》则是隔句押韵,从第二句起,隔句末字分别为"悲""衣""违""辉""绥""归""闱""飞""睎""扉"。所以,这时候的五言诗还是一种很自由的、没有太多规定的文体。

这种文体上的自由性深刻地影响到了中国后代诗歌的发展。因为五言诗这一文体起源于民间,它在一定程度上也是民间不拘一格、自由抒发感情的表现,同时,这种自由性也是乐府体的特点之一。可以说,从汉代开始,这种文体上的自由一直浸透在诗歌创作之中,"所以,到了唐代,尽管中国的格律诗已经成熟,诗人仍然非常喜欢创作形式比较自由的乐府。如初唐王勃的《采莲曲》、杨炯的《从军行》等,盛唐王维的《老将行》、高适的《燕歌行》等,皆为名作。连最爱创作律诗的杜甫,他的'三吏''三别',及《兵车行》《丽人行》等,也是以新题乐府为名而著称的。大诗人李白以其狂放不羁的个性和浪漫化的理想,自然更不愿束缚于格律诗之下。他的乐府诗与古风的创作,达到了唐人的最高成就。"[①]从中我们也确实可以看出,由汉代五言诗开创的这种自由之风在后代的影响,从它在汉代的发展我们也能预想到其后的状况。

在五言诗开创的自由之风沿着它的方向向前发展的同时,它的另一"对立"面——律化,其实也已初露苗头,那就是汉代五言诗那虽不严格、但毕竟已有的形式上的规定。

首先,从节奏上看,从五言诗开始,三节拍诗歌成为中国诗歌的主要文体内部特征。这种节奏上的规定必然会进一步促进人们对诗歌在语言上的要求,对这种三节拍诗歌的进一步探讨必然会启发人们对平仄四声的追求,这也正是诗歌律化的标志之一。

[①] 赵敏俐:《周汉诗歌综论》,289页,北京,学苑出版社,2002。

其次，从用韵来看，虽然有的诗歌并没有严格地押韵，但也有很多诗歌已经是隔句末字用韵、一韵到底，比如上面提到过的《凛凛岁云暮》。这也是律诗的基本用韵要求。

最后，在汉代五言诗尤其是文人五言诗中已有了有意识的对对仗的要求。《古诗十九首》中就有许多这样的例子，比如："胡马依北风，越鸟巢南枝"（《行行重行行》）、"青青河畔草，郁郁园中柳"（《青青河畔草》）、"青青陵上柏，磊磊涧中石"（《青青陵上柏》）、"不惜歌者苦，但伤知音稀"（《西北有高楼》）、"迢迢牵牛星，皎皎河汉女"（《迢迢牵牛星》）、"《晨风》情苦心，《蟋蟀》伤局促"（《东城高且长》）。其他如："少壮不努力，老大徒伤悲"（《长歌行》）、"上叶摩青云，下根通黄泉"（《豫章行》）、"皑如山上雪，皎若云间月"（《白头吟》）……

所以，过去人们通常认为律诗的探索开始于魏晋时曹植的作品，而现在则逐渐正在修正这一看法，认为律诗的探索应当推至汉代。从上述分析我们也能看出，起码汉代已有了律诗探索的萌芽。

这样看来，在汉代五言诗身上其实已体现出后世的两种诗歌发展倾向，其一是由其形式上的自由所导源的诗体形式上的自由之风；其二是由五言诗文体上的规定性所导源的后代律诗的萌芽。

五言诗在汉代毕竟得到了很大的发展，尤其是文人五言诗的出现，它和五言民谣、汉以前的诗歌比较而言确实有其进步之处，五言诗的艺术技巧也更为纯熟，还有一个表现就是汉代五言诗也鲜明地体现了古代诗学观念的变化。古代的诗学观念既是对文学创作理论的总结，也是对社会生活、国家意识形态等的总结，也反映了人们的思想观念和社会风尚。汉代五言诗身上体现出的抒情性是古代文学新精神的体现，正是这一点使其具有了传承性，开启了魏晋艺术的新精神，使五言诗在魏晋郁郁成林，出现"腾踊"之局面。

先秦诗学是以"诗言志"为主要观念的，这里的"志"主要是迎合政治教化之志，先秦的诗学也往往以政治功用的眼光与标准来评价文学作品，比如对《诗经》的评价与解释。这都是在先秦理性精神支配之下所产生的观念,它既是当时国家社会情况和人们思想意识的产物,也是其反映。先秦的上层统治者是发自内心地具有政治理性精神的,这当然也会影响到其时的文学创作。所以,先秦以《诗经》为代表的诗歌,在整个大环境的影响下就走上了以言志为主的政治教化的道路。如果诗歌一直沿着这种趋势发展下来,不能生发出新的艺术精神,那么诗歌也就可能走到了其尽头,好在在其发展历程中这种新的精神还是出现了。

可以说,汉代主要的文体之一的赋还主要是继承了文学歌功颂德的政治教化精神,而汉代五言诗则具有了另一种新精神,那就是文学的抒情性。和汉大赋相比,汉代的五言诗具有更明显、更强烈的抒情性。关于汉代五言诗中所彰显的不同于以往诗歌的娱乐性、抒情性在前文我们也多有论述,对其出现及风行的原因也曾作过分析。而从诗歌的本质来讲,其抒情性应该是大于言志性的。所以,汉代五言诗也是符合诗歌本质的。汉民间乐府及文人的创作实践,也以其生动的气象、生机勃勃的局面说明着这一点。

此时的诗学观念也有了一定的变化。虽然汉代的诗学观念尤其是汉儒的诗学观念还是以经世致用、讽谏等政教为主,同样看重诗歌的政治的、意识形态的功能,但毕竟也有了不同声音的存在。班固在《汉书·艺文志》中说:

> 自孝武立乐府而采歌谣,于是有代赵之讴,秦楚之风,皆感于哀乐,缘事而发,亦可以观风俗,知薄厚云。

虽然其中也有"观风俗,知薄厚"这类明显受正统诗教观影响的诗学思想,但是也有"感于哀乐,缘事而发"这种对诗歌抒情本质认识的思想。因此,"我们可以看到,班固的这种理论具有明朗、质朴、现实的特点,是有活力的诗歌思想,可以引导诗歌艺术实践。因此,从某种意义上说,班固这个总结,是新的诗歌艺术系统在思想上的起点。正是在这种观念的指导下,班固开始创作五言诗。"①从中,也可以得知,五言诗的创作确实隐含了一种新的关于抒情的艺术精神。所以,钱志熙先生也说:"东汉时期诗歌思想发展的核心就是重新发现了诗,重新体认了诗的本质。在此基础上,建立起以抒情言志为核心的诗歌艺术原则,初步澄清了长期以来对诗与个人、诗与社会间关系的模糊认识;并且使一种新的诗美观得以形成,确定了某些风格范畴。总之,东汉以降,诗歌思想在向着更有活力,更能反映和引导具体的诗歌创作活动的方向发展。这是诗性精神复生的最大实绩。"②

汉代五言诗这种抒情性同样得到了后世的肯定与继承,它奠定了中国诗歌沿着抒情道路向前发展的基础。因为五言诗所抒之情是偏向于个人感情的,它在一定程度上也就标志着个人意识的觉醒,而这也直接开启了魏晋的诗风与世风。钱志熙在其《魏晋诗歌艺术原论》一书中也认为:"乐府诗和五言新体在东汉后期取得了较大的发展,基本上确立了自身的审美理想和风格特征,正是在这样的背景下,才出现了建安时期诗歌艺术的繁荣和发展。可以说,自东汉中晚期以来,文人群体的文学意识日益觉醒,诗歌创作的风气日趋兴盛,到了建安时代则达到了它的高潮,因此建安文学与东汉文学是一脉相承的。"③

前文也曾经分析过,宴会是汉代五言诗中一个重要的内容,可以想见在汉代文人之间的聚会是非常频繁的,而宴会的主要项目就应该是饮酒闲谈、欣赏歌舞等,闲谈可能就是在上层社会参政议政不得而借宴会之际再发表自己对时事的看法,也可能没有这样沉重,只不过是谈谈生活心得甚至自己的生活方式、穿衣打扮,或许会聊一些文章艺术……这是不是很像魏晋时代盛行的清谈之风?而这又是汉代五言诗的重要内容之一,这里,五言诗在魏晋的发展又可想见一斑。所以,正如钱志熙先生所言:"汉末诗人群体的产生,是东汉中晚期以来儒林分化、新士风、新学风形成的结果。无名氏诗人

---

① 钱志熙:《魏晋诗歌艺术原论》,29~30页,北京,北京大学出版社,2005。
② 同上书,19页。
③ 同上书,60页。

基本上是一些与郦炎、赵壹、秦嘉等人社会地位、思想旨趣相近的中下层儒生。他们是当时最新的士风和学风的积极参与者，有各自的政治野心。并且其中不乏参与处士横议风潮的人物。他们长于清谈、思想自由活跃、行为通脱，若据当时正统的观念衡裁，都是文过其质的浮华士人。由此可见，由汉末诗人所奠定的魏晋诗歌艺术系统，从一开始就已敏感地反映了当时的思想潮流，表现新的时代精神。魏晋诗风的基本精神、文人诗的思想和艺术上的特点，在汉末就已表现出来。"①

从上述分析可以看出，能把文学精神传承下去的不是汉代主要的文体——赋，而是和其相比只能算是盛世悄音的五言诗。正因为在这盛世悄音中其实包蕴了新的、有活力的文学精神，所以在汉代，五言诗就已经萌生着其后的郁郁成林之势。在其后不久的魏晋时代，这股悄音一跃而成为高歌逸响，并成为后世诗歌中主要的文体类型之一。

---

① 钱志熙：《魏晋诗歌艺术原论》，43页，北京，北京大学出版社，2005。

第十九章
东汉辞赋的文艺思想

◎ 第一节
东汉辞赋生产和批评的文化语境

　　自王莽篡汉建新、更始称帝，到光武手握赤符天命、再度"中兴"汉业，东汉辞赋无论是创作生产还是批评阐释，既有前汉的经典文体思维及表达模式的影响，又表现出新的随东汉政治思想语境位移而衍变的创作思想、批评思想和文艺精神。　就创作大势而言，东汉前期光武帝、明帝、章帝三朝，"经明行修"氛围连同图谶学说隆盛，被命作赋与自觉作赋的歌颂汉德的意识突出，典实雅懿之风，遍被士林赋苑。　东汉中后期，外戚宦官轮流干政，经学盛行的外表下是道德的逐渐沦夷，党锢之祸的接连发生，又使得不少赋家辗转于沉浊黑暗之中，洋洋歌颂之风题材渐小，抒情渐胜，为魏晋时期的自然之思和忧生之嗟准备了诗性和人文资源。　具体说来，外戚和宦官干政，以及多数赋家"位不过郎"的经历，对东汉赋家的政治态度和辞赋题材及价值取向产生了重要影响，尤其是外戚干政，让歌颂对象从皇帝和汉德下移到了外戚身上。　此时，思想和意识形态语境中的儒家思想，控制并内化了对辞赋的批评和经学视野，同时图谶是东汉辞赋创作中主要的象征来源，道家和神仙信仰是辞赋创作的精神和意象支撑。　通过不同言说层次的辞赋创作和评论阐释，东汉的文艺思想在以下几个方面相当突出：第一，批评文艺思想中有关对大汉想象的风谕、风谏思维和"宣汉""颂今"意识，标举"弘丽温雅"的美学品格，以及对"香草美人"象喻系统的建构；第二，重理文艺思想创作中的经典模拟和缘事而发的意识，重新营构知识谱系；第三，兼容并蓄的审美创造精神。

对东汉辞赋的批评主要受制于两个方面的发展与变化：一是辞赋创作本身的情况，即东汉人对战国尤其是前汉优秀辞赋创作成果的仿效拓展和总结评论。二是东汉不断衍生的文化语境，对辞赋的政治态度、思想特点产生了深刻的影响。大体而言，东汉的政治状况主要是：东汉前期较为开明，经学的气氛隆盛，促使了士人歌颂汉德的创作意识的勃发；中后期局势混乱，外戚、宦官轮番专权，讽、颂、刺的赋颂创作和批评并存。思想方面：儒家的政治意识形态思想风行宇内，并内化了赋家的经学意识，图谶学说在东汉前期是一种政治意识形态，道家和神仙学说继续成为士人的心灵港湾和不竭的意象源泉，它们或此消彼长，或强弱共存，或显隐不一，都对东汉辞赋的创作思想和批评思想产生了层面和内容不等的影响。而政治的复杂状况和思想的复杂状况彼此交织，政治皇权可下移为儒家的王道思想和礼仪崇拜，也可表现为演绎政权合理性的图谶学说，相应地，儒家思想又可以脱离其知识、道德形态而上升为政治权威话语。但也有例外，道家和神仙学说在东汉则主要是一种人生哲学和精神超越观念，并没有脱离其基本的知识、思想形态；而它们与政治状况的关系，并非简单的政治清明则道仙告退，而是长期活跃在赋家心里，与儒家安贫乐道的人生态度一起共同组成士人的退守境界。

一、政治状况

东汉不同时期的士人所经受和反映的具体政治语境是不同的。光武朝"臣节"对士人的考验，东汉前期的歌颂意识，中期外戚干政的马融以颂为讽，后期宦官专权的激刺之风，以及整个汉代选举制度中赋家实际长期经历的"位不过郎"所产生的"士不遇"情结，都对东汉辞赋的创作倾向和批评思想产生了重要影响。它们都受制于东汉这个不断变化而一段时期又有所趋同的朝廷政治格局及语境。

对经历过八年王莽新朝和三年更始为帝时期的东汉初期士人如崔篆、冯衍等人来说，对现任帝王——光武帝刘秀——忠诚的"臣节"就是一个必须接受考问的政治大问题。为此而写作的《慰志赋》和《显志赋》，虽其文体渊源是西汉董仲舒、司马迁所发端的士人不遇，但从情感本质来说，却已经滑步到对现政权的政治忠诚话域，由此而几乎决定了他们的情志反应和文学表达模式。崔篆的愧悔一直到临死的那一刻都没能消除，自"以为宗门受莽伪宠，惭愧汉朝"，"临终作赋以自悼"（《后汉书·崔骃列传》），显出在长期的儒家臣节教导和现政权威胁下的愧悔灵魂。而有纵横家磊落之风的冯衍之所以处处声明自己的清白无辜、豪迈不羁，还是因为他在光武朝的仕途蹭蹬和狼狈境遇，只是以他立足于个人和宗族发展的策士游说学养和功名性格，并不能从根本上意识到所谓的忠诚绝非乱世时期以一个"良禽择木而栖，良臣择主而事"回答就可以轻松打发的事件。那是一个从西汉末期就不断加强、又在两汉之际经儒士标榜、光武又大力提倡的事关士人政治操守清白的首要关键问题。清人顾炎武说："汉自孝武表章《六经》之后，师儒虽盛，而大义未明，故新莽居摄，颂德献符者，遍于天下。光武有鉴于此，故尊崇节义，敦厉名实，所举用者，莫非经明行修之人。"（《日知录》卷十三"两汉风俗"条）王夫之说："光武终废而不用，不亦宜乎？"（《读通鉴论》卷六）正点中了这个问题的根本实质。

而对那些亲眼看到了光武、明帝、章帝所成功建立的儒学化王道政治实践及其各种政治制度、礼仪和祥瑞表现的东汉初期士人来讲，前汉实际已经培养建立起来的"世平道明，臣子不宣者，鄙也"歌颂观念（王褒《四子讲德论》），又为躬逢其盛和渴逢其盛的人们所自觉继承。渴逢其盛者可以王充为典型代表，他以一个边鄙小吏的身份，也高声喧嚷是古也要颂今的口号,义正词严地声称"鸿笔"载"鸿德"是一个身逢太平盛世的文臣所应当承担而不能推卸的责任和义务,"臣子当颂"。并自觉作"《宣汉》之篇,论汉已有圣帝,治已太平;《恢国》之篇,极论汉德非常,实然,乃在百代之上"(《论衡·须颂篇》),表现了一个积极求进的下层文人的真诚良苦用心。而躬逢其盛者在其时又何其多矣,以赋流声者中又当以兼任过史官的班固、傅毅、崔骃、贾逵等人为著,他们都曾做过兰台令史和校书郎的工作。为此,他们留下了数量不菲的赋颂创作实绩和关于歌颂意识的申明论证的成果。

究实而言,"臣子当颂"的对象本应特指皇帝一人或整个大汉功德,但在光武中兴,明、章二帝又继踵扬儒的形势感染下,文人作赋以颂今的意识非常发达。受此文艺制作惯性思维(包括西汉经学对诗骚的解读效果)的影响和政治势力从和帝开始向太后外戚势力的倾斜,赋颂的对象就在帝王和大汉(东汉)的体制名义下开始下移,较为普遍地施于有功的王公大臣,进而更堂而皇之地施于确实建立了大功的外戚身上。这在窦宪北征匈奴成功这件事上表现得尤为突出,并由此引发了甚至为外戚府第进行大赋宫观苑囿式歌颂的多种赋作现象。

窦宪曾以大汉皇帝的名义在永元元年北征匈奴,明年即建立了名垂青史的不世武功,一扫前汉和本朝耻辱,打败北匈奴,犁庭扫穴,勒功燕然山。供职于窦宪幕府的班固、崔骃、傅毅等人,无论是从上司要求还是从国家光荣的角度,都会自觉不自觉地将歌功颂德任务揽接下来,以为与歌颂帝王和东汉功德一样理所当然。尽管其间确实发生了歌颂对象的明显下移,由皇帝下降到了联合讨伐军队总司令外戚窦宪身上,性质已经有了明显的变化。——其时的皇帝刘肇才十一岁,朝廷大政由皇太后窦氏临朝称制解决,窦宪为太后兄长、皇帝大舅。更重要的是,窦宪出征匈奴的出发点本身并不是为了保家卫国,洗刷前汉、本朝与匈奴相斗的耻辱,而是为了转移朝廷对窦宪本人所导致的恶性杀人(刘姓侯爵)事件的注意视线,而且其最后的成功多有侥幸成分，是比较典型的假戏真做还真做成了的意外情况①。但由于窦宪"有汉元舅"身份的合法性，身处其间的人们就可以不管不顾，照样以歌颂帝国皇帝功德的创作动机和创作方式来完成这个"臣子当颂"的表达任务。崔骃为窦宪幕府的主簿，当窦军出征时，作《大将军西征赋》。序云："主簿骃言：愚闻昔在上世，义兵所克，工歌其诗，具陈其颂。书之庸器，列在明堂，所以显武功也。"思路及口吻与他之前为章帝所作的《西巡颂序》一致。正是同样的想法，崔骃、班固、傅毅均有为车骑将军窦宪所作的《北征颂》，而班固个人则有非常荣幸的受命之作，书写向天地和世人宣布大功告成的《封燕然山铭》②，也确实写得光明正大、义气轩昂、"弘润"雅畅（《文心雕龙·箴铭》）。

而将此逻辑再往下移，则为外戚本人的府观宅第作赋颂文字，也是行得通的。崔骃为窦宪作《大将军临洛观赋》，马融为梁太后兄大将军梁冀作《梁大将军西第颂》（又作《西第赋》）。

由此可见，外戚作为一项非常重要而特殊的政治力量进入到了和帝及以后的东汉中后期，而影响到辞赋的题材选择和风格走向，出现了与帝王命诏同题作赋一样的与外戚有关的同题赋颂，风格都讲求弘润雅懿。

范晔《后汉书·皇后纪序》言："东京皇统屡绝，权归女主，外立者四帝，临朝者六后。"李贤注："四帝，安、质、桓、灵也。六后，窦、邓、阎、梁、窦、何也。"皇太后临朝称制，代表的是外戚势力的大幅崛起而掌控朝政。对身处其间的士人而言，就几乎不可能摆脱他们的强悍影响。因为

---

① 就窦宪出征匈奴这件事情本身而言，这场武功的实际总指挥车骑将军窦宪是外戚，是临朝称制、实际掌握帝国大政的窦皇太后的兄长，是十一岁皇帝刘肇的大舅子。更重要的是，这位大汉元舅当初这样做并非为了保家卫国，而是为了转移朝廷对最近一次恶性杀人（刘姓侯爵）事件的注意力，与皇太后一唱一和，演出一场立功塞外的好戏——"后事发觉，太后怒，闭宪于内宫。宪惧诛，自求击匈奴以赎死"。又恰好，"会南单于请兵北伐，乃拜宪车骑将军，金印紫绶，官属依司空，以执金吾耿秉为副，发北军五校、黎阳、雍营、缘边十二郡骑士及羌胡兵出塞。"动用帝国力量真正实施这场戏。假戏真做，居然又成功了。于是，一路纪行，到最后的刻石铭功，以纪大汉和元舅军威也就势在必行。见（南朝宋）范晔：《后汉书》，813～814页，中华书局，1965。
② 《后汉书·窦宪传》："（窦）宪、（耿）秉遂登燕然山，去塞三千余里，刻石勒功，纪汉威德，令班固作铭。"见［（南朝宋）范晔：《后汉书》，814页，北京，中华书局，1965。］

外戚身上，一方面顶着一个替代皇帝行政的皇太后，另一方面又顶着一个士大夫贵族的招牌，凭着皇后、太后的势力，他们往往位列高官显爵，占据帝国的要害权力部门，有着至关重要的举荐任用提拔人才的权力。

不得不徙倚于其间的士人至此甚至不大能使用连面对西汉皇帝本人都可以施行的讽谏方法，哪怕对这个讽谏也再加以包装，用上东汉前期十分通行的"颂"体形式以表达自己对国家的忠孝之诚。这就是著名经学家、辞赋家马融的遭际。他早先还有士人的正直节操，不买邓太后哥哥大将军邓骘的账，拒绝其太子舍人之招。经过兵荒马乱，颠沛流离，亲人丧亡，耐不住困窘压迫的马融又接受了邓骘的荐举，出任太子舍人，后拜校书郎、郎中，著作东观。元初二年，因要表现自己的参政议政热情和与众不同的政治识见，他继续学习西汉讽谏为赋的做法，撰《广成颂》（又作《广成赋》）鼓吹文武之道两不偏废，修文亦需练武。结果得罪了执行偃武修文国策的邓太后，十年不得升迁。受不了校书的清冷寂寞的马融自劾归家，邓太后禁锢之直到其驾崩和邓氏家族毁灭。不过，去了邓太后和邓骘，又来了梁太后和梁冀。学乖了的马融不再写大赋讽谏，而写真正的"颂"，颂梁大将军西第之雄丽："腾极受櫓，阳马承阿。"又承风望旨，代梁冀草奏弹劾不与梁合作的名臣李固，李固下狱死，"以此颇为正直所羞"（《后汉书·马融列传》）。即使如此，还是不小心得罪了暴戾恣睢的梁冀，桓帝元嘉时任南郡太守的马融被奏贪浊，免官髡徙穷边朔方。直到延熹二年梁冀事败自杀，方放还。延熹九年，历仕五朝两大外戚的马融以八十八岁的高龄寿终于家。

受到外戚势力影响的，在东汉中后期马融只是较为典型的一个。其他如梁竦，因乃小女为章帝贵人，生了后来的和帝，而在建初八年为窦氏陷死狱中，永元九年窦氏败后五年才得以昭雪。之前，梁竦被徙九真，途中过湘水，作有哀吊屈原、责备贾谊"违指"、扬雄"欺真"的《悼骚赋》。崔骃子崔瑗，在四十岁始为郡吏、坐事下狱释归后，亦入其时任度辽将军的邓骘幕府。建光初邓骘败，坐骘党免。复辟车骑将军阎太后兄阎显府，顺帝初阎显被诛，又坐免。崔瑗作有《七苏》和《南阳文学颂》《座右铭》等作。其

《座右铭》讲求静默柔弱、不道人长短的老子生存之道。崔瑗族人崔琦,永和初举孝廉为郎,却没有接受崔瑗的生存智慧,刚直敢言,屡屡劝谏坐在冰山上作威作福的梁冀,写《外戚箴》箴之、《白鹄赋》讽之。梁大怒,派刺客杀之。崔琦子崔寔还是躲不开与之有不共戴天之仇的外戚大将军梁冀,与他结下了深厚的孽缘——除官、升官因之,罢官禁锢亦因之。崔寔桓帝初以至孝独行除为郎,后太尉袁汤府、大将军梁冀府并辟,并不应。不久以荐召拜议郎,迁梁冀府司马,与边韶、延笃等文人著作东观。出为五原太守。梁冀死,坐其党免官禁锢。后拜辽东太守。崔寔著有《政论》和《大赦赋》《答讥》等赋作。作有《蓝赋》《孟子注》的赵岐亦曾辟梁冀府,延熹初,以忤宦官逃难四方,遭党锢。

如果说外戚专政攀龙附凤、凭假临朝太后权势,还多半注意吸纳人才,多少有些士人风范,而那些"生自草茅,长于宫掖,既无知人之明,又未尝交知士类"的宦官(《后汉书·宦者列传》良贺对顺帝语),一当控制幼主,或与昏庸胡闹的皇帝合作对付士林和外戚,则"手握王爵,口含天宪"(《后汉书·朱穆传》)的他们更是肆无忌惮践踏儒家知识信仰和道义生活方式,使正直士人几无立锥之地。东汉末期桓、灵以降政治的主要局势,即是士林、外戚和宦官、皇帝相互的博弈斗争,而宦官又尤为千夫所指。不过有年幼荒唐和被外戚欺负的皇帝"帮助",最为人不齿的"宦竖""丑类"却往往能诡占上风。于是,以前由外戚发起的党锢之祸现在又由宦官接连发起,禁锢士人的政治道德生存空间,也影响着赋体文学的生产状况。其最引人注目的,是这个时期"婞直"(《后汉书·党锢列传序》)"激刺"之风的盛行,赵壹《刺世嫉邪赋》和蔡邕《述行赋并序》可为代表。

面对被宦官搞得乌烟瘴气(还有外戚窦武、何进等)的恶劣生存环境,被征京师的蔡邕《述行赋序》直陈其背景。时局的难为和整个时代的"激刺"之风,已让蔡邕不再能保持香草美人的隐约传统,也不再能完全延续刘歆《遂初赋》所开辟的地史隐喻结构,而是"心愤此事,遂托所过,述而赋之。"在势不能与阉寺为伍的士大夫集体情感激发下,以团聚宗族的名义,他选择了从政治中心撤离，不为宦官和灵帝鼓琴，从偃师托病回家。还未完全从愤怒郁闷中脱出的蔡邕还来不及展现其个人的性命安顿之思，他以史官的笔触记录下时代的悲惶凄怨和人间正路的狭长艰涩："跋涉遐路，艰以阻兮。终其永怀，窘阴雨兮。历观群都，寻前绪兮。考之旧闻，厥事举兮。登高斯赋，义有取兮。则善戒恶，岂云苟兮。翩翩独征，无俦与兮。言旋言复，我心胥兮。"

而通观两汉赋家为官情形，虽有帝王和公卿大臣等地位显赫者，但主体还是没有定员、常无定职、品秩较低（一般秩比三百石）的各类郎官。他们或侍从观礼作文，或偶尔出使各地（西汉），或专职校书著书，出任书记、掌簿之职（东汉），总之与口辩、文才和学行（儒术、孝廉）有关，是等级森严、位格分明、礼仪殊别的汉代官僚系统之基础。赋家为郎，是一个比赋家"位同俳优"更有说服力的命题。东汉赋家则以察举为郎和举孝廉居多，如崔寔以至孝诏举对策为郎，王逸以岁举上计吏为郎，朱穆、延笃、刘梁、桓彬等人以岁举孝廉为郎。为郎的东汉赋家又颇多给事东观、典校秘书者，如以郎官身份担任过兰台令史的有傅毅、班固、李尤，任过校书郎中的有马融、王逸，以议郎身份校书东观的有马融、蔡邕、延笃等。边韶以太中大夫，崔寔以大将军梁冀司马的身份著作东观，崔篆、杜笃早期曾任郡文学掾。由此可以理解，东汉赋家之关心时局，多半出于职责，而东汉赋风偏于经术化、整合化，又与其偏于文章学术有关。作为东汉朝廷的一员，他们常常借谏为颂，几乎无条件地赞美当世（大赋）、归附当世（"七"体）。即使感叹"位不过郎"的窘迫遭遇，其人生皈依往往还是强调安身立命、不怨不尤（"客难"体）。而从为郎后的补吏看，东汉赋家补为品秩较高的议郎较多，有桓谭、崔寔、马融、延笃、廉品、赵岐、桓麟、蔡邕等八人，补为列将军、公府的掾属也较多，如傅毅、崔骃、班固等人皆曾为外戚窦宪幕府掌管文书事务的书记、主簿等职，傅毅又曾为外戚车骑将军马防军司马，由此可以理解上述诸人为何颇多颂美外戚将军的赋体作品。到东汉末期灵帝时，主昏臣暗，命郎升迁之制亦乱，于是有为士大夫群体所抨击的鸿都门学士郎官群出现，其中颇有"诸生能为辞赋者"。他们的得以待诏，为郎官，获不次升迁，被认为与灵帝和宦官集团的勾结有关。其为赋风格据批评者说是："其高者颇引经训风喻之言，下则连偶俗语，有类俳优，或窃成文，虚冒名实。"(《后汉书·蔡邕列传》)

"位不过郎"是两汉赋家最深切的在世体验。其显明例子，前汉有"不根持论"的东方朔，"积数十年，官不过侍郎（秩比四百石）"(《史记·滑稽列传》)，遭人嘲笑，以为"旷日持久，官不过侍郎，位不过执戟"，而作《答客难》。扬雄成帝时为黄门郎，自称"位不过侍郎，擢才给事黄门"(《汉书·扬雄传》)，故有《解嘲》之作。桓谭，"成帝时为郎，哀平间位不过郎"(《后汉书·桓谭传》)。班固"自以二世才术，位不过郎，感东方朔、扬雄自论以不遭苏、张、范、蔡之时，作《宾戏》以自通焉。"(《后汉书·班固传》)对两汉赋家来说，不得为郎和长期位不过郎都是一种平庸无奈的生存考验。这是由汉代基于门第宗族、德行操守和经学修养为主要选举标准的制度所决定的。由于东汉郎官制度的外署化，东汉赋家不得不辗转于朝廷和有实力的外戚、宦官之间，处境更加艰难复杂，故依傍外戚将军，则作颂美之赋颂；关心时政，则作《两都赋》《广成赋》《二京赋》等讽谏效果仍不佳的鸿篇，以见参政议政热情和博览宏通的才学；开解"位不过郎"的位卑之叹，则续"客难"之思；面对世人追逐的荣华富贵与自己拥抱的冷清寂寞，则作"七体"的铺展游戏。随着儒术的全面深入和政治局势的日益逼人，东汉赋家越来越贴近时代的主流脉搏，表示着对当局的外在疏离而内里趋附、外在批判而内里痛惜的深悲剧感。

二、思想与意识形态情境

对东汉辞赋的政权态度、思想皈依和创作风貌影响最大的学说思想体系主要是儒家及其儒术/经学思维、图谶学说、道家和神仙信仰。图谶至为庞杂，与经学的天人合一思想密切相关，在东汉前期拥有与儒家一样的政治意识形态地位，两者都兼具一般思想学说和官方意识形态的双重性质，是一种政治霸权话语，对东汉辞赋中的政治思维模式和象征语汇有很大影响。道家在东汉虽然失去了其在西汉初年的政治意识形态地位，却一直深藏于不得志的士人心里，成为退守生命的思想和心灵资源。神仙信仰则在上层帝王和中下层知识分子中普遍流行，与道家隐逸思想一起充盈洋溢在辞赋的结构和意象里，成为东汉辞赋的重要主题和题材。由于图谶、道家和神仙都曾或长或短地受到过帝王青睐，儒家则长期如此，则四者从总体来说都兼具思想和意识形态性质，故本处将影响东汉辞赋生产的四者称为思想和意识形态语境。

汉武帝的崇儒运动，让诸子百家之一的儒家度越与道、法、名、墨、纵横、兵等众家并辔争鸣的一般性知识思想体系状况，而升格定性为官方哲学，成为两汉最为稳固的政治意识形态。从而，整理、研究、传承儒家经典的学问及其思想思维模式——经学，便影响了两汉最大多数的士人及其主流文艺形式——辞赋的生产和评论话语。在前汉以经术文学"缘饰"治道吏事的基础上，东汉前期经学继续强化"经明行修"、经术与德行各自独立又相辅相成的培养选拔人才观念，使得重儒家经术的忠厚纯正德行的外在训诫教导走入到更为内在的自觉化层次，成为辞赋制作的主导政治立场和思维方式（含结构的均衡安排，语词、意象的典雅切实）。为达成良好的教化效果，东汉朝廷继续以武帝开辟的"立五经博士，开弟子员，设课射策，劝以官禄"的"禄利之路"来诱奖群英。（《汉书·儒林传赞》）"自光武中年以后，干戈稍戢，专事经学，自是其风世笃焉。其服儒衣，称先王，游庠序，聚横塾者，盖布之于邦域矣。"（《后汉书·儒林列传》）自光武一直到政昏朝乱的灵帝，都有帝王密切关注经学的官学设立和帝王裁决的思想倾向，章帝亲自参与并主持了群经的校定和颁行，帝王意旨皆贯彻其中，成果就是班固集撰的《白虎通义》。"政治权威和知识、道德权威的结合，对整个社会和知识界形成苍穹压顶之势。由于威逼加利诱，这种权威对绝大多数学人、特别是儒士，既是外在的规定和强迫性的引导与灌输，又常常转化为内在的自觉与主动的信奉。"①有了前汉隆推经学的实利诱惑——与出处穷通紧密挂钩,东汉经学的施行和内化几乎不存在威逼。天下熙熙,皆为经来;天下攘攘,皆为利往。正是在这来复往返中,解经方式上形成了重师法(社会的后天教育)与重家法(家族的自小培养)的东西汉之别,制赋主体个性上形成了重雄伟与重稳实的东西汉之别。自觉依附并歌颂现实政权的倾向在东汉各类赋作中体现得至为醒目,其原因即在于这里所说的"内在的自觉与主动的信奉"。从此而言,经学话语在东汉辞赋的生产和评论语境里确乎是绝对的霸权话语。

跨两汉辞赋批评而言,经学视野都是最为盛行的主流,由此造就了屈原《离骚》批评连同汉赋批评的"方经"论、"经义"论。在屈原批评中,是否合乎经义,合乎那些经义,何时称"经",都是引发了争论的批评话题,还由此影响到被认为受其影响的汉代骚体赋及其他各体。

以经义(尤其是《诗经》)论辞赋在东汉最为突出者,当属班固和王逸二人。班固《汉书·艺文志·诗赋略序》在为汉代赋体文学追寻来源时,找到了赋诗言志的用诗传统。《两都赋序》引用"或曰:赋者,古诗之流也"的说法和两汉辞赋承袭雅颂、讽谕传统的判断,从解经方式说,是"重师法"和"重家法"两种思想路数的结合②。而认汉代辞赋为古诗之流、雅颂之亚,又是以《诗经》规定汉代辞赋政治功能的标准经学家做法。《典引》之作,体现了班固由于帝王现场训导而促成忠厚而不怨诽的中正人格的内化自觉意识,力主赋的歌颂职能,"颂述功德","雍容明盛","光扬大汉,轶声前代"。《离骚序》又以此为标准评论屈原及其作品,则露出了经过锻炼培育的经学人格和经学文论的真正底色。班固只肯定屈原作品的风格影响,而责备其人的独立个性和炫耀才华,不遇怨愤之极至于数落怪罪君王,痛恶深仇不良大臣,"忿怼不容,沉江而死",没达到"明哲保身"的《诗经·大

---

① 刘泽华主编:《士人与社会·序说》,64页,天津,天津人民出版社,1992。
② 盖"前汉重师法,后汉重家法。先有师法,而后能成一家之言。师法者,溯其源;家法者,衍其流也。"(清)皮锡瑞:《经学历史》,91页,北京,中华书局,2004。

雅》修身要求，最多只能算一个保持"清洁"的狂狷人物，非明理识义的君子。班固又责备《离骚》求女情节、语词的不理智雅训，"皆非法度之政，经义所载"。由此可知受过帝王和经学规训而内化的儒家士人，当以经学人格评论辞赋作家时，是不会仅仅满足于其忠诚本心，还要求其人的独立价值和个性情绪都彻底投诚。即无论如何（昏君，小人谗言）都得将帝王当亲生父母一样的供奉色笑，而不得内心不恭敬；否则就是腹诽与"强非"，非"礼"之孝道也。

王逸编著《楚辞章句》则直称屈原《离骚》为《离骚经》，并释题云："屈原执履忠贞而被谗邪，忧心烦乱，不知所愬，乃作《离骚经》。离，别也；骚，愁也；经，径也。言己放逐离别，中心愁思，犹依道径，以风谏君也。"在王逸之前，王充《论衡·案书》已言："扬子云反《离骚》之经，非能尽反。一篇文往往见非，反而夺之。"可见称屈原《离骚》为"经"在东汉前期已是一个事实①，标志了汉人在文学（辞赋）作品的讽谏手法、功能受到普世流行的经学实用理性主义攻击时，往往又会借助批评者的权威话语来为其正名，申言它们也有着不断强化内固的经学意识形态所要求的实用理性。

与西汉相比，东汉辞赋创作所受到的儒家经学思维影响更为深入细密。首先，东汉赋家的经学素养和立场更加坚实突出。以大赋的经术意识表现为例，西汉赋家总体显得比较笼统肤廓，扣住儒家治国方略的王道礼乐表现和节俭为民意识，使用典型的"隆推"法，让帝王在穷极欢乐的巅峰享受后，突然悔悟到之前奢靡泛滥铺张的错误，而归于儒家学说所设想的正道。这近乎一种政治意识形态的立场表态。与之相比，东汉赋家标榜"义正于扬雄，事实乎相如"，"以极众人之所眩曜，折以今之法度"（班固《两都赋》），要"誉得其实"（王充《论衡》）。典雅纯正的经学素养，使得东汉大赋的经学表现不再只是泛泛的立场表态，而是一种早期即熏染陶冶其中，为赋之时又

---

① 李大明：《汉楚辞学史》，218页，成都，电子科技大学出版社，1994。

"自然"外乎其外，显得更加坚实浑朴，纯然一体。而这又可以通过东汉赋家比西汉赋家更为鲜明显著的经学背景看出。由于前汉的积累和东汉帝王的加力推助，经学在东汉早已走过了西汉前期以经术"缘饰"吏事与文事的阶段，而在西汉中后期的内化阶段上进一步深入到早期教育和成年行为，几乎成了每一个知识分子和官吏人员必备的学术品行背景。东汉有赋文写作记录者，很少没有经书学习和经学修养的经历，而且还颇多从事经学著述、传播经学、门生弟子众多的大师。他们广泛分布在范晔《后汉书》的各个人传记以及《文苑列传》《儒林列传》里。

其次，东汉赋作在表现经学政治理路中的礼乐王道实现意境时，除使用西汉就已经发达的祥瑞意象外，更着力于描述礼乐王道实现的系列完整制度和天下四夷朝贡的彬彬怀柔气象。以班固《两都赋》为例，它完整记录了过程热烈繁复而又程序井然的天子田猎大礼，帝王代表大地臣民祭祀天地百神的郊祀大礼，表现天下四夷万方朝贡的元会礼，祭祀上天尊神和汉室列祖列宗的明堂礼仪，显示"政教之所由生"的辟雍礼仪（蔡邕《明堂论》），"望元气，吹时律，观物变"（《后汉书·明帝纪》）的灵台通神礼仪。而明堂、辟雍、灵台合称三雍。对它们的依次展礼，体现了天人合一、完整安详的礼仪制度之美，是和西汉赋作更重声势的浩大辉煌不同的礼仪彬彬、沉静浑穆气象："建章、甘泉，馆御列仙，孰与灵台、明堂，统合天人？太液、昆明，鸟兽之囿，曷若辟雍海流，道德之富？"为此，班固还在全赋结束后系上五首诗，开头三首即《明堂》《辟雍》和《灵台》，接下是《宝鼎》《白雉》，分咏两种最具代表性的帝国祥瑞意象，而与赋文的"启灵篇兮披瑞图，获白雉兮效素乌，嘉祥阜兮集皇都"相应。

图谶（图纬、谶纬、谶、纬书）是东汉非常突出的思想、政治和文化现象，甚至以合乎图谶与否来为新近崛起的古文经学争正统地位和以谶决事的程度[①]。

---

① 《后汉书·贾逵传》："'五经'家皆无以证图谶明刘氏为尧后者，而《左氏》独有其文。'五经'家皆言颛顼代黄帝，而尧不得为火德，《左氏》以为少昊代黄帝，即图谶所谓帝宣也。如令尧不得为火，则汉不得为赤。"《后汉书·桓谭传》载光武语桓谭曰："吾欲以谶决事，何如？"

在辞赋创作里，它主要表现为五德终始的汉德神话，汉世王者受命之符和谶纬意识及意象，成为一种旨在说明两汉政权神授合法性的宏大叙事。与西汉相比，东汉辞赋图谶资源更为丰富。除天命刘邦兴汉的神话之外，东汉还演绎了刘秀再续汉绪的神话。如班固《西都赋》云："及至大汉受命而都之也，仰寤东井之精，俯协《河图》之灵。奉春建策，留侯演成。天人合应，以发皇明，乃眷西顾，寔惟作京。"此处的"东井"，即为高祖刘邦受命之符。《汉书·高帝纪》云："汉元年冬十月，五星聚于东井。沛公军灞上。"严师古注引东汉应劭曰："东井，秦之分野。五星所在，其下当有圣人以义取天下。"《汉书·天文志》言："汉元年十月，五星聚于东井，以历推之，从岁星也。此高皇帝受命之符也。故客谓张耳曰：'东井秦地，汉王入秦，五星从岁星聚，当以义取天下。'"说明刘邦灭秦的预兆和定都长安的先天合理性。后张衡《西京赋》也说："自我高祖之始入也，五纬相汁，以旅于东井。娄敬委辂，斡非其议，天启其心，人惎其谋。"相承的都是一脉的高祖受命灭秦一统天下的神话和定都长安的先验性。此处的"《河图》"，即记录"帝王录纪兴亡之数"（邢昺《论语疏》）的河图洛书，也是纬书中认为圣人兴起的八种符瑞表现之一。而"《河图》之灵"，则指《河图》所述"刘季握卯金刀，在轸北，字季，天下服"的灭秦谶言（见李善注引《春秋·汉含孳》）。张衡《东京赋》"高祖膺箓受图，顺天行诛，杖朱旗而建大号"说得更清楚。以上这些都是关于高祖受命于天的神话。东汉辞赋又有关于再造汉室的光武受命神话。对此，班固《东都赋》说："（王莽作逆）下人号而上诉，上帝怀而降鉴，致命于圣皇。于是圣皇乃握乾符，阐坤珍，披皇图，稽帝文。赫尔发愤，应若兴云。"（《后汉书·班固传》）此处的"乾符"，即预言光武手握火德、再兴汉室的赤伏符。《后汉书·光武纪》载："同舍生彊华自关中奉赤伏符来诣王（刘秀）。曰：'刘秀发兵捕不道，四夷云集龙斗野，四七之际火为主。'""坤珍""皇图"，指上述"河图洛书"。至于《东都赋》所云："系唐统，接汉绪。茂育群生，恢复疆宇。勋兼乎在昔，事勤乎三五"等句，则又是东汉赋作中非常盛行的五德终始说中汉乃尧后的神话①。这些政治神话意象大量进入东汉辞赋、特别是"京殿苑猎"大赋创作，不仅为其带来了鲜明的思想、政治和意识形态相交织的庞杂意味，成为说理论争中几乎无须论证的重要学理资源，也为其带来了浓烈的"事丰奇伟，辞富膏腴"色彩，"无益经典而有助文章"（《文心雕龙·正纬》）。

作为一种政治思想，道家的无为而治理念除一度在西汉初期以"黄老之学"的名义风行于上层统治阶级、成为其时的准政治意识形态外，其他绝大多数时候都只是汉代文官行政中为相当一部分人们所表扬的与酷吏法治理念相对立的爱民即勿扰民的行政理念。但作为一种生命意识潮流，道家的重生养生观念连同与其密切相关的长生不老、遨游神仙思想，却一直流淌在进取有为不成而被迫退守心灵、重生全性的人们和狂热追求生命永恒的帝王心底，而几乎没有消退过。

关于帝王的神仙信仰和殿阁宫坊的神仙意味安排，从西汉后期到整个东汉的赋作体现出随时代语境不同的新特色。扬雄《甘泉赋》铺列了甘泉宫梦寐恍惚的神仙气氛和激荡热烈的游仙场景，却结以"虽方征侨与偓佺兮，犹仿佛其若梦"、"想西王母欣然而上寿兮，屏玉女而却虙妃"的判断，是为了实施讽谏求仙和求子都应该归于"方擥道德之精刚兮，侔神明与之为资"的正道——其时成帝无子求嗣，却专宠赵飞燕姐妹。班固《西都赋》在描述了长安宏大的求仙宫观设施后，断言："实列仙之攸馆，匪吾人之所宁。"否定汉武帝的神仙之好，而落脚到东京洛阳的儒家礼仪制度之美。张衡《西京赋》也同样断言："若历世而长存，何遽营乎陵墓？"指出西京的求仙行为与现世的造陵行为相矛盾，从而揭破帝王神仙信仰的虚妄迷乱。王延寿《鲁殿灵光赋》描绘的是宫殿栋壁户牖间的神仙题材图画，赞其描画之工，栩栩如生："随色象类，曲得其情。"表现了有关神仙的文艺题材到东汉后期的广泛繁荣，以至文人辞赋都要专摹其美。而这又可以通过张衡《七辩》专列"神

---

① 胡学常：《文学话语与权力话语——汉赋与两汉政治》，148页，杭州，浙江人民出版社，2000。

仙之丽"看出其时神仙信仰气氛的普遍盛行,在帝王和各阶层人士得到广泛的欢迎,以至在错误而魅人或魅人而必须祛魅的六种高级快乐享受中得到专场展现,可算是对涉猎神仙影迹,追求超越时空有限、获致无穷永恒,或进入清远境界的汉赋各体描述的一个总结。

将隐逸与神仙思想结合,并进而将其与儒家的安贫守道气象抟糅,则是西汉后期到东汉骚体赋的重要特色[1]。扬雄《太玄赋》展示了这一新的"玄静"趋向:"岂若师由、聃兮,执玄静于中谷。""由",许由,传说中尧时著名隐士,尧让天下却洗耳;"聃",老聃;"玄",仙;"静",儒,隐也。冯衍《显志赋》亦将现时儒家式"殖生产,修孝道,营宗庙,广祭祀"的退守乡邦田园生活,从"凿岩石而为室兮,托高阳以养仙"的相似隐居角度,而与"跃青龙于沧海兮,豢白虎于金山"的游仙和"饮六醴之清液兮,食五芝之茂英"的服食联想起来,达成一种儒家告退道家来滋、儒道生命意识相契合接力的新人生境界:"嘉孔丘之知命兮,大老聃之贵玄。"张衡《思玄赋》题曰"思玄",内言"玄训""玄谋",是在一番屈骚似的四方游仙后,铲除游仙路的不切实际,而落脚到道家生命自由化的儒家精神超越境界:"墨无为以凝志兮,与仁义乎消摇。"其《归田赋》则想象了退而守儒的游赏读书之乐,其间道家做了强有力的思想摆渡,让无法进取"佐时"的作者从人生的迷乱处返回儒家的生命文艺本源,纵心物外,不辨荣辱。

总之,承西汉而来的各种思想和意识形态学说对东汉辞赋创作和理论批评有着基质性的影响。儒家及其经学思想继续是东汉的主流政治意识形态,控制并内化了东汉辞赋创作的讥刺尤其是歌颂意识,以及以经论赋的理论批评视野。图谶学说在东汉初期也一度具有政治意识形态性质,为东汉辞赋创作提供了鲜明的政权合法性思维和神话意象。道家与神仙思想紧密相连,在东汉辞赋创作中有更精细的发展,成为赋家讽谏君王求仙、真实再现神仙信仰风行和表现赋家综合抟糅仙、道、儒情趣的人生归本境界的重要学理资

---

[1] 钱志熙:《唐前生命观和文学生命主题》,143~153页,北京,东方出版社,1997。胡学常:《文学话语与权力话语——汉赋与两汉政治》,141~156页,杭州,浙江人民出版社,2000。

源。它们共同组成了东汉辞赋评论尤其是作品生产的几个重要思想语境。

◎ 第二节
东汉辞赋批评

作为汉代文学主流的辞赋，自西汉一建国起，就开始了对其先秦文体来源的楚辞、荀赋、《诗经》和诸子、史传散文的整理、教传和批评研究。随着政治语境和思想意识形态语境的不断演进，对先秦及汉代辞赋本身的文献整理、理论批评也不断丰富完善，到东汉，已经构建出多个维度的辞赋批评视野，产生了诸多值得深入揭示阐发的批评思想，成为"汉型文化"下汉代文艺思想潮流的主要体现者。这里主要从具有理论批评形态的文献中，谈两组有关整个汉赋的创作思维和审美批评的理论性提法：风谕、风谏思维和与之密切联系的"宣汉""颂今"意识，以及班固对汉赋"弘丽温雅"美学品格的标举和王逸所建构的"香草美人"象喻系统。

一、风谕、风谏思维和"宣汉""颂今"意识

讽谕、讽谏，汉人又多作风谕、风谏，是汉人有关散体赋、骚体赋创作意图的主要认识，认为要通过比较委婉曲折的辞赋方式来达到抒发郁结而不得通的下情以达天听的讽谕效果和劝谏帝王改邪归正、回归王道礼仪建设的讽谏效果，以让帝王接纳臣子的忠诚谏言。而"宣汉"意识是一种当帝国政治进入到一个公认的开明和平或强盛伟大的时期，则身逢其时的文人臣子应该而且必须延续故老相传的文艺创作传统，承担起歌颂当代帝王和汉世功德的伟大任务。"颂今"也是"宣汉"意识，主要体现在"七"体和"客难"体

的当代意识中，对当今政权取一种依附合作的态度。"宣汉""颂今"本质上都是一种歌颂王权的意识，是讽谕、讽谏意图往往不得实现的另一种政治态度。在东汉，实际是"讽""颂"并行，各有其用。

作辞赋以风（讽）谕下情、表达为小人奸邪谗阻的念君之思，以风（讽）谏君王、表达对现实政治话题的直接关怀，是早在西汉就已经提出的由《诗经》而辞赋的批评命题。它固然是一个政治教化、经学思维命题，但也是一个文学写作艺术命题。

风谕、风谏都突出一个"风"字。"风"者"讽"也，"上以风化下，下以风刺上，主文而谲谏，言之者无罪，闻之者足以戒，故曰风"（《毛诗序》）。"风"是一种大自然行为，强调其必然（士人参政议政之本色）和自然（情动于中而形于言）。"风"的强度越大，其"讽"的干预力度就越大，"讽"就会带出"讽刺""讥刺"之意。而这与黑暗恶劣的社会政治和风俗环境有关，不得不然，故东汉末年盛行一股"激刺"时代奸邪之风。但如果社会政治风俗良好，和平安详，强大兴盛，则"风"又会生出"颂"意，"颂者，美盛德之形容，以其成功告于神明者也"（《毛诗序》），"于是皇泽丰沛，主恩满溢，百姓欢欣，中和感发，是以作歌而咏之也"（王褒《四子讲德论》）。——汉人论诗，无非"美刺二端"[①]。东西汉歌颂帝王和汉德的赋作层出不穷，是其义。而或下情阻隔，不得上达，则风（讽）谕/抒情之义出焉："国史明乎得失之迹，伤人伦之废，哀刑政之苛，吟咏情性，以风其上，达于事变而怀其旧俗者也。"（《毛诗序》）这时的"吟咏情性，以风其上"即为风谕，也即《尚书·尧典》的"诗言志，歌永言，声依永，律和声"之说。这开启了辞赋的抒情/风谕传统。谕者，譬也，晓谕、理解、比喻之义。关于抒情赋诗，汉代严忌《哀时命》云："志憾恨而不逞兮，抒中情而属诗。……独便悁而烦毒兮，焉发愤而抒情。"刘向《九叹·逢纷》云："垂文扬采，遗将来兮。"《远逝》云："舒情陈诗，冀以自免兮。"关于风谕，贾

[①] （清）程廷祚：《清溪集》卷二《诗论十三》。转引自郭绍虞、王文生主编：《中国历代文论选》，14页，上海，上海古籍出版社，2001。

谊"追伤"屈原身世遭际，作《吊屈原赋》"因以自谕"(《汉书·贾谊传》)。两汉之交冯衍《自论》云："自伤不遭……意悽情悲……乃作赋自厉，命其篇曰《显志》。显志者，言光明风化之情，昭章玄妙之思也。"这里的"自谕"、"自厉"即讽(风)谕之意。但在实际使用的过程中，风谕、风谏可以互换，或并相运用。司马迁《太史公自序》曰："作辞以讽谏，连类以争义，《离骚》有之。"班固《离骚赞序》曰："(屈原)在野又作《九章赋》以风谏，卒不见纳。"即以"讽谏"论屈原作品。王逸《楚辞章句》论屈宋作品，则或用风谏，或用讽谕。其称《离骚》、《九歌》、《九章》、《招魂》都是风谏(讽谏)君(怀王)，称《大招》则兼讽谕与讽谏而言，"因以风谏，达己之志也"，称《天问》是"以渫愤懑，舒泻忧思"，即"风谕"。其论汉人以屈原为话题的骚体赋作品，又主要扣住抒情性的讽谕精神，称《惜誓》是"盖刺怀王有始而无终也"，称庄忌以下汉作具有抒泻下情、上达君听的讽谕作用。

又，"谏"者"正"也，"陈法度以谏正君也"(王逸《楚辞章句·七谏序》)。忠臣"谏"君可以有多种方式①，而都以讽谏或谲谏为上，"礼有五谏，讽为上"(《后汉书·李云传论》)。无论士人议论政治还是抒写下情、上达天听，都存在难以预测的批龙鳞风险，为此，"柔顺"的臣子在面对"刚毅"的君道谏言时，必须委婉旁敲其言辞，忠诚敦厚其意旨，既尽忠，又保身。"人怀五常，故知谏有五。其一曰讽谏，二曰顺谏，三曰窥谏，四曰指谏，五曰陷谏。讽谏者，智也。知患祸之萌，深睹其事，未彰而讽告焉。此智之性也。……孔子曰：'谏有五，吾从讽之谏。'"(班固《白虎通义·谏诤》)回到汉人训"风"("讽")之义，特别突出其不敢："不敢正言谓之讽"(李善注《文选·甘泉赋》)。"诗者，弦歌讽谕之声也。自书契之兴，朴略尚质。面称不为谄，目谏不为谤，君臣之接，如朋友然，在于恳诚而

---

① 谲谏，戆谏，降谏，直谏，讽谏(《孔子家语·辩证》)；或讽谏，顺谏，直谏，争谏，戆谏(东汉何休《春秋公羊注疏》卷八"庄二十四年冬"注)；或讽谏，顺谏，窥谏，指谏，陷谏(班固《白虎通义·谏诤》)。

第十九章 东汉辞赋的文艺思想 947

已。斯道稍衰，奸伪以生，上下相犯。及其制礼，尊君卑臣。君道刚毅，臣道柔顺。于是箴谏者希，情志不通。故作诗者以诵其美而讥其过。"（郑玄《六艺论》）朋友道衰而君臣礼严，于是只能"谲谏"："上以风化下，下以风刺上，主文而谲谏，言之者无罪，闻之者足以戒，故曰风。"（《毛诗序》）希望"言之者"的臣子"无罪"，"闻之者"的君王不降罪责罚言者而自我主动戒惕。"谲谏"也就是讽（风）谏。《孔子家语·辨政》注："讽谏，依违远罪避害者也。"于是，"风"与"谏""刺""颂"就以这样的政治思维和经学思维联系起来，组成一个有机的批评思想整体，可以应对不同层面的文艺写作情形。

讽谕、讽谏既是一种政治批评的艺术，合乎礼制的要求，也是一种合乎诗教要求的文艺写作艺术，"温柔敦厚，诗教也。"（《礼记·经解》）《诗经》如此，《楚辞》也如此。《史记·屈原贾生列传》言："屈原既死之后，楚有宋玉、唐勒、景差之徒者，皆好辞而以赋见称；然皆祖屈原之从容辞令，终莫敢直谏。"莫敢直谏，即为讽谏。汉赋的创作也作风谏构思，变换其言，委婉其事。《史记》载司马相如作《难巴蜀父老檄》的背景为："相如使时，蜀长老多言通西南夷不为用，唯大臣亦以为然。相如欲谏，业已建之，不敢，乃著书，籍以父老为辞，而己诘难之，以风天子，且因宣其使指，令百姓知天子之意。"也说"不敢"，而"籍辞"为"风"。《汉书》载扬雄作《甘泉赋》的背景和心理活动是："甘泉本因秦离宫，既奢泰，而武帝复增屈奇瑰玮……其为已久矣，非成帝所造，欲谏则非时，欲默则不能已，故遂推而隆之，乃上比于帝室紫宫，若曰此非人力之所为，傥鬼神可也。"正"谏"不是时机，但又不想沉默，几度心思周折，只好转"隆推"的"风"，让省奏的帝王自己去了解事情的正误。扬雄上《河东》《长杨》二赋也是"风"。这些都是扬雄《自序》的说法，说明他确有作赋以"风"谏帝王的先在意图。《汉书·扬雄传》还引录了扬雄对作赋"风"谏意图和效果悖逆的论述："雄以为赋者，将以风也，必推类而言，极丽靡之辞，闳侈钜衍，竞于使人不能加也，既乃归之于正，然览者已过矣。往时武帝好神仙，相如上《大人赋》，欲以风，帝反缥缥有陵云之志。繇是言之，赋劝而不止，明矣。"与扬雄《法言·吾子》的一段对答吻合："或曰：'赋可以讽乎？'曰：'讽乎！讽则已，不已，吾恐不免于劝也。'"说到"风"（"讽"）谏所内含的劝阻意图不成，即可能沦于推波助澜奖励帝王不正当行为的"劝"的尴尬境地，失去了作赋的实用政治功能，所以扬雄本人后期鄙薄作赋，不再作赋，认为作赋类于"雕虫篆刻"的文字游戏，是俳优的伎俩，非"贤人君子诗赋之正也"。

正是赋家先有辞赋宛曲层转的风谏/讽谕写作构思，史书和论者也才在载录赋家赋作时，为表现赋家的政治主张和识见，而指出其风谏企图和所收到的效果，或实现了目标，或无疾而终，或者为此遭了祸殃。《史记》评司马相如"虽多虚辞滥说，然其要归引之节俭，此与《诗》之风谏何异"。用风谏功能将《诗经》和汉赋连通。扬雄认为司马相如作《大人赋》风谏汉武帝求仙，结果适得其反，沦为了"劝"。东汉杜笃慕效司马相如、扬雄故技，"作辞赋以讽主上"，作《论都赋》上奏光武帝。班固《两都赋序》明确标出辞赋的两大功能："或以抒下情而通讽谕，或以宣上德而尽忠孝。"而他要做的是后者——歌颂上德。但这在范晔看来，却是和前汉司马相如、吾丘寿王、东方朔一样，最终目的还是为了"讽劝"（《后汉书·班固传》）。与此一致，马融作《广成颂》，张衡拟班固《两都赋》作《二京赋》的目的都是为了"讽谏"。其他作品，则作"客难"体作品《应宾难》以"自寄"（《后汉书·文苑·侯瑾传》），作《释诲》"设疑以自通"（《后汉书·蔡邕列传》），或说骚体赋《思玄赋》以"宣寄情志"（《后汉书·张衡列传》），都突出其讽喻作用的声明和论定，无论是以抒情为主还是以说理为主，都是为了解除在世生存的物质精神窘迫和性命安顿追求。

总体来说，西汉士人还能凭着阴阳灾异等学说和杂取王霸的思想，对当代政治实施神秘的或理性的政治批判。到东汉儒术大兴，此种态势越来越弱。即使不断出现宦官外戚等不符合儒家治国方略的干政，知识分子和官僚也多半抱以首鼠两端的骑墙态度。直到东汉末年，才生发出一种激烈的抗争之风。有学者称东汉为"中国历史上之伦理时代",因为"综观后汉一代人物,谨严有余,而恢廓不足;制行有余,而风采无闻。……惟其无事业之人物,而德行之君子,乃云兴霞蔚,几于比屋可封。"[①]体现到讽谕/讽谏精神上,西汉多还发扬蹈厉,稍存人格独立义气,并未流于完全的颂美阿谀,在"隆推"的主体和声中,也还能听到不和谐的疑问反讽之音,其颂美有时还确实是一种策略,并不完全认同。到东汉,这种与当政不合的声音越来越稀薄,颂美现实是一致的立场取向。也即,东汉赋作虽仍使用"隆推"法,却几乎已完全失去其应有的讽谏意义,而流于一味歌功颂德的"宣汉"、"颂今"了。

"宣汉"、"颂今"意识强烈体现在班固、崔骃和王充等人的创作实践和理论批评里。

班固《两都赋序》的主旨,可说即是以一个躬逢时代隆盛者的史官文人身份,在申述一个自三代"皋陶歌虞,奚斯颂鲁"以来一直到汉赋的歌咏王道平世、君臣和乐的雅颂传统,强调其渊源的长久和歌颂的事理情的正当。他眼中的汉武之世,是一个"崇礼官,考文章,内设金马石渠之署,外兴乐府协律之事,以兴废继绝,润色鸿业"的伟大时代,"众庶悦豫,福应尤盛",祥瑞迭出,礼乐彬彬,颂声洋洋。为这个美好幸福的时代气氛感召,司马相如等言语侍从之臣和儿宽等公卿大臣"或以抒下情而通讽谕",接续歌咏君臣和乐的赓歌传统,"或以宣上德而尽忠孝",接续周代盛时的颂诗传统,都"雍容揄扬,著于后嗣,抑亦雅颂之亚也","炳焉与三代同风"。这是帝国文艺书写制作的"故事",后人再遇到同样情形则要自觉地承续:"先臣之旧式,国家之遗美,不可阙也。"是故,《两都赋》即使在以西都宾拜服东都主人后,也要画蛇添足地附上五首"遭遇乎斯时"的颂诗,以夸扬本朝的礼乐制度和祥瑞福应,值得主人站在东都"法度"的立场折损崇奢的西京。由此可见其歌颂的"自觉"程度。

---

① 邓子琴:《中国风俗史》,13~14页,成都,巴蜀书社,1988。

然而通过班固《典引序》，又可知这个所谓内发的"自觉"歌颂意识其实也有帝王意旨外在强加干预的因素。该文记载了东汉明帝对西汉二司马（迁、相如）的臧否评价，认为司马迁著《史记》"成一家之言，扬名后世。至以身陷刑之故，反微文刺讥，贬损当世，非谊士也"，司马相如虽"洿行无节，但有浮华之文，不周于用。至于疾病而遗忠，主上求取其书，竟得颂述功德、言封禅事，忠臣效也。至是贤迁远矣"。盖相如虽生活小节放荡、为文（赋）也多浮华无用，但对君主的忠诚大节十分可嘉，其作《封禅文》以歌颂汉世功德，可给其忠厚臣子的定位。为此，亲聆训示的班固即将外在的歌颂任务内化为自觉的写作意识，立意超越西汉两大歌颂文人司马相如和扬雄，以为前者之作"靡而不典"，后者之《剧秦美新》"典而亡实"，他则要"雍容明盛"、"光扬大汉，轶声前代"，既"典"且"实"。即在纯正谨厚的儒家经学思想指导下，"如实"地描绘东汉伟大祥和的面貌。这与其《两都赋》"义正乎扬雄，事实乎相如，匪唯主人之好学，盖乃遭遇乎斯时也"的声言，可谓一母两胎、同枝共气。"义正"即典雅，"事实"即实事。

与班固一样，崔骃歌颂帝王功德的意识也相当自觉自然，以为不仅是史官和文人的自觉责任，也是如生命呼吸本能的反应。其《西巡颂》言："惟永平三年八月己丑，行幸河东。志曰：君举必书。是故工歌其诗，史立春秋。若夫声管不发，雅颂罔记。"这是史家意识。《上四巡颂表》言："臣闻阳气发而鹡庚鸣，秋风厉而蟋蟀吟，气之动也。唐虞之世，樵夫牧竖，击辕中《韶》，感于和也。臣不知手足之动音声，敢献颂云。"这又是和气感人之本能，颂诗则是一种发自生命律动的自然而然、不可得而止的反应，与前汉王褒之论同致。

王充则在《论衡·须颂》中明确声言："古之帝王建鸿德者，须鸿笔之臣，褒颂记载，鸿德乃彰，万世乃闻。……方今天下太平矣，颂诗乐声可以作未？传者不知也，故曰拘儒。……夫以人主颂称臣子，臣子当褒君父，于义较矣。虞氏天下太平，夔歌舜德；宣王惠周，《诗》颂其行；召伯述职，周歌《棠树》。是故《周颂》三十一，《殷颂》五，《鲁颂》四，凡颂四十篇,诗人所以嘉上也。由此言之,臣子当颂明矣。"强调歌颂当今功德是必须遵循的文艺传统,适际其会的臣子不应再抱陈旧迂腐的是古非今观念,而应与时俱进,拿起如椽大笔记录歌颂这个伟大的帝王时代。正是在这样的自觉歌颂理论指导下,王充担负起司马迁、扬雄和班固记录歌颂汉家功德的任务,精心完成了对当今天子的歌颂作品《齐世篇》、《宣汉篇》、《恢国篇》、《验符篇》——"《宣汉》之篇,论汉已有圣帝,治已太平;《恢国》之篇,极论汉德非常。实然,乃在百代之上。表德颂功,宣褒主上。诗之颂言,右臣之典也。舍其家而观他人之室,忽其父而称异人之翁,未为德也。汉,今天下之家也;先帝、今上,民臣之翁也。夫晓主德而颂其美,识国奇而恢其功,孰与疑暗不能也。"(《论衡·须颂篇》)并认为伟大的时代所出现的伟大歌功颂德作品,是真正的"誉得其实",并非是歌颂就不能得其实的。这是一种对应时代进入盛世治世的真实歌颂策略。

当这种强烈普遍而自觉的"宣汉"意识渗透进入到东汉辞赋的多体创作中,即形成了非常突出的颂扬当今政权的"颂今"意识。其实,"宣汉"就是"颂今","颂今"就是"宣汉",一体两面,都是士人在进取帝国社会时或行走感受在森严的帝国体制格局时,所必须表态皈依进而肯定赞颂的政权归属意识,并以此来确认自我在帝国社会中的身份。与司马相如折损僭越礼制的藩王而站在当今天子一边的中央立场相比,东汉班固、张衡等人需要解决的问题转到了两汉行政文化模式的比较——以长安、洛阳的定都之争为话题——西汉长安代表"尚奢"的帝国模式,东汉洛阳代表"尚俭"的礼仪帝国模式,他们均选择洛阳模式,这也是一种"宣汉""颂今"意识。其他不需要做出模式选择的东汉"京殿苑猎"大赋,则几无例外地赞扬当前。

"述行序志"的东汉赋作,在申说个人身份的皈依感时,也都站在大一统的汉帝国一边。或怀念皇权独尊、天下和平、国力强盛的汉文帝、汉武帝时代(班彪《冀州赋》《北征赋》),或记忆漕运发达、王权政令畅通、诸方四夷朝贡的和平安定时代(蔡邕《述行赋》)。表现在评说"信陵君窃符救赵"这一历史事件时,又都同情无辜被杀的晋鄙,而责备信陵君不守臣道、窃取军权，朱亥私杀大臣。总之，他们拥护王权，希望政令统一，戴公戴国之意非常鲜明，有着"强烈的宗族意识和社稷情怀"①。与"京殿苑猎"大赋一样，都是"体国经野，义尚光大。"（《文心雕龙·诠赋》）

层出不穷的"七"体作品的"颂今"意识也很突出。两汉"七"体中，除创始的枚乘《七发》是西汉作品外，其他均为东汉作品，且均拥有一个共同的"七事一文、六过一是"②的劝服主人结构。在这劝服的"一是"中，枚乘用的是归宿儒家的"要言妙道"，东汉则是千篇一律的"颂今"，颂扬当今天子的威德礼仪和帝国的强盛和平；隐处的士人在劝说客人的召唤下，积极表示应弃隐入仕、为帝国服务，不耽误自己美好节操和高明才能之下的用世之志。此可见东汉经术人伦意识的日趋浓重，士大夫无论遇着何等样的政治状况与个人窘境，也仍渴望进入帝国政局，实现自己的政治道德理想。这既是个人融入社会的最佳方式，也是享受前面"六过"世俗愿望的政治基础。为此，他们必须依附归属当今政权，对这个实际可能千疮百孔的帝国社会予以崇拜和颂扬。这是他们不得不选择皈依的政治立场，确定着他们在当今汉朝的身份是虽高尚却穷约的隐士看客，还是参与享受帝国荣耀奢华的主人。

与"七"体正好相反，"客难"体作品对汉代社会的选举用人制度和外戚、宦官专权所导致的贤愚倒置、火中取栗现象颇多思考与批判，表明汉人在由真正冷静的穷落个人遭遇来观察评论当今社会时，并不都采取"七"体的颂扬政治立场和散体大赋、述行骚赋的大一统帝国形象建构，一味去歌颂当代。由此也就明白，东汉人的歌颂意识，很多时候确实更多是一种站在帝国政治立场和士人仕进身份的表态，并不表明他们真认为当今就是一个只有光明伟大一面的社会，而实在也有非常平庸黑暗的一面——如班固《答宾戏》言："得气者蕃滋，失时者零落。"张衡《应间》言："及津者风摅，失涂

---

① 郑毓瑜：《归返的乡音——地理论述与家国想象》，见《性别与家国——汉晋辞赋的楚骚论述》，79～80页，上海，上海三联书店，2006。
② 郭建勋：《辞赋文体研究》，62页，北京，中华书局，2007。

者幽僻,遭遇难要,趋偶为幸。"蔡邕《释诲》言:"卑俯于外戚之门,乞助乎近贵之门。"于是,在歌颂和社会真实状况之间,就划出了一道时而清晰、时而模糊的描写裂痕,为今天的历史中心主义和文学现实主义的批判预留了思想空间。

不过必须认识到,这种歌颂意识在历史上极为久远深厚,又经过汉人尤其是东汉人的着力阐发和实践,便以"鸣帝国之盛"的"鸣盛"观念深深植根于封建帝国专制文化下的帝国文人心中,成为一个与"自鸣其不幸"相对的永未磨灭的情结,而在以后的朝代不断发生发展,甚至占据文艺创作思想的主流地位。

先秦诗乐舞的三位一体,让《左传·襄公二十九年》记录的季札通过观乐而了解"时政""兴衰",褒奖"乐而不淫",不仅通向了孔门论艺术的"乐而不淫,哀而不伤"和"尽善尽美"(《论语·八佾》)的标准,也促成了后世"声音之道与政通"的诗学思维和重视中和节制之美的文学批评观念的构形,深刻影响了后代对主流文艺创作的评价方式和尺度。以春秋战国的文艺认识为基础,《毛诗大序》认为"乐"的不同情思与"政"的相应形态可直接互通:"治世之音安以乐,其政和;乱世之音怨以怒,其政乖;亡国之音哀以思,其民困。"《礼记·乐记·乐本》则明确总结为"声音之道与政通矣"。坚持文学艺术的表现与其时的政治状况是相互呼应得。到西汉王褒,他不仅创作《中和》《乐职》《宣布》诗颂扬当今,还在《四子讲德论》中明确提出,当"太上圣明,股肱竭力,德泽洪茂,黎庶和睦,天人并应,屡降瑞福"时,臣子要主动承担起作为雅颂、"美其君术明而臣道得"的"歌咏"任务,为东汉赋家定下了"宣汉""颂今"的真实性和必要性的传统。他借浮游先生之口,申明当一个伟大和平安详的时代到来时,身逢其时的臣子士人应该而且必须承担这个记录歌颂的任务:"夫世衰道微,伪臣虚称者,殆也。世平道明,臣子不宣者,鄙也。鄙殆之累,伤乎王道。"并说这符合故老相传的文艺写作传统和文艺发生学规律:"传曰:诗人感而后思,思而后积,积而后满,满而后作。言之不足,故嗟叹之;嗟叹之不足,故咏歌之;

咏歌之不厌，不知手之舞之足之蹈之也。"这与《毛诗序》和《乐记》的记载一致，表明它们都有悠久的发生、传承和写作、传播历史。最后说歌颂当世功德是一个臣子不可也不能推卸的当然责任："此臣子于君父之常义，古今一也。"东汉班固、王充等人则接续王褒的"臣子须颂"观念，又从更古老的《诗经》雅颂传统出发，同样强调一个伟大祥和的时代到来，身逢其时的人们应自觉承担起歌颂君父的重任。否则，即没有承担起一个臣子、儿子应该尽到的歌颂君主、父亲的责任。更进一步，按王充的说法，如果只肯定古代歌颂的真实性而只去歌颂古代，则就是不歌颂自己的祖父而歌颂别人的祖父。

即使是天下分裂，有着激烈民族政权冲突的魏晋南北朝，也仍有大臣文人秉承君臣赓歌和柏梁联句的方式与偏安的帝王饮宴唱和，歌颂短暂的统一和中兴。随着儒学的重回主流意识形态和国家政权大部分时间的一统，从唐宋到元明清，"颂今"、"鸣盛"的写作代代不已。举其荦荦大者，唐代武后朝有沈宋，玄宗朝有"燕许大手笔"。宋初的西昆体，欧阳修、苏轼和南宋周必大等人的一部分创作其实也是。元代中期有虞、杨、范、揭四大家。明代初期有三杨，中期有李东阳、王鏊，后期有张居正、王锡爵等。清代顺、康、乾时期的文学主流也是"鸣盛"的。

而"颂今""鸣盛"的观念和写作之所以形成了一个非常引人注目的传统，乃与古代中国社会以专制皇权为核心的政治文化结构和服务于大一统的儒家学术思想结构密切相关：士人只有靠近皇帝、身居中枢才有可能实现一向自负的安邦定国、致君尧舜的政治理想，而"自鸣其不幸""思垂空文以自见"只是最无奈的选择。东汉赋家的"士不遇"书写即是如此。从而与世间一般抒写个体的不得晋身、批判社会不公、追求文学艺术的语言魅力和人格魅力的文人写作以及干脆退避山林的隐士写作，形成差别极大的官方体制写作路线，是一种程式化、表情化的类型文艺。

二、"弘丽温雅"的美学品格标举和"香草美人"的象喻系统建构

辞赋的创作和批评资源积累到东汉，已经有了十分丰硕的成果。班固《汉书·艺文志·诗赋略》在刘向《别录》、刘歆《七略》的基础上"删补"而成，著录赋家 61 家（淮南王群臣和长沙王群臣各算 1 家）、赋篇 706 篇。又据其《两都赋序》的记载："故孝成之世，论而录之，盖奏御者千有余篇，而后大汉之文章，炳焉与三代同风。"可见辞赋确实成了汉代文学艺术的主流和代表。辞赋的创作、史书的著录和文人的评论，又为东汉的辞赋批评提供了极大的助力，促成了极具代表性的班固"弘丽温雅"风格论的提出和王逸关于屈骚（实际也是整个汉代骚体赋）"香草美人"象喻系统的建构，为后世对辞赋语言系统和美学风格的确认阐释，提供了非常重要的认识基点，是东汉辞赋批评思想的重要贡献。

总体来看，班固的辞赋批评具有多个维度：在赋源上，他有传播方法的"不歌而诵"论和文体先导的《诗经》、屈原、荀况论（《汉书·艺文志·诗赋略序》）；在赋的功用上，他分对上（君主、国家）和对下（作者个体）两个层面，提出赋有通《诗经》的抒情讽谕功能和尽忠孝、宣扬帝王汉德的歌颂功能（《两都赋序》），批评"劝百讽一"（《汉书·司马相如传》）、"文艳用寡"（《汉书·叙传》）；在思想上，他主张"经义"（《离骚序》）、"法度"（《两都赋序》《离骚序》），要求得意识形态之纯正和政治思想之坚确；在文辞和风格上，他仍以"经义"、"法度"为准绳，要求文辞和风格的典雅切实[1]，不虚无（《离骚序》），不华美宏大过度以致淹没了讽谕君上功能的实现，把握到一个良好的度，做到"丽以则"，反对"丽以淫"（《汉书·艺文志·诗赋略序》）。由此，班固所肯定提倡的辞赋美学风格可以从被他称为辞赋宗师的屈原和司马相如所代表的美学风格中得到。在《离骚序》中，

---

[1] 班固《典引序》："相如《封禅》，靡而不典；扬雄《美新》，典而亡实。"（清）严可均辑：《全后汉文》，614 页，北京，中华书局，1958。

他虽否定了屈原的人格个性缺点和一部分文辞的虚无色彩,但还是高度赞扬屈原"其文弘博丽雅,为辞赋宗。后世莫不斟酌其英华,则象其从容",其总体美学风格被确认为"弘博丽雅"。在《汉书·叙传》中,他虽对司马相如的"文艳用寡,子虚乌有,寓言淫丽"有所批评,但放在辞赋发展史上,他仍视相如为辞赋宗师,所谓"托风终始,见识博物,有可观采,蔚为辞宗,赋颂之首"是也,认为相如还是继承了《诗经》的讽谕精神和博物可供观览的功用①。至于他对相如作品总体风格的指认,则见于《汉书·扬雄传》:"先是时,蜀有司马相如,作赋甚弘丽温雅,雄心壮之,每作赋,常拟之以为式。"相如辞赋风格总体是"弘丽温雅"。两个用语比较,均用"弘丽雅"三字,只一"博"一"温",各稍有强调,而实则可以互文通用。"博"指"见识博物,有可观采",在骚体赋和散体赋中都有突出表现,它们均具有密集象类式铺陈的赋性,故均有此特点。"温"指《礼记·经解》中"温柔敦厚"的"诗教",是一种来自"经义"标准的为人个性和为文风格要求,与"雅"一致。"雅"、"夏"同音假借,"雅者,正也,言王政之所由废兴也。正有大小,故有小雅焉,有大雅焉。"(《毛诗序》)"雅"具有整齐统一四方风俗的官方标准之意。郑玄注《毛诗序》云:"雅,正也,言今之正者以为后世法。"《释名·释典艺》:"言王政事,谓之雅。"在经术思潮的激荡强化下,"雅""由于它先前同于'正',又通乎'政',势必染上思想正统、文化标准的色彩。"②于是文辞、风格有典雅,与"靡""淫""侈"相对。"弘"者,广大也,与"闳""钜""衍"等字义同。这是"博"物的结果,也是意度宽弘、见识广大、篇帙浩瀚、帝国形象伟大的结果。"丽"者,由"两""耦""附著"之义③发展到指人的容貌、文辞的漂亮华美,是辞

---

① 重视《诗经》动植物知识的"博物"览观功能,自孔子以来一直被强调,见《论语·阳货》。到西汉宣帝也仍以此为借口为一部分官僚士人认为"淫靡不急"的辞赋辩护(见《汉书·王褒传》)。
② 于迎春:《汉代文人与文学观念的演进》,126 页,北京,东方出版社,1997。
③ 《说文解字》:"麗,旅行也。鹿之性见食急,则必旅行。从鹿,丽声。"《小尔雅·广言》:"丽,两也。"《周礼·夏官·校人》:"丽马一圉,八丽一师。"郑玄注:"丽,耦也。"《易·彖传上》释"离卦"言:"离,丽也。日月丽乎天,百谷草木丽于土。重明以丽乎正,以化成天下。"王弼注:"丽,犹著也,各得所著之宜。"孔颖达疏:"丽,谓附著也。"

赋最为根本的基于其铺陈话语机制特点的美学特征,其来源还是在"博"物上。而如果从汉代重经学伦理的时代文化语境看,则班固所肯定并提倡的辞赋美学风格,还应是司马相如所代表的"弘丽温雅","博"物的赋学修养要求仍在其中。

辞赋之所以具有"弘博丽雅""弘丽温雅"的美学风格,其本质则在于它无论有着何等样不同的名称(辞、赋、辞赋、颂、赋颂)、言说何等样不同的话题和题材,所运用的都是与典型的诗、文有别的象类式密集铺陈。这是赋之为赋的根本特性所在。所谓"赋也者,所以因物造端,敷弘体理,欲人不能加也。引而申之,故文必极美,触类而长之,故辞必尽丽。然则美丽之文,赋之作也。"(皇甫谧《三都赋序》)由此才造就了作赋的博物知识学修养、"丽"的文本呈现特征、"雅"的统一追求(书面语的语体风格和文学的典雅风格)、"弘"的篇制境界构造。

对汉人来说,感知任务尽可五花八门,但审美取向和表现之时都用密集的象类式铺陈,落实到象、类,落实到对其所含物理、事理和情感的多方位多层面掌握中。辞赋是汉人认识把握并表达世界心灵的特有方式:各种人象、物象、事象、语象是其所认识把握的视界,知类、系类、类推是其主要认知表现方式,由此形成各种不同形态的赋体铺陈结构。大体而言,骚体赋偏在纵向的某些时间段铺陈,最终形成一个总体的线形结构里隆起几个肿大的"板块",这些板块就是象的集合、类的表现。由于主导文本前进的主要是情,这些类、象都紧连一些突显感情的词语,使得其类、象与意的关系,不只是较直接的"赋"、"比",还有较隐约的"兴"——所以扬雄以为"赋莫深于《离骚》"。与之相比,散体赋虽也有线形的时间序列陈述,但总体是以简约的散文问答结构来建构一个意义重大的话题,从而引出各种方位不同、空间层次高低不一的物象、人象铺陈,最终形成一个多扇面的空间结构由一根细小的丝线相连。由于主导赋文展开的不是情,而是理,所以铺陈之时,散体赋大多不带感情,即使有,也是或将感情灌注于物象的状貌声色和势的动态描绘①，或将感情流通于人象、事象的上下古今评说对比之中（"客难"体），从而使得其类、象与意的关系更加直接清楚，是典型的"赋""比"手法，少"兴"或无"兴"。四言体赋篇幅虽小，却能用以类含象的方式将所咏对象的思理情做完整把握与具象呈示，打通物质世界与人类观念世界的"通类"联系，可说是具体而微的象类式铺陈方式。

于是，汉赋在审美取向上具有了求大全、求深尽等类似散文的"知性"特征②。散体赋是大的话题大把握表现，四言体赋是小的对象深把握表现，骚体赋是悠长绵厚的情感求淋漓尽致之表现，都有一种无远弗届、无深不及的思理穷尽全面特点。而其"根"则在于象的选择、类的系推和认识深广层面的升进，由此形成不同的语体风格、文学类型和审美形态特征。影响及于言语，战国两汉辞赋就特别注意表达方式和效果，以完成对象思维所要求承载的任务，由此自然出现不重简约含蓄而重淋漓尽致、重唱复沓的语言风格。

当然，如果一味随着辞赋的密集象类式铺陈本性自由驰骋，随其"丽"的文本特性和"弘""巨"趋势不加羁勒地发展，就会越过为儒学标准所范围的"温雅""典则"（文质彬彬）节点，流于人们所批评的文辞篇制的"淫""靡""闳侈钜衍"，而掩没其"讽谕""讽谏"之"寓言"（寓意）意图和效果，沦为一种仅仅满足于耳目视听之"虞说"享受（"劝"）。这是政教实用主义的儒学文艺观所不能接受的，由此班固又在他处重点提出了"事实"、"义正"（《两都赋》）、"典实"（《典引序》）的要求。

从自己所感受到的"明哲君子""顺臣"和"典实"要求出发，班固对作为汉代辞赋宗师的屈原的为人和为文都有过不乏深痛切实的批评，显现了日益凝重的汉代政治文化和经学思维对士人的高压影响。而随着政治的不断黑暗、经学的渐渐中衰、士人耿正光明人格的抬头，东汉中晚期的王逸所著

---

① 万光治：《汉赋通论》，237～242 页，成都，巴蜀书社，1989。
② 简宗梧：《汉赋为诗为文之考辨》，见《汉赋史论》，143 页，台北，东大图书股份有限公司，1993。

《楚辞章句》，即开始重理旧文，续添新义（直到补入己作），编织以屈原耿介清洁精神为核心的知识人文谱系。他剔出了以班固为代表的微弱风谏和堂皇歌颂的文论骨干，而远绍《诗经》"怨主刺上"的激切讽谏精神，以古老的《五经》为屈原其文正名"立义"，显示屈原的"博远"辞采与风格（以上见《楚辞章句序》）。其中，最为基础也最具阐释潜力的是他关于屈骚"香草美人"象喻系统的论述建构。其《离骚经序》言：

> 《离骚》之文，依《诗》取兴，引类譬喻，故善鸟香草，以配忠贞；恶禽丑物，以比谗佞；灵修美人，以媲于君；宓妃佚女，以譬贤臣；虬龙鸾凤，以托君子；飘风云霓，以为小人。其词温而雅，其义皎而朗。凡百君子，莫不慕其清高，嘉其文采，哀其不遇，而愍其志焉。

在此，他将类比思维的多维隐喻做了政治伦理意旨的归一索解。这既是对已形成传统的君子"比德"说和赋诗、解诗"赋比兴"方法的完善，也是对辞赋实际创作进展情形的尊重。作为篇幅较长的政治抒情诗的楚骚话语系统，总体是抒情象喻式的。它主要由四个方面构成：属于楚骚体典型情感特征的"兮"字及由此形成的几种主要句型（声音及其物质外壳）、多种物象的安排模式（政治诗所要求的政治道德意义传达方式）、多类物象的运用模式（言约旨隐的抒情诗所要求的意义传达方式）、经典"情节"的出现（长篇政治抒情诗进行意义转换所出现的带故事性段落结构）。其中的物象大多是象喻式的，更进一步言是隐喻式的，并不一定具有明确切实的政治伦理意味。但"拟则其仪表，祖式其模范，取其要妙，窃其华藻"的两汉骚体赋创作，随着帝王专制意志的加强和儒学的意识形态化、官方哲学化，即越来越将"失志不遇"情结下所托寓的物象"所指"明晰化为政治进取斗争中忠奸、贤不肖对立的思维模式，以表达其越来越明确的政治伦理指向，成为经学解经的政治伦理意图倾向在文学创作和文学评论中的典型体现。

综考君子"比德"说的核心，是自然界的山水、事物之所以美乃在于其所类比引发的君子道德情操之人格美："自然物象之所以美，在于它作为审美客体可以与审美主体'比德'，亦即从中可以感受或意味到某种人格美。 在这里，'比德'之'德'指伦理品德或精神品德；'比'意指象征或比拟。"①在先秦典籍中，《易经·系辞下》所言："仰则观象于天，俯则观法于地，观鸟兽之文，与地之宜，近取诸身，远取诸物，于是始作八卦，以通神明之德，以类万物之情"，为"比德"说提供了早期的天人合一和类比思维基础。而《易传》乾坤两卦的解释，实际是在阐释儒家的君子观，所谓"天行健，君子以自强不息"象征君子的乾德（《乾·象》），"地势坤，君子以厚德载物"象征君子的坤德（《坤·象》）等是也。《管子·小问》借齐桓公之口提出"何物可比于君子之德乎"的关于春天事物和君子品德关系的思想命题，隰朋对以有用而不自恃的粟，管仲对以具有人才成长风范的禾苗，以为"天下得之则安，不得则危"。 又在《水地》篇中具体阐释土、水、玉可通于不同人等的多样品德。 老、庄也有零星的"比德"说言论。 不过，相较而言，崇尚儒雅君子风范的儒家对"比德"说的运用更为广泛而自觉。 孔子"比德"说的自然物象系统已由人们所普遍设喻类比的玉、土、山、水，扩展到了乔木的松柏、芳草的芷兰等。 荀子则在孔子等人的思想基础上，明确提出了"君子比德于玉"的理论，并对玉所对应的君子人格做出了全面具体的儒家伦理阐释："夫玉者，君子比德焉。 温润而泽，仁也；栗而理，智也；坚刚而不屈，义也；廉而不刿，行也；折而不挠，勇也；瑕适并见；情也；扣之，其声清扬而远闻，其止辍然，辞也。"（《荀子·法行》）从"仁""智""义""行""勇""情""辞"等八个方面申说了玉所隐含而可通于君子的素质和品行。 又在《宥坐》《大略》《尧问》等篇中有所论述。 是先秦"比德"理论的集中阐释者。

先秦的君子"比德"理论也自觉不自觉地进入到了其间的文学艺术创造思维中，《诗经》广泛采用的"博物"式赋比兴手法（鸟兽草木虫鱼）和楚骚

---

① 李泽厚、汝信主编：《美学百科全书》，23 页，北京，社会科学文献出版社，1990。

更为庞大的象喻语言系统,即是其重要的表现载体。 到了汉代,人们继续推演君子"比德"说,并结合日益强盛而不断内化自觉的经学思维模式,即以经学的政治道德化思维来进行辞赋创作和进行辞赋的君子"比德"理论建设,最终形成了以《毛诗序》及其注疏和东汉王逸的"比兴"阐释理论。

董仲舒《山川颂》直接继承了先秦尤其是孔子的"仁者乐山,智者乐水"命题和《诗经》的南山"比德"运用(引《小雅·节南山》),而做了更为全面深细的发挥和阐释,讲出了山水是如何与君子之德及圣人咏叹形成一种比配兴味联系——"是以君子取辟(譬喻)也"。 既具赋体文学之美,又有汉代文化思想的特质。 扬雄著名的"声画形,则君子小人见矣"之说(《法言·问神》),虽不是直接运用君子"比德"的讲述方式,而趋向则是一致的。 这是更为扩大而精深的君子"比德"说,只是扬雄从内显外发关系出发,讲言出之声况和心画之书状皆能反映出表现者的内心道德修养状态,而一般"比德"说都是从两物之间的关系出发。

《毛诗序》则将《周礼·春官》大师所教的"以六德为本,以六律为之音"的"六诗"(风、赋、比、兴、雅、颂)改造为汉代的"六义"说,主要用"风雅颂"的释义来阐解《诗经》的政治教化和道德教化意图。 而附着于《周礼》其下的东汉经学注疏,又加强了对"赋比兴"手法的规范说明。 东汉郑众注云:"比者,比方于物也;兴者,托事于物。"郑玄注云:"赋之言铺,直铺陈今之政教善恶。 比,见今之失,不敢斥言,取比类以言之。 兴,见今之美,嫌于媚谀,取善事以言之。"[1]两人都认为比兴是打通此事物和彼事物的联系,进行形象或性质相通的比类托喻。 而郑玄强调喻意的政治道德内涵,更清楚地说明了汉代比兴说是对传统君子"比德"说的发展和深入,已经拿来阐释文学艺术作品的创作思维和言语系统。

"从思想内涵来看,诗文中的'比兴'主要是指'比德'。 也就是说,'比兴'的形式主要用'比德'的内涵。"[2]在政治经学气氛不断增强和"士

---

[1] 《周礼注疏》卷二十三,见(清)阮元校刻:《十三经注疏》,796 页,北京,中华书局,1982。
[2] 朱恩彬等主编:《中国古代文艺心理学》,189 页,济南,山东文艺出版社,1997。

不遇"感受日益真切沉重的情形下，两汉辞赋越来越普遍地运用"比德"思维，扩大了《诗经》、楚骚的物象范围和类型，强化了《诗经》、楚骚创作的物象譬喻指向，使得忠奸善恶贤不肖对立的政治道德情感指向越来越明晰。这里以收录在王逸《楚辞章句》的两汉拟骚体作品为例简要概括地说明。

两汉拟骚体中有大量物象，从花草树木、鸟兽、玉石到《诗经》、楚骚少见的器物类，林林总总，琳琅满目，是汉人表达政治道德感情的有力手段。与诗骚比，两汉拟骚体描述和抒情的物象范围和进行"比德"的种类扩大了，出现了很多"新"物类，忠奸善恶的对比意味也更显著，出现了具有汉代特色的表达模式。花草意象中出现了道德空间化表达模式。如《七谏·自悲》："居不乐以时思兮，食草木之秋实。饮菌若之朝露兮，构桂木而为室。杂橘柚以为囿兮，列新夷与椒桢。"直接将花草树木与建筑联系，以显自己的高洁情操。鸟兽意象中出现了以鸟兽来"比德"的模式，让善鸟兽也成为汉人道德情操的一种象征。又贡献了崇高与凡俗对比的模式，出现了很多凡俗的鸟兽意象，如驴、牛、凫鹅、鸡鹜、鹑、鷃等，与神龙、麒麟、凤凰、骐骥、龟龙、玄鹤等神话性动物意象对比，表现了大一统政治专制的严酷凶险和人性向利欲滑落的无情现实。再进一层，汉人还发展出了堪称恶物类的表达方式。王逸的《九思·怨上》《悼乱》中出现了许多日常可见又触目惊心的虫豸类。——此即王逸所说的"善鸟香草，以配忠贞；恶禽臭物，以媲谄佞；虬龙鸾凤，以托君子；飘风云霓，以为小人"。此外，两汉拟骚体中还有大量的人物意象。按身份可分为君主、臣子、神仙、女性和有特殊才能的人五类，而君主可细分为明君、昏君和今君三类，臣子可细分为贤臣、奸臣、隐士和今臣四类，神仙可细分为男仙、女神、自然神和天神地祇四类，由此可见其持续加强的政治道德褒贬意味。——此即王逸所说"灵修美人，以媲于君；宓妃佚女，以譬贤臣"的扩大和强化。

综上可见，王逸所建构的楚骚象喻言语系统，既有《诗经》、楚骚和汉赋的坚实创作基础，又感染了汉代"比兴"诗学的经学阐释方式，而发展落实了从先秦到汉代的君子（小人）"比德"理论。尽管其间确有一些政治道德褒贬意味的牵强比附之处，但总体来说仍"是对古代人类求同联想的心理活动和以类相推的类比思维的高度概括"①，具有极富潜力的阐释空间。

◎ 第三节
东汉辞赋的创作思想

考察一个时代的文艺思想，主要的当然应该从已经成型的文艺理论批评素材（含文献著录和文集编排体例等）着手提炼归整，以见出其发展主潮。此外，还应该深进到文学创作的实践活动，从中把握那些更为丰富鲜活、具有时代共同倾向和发展脉络的文艺创作意识、创作倾向和文艺精神。汉人不仅有丰厚的辞赋创作实绩，练习作赋、向人学赋的风气在司马相如和桓谭的少年时期已蔚为风气，而且评论辞赋也广泛精深，总结创作的心得体会，评述辞赋的创作特点、意义和价值。使得汉人的创作思想实际已包含了创作意识、创作倾向和文艺精神三大方面。

一、经典模拟和"缘事而发"的辞赋创作意识

总括汉代辞赋创作的实际情形有两大类：一为模拟而作，以前人的作品为基本规范，又抒发自我的时代感遇。这中间既有抒情之作，如拟骚体作品的前后相继，都共同祖述一个"贤人失志"的楚骚传统，也有描绘、说理之作，如"七"体之效《七发》，"客难"体作品之效《答客难》等。一为缘事而作，是前无明显典范作品可供仿效的真正创作。而这个"事"也相当广泛，有国家大事，有生活、精神刺激（如《答客难》），有自我感怀（如《鹏

---

① 鲁洪生：《从赋、比、兴产生的时代背景看其本义》，载《中国社会科学》，1993（3）。

鸟赋》），它们也可能如前所述成为后来汉人的效法对象。

受经学的注疏思维和政治道德的崇古意识影响，汉人在辞赋创作及评论领域内，有很强的向前辈辞赋经典作品进行模拟仿效或改进创新的自觉意识和行为。从而，出现了两种情况：或由模拟而形成文学类型，或由模拟而形成文学典范。

所谓由模拟而形成文学类型，乃是说一些最初并不能清楚是有意模拟还是无意相似的赋作，由于被年辈更晚的后人认为是在模拟前人而贯入自己的系列模拟对象中，使之与体裁、题材相同的作品成为一种文学类型。比如，"九"体、音乐赋、"客难"体作品在两汉各自形成了一个包含多个时期、多篇作品的文学类型。对西汉人来说是否有意模拟前人，情形不得而知，不过由于东汉人在有意仿效前人作品时，将西汉作品也纳入自己的仿效系列，并认为西汉作品也学习了某某前人，由此形成一个自觉和不自觉模拟相混合的系列类型作品。东汉王逸《楚辞章句·九辩序》即认为西汉刘向《九叹》、王褒《九怀》有意模拟屈原《九歌》、《九章》及宋玉《九辩》，是"咸悲其文，依而作词，故号为'楚词'，亦采其九以立义焉"，并将自己的作品《九思》也放入这个系列，形成了一个以悼屈为主题、以屈宋词为范本、题名为"九"的"九"体类型。关于音乐赋在汉代形成系列，可见东汉马融《长笛赋序》的交代："有雒客舍逆旅，吹笛，为《气出》、《精列》相和。融去京师逾年，暂闻，甚悲而乐之。追慕王子渊、枚乘、刘伯康、傅武仲等箫、琴、笙颂，唯笛独无，故聊复备数，作《长笛赋》。"马融作《长笛赋》补充音乐赋所咏对象中缺笛的结果，就将枚乘《笙赋》、王褒《洞箫赋》、刘玄《簧赋》、傅毅《琴赋》和己作构成为一个音乐赋类型。——晚唐皮日休有《九讽》。"客难"体（《文选》称为"设论"、《文心雕龙·杂文》归入"对问"）初步形成一个文学系列类型，则可见班固《汉书·叙传》关于自作《答宾戏》的交代："永平中为郎，典校群书，专笃志于博学，以著述为业。或讥以无功，又感东方朔、扬雄自谕以不遭苏、张、范、蔡之时，曾不折之以正道，明君子之所守，故聊复应焉。"所谓"又感东方朔、扬雄自谕"，即指东方朔《答客难》和扬雄《解嘲》。班固之后,崔骃《达旨》、张衡《应间》、崔寔《客讥》、蔡邕《释诲》等作也是同类作品。——唐韩愈《进学解》即其嗣响。

而美女赋、悲士不遇赋和"七"体等在两汉形成辞赋系列类型,由于文献残缺,并不能肯定汉人当初即为有意模拟,但在汉后的读解或创作中,却因题材和形态的类似而被视为拟效前人,而归入一个创作系列类型中。宋代王懋说:"仆观相如《美人赋》又出于宋玉《好色赋》,相如拟之为《美人赋》,蔡邕又拟之为《协和赋》,曹植为《静思赋》,陈琳为《止欲赋》,王粲为《闲邪赋》,应玚为《正情赋》,张华为《咏怀赋》,江淹为《丽色赋》,沈约为《丽人赋》,转转规仿,以至于今。"①在他的读解里,司马相如《美人赋》有意模拟宋玉《登徒子好色赋》,蔡邕《协和赋》(应为《协初赋》)又有意模拟相如,并整理出一条由先秦纵贯六朝的有关美人和情欲的赋作系列,其根据无非是它们的题材、内容、手法与前作有相类似处。然而《西京杂记》卷二说:"长卿素有消渴疾,及还成都,悦文君之色,遂以发痼疾,乃作《美人赋》,欲以自刺,而终不能改,卒以此疾至死。"并未说《美人赋》是有意模拟宋玉之作,而是有感于文君美色激起消渴痼疾,作此以"自刺"。陶渊明《感士不遇赋序》则将董仲舒《士不遇赋》、司马迁《悲士不遇赋》归为一个创作系列,自己仿效之。至于"七"体的立名,则不在汉代而在汉代之后,《文选》列"七"类,《文心雕龙·杂文》列述"七"作。但在后人眼里,自西汉初枚乘"首制《七发》"后,整个两汉就开始了一个"作者继踵"②、"乘其流而作之"、"引其源而广之"③的有意扩散过程。——到元朝,袁桷还作有《七观》。

所谓由模拟而形成典范,是说汉人的持续模拟(不管是否有意)让汉赋

---

① (宋)王懋:《野客丛书》卷十六"相如大人赋"条,见《丛书集成》初编本(第304~306册),上海,商务印书馆,1939。
② (南朝梁)刘勰著,范文澜注:《文心雕龙注》,254~255页,北京,人民文学出版社,1958。
③ (晋)傅玄:《七谟序》,见(清)严可均辑:《全晋文》,1723页,北京,中华书局,1958。

有了多种体裁的文学系列类型，从而多种文学系列类型都拥有了属于自己的文体典范，他们共同体现遵守这个文类的基本特征和规范。而前后继踵、如响斯应的反复模拟，又让一些经典作家作品脱颖而出，成为这个文学系列类型的典范。从文体学的角度讲，这是典型的"因文立体"。这里以"客难"体和拟骚体简要说明。

关于"客难"体的渊源、首倡、承袭和体制的规范要点，刘勰《文心雕龙·杂文》有清楚说明。他认为东方朔《答客难》是汉代"客难"体作品的首制，承战国宋玉《对楚王问》"效而广之"，之后汉魏人"迭相祖述"，形成一个令人瞩目的"客难"体系列。他认为该体的体制规范是："原兹文之设，乃发愤以表志。身挫凭乎道胜，时屯寄于情泰，莫不渊岳其心，麟凤其采，此立本之大要也。""身挫""时屯"是创作主体共同遭遇的个体和时代困境，是制赋之由；"托古慰志""回环自释"是制赋的策略和纲领，借古讽今，自我安慰；"发愤以表志""慰志"是制赋目的，自高道德才能，批判社会龌龊，以从现实的失落中得到意念安慰；"渊岳其心，麟凤其采"是修辞手段，以煌丽铺排的语言表达高远的情操和时势的笼罩；最后是策略的成功实现，达到"道胜""情泰"的境界，实现人生价值的重新安顿。确实，凡属"客难"体的作品，基本都体现了这些要素：往往借"客"嘲笑主人的瓠落、失意、位卑来引起"主人"的回应，这是"身挫""时屯"；在回应中，"主人"总强调自己道德才能的突出，错不在己，只是生不逢时；接着古今对比，说明"士"命运的集体跌落，批判当前社会得志者的凡庸，坚持富贵总与祸患相伴，眼前得势者未来的前途并不光明，这是"托古""回环自释"；最后归结为以修道持身，虽位卑亦自足，"客"也在羞愧之下，诚恳输心，这是"情泰""道胜"；此类赋的目的是要解除现实中困惑自己的道德才能与地位命运的不对应难题，故赋作都是假设主客问答，抑客申主，一番辩论后，客在主人面前心悦诚服。

拟骚体，特指被王逸《楚辞章句》所收录的几篇汉人赋作，因它们内容或是伤悼屈原，或是代屈原立言，形式上皆采用骚体，故习惯称为悼骚体或拟骚体。就赋的内容言，可称悼骚体；而从赋的技术言，则应称拟骚体。关于其文体规范，王逸的交代有些语焉不详，今人李大明先生在探讨刘向《楚辞》收录作品的编辑原则时，曾说："刘向则认为：屈原作品是'楚辞'，宋玉以下、尤其是汉人的作品在内容上要与屈原有关，文体上要拟骚才叫'楚辞'，所以宋玉之作，只增入《招魂》。而且，所谓文体上要拟骚，又指的是学习屈原诸作的以事名篇和骚体句式，而不能以赋名篇。所以，即使像贾谊的'为赋以吊屈原'，也不辑入《楚辞》，但《九怀》、《七谏》，则既是伤屈之作，又是以事名篇和骚体句式，所以增辑入《楚辞》专书之中。"①这段话可视为关于该体的规范。不符合的，如贾谊《吊屈原文》(或称《吊屈原赋》)，即被刘向剔出了《楚辞》。当然，如果我们对此推测出的规范不拘泥，则汉代很多以屈原为话题的作品都可入这个辞赋类型。

除上述类型外，东汉赋作的模拟还有"京殿苑猎"的都邑赋、射猎赋，"述行序志"的述行赋、显志赋、玄思赋，"草区禽族，庶品杂类"等各式体物小赋(《文心雕龙·诠赋》)，再加上"宫怨"类、拟骚体，则遍及汉赋的各个体类。人们说诗人面对传统有一种巨大的声音焦虑感："身处传统中的诗人与传统形成了既相依赖又相对立的张力状态：一方面，他无论如何都摆脱不了别人的声音；另一方面，他只有摆脱别人的声音才能有自己的声音。所有的作家在开始说话或写作时都为将要产生的影响感到不安，他的写作不是肯定就是否定别人先他而写的书，别人的声音渗透在他的话语中。"②东汉赋家更是如此，不过他们在别人的声音中也渗透自己的话语，完成对宇宙、社会和人生的观察、思考与表达，成为那个时代最好的记录。

其实，汉人的新变和原发创作意识也相当发达，否则无以成其为一代之文学。他们除通过效仿前人输入新的时代意兴感思外，还直接从社会政治生活和个体的多样性遭际感遇发端，抒情而作，"缘事而发"，成就多样的创作情志。

---

① 李大明：《汉楚辞学史》，163页，成都，电子科技大学出版社，1994。
② 陶东风：《文体演变及其文化意味》，110页，昆明，云南人民出版社，1994。

汉人有抒情而作的传统。在他们的抒情性作品里，常有这种意识的表露。其中又有三种情况：首先，文体明显踵袭前人，但又抒发时代和个人之情的作品。如汉代拟骚体作品就特别强调当情志长期郁结不通时，即发抒内心的憾恨作为诗篇以宣泄之（即骚体赋）。如严忌《哀时命》云："志憾恨而不逞兮，抒中情而属诗。……独便悁而烦毒兮，焉发愤而抒情。"或者当世找不到知音，则写作篇章，满贮自己的理想和哀怨，以遗传后世。如刘向《九叹·逢纷》云："垂文扬采，遗将来兮。"追溯其源，即明显发于屈原《九章·惜诵》"惜诵以致愍兮，发愤以抒情"、《悲回风》"介眇志之所惑兮，窃赋诗之所明"等语。可见这是对楚骚发愤抒情创作原则的自觉继承，而在文体上形成了拟骚体，呈现为以"九"命名的"九"体和按主题名篇两个系列。这些作品并非完全的无病呻吟，而是映射着属于个体的特定感受和汉代的文化精神。其次，虽追伤前人，但文体属独创之作。《汉书·贾谊传》载贾谊作《吊屈原赋》的背景是被贬为长沙王太傅，意图是"追伤之，因以自谕"。本文创立了吊文典范，之后司马相如有《哀二世赋》，扬雄有《反离骚》，班彪有《悼离骚》，蔡邕有《吊屈原文》，并属吊文。刘勰《文心雕龙·哀吊》即以贾谊之作为开山，而以后起之作为继踵，形成变创骚体赋之吊屈系列。最后，感物兴怀，发为各种有独创性色彩的抒情作品。如"宫怨"类三篇赋作（司马相如《长门赋》、刘彻《悼李夫人赋》、班昭《自悼赋》），发生在森严宫廷之中，而都有爱情的缠绵相思。又如蔡邕《伤故栗赋》、张衡《归田园赋》、赵壹《穷鸟赋》、马芝《申情赋》等作，各有其思情。

汉人又有"感于哀乐，缘事而发"（《汉书·艺文志·诗赋略序》）的多样创作实践开发，由此也形成了一些文学类型。这个"事"的种类很多。有受诸侯、大臣命而作和受诏而作。前者如淮南王、梁孝王、长沙王等手下群臣赋和东汉窦宪的幕府群僚赋等，后者如西汉武、宣、元、成时期的文学侍从之臣和东汉明、章二帝时期的班固等兰台文人，往往歌颂天子出巡和各种礼仪性大典，包括郊祀礼、四时祭礼和畋猎礼，以及皇室之喜和祥瑞之出等喜庆大事。这类作品多具有颂德和愉悦的双重性质，对形成赋的歌颂类和游戏类有作用。它们颂扬主子和皇帝，成为一种赋而颂德的文体。汉人常"赋颂"互称，实在是其文体乃赋，又有颂德之意，所谓"美盛德之形容"也。

也有主动献赋给皇帝的。如刘安作《离骚传》是被动受诏而为，然《颂德》和《长安都国颂》却是主动自觉的颂德行为（见《汉书·淮南衡山济北王传》）。成帝时，扬雄上四大赋，涉及的礼仪大典有郊祀礼（《甘泉赋》《河东赋》），射猎礼（《羽猎赋》《长杨赋》）等。据《汉书·扬雄传》"（扬雄）初拟相如，献赋黄门"的记载看，四大赋之作在扬雄待诏之时，似是主动献赋，为讽而献。但从待诏黄门的职司和扈从性质看，其实是兼具了应诏而作的本分；只是扬雄自认为注入了主动的讽谏意图，并非全为颂而作，与为颂而献的赋作有别。这种或主动或受诏的献赋行为，对汉赋之形成或颂或讽、或讽颂兼具的创作构思有重要作用。

此外，是皇帝的个人信仰或皇太子的闷闷不乐。本质上讲，它们仍是攸关帝国的大事。前者如司马相如创作《大人赋》，是"见上好仙道"而具奏讽之（《史记·司马相如列传》）。汉人普遍都好神仙，虽然虚妄，为有识之士所鄙，但仍属个人信仰范围，只因为是皇帝，又流于狂热，可能影响到国家的行政方向和皇帝的正面形象，故相如托辞以讽。后者如王褒等人，曾为"体不安，苦忽忽善忘，不乐"的宣帝太子"朝夕诵读奇文及自所造作。疾平后，乃归。太子喜褒所为《甘泉》及《洞箫颂》，令后宫贵人左右皆诵读之。"推测这类赋作，其思理应是巧妙周旋，引人入胜，语言新奇活泼，清丽动人，具有宣帝所评当时赋作的"辩丽可喜"特征（《汉书·王褒传》）。

又有缘起于士人个人的政治遭贬和乱世流离，由此促发了具有共同文本规范的述行赋系列。从文学传统说，它们是学习了屈原《哀郢》、《涉江》，或者说，屈原为汉代述行赋提供了技术和心灵支持，但支持得以实现的关键，还在于汉人拥有与屈原相通的政治生活处境。汉人首先是缘事而发，以亲身遭遇为基础，其次才是学习变化文学传统的问题。刘歆有五原之贬，作

《遂初赋》；班彪乱世漂离，有《北征赋》、《览海赋》、《冀州赋》；班昭从子到陈留，作《东征赋》；蔡邕有一个先向京师而后返辙的旅行经历，作《述行赋》。而且，这些汉作与庞大复杂显得没有伦次的屈原作品相比，已贡献了"地—人—史—景"的严谨结构，融入了汉人的整一性思维特征。以前看后，是学习；以后看前，则是创作。因为所遇的情志相通，成为某种境遇下的文学创作类型，拟骚体如此，述行赋也是如此。

还有士人所遭遇的多样化日常生活事件和精神事件。前者如马融在洛阳客舍闻人吹笛，"甚悲而乐之"，又追感赋史长河中没有《笛赋》，乃为《长笛赋》"聊复备数"。这是闻笛。其他咏物类赋作大抵同此，形成了具有大致相同文本规范的辞赋类型，都思通天地，具有汉人的"宇宙品格"、"伦理内蕴"[①]。而有趣的日常人物、事件，也可能摇动汉人创作赋篇的情怀，如游戏赋中的王褒《僮约》《责须髯奴辞》，蔡邕《短人赋》等作。后者如贾谊逢凶兆的鹏鸟，有感而发，作《鹏鸟赋》，孔臧逢鸮，对应贾赋，作《鸮赋》，形成人鸟问答的结构模式。又如扬雄《逐穷赋》，为排遣穷愁而作。王延寿作《梦赋》，乃是"叙梦""骂鬼"之作，有着神奇的"却鬼"效果。都是一些精神困扰的事情。以此标准来看，"客难"体作品也是如此，它们都缘起于位禄卑微，带来了主人公的精神困扰，而以说理为主，形成一个特殊的散体赋类型。"七"体也大抵如此，前六事容有差异，但最后一事差不多都归于"招隐"[②]，可见激发创作的也是来自个人的出处穷通，带来了主人公"游戏"排遣的精神需要。张衡《髑髅赋》则以精神之事，托于游戏之笔。

总之，汉人的辞赋创作意识相当发达，我们不能因其确实有显见的模拟一面，就一笔勾销其在灵活自创的创作意识贡献。它们是汉人辞赋创作思想的重要组成部分，与赋学批评理论一起，最终完成了虽不完善纯正却十分重要的文学体类出现与划分。

[①] 侯立兵：《汉魏六朝赋多维研究》，286～289 页，北京，人民出版社，2007。
[②] 郭建勋：《辞赋文体研究》，62～65 页，北京，中华书局，2007。

二、整具性书写思维和知识学谱系的营构倾向

通汉赋三体（骚体、散体、四言体）而言，虽表现各有侧重，而都具有象类式密集铺陈的赋性，由此造就了作为整体的汉赋在书写思维上具有具体性描绘和整体性描绘相融合的整具性特征，在文本学理建设上具有知识学谱系的营构倾向。跨东西汉辞赋创作趋势而言，东汉又尤其加强了这种整具性和知识谱系性的表现取向，表征出东汉辞赋的骈偶化、均衡化、征实化等特点。

文本书写思维是一种作者用来观察世界和人生，烛照内心和理想，书写时运行文本符号系统的特有逻辑。对汉赋来说，这个逻辑就是学者已经指出的整体宏观描绘与细节描绘的结合①。但它不再只是落实于某些具体的文本描绘层面的某种手法特点，而是上升到整个赋体书写操作的逻辑高度上的思维特点，是汉代"天人合一"理性文化思维主导下的整体性思维与具体性思维相结合的整具性思维——整体宏观安排中透具体的环节、细节，而具体的环节、细节描绘中显整体宏观布局——此即"苞括宇宙，总览人物"的"赋家之心"而显示于赋文本的"合綦组以成文，列锦绣而为质，一经一纬，一宫一商"的"赋之迹"（《西京杂记》卷二），是超越具体技法又表现为具体技法、具有"天人之合"②特点的赋家才能。它笼括了以体物颂美为主的四言体赋（它有类型化特征）、以抒情言志为主的骚体赋（其中有空间展示）和以空间铺衍为主的散体赋（包括描绘宫殿城池、射猎礼仪等的大赋，展现汉人欲望世界的"七"体和阐说人生义理的"客难"体）。

整体性思维是"对事物作整体把握，是原始思维的重要特征。这里所说的整体，是一个相对的概念，大至宇宙，小至具体事物，都有相对的整体

---

① 万光治：《汉赋通论》，230～242 页，成都，巴蜀书社，1989。
② "诗为天人之合"。辞赋更是如此。见（清）刘熙载：《艺概·诗概》，49 页，上海，上海古籍出版社，1978。

性。……整体意识沉淀在人类心理结构的底层,成为一种本能冲动,深刻地影响着人类后来的历史活动。……到了汉代,政治与学术思想大一统的确立,使人们的整体意识更加趋于自觉。以'天人感应'为核心的神学思想体系;司马迁'究天人之际,通古今之变,成一家之言'的史学思想;司马相如关于'赋家之心,苞括宇宙,总览人物'的创作认识,都是这种整体意识在哲学、史学、文学中的具体表现。"[1]而具体性思维是汉人在进行或广阔(散体)、或幽深(骚体)、或微细(四言)的赋像世界构筑时,总是以一些具体的物象(花草树木、鸟兽虫鱼、玉石、器物)、人像(君臣、神仙、女性和有特殊才能的人)、地名(神话、实有)等来表征他们对世界的感知、认识和总结。这些都有具体的知识谱系来源,都落实到具体可知可感的征象表现上。即使在今人看来具有神秘性、超像性的四方五行之理、阴阳命运之数、神仙游仙之说、图符祥瑞之术,汉人尤其是东汉人都强调其"事实"的可靠和"义正"的庄肃(班固《典引序》)。

　　学习《楚辞》的拟骚体虽以纵向的时间断裂抒情为主,但整具性思维特征也十分突出。如果说屈原的作品还是"复杂无伦",(东)汉拟骚体赋则是"整蔚有序"[2],不仅表现在篇章词语的齐整与结构的均衡,也表现在对文本思维的注意从整体到具象把握。从时间完整性说,朝夕、黄昏等时间段频繁出现,可让人联想出一个完整的时间流程。从人物行动说,其虽重于内心的愁苦忧郁抒情,但其外在的动作性也较明显,抒情主人公在陆地(山间)的停伫、水中的彷徨和天上的仆仆行程交代得比较完整,东西南北中的神游五方表达越到东汉越清晰。从空间完整性说,东汉作品不仅有了如山间隐居和天上神游的空间层次展示,而且所描绘的世界事实上又组成了立体的完整面貌:(1)大地(含山水、平原)作为平面的展开,而其中又有层次的不同:花草鸟兽虫鱼的空间位置不同,花草树木有山间和水中之分,有草本与

---

[1] 万光治:《汉赋通论》,234~235 页,成都,巴蜀书社,1989。
[2] "骚与赋句语不甚相远,体裁则大不同:骚复杂无伦,赋整蔚有序;骚以含蓄深婉为尚,赋以夸张宏钜为工。"见(明)胡应麟:《诗薮·内编》,6 页,上海,上海古籍出版社,1979。

木本的不同,有高大的乔木与低矮的灌丛之异,鸟兽则水陆空之别,虫豸类也出现在王逸的作品中;(2)空中有耸入云霄的崇山,高峻挺拔的乔木,淫淫作雨的云雾,还有飞翔的各种鸟类,它们既是意象的,也是实有的,有善恶、忠奸、神凡之别;(3)还有一个神话的天游世界,其东西南北中的五方拜访,本就是完整的空间展示,这个世界里也有花草鸟兽与山水等景象之殊、意味之变。这其中最值得重视的是花草的空间化表达和五方五行模式的运用。还有人象的运用。拟骚体的世界里有众多的人物,君臣、神仙、女性和有特殊才能的人,不一而足。值得指出,在称说陈述各类人物时,汉人扩大了屈骚的合称、连称等表达方式,使它们成为一种书写模式,体现出一种来自历史评判的谱系归总意识。这既可看作对时间完整性的补充,是一种深邃的历史意识和政治批判意识,又可看作对空间完整性的补充,这些来自不同历史时段和空间层次的人物,组成了形象意味各别的人物群像,分布在空间世界的不同层次和方位里。

汉代变创骚体赋除具有上述拟骚体的特点外,还针对更为个别特殊的感遇处境,也表现出不同程度的完整性。"不遇言志"类表现了从怨世到安顿的完整思理过程。尤其是冯衍《显志赋》,呈现了"人—地—史—景"的关联结构,将时间要素与空间要素有机结合,地名、空间的迁移引起地上经行和精神游仙的景象变化,表现出整合的时空意识,知识的条贯化、整体化、系统化倾向十分突出;而花草树木的道德建筑化表达,更是其明显标志。"性命玄思"类表现了由焦躁向平宁的完整情思过程,他们思考有关时间生命的吉凶、祸福、穷通、寿命、生死等问题,而游仙和游艺部分则是精神空间和道德空间的集中展示。"宫怨悼亡"类,表现了随时空变化起伏的悠长情思,完整性和具象性也十分突出。至于"北方述行"类,在展现对现政权的向心离心过程中,也注意时空铺衍的完整具体,"地—人—史—景"的征实写法,本身就是对政治地理时空和北方风物的最好展示。

四言体赋的整具性思维则体现在对所咏对象的思理和情致的完整把握与具象呈示上。西汉初期作品主要是咏物,将所咏对象的各种情况,包括制作程序、所象之德及所蕴之思,都做完整无余的呈示,而所凭构的因物(象)及德模式,乃是整具性思维的完美表现。西汉后期到东汉末年的作品,则以扬雄《逐贫赋》和赵壹《穷鸟赋》为代表,前者则将贫穷具象化为与主人公对语的有思想情感的人物,写出了对贫穷的拒斥到接受的完整过程,后者以鸟喻人,写出了令人忧惧的末世生存情境,其身世象征与赋的整体思维相得益彰。

"七"体作品将人间繁复的欲望世界,包括物质与精神的,"裁而为七,移形换步,处处足以回易耳目"(清人何焯《义门读书记》),本身就是完整思维的模式化表现。而且所列七事是以一种罗列层进的方式不断铺衍,将各种不同的人物空间享乐(宫室、音乐、舞蹈、射猎、美食、车马、衣服)分类编排、具体呈现,组成了一个宏大的汉赋视界。张衡《七辩》首先陈述的就是"宫室"之乐。东汉"七"体的宫室描绘特点有:(1)注意突出其作为一个建筑群落的空间布局特征,呈现出既有水平的又有垂直的,既有室内的图案美也有室外的立体画面美,与散体大赋的同类描绘相通。(2)将宫室放在一个或高旷、平畴、优美的自然环境中。傅毅《七激》的"洞房华屋"是一个"园薮平夷,沼池漫衍,禽兽群交,芳草华蔓"的平远视界。张衡《七辩》的乐国闲馆放在一个"回飙拂其寮,兰泉注其庭"的优美田园风光中,表现出与其《归田赋》相通的旨趣。(3)突出宫室之乐实际是一个包含了多种乐事和行动的综合性娱乐活动,有时间推移,地点转换,节目更替,体现出一种络绎不绝的画面流动和声色交替。由此可见其空间描绘艺术的精彩和全面。

"客难"体作品从文体特征言,以说理为主,从目的言,是"设疑以自通"(《后汉书·蔡邕列传》),不太能看出其整具性书写特征。但其对比、托古的人象策略运用和发达的历史借鉴意识,使得其具象性和整体性仍十分突出。在其巨大的时代对比网络里,来自上古、战国、汉代人物的遭遇与眼前自我的处境形成巨大反差,而所维系的个人和时代情感调停徘徊于其中,最后达成对自我现状的一种合理化解释。其所表现的是一种思维的严整性和所运用手段的具体性，也是整具性书写思维的表现形式。

至于散体赋的整具性书写特征，人们论述已多，此不赘述。

由上可见，汉赋各个体类都显示出了强弱隐显不等的整具性书写思维特征，是汉代"天人合一"思想和类推思维所凝结而成的象类式密集铺陈的赋性——即汉人的感知表现方式——深深植根于汉人文化心理的结果，也是对汉型文化政治道德本体的深切体认的结果。而东汉则加强了这两方面的趋势，因此其整具性书写思维所表现出来的特征更为突出。

汉赋尤其是东汉赋作又明显具有知识学体系的营构倾向，这是"赋兼才学"的必然表现（刘熙载《艺概·赋概》）。具体说来，又有这样四种知识学体系构造倾向：

（1）文字学倾向。作为汉赋传播手段之一的文字、文本传播①，汉赋以其突出的联边字、类字、瑰字特征："往往予人以触目知类、琳琅满目的物质丰富感和盛大感，因此，有'字汇'之讥的文字的连类并举，也构成了赋整个意义中的一部分。"②不仅如此，作为文字学家的赋家所显示的古文字造诣，更是一种得以自别于其他存世方式的独有手段，成为赋家的一种文化身份标识③。对汉代文化来说，文字正处在一个继承前代遗留的"古文"而向更趋简易的隶书的转变过程中，作为时代文化记录者的汉代赋家，正可凭藉其对多样文字形态的掌握，展示其不同凡响的文化素养，从而获得整个社会的尊敬。在此，文字学知识虽不是政治霸权，却是一种文化权力，具有知识和权力焊接的根本形式："没有任何知识能单独形成，它必须依赖一个交流、记录、积累和转移的系统，而这系统本身即是一种权力形式。反过来说，任何权力的行使，都离不开知识的提取、占有、分配与保留。"④作为一种处理社会基本事务的文化能力，识文断字早就得到了社会的普遍认同，并成为选

---

① 另一是声音诵读传播。如《汉书·王褒传》载宣帝太子即让宫人左右诵读王褒《甘泉赋》《洞箫赋》。
② 于迎春：《汉代文人与文学观念的演进》，36页。
③ 刘朝谦：《赋文本的艺术研究》，208页，北京，中国社会科学出版社、华龄出版社，2006。
④ 福柯语，见赵一凡：《欧美新学赏析》，116页，北京，中央编译出版社，1996。

拔为吏的一项常设途径。古代的贵族学校教育，即开设有识字写字课程。文化、文明乃自识字始。因此，作为汉赋名家的司马相如、扬雄等人才有深刻的文字之好，留下了有许多奇文古字的西汉大赋和文字学著作《凡将篇》《训纂篇》《方言》等。东汉赋家也仍多有文字、书法之好。崔瑗作有《草书势》，赵壹作有《非草书》，蔡邕书写三体石经，作有《笔赋》《篆势》《隶势》《笔论》《九势》等论文字、书法之作。即使到灵帝时期为精英士大夫所攻击为鄙薄庸俗的鸿都门学士，都还"或献赋一篇，或鸟篆盈简"（《后汉书·酷吏列传·阳球传》），精通文字、书法之学。到西晋左思作《三都赋》，至于洛阳纸贵，其原因之一是人们当它为字书、类书抄写。

（2）经学话语的政治道德指向。作为汉代官方意识形态的经学，本身是一种活跃力量，充溢着多样的知识谱系和思想元素，跟随着汉代的政局和士人心态的变化而变化。在经学和利禄紧密结合之前，经学对于赋家是一种精英知识体系，本身意味着对社会的思考力和鉴别力，如西汉武帝之前枚乘等人，也会在《七发》的结尾发出所谓的"要言妙道"，而归穴到儒家。在经学和利禄紧密结合后，经学意识和经学观念对于赋家，既是一种外在的强加，也是一种内在的自觉，成为通行于民间和朝廷的知识、思想武器，这是"言不纯师"的东方朔也大讲经学的原因。再随着经学的博士弟子化和"经明行修"的上行下效，经学更成了东汉赋家评判社会和人生的世界观、人生观。马融、班固、张衡、蔡邕等人都是修养造诣程度不等的经学家，都从事过经学的整理传播和研究工作。大体而言，六经各异其用，又共为其用，总之围绕着社会政治道德格局的建立与评判。"在经学曲折隐晦而又弥散性的文化霸权控制下，汉赋自觉地纳入经学话语体系。"[1]在赋家的不同体类文本里，有着各相依倚的经学思想显现：大赋与尚礼仪纲常的《礼经》（礼官、礼学）和讲大一统、讲尊王攘霸思想的《春秋》（尤其是公羊春秋）相连；"长于"讲"变"的《易经》常成为"性命玄思"类赋作中与庄老同行的思想资

---

[1] 胡学常：《文学话语与权力话语——汉赋与两汉政治》，196页，杭州，浙江人民出版社，2000。

源;"长于"讲"和"的《乐经》则在汉代赋作有关音乐、舞蹈的片断和类别中找到其思想显示;"客难"体中,我们常可见赋家对"记先王之事"的《书经》和记录春秋历史的《春秋》以及后起的历史类著作《战国策》《史记》等历史事实的运用,而在安慰自己时,《易经》又和其他儒家经典著作如《论语》、《孟子》等一起成为知识和思想的学理来源;"记山川溪谷禽兽草木牝牡雌雄,故长于风"的《诗》[①],则在汉代的各体类赋作变本加厉,成为物象类别表达策略的重要体现和讽谏、歌颂精神的重要依托。总体来说,东汉赋家的经学知识在赋中的显示,比西汉更注重知识谱系的条贯性、系统性和正统性(比如典礼仪式的展演及意味,物象的政治道德意味),而经学权力话语更注重依附于当今政权,取一种无保留的颂扬姿态。

(3)阴阳五行思想体系之于汉赋的空间建构。汉赋,尤其是散体大赋,本质上是一种空间艺术。而在这个空间艺术的展布中,阴阳五行思想又起了重要的知识架构作用。阴阳五行思想本身有一个漫长的发展历程,在先秦和春秋时期,已有关于阴阳消息和五行配合的各种分列想法,只是还未构成一个严密的系统。到战国邹衍之时,"宇宙时空的结构""出现了更加系统化的趋向",其"大九州"观念,"象征了古代中国的空间意识在放大,虽然这种放大是传统的延续,因为它还是沿用着'九州'与'地若覆槃'的空间格局的思路,但是这也表明人们试图用思想扩充空间,来解释日益扩大的关于世界的知识。"[②]对应于《山海经》《管子》和《战国策》等对东西南北等方位顺序的多向频繁使用,可知《楚辞》方位顺序之思想来源,由此也可知汉代骚体赋的空间展示中有着阴阳五行思想的密切灌注。再到董仲舒容纳了包括阴阳五行思想在内的大综合儒学思想体系之时,其天地人事物的配合结构更加精密严整,天地—阴阳(人性之善恶、政治之刑德、气候之旱

---

① (汉)司马迁:《太史公自序》:"《易》著天地阴阳四时五行,故长于变;《礼》经纪人伦,故长于行;《书》记先王之事,故长于政;《诗》记山川溪谷禽兽草木牝牡雌雄,故长于风;《乐》,乐所以立,故长于和;《春秋》辨是非,故长于治人。是故《礼》以节人,《乐》以发和,《书》以道事,《诗》以达意,《易》以道化,《春秋》以道义。"见《史记》,3297页,北京,中华书局,1959。
② 葛兆光:《中国思想史》第一卷,150~151页,上海,复旦大学出版社,2001。

涝）—四时—五行，形成了一个严密对应的完整系统，足以解释天象人事观察与政治道德的批判执守的关系。以此思想认识总结，结合之前强调思想综合的《吕氏春秋》《淮南子》等学术著作，就可以明白各体类汉赋空间建构的思维基础。汉赋的复合立体空间结构（水陆空、东西南北中、上下前后左右内外），实在是一个集纳了各种物象（山川溪谷禽兽草木虫鱼）、人像（君臣女性神仙），并按照相应的宇宙秩序和政治道德秩序进行分类编排，然后完成一个既征实又超象的宏大视界总汇。当然，这个时期的阴阳五行思想实际也包含了巫术、方术和神仙等民间思想。总体来说，东汉赋作的空间架构减弱了西汉雄伟瑰奇的审美感受和夸饰扬厉的铺排气势，而更为注重安排的细密和思理的平实，表现出主题的由奢入俭和风格的由闳侈钜衍向密致澹深的推进趋势。

（4）历史学谱系的评论借鉴倾向。这也是汉人思考复杂社会与难堪人生的一个重要学理来源。在骚体赋的不遇之思，"客难"体的上古—战国—汉代对比，京都赋的"东""西"对比和"七"体的第七事"颂今"里，都能见到历史知识及其借鉴经验对于文本的规定性表现。汉代尤其东汉著名赋家多曾出任史官一职，有着欣奉盛世，纪录历史，以见人君、政治之得失的强烈意识，也有着关怀现实、积极进取的强烈人生意志。司马迁、班彪、班固、班昭等自不必言，仅以《隋书·经籍志·史部》所录为例，即有西汉陆贾撰《楚汉春秋》九卷，刘向录《战国策》三十二卷、《列女传》十五卷（曹大家注）、《列仙传赞》三卷或二卷、《世本》二卷、《七略·别录》二十卷等，刘歆撰《列女传颂》一卷、《七略》七卷，扬雄撰《蜀王本纪》一卷；东汉京兆尹延笃撰《战国策论》一卷，太仆赵岐撰《三辅决录》七卷。虽然其名称、种别、性质各异，有正史、古史、杂史、霸史、起居注、旧事篇、职官篇、仪注篇、刑法篇、杂传、地理记、谱系篇、簿录篇等等之称谓不同，但都是"博闻强识，疏通知远"的结果。另外，司马相如临终献《封禅书》，成为司马迁写作《史记·封禅书》的重要基础。做过《灯赋》、曾为待诏的冯商曾续《太史公》七篇。张衡安帝时由郎中再迁为太史令、侍中，曾补撰《汉集》，有多条汉史著述建议。蔡邕曾与卢植、韩说等补撰《后汉记》，著有史书草稿《十意》，临死又求续成《汉史》，都是斑斑可见于史籍的显例。这些对于汉赋的思想内容和风格形式有着深入肌理血脉的影响。

总之，整具性思维是汉赋三体共有的书写思维，也是汉赋之为赋的赋性所在，象类式的密集铺陈贯彻其中，只是或大而全（散体）、或深而细（骚体）、或小而尽（四言），皆表现出对于空间展布、时间流衍、思理穷尽、功能贯通的爱好，让汉赋成为一种大综合、小具体的特殊文类，成为对多个物质门类、精神门类和知识门类、观念门类的包综和横通。一代汉人的才力、思力和学力集萃于此。而东汉又随着政治控制和经学意识形态的加强，其整具性思维的表现更加突出，更加追求文本语词的偶对化、文本意象的系统性、文本结构的均衡性和文本风格的典实性，知识学谱系的展示倾向也更加鲜明，出现了明显的分类知识条贯化、系统化、平实化的创作倾向。

三、兼容包括的汉赋审美创造精神

汉赋自其诞生之日起，可说即享有了种种"美丽之文"（皇甫谧《三都赋序》）的称誉，有着相当明显而纯粹的审美愉悦特征（如诵读的音韵之美，观赏的文字、图案之美，沉思的抒情之美、宏达之美），以致人们推崇其"鲜明强烈地突出了艺术作为一种自觉的美的创造的特征"[1]。不过，就此也毋庸以现代美学"无利害"说而割裂其与趋向理性实用主义的政治道德讽喻、讽谏、求通效能之密切关联，因为它们本就共存于汉赋这种兼实用与审美的特殊文本中——这是汉赋的独有性格，可名为"汉赋性格"。而此"汉赋性格"存在之基础，乃是以一代汉人认知、把握、表现世界与心灵的特殊方式——以汉赋的表现最为杰出全面，可名为"汉赋方式"——所表征而出的审美创造心态，其核心特征是兼容包括。它更为内在根本，居于社会文化、

---

[1] 李泽厚、刘纲纪：《中国美学史》（先秦两汉编），421页，合肥，安徽文艺出版社，1999。

人格心态与各体赋文之中。正是以其为至关重要的中转或制衡，决定了汉赋审美兼美善、情理、天人等关于利害审美而又脱离利害审美的复杂特征。而这些复杂特征其实都是汉代赋家以其呼吸视听于广阔宏伟的社会文化之心、人格心态之灵，更重要的，是以其极度旺盛发达的修辞化、文学化审美心灵为洪炉，锻造了来自世界和自我的方方面面，而以一种不同于政治社会学报告、传记日记等记录文本的全新美学面貌来最终完成的。并且，这个审美创作心态，是人各不同，时各有异，会依据文学书写传统和时代审美风尚而生出或大或小、或深或浅、或前或后的变化迁流。

所谓审美创造心态，是指一个作家或一个时代趋于稳定化的审美心理状态。它生成于社会文化之中，而与人格、心态相连，常以一种变形化了的文学艺术方式发表作者对于社会人生、宇宙心灵的感思意欲，而且常带有鲜明的特征标志，表征其特殊的认知表现方式。因为质言之，审美创造心态之不同，乃审美心理之不同，而审美心理之不同，乃在于认知表现世界与心灵的方式、过程、效果的差异。汉赋是汉人典范的审美创造心态文本，要了解把握汉人丰富流动的审美创造心态，可主要通过各体汉赋来完成。即此，可将由辞赋所示的汉人审美创造心态简称为汉赋审美创造心态，它体现了汉代的审美创造精神。

首先，汉赋所呈示的汉人世界和心灵绝非现实的简单再版，而是苦心经营、殚精竭虑的艺术变形结果。对汉人来说，他们绝不是简单地就把来自世界与心灵的看法感受原封不动地就搬到赋中去，相反，他们甚至殚精竭虑、废寝忘食、孜孜不倦地为这些不得不公开发表或私下抒发的看法感受寻找一个要么方便（依循艺术传统和先验观念）要么尽可能完美（依循创作个性和文化追求）的形式。如果不图方便，他们会要求新变、新创；如果吁求各方面的完美，他们也会不顾后人的鄙薄看法，做他们心目中的委曲求全，比如大赋的"隆推"法。他们中当然有遵循书写传统，本诸书写个性，似乎草率就完成感知表达任务者，如为文笔不加点而又好嫚戏不经的枚皋等人。但即便如此，枚皋也是在顺应自己的才学特点，遵守为赋的一般要求，也不等于没有赋予任务以相应的变形形式。无论是"现身说法"的司马相如《美人赋》、王褒《僮约》(赋中出现了作者的姓名字),骚体赋的抒情主人公,散体赋的主客虚设,"客难"体中的"客""子""先生",还是贾谊《鵩鸟赋》、孔臧《鸮赋》的人鸟问答和王延寿《梦赋》的噩梦情境描述,受"题"作赋,等等,都做了"使其特殊"的"强化"艺术处理①。我们对这个看来是文艺学常识的东西喋喋不休,是要正视汉赋这个非诗非文的东西,其审美性其实也相当突出。只因汉人和后人都强调作赋的抒情、讽谏、歌颂论,而使得这些实用理性意味十足的文学文本,变得好像失去了它本具的文学审美性,似乎就只为了传达某种意图,达成某种效果,而可以轻易去掉(或忽视或批评)其间审美经营创造。而其实,"说宗教、艺术或音乐有用无论如何也不是降低其价值,恰恰相反,这种说法提高了我们对其价值的估算。"②对特别强调其政治道德讽谏歌颂意图的汉赋,我们"必须同时尊重'甜美'和'有用'这两方面的要求"③。

其次,汉赋审美创造心态得以生成的审美心理基础,乃是汉人完成各种感知表现任务所使用的特殊"汉赋方式"。汉人对各种感知表现任务都用汉赋的特有方式来完成,而这个方式可概括为密集的象类式铺陈,此为其赋之为赋的规定性。任务尽可五花八门,或是来自皇帝的为赋对象,如宫观楼台,皇子生日,太子不乐,国家喜庆、祥瑞、典礼等,或是自我感怀、认识世界、解惑心灵等,但表现时都用象类的密集铺陈。在表现过程中,他们要考虑文学外部的与当前社会政治格局和主流意识形态的取舍离异等问题,还要考虑文学内部包括赋在诵读时的声音效果、阅读时的文字效果和意义传达等问题。其中,意义传达最复杂,实际聚合了所谓的文学外部与内部要素,文学外部的东西进入书写过程,并与各种有关文本表现的节奏、音韵,文体、文类,手法等结合,完成表达任务。赋是汉人认识把握并表达对象的特

---

① [美]埃伦·迪萨纳亚克:《审美的人》,户晓辉译,第3章、第5章,北京,商务印书馆,2004。
② [美]埃伦·迪萨纳亚克:《审美的人》,户晓辉译,5页,北京,商务印书馆,2005。
③ [美]韦勒克、沃伦:《文学理论》,刘象愚等译,19页,北京,生活·读书·新知三联书店,1986。

有方式。各种人像、物象、事象、语象等是所认识把握的视界,知类、系类、类推是思维表达方式,由此构成形态各异的赋体铺陈结构。根据表达任务的不同,可以是以抒情为主的骚体赋,求通君王;以说理为主的客难体,求通自我情志;以描绘、展示为主的散体赋和七体,展示帝国形象和世俗欲望图景;以颂德为主的四言体赋,赞美藩王或大臣。然无论何种任务、形态,表达时都落实到物、象,落实对"象"所含物理、事理、情感的多方位多层面掌握中,都有一种无远弗届、无深不及的思理穷尽特点,由此形成各自不同的语体风格、文学类型和审美心理特征。于是而有汉赋书写思维的求大求全求深求尽,具有整体性与具体性严密结合的特点。影响及于言语,汉赋就特别注意表达方式和效果。汉赋审美心态落实到文本层面,就养成了对"美丽之文"的创造与赏悦。这里有两点值得说明:(1)语言尤其是书面语言、文学语言,当它不是通过作者直接言说的方式,而是通过书写成文本的方式来与受众见面,则其所注意者,就不只是基本的表情达意,还有文辞自身情意之美的追求。(2)汉赋表达任务的繁、大、全、尽特点,加强了其语言对表现手法、修辞效果的追求。正是如此,我们才不会因为汉赋的理性文本特质,而否认其作为审美文本的价值。相反,当接受者摆脱了汉赋作者所亟欲传达的文本企图时,其"美丽之文"的本色即跃然而出。

最后,汉赋审美创造心态得以生成的主体人格基础,是汉代赋家居于各种政治道德人格和文化人格之"中"的审美人格(或曰艺术人格)。这个"中",表示的是审美人格既在前述两种人格的中间,又在其内部,强调审美人格之于各种人格的内在主导作用。

汉代赋家,特别是那些言语侍从之臣、专业文人,在各种社会文化人格的包裹中,还有一个立足于文学铺陈本色的审美人格。它是汉赋审美创造心态得以生成的主体根基。他们遵循着文学艺术的自身规律,不排除社会责任的担荷,然一切都以文辞来表达,来完成。当他们把各种各样的表达任务落实于具体的"美丽之文"的创造之时,其所呈示出来的人格特征,就是典型的审美人格。它并不绝然地就与其他社会文化人格无关,在汉代,更往往是牵缠纠葛。确实,汉代文人并没有取得独立于政治、主流意识形态的地位,但汉代社会已培养起对文人、文学尊重的良好风气。司马相如的成功吸引了一代雄主汉武帝和一代智者扬雄,扬雄的盛名又赢得了桓谭、侯芭,尚赋之风至迟在武帝时即已展露,宣帝又重修武帝故事,之后风靡两朝。在上行下效的时代氛围里,赋家以其包罗天地、思通幽眇的才学特点,赢得了可以自足的才人地位。他们沉浸在文辞之好里,沉浸在以铺张的文辞来抒情说理,看世界,寄抱负。他们不惮于社会责任的表达可能损坏其文辞之美,反而就是要以各种或宏大或幽深的主题、篇制,来表征其不同于其他社会文化人格的地方。因为他们自傲于能把这些看起来相互冲突的东西冶于一炉,并发明一种堪称精细的"隆推"法,以增添赋体包容的宏量美、道义美。在汉代赋家,连政治、道德、礼仪、教化这些制度、行政文化,都能成为欣赏审美的对象,而置于自己的如椽大笔下予以浓墨重彩描绘。在汉赋的王国里,赋家才是真正的国王,帝国和帝王仅为其表现对象而已。一句话,汉人的审美人格就在其各种各样的社会文化人格中,没有后者,不足以成就汉人审美人格之大,没有审美人格,后者也不足以成就其美。

再进一步深究,汉人选择汉赋作为其审美创造特征的突出代表,一方面是对前代已经形成的文化心理结构和艺术表现方式的一种继承发展,另一方面也是汉代文化和汉人的独特气质赋予汉代艺术表现方式之一种典范的语言结果。对汉人来说,他们有着悠久的历史文化传统和突出的表现范式需要理解、把握和包容。从上三代到汉的丰富历史文化遗存及其所留下的发达历史思维,先秦诸子的哲学思想及其文化理想担荷,《诗经》的四言诗范式,《楚辞》的楚骚范式等,都为汉人准备了充足的文化—心理条件和可待生发的艺术表现方式。对此,汉人以其四百年左右的努力,完成了文化—心理结构和艺术表现范式的由继承、发展到鼎盛、扩散,最后到分化,融入一个新的大时代(魏晋)的全过程。对汉人来说,《五经》的阐发、诸家思想的承袭和《楚辞》的整理传播从来都不是消极的,仅限于由书本到书本的所谓学术独立或文学独立的行为,即使当经学成了敲门砖,文学成了帝国专制文化的装饰、玩物、游戏，也是一种极具活力的建设力量，解决其现实的社会政治、道德、风俗问题，解决其现实的文学表现方式问题。只是，从后人的眼光来看，它们在不同时期起了不同性质的作用而已。譬如在西汉初期，黄老思想和"楚辞"广泛流行于朝野上下，它们对汉人的文化—心理结构和艺术表现方式来说，是积极的推动，而到了散体赋盛行的武帝之后，则更多成了人们的退避之所和骚怨之感，再到东汉，就是一种模式化、传统化了的思想和感情。

而在这个解决现实的社会问题和文学表现方式问题的过程中，汉人并非只是被动的继承，他们也有主动的阐发和积极的建立。以儒学在汉代的发展为例，董仲舒的思想就是一个包揽阴阳五行、儒、道、法、名等各家思想而施以熔炉锻炼的结果。文学的表现方式也是如此，在人们关于《诗经》的赋、比、兴、诗教，《楚辞》的象与意、忠和谏，赋的"心"与"迹"、"讽"与"劝"等的讨论中，就包含人们的所有行为，既针对着历史，又指证着现实，既进行大量的创作实践，又着手理论的批评与总结，从而揭示赋这一文学表现方式的本质与作用。正是有了自发的参与和现实的解决，与前代、前人比照，汉人才显出了自己独特的文化气质和艺术表现气质：重视入世救世，重视自我和家族的生命，在两端的冲突与结合中寻找到在世生命的支点，如果政治上不能实现理想，则在道德上坚守底线，从不朽的著述上努力，这是汉人的文化—心理气质；重视社会责任担荷，重视"世界"和心灵的描摹，重视个体和阶层的困惑，每一个汉赋作家，无论书写何种体类的赋作，仿佛都要理性地纪录那个他们身逢的那个时代的文化—心理，做出一个集中而全面的展示，成为审美心态的见证人，这是汉人通过汉赋所呈现的总体艺术表现气质。

具体到汉赋之各体类来说，汉人所做出的艺术贡献虽大小有别，但都有共属于汉人的感知与表现特征，共有的汉人审美创造心态。

骚体赋在汉代之前已是一种成熟而卓越的艺术表现范式，屈原、宋玉等人用之以抒情、说理，表现他们对那个"世界"中的人生的看法与感情，呈示出多样的语言结构、意象手法和文体风格。以此为基础，汉人继续推进、拓宽、加深，概括而言，有四个方面：（1）在思理组织和文本结构上做文章，将紊乱的条理化，由"复杂无伦"演为"整蔚有序"。譬如拟骚体中前后继踵所形成的"九"体写作系列，就与汉人整理传播定名屈原的作品过程几乎同步，而汉人的组织结构也越加条理了。（2）在意义传达之手法与意旨上花力气，将明而未融、混含一体、可做多样理解的表达方式明晰化。譬如意象手法，尤其是象征系统，在汉代的拟骚体和变创骚体赋作品中，就比屈、宋之作的意义指向更加明晰，其日渐精密的多层多面符号世界，日趋规范的道德化政治情感符号表达，以及历史哲学思维和天文学、阴阳五行说等知识体系的运用和架设，就是明显的证据。（3）在书写对象上省耗思，将原来包容在一篇的多个题材、主题进行分支处理，各自独立，重点发展，形成富于汉人思维特色的骚体赋系列，最终具有了新的文类、文体特征。譬如变创骚体赋的四大类别赋作，可以说就是在这方面下的功夫。（4）当然，文学表现并不如第三所说的那样简单，事实上，屈原的作品已见这样的分条化运思处理，汉人还得赋予其独特的审美心理素质和文化—心理结构，发展出新的表现方式。譬如"北方述行"赋，即将发生在凄迷幽丽江南的《涉江》、《哀郢》放到了风景迥异的北方大地，于是所呈示出来的审美特征和心态都有了很大改变，更鲜明的是，他们发现并延续了"地—史—景"的赋体结构。而爱情类赋作，则改变了屈骚的巫术、神话特征，而成大地人间之思念与悼亡。

　　散体赋在前代已有多方面的准备，诸子文章、先秦史书和屈、宋的问答体赋，但应该说并未形成耀眼的传统。屈、宋这个问答传统，一直让后人生疑，而诸子文章、先秦史书，至少还需要一个大的表现方式的改变，要转换成文学审美性极强的赋文本。因此，汉人在这个赋体上所做的贡献最为突出，也公认为最具汉人的思想与表达特色。它既是前代文化和文学贡献的综合，也是汉代文化和文学的综合，其包罗万象、无所不有的铺陈特征最为鲜明，也最为全面。在它的麾下，有寿命悠长、绵延整个古代的都邑赋、射猎赋、七体、客难体、美色赋、乐舞赋等。它们几乎全方位、多层次地展示了汉帝国由初而盛、又由盛而衰的社会生活、心灵世界，是汉代帝国形象建构的重要载体。当然，其间还有东西京格调、风范之不同。

汉代四言体赋以战国荀卿赋、屈子的《橘颂》《天问》等为文体风格发展之近源，以《诗经》为文学观念作用之远源，又具足汉代文化的政治特色、思想特色和文人表现气质，做出了堪称卓越的时代贡献。首先，它们保持了在其他各体汉赋中铺陈求全求尽的思维特点，将散体赋之大而全转为小而尽。从物的制作全过程讲其通宇宙之性、人灵之质，从自然物属性、人性的歌颂讲到对身逢贤良君王的歌颂，文学本质之能与文学作用之致并行不悖，很能代表西汉初期藩国林立、士人与藩王交相唱酬、宾主相得的和乐心态。其次，贡献了以物象德、以物通道和以物喻人、物人问答的书写模式。以物象德、以物通道如邹阳《酒赋》、刘胜《文木赋》，以物喻人如刘安《屏风赋》、赵壹《穷鸟赋》等，特别是赵作以日暮途穷、四遭陷害的穷鸟自喻，颇具与诗性相通的气质，然其结尾"幸赖大贤，我矜我怜"的感谢，却是西汉初期旨在颂德的翻版。采用物人问对结构的，是孔臧《鸮赋》、扬雄《逐贫赋》，特别是扬作，创造性地施于人和"穷"的问对，颇具意趣。最后，转换用途，或将屈子《橘颂》式的自赞、荀卿赋的暗示转换为颂德体，而这个"德"的意旨在汉代逐次有三个方面的开发：（1）西汉初期是颂藩王之德，风格明白畅达，站在文学的立场，这或许是退步，但却是当时士人渴望有为心态的真实表现；（2）两汉之际是自赞，如《逐贫赋》即是对自己"君子固穷"品德的坚守，虽不乏辛酸之慨，亦出自傲之思；（3）东汉末年是赞地位低贱之妇女，如蔡邕《青衣赋》赞自己艳遇的婢女秀外慧中，堪为妇女典范，有动人容姿，且有宜室之德。

总括汉赋审美创造精神，主要有理性、求全和夸饰。理性求实是汉人认知事物的主要特征，此不排除其有在后人看来的非理性内容，如谶纬、灾异、占命、神仙等，它们之运用于赋中，主要还是政治哲学和人生哲学问题，目的是求索现实的出路。求全是汉人表现事物的根本特征，无论何种体类之赋，总要追求思理的穷尽，试图面面俱到，全体包括，即咏物小赋也如此，总要造成物、人、天交相贯通的效果。夸饰是赋体文学的本质特征，也是空前繁盛的汉代社会和空前高涨的汉人志气之时代精神折射，即使在强调征实尚俭的东汉赋作里，也仍有这方面的杰出表现，由此造就了散体大赋的雄阔之美、怪奇之美，拟骚体的幽深之美、深情之美和"客难"体的疏宕之美。随着时代政局、士人出处和审美风尚的不同，东西汉辞赋的审美创造精神也发生了一些重要的变化。大体而言，有如下三个方面：

第一，语体风格由散趋整，偶对化、整齐化的趋势从西汉后期一直持续到东汉末年。下面是各体类汉赋句式的数据统计，篇幅有限，此处仅述其要。拟骚体看"九"体：西汉前期东方朔《七谏》正文整句的使用率为74%，西汉后期王褒《九怀》98%，刘向《九叹》近100%，东汉晚期王逸《九思》98%；"乱文"也如此，《七谏》63%、《九怀》100%、《九叹》98%、《九思》100%。变创骚体赋看述行赋类，其作始于西汉末年刘歆，终于东汉末年，正文都以屈骚六言句型为主，"乱"文都是"4+3兮"四言句型，整饬少变化。散体大赋看六言句：《七发》4%、《子虚赋》6%、《上林赋》8%、《长杨赋》10%、《西都赋》22%、《东都赋》15%、《西京赋》21%、《东京赋》23%。"七"体中只《七发》为西汉作品，其他都是东汉作品，如果将枚乘《七发》与东汉崔琦《七蠲》、桓麟《七说》描绘琴材生长环境的文字比较，则会感觉崔、桓二人是在将《七发》相应的散行较长文句做了整齐化的骈偶处理。"客难"体看六言整句的使用率：《答客难》2%、《解嘲》9%，东汉《达旨》、《答宾戏》、《应间》三篇共为20%，东汉末蔡邕《释诲》为11%。更能说明东汉赋文具有整一化特征的，是长言联："是故鲁连飞一矢而蹶千金，虞卿以顾眄而捐相印也"（《答宾戏》）；"夫玄龙，迎夏则陵云而奋鳞，乐时也；涉冬则淈泥而潜蟠，避害也"（《应间》）。

第二，赋家气性由才向学，如刘勰《文心雕龙·才略》所言，这个作赋倾向是自西汉后期的刘向、扬雄开启的，之前的"卿、渊已前，多俊才而不课学；雄、向以后，颇引书以助文，此取与之大际，其分不可乱者也。"就才性表现的倾向言，二人确实具有智性学者讲究思理绵密精深之爱好，都在学问上有卓越贡献，前者是著名的文献学家，后者是著名的思考学者，都好"深湛之思"（《汉书·扬雄传》），体现在为赋时，也颇具这种作风。刘向整理屈原的散乱无归作品为《九章》，又自作《九叹》，总题下套九个小题，每一题均具正文与乱文，乱文之首都加"叹曰"，由此遂称《九叹》，可见其思理缜密；为文又句式整饬，结构匀称，显示其对均衡的爱好。扬雄之赋更具这种思理布局特点。东汉赋家则大都沿袭了此种为赋倾向，以思力追深、赋体结构均衡见长。其中当然不乏引书者。但关键并不在此，而在才学之间，以何为主。当东汉赋家把主要精力投注到赋题模仿，句意出新，结构对称，主旨合流等问题上，则以气为文、以才为赋的倾向就不能得到真正贯彻。气性尚才如西汉，则语体风格自易疏宕爽朗，自带一种逼人气势，不尚偶对整齐，赋风格局开张，趋向自然而然的开阔雄奇，因其所言之事，所绘之物，所蕴之情，所含之理均具有本然的大、奇、壮、美，如《七发》所咏之物，关系人之自然欲望本性，贾谊忧思，关系个人生死才情，相如《上林》，关系帝国扩张与王权至上。而气性转学如东汉，则语体风格来自知识体系，成于精心构思（张衡作《二京赋》，精思傅会，十年乃成），故尚整饬细密，而赋风堂庑森严，门径有序，强调"法度"之纯，事件之"实"，"义理"之正，言辞之"典"，仅能在规定的话题和规定的意见内做文章，于是赋格的推行，总有一杆无形的政治意识形态和儒门文风大秤在做调停整合。不羁的才性难发，谨密的文思乃见，于是东汉辞赋的审美创造精神转向了实、整、平、澹。

第三，赋风由奇趋凡。整体而言，汉代赋风的流变可划分为三个阶段：武帝之前、武帝到西汉末年、东汉初到东汉末年。第一阶段，整个帝国的政治气氛和思想气氛都比较宽松，由此作赋为文，而有一种相对自由飞扬的气概，以气命词，得不羁之势，如贾谊《吊屈原赋》《惜誓》《鵩鸟赋》，颇含忧生念死、仆仆风尘之慨，然气度超逸，语词清新，颇有新王朝士人积极求进，又敏感多思的崭新气象。枚乘《七发》堪为绝唱，宗师示法，开启无穷法门，对散体大赋、乐舞赋、美色赋等专题赋篇有作祖之势，预示了一个广阔雄奇的赋局发展图景。 第二阶段，由于武、宣、成三帝对辞赋文艺的巨大爱好，加之用世有为气氛的形成，士大夫以饱满的热情、过人的才智、不朽的追求投身于多个领域，养就了知识界对兼容并包、纵贯横通的抱负爱好，表现于赋作，人们都有一种雄心，要"苞括宇宙，总览人物"（散体大赋），要自高位置，睥睨当世，不甘人后，舍我其谁（东方朔《答客难》）。 即使一赋不能，也要从多个渠道突破，以造成一种整体的包揽局象，如扬雄四大赋（《甘泉》《羽猎》《长杨》《河东》，涉及骚、散二体）和"二解"（《解嘲》《解难》，"客难"体）之所为，可说各从一典范赋体出发，达成各体的深备，以成就赋体大厦的伟业。 这同样是"奇"，思细密、理艰深的"奇"，求全的"奇"。 但与相如时期相比，西汉后期儒术化的加强，使得知识渐渐平庸化，认知格局也趋向整齐，所以《解嘲》无情嘲笑。 第三阶段，定都洛阳的东汉自一建朔始，就加强了士大夫对君主的绝对忠诚，官方意识形态儒学也更加成为士大夫的思想束缚，人们的思想局度顿时狭隘，依附现实、歌颂现实的保守平庸风气开始盛行。 影响及于文学，以才使学而造成的赋之雄奇作风受到明显排斥，人们总是在意识形态性上下功夫，与现实的政治、思想气氛保持高度的一致化声音。 于是赋风总体趋于平实、平凡，以学助文，维持着一种严肃、庄重、矜持的守衡态势。 与此相应，语体的整一化、偶对化得到表现。 即使到东汉末年，时局沉暗，气性涌动，但大厦倾危，独木难支，帝国形象已变得苍老颓败，士不遇之思已变得讥切平白，于是他们在赋材上仅能化大为小，赋旨上化颂为刺，赋风上化奇为凡，向着自我抒情、小品化靠拢，向下一个诗性的咏叹时代过渡。

两汉文艺思想史

中国文艺思想通史 第二卷○下

本卷主编 李春青 姚爱斌

北京师范大学出版集团
北京师范大学出版社

《两汉文艺思想史》编委会

主　编

李春青　姚爱斌

作　者

（以撰稿前后为序）

李春青　包兆会　韩　军

魏鹏举　吉新宏　郭世轩

姚爱斌　贡巧丽　冯小禄

徐宝锋　郑　伟　朱存明

李　颖

《两汉文艺思想史》
主编简介

李春青

  1955 年生，北京市人。现任教育部人文社会科学重点研究基地北京师范大学文艺学研究中心研究员、华南师范大学文学院特聘教授。曾任北京师范大学文艺学研究中心主任、学术委员会主任。主要从事中国古代儒家文化、古代文论和文学基本理论的教学与研究。兼任中国中外文学理论学会副会长、中国文学理论学会副会长、《文学评论》编委、《中国文学批评》编委及中国文艺评论家协会理事、中国古代文论学会理事等。出版学术专著十五部，另有合著、合译、主编著作十余种；发表学术论文二百余篇。专著《诗与意识形态》等曾获教育部人文社会科学优秀成果奖二等奖、三等奖各一项，北京市哲学社会科学优秀成果一等奖两项。

姚爱斌

  1968 年生，安徽枞阳人。北京师范大学文学院教授，博士生导师，教育部人文社会科学重点研究基地北京师范大学文艺学研究中心研究员，兼任中国《文心雕龙》学会秘书长。主要从事中国古代文论研究，尤以中国古代文体论、《文心雕龙》研究见长。主持国家社科基金项目及教育部人文社会科学重点研究基地重大项目多项。出版专著《中国文体论：原初生成与现代嬗变》《中国古代文体论思辨》《〈文心雕龙〉诗学范式研究》等，在《文学评论》《文艺研究》等学术刊物发表论文五十余篇。

第六编 ◎ 两汉文艺思想的生成机制

第二十章
"作者"观的生成演变及其文化意味

先秦到汉魏之际,从"述而不作"(孔子)到"作者之谓圣"(《礼记》),再到"……贾谊《过秦论》,发周秦之得失,通古今之制义,洽以三代之风,润以圣人之化,斯可谓作者矣"(曹丕),中国古代的"作者"观是一个发生发展的过程。 从原因角度看,这一过程与士人阶层的社会境遇及身份意识的变化有密切关联;而从结果角度看,则与文学评价标准的变化、文体意识的变化密切相关。 中国古代"作者"观的发生与演变的历史表明,"作者"这一称谓有着极为丰富的文化蕴涵,是在不同文化语境中被建构起来的概念。

法国著名符号学家罗兰·巴特曾于1968年发表过一篇有名的文章,叫作《作者之死》,其中认为文学批评的关注重心应该从"作者"转向作品和读者,因为"作者"原本是近代社会的产物,在当代社会已经没有传统意义上的作者了。 于是他宣布了作者的"死亡"。 对于罗兰·巴特"作者之死"的说法,米歇尔·福柯似乎并不感到满意,翌年,他在一次题为《什么是作者?》的著名讲演中指出,不能仅限于一味地重复作者已经消失、上帝和人共同死亡之类的空洞口号,而是要进一步追问"作者"是如何形成的,以及这一名词的功能是什么。 他的结论是:作者是话语的一种作用,而作者的功能就是刻画出一个社会里某些话语的存在、流通和运作的特征。 后来后现代主义理论家克里斯蒂娃的"互文性"理论出来,更进一步解构了"作者"的主体性。 罗兰·巴特和米歇尔·福柯及整个后现代主义对于"作者"的见解是以20世纪以来西方哲学界对近代主体性哲学的反思为背景的,人们对主体性哲学语境中那种以"理性"为依托的、无所不能的主体产生了怀疑,发现了人的受动性的一面,不再相信人作为主体可以认识一切、创造一切了。 在这样的思想背景下,"作者"这一"主体"的最重要的表现形式也就失去了昔日的光晕。 在中国思想史上,似乎没有人提出过"作者之死"的问题,这或许是因为中国从来就没有建立起西方意义上的个体主体性,因此也就无须解构作为个体主体性之话语表征的"作者",但这并不妨碍"作者"依然是中国古代学术文化中一个非常值得研究的话题。 如果说西方文学批评史上"作者"概念的变化与西方哲学所代表的人的自我意识的深化直接相关,那么中国历史上"作者"含义的变化,则始终与士大夫身份的变化相伴随。

◎ 第一节
在"作"与"述"之间:儒家作者观的形成及其原因

《说文》:"作,起也。"据《段注》,又有"为也""始也""生也"诸义。《礼记》有周公"制礼作乐"之说:

> 武王崩,成王幼弱,周公践天子之位,以治天下。六年,朝诸侯于明堂,制礼作乐,颁度量,而天下大服。①

又《左传》载鲁大夫季文子云:

---

① (汉)郑玄注,(唐)孔颖达正义:《礼记正义》,见李学勤主编:《十三经注疏》,934页,北京,北京大学出版社,1999。

先君周公制《周礼》曰:"则以观德,德以处事,事以度功,功以食民。"作《誓命》曰:"毁则为贼,掩贼为藏,窃贼为盗,盗器为奸。"①

这说明在先秦时期,"作"具有创始、开创、奠基的含义。由于有了周公"制礼作乐"的说法,"作"还带上了某种神圣性的意味。与之相关,又产生"制作"一词,《史记·礼书》:云:

今上即位,招致儒术之士,今共定仪,十余年不就。或言古者太平,万民和喜,瑞应辨至,乃采风俗,定制作。②

《汉书·礼乐志》云:

王者必因前王之礼,顺时施宜,有所损益,即民之心,稍稍制作,至太平而大备。周监于二代,礼文尤具,事为之制,曲为之防,故称礼经三百,威仪三千。于是教化浃洽,民用和睦,灾害不生,祸乱不作,囹圄空虚,四十余年。③

在儒家的价值谱系中,"作"或"制作"就具有了对国家制度或价值观开创性建设的含义。孔子自谓"述而不作,信而好古"(《论语·述而》),朱熹注云:"述,传旧而已。作,则创始也。故作非圣人不能,而述则贤者可及。"④朱熹这里是援引《礼记》及《史记·乐书》中早有的意思。《礼记·乐记》云:

---

① (春秋)左丘明:《左传》,116页,长沙,岳麓书社,1988。
② (汉)司马迁:《史记》,152页,长沙,岳麓书社,1988。
③ (汉)班固:《汉书》,478页,长沙,岳麓书社,1993。
④ (宋)朱熹:《四书集注》,133页,长沙,岳麓书社,1987。

故钟鼓管磬,羽钥干戚,乐之器也。屈伸俯仰,缀兆舒疾,乐之文也。簠簋俎豆,制度文章,礼之器也。升降上下,周还裼袭,礼之文也。故知礼乐之情者能作,识礼乐之文者能述;作者之谓圣,述者之谓明。明圣者,述作之谓也。①

《史记·乐书》有相同的记载。可见对"作"与"述"有高下等差的次序排列在西汉时期已成为儒者的共识。但这里有一个问题,孔子自称是"述而不作",不敢以"作者"自居,亦即不敢承认自己是"圣人",那么其他儒者如何看待这个问题呢? 孔颖达对上引"作者之谓圣,述者之谓明"的解释是:"圣者通达物理,故'作者之谓圣',则尧舜禹汤也;'述者之谓明',明者辩说是非,故修述者之谓明,则子游、子夏之属是也。"有意味的是,这里居然没有提到孔子,这说明在孔颖达心目中,孔子是处于"作"与"述"之间的。但在先秦儒者看来,孔子无疑是"作者",圣人,只不过孔子这个圣人与尧舜禹、周文武那样的圣人有所不同。孟子说:"世衰道微,邪说暴行有作,臣弑其君者有之,子弑其父者有之。孔子惧,作《春秋》。《春秋》,天子之事也,是故孔子曰:'知我者,其惟春秋乎;罪我者,其惟春秋乎。'"(《孟子·滕文公章句下》)谓"作《春秋》",就是承认了孔子的圣人地位。在孟子看来,孔子凭着一部《春秋》,以布衣之身而行天子之事,在王纲解纽、诸侯纷争的乱世之中,保存了善恶是非的评价标准,使人间犹有道德良知,其功堪追尧舜,因此称其为"圣之时者也"(《孟子·万章下》)。在荀子看来,孔子与尧舜都是圣人,只不过尧舜是"得势者",孔子是"不得势者"(《荀子·非十二子》)。这里的"势",是"行"的意思。是说尧舜的"圣"表现在事功上,孔子的"圣"则表现在品德与学问上。

从上述儒家关于"作"与"述"的分辨中,我们可以看出什么呢? 从他们对"作"与"述"的等级排列及其对"圣人"的理解中,我们可以看出,

---

① (汉)郑玄注,(唐)孔颖达正义:《礼记正义》,见李学勤主编:《十三经注疏》,1089页,北京,北京大学出版社,1999。

儒家士人身份意识的历史演变。孔子为什么不敢以圣人自居,自称"述而不作"? 那是因为在他的时代,贵族等级制还没有完全崩溃,周人的礼乐制度还有很大的吸引力。孔子作为出身于一个贵族家庭的士人,其价值理想乃是"克己复礼"——通过克制人自身的欲望达到恢复西周礼乐制度的目的。孔子对西周贵族创造的礼乐文化钦佩之至,他的人生理想就是通过整理、删述、传授西周留下来的典籍使贵族价值观深入人心,特别是深入那些诸侯君主们的心中,使之自觉奉行周礼,从而恢复被破坏了的社会秩序。所以孔子心目中真正的"圣人"形象乃是周文、武,特别是周公。至于尧舜与夏禹商汤之类,虽然也是圣人,但他们的丰功伟绩已经难觅其踪了,只是传说中的人物而已。周文、武与周公却是留下了大量实实在在的东西,那就是见诸"六艺"的典章制度与道德观念。孔子的时代决定了他的志向,而他的志向决定了他的身份认同,即"述者"而非"作者"。

孟子和荀子的情况就有所不同了,在他们的时代,"礼崩乐坏"的过程已经差不多结束了,"王纲"已经不是"解纽"的问题,而是根本就不存在了。在孟子心目中,恢复周礼已经不再是最高追求,他设计了一套"仁政""王道"的思想,还设计了一套为实现这一思想而必须存心养性、知言养气的功夫。为了使自己的言说具有合法性,更具效力,孟子就必须塑造出圣人的形象来作为自己学说最终的价值依据。孔子就是这样的圣人形象。他说:"伯夷,圣之清者也;伊尹,圣之任者也;柳下惠,圣之和者也;孔子,圣之时者也。孔子之谓集大成。集大成也者,金声而玉振之也。"(《孟子·万章下》)可见孔子不仅是圣人,而且是集大成者,是圣人中的圣人。有意味的是,孟子在这里并没有举尧舜禹、周文武作为"圣之任者"的代表,称为"圣"的人中,伯夷、柳下惠、孔子三人都是处士,这说明什么? 这说明孟子是要极力塑造平民圣人的形象,其目的是为自己以布衣之士却欲要"平治天下"寻找思想依据。

虽然同为儒家,但荀子的政治理想和实现理想的方式与孟子均有很大不同,在他的思想中,法家的因素是比较明显的。荀子同样需要把孔子塑造成圣人来作为自己思想系统的最终依据。因为他是主张人性恶的,需要通过道德修养和礼法的规范来"化性起伪",使人成为君子。可是人性既然生来就是恶的,那人们从哪里获得善的道德观念和礼法呢?这是个问题,荀子的办法同样是设定一个圣人,他是生而善的,由他来引导、教诲生而恶的众生弃恶从善。这样逻辑就贯通了。总之,对于孟子和荀子来说,孔子都是必须要做圣人才行的,这是他们儒家学说内在逻辑的需要。孟子设定"天爵"来制衡"人爵",设定"道"来制衡"势","天爵"也罢,"道"也罢,由谁来承担呢?只有圣人,而且只能是作为处士的圣人。所以孟子和荀子的身份认同已经不同于孔子,他们实际上都是以圣人自居的,都是自成一家之说的人物,是实际上的"作者"。孔子不过是他们自己的象征形式而已。孟子说:"五百年必有王者兴,其间必有名世者。由周而来,七百有余岁矣。以其数则过矣,以其时考之则可矣。夫天,未欲平治天下也;如欲平治天下,当今之世,舍我其谁也?吾何为不豫哉?"(《孟子·公孙丑下》),这是何等气魄!是比圣人更圣人了。又:"曹交问曰:'人皆可以为尧舜,有诸?孟子曰:'然'。"(《孟子·告子下》)可见孟子心中是自比尧舜了。荀子在《非十二子》中遍辟诸子,对他的儒家前辈子思、孟子贬斥尤剧,俾睨天下,目空一切,完全是进入圣人的角色了。孟、荀二人均为布衣之士,然而又都有凭一己之力重建社会秩序的雄心大志,因此只有塑造出一个或几个在价值层级上高于现实君主的偶像人物来,才可以为推行自己的政治理念寻找理据,这就是中国古代儒家文化需要"圣人"的原因。圣人的意义在于:他是儒家价值体系的本源,是儒家学说合法性的最终依据。因此只有圣人才能"作",才是"作者",其他人就只能是"述者"。当然,战国之时毕竟是诸子百家勃兴的时代,事实上诸子人人都是作者而非述者。因此论者偶尔也会把著书立说者称为"作者"。在这里这个词是个中性词,并不含任何"神圣"的色彩。例如,荀子说:"尧舜者,天下之善教化者也,不能使魃琐化。何世而无鬼?何时而无琐?自太皞燧人莫不有也。故作者不祥,学者受其殃，非者有庆。"这里的"作者"，用俞樾的话说是指"作世俗之说者"①。但是在儒者自身，是不敢以"作者"自居的。

龚鹏程先生在论及中国古代的作者观时尝有"神圣性作者观"之谓："此一作者观认为，一切创造性力量，及创造性的根源，均来自神或具有神圣性的'东西'"。"基于这一意义的信仰，后人才会在作诗著书之际，不敢自居于作者，而将作者的荣耀归于古先圣哲。"②这也是对先秦儒家作者观形成原因的透彻分析。从孟子到荀子呈现一个"神化"或"圣化"孔子的过程，他们的目的就是要为自己参与建构的儒家学说确立一个"神圣性作者"，以此为该学说合法性之依据。

◎ 第二节
在"文儒"与"世儒"之间：汉代士人身份冲突与"作者"观之演变

汉代是所谓"经学的时代"，经学是对儒家经典的传注与阐发，因此经生们一开始就把自己置于"述"而非"作"的位置上了。然而有趣的是，中国古代"作者"观念却是汉代才成熟的。这是一个漫长的过程，略述如下：

从汉兴到武帝之前的半个多世纪是经学尚未成气候的时期，此时士人大都秉承先秦游士习性，颇有纵横家特征，极力试图在新的政治格局中有所表现。作为文人，著书立说当然是他们参与政治的主要方式之一。陆贾之《新语》、贾谊之《新书》、贾山之《至言》都是政论性文章，表现出强烈的政治热情，且都是"作"，而非"述"。即便是被后世论者所轻视的那些被

---

① （清）王先谦撰：《荀子集解》，225页，上海，上海书店，1986。
② 龚鹏程：《文化符号学》，22、23页，上海，上海人民出版社，2009。

帝王"俳优畜之"的"辞赋之士""文章之士",其实也具有强烈的"作"的冲动。 司马相如的《上林赋》于华词丽藻、肆意铺排之余,乃是规劝君主行"三王""五帝"的仁政,其"费府库之财,而无德厚之恩,务在独乐,不顾众庶,亡国家之政,贪雉兔之获,则仁者不繇也"①的警告可以说是相当严厉的。 其中透露出士大夫固有的责任感。 这就意味着,对于司马相如来说,辞赋也是一种"作"的形式,并不是可以随意为之的消遣。 他说:"赋家之心,苞括宇宙,总览人物,斯乃得之于内,不可得其传也。"②可见辞赋在其心目中的位置之高。

对于史家司马迁来说,这种"作"的意识就更鲜明了:

> 古者富贵而名摩灭,不可胜记,唯俶傥非常之人称焉。盖西伯拘而演《周易》;仲尼厄而作《春秋》;屈原放逐,乃赋《离骚》;左丘失明,厥有《国语》;孙子膑脚,《兵法》修列;不韦迁蜀,世传《吕览》;韩非囚秦,《说难》、《孤愤》。《诗》三百篇,大氐圣贤发愤之所为作也。此人皆意有所郁结,不得通其道,故述往事,思来者。及如左丘明无目,孙子断足,终不可用,退论书策以舒其愤,思垂空文以自见。仆窃不逊,近自托于无能之辞,网罗天下放失旧闻,考之行事,稽其成败兴坏之理。上计轩辕,下至于兹。为十表,本纪十二,书八章,世家三十,列传七十,凡百三十篇,亦欲以究天人之际,通古今之变,成一家之言。③

这是一段著名的文字,或许正是因为它过于著名了,人们习惯于用"发愤著书"四个字来概括其意旨,其他许多很有价值的蕴意都被遮蔽与忽略了。 从我们的研究视角来看,其可言说者有三:其一,在司马迁这里,周文王、孔子以及《诗经》的作者等这些儒家眼中圣贤人物与辞赋家

---

① (汉)司马相如:《上林赋》,见(南朝梁)萧统编:《文选》,130页,北京,中华书局,1977。
② (汉)刘歆撰,(晋)葛洪集:《西京杂记》,19页,上海,上海古籍出版社,2012。
③ (汉)司马迁:《报任安书》,见(汉)班固:《汉书》,1181页,长沙,岳麓书社,1993。

屈原、史家左丘明、兵家孙子、权臣兼杂家吕不韦、法家韩非被相提并论——他们都是由于相近的原因而成为"作者"的。这说明司马迁识见宏通而精到，并不囿于儒家成说，与后来的班固是大相径庭了，同时也说明，在西汉前期诸子百家之学在士大夫心中的地位是比较高的，与儒学没有太大差距。其二，著书立说而成为"作者"乃是不得已而为之之事，并非圣贤人物的首选志向。这正是先秦两汉士人阶层的基本特征。盖在春秋之后，"士人"的准确含义是："有文化知识的民"。这是一种双重身份，"知识人"的身份使他们志存高远，有重建社会价值秩序的雄心，有言说的能力；"民"的身份使他们缺乏有效的干预社会政治的手段，对社会不平等充满切身感受与愤懑之情。这两种精神倾向相碰撞、相激发，就导致了他们极其强烈的言说冲动，而著书立说也就成为他们实现自身价值的主要方式。然而在士人阶层心灵深处，始终隐藏着对现实政治权力掌控者们的艳羡与向往。司马迁说自己"自托于无能之辞"，所表达的正是这样一种心理。其三，司马迁的志向是像周文王、孔子和左丘明等人那样成为"作者"。其"究天人之际，通古今之变，成一家之言"的志向不可谓不大，即使孔子亦犹有所不足。司马迁代表了从汉初到武帝这一"前经学时代"一流士人的精神特征。陆贾、贾山、贾谊、董仲舒等人都有这种志向。等进入真正的"经学时代"之后，训诂章句之学与谶纬神秘之说渐渐占据上风，司马迁所代表的这种"作"的精神也就趋于消歇了。西汉之时只有扬雄不肯恪守家法、师法以注经，模仿经书而为说，较之一般经生就显得卓然特立，但与司马迁恢宏的志向与气度相比就不可同日而语了，因为他毕竟是在儒学框架下立说，又缺乏宋儒拿那样的新资源，难免有屋下架屋之病。然而，无论如何，在经学语境中不甘心做"述者"而敢于做"作者"的精神毕竟是难能可贵的。看整个西汉中后期，除了扬雄之外，只有刘向、刘歆父子及桓谭等数人而已。二刘、扬雄与桓谭等人的重要性在于：在"述"的时代坚持了"作"的精神，使先秦诸子开创的那种"立言"意识得以赓续，虽不绝如缕，毕竟薪火相传。

到了东汉时期,扬雄、桓谭那种"作"的精神与经生们"述"的传统两相对照,差异日显,终于催发了"作者"意识的自觉。其代表者就是以"作"《论衡》而名世的王充。王充有"文儒"与"世儒"之分,以为"著作者为文儒,说经者为世儒"。前者为"作者",后者为"述者"。关于二者之高下,有两种不同看法,其一云:

> 文儒不若世儒。世儒说圣人之经,解贤者之传,义理广博,无不实见,故在官常位;位最尊者为博士,门徒聚众,招会千里,身虽死亡,学传于后。文儒为华淫之说,于世无补,故无常官,弟子门徒不见一人,身死之后,莫有绍传。此其所以不如世儒者也。(《论衡·书解》)[①]

这里贬"文儒"而崇"世儒"的理由主要有三,一者谓"世儒"传述圣人经典,本身即具有价值;"文儒"所作的则是"华淫之说,于世无补"。二者谓"世儒"被纳入政治体制之中,有官位、俸禄,文儒则无常设的官位,无稳定俸禄。三者谓门徒众多,自己的学说可以传诸久远。文儒则没有门徒弟子,其学不得其传。这理由看上去是很有说服力的。然而王充并不认同这一见解:

> 夫世儒说圣情,□□□□□,共起并验,俱追圣人。事殊而务同,言异而义钧。何以谓之文儒之说无补于世?世儒业易为,故世人学之多,非事可析第,故宫廷设其位。文儒之业,卓绝不循,人寡其书,业虽不讲,门虽无人,书文奇伟,世人亦传。彼虚说,此实篇,折累二者,孰者为贤?案古俊乂著作辞说,自用其业,自明于世。世儒当时虽尊,不遭文儒之书,其迹不传。周公制礼乐,名垂而不灭;孔子作《春秋》,闻传而不绝。周公、孔子,难以论言。汉世文章之徒,陆贾、司

[①] 黄晖:《论衡校释》,1150页,北京,中华书局,1990。

马迁、刘子政、扬子云，其材能若奇，其称不由人。世传《诗》家鲁申公，《书》家千乘欧阳、公孙，不遭太史公，世人不闻。夫以业自显，孰与须人乃显？夫能纪百人，孰与廑能显其名？（《论衡·书解》）[1]

王充尊崇"文儒"的理由，一是说文儒虽然不像世儒那样直接传述圣人经典，但是其所作同样坚持圣人义理，同样有补于世。二是说世儒从事的是一种比较容易的工作，一般人只要肯下功夫，都可以做到，因此从事者众多，其优劣高下也比较容易分出，故而朝廷设立博士之官位。相反，文儒的工作则是天才的事业，非常人所能为，所以学者稀少。三是说文儒的事业意义重大，即使世儒的功业事迹，亦须文儒之作来传扬。因此，靠别人的传扬来显名后世，就比不上靠自己的著作来留名千古了。

这两种见解自然是各有各的道理，关键是从怎样的角度来衡量。王充的卓然高标处不在于其尊崇文儒的理由多么有说服力，而在于他在经学大行于世、经生地位最为尊崇的时代，能够为"文儒"呼吁。其真正的意义乃在于重新为"作"正名。在先秦时期的儒家话语系统中，"作"具有神圣性，是周公、孔子这样的"圣人"才能够承担的。其他人只有"述"的权利。西汉自武帝立五经博士之后，经学大盛，"五经"地位尊崇，成为国家意识形态，儒生们只有在传承、传注这些经典的过程中安身立命，更是"述而不作"了。王充公然认为"作"而不"述"的"文儒"高于"述而不作"的"世儒"，这就为个人著述提供了理论依据；"作"不再是圣人的专利，被剥去了神圣性，成为一般儒者均可参与的事情，这就恢复了"作"的本来面目。王充本人更以一部恢宏的《论衡》实践了自己的作者观，对东汉后期文化思想界产生了重要影响。嗣后，王符之《潜夫论》、崔寔之《政论》、仲长统之《昌言》、徐幹之《中论》等，都相继出现了，都是为针砭时弊而作的论著，虽大体上不出儒家思想范围，但都有个人经验与主张，较之那些恪守

---

[1] 黄晖：《论衡校释》，1151页，北京，中华书局，1990。

师法、家法的训诂章句之学与幽渺玄奥的谶纬之学是高明多了。

在王充心目中,能够著书立说的"文儒"之所以高于只会阐发经义的"世儒",还在于学问的广博与识见的精深。其云:

> 诸生能传百万言,不能览古今,守信师法,虽辞说多,终不为博。殷、周以前,颇载《六经》,儒生所不能说也。秦、汉之事,儒生不见,力劣不能览也。周监二代,汉监周、秦,周、秦以来,儒生不知;汉欲观览,儒生无力。使儒生博观览,则为文儒。文儒者,力多于儒生,如少都之言,文儒才能千万人矣。(《论衡·效力》)

文儒是"作者",需要广博的知识,不能囿于儒家经典。王充对于历史和现实的知识极为重视,认为这正是文儒高于世儒的地方。这些历史和现实的知识使文儒有更多的发言权,较之一般儒生有更大的言说之"力"。除了历史与现实的知识,诸子百家的学说也是文儒的思想资源:

> 文儒怀先王之道,含百家之言,其难推引,非徒任车之重也。荐致之者,罢羸无力,遂却退窜于岩穴矣。(《论衡·效力》)

这意味着,文儒的知识结构已经超越了经学之藩篱,他们也就成为整个文化传统的继承者。在经学语境中,王充的这一见解无疑是宏通而且大胆的。由于东汉时期不少皇帝都信奉道教,这不仅使道教迅速发展起来,连带着也使老庄之学渐渐为士林所重。王充说文儒"含百家之言",是有现实的根据的。王充所不满的,是那些有权向朝廷举荐人才的官吏们识见浅陋,不知文儒与世儒何者为上,使那些堪称作者的大儒们隐没草野。这说明,对于朝廷来说,还是那些谨守家法、师法,皓首穷经的世儒更可靠些,而对那些有独立思想,敢于标新立异的文儒则敬而远之。

除了"作者"与"述者"的区别之外,"著作"与"政治"之间的关系也是王充着力辨析的一个问题。质疑者云：

> 凡作者精思已极，居位不能领职。盖人思有所倚着，则精有所尽索。著作之人，书言通奇，其材已极，其知已罢。案古作书者多位，布散槃解，辅倾宁危，非著作之人所能为也。夫有所逼，有所泥，则有所自。篇章数百，吕不韦作《春秋》，举家徙蜀；淮南王作道书，祸至灭族；韩非著治术，身下秦狱。身且不全，安能辅国？夫有长于彼，安能不短于此？深于作文，安能不浅于政治？（《论衡·书解》）

这段话可谓有理有据，言之凿凿。"深于作文"则"浅于政治"或许也是经验之谈。历代许多作者，著作流传百世，政治上却终身郁郁不得志。先秦诸子大抵如此。所以司马迁才有"发愤著书"之说。在政治家与思想家或文学家之间似乎存在某种相互抵触的因素，以至于二者不唯兼顾者稀，而且两种人物之间能和睦相处者亦颇为鲜见。但是这里的质疑还暗含着另外一重意思：作者的著述不能辅国安民，无益于政治，因此是毫无价值的。王充承认"人有所优，固有所劣；人有所工，固有所拙"的事实，但是对于著作无益而有害的观点则予以驳斥。他说：

> 古作书者，多立功不用也。管仲、晏婴，功书并作；商鞅、虞卿，篇治俱为。高祖既得天下，马上之计未败，陆贾造《新语》，高祖粗纳采。吕氏横逆，刘氏将倾，非陆贾之策，帝室不宁。盖材知无不能，在所遭遇，遇乱则知立功，有起则以其材著书者也。出口为言，著文为篇。古以言为功者多，以文为败者希。吕不韦、淮南王以他为过，不以书有非，使客作书，不身自为；如不作书，犹蒙此章章之祸。（《论衡·书解》）

他对于"作者"的价值是极力辩护的，亦有史实为根据，可谓义正词严。但细读王充之论，其"作者"有用论是以现实政治为前提的，是说"作者"的著述有补于时政，并非可有可无的空论。这一见解较之孟子的"孔子作《春秋》，乱臣贼子惧""《春秋》，天子事也"以及公羊家"以《春秋》当新王"的境界是远有不及了。盖孟子及公羊家是讲孔子作为"作者"承担着为天下立法的重任，使天下虽无共主，而是非善恶的价值秩序不至于湮灭。这就把文化价值置于现实政治之上了，因此孔子作为"作者"，其地位也在任何现实君主之上。王充则没有如此高度，他只是强调"作者"对现实政治有所补益而已。考其原因，在汉代大一统的政治格局中，王充作为身处下层的读书人，虽然能够突破经学传统，敢于标举"作者"，却始终把建功立业，从而跻身上层统治阶层作为人生最高理想，其境界与孟子那种俾睨天下、舍我其谁的气概不可同日而语。尽管如此，王充的作者观使汉代陆贾、贾山、贾谊、司马迁、司马相如、枚乘、刘向、刘歆、扬雄、桓谭等疏离于经学传统之外的政论家、史家、辞赋家、学问家的"作者"之名得以确认，并使之在价值层级上高于属于"体制内"的经生，其思想史价值是值得充分肯定的。

◎ 第三节
汉魏之际"作者"观的变化及其文化意义

到了汉末及曹魏时期，"作者"已经成为一个被普遍使用的称谓了。但其含义与文化意蕴较之王充的时代又有所变化。这里我们仅以曹丕为例以析之。我们看看他的相关论述：

> 观古今文人，类不护细行，鲜能以名节自立。而伟长独怀文抱质，

恬淡寡欲，有箕山之志，可谓彬彬君子者矣。著《中论》二十余篇，成一家之言，辞义典雅，足传于后，此子为不朽矣。德琏常斐然有述作之意，其才学足以著书，美志不遂，良可痛惜。①

又：

盖文章经国之大业，不朽之盛事。年寿有时而尽，荣乐止乎其身，二者必至之长期，未若文章之无穷。是以古之作者，寄身于翰墨，见意于篇籍，不假良史之辞，不托飞驰之势，而名声自传于后。②

又：

余观贾谊《过秦论》，发周秦之得失，通古今之滞意，洽以三代之风，润以圣人之化，斯可谓作者矣。③

又：

赋者，言事类之所附也；颂者，美盛德之形容也。故作者不虚其辞，受者必当其实。④

对曹丕来说，能够以文章传世扬名者为"作者"。因此"文人"与"作者"差不多是可以互换的概念。"文人"就是"文章"之"作者"。那么

---

① （魏）曹丕：《与吴质书》，见（南朝梁）萧统编：《文选》，591页，北京，中华书局，1977。
② （魏）曹丕：《典论·论文》，见（南朝梁）萧统编：《文选》，720页，北京，中华书局，1977。
③ （魏）曹丕：《典论》佚文，见（宋）李昉编：《太平御览》卷595，石家庄，河北教育出版社，1995年版第五卷，第682页。
④ （魏）曹丕：《答卞兰教》，见（晋）陈寿：《三国志》卷五《后妃传》裴松之注，158页，北京，中华书局，1982。

"文章"是什么？这里就表现出曹丕与王充的区别。对于王充来说，史传历算及文书簿记之类均属"文章"之列，而在曹丕这里，就只剩下"四科八体"——奏议、书论、铭诔、诗赋了。这说明自东汉中期到汉魏之际，"文章"概念的外延渐渐收缩，只集中在那些可以展示文采和作者个性特征的文体上了。而史传等叙事、记言之文，虽然也有高下美丑之别，但毕竟受材料与史实限制，难以充分展示个人才情，与那些"以气为主"的文章相去甚远，渐渐自成门类了[①]。所以在王充那里强调的是"文人"（文儒）或"作者"的"作"本身的价值，乃相对于经生（世儒）的"述"而言，而在曹丕这里，则强调"作"展示人的个性特征的价值，所谓"文以气为主，气之清浊有体，不可力强而致"是也；更强调文章打破个体生命的有限性的功能，即所谓"年寿有时而尽，荣乐止乎其身，二者必至之常期，未若文章之无穷"是也。

这意味着，到了汉末，在士大夫阶层的价值系统中，以往具有很高地位的经生，即"述者"已经失去昔日的辉煌，而文章之士，即"作者"则获得空前的重视。这一现象具有三方面的文化史与文学史意义：

其一，作者观的这一变化与文学史上"个人情趣合法化"的过程相契合，或者说就是这一过程的表现形式之一。个人情趣是何时产生的？这是个说不清楚的问题，或许自有人类之日起就已经有了。但是"个人情趣合法化"却是历史性问题，是很晚才出现的。所谓"个人情趣合法化"是说那些纯属个人性的喜怒哀乐以及惆怅、莫名的愁绪之类的内在体验、感受、情绪等能够以公共表达的方式被表现，并且可以获得他人的欣赏、传播与评价。在中国历史上，这表现为一个漫长的过程，起始于春秋战国之交，而完成于东汉后期[②]。这一过程完成的标志，在文章内容方面是男女之爱、羁旅之情

[①] 到了两晋之时开始出现"经史子集"的四部分类；南朝刘宋文帝时开"儒学""史学""玄学""文学"等"四学"。这是史学成为独立门类的过程，这一过程于汉魏之际已经开始。
[②] 关于"个人情趣合法化"的问题可参见拙作《"文人"身份的历史生成及其对文论观念之影响》，载《文学评论》，2012（3）。

与因生命有限性而生的感叹，以及对各种器物、自然物的描写则大量出现在辞赋、铭诔、诗歌之中；在文章体裁方面的表现是抒情短赋、五言诗渐渐取代散体大赋与四言诗成；在诗文评价标准方面表现为对"清""丽""雅""美"等鉴赏性语词的广泛使用；而在作者观方面则是承认非神圣性"作者"较"述者"的优先地位，承认作者个性对文章写作的重要意义，等等。

其二，"神圣性作者观"被"非神圣性作者观"所取代意味着士大夫阶层在文化建构方面开辟了新的精神空间，已经不是"代圣贤立言"所能涵盖的了。在西汉之前的儒家观念中，只有圣人才有"作"的权利，他人只能充当"述者"。现在是所有学识广博、富有才情的人都可以成为"作者"，这说明文人士大夫精神世界的丰富性使之已经不能仅仅在圣人给出的框架下来言说了，他们要拓展新的言说领域与言说方式，因此不可避免地要"作"。就学术派别来说，他们开始关注儒学之外的诸子百家之学，特别是道家学说在他们心目中渐渐获得重要位置。就言说的话题来说，章句训诂开始让他们厌倦，名教伦理也不再是他们恪守的唯一价值系统，那些以前不曾进入言说范围的话题开始引起他们的兴趣了。从王充到曹丕所代表的作者观的变化不过是对这一系列事实的理论确认而已。

其三，作者观的这一变化表明统治阶层对文化的发展已经失去控制，士大夫阶层重新获得了文化建构上的相对独立性，成了真正的言说主体。士人阶层在产生的时候原本是拥有独立的言说权利的，甚至可以说，作为四民之首的"士"唯一的权利就是独立的言说——在不受任何政治权力约束、压制的情况下授徒讲学、著书立说。百家争鸣的局面以及诸子之学的辉煌就是士人阶层这一独立言说权利的产物。秦始皇用政治权力强行取消了士人阶层这一唯一的权利，因此不能形成有效的国家意识形态，没有为自身统治建立起强有力的合法性依据；汉武帝通过"诱以官、禄、德"的方式给予士人阶层在儒家经典给出的范围内言说的权利，培养出一大批只"述"不"作"的儒生，有效地建构起以"三纲五常"为核心的足以支撑汉朝大一统政治体制的国家意识形态，士大夫言说的独立性基本上被压制了。东汉中叶之后朝政紊乱，皇帝昏聩，外戚、宦官争权夺利，朝廷对文化思想的控制渐趋松懈，士大夫阶层基于对朝政的强烈不满，渐渐强化了主体意识，从而导致对原有精神空间的突破。作者观的变化，正是士大夫主体意识觉醒的表现之一。

在西汉时期，文章之士、辞赋之士地位低下，他们自己也认为是被帝王们"俳优畜之"。司马迁作《史记》，一方面自觉是神圣的事业，有"究天人之际，通古今之变，成一家之言"的雄心，慨然有与周公、孔子比肩的志向，但同时又有"士不遇"之叹，自谓"托于无能之辞"，隐然有深深的自卑感。扬雄亦复如是，作为著名辞赋家，他却说辞赋是"壮夫不为"的"小道"。总之在西汉中后期至东汉中期这段时间里，经生所代表的"述者"的地位是远高于那些实际的"作者"的。曹丕虽然出身王侯之家，后来还做了皇帝，但他却常常能够站在文人士大夫立场上言说，他所代表的作者观是对文人士大夫言说权利的肯定，也是对经学和史学以外的具有审美功能的文章形式的肯定。这在中国文学史上无疑具有极为重要的意义。

第二十一章
"名士"与文人趣味之关联

在中国古代,从"世卿世禄"的贵族制度崩坏以后到规范化的科举制度建立之前这一历史时期,执政者的选士任官带有很大随意性。从战国时期的"养士"与"尊贤",到两汉时期的"征辟察举",莫不如此。这一情形,对于以读书做官为毕生事业的士大夫阶层的价值取向、身份认同都造成了莫大影响。诸如"士为知己者死""知遇之恩"与"士不遇"之类的观念与说法都是这种选官方式的产物。在这样的社会语境中还孕育出了"名士"这样的称谓。所谓名士,表面看来即是在士林中那些享有名声的人物,似乎完全是自然形成的,但若仔细辨析,就不难发现,"名士"在不同历史时期有着不同的意涵,这种意涵的差异表征着君权系统与士人阶层关系的变化,也表征着选官标准的变化。以君权为核心的统治阶层与士人阶层的关系是变动不居的,或者利用,或者依靠,或者压制,或者合作,都是看具体的政治需要而定。与这种变化相应,士人阶层对自身的评价标准也有所不同,这就导致"名士"意涵的衍变。简言之,"名士"是社会主流价值观的集中体现,也是文人士大夫身份认同与精神旨趣的集中体现。

由于"名士"的意涵直接与士人阶层的价值取向相关,故而名士意涵的衍变也就关联到文学观念的变化。到了东汉中后期,随着文人身份的逐渐成熟,文人趣味开始成为"名士"的重要标准,从而为汉末魏晋文学观念的重大变革提供了社会文化基础。

◎ 第一节
西汉之前"名士"的意涵及其衍变

在战国至西汉时的典籍中即已出现"名士"一词，例如：

> 季春之月……是月也，生气方盛，阳气发泄，句者毕出，萌者尽达，不可以内。天子布德行惠，命有司发仓廪，赐贫穷，振乏绝，开府库，出币帛，周天下；勉诸侯，聘名士，礼贤者。（《礼记·月令》）

郑玄注云："名士，不仕者。"孔颖达疏："名士者，谓其德行贞绝，道术通明，王者不得臣，而隐居不在位者也。"[①]

> 秦王乃拜斯为长史，听其计，阴遣谋士赍持金玉以游说诸侯。诸侯名士可下以财者，厚遗结之；不肯者，利剑刺之。离其君臣之计，秦王乃使其良将随其后。秦王拜斯为客卿。（《史记·李斯列传》）

此时的名士乃指那些身负安邦定国才能的处士。盖先秦士人大都靠奔走游说、干谒诸侯以求取功名，然而也有少数人品高洁、才学超群者则高自标置，不肯轻易入诸侯之门。这类人，如春秋时的柳下惠、老子、子思，战国时的颜斶、庄子之类，都因为志向高远、才学宏富而显名一时。诸侯因慕其名，往往重金礼聘，许以高位；或者宣称"友事之""师事之"，愈发使之

[①] （汉）郑玄注，（唐）孔颖达疏：《礼记正义》，见《十三经注疏》（清嘉庆刊本），2952页，北京，中华书局，2009。

名声显赫。这类名士在先秦士人中肯定只占极少数①，但他们却代表了士人阶层自尊自贵的精神旨趣，是春秋战国之际这一新生的民间知识阶层在身份上相对独立与观念上的"乌托邦"精神的表现。所以，尽管他们在人数上可能只是凤毛麟角，但对于中国文化的发展而言却具有极为重要的意义，他们作为楷模提醒和激励着一代又一代读书人保持人格上的超越与独立。

西汉时期的名士，也有"德"与"才"两方面的标准，例如：

> 安国为人多大略，智足以当世取合，而出于忠厚焉。贪嗜于财。所推举皆廉士，贤于己者也。于梁举壶遂、臧固、郅他，皆天下名士，士亦以此称慕之，唯天子以为国器。（《史记·韩长孺列传》）

关于壶遂，司马迁尝与之共事，知之甚确："余与壶遂定律历，观韩长孺之义，壶遂之深中隐厚。世之言梁多长者，不虚哉！壶遂官至詹事，天子方倚以为汉相，会遂卒。不然，壶遂之内廉行修，斯鞠躬君子也。"②可见此时所谓"天下名士"的标准一是为人廉洁忠厚，二是有才干。然而，如壶遂这样的名士，既不像柳下惠、颜阖那样志存高远、遗世独立，又不像苏秦、张仪之类为功名利禄舍身忘命。他们在道德层面上是"长者"，在才能方面可以为天子所倚重。不难想见，这种"名士"正是"大一统"时代所需要的人物。在兼并反兼并战争如火如荼的战国时代，一方面是造就出一批厌恶尘世纷争的高洁之士，这类人以他们的不为诸侯所用的品德与超越的乌托邦精神为世人所景仰，从而成为名士；另一方面则是孕育出更多的以获得富厚势位为人生目标，才高而德寡的纵横之士。前者主要以品德高出于世俗而成为名士，后者以纵横捭阖的政治与军事才能而名震诸侯。显而易见，战国

---

① 先秦士人的大多数大约是类似商鞅、吴起、张仪、苏秦、范雎、蔡泽、郭隗那类人物，自身有相当的才学，同时又处心积虑寻求展示才华与获取功名的机会。为了荣华富贵，他们不惜以身犯险，之生死于不顾，更不用说道德准则了。这类人是为九流十家中的"纵横家"。

② （汉）司马迁：《史记》，3465 页，北京，中华书局，2014。

时代的这两种人物都不符合汉代社会的政治需要。在大一统的政治格局之中，统治者需要的是那种既俯首帖耳，听命于朝廷，又能够有效执行教化、牧民任务的人。被史家称为"酷吏"与"循吏"的两种官员，看上去迥然有别，实际上恰恰都符合上述标准，因此均有机会获得帝王青睐。在这样的社会语境之中，"名士"的评价标准也就发生了变化，一般说来，德才兼备是"名士"的必要条件。"德"就是忠诚于君主、廉洁又恪守各种社会伦理与规则等，"才"则具备执行朝廷政策、实现君主意图的能力。汉文帝二年就曾诏命有司"举贤良方正直言极谏者"，其标准正是"德"与"才"两个方面。

西汉自武帝立五经博士、独尊儒术之后，儒家经典受到士大夫普遍重视。但是作为官方倡导的意识形态是一回事，真正深入人心，成为社会认可的意识形态是另一回事。考之史籍，我们可以说，终西汉之世，儒家思想在社会上并没有占据绝对的主导地位。这一点亦可以从"名士"的形成见出。《汉书》载：

> 久之，叔父成都侯商上书，愿分户邑以封莽，及长乐少府戴崇、侍中金涉、胡骑校尉箕闳、上谷都尉阳并、中郎陈汤，皆当世名士，咸为莽言，上由是贤莽。永始元年，封莽为新都侯，国南阳新野之都乡，千五百户。迁骑都尉、光禄大夫、侍中。宿卫谨敕，爵位益尊，节操愈谦。散舆马衣裘，振施宾客，家无所余。收赡名士，交结将相、卿、大夫甚众。（《汉书·王莽传上》）

这里替王莽说话的"当世名士"是些什么人呢，我们来看看陈汤：

> 陈汤字子公，山阳瑕丘人也。少好书，博达善属文。家贫丐贷无节，不为州里所称。西至长安求官，得太官献食丞。数岁，富平侯张勃与汤交，高其能。初元二年，元帝诏列侯举茂材，勃举汤。汤待迁，父死不奔丧，司隶奏汤无循行，勃选举故不以实，坐削户二百，会薨，因

赐谥曰缪侯。汤下狱论。后复以荐为郎，数求使外国。久之，迁西域副校尉，与甘延寿俱出。……汤为人沉勇有大虑，多策谋，喜奇功，每过城邑山川，常登望。(《汉书·傅常郑甘陈段传》)

从这段记载可见，陈汤并不是一位儒者，其行为距离儒家道德相去甚远，也不是位经学家，更不是什么躬行君子，他完全是依靠出众的才干而逐渐受到重用才成为"名士"的。由此可知，尽管西汉的社会重视儒学，对人的评价讲究德才兼备，但"德"的内涵并不固着于儒家伦理，对所谓"私德"不是十分看重，根本上还是以"忠于朝廷"并具备办事能力为准则。例如，汉代第一个没有军功而封侯拜相的读书人公孙弘就是一个被士林目为"曲学阿世"的小人，但他的确忠于武帝，而且也很有办事的能力，故而被破格重用。西汉时期这样的人可谓所在多有。由于符合儒家道德准则的"私德"并不是必要条件，所以西汉之时"名士"们的成名原因也就多种多样，现以《汉书》列举三例如下：

例1：先是，长安孙宠亦以游说显名，免汝南太守，与躬相结，俱上书，召待诏。(《汉书·蒯伍江息夫传》)

例2：(张)敞以切谏显名，擢为豫州刺史。(《汉书·赵尹韩张两王传》)

例3：始(萧)育与陈咸俱以公卿子显名，咸最先进。(《汉书·萧望之传》)

例1中提到的孙宠与息夫躬都是没有什么品行的利禄之徒，却能靠着辩说之才而成名，并进而获得高位。例2中的张敞以"切谏显名"。而例3中的萧育、陈咸均以出身公卿之家而获得名声。由此可见，西汉时期的士大夫之成为"名士"是带有很大的偶然性的，并没有严格一致的标准。这说明汉代士大夫阶层的思想意识还没有真正被统一于儒家意识形态之下，在他们那里很大程度上还带有春秋战国时期遗留下来的游士特征。例如,"游侠"这样一种社会群体也只有在西汉的社会环境中才会存在。

◎ 第二节
东汉名士意涵的衍变

治思想史、哲学史者喜欢大而化之,动辄"两汉思想""两汉学术",实际上东汉与西汉在学术旨趣、社会习俗、时代精神诸多方面存在着极大的差异,很难概而论之。清儒顾炎武尝言:

> 汉自孝武表章《六经》之后,师儒虽盛,而大义未明,故新莽居摄,颂德献符者遍于天下。光武有鉴于此,故尊崇节义,敦厉名实,所举用者莫非经明行修之人,而风俗为之一变。①

这是顾亭林自家从史籍中"体贴"出来的见解,可谓真知灼见。其可论者有三:一是西汉武帝时接受大儒董仲舒建议,独尊儒术,立五经博士,儒学看上去很兴盛,但实际上儒学并未真正成为有效的社会意识形态。所谓"大义未明"云云,乃指儒学真谛未能实现为人们的社会行为,而是停留在书本上。二是光武帝刘秀的意识形态建设不再仅仅停留在经学的倡导与传播上,而是着眼于社会伦理规范的建设。所谓"尊崇节义,敦厉名实"云云,是指把经学义理转换为社会现实层面的道德规范。三是光武帝为了有效地完成经学从书本到实际的社会规范的转变,在用人上以"经明行修"为准绳。所谓"经明行修"是指不仅对儒家经典的文本了然于胸,而且能够落实

---

① (清)顾炎武著,(清)黄汝成集释:《日知录集释》,469页,长沙,岳麓书社,1994。

为日常行为。儒学成为"名教"正是在这样的文化历史语境的产物。

考之中国古代的历史,一个朝代在立国之后一般会经过六七十年的调整、磨合之后方能稳定下来,之后才会兴起大规模的意识形态建设。东汉虽然也是经天下大乱之后,经过艰苦征战而有天下的,但是由于东汉政权的政治统绪上以西汉继承者自居,故而在意识形态方面也就呈现出很明显的连续性。于是西汉一百余年的经学建设就自然而然地成为东汉意识形态建设的坚实基础,因此东汉的意识形态建设并不需要六七十年之后才展开。《后汉书·儒林列传》云:

> 昔王莽、更始之际,天下散乱,礼乐分崩,典文残落。及光武中兴,爱好经术,未及下车,而先访儒雅,采求阙文,补缀漏逸。先是四方学士多怀协图书,遁逃林薮。自是莫不抱负坟策,云会京师,范升、陈元、郑兴、杜林、卫宏、刘昆、桓荣之徒,继踵而集。于是立五经博士,各以家法教授,《易》有施、孟、梁丘、京氏,《尚书》欧阳、大小夏侯,《诗》齐、鲁、韩,《礼》大小戴,《春秋》严、颜,凡十四博士,太常差次总领焉。

可见光武帝直接接续了西汉传统,立国后立即着手复兴儒学的工作。而且他并没有重走西汉的旧辙,而是大大推进一步,着重于社会风气的改造。由学术话语层面进而落实为社会道德规范层面——这正是意识形态掌控社会的逻辑轨迹。因此西汉注重经学权威性的论证与经典义理的阐发,东汉则注重经学价值观的转换与社会效应,这是顺理成章的事情。

在这样的社会语境中,士林风尚亦为之一变。"名士"之得名固然还是靠"德""才"两方面的出色表现,但是"德"的意涵已然发生了变化。如果说,在西汉时只要忠于朝廷,热衷于王事,即可视为有"德";那么到了人人"砥砺名节"的后汉,人之私德便成为重要评价标准。私德有亏,即使忠于皇上且才能出众,也为士林所不齿。在诸种私德之中,在号称"以孝治天下"的社会氛围中,以"孝悌"为核心的人伦亲情自然有着首要的意义。举二例说明之。

其一,章帝朝官至谏议大夫的江革:

> 建武末年,与母归乡里。每至岁时,县当案比,革以母老,不欲摇动,自在辕中挽车,不用牛马,由是乡里称之曰"江巨孝"。太守尝备礼召,革以母老不应。及母终,至性殆灭,尝寝伏冢庐,服竟,不忍除。郡守遣丞掾释服,因请以为吏。①

江革以"巨孝"闻名乡里,因而受到官府重视,最终被征出仕,遂成一代名臣。

其二,和帝朝位至三公的鲁恭:

> 父武陵太守,卒官时恭年十二,弟丕年七岁,昼夜号泣,哀动路人。郡吏赠送,一皆不受,处丧如礼,乡里奇之。年十五,与弟俱居太学,诣博士受业,闭门诵读,不随俦党,兄弟知名,为学者所宗②。

鲁恭之成名也有两个步骤:一是父死尽哀并以礼处丧,名闻乡里;二是受业于博士,一心向学,名动京师。

此二人都是以个人品德而获得名声,并借此名声而跻身仕途的。

个人品德受到重视,渐渐更推衍至人的个性气质。到了东汉中叶以后,许多士人是凭借性格上的特征而成为名士的。现亦举二例说明之。

例1:(陈)禅曾孙宝,亦刚壮有禅风,为州别驾从事,显名州里。(《后汉书·李陈庞陈桥列传》)

---

① (南朝宋)范晔:《后汉书》,1302页,北京,中华书局,1965。
② (晋)袁宏:《后汉纪》,282页,北京,中华书局,2002。

陈禅在安帝时官至谏议大夫，以性格刚强著称。未显达时尝被诬陷而受酷刑，谈笑自若，不为所屈，得名，后为车骑将军邓骘所辟。其后人陈宝亦以性格"刚壮"而显名州里。

例2：巨鹿孟敏，客居太原，荷甑堕地，不顾而去。泰见而问其意，对曰："甑已破矣，视之何益！"泰以为有分决，与之言，知其德性，因劝令游学，遂知名当世。（《资治通鉴》卷第五十五《汉纪四十七·孝桓皇帝中》）

孟敏得名固然有赖郭泰的延誉，但其性格中的"有分决"却是更加重要的原因。

士林关于"名士"的评价标准由注重道德品质而推衍到个性特征，这是极为重要的一种文化现象，具有标志性意义，在文学史、学术思想史的研究上都值得高度关注与深入探讨。在我看来，这一人物品评标准的变化正是"文人身份"与"文人趣味"形成过程不可或缺的关键一环。为了更清楚地说明这一重要性，我们现以后汉著名文人赵壹为例予以进一步分析。

赵壹，字元叔，汉末名士。从《后汉书·文苑列传》所载看，这是一位恃才傲物、特立独行的人物，个性极为鲜明。其性格可从两件事上看出：

其一：

光和元年，举郡上计到京师。是时司徒袁逢受计，计吏数百人皆拜伏庭中，莫敢仰视，壹独长揖而已。逢望而异之，令左右往让之，曰："下郡计[吏]而揖三公，何也？"对曰："昔郦食其长揖汉王，今揖三公，何遽怪哉？"[1]

---

[1] （南朝宋）范晔：《后汉书》，2632页，北京，中华书局，1965。

其二：

> ……往造河南尹羊陟，不得见。壹以公卿中非陟无足以托名者，乃日往到门，陟自强许通，尚卧未起，壹径入上堂，遂前临之，曰："窃伏西州，承高风旧矣，乃今方遇而忽然，奈何命也！"因举声哭，门下惊，皆奔入满侧。陟知其非常人，乃起，延与语，大奇之。谓曰："子出矣。"陟明旦大从车骑奉谒造壹。时诸计吏多盛饰车马帷幕，而壹独柴车草屏，露宿其傍，延陟前坐于车下，左右莫不叹愕。陟遂与言谈，至熏夕，极欢而去，执其手曰："良璞不剖，必有泣血以相明者矣！"陟乃与袁逢共称荐之。名动京师，士大夫想望其风采。①

从这两个例子可见，赵壹所以能够"名动京师"，首先是由于他与众不同的个性，其次是才学，再次才是个人的道德修养。在这里超群拔俗的个性气质已经成为"名士"的首要条件。看赵壹的行事，颇有战国游士的风采，在达官贵人面前能够"高自位置，傲不为礼"。由此亦可看出，到了东汉末年，士林中已然形成了张扬个性的风气，此与东汉中期以前那种循规蹈矩、宽和谦恭的名士作风是大相径庭了。考其原因，盖在光武帝及明帝、章帝、和帝时期，由于朝廷大力倡导儒家伦理，在政治上鼓吹"德化"，使得士大夫以"砥砺名节"为要务，渐渐形成以忠、孝、宽厚、谦恭、公而忘私为核心的价值取向，故而所谓"名士"亦即那些能够在此一价值取向方面有突出表现的人物②。然而到

---

① （南朝宋）范晔：《后汉书》，2632页，北京，中华书局，1965。
② 东汉初期的卓茂、第五伦等人堪为此类名士的代表。据《后汉书·卓茂传》，卓茂以为人的宽和、大度、先人后己、为政的"德化"而名闻天下。下面一则事例可见其人性格，亦可见其时之士林风尚："（卓茂）初辟丞相府史，事孔光，光称为长者。时尝出行，有人认其马。茂问曰：'子亡马几何时？'对曰：'月余日矣。'茂有马数年，心知其谬，嘿解与之，挽车而去，顾曰：'若非公马，幸至丞相府归我。'他日，马主别得亡者，乃诣府送马，叩头谢之。茂性不好争如此。"第五伦则以公正无私，忠于王事而得大名，据《后汉书·第五伦传》载："伦奉公尽节，言事无所依违。诸завь或时谏止，辄叱遣之，吏人奏记及便宜者，亦并封上，其无私若此。……或问伦曰：'公有私乎？'对曰：'昔人有与吾千里马者，吾虽不受，每三公有所选举，心不能忘，而亦终不用也。吾兄子常病，一夜十往，退而安寝；吾子有疾，虽不省视而竟夕不眠。若是者，岂可谓无私乎？'"卓茂、第五伦都是东汉前期的大名士，同时也是朝廷倚重的名臣，他们的性格与行为方式各不相同，但都是忠心耿耿、克己奉公为朝廷办事的人。这正是帝王们所需要的人物。

了东汉中期之后，情况就发生了变化：一方面，朝廷出现了外戚、宦官两大集团互相攻讦、争权夺利的局面，朝纲紊乱，此所谓"政荒于上"；另一方面，士大夫阶层由于长期"砥砺名节"，形成比较稳定的价值观，能够自觉尊奉名教伦理，此所谓"风清于下"。面对混乱的政治局面，士大夫们"互相题拂，品核公卿，量裁执政"，形成所谓"清流"的强大舆论批评。在这样的状况之下，那些恪守传统道德规范的人物固然还会受到肯定与褒扬，但仅仅是忠孝、宽宏、谦恭、大度、克己奉公已经远远不能满足此时士林的期望了。在"清"与"浊"两大政治势力相互角逐的过程中，就自然而然地产生出一批敢于仗义执言、与权贵公然抗争的人物。他们的勇气、胆识乃至于个人爱好、个性特征无不受到士林推崇。在这样的语境中，一种关注个性、气质、器局、胸襟这类不属于传统的"才"与"德"范畴，而属于"性"的新评价标准便自然而然地进入士林的人物评价系统之中。像赵壹这样的人物也只有在这样的评价系统中才会备受青睐而成为大名士。

当然，东汉后期，由于以"名"取士的风气愈演愈烈，在强大的诱惑之下，人们为图虚名，各种虚诞诈伪之事便大批涌现出来。由于东汉自光武以下，帝王多信谶纬、迷方术，故而许多原本治经学的士人，也转而研究风角、星算、灾异之类，久之，也产生出一批"名士"。对此类人物范晔曾有很好的评价：

> 汉世之所谓名士者，其风流可知矣。虽弛张趣舍，时有未纯，于刻情修容，依倚道艺，以就其声价，非所能通物方，弘时务也。及征樊英、杨厚，朝廷若待神明，至竟无它异。英名最高，毁最甚。李固、朱穆等以为处士纯盗虚名，无益于用，故其所以然也。然而后进希之以成名，世主礼之以得众，原其无用亦所以为用，则其有用或归于无用矣。（《后汉书·方术列传》）

范晔在这里批评的实际上就是"名"与"实"相背离的问题，这在当时是一种十分普遍的现象，其实也不仅仅限于方术名士，许多以"孝悌"得名的人物，也都是靠弄虚作假得来的。东汉民间有"举孝廉，父别居；举秀才，不知书"这样的民谣，即是明证。魏晋玄学之所以把"名实之辨""才性之辨""形神之辨"等作为重要论题，根本上正是基于东汉时名士们的"名"与"实"相悖的普遍现象。在范晔看来，所谓"名士"或许诚如李固、朱穆等人所言，是些浪得虚名、并无实际本领的人物。但是由于君主们为了博得民心，也会对这些名士礼敬有加，故而"无用"也变成了"有用"。

总之，东汉的名士意涵有一个演变过程，前期注重德与才，"德"的主要标准除了忠于朝廷之外，就是孝悌、宽和、大度、恭敬等；"才"的主要标准则是通经以及办事能力。到了东汉后期，独特的个性气质成为名士的主要标准之一，这标志着在士林中价值观念的转变，也预示着魏晋六朝张扬个性、否弃名教时代的到来。

◎ 第三节

名士与"谈论"

"名士"的形成离不开舆论与传播。事实上，所谓"名士"就是在一定范围内为舆论所认可的人物。因此要了解名士形成的逻辑轨迹，就不能不深入到"舆论"及其传播的机制中去。就汉代的情况而言，则"名士"与"谈论"密不可分。一个士人的"名"正是在谈论中得以传播，并从而成其名的；反过来，谈论本身也可以成就一个人的名声。许多名士都是靠着出众的谈论本领而显名的。

"谈论"即是言谈议论之义。在汉代士人的话语系统中，"谈论"与

"讲论"、"议论"与"论议"等词语含义相近，又各有不同。由于这些词语都与汉代士大夫精神生活密切相关，是"名士"成名不可或缺的文化因素，这些词语含义的演变也构成了汉代士大夫阶层价值取向与趣味变化的表征，故有必要分别予以讨论。

一、谈论

谈论这个词语先秦典籍中就已经存在，不过其含义是与彼时的语境密切相关的，如《韩非子·说难》："故谏说谈论之士，不可不察爱憎之主而后说焉。"这里的"谈论"显然是指辩说游说之士在诸侯君主面前的纵横之论。到了东汉时代，"谈论"是指对某些士林中觉得有意义的话题的谈说议论，而"好谈论"更成为某类士人的一种特征，现举三例如下：

> 例1：世俗之性，好奇怪之语，说虚妄之文。何则？实事不能快意，而华虚惊耳动心也。是故才能之士，好谈论者，增益实事，为美盛之语；用笔墨者，造生空文，为虚妄之传。听者以为真然，说而不舍；览者以为实事，传而不绝。（《论衡·对作》）

> 例2：（阴）兴弟就，嗣父封宣恩侯，后改封为新阳侯。就善谈论，朝臣莫及，然性刚傲，不得众誉。显宗即位，以就为少府，位特进。就子丰尚郦邑公主。（《后汉书·樊宏阴识列传》）

> 例3：太尉黄琼辟，不就。及琼卒，归葬江夏，四方名豪会帐下者六七千人，互相谈论，莫有及（申屠）蟠者。唯南郡一生与相酬对，既别，执蟠手曰："君非聘则征，如是相见于上京矣。"蟠勃然作色曰："始吾以子为可与言也，何意乃相拘教乐贵之徒邪？"因振手而去，不复与言。再举有道，不就。（《后汉书·周黄徐姜申屠列传》）

东汉士大夫阶层中这一"好谈论"的现象颇值得关注。日本著名汉学家冈村繁曾经辨析六朝"清谈"之渊源，很精辟地指出六朝之"清谈"并非像学界所说，是由桓、灵时期的"请议"发展而来，而是另有渊源，这就是在桓、灵时期即已存在的"交游性谈论"①。此一见解有史实根据，可谓真知灼见。但是，他对"谈论"与主流意识形态及朝廷的密切关联似乎关注不够。事实上，"好谈论"乃是士人成名的一条重要途径，而所谈论的内容则是与主流学术话语、君主偏好直接相关的。只是在外戚与宦官执政，朝纲紊乱，君主威信大失的情形之下，士大夫阶层才成为一个相对独立的文化场域，而在这一场域之中才滋生出士大夫带有自恋色彩的谈论话题。这种转变是一个历史的过程，似不可笼统言之。

二、讲论

与谈论密切相关的一个词语是"讲论"。在汉代语境中，"讲论"的意指范围比较固定，基本上是指关于经学的谈论。亦举四例如下：

例1：孝宣承统，纂修洪业，亦讲论六艺，招选茂异，而萧望之、梁丘贺、夏侯胜、韦玄成、严彭祖、尹更始以儒术进，刘向、王耀以文章显。（《史记·平津侯主父列传》）

例2：初，帝在兵闲久，厌武事，且知天下疲耗，思乐息肩。自陇、蜀平后，非徼急，未尝复言军旅。皇太子尝问攻战之事，帝曰："昔卫灵公问陈，孔子不对，此非尔所及。"每旦视朝，日仄乃罢。数引公卿、郎、将讲论经理，夜分乃寐。（《后汉书·光武帝纪下》）

例3：陈敬王羡，永平三年封广平王。建初三年，有司奏遣羡与巨鹿王恭、乐成王党俱就国。肃宗性笃爱，不忍与诸王乖离，遂皆留京师。明年，案舆地图，令诸国户口皆等，租入岁各八千万。羡博涉经

---
① ［日］冈村繁：《汉魏六朝的思想和文学》，见《冈村繁全集》（三），57页，上海，上海古籍出版社，2002。

书,有威严,与诸儒讲论于白虎殿。(《后汉书·孝明八王列传》)

例4:公府三辟,皆以有道特征,(周)盘语友人曰:"昔方回、支父啬神养和,不以荣利滑其生术。吾亲以没矣,从物何为?"遂不应。建光元年,年七十三,岁朝会集诸生,讲论终日,因令其二子曰:"吾日者梦见先师东里先生,与我讲于阴堂之奥。"(《后汉书·刘赵淳于江刘周赵列传》)

根据这四条记载可知,在两汉时期,"讲论"即是关于儒家经典的讨论。这是很正式的学术活动,有时是由帝王亲自组织,更多的则是经师硕儒带领弟子们进行的。这种"讲论"活动主要是讲解、讨论经典的章句、义理,具有官方或半官方的性质。在朝廷,主要的讲论之所当然是太学,有时也在专门指定的场所进行,最有名的有西汉宣帝时的"石渠论议"、东汉章帝时的"白虎观会议"等。在地方,主要的讲论之所则是"精舍"。民间的经师们立精舍,收徒讲学,形成规模宏大的民间学术交流场所。尽管讲论的内容是儒家经典,讲论的目的是弘扬名教伦理,建构上下一体的国家意识形态,但是由于"讲论"毕竟是一群读书人聚集在一起,于是久而久之就形成了一种独特的文化场域。这个文化场域不仅产生出相对稳定的、有系统的评价标准,而且还具有某种精神衍生功能,使某些新的士大夫趣味得以孕育、传播。现举二例以说明之:

例1:车驾幸大学,会诸博士论难于前,(桓)荣被服儒衣,温恭有蕴藉,辩明经义,每以礼让相厌,不以辞长胜人,儒者莫之及,特加赏赐。又诏诸生雅吹击磬,尽日乃罢。后荣入会庭中,诏赐奇果,受者皆怀之,荣独举手捧之以拜。帝笑指之曰:"此真儒生也。"以是愈见敬厚,常令止宿太子宫。(《后汉书·桓荣丁鸿列传》)

桓荣是治欧阳《尚书》的博士,上引这则事例记述桓荣在太学与诸位博士讨论经义的场面。这里记载的不是桓荣讲论的内容,而是他讲论时的风度与风格。这实际上已经进入到审美层面。武帝令诸生演奏雅乐,更使得枯燥的经义辨析具有了审美意味。这则事例说明,即使在太学讲经这样似乎极为乏味的场合,也能够衍生出审美趣味及其评价标准。

  例2:(马)融才高博洽,为世通儒,教养诸生,常有千数。涿郡卢植,北海郑玄,皆其徒也。善鼓琴,好吹笛,达生任性,不拘儒者之节。居宇器服,多存侈饰。常坐高堂,施绛纱帐,前授生徒,后列女乐,弟子以次相传,鲜有入其室者。尝欲训左氏春秋,及见贾逵、郑众注,乃曰:"贾君精而不博,郑君博而不精。既精既博,吾何加焉!"但著《三传异同说》。注《孝经》、《论语》、《诗》、《易》、《三礼》、《尚书》、《列女传》、《老子》、《淮南子》、《离骚》,所著赋、颂、碑、诔、书、记、表、奏、七言、琴歌、对策、遗令,凡二十一篇。(《后汉书·马融列传》)

同是经学大家,与桓荣相比,马融的风度、格调就大不相同了。马融讲论时讲究气派、威仪,不仅器物、服饰华丽奢靡,而且居然"前授生徒,后列女乐",这大约是效仿西周贵族时代于明堂或辟雍、泮宫中授学时的规制。在马融的"精舍"中,学术与艺术浑然一体,正如他本人即"不拘儒者之礼",并有着广泛的兴趣和爱好一样,他的学术也主要是一种近乎专业性的求真之学,而非意识形态上的认同。这说明,东汉后期,在儒家经典的讲论过程中,已然孕育着新的精神气质与精神旨趣了。

三、论议

即关于比较重要的话题的讨论。在西汉时,"论议"的内容大多是关于朝政及人事等,大多在庙堂之上或公卿之家进行。看《汉书》的几则记载:

（息夫）躬既亲近，数进见言事，论议亡所避。众畏其口，见之仄目。(《汉书·蒯伍江息夫传》)

张汤以更定律令为廷尉，黯质责汤于上前，曰："公为正卿，上不能襃先帝之功业，下不能化天下之邪心，安国富民，使囹圄空虚，何空取高皇帝约束纷更之为？而公以此无种矣！"黯时与汤论议，汤辩常在文深小苛，黯愤发，骂曰："天下谓刀笔吏不可为公卿，果然。必汤也，令天下重足而立，仄目而视矣！"（《汉书·张冯汲郑传》）

（贾山《至言》云：）陛下与众臣宴游，与大臣方正朝廷论议。夫游不失乐，朝不失礼，议不失计，轨事之大者也。（《汉书·贾邹枚路传》）

（田）蚡曰："天下幸而安乐无事，蚡得为肺附，所好音乐、狗马、田宅，所爱倡优、巧匠之属，不如魏其、灌夫日夜招聚天下豪杰壮士与论议，腹诽而心谤，仰视天，俯画地，辟睨两宫间，幸天下有变，而欲有大功。臣乃不如魏其等所为。"（《汉书·窦田灌韩传》）

初，宣帝不甚从儒术，任用法律，而中书宦官用事。中书令弘恭、石显久典枢机，明习文法，亦与车骑将军高为表里，论议常独持故事，不从望之等。恭、显又时倾仄见诎。（《汉书·萧望之传》）

由以上引文可知，西汉时期士大夫在皇帝面前或者私下间的"论议"显然都是关乎朝政的大事，是士大夫之间表达与交流政治见解的重要方式。这种论议过程，是士人获得帝王重视、在同侪中树立威信的绝佳机会，当然也是"名士"们显名的好机会。到了东汉时期，"论议"的内容和效果似乎发生了一定变化，请看《后汉书》的几则记载：

宗兼通儒术，每宴见，常使与少府丁鸿等论议于前。章和二年卒，朝廷愍惜焉。（《后汉书·冯岑贾列传》）

是时显宗方勤万机，公卿数朝会，每辄延谋政事，判折狱讼。（牟）融经明才高，善论议，朝廷皆服其能；帝数嗟叹，以为才堪宰相。明

年，代伏恭为司空。（《后汉书·伏侯宋蔡冯赵牟韦列传》）

（刘）龚字孟公，长安人，善论议，扶风马援、班彪并器重之。竟终不伐其功，潜乐道术，作《记诲篇》及文章传于世。年七十，卒于家。（《后汉书·苏竟杨厚列传》）

（刘）恺之入朝，在位者莫不仰其风行。迁步兵校尉。十三年，迁宗正，免。复拜侍中，迁长水校尉。永初元年，代周章为太常。恺性笃古，贵处士，每有征举，必先岩穴。论议引正，辞气高雅。（永初）六年，代张敏为司空。元初二年，代夏勤为司徒。（《后汉书·刘赵淳于江刘周赵列传》）

扶风掾李育，经明行著，教授百人，客居杜陵，茅室土阶。京兆、扶风二郡更请，徒以家贫，数辞病去。温故知新，论议通明，廉清修絜，行能纯备，虽前世名儒，国家所器，韦、平、孔、翟，无以加焉。（《后汉书·班彪列传上》）

（何）敞性公正。自以趣舍不合时务，每请召，常称疾不应。元和中，辟太尉宋由府，由待以殊礼。敞论议高，常引大体，多所匡正。（《后汉书·朱乐何列传》）

与西汉关于"论议"的记载相比，从这些引文中我们可以看出下列几点不同：其一，西汉的士大夫论议大抵以朝廷政事为主，东汉的论议则多与经学相关。这说明在东汉时期君臣之间、士大夫之间在平常的接触中非正式地讨论经学意旨较之西汉远为普遍。其二，西汉时期士大夫的"论议"固然也有高下之别，但似乎还不足以成为个人的一种特殊才能，而在东汉时期，"善论议"显然已经成为足以使某人扬名的本领。其三，西汉时期，士大夫的"论议"主要以是非对错分高下，而在东汉时期则有了"雅俗"等审美性评价标准。诸如"论议引正，辞气高雅"、"温故知新，论议通明"等说法显然已经不限于内容的是非对错了。这说明在东汉的文化语境中，士大夫久已有之的"论议"传统也发生了微妙的变化。

从以上所举事例可以看出，两汉时期士大夫阶层在思想交流方面是十分活跃的。史书所记载的"谈论""讲论""论议"等行为都是他们的主要交流与交往方式。具体言之，则"谈论"偏于一般性交流，范围最广；"讲论"主要是关于经学的讨论，近于今日之学术研讨，话题最专；"论议"在西汉之时偏于朝政人事等重要话题，到了东汉则渐渐及于经学问题。从今日的视角来看，"谈论""讲论""论议"都是士大夫阶层开出的"文化场域"，士大夫们的思想情感，包括治国方略、学术见解、审美趣味，在这里得以表达、传播，久而久之就渐渐形成类似于今日所谓"公共舆论"之类的普遍意识。在这一过程中，那些最能代表这一士大夫阶层之"公共性"的人物就会成为"名士"，成为士林之楷模。

到了东汉桓灵之时，士大夫的"谈论"或"论议"发生了重要变化。士大夫阶层在长期的经学研讨与实践中早已形成了自己系统的社会价值观与伦理道德观念，当他们面对不学无术并且不讲人格修养的宦官集团窃夺朝政的现实时，发自内心的厌恶与仇视之情渐渐无法压抑，最终爆发为激烈的抗争活动并导致两次"党锢之祸"。在此种情形之下，士大夫的政治主张、价值观都高度集中为对宦官集团的仇恨，传统的"谈论""讲论""论议"也集中到对时政的激烈批评，这就是著名的"党人之议"。《后汉书·党锢列传》载：

> 逮桓灵之间，主荒政缪，国命委于阉寺，士子羞与为伍，故匹夫抗愤，处士横议，遂乃激扬名声，互相题拂，品核公卿，裁量执政，婞直之风，于斯行矣。

> ……

> 初，桓帝为蠡吾侯，受学于甘陵周福，及即帝位，擢福为尚书。时同郡河南尹房植有名当朝，乡人为之谣曰："天下规矩房伯武，因师获印周仲进。"二家宾客，互相讥揣，遂各树朋徒，渐成尤隙，由是甘陵有南北部，党人之议，自此始矣。后汝南太守宗资任功曹范滂，南阳太守

成瑨亦委功曹岑晊,二郡又为谣曰:"汝南太守范孟博,南阳宗资主画诺。南阳太守岑公孝,弘农成瑨但坐啸。"因此流言转入太学,诸生三万余人,郭林宗、贾伟节为其冠,并与李膺、陈蕃、王畅更相褒重。学中语曰:"天下模楷李元礼,不畏强御陈仲举,天下俊秀王叔茂。"又渤海公族进阶、扶风魏齐卿,并危言深论,不隐豪强。自公卿以下,莫不畏其贬议,屣履到门。①

从这则记载看,所谓"党人之议"原本起于士大夫内部的相互攻讦,然后演化为以三万太学生为主体的舆论风潮。其锋芒所指,则主要是以宦官为核心的权贵集团。在这种盛大的公共舆论之中,除了皇帝之外,人人都有可能成为批评的对象。士大夫久已有之的"论议"传统此时都归于愤怒的抗争与肆意的褒贬了。汉代大一统政治局面之下酝酿了三百多年之久的"清流"与"浊流""道"与"势"——实质上是士大夫阶层与君权之间的冲突终于爆发为全面对抗了。这种局面的形成,毫无疑问,与士大夫阶层的"谈论"或"论议"传统密切相关。是"谈论"的习惯,特别是"谈论"的机制——士大夫交流的环境、场所、评价标准、激励动因、舆论传播方式、公共舆论的形成等,为大规模的"党人之议"的形成奠定了基础。由此可见,"党人之议"乃是士大夫"谈论""论议"传统的极端形式,其渊源有自,实非偶然之事。

与"党人之议"同时形成,亦同样由"谈论""论议"传统而来的还有所谓"清议"。"清"是"廉洁""公正"的意思,故"清议"也就是"公正的议论"。广义言之,"党人之议"亦属于"清议",但我们这里所说的"清议"是与那种指向当政者的政治批评不同的另外一种论议,即人物品评。顾炎武《日知录》有云:

---

① (南朝宋)范晔:《后汉书》,2185~2186页,北京,中华书局,1965。

> 古之哲王所以正百辟者，既已制官刑儆于有位矣，而又为之闾师，设乡校，存清议于州里，以佐刑法之穷。……两汉以来犹循此制，乡举里选，必先考其生平，一玷清议，终身不齿。君子有怀刑之惧，小人存耻格之风，教成于下而上不严，论定于乡而民不犯。①

由此可知，"清议"与汉代选士任官制度直接相关。盖汉代无科举之制，选官乃靠各级官府的征辟察举与乡举里选。征辟也罢，选举也罢，不能没有标准，这一标准就是彼时国家意识形态的具体体现：经明行修。但何人堪称经明行修，只有乡里最为清楚，因此官府对某位士人的选举与征辟就必须以乡党关于其人的舆论评价为依据。这样一来，乡间间的舆论就变得异常重要起来了②。在东汉后期，在这一"清议"的场域中不仅形成了严格的评价标准，而且也形成了权威言说者。在这一场域之中拥有雄厚文化资本的人物就会扬名天下，而被这样的权威人物所赏识的人物也同样会成为名士。因此，"清议"也就成为孕育"名士"的摇篮。请看下面的事例：

> 劭邑人李逵，壮直有高气，劭初善之，而后为隙，又与从兄靖不睦，时议以此少之。初，劭与靖俱有高名，好共核论乡党人物，每月辄更其品题，故汝南俗有"月旦评"焉。（《后汉书·郭符许列传》）
>
> 或问汝南范滂曰："郭林宗何如人？"滂曰："隐不违亲，贞不绝俗，天子不得臣，诸侯不得友，吾不知其它。"后遭母忧，有至孝称。林宗虽善人伦，而不为危言核论，故宦官擅政而不能伤也。（《后汉书·郭符许列传》）
>
> 许劭字子将，汝南平舆人也。少峻名节，好人伦，多所赏识。若樊子昭、和阳士者，并显名于世。故天下言拔士者，咸称许、郭。（《后汉

---

① （清）顾炎武著，（清）黄汝成集释：《日知录集释》，477页，长沙，岳麓书社，1994。
② 关于"清议"的功能可参见王仲荦：《魏晋南北朝史》（下册），738～739页，北京，人民出版社，1980。

书·郭符许列传》)

以上诸例中的"核论乡党人物""品题""月旦评""善人伦""好人伦"云云，均属于"清议"范畴。郭泰、许劭、许靖等人是靠在清议中表现出的过人识鉴而获得名声，成为名士的，更多的人则是靠着被名家在清议中奖训而获得名声，成为名士的。东汉时期形成的这种"清议"之风，对于士林来说具有极为重要的规范、引导作用，对他们的价值观具有塑型功能。

以人物品鉴为主要内容的清议是要有结论的，也就是所谓"目"或"题目"或"品题"。例如，曹操年轻时拜见大名士许劭"求为己目"，许劭不得已，说"君清平之奸贼，乱世之英雄"。这种"目"或"题目"或"品题"常常以风谣的形式在社会上广为流传，这是使名士成为名士的重要途径。例如：

> 学中语曰："天下模楷李元礼，不畏强御陈仲举，天下俊秀王叔茂。"(《后汉书·党锢列传》)
> 道德彬彬冯仲文(《后汉书·冯衍传》)
> 五经无双许叔重(《后汉书·许慎传》)
> 五经纷纶井大春(《后汉书·井丹传》)
> 关中夫子杨伯起(《后汉书·杨震传》)
> 天下无双，江夏黄童(《后汉书·文苑列传》)

这些"题目"是"清议"的结论，即所谓"定评"，既是对一个人先前的道德才能的总结性评价，又对其日后在士林中的威望及仕途具有重要作用。

诚如冈村繁先生所言，"清议"与魏晋时期出现的"清谈"无论是内容还是形式都有很大区别，完全是两种不同性质的文化现象，但是如果断然否定二者之间的某种关联亦非确当之论。二者之间至少存在着影响与被影响的关系，这一影响可从三个方面见出：

其一，在"清议"之中，关于人物的评价，原本渐渐由道德才学向着风神气韵拓展，而对于人物风神气韵的品藻，正是魏晋"清谈"的主要内容之一。这就意味着，在人物品藻方面，东汉士大夫的"清议"应该是魏晋"清谈"的直接母体。让我们看《世说新语·赏誉》的几则记载：

世目李元礼"谡谡如劲松下风"。
裴令公目夏侯太初："肃肃如入廊庙中，不修敬而人自敬。"一曰："如入宗庙，琅琅但见礼乐器。见钟士季，如观武库，但睹矛戟。见傅兰硕，江廧靡所不有。见山巨源，如登山临下，幽然深远。"
公孙度目邴原："所谓云中白鹤，非燕雀之网所能罗也。"
王公目太尉："岩岩清峙，壁立千仞。"
世目谢尚为"令达"。阮遥集云："清畅似达。"或云："尚自然令上。"

对人物如此这般的品评在《世说新语》及《三国志》《晋书》《宋书》等典籍中所在多有，不胜枚举。这里的"目"与"清议"中的"目""题目"在形式上一脉相承，都是以简洁的词组或短语对一个人做出评价，都可以称之为"人物品藻"，其接续关系不容置疑。所不同的是，在"清议"中对人物的评价以道德、才能为主，而在"清谈"中则以人物的风度、容貌、性格、气质为主。更重要的是，"清议"是极为严肃认真的事情，有着明确的目的性，因为它是官府"征辟察举"的重要舆论依据。"清谈"则是名士们一种优雅的交流活动，是智慧与才学的游戏，并没有明确的目的。对于"清议"与"清谈"在人物品藻上存在的这种异同我们可以得出这样的结论：作为汉代各级政府选士任官活动组成部分的"清议"原本是一项重要的政治行为，一方面是在乡间间居于重要地位的地方实力派权力运作的手段，另一方面也是主流意识形态政治功能之有效性的体现。然而久而久之，这项主要是对人物道德、才能进行鉴定的活动渐渐推衍扩充，由德才而及于个性气质乃至容貌风度。这一变化的原因一方面是由于在宦官集团权力日重的东汉后期，

"清议"在官员的任免拔擢上所具有的作用越来越小,另一方面则是由于以清流自诩的士大夫阶层的自恋意识越来越强烈——仅仅是"经明行修""德才兼具"之类已经不能满足他们自我欣赏的需求了。到了汉末魏晋之时,由于军阀混战与曹操"唯才是举"用人政策的冲击,"清议"的政治功能已经大打折扣了,于是对于人物的风神气韵的鉴赏便成为名士们的主要谈资,"清议"也就渐渐成为"清谈"。前引《世说新语》诸例,基本上都可以归为对人物的"审美评价"了。

其二,如前所述,汉代的"清议"乃是由士大夫阶层久已有之的"谈论""讲论""论议"传统而来,而学术话题(当然主要是经学)正是"谈论""讲论""论议"的重要内容,因此学术话题也是"清议"的重要内容。太学与精舍之间关于经典的讲论,就是"清议"的一种形式。只是到了汉末,原本神圣的经典渐渐也成为人们逞口舌之辩的工具。仍以《世说新语》举二例说明之。

例1:边文礼见袁奉高,失次序。奉高曰:"昔尧聘许由,面作色。先生何为颠倒衣裳?"文礼答曰:"明府初临,尧德未彰,是以贱民颠倒衣裳耳。"(《言语》)

例2:荀慈明与汝南袁阆相见,问颍川人士,慈明先及诸兄。阆笑曰:"士但可因亲旧而已乎?"慈明曰:"足下相难,依据者何经?"阆曰:"方问国士,而及诸兄,是以尤之耳。"慈明曰:"昔者祁奚内举不失其子,外举不失其雠,以为至公。公旦《文王》之诗,不论尧、舜之德而颂文、武者,亲亲之义也。《春秋》之义,内其国而外诸夏。且不爱其亲而爱他人者,不为悖德乎?"(《言语》)

例1中的"颠倒衣裳"是《诗·齐风·东方未明》中的句子,原本是说一位官吏因公事繁忙,匆忙中穿倒了衣裳,在这里则被用来代指"失次序",与原诗意指毫无关联。这说明在汉末之时,原本神圣无比的儒家经典也成为名士们随意使用的谈资,已然不再那么神圣了。例2是对颍川人士的评价,是更为典型的"清议"。荀爽(字慈明)是位大名士,被时人目为"荀氏八龙,慈明无双"。袁阆亦为名士。在二人的对话中荀爽举《诗·大雅·文王》及《春秋》为根据来自己评价颍川人物先谈自家弟兄后及他人辩护,也同样是把儒家经典当作口舌争胜的工具来用的。其实即使在东晋之后的纯粹"清谈"中,也常常涉及儒家人物和典籍,并不全然排斥。只不过在这里不是作为需要实践的名教伦理来谈的,而是作为学理来谈的。

其三,"清议"对"清谈"最主要的影响在于东晋之后的许多"清谈"话题是从"清议"演化而来的。我们知道,"清谈"的最主要的内容是"玄学",而在"玄学"之中,除了所谓"三玄"本有话题,最主要的是所谓"名实之辨""才性之辨""言意之辨""形神之辨"等。而这些话题均与"清议"相关。这里的逻辑是这样的:在东汉中期以后兴起的"清议"之风开始时主要是对人物的品德、才能进行评价,形成"经明行修"的基本评价标准。然而久而久之,人们发现,对人物的评价并不如此简单,因为人是会伪装的,表里常常不一,于是就凸显出"名"与"实"的关系问题,后来清谈玄言中的"名实之辨"就是从这一"清议"话题中淳化成纯粹学理问题的。"才性之辨"则与"清议"中关于人物才能的评价直接相关。所谓"才性"就是具备才能与品性,才能表现在博学与办事能力上,品性则与人的气质、品德相关联。官府选士任官,除了品德高尚之外,还需要各方面的才能,有些人品性好却缺乏才能,而有些品性不好,却才能出众,于是才能与性格的关系以及才能的来源便成为一个有意义的话题。两晋时谈家热衷的"四本论"就由此引发而来,成了一个纯粹的学理问题。"形神"问题古已有之,是关于形骸与精神的关系问题的言说,如司马迁《史记·太史公自序》云:"凡人所生者神也,所托者形也。神大用则竭,形大劳则敝,形神离则死。"魏晋玄学清谈中的"形神之辨"即是关于人的形骸与精神之关系问题的讨论。这一讨论复有两层含义:一是形与神能否相离的问题,此即"神灭论"与"神不灭论"的争论；二是人的形貌与精神气质的关系，进而引申为形貌与风神气韵的关系。看《世说新语》中的人物品藻可知，彼时人物评价标准是重神轻形的，这就意味着在他们看来"神"和"形"并非总是一致的，如《容止篇》刘孝标注引《魏氏春秋》云："武王姿貌短小，而神明英发"。这是说曹操的"形"不足论，而其"神"却超尘拔俗。魏晋玄学清谈中的"形神之辨"在东晋、南朝之时已经从人物品藻衍化为诗文书画的重要评价标准。顾恺之的"以形写神"之说，王僧虔的"神采为上，形质次之"之说都是极为重要的艺术标准。

"言意之辨"也是古已有之的话题，在《庄子》《易传》中都有相关见解，但是作为清谈玄言重要内容的"言意之辨"则有着来自现实语境的生成轨迹。汤用彤先生尝言：

> 新学术之兴起，虽因于时风环境，然无新眼光新方法，则亦只有支离片段之言论，而不能有组织完备之新学。故学术，新时代之托始，恒赖新方法之发现。……依言意之辨，普遍推之，而使之为一切论理之准量，则实为玄学家所发现之新眼光新方法……
>
> 由此言之，则玄学统系之建立，有赖于言意之辨，但详溯其源，则言意之辨实亦起于汉魏间之名学。名理之学源于评论人物。[1]

这实在是高明之卓识！在汤先生看来，"言意之辨"不仅是时风环境之产物，而且是一代新学术，即玄学赖以建立的新眼光、新方法。把"言意之辨"提高到"新方法"的高度可谓独具慧眼。盖玄学所论话题虽夥，究其根本则不外概念之所指、能指之关系，语义关系、事物内外表里之关系，概言之，即言与意之关系。例如，作为玄学重要论题之一的"声无（有）哀乐论"，表面看是纯粹的音乐与情感的关系，但实质上则是关于"声""音"

---

[1] 汤用彤：《魏晋玄学论稿》，见《中国学术经典·汤用彤卷》，678～679 页，石家庄，河北教育出版社，1996。

"情"等词语的语义辨析;又如,"养生论"也是玄学的重要话题,表面上如何养生的问题,实质上同样是关于"养"与"生"等词语之语义的不同理解。正是在这个意义上,汤先生认为"言意之辨"是玄学赖以生成的"新眼光新方法"。探其源流,则"言意之辨"乃是汉魏之际"名理之学"的进一步延伸。何以见得呢?如前所述,所谓"名理之学"即是清议中对人物考核名实之实践的学理化、普遍化形式,其核心即是前文论及的"才性之辨"。

这里的逻辑关系可以这样来表述:征辟察举、乡举里选的政治行为激发起以人物品评为主旨的"清议"。在"清议"中,由"经明行修"的评价标准,渐渐深化为"循名责实""因名求实"的学理追问,这就是所谓"名实之辨"。这种"名实之辨"进一步抽象化为具有更大普遍的意义"才性之辨"。对于"才性之辨"的探讨,自然而然地导致"言意之辨"的凸显。从逻辑顺序看"言意之辨"似乎后出,但它却是贯穿于整个逻辑展开过程的深层意义生成模式——在意义的世界里,越是深层的构成因素就越是被最后揭示,此即为层层深入。汤先生的论述十分准确地揭示出魏晋玄学由人物品评的政治实践升华为玄学话语的逻辑轨迹。

总之,无论"清谈"与"清议"有着多大的差异,它们都是西汉时既已存在于士大夫阶层之中的"谈论""讲论""论议"传统的产物则是无可怀疑的。在士大夫阶层中存在着久远的交流、交往传统,形成一个个文化场域,这些场域中,随着历史语境的变化,会包含不同的内容,形成迥然不同的评价标准,这些评价标准又进而升华为不同的价值观。"清议"与"清谈"的差异正是这种文化场域的变换所导致的。正如以往的"谈论""讲论""论议"造就了大批"名士"一样,"清议"与"清谈"也正是"名士"的摇篮。在"清议"中产生的名士,诸如窦武、陈蕃、李膺、范滂、郭泰、许劭等都是以真正意义上的"士大夫"身份受到"清议"青睐的。他们以天下为己任,"慨然有澄清天下之志",以正统社会价值观,即"道"的维系者自居,在与以宦官为代表的权力集团的斗争中博得天下士人的尊崇与推重,成为大名士。这个"名"的含义是政治性的。而王弼、何晏、夏侯玄、傅嘏、阮籍、嵇康、王衍、王导、向秀、郭象之类是在关于《老子》《庄子》《周易》以及"养生论""四本论""圣人有情无情论""声有无哀乐论"等"玄远不及世务"的话题的谈论中成为名士的。他们的"名"所包含的是超越现实政治的玄奥之理，所确证的是一种与政治相疏离的姿态。

◎ 第四节
名士与文人趣味之生成

通过以上阐述可知，"谈论"包括后来的"清议"与"清谈"，其基本性质是士大夫阶层思想文化交流的场域。这是在"大一统"的历史语境中逐渐形成的作为社会"中间阶层"的士大夫们的主要精神活动空间，它与春秋以前的贵族教育与交往、战国时期的私学与诸子间的交往一样，是特定时期思想文化滋生、孕育的主要场所。就汉魏四百多年的历史演进而论，士大夫这一思想文化场域也处于不断变化之中。其谈论的话题开始是以政治性的内容与经学内容为主，后来渐渐蜕变为以玄远话题为主，形成了一个与社会政治由紧密相关到渐行渐远的演变轨迹。在这一过程中，士大夫的身份意识、趣味也发生着根本性变化。

汉代士大夫原本继承了先秦士人以天下为己任的担当精神，在政治上有着极强的进取心，希望与君权合作建功立业，有一番大作为。但是面对"君道刚强，臣道柔顺"的大一统君主专制政体，士大夫阶层越来越发现自己的"器"，即"工具性"处境，他们只好把"帝王师"的角色意识隐藏起来，采取"屈民而伸君"的策略，为王朝的合法性提供论证。但同时，他们会采取种种迂回、婉曲的策略，暗中输入自己的价值观，从而对君权进行限制。事实上，经学作为一种国家意识形态，其基本精神正是"为君权服务"与"限制君权"两种价值取向的二重奏。这一点在士大夫的"谈论""讲论"以及后来的"清议"中表现得十分清楚。然而，诚如余英时等史学家所见，由于缺乏制度层面的保障，汉代士大夫阶层这种靠话语建构，以为君权确证合法性为代价来进行"柔性"制衡的策略并不是任何时候都有效的。尤其是在东汉后期君主孱弱，外戚、宦官轮流秉政的政治形势下，士大夫普遍受到压制，他们的建言献策常常被弃如敝屣，他们的学术话语亦受到冷落，在这种情形之下，他们只有或者万马齐喑，或者不计后果地发出呐喊之声了。"党人"的"清议"就是在这种情形之下产生的。然而，表达了党人愤怒的"清议"除了痛快淋漓地发泄之外，同样是无效的，而且还招致残酷的镇压，于是士大夫"谈论"的兴趣就发生了变化，政治话题渐渐远去，对人物的德行与才能的评价也转向了对其谈吐、举止、风度的审美性评价了。士林风尚在汉末发生陡转。谈论依然谈论，但此谈论已非彼谈论。

从士大夫名士到文人名士的转变是此期谈论者身份的明显变化。而这一变化与文人趣味的生成属于同一个过程。如果说陈蕃、李膺等人是汉代最后一批士大夫名士的代表，而孔融、杨修、祢衡、何晏、王弼等是汉魏之际文人名士的代表，那么在汉末也有一批人物可以称为从士大夫名士向文人名士过渡的代表，他们是马融、赵壹和蔡邕等。

马融，字季长，扶风茂陵人，主要活动于东汉安、顺之时，乃东汉初期伏波将军马援之兄马余之孙，后从挚恂游学，成为一代经学大师。然而马融并非恪守章句的一般经生，他出身世家，而且有外戚之贵，其独特的身份使其立身行事，颇显个性。就治学而论，马融虽然博通经学，尝遍注诸经，并且培养出卢植、郑玄等著名经学家，但是他又沉浸于老庄，与道家之学颇多领悟。尝注《老子》《淮南子》及《离骚》。大将军邓骘闻其名，欲召为舍人，开始被他拒绝，后来遭遇战乱，衣食不保，感叹说："古人有言'左手据天下之图，右手吻其喉，愚夫不为。'所以然者，生贵于天下也。今以曲俗咫尺之羞,灭无赀之躯,殆非《老》《庄》之谓也。"①由此可以看出道家思想对他的影响。可见从价值观言之,马融已非纯儒。就其身份言之,则介于士大夫与文人之间。例如,他于元初二年上《广成颂》即是用来讽谏执政者"以为文德可兴,武功宜废,遂寝蒐狩之礼,息战阵之法"的,关心的是国家的命运。顺帝永和年间,马融任武都太守,时逢羌人为乱,他上书朝廷,欲率军平乱。他在经学上的贡献,也恰足体现了儒家士人的传道精神。这都是典型的士大夫阶层社会责任感的表现。安帝亲政后,马融上《冬巡颂》,受到安帝欣赏,拜为郎中;在外戚梁冀执政时,为了讨好,又作《西第颂》,这又是在强权压迫下的文人无奈之举,近于宫廷文人之所为。至于他的"善鼓琴,好吹笛,达生任性,不拘儒者之节"②则不仅是典型的文人趣味之表露,而且可以说开了魏晋士人"越名教而任自然"之放达精神之先河了。此外马融的文人趣味还表现在其辞赋创作上,其《琴赋》《长笛赋》《围棋赋》等都是如此。例如,《长笛赋》虽然继承了汉赋堆砌铺陈的特点,但在对"竹"的描写上,无疑寄托了文人的清高旨趣。换言之,从立身行事的风格来看,马融已经具有后世"文人"的特点了。

蔡邕,字伯喈,陈留圉人,主要活动于桓、灵之世,世代仕宦,师事桓帝时的太傅胡广。就本来的精神旨趣而言,蔡邕也是个不折不扣的士大夫,有强烈的进取心,建宁六年他上《陈政要七事疏》,涉及祭祀典礼、选举、督察、经学、赏罚、治安等方面,都是关乎国计民生的大事,表现出一个士大夫所应有的责任心与使命感。另外他冒着触犯皇帝的风险主张废止"鸿都门学",也是传统士大夫精神的体现。但是蔡邕又绝非一个恪守儒家学说的经生,亦非循规蹈矩的官僚,他有着极为丰富的精神世界,具有文人情怀。其尝作《释诲》,在回答"务世公子"劝言入世建立功业时,"华颠胡老"有云:

---

① (南朝宋)范晔:《后汉书》,1953页,北京,中华书局,1965。
② 同上书,1972页。

三代之隆，亦有缉熙，五伯扶微，勤而抚之。于斯已降，天网纵，人纮弛，王涂坏，太极陁，君臣土崩，上下瓦解。于是智者骋诈，辩者驰说，武夫奋略，战士讲锐。电骇风驰，雾散云披，变诈乖诡，以合时宜。或画一策而绾万金，或谈崇朝而锡瑞珪。连衡者六印磊落，合从者骈组流离。

　　隆贵翕习，积富无崖，据巧蹈机，以忘其危。夫华离蒂而萎，条去干而枯，女冶容而淫，士背道而辜。人毁其满，神疾其邪，利端始萌，害渐亦牙。速速方毂，夭夭是加，欲丰其屋，乃蔀其家。是故天地否闭，圣哲潜形，石门守晨，沮、溺耦耕，颜歜抱璞，蘧瑗保生，齐人归乐，孔子斯征，雍渠骖乘，逝而遗轻。夫岂憎主而背国乎？道不可以倾也。

又：

　　于是公子仰首降阶，忸怩而避。胡老乃扬衡含笑，援琴而歌。歌曰："练余心兮浸太清，涤秽浊兮存正灵。和液畅兮神气宁，情志泊兮心亭亭，嗜欲息兮无由生。踔宇宙而遗俗兮，眇翩翩而独征。"

　　这里浸透了道家的人生智慧与哲理。在价值观上蔡邕已经不再是那种满脑子"经世致用"精神的儒生，也不再是整日舞文弄墨，希冀着有朝一日飞黄腾达的文吏了。而在个人趣味上，蔡邕也明显表现出后世"文人"的诸多特点。首先是多才艺，文人身份不同于一般士大夫之处的重要特点是多才多艺，诸如诗词歌赋、琴棋书画乃是"文人"的标志。蔡邕是位文艺天才，他的辞赋、碑诔、史志不仅名重一时，而且对魏晋六朝有重要影响。他的书法尝创"飞白体"，是中国书法史上早期最主要的代表人物。而且他还有《隶书势》《大篆赞》等文章，是中国最早的书法理论家之一。他精通音律，是汉末最有名的琴家，有《琴赋》一篇传世。魏晋是中国古代文学和艺术蓬勃发展、渐趋成熟的重要时期,而生活在汉末的大才子蔡邕,对于这一文艺的勃兴起到了重要的奠基作用。正是由于这样的贡献,蔡邕也就成为后世文人的榜样,从而成为最早获得"文人身份"的一批人之一。蔡邕毫无疑问是个士大夫,但是他不是像同时期的王允、郑玄等人那样是传统意义的士大夫,他还获得了"文人"这重新的身份。这一"文人身份"在他的诗文辞赋作品中有着充分而鲜明的呈现,其《霖雨赋》云:

> 夫何季秋之淫雨兮,既弥日而成霖。瞻玄云之晻晻兮,听长霤之淋淋。中宵夜而叹息,起饰带而抚琴。①

又《蝉赋》云:

> 白露凄其夜降,秋风肃以晨兴。声嘶嗌以沮败,体枯燥以水凝。虽期运之固然,独潜类乎太阴。要明年之中夏,复长鸣而扬音。(《艺文类聚》卷九十七)

因阴雨连绵而生愁绪,因秋风蝉鸣而伤怀,这里体现出的都是极为细腻的文人情趣。

赵壹,字元叔,主要活动于桓、灵之时。这是一位恃才傲物、特立独行的人物。据《后汉书·文苑列传》载,赵壹"恃才倨傲,为乡党所摈,乃作《解摈》"②。这就是说,按照"乡举里选"之"清议"规则,赵壹是受到贬斥的,也就是所谓"玷于清议",按照彼时的风气,这就等于自毁前程了。然而,在这样的情况下,赵壹何以还会成为大名士,并且得到许多出仕的机

---

① 见严可均编《全汉文》之卷八十,文末附严氏注云:"案此赋《类聚》编于魏曹植《愁霖赋》后,题为又《愁霖赋》,张溥等因收入《子建集》。今考《文选·张协杂诗》注引《蔡邕霖雨赋》云:'瞻玄云之晻晻,听长雨之霖霖'。《曹植美女篇》注引《蔡邕霖雨赋》云:'中宵夜而叹息。'知此赋在《蔡集》中。"
② (南朝宋)范晔:《后汉书》,2628 页,北京,中华书局,1965。

会呢？这与灵帝时期社会评价系统的变化直接相关。我们先来看看史书的记载：

> 光和元年，举郡上计到京师。是时司徒袁逢受计，计吏数百人皆拜伏庭中，莫敢仰视，壹独长揖而已。逢望而异之，令左右往让之，曰："下郡计[吏]而揖三公，何也？"对曰："昔郦食其长揖汉王，今揖三公，何遽怪哉？"逢则敛衽下堂，执其手，延置上坐，因问西方事，大悦，顾谓坐中曰："此人汉阳赵元叔也。朝臣莫有过之者，吾请为诸君分坐。"坐者皆属观。既出，往造河南尹羊陟，不得见。壹以公卿中非陟无足以托名者，乃日往到门，陟自强许通，尚卧未起，壹径入上堂，遂前临之，曰："窃伏西州，承高风旧矣，乃今方遇而忽然，奈何命也！"因举声哭，门下惊，皆奔入满侧。陟知其非常人，乃起，延与语，大奇之。谓曰："子出矣。"陟明旦大从车骑奉谒造壹。时诸计吏多盛饰车马帷幕，而壹独柴车草屏，露宿其傍，延陟前坐于车下，左右莫不叹愕。陟遂与言谈，至熏夕，极欢而去，执其手曰："良璞不剖，必有泣血以相明者矣！"陟乃与袁逢共称荐之。名动京师，士大夫想望其风采。（《后汉书·文苑列传》）

计吏是古代州郡掌簿籍并负责上计的官员，"上计"就是计吏到朝廷汇报州郡财政收支情况。计吏品秩极低，属于州府衙门的从员。从这段记载看来，赵壹的个性跃然纸上。袁逢位列三公，羊陟是当时大名士，此二人对赵壹的狂悖之举不以为忤，反而争相为之延誉，此可见彼时社会风气已然不同于东汉中叶之前，与"经明行修"不同的个性得到承认。赵壹身为小吏，却要与高高在上的朝廷重臣平起平坐，这已经超出了一般的行为准则，在一般人看来绝对是不可思议的举动。然而，袁逢不仅能够容忍他的特异行为，并且给予他极高的评价，这是不同寻常的。看赵壹举动，又以郦食其自比，完全是先秦纵横家做派，他之能够"名动京师，士大夫想望其风采"，说明汉末士林中的风气已经出现了重视个性，反对平庸，欲突破陈规陋习的价值取向。此堪称魏晋精神解放之先声。

史载赵壹著赋、颂、箴、诔、书、论及杂文十六篇，作品不多，流传下来的就更是少之又少。就其所遗较为完整的《刺世嫉邪赋》《穷鸟赋》来看，其基本旨趣依然是士大夫精神，只不过是仕途坎坷因而愤世嫉俗的士大夫而已。然而，其"文人"情怀也已经流露出来，其《迅风赋》有云：

> 惟巽卦之为体，吐神气而成风。织微无所不入，广大无所不充。经营八荒之外，宛转豪毛之中。察本莫见其始，揆末莫睹其终。啾啾飕飕，吟啸相求。阿那徘徊，声若歌讴。抟之不可得，系之不可留。

这是对迅风的描写，与当时文人们对于"笔""琴""笛""棋""蝉""霖雨"等事物的描写一样，观察细腻、用词考究，描绘生动，富于情趣，显示出不同于士大夫精神的文人趣味。

从马融、蔡邕、赵壹三位汉末名士的行为方式与文章书写来看，他们是介于士大夫与文人这两种身份之间的过渡式人物。他们走的都是读书做官的传统道路，都具有强烈的社会责任感，有对于"道"的承担意识，因此他们的基本身份无疑是士大夫；但他们又都在个性或个人情趣方面有较为突出的表现，已经不再是循规蹈矩的经生与俗儒，他们对个体精神生活有着自觉的诉求与呵护，因此他们又是最早一批真正意义上的"文人"。他们在个性追求与个人情趣的表达上与西汉时期的"宫廷文人"已然有着根本性差异。从他们开始，中国古代主流知识阶层便具有了一重新的身份——文人，于是"文人士大夫"便成为这个获得新的身份的社会阶层的称谓。自此以后，他们一方面积极入世，力求做忠君爱民的政治家，并继续高扬着"道"的旗帜，力求成为士人阶层价值观——"道统"的继承者与维护者；另一方面又开始拓展个人精神空间，探寻个体生命存在的价值意义，对那些与社会政治、伦理并无直接关涉的事物，诸如诗词歌赋、琴棋书画以及自然山水之美，开始产生浓厚兴趣，并乐此不疲。他们力求使自己的生活精致化、艺术化，在言谈举止、服饰打扮、吟诗作赋等各项活动中，极力打造自己，提升自己，使自身获得与自己的文化知识修养、社会政治经济地位相匹配的品位、趣味、感觉和体验，从而使自身与没有文化修养的社会大多数人严格区分开来。这种品位、趣味、感觉和体验被他们命名为"雅"。自是以降，以"道"为核心的士大夫精神与以"雅"为核心的文人情趣就并行不悖地并存于这一知识阶层身上了。

第二十二章
作为文艺思想之经验基础的文人趣味

按照通常的文学理论观点，文学与情感之间有着极为密切的关系。文学艺术是情感的流露，这一判断在浪漫主义或表现主义美学那里是再自然不过的事情了。在我们的文化语境中，特别是20世纪80年代，这一判断也几乎成为共识。如此看来，情感对于文艺创作来说具有重要意义应该是不争的事实。但是除情感以外，对于文学艺术来说，还有一个主体因素具有同样的甚至比情感更重要的作用，却往往受到忽略，那就是趣味。所谓情感主要无非是喜、怒、哀、惧、爱、恶、欲这"七情"，趣味则要复杂多了。任何一部文学艺术作品总是体现着一个个人、一个社会集团、一个社会阶层、一个民族的趣味。文学艺术的风格特征，归根结底也是表征着某种趣味。我们可以说文学艺术"是情感的客观对应物"，我们同样也可以说文学艺术是"趣味的客观对应物"。一个时代有一个时代的主导趣味，它决定着此一时代文学艺术的风格特征，也决定着人们对文学艺术的评价标准。这种"趣味"，就其普遍性而言近于雷蒙·威廉斯的"情感结构"，就其在语言和意识之下发生作用而言，近于布迪厄的"性情倾向"，总之是一种不容易把握到，却是实实在在存在着，并且对个人与社会整体精神文化，特别是文学艺术及所有审美活动都具有决定性影响的心理存在。在中国古代，则是"文人趣味"在一个相当长的时期内决定着文学艺术的风格与走向，也决定着古代文艺思想与文论观念以及文学批评标准的基本形态与特征。因此，对文人趣味的深入探讨,可以说是研究中国古代文艺思想或文论观念的一个不可或缺的视角。

◎ 第一节
文人趣味的基本特征

究竟何为"文人趣味"? 简单说来,就是古代文人特有的兴趣爱好之总称,是古代文人的"情感结构"。所谓"文人"不是某种特殊的人群,也不是某个社会集团或社会阶层。"文人"是一种文化身份,是一个人的许多副面孔中的一副,或者说是一个人所扮演的多重角色中的一种。此一身份或角色的基本特点就是在诗词歌赋、琴棋书画等的文学艺术门类的创作与鉴赏方面有明显爱好和特长,并善于运用文字来表达个人的内心世界。比"文人"外延更大一些的范畴是"士大夫"。所谓"士大夫"是指以做官为目的的读书人和凭借读书而做官的人,亦称为"士人"或"士人阶层",也就是中国古代的知识阶层。"士大夫"是中国古代一个特殊的社会阶层,就社会地位、生存方式、文化惯习、价值观等方面言之,他们具有相对独立性,对于维系中国古代秦汉以后以君主官僚政体为核心的社会结构具有重大作用。这个社会阶层中的每一个人几乎都拥有多重身份——读书求学时是官僚队伍后备军,为官之后是政治家或社会管理者,为官之余整理文献、著书立说时是学者,而饮酒酬唱、吟诗作赋、舞文弄墨之时就成了文人。读书、做官或准备做官是士大夫的基本身份,不读书就不是士大夫,仅仅读书与做官毫无关联,也不是士大夫。学者、文人之类则是士大夫的附属身份,或衍生身份,所以有许多士大夫就不是学者,也不是文人。譬如包拯这个人,可谓是名声最为显赫的中国古代士大夫之一,但是他既没有学者的身份,也没用文人的身份，因为他除了读书做官之外，既没有钻研学问，更不善于吟诗作赋。故而被欧阳修评为"峭直少文"。而欧阳修、王安石、苏轼这类人物，既是官员，又是学者，更是文人，而且在各方面都有很大建树。

厘清了"文人"作为一种"身份"的特征，我们就不难理解"文人趣味"了。简单说来，"文人趣味"就是读书人的"闲情逸致"。那么什么是"闲情逸致"呢？

我们知道，中国古代的知识阶层，即士大夫或士人阶层，从诞生之日起就有强烈的政治情结，他们是社会大动荡、大变革的产物，是被"抛入"到价值失范、战乱不已的社会境况中的。因此，对于拥有文化知识的士人阶层来说，世上没有什么比消弭战乱，重建社会价值秩序更紧迫更重要的事情了。所以士大夫或士人阶层骨子里就是政治性的，他们有所言说，其旨归不是求真的，不是求美的，而是政治性的。就动机而言，他们提供的那套话语系统就是救世之术。无论是主张出世还是入世，无论是儒家还是道家，莫不如此。这是士人阶层的基本品格，是士人文化的基本特征。因此在士人文化为主导的文化语境中，美丑善恶的评价标准就必然带有实用特点——以治国平天下为基点，离之愈近，价值愈高；去其愈远，价值愈低。伦理道德在作为士人文化之主流的儒家思想中一直处于核心位置，那是因为儒家始终试图通过改造人来达到改造社会的目的，于是伦理道德就成为他们实现政治目的的必要手段。这就意味着，对儒家而言，道德本身就意味着政治。因此在儒家的言说中，伦理道德就始终处于核心位置。在先秦的诸子百家之中，那些距离直接的政治功能稍远一些的学说，如名家、农家、墨辩、杨朱学说等，在汉代之后就或者为其他学说所吸收，或者渐渐湮没无闻了。

道家学说原本也如儒学一样，是一种救世之术，带有明显的政治性。但是由于其实现政治目的的方式比儒学更为迂回曲折——靠人们自觉摆脱一般的知而达于大知，摒弃一般的善而达于大善，超越一般的美而达于大美，否定一般的政治而达于善政，本质上是通过"无为"而达于"有为"，借助否定而达于肯定。由于其政治理想过于高远难达，因此久而久之，士人们渐渐忽视了道家学说的政治功能，只取其手段，即以手段为目的，把它视为一种关于个体生命的话语表征，借助于它来与现实政治保持一定距离。换言之，道家学说被士人阶层当作保持个人体验与想象力，维护个体精神自由的话语资源了。结果出现了这样的情景：儒家引导人们走向政治，道家召唤人们回归内心。只是到了宋代以后，儒家士人才借助于二氏之学的刺激、启迪与滋润，重新发掘原始儒学所蕴含的个体心性内容，形成了一种真正能够"合外内之道"的"内圣外王"之学。

从学理的逻辑上说，士大夫"闲情逸致"的话语资源首先是来自道家学说，其次是来自佛释之学，最后亦来自儒家心性之学。如前所述，士大夫阶层骨子里是政治性的，他们有一种与生俱来的使命感，认为自己对天下苍生、社稷安危负有责任，所以"闲情""逸致"就是针对这种使命感而言的，具体言之，是针对现实政治或与之相关的功名利禄而言的。"闲"是指在现实政治或功名利禄之外的余闲；"逸"是指对现实政治或功名利禄之超越。简言之，脱离了现实政治与功名利禄的兴趣与情致便是"闲情逸致"。道、释以及儒家心性之学都有超越现实政治与功名利禄的一面，故而可以成为士大夫之"闲情逸致"的话语资源。

然而"闲情逸致"本身如何并不是问题的全部，甚至不是最重要的问题。因为人的精神世界在任何时候都是丰富的而不是单一的。即使是在战乱频仍的先秦，士人的精神世界也决不会仅仅囿于政治一个维度。我们不难想象，先秦的士人们有时也会看看天上的云，也会听听窗外的雨，也会为皎洁的明月、浩繁的星空所沉醉，也会因鸟语花香而入迷……他们的美感不一定真的比六朝士人贫乏，即使对自然山水也同样如此。这里的问题是：在先秦以至于两汉的士大夫言说与书写中，"闲情逸致"何以难见踪迹呢？这里的关键在于：在某个历史时期，究竟哪些人类经验受到重视，被言说与书写，而哪些经验被遮蔽——只做不说呢？个中原因何在？所以，"闲情逸致"本身可能是任何时代在日常生活中都司空见惯的现象，而"闲情逸致"的被关注、被言说，尤其是被书写，则是极富意味的文化现象了。

从历史的逻辑看,"闲情逸致"进入主流话语的前提条件是言说主体在政治、经济、文化上都获得相对的独立性,三者缺一不可。政治上的相对独立性是士大夫精神独立性的前提。如果士大夫完全被君权控制,政治上没有选择的权利,与政治不能拉开一定距离,那么他们就只能成为统治者的工具,在主流话语中就不可能有"闲情逸致"的位置;经济上的相对独立性为士大夫的"闲情逸致"提供物质条件,没有相当的物质基础,也就不会有"可观的""闲情逸致",只有作为一种生活方式的"闲情逸致"达到相当丰富的程度,它才会为主流话语所关注。文化上的相对独立性则使言说者获得选择的权利,使他们能够自觉地把"闲情逸致"作为言说与书写的对象。只有在文化上具有一定独立性,言说者才有能力为文化活动制定规则,他们才能够不断拓展文化空间,不断丰富意义世界,从而创造出丰富的精神文化产品来。按照上述三个标准衡量,以孔子为代表的第一批士人阶层在政治上、文化上都有较大的选择空间,有较大的独立性,但他们在经济上缺乏稳定收入。由于诸侯争霸、战乱频仍,也就缺乏安逸的生活环境,因此他们的"闲情逸致"是有限的,不大可能成为一个被关注的话题。孔子的"吾与点也"之志固然是对"闲情逸致"的肯定,但在先秦诸子中,即使是在儒家内部,都没有得到普遍回应。这说明曾点那种"浴乎沂,风乎舞雩,咏而归"的"闲情逸致"在当时不能构成一个被关注的热点问题。两汉时期中央集权的君主官僚政体确立,天下一统,士大夫阶层在政治上失去选择的自由,也就谈不上什么相对的独立性。在文化学术上,武帝之后经学大行于世,读书人被主流学术所裹挟,也失去了独立性。因此,在汉代,"闲情逸致"也很难成为被言说的对象。只有汉末魏晋时期的士大夫阶层是完全具备上述三个条件的,因此"闲情逸致"也就是在这个历史时期得以正式进入主流话语之中的。

汉末魏晋时期以"闲情逸致"为核心的"文人趣味"成为主流话语关注的话题,从主体身份演变的角度看亦有其必然性。东汉直至魏晋时期的士大夫阶层之中出现了一批特殊的人物：世家大族或士族[①]。世家大族或士族可以说是士大夫阶层中的贵族，是这个阶层中最成功的一批人。一般说来，在中国古代，凡是读书人都可以归入士人阶层或广义的士大夫阶层之中。但世家大族或士族不是一般的读书人，而是凭借读书而做官，做官之后仍不忘读书，世世代代都读书然后做官的那种家族。他们所读的书也不是一般的书，而主要是儒家经典，东汉之末始涉玄言。换言之，可以说正是经学造就了世家大族或士族这一特殊的社会阶层。看看《汉书》，特别是《后汉书》，这样世世代代治某经、传某学的官僚家族不胜枚举。在东汉中叶以后，这个社会阶层已经积累了极为雄厚的政治资本与文化资本，成为政治精英和文化精英。这些儒学世家当然也是名教楷模，出现了许多因恪守儒家伦理而得到好名声的人物，但他们的精神世界并不仅仅局限于道德层面，也渐渐形成了多维度的精神旨趣。这得益于他们的生活方式与交往。世家大族或士族之间通过同僚、师生、婚姻、亲戚、同窗、同乡等各种关系相互勾连，形成一个庞大的社交圈子，又在这个圈子里孕育、形成了种种习惯、时尚、雅好，士大夫阶层原本就有的"闲情逸致"在这里得到非常充分的发展、膨胀与升华。

在这一过程中，士大夫或士族的"整体自觉"（余英时语）具有重要意义。所谓士族的"群体自觉"，就是这个社会阶层意识到自身的价值与独特性。这种"群体自觉"首先是政治性的，按余英时先生的观点，这一自觉乃是士大夫集团与外戚宦官集团长期政治斗争的产物：

> 东汉之政治，自和帝永元元年（89）以降，大抵为外戚宦官迭握朝

[①] 何为世家大族？何为士族？二者是否同一概念？这在史学界是有不同意见的。按余英时先生意见，士族就是"士"——读书人家族——宗族。有宗族背景的士大夫就是士族。也就是说，在他看来，东汉的世家大族就是所谓士族。（参见余英时：《东汉政权之建立与士族大姓之关系》，见《余英时文集》第一卷，桂林，广西师范大学出版社，2004）而按田余庆先生意见，则世家大族乃指东汉时期的士大夫家族，而士族则专指魏晋以后形成的新的社会阶层。世家大族传承儒学，士族则濡染玄风。（参见田余庆：《东晋门阀政治》，329~330页，北京，北京大学出版社，2005）

政，且互相诛戮之局，……而东汉之士大夫亦遂得在其迭与外戚宦官之冲突过程中逐渐发展群体之自觉。①

由于外戚和宦官的刺激，士大夫集团以"清流"自许，渐渐愈加明确了自身的身份意识与社会责任。在他们看来，外戚宦官之流唯权力与利益是求，是毫无道德自律与价值理想的"浊流"，是蝇营狗苟的鼠辈。而士大夫自身，则是以天下苍生为念，以江山社稷为重的正人君子。在强大的政治对手的刺激下，士大夫的历史使命感越发强烈了，这也就是所谓"群体自觉"。这种"群体自觉"使士大夫阶层形成一股强大的势力，而"士人在政治、社会上势力之表现，最先则为一种'清议'"②。所谓"清议"，原本是汉代选士任官制度的产物：

> 东汉用征辟、察举等制度，来选拔统治人才，选拔的标准，大半依据乡间宗党平日对这个人长期观察得出的社会舆论——也是一种舆论方面的鉴定，即所谓清议来决定的。③

在一个时期里，这种由"清议"而形成的社会舆论对于选拔人才常常具有决定性作用，可见在社会上"清议"的力量之大。到了东汉桓灵时期，宦官外戚争权夺利的斗争愈演愈烈，同时，宦官集团与"清流"的矛盾也到了白热化程度。此时那些原本埋头于经学章句的"清流"们"大多数居京师，目击世事之黑暗污浊，转移其兴趣于政治、社会实际问题，放言高论，则为清议。"④于是原本主要针对士人自身的道德和才能的评价"清议"就转而变为一种对政治人物的激烈评论，即所谓"处士横议"或"党人之议"了。这

---

① 余英时：《士与中国文化》，288页，上海，上海人民出版社，1987。
② 钱穆：《国史大纲》，176页，北京，商务印书馆，1996。
③ 王仲荦：《魏晋南北朝史》，738页，上海，上海人民出版社，1980。
④ 钱穆：《国史大纲》，178页，北京，商务印书馆，1996。

种"党人之议"一方面是对掌权的宦官集团及其追随者们的猛烈抨击,所谓"品核公卿,裁量执政"是也;另一方面则是对"清流"领袖及名士的高度褒扬,所谓"激扬名声,互相题拂"是也,于是社会被一种"婞直之风"所笼罩①。"婞直"是指性格的倔强、刚直,引申为特立独行、耿介不群。"婞直之风"则是一种社会风气:敢于表达意见,敢于张扬个性。这说明,在宦官集团的压迫下,东汉士风发生了重要变化——在经学与名教伦理的规范熏染下,东汉中期以前的士大夫原本埋头典坟,循规蹈矩,唯谨唯慎,做着"皓首穷经"的事业,以"经明行修"为目的,现在却突然血脉贲张、激越亢奋起来。那些原本因为不够谦谦如、恂恂如而为乡里所排斥的人物,如赵壹之类,此时也得到士林的敬仰。政治斗争导致了知识阶层风气的转变。然而这并不是问题的关键所在,更重要的是,士林风气的变化又进而导致了精神文化的变化,这才是具有文化史意义的大事。桓灵时期的前后两次"党锢之祸"是对清流士大夫强烈政治热情的无情打击,此后,士大夫的精神旨趣分流为二:一是潜心经学,继续钻研学问,郑玄可为代表;二是游心于诗词歌赋、琴棋书画,蔡邕堪为代表。稍后,士大夫开始突破经学藩篱,涉猎于老庄,于是玄风渐炽。也正是在这期间,"闲情逸致"开始进入士大夫的言说范畴。这种变化可从"清议"的消歇,及"清谈"的兴起看出来:

    时讨虏校尉公孙瓒与大司马刘虞有隙,超乃遣洪诣虞,共谋其难。行至河间而值幽冀交兵,行涂阻绝,因寓于袁绍。绍见洪,甚奇之,与结友好,以洪领青州刺史。前刺史焦和好立虚誉,能清谈。②

    袁本初公卿子弟,生处京师。张孟卓东平长者,坐不窥堂。孔公绪清谈高论,嘘枯吹生。并无军旅之才,执锐之干,临锋决敌,非公之俦。③

    时诏书博求众贤。散骑侍郎夏侯惠荐劭曰:"伏见常侍刘劭,深忠笃

---

① (南朝宋)范晔:《后汉书》,2185 页,北京,中华书局,1965。
② 同上书,1886 页。
③ 同上书,2258 页。

思,体周于数,凡所错综,源流弘远,是以群才大小,咸取所同而斟酌焉。……臣数听其清谈,览其笃论,渐渍历年,服膺弥久,实为朝廷奇其器量。以为若此人者,宜辅翼机事,纳谋帏幄,当与国道俱隆,非世俗所常有也。惟陛下垂优游之听,使劭承清闲之欢,得自尽于前,则德音上通,辉耀日新矣。"①

这里所谓"清谈"不同于以往的"清议",一般是指既不涉及时事政务,亦不关乎道德伦理的高雅谈论。所谓高雅,是说此种谈论内容脱俗、言辞精美。清谈的形成或许并不是完全来源于东汉的清议,但与清议有一定关联应该是没有疑问的。盖清议原本是对于乡党人物的品评,主要是从才能与道德两个方面进行的谈论。清谈开始也是关于人物的谈论,只不过不再限于谈论才能与品德,而是扩展到对人物相貌、举止、风度、个性的评价。这就意味着,关于人的评价已经形成了新的标准,传达出一种新的趣味,即文人趣味,其核心便是"闲情逸致"。到了曹魏正始年间,何晏、王弼倡玄学,士大夫谈论的内容渐渐变为玄远之论,此为"魏晋清谈"。因此可以说汉末的"清谈"乃是介于"东汉清议"与"魏晋清谈"之间的一种谈论。与清议的严肃评价相比,关于人的容貌、风度、个性的汉末清谈当然是"闲情逸致"了。后来的魏晋清谈所谈论的"三玄"等,虽然深奥精微,但归根结底也不过是文人的一种"闲情逸致"而已。其与诗文书画有着同样的功能与意义。

通过以上分析,我们可以说,"文人趣味"就是士大夫阶层的"闲情逸致","文人"就是士大夫在享受并表达"闲情逸致"时的身份。因此"闲情逸致"进入主流话语并得到认可乃是"文人"身份得以确立的标志。中国古代的读书人或知识阶层,当其忧国忧民或热衷于功名利禄时,是士大夫;当其饮酒高会、赋诗填词、游山玩水时则是文人。作为社会阶层,文人与士大夫是同一伙人;作为身份,则文人是文人,士大夫是士大夫,不可混为一

---

① (晋)陈寿:《三国志》,498页,长沙,岳麓书社,1990。

谈。那么,"文人趣味"的特征是什么呢?

根本上说,"文人趣味"是对士大夫身份的一种疏离。统治者需要统治天下百姓的工具,或合作者;士大夫希望按自己的意愿重建社会秩序,或建功立业,实现个人抱负。这两种诉求合二为一,就构成中国古代士人极为强烈的"入世"精神,或做官意识。读书人喜欢做官,然僧多粥少,并非人人有官可做。退一步说,即使做官也未必一帆风顺,事实上大多数人的仕途都是坎坷的。再退一步说,即使仕途畅达,一帆风顺,也未必可以满足一个读书人的全部精神需求。因此,以做官为己任的古代知识阶层,渐渐寻觅出一种自我解脱、自我排遣、自我超越的有效路径,这便是"闲情逸致"了。假如没有这"闲情逸致"四个字,中国古代士大夫也就成为很乏味无趣的一群人。因此,"文人趣味"的基本特征也就在这四个字上找。

我们先看"闲"。《说文》:"闲,隙也"。本指缝隙言,后引申为闲暇。又指人之某种心境,乃诸事不萦于怀之意。《庄子·大宗师》:"曲偻发背,上有五管,颐隐于齐,肩高于顶,句赘指天,阴阳之气有沴,其心闲而无事,胼𬂩而鉴于井,曰:'嗟乎!夫造物者又将以予为此拘拘也。'"郭象注"心闲而无事"云:"不以为患。"[①]这个"闲"是不以自身残疾而烦恼之意。又《庄子·天地》:"天下有道,则与物皆昌;天下无道,则修德就闲。"这个"闲"是远离世事、了无牵挂的意思。"闲"又引申为空阔宽大之义,《楚辞·招魂》:"像设君室,静闲安些。"王逸注:"空宽曰闲。"又有"安静"之义。《文选·孙绰〈游天台山赋〉》:"于是游览既周,体静心闲。"李善注引王逸《楚辞》注:"闲,静也。"静即心中无事之谓。宋儒程颢诗云:"闲来无事不从容",此"闲"亦为心中无事之意。"心中无事"四个字是明道一派宋儒追求的理想境界。这里的"无事"不是无所思、无所想的意思,而是不为个人的功名利禄而戚戚然之意。超越了一己之小我,不萦怀于个人之荣辱得失,也就做到"心中无事"了。

---

① (晋)郭象:《庄子注》,86页,上海,上海古籍出版社,1995。

我们再来看看"逸"。《说文》:"逸,失也。""段注":"亡逸者,本义也。引申之为逸游,为暇逸。"后又引申出超越、从世事尘网中挣脱而出的含义。故其所派生之"飘逸""超逸""隐逸""清逸""俊逸"等词语,均有立身行事不拘于俗,超迈远举之意。根本上还是摆脱世俗之功名利禄之羁绊,获得心灵自由的意思。

至于"情"与"致"二字,在这里即指个人情趣兴致而言。"情"这个概念在先秦时期就已经有了概指人之喜怒哀乐的义项,但是一般都是泛指"民之情"或"人之情",是指一种普遍的情感倾向,很少是指个人性的情绪与情感。这种情形可以说一直持续到汉代,即使是在谈论诗文时也不例外,如,《毛诗序》有:"国史明乎得失之迹,伤人伦之废,哀刑政之苛,吟咏情性,以讽其上,达于事变而怀其旧俗者也。"①这里的"吟咏情性"并不是指表达个人情感,而是说"国史"们看到政治混乱,社会动荡,来表达人民普遍的不满之情。一直到了汉末魏晋时期,"情"才具有了个人性质。陆机的"诗缘情而绮靡"说、刘勰的"情以物迁,辞以情发"说、钟嵘的"摇荡情性,形诸舞咏"说等所讲的"情"才是指个人的情绪情感。我们这里说的作为"文人趣味"之标志的"闲情逸致"就是指这种无关乎世事与他人的个人性情感而言。

然而,"闲情逸致"并不能仅仅理解为无关紧要的情趣兴致,其深层含义是指人们摆脱了尘世利益关怀,不为功名利禄所萦绕,从而达到心灵自由时所产生的一种心理状态或情趣。作为对现实政治的疏离与拒斥,"闲情逸致"实质上依然具有强烈的政治性。"文人趣味"正是在这样的"闲情逸致"的心理状态下产生的一种融合着感性与理性、体验与观念的精神旨趣。因此,"文人趣味"的根本特征就在于在一定程度上摆脱现实功利——包括对江山社稷的责任感与个人对功名利禄的追求——的纠缠而达到某种较为自由的境界。在这个意义上说,"闲情逸致"标志着"文人"

---

① (唐)孔颖达:《毛诗正义》卷一,见(清)阮元校刻:《十三经注疏》,北京,中华书局,1980。

对"士大夫"身份的疏离与超越,是古代知识阶层在体制之外寻找到的一种自我确证、自我实现的方式。

◎ 第二节
文人趣味的呈现方式

"文人趣味"是一种主体性的东西,它必须"对象化"为某种可见可闻的存在物,才能为人所把握。因此"文人趣味"就有个呈现的问题。那么"文人趣味"究竟是通过什么方式展现出来的呢?

文人之所以为文人,主要是因为其言说方式是借助于当时最先进的传播媒介——文字。掌握文字并通过以文字为主的文化符号来表达自己的"闲情逸致"的人便可称为"文人"。除了文字以外,许多其他艺术形式也具有同样的作用。这就是说,文字书写与琴棋书画等艺术形式均有可能成为文人"闲情逸致"的呈现方式。

文字书写原本是为了实用的功能,在古人看来,主要是为了政治功能而发明出来的。许慎说:"古者庖牺氏之王天下也,仰则观象于天,俯则观法于地,视鸟兽之文,与地之宜,近取诸身,远取诸物,于是始作《易》八卦,以垂宪象。及神农氏,结绳为治而统其事。庶业其繁,饰伪萌生,黄帝之史仓颉,见鸟兽蹄迒之迹,知分理之可相别异也,初造书契。百工以乂,万品以察,盖取诸《夬》。'《夬》,扬于王庭。'言文者宣教明化于王者朝庭,君子所以施禄及下,居德则忌也。"[1]伏羲氏之创制"八卦"是为了"王天下";神农氏之"结绳为治"同样是为了"统其事"。至于黄帝之时"初造书契",也是为了"宣教明化于王者朝庭",都具有明确的政治功用。

---

[1] (清)段玉裁:《说文解字注》,1页,上海,上海古籍出版社,1981。

事实上，从历史角度看，历来的传播媒介都与政治有着极为密切的关系。一方面，传媒依政治需要而变化；另一方面，政治亦受到传媒的制约与影响。口传时代有口传时代的政治形式，文字媒介时代有文字媒介时代的政治形式，因此许慎所言并非虚妄之词。然而，文字与书写何时成为"闲情逸致"的呈现方式，从而获得审美意义呢？这是个大问题。我们可以从"诗词歌赋"和"书画"两个角度来看。

在古代主流话语中，诗歌原本具有特殊功能，考察西周贵族的用诗，最基本，也是最神圣的功能是沟通人与神的关系——在祭祀天地神祇和祖先神明时的仪式中使用。钱穆先生尝作长文《读诗经》，谓《诗经》实际创制次序与《毛诗》之次序刚好相反，应该是先《颂》、次《大雅》、次《小雅》、次《国风》①。此言甚确，可谓卓识。上博简楚竹书之《孔子诗论》，据研究者考订，正应合钱穆推论之次序。最早的诗歌类型"颂"就是在人与神的关系中产生的："惟颂之为体，施于宗庙，歌于祭祀，其音节体制，亦当肃穆清静。朱弦疏越，一唱三叹。"②盖上古之时，巫术与原始宗教乃是人们最重要的精神活动，是人与神的沟通与交流，具有神圣性质。因此在这一活动之中就不能用日常生活语言来言说，诗的起源即与这种人神交流的特殊性、神圣性有关。国内有不少学者曾撰文指出，甲骨卜辞与《周易》之卦辞爻辞都是一种特殊的话语形式，有些近于《诗经》作品，这或许就是中国古代诗歌的主要源头③。至于民间谣谚，其对于诗歌之发生或许有着一定作用，但应该不是决定性的作用，正如后世的民间谣谚对文人的诗歌有时会有一定影响，但始终不是决定性的影响一样。商周时期各种礼仪形式有一个从神到人的转变过程。就是说，礼仪仪式最初也是起源于原始巫术与原始宗教活动

---

① 钱穆：《中国学术思想史论丛》（一），见《钱宾四先生全集》（18），165页，台北，台湾联经出版事业公司，1998。
② 同上书，167页。
③ 关于《周易》与诗歌的关系问题，近人李静池《周易探源》、郭沫若《中国古代社会研究》、高亨《周易卦爻辞的文学价值》以及今人李炳海之《色彩神秘的周易卦爻辞》、顾祖钊《华夏原始文化与三元文学观念》、沈志权《周易与中国文学的形成》、陈良运《周易与中国文学》等著述均有论及，可供参考。

的，后来才渐渐施之于民间。于是除了各类祭祀仪式之外，诗歌还被用之于朝会、出征、凯旋、交接、聘问等世俗活动中。后来，随着贵族教育的发展，诗歌还被当作一种贵族教养，期待着通过诗教以培养出"温柔敦厚"的贵族气象来。"诗教"的结果是贵族人人精通于诗，对官方编订的诗歌教材烂熟于心，以至于后来诗就进入贵族阶层的日常交往之中，成为这个阶层上下之间、同辈之间一种可以显示教养的、委婉而优雅的言说方式。我们看看《左传》《国语》中有关"赋诗"的记载就可以一睹周代贵族的温文尔雅与文采风流了。"赋诗"作为贵族教养的体现，在春秋诸侯争霸的历史语境中之所以常常具有意想不到的功效，主要原因恐怕是文化习惯使然。春秋时期，礼崩乐坏，西周初期建立的那套政治及礼乐制度遭到破坏，但是在观念层面上依然是贵族文化居于主导地位。因此在相当一部分贵族已经失去以往那种优雅的贵族教养的情况下，善于继承传统（如能够赋诗）的贵族们依然受到极大的尊敬，以至于同为谏议，用日常语言和用赋诗的方式，效果会迥然不同，《左传》中不乏这样的例证。孔子说，"诵《诗》三百，授之以政，不达，使于四方，不能专对，虽多，亦奚以为？"（《论语·子路》）又说："不学诗，无以言。"（《论语·季氏》）这都是指在贵族社会中"诗"的这种独特的交往功能。

汉儒以《诗》为经，进一步凸显其政治伦理的功能，并非主观臆断，而是对《诗》的原始功能以及先秦儒家说诗传统的继承。汉儒的问题在于力求将一首诗与某件具体历史事件勾连起来，使诗的政治功能具体化，由于史料的不足，这里面难免就有大量的穿凿附会了。后世儒者（如宋儒）以及现代学者（如古史辨派）抓住汉儒的这一缺陷而大肆攻击，以至于非要把古之诗等同于今之诗不可，完全无视在先秦两汉时期诗歌具有的独特政治功能，这显然是非"历史化"非"语境化"的研究，肯定是有问题的。应该说，从先秦到两汉，《诗三百》或《诗经》始终都没有作为审美对象存在过，人们确实不是以审美的眼光来看待这些诗歌作品的，尽管在今天看来它们大都是很美的。至于"闲情逸致"，更与《诗三百》没有丝毫干系了。

对汉代士大夫影响甚巨的诗歌除了《诗三百》之外,就是以屈原为代表的楚骚系统了。汉初文化受楚文化影响极大,屈原等人的辞赋,无论是内容上的哀婉缠绵,还是形式上的华丽婉转,都对汉代士大夫具有极大的吸引力。陆贾、贾谊以骚体赋的形式来表达个人的激愤不平之情,枚乘、司马相如等人开创散体大赋形式,以描述皇家园林宫室之恢宏。前者表达个人情感,后者追求富丽堂皇,似乎均与"审美"有了关联。但是它们又都不是文人趣味之表现,何以见得呢?前者固然充满个人情感,但是这种屈原式的情感是典型的失意政治家的孤愤之情,而丝毫不具有文人的"闲情逸致";后者固然华美富丽,但也不是个人情怀的表达,只具有"润色鸿业"的作用,同样与文人趣味相距甚远。

汉代还有一种不同于《诗三百》与辞赋的诗歌样式与传统,这就是乐府诗。汉乐府既不像《诗三百》那样典雅,又不像辞赋那样华美,这是一种情感直露、语言朴素、口语化的民歌。班志有云:汉乐府"自孝武立乐府而采歌谣,有代赵之讴,秦楚之风,皆感于哀乐,缘事而发,亦可以观风俗,知薄厚云"①。宋郭茂倩编《乐府诗集》存汉乐府诗四十余篇。从形制上看,汉乐府多为五言,有些就是很规整的五言诗。由于"汉乐府"的民间性质,其所表达的情感意蕴与"文人"情趣同样相去甚远。与如此看来,《诗三百》"楚骚""汉乐府"这中国古代诗歌的三大源头,在中国古代诗歌史上各有各的作用,不可或缺,但在汉代之前都不是"闲情逸致"的载体,因而与"文人"了无干系。

然而,《诗经》"楚骚""汉乐府"这三大诗歌传统在文体与表达方式方面无疑为表达"闲情逸致"提供了前提条件,这里的关键是士大夫阶层身份与趣味的变化。"闲情逸致"何时都会有,但它要进入主流话语,构成被谈论和评价的对象则需要历史的契机。换言之,只有当"文人"这一身份得到主流话语认可的历史条件下,标志着"文人"特点的"闲情逸致"才会被公开

---

① (汉)班固:《汉书》,777页,长沙,岳麓书社,1993。

谈论，并形成评价机制。这当然是一个漫长的历史过程，在这一过程中，东汉灵帝时期设立"鸿都门学"是一个标志性事件。

> 初，帝好文学，自造《皇羲篇》五十章，因引诸生能为文赋者并待制鸿都门下；后诸为尺牍及工书鸟篆者，皆加引召，遂至数十人。待中祭酒乐松、贾护多引无行趣势之徒置其间，熹陈间里小事；帝甚悦之，待以不次之位；又久不亲行郊庙之礼。（《资治通鉴》卷五十七）

汉灵帝为什么会置鸿都门学？或许是为了和主流士大夫抗衡？或许是为了在朝廷培植起自己的政治力量？或许干脆就是为了帮助他造《皇羲篇》？都有可能，但都无法找到确切证据。然而作为一个事件，结果还是清楚的：灵帝招了一批与他自己的个人爱好相关的才艺之士，与当时征辟察举的标准不相一致，这些人的"才艺"包括善写文章辞赋以及书法。这批人之所以受到灵帝喜爱，还由于他们善于讲述民间故事。我们再看当时士大夫的批评，就会对鸿都门学的内容有进一步了解：

> 蔡邕上封事曰："……夫书画辞赋，才之小者；匡国治政，未有其能。陛下即位之初，先涉经术，听政余日，观省篇章，聊以游意当代博奕，非以为教化取士之本。而诸生竞利，作者鼎沸，其高者颇引经训风喻之言，下则连偶俗语，有类俳优，或窃成文，虚冒名氏。臣每受诏于盛化门，差次录第，其未及者，亦复随辈皆见拜擢。既加之恩，难复收改，但守奉禄，于义已弘，不可复使治民及在州郡。"（《资治通鉴》卷五十七）

从蔡邕的这段话中，我们也可以窥见鸿都门学的大体内容。其一，鸿都门学的主要内容是辞赋、书法和绘画。在经学为主导的社会文化语境中，辞赋、书法、绘画一直是作为"小道"而受到压制的，根本不能进入主流话语系统之中。灵帝置鸿都门学，专门招揽这类才艺之士，这种行为本身就足够令人不可思议了。在"清流"与"浊流"大决战的两次"党锢之祸"的历史语境中，灵帝此举一方面证明了这位"好文学"的年轻帝王敢于蔑视主流意识形态的勇气，另一方面也说明辞赋、书法和绘画之类的文学艺术门类在当时的社会上已经相当普遍，成为许多读书人的雅好，只是未能获得主流文化的地位而已。其二，如果说西汉前期的辞赋还有张扬国威、润色鸿业的政治意义，那么到了东汉后期，辞赋就成了虞情之物了。"连偶俗语，有类俳优"是什么意思？就是说在辞赋中用对偶、用俗语，其作用近似于善于表演的艺人。俳优是指以歌舞谐戏的表演为业之人，其职能就是给人以愉悦和享受。蔡邕用"连偶俗语，有类俳优"来批评鸿都门学的辞赋、书画之类，恰恰说明了此类书写方式和文化符号，在当时已经成为疏离于政治生活的陶情冶性之方式。换言之，自灵帝置鸿都门学之后，那些表现人们"闲情逸致"的艺文形式正式获得了主流文化的认可。因此朝廷从各地招来在鸿都门下待诏的那批多才多艺的"诸生"们就是最早具有"文人"身份的一批人。这就是说，到了东汉后期，以灵帝置鸿都门学为标志，"文人趣味"开始受到主流文化的正视并在一定程度上获得认可了。

在包括帝王等多方面因素影响之下，在东汉末年，个人情趣已经成为辞赋歌诗表达的重要内容了。在这里，除了因时运不济、命途多舛而生的哀婉怅惘之情外，"闲情逸致"也开始占据一席之地了。东汉后期出现的大量辞赋作品都是表达"闲情逸致"的，除了那些抒情短赋之外，诸如《琴赋》《棋赋》《扇赋》《长笛赋》《鹦鹉赋》《杨柳赋》《览海赋》以及各种各样的器物铭，都传达出一种文人雅趣，是典型的"闲情逸致"的体现。

我们再来看看书法。中国古代书写的历史是很悠久的。传说黄帝的史官仓颉造字，造字当然是为了书写。现在我们能看到的最早的文字是甲骨文，其次乃钟鼎文、石鼓文、秦朝的碑刻小篆、隶书等。毫无疑问，文字书写在相当长的时间里都是用于使用目的的，并没有被当作艺术品。那么实用的书写为何会成为一种高雅的艺术呢？我们知道，在商周时期，书写内容固然体现了占统治地位的意识形态，书写形式也自觉不自觉地体现出统治阶层的趣味。 商代文字初始，处于象形描摹阶段，朴拙稚嫩，尚不能蕴含太多的精神韵味。 周代金文，以大篆为体，显示出平和厚重、雍雍穆穆的风格，乃贵族气度之显现。 西周中晚期的《休盘》《逨尊》及《颂簋》等器物上的铭文堪为代表。 春秋战国时期，诸侯分立，各国书体在西周大篆基础上多有改进，除体现基本的贵族旨趣外，还显示出明显的地域色彩。 又因为诸侯之间聘问盟会，书写用途越来越广，故而书体也就越来越简化多变，以便于实用。 头粗尾细的"蝌蚪文"以及早期"草书"的出现为一时之特点。 而简牍、帛书等新的书写方式的出现，也使得书体进一步变化，大多字体方扁，结构紧凑。 而独具一格的秦国小篆，逐渐"隶变"，并随着秦王朝的建立，渐渐成为主流字体，直接影响了汉隶的形成。

从甲骨文到商周彝器铭文，再到秦汉的简牍、石碑、铜器以及陶器砖瓦之铭刻，都是统治者掌控的行为，其中当然也有美的追求，蕴含着审美意蕴，但是丝毫看不出个人情趣，为一种集体审美意识的体现。 西汉时期书法已经开始有了明确的评价标准。 据史书记载，吏民上书如果字体不规整，或有错讹，是要受到惩罚的[①]。 在只有极少数人可以读书识字的时代，知识阶层是社会价值观的承担者与维护者，书写也不是一般的行为，是一种带有神圣性的立法行为，因此，书法也就必然要求堂堂正正、工工整整，以显示其权威性与神圣性。 但是，随着书写的不断丰富发展，不同人之间的书法总会有差异，因此评价标准也就必然出现变化：

后汉郎中扶风曹喜号曰工篆，小异斯法，而甚精巧，自是后学皆其法也。……左中郎将陈留蔡邕采李斯、曹喜之法为古今杂形，诏于太学立石碑，刊载《五经》，题书楷法，多是邕书也。后开鸿都，书画奇能莫

[①] 《北史·江式传》："汉兴，有尉律学，复教以籀书，又习八体，试之课最，以为尚书史。 吏民上书，省字不正，辄举劾焉。"

不云集，于时诸方献篆无出邕者。①

从这段记载中我们可以看出曹喜与蔡邕书法对世人的影响，说明书法已经成为一门具有个人性特征的艺术。因此也就出现了一大批书法名家，如曹喜、杜操、崔瑗、崔寔、蔡邕、邯郸淳、张芝、钟繇、梁鹄等，都是人们公认的书法大家。书法成为文人士大夫关注的对象，于是也就出现了一批谈论书法的文章，最早的有曹喜的《笔论》、许慎的《说文解字叙》、崔瑗的《草书势》、蔡邕的《篆势》、《笔赋》，以及赵壹的《非草书》等。最重要的是，书法已经渐渐脱离其实用功能而获得某种独立的价值，或者说，书法在使用之外还具有了鉴赏价值。例如"草书"，据崔瑗《草书势》所言，原本是为了书写的方便："草书之法，盖又简略，应时谕指，用于卒迫，兼功并用，爱日省力，纯简之便，岂必古式。"②但后来成为一种书体，许多人纷纷效法，成为文人的一种时尚，乃至于赵壹专门写出著名的《非草书》来批评这一现象。但是从我们的角度看，赵壹所论恰恰证明了书法从实用走向艺术的演变。对此我们可以稍作分析，其有云：

> 余郡士有梁孔达、姜孟颖者，皆当世之彦哲也，然慕张生之草书过于希孔、颜焉。孔达写书以示孟颖，皆口诵其文，手楷其篇，无怠倦焉。于是后学之徒竞慕二贤，守令作篇，人撰一卷，以为秘玩。余惧其背经而趋俗，此非所以弘道兴世也，又想罗、赵之所见嗤沮，故为说草书本末，以慰罗、赵，息梁、姜焉。③

从赵壹的描述看，当时许多人对于草书的热爱丝毫不亚于今日之书法爱好者，已经达到了迷恋的程度。这说明在东汉后期的士林中不仅形成了一个书法

---

① 《北史·江式传》，1279页，北京，中华书局，1974。
② （晋）卫恒：《四体书势》，见《历代书法论文选》，16页，上海，上海书画出版社，1979。
③ （汉）赵壹：《非草书》，见《历代书法论文选》，2～3页，上海，上海书画出版社，1979。

爱好的群体，而且形成了比较成熟的评价体系，对于书法的美丑妍媸已经有了一致的评判，只有在这样的情况下，张芝的草书才会有那么多的追慕者。但是从另一个角度看，书法毕竟刚刚成为文人士大夫的雅好，尚未能成为一种文化惯习，故而赵壹才会从传统卫道者的立场出发予以批评。我们再看：

> 夫草书之兴也，其于近古乎？上非天象所垂，下非河洛所吐，中非圣人所造。盖秦之末，刑峻网密，官书烦冗，战攻并作，军书交驰，羽檄纷飞，故为隶草，趋急速耳，示简易之指，非圣人之业也。但贵删难省烦，损复为单，务取易为易知，非常仪也。故其赞曰："临事从宜。"而今之学草书者，不思其简易之旨，直以为杜、崔之法，龟龙所见也。……龀齿以上，苟任涉学，皆废仓颉、史籀，竟以杜、崔为楷，私书相与，庶独就书，云适迫遽，故不及草。草本易而速，今反难而迟，失指多矣。①

赵壹所论草书产生的历史与崔瑗相近，颇具眼光，特别是其指出草书产生于秦末，应该是很有道理的。赵壹指出其时学草者，倒因为果、反本为末，把原本为了方便而创制的书体当作需要用心模仿的对象。作为事实，赵壹所说的完全正确，但是作为一种判断，则失之浅陋了。一种实用的书写转变为一种艺术创作，当然是由简入繁的，如果还以实用的标准来衡量作为艺术的书法，就难免圆凿方枘了。至于他希望书法保留"仓颉、史籀"传统，就更是缺乏发展眼光的保守之见了。再看：

> 凡人各殊气血，异筋骨。心有疏密，手有巧拙。书之好丑，在心与手，可强为哉？若人颜有美恶，岂可学以相若耶？昔西施心疹，捧胸而颦，众愚效之，只增其丑；赵女善舞，行步媚蛊，学者弗获，失节匍

---

① （汉）赵壹：《非草书》，见《历代书法论文选》，2页，上海，上海书画出版社，1979。

匐。夫杜、崔、张子,皆有超俗绝世之才,博学余暇,游手于斯,后世慕焉。专用为务,钻坚仰高,忘其疲劳,夕惕不息,仄不暇食。十日一笔,月数丸墨。领袖如皂,唇齿常黑。虽处众座,不遑谈戏,展指画地,以草刿壁,臂穿皮刮,指爪摧折,见腮出血,犹不休辍。然其为字,无益于工拙,亦如效颦者之增丑,学步者之失节也。①

赵壹看出书法与人的个性有紧密关联,这是不错的,凡是艺术品都是由个人创造的产物,必然与创造者的天分、个性直接关联。但如果把书法与人的容貌相提并论,则大谬不然了。这说明彼时的书法成为一门艺术时日尚浅,人们还不能正确理解其美丑高下。而"专用为务"云云,却极为形象地反映出当时文人对书法的热衷,这也说明书法对于确证"文人"身份已经具有重要意义了,书法已经成为实现其价值的一种方式,他们可以借助书法获得人们的尊重。然而对于以"通经致用""治国平天下"为核心的士大夫主流意识而言,书法与被称为"雕虫小技"的辞赋一样,依然受到轻视:

且草书之人,盖伎艺之细者耳。乡邑不以此较能,朝廷不以此科吏,博士不以此讲试,四科不以此求备,征聘不问此意,考绩不课此字。善既不达于政,而拙无损于治,推斯言之,岂不细哉?夫务内者必阙外,志小者必忽大。俯而扪虱,不暇见天。天地至大而不见者,方锐精于蚘虮,乃不暇焉。②

赵壹这段话一方面说明书法对于士大夫的仕途进身毫无意义,完全是无关功利的技艺,这证明疏离于士大夫政治身份的"闲情逸致"已经获得某种独立性,"文人趣味"已经形成;另一方面也说明这种"文人趣味"与士大夫的政治趣味之间尚未达成"张力平衡",而是处于矛盾与对立之中。赵壹代

---

① (汉)赵壹:《非草书》,见《历代书法论文选》,2页,上海,上海书画出版社,1979。
② 同上书,2~3页。

表的"清流"以"扫天下"为己任,对无关宏旨的个人情趣无暇顾及,对一些文人热衷于书法也就心存鄙视。因此在赵壹看来,精研儒家经典才是士大夫之正途:

> 第以此篇研思锐精,岂若用之于彼圣经,稽历协律,推步期程,探赜钩深,幽赞神明。览天地之心,推圣人之情。析疑论之中,理俗儒之诤。依正道于邪说,侪《雅》乐于郑声,兴至德之和睦,宏大伦之玄清。穷可以守身遗名,达可以尊主致平,以兹命世,永鉴后生,不以渊乎?①

从赵壹的这篇《非草书》来看,从士大夫身份中衍生出"文人"身份是有一个艰难的过程的,而在我们看来,书写之成为艺术品,即书法的出现乃是士大夫"闲情逸致"的体现,是"文人"身份的重要表征之一。

◎ 第三节
"文人"与"士大夫"的身份冲突及冲突之解决

蔡邕等人对鸿都门学的批评可以理解为传统"士大夫"与新兴之"文人"两种身份的冲突。是蔡邕站在"士大夫"立场上对"文人"身份的拒斥。就蔡邕本人而言,他是典型的兼具"士大夫"与"文人"双重身份的人物。看前引其奏疏,他显然是一位忧国忧民且敢于直言的政治家,而政治家正是"士大夫"身份最基本的表现。然而再看看蔡邕的辞赋、书法以及对琴的理论,就知道除了政治家以外,他又是一位杰出的辞赋家、书法家、音乐家,是历史上少有的具有多方面技能的艺术天才。他在辞赋、书法、音乐方

---

① (汉)赵壹:《非草书》,见《历代书法论文选》,3页,上海,上海书画出版社,1979。

面的修养不知要比那些鸿都门待诏们高明多少倍。但是在蔡邕的心目中，"士大夫"乃是自己的主要身份，"文人"则不过体现了自己无足轻重的个人爱好而已。这种心态与西汉的东方朔、扬雄如出一辙。后者"雕虫小技，壮夫不为"之谈就是这种心态的集中表现。

其实这种身份的冲突可以追溯到先秦士人那里。被后世士大夫阶层奉为"至圣先师"的孔子就是最突出的代表。在著名的"侍坐章"中就鲜明地展示了这种身份的冲突：

> 子路、曾皙、冉有、公西华侍坐。子曰："以吾一日长乎尔，毋吾以也。居则曰：'不吾知也！'如或知尔，则何以哉？"子路率尔而对曰："千乘之国，摄乎大国之间，加之以师旅，因之以饥馑；由也为之，比及三年，可使有勇，且知方也。"夫子哂之。"求，尔何如？"对曰："方六七十，如五六十，求也为之，比及三年，可使足民。如其礼乐，以俟君子。""赤，尔何如？"对曰："非曰能之，愿学焉。宗庙之事，如会同，端章甫，愿为小相焉。""点，尔何如？"鼓瑟希，铿尔，舍瑟而作，对曰："异乎三子者之撰。"子曰："何伤乎？亦各言其志也。"曰："莫春者，春服既成，冠者五六人，童子六七人，浴乎沂，风乎舞雩，咏而归。"夫子喟然叹曰："吾与点也。"三子者出，曾皙后。曾皙曰："夫三子者之言何如？"子曰："亦各言其志也已矣！"曰："夫子何哂由也？"曰："为国以礼，其言不让，是故哂之。唯求则非邦也与？安见方六七十，如五六十而非邦也者？唯赤则非邦也与？宗庙会同，非诸侯而何？赤也为之小，孰能为之大？"（《论语·先进》）

让我们来分析一下这段有趣的文字。这里子路、冉有、公西华三人所言都是当时士人最正当的，也是最普遍的志向。孔门弟子及其后学大都走上三人所言之路。也就是说，孔子的"学而优则仕"（《论语·子张》）之谓与孟子的"士之仕也，犹农夫之耕也"（《孟子·滕文公下》）之谓原是先秦儒家士人之共识。而曾点之志，在儒家士人中则是属于"另类"。令人奇怪的是，那么汲汲于"克己复礼"、以道自任的孔子居然会赞成曾点！这里的微妙玄机何在呢？

这里正体现了以孔子为代表的先秦士人阶层普遍的人格冲突。这种人格冲突主要表现在社会责任感、历史使命感与个人精神的独立与自由之间的冲突。对于先秦士人阶层以及两汉以后的士大夫阶层来说，这种冲突是固有的，与生俱来的。这是因为这个社会阶层从一开始就承担着来自社会现实的巨大压力，而且把改造社会作为自己的神圣使命。从这个意义上说，士人天生就是"政治的动物"。但是作为拥有丰富知识的读书人，他们又拥有丰富的精神世界，有个人的情趣与心灵自由的追求与向往。这就构成了一种人格冲突——一方面关心天下，自认为对这个世界负有重要责任；另一方面又看护自己的内心世界，极力追求内心的自由与宁静。从整体上来看，儒家士人是代表着士人阶层强烈的社会责任感与历史使命感的一面，他们具有"天生德于予"（《论语·述而》）、"如欲平治天下，当今之世，舍我其谁也"（《孟子·公孙丑下》）的抱负与自信。儒家思想的主旨就是为天下定规则，使纷乱的世界从无序走向有序。道家，特别是庄子，则刚好相反，代表着士人阶层极力维护个体精神自由的一面，以摒弃与超越现实通行价值观为己任，以"独与天地精神相往来"为人生至境，鄙视一切的依傍与凭借，对人世间的功名利禄不屑一顾，对那些为了功利目的而蝇营狗苟之辈嗤之以鼻。道家的思想当然也含有政治上的目的，甚至也是一种救世之术，但是它彰显了士人阶层对心灵自由的向往，则是毋庸置疑的。

儒、道两大思想体系契合了中国古代士大夫阶层两种最基本的精神追求和人格倾向，故而深为他们所服膺，就像长江、黄河成为中华民族的象征一样，儒、道两家也几乎成为中国传统文化之别名。然而，儒道作为士人阶层两种精神倾向的话语表征这一事实并不代表着儒家士人与道家士人是两种截然不同的人格类型。事实上，无论是儒家士人还是道家士人，他们的人格结构都是一样的，都有着社会责任感、历史使命感与个体精神自由之间的对立与冲突。二者的区别在于人格的主导倾向不同。所以，儒家身上有道家色彩，道家身上有儒家色彩，就不是什么稀奇之事了。前引孔子的"吾与点也"之志，在我看来，正是儒家身上的道家色彩之显露，或者说，是孔子这位终生以"克己复礼"为职志的士人思想家人格结构中个体心灵自由之维度的表现，因此也是孔子所代表的士人阶层所固有的人格冲突之显现。这种依违于出世与入世的矛盾心态在孔子那里多有表现，如"天下有道则见，无道则隐。邦有道，贫且贱焉，耻也；邦无道，富且贵焉，耻也。"（《论语·泰伯》）又："宁武子邦有道则知，邦无道则愚。其知可及也，其愚不可及也。"（《论语·公冶长》）又："道不行，乘桴浮于海。从我者其由与？"（《论语·公冶长》）这些话里面都显示孔子内心深处的一种选择——隐居，远离世事纷争，保持内心宁静。对于一个有智慧的饱学之士，在一个战乱频仍的时代，隐居往往是最好的选择。对于子路、冉有、公西华等人的志向孔子之所以或不表态，或则"哂之"，乃是因为在孔子看来这些志向是幼稚的，即使实现了也不足以改变这乱世的局面，与其不能实现"克己复礼"——根本上就是使天下从无序状态复归于有序——还不如像曾点那样在悠游恬适之中寻求内心的自由与安宁呢！因此孔子的"吾与点也"之志体现了先秦士人阶层的人格冲突，就如同儒道两家的学术分野表征着先秦士人的人格冲突一样。从这个意义上说，孔子正是"文人"的鼻祖——他多才多艺，而且有悠游闲适的文人情怀①，并不是一个整天敛首蹙额、忧心忡忡的利禄之徒或者愤世嫉俗的政治家。"子在川上，曰：'逝者如斯夫！不舍昼夜。'"（《论语·子罕》）——这不是典型的触景生情、感物伤怀的文人趣味吗？"子曰：'予欲无言'。"子贡曰："'子如不言，则小子何述焉？'子曰：'天何言哉？四时行焉，百物生焉，天何言哉？'"这不是典型的中国古代文人对人生与世界之存在的深刻生命体验与领悟吗？所以孔子不仅是政治家、教育家、思想家，而且是文人，真正的文人——看护并表现个体生命

---

① 《论语·述而》："子之燕居，申申如也，夭夭如也。"朱熹注引杨氏云："申申，其容舒也。夭夭，其色愉也。"（见《四书集注·论语集注》，134页，长沙，岳麓书社，1987。）

体验与个人情趣的人。

对于孔子的这种"文人趣味",汉唐儒者似乎不大能够认同,因为他们过于热衷于建功立业了,把功名看得甚至比生命还重要,只有宋儒——在老庄佛释之学刺激下重新在儒学内部寻求所谓"内在超越"(牟宗三语)之路的士人——才对孔子的"吾与点也"之志深有会心,并且把"孔颜乐处"作为为学的根本点之一,作为一种终生追求的"圣贤气象"。宋明儒者念兹在兹的"心中无事""常舒泰""如光风霁月"的精神状态或心理状态,的确与孔子的"吾与点也"之志一脉相承,都可以视为是士人阶层固有的人格冲突的产物。从看护内心世界,维护心灵的自由、宁静与超越这个角度看,宋儒是真正继承了先秦儒家的衣钵了。

然而,对于汉唐儒者来说情况又如何呢？他们是如何呵护自己的内心,如何保持心灵自由状态呢？他们的确没有像宋儒那样从儒学中寻求"内在超越"的资源,但是他们依然存在人格的内在冲突,依然有自己的解决的办法。除了借助于道家之学与佛释之学以外,寄情于诗词歌赋,徜徉于琴棋书画也是他们自我超越、自我解脱的方式之一。换言之,"文人"这种身份乃是士人或士大夫阶层固有人格冲突的必然产物。这是一种身份的自我疏离,是知识人对自身文化人格的自觉整合与完善,这是一种良性的冲突,可以使士人们的内心世界保持一种张力平衡。如此,则来自政治理想与使命的压力可以在吟诗作赋与徜徉山水中得以缓解,而在仕途中遭受的坎坷与屈辱亦可以在诗文书画与自然山水的审美娱乐中得以消弭。

对于"文人"身份的形成来说没有什么比诗文书画更有意义了。在西汉,《诗经》作品虽然很多都饱含着个人情趣与生命体验,但是由于它们被神化了,成了儒家经典,因此就是作为一种政治话语或意识形态话语而被言说的,早已失去传达个人情怀的功能。因此在这个时期,那种从楚文化直接继承而来的辞赋作品就成为一种可以利用的言说方式。例如,贾谊,他的辞赋在汉代士大夫中最接近屈原,其原本是借助辞赋来抒发个人内心积郁与不平的。当然,贾谊辞赋中表达的那种屈原式的情感与后来以"闲情逸致"为主要特点的"文人趣味"并不完全一致,尽管也是一种个人情感,但这种情感绝非"闲情逸致",而是带有强烈的政治色彩,是士大夫情怀。汉代以及后世历代士大夫共有的那种"士不遇"和"有志不获骋"的慨叹,都不属于文人情趣而应是士大夫情怀。然而,在贾谊身上表现出另外一种情趣和智慧则反映出与士大夫人格相疏离的"文人"品格,这就是达观心态。贾谊著名的《鹏鸟赋》云:

> 且夫天地为炉兮,造化为工;阴阳为炭兮,万物为铜。合散消息兮,安有常则?千变万化兮,未始有极,忽然为人兮,何足控抟;化为异物兮,又何足患!小智自私兮,贱彼贵我;达人大观兮,物无不可。贪夫殉财兮,烈士殉名。夸者死权兮,品庶每生。怵迫之徒兮,或趋西东;大人不曲兮,意变齐同。愚士系俗兮,窘若囚拘;至人遗物兮,独与道俱。众人惑惑兮,好恶积亿;真人恬漠兮,独与道息。释智遗形兮,超然自丧;寥廓忽荒兮,与道翱翔。乘流则逝兮,得坻则止;纵躯委命兮,不私与己。其生兮若浮,其死兮若休;澹乎若深渊止之静,泛乎若不系之舟。不以生故自宝兮,养空而浮;德人无累兮,知命不忧。细故蒂芥兮,何足以疑!

贾谊在这段文字中表达的是一种"达观心态",尽管在实际的生活中他未必能够真正做到这一点。至少,对于一个士大夫来说,达观是一种姿态。毫无疑问,贾谊是受了庄子学说的影响。在先秦道家学派中,老子思想是深湛、宏远、机智的——对自然宇宙、万事万物之理的理解也是深刻而宏远的;对人世间事物的理解则是机智的。前者表现在对"道"的体认上;后者表现在对"柔弱""退让""处下"等"水"之品性的推重上。然而老子并不达观。达观的主要表现在对生死、荣辱、成败等人生重大事件的透彻理解上,表现在对关于这类问题的通行价值观的拒斥与超越上。庄子学说是达观的:人人视为珍宝的东西我弃之若敝屣;人人畏之若虎、避之唯恐不及的事物，我安之若素。老子是看得深，揭示出自然宇宙与人世间的种种道理，使人明白事理，能后发制人，时时处处立于不败之地；庄子是看得透，打破了世间许多现成的道理，让人摆脱束缚，从一个完全不同的角度看待一切，从而使心灵进入自由无碍之境。以世俗眼光论之，老子使人变聪明，无所不知，无所不晓；庄子则使人变痴呆、变荒诞，成为另类。庄子达观——达观的根本之点就是获得一套不同于世俗的评价标准，从而不为他人眼中的喜怒哀乐、荣辱得失所左右，我行我素、自得其乐。因此达观与痴呆颇有相近之处。从士人阶层人格结构的角度看，达观心态显然是与社会责任感、历史使命感相疏离的。正如一位宋儒所言，老子还是要做事，庄子就什么都不要做了。

庄子为什么会有这样的达观心态？其思想资源从何而来？这是一个不容易回答的问题，我们可以暂不置论。我们要强调指出的是：庄子开启的这种达观心态对于后世历代文人士大夫的人格都具有至关重要的作用，对中国文化，特别是文学艺术两千多年的发展影响甚巨。达观是中国古代知识阶层在与君权合作过程中保持独立精神的心理基础，是文人成为文人的必要条件。假如没有达观心态，那么中国古代士大夫阶层就真的成了统治阶级的工具了，就真的成为一群人格卑下的利禄之徒了。君主和儒生们建立起来的那套神圣的价值观念体系——诸如天命之神圣、皇帝之尊贵、等级之森严、势位富厚之可喜等，在达观心态面前都会大大贬值，反而不如天上之明月、江上之清风这些"不用一钱买"的自然之物更可宝贵。千古文人的潇洒、豪迈、超脱、飘逸都是基于这种达观心态的。那些千古流传的诗文书画大多数都是表现了这种达观心态的。所以，达观乃是"文人趣味"的重要内涵，是"闲情逸致"之基调。士大夫身份"以天下为己任"，"以道自任"，"退亦忧，进亦忧"，念兹在兹的都是江山社稷、天下苍生。文人身份则以万物为一体，视古今为一瞬，纵浪大化中，无喜亦无忧。这两种身份互相对立、彼此消解，然而却奇妙地组合在一个人身上，这也可以算是中国传统文化的一大特点。然而，汉代儒者堪称达观者殊少，东方朔庶几近之，其《答客难》

有云：

> 今世之处士，时虽不用，块然无徒，廓然独居；上观许由，下察接舆；计同范蠡，忠合子胥；天下和平，与义相扶，寡偶少徒，固其宜也。子何疑于予哉？若夫燕之用乐毅，秦之任李斯，郦食其之下齐，说行如流，曲从如环；所欲必得，功若丘山；海内定，国家安；是遇其时者也，子又何怪之邪？语曰："以管窥天，以蠡测海，以莛撞钟。"岂能通其条贯，考其文理，发其音声哉？犹是观之，譬由鼱鼩之袭狗，孤豚之咋虎，至则靡耳，何功之有？今以下愚而非处士，虽欲勿困，固不得已，此适足以明其不知权变，而终惑于大道也。①

士大夫以治国平天下为职志，能在仕途进退穷达上看破者盖寡。东方朔原有大志，本质上颇近于先秦之游士，希望择主而事，建功立业。但是在汉代大一统的政治格局中，他也只好另寻安身立命之所了。在这篇著名的《答客难》中，集中反映了以东方朔为代表的一批汉代士大夫的心态。西汉士人处身一个前所未有的高度中央集权时代，这样的历史语境与战国时期大相径庭，故而他们一时难以适应。可以说，先秦游士的标新立异、择主而事、自尊自贵精神与汉代专制政治之间的矛盾是决定着此期思想文化的主要因素。西汉士大夫心态——他们的矛盾、纠结、困惑——主要因此而来，这种心态必然显现于文化学术，包括辞赋之作之中。那种屈原式的愤懑不平由此而来，那种庄子式的达观亦由此而生。有趣的是，正如贾谊那样，这种复杂的心态常常是交织在一起的。司马迁《悲士不遇赋》有云：

> 悲夫士生之不辰，愧顾影而独存。恒克己而复礼，惧志行而无闻。谅才韪而世戾，将逮死而长勤。虽有形而不彰，徒有能而不陈。何穷达

---

① （南朝梁）萧统：《文选》，629页，北京，中华书局，1977。

之易惑，信美恶之难分。时悠悠而荡荡，将遂屈而不伸。①

这里表达的显然是"有志不获骋"的忧虑与愤懑。"惧志行而无闻"云云，表达的是一种建功立业、显名天下的冲动。名声始终是士人最为看重的东西，根本上是因为他们都有有所作为的志向，而在人治社会之中，只有获得好名声，实现志向的机会才会多。另外，古人对人生之短暂有深刻理解，而名声在他们看来乃是延续生命的最佳办法。所谓"三不朽"之类就是这个意思。孔子也有过"君子疾没世而名不称焉"（《论语·卫灵公》）的说法。然而《悲士不遇赋》又云：

> 逆顺还周，乍没乍起。理不可据，智不可恃。无造福先，无触祸始。委之自然，终归一矣！

这显然是老庄精神，是达观心态。汲汲于功名利禄又时时表现出达观心态，这就是汉儒的特点。不独贾谊、东方朔、司马迁是如此，司马相如、枚乘、王褒、刘向、扬雄等莫不如此。到了汉末魏晋，新的一批名士出来，将建功立业的冲动以及功名利禄的欲望隐藏或压制起来，表现出来的就只有达观了。从总体来看，汉儒都是人世的，都以建功立业作为自己人生追求。在他们看来，立功是第一位的，著书立说则是不得已而求其次之举。司马迁尝有著名的"究天人之际，通古今之变，成一家之言"的志向，以今日观之，此志向不可谓不大，简直可以与孔子并驾齐驱了。但是在司马迁心目中，这只是"刑余之人"不得已而选择的实现人生价值的途径。这就如同后世的李白、杜甫一样，生前已经文名满天下，得到士林以及众多达官贵人的赏识与尊敬，然而在他们自己的心目中，自己始终是个失败者，似乎一生郁

---

① （汉）司马迁：《悲士不遇赋》，见（清）严可均辑：《全汉文》卷二十六，266页，北京，商务印书馆，1999。

郁不得志。他们的"志"是什么？ 不是写出"笔落惊风雨，诗成泣鬼神"的诗句，而是"致君尧舜上，再使风俗淳"——他们是要做王者之师，做"博施于民而能济众"的圣人。 东方朔、司马迁亦怀有同样的心理。

如此观之，从先秦士人到秦汉士大夫，作为承担着文化主导作用的知识阶层，他们始终处于一种矛盾心态之中，一方面试图有所作为，大则匡正君主、泽被百姓，小则势位富厚、光耀门楣。 而另一方面又欲超然于世事之上，视荣华富贵如无物，与天地精神相往来。 前者是根深蒂固的功名心，是中国读书人都极难摆脱的诱惑；后者是达观心，是古代士人与自身的士大夫身份自我疏离的心意能力。 前者指向人世，指向现实政治；后者指向人的内心，指向诗词歌赋与琴棋书画。 前者使之成为士大夫，成为社会管理者，成为政治家；后者使之成为文人，成为文学家、艺术家。 这就意味着，早在先秦时期，在孔子和老庄身上，就已经具备某种文人素质了，达观就是这一素质的标志性特征。 但是这并不意味着在士人阶层中"文人"已经作为一种文化身份而存在了，这是因为，作为一种文化身份，"文人"不仅需要多方面的表现，诸如虞情性书写（诗词歌赋小品文之类）和各种艺术技能（琴棋书画篆刻之类），而且需要形成关于这些书写和艺术技能的评价系统。 显然在先秦这些是远远没有达到的。 即使是汉代士大夫，尽管在辞赋与诗的写作方面已经有了很大进步，但也还未能达到足以支撑一种文化身份的程度。 例如，司马相如和枚乘等辞赋家，尽管他们基本上是以辞赋创作成名并得到帝王赏识的，但他们主要是面向帝王的，是所谓"宫廷文人"，与后世民间自然形成的诗歌、文章、书法、绘画的创作、欣赏和评价群体迥然不同。 所以他们还不是真正意义上的文人，而是传统士大夫，只不过是一种特殊职业的士大夫而已。

士人或士大夫是一种身份，同时也是一个社会阶层。 其身份标识与阶层特征就是四个字："读书做官"。 在中国古代，凡是凭借读书获得文化知识然后做官或者以做官为目的来读书的人就是士大夫。 自先秦时代起，士人或士大夫阶层就是官僚队伍的后备军。 汉代虽然在一个时期里是宗室、功臣与外戚占据绝大部分重要官职，但从武帝开始，士大夫就逐渐成为官僚队伍的主要来源。公孙弘是具有代表性的人物。文人则不同于士大夫。首先，文人并不是一个社会阶层，至少在明代中叶以前没有一个可以称为社会阶层的文人群体。其次，文人是一种文化身份——凭借某种独特精神旨趣与技能而获得的社会认同。最后，一般说来文人首先是士大夫——士大夫中那些获得独特趣味与技能的人便是文人。这就意味着，凡是文人都是士大夫，但并非所有的士大夫都是文人。这里的区别就是文人趣味。因此文人身份的形成取决于两个方面：一是士大夫中的相当一部分人形成一种独特趣味并能够借助于某种文化符号把它传达出来；二是社会上对此一类人及其趣味与技能表示认可，即持尊重态度。也就是说，文人身份的形成取决于一种趣味及其表现形式的形成而且获得了合法性。这种趣味就是文人趣味。那么文人趣味的根本之点究竟是什么呢？

文人趣味并不是一种单一的精神旨趣或兴趣爱好，它是一种精神的与心理的复杂结构，由多种因素构成。在这一结构中，除了闲情逸致、达观心态之外，最重要的就是"雅"之追求了。闲情逸致是就文人趣味的基本性质而言的，说明这种趣味根本上是不关国计民生的，只是一种个人化的情趣、爱好；达观心态是就文人趣味的超越性说辞，说明这种趣味对现实生活，包括人们关于生死的忧虑以及通行的、支配着人们日常生活的那种世俗价值观有一种拒斥与超越。"雅"之追求则是就文人趣味的价值取向而言的，说明这种趣味旨在打造一种不同流俗的、精致玄妙、少数人才可以达到的高层次的生活品位与艺术品位。文人趣味的这三个基本维度构成了一种独特的精神结构，这一精神结构的基本功能就是消解来自士大夫身份所造成的精神的与心理的压力，使人的整个心理结构处于一种张力平衡状态。考察古代士大夫的实际生存状况与他们的精神状态就不难明了，士大夫阶层的精神的与心理的压力主要是来自两个方面：一是"士不遇"与"有志不获骋"的失落惆怅，二是"忠而被谤，信而见疑"的悲愤。士大夫当然是饱读诗书之士，人人怀抱一腔大志，希冀遇到明主赏识，干一番轰轰烈烈的事业，青史留名。

然而在秦汉以后大一统的政治格局中，天下读书人如过江之鲫，君主只有一个，有几个人可以有幸得到君主的青睐呢？于是"士不遇"与"有志不获骋"便成为士大夫最为普遍的消极情绪，甚至可以说是这个阶层的一种"基本焦虑"。对于那些仕途不顺，无缘跻身高位的士大夫们而言，基本上都会有这种心理焦虑。另有些人机缘巧合，一度侥幸受到君主重用，本欲大展宏图、有所作为，不料仕途险恶，嫉贤妒能者所在多有，君主听信谗言，于是屈原式的悲愤就产生了。这种情感类似于女人被自己所爱的人怀疑、冷落，故而士大夫与君主的关系常常被比喻为夫妻关系，士大夫从来都是自居于妾妇位置。这就是后世"男子作闺音"的"怨妇诗"有那么多的根本原因。

具体言之，这一趣味结构的三个维度各有不同的作用。闲情逸致作为一种趣味维度乃是对士大夫读书——做官人生模式的突破，是给从士大夫的角度看上去没有意义的行为赋予意义。孔子的"吾与点也"之所以有价值，就在于他第一次为悠游闲适的非政治性行为赋予意义。孔子的这种价值赋予意味着士大夫的人格结构中原本就潜藏着一种与读书做官相疏离的精神旨趣：对心灵自由状态的向往与追求。正是这种精神旨趣后来成为"文人"身份形成的主体依据。所以，闲情逸致乃是士大夫固有的心理倾向，只不过这种心理倾向长期受到压制而未能获得合法性而已。尽管有孔子开风气之先，但是由于在战国至两汉时期士人们政治情结过于强大，闲情逸致始终未能受到主流话语的重视。尤其是汉代经学，那些急功近利的儒生们把丰富多彩的孔孟思想阐释为一种政治哲学甚至政治神学了。只是到了东汉后期，在建功立业的豪情屡屡受挫之后，这种闲情逸致方才开始进入士大夫的视野之中，渐渐形成一种具有普遍意义的话语方式，从而促进了诗文书画的蓬勃发展。魏晋六朝时期文学艺术的大繁荣就根本旨趣而言，正是闲情逸致获得合法性的产物。因此，如果要概括魏晋六朝的文学艺术繁荣之原因，与其说什么"人的觉醒"导致了"文学的自觉"，毋宁说是文人趣味获得了正当的表达方式与传播途径——除了建功立业、荣华富贵之外，在琴棋书画、诗词歌赋上的优异表现也成为士大夫自身价值实现的标志。换言之，表现以往看上去无关紧要的闲情逸致也可以确证士大夫自身的价值。于是士大夫不仅仅作为士大夫而存在了，他们中的许多人获得了一重新的身份——文人。如此看来，闲情逸致在中国文化史，特别是文学艺术史上的意义是不容小觑的。

◎ 第四节

士大夫的自我疏离与文人趣味之功能

从士人阶层诞生之日起，其人格结构中就隐含着一个根深蒂固的矛盾：承担社会责任与守护心灵自由。孔子是最早一批士人的代表人物，他念兹在兹的是"克己复礼"，其周游列国、游说诸侯，为此；删述六经、收徒讲学，亦为此。然而，孔子又是中国古代最早的一批"体制外"的知识人的代表者，拥有自由思想的权利与对心灵自由的向往，其"吾与点也"之志正是其向往心灵自由的证明。就整个先秦士人阶层而言，可以说老庄之学（特别是庄子）更多地表达了对于心灵自由的向往与追求，而儒、墨之学则更多地表达了对社会责任的承担精神。具体到一个士人思想家身上，就往往是二者兼具而有所侧重。这说明对于士人阶层而言，入世与出世、社会责任与心灵自由、集体主体与个体主体两种选择乃是基于士人人格的深层矛盾，是一种根深蒂固、难以消弭的人格冲突的表现形式。这就意味着，在先秦的士人阶层和秦汉之后的士大夫阶层来说，这两种人格倾向都潜伏在他们的内心深处，至于哪种倾向显露出来并形成某种话语系统的强大内在动力，则要看具体社会条件与士人阶层的境遇。

士人阶层人格中的这两种基本倾向之间构成一种内在的张力关系，维系着整个人格结构的某种平衡，二者缺一不可。当集体主体，即从社会责任出发来言说的那个角色，受到挫折之后，其负面的或消极的心理能量可以通过个体主体,即对从人心灵中自由出发来进行言说的那个角色予以宣泄,从而使倾斜的人格恢复平衡。孔子周游列国,处处碰壁,其实现政治理想的希望极为渺茫,于是自然生出"吾与点也"的冲动;屈原以楚国的长治久安为己任,忠于君主,勤劳王事,但信而见疑,忠而被谤,于是以哀婉瑰丽的《离骚》宣泄之。但总体言之,士人或士大夫的这种维持人格平衡的方式亦受历史条件的制约而呈现历史性特征。下面述其大概:

春秋战国时期,诸侯争霸,天下大乱,士人阶层诞生不久,主要兴趣集中于弭平战乱、重建社会秩序。此时,"立法者"是士人思想家们最主要的身份认同。在这样的情况下,士人阶层找到两种保持个体心灵自由的有效方式,一是哲学的,二是道德的。哲学的方式由杨朱、庄子及名家学者所代表,乃以一种"超越"的方式与社会现实相疏离,也因此而与自身的"立法者"角色相疏离。杨朱之学高举"为我"大旗,以个体生命为最高价值;庄子则提升心灵,在想象中与造物者游,一万物、齐生死,从而保证个体精神的自由无碍。名家则设置概念的游戏世界,徜徉乎其中,一切人世价值均被超越。当然,从另一个角度看,上述诸种"超越"方式,也可以理解为一种"立法",也是提供一种社会价值秩序,但无可否认的是,其实际的作用却是主体心灵的自我调节。道德的方式由孔子、孟子以及代表者,试图通过建构一种高尚人格来作为一种精神指向,将人的心灵引向"内在超越"之途,从而与现实保持一定距离,也使自身的"立法者"角色遭遇挫折时有自救之道。例如,孔子的远大抱负当然是"克己复礼",但其具体政治理想则与子路、公西华等人并无不同,即做官,但他还另有一种人格理想或称为道德理想,即君子、仁者,直至圣人。当他的政治理想遭遇挫折时,他就会用道德理想来自我安慰。他说:"天生德于予,桓魋其如我何!"(《论语·述而》)这是一种道德自信。孟子在政治上遭受的挫折更大,其心灵自救的手段也就比孔子更进了一步。孔子至少还有做几天鲁国的大司寇、摄几天相位的机会,而且晚年在鲁国被尊为"国老",也受到相当的尊重,他的弟子中做大夫、邑宰、家臣者众多,所以他在政治上也有一定的影响力。孟子则尽管受到齐宣王、梁惠王等君主表面上的尊重,却从来没有做官的机会,对当时的政治可以说没有丝毫发言权。于是孟子就提出一套"天爵"、"人爵"的说法来强调道德价值之重要①。在孟子的价值观念中,"天爵"显然高于"人爵",这是一个值得追问的问题:"天爵"从什么意义上说才高于"人爵"呢?公卿大夫在政治上居于高位,有发号施令之权,在经济上他们是"肉食者",有很高的俸禄,在社会地位上,他们受到全体下层百姓的敬畏。"人爵"呢?其价值何在?作为一介百姓,其仁义忠信又能有多少实际效果呢?恐怕距离"博施于民而能济众"的儒家最高理想太遥远了。按照孟子的逻辑,"天爵"之高于"人爵",就只能在他和其他儒家建构起来的评价系统中才能实现,而"天爵"的功能根本上不在于改变世界,而在于充实自身,使自己的人格完满自足。所以孟子又提出"养气"之说。什么是"养气",其实就是一种道德的自我修养,是因具有较高道德品质而获得的一种自信心的不断积累。这种道德自信积累到一定程度,主体就会产生一种藐视一切的气概,就会彻底消弭因政治生活的不顺而带来的挫折感。孟子本人正是这样的,翻开《孟子》一书,那种由道德自信而来的气概与气势立即会扑面而来,这在先秦诸子中是无与伦比的。如果说杨朱、庄子等人是借助于想象力来膨胀心灵,从而超越现实,获得内心完满自足的,那么孔子、孟子就是借助于道德修养,把心灵提升到高于世间一切价值的位置上,以此来获得内心的充实与安宁的。从这个意义上说,先秦的道家与儒家学说都具有某种宗教功能,也具有某种艺术功能。

汉儒身处与先秦士人大不相同的文化语境,其解决人格矛盾的方式也发生了很大变化。总体言之,汉儒寻求实现个体价值以保持内心平衡的方式较之先秦士人似乎更多了一些选择。

首先,"做学问"成了一条普遍的路径。由于在汉代先秦儒家修习的

---

① 孟子曰:"有天爵者,有人爵者。仁义忠信,乐善不倦,此天爵也;公卿大夫,此人爵也。古之人修其天爵,而人爵从之。今之人修其天爵,以要人爵,既得人爵,而弃其天爵,则惑之甚者也,终亦必亡而已矣。"(《孟子·告子上》)

"六艺"都成了经典,而这些经典由于年代久远,许多文字已难明其义,再加上传承过程的增删改窜,就更是错讹百出,又经历了秦火之灾,于是就有了一门章句训诂之学应运而生了。"做学问",尤其是求真的学问,对于知识阶层而言,是使心灵完满自足的最佳方式之一。 汉学,主要是传注之学、章句训诂之学,即在此期形成,影响了中国传统文化两千多年的发展演变。 就其主流而言,汉学是一门"求真"的学问,目的是探求经典之原意。 对于知识阶层而言,"求真"常常就是最终目标,汉儒开创的"汉学"这一门学问,就成为许多读书人一生追求的目标,所谓皓首穷经就是这个意思。 经学固然与做官相关,是一条仕进之路,但是也有许多儒生一心向学,终身不仕。 例如,党锢之祸之后的郑玄,绝意仕进,编注群经,成为一代经学大师。 经学大行于世,渐渐形成了完备的评价系统,士大夫在这个领域中可以得到肯定,从而实现自身价值,于是经学也就成为他们心灵寄托的一种方式。 当仕途多舛、实现政治理想的希望渺茫之时,他们就会回归经学之中,以保持心灵的宁静平和。 在儒生中,因知世事不可为,遂绝意仕进,专心学问者所在多有。 翻翻《后汉书·儒林列传》,诸如被时人题目为"居今行古任定祖"的仁安、习《京氏易》与《古文尚书》的孙期、传《毛诗》的孔子建、习《古文尚书》的杨伦等,或中道辞官归隐,一心向学,或埋头经书,终身不仕。 对这批儒生的心态,孔子健回答劝其出仕为官的好友崔篆的话是很好的注脚:"吾有布衣之心,子有衮冕之志,各从所好,不亦善乎! 道既乖矣,请从此辞。"做官是一种志向,做学问也是一种志向;做官是一种爱好,做学问也是一种爱好,二者均足以令人安身立命。 这说明,在汉代"做学问"已经被相当多的士人视为职志了。

除了"做学问"之外,实践儒家伦理、砥砺名节,在人格修养上追求至善境界也是汉儒保持人格完满自足的重要方式。 汉儒普遍重名节,这在中国历史上也是很突出的。 特别是东汉时期,士大夫视名节如性命,常能独自反省,自觉压制私欲,努力实践儒家伦理纲常。 这近似于先秦儒家的"道德超越"。 像陈蕃、陈寔、李膺、范滂、郭太、赵壹等人无不人品高洁、蔑视权贵，成为世人之楷模。这些人在实现政治理想方面遭遇挫折，但在道德上却占据绝对的优势地位，在天下士人的敬仰中他们也会产生一种自我实现的感觉，从而达到内心的完满自足。自古以来，对于领导着社会主流文化的知识阶层而言，道德上的优势地位始终是他们优越感和自信心的主要支撑。

除了"做学问"与追求道德上的优势地位之外，汉儒还有一种保持人格张力平衡的重要方式，那就是创造性书写。中国古代从汉代开始才有"作者""文人""诗人"的自觉意识。先秦诸子虽然著书立说，却没有明确的"作者"意识，孔子是"述而不作"的，孟子是"不得已"的，庄子是"以卮言为曼衍"的，都不是明确的作者意识。东汉时期人们才开始有作者意识，这在王充的《论衡》中表达得很清楚①。"诗人"这个词在西汉以前基本上都是指《诗经》作品的作者而言，不是一般意义上的"诗人"，到了东汉，才开始指时人之作诗者了。"文人"这个词在先秦典籍中是指那些有好品德的先祖，到了东汉才开始指善于写歌诗辞赋之人。这都是因为，此时的书写，特别是辞赋、歌诗、史传、论说诸种文章的写作，已经成为比较普遍的现象。由于多种原因，楚文化在汉初具有重要影响，再加上帝王们的特别爱好，因此辞赋创作在汉代成为影响巨大的文学样式。辞赋与后世的诗歌词曲创作相比似乎更多地表达了某种集体意识，缺乏个体的细腻情感，这是不错的，但是即使如此，辞赋创作也还是成为士大夫实现自身价值的另一种途径，成为消弭因政治理想不能实现而造成的挫折感的有效手段。西汉时期，除了高祖、武帝等帝王们偶作歌诗之类，士大夫的创造性书写主要是辞赋。士大夫的辞赋创作看上去是为了投帝王之所好，是为了"润

---

① 王充《论衡》："或曰：'圣人作，贤者述。以贤而作者，非也。《论衡》、《政务》，可谓作者。'曰：[非]作也，亦非述也，论也。论者，述之次也。《五经》之兴，可谓作矣。太史公《书》、刘子政《序》、班叔皮《传》，可谓述矣。桓君山《新论》、邹伯奇《检论》，可谓论矣。今观《论衡》、《政务》，桓、邹之二论也，非所谓作也。造端更为，前始未有，若仓颉作书，奚仲作车是也。《易》言伏羲作八卦，前是未有八卦，伏羲造之，故曰作也。文王图八，自演为六十四，故曰衍。谓《论衡》之成，犹六十四卦，而又非也。六十四卦以状衍增益，其卦溢，其数多。今《论衡》就世俗之书，订其真伪，辩其实虚，非造始更为，无本于前也。儒生就先师之说，诘而难之；文吏就狱之事，覆而考之，谓《论衡》为作，儒生、文吏谓作乎？"（《对作篇》）

色鸿业",但实际创作过程,从布局谋篇到遣词造句,则是艰难的。 刘勰云:"至于草区禽族,庶品杂类,则触兴致情,因变取会,拟诸形容,则言务纤密;象其物宜,则理贵侧附。"(《文心雕龙·诠赋》)颇能概括辞赋创作的甘苦。 因此西汉的辞赋之作虽然的确没有表达多少个人情趣,但也确实是艰难的文学创作,而且是自觉的创作,其中蕴含了士大夫们的审美趣味。 辞赋的大规模出现,在中国文学史上是一件大事,在中国士大夫阶层的发展历史上同样是一件大事。 这说明这个中国古代的知识阶层获得了一种新的言说方式,一种新的书写方式,他们可以通过这种言说及书写与帝王、与社会建立一种特殊关系,这种关系主要不是政治的、经济的,也不是道德的,而是美学的,是一种趣味的联系,一种没有直接利害关系的联系。 建立这种联系的意义在于:士大夫可以通过一种无直接功利作用的方式实现自身价值了,在他们的精神世界中从此多出了一个维度,这一精神维度的重要性在于:魏晋以后直接导致文学艺术大繁荣的文人趣味正是从这里衍生而出的。

在汉代,有人已经意识到建功立业与文章书写是士大夫实现自身价值的两种不同的方式。 司马迁的"发愤著书"说旨在揭示仕途困窘对于书写的刺激作用,王充则意识到仕途畅达对书写的负面影响:

> 文王日昃不暇食,周公一沐三握发,何暇优游为丽美之文于笔札? 孔子作《春秋》,不用于周也。司马长卿不预公卿之事,故能作《子虚》之赋。扬子云存中郎之官,故能成《太玄经》,就《法言》。使孔子得王,《春秋》不作;长卿、子云为相,赋玄不工。(《论衡·书解》)

司马迁和王充从相反的角度论证了同一个道理:建功立业或事功与文章书写之间呈现出一种反向作用的关系,事功有成者,文章无成;文章有成者,事功无成。 这说明,对于以治国平天下为己任的士大夫阶层来说,文章书写作为一种自我实现的方式,是作为事功的补充而存在的,是不得已而求其次的。正是由于这个原因,司马迁写出流传千古的鸿篇巨制,却郁郁而终;杜甫诗名满天下,却总觉得自己是个失败者,书写的补偿功能只能在一定程度上缓解其"不得志"的心理缺失,却不能从根本上消除那种深刻的挫折感。这就意味着,"文人"是"士大夫"的补充身份,永远不能取而代之,而且永远处于"附属"地位;"文章书写"是"事功"的补充行为,永远不可能居于事功之上。

第二十三章
"雅俗"观的形成

雅和俗是中国传统文化中一对重要的评价性概念,至今依然是人们对某事物进行审美判断时常常使用的价值尺度。例如,在"大众文化"的评价中,人们就常常以"雅俗"论之;而且在使用这一评价尺度的过程中,人们往往会不自觉地把它理解为一种"古已有之""从来如此""自明性"的当然之理。然而,雅俗观念一如其他一切评价标准一样,并非从来就有的,也不会永远具有合理性。它们所具有的不变的性质就只有历史性,即在特定历史时期产生出来并有着十分具体的社会功能。换言之,雅俗标准只存在于某个历史时期,而且在这个历史时期里的不同阶段也呈现出明显差异——它们是具体文化历史语境的产物。考察雅俗观的历史生成与演变,揭示与这种生成演变相关联的复杂社会历史原因,特别是主体文化心态与精神结构方面的原因,从而从一个侧面把握古代文人士大夫的精神旨趣和作为其感性显现的审美趣味的演变轨迹,应该是有意义的。这正是本章的基本任务。

◎ 第一节
从"《风》《雅》"到"风雅"

《说文》训"雅"为"楚乌",即指一种乌鸦,这大约是这个词的本义。

但在先秦的典籍中，"雅"的主要语义却是"正"。《论语·述而》："子所雅言，诗、书、执礼，皆雅言也。"何晏《论语集解》引孔安国注："雅言，正言也。"又引郑玄注："读先王典法，必正言其音，然后义全。"①可知所谓"正言"是指正确的，或者说标准的读音而言。朱熹注云："雅，常也。"②认为"雅言"即是人们通常使用的语言。《玉篇》亦云："雅，正也。"由是观之，除了作为《诗经》类目之"大、小雅"外，先秦两汉语境中"雅"字的基本语义是"正"，也就是正确的语音之意。就这个意义而言，"雅"还不是一个评价性概念。此为古人通识，当无可疑者。然而"正"与"楚乌"之间有何关联？是如何转义的？其间线索似乎渺然难寻。我们可以追问的是：为什么"雅"会具有"正"的含义呢？对比各种说法，刘宝楠的解释庶几近之：

《诗》《书》皆先王典法之所在，故读之必正言其音。郑以"雅"训"正"，故伪孔本之。先从叔丹徒君《骈枝》曰："夫子生长于鲁，不能不鲁语。惟诵诗读书执礼，必正言其音，所以重先王之训典，谨末学之流失。"又云："昔者，周公著《尔雅》一篇，以释古今之异言，通方俗之殊语。"刘熙《释名》曰："尔，昵也；昵，近也。雅，义也；义，正也。五方之音不同，皆以近正为主也。上古圣人，正名百物，以显法象。别品类，统人情，一道术。名定而实辨，言协而志通。其后事为踵起，象数滋生，积渐增加，随时迁变。王者就一世之所宜，而斟酌损益之，以为宪法，所谓雅也。然而五方之俗，不能强同。或意同而言异，或言同而异声，综集谣俗，释以雅言。"③

从这段引文中可以看出，雅之为正，乃是起始于声音。两周之时，八方

---

① （三国魏）何晏注，（宋）邢昺疏：《论语注疏》卷七，见（清）阮元校刻：《十三经注疏》，2482~2483页，北京，中华书局，1980。
② （宋）朱熹集注：《论语集注·述而第七》，见《四书集注》，139页，长沙，岳麓书社，1987。
③ （清）刘宝楠：《论语正义》卷八，见《诸子集成》影印本，145页，上海，上海书店，1986。

殊俗，音声各异，统治者为了实现对各地区的有效控制，不同地区、不同诸侯国之间为了交往，需要有大家都能听得懂的语言作为中介。于是近似于后世的"官话"、今日之"国语"或"普通话"的"雅言"就随着社会的需求而产生了。在这样的语境中，"雅者，正也"之说尚不具备价值评判的意味，不是"正邪"意义上的，只是说明"通用的""普遍的"的意思。但是，何处的声音为正，何处为不正呢？根据历史的经验，毫无疑问是政治与文化中心所在之地的语音为正，历代皆然，概莫能外。于是在先秦时期，周人所居之地的语音乃为雅言。那么为何以"雅"名之呢？这是因为那时候"雅"与"夏"字相通，周人属于华夏诸族，即所谓"诸夏"，"夏"通假为"雅"，于是"雅言"即是"夏言"，指的是州人所居之地，即中原地区的口音①。

雅言特指周人语音这一义项也反映在《诗三百》的分类上，这便是"大小《雅》"之"雅"及由之衍生出来的"风雅""雅颂"之说。作为《诗三百》中的两个类型，大雅与小雅中的"雅"原本也没有评价意义，并不代表其内容的尊卑高下。这里的"雅"即是"夏"乃因华夏诸族，即周人之语音、乐调而得名，故而"雅诗"即是采自于周人所在地区的诗歌。上海博物馆馆藏战国楚竹书一部分内容被研究者称之为"孔子诗论"，其中第二简有"大夏"之谓，即指"大雅"言②，可知风、雅、颂之"雅"的确是由地域音调而命名的。"风"同样如此，十三国风乃因十三个诸侯国各自的语音乐调而名之。其他如"郑声""楚音"之谓亦复如此。但由于大小雅多采于王畿之地，此为贵族集聚之处，故而"二雅"之什基本上都出于贵族之手，内容涉及祭祀与征伐等国家大事者较多，因之《毛诗序》云："言天下之事，形四

---

① 《荀子》："譬之越人安越，楚人安楚，君子安雅。是非知能材性然也，是注错习俗之节异也。"（《荣辱》）又："居楚而楚，居越而越，居夏而夏，是非天性也，积靡使然也。故人知谨注错，慎习俗，大积靡，则为君子矣。纵情性而不足问学，则为小人矣；为君子则常安荣矣，为小人则常危辱矣。"（《俗儒》）可知在荀子这里，雅与夏是相通的。
② 参见濮茅左：《〈孔子诗论〉简序解析》，见《上博馆藏战国楚竹书研究》，39页，上海，上海书店出版社，2002。

方之风,谓之雅。 雅者,正也,言王政之所由兴废也。"①这样一来,"雅"这个词语的内涵就溢出了原本所指语音的范围,带上了价值评判的意味。 这种词义的变化大约开始于战国之末,如《荀子·儒效》云:"道过三代谓之荡,法贰后王谓之不雅。"杨倞注:"雅,正也。 其治法不论当时之事,而广说远古,则为不正也。"②这里的"正"已经不是指语音之通用,而是指政事之合理了。 可以说,至迟在荀子这里,"雅"就已经由一个中性的词语转而为寓含价值评判的词语了。 汉代以后,经过经学运动的洗礼,《诗三百》成为《诗经》,获得在意识形态领域至高无上的地位,于是"《风》《雅》""《雅》《颂》"等词语就成为具有神圣色彩的诗歌系统的代称和诗歌创作方面最高范本的标示。

后世使用"风雅"一词,往往是指《诗经》或《诗经》的传统而言,如曹植:"夫街谈巷说,必有可采,击辕之歌,有应《风》《雅》,匹夫之思,未易轻弃也。"③又刘勰:"自《风》《雅》寝声,莫或抽绪,奇文郁起,其离骚哉!"(《文心雕龙·辨骚》)这里的"风雅"都是指《诗经》而言,是应该加上书名号的。 人们在使用这个词语的时候,赋予其以自明的、不容置疑的神圣性质。 只是到了六朝之时,"风雅"才开始成为一种具有普遍褒扬意义的词语,而不再是《诗经》的专指。 例如:

> 蜀自汉兴至乎哀平,皇德隆熙,牧守仁明,宣德立教,风雅英伟之士命世挺生,感于帝思,于是玺书交驰于斜谷之南,玉帛践乎梁益之乡。④
>
> ……于是张昭为师傅,周瑜、陆公、鲁肃、吕蒙之畴入为腹心,出作股肱;甘宁、凌统、程普、贺齐、朱桓、朱然之徒奋其威;韩当、潘璋、黄盖、蒋

---

① (唐)孔颖达疏:《毛诗正义》,见(清)阮元校刻:《十三经注疏》,272 页,北京,中华书局,1980。
② (清)王先谦:《荀子集解》卷四,见《诸子集成》,93 页,上海,上海书店,1986。
③ 王巍校注:《与杨德祖书》,见《曹植集校注》,291 页,石家庄,河北教育出版社,2013。
④ (晋)常璩:《华阳国志·蜀志》卷三,四部丛刊本。

钦、周泰之属宣其力；风雅则诸葛瑾、张承、步骘，以名声光国；政事则顾雍、潘浚、吕范、吕岱，以器任干职……①

这里的"风雅"是指人物风流儒雅，以才能与品德而言的。后又指作诗为文，如萧统《〈文选〉序》："故风雅之道，粲然可观。"于是"风雅"一词就渐渐成为文人士大夫阶层特有的某种才能与风度的专指。

从"雅，正也"作为对音调、语音的标示，到《诗经》"大、小雅"的类目划分，"雅"基本上都是一个中性词语，表明的是语音方面的差异，而不是价值上的高下。然而"风雅"一词的出现就改变了这种状况。首先，"风雅"原本是《诗三百》或《诗经》的代称，也是一个指示性名词结构，但是随着《诗三百》成为儒家士人信奉的经典，"风雅"也就渐渐成为诗歌乃至整个诗文领域的最高范本，从而获得某种神圣性质。其次，在春秋之前，为贵族统治阶层所创制、采集、编纂、教授、入乐、使用的"诗"乃是一种特殊的话语方式，是沟通人与神、臣与君、卿大夫以至于士之间的媒介，同时也是贵族阶层自我神圣化的方式，是特权阶层确证自身特权地位，完成"阶级区隔"的重要手段。因此，"诗"本来就具有某种神圣性质。最后，在春秋中期之前，"诗"对于贵族来说还是不可或缺的特殊的交流方式，真正是"不学诗，无以言"的。但是到了春秋后期，随着周王室的进一步衰落，诸侯们连"尊王攘夷"这样的表面文章都不愿意做了。原来的价值秩序遭到彻底破坏，原本极为严密的贵族等级制被动摇了，那套作为这一严密制度之外在形式的礼乐仪式也被丢弃或者乱用了，这便是所谓"礼崩乐坏"。据《左传》《国语》的记载，春秋后期许多贵族，甚至诸侯君主对原先的礼乐仪式都已然不甚了了。在这样的情况下，"诗"的神圣性、庄严性就大打折扣了。降及春秋战国之交，在文化领域渐渐出现百家争鸣局面。各家学说各道其所道，均欲在周代贵族创造的政治文化大厦的废墟上有所作为。其中只有儒家试

---

① （晋）陆机：《辨亡论上》，见《陆机集》，126页，北京，中华书局，1982。

图重建这座大厦,即所谓"克己复礼"。因此在儒家的话语系统中,"诗"与其他西周以来的官方文献一样受到特殊重视,而随着儒家渐成显学,"诗"的地位也就水涨船高,及至战国之末,特别是汉代经学语境中,终于重新获得曾经失去的神圣性。于是在接受儒家意识形态统摄的文人士大夫阶层那里,"风雅"作为"诗三百"的代称,一方面是作为整个诗文领域,或者是整个符号表征系统的最高范本而受到推崇,就像古希腊神话成为希腊艺术取之不尽的"武库"那样,"风雅"在文人士大夫的言说中成为永远的引用与效法对象。另一方面,"风雅"还作为西周贵族文化传统的代称而获得更高礼遇。在儒家政治观念中,"西周"乃是"鉴于二代,郁郁乎文哉"的最高理想,"风雅"所标示的诗歌传统作为周代贵族生活的写照与贵族精神的话语表征,对儒家士人具有莫大的诱惑力,于是"风雅"就成为主流的、高贵的文化传统的代名词。

"风雅"语义也处于不断变化之中。到了汉魏以降,它就又成为一个对人物的评价性词语,这就是上引《华阳国志》及《陆士衡集》中的用法,是指一个人有风度、有文采。这种语义的变化也有着深刻的社会历史原因。盖汉代的选士制度可以"征辟察举""乡举里选"涵括之。为了能够真正选取"经明行修""德才兼具"的人物,乡党舆论成为最重要的考察依据,于是渐渐兴起所谓"清议"之风,人物的品德与才能开始成为关注的对象。久而久之,关于人物的品评就由品德、才能而及于个性、气质乃至外在的相貌与风度。在汉末魏初士林的人物品评之中就远不限于"品德"与"才能"二义了。现举二例如下:

其一:

> 郭太字林宗,太原界休人也。家世贫贱。早孤,母欲使给事县廷。……孟敏字叔达,钜鹿杨氏人也。客居太原。荷甑堕地,不顾而去。林宗见而问其意。对曰:"甑以破矣,视之何益?"林宗以此异之,因劝令游学。十年知名,三公俱辟,并不屈云。[①]

---

① (南朝宋)范晔:《后汉书》,2225、2229页,北京,中华书局,1965。

其二：

> 许劭字子将，汝南平舆人也。少峻名节，好人伦，多所赏识。若樊子昭、和阳士者，并显名于世。故天下言拔士者，咸称许、郭。……劭尝到颍川，多长者之游，唯不候陈寔。又陈蕃丧妻还葬，乡人〔毕〕至，而劭独不往。或问其故，劭曰："太丘道广，广则难周；仲举性峻，峻则少通。故不造也。"其多所裁量若此。[①]

郭太与许劭都是东汉末年最为著名的人物品鉴大家，在当时有着极高声誉。上例郭太对孟敏的评价既非看其高尚的道德品质，又非观其逸群之才，而是根据他在一件小事上体现出来的性格特征。可知在当时的人物品评中，个性特征已经占据重要地位。下例中的陈寔、陈蕃二人都是品德高尚、才能卓著的士林领袖，为众望所归，许劭对他们评价显然也不是以"德""才"，而是以个性气质为视角的。这说明在汉末士人的价值系统中，个人的性格特征、风神气韵都成为重要方面。也正是在这样的文化历史语境中，"风雅"一词才从标示正统诗文传统转而为对个人才能、品性与风度的肯定性评价。

◎ 第二节
从"雅"到"雅郑"

"雅"获得价值评判意义还与另一个词语，即"雅郑"相关。如前所述，"雅，正也"原本只是指语音而言，并无价值评价意味。但后来"雅"之"正"就具有了"正确""正当"的意思。最初这种意思是在与"郑"对举

---

① （南朝宋）范晔：《后汉书》，2234页，北京，中华书局，1965。

并用时出现的,如:

> 或问:交五声十二律也,或雅或郑,何也? 曰:中正则雅,多哇则郑。(扬雄《法言·吾子》)
>
> 人生有所贵尚,出门各异情。朱紫更相夺色,雅郑异音声。好恶随所爱憎,追举逐虚名。百心可事一君,巧诈宁拙诚。(曹植《当事君行》,《曹子建集》卷六,四部丛刊本)
>
> 尔为听声者不以寡众易思,察情者不以大小为异。同出一身者,期于识之也。设使从下,则子野之徒亦当复操律鸣管以考其音,知南风之盛衰,别雅郑之淫正也。(嵇康《声无哀乐论》,《嵇中散集》卷五,四部丛刊本)
>
> 然才有庸儁,气有刚柔,学有浅深,习有雅郑。(刘勰《文心雕龙·体性》)

在这里,"雅"是指《诗经》美刺讽喻的传统,"郑"则是指所谓"淫邪"的风格。对"郑声"的批评从孔子就已经开始了。《论语》有著名的"郑声淫"(《阳货》)、"放郑声,远佞人"(《卫灵公》)之说。那么究竟什么是"郑声"呢?"郑声"又称为"郑卫之音"或"新声""今乐""世俗之乐"等,是指春秋之末战国之初产生于郑国、卫国等地的乐调。请看下面的引文:

> 平公说新声,师旷曰:"公室其将卑乎! 君之明兆于衰矣。夫乐以开山川之风也,以耀德于广远也。风德以广之,风山川以远之,风物以听之,修诗以咏之,循礼以节之。夫德广远而有时节,是以远服而迩不迁。"(《国语》卷十四《晋语》八)
>
> 庄暴,齐臣也。庶几,近辞也。言近于治。他日,见于王曰:"王尝语庄子以好乐,有诸?"王变乎色,曰:"寡人非能好先王之乐也,直

好世俗之乐耳。"(《孟子集注》卷二《梁惠王下》)

魏文侯问于子夏曰："吾端冕而听古乐，则唯恐卧；听郑卫之音，则不知倦。敢问古乐之如彼，何也？新乐之如此，何也？"子夏对曰："今夫古乐，进旅退旅，和正以广。弦匏笙簧，会守拊鼓。始奏以文，复乱以武。治乱以相，讯疾以雅。君子于是语，于是道古，修身及家，平均天下。此古乐之发也。今夫新乐，进俯退俯，奸声以滥，溺而不止。……乐终不可以语，不可以道古。此新乐之发也。"(《礼记·乐记》)

卫灵公将之晋，至濮水之上，夜闻鼓新声者，说之，使人问之，左右皆报弗闻。召师涓而告之曰："有鼓新声者，使人问，左右尽报弗闻，其状似鬼，子为我听而写之。"师涓曰："诺！"因静坐抚琴而写之。明日报曰："臣得之矣，然而未习，请更宿而习之。"灵公曰："诺！"因复宿。明日已习，遂去之晋。晋平公觞之施夷之台，酒酣，灵公起曰："有新声，愿请奏以示公。"公曰："善！"乃召师涓，令坐师旷之旁，援琴鼓之。(《论衡·纪妖》)

由这些引文可知，在春秋之末、战国之初这一"礼崩乐坏"的时代，在音乐领域的确出现了两种力量的较量。与"新乐"或"郑声"相对立的乃是居于主导地位数百年之久的"古乐""雅乐"或"先王之乐"。从观念上讲，"雅乐"乃是历代相传的，是先王制作并在祭祀、朝会、宴饮、狩猎、征伐等重大活动中使用过无数次的，因此带有一种庄严、肃穆、神圣的色彩。而从审美经验上讲，则雅乐的平和、缓慢、缺少变化，的确是可以令人昏昏欲睡，颇近于催眠曲；而新乐则以其生动而富于变化的曲调、明快的节奏而打动听者的心灵。故而许多君主、贵族都欣赏"郑卫之音"。

从史籍的记载看，"雅""郑"作为一对对立的评价性词语的出现是与儒家密不可分的。或者说"雅郑"这一词语正是儒家价值观的体现。这里有两点值得申说：其一，儒家坚持"雅"的传统，拒斥"郑"的潮流，根本原因在于他们所恪守的社会理想乃是周公等人创立的西周贵族等级制度。我们知道，周代贵族等级制的外在形式是礼乐文明。礼乐的任何一个环节、一个部分都表征并确证着贵族等级制。在孔子及其弟子们创立儒学的时代，贵族等级制虽说还没有彻底消失，却已经在轰然坍塌的过程中了。儒家基于自身所受的教育和出身选择了已经被破坏的贵族等级制作为社会理想，但自身却没有任何可以去实现这一理想的现实力量。于是他们只好"倒果为因"——试图通过宣传作为文化文本流传下来的周代典籍上记载的道德价值观来恢复已经失去或行将失去的社会政治制度。"雅"所代表的古乐无论多么令人昏昏欲睡，儒家也一定会把它奉为至宝，因为它表征着周代的贵族等级制，而这正是儒家的社会理想之所在。相反"郑"所代表的"新乐"无论多么动人心扉，也一定在儒家的拒斥范围，因为它们正是在破坏了古老的音乐传统之后才兴盛起来的。

其二，从主体身份角度看，则"雅""郑"之分又有更深刻的文化心理原因。儒家士人是一个新兴的知识阶层的代表，他们有着强烈的身份焦虑与自我意识。看先秦诸子书，特别是儒家，随处可见对"士"这一身份的界定与期许。作为一个新兴的知识阶层，士人思想家们都力图把自己标榜为正统或主导文化的承担者，道家以"上古之博大真人"为宗，墨家远绍夏禹，儒家则步武姬周。各有各的统绪传承，均以正统自居。这一文化领导者以及救世者的身份认同使得士人思想家们除了提出一整套价值观念系统来，还必须打造出一些作为身份性标志的文化符号，用以识别、确证自己的身份，以便与其他社会阶层"区隔"开来。对于儒家士人来说，"雅"这一原本指称周人音调、语音的词语由于周人居于统治地位而带有"通常的"或"主导的"的意味，便被用来充当这样一种文化符号。于是在儒家这里"雅"就被赋予了"正统""正确""高贵"等含义，用以表示有教养的、遵守传统的知识阶层的审美趣味。与之相对，"郑"这个词语被赋予了邪僻、低级、不入流等含义，用以意指新起的、反传统的、来自民间的审美趣味。如此一来，"雅郑"就成了"高雅"与"低俗"这一二元对立观念的最早表述。

那么这里就有一个问题：周文化极为灿烂，文采斐然，何以没有产生出

"雅俗"二元对立的观念呢？这是因为，周文化乃是贵族文化，是一种极为重视外在文饰与仪式的文化，具有整体性特征，是整个贵族阶级集体认同的形式。毫无疑问，贵族文化内部构成上有着极为严格的等级秩序，这种文化等级秩序既是政治、经济上的严格等级制的表征，也是其确证方式。因此在这种整体性的贵族文化内部只有等级的标志而无高雅与低俗的区分——这里的一切都是被规定的、为贵族们所认可的，是整体的而非多元的。贵族文化作为一个整体，就是贵族区别于庶民的身份性标志，足以起到阶级"区隔"的作用。由于社会结构与文化的高度整一性，民间的文化形式并不构成与贵族文化的对立，只是自生自灭而已。例如，在西周的贵族文化语境中，"百姓"指贵族而言，因为只有贵族才有姓氏，庶民是无姓无氏的。又如古代典籍中的所谓"刑不上大夫，礼不下庶人"（《礼记》）正是说明在贵族文化中不存在二元对立，"礼"是贵族的文化形式，与庶人无涉。换言之，在西周的贵族社会中，贵族文化过于强势，民间文化过于弱势，二者不构成同一结构中的对立关系，所以就不会产生"雅俗"这样的价值评判。

到了春秋之末情形就大不相同了。贵族阶层纷纷破产而沦为庶民，贵族文化与民间文化之间的森严壁垒被打破，开始交融互渗。特别是新兴的知识阶层虽然相当一部分来自于贵族，但此时的身份已经与庶民无异。《管子》所谓"士农工商四民者，国之石民也"之说，正说明民间已经出现了一个新的，被称为"士"的阶层。在这个阶层中，也有相当一部分是来自于"农工商""三民"的。这就意味着，原本的贵族文化已经下移为民间文化。那么，这一新产生的"民间文化"与原有的那些真正出自民间的文化形式如何区分高下呢？于是掌握话语权的士人阶层便创造出"雅俗"这对范畴来进行文化区分，在同一社会阶级（民）中"区隔"出不同阶层来。在中国历史上，从孔子的时代开始就已经产生出一种可以称之为"精神贵族"的一类人或一个社会阶层，他们身处社会下层，并不是统治阶级，手中既没有政治权力，也没有经济权利，但他们却以统治者自居，一心一意谋着"治国平天下"的大事。与此相应，在精神追求与品位上也极力打造出自己的独特性来，不仅要高出于一般的"民"，而且要高出统治集团。"自命清高"这句日常用语却是十分准确地传达出了古代士人阶层那种与生俱来的"精神贵族"品性。

◎ 第三节
"雅俗"观念的形成

综上所述，从"《风》《雅》"到"风雅"，显示出"雅"这一词语的含义由特指《诗经》而演变为一般评价性用语的过程，这一过程与士人阶层的社会境遇及文化心理状态的变化密切相关；从"雅"到"雅郑"，则显示出"雅"这个词语是如何从一个表示语音、口音的中性词语衍化为一个士人身份的标志性文化符号的。这背后隐含着新兴的知识阶层的自我认同意识。"雅郑"之说，寓含着褒贬，代表着两种截然相反的价值观念与审美趣味。由于"雅"来自于上层、主流、正统，"郑"来自于下层民间，是非主流的、非正统的，"雅郑"便因此而成为后来"雅俗"这一对评价性概念的源头。

《说文》以"习"训"俗"，在先秦典籍中，"俗"的基本语义就是习俗或风俗。例如，《礼记·曲礼》："若夫坐如尸，立如齐，礼从宜，使从俗。"《尚书·君陈》："狃于奸宄，败常乱俗，三细不宥。"《孟子·公孙丑上》："纣之去武丁未久也，其故家遗俗，流风善政，犹有存者。"在这些语例中"俗"都是指习俗、风俗，并不带有任何贬义。但是到了战国后期情况发生了变化，下面是《荀子》一书中的用法：

> 故有俗人者，有俗儒者，有雅儒者，有大儒者。不学问，无正义，以富利为隆，是俗人者也。逢衣浅带，解果其冠，略法先王而足乱世

术，缪学杂举，不知法后王而一制度，不知隆礼义而杀诗书；其衣冠行伪已同于世俗矣，然而不知恶者；其言议谈说已无以异于墨子矣，然而明不能别；呼先王以欺愚者而求衣食焉，得委积足以揜其口，则扬扬如也；随其长子，事其便辟，举其上客，亿然若终身之虏而不敢有他志：是俗儒者也。法后王，一制度，隆礼义而杀诗书；其言行已有大法矣，然而明不能齐法教之所不及，闻见之所未至，则知不能类也；知之曰知之，不知曰不知，内不自以诬，外不自以欺，以是尊贤畏法而不敢怠傲：是雅儒者也。法先王，统礼义，一制度；以浅持博，以古持今，以一持万；苟仁义之类也，虽在鸟兽之中，若别白黑；倚物怪变，所未尝闻也，所未尝见也，卒然起一方，则举统类而应之，无所儗怍；张法而度之，则晻然若合符节：是大儒者也。（《荀子·儒效》）

在这里荀子对俗人、俗儒、雅儒、大儒的论述排出了一个价值等级，分别给予了褒贬。"俗人"是不学无术、无操守、唯利是图的平庸凡俗之人；"俗儒"则是所学不当、持论近于异端邪说的儒者，在这里"俗"被赋予了"低级""邪僻"的含义。值得注意的是，荀子还提出"雅儒"之说，这是先秦文献中最早"雅""俗"对举的语例。可以说是"雅俗"观念的正式提出。荀子还进而将此"雅俗"观用之于对诗乐的评价，其云：

　　修宪命，审诗商，禁淫声，以时顺修，使夷俗邪音不敢乱雅，大师之事也。（《荀子·王制》）

这里"夷俗邪音"与"雅"对举，可以视为"雅郑"说的另一种表达形式，但"夷俗邪音"所指范围应该远大于"郑"或"郑卫之音"。显然在荀子这里，一种具有普遍意义的"雅俗"观念已经开始形成。到了汉代以后，"雅"与"俗"就渐渐成为品评人物的重要语词了，例如：

> 夫田婴俗父，而田文雅子也。婴信忌不实义，文信命不辟讳。雅俗异材，举措殊操，故婴名闇而不明，文声驰而不灭。实说世俗讳之，亦有缘也。(《论衡·四讳》)

这里用"俗"来指田婴的平庸无能，用"雅"来指田婴之子田文的才德出众。在审美意义上使用"雅""俗"概念大约是从对人物言谈举止的评价开始的：

> 元帝后宫既多，不得常见，乃使画工图形，案图召幸之。诸宫人皆赂画工，多者十万，少者亦不减五万。独王嫱不肯，遂不得见。匈奴入朝，求美人为阏氏，于是上案图，以昭君行。及去，召见，貌为后宫第一，善应对，举止闲雅。帝悔之。(《西京杂记》卷二)

> 是时，卓王孙有女文君新寡，好音，故相如缪与令相重而以琴心挑之。相如时从车骑，雍容闲雅，甚都。及饮卓氏弄琴，文君窃从户窥，心说而好之，恐不得当也。(《汉书·司马相如传》)

此处的"闲雅"一词特指人的举止风度之美好，已然不具有道德意味，成了一个纯粹审美意义上的词语。

> 诸名士共至洛水戏，还，乐令问王夷甫曰："今日戏乐乎？"王曰："裴仆射善谈名理，混混有雅致；张茂先论史、汉，靡靡可听；我与王安丰说延陵、子房，亦超超玄著。"(《世说新语·言语》)

这里的"雅致"一词是对言谈的审美评价，在魏晋的清谈中常常被使用。

> 阮仲容、步兵居道南，诸阮居道北。北阮皆富，南阮贫。七月七

日，北阮盛晒衣，皆纱罗锦绮。仲容以竿挂大布犊鼻裈于中庭。人或怪之，答曰："未能免俗，聊复尔耳。"(《世说新语·任诞》)

嵇、阮、山、刘在竹林酣饮，王戎后往。步兵曰："俗物已复来败人意！"王笑曰："卿辈意，亦复可败邪？"(《世说新语·排调》)

此二例中的"俗"均指平庸凡俗，乃"雅"之反面，主要也是一种美学意义的评价。渐渐地这对词语也被用之于对诗文书画的评价了：

毛惠远。画体周赡，无适弗该，出入穷奇，纵横逸笔，力遒韵雅，超迈绝伦。其挥霍必也极妙，至于定质，块然未尽其善。神鬼及马，泥滞于体，颇有拙也。……

吴暕。体法雅媚，制置才巧。擅美当年，有声京洛。(《古画品录·第三品》)

这里的"韵雅""雅媚"都是赞美画技的高超脱俗。

翻检《诗品》，以"雅""俗"评诗之例更可谓俯拾皆是：

魏陈思王植：骨气奇高，词采华茂，情兼雅怨，体被文质，粲溢今古，卓尔不群。

晋中散嵇康：颇似魏文，过为峻切，讦直露才，伤渊雅之致。

魏侍中应璩：祖袭魏文，善为古语，指事殷勤，雅意深笃，得诗人激刺之旨。

宋参军鲍照：……然贵尚巧似，不避危仄，颇伤清雅之调。

梁太常任昉：善铨事理，拓体渊雅，得国士之风，故擢居中品。

宋光禄谢庄：希逸诗，气候清雅，不逮于范、袁。

魏文学刘桢：仗气爱奇，动多振绝。真骨凌霜，高风跨俗。

晋吏部郎袁宏：彦伯《咏史》，虽文体未遒，而鲜明紧健，去凡俗远矣。

> 齐雍州刺史张欣泰、梁中书郎范缜：欣泰、子真，并希古胜文，鄙薄俗制，赏心流亮，不失雅宗。

再看《文心雕龙》。"雅""俗"堪称刘彦和评价诗文的基本标准：

> 今才颖之士，刻意学文，多略汉篇，师范宋集，虽古今备阅，然近附而远疏矣。夫青生于蓝，绛生于蒨，虽逾本色，不能复化。桓君山云："予见新进丽文，美而无采；及见刘扬言辞，常辄有得。"此其验也。故练青濯绛，必归蓝蒨；矫讹翻浅，还宗经诰。斯斟酌乎质文之间，而隐括乎雅俗之际，可与言通变矣。(《通变》)

此处"雅俗"与"质文"并举，都被视为论诗衡文之基本标准。又：

> 是以绘事图色，文辞尽情，色糅而犬马殊形，情交而雅俗异势。熔范所拟，各有司匠，虽无严郭，难得逾越。(《定势》)

此言所欲表达的情感不同会导致诗文产生或雅或俗迥然不同的格调。又：

> 详观近代之论文者多矣：至如魏文述典，陈思序书，应场文论，陆机《文赋》，仲治《流别》，弘范《翰林》，各照隅隙，鲜观衢路，或臧否当时之才，或铨品前修之文，或泛举雅俗之旨，或撮题篇章之意。(《序志》)

这里的"泛举雅俗之旨"正说明"雅俗"已经成为诗文评价的最通用的标准了。

从以上的引文我们可以看出，汉末魏晋之后，"雅俗"渐渐成为一对具有审美意义的评价性概念并被普遍用之于人物品藻和诗文书画鉴赏中。这一现象具有重要意义：证明了"文人身份"的确立。"文人身份"是士大夫阶层在某个历史时期获得的一种新的身份维度。是那个服务于君权并成为君主官僚政体之社会基础的士大夫阶层获得相对稳定的社会地位之后的精神世界自我拓展的产物。"文人身份"成熟的标志是"个人情趣的合法化"——属于纯粹私人情感的离愁别绪、春感秋悲、男女之情、伤逝之叹等以往不受主流话语重视的精神、心理现象被堂而皇之地予以书写、传播、吟诵。对人而言，"雅俗"观是对其风度、气质、个性的考量；对诗文书画而言，"雅俗"观是对其传达的"趣味"的评判。这都是作为"个体主体"的"文人"才会关注的对象。"文人"之不同于平民百姓以及一般的士大夫之处在于：他们对个人情趣高度关注并赋予它以审美形式。平民百姓没有能力做到这一点，而一般的士大夫只留意于维护并制约君权、管理并教化百姓，以"治国平天下"为人生最高理想。只有当士大夫阶层通过自我衍化，形成了"文人"这一新的身份维度之后，"文人士大夫"阶层才由单一的政治、伦理价值的创造者与承担者进而成为审美价值的创造者与承担者。中国传统精神文化才变得精致细腻、丰富多彩起来。"雅俗"观是中国古代最重要的美学范畴之一，它是"文人趣味"最集中的体现。

第二十四章
汉代"论"体的演变及其文化意味

曹丕《典论·论文》首标"四科"之说,有"书论宜理"之谓,这意味着"论"作为一种文体已经得到普遍确认。但是"论"这种文体是从何时开始出现的? 其演变轨迹如何? 是什么力量决定着这种文体之变化的? 这些问题似乎并没有得到很好的解决,而关于"论"的文体观的形成与演变更是值得深入探讨的问题。在下面的讨论中,我们将结合汉代士人身份意识和文人趣味的变化,对"论"这一文体的实际运用及其文体观念的演变进行探讨,并力求揭示其所蕴含的文化意味。

◎ 第一节
"论"体的形成与"论"的文体观念之萌芽

和其他文体一样,"论"作为一种文体,也是先有其体,后有文体观念。关于"论"体之起源,刘勰说:

> 圣哲彝训曰经,述经叙理曰论。论者,伦也;伦理无爽,则圣意不坠。昔仲尼微言,门人追记,故抑其经目,称为《论语》。盖群论立名,

始于兹矣。自《论语》以前，经无"论"字。《六韬》二论，后人追题乎！（《文心雕龙·论说》）

这段话经常被谈论古代文体的文章所征引，影响甚大。然而此说不确，盖为臆测之论。"述经叙理"乃王充之说，其实含有很复杂的意涵，后文将予以剖析，这里暂不展开。刘勰不加详审，照搬王说，其与"论"体之本义，恰好相悖。此其一。"伦理无爽"之说，乃承刘熙《释名》释义。而刘说原本就是汉代经学语境中的牵强之论，其以"伦"训"论"已是无据，而"有伦理"之谓，更是典型的"增字解经"了[①]。此其二。那么作为文体称谓的"论"究竟是什么含义？它起于何时？我们先来考察一下这个词语义的变化。

"论"这个词在先秦两汉典籍中有如下主要含义：

其一，议论、评价或讨论。《左传·襄公三十年》："郑人游于乡校，以论执政。"此处是议论和评价的意思。《孟子·万章下》："以友天下之善士为未足，又尚论古之人。诵其诗，读其书，不知其人可乎？是以论其世也，是尚友也。"此处前一个"论"是议论、评论之义；后一个"论"是讨论、考察之义。《韩非子·五蠹》："论世之事，因为之备。"亦为讨论之义。

其二，判断、衡量与评估。《礼记·王制》："凡官民材，必先论之。论辩，然后使之。任事，然后爵之。位定，然后禄之。"《管子·立政》："孟春之朝，君自听朝，论爵赏校官，终五日。"二例都是评估和判断的意思。

其三，言论、舆论。《庄子·刻意》："刻意尚行，离世异俗，高论怨诽，为亢而已矣。"《吕氏春秋·孟秋纪》："世有贤主秀士，宜察此论也，则其兵为义矣。"

[①]（汉）刘熙《释名·释典艺》云："《论语》，记孔子与弟子所语之言也。论，伦也，有伦理也。语，叙也，叙己所欲说也。"刘熙是后汉的经学家，其训释词语的方法是有名的"因声求义"，即所谓"声训"，本就是一种存在严重缺陷的训诂方法，再加上他又往往从经学角度出发，有这两条限制，这就使其释义难免显得牵强。

其四,选择与编纂。《荀子·王霸》:"君者,论一相,陈一法,明一指,以兼覆之,兼照之,以观其盛者也。"杨倞注:"论,选择也。"《汉书·谷永传》:"治天下者尊贤考功则治,简贤违功则乱。诚审思治人之术,欢乐得贤之福,论材选士,必试于职,明度量以程能,考功实以定德,无用比周之虚誉,毋听浸润之谮愬,则抱功修职之吏无蔽伤之忧,比周邪伪之徒不得即工,小人日销,俊艾日隆。"司马迁《报任少卿书》:"乃如左丘无目,孙子断足,终不可用,退而论书策,以舒其愤,思垂空文以自见。"班固《汉书·艺文志》:"《论语》者,孔子应答弟子、时人及弟子相与言而接闻于夫子之语也。当时弟子各有所记,夫子既卒,门人相与辑而论纂,故谓之《论语》。"前两条是选择之义,后两条是编纂之义。这里的"论"读二声,音轮,通"抡"。

那么,《论语》之"论"究竟何意呢? 综合前人所论,上引第四条义项,即"选择、编纂"之义近是。故所谓"论语"者,乃谓在孔子众多谈论中选择其要者以编纂之也。章太炎尝谓:"'论'者,古但做'仑',比竹成册,各就次第,是之谓仑。"① "论"的编纂之义正是从"仑"的本义引申而来。这就意味着,《论语》之"论"与作为文体的"论"并无直接关系,刘勰以"论"体起于《论语》之说不能成立。那么问题来了,这种文体起源于何时何人呢? 刘勰指出:

> 详观论体,条流多品:陈政则与议说合契,释经则与传注参体,辨史则与赞评齐行,铨文则与叙引共纪。故议者宜言,说者说语,传者转师,注者主解,赞者明意,评者平理,序者次事,引者胤辞:八名区分,一揆宗论。论也者,弥纶群言,而研精一理者也。

这却是很有见地的论断。其言外之意是说"论"并不是一种规定性很强

---

① 章太炎:《文学总略》,见《章太炎学术论集》,48页,北京,中国社会科学出版社,1997。

的文体，其与议、说、传、注、赞、评、叙、引等文体均有重合交叉，可以说是这些文体的总名。凡具备"弥纶群言，而研精一理"之特征的文章均可以归于"论"的范畴。按照这个标准，除《论语》和《老子》所载为"对话体"或"格言体"，尚不能算是完整的文章之外，诸子之书，诸如《墨子》《庄子》《孟子》《荀子》《韩非子》等中的许多篇章都可归于"论"体。但是以"论"为篇名、书名者却比较少见。在先秦诸子中，《庄子》内篇之《齐物论》是现在能够见到的最早以"论"名篇者。又据司马迁《史记·孟子荀卿列传》谓"慎到著十二论"。慎到是与庄子同时期人物，可惜其"十二论"是何样貌，早已无从知晓。嗣后，《荀子》有《天论》《正论》《礼论》《乐论》四篇；《吕氏春秋》之"十二纪"有《论人》《论威》二篇；又有《开春论》《慎行论》《贵直论》《不苟论》《似顺论》《士容论》"六论"。此外再无以"论"为名的篇目，更无以"论"为名的全书。细观《庄子》《荀子》和《吕氏春秋》以"论"为名的篇章，似乎与其他篇章并无很大差异。《庄子》之《齐物论》与《逍遥游》《养生主》等在文体角度可以等量齐观。《荀子》亦然。其《劝学》完全可以称为"劝学论"；《王制》完全可以称为"王制论"。因为这些篇目都是"弥纶群言，而研精一理"的。唯《吕氏春秋》有所不同，其"十二纪""八览""六论"的编排是有意义上的差异的。有学者认为，"十二纪"按时气的四时运行次第来编排，又寓天、君之意；"八览"按各种政治事务分类编排，又寓地、臣之意；"六论"按各种事情内在相应相通之"理"编排，又寓人、士之意[①]。如果说《庄子》《荀子》的用"论"名篇还带有很强的随意性，那么《吕氏春秋》中的"论"就带有比较朦胧的文体意识了。

综上所述，我们可以说，"论"作为一种文体，在先秦时期的文章书写，特别是诸子之中已经广泛存在并且相当成熟了，而关于"论"的文体观念却只是刚刚萌芽而已。这种文体观落后于文体实践的情形说明，对于彼时的言

---

① 庞慧：《〈吕氏春秋〉对社会秩序的理解与构建》，69页，北京，中国社会科学出版社，2009。

说者先秦士人思想家而言，运用何种文体言说还不是一种重要的事情，这里并不含有什么意识形态与政治的意味，或者说，在那个时代，政治还没有浸透于文体之中。先秦的士人思想家有自由言说的权利，没有来自外在的种种压力，言说的有效性是他们唯一在意的事。到了汉代，这种情形就大不相同了：在经学语境中，文体的选择也成为政治态度之表征。

◎ 第二节
"论"的文体观念形成之轨迹

西汉前期，士人思想家承袭先秦诸子传统，出现了一批"论"体著述，诸如陆贾的《新语》、贾谊的《新书》、贾山的《至言》等，就文体言之，均属于"论"。然而西汉篇籍以"论"名之者却十分鲜见，即如贾谊那篇著名的《过秦论》，考其出处，此文最早见于司马迁《史记·秦始皇本纪》，无篇名。其次为刘向编辑之《贾子新书》，篇名为《过秦》，分上中下，并无"论"字。《过秦论》之名乃萧统《文选》始有。另外《文选》还收录了一篇以"论"名篇的西汉前期的文章，这就是东方朔的《非有先生论》。此文最早见于《汉书·东方朔传》，云"又设非有先生之论"。原作是否以"论"名之已经不得而知。我们有理由相信，贾谊与东方朔之作，分别是萧统与班固命名为"论"的。另外班志还著录司马相如等作《荆轲论》五篇，很可能也是班固加上的文章题目。总之从现存资料来看，西汉前期以"论"为名的书籍、篇目是很少见的。至西汉后期，昭帝始元六年，朝廷召开盐铁会议，发生激烈争论，宣帝时，桓宽将盐铁会议争论的主要内容编辑成书，命名为《盐铁论》。汉宣帝时朝廷召开著名的石渠阁会议以"讲论五经"，班志把有关会议记录的《书议奏》《礼议奏》《春秋议奏》《论语议奏》《五经杂议》等称之为"石渠论"。稍后，刘向作《五纪论》，是关于天文律历方面的论述，又"集合上古以来历春秋六国至秦、汉符瑞灾异之记，推迹行事，连传祸福，著其占验，比类相从，各有条目，凡十一篇，号曰《洪范五行传论》"（《汉书·楚元王传》）。到了两汉之际，则有桓谭《新论》、杜笃《明世论》、邹伯奇《检论》等问世。这就意味着，到了西汉后期至东汉前期，"论"已经成为一种被广泛使用的书籍与文章的名称了。

以"论"为名的书籍的大量出现表明"论"的文体观念已经渐趋成熟。其代表论者就是著《论衡》与《实论》的王充。《论衡》有云：

> 或曰："圣人作，贤者述。以贤而作者，非也。《论衡》、《政务》，可谓作者。"曰：[非]作也，亦非述也，论也。论者，述之次也。《五经》之兴，可谓作矣。太史公《书》、刘子政《序》、班叔皮《传》，可谓述矣。桓君山《新论》、邹伯奇《检论》，可谓论矣。今观《论衡》、《政务》，桓、邹之二论也，非所谓作也。造端更为，前始未有，若仓颉作书，奚仲作车是也。《易》言伏羲作八卦，前是未有八卦，伏羲造之，故曰作也。文王图八，自演为六十四，故曰衍。谓《论衡》之成，犹六十四卦，而又非也。六十四卦以状衍增益，其卦溢，其数多。今《论衡》就世俗之书，订其真伪，辩其实虚，非造始更为，无本于前也。儒生就先师之说，诘而难之；文吏就狱之事，覆而考之，谓《论衡》为作，儒生、文吏谓作乎？（《论衡·对作》）

这里王充对"作""述""论"进行了区分，其以"五经"为作，乃承孔子"述而不作"之说而来，把"作"的权利赋予圣人。这是儒家传统观念。其实即使是"五经"也并非"无本于前"的，因此"作""述"之分其实是一种话语建构，蕴含了儒家的价值评判。孔子本人是不敢自居为"圣人"的，因此他也不敢自居为"作者"。在他看来，只有尧舜那样泽被天下的人才是圣人，而像周公那样"制礼作乐"者才堪称"作者"。但是后来儒者为强化儒学的影响力，故神化孔子，把他塑造为"圣人"，所以孟子说"孔子作《春秋》"。王充不是谨守章句之学的经生，但毕竟是儒者，奉行儒家价值观，因此不自称为"作"。在这里王充以司马迁、刘向、班彪的史传之作为"述"。然后把桓谭、邹伯奇，也包括自己的"论"置于"述"之后，这是对"论"这一文体在典籍文章系统中的位置的第一次确定，表现出比较明确的文体意识。在这一"作""述""论"的三级文体排序中，看上去是贬低"论"的价值，其实不然。从上述引文中我们可以看出，在王充的心目中，"论"的地位其实是极高的。何以见得呢？以前所谓"述"乃指对儒家经典的传承与阐发，孔子自称"述而不作"就是这个意思。对于孔子"予欲无言"的表示，子贡说："子如不言，则小子何述焉？"（《论语·阳货》）也是这个意思。但是在王充这里，无论"作"还是"述"都没有经生的份，而是把司马迁、刘向、班彪的史传之作称为"述"，排在仅次于"作"的位置上，这是很值得思考的。这说明王充对当时居于主流地位的经学是比较轻视的。这种"作""述""论"的排列次序旨在强调"史传"与"论"这两种在当时并非主流话语的言说方式的重要性，有为之正名的意味。在这一文体序列中，当时盛行的经生们的章句训诂之学与图谶之说是被排斥在外的。这暗含着一种与主流意识形态迥然不同的文化正统观：司马迁、刘向、班彪的史传与桓谭及自己的"论"才是以"五经"为代表的先秦儒学的真正继承。这在众多儒生竞奔于经学之途，以经明行修为进身之阶的东汉中叶的历史语境中，确实有着极为重要的意义。这是知识阶层对言说之自主性的诉求，是士人阶层试图在高度中央集权的大一统政治体制之下保持相对独立性的努力。王充所论标志着在东汉社会中一种疏离于经学话语的思想系统逐渐形成了。

当然，王充的之所以凸显"论"的价值并非要与君权分庭抗礼，相反他恰恰是要以此来博取君权的青睐。作为一位极为博学多闻、见识非凡却又处身社会下层的读书人，王充时刻都渴望着受到当政者的重视，只不过他不屑于重走那些皓首穷经的儒生们的进身之路而已。他说："上书奏记，陈列便宜，皆欲辅政。今作书者，犹上书奏记，说发胸臆，文成手中，其实一也。夫上书谓之奏记，转易其名谓之书。"又说："汉家极笔墨之林，书论之造，汉家尤多。"这说明，在他看来，"论"这种文体乃是"上书奏记"之变体，所以又称为"书论"。因此他认为："《论衡》、《政务》，其犹《诗》也，冀望见采，而云有过。斯盖《论衡》之书所以兴也。"(《论衡·对作》)由于身份低微，他没有机会直接接触帝王与执政者，故而只能撰写《论衡》这样的著作以备"见采"。这才是他"造"《论衡》之书的真正目的。那么王充为什么不加入经生的行列凭借"通经"而进入仕途呢？以他的才智，"通一经"甚至"通五经"都不是什么难事。这是因为，在他看来，在他那个时代，经学已然走向知识化、玄学化之途，与现实政治越来越远，不能有补于时政了。相反倒是司马迁、刘向、班彪那样的史传之作与扬雄、桓谭等人的"书论"更能切近现实。《论衡》的主旨正是要"疾虚妄"——在思想舆论上正本清源，打造出一种切切实实有益于世的言说方式与话语系统来，"论"这一文体正好承担起这一重任。这就是"论"这一文体的政治意义。

既然是文体观，自然有关于文章写作方面的自觉，在这方面王充也有精当之论，他说：

> 夫口论以分明为公，笔辩以荟露为通，吏文以昭察为良。深覆典雅，指意难睹，唯赋颂耳！经传之文，贤圣之语，古今言殊，四方谈异也。当言事时，非务难知，使指闭隐也。(《论衡·自纪》)

这是对不同文体写作风格上的总结与要求，表现出比较清醒的文体意识，应该说是曹丕"四科"说的先声。

到了东汉后期及曹魏时期，以"论"为名的书籍就大量涌现了，据《隋书·经籍志》著录有王逸的《正部论》、崔寔的《政论》、王符的《潜夫论》、周生烈的《周生子要论》、徐干的《中论》、曹丕的《典论》、刘廙的《政论》、刘邵的《法论》。阮武的《阮子正论》、蒋济的《万机论》、杨伟的《时务论》、桓范的《世要论》、杜恕的《体论》和《笃论》、王肃的《正论》、袁准的《正论》、阮武的《正论》、刘廙的《政论》、何晏的《道德论》、任嘏的《道论》等数十种之多。与此同时，关于"论"的文体观念也更加成熟，而对于"论"的政治功能也有了更高的期许。桓范云：

> 夫著作书论者，乃欲阐弘大道，述明圣教，推演事义，尽极情类，记是贬非，以为法式，当时可行，后世可修。且古者富贵而名贱废灭，不可胜计，唯篇论俶傥之人为不朽耳。夫奋名于百代之前，而流誉于千载之后，以其览之者益，闻之者觉故也。岂徒转相效仿，名作书论，浮辞谈说，而无损益哉？而世俗之人，不解作体，而务泛溢之言，不存有益之义，非也。(《世要论·序作》)

由于以"论"为名的著作层出不穷，就难免良莠不齐，桓范这里是强调这种文体的功能，认为它既可"阐弘大道，述明圣教"，起到"述"的作用，又可以"推演事义，尽极情类，记是贬非"，对时事进行分析判断，而且还可以使作者留名千古。这是对"论"这一文体价值的高度肯定，是对王充的继承与发展。在这样的语境中，曹丕的"四科"之说就自然而然地出现了："盖奏议宜雅，书论宜理，铭诔尚实，诗赋欲丽。此四科不同，故能之者偏也。"(《典论·论文》)这里的"书论"与桓范的用法相同，概指以阐述道理为主的论说性文章①。曹丕较之王充更进一步，揭示出"论"这一文体的说理特征。后来刘勰的"论也者，弥纶群言而精研一理者也。"(《文心雕

---

① 关于"书论"，以往论者大都将其理解为"书"与"论"两种文体，理由是"奏议""铭诔""诗赋"等都是两种文体，如此方成"四科八体"之说。其实曹丕这里是就"类"而言的，似不必区分过细，而且曹丕只说"四科"，并未说"八体"。"雅""实""理""丽"乃是四类文体之不同特征。"书论"可以理解为"论"之体，理由有二：一者王充、桓范等人都在"论"的意义上使用过"书论"这个词；二者如果认为这里的"书"是单独一种文体，那么应该包含"书牍"在内，而书牍之作，大都并不具备"理"之特征，难以与"论"并列为一类。而如果把"书"理解为"上书"之书，则与"奏议"重复了。

龙·论说》）及"适辨一理为论"（《文心雕龙·诸子》）等说法就是直接继承了曹丕的说法。

◎ 第三节
"论"体大兴于东汉后期的原因

为什么在以章句训诂之学与谶纬之学为主流的经学语境中，那些疏离于经学传统之外的以"论"为名的篇籍竟会大兴于世呢？这里的原因是多方面的，最主要的有外部影响与主体需求两个方面。

我们先看外部影响对于"论"体著作兴盛的影响。刘勰尝言："至石渠论艺，白虎通讲，述圣通经，论家之正体也。"（《文心雕龙·论说》）近人章太炎先生亦云："汉世独有石渠议奏，文质相称，语无旁溢，犹可为论宗。"[①]这就是说，"论"这一文体在汉代的兴盛，与朝廷组织的"石渠阁会议"与"白虎观会议"这类大规模讲经论义的活动以及编写的相关论文密切相关。刘勰此说可谓揭示了"论"体兴盛的一个重要的外部原因。汉代统治者以"设五经博士""立学官""置弟子员"等行政手段为引导，使士大夫由诸子百家之学归于儒学一途，久而久之除了形成经学传承中的"师法""家法"之外，在以帝王和在朝为官的士大夫为核心的整个士林中渐渐形成一种"讲论"经学的风气与习惯。这是导致"论"体兴盛的一个十分重要原因。除了"石渠论艺""白虎通讲"这类大型"讲论"之外，小规模的"讲论"随时都有。西汉后期这种风气已经形成：

及歆亲近，欲建立《左氏春秋》及《毛诗》、《逸礼》、《古文尚书》皆列于学官。哀帝令歆与《五经》博士讲论其义，诸博士或不肯置对，歆因移

---

① 章太炎：《论式》，见《章太炎学术论集》，51页，北京，中国社会科学出版社，1997。

书太常博士,责让之曰……(《汉书·楚元王传》)

刘歆争立《左传》《毛诗》等古文经是中国思想史上一件大事,经学的今古文之争即由此而展开。这里的"讲论"显然有辩论的意思。又:

王褒字子渊,蜀人也。宣帝时修武帝故事,讲论六艺群书,博尽奇异之好,征能为《楚辞》九江被公,召见诵读,益召高材刘向、张子侨、华龙、柳褒等待诏金马门。(《汉书·严朱吾丘主父徐严终王贾传》)

这里的"讲论"是讨论、探讨的意思。又:

胜、霸既久系,霸欲从胜受经,胜辞以罪死。霸曰:"朝闻道,夕死可矣"。胜贤其言,遂授之。系再更冬,讲论不怠。(《汉书·眭两夏侯京翼李传》)

夏侯胜与黄霸二人俱获罪被收监,在狱中黄霸坚请从胜习经学。这里的"讲论"是讲授、谈论的意思。

到了东汉,讲论之风更胜于西汉:

初,帝在兵间久,厌武事,且知天下疲耗,思乐息肩。自陇、蜀平后,非儆急,未尝复言军旅。皇太子尝问攻战之事,帝曰:"昔卫灵公问陈,孔子不对,此非尔所及。"每旦视朝,日仄乃罢。数引公卿、郎、将讲论经理,夜分乃寐。(《后汉书·光武帝纪下》)

光武帝刘秀年轻时尝为太学诸生,东汉经学的兴盛及发展走向与他对经学及图谶之说的热衷直接相关。这里的"讲论"是讨论、辨析之义。又:

> 桓荣字春卿，沛郡龙亢人也。少学长安，习《欧阳尚书》，事博士九江朱普。贫窭无资，常客佣以自给，精力不倦，十五年不窥家园。至王莽篡位乃归。
>
> 会朱普卒，荣奔丧九江，负土成坟，因留教授，徒众数百人。莽败，天下乱。荣抱其经书与弟子逃匿山谷，虽常饥困而讲论不辍，后复客授江淮间。（《后汉书·桓荣丁鸿列传》）

桓荣是两汉之际著名经学家，在历史上以勤学苦读闻名。这里的"讲论"是讲授、讨论经学的意思。又：

> （周磐）公府三辟，皆以有道特徵，磐语友人曰："昔方回、支父啬神养和，不以荣利滑其术业。吾亲以没矣，从物何为？"遂不应。建光元年，年七十三，岁朝会集诸生，讲论终日。（《后汉书·刘赵淳于江刘周赵列传》）

周磐也是东汉初期著名经学家，弟子众多。这里的"讲论"也是讲授、讨论的意思。

从上引的材料来看，从西汉中期到东汉前期，经学昌盛，士林无分朝野，都有"讲论"之风。朝廷之上，皇帝常常是讲论的组织者与参与者；而在民间，则私学大盛，授徒讲学者万人以上，从学于经学大师的弟子更是不可胜计[1]。在这样的文化语境中，读书人培养起一种"讲论"和"论说"的能力与文化惯习，因此，经学语境中的"讲论"虽然不能直接导致"论"体书写的兴盛，却为这种文体的兴盛创造了必不可少的条件。因此两汉的"讲

---

[1] 《后汉书·儒林列传》载："自光武中年以后，干戈稍戢，专事经学，自是其风世笃焉。其服儒衣，称先王，游庠序，聚横塾者，盖布之于邦域矣。若乃经生所处，不远万里之路，精庐暂建，赢粮动有千百，其著名高义开门受徒者，编牒不下万人，皆专相传祖，莫或讹杂。至有分争王庭，树朋私里，繁其章条，穿求崖穴，以合一家之说。"

论"风气可以说是"论"体著述兴盛的最重要的外在原因。

我们再来看决定"论"体兴盛的主体原因。来自"讲论"风气的影响固然是"论"体繁荣的重要条件，但绝不是充分必要条件。在经学语境中而大作特作非经学话语的著作，一定会有比经学更令他们感兴趣的问题。我们看那些"论"体著述，差不多都是经学话语之外的言说。我们甚至可以说，从两汉之际到东汉后期那些以"论"为名的著述，呈现出一个与经学话语相疏离的曲线，形成了与以章句训诂为能事的古文经和大讲"三世""三统""三科六旨"之学的与今文经平行的另一条思想脉络。从桓谭的《新论》到王充的《论衡》再到崔寔的《政论》、王符的《潜夫论》及徐幹的《中说》，基本上没有哪一家是根本上反对儒学的，也没有一家是真正认同经学的。这些著述的特点，一是差不多都"不守章句之学"。这些著作的作者们根本不屑于做"皓首穷经"的事业，在他们看来那是毫无意义的。二是差不多都拒斥谶纬图说之类的东西，如桓谭差一点因反对图谶之说而被光武帝杀掉。在桓谭、王充等人看来，图谶不过是蒙人的鬼把戏而已。三是基本上都对现实政治比较敏感，有强烈的干预意识。甚至可以说，东汉这些以"论"名之的著作，基本上都是针对现实问题而作的，都是有感而发的。四是这些著述的作者大都十分博学，见识宏通。由于有这些特点，这些著作主要内容乃是对经学传统以外的文化现象，特别是现实问题的论述，如桓谭《新论》有《道赋》《琴道》二篇，分别对辞赋创作与琴的历史与功能发表看法。而王充的《论衡》则涉及当时知识界几乎方方面面，显示出令人惊讶的博学洽闻。王符的《潜夫论》也涉及政事、经济、哲学、风俗等许多方面。"论"体著述的这些特征有着强烈的政治性与文化意蕴。现分述如下：

从政治性角度看，"论"这一文体原本就是士人阶层政治干预意识的产物。春秋战国之际，私学是新兴士人阶层产生的摇篮，而"论"，即"论说"或"论辩"则是私学教育的基本方式，可以说士人阶层即是伴随着"论说"活动而诞生的。"论说"也就成为士人阶层借以安身立命的基本技能。

授徒讲学、游说诸侯都离不开"论说"与"论辩"①。"论说"与"论辩"是一种语言交流能力与行为，也就是"孔门四科"中的"言语"。其最高表达形式便是诸子百家之学。于是"论说"与"论辩"也就成为士人阶层以"四民之首"得以与农、工、商并立于世的主要生存方式。诸子百家之学，或论说治国之道，或论说做人的道理，或论说宇宙自然之理，总之差不多都是"弥纶群言而精研一理"的"论"体文章。因此这一文体从开始就具有鲜明的政治性，是士人阶层政治参与的主要方式。然而到了大一统的汉代，特别是"独尊儒术"、经学大兴之后的时期，那种"论"体著述就鲜觅其踪了，原因很简单，统治者不需要那种自由表达的"论"，而只需要寻章摘句的"述"。"论"体著述从先秦诸子的基本言说方式到汉代经学兴盛时期的偶见之作，这一现象表明了统治阶层对意识形态控制的有效性。而"论"体著述的大量出现，就必然是这种意识形态控制相对疲软之时。无论是西汉后期还是东汉后期都是如此。因此，"论"虽然是一种文体，看上去似乎应该是中性的，但在先秦两汉的历史语境中，也就带上了极为明显的政治性色彩。东汉后期，皇帝昏庸，外戚与宦官的权力之争愈演愈烈，朝政紊乱，于是在士大夫阶层中激发起一种拯救天下的强烈的历史使命感与政治责任感。史籍载：

> 逮桓灵之间，主荒政缪，国命委于阉寺，士子羞与为伍，故匹夫抗愤，处士横议，遂乃激扬名声，互相题拂，品核公卿，裁量执政，婞直

---

① 《论语·宪问》："子曰：'邦有道，危言危行；邦无道，危行言孙。'"又："子曰：'有德者，必有言。有言者，不必有德。'"《孟子·滕文公下》公都子曰："外人皆称夫子好辩，敢问何也？"孟子曰："予岂好辩哉？予不得已也……圣王不作，诸侯放恣，处士横议，杨朱墨翟之言盈天下。天下之言，不归杨，则归墨。杨氏为我，是无君也；墨氏兼爱，是无父也。无父无君，是禽兽也。公明仪曰：'庖有肥肉，厩有肥马，民有饥色，野有饿莩，此率兽而食人也。'杨墨之道不息，孔子之道不著，是邪说诬民，充塞仁义也。仁义充塞，则率兽食人，人将相食。吾为此惧。闲先圣之道，距杨墨，放淫辞，邪说者不得作。作于其心，害于其事；作于其事，害于其政。圣人复起，不易吾言矣……我亦欲正人心，息邪说，距跛行，放淫辞，以承三圣者。岂好辩哉？予不得已也。"

之风,于斯行矣。(《后汉书·党锢列传》)

这说明在士林中形成了一股强大的政治热情,凡直言敢谏、勇于发表批评执政者意见的士人就会受到舆论追捧。这便是"论"体著述大量产生的现实条件与强大动力了。另外,东汉后期的这种"主荒政缪"状态也严重影响了朝廷对知识阶层与知识界控制的有效性,掌控权力的外戚、宦官们的主要精力都放在争权夺利、相互倾轧上了。这样,从某种意义上说,东汉后期的士人思想家获得了相对意义上的自由言说的权利。于是"论"体著作就大量涌现了。

从"论"体具有的文化意蕴角度看,则经学的衰微是这一文体兴盛的思想史原因。经学原本是君权与士人阶层"共谋"的产物,是士人阶层在君主专制的大一统政治格局中获得重要位置这一政治现象的学术表征,是士人阶层长期努力的结果。但是随着经学的发展,其与政治利益的联系越来越紧密,是否被"立学官",是否受到执政者重视,在士林中能否有更多人信从,都成为经学家们能否飞黄腾达的条件。原本是一种意识形态建构,是一种学术研究,渐渐却成了争权夺利的场所。更有甚者,这种在利益驱动下的经学,为了在竞争中崭露头角,渐渐步入歧途:今文经的末流是玄学化、神秘化,古文经的末流则是烦琐化。在这种情况下,经学这种原本承担着国家意识形态建构与士人制衡君权双重任务的话语系统,已经失去了其应有的作用,沦为追名逐利的手段。于是那些头脑清醒、有使命感的士人思想家就试图跳出经学藩篱,另行寻找有效的言说方式,"论"这种文体便因此而大受青睐了。如此看来,"论"是彼时有责任感和使命感的士人思想家主体精神的话语表征。王充说他作《论衡》是有感于"虚妄之言胜真美"而"所以诠轻重之言,立真伪之平"(《论衡·对作》)。桓宽说:"夫著作书论者,乃欲阐弘大道,述明圣教,推演事义,尽极情类,记是贬非,以为法式,当时可行,后世可修。"(《世要论·序作》)这是何等志向!也是"立法者"的宣言。在那些皓首穷经的儒生们不能担当为天下立法的伟大任务时,他们就挺身而出了。

从另一个角度看,"论"体著述的大兴,又是士人思想家对沉溺于描情状物的辞赋之士的拒斥与反拨。《中论序》云:

> 君之性,常欲损世之有余,益俗之不足。见辞人美丽之文,并时而作,曾无阐弘大义,敷散道教,上求圣人之中,下救流俗之昏者,故废诗赋颂铭赞之文,著《中论》之书二十篇。[①]

盖自汉灵帝设鸿都门之后,许多辞赋之作有追求华词丽藻倾向。徐幹著《中论》即含有矫正时弊之意。"论"之为体,在于阐明道理,与表达个人情趣的歌诗辞赋之作原本就是二途。在唯美的诗词歌赋开始兴盛的时代,"论"体著作就承担起弘扬大道、针砭时弊的重任。这就显现出传统士大夫与新兴文人在身份与趣味上的内在冲突。传统士大夫以天下为己任,自认为是"道"的承担者,有所言说,必定关乎国计民生,对诗词歌赋之类一般是不屑为之的,即使为之,亦心存鄙视。新兴文人则是士大夫阶层衍生出的一种新的身份,具有"文人"这一身份的人既有传统士大夫身上那种强烈的政治干预意识,又有着表达个人情趣的闲情逸致。在他们的精神世界中保留着一片超越或游离于社会政治之外的空间。东汉的张衡、傅毅、班固、蔡邕以及汉魏之际的"建安七子"是这类人的代表。他们与后世那种把吟诗作赋,书写个人情趣视为主业的纯文人大不相同。即如徐幹,在写《中论》的时候,他是传统士大夫身份,在写《室思》《答刘桢》等五言诗的时候,他是文人。这两种身份有着不同的价值指向,常常存在矛盾冲突。例如,曹丕的《典论·论文》就非常突出地表现出这种矛盾:在文章一开始他先是赋予文章以"经国之大业"的重大使命,接下来却一句不讲文章如何可以成为经国之大业,而是大讲"文以气为主"的文学个性特征,二者完全是两种评价系

[①]《中论序》,见(明)程荣辑:《汉魏丛书》,565页,长春,吉林大学出版社,1992。

统的产物，置于一处显得不伦不类。这正是"士大夫"与"文人"两种身份冲突的话语表征。又如曹植，诗歌辞赋都是一流水平，所谓"骨气奇高，辞采华茂"（钟嵘《诗品》），并因此在当时士林享有很高威望。然而他本人却始终郁郁寡欢，认为自己是失败者，以为自己在文学上的成绩与威望微不足道。这说明在曹植心目中依然是建功立业的士大夫情怀占据主导地位。他拥有文人身份，但对这一身份的认同感尚有所不足。只是到了后来的萧统、沈约、刘勰、钟嵘等人那里，对于文人身份的认同才达到与对士大夫身份的认同可以等量齐观的程度。

总之，"论"作为一种文体实践在先秦时期已经很成熟了，诸子百家的著述多数都属于这一文体。在两汉的经学语境中，这一文体却长期处于边缘状态，不为主流话语所认可。只是到了东汉中后期，这一文体才重新获得普遍重视，成为士大夫阶层主要的言说方式。与"论"的文体实践不同，"论"的文体观是到了东汉时期才渐渐成熟起来的。"论"这一文体从中心走向边缘，又从边缘重回中心，这一演变过程与士人阶层身份认同以及价值诉求的变化紧密相关。"论"的文体观的成熟过程可以理解为士人阶层疏离于经学传统，不断寻找新的言说方式以表达日渐挺立的独立精神的过程。

第二十五章
汉魏之际"文人"身份特征及其对文学观念之影响

以建安时期为中心的汉魏之际,知识阶层的"身份"发生了较大变化——他们处于"士大夫"与"文人"两种身份的激烈冲突之中,这种冲突所导致的心理焦虑对此期文学观念产生了重要影响。"士大夫"是知识阶层的基本身份,自西汉武帝以来此一身份主要由儒生、儒生出身的官吏以及文吏所承当。到了东汉后期,由于士大夫身份长期得到尊崇,故而形成了诸多官僚家族与经学世家二者合一的高门显族。"文人"身份主要由所谓"辞赋之士""文章之士"承担,西汉时期他们主要被帝王宗室所豢养,实为"宫廷文人"。东汉中期以后,这一身份蔓延开来,社会中多有在经学之外还致力于辞赋、歌诗等文章写作以及绘画、书法、音乐创作者。张衡、班固、傅毅、蔡邕是其代表者。于是在"士大夫"与"文人"这两种身份之间就出现了价值取向上的冲突:"士大夫"的"通经致用"、"以天下为己任"与"文人"的抒写个人情趣的"美丽之文"成为两种对立的选择。这种身份冲突表现于汉魏之际文学创作与文学观念上,是导致此时期独特的诗文风格与批评标准的主要原因。

曹丕《典论·论文》开篇有言:"文人相轻,自古而然。"这八个字中蕴含着许多文化信息与可追问的问题常常为人们所忽略。比如,从曹丕的行文中可知"文人"在当时已经成为一个对某类人的固定称谓。那么问题来了:

什么是"文人"？哪些人可以称为"文人"？那些"经明行修"的儒生算不算是"文人"？对这些问题曹丕自然明了，但今日读这篇文字的人却未必明了。又如，我们从这句话里还可以知道，在建安时期"文人相轻"早已经是一种文化惯习了，这说明社会上久已经形成了一套关于"文人"的评价系统与标准，否则他们之间就无法"相轻"。那么问题又来了：这套评价标准是什么？它们是如何形成的？它们与在汉代居于主导地位的经学价值观有着怎样的关联？这些问题都涉及文化史、思想史的根本性问题，也是文学史、文学批评史绕不过去的重要问题。

"文人"是中国古代知识阶层中的某些人在特定历史时期产生的一种新的"身份"，它标志着这些人的一种能力。这种"能力"被社会主流话语所认可是一个历史的过程。在这一过程中，东汉末期，特别是建安时期是一个极为重要的时期，这个时期在"文人身份"的形成过程具有"过渡"性质。在下面的讨论中，我们就对这一"过渡性质"的"文人身份"之特征及其对文学观念的影响予以阐释。

◎ 第一节
文学与文章

从政治史的角度看，汉代士大夫的主要身份应该是"君权的合作者"或者"官僚及官僚的后备军"，他们与皇帝、宗室、功臣、外戚、宦官等共同构成了当时的统治阶层，从这个意义上说，"士大夫"主要是指一种政治身份；而从文化史、思想史的发展看，汉代士大夫之主流无疑是那些儒生和儒生出身的官吏，他们承担着此一时期具有主导性的学术文化，造就了所谓"经学时代"。在这个意义上说，"士大夫"又是一种文化身份。在西汉时期，用来指称文化学术行为，特别是文字书写的词语主要是"文学"与"文章"。"文学"一词主要指儒家"六艺"之学即经学而言①。"文章"则主要指经学之外的著述，包括史传、奏议、书论及辞赋之属②。总体观之，"文章"的地位远不如"文学"重要。因此那些通经的"文学之士"就远比史家或文章辞赋之士受到重视。公孙弘的封侯拜相与东方朔、司马相如及司马迁的不得志之间的鲜明对比就是明证。思想舆论上也自然就以"俳优畜之"评价文章辞赋之士，以"壮夫不为"的"小道"鄙视文章辞赋。到了东汉时期，尽管经学依然昌明，却已经有人持不同意见了。例如，王充就有"文儒"与"世儒"之辨，谓"著作者为文儒，说经者为世儒"。观王充之论，显然有崇"文儒"而贬"世儒"之意。（《论衡·书解》）王充的所谓"文儒"是指陆贾、司马迁、司马相如、刘向、扬雄、桓谭这类"深于作文"的人，又称为"文章之徒"或"著作者"③。在这里王充显然有为"文章"和"文章之士"正名的意

---

① "文学"这个词语孔子那里指涉的范围极广，作为孔门四科之一的"文学"，所谓"文学，子游子夏"，是泛指一切古代典章制度与文献学问。到了汉代主要指以"六艺"为代表的古代典籍与学问，但又不限于"六艺"，如《史记》卷四十六："宣王喜文学游说之士，自如驺衍、淳于髡、田骈、接子、慎到、环渊之徒七十六人，皆赐列第，为上大夫。"这里列举的人物有阴阳家、法家、道家等，可知在司马迁那里，"文学"并非儒家"六艺"的专称。而到了西汉后期，如在《盐铁论》的语境中，"文学"就成为儒学或儒生的专指了。

② "文章"一词，最初的含义是指错杂的色彩或花纹，如《史记·礼书》："故礼者养也。稻粱五味，所以养口也；椒兰芬茝，所以养鼻也；钟鼓管弦，所以养耳也；刻镂文章，所以养目也。"又《后汉书·张衡传》："文章焕以粲烂兮，美纷纭以从风。"后引申为有德之人的外在表现，《论语·公冶长》："子贡曰：'夫子之文章，可得而闻也；夫子之言性与天道，不可得而闻也。'"朱熹集注："文章，德之见于外者，威仪、文辞皆是也。"又引申为礼乐制度，《礼记·大传》："考文章，改正朔。"郑玄注："文章，礼法也。"孙希旦集解："文章，谓礼乐制度。"《论语·泰伯》："巍巍乎其有成功也，焕乎其有文章。"朱熹集注："文章，礼乐法度也。"后又指称文辞或独立成篇的文字。又如《史记·儒林列传序》："臣谨案诏书律令下者，明天人分际，通古今之义，文章尔雅，训辞深厚，恩施甚美。"又《后汉书·延笃传》："能著文章，有名京师。"在汉代语境中，"文章"主要是指辞赋、歌诗、奏议、书论、史传等书写形式。

③ 在王充那里也有"文人"称谓，其云："故夫能说一经者为儒生，博览古今者为通人，采掇传书以上书奏记者为文人，能精思著文连结篇章者为鸿儒。故儒生逾俗人，通人胜儒生，文人逾通人，鸿儒超文人。故夫鸿儒，所谓超而又超者也。"（《论衡·超奇》）又："文人宜遵五经六艺为文，诸子传书为文，造论著说为文，上书奏记为文，文德之操为文。立五文在世，皆当贤也。造论著说之文，尤宜劳焉。"（《论衡·佚文》）这里的"文人"差不多就是那种可以撰写一般官方文书的"文吏"，与"文儒"颇有不同。王充在《书解》篇中所说的"文儒"即是《超奇》篇的"鸿儒"。这是王充所最为推崇的身份。

思，支撑他产生这样的正名冲动的，则是司马迁、司马相如、扬雄、刘向、桓谭等人那些疏离于经学之外的辉煌的个人著述。王充本人也以一部恢宏的巨著来延续并弘扬了这一个人著述的传统。

曹丕所说的"文人"显然是与王充的"文儒"或"文章之徒"、"著作者"一脉相承的。在他所列举的"今之文人"即"建安七子"中，王粲长于"辞赋"，陈琳、阮瑀长于"章表书记"，徐幹则以一部《中论》被赞为"成一家之言"。再看其"四科八体"之说，史传已然不在其列。这说明，在汉魏之际，"文"的范围已经大大缩小，虽然还不仅仅限于诗歌辞赋之类，却显然已经是以具有个人创造性的文体为准则了。这也正是曹丕"文以气为主"之说提出的思想基础。在两汉文化语境中，"奏议、书论、铭诔、诗赋"等文体都是最可以显示个人精神气质的文章类型。因此也形成了比较成熟的评价标准。在这一时期，凡是在这些文章类型的写作方面有所成就的人就被称为"文人"。

通过以上简要叙述我们可以看出，汉魏之际文人的文化思想资源主要有二：一是"文学"，主要是"六艺"与诸子百家之学；二是"文章"，即两汉时期渐趋成熟并形成传统的辞赋、歌诗、奏议、书论、史传等书写形式。他们既是系统地受过经学教育的人，也是深通各种文体写作的人。对这两大传统的继承与改造就构成了他们这批文人最基本的知识结构与思想基础。由此可知，汉魏之际的文人与传统儒家经生在身份上有着重要区别，他们有着不同的思想传统。

作为主流意识形态，"六艺"之学或经学对汉魏之际的文人当然会发生重要影响，但是他们所接受的经学也已经不同于传统经学了。兴盛了数百年的传统经学到了东汉中后期已经发生了重要变化，这主要表现在经学的知识化趋势上。

所谓"经学的知识化"是指西汉以来"通经致用"的传统被突破，论者主要不再把经学视为意识形态或政治性话语，而是把它当作一种知识系统来考察，只论其真伪，无论其是非。经学原本是汉代士大夫阶层与以君主为核心的统治集团共同倡导并建构的国家意识形态。从士大夫阶层立场看，经学是他们制衡君权、推行儒家价值观从而为天下建立价值秩序的手段；从统治集团角度看，则经学乃是证明汉朝君权统治合法性的工具。这就使得经学从一开始就具有价值取向上的二重性，具有极为强烈的政治性与意识形态性。经学的这一特征在《春秋》"公羊学"中表现得尤为突出，故而西汉之时，经学的核心乃是公羊学。但是随着士大夫阶层与统治集团关系的趋于模式化，随着儒家意识形态渐渐落实为人们的日常伦理准则，再加上统治集团内部的争权夺利，经学的意识形态功能与政治性也就大打折扣了。在这种情况下，某部经典是否立于学官，已经不像武帝时那样表征着儒家士大夫与以宗室、外戚、功臣为代表的统治集团之间的政治角逐，而是成了儒家士大夫内部争夺权力与利益的方式。今文经与古文经的此消彼长正可视为经学意识形态色彩弱化的表现。到了汉魏之间，就士大夫的主流意识而言，经学已经成为一种知识体系，而非政治话语。汉末桓灵之时何休的《春秋公羊解诂》堪称政治性经学的回光返照。今文学对义理的富有想象性的探求导致纬书的趋于神秘，虽有一时之兴，必然走向衰颓。到了马融、郑玄，则主要是从知识层面上全面整理支离破碎的经学了。郑玄的《三礼注》之所以受到广泛称赞，就是由于他在这里显示出极为广博的、通达的学识，使那些晦涩难明的礼仪规定与名物称谓为人所知晓。朱熹尝云："郑康成是个好人，考礼名数大有功。"[①]这正是肯定了郑玄在知识层面上对"三礼"的贡献。经学成为知识系统，一方面说明它的意识形态功能已经完成，另一方面也说明士大夫阶层精神旨趣的变化。这种变化在经学的"玄学化"过程得到了充分的显现。"经学的玄学化"是"经学知识化"的一种表现形式。经学知识化的结果之一是儒生们可以通过对经学知识掌握的广度来获得尊重，在经学方面的博闻强记成为衡量一个儒生价值的重要标准。久而久之，对经义理解的深度也自然地就成为儒生价值的重要标准。对经义进行探赜索隐式的研究与讨

[①] （宋）黎靖德编：《朱子语类》，2226 页，北京，中华书局，1986。

论就是经学的玄学化。《后汉书·儒林列传》云："本初元年，梁太后诏曰：'大将军下至六百石，悉遣子就学，每岁辄于乡射月一飨会之，以此为常。'自是游学增盛，至三万余生。然章句渐疏，而多以浮华相尚，儒者之风盖衰矣。"这里所谓"章句渐疏，而多以浮华相尚"正是指经学的玄学化倾向而言。

经学的知识化、玄学化是对经学神圣性、权威性的一种消解。这显示出汉魏之际的士大夫阶层已经不那么笃信儒家经典，其价值取向面临重构。这预示着一个在精神面貌上焕然一新的知识阶层即将出现了。他们与传统士大夫在人生观和自我意识上都出现了根本性变化，对自身价值也有了新的期许。文学的繁荣发展也因此而获得难得的契机。

◎ 第二节
儒家与道家

汉魏之际的文人既是汉代文人的发展，又是六朝文人的肇始，他们是"过渡性"人物。这种"过渡性"在学术旨趣与价值取向上主要表现为儒学与道家之学的融合互渗。

儒、道两家学术在汉代有一个此消彼长的竞争过程。汉初先秦百家之学俱陈于一统天下的炎汉王朝面前，士大夫各秉其术，无不希望得到执政者之青睐。最初齐人盖公见知于齐相国曹参，其黄老之学深为后者所服膺。曹参旋即入朝为汉相，遂使黄老刑名之术一时成为汉家国策。后来经过儒生半个世纪的努力，终于战胜黄老之学，使儒学定于一尊。于是儒学演变为经学，被建构为国家意识形态。此后三百年间，道家之学被边缘化为少数人私下传承的学问。一直到了东汉中后期，道家学说长期衰颓的情形才开始发生变化，老庄之说开始进入士大夫的言说之中。桓帝时儒者朱穆尝作《崇厚论》一文，其云：

> 夫俗之薄也，有自来矣。故仲尼叹曰："大道之行也，而丘不与焉。"盖伤之也。夫道者，以天下为一，在彼犹在己也。故行违于道则愧生于心，非畏义也；事违于理则负结于意，非悼礼也。故率性而行谓之道，得其天性谓之德。德性失然后贵仁义，是以仁义起而道德迁，礼法兴而淳朴散。故道德以仁义为薄，淳朴以礼法为贼也。夫中世之所敦，已为上世之所薄，况又薄于此乎！
>
> 故夫天不崇大则覆帱不广，地不深厚则载物不博，人不敦庞则道数不远。昔在仲尼不失旧于原壤，楚严不忍章于绝缨。由此观之，圣贤之德敦矣。老氏之经曰："大丈夫处其厚不处其薄，居其实不居其华，故去彼取此。"夫时有薄而厚施，行有失而惠用。故覆人之过者，敦之道也；救人之失者，厚之行也。①

盖桓灵之际，朝政混乱，外戚擅权，士大夫中趋炎附势者所在多有；儒家礼教已经成为许多人邀名的工具，朱穆此文乃为拯救时弊而作。观其所持道德标准，诚可谓儒、道兼具之论。其主旨是提倡敦厚，标准是道家的自然淳朴。其关于道德、仁义、礼法的理解都是融合了儒、道二家之说。根本上是要在儒家伦理中引进道家精神，用自然、淳朴、敦厚的人性来矫正那种虚伪的仁义、礼法，使仁义礼智重新建立在敦厚天性基础之上。

从朱穆这篇《崇厚论》可以看出，汉末儒者援道入儒，乃是要以道家的古朴自然来矫正名教沦于虚伪之弊。由于看到了道家之学的实际价值，在东汉后期，儒、道兼修已经成为普遍的士林风气。现举数例如下：

翟酺字子超，是东汉安帝、顺帝时期的士大夫。其家族"四世传

---

① （南朝宋）范晔：《后汉书》，1463~1464页，北京，中华书局，1965。

《诗》",堪称经学世家。但他又"好老子,尤善图纬、天文、历算"。时安帝重用外戚,醻上疏谏曰:

> 昔窦、邓之宠,倾动四方,兼官重绂,盈金积货,至使议弄神器,改更社稷。……故孔子曰"吐珠于泽,谁能不含";老子称"国之利器,不可以示人"。此最安危之极戒,社稷之深计也。①

在给君主的奏议中,他将孔、老一并引为论据,一方面表明作者儒道兼修的价值取向与知识结构,另一方面也显示出道家学说在统治阶层中渐渐增强的影响力。到了建安时期,这种情形就更为普遍,曹魏集团的著名文人吴质《答东阿王书》云:

> 若质之志,实在所天。思投印释韨,朝夕侍坐,钻仲尼之遗训,览老氏之要言,对清酤而不酌,抑佳肴而不享,使西施出帏,嫫母侍侧,斯盛德之所蹈,明哲之所保也。②

这里孔老并举,说明儒、道两家价值观在论者的心目中已然不分轩轾。又阮瑀尝作《文质论》,其有云:

> 若乃阳春敷华,遇冲风而陨落;素叶变秋,既究物而定体。丽物苦伪,丑器多牢;华璧易碎,金铁难陶。故言多方者,中难处也;术饶津者,要难求也;意弘博者,情难足也;性明察者,下难事也。通士以四奇高人,必有四难之忌。且少言辞者,政不烦也;寡知见者,物不扰也。专一道者,思不散也;混濛蒙者,民不备也。质士以四短违人,必有四安之报。故曹参相齐,寄托狱市,欲令奸人有所容立,及为宰相,

---

① (南朝宋)范晔:《后汉书》,1603页,北京,中华书局,1965。
② (南朝梁)萧统编:《文选》,596页,北京,中华书局,1977。

饮酒而已。故夫安刘氏者周勃，正嫡位者周勃，大臣木强，不至华言。孝文上林苑欲拜啬夫，释之前谏，意崇敦朴。自是以降，其为宰相，皆取坚强一学之士，安用奇才，使变典法？①

在文人纷纷创作华美之文的汉末魏初，如此重质轻文的主张已经不多见了，观其学理依据，盖出于老庄之学。这段文字中可以说是表达了道家大巧若拙、大智若愚，崇尚自然朴拙，反对华词丽藻的价值取向。

另外东汉中叶以后多有儒者为老子作注，如大儒马融、精于《左氏春秋》的董遇、精研《周易》的虞翻等。而于表奏书论中征引老子以为论据者，则不可胜数。做学问、论政事是如此，在为人处世方面，文人们也不再像以前的儒者经生那样循规蹈矩了，他们开始变得自然洒脱起来。例如汉末思想家仲长统就是这样具有洒脱逍遥品行的人，《后汉书》本传说他"常以为凡游帝王者，欲以立身扬名耳，而名不常存，人生易灭，优游偃仰，可以自娱，欲卜居清旷，以乐其志"。尝作诗二首，其一云：

> 飞鸟遗迹，蝉蜕亡壳。腾蛇弃鳞，神龙丧角。至人能变，达士拔俗。乘云无辔，骋风无足。垂露成帏，张霄成幄。沆瀣当餐，九阳代烛。恒星艳珠，朝霞润玉。六合之内，恣心所欲。人事可遗，何为局促？②

诗中充满了对庄子达观顺变、逍遥自适精神的向往。然观其所著之《昌言》，则充满对现实政治状况的愤激不平与批判精神，所秉之价值准则基本上是儒家的仁爱忠信之属，殊少道家自然无为之意。由此可知，这是一位具有二重性文化人格的读书人，一方面是道家的超尘拔俗、适性而为，另一方面则是儒家的格君心之非、以天下为己任。两种截然不同的人格类型被统一在他一人身上了。其实这样的人格类型在仲长统之前数十年的安帝、顺帝时

---

① （唐）欧阳询等编纂：《艺文类聚》，411页，上海，上海古籍出版社，1965。
② （南朝宋）范晔：《后汉书》，1645页，北京，中华书局，1965。

期已经有了，大儒马融就堪称代表，《后汉书》本传载："融才高博洽，为世通儒，教养诸生，常有千数。涿郡卢植，北海郑玄，皆其徒也。善鼓琴，好吹笛，达生任性，不拘儒者之节。居字器服，多存侈饰。尝坐高堂，施绛纱帐，前授生徒，后列女乐，弟子以次相传，鲜有入其室者。"[①]既有儒家的等级森严、繁文缛节，复有道家顺时达变、任性逍遥，其为人处世看上去与那些崇尚老庄的六朝名士颇为接近了。其又尝为《老子》《淮南子》作注，可见也是位具有儒道双重文化人格的人物。这都可视为"士大夫"与"文人"二重身份之冲突的表现。

其实在汉魏之际文人身上，基本上都可以看出道家思想的影响，大都具有出世与入世、适性逍遥与建功立业双重价值取向。那种恪守儒家一家之说的人物是比较少见了。考其原因，论者多从儒学自身发展寻之，以为章句之学，日渐烦琐，而名教伦理，束缚人性，再加上朝政混乱、天下大乱，都是造成儒学衰落、道家兴起的原因。其实老庄之学之所以可以堂皇进入书论奏议等主流话语之中，帝王的信奉也是重要原因。据史书记载，桓、灵二帝均喜读道教经典《太平清领书》，桓帝更曾于延熹八年两次派人到苦县祭祀老子，颇好黄老神仙之术。这对于老子及道家学说地位的提升无疑具有重要作用。"上有所好，下必甚焉"，士大夫们孔老并举也就不足为怪了。道教的神仙方术虽然可以使人们沉迷于幽眇虚幻之途，但也是启发人们关注个体生命的契机，其于汉魏六朝文人精神世界的重要影响无疑是深远的。

经学的知识化、玄学化消解了儒学至高无上的神圣地位，道家学说的复苏又为文人们开启另一片精神空间。这种儒道混溶互渗的情况对于汉魏之际的文人来说具有重要意义，可以说是造成他们摆脱名教束缚、关注个体生命价值的主要思想基础。

[①]（南朝宋）范晔：《后汉书》，1972页，北京，中华书局，1965。

◎ 第三节
典籍与篇章

除了经学传统之外，汉魏之际的文人所接受的另一重要传统是两汉的"文章"之学。没有经学传统固然不能造就汉魏文人的思想结构，而没有"文章"传统，更不会出现名垂青史的建安文人。陆贾、贾谊、司马相如、枚乘、司马迁、刘向、扬雄、桓谭、班固、张衡、傅毅、王充、赵壹、蔡邕、仲长统等等，都是建安文人的前辈，没有他们形成的那种疏离于经学传统之外的文章写作传统，魏晋六朝文学的繁荣兴盛无疑是难以想象的[1]。经学传统在东汉后期已经融进道家之说，形成儒道互渗的新的学术传统；而文章传统则呈现出由实用向着审美倾斜的趋势。对于这两大传统的影响，汉魏之际的文人也有自觉。王符《潜夫论》有云：

> 今学问之士，好语虚无之事，争著雕丽之文，以求见异于世，品人鲜识，从而高之。此伤道德之实，而或曚夫之大者也。[2]

王符这里所批评的两种倾向，前者为学术走向，主要指谶纬言，后者为文章走向，主要指辞赋言。一是儒学的玄学化，一是文章的藻饰化。王符是站在传统"通经致用"与章句训诂之学的立场上对这两种走向提出批评的，这也代表了那些在学术文化变化面前茫然无措的儒生之心态。

观此期文人著述，常常"典籍"与"篇章"并举，其中即透露出对经学传统与文章传统这两大文化资源的双重重视。现举数例以证之：

---

[1] 建安文人多直接受惠于汉末文章大家蔡邕。蔡邕对王粲的提携奖掖为一时佳话，而阮瑀、路粹等都是蔡邕的弟子。
[2] （汉）王符：《潜夫论》，3页，上海，上海古籍出版社，1990。

> 伏惟太子，研精典籍，留思篇章，览照幽微，才不世出。(《艺文类聚·赞述太子赋并上赋表》)
>
> 陛下即位之初，先涉经术，听政余日，观省篇章，聊以游意，当代博弈，非以教化取士之本。①
>
> 窃不自量，卒欲寝伏仪下，思惟精意，案度成数，扶以文义，润以道术，着成篇章。罪恶无状，投畀有北，灰灭雨绝，世路无由。②
>
> 伏惟所天，优游典籍之场，休息篇章之囿。发言抗论，穷理尽微；摛藻下笔，鸾龙之文奋矣。③

这里的"典籍"与"经术""道术"等意义相近，是指以儒家经典为主的学术，侧重在义理；而"篇章"则是指文章，侧重在藻饰。对于汉魏之际的文人来说，以儒学为主，兼容道、法的学术传统与文章写作传统是构成其基本知识结构与价值取向的主要文化资源。而对两者的兼顾与融合，则是他们自觉的话语建构行为。对汉魏文人来说，"典籍"或"经术"是需要深思精研、穷理尽微的，标准是理解得深刻准确；"篇章"则是用来"游意""休息"的，其标准是文采、是美。对"义理"与"辞章"的同时并举是此期文人的重要特征之一，故而他们的诗文虽然渐趋华丽，然空洞无物者绝少。到了正始之后，文人们渐渐分为二途：一是由经术而趋于玄思者，以何晏、王弼为代表；二是由文章而趋于藻饰者，以太康年间"三张二陆"等人的繁缛诗风为代表。

汉魏之际的文人这种儒家与道家互渗、"经术"与"文章"并重的知识结构与价值取向对于文学思想与诗文创作具有三个方面的重要影响，现分述之。

第一，个人情趣成为诗文表现的重要内容。老庄之学与儒学的交融互渗改变了文人们以往的知识结构与价值取向，其对于文学思想史具有的重要意

---

① （南朝宋）范晔：《后汉书》，1996 页，北京，中华书局，1965。
② 同上书，3217 页。
③ （南朝梁）萧统编：《文选》，566 页，北京，中华书局，1977。

义就是开出个人精神空间。儒学是一种"集体主体"的思想系统，儒生们不是从个人立场出发言说，而是以天下百姓代言人的立场言说，以建构普遍的政治伦理秩序为旨归。在这里，人的全部精神旨趣基本上都被纳入到人伦关系的范围里。在这样的思想系统之中，超越于伦理规范之外的个人情趣或被忽视，或被压抑，根本没有立足之地。老庄之学虽然也关涉到社会政治，但是其立论往往是从个体生命出发，对个体生命和个人体验有着高度关注。文人们对老庄之学的吸纳，在很大程度上改造了儒学政治伦理的单一价值取向，从而使个人情趣进入他们的关注范围，并堂而皇之地成为言说与书写的重要内容。在这方面产生于此期的《古诗十九首》最能代表一个时代文人的情怀。那种离乡游子的羁旅之愁、宦游无着时的无奈与绝望、因感觉到生命有限性而生的怅惘之情，一一跃然于纸上。这种情形在东汉中叶之前根本是不可想象的。朋友间的交游与诗文酬唱是此期文人生活中的一件大事，因此因朋友的离别与终老而生的感叹及缅怀之情就成为诗文常常表现的主题。曹丕以储君之贵，在文章中也多次表达这种情感。例如，其《与朝歌令吴质书》云：

> 每念昔日南皮之游，诚不可忘。既妙思《六经》，逍遥百氏，弹棋闲射，终以六博，高谈娱心，哀筝顺耳。驰骋北场，旅食南馆。浮甘瓜于清泉，沉朱李于寒水。白日既匿，继以朗月。同乘并载，以游后园。舆轮徐动，参从无声。清风夜起，悲笳微吟。乐往哀来，怆然伤怀。余顾而言，斯乐难常，足下之徒咸以为然。今果分别，各在一方。元瑜长逝，化为异物。每一念至，何时可言！①

这是典型的文人情怀。曹丕出身王侯之家，但与朋友的感情极为深挚。这封书信情真意切，今日读之，依然令人伤怀。在许多诗文中，曹丕、曹植

---

① （三国魏）曹丕：《与朝歌令吴质书》，见（南朝梁）萧统编：《文选》，590～591 页，北京，中华书局，1977。

及"建安七子"之属都表达了相近的感情。

在各种个人情趣之中,此期文人的生命体验达到空前深度。所谓"生命体验"就是人们对生命本身的感受、觉知与体察。《论语》载:"子在川上曰:逝者如斯夫!"就是典型的生命体验。可惜先秦两汉时期的主流话语侧重在社会政治与伦理规范方面,个人的生命体验是受到压抑与遮蔽的。只是到了汉末,这种生命体验才成为文人书写的具有正当性的题材。曹丕说:"年寿有时而尽,荣乐止乎其身,二者必至之常期,未若文章之无穷。"①把文章书写与生命体验相连,以"名声"为肉体生命之延续——这是汉魏之际的文人普遍心态。这种心态不仅开启了六朝文人借诗文吟咏个人情趣的先河,而且导致在诗文批评中大量出现与身体和个体生命相关的语词。稍后,诸如"味""气""神""骨""感""体"等语词都纷纷经由人物品藻而进入诗文书画的评论之中,并进而成为中国古代文艺批评的基本语汇。

第二,崇尚"质""文"并重的文学批评标准。尽管孔子早就有"质胜文则野,文胜质则史,文质彬彬,然后君子"(《论语·雍也》)之谓,但总体言之,先秦两汉文学批评的主调历来是"重质轻文"或"先质后文"的。《韩非子》:"礼为情貌者也,文为质饰者也。夫君子取情而去貌,好质而恶饰。"(《解老》)《淮南子》:"必有其质,乃为之文。"(《本经训》)"饰其外者伤其内……见其文者蔽其质。"(《诠言训》)甚至于建安七子之一的阮瑀作《文质论》,也是强调"质"对于"文"首要性,而同为建安七子的应玚之《文质论》作为对阮作的反驳,才真正代表了汉魏之际已然发生变化的主流观点:

> 盖皇穹肇载,阴阳初分,日月运其光,列宿曜其文,百谷丽于土,芳华茂于春,是以圣人合德天地,禀气淳灵,仰观象于玄表,俯察式于群形,穷神知化,万国是经,故否泰易趋,道无攸一,二政代序,有文

---

① (三国魏)曹丕:《典论·论文》,见(南朝梁)萧统编:《文选》,720页,北京,中华书局,1977。

有质,若乃陶唐建国,成周革命,九官咸乂,济济休令,火龙黼黻,晔晔于廊庙,衮冕旗旒。焉弈乎朝廷,冠德百王,莫参其政,是以仲尼叹焕乎之文,从郁郁之盛也。①

从天地、日月、星辰讲到草木花卉,从唐尧讲到周文武,用自然之道与人类历史为例来尽力证明"质""文"并重的道理。其实自建安以降,持论者绝大多数都是质文并举的,只是有时为了给长期遭到压抑的"文"正名,在论述过程中比较强调"文"的价值而已。例如,蜀汉文士秦宓说:"夫虎生而文炳,凤生而五色,岂以五采自饰画哉? 天性自然也。"②这里似乎没有提到"质",但绝非重文而轻质。这种观点为六朝文人普遍接受,刘勰《文心雕龙·情采篇》所论即与之一脉相承。只是在南朝齐梁之时,有沉迷于声律骈偶的少数宫廷文人眼睛只盯着"文"的一面,对"质"的一面似乎视而不见了。汉末魏初文人的诗文之所以蕴涵深沉厚重而又文采斐然,即是他们这种质文并重的文学观念的最好实践。经过他们在理论与实践两方面的奠基,此后一千多年中,"文"的重要性基本上再也不能为人们所忽视了。

第三,文学风格上的志深笔长、梗概多气。汉魏之际的文人,就其主流而言,虽然注重文采,擅长诗词歌赋,而且接受了道家学说的影响,但他们骨子里基本上依然是传统的儒家士大夫,与孔、孟一样,于乱世之中建功立业,为天下定规则、立法度乃是他们最根本的人生理想。曹丕以"立德扬名,可以不朽"③为人生最高理想,曹植以"戮力上国,流惠下民,建永世之业,留金石之功"④为最终追求,王粲向往"生为百夫雄,死为壮士规"⑤的

---

① (三国魏)应玚:《文质论》,见(唐)欧阳询等编纂:《艺文类聚》卷二十二,411页,上海,上海古籍出版社,1965。
② (晋)陈寿:《三国志》,776页,长沙,岳麓书社,1990。
③ (三国魏)曹丕:《与王朗书》,见(晋)陈寿:《三国志》,71页,长沙,岳麓书社,1990。
④ (三国魏)曹植:《与杨德祖书》,见(晋)陈寿:《三国志》,450页,长沙,岳麓书社,1990。
⑤ (三国魏)王粲:《咏史诗》,见俞绍初辑校:《建安七子集》,86页,北京,中华书局,1989。

人生，更有"外参时明政，内不废家私"①的志向，他念兹在兹的是"冀王道之一平兮，假高衢而骋力"②。徐幹则希望在政治上有所建树，而以"无嘉谋而云补，徒荷禄而蒙私"③为耻。汉末曹魏时期的文人不同于两晋及南朝的那些士族文人，后者以功业世务为耻，前者以建功立业为荣。然而，也正是由于他们有强烈的人世之心，所以他们受到的伤害也就越大。因为在弱肉强食的乱世，这些饱读诗书的文人未必可以找到施展才能的机会，还常常成为军阀、豪强们争权夺利的牺牲品。仕途之渺茫，建功立业理想的破灭以及昔日朋友们的丧亡零落都在他们心理上留下深深的伤痕，而这些都难免在诗文中流露出来。正是这种深刻的心灵创伤才使得汉末曹魏时期的文人感情真挚而深沉。刘勰所谓"志深笔长""梗概多气"就是指那种深沉、真挚、具有一种内在力度的诗文风格。这种风格正是此期文人心态的呈现。正始诗人，如阮籍，依然深沉，但过于悲凉孤寂了，更谈不上"梗概多气"；而太康以后的诗文，或者追求华词丽藻，或者受玄学之风熏染，就既不深沉，更不"梗概"了。一个时期有一个时期的文人风尚，影响所及，诗文风格就自然发生变化。

◎ 第四节
士大夫与文人

在中国历史上，汉末三国是一个极为混乱无序的时期，民生凋敝、战乱不已，而在中国文学史上，这却是一个"文学的繁盛时期"，恰足印证马克思关于"艺术发展与社会发展不平衡"的理论。关于此期文学繁荣形成的原

---

① （三国魏）王粲：《从军诗》，见俞绍初辑校：《建安七子集》，87页，北京，中华书局，1989。
② 同上书，100页。
③ （三国魏）徐幹：《西征赋》，见俞绍初辑校：《建安七子集》，147页，北京，中华书局，1989。

因，傅玄尝云：

> 近者魏武好法术，而天下贵刑名；魏文慕通达，而天下贱守节。其后纲维不摄，而虚无放诞之论盈于朝野，使天下无复清议……①

刘勰则云：

> 自献帝播迁，文学蓬转，建安之末，区宇方辑。魏武以相王之尊，雅爱诗章；文帝以副君之重，妙善辞赋；陈思以公子之豪，下笔琳琅；并体貌英逸，故俊才云蒸。……观其时文，雅好慷慨，良由世积乱离，风衰俗怨，并志深而笔长，故梗概而多气也。（《文心雕龙·时序》）

傅玄是站在传统儒学的立场上看待汉魏之际思想与文学的变化的。对于傅玄"虚无放诞之论盈于朝野"的否定性说法，我们可以做正面解读，将其理解为思想解放、人们敢于言说，文章写作空前繁盛。如此，则在傅玄看来，魏武的"贵刑名"与魏文的"慕通达"都是文人摆脱名教束缚、文章发达的重要原因。而在刘勰看来，则是因为曹氏父子以秉政者的地位而雅好诗文，影响所及，便导致文学的繁荣。至于诗文"志深笔长""梗概多气"的风格，则是由于"世积乱离，风衰俗怨"所致。近人刘师培则云：

> 建安文学，革易前型，迁蜕之由，可得而说：两汉之世，户习七经，虽及子家，必缘经术。魏武治国，颇杂刑名，文体因之，渐趋清峻。一也。建武以还，士民秉礼，迨及建安，渐尚通侻，侻则侈陈哀乐，通则渐藻玄思。二也。献帝之初，诸方棋峙，乘时之士，颇慕纵横，骋词之风，肇端于此。三也。又汉之灵帝，颇好俳词，下习其风，

---

① （晋）傅玄：《上晋武帝疏》，见（唐）房玄龄等撰：《晋书》，1317~1318页，北京，中华书局，1996。

益尚华靡，虽迄魏初，其风未革。四也。①

刘氏综合了傅玄、刘勰的观点，又加以引申，其说更为全面。盖刑名之学，务求循名责实，不尚繁缛，故而文体"清峻"，即"简约严明"之意，此说可以成立。"通倪"即"通脱"，是放达不拘小节之意。东汉崇尚名教，束缚既久，文人们都寻求解脱，恰逢汉季天下大乱，王纲解纽，于是自然而然就"通倪"起来了。精神上挣脱了束缚，在文章书写的时候也就"想说什么就说什么"，可以把以往被压抑的那些个人情感，即喜怒哀乐之类，尽情表达了。这也是符合实际的见解。至于汉末渐渐形成的诗赋创作中的华靡之风与灵帝兴鸿都门学之关系，也是不容否定的事实。如此观之，刘师培的见解是比较全面而中肯的。

但是细读建安文人著述，傅玄、刘勰以及刘师培对建安文学兴盛及风格形成原因的分析，似乎依然有所不足。他们对文化语境的变化之于文人心态及文章风格的影响把握比较准确，但对于"变"与"不变"之间的紧张关系似乎重视不够，其实正是这种紧张关系构成了建安文人的身份冲突，而这种身份冲突对文学的影响则是更为直接和决定性。这里的关键乃在于知识阶层身份的转换——士大夫与文人双重身份的契合与对立。士大夫是古代知识阶层的基本身份，"读书—做官"是他们人生旅途的基本模式。在这一模式中，文章书写原本是士大夫发表政治见解、履行其行政职能的基本技能。在先秦两汉时期，诗、赋、表、奏、论、议等文体都有极为鲜明的政治功能。文章的虞情功能或鉴赏功能是在政治功能或实用功能的基础上衍生出来的，而这一文章功能的衍生过程，也就是文章写作主体从士大夫身份衍生出"文人"身份的过程。文章书写获得独立的鉴赏功能，也就意味着"文人"身份获得了某种独立性。汉魏之际正是这一过程的关键时期。这是一个过渡时

---

① 刘师培：《中国中古文学史讲义》，见陈引驰编校：《刘师培中古文学论集》，8页，北京，中国社会科学出版社，1997。

期,是"文人"身份即将成熟与独立的时期。此时文章作者的全部书写都依违于"士大夫"与"文人"的双重身份之间,正是这一身份的双重性与内在冲突对此期文学的繁盛及种种特征造成了决定性影响。我们来看例证:

蔡邕,汉末最著名的文章之士,诗、赋、诔、铭、碑、赞、连珠、表奏、论议均为人称道,为一时文宗。然而,对于灵帝置鸿都门学,招揽辞赋之士,他却强烈反对,其上封事云:

> 臣闻古者取士,必使诸侯岁贡。孝武之世,郡举孝廉,又有贤良、文学之选,于是名臣辈出,文武并兴。汉之得人,数路而已。夫书画辞赋,才之小者,匡国理政,未有其能。陛下即位之初,先涉经术,听政余日,观省篇章,聊以游意,当代博弈,非以教化取士之本。而诸生竞利,作者鼎沸。其高者颇引经训风喻之言;下则连偶俗语,有类俳优;或窃成文,虚冒名氏。臣每受诏于盛化门,差次录第,其未及者,亦复随辈皆见拜擢。既加之恩,难复收改,但守奉禄,于义已弘,不可复使理人及仕州郡。昔孝宣会诸儒于石渠,章帝集学士于白虎,通经释义,其事优大,文武之道,所宜从之。若乃小能小善,虽有可观,孔子以为"致远则泥",君子故当志其大者。①

这样一位以文章书画辞赋名世的才学之士,却对书画辞赋刻意贬损,谓之"有类俳优""小能小善",这说明什么? 这说明他的人生理想是要做一位能够建功立业、治国平天下的政治家,或者能格君心之非的帝王师,而这正是传统士大夫心向往之的。早于他的扬雄和稍晚于他的曹植以及后世的李白、杜甫之属,莫不如此。成功的士大夫始终是中国古代读书人的最高理想。孟子提出"天爵""人爵"之辨以及"道""势"之辨,看上去是使道德价值高于政治权力,实际上乃是为了倡导一种"有道德约束的政治权力",

---

① (汉)蔡邕:《上封事》,见(南朝宋)范晔:《后汉书》,1996~1997页,北京,中华书局,1965。

这正是所谓"内圣外王"之道的主要含义之一,"内圣"的目的还在于"外王"。孔子说圣人方能达到"博施于民而能济众"(《论语·雍也》),也是同样的意思。"士之仕也,犹农夫之耕也"(《孟子·滕文公下》),"仕"始终是"士"的人生目标。然而在现实生活中,"内圣外王"与"博施济众"只能是遥不可及的理想,即使做一个有所作为的政治家也是罕有其人,于是士大夫的政治热情就必然发生转移——在先秦两汉之时主要是追求道德完满自足,以此来消解政治理想不能实现带来的焦虑,以维持心理平衡。观孟子"天爵"与"人爵"、"道"与"势"之论,就是典型的自我安慰,是在政治上失败之后,欲靠道德力量支持心理平衡的一种"自救"手段。到了汉末,随着文章辞赋等书写形式的自然发展,士大夫渐渐在道德之外又寻觅到一种自我实现的方式,那就是文章写作或云文学创作。文章写得好,在士林中可以得到尊敬。特别是灵帝置鸿都门学之后,来自最高层的肯定对于文章之士自然是极大的鼓舞。于是"文人"身份就越来越成熟了。但是,即使如此,那种根深蒂固的"以天下为己任"的士大夫情结依然挥之不去,深深扎根于读书人的心里。特别是当他们于文章写作一途已然辉煌之时,他们的士大夫情结就会强烈起来,对自己诗文方面取得的成绩就会予以鄙视。这是"士大夫"与"文人"身份相冲突的必然表现。看中国古代文人士大夫演变史,凡是在文章方面的成功大于政治方面者,这种身份冲突就表现得强烈些,相反,那些在政治上(仕途上)比较成功的人物,这种冲突就表现得弱一些。其强与弱的程度与两种身份反差的程度成正比。那些诗文写作极为成功,政治上极不得志的人物,这种身份冲突就最为剧烈。曹植、谢灵运、李白、杜甫是最典型的代表。他们都文名满天下,生前已经很受士林崇敬,但似乎从来就没有体会过自我实现的感觉,依然郁闷一生,自认为是失败者。蔡邕、曹植等人以文章大家而轻视文章的矛盾现象,正是这种身份冲突的表现形式。表现于文学思想,则强调文章内容与政教功用乃是士大夫身份之体现,强调形式之美则是"文人"身份之体现。二者同样处于矛盾之中,如桓范说:"夫著作书论者,乃欲阐弘大道,述明圣教……故作者不尚其辞丽,而贵其存道也;不好其巧慧,而恶其伤义也。故夫小辩破道,狂简之徒,斐然成文,皆圣人之所疾矣。"[1]盖于桓范的时代,"斐然成文"的"丽辞"已经成为文人的普遍追求,实为时尚,桓范在这里就是站在传统"士大夫"的立场上来批评当下的"文人"的。又如皇甫谧说:"古者称不歌而诵谓之赋,然则赋也者,所以因物造端,敷弘体理,欲人不能加也。引而伸之,故文必极美,触类而长之,故辞必尽丽。然则,美丽之文,赋之作也。昔之为文者,非苟尚辞而已,将以纽之王教,本乎劝诫也。"[2]他首先指出了"赋"的功能及其成为"美丽之文"的必然性,随后却又说"纽之王教,本乎劝诫"云云,显得十分突兀,逻辑断裂。如何理解这一现象?作者原本主要是站在"文人"的立场上论说"赋"的特点的,但"士大夫"身份又不知不觉冒了出来,于是出现了行文的不畅,可以说非常典型地显示出两种身份的冲突。

对于汉魏之际的文学家们而言,"士大夫"身份要求他们的文章书写要言之有物、有补于时政;"文人"身份则要求他们的写作要表达个人情趣,有华美辞藻,于是"骨气奇高,辞采华茂"的"建安风骨"就形成了。"士大夫"的用世之志受挫,愤懑郁积之气靠"文人"之笔而出之,于是"梗概多气,志深笔长"的风格就形成了。作为"文人",他们放不下"士大夫"建功立业、做帝王师的恒久志向;作为"士大夫",他们又时时陶醉于雕章琢句、抒情言志的愉悦之中,他们的诗文也就成了这一双重身份及其内在冲突的话语表征。

---

[1] (三国魏)桓范:《世要论·序作》,见(清)严可均编:《全三国文》,389~390页,北京,商务印书馆,1999。
[2] (三国魏)皇甫谧:《三都赋序》,见(南朝梁)萧统编:《文选》,641页,北京,中华书局,1977。

第七编 ◎ 《礼记》的诗学蕴涵

第二十六章
《礼记》的元话语

在中国古代诗学观念和诗性思维的建构过程中,任何话语资源的延续和发展都是以对于原有文化的继承和发展为前提的。对《礼记》这样的早期儒家经典作深层次分析,并将之和中国士人的精神演变轨迹相联系,将为中国古代诗学体系中的各种话语资源找到一种自足的沟通渠道。这样做一方面可以弥补儒家原典在诗学视野中的缺席与失语,另一方面可以在日渐发展的全球性的诗学视域中,从类似《礼记》这样的儒家诗性文化原典找到中国古代诗学问题现代转换的动力源。

《礼记》这样一本看似纯粹伦理或者文化性的著作包蕴着丰富的诗学内涵,其对中国士人的思维格局、思维范式以及审美感知产生了重大的影响。中国古代诗学体系无论如何缜密完整,都无法实现合法性自证,而只能在对于本原经典的价值性阐释中提升对于自身的理解。在某种程度上,我们可以通过复现《礼记》烦琐的礼仪社会原态,正确审视中国古代诗学观念的根源问题,发掘深层次的艺术契机。这实际上意味着把对于诗学观念的阐释和对于士人精神历程的读解以及对于主体本身的诸多精神症候和情感特质的把握相联系。

《礼记》不仅仅是按照一定规则形成的礼俗编码系统,同时充满了中国士人的生存方式、人生趣味和象征形式。譬如,我们不能满足于了解"极高明而道中庸"之说的字面含义以及产生的过程,而且还要了解这一观点究竟表现了言说者怎样的生存处境和文化心态，进而揭示出其所暗含的价值取向。烦琐仪节的背后表现的是主体的生存处境及其复杂心态以及主体的人格理想，呈现的是一种士人的人格境界，而在这种境界中所标举的很多人生价值直接会通于审美价值，直接影响了后来士人的言说观念以及诗学范畴设定。人生价值与审美价值在《礼记》中形成了一种紧密相联的关系，言说主体的多层次、多侧面的价值系统的每种价值项都可相应地转化为一种文学价值范畴，人生价值中的元话语可以直接对应出具体的诗学价值取向。

《礼记》中的伦理范畴和中国古代诗学体系中的审美范畴在人生旨趣、人格理想方面是贯通融合在一起的。因此，对于《礼记》的解读可以在整体性复原儒家原始生活状貌的前提下，通过对于古人生存方式问题的探讨，转引出对于诗学问题的体悟，并将之作为透彻理解中国古代诗学观念的前提。虽然通过把握古人的生存智慧和生存方式，来完成对于中国士人的诗学话语阐释并未溢出伦理范围，但唯有在伦理背景下通过对于言说主体的细致研究才有可能倚借一些基本的价值范畴沟通主体的生存智慧和诗性智慧。经由进入《礼记》所展现的伦理世界来梳理一些诗学观念的意义是根本性的，这是中国古代诗学在现代阐释过程中有底气的保证，是在更大的文化学术系统中考察诗学发生发展以及基本特征的重要方面。

诗学阐释常常因无法进入到阐释对象的内核中去而造成话语误读，而从谱系描述和认知路径梳理的角度则可以反向体认儒家运思和表述的真正旨趣。通过对于《礼记》伦理关系谱系和认知路径的梳理，我认为儒家的"亲亲"与"尊尊"的现实原则会同"贤贤"的理想原则一起共同催生了对于后期诗学产生重大影响的诗学要素：作为诗学价值基础的元话语、作为诗学思维框架的体验式思维格局以及作为诗学内涵的对于"他者"的体认。在还原为活的精神、情感、意趣状态中厘清《礼记》中的诗学内涵，将为我们的古典诗学研究明确一些源头和方向。

元话语（Metadiscourse）通常被称为"关于话语的话语"，是一种常见的话语现象。无论是哪种形式的言语交际，话语都包括两个层面：基本话语

（Primary discourse）和元话语。基本话语表达关于话题的命题信息。元话语告诉读者如何理解、评述关于话题的命题信息。元话语的性质交际过程中，交际者为了顺利地完成交际任务，除把主要信息传递给对方以外，还要选择恰当的语言成分来有效地组织话语，使其条理清晰、结构合理、符合逻辑，同时，根据不同语境的要求和自身交际体验的变化，提醒对方当时的交际状态。这非常符合儒家的话语体系设定。

在儒家的话语系统中，《礼记》把"正心"作为一个潜在的主体要求提出，实际上设定了儒家主体伦理实践过程中的元话语。这种元话语因表述了儒家的德性理想，进而指涉了儒家伦理世界复杂、多面的关系领域，使君子主体在这些领域中的以仪节为表征的基本话语接受一种深层的话语存在、话语规则，秉受一种指导和组织伦理实践的潜在机制。"中""和""诚""时"作为"正心"的内位标准和行为指数体现为儒家具体的元话语形式，为现实的伦理行为提供指导依据，促使君子主体能够从自己所处的客观化伦理关系境域出发，根据自己的身份交际体验变化保持一种恰当的伦理交际状态。

儒家的基本话语以仪节为主要表征，实际上就是《礼记》繁杂的礼仪系统中按照一定元话语规则制定的礼仪语法体系。这种客观化伦理秩序中的礼仪设定相类于语言学的现实语法[1]规范，呈现为共性规则和个性规则。共性规则是针对某一伦理群类制定的，它是靠功能来驱动的。个性规则是由某一个或某几个主体的情况来确定的，它是靠单个主体来驱动的。共性规则和个性规则都无法摆脱来自元话语的影响。

《礼记》所体现的儒家元话语可以归纳为"中""和""诚""时"四种。四种元话语提供了主体面对现实伦理关系时的基本命题信息。在儒家的话语结构中，这一组元话语提供了儒家应对现实伦理关系，超越现实伦理困境的话语前提。任何现实的儒家伦理实践活动都可以在此话语前提下展开。以礼仪为依托的现实语法设定促使客观化伦理境域中的主体选择恰当的礼仪

---

[1] 恩斯特·卡西尔："不仅存在着科学的语法，而且还存在着艺术的语法，神话的和宗教思维的语法。"（[德]恩斯特·卡西尔：《符号·神话·文化》，李小兵译，28页，北京，东方出版社，1988）

成分来有效地组织伦理活动，但儒家的元话语是使其现实伦理活动清晰、合理有序的前提。同时，根据不同客观化伦理境域的要求和自身伦理体验的变化，元话语处于不同的潜在状态，时刻为实质性的伦理操作提供指导性讯息，提醒伦理主体时刻处于恰当的伦理状态。

◎ 第一节
"中"

《礼记·中庸》说："中也者，天下之大本也。""舜其大智也与！舜好问而好察迩言，隐恶而扬善，执其两端，用其中于民，其斯以为舜乎！"这是孔子对舜处理矛盾办法的赞扬，而"执其两端，用其中于民"则很好地反映了儒家话语思维的本质内涵。因为"用中"是要在把握事物矛盾的两端之后，才能选择适中的办法用于民。这也是传统的"允执其中"①的意思。然而，"用中""执中"的前提，在于能否把握"两端"，即矛盾的两个对立面，离开"两端"即无所谓"中"。可见，"中"即是矛盾对立面的统一、协调、平衡、联结等。这实际上对于儒家内在的德性修为与外在的行为方式做出了明确的规定。

现举数例如下：

《礼记·檀弓上》明确指出了现实伦理操作和情感把握的"度"问题：

> 子路有姊之丧，可以除之矣，而弗除也，孔子曰："何弗除也？"子路曰："吾寡兄弟而弗忍也。"孔子曰："先王制礼，行道之人皆弗忍也。"

---

① 《尚书·大禹谟》："人心惟危，道心惟微，惟精惟一，允执厥中。"《论语·尧曰》："天之历数在尔躬，允执其中。"

子路闻之，遂除之。

在情感把握上，子路的姐姐死了，按照礼法子路应当为其服大功九月。因子路认为自己同胞手足少，不忍心到期除服而受到了孔子的斥责。在孔子看来不忍之亲情应该落实在先王规定的礼法的框架之内。又：

伯鱼之母死，期而犹哭，夫子闻之曰："谁与哭者？"门人曰："鲤也。"夫子曰："嘻！其甚也。"伯鱼闻之，遂除之。

丧服规定，父亲已不在世，母亲死了，儿子要为其服丧三年；父亲尚在，母亲死了，儿子只为她服丧周年。伯鱼在过了对母亲的服丧期后仍然痛苦，同样招致了孔子的呵斥，被迫换掉丧服停止了哭泣。

在伦理操作上，子路根据孔子的思想阐发了祭葬品数量与悲哀之情的不同比重，认为举行丧礼，与其哀不足而随葬物品，还不如随葬物品不足而悲哀有余。举行祭礼，与其恭敬不足而祭品有余，还不如祭品不足而恭敬有余：

子路曰："吾闻诸夫子：丧礼，与其哀不足而礼有余也，不若礼不足而哀有余也。祭礼，与其敬不足而礼有余也，不若礼不足而敬有余。"

在与情感相关的行为调控方面：

子夏既除丧而见，予之琴，和之而不和，弹之而不成声。作而曰："哀未忘也，先王制礼而弗敢过也。"子张既除丧而见，予之琴，和之而和，弹之而成声。作而曰："先王制礼不，不敢不至焉。"

子夏为老人服丧期满，行过除丧祭，来见孔子。孔子递给他琴，子夏理

第二十六章　《礼记》的元话语　*1147*

弦而五音不和谐，弹曲而不成音调，站起来说："我还没有忘记悲哀。先王制定的到期除丧的礼规，我也不敢过期。"子张为老人服丧期满，行过除丧祭，来见孔子。孔子递给他琴，子张理弦而五音和谐，弹曲而成音调，站起来说："先王制定除丧可以弹琴的礼规，我不敢不努力做到。"子夏和子张的行为各不相同，而都是合乎礼义的。

从以上数例中，我们可以看出儒家以"中"为尺度，因礼制而现实调控情感行为的努力方向。

第一，"中"作为儒家精神轨迹中的一个动态平衡点，是儒家现实伦理操作实践的状态标准。"中"这一元话语的提出，实际上是对于情感和认知行为"度"的强调。无论是未发之"喜、怒、哀、乐、爱、恶、欲"七情，还是伦理实践之"吉""凶""军""宾""嘉"五礼，"中"都为其定下了不偏不倚，恰如其分把握准确的"度"，既不要不到位，也不要太过分。儒家认为"过犹不及"，过头和不及同样不好，唯有无过无不及的"中"才是好的。这说明过与不及是相对于"中"的两端，"中"是过与不及的联结点和分界点。

儒家希望现实伦理政治实践的核心人物能够建立一种如古代圣王"执中""用中"的话语思维，但是儒家所面对的已经不再是先王禅让制的一元主体，多元的政治格局迫使每一政治核心都试图建立压倒其他的意识形态体系。在这种现实的意识形态要求下，"执中""用中"要么以一种勉强的形式存在，要么只是在某种现实政治诉求下的虚假景象。对于"中"的话语运用已不是把"德"与"道"作为言说的根据，而是把现实的功利作为了意义的具体指涉。因而儒家对于"度"的倚重也就在现实操作中变得十分艰难，现实操作中"过"与"不及"的事情时有发生。在上文给定的事例中，我们可以看出儒家在对"度"的倚重过程中所遭遇的现实阻挠。首先，在"子路有姊之丧"和"伯鱼之母死"这样的情形中，儒家面对的是来自于现实情感的羁绊，内缘性的伦理亲情往往成为了主体克服自我精神局限追求超越人格的束缚。在这个问题上，子路、伯鱼这样的儒家门内人尚且如此难以超越，更何况未受儒家大同理想濡染的芸芸众生。《礼记》对于人类情感偏执的担忧在某种程度上已经超出了原始儒家思考的范围，成为了后世心性哲学思考的重点。其次，在类似"司寇惠子之丧"的状况下，儒家必须面对的是礼仪操作上"度"的失控问题。虽然"司寇惠子之丧"只是简单的哭位问题，但"礼崩乐坏"背景下儒家伦理生活践行过程中的用"中"之难已经可见一斑。孔子曰：

> 天下有道，则礼乐征伐自天子出；天下无道，则礼乐征伐自诸侯出。自诸侯出，盖十世希不失矣；自大夫出，五世希不失矣；陪臣执国命，三世希不失矣。天下有道，则政不在大夫。天下有道，则庶人不议。（《论语·季氏》）

"周室微而礼乐废，诗书缺"（《史记·孔子世家》）、"王纲解纽""礼崩乐坏"的儒家话语背景，社会秩序和价值观念大裂变大冲突大组合的社会前提，使得政治上原来礼乐征伐自天子出的"有道"逐渐遭到破坏，各种矛盾迅速激化，等级分明的政权阶层出现了政自诸侯出、大夫出，甚至"陪臣执国命""八佾舞于庭"的局面。最后，在儒家看来，"陪臣执国命"是大逆不道的，是"三世希不失矣"。虽然地主势力逐渐兴起和强大，奴隶开始争得解放和自由，天下正孕育着一种新型的封建制诞生的历史大变革、大前进的时期，但儒家认为这恰是"天下无道"的重要表征，因为"天下有道，则礼乐征伐自天子出"，"天下有道，则政不在大夫"。作为伦理操作实践的状态标准，"中"启发了儒家"发乎情止乎礼义"的诗学话语系统。

第二，儒家"中"的思想，在一定程度上揭示了质与量的辩证关系，即度量的观念。由于事物的质与量是紧密联系在一起的，量的过与不及都会改变事物的质。所以，在儒家看来，处理任何事情都有一个把握度量界限的问题，即"用中""执中"。如果超过一定的限度，即会陷于片面性或发生谬误。"中"的话语蕴含在"宗统"和"君统"背景下具有一定的语境意义，儒家理想中的政治是"亲亲""尊尊"和"贤贤"三种不同角色群体的商谈共同体，"讲信修睦""选贤与能"，而非单纯的"亲其亲""子其子"或者"大人世及以为统"。"中"，是儒家的政治对话梦想，是其多元的民主选择。"致中和，天地位焉，万物育焉"，儒家本质意义上的"中"以较强的思想包容性、普适性规定着儒家的政治理论学说走向，儒家已经把"中"作为了建构理想社会意识形态，和谐立命的必要前提，作为了政权的统治秩序的制衡策略。这种学术旨趣渗透到诗学观念之中，便必然转化为士人们挺立自身主体精神的突出表现。对"中"的话语真实内涵的准确把握有助于理解中国士人对于人类命运的普泛性关注，理解其在困顿中秉持精神操守的深层动力。"中"这一儒家的深层价值标准对于中国诗学的影响在于，它成为了中国诗学中最基本最重要的政治命题、概念和范畴，并以强烈的伦理政治意义和政治实践精神规定出了中国诗学的基本政治内涵。

第三，"中"是儒家试图通过解构建立的一种结构概念，是儒家试图消除内心情性偏执和外在欲望羁绊的理想话语状态。"中也者，天下之大本也"，儒家力图使"中"作为一种能指赋予所有的以伦理为中心的话语实践均等的所指意义，但是，客观化境域中所指的复杂形态往往使这种能指意义散佚甚至完全处于被遗忘状态。因此以"中"为元话语引出现实伦理实践的基本话语的努力只能是一种理想。世界整体的平衡与和谐只能是儒家的一种话语设定。

◎ 第二节
"和"

儒家"用中""执中"的最终目的是为了"和"。"和"是一种多维立体的平衡，而非平面的或者线性对称。在对于"和"的理解上，我认为"和"类似于阴阳家所强调的"冲气"，是对于任何霸权性存在的消解，同时，也是对于不能或者无法溶蚀解构的权威性秩序的诗性话语遮掩。

《礼记·中庸》说："和也者，天下之达道也。"儒家以"和"这一元话语形态分析社会政治生活中的一系列问题。在治国的政策理论上，他们认为国家政策宽和猛的任何一端都有它的片面性，不能偏于一端，而要宽猛相济才能政通人和。对于客观化伦理秩序中出现的矛盾问题，儒家要求做到："君子惠而不费，劳而不怨，欲而不贪，泰而不骄，威而不猛。"（《论语·尧曰》）按照儒家的元话语规则，在矛盾的处理上，不应采取对矛盾的两端进行抑制或是偏于一端的办法，而应进行协调、平衡而达到矛盾的统一。笔者认为，儒家的最终目的并不是希望通过"和"这样一种元话语建构一种对话或者商谈的意识形态格局。按照儒家"克己复礼"的理想诉求，其最终目的在于建构起一种绝对的意识形态权威，使这种意识形态的所有规则和秩序要求成为整个社会运行的根本。一团和气的状态实现应该建基于个体性格的消融以及霸权性绝对加强。这种"和"的最理想状态在于把意识形态的现实存在转化为个人无意识以及集体无意识对人的日常伦理实践行为予以目标性指导。

在《礼记》中，我们能够感到意识形态色彩浓厚的象征性礼仪秩序建构，但是儒家的这种象征性秩序建构和现实实践的真实秩序以及儒家的理想性想象秩序都存在很大的出入。儒家一方面无法满足真实的客观化境域的秩序要求，另一方面因真实秩序的掣肘而无法圆自己的理想性想象秩序之梦。因此，在这种意义上说，"和"是儒家对于现实和理想张力平衡的一种诉求。因为他们不希望因真实秩序合并了象征性秩序而淹没自己的理想，同时，也不希望因对于梦想秩序的过分诉求招致来自真实秩序的惩罚或抛弃。至此，我们可以把"和"归结为三个层次。

第一，表面看，"和"是儒家"仁"精神的完美体现形式，其对于主体的要求在于能够在"天地位焉，万物育焉"的前提下"泛爱众"。这已经成了儒家社会理想和人格理想的经典诠释。

第二，从儒家的现实境域看，"和"是儒家摆脱自己现实尴尬处境的一种话语设定，如上文所述，这是儒家在现实世界中寻找自己位置的张力诉求。

第三，从深层看，"和"体现了儒家对于至尊权威的梦想，流露了儒家话语霸权建构者的潜在身份欲望。

在这三个不同层次的意义拼合过程中，儒家提供了一个"和"的"美丽的范型"——他们一方面要涂抹掉其话语建构过程中理想性霸权话语诉求的痕迹，另一方面极力缝合一种与现实霸权的接合实践。因此，儒家"和"的话语表述既是消极性的又是积极性的，具体体现为个体人格的内省性提升以及群体人格的入世性实践。在儒家的话语范型规划中，这两方面虽紧紧纠葛绞合在一起，但其理论建构的努力要远远强于现实变革的冲动，甚至可以说，其理论范型的意向在逻辑上"先于"并成功地拆解了变革现实的企图。在更深层次上说，儒家之"和"真正目的并不在于不留痕迹地去除现实的霸权，而在于在另一个意义维度上完成它。在这个建构中的意义维度上，儒家以"和"为元话语进入了一个以礼仪为表征的秩序性的话语运用场域和空间。在这里，儒家把从伦理和道德、礼仪、人格、情感以及社会政治这一系列领域衍生的话语规范集中在"和"这一元话语指导之下。在这个综合性的新话语景观中，"和"变成了一个漂浮不定的能指（free-flowing signifier），以一种近似中药方剂的配制方式掺和融会众多的意义范畴，构成了儒家的建构原则——内外接合实践。借助内外接合的逻辑，儒家着力营造和构筑一种因祛除了个人主义而具有总体内在化德性诉求的世界图景——一种《礼记·礼运》着力推崇的大同社会。"和"代表了儒家的意识形态梦想，在儒家以"和"为元话语进入了一个以礼仪为表征的秩序性的话语运用场域和空间的过程中，儒家面对的是一个综合性的新型话语景观，必须承受全新的现实语法规范。"和"这一元话语和现实语法主导着儒家的两种策略：通过大"和"化性去伪；通过大伪化性求"和"。

儒家希求通过大"和"化性去伪，现实语法则通过大伪化性求"和"。"和"的漂浮不定的能指意义不断散佚在儒家的内外接合实践努力中。现实话语霸权的强压，君、臣、父、子、兄、弟、夫、妇等一系列的角色设定，使儒家之"和"只能在一定的秩序规约下执行，这种"和"是有限度的，是和家天下的小康社会相适应的。在儒家看来，"和实生物"中的"和"是多样性的统一，是对于每一个君子主体内在德性完备性的强调。但是，儒家必须面对的却是现实的伦理操作中一元化秩序对于主体行为的扼杀。

为了实现主体角色的突围，儒家设定了"大同"和"小康"两种理想的社会状态。"大同"社会是儒家的最高理想社会，也是儒家意识形态梦想的最终归宿，而以天下为家、靠礼仪关系维持的"小康"社会则是儒家对于现实意识形态的理想化修正和完善。从历史循环论的观点出发，儒家认为禹汤文武成王周公之治，虽然政教修明，讲礼讲信，但仍不及三皇五帝时代的大同社会，所以只能称"小康"。而春秋战国以来，社会混乱不堪，如能恢复到小康状态就已经显得十分难能可贵。在儒家眼里，"大同"是天下为公、路不拾遗、井然有序的大"和"理想社会，"小康"是天下为家、温馨和睦、讲究礼仪的小"和"亲情社会。《礼记·礼运》中的"小康"是与"天下为公"的"大同"相区别的社会，其特点是：

> 今大道既隐，天下为家。各亲其亲，各子其子，货力为己；大人世及以为礼，城郭沟池以为固，礼义以为纪，以正君臣，以笃父子，以睦兄弟，以和夫妇，以设制度，以立田里。

这是一个以小生产和私有制为基础的实行等级制、世袭制的宗法社会。政治权威的制度化是宗法社会政治结构层面的关键所在。政治权威制度化的过程，用马克斯·韦伯的话来讲，便是政治权威从"卡里斯玛型""传统型"向"理性型"转变的过程，其间最根本的一条，便是政治权威的制度化、非人格化、理性化。马克斯·韦伯区分了三种理想类型的政治统治方式，在他看来，"卡里斯玛型"统治依靠的是领袖个人所具有的超凡魅力；"传统型"统治（如家长制、长老制），依靠的是历来适用的传统；而"理性型"统治依靠的则是"非个人的制度"。① 其所谓的"卡里斯玛型"形象在《礼记》中可以对应为儒家的圣贤典型,"理性型"统治权威,则为在礼仪制度下,儒家被迫适应的一个由外及里的对于一个人精神人格的塑造过程。《礼记》描绘的小康社会那里,明确地界定了马克斯·韦伯意义上"制度社会"的内涵。《礼记·礼运》中的"以设制度",道出了儒家小康社会构想的本质方面:

> 天子有田以处其子孙,诸侯有国以处其子孙,大夫有采以处其子孙,是谓制度。

在儒家看来,有了制度,然后才有君臣父子的秩序。而有了制度,才有了以大"伪"求"和"的前提,才有可能完成由外及内的精神人格成塑。如孟子所说:"夫仁政,必自经界始。"(《孟子·滕文公上》)对"礼"的重视上,儒家动辄提倡克己复礼,而恢复周礼,实际上就是要"恢复小康社会的制度",因为孔子认为夏、商、周三代便是小康社会。儒家既以"君君,臣臣,父父,子子"的秩序构建为其政治理想,便必然要重视对个人行为的制度约束。当孔子说"君使臣以礼"时,用今天的话来说,也就是提醒君主要在制度的范围内活动。这在很大程度上体现了现实伦理语法规范中以大"伪"求"和"的努力。不过,需要注意的是,儒家并未在大"伪"求"和"的过程中对自己的意识形态梦想推进或者完善多少,更多地,他们承受的是政治话语霸权对于他们大"和"梦境的无情破碾。笔者认为,这应该成为儒家思想发展到宋明理学后更加重视个人的修身养性,对制度似乎很少关注的一个合理解释。儒家对于"和"的两种策略选择,实际上已经涉及了中国古典诗学中"感而自然"和"感而不能然"(《荀子·性恶》)问题的争议。

---

① [德]马克斯·韦伯:《经济与社会》上,林荣远译,241页,北京,商务印书馆,1997。

◎ 第三节

"诚"

儒家内外结合实践的关键在于"诚"。"诚"本义为诚实,真诚,不虚伪。《说文》解释为"诚,信也。"《周易·干·文言》说:"闲邪存其诚",《礼记·乐记》说:"著诚去伪,礼之经也。"《礼记·大学》说:"欲正其心者,先诚其意。"其经文自释为"所谓诚其意者,毋自欺也"。不论从哪个解释角度出发,"诚"都是儒家伦理操作实践中具有积极意义的德目,也是德行修养的重要典范。宋儒周敦颐在《通书》中写道:"诚者,圣人之本";"诚五常之本、百行之源也"。《礼记·中庸》强调"毋自欺",以自我之诚实现天道之诚,因为"诚者,天之道也。诚之者,人之道也。""君子诚以贵","诚"这种元话语可以使儒家获得更为开阔的话语言说空间,获得自我和他者主体不断互相敞开的可能性。作为《礼记》中最为重要的本体范畴,"诚"主要指人的心灵的纯真无伪,又是指天地万物的自在自然,是"典型的合内外之道"的产物。它与中国古代诗学中的"真""自然"等重要范畴均有内在联系。

儒家"和"的范型以"诚"作为内外结合实践的质量标准。这种内外结合实践呈现为儒家对于"修道"的强调。儒学以"修道"为体,修道则以"诚"为决要。在具体的操作程序上,《礼记·大学》说:"诚于中,形于外,心诚求之,虽不中,不远矣。"《易传·文言》在论述坤卦"六五"中爻的含义时也说:"美在其中,而畅于四支,发于事业,美之至也!"这些都可以与《中庸》所阐发的这种"诚"之道互相发明。只有内心之中以"诚"沟通,才能真正使外在行为"中节",从而实现儒家内外结合实践的目的诉求,如《礼记·郊特牲》在谈到祭祀时强调"币必诚",即《礼记·中庸》认为的"诚者自成也",指不需外在强力规约的自觉性努力。内在的"诚"必然通过一定的象征性礼仪表现在客观化的伦理实践秩序之中。虽然"道德仁义，非礼不成；教训正俗，非礼不备；分争辩讼，非礼不决；君臣上下，父子兄弟，非礼不定；宦学事师，非礼不亲；班朝治军，莅官行法，非礼威严不行；祷祠祭祀，供给鬼神，非礼不诚不庄。"(《礼记·曲礼上》)但因"著诚去伪，礼之经也。"只有以"诚"尽己之性，尽人之性，尽物之性，才可以"知天"，从而与天地同尊，与天地合德，参赞天地化育，最终如《礼记·乐记》所说："礼乐顺天地之诚，达神明之德，隆兴上下之神"，做到"诚"于内而"礼"于外，因为不"诚"，则无"礼"，无"礼"，则不"诚"。因为"诚者，物之终始"，"不诚无物"，所以君子主体要通过道德修养功夫，最终做到在客观化的伦理实践操作过程中"择善而从之"，如《礼记·祭统》：

> 夫祭者，非物自外至者也，自中出生于心也；心怵而奉之以礼，是故唯贤者能尽祭之义。

这里对于祭祀主体提出了明确要求，指出了所谓祭礼，不应为外物所迫，而应是发自人的内心。对此《礼运·郑玄注》认为："物虽质略，有齐敬之心，则可以荐羞于鬼神，鬼神飨德不飨味也。"朱子在《家礼》中说："凡祭，主于尽爱敬之诚而已。"祭祀看起来复杂，其实非常简单。祭者，唯"爱、思、敬、诚"四字而已。心中有爱、有思，有敬，奉礼以尽爱敬之诚。因为"非礼不诚不庄"(《礼记·曲礼上》)，反之，不"庄"、不"诚"也就无"礼"、无"谐"可言。"诚"作为一种儒家的元话语形态，应该使现实客观化伦理境域中的君子时刻警醒，因为：

> 顺乎亲有道，反诸身不诚，不顺乎亲矣。诚身有道，不明乎善，不诚乎身矣。诚者，天之道也；诚之者，人之道也。诚者不勉而中，不思而得，从容中道圣人也。诚之者，择善而固执之者也。(《礼记·中庸》)

"诚者"是天然之道,没有丝毫不诚之处,圣人修养功夫纯熟,一切归于自然,所以不勉不思,而能从容中道,未到圣人地位者,必须学而诚之,由人之道学到天之道,所以名为"诚之者"。学者在学诚时,应当"闲邪"[1],所以要"择善",不能一学就成功,所以要"固执"。如果能够这样地学习,那就能够"诚则明矣,明则诚矣"。本性通体光明,无处不照,只要诚心求之,便能开发性体的光明。如能透出一线性体光明,便能进而为圣人之诚。诚到极处,性光遍照,无所不明,所以说:"至诚之道,可以前知。善必先知之,不善必先知之,故至诚如神。"通过以人道应天道,天心,以赤诚之心达"无我"之境,才能真正做到"格物致知",做到如后世张载所说"为天地立心,为生民立命,为往圣继绝学,为万世开太平"[2]的理想化实践境域。

大"和"境界诉求与大"伪"现实羁绊的冲突使儒家陷入了中国的儒家思想传统中长期存在着"义利之辨"的旋涡之中,显然,儒家强调的是"义"。《论语·里仁》中说:"君子喻于义,小人喻于利。"又说:"君子怀德,小人怀土;君子怀刑,小人怀惠。"好义还是好利,成为儒家区分君子和小人的主要标准之一,也是儒家之"诚"话语设定的必要前提。正因为儒家主张"义"高于"利",在对待人们之间的交往上,就难免以一种高调的圣人道德来要求普通民众。所谓"以直报怨,以德报德"(《论语·宪问》)、"犯而不校"(《论语·泰伯》)、宽容忍让的"诚"话语被大加推崇。但事实上,儒家"诚"话语固然指向高尚和美好,却无法成为多数人的行为向导。按照儒家思想,如果有一个人具有利他精神,就可以发挥榜样的作用,通过"正己"达到"正人",这显然假定了人是能够被道德感化的,但实际情况并

---

[1] 二程解释中正之德曰:"以龙德而处正中者也,在卦之正中,为得正中之义,庸信庸谨,造次必于是也。既处无过之地,则唯在闲邪,邪既闲,则诚存矣。善世而不伐,不有其善也。德博而化,正己而物正也。皆大人之事,虽非君位,君之德也。"见(宋)程颐、程颢:《二程集》,700页,北京,中华书局,1987。

[2] 语出(宋)张载《西铭》。张载在这里强调的是每个社会成员都应当觉悟到自己是"大同"社会构建者,只有有了这种意识,才会涵养出超道德的自由人格,达到真善美高度统一的理想境界。

非如此。《礼记》所代表的儒家社会是制度社会，也是功利社会。制度社会和功利社会在本质上具有内在的联系。社会公众为了"利"，可以放弃"义"，背信弃义在某种程度上已经成为了控制他人的手段之一。功利的考虑促成了制度的形成，人们必须面对来自功利的诸多负面影响：

> 我们每天所需的食料和饮料，不是出自屠户、酿酒家或烙面师的恩惠，而是出于他们自利的打算。我们不说唤起他们利他心的话，而说唤起他们利己心的话。我们不说自己需要，而说对他们有利。①
>
> 幸福原则向道德提供的动机不但不能培养道德，反而败坏了道德，完全摧毁了道德的崇高，亵渎了道德的尊严。②
>
> 德行的准则与个人的幸福准则就它们的无上实践原则而论是完全各类，远非一致的；他们虽然同属一个至善而使之成为可能，却在同一个主体之中竭力相互限制，相互妨碍。③

类似这些存在于客观化伦理实践境遇中的问题都对于儒家的"诚"提出了考验。

儒家的"诚"是以大"和"化性去"伪"为前提的，"诚"这种元话语有效的关键在于儒家对于人性的肯定性确认，但现实语法面前，儒家的"诚"遭遇了操作路径的背离，现实语法采用的是完全不同于元话语的运思路径，而且已经完全大相径庭。人性已经成为可以加以改变的不确定性因素，伦理操作实践过程中的外在的礼仪规范，外在规约反却成了"和"的必要条件。"诚"已然沦为对于现实之"伪"的顺从和无条件接受。这种用功是由外而内的，是通过外在挤压的办法完成的对于人格的重塑过程。在这个过程中，

---

① [英]亚当·斯密：《国民财富的性质和原因的研究》上卷，郭大力、王亚南译，14页，北京，商务印书馆，1972。
② 苗力田：《德性就是力量——从自主到自律》，见[德]康德：《道德形而上学原理》，苗力田译，1页，上海，上海人民出版社，2002。
③ [德]康德：《实践理性批判》，韩水法译，124页，北京，商务印书馆，1999。

"诚"已然成为了对于现存秩序的无条件认可，已然成为了对于能够制造现实利益得失的霸权话语的奴性顺从。儒家在"诚"这一元话语的推行过程中应该是十分痛苦的，在操作层面上是十分乏力的，因为在现实强势的话语背景之中，"不过乎物"（《礼记·哀公问》）毕竟实难做到。中国诗学中充溢着一种对于自然和本真追求的旨趣，也充斥着一种言不由衷的苦闷。在儒家的价值本原角度对"诚"加以梳理，非常有助于对于中国诗学的艺术旨趣和情感精神的深度理解。

◎ 第四节
"时"[①]

以《礼记》为代表的原始儒家思想本质上并不僵化，相反却蕴含着相当灵活的有关伦理操作实践的辩证原则，如《礼记·礼器》云：

> 礼，时为大，顺次之，体次之，宜次之，称次之。尧授舜，舜授禹，汤放桀，武王伐纣，时也。

儒家认为礼之为礼，首先在于能否适应时代的发展，其次是理顺人伦关系，再次是使各种祭祀皆得其体，然后是使一切行为适得其宜，最后则是使各种枝节问题也能处理得妥当。在儒家看来，能够在客观化的伦理操作实践环节中，依据现实情况的不同对"礼"加以恰当的权宜变化较之僵化地理顺

---

① "时"的观念，最早体现在《周易》经传的思想体系中。《干·文言》的"亢龙有悔，与时偕极"、"君子进德修业，欲及时也"、"干干因其时而惕"；《坤·六三·象》的"含章可贞，以时发也"；《丰·彖》的"天地盈虚，与时消息"；《系辞下传》的"变通者，趣时者也""待时而动"等都确定"时"为作为其"变易"哲理意蕴的核心，看作"变易"得以实现的根本及必要之条件。

人伦关系更为重要。虽然表面上看主要是行为的权宜适应,实际上这种适从变化的本原还在于内在德性修为的程度,在于能否真正领悟到一个生命主体在客观化的伦理实践境域中所扮演的角色。更多的论者在对于儒家"时"这一元话语讨论的过程中,更多地注意到了变化的一面,而忽略了造成这种变化的真正本原。我认为,"时"是与前三种元话语密切配合的。"时"这种元话语形态也只有在和其他三种话语形态相互配合时才能够发挥其最大的意义指涉功能。对此《礼记·中庸》认为:

> 君子之中庸也,君子而时中,小人之中庸也,小人而无忌惮也。

朱熹注云:"君子之所以为中庸者,以其有君子之德,而又能随时以处中也。"(《四书集注·中庸章句》)按照朱熹的解释,"时中"的标准是儒家道德原则,是指在变化着的任何情况下(时)都能找到最正确的行为路线。"时中"即以不变应万变的意思,并非任何时候都持一成不变之规矩。"中"乃是一个"变量",它随"时"而变。"中"乃"时"之"中","时"不同则"中"亦不同。一切"时"各有其"中",君子则善于"随时以处中"——依据变化了的情势而找到特定的最佳行为路线。如此,则"时中"是使儒家一般道德准则在不同情况下得以具体体现的行为策略[①]。君子能够按照事物与时发展的实际情况去把握与之相应的适中之道;而小人则是不管事物与时发展的客观规律,而单凭自己主观之私欲,无原则地肆意妄行,无所顾忌,必将陷入过或不及的错误之极端。两者相对而言,正说明掌握道的原则是应该与时发展、切合时宜的。能否在变幻的现实面前保持一种正确的意义指涉状态,完全取决于一个人的内在德性修为。

在儒家思想系统中,君子作为天道秩序的现实承载者的现实身份,在内外结合实践的过程中,也唯有君子才能在变幻的内外环境中保持正确处理问

[①] 李春青:《论"时"——兼谈儒家处世之灵活性》,载《中国文化研究》,1996(4)。

题的方向和尺度。这种儒家所着力强调的"时措之宜"实际上成为了儒家思想两千多年来永葆活力的重要保证。在后来儒学的发展过程中，儒家一方面勤力于客观化秩序的稳定与和谐，另一方面时刻警醒着不加变通的偏执性伦理操作。方东美在他的《中国哲学之精神及其发展》中指出：

> 儒家代表典型之时际人，意在囊括万有之一切——无论其为个人生命之尽性发展，天地万物自然生命之大化流衍，社会组织之结构体系，价值生命之创造成就，乃至性体本身之臻于终极完美等等，——悉投注于时间之铸模中，而一一贞定之，使依次呈现其真实存在。问题的关键是：何谓时间？最简单之答复曰：时间之本质在于变易。[①]

儒家把"中""和""诚"设定为伦理主体行为尺度和目标手段，把"时"设定为了与客观化境域密不可分的主体行为因数。儒家认为，个人道德修养和行为实践应在两个前提下展开：一是要"合乎时宜"，二是要"随时变通"。宇宙间一切事物，都是随着时间的运行而不断变化发展的，所以人必须适应事物因时发展的趋势，以推动其正常发展。同样的言行，在不同的时间、场合下，将会产生十分不同的实际效果。《易·蒙象》云："以亨行时中也。"人们应以亨通之道去把握适中的时机。原则是必须坚持的，但不知变通，刻板地死守原则，就会把原则变成僵化的教条。圣人是现实伦理实践的终极精神向标，同时也是遵"时"的楷模，对此《孔子家语》将圣人释为"圣者，德合天地，变通无方也。"孟子则将现实中的圣人孔子赞为"圣之时也者"(《孟子·万章下》)。

在《礼记》中有非常翔实的礼仪制度记述，但是这些礼仪制度只是儒家达到目的的外在方法，是可以因时而变通的，唯有"诚""道""中""和"这些与永恒不变的自然规律相通，与人与生俱来的人情相合的社会人生目标才

[①] 方东美：《中国哲学之精神及其发展》第三章《原始儒家》，见黄克剑、钟小霖编：《方东美集》，275页，北京，群言出版社，1993。

是恒定不变的。因此，我们不能将儒家的"时"简单理解为一个线形的时间现象，而应理解为一种全面撑开的儒家人生境域，一种宇宙大化流行中的境域性存在。这种境域性的存在是与儒家的客观化伦理实践境域密切相关的。在这种客观化的境域之中人们行为的得失关键在于是否顺"时"，在于能否将对于"时"的认识与把握转化为主体的积极能动的运用与创造。在儒家的天人合一的思维模式之下，"时"本于"变"，"时"即是"变"。儒家"谨始慎终"忧患意识和"随时而动"的时效观念，凸显了他们既能"觉""时"，又能积极地"用""时"的刚健有为精神，以及创新的激情和与时偕行的理性态度。儒家这种开拓创新，穷通变易而生生不息的主体精神是其能够更"诗意地栖居"的重要前提。

"时"这一元话语对于中国士人的影响主要表现在：

首先，在秉持自己的内在操守和人格理想的前提下，根据具体情势来调整自己的行为方式，以应付不断变化的社会状况，保证自身的生存。这是一种让世界适应自己的被动选择。士人们在努力锻炼自己的政治适应性，但因理想和现实之间的强大反差，他们往往经受着巨大的内心痛苦。从孔子开始，儒家就已经陷入了天下无道的苦闷之中。儒家士人们希望通过自己的价值建构来施大道于天下，但在内缘性和外缘性的关系夹缝之中，他们必须选择真实地面对客观境域的人生态度，寻求一种和宗统与君统的伦理共谋。在这种处境下，儒家士人们的社会理想、人生境界就只能永远是放着虚幻光芒的乌托邦。儒家士人将个体价值完全系于国家政治生活，开明的政治是他们保持平静心态的最主要前提和价值实现依据。一旦现实政治走向了其理想的反动，他们就会陷入巨大的痛苦中不能自拔。这种痛苦是中国士人们诗文抒怀的一项主要情感内涵。

其次，儒家士人在救世与自救的二重心态下审时度势，依据具体情势主动做出自己的价值选择。"穷则独善其身，达则兼济天下"，他们在任何情况下都把不丧失主体精神、保持独立意识作为行为策略之前提。这表现了儒家对自身人格理想与社会理想的笃信以及对自己所奉行的道德准则的恪守。

客观情势允许时，他们就尽力使自己秉持之"道"弘扬于天下；当客观情势不允许时，他们就使"道"独存于自身的心灵与行为中。对于儒者而言，"时"的观念使儒者"行于所当行，止于其不可不止"，既能坚持自己独立的精神人格与价值追求，又能保护自身生命而不做无谓的牺牲。这种看似消极的人生选择实际上表露了儒家入世情怀之外那种超越的价值选择。这是一种对于本体人的价值的真正追求，是对于人的主体性的看中。这种价值选择使士人们否定了人世间通行的价值观念，为了保持个体心灵的自由而远离红尘。这体现在中国诗学中，主要在于"同化于自然""与大化同流"审美意识的勃兴，在于诗文创作中那种真正超越了尘世并在纯真的大自然中所获得的无限美感。

最后，"时"促成了儒家士人们在认知和价值方面的统一向度。从认知角度看，"时"使儒家士人们能够对客观情势做出主观把握与主动适应；从价值角度看，"时"保证了儒家在这种主观把握和主动适应的过程中能够选择恰当的人生态度并做出准确的价值判断。儒家士人们在内外的矛盾冲突中，注重以价值引领认知，同时注意在认知过程中择取出可以应用于具体政治伦理操作实践的价值方向。认知和价值向度的统一对于中国士人的意义在于，在变动不居的社会面前，他们能够以一种"居易俟命"[①]的态度正确对待人生的困顿和政治挫折，能够保证自己的精神"流而不息，合同而化"（《礼记·乐记》），而真正达于主体的自觉。可以说，这正是中国士人们无论内心多么的苦闷而总能给人以一种从容的形象和舒展的气质的本质原因。

总之，"中"作为儒家精神轨迹中的一个动态平衡点，是儒家现实伦理操作实践的状态标准，是儒家试图通过解构建立的一种结构概念，是儒家试图消除内心情性偏执和外在欲望羁绊的理想话语状态；"和"是儒家对于现实和理想张力平衡的一种理想诉求，是儒家"仁"精神的完美体现形式，是儒家摆脱自己现实尴尬处境的一种话语设定，体现了儒家对于至尊权威的梦想，

---

① 《礼记·中庸》："故君子居易以俟命，小人行险以徼幸。"

流露了儒家话语霸权建构者的潜在身份欲望;"诚"是内外结合实践的质量标准,因为只有内心之中以"诚"沟通,才能真正使外在行为"中节",从而实现儒家内外结合实践的目的诉求;"时"是与客观化境域密不可分的儒家主体行为因数。"中""和""诚""时"作为原始儒家面对客观化伦理操作际遇时的元话语,体现了儒家深层的价值观念和意识积累。这四个元话语对于中国士人的价值体系和行为取向具有一种诗性的同构功能,恰恰是四种元话语的同构共建才促成了中国诗学所独有的那种以内制外的思考宇宙人生的体验式思维格局,催生了中国士人所独有的中庸含蓄的思维范式。

第二十七章
以内制外的东方体验式思维格局

把内位的德性作为外在行为的动力源,把外在的人生体验作为内位德性的体验域,在内外的操作过程中,儒家架构起了一种以内制外的体验式思维格局。这种格局是东方所独有的,是和儒家的自我人格建构和社会人格建构密切相关的。由此出发,儒家的这种体验式思维格局呈现出了内外两级结构,并根据思维格局中主体的身份、地位、阶级、年龄以及性别的不同而呈现出细微的层级差异。《礼记》通过大量外在仪节的记述和评价,呈现出了儒家一种客观化的伦理实践境域,这种实践境域是体验的表象;同时,《礼记》将君子作为德性的承载者,通过内聚型德性的积聚转换,对这些表象的规范和效能提出了深层的主体要求,并希望由此实现对于现实人生的重新审视和关照。这种主体要求以单一主体为核心、以复合主体为衍射,最终牢固确立人的日常行为及其真正意识本源的创生性的理想路径。

◎ 第一节
诗性体验的前结构[①]与体验域[②]

《礼记》所描绘的三种不同的儒家存在状态：一是圣王影像。这种影像使儒者有了建构自己的话语体系的德性基础和文化经验积累。二是"君子"中继。指儒家思考任何问题都要利用君子的语言、观念。君子的语言、观念自身会引领儒家指向圣王指标，同时也要把这些来自于圣王的德性基础和文化经验引入对于现实伦理问题的思考。在任何情况下，儒家都以君子状态思考的方式来理解问题的。三是入世选择。指儒家以君子的形象践行客观化伦理境域中的各种角色。此前已经具有的观念、前提和假定都会在儒家开始现实伦理理解与解释之前，成为推知未知的参照系。这三种存在状态可以进一步以君子为中继而对应儒家诗性体验的前结构与体验域，君子实际上已经被儒家设定为这一前结构和体验域之间的道德缓冲载体。

《大戴礼记·鲁哀公问政》中，有一段孔子应之问答：

---

① 海德格尔提出了理解的前结构的概念，即先有、先见、先知，构成理解的先决条件。海德格尔认为任何理解的结构或先决条件，包含三个方面的存在状态：一是先有。人存在于一个文化中，历史与文化上的先有使我们有可能理解自己和文化。二是先见。指我们思考任何问题都要利用的语言、观念及语言的方式。语言、观念自身会带给我们先入之见，同时也要把这些先入之见带给我们用语言思考的问题。在任何情况下，我们都不会是在没有语言观念的状态中思考和理解问题。三是先知。指我们在理解前已具有的观念、前提和假定等。在我们开始理解与解释之前，我们把已知的东西，作为推知未知的参照系。（参见 [德] 海德格尔：《存在与时间》，陈嘉映、王庆节合译，184 页，北京，生活·读书·新知三联书店，1987）
② 胡塞尔认为，在每一个感觉过程的瞬间都包括保留和延伸的意思，使时间对象的流逝呈过去、当前和未来的统一。这就是胡塞尔所提出的"体验边缘域"。这一体验域是在前、在后和同时三重体验的统一。当一重体验消失时，它不是成为绝对的无，而是保存在持续的新的体验中，一个更新的体验也不是突然的闯入，而是作为延伸预存在新的体验之中。体验就是一个从预存到原初印象，再到持存的连续过渡过程。三重体验的相互伸达意味着每一种体验不仅是前后相继的，而且也是同时的。

孔子曰:"人有五仪:有庸人,有士,有君子,有贤人,有大圣。"哀公曰:"敢问何如斯可谓庸人矣?"孔子对曰:"所谓庸人者,口不能道善言,而志不邑邑;不能选贤人善士托其身焉,以为己忧;动行不知所务,止立不知所定;日选于物,不知所贵;从物而流,不知所归;五凿为正,心从而坏:若此则可谓庸人矣。"哀公曰:"善!何如则可谓士矣?"孔子对曰:"所谓士者,虽不能尽道术,必有所由焉;虽不能尽善尽美,必有所处焉。是故知不务多,而务审其所知;行不务多,而务审其所由;言不务多,而务审其所谓。知既知之,行既由之,言既顺之,若夫性命肌肤之不可易也。富贵不足以益,卑贱不足以损:若此则可谓士矣。"哀公曰:"善!何如则可谓之君子矣?"孔子对曰:"所谓君子者,躬行忠信,其心不置。仁义在己而不害,不知闻志广博而色不伐,思虑明达而辞不争。君子犹然如将可及也,而不可及也如此,可谓君子矣。"哀公曰:"善!敢问何如可谓贤人矣?"孔子对曰:"所谓贤人者,好恶与民同情,取舍与民同统,行中矩绳而不伤于本,言足法于天下而不害于其身。穷为匹夫而愿富,贵为诸侯而无财。如此则可谓贤人矣。"哀公曰:"善!敢问何如斯可谓圣人矣?"孔子对曰:"所谓圣人者,知通乎大道,应变而不穷,能测万物之情性者也。大道者,所以变化而凝成万物者也;情性也者,所以理然不然取舍者也。故其事大配乎天地,参乎日月,杂于云蜺总要万物;穆穆纯纯,其莫之能循;若天之司,莫之能识,百姓淡然,不知其善:若此则可谓大圣矣。"哀公曰:"善!"

孔子认为,人格和人的理性发展大致经历五个阶段,故可分为五个等级:即"庸人""士""君子""贤人""圣人"。孔子以具有神性、神格的人为真正完善的人,或曰"圣人"。圣人能够知通大道,无穷应变,辨万物之情性。因此《礼记·中庸》说圣人"从容中道",孔《疏》解释为"从容闲暇而自中乎道"。儒家对于人生命运有一种极为透彻的观察和研究,其政治伦理学说直接承接上古以来的圣人文化传统,承载了圣人关于"天"和"天命"的终极理念。圣人在儒家看来是对于天命的承载者,是天道的形象载体,是从尧时"绝天地通"之后唯一可以沟通天人的主体设定。在无边无际,浩瀚博大的"天"的理念之中,能与"天"通话的圣人在中国早期的政治生活中显得十分的重要,而"天垂象,圣人则之"的理念也自然对先秦儒家的伦理政治生活打下了深刻的烙印。

> 子曰:"大哉,尧之为君也!巍巍乎!唯天为大,唯尧则之。荡荡乎,民无能名焉。巍巍乎其有成功也,焕乎其有文章!"(《论语·泰伯》)
>
> 唯天下至诚,为能尽其性;能尽其性,则能尽人之性;能尽人之性,则能尽物之性;能尽物之性,则可以赞天地之化育;可以赞天地之化育,则可以与天地参矣。(《礼记·中庸》)

儒家认为,圣人本身是一个尽了己之性、人之性、物之性而"可以与天地参"的人物,是"天下至诚"者。因为圣人能够"知通乎大道,应变而不穷,辨乎万物之情性",能够"大辨乎天地,明察乎日月,总要万物于风雨",所以圣人的影像自然就成为儒家宗法伦理政治的先有因素,为现实的伦理政治实践提供着人文营养和道德向标。圣人影像是儒家设定的一种影像秩序,是儒家通过君子形象的象征性中继通向现实伦理政治秩序活动的前在结构,是儒家强大的现实话语行为的言说背景和道德支撑。

作为圣人影像产生现实效果的象征性中继,君子[①]上承圣人德性光辉,下达具体的现实伦理实践活动的核心。结合《礼记》的具体阐述,我们可知儒家把君子设定为了象征性的秩序的"示范中心"。君子形象本身及其与之相关的政治生活中符号、仪式、典礼促进着现实秩序的有序化方向。以君子

[①] 余英时认为君子从身份地位的概念取得道德品质的内涵,是一个长期演变的过程。这个过程大概在孔子以前早已开始,但却被孔子完成。虽然在孔子的思想中,有时还不免将"德"与"位"兼用,但他思想的整个方向是把君子从古代专指"位"的旧义中解放出来,而强调其"德"的新义。(余英时:《中国思想传统的现代诠释》,161~163页,南京,江苏人民出版社,1989)

为主体的象征性的礼仪符号以一种精巧的和发散的方式渗透于现实的伦理政治体制之中,为现实的政治生活提供着意义阐释上的内聚力。这种内聚力造成了现实人群的德性信仰趋同倾向,并因之对现实政治组织方式产生影响。君子"示范中心"通过仪式创造社会秩序,通过象征式符号影响人们行为,并最终在人世行为中完成了象征性行为和工具性行为间的相互转化。

《礼记·哀公问》云:"君子也者,人之成名也。"孙希旦集解对此的解释是:"君子者,道德成就之名。"这实际上提出了君子这样的现实主体"示范中心"的道德前提。而"君子有三畏:畏天命,畏大人,畏圣人之言。小人不知天命而不畏也,狎大人,侮圣人之言。"(《论语·季氏》)"'君子'可以说是孔子对古代道德生活的反思,它概括地表达了孔子心目中的理想人格。"[①]"天行健,君子以自强不息。"(《周易·象传》)圣人的道德影像及其对于天道的转释功能使君子的示范行为以圣人影像为内位基础。《礼记·哀公问》对此指出:

> 公曰:"敢问君子何贵乎天道也?"孔子对曰:"贵其不已。如日月东西相从而不已也,是天道也;不闭其久,是天道也;无为而物成,是天道也;已成而明,是天道也。"

君子尊重天道主要在于尊重它的运动不息。比如日月东西相从而运转不已,这是天道;既不闭基,又能长久,这是天道;无所作为,而万物生成,这也是天道;万物既已生成,功绩才从而明著,这还是天道。基于这种体认,儒家认为君子应该在对于圣人影像"不已"和"不闭其久"的理解过程中将其转化为自己行为的前结构经验,通过努力体认天道,"苟日新,日日新,又日新"(《礼记·大学》),加强自我修养,最终成为在现实内缘性和外缘性伦理关系中道德教化的楷模。这一过程中君子体认天道的恒心,"不

---

① 冯友兰:《中国哲学史新编》第一册,145页,北京,人民出版社,1982。

已"的精神、正是天道无所不在的生发力量,是圣人影像投影下的天道精神的体现。

在现实的体验域中,君子的示范作用具体落实为其孝悌、亲亲的等差之爱,表现为"仁"的精神。"入则孝,出则弟,谨而信,泛爱众,而亲仁。"(《论语·学而》)君子一方面以向天的顺应、皈依为最终的尺度和最高的境界,完成了对人的"仁""义"等一系列价值判断,落实了对于"圣人"理想人格的追求。另一方面,在原儒文化"天人合德"的基本主体观和价值观中,君子作为天、地、人"三才"之一,获得了一种立于天地间的、相对独立的主体性地位①。这种独立的主体性地位使儒家成功进入了现实伦理际遇中的入世角色。这一角色相因于变化了的社会、时代,而将儒家的伦理道德观念加以取舍、整理和系统化,从而建构起一整套以"礼""仁"为核心的内缘性和外缘性体验境域。同时,由于圣人影像以持存的原型观念的形式在现实的思想文化观念和价值系统形成过程中发挥影响,也使客观化体验境域中主体精神的变迁因之进入一个较为自觉并富有自律性的发展轨迹。

以"礼""仁"为核心,以"克己""修己""修身""养性"为基本途径的主体完善方案,和现实体验境域中的"礼意""礼仪""礼制""礼法""礼用"等秩序手段,统一被儒家以入世角色贯穿为一体。如果说在完善方案和秩序手段间有什么共同性的话,这种共同性就体现在其相关于"天"(自然或至诚)的事物、关系或秩序的认可与肯定上。首先,《礼记》中记述的礼,按其起源,本身即与对天的崇拜以及对祖宗一元神祭享的礼仪、礼器有关。依托于"天",遵循"慎思追远,民德归厚"的提升理路,礼主要是为了使世俗仪节在"反本复始(《礼记·祭义》)"的操作理念下达到对于人性"报本反始"的道德规约功能(《礼记·郊特牲》)。礼所维系的,虽然是以贵族血缘关系为纽带的宗法制度,以及以"君君,臣臣,父父,子子"为基本内容

---

① 《易·说卦传》:"昔者圣人之作易也,将以顺性命之理。是以,立天之道,曰阴与阳;立地之道,曰柔与刚;立人之道,曰仁与义。兼三才而两之,故易六画而成卦。分阴分阳,迭用柔刚,故易六位而成章。"

的贵族等级制，而这些在儒家看来，显然都具有"自然"的性质和反本复始的功能效用。正因为"礼"的理据或合法性归根结底源自"天"，因此，对"礼"的顺从维护，实际上是对"天"的顺从维护。从这种意义上讲，"礼"，无论作为当时旧贵族或氏族专政的法权形式，还是作为原儒具有伦理学、政治学色彩的一个核心范畴，其本质都是"天"的观念在世俗社会、政治、法律乃至道德伦理领域里自然或逻辑的延伸。其次，儒家强调"礼"的时候，同时把"仁"奉为了礼仪实施过程中的道德伦理核心，而仁在儒家看来本身也是一种"道"。① 而"仁"之道，虽是可以经由主体的努力尤其是不断地自我修养和完善而致达的②，但因圣人是"天道"的真正有效转释者，"仁"在客观化的境域中只能是圣人人格的概括和范畴化。最后，在儒家对于"天"与"人"诗性对应过程中，作为客观化体验域中的两个核心范畴的"仁"与"礼"因同为圣人原型的自然延伸，因此便有了内在的联系。"礼"作为世俗化的等级、秩序的规约形式，并不拒斥社会伦理、政治层面的"仁"，"仁"的诸种品格必须以"礼"为统领框架；而"仁"对人格的成塑也必须仰仗社会伦理、政治层面的"礼"。孟子曰：

> 君子所以异于人者，以其存心也。君子以仁存心，以礼存心。仁者爱人，有礼者敬人。爱人者人恒爱之。(《孟子·离娄下》)

君子之所以不同于一般人，是因为他的思想不同。君子把"仁"保存在心里，把"礼"保存在心里。仁人爱人，有礼的人尊敬人。爱人的人，别人就一直爱他；尊敬人的人，别人就一直尊敬他。君子将圣人影像和与之相关的德性标准作为话语思维的基础，在现实的人世体验中把"礼"与"仁"互易、渗透、结合，便构成了以《礼记》为代表的原儒文化深层的前结构底蕴和表层的政治—伦理体验域。前结构设定了儒家一些最核心或基本的道德

---

① 《孟子·离娄上》："孔子曰：'道二，仁与不仁而已矣。'"
② 《论语·述而》："仁远乎哉？我欲仁，斯仁至矣。"

功能和行为基准，而政治—伦理体验域则因着眼于"众人之治"和"众人之德"而实际地确立了社会、政治、伦理、人格修养诸方面的基本原则。对于儒家来说，圣人人格和礼仁观念中的客观精神共同辅集成一种主观的入世追求。这种入世追求在强调人性、人格的自我完善和入世主体的主观能动性的同时，将以原型德性影像方式存在的圣人人格扩展至与人以及人的活动相关的社会伦理、宗法政治等各个领域，从而赋予人的主体性乃至主体的主观能动性以更加重要的地位。这样一来，入世角色的主体性以及主观能动性就已不再偏于自律一极，而是在向圣人和圣人转释之"天"的皈依为最终目标的指引下，糅进了更明确的社会政治功利目的、更浓重的伦理政治色彩。儒家在确定其入世角色的主体性的同时也在消解着这种主体性，因为前结构和体验域的共同作用使入世角色不可避免地转向"律人"或曰"他律"的境界。

◎ 第二节
创生性的理想人格路径

在儒家创生性的理想人格路径中，对于"性"和"命"的含义以及相互关系的探讨一直是儒家思考宇宙人生的重点。《郭店竹简·性自命出》有这样几句："道始于情，情生于性"，"性自命出"，"命自天降"。这几句话可以理解为：人道（社会的道理、做人的道理）是由于人们之间存在着情感开始而有的，人的喜怒哀乐之情是由人性中发生出来的；人性是由天命给予人的（人性得之于天之所命），天命是"天"所表现的必然性和目的性。在儒家看来，天地人物皆有其性。《礼记·中庸》："唯天地至诚，为能尽其性。能尽其性，则能尽人之性；能尽人之性，则能尽物之性；能尽物之性，则可以赞天地之化育；能赞天地之化育，则可以与天地参矣。"《礼记》作者认为在"参"天地万物之"性"以后,就能有所"为"。

《礼记》中"性命"关系问题实际上就是内外问题。整个《礼记》文本中可以清晰地看出作者对于"性""命"的态度。内在的"性"是一切外在行为的前提,也是一切外在行为最终针对的对象。对内在的"性"的健康培育和德性发掘,使之能够在外在行为开始之前就以一种稳定牢固的姿态存在,作为现实伦理实践的精神向标,这是儒家的理想诉求。但事实是,儒家必须面对的是客观化境域中"性"的修养方面的欠缺与不足。并非人生下来就是圣人,在"礼崩乐坏"的背景下,每一个人更难保持有完善的人格。在现实的伦理实践中,外在因素的影响是挥之不去的,如《礼记·乐记》所说:"凡音之起,由人心生也;人心之动,物使之然也。感于物而动,故形于声……及干戚羽旄,谓之乐。""凡音者,生人心者也。情动于中故形于声,声成文谓之音。"更曰:"人生而静,天之性也;感物而动,性之欲也。"因此,外在的规约和礼仪设定就成为了必须。但是,外在的这种规范设定并不在伊始阶段就是纯粹意识形态性质的,这包含了儒家的宇宙理想和圣人情怀,如《礼记·中庸》所言:"诚者天之道也,诚之者人之道也",天道之诚总是对"诚之者"开放自身的,但唯有在万物的各种性命中,"天道之诚"才得以向人显现。"方以类聚,物以群分,则性命不同矣。"(《礼记·乐记》)应该对内在的性情加以正确的疏导,以便使之能够沿着"仁""义""礼""智""信"这一由内及外的路径不断获得主体自我与他者的互助完善。《礼记·中庸》:"喜怒哀乐之未发谓之中,发而皆中节谓之和。中也者,天下之大本也。和也者,天下之达道也。致中和,天地位焉,万物育焉。"主体要性命双修,要同时进行心理和生理的炼养,使精神生命和生理生命共同健康,达到身心和谐,这样才可能成为真正的道德承载与现实德行焦点。而要达到这一现实目标必须"体天道",即把"天道"作为永远的精神向标,在现实的伦理实践中不断贯彻、不断接受其方向指引。因为"天之所为"即天道,"人之所为"即人道,明天人之理,晓天道与人道之关系,经由天道涵育人生，将天道作为人生之本，不以人智逆天，能"观天之道，执天之行"，①体天道以善人生，最终就会达到天人合一和广大自在之境，这样就达到了圣人的境界。

在儒家经典中，圣人或为帝，或为君王，或为师，总之，他们均能体天道，超越一般人；能够生礼法、制仪则，化性去伪，教化百姓。《礼记》所讲的"慎终追远"的意义之外，明确指出圣贤主要是因他们的功德或品格受后人尊重，正如《礼记·祭法》所说："夫圣王之制祭祀也，法施于民则祀之，以死勤事则祀之，以劳定国则祀之，能御大灾则祀之，能捍大患则祀之。"圣人善体天道，其"道"是施予奉献而不与人争夺名利的，但现实境域中的儒家必须完成对君子的德性拓展，使人们经由君子中继连线圣人境界。孟子"养浩然之气"，其实就是一种扩充善端的功夫，如说："其为气也，至大至刚，以直养而无害，则塞于天地之间。"（《孟子·公孙丑上》）孟子理想的精神境界是经由自心而体天道："尽其心者，则知性也。知其性则知天矣。"他所说的"天"当然是一种经由圣人过滤的"道德之天"，并非我们时下理解的"自然之天"。《礼记·月令》中，虽然以五行的盛衰来解释四时自然的变化，但作者主要推重的还是一种认识活动，作者希冀通过这种认识活动观天志、体天道、立人道。

"音之所由生也，其本在人心之感于物也"（《礼记·乐记》），通过体天道而"与天地并生"，通过弘天地之道，化育万物之德，立天地之大文，经由物色感召心灵、主体依物启思。《礼记》作者注意到，体天道不是一时之功，因为"道不可须臾离"，尧、舜、周、孔所以能够成为圣人，就是因为他们善体天道，其心能与天之心合一，即能将先天气禀和后天环境习染并重。君子必须在日常行为中时刻接受道德的投影，不断在伦理实践中秉持道德尺度，才可能真正能够疏导出正确的理想人格路径。从《礼记》所反映的内容看，除冠礼、婚礼、丧礼、祭礼等内容外，还有为人君之礼，为人臣之礼，

---

① 张绪通：《黄老智慧》，7页，北京，人民出版社，2005。

为人子之礼，男女之礼，少长之礼。这些都明确了日常的道德修养的重要。《礼记·中庸》上说："道也者不可须臾离也，可离非道也。是故君子戒慎乎其所不睹，恐惧乎其所不闻。莫见乎隐，莫显乎微，故君子慎其独也。"这说的正是"修道"的经验。"道不可须臾离"，因为"道"就是"率性"而行，性即是情之未发之"中"，是内在于心中的中庸之德，所以不可须臾离，必须时刻反省自己，要做"慎独"的功夫。在独处无人注意时，自己的行为也要谨慎不苟，时刻对自己行为负责。"道不可须臾离"的基本条件是"道不远人"，因为"可离非道也"。在注重自我修养的同时，也应该时刻考虑践行道对于他者的影响，因为"明明德""亲民"才可以"止于至善"（《礼记·大学》），"天人合一"。这不仅要人物相融，而且要做到人人内在"性"层面上的相通。

孔子在《礼记·礼器》中指出："礼有以多为贵者""礼有以少为贵者"。之所以"以多为贵"，在于是人心之外的规范，裹载着道德诉求而施之于万物，礼仪宏大，万物广博，君子通过将礼发扬，进而人物融通。礼所以"以少为贵"，在于它来自人们的心灵深处，人们的道德观念至精至微，天下万物都无法与之并驾齐驱，所以君子独处时要十分谨慎。礼既以多为贵，又以少为贵，既来自外力，又发自内心，这其中的奥秘全在于礼必须以德为核心、以德为转移，君子乐于将礼发扬是把内心的道德自觉推广到外在的行为规范上；君子通过把外在的行为规范诉之内心的道德规范，这样，道德意识和道德行为，感化和规范化，内在控制与外在控制就会获得巧妙的结合。"道不可须臾离"的真正现实目的就在于通过成就一种做人之品格，使君子能如《庄子·知北游》所说的"澡雪而精神"，《礼记·儒行》所说的"澡身而浴德"。

《礼记·曲礼上》指出："勿不敬，俨若思，安定辞。"君子日常行事不能不敬，仪容要端庄稳重，若有所思，措辞要安详确定。这里强调的就是个人的修养，要随时随地祛除杂念的重要性。人心以其能自用而可为"万虑之主"（《礼记正义》），然而同时也正因此而可能是"危而不安的"。在危而不安的人心思虑之中,在睨道而行的中庸经验中,在"伐柯"与"执柯"①的矛盾选择面前,《礼记》作者提出了明确的相感共生的修养功夫。

《礼记》的相生相感的修养功夫体现为"正心""诚意""慎独"三个方面。"正心"是儒家提倡的一种内心道德修养,即树立正确的伦理道德观念,做到不为各种私心邪念所干扰,有排除杂念、专心致志的含义。"正心"的基本要求是"诚意"。"正心""诚意"体现了儒家明确的"反求诸己"的内省意识,而"慎独"则是这种内省意识在修养方法上的功夫要求。

1. "正心"就是要端正自己的心灵,消除邪恶之心。

儒家强调通过修身正心,进而将恻隐之心、羞恶之心、恭敬之心、是非之心、坦诚之心纳入现实的人生实践,如《礼记·问丧》说父亲死后,孝子要毁衣跣足、痛哭不已,规定"水浆不入口,三日不举火","哭泣无数"以致"身病体羸"。这虽然在某种程度上演变为了一种精神和肉体的自我摧残,但儒家希望由此"正心"的目的是非常明显的:

> 所谓"修身在正其心"者,身有所忿懥,则不得其正;有所恐惧,则不得其正;有所好乐,则不得其正;有所忧患,则不得其正。心不在焉,视而不见,听而不闻,食而不知其味。此谓"修身在正其心。"(《礼记·大学》)

自身有所忿怒,心就不能端正;有所恐惧,心就不能端正;有所偏好,心就不能端正;有所顾虑,心就不能端正。被忿怒、恐惧、偏好、忧虑所困扰,导致神不守舍,心不在焉,感官被外物迷惑。对此,《礼记·乡饮酒义》进一步阐释说:

> 礼以体长幼,曰德。德也者,得于身也。故曰:古之学道者,将以

---

① 《礼记·中庸》:"执柯以伐柯,睨而视之,犹以为远。故君子以人治人,改而止。忠恕违道不远。施诸己而不愿,亦勿施于人。"

得身也。

《论语集注》:"德者,得也。"用礼来体现长幼之序,就叫作德。所谓德,就是得于自身。所以说,古代研习学术道义的人,就是要在自己的身心上有所收获。这说明儒家道德首先是"为己之学",用来自律的,"正心"是德之根本,是关键。儒家强调要通过正心,使人的道德之心升华,达到仁的高度,通过规范人的行为进而规范人的精神生活,使个人心理状态,达到一种至善的境界。"礼减以进,以进为文"(《礼记·乐记》)最终建立"仁爱"为现实伦理焦点,"以中国为一人,以天下为一家"[1]的和谐有序世界。在某种意义上说,儒家的"正心"要求之最终目的是将由此建立的形上心性原则向世俗的伦理规范境域映射推衍,将内心德性建构和伦理关系建构相关联。亦即孟子所说的:"君子所性,仁义礼智根于心。"(《孟子·尽心上》)"爱人不亲,反其仁;治人不治,反其智;礼人不答,反其敬:行有不得者,皆反求诸己;其身正,而天下归之。"(《孟子·离娄上》)

2. 作为"正心"的基本要求,"诚意"体现了儒家确立的内心意向结构。《礼记·大学》指出:

> 所谓诚其意者,毋自欺也。如恶恶臭,如好好色,此之谓自谦。故君子必慎其独也。小人闲居为不善,无所不至,见君子后而厌然,掩其不善而著其善。人之视己如见其肺肝然,则何益矣。此谓诚于中,形于外,故君子必慎其独也。曾子曰:"十目所视,十指所指,其严乎!"富润屋;德润身,心广体胖。故君子必诚其意。

诚意就是要像厌恶恶臭,喜欢美色那样诚实自己的心意,而非自欺欺人,要做到诚实不自欺。财富能够润饰房屋,道德能够润饰人身,心胸宽广

---

[1] 《礼记·礼运》:"故圣人耐以天下为一家,以中国为一人者,非意之也。"

从而身体舒适，充满于心中的东西，总要彰显于外。君子必须诚慎自己一个人独处的时候，一定要诚实自己的意念。在对于"诚"的理解上，《礼记·中庸》说："诚者，天之道也；诚之者，人之道也。"《礼记·大学》提出："欲诚其意者先致其知"、"知至而后意诚"、"所谓诚其意者，毋自欺也。"在对"意"的理解上，刘宗周认为"意蕴于心"（《周子全书·语录》），"意"只是"心"的一个内在方面。"意"之为"欲"，有善有恶。"人欲"为恶意，"我欲仁"为善意，即诚意。孟子也对此论述为："可欲之谓善。"（《孟子·尽心上》）不"可欲"即恶意；"可欲"即"我欲仁"，故"善"，即是善意，而"有诸己"，即是发自内心的诚心，所谓"诚心诚意"。所以，"诚意"既是致知的映像，也是事理结构的关系映射；而归根结底是心灵伦理结构的映射。

3.《礼记·中庸》以"诚"为人、物、天地之本。

《礼记·大学》则进一步指出："诚于中，形于外，故君子必慎其独也。"即把"慎独"作为内省意识在修养方法上的功夫要求明确提出。"心始虚明，见物可尽"（《礼记集说》），排除外界事物的干扰，澄心静虑，在"诚意正心"的心理状态下，儒家要求围绕着客观化伦理境域中的道德主体逐级展开道德目的：往身内推要格物、致知、诚意、正心以明明德，往身外推则要齐家、治国、平天下。在这一目的要求下，《礼记·曲礼上》明确指出：

> 夫礼者，所以定亲疏、决嫌疑、别同异、明是非也。礼不妄说人，不辞费，礼不逾节，不侵侮，不好狎。修身践言，谓之善行。

君子主体要能确定亲疏，判断嫌疑，分别同异，辨明是非。不能胡乱取悦于人，不说做不到的话。不能侵犯侮慢，不能轻佻戏弄。要能修养身心，实践诺言，进而完善美好的品格。在儒家看来，个人德性的建构与运作应以社会化伦理格局的建构为起点和枢轴，而非单纯地以一己为核心。在正心、诚意诸环节中不能按照一般的主、客二分的认知模式去理解和把握外在伦理诸关系，而应在正、诚、致、格的链条中始终保持主客间的同一性互动。 在一个很大的程度上，"慎独"功夫的选择使儒家时刻保持内缘性亲亲向外缘性"尊尊"的不断扩展过程中合理的张力平衡。 在这种内外关系的展开过程中，"正心"始终作为一个潜在的要求而发挥着规范作用。 只有在这个基础上，儒家"家—国"同构，"君—臣"一体的思想体系，才有生成的可能。

在儒家所设定的伦理格局中，除"圣人"以外，一般人，包括"君子"在内，"心"也未必全善，自然本能也需约束。 所谓：

> 饮食男女，人之大欲存焉。死亡贫苦，人之大恶存焉。故欲恶者，心之大端也。人藏其心，不可测度也。美恶皆在其心，不见其色也。欲一以穷之，舍礼何以哉？（《礼记·礼运》）

饮食、男女是人们心中最大的欲望；死亡、贫苦是人们心中最大的憎恶。 所以说，欲望和憎恶是人们心中两股最大的头绪。 人们要是把自己的欲望和憎恶藏在心底，别人是无法揣度的。 因此，不同主体之间的相生相感的修养功夫甚为重要，而这对所谓君君、臣臣、父父、子子、夫夫、妻妻，各等角色一概适用。 于是，《礼记》中格、致、诚、正、修、齐、治、平之著名的"八条目"，必以"修身"为始，从内部而论重"正心"，从外部而言重"礼仪"。 通过"正心"和"礼仪"这一内外具体而可操作主体规范保证儒家一个不断推衍展开的整体伦理秩序：

> 自天子以至于庶人，一是皆以修身为本。其本乱而末治者否矣，其所厚者薄，而其所薄者厚，未之有也。此谓知本。此谓知之至也。（《礼记·大学》）

从天子下至平民百姓，一律要以修身为根本。 这个根本坏了、乱了，而派生的枝干末梢却能够治好，那是不可能的。对自己关系亲厚的人情意淡薄，而对自己关系淡薄的人却情意浓厚，没有这样的道理。这就叫作知本，这就叫作认知的极致。

◎ 第三节
中庸含蓄的诗性思维范式

因儒家的入世角色在自律的同时必须"律人"和"他律"，这就要求儒家的入世者在客观化的伦理实践境域中建构出的思维范式不能偏执于一端，而只能不断地找寻主体身份的动态平衡点。儒家任何过激的行为都经受着来自于前结构的话语经验和德性讯息的制约与影响。儒家特有的中庸含蓄诗性思维格局的成型应该是儒家的想象性德性秩序，以及现实伦理秩序在君子象征性角色上碰撞成型的结果。这种中庸含蓄的诗性思维以君子为运思主体，以圣人影像和现实身份为掣肘力量。儒家力图使中庸成为君子主体所遵循的普遍行为和运思准则。这里主要有三个层次上的意思：

第一层是中庸运思范围的普遍性和永恒性，儒家理想化地认为其应渗透落实到客观化伦理实践境域的方方面面；第二层意思是中庸行为对经验行为的超越性，中庸体现在庸常的行为实践中并不意味着所有的庸常经验都达到了中庸的标准；第三层意思是要能够以内制外，要能够从外位的个人的经验行为上升为内位的道德准则，以及能够在礼仪形式、主体意志和理想诉求的递推过程中实现中庸思维的意义转换。

理解儒家所开创的中庸含蓄的美学风格必须介入对于其心理形成机制的考查，通过分析《礼记》所记述下的心理认知线索，我们可以得出类似《礼记》这样的儒家经典在中国士人含蓄的抒情个性形成过程中所施加的深度影响,有助于解读中国士人在伦理生活实践和艺术创作过程中所独具的浪漫性及现实困顿中的压抑性的运思根源。

在《礼记》中我们可以明确感到儒家对于自然、人、社会的本质同一性以及秩序一致性的认识,这在《儒行》《月令》和《明堂位》等文献中都有明确体现。 不管是内位要求还是外位规范,对于儒家来说,自觉的秩序才是最理想的秩序社会,这种秩序不仅是社会的,也是统一于自然的。 因为把自觉的秩序建立在世界一致性的基础上,把个体的心灵作为自然秩序和社会秩序发展的最末端,把普遍的德性思想作为了所有秩序的最高视点,所以儒家虽然设定了圣人影像,但并不赋予其超验的神性,并不将其视作和现实的意识形态相对立的先验理性,而更强调主体和群体思想的变易和相生。 儒家的意识形态梦想在于追求自然、历史、现实的秩序一致性,把社会秩序纳入为整个秩序的一部分,通过人的思想和意识的自我理性化使单个主体在社会化中通过自我教化达到与自然、历史、社会的一致。 这种理想的大秩序观使儒家摒弃分裂或对立性,追求中庸的即存与即在的和谐性。

儒家大力倡导德治,以期校正人治,但官僚化的儒士把文化行为的礼制变成为政治化的礼治,礼治与法治成了封建统治的政治工具,儒学也因形式化而僵化了,儒学也因礼乐的形式化而日显僵化:

> 繁饰礼乐以淫人,久丧伪哀以谩亲,立命缓贫而高浩居,倍本弃事而安怠傲。贪于饮食,惰于作务,陷于饥寒,危于冻馁,无以违之。……(《墨子·非儒》)

但从《礼记》中我们可以看到,早期儒家所大力倡导的礼仪是作为德的外化形式存在的,其大力倡导的德治和礼制的真正目的在于校正人治。 儒家所希求的是通过内位德性和外位礼仪的共同教化达到主体理性化的"自择"。 这种"自择"应为一种张弛有度的中庸行为,但"人皆曰予知,择乎中庸而不能期月守也","君子依乎中庸,遁世不见知而不悔,唯圣者能之"。(《礼记·中庸》)作为儒家理想的行为样态,中庸是儒家涉世伦理的视点选择。但若使其成为主体对于社会现实的自觉反映形式,则要求作为涉世伦理核心的君子主体具有认同大秩序和谐融融的自觉性,形成高位的认知姿态;而事实上,儒家所设定的君子认知主体在认知反应过程中由于各种各样的原因,浸化于各种不自觉的认知因素的影响。各种复杂的现实政治利益取向和宗法制度下的伦理关系掣肘着主体认知角度的中庸取向,从而导致偏执的认知和行为样态。从心理认知的角度来看,儒家中庸认知行为过程中存在的矛盾,主要关涉有意识和无意识两个层面。结合这两个层面加以考察,儒家更像是一位空想家,他们建造了,或者说留居在一个更高的精神世界中,在那里面,感知的对象变得理想化,充满着一种强烈的象征主义。这种理想化的印象以无意识的方式沉积于现实的政治伦理体验境域中,并以一种潜伏的和被省略的方式存留着,试图经由建构理想化的同一性秩序来辩证地改造现实的政治话语系统。

儒家中庸认知行为过程中意识和无意识的矛盾规定了主体具体行为选择既是一个自觉的过程,同时也是一个不自觉的过程,或者更准确地说,既有理性的因素起作用,也有非理性的因素起作用。在现实的行为样态中,儒家认为主体既要承受现实行为语法系统对自我意识所发挥的作用,也要接受来自于无意识中的元话语的影响。如果没有无意识,现实的意识就可能完全迁就于日常经验和表象的秩序规范;如果没有现实意识的刺激和反馈,无意识也不可能成为现实行为的内位标准。很显然,儒家的中庸认知行为主体侧重于对于无意识因素的发掘,但并不否定现实的自觉的、有意识的行为。任何一种行为中都应是有意识的因素与无意识的因素交织在一起的。儒家看到了由于有意识因素和无意识因素在量上和质上的差异,以及两者显隐关系的性质所决定的在不同体验境域中具体行为样态的本质区别。儒家在希求倚借中庸的认知方式消除或者淡化这种差异,进而在社会现实向想象世界的转位过程中平衡因各种现实影响和伦理规约所导致的张力。这就涉及了客观化的伦理境域中的内缘性以及外缘性主体身份问题。各种群体"身份"之间的张力构成中庸思维的一个重要方面，但中庸的思维内涵不是排除矛盾把多种现实意识的运作压制成一个统一的大方案，以做出单纯的中庸结论，而是力求对这些张力做出恰当的反应。在儒家看来，这种反应是整合内缘性和外缘性关系，实现内位德性与外位礼制的相互统一的关键步骤。在这一步骤的具体实施过程中，儒家必须全面理解处于各单一群体中主体的种种表现，进而给予其不同的动力解释。这在《礼记》中体现得十分明显。内缘性宗亲角色和外缘性政治身份和五伦关系纽结在一起，其中庸的理想目标相同，但现实的动力因素以及朝向这一理想目标的动力强弱却存在着巨大的落差。儒家认为，现实伦理的稳定形式，其本身并非一种实质或现象，它实际上是一种带有客观色彩的"海市蜃楼"，源自至少两个群体以上的关系相互掣肘。这就是说，任何一个群体都不能单独成为社会秩序的平衡点，社会秩序的平衡是一个群体接触并观察另一个群体时的动态氛围，或者说它是两个以上群体之间互化补足。换种方式来说，儒家的中庸思维是一种"他者"永远在场的思想，即是一种以整一性秩序包含多元化身份的思维立场。

儒家并不把中庸当作单一群体本身的思维手段，而将其看作多元群体都应共同接受的思维观念和行为信仰。儒家认为中庸是各群体做出恰当行为选择的思维取向，客观化伦理体验境域中，主体必须把平衡各群体之间的关系作为行为的重要前提。儒家十分清楚每一种关系角色都要承受多种因素的制约与影响，同时也坚信中庸可以作为主要的或支配性的思维手段决定角色的行为性质。多样性的主体存在方式反映在儒家的中庸运思机制中，促使儒家以一种更辩证和具有整体统一性的视角回馈现实。我认为，儒家的中庸思维是对于整体大秩序的强调，也是对于多元关系和角色合理性存在的确认。这种确认是儒家系统地深思历史和社会现实的关键。因为只有承认多元才能使儒家把有结构的复杂整体（如社会形态……）的具体演变看作是复杂整体内部的具体的结构调整。儒家对于社会结构之不同方面的相对自主性的认同，给正确认识社会生活的非共时性或不平衡的发展留下了认知空间，其对于客观化伦理境域中象征性礼仪的倚重，无疑是其对乌托邦式的整体秩序的焦虑的极富象征性的表达。

在中庸思维的实践中,我认为儒家主要侧重从三个层面下功夫:

第一是政治伦理层次,其核心是把各种仪节作为平衡人们行为方式的外在手段。例如,《礼记》在谈到内与外的关系、伦常秩序与"正位"的关系、正家与治天下等关系时,把内与外这一对时间概念和男女身份相互对应,把内外的区分作为了士大夫的一种主要认识框架,通过对于男女行为空间的严格限定①,将之规范为整个儒家社会努力的一个重要组成部分,即朱熹所谓"内正则外无不正矣"(《原本周易本义》)。对此郑玄注曰:"谓事业之次序。"寥寥数语,将"内""外"区分与次第秩序明确地联系起来。儒家首先意识到的是人与自然的整体秩序而不是秩序的具体的结构。儒家真正的意图在于内外交互渗透的边缘,力求通过"内"与"外"的相互联结相互转换以及相互定位的模糊性,使内外之际成为一个充满活力的弹性场。只有将特定语境中的"内外观"纳入儒家心目中理想的整体"秩序"格局中来认识才可获得比较清晰的理解。儒家观念中的秩序是指由高下次第、内外层次构成的井然而有条理的网络状系统。在这种网络系统中,人已被充分地角色化。儒家的中庸思维就是要保持各种角色之间平衡稳定的动态张力。这种张力扩展开来实际上就是对于天地、男女、夫妇、父子、君臣相对位置关系的恰当处理,而非对个体角色的突出强调。当然,《礼记》中这样一系列位置关系构成的,正是由"礼义"所规定所制约的社会秩序。均衡、对称的张力秩序设定,其实是儒家对宗法伦理社会中的不平等关系在中庸审美层面上的一种纯形式的解决。

第二是主体行为层次,将关注的对象由秩序设定转向主体期待,转向主

---

① 《礼记·内则》:"男不言内,女不言外。非祭非丧,不相授器;其相授,则女受以筐;其无筐,则皆坐,奠之,而后取之。外内不共井,不共湢浴,不通寝席,不通乞假。男女不通衣裳。内言不出,外言不入,男子入内,不啸不指,夜行以烛,无烛则止。女子出门,必拥蔽其面,夜行以烛,无烛则止。道路,男子由右,女子由左。"又《礼记·曲礼》:"男女不杂坐,不同椸枷,不同巾栉,不亲授。叔嫂不通问,……外言不入于梱,内言不出于梱。女子许嫁,缨,非有大故,不入其门。姑、姊、妹、女子子,已嫁而反(返),兄弟弗与同席而坐,弗与同器而食。"

体中隐含的行为预期。《礼记》所勾画出的天—命—性—情—道的心性结构图式。在转化为具体的德行活动中，首先要落实于具体的行为主体。儒家的中庸主张就是通过个别主体的德性行为达到其所应显的德行素质，进而在此基础上从观念上自觉地把人置于整一的自然世界中，而非单纯直接把人置于认识客观世界的主体地位来推动人的自我认知。在这里，儒家把"群"看作了主体自身的主要行为方式，把"怨"等外在评价当作主体行为的情感向度。儒家认识到了人的政治伦理行为的多样与复杂，因而力图倚借中庸这一运思手段保持主体道德品质的恒常和持久，使主体身上体现出修身处事皆合宜得体的品质和行为方式及其圆融温和的性格，最终构建起人际和谐、社会和谐的主体德性基础，并最终以此基础促成整个社会中庸的境界和精神气象。《礼记》表现了主体在充斥权利和义务关系的现实交往中保持的严肃态度，表现了主体行为在伦理政治关系网络中的抑制性特征。儒家强调一种基于个体内心准则和社会规范的制约而形成的自我克制，强调外在的约束力以及他人对主体行为的反应和评价。从超迈的层面来说，这种约束力来自虚幻的"天"和"地"，从现实的层面来说来自于对于社会和人生的责任。《礼记·哀公问》曰："物耻足以振之，国耻足以兴之。"儒家在接受礼的理性约束同时，注重自我人格精神的培育。儒家认识到，单凭秩序化的礼仪和制度的刚性约束有时并不能保证社会秩序的张力平衡，所以更强调经由人类社会赖以存在和发展的道德准绳来规范各行为群体的主体动作，以确保中庸原则被用以实现秩序张力平衡的最大化。

《礼记》构建的伦理秩序具有明确的他律性质，主体的伦理行为要在他律和律人的过程中逐渐演化为一种自觉自愿的道德行为。主体由此遵循"克己复礼为仁"的德性完善轨迹是主体的政治伦理行为进一步的演绎与具体化。将道德品质作为道德主体的内在德性，道德原则规范应用为规范评价道德主体行为的外在标准，儒家所强调的道德的崇高性就已经超越了单纯的精神存在形态，开始以不同的方式落实于具体的政治伦理行为。人的内在价值的体现与具体的道德行为借此密切联系在一起，并同时展开于不同形态的社会结构和社会成员之中,具体表现为主体间的交往关系。 从社会交往的角度看,儒家认为"道德仁义,非礼不成"。(《礼记·曲礼上》)道德实践的过程意味着以普遍的规范来约束内在的情感、意欲,以避免人的物化倾向:

> 人生而静,天之性也;感于物而动,性之欲也,物至知知,然后好恶形焉。好恶无节于内,知诱于外,不能反躬,天理灭矣。夫物之感人无穷,而人之好恶无节,则是物至而人化物也。(《礼记·乐记》)

人生来就心静,这是人天生的本性。 感受外界的事物而心动,这是本性派生出的情欲。 外界事物纷至沓来,心智加以感知,然后心中形成了爱好和憎恶两种情欲。 如果爱好和憎恶在心中没有适当的节制,而为人感知的外界事物又不断地诱惑,不能反躬自省,那么人天生的理性就要灭绝了。 外界事物无穷无尽地感动人心,而人的好恶的情欲又不能加以节制,那么就等于随着外界事物的纷至沓来会造成人随物化的可怕后果。 所谓人随物化,就是灭绝天理而尽情人欲。 这样一来,人们就要产生悖乱忤逆、欺诈虚伪的念头,就要发生纵情放荡、为非作歹的事情。 因而强者威胁弱者,多数欺侮少数,聪明的诈骗愚昧的,胆大的苦害胆小的,疾病的人得不到调养,老幼孤独得不到应有的照顾。 这种灭绝天理、放纵人欲的做法,是导致社会大乱的歪道。

儒家十分明确作为道德理想的承担者的主体所承受的多重规定,儒家中庸的思维方式就是以道德理想的实现为前提的,而非将主体仅仅理解为道德理性的化身。 因为以"纯乎天理"要求人,天理的纯粹形式一旦与道德主体的现实形态相脱节,则道德理想的追求便会成为背离道德的过程,其结果往往是人格的扭曲和伪道学的泛滥。 这在后期儒学的道学化的发展过程中走向了极端。 笔者认为儒学后期发展过程中出现的这一问题,深层原因在于偏离了原始儒家中庸思维的真正内涵。 儒家的中庸思维并不以人为最终运思的,虽然《礼记》等文献大量谈到了主体的德性培养,儒家更多的是希求经由对于主体的人的思考来解决包含着多方面的规定性的存在问题。儒家的中庸思维实际上是要从道德行为的主体，转向道德行为的规范系统，并由此涉及普遍的道德原则，而最终获得道德法则的普遍有效性。

第三是内位观念层次，这也是儒家中庸思维所关涉的最重要的方面。儒家的中庸思维要求通过道德理性的自我教化实现不同关系角色认知态度的一致性，其显著特点在于启发人的内心自觉，经由强调对自身的肯定而最终达成与天地相参的"同天人""合内外"的"天人合一"的最高理想。中庸思维的运思条件，在于超越具体的感性欲求和功利目的，做到仁与礼及仁与义相统一，在于内位充盈的道德主体能对客观化境域中的各种角色变异予以准确把握。儒家认识到了道德理性与非理性、意识与无意识的变易存在，认为经由共通的道德原则能够使不同的主体趋向于相近的认知方向，从而从内位层面提升人们的认知态度和行为境界。儒家把中庸作为道德主体的内在行为取向，并努力通过客观化政治伦理实践境域中所选择的具体行为来确证其有效性。一方面，这种意识和追求，构成了儒家道德实践的重要动因和行为标准。儒家将中庸作为道德行为的基本要求，无疑已注意到以中庸的自我认知为特点的动力因在推动道德行为中的作用；另一方面，存在于客观化伦理关系网络中的个体并不是道德理性的抽象化身，伦理世界本身的丰富性也规定了个体存在的具体性。除了对道德本质的理性自觉之外，个体的道德追求每每通过具体的欲望、意向、情感等而得到体现，这种情感、意向等并不仅仅是负面的规定，它同样可以通过升华获得道德的内涵，并在实质的层面构成道德行为的另一动力因。不难看到，超越二者的紧张与对峙，同时亦意味着扬弃各自的片面性。统一协调两种动力因来担保道德行为的方向和秩序、保证道德行为的两种内在推动力量得以辩证整合，进而保持两种动力因的和谐统一，由此化解二者之间的紧张，使之从对峙走向一致是儒家推行中庸思维的重点。

儒家强调中庸思维的动态的存在，并由此认为其生成过程源于对伦理规则与内心的道德秩序的调整。儒家认可现实伦理秩序的合法性，但强调这种秩序只有内化在心中才具有历史的动力性，同时只有把内心的道德秩序表达为社会伦理秩序的形式，才能强有力地驾驭复杂多元化的现实社会。因此儒家十分看重"执中"的内在修养，认为其应成为君子的自觉追求。儒家认为中庸的内心平衡机制主要源自高尚人格，主要靠内心的培养，但同时也不排除在外界的磨炼。从事个人修养的活动就是促进社会理想的实践，也是符合天道目的的实践。因此儒家同时强调要"修身践言"①，奉守"礼道"，既重视修内也重视修外。君子要认真对待自己的"内心"，发自内心的德行"无下之物无可以称"②，则"必达于礼乐之原，以致五至而行三无"（《礼记·孔子闲居》）。这是一种内在诗性解释和构建的渐进过程，是儒家人格基因的渐进型累积过程，也是"化人也速"的前提和准备。首先是五至：

　　　　孔子曰：志之所至，诗亦至焉；诗之所至，礼亦至焉；礼之所至，乐亦至焉；乐之所至，哀亦至焉。哀乐相生。是故正明目而视之，不可得而见也；倾耳而听之，不可得而闻也；志气塞乎天地。此之谓五至。（《礼记·孔子闲居》）

君王的情意所至之处，讴歌也随之而至；讴歌所至之处，礼也随之而至；礼所至之之处，乐也随之而至；乐所至之之处，哀也随之而至。君王与人民休戚相关，哀乐相生。"志气塞乎天地"的"五至"理想是通过"志""诗""礼""乐""哀"的渐进循环系统完成的。在这个渐进的循环过程中实现了内在人格和外在"节""数"的互渗相生。这一互渗相生的过程是一个通过"五起"渐进层次实现"无声之乐，无体之礼，无服之丧"（《礼记·孔子闲居》）的三无境界：

　　　　无声之乐，气志不违；无体之礼，威仪迟迟；无服之丧，内恕孔

---

① 《礼记·曲礼上》："修身践言，谓之善行。"
② 《礼记·礼器》："天下之物无可以称其德者。"

悲。无声之乐，气志既得；无体之礼，威仪翼翼；无服之丧，施及四国。无声之乐，气志既从；无体之礼，上下合同；无服之丧，以畜万邦。无声之乐，日闻四方；无体之礼，日就月将；无服之丧，纯德孔明。无声之乐，气志既起；无体之礼，施之四海；无服之丧，施于孙子。(《礼记·孔子闲居》)

没有声音而有着和悦的乐，没有仪节而有着诚敬的礼，没有服制而有着同情的丧。这种儒家所最为推重的三无境界有着五个不同的层次：(1) 无言之乐，不违心意；无体之礼，威仪从容；无服之丧，心内同情很悲伤。(2) 无声之乐，心满意得；无体之礼，威仪庄敬；无服之丧，恩义遍及四方。(3) 无声之乐，民意顺从；无体之礼，上下和睦同心；无服之丧，得以抚养万邦。(4) 无声之乐，日益传闻四方，无体之礼，日有所进，月有所成；无服之丧，纯德十分鲜明。(5) 无声之乐，民心奋进兴起；无体之礼，普及天下；无服之丧，爱心延及子孙。《礼记》的作者们深明"圣敬日齐"(《礼记·孔子闲居》)，圣德敬意日益累积的道理，他们力求通过对于"三无"的内在诗性解释和渐进性构建，实现对基于宗法制度基础之上的"亲亲"原则的渐进型超越，最终实现"天无私覆，地无私载，日月无私照"[1]的终极理想。

经由诚意、正心是内心修养过程，着眼于道德情感和道德意志的养成，调控"不可见欲"[2]就可以保持内在的安定与平静，在"无往而不自得"(《礼记·中庸》)安定平静与自得的境界中经由外物与内心的动态平衡获得稳定的现实秩序，内心真诚，尽心地发挥自我的本性，进而推及对于世人的本性改造，以达到"致中和，天地位焉，万物育焉"不偏不倚，体用结合的中庸境界，这就是儒家的中庸运思轨迹。

儒家中庸思维的建构并不是现实经验的累加，而是对现实经验的解释方

---

[1] 《礼记·孔子闲居》："孔子曰：天无私覆，地无私载，日月无私照。奉斯三者以劳天下。此之谓三无私。"
[2] 《老子·章三》："不可见欲，使民心不乱。"

式的扩充，通过对伦理实践境域，诸类实际关系的运思来完成对于儒家本身所具有的社会政治理想和人格理想的合理化说明，并将之拓展至天道与人事的共同理想层面之上。　将一个本来是社会行为的理想言说成所有天地万物的共同理想是一种思维方法的扩充，并不是这个理想本身的事实性的拓展。所以，为了实现中庸思维方式的确定性对应，儒家解决之道就是再度诉诸经验，亦即在实践中证明其言说于天道的目的确实可以在人的实践中被确认、其社会理想的内涵确实可以在个人的实践中被达成。　此一天道义涵与社会理想的确定与达成一旦成为现实，儒家也就完成了对于中庸"思考方式"之内涵的实证。　这样的话，儒者尽可再度在中庸的关照面上谋求实践经验与理想世界共构发展，形成一套无法从内部破坏的以内制外的思维实践系统。

第二十八章
《礼记》的"他者"[①]蕴涵

儒家努力构建一套以内制外的思维实践系统，希望由此实现内缘性和外缘性关系中参与主体向君子核心地位渐次完成，并在实际的伦理活动中带动周围人们境界的德性提升。这套思维实践系统的建立离不开对于外在诗性调控与平衡的"他者"的确认。《礼记》中儒家的主体性建构之路是在主体对"他者"的承认、参与和责任承担中完成的，其关键性的环节在于主体与"他者"之间的互动和转变。出于大秩序理想的需要，儒家认为主体对于世界的准确认知只有与"他者"的不断互动中才可能实现。在《礼记·中庸》中，儒家即认为承担中庸之道的君子主体打开了人与人的交互维度并在此维度的渐次敞开中经验到了具有诗性调控与平衡作用的"他者"。在客观化的伦理实践境域中，君子对于世界的当下接纳离不开对于内缘性和外缘性关系中的"他者"体认。当《中庸》说："道不远人，人之为道而远人，不可以为道"时，这里的"人"就同时包含着自我与"他者"。"道不远人"，道即于人而见，客观化的伦理世界只有在人与人之间的相互通达中才可开启。儒家试图在伦理实践活动中，将对于"他者"的接纳和角色设定作为内缘性和外缘性关系互动循环的具体介入方式，继而进入大秩序整体和谐的世界境域。

[①] "他者"英文为 Other。在后现代的文论中，"他者"兼有两层意思：一是认识论中的客体，二是被主体所排斥和压抑的异质。在这里，我把"他者"设定为一种君子德性主体外在平衡发展的重要因素。"他者"的引出有助于厘清儒家所禀受的各方面外在影响，对儒家的内在精神结构以及思维格局形成更为辩证的认知。

◎ 第一节
《礼记》的场域预设

从"他者"的角度对《礼记》君子主体的角色关系加以系统梳理，必须在君子主体构建维度上理解儒家如何面对来自三种不同"他者"的规约和影响。首先，儒家必须面对的是"缺席的他者"。儒家希求在主体与"他者"那种能够体现主体间性的"你我"对话的语境之中，完善自我的认知过程。但是缺席的"他者"并不存在于现实的伦理视域之内，而是以圣人影像或者自然天道的形式存在于儒家的理想框架之中。所谓的"缺席"也只是在现实的伦理关系视域中缺席，在儒家的实际伦理操作体系中这种类型的"他者"以一种无形或者潜在的形式改变着主体的行为和认知态度。具体来说，这种缺席并不是一种简单缺位，也不是完全的不在场，而是隐形于各个伦理操作和认知环节之中。其次，在《礼记》的体系框架中，儒家更多面对的是实际存在的在场的"他者"。天地君亲等一系列的伦理角色交互实现着其"他者"角色，并借由这种在场"他者"角色的转换逐步实现《礼记》纳上下、合内外、上下贯通、内外圆融的中庸和合，巩固并加强絜矩互动的伦理规则。最后，相对于缺席抑或在场的外在"他者"来说，内缘性和外缘性伦理关系洄涡核心中的君子主体不得不面对一种内在的"他者"。这种内在的"他者"是在伦理实践的境域中丧失了本我的存在状态的主体的自我掩饰，是一主体的异化身份形式，是主体本真自我和外在的他者渗透于意识结构中的结果，是儒家大道既行理想和大道既隐现实的痛楚交锋。

在现实的伦理化生活中，儒家为君子主体援引入了对话的方式以避免因多种角色集合而导致的人格分裂。这种对话是分三个不同的层次进行的。

首先是通过努力与天道的对话来获得精神发展的动力，其次是与现实的对话获得秩序的认同，最后是与自我的对话完善着自我的修复功能。与儒家内外精神疆界的设定相关，三个不同的对话层次展现了儒家三种不同的对话场域与对话空间，给出了三种不同的对话形式与路径，体现了儒家"易直子谅"的现实诉求和儒家"内和而外顺"的理想之间不可调和的矛盾。

儒家力图以"渊渊其渊，浩浩其天"①的自我的精神场域去关注"肫肫其仁"的巨大现象场域，在客观化的伦理境域中，通过个体素质的加强以提高伦理关系网络的互动沟通能力。因为儒家无法单纯生活在一个幻想的世界中，一直不能使自己的理想社会建构模式成为现实意识形态的核心，而必须在鱼跃鸢飞的上下颉颃中小心翼翼地敞开一个"他者"能够接纳的自我形态，因此无论其有多高的精神企望，都无法真正完成自我和"他者"场域空间的无缝对接，而只能在商谈与对话的过程中透过自主性场域去积极主动地开展与多元的"他者"的互动和沟通，进而拓展出不同精神向度中主体的交流渠道和对话的共享空间。儒家一直努力在精神的场域之外撑开新的意义维度，实现内在精神固有之情势的延展与开显，但儒家认识到，每个在者都根据自己的方式而存在，现实的客观化伦理关系境域本身只能是一个存在方式的多样性与独特性的共有"场所"。用《礼记·中庸》的话来说，在这一场所中应该将"万物并育而不相害，道并行而不相悖"氤氲变幻的"天地之间"作为宏观的运作场域。《礼记》作者认为"圣人作则，必以天地为本，以阴阳为端"（《礼记·礼运》），"天气下降，地气上腾"（《礼记·月令》），天地阴阳二气浑然一体交相感应地渗透在儒家对于存在的理解中，具体表征为对于存在的阴（幽暗、不可见）与阳（显明、可见）两个维度的持续交互作用。具体以夫妇关系为例，夫妻因象征了天地阴阳秩序，其所建构的家庭也就成了生成及承载天地万物的具体场域。因为"男女构精，万物化

---

① 《礼记·中庸》："肫肫其仁，渊渊其渊，浩浩其天。"这是对天、天命的无限性、绝对性、永恒性的一种敬畏之词。"浩浩"是广大亦即无限之义，"渊渊"是深远亦即无穷之义，"肫肫"则是深厚以及深且大之义，同时也是生命成德而有根源之义。

生"(《易·系辞下》)方可"可赞天地之化育"(《礼记·中庸》)。现实伦理关系境域中的可见者与不可见者共同构成了儒家运思谋事的场域总体,因此而成就的儒家伦理思维活动得以展开的场所极易使理想化的儒者产生一种虚幻的在场感,极易使其沉溺于对于自我超越性的价值追求。但是,儒家十分地清醒,《礼记·中庸》以"极高明而道中庸"的话语形式十分明确地强调了主体的自我选择性和尺度感。《礼记·礼运》所强调的"大道之行也,天下为公"的场域的维度实际上包含了儒家对于不同的社会生活范围个人、家庭、公域、国家和世界等几个领域的主体成功对话的构想。儒家如孟子所说的"尽心""知性"而"知天",是为达到"上下与天地同流"的主体梦幻,一旦被安置在"天地之间"的广袤视野中,对应的主体与"他者"互相发凡、发现存在于同一景观中,就已开始疏导出一种内外相契的用心路径,形成以"心"置"中"的认知格局,最终把"执中"努力转换为"即是心而求其所谓不偏不倚、卓然中立者"的精神活动,从而突出心性的本体论意义。"惟其所谓中者,卓然特立于方寸之中"(《夏氏尚书详解》),以"心"为"执中"的落实场域,架构出了《中庸》所谓的"纯亦不已"的主体与"他者"可以相互发明的向度空间,一个接受和拒斥"他者"影像的心理畛域。在这个心理畛域中"人心,人欲;道心,天理"[1]作为主体与"他者"的对话内容被有效地加以了调控,最终在"情深而文明,气盛而化神,和顺积中而英华发外"(《礼记·乐记》)形象迷恋中使儒家内在自为的精神诉求弱化在了礼乐宣和的外在场域之中。

"场域是一个争夺的空间,也是不断变动的空间。场域是力量关系和旨在改变场域的斗争关系的地方,因此也是无休止的变革的地方。在场域的某个既定的状态下,是可以被察觉的协调统合,场域表面上对共同功能的取向实际上肇始于冲突和竞争,而非结构内在固有的自我发展的结果。"[2]儒家的

---

[1] (宋)程颢、程颐:《二程集》,365页,北京,中华书局,2004。
[2] [法]皮埃尔·布迪厄,[美]华康德:《实践与反思》,李猛、李康译,142页,北京,中央编译出版社,2004。

每一个主体与"他者"的对话场域都是特定的利益形式和精神幻象的结合体。场域作为关系的网络或构架，在外体现为具体的表象，在内模糊为与精神理想之道的含混。《礼记》展现给我们三个具有关联性的场域预设：

其一，儒家肯定外在经验世界的各种事件本身的实在性，主体的精神活动并不能与这种实在性相游离，而应如《礼记·中庸》所言"博学之，审问之，慎行之，明辨之，笃行之"，积极主动地参与其中，应当"敬业乐群"，(《礼记·学记》)以积极入世、刚健有为和以天下为己任的人道情怀落实经邦济世的人生本位和实体达用的认知追求。例如，《礼记·礼器》《礼记·郊特牲》《礼记·祭法》《礼记·祭义》《礼记·祭统》等篇在谈到祭祀态度时强调"祭如在，祭神如神在"、"吾不与祭，如不祭"(《论语·八佾》)。虽然已故的先人、鬼神对活着的"人"来说只能是一种主观的精神的存在，但儒家同样将在其感觉能力所及以外的鬼神纳入到实际的经验范围之内。

其二，儒家不单纯把各种外在伦理活动看作过程性的事件，更多强调其与内在精神的彼此相关。儒家所看重的是在每一事件与其他事件在不断变化的相互构成脉络之中成就主体自身的净化提升。例如，在祭祀活动中，人们对于纯粹自然的精神的推崇已经完全糅进了十分繁琐的礼仪性进退俯仰的过程中。在这个过程中，明明有了甘甜的美酒，却要用无味的玄酒（清水）；明明有了锋利的割刀，却要用古时的鸾刀，崇尚"醴酒之用，玄酒之尚，割刀之用，鸾刀之贵，莞簟之安，槀鞂之设"(《礼记·礼器》)，"大飨之礼，尚玄酒而俎腥鱼"(《礼记·乐记》)实际上标举的是儒家的一种心性向往，因为"酒醴之美，玄酒、明水之尚，贵五味之本也。黼黻、文绣之美，疏布之尚，反女功之始也"(《礼记·郊特牲》)，"尊有玄酒，贵其质也"，"尊有玄酒，教民不忘本也"(《礼记·乡饮酒义》)，"割刀之用，鸾刀之贵，贵其义也"(《礼记·郊特牲》)。

其三，主体的创生性转化来自他者事物的回应性参与。《礼记》展现出的是儒家彼此依赖的关联性宇宙论与世界观。儒家从来不是被动地等待他者的响应，而是积极主动地对他者加以行为吁请，追求主体与"他者"意识的有机互动,从而能够在参赞宇宙大化的流行的过程中摆脱各种关系羁绊,从容地在整体性与过程性的世界中实现自身的独特价值。唐君毅认为:"中国文化之根本精神即'将部分与全体交融互摄'之精神:自认识上言之,即不自全体中划出部分之精神(此自中国人之宇宙观中最可见之);自情意上言之,即努力以部分实现全体之精神(此自中国人之人生态度中最可见之)。"[①]儒家正是运用自己的想象力去超越自我当前的界限,以进入到"他者"领域,并在那个领域中重新安置对于自己精神追求的限制。主体的场域意识是儒家世界观中社会、政治甚至伦理关系的渗透性与遍布性的比喻。比如《礼记》中反复强调的孝亲关系,实际上就是把家庭作为一个辐射性的场域中心,以此来确保所有的人在其每一个行为中都能以回应性的参与方式提升家庭关系的中心性的情感设定。这种回应是一种镜像式的回应,是主体自我行为本身对于所回应对方的容纳,是对于自我与他者之间连续性关系的承认方式:以增强双方的角色感为契机促进彼此之间的互补和协调。这样促成的关乎他者经验场域的开阔视野,使得一个人能够将特定的事件情境化和脉络化,最终能够在内外形成两个相互强化的自觉层面。

◎ 第二节
缺席的"他者"

在儒家的话语系统中,天道和圣人影像不是以一种难以企及的理念、话语方式虚悬地存在着的,而是以一种缺席的"他者"形象影响着君子的入世行为。儒家认为圣人的缺席主要是礼崩乐坏的结果,是"道不远人,人之为道而远人"的社会现实造成的。因为"大道既隐,天下为家,各亲其亲,各

[①] 唐君毅:《中国文化之精神价值》,59页,南京,江苏教育出版社,2006。

子其子，货力为己，大人世及以为礼"，"谋用是作而兵由此起"（《礼记·礼运》），儒家所看重的"爵不渎而民作愿，刑不试而民咸服"（《礼记·缁衣》）的自觉社会已经不复存在。在现实的政治和物质利益的驱使之下，人们更多地看重的是眼前的利益，看中的是私欲的满足。真正的圣贤已经很难在社会上找到，对于圣贤的推崇更多的是统治者自我标榜的方式，圣贤的价值观念和行为立场完全让位于功利的现世行为。儒家却天真地认为"圣人有国则日月不食，星辰不陨，勃海不运，河不满溢，川泽不竭，山不崩解，陵不施谷，川谷不处，深渊不涸"（《大戴礼记·诰志》）。具有了圣人的思维就会"虑之以大，爱之以敬，行之以礼，修之以孝，始之以义，终之以仁"（《礼记·文王世子》）。这体现了儒家的无奈的同时，也体现了儒家的诗性智慧。"按照各种人类制度的本性，应有一种能够用于一切民族的心头语言，以一致的方式去掌握在人类社会中行得通的那些制度的实质，并且按照这些制度在各方面所现出的许多不同的变化形态，把它（上述实质）表达出来。"[1]因为圣人影像不能在客观化的伦理实践境域中"显现"，所以儒家对其的形象转述也就充满了强烈的感觉和广阔的想象力。如果从不同伦理主体的精神共通性的角度来看，儒家把圣人所蕴含的深邃思想作为了整个社会不同伦理群体能够完成整一秩序的共通的语言，并将其诗性地作为所有伦理实践主体几乎完全相同的心理起点和人格归宿。这是儒家所设定的所有时代都应该具有的共同的精神本源，是能够在不同的政治伦理境域中进行相互交流的本体基础。因为儒家借此希求不同伦理关系人群行为准则的高度一致，希求以来自圣人的诗性智慧为伦理实践活动的精神指导，把圣人影像作为一整套内在的，不同于理性认识的诗性意象，运用于内缘性和外缘性的伦理关系网络之中。也就同时创造了一种完全不同于现实价值体系的精神体系，这一精神体系的确立使儒家现世伦理视角具有鲜明的诗性特征。儒家试图为"礼崩乐坏"的一切精神困境从圣人意象那里找出根源。这种努力本身

---

[1] ［意］维柯：《新科学》，朱光潜译，28 页，北京，人民文学出版社，1986。

就是充满诗意的。首先,在"谋用是作,而兵由此起"的功利社会中,人们不可能有远阔的视野,不可能为了追求精神的超越而忍受现实的困顿和落魄。"国君死社稷,大夫死众,士死制"(《礼记·曲礼下》),儒家关于圣人影像的诗性思维、诗性智慧也都必须根据现实的伦理政治的需要加以调整和重新解释。其次,儒家虽然提出了圣人影像的存在地位和价值,但是局限于当代人的历史经验和视野,圣人的诗性思想在历史中的发生与具体存在方式并不能落实到具体经验的层面之上。加之处于现实伦理关系中心的君子示范主体本身不够典范,人们对于圣人意象的理解采用的是一种断裂式的演进方式,这无疑为圣人影像的设定和儒家的当代行为之间开掘了一种无法跨越的鸿沟,直接导致了一些人对于儒家大秩序理想的误读。这在儒学后期的历史发展中不断得到了证明,更多地从内或从外解读儒学的人理解的是一种已经变形的、瓦解的儒家的诗性思想,而儒家关于圣人影像的真正诗性智能则被遮蔽或忽略。在此,通过对《礼记》等原始儒家经典的细致解读,以缺席的"他者"的身份还原儒家的圣人影像在儒家当代性思想的存在结构和现实意义就显得颇为重要。

第一,这种缺席是以精神领域的永恒在场为前提的。"无为而物成,天之道也。"(《礼记·哀公问》)天有掌握时间的威权,并安排着人事的秩序。人们的活动应当顺从天时,循时而动,如《礼记·礼器》所言"故作大事,必顺天时"。儒家以圣人为能体天道者,以其为天道的转释中继,因此只有濡染了圣人的德性精神方可完成对于天道的接近。所以,在动荡多变的世道中,在对于人伦事故的阐释过程中,儒家因为努力保持了缺席的圣人精神的永恒在场,而被尊为"德行道艺逾人者"的贤哲。而其所倡导的"仁爱"思想也就获得了在不同伦理关系群体中生根发展的可能。"仁爱"虽在处理"礼崩乐坏"背景下的一些伦理问题显得十分乏力,但因其根源可追溯到现实中缺席的圣王影像,所以也就一直未招致实质的反对,而是更多时候成为了人们言不由衷的外在行为遮掩。

第二,这一缺席的"他者"具有开放性和不确定性。这种"他者"形象并非固定化或者经典化的现实所指，而是一种遥契天道的诗性设定。这样一来，所有人都可以要求成为圣人但所有人都不会在现实中找到标准尺度。圣王影像如诗性存在的海市蜃楼可望而不可即，可以感知但却形象缥渺。这种"他者"就像一个高尚的幽灵缺席于现实的感知世界，却一直徘徊在人们的心中，以心理暗示的方式时刻给人以告诫和警醒。在此意义上说，这种"他者"的缺席是充满诗意的，因为毕竟圣人所能体悟到的天地之道是一种"博也，厚也，高也，明也，悠也，久也"（《礼记·中庸》）的诗性设定，能对其加以把握者的精神也必将是超远的。

第三，这一缺席的"他者"形象以其超出实际的功效建构了一个抽象的价值坐标。《周易·观·象》认为"圣人以神道设教，而天下服矣"。《礼记·祭义》进一步指出，圣人这样做的目的在于"因物之精，制为之极，明命鬼神，以为黔首则，百众以畏，万民以服"。《礼记·大学》所讲的修齐治平之道，实际上都是要求以圣人或圣王垂范示教，教化万民。《礼记·郊特牲》"天垂象，圣人则之。"郑注："则，谓则之以示人也。"在儒家的话语系统中，每个人都因占据一定的关系角色而有一定的职分，而真正的"人"要"知天命""明道""行道"，就要以圣人原则为价值坐标参与社会活动、关心天下，求得"我"与"他者"和谐一致。这一缺席的"他者"形象实际上为现实的政治伦理行为确立了一个"道德"范畴，这一道德范畴现实体现为"三达德"。"智、仁、勇三者，天下之达德也，所以行之者一也。"（《礼记·中庸》）"达德"是对"达道"而言的。朱熹注曰："达道者，天下古今所共由之路。""智，所以知此也；仁，所以体此也；勇，所以强此也。谓之达德者，天下古今所同得之理也。一则诚而已矣。达道虽人所共由，然无是三德，则无以行之；达德虽人所同得，然一有不诚，则人欲间之，而德非其德也。"儒家要求圣人影像的价值典范不仅要形于内，而且要形于外，形于内谓之"心之德"，形于外谓之"克己""爱人"的与在场的"他者"和谐一致的实践活动之中。

第四，这一缺席的"他者"形象从自我意识的角度促成了中国人所独有的时间直觉,使人摆脱了以视觉为中心的空间视野,把人格的完善安置在时间的视域中。儒家不把生命当作不断走向终点的线段,而是以主体生命为原点不断向过去和未来延展的射线。在儒家"慎终追远"的人生观念之中,圣人影像不断召唤着主体对于自我局限性的体认,"善继人之志,善述人之事"(《礼记·中庸》),从而经由对于人性的自觉开掘完成对于人生的去蔽。不断澄明的圣人境界使儒家获得了恬淡闲适的人生态度和从容不迫的处世信心,构成了儒家诗性智慧的重要本体内涵。儒家认为唯圣人能够"慎守日月之数,以察星辰之行,以序四时之顺逆"(《大戴礼记·曾子天圆》)。对于庸常的世人来说,时间上这一顷刻刚来,前一顷刻就已过去,时间就是这样在来来往往中永无止境地流转,根本无法对空间上并列的东西做到一目了然。生命为本能所役使,并部分地转入机械化(惯常或固定)的生命仪式中,无复自觉自主之可言。人的存在成为一项永远都不能完成和终结、到死都在寻求某种新的开始的无尽的事业。因此儒家认为,唯有在时间上去蔽以接近圣人的德性澄明,才能在突如其来的变故、不可测度的周遭世界以及无可奈何的境遇中获得内在的安定与平静,而后其心乃得有自由活动之余裕,做到如《礼记·中庸》所说的"无往而不自得",并在这种安定平静与自得的境界中,将自然过程的天命转而为经验中的责任或使命,以此为基础,"致广大而尽精微"(《礼记·中庸》),终使生命达到"天地同和"与"天地同节"(《礼记·乐记》)的生生之界。

◎ 第三节

在场的"他者"

孔子曰:"天下之达道五,所以行之者三,曰:君臣也,父子也,夫妇也，昆弟也，朋友之交也，五者天下之达道也；知、仁、勇三者，天下之达德也，所以行之者一也。"(《礼记·中庸》)知、仁、勇三者俱备，便是儒家所推崇的人生最高理想准则，落实为现实的行为规范，具体体现为君臣、父子、夫妇、昆弟、朋友之交等一系列在场的"他者"关系界限。

儒家认为作为现实伦理关系网络的一个涡状节点的君子如能够做到《礼记·中庸》所说："伐柯伐柯，其则不远。执柯以伐柯，睨而视之，犹以为远。故君子以人治人，改而止。"便可以在当下内缘性和外缘性的伦理活动中发挥自我的辐集能力，展现自我的行为价值以及德性影响。在君子主体有限的关系半径所划定的范围内，个人必须在承认和尊重"他者"存在的合理性基础上，同时接受因"他者"的存在而为自己设定的身份和角色。因为，一旦主体本身不能有效确立自己的身份和角色或者自己的实质性行为超出了"他者"的知行范围之外，就可能导致自己所处的伦理关系维度的扭结与混乱，最终使自我本身的认知超越和道德提升遭受来自于这种混乱的羁绊。因此儒家强调君子主体不以自我的单独在场去要求他人，而是经由对于他人在场的合法性确认为自己设定现实的行为标尺和德性参照，从而通过自我与"他者"的共同在场来获得现实秩序的动态平衡。儒家强调在自我的当下所为中，自我与他人的差异性必须被保证。自我在与他人交接的过程中，应努力保持"中道"的个人法则，而不是让"他者"替代自我，因为如能以"中道"的道德准则治理自身，也就同时保证了他人自己道德的同时在场，自我秉持了道德准则，他人也具有秉持道德准则的可能性。通过设定一系列在场的他者，儒家在最大程度上消除了为了自我的主体角色而牺牲他人的极端利己主张。使自我主体见端于与其同时在场的"他者"的当下，这样就保证了修道的君子提升和完善自我的同时完成了对于"他者"的接纳，而随着主体接纳"他者"可能性空间的加大，儒家也就获得了伸展于缺席的"他者"和在场的"他者"之间的更大弹性。恰如王夫之所说：

君子有鉴于伐柯以为远也，而以推之于治人之道，就人之所可知者使知之，其不可知而不知也，然后施之以法；就人之所能行者使行之，其能行而不行者，然后督之以威。故但纳之于饮、射、读法之中，申之以悬法、恂铎之令，导之以孝弟力田之为，能革其习俗之非，以尽其愚贱之所可为，则君子之教止于此矣。仁期于必世，而礼乐待于百年，未尝以君子自尽之学修，取愚氓而强教之也。由此观之，则夫人之可知可能者，即治人之道，是天下之人皆道之所著也，而岂远乎哉。①

这种弹性是双向的、互基的，同时又和持续展开的主体"反身而求"的自向性活动密切相关。"于是以其所以责彼者，自责于庸言庸行之间，盖不待求之于他，而吾之所以自修之则，具于此矣。"②这种弹性使儒家的勤勉、笃实、一贯的现实伦理活动充满了诗意，不断在言语与行动的相互照看中打开自身："庸德之行，庸言之谨，有所不足，不敢不勉。有余不敢尽，言顾行，行顾言，君子胡不慥慥尔。"（《礼记·中庸》）

首先，这种在场的"他者"撑开了儒家生命化了的空间直觉。在儒家的内缘性和外缘性关系体系中，主体的生命境界是渐次敞开的。儒家没有把生命与主体，主体与世界区分开来，而是把整个世界纳入了自己的生命体认，以自己的内在和谐推动与在场的"他者"之间的行为协调。这种协调不是不同生命主体之间简单的行为累积，而是如水的洄纹一般对于生命空间的渐次扩展，如《易传·序卦》所说："有天地，然后有万物；有万物，然后有男女；有男女，然后有夫妇；有夫妇，然后有父子；有父子，然后有君臣；有君臣，然后有上下；有上下，然后礼义有所错。"在尊卑、长幼、上下、远近次序的人际关系中，君子的生存际遇首先必须面对的就是生命空间的渐次拓展。《礼记·哀公问》记载，鲁哀公向孔子询问为政之道，孔子回答："夫妇别，父子亲，君臣严，三者正则庶物从之矣。"又《礼记·昏义》说："礼之大体而所以成男女之别，而立夫妇之义也。男女有别，而后夫妇有义；妇夫

---

① （清）王夫之：《四书训义》，见《船山全书》第七册，136页，长沙，岳麓书社，1996。
② （宋）朱熹：《中庸或问》，见《朱子全书》第六册，574页，上海，上海古籍出版社，2003。

有义，而后父子有亲；父子有亲，而后君臣有正。"这都从一定程度上说明了"君惠臣忠""父慈子孝""夫义妇顺""兄友弟恭""朋友有信"这五种基本关系中的"他者"地位。这五种基本关系强调的不是从分裂走向和谐，而是从一开始就是和谐本身，这种背景中的主体，其一切的生命活动，无不都是所谓的大乐与天地同和，大礼与天地同节。既要保持人的个性，给个体化以一定的认可，又确保其不与群体相对立。这种以顺从和恭敬为实质的伦理要求后来逐渐演化为儒家的基本精神如"仁""中庸"等的主要内涵。接纳他人，并不仅仅意味着在自己的世界中给他人一个位置，而在于以生命体认的方式通过巩固五种基本关系最终促成儒家诗性理想的最高境界：天人合一。在这里，儒家一方面承认不同关系维度之间的场域差异，另一方面着力于不同关系维度之间的场域重叠。同一关系维度显现在每个人那里都是不同的，甚至对同一个人而言，在不同的时刻也是有差异的，每个人都有他自己的生命场域，同时也必须面对"他者"场域向自己敞开。这样儒家的多重生命场域在其相互指引中构成了层层展开的褶皱式境域总体。

其次，这种在场的"他者"推动了君子中心的旋转，使之进入了氤氲的大道循环。儒家和谐目标的实现基于主体与在场的"他者"的成功沟通。《礼记·曲礼上》所说的"往而不来，非礼也；来而不往，亦非礼也"强调关系双方沟通的同时寓含了一种谦和的节度立场。这一节度立场中所包含的节制、恰当、分寸、适度的原则，礼尚往来、尊重他人、敬、让、轻财重礼、不骄不淫、相互沟通与理解的内涵使儒家能够以一种和亲、谐民、仁爱、交融的精神走出自我，走向他者、社群、国家、天下的相互伦理中，进而使单一君子主体的行为具有普世价值，进入儒家所推崇的氤氲的大道循环。对于在场的他者的接纳有助于主体和天地自然精神的沟通，有助于主体上升到与万物造化和谐共通的大秩序境界，使君子主体逐渐完善人伦精神与天地精神和谐沟通与交往的宽敞、开放和博大的诗意情怀。通过与一系列在场的"他者"之间互动的秩序、节度、交往、和谐关系的确立，通过在特定的关系场域中确定亲疏、远近、贵贱、上下的等级，确立君臣、父子、兄弟、夫妇的社会结构，整齐风俗，节制财物之用，理顺社会关系与秩序，儒家所推崇的"至诚无息"、"悠远则博厚，博厚则高明"的中庸境界就具备了极强的现实可操作性。经由在场的"他者""定亲疏、决嫌疑、别同异、明是非"（《礼记·曲礼上》）区别出亲疏、远近、层次上的差别，彰显内在质实的诚敬，做到"礼、乐、刑、政四达而不悖，则王道备矣"（《礼记·乐记》）。以"节民心""正交接"和谐万物并提升总体的文明水准，至少使儒家在一个诗意的生命空间拓展中，消除彼此间不可逾越的距离。将分割在不同伦理场域中不能相互沟通的人群建构为那个理想的大秩序世界正当化的基础上；将一个从各个方面都被结构、被决定的场域在主体与"他者"的相互指引中抵达作为境域总体的共通世界。儒家这种在透明的、光亮的、没有遮蔽的理想中相互抵达彼此的世界梦想，是一种"他者"能够理解自我、去除自身内部隐藏着的遮蔽状态、毫无隔阂地进入自我的世界的乌托邦式期待。

最后，这种在场的"他者"为主体找到了开放自身的现实路径。因为有了"他者"的在场，主体不再是一个封闭自足的精神场域，而开始在"他者"角色的驱使下不断地自我敞开。这在儒家的话语体系中主要体现为"孝""忠""恕""仁""义"五种路径。这五种路径是一种相关互动的交通体系。"天降大常，以理人伦。制为君臣之义，著为父子之亲，分为夫妇之辨。是故小人乱天常以逆大道，君子治人伦以顺天德。"[①]"男女辨生言，父子亲生言，君臣义生言。……男女不辨，父子不亲；父子不亲，君臣无义。"[②]儒家将"男女辨，父子亲，君臣义"归结为"君子所以立身大法三"，其间关系是"圣生仁，智率信，义使忠"。为了贯彻"家国一体"的血缘等级道德规范，儒家强调以"孝"促"忠"，以血缘亲情促政治伦理、以事亲孝推于事君忠。以修身齐家推于治国为政，从狭义的孝父母扩展到广义的忠天子。"孝子以事其亲，其本一也"（《礼记·祭统》），在家为孝子，在朝为忠臣，尽孝是尽忠的前提，尽忠则是尽孝的结果。儒家所谓忠，就是

---

① 郭店楚简《成之闻之》第31～32简。
② 郭店楚简《六德》第33～34、39简。

要求内心求善，外求尽职尽责。"君子不以口誉人，则民作忠"（《礼记·表记》），在儒家眼中，"好而知其恶，恶而知其美"（《礼记·大学》）。孝于双亲、忠于君主并不是绝对地顺从，而恰恰是在面对君亲时，同时打开自我，以忠孝为路径敞开自我的精神场域，以自己内在良知的裁判理性地实现自己。在儒家的话语体系中，"忠"和"恕"是紧密相连的。儒家认为"夫子之道，忠恕而已矣"（《论语·里仁》），"忠恕违道不远，施诸己而不愿，亦勿施与人"（《礼记·中庸》）。"忠""恕"两种准则近于中庸之道，自己不愿意接受的事情，也不要强加在别人身上。忠恕之道，即严以律己、宽以待人之道。"忠"和"恕"是同一个问题的两个方面。"忠"和"恕"的区别在于："忠"是自己内心中一种对人对事的真诚态度，以及由此态度去诚实地为他人谋事做事的行为。"恕"是以自己的仁爱之心，去推度别人的心，从而正确地处理人际关系和谅解别人不周或不妥之处，做到"施诸己而不愿，亦勿施于人"、"己欲立而立人，己欲达而达人"（《论语·雍也》）。"所恶于上，毋以使下；所恶于下，毋以事上；所恶于前，勿以先后；所恶于后，毋以从前；所恶于右，毋以交于左；所恶于左，毋以交于右。""是故君子有诸己而后求诸人，无诸己而非诸人。所藏乎身不恕，而能喻诸人者，未之有也。"（《礼记·大学》）把"恕道"作为"可以终身行之"的一种道德规范，并以自己心中的"恕道"去要求别人的"恕道"，从而保证在与"他者"的交通过程中能够消除隔阂，化解矛盾，从而趋近于儒家理想中的和谐秩序。儒家的真正旨趣并不在于要求主体通过认知的方式抵达他人或绝对陌异性的"他者"，去跨越自我与"他者"的边界，儒家所要做到的是倚借他人的视野来实现确定自我的生命维度，通过"忠""恕"获得在场的"他者"向自我的移位，将其转化为自我经验的变相建构。这样一来，所谓的"他者"就转化为了自我的扩展或补充形式。这样，就不难理解张载所说的话："忠恕者与仁俱生。"（《张载集·张子语录》）《说文》："恕，仁也。"朱熹解释说："推己之谓恕。"与"父慈、子孝、兄良、弟弟、夫义、妇听、长惠、幼顺、君仁、臣忠"（《礼记·礼运》）

与这一系列在场的"他者"设定相关的是,"仁"与"义"这对内外相辅的路径打通了主体自足封闭的外壳,使主体自我的生命维度变得逐渐澄明。在这里,"仁"与"义"不再是一个高高在上的理论,而是主体可以每日真切反观自己的切实路径。虽然《礼记·表记》:"子言之:仁者,天下之表也;义者,天下之制也;报者,天下之利也。"但是,儒家也意识到了这种自我敞开路径只能是一种诗性设定,因为:

> 子曰:无欲而好仁者,无畏而恶不仁者,天下一人而矣。
> ……
> 子曰:仁之为器重,其为道远,举者莫能胜也,行者莫能致也,取数多者仁也,夫勉于仁者,不亦难乎?是故君子以义度人,则难为人;以人望人,则贤者可知已矣。
> ……
> 子曰:中心安仁者,天下一人而已矣。《大雅》曰:"德輶如毛,民鲜克举之,我仪图之,惟仲山甫举之,爱莫助之。"
> ……
> 子曰:仁之难成久矣!人人失其所好;故仁者之过易辞也。(《礼记·表记》)

虽然儒家提出"仁之难成久矣,惟君子能之",但是君子接近这一路径要做到"不以其所能者病人,不以人之所不能者愧人"。要"礼以节之,信以结之,容貌以文之,衣服以移之,朋友以极之",做到"服其服,则文以君子之容;有其容,则文以君子之辞;遂其辞,则实以君子之德"(《礼记·表记》)。这些都迫使儒家暂时放弃无限敞开主体的自由,诗意地栖居在自我设定的内在的"他者"境域之中。

◎ 第四节

内在的"他者"①

儒家在其内在的精神人格操守中,并非完全地向外界敞开了内心,而是为自我的内在设置了一面镜子,并在解释和自我解释的过程中,力图保持一种内在的自然和自由,保持一种畅游天地而无所羁绊的精神状态。一切外在于内在精神诉求的一切,都被儒家以一种内在的"他者"的形式驱赶到了内在自由精神和外在伦理规范,以及行为原则相互交锋的自我边界地段。这种内在的"他者"是投影于儒家精神波心的异质因素,是在伦理实践的境域中丧失了本我的存在状态的主体的自我掩饰,是主体的异化身份形式,是主体本真自我和外在的他者渗透于意识结构中的结果,是儒家大道既行理想和大道既隐现实的痛楚交锋。对于这一自我领域内的"他者"的体认和把握,有助于暴露儒家主体的隐匿性身份,显露儒家最真实、最本质的内心诉求。

首先,这种内在的"他者"表露了儒家的"性""命"情怀。在儒家虚拟的精神空间里,儒家希望自己能够自由舒展"性""命"情怀,通过互动与天道自然进行本真的交流,完全释放"本我"的心理能量。即超越了血缘、地缘的概念,直接以感情为取向进行人际互动,进而获得真正的精神归属。

---

① 此处内在"他者"概念的提出借鉴了弗洛伊德关于人格精神结构的理论。弗洛伊德在1923年发表了《自我和本我》一书,提出了一个包括"本我""自我""超我"的人格结构模式。他把本我看成是个性中最原始的部分,即新生婴儿出生时具有的初始系统。自我是婴儿出生后与环境接触时开始发展的。超我是人的道德方面,是父母或其他成人将社会的道德价值和标准传给儿童时发展起来的。三者奉行不同的原则,简言之,本我,奉行快乐原则;自我,奉行现实原则;超我,奉行道德原则。根据弗洛伊德的理论,本我是人类本能存在的地方,它是一种心理能量,驱动人类的活动。"这种心理能量在数量上是有限的,即在某一段时间中只具有一定数量。"弗洛伊德把人格结构看作一个能量系统,而本我的能量在任何时间都在本我、自我、超我之间分配。"三我"既统一又斗争,自我则在冲突和斗争中进行调节,从而使"三我"达到新的平衡。本我奉行快乐原则,包含寻求解脱的任何一种方式所带来的快感,如排解痛苦,饥饿感或紧张的消除等。然而,社会中的人由于受到现实和道德的种种约束,人的本我能量的释放在很大程度上受到压抑和限制,能量分配长期倾斜,不仅对于人格结构的发展不利,而且容易导致社会成员情绪低落,产生精神归属障碍。

《礼记·中庸》所说的"天命之谓性,率性之谓道,修道之谓教"可以看作这种情怀逐渐展开的三个层次。人性的初本状态是把握天道本真状态的中介,是可以通过内省直观得到的。所以,它对人说具有自明性。对人性本真状态的内省直观所得到的观念,对对象说,得到的是对象的本然;对人性说,得到的是人性的本真;对认识说,得到的是真理性知识。性是定然的、无条件的、先天的、固有的,而不是习染的,是对于天道的真切认知。天道与人道从本源与实现的关系互相阐发,儒家认为人道是由天道赋予的。"率性之谓道"就是说循着人天性而行就合于道,"自诚明"完成自然人性论到道德人性的转化,最终做到"诚则明矣,明则诚矣",即把自然人性向道德人性的过渡推向循天道而为的由里及外的发用。这种价值取向使儒家在精神领域获得了超越,表露了儒家以一种隐匿的身份退隐于现实社会角色之外通过认同、转移等的心理机制释放最深层的能量,从而达到精神上的自足与满足的梦想。这种梦想体现了儒家生存论的反思立场,表露了儒家以人性的本初状态把握、实现最本然"性""命"的努力。朱熹注:"大本者,天命之性,天下之理皆由此出,道之体也;达道者,循性之谓,天下古今之所共由,道之用也。"将未发状态的情感归结为天命之性,再归结为理,在追溯万事万物的本原过程中落实了"中也者,天下之大本也"的合理性。"心即性也,在天为命,在人为性,论其所主为心,其实只是一个道。"(《二程遗书·伊川先生语四》)对此,牟宗三认为:"'生之谓性'意即就自然生命之种种自然征象,自然质性而说性;自然生命生而有此自然征象,自然质性,就叫作是性。种种自然征象,自然质性,如具体地列举之,不外是生物、生理、心理三串现象之总聚。此完全是就人的自然生命乃至凡有生者之自然生命之实然而说性。在此,就其为材质之自然而本然言,当然是中性无记者,是'无分于善不善'者。"这种实然之性当然不能作为人伦基础,所以他说:"因此,必须推进一步,直就人之真正的道德行为所以可能建立一种人的应然之性。此种应然之性不只是道德上之理论的要求,而且必须是一种真实的呈现。因为真正的道德行为实是有的,不纯是一种幻想,因此作为其超越根据的性亦必须是一真实的呈现，而不能只是一种要求。"那么这种应然之性就是："正宗儒家所透视的超越的道德心性，即孟子所谓'尽心知性知天'之性，《中庸》'天命之谓性'之性。"①将主体的内在道德意识，天德完全内化为外在的行为准则就会如王阳明所说："尽心、知性、知天，是生知安行事；存心、养性、事天，是学知利行事；寿夭不贰，修身以俟，是困知勉行事。"（《传习录》）在此，儒家承认了每一个生命的独特性，承认了一个由内而外的"自反""反求诸己""求其放心"的人格修养境界，同时在自我的精神领域中划定了一个"他者"区域以确保自我人格结构的平衡发展，在内位精神释放和道德转移的过程中永远拥有一种稳定的精神归属感，在现实环境所培养的道德意识和价值意识保持一个自足且稳定的心态。

其次，内在的"他者"是主体异化的身份形式。美国社会学者库利曾在1909年出版的《社会组织》一书中提出了一个"镜中我"理论，即"人的行为在很大程度上取决于对自我的认识，而这种认识主要是通过与他人的社会互动形成的，他人对自己的评价、态度等等，是反映'自我'的一面'镜子'，个人透过这面'镜子'认识和把握自己。"②儒家在内位精神释放和道德转移的过程中，必须准备出最佳方式与物理或社会环境打交道，这就要求儒家设定一种内在的"他者"作为这种需求的释放者和控制者。主体必须与现实伦理世界真正接触，现实伦理世界中的规则设定与头脑中的自然以及自由的冲动既相互联系又相互对立。当儒家接触现实伦理世界时，这个类似"镜中我"的"他者"迫使主体建立起内在的第二个重要认知系统。如果说儒家本心的精神追求是完全主观的，那么这种内在的"他者"就推动着主体走向客观的一面，将渴望得到的东西与实际可得的东西进行区分，开始使主体接收一种现实原则。随着现实原则的逐渐渗透，内位精神的部分"原始"能量就投入了对于现实原则的加强。这种加强表现为：一是在现实环境中寻找消除内位精神压力的方式，二是控制内位精神的冲动，找到充足的、合理

---

① 牟宗三：《心体与性体》第二册，201、205页，台北，正中书局，1987。
② 郭庆光：《传播学教程》，82页，北京，中国人民大学出版社，1999。

的、合适的释放方式。但是，伦理社会的秩序化和节奏感，加之"礼崩乐坏"造成的人们普遍行为原则和价值原则的失控，使儒家机械化的伦理礼仪操作过后，体验到了身体的疲惫、心理的压力和心灵的孤寂。利益和礼仪的表面化已经给人们的深层互动设置了一道道障碍，主体变得愈加封闭，无法感受到"大道既行"时那种传统意义上主体归属感和家园意识。这一点可以从孔子的悲叹中见出：

> 孔子蚤作，负手曳杖，消摇于门，歌曰："泰山其颓乎！梁木其坏乎！哲人其萎乎！"既歌而入，当户而坐，子贡闻之曰："泰山其颓，则吾将安仰？梁木其坏，哲人其萎，则吾将安放，夫子殆将病也。"遂趋而入。夫子曰："赐！尔来何迟也？夏后氏殡于东阶之上，则犹在阼也；殷人殡于两楹之间，则与宾主夹之也；周人殡于西阶之上，则犹宾之也。而丘也殷人也。予畴昔之夜，梦坐奠于两楹之间。夫明王不兴，而天下其孰能宗予，予殆将死也。"盖寝疾七日而没。（《礼记·檀弓上》）

孔子的悲叹以及孔子的死亡可以象征性地说明儒家的济世压力长期得不到消解，人格结构得不到平衡发展，迷失的精神向度得不到有效的互动，从而带来人格断裂。为外在的一切在自己的内位精神领域划定一个存储转化的区域，以减轻因直接面对现实原则的痛楚，这是儒家用以屏蔽归属感危机的有效手段，是儒家一种内部断裂之后的诗性的"他者"设定，赋予了君子主体参与社会时的一种异化身份形式。

最后，内在的"他者"促成了主体诗意的栖居态度。儒家力图超越世俗人生的生命层次，以审美的人生态度诗意地栖居于自足的精神境界。儒家不仅在努力背离本质人生的窘境，更通过与内在"他者"的争执来打破这窘境，重建一种具有诗意的日常生活态度，从而实现了人类心灵最大限度的慰藉。儒家内在"他者"精神区域划定本身就是一种充满诗意哲学的行为，这种哲学行为以"本原"意识为核心，以情感上的质朴与本真，作为"本原"

之真正的旨趣所在。《礼记·孔子闲居》中记载孔子的话："夫民之父母乎，必达于礼乐之原。"虽然这里的本原是指礼乐而言，如"礼云礼云，玉帛云乎哉？乐云乐云，钟鼓云乎哉？"的所指一样，儒家已经超越了玉帛钟鼓、揖让律吕这些礼之仪和乐之表而追求一种生命完全逍遥自在的诗化人生。儒家在内设定一个"他者"的区域实际目的在于通过其反观现实境遇，重新摆正主体与外在影像的主从关系。儒家的这种态度其实很大一部分是来自于其精神传统的积累，来自于其一贯的对于大道的向往。儒家这种对诗意生存的追求，是其哲学人性中永不泯灭的童话气息。《礼记》所盛赞的传说中的三皇（天皇、地皇、人皇）五帝（黄帝、颛顼、帝喾、唐尧、虞舜）的"大同时代"不仅仅是一个"大道之行也，天下为公，选贤与能，讲信修睦。故人不独亲其亲，不独子其子，使老有所终，壮有所用，幼有所长，鳏寡孤独废疾者，皆有所养"的一种理想社会模式，也流露出了儒家以"他者"为镜的诗性生活态度。《礼记·儒行》中"儒者不陨获于贫贱，不充诎于富贵，不慁君王，不累长上，不闵有司"这样一个立体而完美的儒者形象让我们想起了孟子所说的"富贵不能淫，贫贱不能移，威武不能屈"的大丈夫，而《儒行》的"儒有澡身而浴德，陈言而伏，静而正之，上弗知也；粗而翘之，又不急为也；不临深而为高，不加少而为多；世治不轻，世乱不沮；同弗与，异弗非也。其特立独行有如此者"。则较为详尽地勾勒出了《中庸》所说的君子形象："君子尊德性而道问学，致广大而尽精微，极高明而道中庸，温故而知新，敦厚以崇礼。"这种自我诗性形象以及生活态度的设定有两方面的现实意义：一方面能够以隐匿的形式有效巩固主体在现实伦理生活境域中的角色集合，即个人在现实世界的身份，如丈夫、父亲、臣子、儿子、朋友等角色的集合。使主体保持一种诗性的生活态度可以使个体排解掉由于现实社会中的角色集合带来的心理压力，而能够再次更积极地投入到社会角色中去，避免因扮演多种角色而导致的人格分裂。另一方面，能够促进人格结构中心理能量的合理分配，经过自我调节，使内心精神境域因"他者"植入所导致的不平衡达到新的平衡，从而使人格得以向前发展。

总而言之，在与"他者"共生的对话场域和交互性伦理建构之中，因为德性完美的君子的存在只是想象的产物，儒家主体不得不面对来自"他者"的改写和异化。由于君子自己本身的存在仅仅是想象性的设定，这就难免使其在与"他者"的认同努力中承受自我内在空间的萎缩和主体自由的局促。在客观化的政治和伦理操作领域，能指链条完全归属于"他者"设定，也就是由礼仪符号所涉猎或覆盖之域；而礼仪则是承载着社会规范、文化习俗和制度模式的符号，甚至在一定程度上就等同于这些社会规范，这种社会规范以政治语言和伦理话语的方式通过一定的时空嵌入到"他者"的领地，并最终与"他者"相互交融在一起，构成"他者"的核心，进而侵袭入君子固守的无意识领域，与君子日常行为的潜意识密切相连。一旦君子主体的潜意识被他者影像所复写或覆盖，君子主体就有被彻底颠覆的危险。儒家深深意识到了这种危险，因此试图努力拉开作为理性个体的主体与"他者"之间的距离，借由"他者"之镜进行一种对抗而非对立的主体意识形态构建。这种构建本身来自于儒家拒绝被"他者"复写的反向超越冲动，这种冲动的直接后果是在儒家主体内部出现一道难以弥合的裂痕。这道裂缝因主体对抗"他者"侵入而成型，为儒家的理性想象和盲目的自信所覆盖和掩饰，这在后期儒学的发展过程中已经变得无法修补。

无论是本章所谈到的缺席的"他者"、在场的"他者"抑或内在的"他者"都因牢牢占据了政治和伦理话语的能指链条，而逐渐成为主体必须面对却无力反抗的某种先天的"外在性"的力量。受困于"他者"的支配和遮蔽，单一主体在对于"他者"所衍生的所指意义无休止的诠释过程中浑浑噩噩地生活在"他者"的这一具有某种"先天性"的外在世界之中。当儒家自信能达到想象彼岸的时候，他其实就已经陷入了某种虚幻性的想象之中。当儒家意识到了圣人"自在"境界的"不可及性"之时，其实已经反向加强了因与"他者"互动所形成的现实经验世界的"虚幻性"和"不可及性"印象。因为儒家一直认为礼崩乐坏之后的现实是一种非正常状态，也是一种可以通过主体提升加以改变的短暂现象。在内外两重虚幻的诗性设定中，儒家进入的是一个由"他者"所掌控的充满了难以弥合的"裂痕"的世界。问题在于，这一充满裂痕的世界面前儒家的主体策略是进一步沉浸于依赖想象而产生的对于圣人"虚像""认同"的境界之中的。因为这一"认同"显然是虚幻的和想象式的，所以从根源上看，儒家把自己的社会领域理论建立在这样一种对抗观的基础上：承认存在着原始性"创伤"和不可能的内核，以内位的加强抵抗因礼仪而来的符号化、极权化和符号整合。只要存在着对抗，主体就不能成为一个自身完整的存在，就可能被展现为局部、不稳定客观化的客观性的角色。蕴含礼仪象征的"他者"的能指链与主体之间并不是对等的意义指涉关系，能指链作为一个丰富的"他者"系统，对主体构成的是一种巨大的意义压制。内位的虚像想象的存在阻止个体以完全客观化的角色不仅在现实中成为完整的自我，而且能在与"他者"的争执中进行"主体身份"的反复确认。诗学上反复谈论的"主体"范畴，在儒家的话语结构内，都是在"主体身份"的意义上而言的。也就是说，作为社会行为者的主体是以不断地和"他者"进行链接和组合的"身份"而出现的。把《礼记》所指涉的社会礼仪象征领域视为结构化的区域，通过对"他者"蕴含的考察来探究儒家难以被象征符号化的主体断裂，其诗学的价值和意义将是非常明显的。

第八编 ◎

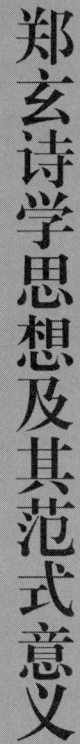

郑玄诗学思想及其范式意义

第二十九章
诗经汉学渊源述论

郑玄,字康成,北海郡高密人,生于东汉顺帝永建二年(127),卒于建安五年(200)。他是汉末最著名的经学大师,流传至今的儒家经典大都经过了郑玄的权威注解,今天的《诗经》本子就是郑玄笺注过的毛诗。郑玄的诗经学成就极为卓越,影响也极为深远,不仅为后世诗经学研究打下了坚实的知识基础,更标志着汉代诗学文字教话语系统的最终形成,并给出了大一统体制下诗经学与文学理论建构的基本范式及价值取向。郑笺毛诗是封建科举教育的读本,历代文学家都要受到它的影响,这是不言而喻的。

"诗经汉学"是包括郑玄在内的一批汉儒,在继承先秦诗学资源的基础上对《诗经》所做出的文化阐释与理论概括。我们首先要弄清楚先秦至汉诗经学史的演进问题,即它是在何种情势之下,以什么样的言说方式展开的,支配其发展演变的内在逻辑是什么。如果说封建时代的诗经学,本质上是以经学研究形态包裹起来的诗学文字教,那么,我们的追问就包括以下两个方面:(1)最初作为"仪式用歌"的《诗》三百如何脱离乐教的传统,升格为文字经典并成为诗教的载体;(2)最初基于"用诗""说诗"而来的松散的先秦《诗》说如何经过话语和价值的双重转换,逐渐收缩凝结,最终在汉代获得了它的成熟的解释学形态。

◎ 第一节
汉儒诗教观念的生成轨迹

诗教，即诗经文字教，这是随着西周礼乐文化的衰落而发展起来的一种教化形态。孔颖达注《礼记·经解》云："诗为乐章，诗乐是一，而教别者。若以声音、干戚以教人，是乐教也；若以诗辞美刺讽谕以教人，是诗教也。"诗教是通过文辞劝勉的方式将道业外铄于人，乐教则借助礼乐仪式的操练来释放它的礼义精神，接受者在一种艺术化的熏陶之中完成对人生之道与社会秩序的领悟。

古人崇尚乐教，以为这是源于后夔的传统或是周公的制作。《尚书·尧典》有云："帝曰：夔！命汝典乐，教胄子，直而温，宽而栗，刚而无虐，简而无傲。诗言志，歌永言，声依永，律和声。八音克谐，无相夺伦，神人以和。"《尚书·尧典》反映的是西周之前的乐教盛况，那时的音乐教化重在一种人格教育，即朱熹所谓"教之因其德性之美而防其过"。[1] 宋明理学家特别重视"温柔敦厚"，所以就把这段记载当成了读《诗》的"纲领"，持论与朱熹一致。例如，刘瑾就说："因其性之直而防其过，故欲其温；因其性之宽而防其过，故欲其栗；因其性之刚而防其过，故欲其无虐；因其性之简而防其过，故欲其无傲。凡所以养其中和之德，救其气质之偏者，盖皆乐之功用也。"[2] 在他们看来，后夔所典之乐俱是发于人心之和，情志温厚，声律调谐，所以能够调节人的性情，具有"致中和"的人格养育功能。

至于周公"制礼作乐"，那是确有其事的。《史记·周本纪》云："既黜殷命，袭淮夷，归在丰，作《周官》。兴正礼乐，度制于是改，而民和睦，颂声兴。"《礼记·明堂位》和《尚书大传·洛诰》都记载有周公六年"制礼

---

[1] （宋）朱熹：《诗传纲领》，见《朱子全书》第一册，346页，上海，上海古籍出版社，2002。
[2] （元）刘瑾：《诗传通释》卷首，《景印文渊阁四库全书》第七十六册，272页，台北，台湾商务印书馆，1983。

作乐"、七年"致政于成王"的事迹，说他在平定了东夷诸国的叛乱之后完成了制作礼乐的大业，正式确立了周王朝的典章制度、礼仪节文以及思想意识形态。周公所定之乐舞，所颂多为周王朝的文治武功，那是周礼仪式中的重要组成部分。其中最为人所称道的当首推《大武舞》，以及表现文王之德的一系列仪式用歌。《大武》本来是武王时代的乐舞，及至成王太平之际，周公在重修《大武》的时候创作了《武》《桓》二诗，形成了固定的配舞歌辞与表演程式。① 《大武》以象武王伐纣之事，兼及武王经营南国与周召分陕的内容。《乐律》有云："总干而山立，武王之事也；发扬蹈厉，太公之志也；《武》乱皆坐，周、召之治也。且夫《武》始而北出，再成而灭商，三成而南，四成而南国是疆，五成而分周公左、召公右，六成复缀以崇天子。"这六成的歌辞俱是出自《周颂》，除了《左传》所提示的《周颂·武》《周颂·赉》《周颂·桓》三首之外，②其余三成的歌辞，历代都有歧义。孙作云著《诗经与周代社会》一书，对王国维、高亨等说多有批判，他考订出《大武舞》的配乐歌辞依次是《周颂·酌》《周颂·武》《周颂·般》《周颂·赉》《周颂·桓》五首，其中第五成的乐章，即表现周、召分陕的部分"可能根本无歌"。③ 这五首诗歌都在王国维和高亨考订的《大武》用诗范围之内，不过演奏顺序有所不同。④ 我们参照《乐记》所载之舞容和孙作云考定《周颂》五首的演出次序，则《大武舞》完整地表现了武王伐纣的全部过程，以

---

① 《荀子·儒效》《庄子·天下》篇都认为《大武》是武王时代的乐舞，《吕氏春秋·古乐》篇更云："武王即位，以六师伐殷，六师未至，以锐兵克之于牧野。归，乃荐俘馘于京太室，乃命周公作为《大武》。"但是，在《乐记》关于其舞容的记载中，却有周召分陕而治的内容；而且武王也以受祭者的身份出现在《大武》组诗之中，即《武》《桓》二诗。马银琴就此认为，周公在重新修订《大武舞》的时候创作了《武》《桓》。这个结论是可以信从的。马银琴：《大武乐歌辞考》，《两周诗史》，112~118页，北京，社会科学文献出版社，2006。
② 《左传·宣公十二年》记楚庄王之语云："武王克商，作《颂》曰'载戢干戈，载櫜弓矢。我求懿德，肆于时夏，允王保之。'又作《武》，其卒章曰'耆定尔功'，其三曰'铺时绎思，我徂维求定'，其六曰'绥万邦，屡丰年'。"其中，"耆定尔功"见于《周颂·武》，"铺时绎思，我徂维求定"见于《周颂·赉》，"绥万邦，屡丰年"见于《周颂·桓》。
③ 孙作云：《周初大武乐章考实》，见《诗经与周代社会研究》，255页，北京，中华书局，1979。
④ 王国维《周初大武乐章考》认为《大武舞》的用诗顺序依次是：《昊天有成命》《武》《酌》《桓》《赉》《般》六首。高亨《周代大武乐考释》认为是《我将》《武》《赉》《般》《酌》和《桓》。

及武王事功所关乎周室基业的重大意义。

比如在前两成的歌辞即《周颂·酌》《周颂·武》中，分别有云："实维尔公允师"；"允文文王，克开厥后。嗣武受之，胜殷遏刘，耆定尔功"。"尔"字凡两见，都是指文王。这就是说武王不敢以功业自居，而将伐纣当成是文王未竟的事业。第四成的歌辞，即《赉》云："文王既勤止，我应受之，敷时绎思！我徂维求定，时周之命，于绎思！"又是将武王的勤于南国，认定是从文王那里领受的天命。第六成的歌辞，即《桓》作于周公、成王致太平之际，里面说周朝"绥万邦，屡丰年"，这种情形显然大异于武王时代所歌《赉》"我徂维求定"的心情。而在《桓》辞中，成王之太平则被说成是"桓桓武王，保有厥士"的继续，以及"天命匪解"的赋予。由此再来看《大武》六成的表演，实际上是以武王事功为中心，上追文王之开创，下及成王之太平，又统统归于天命的名目之下，将周室的家族事业装点成为奉天命、公天下的神迹。周公如此安排《大武舞》的演出，显然是要借助仪式渲染宗周统治的合法性，杜绝天下诸侯的非分之想。《乐记》还提到"六成复缀以崇天子"，即表演完毕之后，舞者下跪以表现对周天子的无限崇敬。其用心也是十分显豁的。

《周颂·清庙》《周颂·维天之命》《周颂·维清》是为祭祀文王而制作的组歌。《尚书大传》卷一云："于穆清庙周公升歌，文王之功烈德泽，尊在庙中尝见文王者，愀然如复见文王"。这是在洛邑的告成典礼上，由周公主持的祭祀活动，是在文王的太庙之中进行的。《毛诗序》也说："《清庙》，祀文王也。周公既成洛邑，朝诸侯，率以祀文王焉。"三家诗无异议。"升歌"就是唱诗的意思，《清庙》是一首只用于演唱的诗歌。与"升歌"相对，又有所谓的"管象"次于其后。《礼记·文王世子》《礼记·明堂位》《礼记·祭统》《礼记·仲尼燕居》都有"升歌《清庙》、下管《象》"的记载。《礼记·仲尼燕居》云："升歌《清庙》，示德也；下而管《象》，示事也。"演唱《清庙》是为了表彰文王的德行之美，而表演《象》舞则在于模拟文王的武功，在表演过程中又须间歌《周颂·维清》以节之。《毛诗序》有云："《维清》，奏《象》舞也。"清陈奂《诗毛氏传疏》考云："《象》，文王乐，象文王之武功曰《象》，象武王之武功曰《武》。《象》有舞，故云《象舞》。……制《象》舞在武王时，周公乃作《维清》以节下管之乐，故《维清》亦名象"①因为奏文王《象》舞必用《维清》之诗，故而"下管象"也便是下管《维清》了。王国维在他的《说勺舞象舞》一文中也认同这个说法。至于《维天之命》，此诗专咏"文王之德纯"，《毛诗序》所谓"太平告文王也"，历来都被认为是与《周颂·清庙》《周颂·维清》相连属演奏，以祀文王，很有可能就在洛邑告成的祭祀大典上被演唱。②

与《大武》用诗重在渲染武王的武功不同，文王祀典用诗重在表彰其文德，突出其"受命作周"的神话意味。钱穆解释《清庙之什》的作旨云："盖周人以兵革得天下，而周公必以归之于天命，又必以归之于文德；故必谓膺天命者为文王，乃追尊以为周人开国得天下之始。而又揄扬其功烈德泽，制为诗篇，播之弦诵；使四方诸侯来祀文王者，皆有以深感而默喻焉。夫而后可以渐消当时殷周对抗敌立之宿嫌，上尊天、下尊文王，凡皆以为天下之斯民，而后天下运于一心，而周室长治久安之基亦于是焉奠定。"③揆诸史实，如何处置与安抚殷商遗民乃是周初政治的头等大事。武王灭商后即封商纣之子武庚于朝歌，次年"天下闻武王崩而叛"，于是周公率师东征而致太平，继而开创了封建亲戚、制礼作乐的新局面。这些措施在很大程度上都是为了防止殷商遗民的叛乱与复辟而设计的。封建制重新分割了天下的土地和民众，由此生出一支稳定的"屏藩宗周"、临危救乱的力量；而制礼作乐则是完成了思想意识形态的建设，从文治武功与道德天命等方面来论证宗周统治的合法性问题，转变殷商遗民的敌对心理为心向周室的凝聚力。

周公制作拉开了周代礼乐文化的大幕。到了西周中期的时候，礼乐制度已经基本成熟了，而《诗》作为周礼的乐歌也被纳入到仪式的学习和操练之

---

① （清）陈奂撰：《诗毛氏传疏》卷二十六，6页，北京，商务印书馆，1934。
② 贾海生：《洛邑告成祭祀典礼所奏乐歌考》，载《文学遗产》，2001（2）。
③ 钱穆：《读诗经》，见《中国学术思想史论丛》一，105页，台北，台湾东大图书有限公司，1976。

中。《周礼·春官·大师》载,大师"教六诗"。郑玄注曰:"教,教瞽矇也。"又《周礼·春官·大司乐》载:"以乐舞教国子。"《汉书·礼乐志》注云:"国子者,卿大夫之子弟也,皆学歌九德,诵六诗,习六舞、五声、八音之和。"概括地讲,"六诗"同属于大师对瞽矇、乐正对国子的乐教,前者侧重于演奏技巧的传授,后者泛化为乐德和乐仪的习染熏陶。可见,周代已经形成了一套由乐官主持的,综合诗乐舞为仪式内容的完整的乐教体系。《左传》和三《礼》保存了大量的西周以迄春秋时仪式用歌的情景,如《周礼·春官·大师》载:"大祭祀,帅瞽登歌,令奏击拊,下管播乐器,令奏鼓朄。大飨亦如之。大射,帅瞽而歌射节。大师,执同律以听军声,而诏吉凶。大丧,帅瞽而廞,作柩,谥。"又据《仪礼》载,在乡饮酒礼上主要演奏歌唱《小雅》的《鹿鸣》《四牡》《皇皇者华》,《周南》的《关雎》《葛覃》《卷耳》,以及《召南》的《雀巢》《采蘩》《采蘋》,程序极为复杂。又《荀子·乐论》云"乐在宗庙之中""乐在乡里之中""乐在闺门之内"。总之,西周以迄春秋的大部分时间内,凡是举行大型的公共活动,必有乐舞伴随,必有诗作为歌辞,《诗》已经随着乐仪的操练,弥散到社会生活的方方面面。

与周公作乐重在消除殷周对立之宿嫌不同,成熟时期的乐教文化主要是发挥凝聚君臣、和合宗亲乡党、移风易俗的功能。《荀子·乐论》有云:"故乐在宗庙之中,君臣上下同听之,则莫不和敬;闺门之内,父子兄弟同听之,则莫不和亲;乡里族长之中,长少同听之,则莫不和顺。"荀子主"性恶"之论,将礼乐教化视为"化性起伪"的重要手段。在《荀子·乐论》看来,先王制作雅乐的目的就在于"导欲","使其曲直、繁省、廉肉、节奏足以感动人之善心,使夫邪污之气无由得接焉"。换言之,能够将外在的礼义规范内化为人的情感认同或人格结构。因此雅乐在不同的人群场合被演奏,也就具有了相似的教化功能。君臣和敬,家族和亲,乡党和顺,天下尊尊而亲亲,秩序井然而又富于温情,非是道德礼义之外铄也。如此说来,乐教在国家意识形态的建设方面委实有它的长处。郑樵著《通志·乐府总序》说:"礼非乐不行,乐非礼不举。……举三达乐(风、雅、颂),行三达礼(燕、享、祀），庶不失乎古之道也。"这里的"古道"，其精髓是礼、乐相须为用，以乐助成礼的施行，借助乐的仪式来表达尊卑敬让的礼义精神。用某些学者的话来讲，乐是一种"制度化的意识形态"，其特点是不以纯粹的观念形态存在，而是融汇在政治制度中，借助某种仪式的力量来实现其功能。①在周代礼乐文化的氛围之中，诗乐舞的表演过程同时也是礼义精神的发散过程，接受者在类似于艺术的欣赏中完成对秩序的领悟。

从乐教到诗教的转变经历了一个漫长的历史过程，贯穿了西周后期以来礼乐崩坏的整个时期，其间经由先秦士人的努力，最终定型在汉代的经学语境之中。历史地看，乐教的衰微有两个方面的原因：一是礼乐文化凝聚着周代宗法社会中的尊尊、亲亲之义，它也只有在这种伦理道德的氛围中才能继续存活下去。所以，"上下相倾""纪纲绝灭"的政治文化情势必然会导致制度之礼的废坏。在这种情况下，即使依然进行着诗乐舞的表演，但由于失去了"乐德"的支撑，实际上已经褪变为一个豪华的过场（"魏文侯闻古乐则卧"），或者被用于满足僭越心理的需要（"季氏八佾舞于庭""三家者以《雍》彻"）。二是面对春秋中后期以来新乐的冲击，配《诗》的雅乐逐渐失去了它的听众，其表演变得越来越稀少。据史载，新乐很得国君们的青睐，如《国语·晋语》载晋平公好"新声"，《乐记》载魏文侯好"郑卫之乐"，《孟子》载齐宣王"直好世俗之音"，《史记·廉颇蔺相如列传》载秦王"善为秦声"。这些新声以其新奇刺激的娱乐效果迅速地捕获了国君们的欣赏口味，相比之下，那些过于正经严肃，并不新鲜的雅乐就显得不合时宜了，于是西周的雅乐一变而为战国的古乐。顾颉刚指出："从西周到春秋中叶，诗与乐是合一的，乐与礼是合一的。春秋末叶，新声起了。新声是有独立性的音乐，可以不必附歌词，也脱离了礼节的束缚。因为这种音乐很能悦耳所以在社会上占极大的势力，不久就把雅乐打倒。"②加之战争的破坏，

---

① 李春青：《诗与意识形态》，40页，北京，北京大学出版社，2005。
② 顾颉刚：《诗经在春秋战国间的地位》，见《古史辨》第三册，366页，上海，上海古籍出版社，1982。

统治者无暇经营，乐师散走四方，乐教事实上走向衰落。到了孔子的时代，一整套的诗乐舞体系散失殆尽，雅颂已经败亡不可收拾。所以他才说"恶郑声之乱雅乐也"（《论语·阳货》），而将"正乐"当成了复周礼的事业。

乐教的衰落导致《诗》演唱功能的逐渐丧失，孔子周游列国就得到一大堆重复、错乱文字的《诗》。《诗》文本性的发现是诗教成立的一个前提。春秋中叶以迄战国时代，这是一个漫长的乱世，当乐教的文化空间逐渐收缩，诗的文"义"便凸显出来。从"声用"到"义用"的转变，至迟在春秋时期就已然大盛了。《左传》中有大量"赋诗言志"的例子，虽然还没有完全脱离合乐的情景，但是赋答的双方均是从文辞上取义相沟通。在朱自清看来，完全脱离合乐的情景，只将《诗》用在言语之教上，当属"教诗明志"，也是开始于春秋时期。①

从先秦到两汉，诗教观念的形成是沿着以下两条路线展开的。

其一，关于"讽谏"的用《诗》传统的形成。据《左传》《国语》《史记》等记载，在先秦时期，"讽诵诗""诵谏"似乎已经制度化了，政治家作诗或献诗"以讽其上"是常有的事情。② 另外在《诗经》的《民劳》《桑柔》《板》《节南山》《葛屦》等篇中，诗人自述的创作动机就是"是用大谏""是以为刺"。这说明在先秦时期，用诗歌来讽谏上政是一种十分普遍的意识。在子学时代，孔子及其后学体认诗歌的缘情性质，对用《诗》以讽的学理依据做了有力的揭示。孔子诗学有"兴观群怨"之旨，其中，"观"和"怨"都涉及诗歌的政治功能。关于"怨"，孔安国说是"怨刺上政"，即用诗歌这种形式来表达对时政的不满。"观"即郑玄所谓"观风俗之盛衰"，统治者能够从《诗》中观察土风民情，了解时政得失，以自反省。"观""怨"二旨显

---

① 《诗言志辨》云："当时（孔子之时）献诗和赋诗都已不行。除宴享祭祀还用诗为仪式歌，像《仪礼》所记外，一般只将诗用在言语上；孔门更将它用在修身和致知——教化——上。言语引诗，春秋时就有，见于《左传》的甚多。用在修身上，也始于春秋时。"（朱自清：《诗言志辨》，22页，天津，开明书店，1947）

② 如《左传·昭公二十年》载："祭公谋父作《祈招》之诗以止王心。"《史记·周本纪》载："懿王之时，王室遂衰，诗人作刺。"《毛诗大序》云："国史吟咏情性，以讽其上。"

然都是对先秦讽谏用诗传统所做出的总结概括。孔子作为具有强烈社会批判意识的知识分子，他重视诗歌在历史上所具有的怨刺功能，以及沟通上下的效果，这些都是十分自然的事情。

上博竹简《孔子诗论》见证了孔子后学的诗学思想，它对诗歌的抒情性质尤其是对怨情内涵的体认，是一个突出的现象。如其云：

(3)《小雅》，□德也，多言难而怨怼者也，衰矣！小矣！《邦风》其纳物也，溥观人欲焉，大敛材焉。①

(4)《邦风》是也。民之有疲倦也，上下之不和者，其用心也将何如？②

(8)《雨亡政》《节南山》皆言上之衰也，王公耻之。《小旻》多拟，拟言不中志者也。《小宛》其言不恶，少有危焉。《小弁》《巧言》则言谗人之害也。③

(9)《天保》其得禄蔑疆矣，馔寡，德故也。《祈父》之责，亦有以也。《黄鸟》则困而欲反其古也，多耻者其病之乎？④

(16)《绿衣》之忧，思古人也。《燕燕》之情，以其独也。孔子曰：吾以《葛覃》得氏初之诗，民性固然，见其美必欲反其本。⑤

(26)《邶·柏舟》闷。《谷风》背。《蓼莪》有孝志。《隰有苌楚》得而悔之也。⑥

我们揣摩引文的意思，孔子后学明显认为诗人创作《邦风》和《小雅》的动机，乃是要向执政者陈告天下不治之意，包括臣民的现实境遇以及"怨怼""疲倦"的心情，冀其有所改悟。所谓《小雅》"多言难而怨怼者也"，

---

① 马承源主编：《上海博物馆藏战国楚竹书》（一），15页，上海，上海古籍出版社，2001。
② 同上书，16页。
③ 同上书，20页。
④ 同上书，21页。
⑤ 同上书，28页。
⑥ 同上书，38页。

《邦风》"民之有疲倦也"云云，这样的情绪只能是说给执政者听的，孔子后学也不能将这样的诗歌作为自修其身的依据。既然"怨怼"和"疲倦"是对整个《小雅》和《邦风》的总结，那么，这样的情绪必当是一种普遍性的社会心态，而不是诗人一己的好恶之情。因此，诗人和孔子后学才能够将诗歌作为谏政的工具。在《孔子诗论》这里，诗歌的讽谏功能是和诗歌的缘情性质分不开的，或者说，诗之所以能够"观"，乃是由于它真实地反映了"风衰俗怨"的社会图景。

这不正是汉儒讽谏说的思路吗？《毛诗大序》说："至于王道衰，礼义废，政教失，国异政，家殊俗，而变风、变雅作矣。国史明乎得失之迹，伤人伦之废，哀刑政之苛，吟咏情性，以风其上，达于事变而怀其旧俗者也。"此为"国史作诗"之说。又按照郑玄的说法，"国史采众诗之时，明其好恶，令瞽瞍歌之。其无作主，皆国史主之，令可歌。"①又是"国史采诗献诗"的意思。以理度之，当以郑说为优。但不管如何，二说都是由变诗的情感内涵言及它们的政治功能的。朱自清在《诗言志辨》中指出：《大序》作者"虽还不承认'诗缘情'的本身价值，却已发现了诗的这种作用，并且以为'王者'可由这种'缘情'的诗'观风俗，知得失，自考正'。那么'缘情'作诗竟与'陈志'献诗殊途同归了。"②作诗以谏，或者献诗以观，都希望君主有所警醒和改过，因为诗歌为政治的改良提供了源自社会心理层面的依据，是值得认真对待的。如此说来，汉儒还是深得孔门诗学的"观""怨"二旨的，虽然《孔子诗论》并"没有发现如《毛诗》小序所言那样许多'刺'、'美'对象的实有其人"，③但是在汉代讽谏理论的生成过程之中，却是一个不可忽视的环节。

其二，关于修身的学《诗》传统的形成。汉儒用《诗》谏政是为了"格

---

① 《毛诗正义》卷一，见李学勤主编：《十三经注疏》，14～15页，北京，北京大学出版社，1999。
② 朱自清：《诗言志辨》，28页，天津，开明书店，1947。
③ 马承源：《孔子诗论·篇后记》，见《上海博物馆藏战国楚竹书（一）》，166页，上海，上海古籍出版社，2001。

正君心之非",因为他们相信《诗经》具有"发乎情,止乎礼义"的性质。因此,汉代的讽谏诗学观念,确切地讲,主要就是强调学《诗》对于培养道德人格的重要作用。最早将学《诗》和道德目的联系在一起的是孔子。《论语·阳货》认为"诗可以兴",《泰伯》篇也说"兴于诗"。孔子的意思是说,《诗经》是"无邪"情性的呈现,它们"乐而不淫,哀而不伤",因而是可以感发人的意志,导人向善的。虽然在孔子之前,《诗经》早已成为贵族阶级的学习教材。但是在西周,诗文本乃是周礼的歌辞,学《诗》的目的主要是为一种仪式职能的实现,而在春秋时期,《诗》文辞则成为外交"专对"的辞令,是贵族社会通行的话语方式。只有孔子才赋予《诗经》以修身进德的价值。他教育伯鱼要多读《二南》,启发子夏从《硕人》中悟出"礼后"的道理,引导子贡从《淇奥》中领会"贫而乐,富而好礼"的人生境界。这些例子都说明"兴于诗"的确是孔门确定的诗歌教育纲领。自春秋以来,礼义精神逐渐失去了制度之礼的支撑,转而在《诗》文本中寻求安顿。所以在孔子那里,诗歌对"礼"的演示转而为对礼所蕴含的道德精神的高扬。这是孔子"乐云乐云"之叹的真实含义。

先秦的儒家学术,孔子只是泛言学《诗》对于士君子人格的养成之效,孟、荀进而展开了以君子人格为中心的君道理论建构,他们的《诗》学联系着"修齐治平"的原则。孟子引导统治者行乎仁义之途,关键之一点,即在于控制私欲的膨胀,如《孟子·梁惠王上》记载,他和庄暴讨论"好乐无荒""与民同乐"的道理,又解答梁惠王关于如何来远民的提问,说虽有"移民转粟之善政",不若息其"好战残民"之心。这些都是非常著名的典故。在《公孙丑上》一篇中,孟子为统治者讲述如何才能够避免受到侮辱的办法,也说"仁则荣,不仁则辱。"他举《豳风·鸱鸮》的例子说,应当未雨绸缪,不可"般乐怠敖"误了政事;举《大雅·文王》"永言配命,自求多福",认为王者只有自我警戒,尊德贵士,方能天下太平。《尽心上》体现了孟子的哲学思想,里面讲"存其心,养气性,所以事天也",最终落实于"亲亲而仁民,仁民而爱物"的为政之道,都是教导统治者如何做成"哲王"的道理的。在孟子看来，善善而恶恶乃是人所共有的天性，也就有了"己所不欲，勿施于人"的忠恕之道（《尽心下》）。因此，人君"尽心以事天"的心性上证，实则与"仁民爱物"的政治旁施乃是同一个过程。

至于荀子，他的确有明礼重法的倾向，这是就时势而立说的结果。但是荀学又根本不同于法家，因为它还保留有儒家一贯的乌托邦精神。在《修身》《不苟》《儒效》《正论》《礼论》《君道》等篇中，荀子始终把"德政"置于"霸政"之上，将以德致位的"君子儒"树立为理想君主的原型。《君道》篇有云："请问为国？曰：'闻修身，未尝闻为国也。君者，仪也；仪正而景正。……楚庄王好细腰，故朝有饿人。故曰：'闻修身，未尝闻为国也。'"《儒效》一篇，荀子在回答秦昭王"为人上何如"的问题时，也说："故君子务修其内，而让之于外；务积德于身，而处之以遵道。如是，则贵名起如日月，天下应之如雷霆。故曰：君子隐而显，微而明，辞让而胜。《诗》曰：'鹤鸣于九皋，声闻于天。'此之谓也。鄙夫反是，比周而誉俞少，鄙争而名俞辱，烦劳以求安利，其身俞危。《诗》曰：'民之无良，相怨一方，受爵不让，至于己斯亡。'此之谓也。"在荀子看来，一味地贪求名利只会自取其辱，甚至危及性命；人君只有修身积德，恬淡隐忍，方可保享太平。其中所引诗"鹤鸣于九皋，声闻于天"出自《小雅·鹤鸣》之篇，取身隐而名著之意。"民之无良，相怨一方，受爵不让，至于己斯亡"出自《小雅·角弓》，大意是说，无良之人不能自我反省，他们在背地里诟怨对方，而又当面接受其官爵俸禄，以至于自取灭亡。荀子引此诗想要说明，人君不责己而怨人，乃取亡之道的意思。他虽然不认同孟子的那种以"思"为主的修身进路，而代之于"学"的工夫，但是在他们的君道理想之中，诸如修身克己、自律自省、积善成德等也都是君主所应具的素质，也都是将君主的人格修养同理想社会的重建统一起来的。荀子非常注重向儒家经典学习，《荀子》一书的开篇就是《劝学》。里面说到"始乎颂经，终乎读礼"，因为"《书》者，政事之纪也；《诗》者，中声之所止也；《礼》者，法之大分，类之纲纪也"，括尽了天底下的一切道理。其中就包括诗歌对于培养君子人格的功效。我们只要看看

《荀子·乐论》，里面全是《雅》《颂》足以感动人之善心，郑卫之音使人心淫之类的表述。《诗》的修身之效是不用多说的。

为什么在先秦儒学那里，一旦《诗》学和王道政治联系起来之后，《诗》的修身之效就被无限地放大了呢？其实儒家诸子与三教九流之学一样，都有一个共同的认知前提，即社会的治乱同人的欲望能否得到有效的导引和治理，有着直接的关系。道家讲君主要清心寡欲，法家主张以法规刑责来治欲，儒家大讲养性导欲，都是把欲望问题作为关涉治乱的根本来对待的。但是毫无疑问，只有先秦儒学才真正体现了士人作为在野的知识分子，他们经世致用的最典型的思路。那便是通过话语建构的方式，也包括借重经典的权威来实现其制衡君权、教化下民的使命。由此而来的，儒家经典所蕴含的王道理想以及丰富的人性论思想，也就不断地累积为最重要的教化资源。从战国末期以迄汉代，随着时势的由分而合，而定于一统，我们清楚地看到由法入儒、或由道入儒、或阳儒阴法之政治思想的演变轨迹，与此同时，在先秦儒者那里多少还有些戛戛独造的君道思想，越来越向着经典阐释学的方向发展。在汉君主专制的语境之下，汉儒以《诗》为谏，极力附会《诗》的伦理道德内涵，较先秦儒家又大为过之，乃是必然的趋势。

总之，汉代诗教理论是从古老的乐文化传统中独立出来的。《诗》三百本来是周礼的歌词，后来它逐渐失去了演唱的性质，成为一种可以被阐释的文本。阐释本身就是一种价值赋予的过程，先秦诸子基于讽谏的用诗传统和他们对于诗歌修身功能的新拓展，将《诗》三百视为反映民风民俗的一面镜子，并开启了历史化、伦理化的诗学阐释思路。在汉代，先秦儒学的"隐含读者"以独断的专制者身份出现。这种情况极大地削弱先秦儒家的那种"以道制势"的恢宏气势，汉儒转而更加依赖于通过话语建构，尤其是通过经典阐释的方式来间接地表达这种隐秘的政治诉求。在汉代"君道刚严，臣道柔顺"的政治文化格局当中，《诗经》的沟通功能和政教内涵被突出的强调，并以诗教的形式固定了下来。因此，汉代的诗教概念主要是一个经学的范畴，用以强调《诗》的"谏政"功能和"修身"之效。

◎ 第二节

诗经汉学解释学形态的成立

先秦典籍中记载了春秋时期大量的外交赋诗的行为，但"赋诗言志"还不是真正意义上的诗学阐释。据《左传》记载，昭公三年，楚子为郑伯赋《吉日》，"既享，子产乃具田备"；襄公二十七年，叔孙豹赋《相鼠》，讥刺庆丰"无礼仪"；在同年的"垂陇之会"上，伯有赋《鹑之奔奔》，赵孟释之为"床第之言"。此外，《左传》中凡是赋引《摽有梅》《野有蔓草》的，多取"及时"之义；赋《式微》则多取"劝归"之义；赋《鸿雁》多取"离散""悯乱"之义。又如《左传》"襄公十九年"和《国语·晋语》分别记载范宣子和重耳赋《黍苗》，取"求庇"之义；《左传》"襄公二十年"和"襄公二十四年"记载鲁襄公和子产赋《南山有台》，表达德政为"邦家之基"的意思。这些例子都说明外交赋诗的使用之中，所赋之诗具有了某种约定俗成的使用价值，其意义是在特定的交流语境下直接呈现出来的。顾颉刚说："自己要对人说的话，借了赋《诗》说出来，所赋的《诗》，只要表达出赋《诗》的人的志，不希望合于作《诗》的人的志，所以说'赋《诗》言志'。"[1]古史辨派常常指责春秋赋诗者的"信口开河"，而在今天看来，外交赋诗是否必然"合于作《诗》的人的志"，这个问题并不十分的紧要。因为《诗》的使用和《诗》的阐释是不一样的：前者是要迁就赋答双方的交流诉求，在这种情况下，《诗》义的选取务必根据人们对诗歌的公共理解；而《诗》的阐释则要求对《诗》文本给予起码的重视，要求在《诗》文本义和表达义之间建立起

---

[1] 顾颉刚：《〈诗经〉在春秋战国间的地位》，见《古史辨》第三册，336页，上海，上海古籍出版社，1982。

有效的阐释关系，使得"微言大义"的引申看起来是可信的。这体现了经典阐释学的自身规定性。

真正意义上的诗学阐释是从诸子说诗开始的。在先秦诸子借重经典的话语建构之中，他们的诗说密切联系着王道，也由此形成了"兴于诗"的解说思路。这些都对诗经汉学解释学形态的成立产生了深远的影响。

首先，儒家诸子确立了"修齐治平"的王道原则，先秦旧籍因为儒家的借重而逐渐升格为神圣经典，同时也意味着古典经学在本质上乃是一种指向政治的伦理阐释学。当儒家以《诗》作为"王道"思想的张本之时，《诗》的修身价值便会凸显出来，从而具有了致用的潜能。从这个意义上来理解"通经致用"的汉学旨趣，绝不仅仅是说儒家能够以经典作为政治决策的依据（如《春秋》决狱之类），更是说经书承载的"王道"理想，开启了儒家士人"格君心之非"的致用方向。同样，汉儒以《诗经》当谏书，也不是说《诗经》中有多少实际的"政术"可以采用，而主要表达了他们的一种期许——期望君主能够从中得到教育，从而将"外王"的政治实践建立在修身进德的基础之上。要之，先秦儒家对于修身政治功能的论述给出了汉儒诗经学建构的基本思路，奠定了汉儒道德化、伦理化的阐释原则。这是诸子为诗经汉学立法的第一个方面。

其次，诸子诗说构成了《诗经》阐释学的初步形态。先秦诸子通过话语建构的方式来实现其救世的用心，而如何将诗歌附会到"圣道之志"上面去，这就需要有一个阐释的过程来实现。孔子借助了一种断章比德式的阐释方法。据《论语·学而》和《八佾》的记载，子贡和子夏能够从"如切如磋，如琢如磨"与"巧笑倩兮，美目盼兮"的诗句中领会到做人的道理。二子"比德于玉"，比德于"容"，都是一种引譬连类的思维，但是孔子引诗，实有断章之嫌。在后来的《孔子诗论》当中，就有了很大的进步。《孔子诗论》可以说是一部"性情诗学"，它认为诗是出自人的情性，是"民性固然"（上海博物馆藏战国楚竹书第16、24简），但是这种情性又是"反纳于礼"（上海博物馆藏战国楚竹书第12简）、"会以道"（上海博物馆藏战国楚竹书第

23 简)、"动而皆贤于其初"的(上海博物馆藏战国楚竹书第 10 简)。《孔子诗论》以"性情"说诗,客观上具有文学解读的性质,但是站在修身立德的本位上,它的作者是要指出一条升华自然情性的正确道路。 比如《关雎》和《汉广》是写人的"好色"之情的,但是这种情感合乎礼仪之正,不含有非分之想;《樛木》描写了令人羡慕的康乐生活,但君子的福禄是用"德"来获取的;等等。 要之,《孔子诗论》是立足于《诗经》的文本整体来解读诗旨的,它对诗歌情性内涵及其普遍价值的体认,都尽量地证之于诗歌上下文之间的语义联系。 这一点,是和孔子断章比德的思路很不相同的。

最后再来看孟子。 观孟子之说《诗》,凡是能够从字面上见出旨趣的,则联系《诗经》的文辞来阐述他的王道思想。 这方面的例子是很多的:如《孟子·离娄》引《大雅·假乐》"不愆不忘,率由旧章"来阐述法先王的主张;《滕文公上》引《大雅·文王》"周虽旧邦,其命维新"来说明革故鼎新的道理;《梁惠王上》引《大雅·思齐》"刑于寡妻,至于兄弟,以御于家邦"来证明"推恩足以保四海"的道理;等等。 如果从字面上看不出明显的旨趣,孟子则教导读者要用人情去揣度诗人的意旨,而不能"以文害辞,不以辞害志",只作呆板的字面解释。 在《万章上》一篇之中,咸丘蒙根据《小雅·北山》"普天之下"等语,来质疑天子臣其父的事情。 孟子就说这里不过是夸张的修辞,诗人的原意是要表达先王"劳于王事而不得养父母"的意思。 这就是著名的"以意逆志"之法。 孟子还有"知人论世"之说。《万章下》云:"以友天下之善士为未足,又尚论古之人。 颂其诗,读其书,不知其人,可乎? 是以论其世也,是尚友也。"这里既然把诵读诗书当作交友古人的方法,则诗书当然是体现了他的仁学思想的。 只不过在孟子看来,诗书并不是明而见义的,所以就需要联系作者的为人和时世来解读诗书的深意,这样才能够真正地成为古人的知音。 如此说来,孟子联系历史语境所解读出来的诗旨,也还是他据以逆求作者心志的那个前理解。 汉儒解诗的基本思路便是这样。 郭绍虞说:"延续孟子以意逆志的方法,于是有《诗序》";

"延续孟子知人论世的方法,于是有《诗谱》"。① 其实两种方法是殊途同归的。

关于荀子,他明确规定了逆求"圣人之志"的诗学阐释宗旨。《荀子·儒效》篇云:

> 圣人也者,道之管也:天下之道管是矣,百王之道一是矣。故《诗》《书》《礼》《乐》之归是矣。《诗》言是,其志也;《书》言是,其事也;《礼》言是,其行也;《乐》言是,其和也;《春秋》言是,其微也。故《风》之所以为不逐者,取是以节之也;《小雅》之所以为《小雅》者,取是而文之也;《大雅》之所以为《大雅》者,取是而光之也;《颂》之所以为至者,取是而通之也。天下之道毕矣。乡是者臧,倍是者亡;乡是如不臧,倍是如不亡者,自古及今,未尝有也。

这是一段具有"戒律"性质的经学表述,其要旨是把《诗》一概视为圣人意旨的表达,从而将其规定为经典。再看汉人对"四始"的理解,郑玄说:"《风》也,《小雅》也,《大雅》也,《颂》也。人君行之则为兴,废之则为衰。"②两者的语气极为相似,都有用之则昌,逆之则亡的意味在里面。荀子的说《诗》方法也是以意逆志,"对《诗》的原意进行了引申、改造,或者剌取诗句字面上的意义,加以自己独特的诠释,或用其比喻义,或用其扩展义"。③ 总之,在儒家以王道理想为核心的学术话语体系中,"以意逆志"的理论与其说是一种方法,毋宁说是将《诗》与政教价值联系起来的一种策略,它并没有敞亮经典释义的多样向,相反倒是严格规定了经典阐释学的基本原则,即一定要将《诗经》归结为圣人的意旨。 这是先秦儒家为汉代

---

① 郭绍虞:《中国文学批评史》,31~32页,上海,上海古籍出版社,1979。
② (汉)郑玄:《答张逸问》,见《毛诗正义》卷一,李学勤主编:《十三经注疏》(标点本),19页,北京,北京大学出版社,1999。
③ 赵伯雄:《荀子引〈诗〉考论》,载《南开学报》,2000(2)。

《诗》学立法的第二个方面。

从春秋赋诗到诸子诗说,《诗经》逐渐被纳入到学术话语的建构之中,《诗经》阐释学的初步形态由此形成。汉儒又做了什么样的工作呢?

第一,以诂、训、传为基本体式,以"兴喻"为意义转换的机制,形成了一个逐级而上的诗学阐释系统。"诂训"是对语言文字的解释,"传"是对经义的引申,与"说"类似。根据《汉书·艺文志》的记载,三家诗从一开始就显示了阐释的分别:"申公为《诗》训故",以语言解释为主;"而齐辕固、燕韩生皆为之传,或取《春秋》,采杂说",他们对经义的引申已远非其本义了。当然,这种区分只是相对的,三家诗都有一个较为完整的解释流程。不过,三家诗并没有从理论上揭示出诗义转换的内在机制。这一点,毛诗学做到了。毛公"独标兴体",实现了解释的自然化,那些附会而来的义理仿佛是诗文本意蕴的合理引申,所以在毛诗学那里,诂、训、传三体有机融合,共同组成了一个完整、严密的解释系统。马端辰撰《毛诗故训传名义考》云:"(毛公)释《诗》实兼诂、训、传三体";"训诂不可以该传,而传可以统训诂"。"传"如何能够"统训诂"呢?或者说《诗》的文辞义如何才能够过渡到政治、伦理的大义呢?这就需要通过"兴"的阐释功能来实现,也即联系动植物的生理性状引申出某种正面的或是负面的价值意义,从而将诗性的话语转换成为一套大的政治伦理叙事。后来郑玄在笺《诗》的时候,更将毛诗学的传统发扬光大:一方面完善了小学门径的语言解释系统,另一方面则对《毛传》查漏补缺,借助"兴喻"解说将"毛义若隐略则更表明"。在诗经汉学之中,唯有毛诗学的解说最为严谨、准确,解释过程最为条畅自然,解释体式最为完整系统。后来它取代三家诗而独尊,宜其如此。

第二,通过"国史作诗"和"孔子删诗"的话语建构,将《诗经》全面落实为"无邪"之作。《诗经》中有大量的怨情诗和爱情诗,特别是宋人所谓"淫诗",对它们的处理是诗经学的一个大问题。春秋赋诗者的做法是摒弃诗歌的整体意蕴,作"断章"式的取用,如《左传·定公九年》记录君子的话说:"苟有可以加于国家者,弃其邪可也。《静女》之三章,取'彤管'焉;《干旄》'何以告之',取其忠也。"显然,这位君子已经看出了这两首诗歌都是"有邪"的,但在使用的时候,便可以断章取义,"惟余所求"。《孔子诗论》体认诗歌的性情内涵,认为《二南》中的爱情诗和"变诗"中的怨情诗都是"以色喻于礼""反纳于礼"的,从而将这些诗歌纳入"思无邪"的轨道。但是《孔子诗论》对于诗歌的选择有一个特点,即是只选那些容易见出"性情之正"的诗篇,比如关于爱情诗,选取二《南》中的《关雎》《汉广》和《雀巢》;关于怨情诗,则是选取《小雅》中的政治教戒诗和《国风》中表现"民性"之美的诗歌。

问题是,《诗经》中还有大量的诗歌并不符合礼义的要求,特别是朱熹指出的二十四首"淫诗"甚至是拒绝"经学阐释"的。看汉儒对他们的理解,《毛诗小序》说:《桑中》,"刺奔也。卫之公室淫乱,男女相奔……政散民流,而不可止";《东门之墠》,"刺乱也。男女有不待礼而相奔者";《野有蔓草》,"思遇时也。君之泽不下流,民穷于兵革,男女失时,思不期而会焉";《溱洧》,"刺乱也。兵革不息,男女相弃,淫风大行,莫之能救焉";《东方之日》,"刺衰也。君臣失道,男女淫奔,不能以礼化也"。仔细揣摩,汉儒又何尝不懂得这些诗歌的情爱内涵!按照《毛诗大序》的说法,这些诗歌乃是"国史吟咏情性,以风其上"的产物。郑玄在《诗谱序》中则认为,孔子收录这些变风变雅是为了警戒后王。"孔子删诗"说是汉儒的发明,先秦无有此说,颇见于《史记》《汉书》《诗谱》等汉籍之中。这样,经过了"国史作诗"和"孔子删诗"的话语转换,诗人创作的原意便被国史、圣贤的删作之旨所替代,"淫奔"的行为于是归咎于时政的衰坏与执政者的淫暴,即《毛诗大序》所谓"王道衰,礼义废,政教失,国异政,家殊俗,而变风变雅作矣"。

第三,通过附会史实和言阴阳灾异的方式,将《诗经》历史化、神学化,为《诗经》的教戒意义寻找历史和天意方面的依据。"以史说诗"和"以阴阳灾异说《诗》"是汉代《诗经》学的普遍倾向,突出的表现是毛诗学将《诗经》指实为"为某公而作",又纳入到"正变"的历史框架之中,隐然有一个古史的系统在里面;而在齐诗学和纬诗学那里,则运用阴阳五行学说来解释宇宙自然和社会人事的种种现象,弥漫着一层神秘妄诞的色彩。

以《诗》为史,对《诗》进行历史化的解读,是汉代《诗经》阐释学的重要特点。特别是以郑玄为代表的毛诗学派,如朱自清说的,"以史证诗,似乎是《小序》的专门任务。……可是《小序》也还是泛说的多,确指的少。到了郑玄,才更详密地发展了这个条理。他按着《诗经》中的国别和篇次,系统地附和史料,编成了《诗谱》,差不多给每篇诗确定了时代;《笺》中也更多的发挥了作为各篇诗的背景的历史。以史证诗,在他手里算是集大成了。"[1]汉代历史化的诗学阐释,主要是通过"取春秋,采杂说"的方法实现的。这一点,历代学者都有所揭示,郑樵就指出《毛诗序》的作伪方式是:"有可经据,则指言其人;无可经据,则言其意。"[2]这"言其意"的部分集中在《魏风》和《桧风》之中。《毛诗序》何以竟无一篇标明其为某公?清人崔述的解释说:"盖周、齐、秦、晋、郑、卫、陈、曹之君之事,皆载于《春秋传》及《史记·世家》《年表》,故得以采而附会之。此二国者,《春秋》《史记》之所不载,故无从凭空而撰为某君耳。"[3]这是很有见地的。等到郑玄作《诗谱》的时候,便根据《毛诗大序》的"变风变雅"说,将每首诗歌系于或盛或衰的时世之下。他用《颂》声配合周代圣王"受命作周"的历史,用怨刺诗附会后王的凌迟衰微。这样,郑玄从总体上把握《诗经》的社会历史意蕴,将包括《魏风》和《桧风》在内的所有"无可经据"的诗歌都纳入到"正变"说的历史框架之中去了。

以史说诗,在先秦儒家那里是常有的事情。但是,观《孔子诗论》与

---

[1] 朱自清:《经典常谈·诗经第四》,30页,上海,上海古籍出版社,2004。
[2] 顾颉刚辑:《诗辨妄一卷附录四种》,《续修四库全书》第五十六册,227页,上海,上海古籍出版社,2002。
[3] (清)崔述:《通论十三国风》,见《读风偶识》卷二,《续修四库全书》第六十四册,256页,上海,上海古籍出版社,2002。

孟、荀诗说,很能够见出先秦儒家将《诗》与史发生关联,主要是就《雅》《颂》两部分史诗而言的,是说它们记载有历代王者的事迹,又特别是指《大雅》和《周颂》叙述了圣王受命作周的历史。 即便如此,先秦诸子也只是在少数情况之下,才标明二《雅》和三《颂》的确切传主。 至于《国风》,尤其是其中的自然诗与爱情婚恋诗,诸子只是作了初步的价值赋予的工作,指出"以色喻礼"的政教意义,以及"观人欲""大敛财"的社会功能,并未指明所言何事,所为何人。

因此,我们不能在缺乏具体分析的情况下,将《毛诗序》附会史实的毛病笼统地归结为先秦儒家诗学的遗传。 这样做很容易模糊两者之间的重大差别。 首先,汉儒大大突破了先秦儒家以《雅》《颂》为核心的诗史观念,将《国风》也纳入正史的范围之内,将一部《诗经》全部转换成了历史的叙事。 先秦儒家是如何看待《国风》的? 前引孔子教导弟子"比德于容""比德于玉",都是取自《国风》的教化。《孔子诗论》第十简称:"《关雎》,以色喻于礼。"《荀子大略》云:"《国风》之好色也,传曰:'盈其欲而不愆其止。'其诚可比于金石,其声可内于宗庙。"可见先秦儒家的《国风》诗说,"以色喻于礼"乃是一个通则。 但是在汉儒那里,以《国风》的开篇即《关雎》为例,三家诗认为是刺康王的,毛诗认为表达了美文王后妃之德的意思,都成为了历史的事件。 其次,汉儒用"以史传经"的方式隐匿了"以意逆志"的心理诉求,从而获得了一种解释学上的客观性。 先秦儒家引诗以证成己说,他们"以意逆志"的心理视野决定了"知人论世"的运用具有为历史代言的性质。 最后,汉儒"则是让历史自己讲话,并把孔子在历史中所抽出的经验教训,还原到具体的历史中,让人知道孔子所讲的根据。"[1]大概汉儒是受到《左传》"以史传经"方法的启迪,要在诗的本事中寻求国史作诗和孔子删诗的微言大义,用历史自我呈现的方式隐匿了"以意逆志"的心理诉求。 这实在是一种更为高明的解释策略。

---

[1] 徐复观:《两汉思想史》第三卷,165 页,上海,华东师范大学出版社,2001。 作者意在说明《左传》"以史传经"的方法,我们认为它也适合汉代诗经学历史化的解释思路。

将诗学阐释与阴阳灾异联系起来，也是诗经汉学的普遍倾向。齐诗学有所谓的"四始""五际""六情"之说。根据《诗纬·氾历枢》和翼奉的遗说，所谓"四始"，是将《大明》《四牡》《嘉鱼》《鸿雁》四组诗分别配德亥水、寅木、巳火、申金，根据五行相生的原理，演绎周王朝受命、繁荣、极盛到转衰历史过程。① "五际"是用《天保》《祈父》《采芑》《大明》《十月之交》五篇诗来配比卯、酉、午、亥、戌五个地支，根据阴阳生变的规律，揭示终始际会之岁，当有"变改之政"的历史规则。"五际"之中，又以戌、亥二际最为重要，它们处于"极阴生阳"的时刻，为革命提供了契机。《诗泛历枢》以《大雅·大明》配位亥际，因为《大明》叙述了周王朝受命以兴的史实，有"革命"之义。翼奉以《十月之交》担当"五际之要"，认为其"刺后族太盛也"。后族属阴，阴性极盛则当生阳，暗示汉王朝应当革正人伦，清理"二后之党"，转向光明一途。②

所谓"六情"，即是人的好恶、喜怒与哀乐，这是齐诗以"性情"说诗的一个概念。翼奉在元帝初元二年的上封事中说：

> 知下之术，在于六情十二律而已。北方之情，好也；好行贪狼，申子主之。东方之情，怒也；怒行阴贼，亥卯主之。贪狼必待阴贼而后动，阴贼必待贪狼而后用，二阴并行，是以王者忌子卯也。……南方之情，恶也；恶行廉贞，寅午主之。西方之情，喜也；喜行宽大，巳酉主之。二阳并行，是以王者吉午酉也。《诗》曰："吉日庚午。"上方之情，乐也；乐行奸邪，辰未主之。下方之情，哀也；哀行公正，戌丑主之。辰未属阴，戌丑属阳，万物各以其类应。③

---

① 谭德兴：《齐诗"四始五际"与汉代政治》，载《贵州文史论丛》，2000（5）。
② 翼奉元帝初元二年上奏封事"五际之要《十月之交》篇"云云，目的在于提示"二后之党满朝，非特处位，势尤奢僭过度，吕、霍、上官足以卜之，甚非爱人之道，又非后嗣之长策也"。见（汉）班固：《汉书》，2373页，北京，中华书局，1999。
③ （汉）班固：《汉书》，2369页，北京，中华书局，1999。

翼奉将"六情"与阴阳、方位、支辰、十二律相配和,六情于阳则为"廉贞""宽大""公正"之"性",为吉;于阴则为"贪狼""阴贼""奸邪"之"情",为凶。反映的正是汉代以阴阳观念解释性情的典型说法。齐诗学推明《诗》之"六情",不仅是要为君主提供一种结合律历来察知人臣情性的"知下之术",更是要引导明主"原情性而明人伦",反躬自省,践行儒家伦理主义的思想路线。这是齐诗天人话语建构的必然之义。他的同门,齐诗学的另外一位大学者匡衡就说:"臣又闻室家之道修,则天下之理得,故《诗》始《国风》,《礼》本《冠》《婚》。始乎《国风》,原情性而明人伦也。"①又说:"《大雅》曰:'无念尔祖,聿修厥德。'……传曰:'审好恶,理情性,而王道毕矣。'"②他说得更明白,《诗》蕴含了以道德伦理为本位的王道原则,君主当有所领受,将外王的政治实践建立在"审好恶,理情性""明人伦"的基础之上。

　　不难看出,齐诗学的三个命题各有侧重。大体上讲,"四始"言"五行之运",演绎周王朝受命、强大、极盛和中衰的历史过程,从正反两个方面劝说君主要"持德";"五际"主"变改",《十月之交》与《大明》处在亥、戌二际,有"革命"之义,暗示君主当正人伦,行德政;"六情"说旨在辨"性情",为君主呈现"知下之术"和"内圣外王"的政治原理。总之,汉代齐诗学通过附会阴阳五行的方式建立了一个精密的《诗》学体系,在其中,儒家伦理主义的政治路线具有天然的合理性。

　　第四,诗经汉学的又一个重大成就,是将"修齐治平"的原则糅进诗学话语的构造之中,从而使得先秦儒家戛戛独造的政治伦理获得了经典阐释学上的支撑。如前所述,孟、荀之诗说就联系着这个原则,但是由于他们引诗的目的在于证成己说,故而在总体上,"修齐治平"乃是属于他们一己的思想构造,而不是《诗经》本身所蕴含的大义。逻辑地讲,只有将《诗经》整体上作为圣人删述之志的体现,亦即当后人对先秦儒家诗学进行再次解读的时

---

① (汉)班固:《汉书》,2489页,北京,中华书局,1999。
② 同上书,2488页。

候,"修齐治平"才能够脱离戛戛独造的观念形式,正式地进入到《诗》学话语的建构之中来。 从删诗说的立场出发,汉儒不光是强化了诗歌的伦理道德属性,更是将《诗经》从整体上视作孔学意旨的表达。

比如,当汉儒面对《诗经》以《关雎》开篇的四体结构时,便作了如下的解说:

> 自古受命帝王及继体守文之君,非独内德茂也,盖亦有外戚之助焉。夏兴也以涂山,而桀放也用妹(mò)喜。殷之兴也以有娀及有䜣(xiǎn),而纣之杀也嬖妲己。周之兴也以姜嫄及大任大姒,而幽王之禽也淫于褒姒。故《易》基乾坤,《诗》首《关雎》,《书》美厘降,《春秋》讥不亲迎。①
>
> ——鲁说
>
> 妃匹之际,生民之始,万福之原。婚姻之礼正,然后品物遂而天命全。孔子论《诗》以《关雎》为始,言大上者民之父母,后夫人之行不侔乎天地,则无以奉神灵之统而理万物之宜。自上世以来,三代兴废,未有不由此者也。故《诗》曰:"窈窕淑女,君子好逑。"言能致其贞淑,不贰其操,情欲之感无介乎容仪,宴私之意不形乎动静,夫然后可以配至尊而为宗庙主。此纲纪之首,王教之端也,可谓善说诗矣。②
>
> ——齐说
>
> 子夏问曰:"《关雎》何以为《国风》始也?"孔子曰:"……《关雎》之事大矣哉!冯冯翊翊,自东自西,自南自北,无思不服。子其勉强之,思服之。天地之间,生民之属,王道之原,不外此矣。"子夏喟然叹曰:"大哉《关雎》,

---

① (宋)李昉等编:《皇亲部一·摠序后妃》,《太平御览》卷第一百三十五,652页,北京,中华书局,1995。
② (宋)朱熹:《国风一》,《诗经集传》卷一,《景印文渊阁四库全书》第七十二册,750页,台北,台湾商务印书馆,1983。

乃天地之基也。"①

——韩说

《关雎》，后妃之德也，风之始也，所以风天下而正夫妇也。故用之乡人焉，用之邦国焉。……《周南》、《召南》，正始之道，王化之基。是以《关雎》乐得淑女，以配君子；忧在进贤，不淫其色。哀窈窕、思贤才，而无伤善之心焉，是《关雎》之义也。②

——毛说

汉代四家诗对于《关雎》的解说如出一辙，其要义是认定雎鸠为"贞鸟"，用雎鸠的和鸣来比喻夫妻和谐，在此基础上，将《关雎》为始的问题与"修齐治平"的道理联系在一起，以说明圣人编诗、删诗的无限深义及象征意味。一般来说，以家庭伦理作为政治关系的基础，这是典型的"古代亚细亚"式的思想观念。在周代宗法封建的政治格局中，这种思想观念偏重家庭的血缘关系，"'父子观'之重要性更超过了'夫妇观'"（昭穆制度与嫡长子继承制度）。③ 战国中后期以来，随着"大一统"局面的形成与君权专制的强化，中国社会在意识形态领域发生了深刻的变化，两性婚姻关系被纳入到法律和教化的规定之中。《韩非子·忠孝》云："臣事君，子事父，妻事夫。三者顺则天下治，三者逆则天下乱。"秦汉之际的《易传·序卦》也说"夫妇之道不可以不久也"。《中庸》亦云："君子之道，造端乎夫妇。"后来，作为汉代国宪的《春秋繁露》和《白虎通义》发展出君臣、父子、夫妇的"三纲"学说，标志着"夫妇观"正式进入了官方意识形态的话语系统之中。上面汉代四家诗对于《关雎》之义的解读，都是由夫妇、婚姻之道推及政治的

---

① （清）皮锡瑞：《论关雎刺康王晏朝诗人作诗之义关雎为正风之首孔子定诗之义汉人已明言之》，见《经学通论·诗经》，6页，北京，中华书局，1954。
② （清）段玉裁：《毛诗故训传》卷一，《续修四库全书》第六十四册，58～59页，上海，上海古籍出版社，2002。
③ 钱穆：《中国文化史导论》，43页，上海，上海三联书店，1988。

兴衰与社会的治乱,所表达的正是秦汉社会特殊的政治伦理观念。徐复观说汉儒解读《关雎》,包含"思《周南》之古,以讽汉初吕后专政几覆汉室之今的用意在里面"。① 这是合情合理的推测。就如此说,则圣人编诗以《关雎》开篇,与翼奉把《十月之交》当作"五际之要"一样,表达了近似的政治诉求。总的说来,诗经汉学具有对诗人之意和圣人之志进行双重解读的性质:于前者,汉儒伦理化、政治化的阐释倾向与先秦诸子并无根本不同;于后者,是将先秦儒家"修齐治平"的思想融进诗学话语的建构之中,又适应战国以来意识形态领域的新变化,以夫妇伦理作为修齐之道的起点。后一个方面才是诗经汉学对于先秦诗说的重大发展。

---

① 徐复观:《徐复观论经学史二种》,128 页,上海,上海书店出版社,2002。

第三十章
郑学宗旨及其诗学理路

想要理解郑玄经学的宗旨、性质及其建构理路，必须首先弄清楚郑玄的人格性情与所处的时世，并且最好是能够从他的自我意识之中窥探相关的信息。然而十分难办的是，郑玄几乎以纯粹的知识学家的面目示人，除了《诫子益恩书》和《后汉书·蔡邕列传》中那句"汉世之事，谁与正之"的慨叹之外，我们再也难以找出类似的自述心志的话语，难以见出汉代社会究竟在哪些具体的问题上刺激了郑玄。在典籍的记载之中，郑玄是一位"布衣雄世"的人物，他被尊奉为汉末儒生的宗师，诸侯们也常常向他请教治乱之道，甚至借重他的声望来行使讨伐的便利，就连农民军的起义也要避开郑玄的家乡。这些信息至少暗示给我们，郑玄经学包括他的诗经学绝非一种纯然知识性的话语，必是联系着儒者阶层一贯的思想文化传统，以及最为深刻地体现了末世儒者的时代问题意识与重建思路。

◎ 第一节
郑玄经学宗旨

自汉武帝立经学博士制度以来，儒生的利禄之途渐开而门户意识日严，争得官学地位成为儒生们复身晋爵的捷径。由于这项制度是和严谨的师法授受联系在一起的，故而汉廷在后来不断地增加博士学官及其弟子生员必然导致了师法滋生、固陋烦琐的乱象，"传业者寖盛，支叶蕃滋，一经说至百余万言，大师众至千余人"①的情况在西汉中后期就已经很普遍了。到了东汉，今、古文经学的斗争更加激烈，经学师法又生出更加芜杂的家法，则东汉经学界的纷乱更是不难想见的。《后汉书·郑玄传》有云："自秦焚六经，圣文埃灭。汉兴，诸儒颇修艺文。及东京，学者亦各名家，而守文之徒，滞固所禀，异端纷纭，互相诡激，遂令经有数家，家有数说，章句多者或乃百余万言，学徒劳而少功，后生疑而莫正。郑玄括囊大典，网罗众家，删裁繁诬，刊改漏失，自是学者略知所归。"从西汉后期至于东汉，最称经学的极盛时代，博士建置几经变化在光武之后以五经十四家的形式固定了下来，弟子生员不断地扩充在质帝之后达到了三万余众的规模。然而此期的家法章句之学也最为后人所诟病，被严厉地斥责为支离琐碎、乖离大道的文字游戏。刘歆《移让太常博士书》即指出："往者缀学之士不思废绝之阙，苟因陋就寡，分文析字，烦言碎辞，学者罢老且不能究其一艺。"王充更尖锐地批评说："儒者说五经多失其实：前儒不见本末，空生虚说；后儒信前师之言，随旧述故，滑习辞语。苟名一师之学，趋为师教授，乃时蚤仕，汲汲竞进，不暇留精用心，考实根核，故虚说传而不绝，实事没而不见，五经并失其实。"②《后汉书·郑玄传》也是这样的意思，它们都是说极盛时期的经学已经严重地异化了，经生们抱残守缺不敢越雷池一步，钻进故纸堆中作烦琐的文字功夫，已然背离了儒家经典阐释学的明道宗旨。

由经学异化所折射出的乃是东汉儒生政治干预意识的普遍低迷。这种烦琐支离的经学风气虽不必全部归结为利禄之心的使然，却有可能导致经生沉溺于知识趣味的受用而消解了儒学经世的原旨。东汉的十四家经学博士建置一直是较为稳定的，这意味着将有大量的经学诸生被排挤在"明经欲以

---

① （汉）班固：《儒林传》，《汉书》卷八十八，2684页，北京，中华书局，1999。
② （汉）王充：《论衡·正说》，425页，长沙，岳麓书社，1991。

取青紫"的通途之外,从一个侧面也反映了经学博士政治诱惑力的减弱,不再是读书人争夺的热点了①。 西汉的经学博士及弟子多能位居卿相,参与国家重大政治事务;然而东汉多是以经学授受为主的,很少荣升显贵的地位或者参与重大决策。 在这样的情况之下,极盛时期的经学究竟能够获取多少的政治利益,难以一概而论,因此我们不能过低地估计相当一部分经生的知识热情。《后汉书·儒林列传》就记载有大量的潜心治学、不问仕途的经学家,其中就包括一批今文学者,比如,崔长彦"好章句学",张匡"习韩诗,作章句",景鸾"作《月令章句》,凡所著述五十余万言"等,另外像任安、孙期、包咸和杜抚这样的居家教授者,也都擅长家法章句之学,想必也是十分烦琐的。 这些学者执着于纯粹的学术话语领域,他们的经学研究似乎并不掺杂功名利禄的私心,倒是体现了一种好学和好智的积极态度。 也包括在野的古文学派,古文经学注重训诂考据的小学根柢,不大愿意任意地发挥经义,实事求是的知识论色彩还要更加浓厚一些。 极盛时期的经学研究,如果背后缺乏一种来自知识主义传统的支撑,那些居家教授者"皓首穷经"的活动将是一件难以理解的事情。 后来的乾嘉学者把汉学研究当成自己的榜样,声称要从训诂考据的角度来证实经典的大义,治学思路和汉儒尤其古文学者是一致的,弊端也是相似的。 儒家向来重视学以明道致用,并不把纯学术研究当成一件独立的价值追求,它只有表现为经世致用的手段才是充分合理的。 以这样的思想传统来衡量,极盛时期的汉学研究由于颠倒了目的和手段的关系,的确难逃琐碎空疏的嫌疑。 在儒学思想史上常常有这样一种无意识的歧出现象,这种歧出因了"正学"的缘故而起,所以它顺理成章地成为一项重大的儒学事业,一代代儒者的精力于此而消耗。 直到社会危机迫使儒者从实践政治的角度来化解的时候,学者们才幡然醒悟,意识到知识趣味的满足已非儒学经世的原旨。

东汉经学的异化还突出地表现在由于君权的过度干预,越来越向着规范

---

① 黄开国:《论汉代经学博士制度及其建置变化》,载《人文杂志》,1993(1)。

社会秩序、确立统治合法性的一面转化,从而打上了深刻的官方意识形态的烙印。这条线索贯穿了两汉博士经学史的全部。一个典型的例子当属汉代春秋学不断做出理论上的调整,以适应专制主义的政治需要。春秋学是汉代的显学,它的《三传》都尊奉孔子为"素王",有拥戴孔子受命王天下的意味。对于这样一个自有其信仰与政治报复的儒者阶层,汉武帝自然是不敢委以重权的。武帝之后,经过历代君主的"称制临决",《春秋》学的这点野心便被消磨掉了。根据王葆玹先生的揭示,先是穀梁学将孔子纳入殷的系统使之作古(所以该学在"石渠阁会议"上取得胜利,被立于学官);石渠阁会议之后,公羊学也放弃了"王鲁"的旧说[①];而在东汉章帝建初四年的"白虎观会议"上,左氏学也绝口不提"麟来为孔子瑞"的古事,转而认为左氏独有明文"证图谶,明刘氏为尧后者",且其所言"斯皆君臣之正义,父子之纪纲"。[②] 这样,汉代的春秋学经过不断的调整,逐渐淡化了圣人受命的信仰,越来越倾向于规范现实的方面,从而异化为一种纯粹的统治工具。春秋学的命运代表了汉代儒学意识形态化的共同走向。到了东汉章帝召集经学大师"共正经义"的时候,这个过程总算是完成了。根据章帝意旨编成的《白虎通义》将儒家经说与阴阳迷信相结合,在天人感应的基础上论证"三纲六纪"的合理性,具有十分浓厚的神学味道。这部书除了"五行"等少数条目还保留有儒家理想主义的治道主张之外,基本上都是对封建等级秩序的规定和阐释,其中儒家的乌托邦精神与规范意识大打折扣,因此这部书被史家称为东汉的"国宪"。

天人感应之说是董仲舒经学的基本观念,也是汉代经学建构的一个基本思路。董仲舒的天人学说在论证君权神授的同时,也为统治者确立了"王者承天意以从事""天立王,以为民也"的君道规范。根据他的这一套学说,只有儒家才是天意的阐释者,而天意又是以民众的利益为转移的,这样君主须无条件地奉行天的意志,也就是要按照儒家的思想观念来治理国家。西汉

---

① 王葆玹:《今古文经学新论》(增订版),253~258 页,北京,中国社会科学出版社,1997。
② (南朝宋)范晔:《后汉书》,436 页,北京,中华书局,1984。

经师每每称引阴阳灾异来表达政见，劝谏君主当革除外戚专权的弊政，甚至以灾异事胁迫时君"当求贤人禅帝位，退自封百里，以顺天命"①。然而从哀平时期迄至东汉，情况发生了重大的变化，当天意的解释权被君主掌握之后，那种原本基于儒家文化立场而来的天人话语逐渐地异化而为谶纬符命的把戏。这个过程，萧公权著《中国政治思想史》说得明白：

> 大略言之，武昭之世明灾异者用意多在警主安民，元成以后则倾向于抑权奸以保君国。哀平之世陈符命者为篡臣作藉口，新室既败则又成止僭窃，维正统之利器。初则忠臣凭之以进谏，后则小人资之以进身。其始也臣下以灾异革命匡失败，其卒也君上取符命谶记以自固位权。邹董之学，至此遂名存而实亡。②

王莽、公孙述、更始和刘秀都是利用谶纬符命称帝的，其间那些制造图谶以取媚主上的儒生自然也不在少数。东汉王朝以谶纬治天下，使人整理图谶，主要是剔除谶纬中关于王莽受命的内容，同时也以谶纬思想为准绳来减省浮辞，订正五经异说。谶纬主要是为王莽篡汉而作的，东汉王朝从中整理出《河洛》《七经纬》共八十一篇谶纬，其主导倾向便是把新莽剔除在受命称王的圣统之外，而将刘汉置于"尧后火德"的谱系中重新确立了统治合法性。《后汉书·尹敏传》说："帝以敏博通经记，令校图谶，使蠲去崔发所为王莽著录次比。"由于这层关系，东汉的谶纬学顺理成章地占据了"内学"的位置，便是经学的改造也要依据谶纬的思想。汉明帝之时，刘苍受诏"正《五经》章句，皆命从谶"③；樊儵"与公卿杂定郊祀礼仪，以谶记正《五经》异说"④；章帝时的白虎观会议也是根据谶纬来订正五经异说的。根据

---

① （宋）司马光：《资治通鉴》，767页，北京，中华书局，1976。
② 萧公权：《中国政治思想史》二，291～292页，沈阳，辽宁教育出版社，1998。
③ （唐）魏徵等：《隋书》，941页，北京，中华书局，1982。
④ （南朝宋）范晔：《后汉书》，396页，北京，中华书局，1984。

这次会议整理出来的《白虎通义》,清人庄述祖所撰《白虎通义考序》指出:"《论语》《孝经》六艺并录,傅以徵记,援纬证经。自光武以《赤伏符》即位,其后灵台郊祀,皆以谶决定,风尚所趋然也。是故书论郊祀、社稷、灵台、明堂、封禅,悉隐括纬候,兼综图书,附世主之好。以绳道真,违失六艺之本,视石渠为驳矣。"①《白虎通义》的内容的确极为驳杂,凡社会生活和政治领域的细小环节都被囊括在内了,它还具体而微地规定了各项礼乐制度的实施程序,也都从神学的角度论证了其中所应遵守的价值秩序。与董仲舒儒学相比较,《白虎通义》明显地将君权神授的观念绝对化了,至于董子意在限君的灾异说则被轻轻地放在一边,"屈君而申天"的儒学精神稀薄了许多。这本书讲的都是一个个具体的治理之术,包括国家的礼仪制度设计及其设施,以及"三纲六纪"的伦理规范等,儒学至此终于被彻底地改造成为一种以礼制建设为核心的致用之术,以及规范思想秩序、确立统治合法性的官方意识形态。

郑玄就是处在这样的历史语境下进行学术活动的。他生活在腐败动荡的东汉末年,经学史上积累的诸多问题还来不及得到根本的解决,便急剧地衰落了。据《后汉书·儒林列传》记载:"自是游学增盛,至三万余生。然章句渐疏,而多以浮华相尚,儒者之风盖衰矣。"《后汉书·徐妨传》亦云:"伏见太学试博士弟子,皆以意说不修家法,私相容隐,开生奸路。每有策试,辄兴争讼,论议纷错,互相是非。……今不依章句,妄生穿凿,以遵师为非意,意说为得理,轻侮道术,寖以成俗。"这些都是批评汉末的经学失去了标准,连家法章句都不顾了,只以浮华的文辞臆说相高。与此伴随的,"浮华交会""虚造声誉"渐成一种社会风气,严重地败坏了明道致用的儒家传统。要之,衰败的汉末时世迫切需要儒家士人有所作为、起而振之,然而"士气颓丧而儒风寂寥",与时代的要求形成了巨大的反差。郑玄尝喟然叹曰:"汉世之事,谁与正之。"②既然汉末的军阀不足以担当拯救的使命,那

---

① (清)陈立:《白虎通疏证》,609页,北京,中华书局,1994。
② (南朝宋)范晔:《后汉书》,698页,北京,中华书局,1984。

么以当代的圣人自居,通过编注群经的方式来寄托拨乱反正的用心,重振以道自任、兼济天下的儒家进取精神,也便是郑玄这样的真正儒者所必当从事的正职了。

郑玄在《戒子益恩书》中自述心志有云:

> 吾家旧贫,[不]为父母群弟所容,去厮役之吏,游学周、秦之都,往来幽、并、兖、豫之域,获觐乎在位通人,处逸大儒,得意者咸从捧手,有所受焉。遂博稽六艺,粗览传记,时睹秘书纬术之奥。年过四十,乃归供养,假田播殖,以娱朝夕。遇阉尹擅执,坐党禁锢,十有四年,而蒙赦令,举贤良方正有道,辟大将军三司府。公车再召,比牒并名,早为宰相。惟彼数公,懿德大雅,克堪王臣,故宜式序。吾自忖度,无任于此,但念述先圣之元意,思整百家之不齐,亦庶几以竭吾才,故闻命罔从。①

郑玄的人生异于时俗,他屡征不就,专以学问为人生的宗旨,他的献身经学根本上是出于对"先圣之元意"的真诚信仰,丝毫不夹带利禄名爵的私虑。汉末的各路军阀都向郑玄请教治乱之道,他的学识和道德也完全称得上那些将会是唾手可得的名爵,然而他都坚决地放弃了。郑玄为什么"无任于此"呢?他自幼即表现出对"学"的浓厚兴趣与卓越才能,治学的乐趣必是胜过了一切世俗的享受。然而还有更加深刻的文化原因,郑玄为《论语·子罕》作注说得明白。该篇讲"譬如为山"的道理,东汉的包咸和马融都认为"此劝人进于道德也"②。郑玄却认为这是表达了儒者的仕进原则,其云:"以言有人君为善政者,少未成篑而止,虽来求我,我止不往也。……以言

---

① (汉)郑玄:《戒子益恩书》,见《后汉书》卷二十五,1209页,北京,中华书局,1965。
② 何晏《论语集解》引用包咸和马融语云:"包氏曰:'篑,土笼也。此劝人进于道德也。为山者其功虽已多,未成一笼而中道止者,我不以其前功多而善之也。见其志不遂,故不与也。'"马融曰:"平地者,将进加功,虽始覆一篑,我不以其见功少而薄之也,据其欲进而与之也。"何晏集解,皇侃义疏:《论语集解义疏》卷五,125页,商务印书馆中华民国二十六年。

有人君为善政者，昔时平地，今而日益，虽少行进，若来求我，我则往矣。"这就是说，孔子是否接受聘请完全取决于人君推行善政的决心——他不会侍奉一个懈怠的君主，即便该国的善政将要达到完满的程度；反之，哪怕善政才刚刚起步，只要人君坚持不懈地去推行它，也会得到孔子的帮助。此番夫子自道之语，表明郑玄是根据"不仕无道"的原则来选择自己的用舍行藏的。

　　郑玄绝不只是一个阐释孔学的经师，更被时人誉为当代的圣人，他自己隐然也是以圣人自居的。孔子"西狩获麟"而生"道穷"之叹，郑玄则因"岁在龙蛇"的梦语而知命之将终，认为自己也是奉了上天的旨意来为世间立法的。孔子删定六经，郑玄则遍注群经；他的弟子仿《论语》而为《郑志》；江总说"若夫德行博敏，孔室四科；经术深长，郑门六艺"①；葛洪称"孔郑之门，耳听口授者皆已灭绝，惟托竹素者可谓世宝"②。应劭尝以太守的身份请称弟子，郑玄拒之曰"仲尼之门考以四科，回、赐之徒不称官爵"③。陶谦建议朱儁联合各方郡守共同讨平动乱，郑玄一介布衣赫然出现在联盟者的名单之列④。其所以然之故，实则郑玄所代表的儒者阶层乃是一股不容忽视的政治力量，而他自己也以师儒的身份俨然一位"布衣雄世"的诸侯，差可及于孔子的素王地位。像郑玄这样的以儒家先师自况的儒者，我们哪里能够用对待寻常经师的解释模式来理解他的人生和学术呢？清人陈澧尝云："盖自汉季而后，篡弑相仍，攻占日作，夷狄乱中国，佛老蚀圣教，然而经学不衰，仪礼尤重，其源皆出于郑学。"虽是过誉之论，却也真实地道出了郑学强烈的社会责任感及其维系儒家风教的社会意义。近人张舜徽的评价也极可玩味，他在《广校雠略自序》中说：

---

① （南朝陈）江总：《陶贞白先生集序》，《艺文类聚》卷五十五，1000页，上海，上海古籍出版社，1985。
② （晋）葛洪：《抱朴子》，见《意林》卷四，《景印文渊阁四库全书》第八百七十二册，259页，台北，台湾商务印书馆，1983。
③ （南朝宋）范晔：《后汉书》，426～427页，北京，中华书局，1984。
④ 同上书，810页。

千载悠悠，则亦未有能真知郑学者，因欲为书发明之，未暇也。叔季祸乱相仍，由学不明，士不幸而躬逢其厄，苟能考镜源流，条别得失，示学者从入之途，其振衰起废，固贤乎空言著书。二郑（笔者注：郑玄与宋儒郑樵）起于汉、宋之末，独以此为兢兢，亦岂无微旨哉！①

此论最能体谅乱世儒者的文化心态。在中国历史上，风俗浸坏、世道陵替总是激起一流儒者强烈的罪责感与重建意识，他们深感本阶层对此应负有不可推卸的责任，同时又深感本阶层还将是来日重建的救世主。与此伴随的，新一轮的儒学调整以扶起孔学微旨相号召，似乎总是在重新检点学术、道统与世运之间关系的起点上开始的。儒者阶层具有十分自觉的自我问责意识，他们相信世道的衰乱实由于圣学之不明，人们失去了做人的准则，因而乱世儒者之"为往圣继绝学"的意义便凸显出来，成为赓续儒家道统、维持社会风教的内在凭借。这样看起来，"念述先圣之元意，思整百家之不齐"的确是较之仕途更为重要的事业，其重要性不仅在于整齐诸经异说、澄清孔学原貌的学术成就，更在于通过遍注群经的方式传承了儒者阶层的一段精神命脉，其所从事的乃是与孔子同样的事业。缺乏这样的文化关怀，如果郑玄仅凭纯学术的贡献就获得了当代圣人的声誉，这将是一件难以理解的事情。

郑玄的著述之学始于永康元年（167）的"客耕东莱"；旋后禁于党祸十四年，遂"隐修经业，杜门不出"，作《六艺论》，遍注三《礼》，或注《纬》，其间郑学大成；灵帝中平元年，党禁事解，郑玄又注《论语》《尚书》及《毛诗》，或注《孝经》，此时郑玄声名鹊起，他却"屡征不就"。对于这项遍注群经的事业，郑玄自谓"所学者圣人之道，在方策"，孔颖达疏之曰："郑恐所学惟小小才艺之事，故云'所学者圣人之道'，以其化民成俗，非圣人之道不可。云'在方策'者，下篇'文武之道，布在方策'是也。"②也就是说，郑氏所学乃是载之典籍的圣人之道，是从实践中得来的成

---

① 张舜徽：《广校雠略》，3页，武汉，华中师范大学出版社，2003。
② 李学勤主编：《十三经注疏》（标点本），1050～1051页，北京，北京大学出版社，1999。

功的政教经验，绝非小小才艺之事所可比拟。

《六艺论》是郑玄经学的纲领，我们参照相关的经注便不难揣摩所谓的"圣人之道"是什么意思。兹节录《六艺论》如下：

> 六艺者，图所生也。河图洛书皆天神言语，所以教告王者也。（总论）[1]
>
> 易者，阴阳之象，天地之所变化，政教之所生，自人皇初起。（易论）[2]
>
> 孔子求书，得皇帝玄孙帝魁之书，迄秦穆公凡三千二百四十篇，断远取近，定可为世法者百二十篇。（书论）[3]
>
> 礼者，序尊卑之制，崇敬让之节也。唐虞有三礼，至周分为五礼。礼其初起，盖与诗同时。（礼论）[4]
>
> 《春秋》者，国史所记人君动作之事。左史所记为《春秋》，右史所记为《尚书》。……孔子既西狩获麟，自号素王，为后世受命之君，制明王之法。（春秋论）[5]
>
> 孔子以六艺题目不同，指意殊别，恐道离散后世，莫知根源，故作《孝经》以总会之。（孝经论）[6]

按照郑玄的意思，儒家六艺乃是天神垂范后世的产物，王者承天意以行事，国史录其行迹，后经孔子删述整理而得。这里根据谶纬学来解释六艺的诞生，想要说明六艺体现了天地间的自然之理，也即儒家的思想观念乃是天经地义而不能违背的。谶纬学是东汉的内学，孔子"为汉制法"是它的基本教义。根据纬书，孔子早就预言了汉家的赤统江山，并受命为其制法等待汉

---

[1] （清）皮锡瑞：《六艺论疏证》，《续修四库全书》第一百七十一册，270～271页，上海，上海古籍出版社，2002。
[2] 同上书，第272页。
[3] 同上书，第279页。
[4] 同上书，第283页。
[5] 同上书，第285～286页。
[6] 同上书，第287页。

家天子来实现。这个说法似乎把儒者的帝师意识拔得很高，但是它产生在新莽和刘汉政权交替之际，根本上是为重新确立刘汉统治及其制度的合法性服务的。而在郑玄的六艺论注之中，却鲜有"为汉制法"一说。如皮锡瑞《六艺论疏证》指出：

> 据史公所受董生说，则孔子作《春秋》实因不用于世，于是空设一王之法，以俟后王举而行之。郑云："为后世受命之君，制明王之法。"与史公、董生之说合。……《春秋》为汉制说出纬书，东汉史晨、韩勅诸碑皆明引之，而史公、董生无此说。①

孔子为汉制法，还是为万世立法？这是一个很关键的问题。《史记·太史公自序》记载："余闻董生曰：'周道衰废，孔子为鲁司寇，诸侯害之，大夫壅之。孔子知言之不用，道之不行也，是非二百四十二年之中，以为天下仪表，贬天子，退诸侯，讨大夫，以达王事而已矣。'子曰：'我欲载之空言，不如见之于行事之深切著明也。'夫《春秋》，上明三王之道，下辨人事之纪，别嫌疑，明是非，定犹豫，善善恶恶，贤贤贱不肖，存亡国，继绝世，补弊起废，王道之大者也。"这就是说，孔子作《春秋》为统治者确立了是非标准和行为规范，想要收到存亡继绝、补敝起废的重建效果。再来看纬书中的"为汉制法"一说，比如东汉初年的乐制改革和封禅典礼都遵用了纬书的舆论形式，后者曾预言了刘秀受命改制的一系列举动。② 根据纬书，《春秋》《孝经》和《论语》都是孔子为汉制法的成果。《白虎通义》杂引纬

---

① （清）皮锡瑞：《六艺论疏证》，《续修四库全书》第一百七十一册，286页，上海，上海古籍出版社，2002。
② 《后汉书》卷三十五《张曹郑列传》记载："帝问：制礼乐云何？充对曰：《河图括地象》曰：'有汉世礼乐文雅出。'《尚书·璇玑钤》曰：'有帝出，德洽作乐，名予。'帝善之，下诏曰：'今且改太乐官曰太予乐，歌诗曲操，以俟君子。'"又《东观汉记》记载："《尚书·璇玑钤》曰：'有帝出，德洽作乐，名予。'其改郊庙乐曰大予乐，乐官曰大予乐官，以应图谶。"《河图会昌符》曰："汉大兴之道，在九代之王，封于泰山，刻石著纪，禅于梁父。"刘秀为汉高祖九世孙，此明言刘秀当登帝位封禅。

书说："后作《孝经》何？ 欲专制正。……所以复记《论语》何？ 见夫子遭事异变，出之号令失法。"侯外庐等著《中国思想通史》把这些纬书的来源清理出来，十分精辟地指出："《孝经》《论语》都是孔子为了后代帝王取法而预言的法典，而汉代皇帝所专之制、所正之法，就是孔子早已安排好的神权、皇权、父权三者相结合的专制主义和封建法律。"[1]如此看来，"为汉制法"说主要是为朝廷的礼制建设和道德伦理建构提供依据的，绝少孔子以道自任的那份强烈的社会批判意识和忧心天下之情怀。

郑玄必是深晓纬书奥秘的，他却避开了"为汉制法"的基本教义，这是非常耐人寻味的。汉末时局已经败坏不可收拾了，朝纲废弛，天下大乱，儒者遭致党祸几乎绝灭。对于郑玄这样的私学教授者来说，既然能够以儒者宗师的身份屡征不就，想必也不会把孔子拉出来作为汉家制度的请托。事实上，郑玄对儒者的社会使命和现实处境都有着十分清醒的认识。《六艺论·诗论》云：

> 诗者，弦歌讽喻之声也。自书契之兴，朴略尚质，面称不为谄，目谏不为谤，君臣之接如朋友然，在于恳诚而已。斯道稍衰，奸伪以生，上下相犯。及其制礼，尊君卑臣，君道刚严，臣道柔顺，于是箴谏者稀。情志不通，故作诗者以颂其美而讥其过。

这里把历史分成了两段，依据的是君臣关系的调整以及由此而来的沟通手段的变化。在"君臣之接如朋友然"的清明盛世，那时候的君臣之间没有私心相阻隔，臣子的"面称"和"目谏"都是诚心诚意的，并不掺杂丝毫的谄媚或毁谤的念头。但是到了后来，君臣关系越来越紧张，直至到了"君道刚严，臣道柔顺"的地步。在这种情况之下，直言敢谏的人少了，不得已用诗歌这种形式来委婉含蓄地表达意见。郑玄在这里虽然谈的是诗歌发生之

---

[1] 侯外庐等：《中国思想通史》第二卷，231页，北京，人民出版社，1957。

由，却也体现了他对儒家思想立场的深刻体认。在他看来，儒家话语应与现实政治之间达成一种评价性的关系，亦师亦友也好，君尊臣卑也罢，始终都不能改变积极干政、有所匡救的儒家宗旨。汉代儒学不正是由于丧失了这个立场才异化为一种纯粹的统治工具，另一方面也沦为一种利禄之具和支离琐碎之学的吗？如果联系汉代儒学异化的特殊情况，则郑玄《六艺论》的思想意义是非同寻常的，实际上他要修复由孔学所开创的那种积极进取的儒家政治文化传统。正如李春青指出："总而言之，借助于经学研究来影响现实政治，努力完成儒家意识形态话语系统的建构，或者至少重新恢复儒学积极主动的政治干预意识，乃是郑学的根本目的所在。"[1]

郑玄经学似乎总是在讲如何为政的道理，包括君主的德行智慧与人臣所应尽的义务等，都是和他的时代最紧要的社会政治问题密切相关的。在他看来，周公致太平之迹为后王提供了最成功的政治经验，圣人之道的精髓即在于此。《毛诗谱·周颂谱》有云：

> 《周颂》者，周室成功致太平德洽之诗。其作在周公摄政、成王即位之初。颂之言容。天子之德，光被四表，格于上下，无不覆焘，无不持载，此之谓容。于是和乐兴焉，颂声乃作。《礼运》曰：'政也者，君之所以藏身也。是故夫政必本于天，殽以降命。命降于社之谓殽地，降于祖庙之谓仁义，降于山川之谓兴作，降于五祀之谓制度。'又曰：'故祭帝于郊，所以定天位；祀社于国，所以列地利；祖庙，所以本仁；山川，所以傧鬼神；五祀，所以本事。'又曰：'礼行于郊，而百神受职焉；礼行于社，而百货可极焉；礼行于祖庙，而孝慈服焉；礼行于五祀，而正法则焉。故自郊、社、祖庙、山川、五祀，义之修，礼之藏也。'功大如此，可不美报乎？故人君必絜其牛羊，馨其黍稷，齐明而荐之，歌之舞之，所以显神明，昭至德也。[2]

---

[1] 李春青：《诗与意识形态》，352页，北京，北京大学出版社，2005。
[2] 李学勤主编：《十三经注疏》（标点本），1271~1278页，北京，北京大学出版社，1999。

三段引文都出自《礼记·礼运》一篇，里面讲到周室成功的根本原因，包含两层意思：一是说周公政治的精髓不在"城郭沟池"的防御措施，而是表现为一套完备的郊社、祖庙、山川、五祀等国家政治制度；二是说这些制度不是周公个人意志的产物，而是效法天道秩序而制定和实施的，也即"政必本于天，殽以降命"的意思。在郑玄看来，政治乃是人君的藏身之所，周公是一个德被四表、无为而治的明君——因为他的礼制政令都是根据自然法则与普遍的伦理情感制定出来的，所以人们也乐得依礼行事，仿佛是从自己的心灵深处觉悟而来的。这不正是孔子"无为而治者，其舜也与！夫何为哉，恭己正南面而已矣"[1]的理想吗？

　　为什么郑玄礼学是以《周礼》为重心的？因为这本"周公旧典"十分清晰地显示了君主的藏身之道和他对秩序重建的一些具体的思考。郑玄在《周礼目录》中说：《周礼》设天官冢宰统帅三百六十属官，"以象天有三百六十余度"；设地官司徒掌邦教，"所以安扰万民"；设春官宗伯掌邦礼，"典礼以事神为主，亦所以使天下报本反始"；设夏官司马掌邦政，"可以平诸侯，正天下"；设秋官司寇掌邦刑，"所以驱耻恶，纳人于善道也"；设冬官司空掌邦事，"所以富立家，使民无空者也"。也就是说，官职的分配是仿照天地四时而行的，由天官统帅三百六十属官各司其职，共同佐助王者处理政务，这是上天赋予的职责和权力，任何僭越都是非法的，王者也不能随意地与夺。按照徐复观的说法，这种以官制来维系政治理想的表达形式"它有两个系统：一是着眼到由官职的合理分配、分工可以提供政治效率，达成政治上所要求的任务。甚至想以官制限制君权，以缓和专制的荼毒。这是一个系统。另一个是要由官制与天道结合而感到政治与天道结合的传统"。诚如所言，按照《周礼》的制度设计，君尊臣卑的政治伦理背后伴随着权力的让渡，君主享有"政令之所出"的尊贵名号而臣属掌握着世俗的权力，社会秩序之达成有赖于这一套职官制度及其程序功能的实现。这样的儒学思想，也

---

[1] 《论语·卫灵公》，232页，北京，中华书局，2006。

即《周礼》以官制来表达政治理想的话语建构，实际上是很不同于汉代儒学的一般情况的。我们知道，汉代儒学的最成功之处也是最擅长的领域，一直都在大一统思想意识形态和王朝礼制建设的方面。这从《春秋繁露》到《白虎通义》反复申说的"三纲六纪"的条目，以及后仓、二戴学派根据《仪礼》来"推士礼而致于天子"可以清晰地见出来。而在郑玄这里，他把《周礼》冠诸三礼之首，不仅更新了礼的观念，而且也转变了儒学经世的路径——儒学不是表现为服务于现实政治的礼乐形式及相应的意识形态粉饰，而是独立的儒者阶层为后王制定的一套严明的政治制度与价值规范。

郑玄《周礼》学的政治原型，他用注解《周易》和《尚书》的方式非常形象地表达出来。《周易·萃卦注》有云："萃，聚也。坤为顺，兑为说，臣下以顺道承事其君。说德居上待之，上下相应，有事而和通。故曰：萃，亨也。"《尚书·禹贡注》亦云："江水汉水，其流遄疾，又合为一，共赴海也。犹诸侯之同心尊天子而朝事之。"在郑玄看来，《周礼》制度的实现有赖于和谐的君臣关系作为保障，根本上又取决于君臣双方都有一种明确的职分意识和道德自律之觉悟，并切实地约束自己去遵守它。一方面，君主以德居位，掌握权源，除了设官分职、发号政令便可以垂拱而治；另一方面，为人臣者应当安守自己的本分，各司其职，共同佐助君主署理政务。其乌托邦性质不言而喻，它完全是比对汉代君权膨胀、人臣僭越的特殊现实而设计出来的。尤其在戚宦专权、烽烟四起的汉末时世，郑玄也和孔子一样痛恨那些犯上作乱的恶行，而将"正名""复礼"作为重建秩序的关键。所不同者，孔子志在恢复那种"郁郁乎文哉"的礼乐生活本身，他从周礼仪式之中提炼出"仁"的精神，教导世人应以仁者的胸怀推己及人，自觉地遵守社会等级秩序及相应的礼仪规范。然而郑玄通过《周礼》表达的政治理想实际上偏重在国家政治制度和相应的政府组织形式的层面，它需要一种更为切实的忠孝伦理与之配合，而非"仁"这种抽象的精神价值所能维系。郑玄的《六艺论》将《孝经》理解为孔子总会六艺之书，又注《孝经·士章》有云："移事父孝以事于君，则为忠矣；移事兄敬以事于长，则为顺矣。"郑玄经学突出之一点，即是反复强调这种忠君的思想以及人臣所应尽的义务。比如《周易·系辞注》云："君臣尊卑之贵贱，如山泽之有高卑也。"《震卦注》说："震为雷，雷动物之气也。雷之发声，犹人君出政教以动国中之人也。"又《损卦注》云："山在地上，泽在地下，泽以自损增山之高也，犹诸侯损其国之富，以贡献于天子，故谓之损矣。"又《艮卦注》云："艮为山，山立峙各于其所，无相顺之时，犹君在上，臣在下，恩敬不相与通，故谓之艮也。"再看郑玄的《礼记》之学。如《曲礼》所载"大夫士去国逾境，为坛位向国而哭"一条，郑注云："言以丧礼自处也。臣无君，犹无天也。"又《坊记》所载"丧父三年，丧君三年，示民不疑也"，郑注云："不疑于君之尊也。"又《坊记》"礼，君不称天，大夫不称君，恐民之惑也"，郑注云："……此者皆为使民疑惑不知孰者尊也。"郑玄主张"以君为天"的臣道原则，所以在国家命运攸关的紧要时刻，更倾向于一种温和的改良思想。陈启云结合"恒""暌"二卦的郑氏义也表明："郑玄的态度是认为即使有社会、政治危机发生，皇帝这个位置是不可改变的。因为他认为君主的位置是属于法统问题，即使在位者是一个柔弱之君不得不在许多小事上有所退让，却仍然是君。"[①]难道郑玄经学是保守的吗？这个问题还是要置于《六艺论》和《周礼》学的视野下来衡量。按照他的设想，《周礼》的政治架构与《孝经》的忠孝伦理表里呼应，是维持整个社会大系统平稳运行的两大支柱，缺一不可。如果我们联系汉末有一股新法家思想的抬头，诸子们常常反对侈谈古圣人之道，而将推行法治或霸政当作挽救汉家危亡的权宜之计[②]来看的话，郑玄显然对汉末时局不抱有任何挽救的希望，他要在一片新的地块上描绘一幅前所未有的政治图景，不过这一切都要等到后王来实现了。

[①] 陈启云：《中国古代思想文化的历史论析》，235 页，北京，北京大学出版社，2001。
[②] 同上书，181~222 页。

◎ 第二节

郑玄诗学理路

郑玄诗学有较为完整的《毛诗笺》和《毛诗谱》传世，他的《六艺论》和《郑志》之中也有相关的表述，从中都不难发现郑玄对诗之本质有着明确的认识，他的诗学理路也是非常清晰的。我们不仅要弄清楚郑玄"有谱有笺"的诗歌阐释方法，更需揭示出他的诗学体系得以成立的思想基础及其内部的组织结构，这样才能够切实地体会郑玄诗学作为一种意识形态话语建构的苦心孤诣。

先看郑玄对《诗经》本质的认识，《诗谱序》云：

> 诗之兴也，谅不于上皇之世。大庭、轩辕逮于高辛，其时有亡载籍，亦蔑云焉。《虞书》曰："诗言志，歌永言，声依永，律和声。"然则《诗》之道放于此乎！有夏承之，篇章泯弃，靡有孑遗。迄及商王，不风不雅。何者？论功颂德所以将顺其美；刺过讥失所以匡救其恶，各于其党，则为法者彰显，为戒者著明。

> 周自后稷播种百谷，黎民阻饥，兹时乃粒，自传于此名也。陶唐之末，中叶公刘亦世修其业，以明民共财。至于太王、王季，克堪顾天，文、武之德，光熙前绪，以集大命于厥身，遂为天下父母，使民有政有居。其时《诗》，风有《周南》、《召南》，雅有《鹿鸣》、《文王》之属。及成王，周公致太平，制礼作乐，而有颂声兴焉，盛之至也。本之由此风、雅而来，故皆录之，谓之《诗》之正经。

> 后王稍更陵迟，懿王始受谮亨齐哀公，夷身失礼之后，邶不尊贤。自是而下，厉也幽也，政教尤衰，周室大坏。《十月之交》、《民劳》、《板》、《荡》勃尔俱作。众国纷然，刺怨相寻。五霸之末，上无天子，下

无方伯,善者谁赏?恶者谁罚?纪纲绝矣。故孔子录懿王、夷王时诗,讫于陈灵公淫乱之事,谓之变风、变雅。以为勤民恤功,昭事上帝,则受颂声,弘福如彼;若违而弗用,则被劫杀,大祸如此。吉凶之所由,忧娱之萌渐,昭昭在斯,足作后王之鉴,于是止矣。

这是郑玄对诗歌发生之由与圣人编诗之旨的理解。在他看来,作诗、编诗的目的都不在诗歌作品本身,而是要为现实的君主提供警示与借鉴的。为什么"诗之兴也,谅不于上皇之世"?孔颖达解释说:"郑知于时信无诗者,上皇之时,举代淳朴,田渔而食,与物未殊。居上者设言而莫违,在下者群居而不乱,未有礼义之教,刑罚之威,为善则莫知其善,为恶则莫知其恶,其心既无所感,其志有何可言,故知尔时未有诗咏。"[①]这是符合郑玄之意的,《六艺论》坚持认为"礼之初起,盖与诗同时",诗歌的颂美讥过有赖于礼教的评判标准,而在上皇之世显然不具备这样的条件。类似的推演,"诗亡"的结局也就难以避免了:在礼乐废坏的五霸之末,天下已无赏善罚恶的宗主,故而诗人不再作诗,孔子亦不录诗了。很明显,郑玄的诗史观完全是着眼于诗与礼的共生关系而设定出来的,并不是对诗歌自然存在状态的一种客观描述。就如其说,《诗经》只是一部美刺讽喻的言教经典,它最初是诗人评价时政善恶所做出的历史叙事,后来经过孔子的编录而具有了为后王立法的价值。所谓"吉凶之所由,忧娱之萌渐,昭昭在斯,足作后王之鉴,于是止矣",这就是说《诗经》中记载有文、武、周公的致太平之迹,也有周室政衰、宗国覆灭的惨痛教训,都足以为后王提供历史的借鉴。同样清晰的是,郑玄的诗经观是从文辞训义的角度来体认诗之所以用的根据的,并没有充分地顾及《诗经》在周礼语境下的声用性质。前面说过,《诗经》曾是掌握在贵族手中的周礼歌词,礼崩乐坏之后逐渐丧失了演唱的功能,《诗经》的文字义凸显出来成为儒家意识形态建构的思想资源。郑玄的诗学研究就是

[①] 李学勤主编:《十三经注疏》(标点本),4页,北京,北京大学出版社,1999。

出于这种维护儒家思想立场的考虑，他从诗与礼、诗与史的关系入手来修复儒家的政治文化传统，根本目的就是要建立一个能够切实地教化君权，并足以影响政治的诗学文字教话语系统。

本来，郑玄诗学不过是先秦以来的诗学史转入义说时代的寻常一环。然而他十分清晰地观察到，汉代经学的纷纭驳杂致使"所好群书率皆腐弊"①，而像贾逵、马融这样的通儒著述也还存在着"犹有参错，同事相违"②的毛病，所以郑玄通过整齐百家来恢复孔学原旨的工作都是从最基本的知识层面入手的。在他的时代，汉廷屡次召集诸儒讲五经异同的问题，试图用官方意识来统一经学。比如《白虎通义》这部御定的法典，就常常以谶订经，用阴阳五行的观点来附会汉王朝的法度纲纪。《后汉书》所载汉末经学更加纷乱的情况，事实上证明了这次白虎观会议的失败。后来的汉灵帝还曾颁布过《熹平石经》，"使天下咸取则焉"，然而只是纠正了"文字多缪"的状况③，已经无力解决经义的分歧了。与这种官方意识指导下的经学运动不同，郑玄完全是以私学家的身份从事经学研究的，他不可能像白虎观会议那样在官定的"通义"层面把诸经异说加以沟通，而只能通过更加精密的知识考辨与合理化解说从而将这些异说整齐到儒家一贯的思想文化传统上面来。这是一种新的通学模式，它一方面联系着东汉以来渐趋消退的儒家政治干预精神，另一方面也契合了这个时代学尚兼通的知识整理热情。所以郑学的成功，不是偶然的。他的诗经学就是一个范例，我们现在来具体地看一看他是如何做到这一点的。

一是整齐百家的通学立场。郑玄笺诗有从毛的原则，《六艺论》云："注诗宗毛为主，毛义若隐略则更表明；如有不同，即下己意，使可识别也。"这是郑玄笺诗的基本体例，按照清人陈澧的说法它体现了郑玄的学派意识，其

---

① （唐）史承节：《后汉大司农郑公之碑》，引自耿天勤主编《郑玄志》，322页，济南，山东人民出版社，2009。
② 《序周礼废兴》引郑玄语，见李学勤主编：《十三经注疏》（标点本），7页，北京，北京大学出版社，1999。
③ （南朝宋）范晔：《后汉书》，692页，北京，中华书局，1984。

云："此数语，字字精要。为主者，凡经学必有所主，所主之外，或可以为辅，非必入主出奴也。……如有不同者，以毛义为非也，然而不敢言其非；下己意使可识别者，易毛义也，然而不敢言易毛，尊敬先儒也。"①其实郑玄并无如此强烈的"必有所主"的观念，他的宗毛不过是由于毛本"记古书，义又且然"②的缘故，不像今文经学那样"率皆腐弊"罢了。客观上，郑玄笺诗只能选择《毛诗故训传》作为底本，但他是一个真正的通学家。《后汉书》记载有郑玄泛滥百家的治学经历，其所体认的"郑氏家法"也只在"括囊大典，网罗众家，删裁繁诬，刊改漏失，自是学者略知所归"的通学成就上。章权才认为汉末的郑、何之争并非一场新的今、古文学之间的论争，这是很有道理的。因为何休虽然站在今文学的立场上攻击《左传》和《穀梁》，郑玄却采取了"入吾室，操吾戈"的态度进行反驳。换句话说，郑玄也是深通今文学的，他的目的是要沟通《春秋》三传之间的联系，而不是片面地指认今、古文经学之间的优缺。③《毛诗笺》以宗毛为主，博采众家，也应作如是观。冯浩菲指出："《郑笺》中所体现的不是一家之说，而是诸家说的比稽融会。由此言之，与其说三家因《笺》为尽废，不如说借《笺》附毛而仍其绪。"④这是平实之论。

《郑笺》博采众家而异毛的地方，清人对此做过很好的梳理。比如马瑞辰所著《毛诗传笺通释》辟有"郑笺多本韩诗考"一节予以澄清，陈奂则认为郑氏"作《笺》间杂鲁诗，并参以己意，不尽同毛义"⑤。多是集中在文字训诂的方面，无涉诗歌大意，但是也有个别地方因为训诂的不同从而导致了诗意理解上的区别。比如《关雎》这首诗说："窈窕淑女，君子好逑。"《毛传》训"逑"为"匹"之意，以为诗歌专咏后妃（淑女）一人，她是君子

---

① （清）陈澧：《东塾读书记》，109页，北京，生活·读书·新知三联书店，1998。
② 郑玄答炅模问，见《郑志》卷上，《景印文渊阁四库全书》第一百八十二册，335页，台北，台湾商务印书馆，1983。
③ 章权才：《两汉经学史》，247页，广州，广东人民出版社，1990。
④ 冯浩菲：《毛诗训诂研究》，88页，武汉，华中师范大学出版社，1988。
⑤ （清）陈奂：《诗毛氏传疏序》，见王达津主编，《清代经部序跋选》，111页，天津，天津古籍出版社，1991。

的好配偶。然而《郑笺》却说："怨偶曰仇，言后妃之德和谐，则幽闲处深宫贞专之善女，能为君子和好众妾之怨者。言皆化后妃之德，不嫉妒，谓三夫人以下。"这就是说，后妃能够调和妻妾之间的矛盾，而诗歌竟是歌颂一群"不嫉妒"的淑女了。《郑笺》实际上糅合了《左传》和《列女传》的观点，前者云"怨偶曰仇"，《列女传·母仪》篇援引此诗也说贤女能为君子和好众妾——这是鲁诗学的观点。倒不是说郑玄的理解如何贴合诗意，但是他尽可能地参酌众家寻找一个较为融通的解释，这才是《郑笺》的思路所在。

　　清人曾钊的观点更值得我们注意，其云："毛郑异同，大义有四，随文易说者不与焉：昏期一也，出封加等二也，稷契之生三也，周公辟居四也。"[①]这些观点颇具代表性，历代学者都曾反复地加以论说。比如婚期，毛主秋冬，而郑玄根据《周礼·媒氏》以为婚期在仲春，由此导致了对《桃夭》《匏有苦叶》《东门之杨》等一批情诗的不同解读。"出封加等"出自《周礼·典命》，讲的是古代卿大夫受命出巡，调停民间争讼之时，礼加一等。《大车》孔疏云："郑解《周礼》出封，谓出于畿内，封为诸侯。加一等，褒有德也。……毛意以《周礼》出封，谓出于封畿，非封为诸侯也。"这里，毛、郑对《周礼》的理解很不相同，然而据《序》意此诗乃是"刺其大夫不能听境内之讼，无复出封之事"，所以《孔疏》认为《郑笺》的解释更加确切些。"周公辟居"涉及周初的一段史实。《尚书·金縢》记载：周公为避管、蔡之难，"乃告二公曰：'我之弗辟，我无以告我先王。'周公居东二年，则罪人斯得"。郑玄的《尚书注》认为，在周公避居东都以待天子明觉的这段时间之内，他的属党（被当作罪人）尽被搜捕构害，于是周公作《鸱鸮》向天子陈告当保全宗室之意。但是在《毛传》看来，《鸱鸮》的作旨并不如是，《孔疏》云："毛虽不注此《序》，不解《尚书》，而首章《传》云'宁亡二子，不可毁我周室'，则此诗为诛管、蔡而作之。此诗为诛管、蔡，则罪人斯得，谓得管、蔡也。"在《毛传》看来，周公是一个当仁不让的摄政者，他不避嫌

---

① （清）曾钊：《诗毛郑异同辨》卷上，《续修四库全书》第七十三册，527页，上海，上海古籍出版社，2002。

疑地代行天子之政，东征平定了管蔡二公的罪乱，所以作《鸱鸮》"言不得不诛管蔡之意"。与这段史实相联系，毛、郑对《七月》《东山》的解说也都存在着或大或小的差异。《郑笺》能够联系《毛诗序》和《尚书》来解读诗旨，这正是《毛传》较为欠缺的地方。

关于"稷契之生"，这是郑玄《毛诗笺》援引谶纬思想的一个明证。《诗经》中有几篇关于帝王身世的记载，即《大雅·生民》和《商颂·玄鸟》都被郑玄附会成帝王感生的神话，说是简狄吞燕卵而生商祖契，姜嫄履大人之迹而生周祖稷。此类感生帝神话多为今文学和谶纬学所信奉，独《毛传》并无一点神秘妄诞的信息。郑玄诗学中的谶纬思想所在多是，他的《六艺论·诗论》就引用了《春秋纬》的"诗含五际六情"之说，认为诗歌之中包含有"革命""改政""阴盛阳微"等涉及王朝运命的秘密。郑玄认为儒家经典乃是天神"所以教告王者"的言语，王者承天意以行事，国史录其行迹，后经孔子删述整理而得。就如其说，经典观念乃是天意如此的，它为后王提供了王道政治的范本。联系这种经典政治的谱系来看，《郑笺》做出种种谶纬化的诗学解释，并不是很奇怪的。郑玄将商周始祖说成是感天而生的神人，和他在《尚书注》之中引用纬书将"曰若稽古帝尧"解释成"言尧同于天也"的意思，都把古代政治过分地理想化了，都是诱导君主践行王道政治的意图。《小雅·节南山》是怨刺周幽王的诗歌，《郑笺》有云："欲使昊天出《图》、《书》有所授命，民乃得安。"[1]郑玄在国家纷乱、民怨沸腾的时候就想起了这些纬书，或许正如陈澧所谓有"感时伤事之语"隐于其中[2]。在

---

[1] （汉）郑玄注，（唐）孔颖达疏：《毛诗正义》，见李学勤主编：《十三经注疏》（标点本），704页，北京，北京大学出版社，1999。

[2] 关于这一点，陈澧《东塾读书记》曾有专论，他说："郑笺有感伤时事之语。《桑扈》'不戢不难，受福不那'，笺云：'王者位至尊，天所子也，然而不自敛以先王之法，不自难以亡国之戒，则其福禄亦不多也。'此盖叹息痛恨于桓、灵也。《小宛》'螟蛉有子，蜾蠃负之'，笺云：'喻有万民不能治，则能治者将得之。'此盖痛汉室亡而曹氏将得之也。又'战战兢兢，如履薄冰'，笺云：'衰乱之世，贤人君子虽无罪，犹恐惧。'此盖伤党锢之祸也。《雨无正》'维曰于仕，孔棘且殆'，笺云：'居今衰乱之世，云往仕乎，甚急连且危。'此郑君所以屡被征而不仕乎？郑君居衰乱之世，其感伤之语，有自然流露者，但笺注之体谨严，不溢出于经文之外耳"（陈澧：《东塾读书记》，108页，北京，生活·读书·新知三联书店，1998）。

《毛诗笺》之中，郑玄反复称引纬书来渲染商、周先王的文治武功，说他们受命称王，以教天下，所以保享太平；至于后王的陵迟，则常常归结为政教衰败所导致的阴阳失调。比如《小雅·鱼藻序》云："刺幽王也。言万物失其性，王居镐京，将不能以自乐，故君子思古之武王焉。"《郑笺》引用《易纬·乾凿度》说："万物失其性者，王政教衰，阴阳不和，群生不得其所也，将不能以自乐，言必自是有危亡之祸。"《十月之交》郑笺亦云："周之十月，夏之八月也。八月朔日，月交会而日食。阴侵阳，臣侵君之象。日辰之义，日为君，辰为臣。辛，金也；卯，木也。又以卯侵辛，故甚恶也。彼月则有微，今此日反微，非其常，为异尤大也。君臣失道，灾害将起，故下民亦甚可哀。"这里运用谶纬来解读经义，继承了董仲舒灾异谴告说的基本思路，教告王者的意图是十分明显的。《汉书·翼奉传》说："《易》有阴阳，《诗》有五际，《春秋》有灾异，皆列终始，推得失，考天心，以言王道之安危。……臣奉窃学《齐诗》，闻五际之要《十月之交》篇，知日蚀、地震之效昭然可明。……古者朝廷必有同姓以明亲亲，必有异姓以明贤贤，此圣王之所以大通天下也。……今左右亡同姓，独以舅后之家为亲，异姓之臣又疏。二后之党满朝，非特处位，势尤奢僭过度……阴气之盛，不亦宜乎！"按照郑玄和翼奉的说法，王朝的盛衰皆有阴阳消息为其表征，皆有政教善恶为其根源，看似天命的与夺，不过是人君自求多福、自取其祸罢了——这是何等明确的警告！汉儒一向崇尚经典政治的理想，以为篇篇关乎王功圣道之遗迹，蕴含有天人相与的神秘消息。郑玄以谶纬笺诗，既是出于教导君权的需要而神化经典的一种不得已的办法，也是他必须在汉代通行的知识与思想框架之内进行言说的一种话语形式。

郑玄诗学之建构，首先就是这种整齐百家的通学思路，他试图从诗经学的外围层面上沟通儒家经学之间的总体联系——包括以群经释《诗经》，弥合六艺之界限；以及博采今文和纬书，补足《毛传》在训诂释义方面的某些欠缺。郑玄其人既有"义强者从之"的知识热情，更不乏满腔继绝自任、赓续儒家道统的使命精神。"思整百家之不齐，念述先圣之元意"是郑学的宗旨，而《六艺论》杂引今文和谶纬的表述方式也表明：无论如何郑玄都意识到，汉代的各家经学都具有共同的构建儒家意识形态的初衷，都是儒者阶层借以规范君权，重建政教秩序的有用资源。这种认识乃是郑玄能够贯通群经界限和诸经异说的基础之所在。

二是取径小学的述圣思路。汉代经学是在经历秦火之后重建起来的，不少经典都存在着古今异书、诠释差讹的情况。经学家们囿于门户之见不能很好地解决这个问题，汉末甚至出现了妄自篡改经书文字的现象。郑玄最精于训诂考据之学，尝谓"读先王典法，必正言其音，然后义全"①，他必须首先解决诸家经学所存在的文字训诂的问题，须从最精微的知识学角度来澄清儒家经学的宏旨。陈寿祺《礼记郑读考自序》尝言："郑所改读，略有四例，有承受经师者，有援据别本者，有稽合经典以订之者，有辄下己意审核声音训诂以定之者。"②这四例都是讲郑玄如何训正经书文字的，有受自经师者，或根据众家别本来勘定异文，或者参合群经来训正本字，又或采取"审核声音训诂以定之者"的声训之法。

郑学训诂的最大价值，也是最为后人所称道的地方，就是他创造了这种"声音训诂"之法，即"经常通过'声类'、'音类'相同、相近的关系，进行文字通假的分析和说明"③。郑玄的《周礼注》就是自觉运用声训法的一个范例④，《毛诗笺》中的运用也极多，诸如"某犹某也""古者某某同""某某声相近""某读为某""某之言某"等多属此例。陆德明《经典释文·序录》引郑玄语曰："其始书之也，仓促无其字，或以音类比方假借为之，趋于近之而已。受之者非一邦之人，人用其乡，同言异字，同字异言，于兹遂生

---

① 何晏《论语集解》引《论语·述而》郑注，见《论语集解义疏》卷四，93页，商务印书馆中华民国二十六年。
② 王达津主编：《清代经部序跋选》，164页，天津，天津古籍出版社，1991。
③ 张舜徽：《郑学叙录》，33页，济南，齐鲁书社，1984。
④ 《序周礼废兴》云："玄窃观二三君子之文章，顾省竹帛之浮辞，其所变易，灼然如晦之见明，其所弥缝，奄然如合符复析，斯可谓雅达广揽者也。然犹有参错，同事相违，则就其原文字之声类，考训诂，捃秘逸。"参见李学勤主编：《周礼注疏》（十三经注疏标点本），10页，北京，北京大学出版社，2000。

矣。"这里把文字假借的起因讲得清清楚楚：一是在经书的草创阶段，记录者往往用音类相近的假借字来代替本字；二是在经典的传播过程中，因方俗异音而造成了更多的文字差讹。所谓声训之法，就是利用声音的线索来探明本字，训释本义。比如"藻之言澡也"（《采蘋笺》）、"拜之言拔也"（《甘棠笺》）、"苹之言宾也"（《采芑笺》）、"胡之言何也"（《生民笺》）等，以及"哙哙，犹快快也"（《斯干笺》）、"具，犹俱也"（《桑柔笺》）"愉，读曰偷"（《山有枢笺》）、"纯，读如屯"（《野有死麕笺》）等。这些都是从语音入手来探求本字、本义的著名例子①。后儒不明声音通假之理，误以为经书中的假借字为本字，常常就要非议《郑笺》的"破字"和"改字"。对此，清儒王念孙的评价是公允的，他说："训诂之旨，存乎声音，字之声同、声近者，经传往往假借。学者以声求义，破其假借之字而读以本字，则涣然冰释。如因假借之字强为之解，则结𥲻（jū）不通《康熙字典》："穷理罪人也"矣。毛公《诗传》多易假借之字而训以本字，已开改读之先。至康成笺《诗》注《礼》，屡云'某读为某'，假借之例大明。后人或病康成破字者，不知古字之多假借也。"②

清人最佩服郑玄在训诂考据、文献校雠等方面所取得的成就，反而忽视了郑学所蕴含的儒家意识形态内容。其实他并不是一个纯粹的知识学家，包括郑玄在内的汉代经师"最多数人只把训诂当成一个过渡工具，绝非如清代汉学家们所说的'训诂明而义理明'，把做学问的功夫，停顿在训诂章句之上"③。郑玄笺诗以《毛传》为底本，毛诗学固然注重训诂考据的小学工夫，表现出"实事求是"的知识理性，然而它的意识形态话语性质却丝毫不减三家诗。因为按照毛诗学的解释流程，由诂、训、传逐级而上指向了《毛诗序》所申发的大义，诗歌在那里被认为是圣人垂教的经典。《郑笺》和

---

① 关于《郑笺》声训之法的运用，历来都有大量的著述和文章予以介绍，兹不赘述。这里所举声训之例，参见邓声国《〈毛诗笺〉因声求义法释义例撰析》一文［《镇江师专学报》2001（1）］。
② （清）赵尔巽等：《王念孙传》，《清史稿》卷四百八十一，13212页，北京，中华书局，1977。
③ 徐复观：《两汉思想史》第三册之《"清代汉学"衡论》，358页，上海，华东师范大学出版社，2001。

《毛传》同一解释进向，然而通常的情况是《毛传》的训诂释义过于简略，或者语焉不详，如果不借助《郑笺》就很难理解诗歌的意思，甚至会有诗意和《序》义之间的隔膜。随手举出一例，比如《采薇》六章四十八句，《毛传》的解释才不过百字，如果没有《郑笺》的补充申明和串讲大义，我们哪里能够识别这是一首"遣戍役"（《毛诗序》）的诗歌？

在少数情况之下，《毛传》和《诗序》的观点并不一致，郑玄则坚持《序》说而不取《传》意。黄侃所著《诗经序传笺略例补》有"据序立义"一条，认为《考槃笺》就是根据《诗序》来重新训读的。《考槃》一诗，《毛传》训"考槃"为"成乐"，训"宽"为"宽德"，训"薖"为"宽大貌"，训"轴"为"进也"，认为此诗乃是歌颂硕人有此宽厚之德，能够安享独居的乐趣。这样就和《诗序》所云"刺庄公也，不能继先公之业，使贤者退而穷者"有了很大的分歧。郑玄完全抛弃了《毛传》的训诂释义，他根据《诗序》敷衍出一个面有饥乏之色、心怀怨愤之情的穷居者形象。《孔疏》说："（笺）以'宽'、'薖'及'轴'言硕人之饥状，则硕人是其形也，故云'形貌大人'。不以'宽'为'宽德'者，以卒章言'轴'为'病'，反以类此，故知为虚乏之色也。不论其有德之事者，以怨君不用贤，有德可知，故不言也。"①《宛丘》也是一例，《毛传》和《郑笺》都认为这是一首"刺幽公也。淫荒昏乱，游荡无度焉"（《诗序》）的诗歌，但是对于诗中"子之荡兮"却有不同的理解，毛以为大夫，郑以为幽公。《孔疏》说："毛以此序所言是幽公之恶，经之所陈是大夫之事，由君身为此恶，化之使然，故举大夫之恶以刺君。郑以经之所陈，即是幽公之恶，经、序相符也。"②在郑玄看来，《毛诗序》是子夏亲受圣人之言的产物③，而孔子诗学的宗旨如《诗谱序》所言是要为王者立法的，所以《毛诗序》本质上是一种深刻的儒家意识形态话

---

① 李学勤主编：《十三经注疏》（标点本），220～221 页，北京，北京大学出版社，1999。
② 同上书，438 页。
③ 陆德明《经典释文·毛诗音义上》引沈重曰："案郑《诗谱》意，《大序》是子夏作，《小序》是子夏、毛公合作，卜商意有不尽，毛更足成之。" 53 页，北京，中华书局，1983。

语。这样说来,郑玄据《序》驳《传》,虽是少数的几例,也已经足够见出他的立场了。总而言之,郑玄诗学不仅补足或改进《毛传》中的训诂释义,更是进一步地密切了毛诗学的语言阐释与《诗序》大义之间的联系,乃是真正的"致广大而极精微"之学。

三是历史地理学的教化纲目。郑玄笺诗之后又从事《毛诗谱》的写作,《郑笺》是以《毛传》为底本的,而《诗谱》是从《毛诗序》中提炼出来的教化纲目。《诗谱序》说:"欲知源流清浊之所处,则循其上下而省之;欲知风化芳臭气泽之所及,则傍行而观之。此《诗》之大纲也。举一纲而万目张,解一卷而众篇明,于力则鲜,于思则寡。"所谓"循其上下而省之",就是纵向地考察国势盛衰之于诗歌史的影响;"傍行而观之"就是结合王政教化的情况和人文地理的因素来分析风俗民情的成因及其见于诗歌的表现。《毛诗谱》通常首先揭示周室或诸侯列国的地理方位,然后讨论该国的风俗民情,包括先王或始祖在此推行教化所形成的人文传统,最后论及该国的政教形势及诗歌的缘由。《周南召南谱》云:

> 周、召者,《禹贡》雍州岐山之阳地名,今属右扶风美阳县,地形险阻而原田肥美。……文王受命,作邑于丰,乃分岐邦。周、召之地,为周公旦、召公奭之采地,施先公之教于己所职之国。武王伐纣,定天下,巡守述职,陈诵诸国之诗,以观民风俗。六州者得二公之德教尤纯,故独录之,属之大师,分而国之。其得圣人之化者谓之《周南》,得贤人之化者谓之《召南》,言二公之德教自岐而行于南国也。乃弃其余,谓此为风之正经。[1]

郑玄解释二南为正风之意。这里曾经是周公和召公的采地,二公在此推行教化,风俗淳美。故以诗系之,得圣人之化者谓之《周南》,得贤人之化

---

[1] 李学勤主编:《十三经注疏》(标点本),10~12页,北京,北京大学出版社,1999。

者谓之《召南》，"南"谓二公德教行于南国。 在六州之中，周武王之所以只取周召二地的诗歌，是因为二公推行文王的德教最为纯粹，这里面隐含有教化问题乃是周室成功之关键的认识。 与此相反，失败的教训见于列国变风之中，也还是和教化问题息息相关。 如《魏谱》云：

> 魏者，虞舜、夏禹所都之地，在《禹贡》冀州雷首之北，析城之西，周以封同姓焉。其封域南枕河曲，北涉汾水。昔舜耕于历山，陶于河滨。禹菲饮食而致孝乎鬼神，恶衣服而致美乎黻冕，卑宫室而尽力乎沟洫。此一帝一王，俭约之化，于时犹存。及今魏君，啬且褊急，不务广修德于民，教以义方。其与秦、晋邻国，日见侵削，国人忧之。当周平、桓之世，魏之变风始作。至春秋鲁闵公元年，晋献公竟灭之，以其地赐大夫毕万。自尔而后，晋有魏氏。①

里面谈到魏国的封域大约在今天的晋西南一带，虞舜和夏禹曾经建都于此，俭约之化犹存于今。 到了东周的时候，魏国君主俭而无礼，民俗俭而趋利，教化也荒废了，邻国又不断地侵伐，国人忧之而作变风。 后来晋献公灭魏，将此地赐予大夫毕万，于是始有晋国三家之魏。 联系魏风七篇的《诗序》来看，《葛屦》《汾沮洳》《园有桃》《伐檀》《硕鼠》五篇都是讥刺君主"俭而无礼"之意，指责君主不该从事"躬自采菜"的贱事，更不该贪婪地搜刮百姓，荒废了对"其民机巧趋利"的教化，导致了"日以侵削"的局面。《陟岵》和《十亩之间》两篇都是怨愤时政的诗歌，诉说魏国受到侵削之后"父母兄弟离散""民无所居"的苦难。 郑玄《魏谱》就是根据《毛诗序》写定的，不过他尽量地把《毛诗序》所陈的这段特殊的历史置于更加广阔的历史地理学的背景下来加以审视，既揭示魏国风俗与先王遗泽之间的继承、变异的关系，又总结魏君俭啬贪鄙、怠慢教化以至于灭国的惨痛教训，

---

① 李学勤主编：《十三经注疏》（标点本），359～360页，北京，北京大学出版社，1999。

《毛诗序》所谓"明乎得失之际"在这里十分的清晰。

《毛诗谱》根据《毛诗序》的风俗教化论和"变风变雅"之说，厘定了《诗经》的世次谱系和地理方位，具体地落实了毛诗学的诗教理论。《毛诗大序》将国家治乱和诗歌风格联系在一起，申明"下以风刺上""国史吟咏情性，以讽其上"的变诗作旨，其间隐约见出一个正变、美刺的诗史框架。《小序》则对每首诗歌的美刺都做了交代，二《南》及《豳风》，二雅的《鹿鸣》《文王》之属，以及整个颂诗，都是歌颂君主盛德的，郑玄就认为它们是治世之正经，其他的都是乱世时代的变风变雅。《诗谱》详细说明了列国变诗的源头，以诗各当其君，又以诸侯国君配合周天子的世系，阐释诗歌所蕴含的王道盛衰的信息。比如《卫谱》说夷王之时，顷侯"政衰，变风始作"；《陈谱》说厉王之时，幽公"政衰……陈之变风始作"；《曹谱》说惠王之时，"政衰。昭公好奢而任小人，曹之变风始作"；《齐谱》说懿王之时，"哀公政衰，荒淫怠慢……齐之变风始作"；《唐谱》说共和之时，"僖侯甚啬爱物，俭不中礼，国人闵之，唐之变风始作"等等。《诗经》中也有部分变诗，比如《郑风》和《秦风》都是以美诗开篇的。《诗谱》说："武公又作卿士，国人宜之，郑之变风又作"；"至曾孙秦仲，宣王又命作大夫，始有车马礼乐侍御之好，国人美之，秦之变风始作"。所以郑玄是根据天子政治的盛衰来划分正变的，并不以美刺为独断，成王以前的诗歌都是风雅正经，懿、夷之后都是变风变雅。像《郑风》和《秦风》首篇，系于诸侯之政则为美诗，系于天子之政则为变诗，它们是王道衰微而"王泽未泯"的产物。这样，风雅正变的诗歌史也就是一部周天子政治的盛衰史，正式树立了王道政治的楷模，变诗提供了"吉凶萌渐"的借镜，都是不能忽视的。

《毛诗序》中的风俗教化论思想极为丰富，孔颖达的《毛诗正义·谷风序疏》对此做过很好的归纳。他先是列举《汉书·地理志》的"风俗"释义，然后分析《毛诗序》的几种风教类型，其云：

《汉书·地理志》云："凡民禀五常之性，而有刚柔缓急音声不同，系水土之风气，故谓之风。好恶取舍，动静无常，随君上之情欲，故谓之俗。"是解风俗之事也。风与俗对则小别，散则义通。《蟋蟀》云："尧之遗风。"乃是民感君政，其实亦是俗也。此俗由君政所为，故言旧俗。言旧俗者，亦谓之政。定四年《左传》曰"启以夏政、商政"，谓夏、商旧俗也。言风俗者，谓中国民情礼法可与民变化者也。《孝经》云"移风易俗"，《关雎序》云"移风俗"，皆变恶为善。《邶·谷风序》云"国俗伤败焉"，此云"天下俗薄"，皆谓变善为恶。是得与民变革也。①

《汉书·地理志》解释"风俗"，包括"系水土之风气"和"随君上之情欲"两个义项，前者是地理环境所影响形成的风气，后者是人文环境渐染而成的习俗。《毛诗序》的风俗观明显地倾向于后者：比如《蟋蟀序》云"忧思深远，俭而用礼，乃有尧之遗风焉"，这是先王之泽的遗存；《关雎序》云"移风俗"、《谷风序》云"国俗伤败"，或美或恶，也都和统治者的兴趣爱好及教化政策相关，民众感而效之，蔚成风气。郑玄也是把风俗当作一个政治问题来看待的，《诗谱》更加密切了风俗教化和国家治乱之间关系。从中我们知道，魏俗之俭约，源自舜、禹的作风；唐俗之俭啬，源自舜帝的"杀礼以救艰厄"；曹国"末时富而无教"形成了骄奢的风气；大姬"好巫觋、祷祈、鬼神、歌舞之乐"，遂有陈俗之淫荒。这些都是"民感君政"所形成的民情风俗，直接关系到一国之政的命运。《诗谱》各篇还说：文王推行德教，六州之众"咸被其德而从之"；而诸侯列国的"政衰"多半就是由于君主对风俗采取了放任自流的态度，而他自身的素质和觉悟也不足以承担"变恶为善"的教化，因而才给强邻以可乘之机。《魏谱》有云："及今魏君，啬且褊急，不务广修德于民，教以义方。其与秦、晋邻国，日见侵削，国人忧之。"《魏风·葛屦笺》云："魏俗所以然者，是君心褊急无德教使之耳。"《园有桃笺》云："不施民德教，无以战，其侵削之由，由是也。"这就是怠慢

---

① 李学勤主编：《十三经注疏》（标点本），773页，北京，北京大学出版社，1999。

教化所造成的后果,民众不晓"义方"各以私心为虑,君主无德所以不能号召有效的抵抗,魏国政治先从内部被瓦解了。其他诸侯列国的"政衰"类同此例,《诗谱》是把风俗或教化当作政治的核心来看待的,显然他意识到决定国家命运的并不是地理形势、经济和军事状况,而在于推行教化所形成的合理的政治秩序和价值规范,君臣民日用而不知的遵守,才能够筑牢一个国家的意识形态基础。和史书中的《地理志》有所不同,史书阐明地域风俗主要是为统治者提供决策参考的,可以"观风俗,知得失,自考正"[①];而《毛诗谱》是要呈现治乱之道的,所以特别重视"民感君政"和"美教化,移风俗"所具有的关乎国家命运的重大意义。

四是"兴喻""正变"的意义机制。汉代毛诗学以"兴喻"解诗,三家诗也没有诗史正变的说法,虽然诸家都是以美刺通讽喻的,但是只有毛诗学建立了完善的诗歌阐释机制,其所阐明的诗教价值主要就是通过"正变""兴喻"的意义媒介转换而来的。观毛诗《序》《传》《笺》之文,有些诗歌只有联系它的历史背景才能够明了其作旨。比如《魏风·葛屦》和《汾沮洳》的首句说"纠纠葛屦,可以履霜""彼汾沮洳,言采其莫",说魏人在冬天还穿着夏天的葛鞋,又到水边去采集野菜。这不正是舜、禹在此地推行"俭约之化"的遗风吗?但是按照《郑笺》的说法,两首诗歌记录了一段魏国政衰的历史,实际上表达了讥刺魏君俭而无礼、不能教民之意。又如《郑风·羔裘》是以描写服色开篇的:如果以"兴喻"作解,"羔裘如濡,洵直且侯"将要兴起时君容貌盛德之意;然而通过"正变"的转换之后,却表达了"郑自庄公,而贤者陵迟,朝无忠正之臣,故刺之"[②]的意思。再如《郑风·将仲子》和《陈风·宛丘》两首诗,前者描述男女幽会的情景,后者只是叙写巫女的优美舞姿和诗人的爱慕之情,如果不是《郑笺》将它们与郑庄公、陈幽公联系起来,我们哪里能够揣摩这是两首讥刺朝政的诗歌呢?《国风》中所谓的刺诗,那些难以从字面上附会出教化主题的诗歌,正变说的解释框架已

---

① (汉)班固:《汉书·艺文志》,1708页,北京,中华书局,1964。
② 李学勤主编:《十三经注疏》(标点本),291页,北京,北京大学出版社,1999。

经先行地给定了。《毛诗大序》认为变诗是王道陵迟、国史以讽"达于事变而怀其旧俗"的产物，这是从作诗的角度体认诗歌的意旨。《诗谱序》认为懿、夷之后的诗歌都是变诗，可为后王作鉴，又是从孔子录诗的角度来体认诗旨的。不管是哪种角度，一旦诗歌进入诗史正变的框架之中，被系于某公的名下，文本之外的意义也就自动地生成了。

"正变"说是将诗歌转换为历史的叙事，使之篇篇关乎王道盛衰的遗迹；"兴喻"说是在语言阐释的过程之中完成政教价值的赋予，诗歌意象成了负载道德伦理信息的符号。《郑笺》的"兴喻"说是继承《毛传》的"兴体"阐释而来的，又有了重大的发展和变化。我们知道，《毛传》标"兴"多在首句之下，多是比附政教的说明，但也常常取其"发端"之义。比如《北风传》解释"北风其凉，雨雪其雱"有云："兴也。北风，寒凉之风。雱，盛貌。"又注"莫赤匪狐，莫黑匪乌"云："狐赤乌黑，莫能别也。"既然毛公认为这是一首感慨世道浑浊的诗歌，则寒凉之风应是兴起了诗人内心的悲凉。《风雨传》解释"风雨凄凄，鸡鸣喈喈"说："兴也。风且雨，凄凄然，鸡犹守时而鸣，喈喈然。"也是当时情景的写照，或许毛公认为"风雨凄凄"触动了诗人的落寞之感，而"鸡鸣喈喈"又兴起了一丝希望和慰藉，他联想到君子会在此风雨之夜如期而至，也绝无譬喻政教之意。像这样的即景、即事起兴的诗歌，《毛传》的"兴体"解释与比喻义无关的，葛晓音指出有二十多首[①]。还有极少数的情况，比如《终风传》《绵传》《汉广传》之"兴"依次标在首章次句、三句和四句下，解释也是极为简略的，无涉政治上的比喻关系。朱自清认为这"似乎是凭叶韵"的关系，也是"发端之兴"的意思。

但是，当《毛传》的"兴体"被郑玄当作"兴喻"作解之后，"发端起辞"的艺术功能便消失殆尽了，只剩下一个个譬喻政教的注脚。拿刚才举过的例子来说，《风雨笺》云："兴者，喻君子虽居乱世，不变改其节度。"《北风笺》云："兴者，喻君政教酷暴，使民散乱。"《汉广笺》云："兴者，喻贤

---

① 葛晓音：《毛公独标"兴体"析论》，载《中国文化研究》，2004（1）。

女虽出游流水之上，人无欲求犯礼者，亦有贞洁使之然。"《终风笺》云："兴者，喻州吁之为不善，如终风之无休止。"《绵笺》云："兴者，喻后稷乃帝喾之胄……至大王而德益甚，得其民心而生王业，故本周之兴，自于沮、漆也。"这样的例子不胜枚举，如以"关关雎鸠""喓喓草虫"比喻夫妇之道，以"鸤鸠在桑"比喻均一之德，以"殷其雷"喻指君王声威，"北风其凉"暗示君政残暴，等等。在郑玄看来，诗与礼是共生的关系，所以这些触物兴情的诗歌全被当成了譬喻政教的自觉创作，凡《毛传》释"兴"之隐略处也都被落实在关乎诗教的实处。可见"兴喻"说和《毛传》之间有了多么大的距离。

虽然《诗经》中的确存在着"譬喻"的修辞手法，但是郑玄并不从修辞的角度来理解诗歌意象的情致韵味，而是把它们当成了负载了道德伦理的符号，"兴喻"的阐释也就成为了一个破译符号的定向性活动。这就是被苏辙称为"言解"的解诗方式，其《诗论》云："夫'兴'之为言，犹曰：'其意云尔，意有所触乎。'当此时已去而不可知，故其类可以意推，而不可以言解也。《殷其雷》曰：'殷其雷，在南山之阳。'此非有所取乎雷也，盖必其当时之所见，而有动乎其意。"[1]"殷其雷，在南山之阳"，这本是当时情景的写照，雷声触动了诗人对远方君子的思念之情，如苏辙说的"雷声隐然在南山之阳耳，然而不可得见。召南之君子远行从政，其室家思一见之而不得，如是雷也"[2]。然而《郑笺》却认为："雷以喻号令于南山之阳，又喻其在外也。召南大夫以王命施号令于四方，犹雷殷殷然发声于山之阳。"[3]所谓"言解"，如同《郑笺》这样抽取"殷其雷"的意象来作一普遍的抽象，全然没有顾及它在上下文语境中的诗意联系。郑玄的"兴喻"说在诗经学史上的影响很大，尤其是当孔颖达将"兴象"和"易象"相绾合之后，逐渐形成了

---

[1]（宋）苏辙：《诗论》，见《栾城应诏集》卷四，1613页，上海，上海古籍出版社，1987。
[2]（宋）苏辙：《诗集传》卷一，见《景印文渊阁四库全书》第七十册，323页，台北，台湾商务印书馆，1983。
[3] 李学勤主编：《十三经注疏》（标点本），88页，北京，北京大学出版社，1999。

一个"以物象而明人事"解释传统，自然物象被赋予了崇高的社会意义，而诗人之意便渐渐地汨没了。

总之，郑玄诗学有着十分严密的组织构造，他既在诗经学的外围沟通儒学群经和诸家异说之界限，又在诗经学内部形成了由训诂通圣道，以历史地理明教化，以"正变""兴喻"作意义枢纽的清晰理路。从中我们很能够揣摩，郑玄为了"念述先圣之元意，思整百家之不齐"的崇高使命，如何殚精竭虑地从事诗经学的研究和建构，如何尽其所能地从纯粹知识学的角度，以及从更加学理化的层面来恢复知识阶层对于儒家思想传统的信仰。而《郑笺》的成功，不仅因为它回应了《诗经》的自身阐释需求，契合了彼时学尚博通的知识整理热情，更因为《郑笺》中的儒家意识形态内容深刻地体现了儒者阶层强烈的进取精神和政治干预意识，并为乱世儒者的重建提供了精神支撑和基本的路径。

第三十一章
郑玄诗学的范式意义

郑玄诗学具有十分重大的理论价值，对于后世的诗经学史和文学思想史都产生了极为深刻的影响。在某种程度上讲，郑玄给出了后世诗学文化建构的一般性思路，后人尽可以怀疑、修正和完善他的某些具体观点，却鲜有逸出郑玄诗学所提供的基本范式和价值取向。

◎ 第一节
郑玄诗学的经学史意义

在诗经学史上，诗经汉学从先秦乐教文化母体中脱胎出来，建立了一个较为纯粹的诗学文字教体系，郑玄诗学标志着这个过程的最终完成。《诗经》本来是周礼的歌词，《周礼·春官·大师》云："大师掌六律六同，以合阴阳之声。……教六诗：曰风、曰赋、曰比、曰兴、曰雅、曰颂。以六德为之本，以六律为之音。大祭祀，帅瞽登歌，令奏击拊，下管播乐器，令奏鼓朄。大飨亦如之。"按照《周礼》，"六诗"又称为"六诗之歌"，它属于太师对于瞽矇（乐工）的乐教——按照大师的指挥在祭祀、燕飨等典礼场合演奏"六诗"。这说明，太师和瞽矇履行的是一种音乐的职能，"六诗"即为六种乐歌的歌辞，抑或是六种演唱的方式。朱自清说得好："郑玄注《周礼》'六诗'，是重义时代的解释。风、赋、比、兴、雅、颂似乎原来都是乐歌的名称，合言'六诗'，正是以声为用。《诗大序》改为'六义'，便是以义为用了。"从"声用"到"义用"的转变，大概是从春秋时期开始的。春秋时期的"赋诗言志"均是从诗歌文辞上取义相沟通的，诸子常常引诗以证成己说，或者把《诗经》当作诗教的读本，也都是重义而不重声的。虽然如此，春秋时期的外交赋诗却并没有完全脱离合乐的情景，而诸子诗学也未完全褪尽乐文化的色彩。孔子要修复周代的礼乐文化传统，首当其冲的便是"正雅颂""放郑声"的工作。孔子"恶郑声之乱雅乐也"（《论语·阳货》），又说"《关雎》乐而不淫，哀而不伤"（《论语·八佾》），而将"成于乐"视为道德人格修养的极致，这些都是基于乐教的理路而来的言说。《荀子》一书辟有《礼论》和《乐论》两个专章，分别有云："先王恶其乱也，故制礼义以分之"；"先王恶其乱也，故制雅颂之声以道之"。也就是说，在荀子看来，"乐合同而礼别异"才是先王治政的大经大法，只有《乐》和《礼》才足可称"经"。荀子也把《诗》称为"经"。《劝学》篇教导弟子要"始乎诵经，终乎读礼"，接下来就说："故《书》者，政事之纪也；《诗》者，中声之所止也；《礼》者，法之大分，类之纲纪也。"所谓"诵经"，这里自然是包括《诗经》在内的。但是我们须注意，荀子显然是联系《诗》的乐歌性质来称《诗》为"经"的。所谓"《诗》者，中声之所止也"，杨倞注云："《诗》谓乐章，所以节声音，至乎中而止，不使流淫也。"整篇《荀子·乐论》谈论的都是音乐诗歌的教化作用，所谓先王"制雅颂之声以道之""听其雅颂之声，而志意得广焉""舞《韶》歌《武》，使人心庄"云云，都是这个意思。依荀子之意，如果脱离了"声用"的性质，则《诗》的经学性质是难以确定的。

但在汉代的毛郑诗学那里，它赋予《诗经》如此神圣的功能，完全是基于文字诗的"义用"功能而做出的。《毛诗大序》有"六义""四始""主文而谲谏"之说，将《诗经》文本转换为承担社会教化、保存王道法则的话语系统，以及讽谏上政、治理天下的工具；而所谓"化下刺上""言者无罪闻者足戒""变风变雅""发情止礼"云云,也将《诗》的教化由荀子的依托于"雅颂之声",改为以风诗为主的文辞训义来承担了。但是《毛诗大序》还保留着乐教文化的因子。其云:"情发于声,声成文,谓之音。治世之音安以乐,其政和。乱世之音怨以怒,其政乖。亡国之音哀以思,其民困。故正得失,动天地,感鬼神,莫近于诗。先王以是经夫妇,成孝敬,厚人伦,美教化,移风俗。"这段话强调诗歌与政治环境之间的密切关系,指出诗具有的绝地通天的能量与移风易俗的强大功效。其中最难理解是"故正得失,动天地,感鬼神,莫近于诗"一句。"故"字暗示了这句话和上面"音声通政"的表述之间当是有着逻辑上的联系,但事实上是缺乏的。因为政治状况与诗歌之间并不存在着互为因果的关系,政治清明固然可以产生平和安详的诗歌,但后者却不必然导致清明政治的出现。众所周知,《毛诗大序》借用了《荀子·乐论》和《礼记·乐记》的话头,将古人对音乐的论述用之于诗了。《荀子·乐论》云:"耳目聪明,血气和平,移风易俗,天下皆宁,莫善于乐。"音乐之所以具有这般功效,是因为"其清明象天,其广大象地,其俯仰周旋有似于四时","奸声感人而逆气应之,逆气成象而乱生焉;正声感人而顺气应之,顺气成象而治生焉"。感应是古代乐教理论的逻辑,音乐与宇宙、性情、治政之间以"气"相交感,是一种直接而透明的关系。音乐是人心感物的产物,同样雅乐正声也能够感召人的善心,起到移风易俗的效果。但是,文字诗显然缺乏音乐的这种亲近自然的本性,于是,有些在乐教中不言自明的表述移用到诗歌理论之中,便似隔了一层。比如说诗具有动天地、感鬼神的力量,严格地说,这些表述只有置于乐教文化的氛围之中才是可以理解的。

郑玄的诗学建构是以孔子删诗之说为起点的。《诗谱序》有云:"论功颂德所以将顺其美,刺过讥失所以匡救其恶,各于其党,则为法者彰显,为戒者著明。……文、武之德,光熙前绪,以集大命于厥身,遂为天下父母,使民有政有居。其时《诗》,风有《周南》、《召南》,雅有《鹿鸣》、《文王》之属。及成王,周公致大平,制礼作乐,而有颂声兴焉,盛之至也。本之由此风、雅而来,故皆录之,谓之《诗》之正经。后王稍更陵迟,懿王始受谮亨齐哀公。夷身失礼之后，邳不尊贤。自是而下，厉也幽也，政教尤衰，周室大坏，《十月之交》、《民劳》、《板》、《荡》勃尔俱作。众国纷然，刺怨相寻。五霸之末，上无天子，下无方伯，善者谁赏？恶者谁罚？纪纲绝矣。故孔子录懿王、夷王时诗，讫于陈灵公淫乱之事，谓之变风、变雅。"这里并不谈及孔子正乐的工作，而将诗之正变视为孔子编诗所做出的文化选择。在他看来，孔子录《诗》编成"《诗》之正经"和"变风变雅"二部分，其目的是以史为鉴，以经典的文字教化来为后王立法。通过孔子删诗的话语建构，郑玄极大地提升了《诗经》的言教地位，由经文所独立承担的王道法则成为了不可更易的真理。与此相似，郑玄指出《诗经》的创作缘由，《周礼·春官·大师》注云："风，言贤圣治道之遗化也。赋之言铺，直铺陈今之政教善恶。比，见今之失不敢斥言，取比类以言之。兴，见今之美嫌于媚谀，取善事以劝喻之。雅，正也，言今之正者以为后世法。颂之言诵也，容也，诵今之德广以美之。"这里完全摒弃了《周礼》"六诗之歌"的原义，单从表现手法的角度来体认诗歌文本所蕴含的当下政治指向及其教化价值。郑玄诗学的基本阐释方式就是以礼笺诗，通过"兴喻""正变"机制注入礼义的内涵，由此建立了一个更为纯粹的诗学文字教体系。

在诗经学史上，"主声"和"主义"乃是两个最基本的建构维度。前者追溯诗用的源头，以期从乐文化的层面来重新确认《诗》旨；后者立足于诗用之流，突出地强调诗歌文本所承载的历史道德内涵及其教戒功能。郑玄贯彻"主义"说，宋儒郑樵则坚持"声歌之道"的立场，他们各自建立一套彻底的诗学理论，二者之间构成了体系性的对抗。这种对抗突出地表现在以下两个方面：其一，郑樵认为孔子编诗只在正乐，是"为燕享祀之时用以歌，而非用以说义也"，[1]"诗主在乐章而不在文义"，[2]这样就把礼义道德旨趣

---

[1] （宋）郑樵：《乐略·乐府总序》，见《通志》卷四十九，1页，《景印文渊阁四库全书》第三百七十四册，台北，台湾商务印书馆，1983。
[2] （宋）郑樵：《寄方礼部书》，见《夹漈遗稿》卷二，516页，《景印文渊阁四库全书》第一一四一册，台北，台湾商务印书馆，1983。

排除在孔子诗旨以外,也将汉代层累起来的义说与诗篇本义剥离开来,从而正式确立了"淫诗"之说。其二,郑玄和郑樵的诗史观念也很不相同。郑樵《通志·乐府总序》说:"诗者,人心之乐也,不以世之污隆而存亡。岂三代之时,人有是心,心有是乐,三代之后,人无是心,心无是乐乎? 继三代之作者,乐府也。乐府之作,宛同风雅。"郑樵援引《乐记》"乐为心声"的发生学原理,将诗歌溯源到三代以前;又坚持"声歌"说立场,以汉魏乐府接续风、雅传统。郑樵反对将诗史框定在"三代"的时间范围内,而郑玄正是这一做法的典型代表。郑玄以为"礼其初起,盖与诗同时",由此判断礼义未兴的上皇之世不当有诗,纪纲绝灭的五霸之末不再作诗,这样就把诗史限定在三代以内,这正是一个诗礼相须为用的时代。儒家着眼于诗与礼的共生关系建构起来的诗史,总逃不出"诗亡"的结局。此后儒家或"以春秋当新王"继续为天下立法;又或强调"诗言志,歌咏言"的内涵,以期救活美刺比兴的诗学传统。对于这样两种文化史走向,郑樵颇不以为然。他说:《诗》主在乐章而不在文义,《春秋》主在法制亦不在褒贬。① 郑樵一方面要解除学者对于"春秋笔法"的迷信,另一方面则要打破史家以文字诗为中心建立起来的诗史框架。在《乐略》中,郑樵既对乐府诗进行"类"的归并,以乐府正声明风雅,以祀享正声当颂;又对汉魏以来的乐府曲调进行"史"的梳理,从而将古代音乐文学史的发展脉络清晰地呈现出来。应该说,郑樵坚持"声歌"说而来的诗史观念确实有它的宏通之处,它打破了郑玄从诗、礼共生关系出发建立起来的"三代诗史",又破除史家成见揭示出音乐文学史的发展路径,这些都非常值得我们重视。

南宋学者受到郑樵"声歌之道"的影响很大,然而骨子里却始终保持着郑玄有诗无乐的义理观念。这样他们在"主声"与"主义"的二维向度中构建起来新诗经学,多有一种结构性的矛盾存在:表现为虽然"尊序"又要顾及《诗》的乐歌之旨;虽然"反序"而又不能脱尽序说窠臼。南宋诗经学的

---

① (宋)郑樵:《寄方礼部书》,见《夹漈遗稿》卷二,516 页,《景印文渊阁四库全书》第一一四一册,台北,台湾商务印书馆,1983。

两大权威朱熹和吕祖谦就是如此。吕氏对于诗乐关系的理解明显受郑樵的启发,以《诗》属乐,从乐上把握诗的主题,认为"古诗即今之歌曲",季札观乐为"周太师乐歌之次第",《诗》为朝廷雅乐,《桑间》《濮上》为郑、卫之俗乐。但是如杨新勋指出的,吕祖谦的"主声"说又重新糅进了道德因素。① 其云:"(郑声)虽近于讽一劝百,然犹止于礼义,《大序》独能知之。仲尼录之于经,所以谨世变之始也。"②他从"义理"的角度理解"郑声淫",把孔子删诗说成是道德行为,这样就回到了汉儒以义理说诗的立场上。

又如朱熹,他从音乐的角度理解《诗》,以国风为"民俗歌谣",正大、小雅为宴享、朝会之乐,变雅则是"变用他腔调耳",颂为宗庙、祭祀"歌舞之乐",从中很能见出郑樵的影响。朱熹是"废序"派的代表人物,但是他的《诗》学主张并不能彻底,何定生先生解释说:

> 朱子对于诗经的乐歌解释,除六笙诗之外,其余完全和仪礼的郑注相一致,但郑注对于仪礼的礼乐观念,始终是离不了诗谱的,所以注释的对象虽是仪礼的乐章,骨子里仍然是一个有诗无乐的义理思想。……朱子既依据仪礼来解释诗经的乐歌关系,自不能不入郑氏的玄中而不自觉,这也是朱子虽反序而也终于挣不了序说的基本原因。③

此论道尽朱熹《诗》学症结所在,乃是"主声"与"主义"两种学术理路的矛盾。郑玄影响之深远,在于其骨子里的义理观念成为后世诗经学建构的无意识维度,它是宋代学者无法脱尽序说影响的宿命因素。一般说来,经学时代的《诗》学,本质上是以义理思想为中心建立起来的文字教。相比于

---

① 杨新勋:《吕祖谦〈吕氏家塾读诗记〉在〈诗经〉学史上的意义》,载《南京师大学报》,2008(6)。
② (宋)吕祖谦:《吕氏家塾读诗记》卷五,109页,杭州,浙江古籍出版社,2008。
③ 何定生:《宋儒对于诗经的解释态度》,见林庆彰编:《诗经研究论集》,412页,台北,台湾学生书局,1983。

郑玄诗学的长期流行，郑樵诗学在后世晦而不彰，这是明显的事实，也是宜其如此的。

◎ 第二节
郑玄诗学的儒学文论史价值

在"古诗之流"的文学史预期之中，儒家政教文艺思想可以追溯到先秦时人对于《诗经》的理解，而在汉代的经学语境中获得了它的具体规定性与抽象的文化精神。汉代毛诗学的最大贡献，是顺应了先秦以来《诗经》之演唱性质不断弱化的趋势，基于"义用"之目的将《诗》三百整个儿地转换为承担社会教化功能、保存王道法则的话语系统，从诗歌社会作用、表现手法、与时代之关系等方面敷陈出一个诗学文字教。经过郑玄的笺注和发挥，毛诗学的诗歌理论主要包含以下几个要点：（1）诗歌是有德之人感于王政兴衰而做出的历史叙事，是其匡扶之心与中和性情的流露；（2）诗人凭借诗歌作为谏政的工具，统治者因了诗歌尤其怨刺诗所呈现的风衰俗怨的社会图景会产生警诫与自省的动力，从而回到"修齐治平"的路子上来；（3）与"普遍王权"的观念相联系，诗歌也应当具有美刺比兴与止乎礼义的美学规范，而民间生活秩序也被视为王迹流行的种种表象，或者世情的浇薄被归结为君主人格上的缺陷。所以说毛郑诗学塑造的"诗人"形象是十分神圣的，它与儒家士人在古代社会分层与君权体制下的身份意识相关，总是意指通过文学来介入政治的实践精神，一种为王者立法、为生民代言的话语立场。在孔颖达的《毛诗正义》那里，"诗人"概念则是和"诗缘政作""诗述民志"的用心联系在一起的。孔颖达把诗歌当作救世之针药，他说："风、雅、颂者，皆是施政之名……莫不取众之意以为己辞……必是言当举世之心，动合一国之意。"①根据这种主张，诗歌应当与时政建立一种评价性的关系，并且切实地担负起传达下情的使命，使得民生疾苦及其诉求能够进闻于上。《毛诗正义》是唐代官方指定的经学教科书，在古代文艺思想史上产生过深远的影响，是不言而喻的。

历史地看，在儒家政教文论几千年的演进中可以分离出两条线索。一条是向着儒家先验的文化史设定的回返。按照这个设定，"诗亡"之后，它的精神改由一般所谓的文学来分担，以美刺比兴的手法寄托现实关怀，以褒贬善恶的道德批评继续为天下立法，从而实现介入政治的目的。因此，毫不奇怪的是，每当诗道崩坏的时刻，有识之士总是返回到毛郑诗学那里寻求经世致用的依据，唐代的新乐府运动与明清之际诗史观念的大规模复兴，都是承接诗经汉学精神而发生的。或者采取历史化的解释策略将文学史上的经典重新解释为一种关乎时政与道德的隐形叙事，比如那些抒发个体性苦闷的诗词与通俗小说被纳入了"史统"的范围之内；又或者用批判性的诗经学观念来约束散文的表达，如唐末小品文与晚清"时务文"所做的那样。晚唐皮日休和陆龟蒙的小品文表现出强烈的政治批判意识与民本主义的精神关怀，因而被鲁迅誉为"并没有忘记天下，是一塌糊涂的泥塘里的光彩和锋芒"。②在晚清，冯桂芬《复庄卫生书》称："道非必'天命'、'率性'之谓，举凡典章制度，名物象数，无一非道之所寄，即无不可著之于文"。他的文章被称为"时务文"，"于经国大计，指陈剀切……凡所敷陈，皆所以救当世之急"，③与空言载道的理学文字绝不类似。稍早于冯桂芬，包世臣也反对"离事与礼而虚言道"的门面话，认为文所载之"道"是"附于事而统于礼"的，即能够从具体的时务政事之中见出。包世臣的经世文学思想，主要是提倡一种"文字之教"，表彰"救时指事之章"与"防患设机之论"，以为

---

① 李学勤主编：《十三经注疏》（标点本），12～17页，北京，北京大学出版社，1999。
② 鲁迅：《小品文的危机》，载《现代》，1933（6）。
③ 张舜徽：《清人文集别录》下册卷十七，473页，北京，中华书局，1963。

从中能够"观风俗,镜得失",得出一些"劝惩之方,补救之术"。① 其所谓"文字之教",显系由汉儒的"诗教"观念衍生而来,《韦君绣诗序》云:"夫诗之为教,上以称成功,盛德致形容,为后世法守;次乃明迹怀旧,陈盛衰所由,以致讽喻;下亦歌咏疾苦,有以验风尚醇漓,而轻重其政刑。"②这种介入社会、干预时政的诗教精神,包世臣视其为赓续儒家文化传统的唯一凭借,"唯藉诗教"焉。 值得注意的是他在《书毛诗关雎序后》中对"四始"、"六义"之说的阐明,完整地借鉴了郑玄的《诗》学思想,以为"四始"深得"王道兴衰之所由",而"六义"俱是礼教政治的表述方式,非是"三体三用"之谓也。 在包世臣看来,"诗文赋颂,异流同源,懿彼发伦类之淳漓,讽政治之得失,闾阎疾苦,由以上闻,云霄膏泽,于焉下究",应当做到"无愧政书之训"。③ 这种表述看似平淡稀松,实则是相当新鲜的,因为古文向来被当作载道,亦即承载一种先验价值观念的工载体,而在这里包世臣将实践性的诗教精神引入古文理论之中。 齐思和先生说他"见当时纲纪废弛,贪污公行,民不堪命,殆将有变,思所以拨乱返正,禁暴除乱,故治兵家言。 又见民生日艰,一遇水旱,饥馑相望,思所以劝本厚生,故治农家言。 又见官吏舞文弄法,齐民跬步即陷罪辜,奸民趋死如鹜,反得自全,遂又习法家言。 又见江南大利,在盐与漕,江北大政,以河工为最,而官吏视为利薮,胥隶恣其中饱,上损国帑,下病齐民,遂又究漕、盐、河工之学",④其文章之可施于政事,又戚戚于民生利病,以至于此。

另外一条更为重要的线索,即是儒家政教文论因应时代语境的变迁不断地调整自己的理论视角与言说重心,以适度包容性的态度重建它在新语境中的有效性和正当性。 有两个具有代表性的例子,我们先来看刘勰与唐代文论家的风雅文学观念。 在魏晋六朝,刘勰等通变论者坚持"序志述时""持人

---

① (清)包世臣:《扬州府志艺文类序》,见《艺舟双楫》卷一,7~8 页,北京,中国书店,1983。
② (清)包世臣:《韦君绣诗序》,见《艺舟双楫》卷三,45~46 页,北京,中国书店,1983。
③ (清)包世臣:《扬州府志艺文类序》,见《艺舟双楫》卷一,7~8 页,北京,中国书店,1983。
④ 齐思和:《魏源与晚清学风》,见《中国史探研》,338 页,北京,中华书局,1981。

性情""歌谣文理,与世推移"的经典体制不放松,同时因应审美文化的自觉,将缘情、绮靡、重气的观念融进"道之文"中。事实证明,这是儒家诗教当下化的恰当路径,唐代文学的风雅之道就是沿着刘勰的路线展开的。有唐一代,颇不乏以文学来针砭现实,反映民生者。陈子昂主张"兴寄",李白倡复"古道",一个重要的方面便是恢复"缘政而作"的文学传统。至于杜甫的"诗史"创作,经过孟棨《本事诗》的阐发,"乃使人知国史叙诗之意"。后来发展到白居易的乐府诗理论与创作,主张"补察时政""泄导人情",被陈寅恪誉为"乃一部唐代诗经,诚韩昌黎所谓'作唐一经'者"。①一直到晚唐五代,还不断有人出来强调文学"裨造化、补时政"的功效。唐代文学的风雅之道,服从于谏政救世的最高旨趣,特别强调文学与时政、与民瘼的关联,这是唐代文学有得于毛郑诗学的最根本的方面。

至于诗经学的表现手法论与美学伦理,唐人似乎不是太在意,他们只取毛郑诗学的精髓,更无论其枝叶。其一,唐人所尊尚的比兴体制,实际上多为"直歌其事"的赋法。杜甫为元结的《舂陵行》作序说:"今盗贼未息,知民疾苦,……不意复见比兴体制,微婉顿挫之词。"②王运熙、杨明先生认为:"元结这两首诗,实际没有采用比兴手法,用的是直写情事的赋体,可见杜甫称赞它们具有'比兴体制',在于强调诗歌创作应当发扬美刺比兴的精神,而不在于是否运用比兴手法。"③这是很有启发性的。在唐人那里,特别是对杜甫和新乐府诗人来说,只要"先向诗中求讽刺",哪怕是赋体,也能算作是比兴之作;反之,即便是使用了比兴手法也不能入归风雅的范围。所以,"比兴体制"是一个泛化的称谓,它意指刺美现事的《诗经》精神,并不限于"环譬""曲喻"的修辞运用。

其二,突破了"温柔敦厚"的诗教藩篱。中国古代文人历来强调文学的

---

① 陈寅恪:《元白诗笺证稿》,124 页,北京,生活·读书·新知三联书店,2001。
② (唐)杜甫:《同元使君舂陵行并序》,见《杜诗镜铨》卷十二,603 页,上海,上海古籍出版社,1980。
③ 王运熙、杨明:《隋唐五代文学批评史》,262~263 页,上海,上海古籍出版社,1996。

批判功能，但是认为这种批判应当限制在一个合理的范围之内。就言说的方式而言，要"主文而谲谏"，也就是说作者在批判现实，表达不满之情的时候要委婉含蓄，当"依违讽谏，不切指事情"；就刺诗的内容以及风格上言，要"怨而不怒"，即要求作家对自己的哀怨不满之情要加以控制，使之合乎儒家礼义的规范，即是"发乎情，之乎礼义"的教义。由此反观唐代新乐府派的诗学理论，似乎是专门针对"温柔敦厚"的诗教而发的。白居易在《新乐府序》中说："其辞质而径，欲见之者易谕也。其言直而切，欲闻之者深诫也。其事核而实，使采之者传信也。"即是要求诗歌指事痛切，不忌时讳，当以刺中权贵们的隐痛为佳。《与元九书》又说："凡闻仆《贺雨诗》，而众口籍籍，已谓非宜矣；闻仆《哭孔戡》诗，众面脉脉，尽不悦矣；闻《秦中吟》，则权豪贵近者相目而变色矣；闻《乐游园寄足下》诗，则执政柄者扼腕矣；闻《宿紫阁村》诗，则握军要者切齿矣。"白居易的讽谕诗之所以让执政者扼腕切齿，是与对当朝政治直言不讳的批判联系在一起的。

其三，唐代文论家不赞成写作说教式的政治讽谕诗，他们常常有意地突出辞采兴象的美学性质，并将其视作风雅之道的内在之义。一个突出的标志当属唐人对"雅丽"文学观念的倡导。早在初唐史家绾合南北文风的努力中，就有一个"以雅参丽"或丽、则兼备的文学理想，而在文学家的评论中，诸如"雅丽""丽则"等字眼更是被他们普遍使用的词汇。[1]需要稍作说明的是，"丽"范畴在汉魏六朝的时候，主要被用于描述辞赋、骈文的体貌特征，是属于屈原所开出的美学传统。但是因为唐人在建构风雅之道的时候，搁置了屈骚维度的参与，所以他们能够将"丽"作为《诗经》精神的构成部分来看待。如韩愈《荐士》有云："周诗三百篇，雅丽理训诰。"李翱《答朱载言书》认为《诗经》是"词盛则文工的"。柳宗元《杨评事文集后序》亦云："比兴者流，盖出于虞、夏之咏歌，殷、周之风雅，其要在于丽则清越，

---

[1] 《旧唐书》卷一百九十上记载：杨炯"献《盂兰盆赋》，词甚雅丽。"李商隐《太尉卫公会昌一品集序》称："丽则孔门之赋，清新邺下之诗。"独孤及《送王判官赴福州序》称："之子言忠信，行笃敬，以文雅丽，则括而羽之。"顾云《唐风集序》评杜荀鹤有"雅丽激越之句"。

言畅而意美,谓宜流于谣诵也。"又如权德舆《祭李处士秩子文》云:"先王观风,命史陈《诗》,《雅》、《南》之后,其道日黐。《骚》、楚怨思,王风浇夷,升降之义,与代相随。国朝数公,稍振旧风,兄实求已,服勤于此。敷陈丽则,不野不史,含写佳境,优游精理。"权德舆将"楚骚"视为诗道崩坏的一个标志,并且表彰亡友"敷陈丽则",能够拯复《雅》《南》之旧风。他和韩、柳一样,都认为"丽"是《诗经》所固有的美学品性。这样的观念弥补了毛郑诗学的遗憾,因为在那里,《诗经》的文辞之美恰恰是缺失的一环。

再来看明清之际遗民文人的"温柔敦厚"之论。汉儒说诗重视讽谏的观念,同时也遵守自己作为人臣的身份以及大一统的思想秩序,故而他们所理解的《诗经》虽然也是"以讽其上"的产物,却符合"发乎情,止乎礼义"的美学伦理。可是在明清鼎革的变故之中,儒家设计的以君主为核心的天下秩序转成泡影,遗民文人耻辱于空谈误国的罪责,同时又深感本阶层还将是来日重建的救世主,于是一种单向的以道制势的热情空前地高涨起来。遗民文人不再盛谈"君为臣纲"的唯名论,而是严立"夷夏之分大于君臣之伦",捍卫中国的制度文化,设计反专制、反腐败的政治蓝图以待明君。我们看《明夷待访录》中"君、相、学校"三位一体的政治模式,的确有似于西方君主立宪制的国体。黄宗羲显然不把希望寄托在君臣伦理的自我约束上,也不赋予士人为君主讳的道德义务,他的政治蓝图是君臣各司其职为天下人负责,所谓"以天下为主,君为客,凡君之所毕世而经营者,为天下"者也。[1]

也正是在这样的语境之下,清初遗民文人多有以"不和"来理解"温柔敦厚"者。申涵光《屿舫诗序》云:"吾见古之能诗者,率沈毅多大节,即如杜陵一生褊性畏人,刚肠疾恶,芒刺在眼,除不能待,其人颇近严冷,与和平不类也。而古今言诗者宗之。恶恶得其正,性情不失,和平之音出

---

[1] (清)黄宗羲:《明夷待访录·原君》,见《黄宗羲全集》第一册,2页,杭州,浙江古籍出版社,1985。

矣。绕指之柔与俗相上下，其为诗必靡靡者，非真和平也。"[①]当遗民文人的视野由"一姓"拓展至"天下"以后，"温柔敦厚"亦随之生成了新的内涵，即不再意味着局促于君臣伦理的唯名式的遵守，而是泛化为一种以救天下为宗旨的实践精神。申涵光认为杜甫不以"绕指之柔与俗相上下"的态度换得假和平，"恶恶得其正"也，其怨怒的诗风亦将有助于"正夫不和也"，乃是真正的"和平之音"。钱谦益在《施愚山诗集序》中也说："病有浅深，治有缓急，诗人之志在救世，归本于温柔敦厚一也。"这里借用孔颖达"针药救世"的说法，认为诗人在时政艰难之际，直斥其恶，下一猛药，最是医者的善心。陈子龙《宋辕文诗稿序》亦云："和平者志也，其不能无正变者时也。"既然诗人以救世为最高的旨趣，则"温柔敦厚"因时而异的变化就不应只有"诗之正经"一副面孔，亦且表现为"变风变雅"之迫切激烈、怨愤过情的风格。黄宗羲《万贞一诗序》也说："彼以为温柔敦厚之诗教，必委蛇颓堕，有怀而不吐，将相趋于厌厌无气而后已。……然吾观夫子所删，非无《考槃》、《丘中》之什厕乎其间，而讽之令人低徊而不忍去者，必于变风变雅归焉。盖其疾恶思古，指事陈情，不异薰风之南来，履冰之中骨，怒则掣电流虹，哀则凄楚蕴结。激扬以抵和平，方可谓之温柔敦厚也。"他也和申涵光一样，痛斥那些不思拯救，打着"温柔敦厚"的幌子避祸远引、随顺委蛇的假夫子，认为只有从"志在和平"的胸襟发出的凄楚而激扬的亡国诗史，才是真正的"温柔敦厚"。总之，清初的"温柔敦厚"之说深刻地体现了遗民文人所特有的心境，针药救世的用心与天下意识相激荡，而使得儒家诗教观越过了君臣关系的阐释维度与"止乎礼义"的规范，转换为一种救亡天下的纯正士人情操，表现为"哀愤过情""怨刺相寻"的审美风格。清初遗民文人实则在儒家经世致用的传统内部重新界定了"温柔敦厚"。

综上所述，儒家政教文论从来都不是铁板一块的，其中不乏感性生命跃动的情韵，以及突破古典美学尺度的叛逆精神。但是总的来说，这些情况作

---

① （清）申涵光：《聪山集》卷一，2~3页，北京，中华书局，1985。

为儒学文论的局部调整，都是为了重建儒家功利主义对于时代新文学的规范力，有时则代表了"针药救世"的士人道义在特定的时期得到了彻底的伸张。毛郑诗学权威的获得，既得之于封建专制与儒家经学相联姻的统治策略，而在根本上则由于它极为深刻地反映了封建文人的身份意识和经世致用的路径。毛郑诗学的精髓便是这种经世致用原则下指导的实践文学观，它要求文学充分地介入社会现实，并与其达成一种评价性的反映关系，在政治改良、社会教化等方面见出实效。其所给予后世最深刻的文学影响，也在于此。至于它的表现手法论以及"发情止礼"之说，在后世因历史条件之不同屡有新变，但是实践文学观这个根本却未曾动摇过。中国古代文论的主流，无论是把文学当作批判时弊、传达民生诉求的工具，还是作为提振士风、化民成俗的教化手段，归根结底都是以士人的这种经国利民的实践精神为底蕴的。真正对毛郑诗学构成威胁的，倒不是审美主义的文化思潮，而是来自儒学内部的一种无意识的歧出现象。这种歧出常常因了"求道"和"问学"的目的而起，所以它顺理成章地成为一项重大的儒学事业，一代代儒者的精力于此而消耗。宋明儒满足于"诗文道流"的境界，清代的盛世文人热衷于整理旧说，试图建立一种专精细密的文艺学的知识体系。直到社会危机迫使儒者从实践政治的角度来化解的时候，文论家们才突然意识到"诗文道流"的境界和一切知识趣味的满足已非儒学经世的原旨。因此，在明清之际和清代后期不约而同地出现了诗史思潮的大规模复兴，也还是要返回到毛郑诗学那里去寻求经世致用的途径。可以想见的是，只要社会历史的发展还不至于突破儒学的阐释范围，毛郑诗学思想就不会遭遇真正的信仰危机。

第九编 汉代各类艺术中蕴含的美学思想与文化意味

第三十二章
西汉造型艺术的表现及其社会文化内涵

汉画像砖石描绘了汉代人生产、生活的各个方面，如宴饮、歌舞、杂耍、庖厨、狩猎、耕作、纺织、盐井、征战、讲经、历史故事，以及各种神话和升仙题材等。汉画像的内容极其丰富，它几乎涵盖当时社会的各个生活领域，是两汉时期最重要的艺术形式之一，其中蕴含着极为丰富的审美情趣与文化意味。

◎ 第一节
汉画像砖石所表现的生活世界及艺术成就

现在的研究者大都是根据直观印象结合文献记载对汉画像进行分类的。李发林按照汉画像的内容性质把它分为四类：（1）反映社会现实生活的，共11种；（2）描绘历史人物故事的；（3）刻画祥瑞、神话故事的；（4）描绘自然景物的，但这一类未能独立于上述三类之外，只能是上述三类的附属。[1]蒋英炬、杨爱国也把汉画像的内容分为四类：（1）社会生活类，如农耕、狩

---

[1] 李发林：《汉画考释和研究》，45页，北京，中国文联出版社，2000。

猎、盐井、舂米、采桐、纺织、捕鱼、手工业劳动、养老、车骑出行、聚会、讲经、谒见、庖厨、宴饮、乐舞百戏、战争、献俘、武库、刑徒、建筑以及禽、兽、虫、鱼、草木等；（2）历史故事类：如古代帝王、将相、圣贤、高士、刺客、孝子、列女等；（3）神鬼祥瑞类：如伏羲、女娲、西王母、东王公、仙人、天神、玉兔、蟾蜍、九尾狐、三青鸟、三足乌、九头人面兽、四神（灵）、方相氏、日、月、星座及各种祥禽瑞兽、神怪等；（4）花纹图案类：如平行条纹、菱纹、十字穿环（璧）纹、连弧纹、垂帐纹、连锁菱纹、菱环纹、连环纹等①。信立祥则将汉画像的题材内容分为八类和九类，计五十五种②。

社会生活类汉画像砖石内容广泛，除了表现死者的社会地位、生平经历、生活享乐以及拥有的财富外，同时也反映了汉代劳动人民的生产生活状况。有关生产劳动方面的汉画像砖石数量较多，其反映的题材与当地的经济状况相当密切，"墓葬画像题材也呈现出显著的区域性经济特征。山东、江苏的画像中较多地出现纺织、耕作场面，反映了汉代两地农业、纺织业的发达情况；陕北的画像题材基本上反映了边郡屯垦区旱地农耕及牧业生产情况；四川的画像内容更多地反映出南方水田农作的实际情况；而南阳地区的画像，则以反映官僚富贾钟鸣鼎食、悠闲游猎的场面为主"③。随着汉代社会经济的发展和农产品的丰富，酒成了汉代人日常生活中的重要饮品，四川、河南、山东等地汉画像砖石中，几乎所有的庖厨场景都与宴饮有关。畜牧业的兴旺发达，也极大地丰富了汉代人的饮食生活，"从砖石画像看，当时可供人们享用的肉食品，有鸡、鸭、鹅、雉、鸠、乌、雀、雁、鸽、兔等鸟禽类；也有猪、马、牛、羊、犬、虎、鹿、麋、野猪等畜兽类；还有鱼、鳖、

---

① 蒋英炬、杨爱国：《汉代画像石与画像砖》，44页，北京，文物出版社，2003。
② 俞伟超、信立祥：《汉画像石墓》，见《中国大百科全书·考古学》，178～179页，北京，中国大百科全书出版社，1981；信立祥：《汉画像石的分区域分期研究》，见俞伟超主编：《考古类型学的理论和实践》，6～11页，北京，文物出版社，1987。
③ 中国农业博物馆编：《汉代农业画像砖石》，2页，北京，中国农业出版社，1996。

鳝、螺等水产类"①。在陕北、河南、山东等地的汉画像石中，还有烧烤的画面。

简言之，汉画像石几乎全面地反映了汉代人的生活，正如著名历史学家翦伯赞所说的，"这些石刻画像（指汉画像石）假如把它们有系统地搜集起来，几乎可以成为一部绣像的汉代史"②。

两汉是中国美术发展史上一个非常重要的阶段，其艺术种类不限于画像石，还有帛画、壁画、画像砖、陶俑等。由于帛画不易保存，今天所能见到的寥寥无几；由于年代久远，壁画也几乎荡然无存。相对而言，汉画像石和陶俑留存下来的较为丰富，汉画像石在保存汉代艺术方面做出了重要贡献。

汉画像砖石是集绘画和雕塑于一体的一种艺术形式，主要技法有阴线刻、凹面线刻、浅浮雕、高浮雕、透雕等。前三种主要是以刀代笔用线条刻画物像的，属于"拟绘画"；后三种呈现浮起的立体造型，而物像细部仍用线刻，属于"拟浮雕"。

就造型艺术而论，汉画像砖石的构思构图、笔法刀功、神态刻画等都展示了古代艺人高超的艺术造诣。刻砖刻石的线条简练，刀法娴熟，边栏的直线、物象的轮廓线，以及物象的细部，如人物口鼻等处的曲线均一气呵成，且造型准确、形神兼备，它在艺术造型和线本身的表现力等方面达到了极高的水平。

信立祥先生认为，"汉画像石的构图方式，可以归纳为图像配置方式、空间透视法和图案装饰技法三个方面"③。具体而言，汉画像砖石在构图配置方式上或左右衔接，或采用连环画式的分格叙述，故事性强，或用"抽象画式"来记录事件的进程和空间的场景。尤其连环画式的记事方式故事性强，且最大限度地利用每一块空间，采用了连续展开和多层排列相结合的方式进行构图，物象的排列和配置非常得体。汉画像砖石表现的事件很多、事物很

---

① 中国农业博物馆编：《汉代农业画像砖石》，13 页，北京，中国农业出版社，1996。
② 翦伯赞：《秦汉史》，6 页，北京，北京大学出版社，1999。
③ 信立祥：《汉代画像石综合研究》，39 页，北京，文物出版社，2000。

广，画面却不紊乱。图像呈现出一种剪影的效果，十分生动。

除了构图配置采用多种方式外，汉画像砖石的空间透视技法也较为成熟，如用散点透视法表现庞大、复杂的场面，绝大多数汉画像砖石图像都是用这种透视方法构图和设计的。例如，山东诸城孙琮墓出土的庖厨图，以散点透视法表现了庞大、复杂而忙碌的庖厨场面：画面横梁上挂满猪腿、猪头、鸟、鱼、兔、鸡及各种野味；横梁下面是汲水、淘洗、烧灶、劈柴、端盘、搅拌、串肉、烧烤、沥酒、做面食，以及椎牛、杀猪、宰羊、屠狗、剖鱼、切肉、拔鸡毛等操作场面①。厨房人数众多，各就其位，各忙其事。同为孙琮墓出土的一幅髡刑汉画像砖石，内容复杂，有乐舞、百戏、拷打、髡刑等。画面上部刻的是髡刑图，下部为乐舞和百戏图。画面中有30余人，其中乐队21人，乐人拿着钟、鼓、竽、箫等乐器；舞蹈者3人，正在翩翩起舞；百戏表演者6人，有说唱的，抛刀、倒立的等。整个画面线条流畅生动，用散点透视法（全景构图，移动透视，不定点透视，均属于散点透视的范畴）聚焦于某一场景，并从鸟瞰的角度，再现了盛大的宴饮娱乐场面，作品表现出高度娴熟的艺术技巧。

汉画像砖石上也有装饰性图案，如在升仙的轮车上加饰乘托舆轮的流云，使轮车犹如在仙境中飞驰。像这样的点缀和补白，不仅美化了画面，而且有助于强化主题。

不同地域的汉画像砖石的艺术表现力各不相同。例如，南阳画像砖石在楚文化的影响下，形成奔放有力、构图疏朗的艺术风格；陕北汉画像砖石具有质朴简洁、装饰性强的艺术风格；而山东嘉祥画像砖石具有敦厚浑朴、布局密集的艺术风格。在艺术构图上，山东、江苏的画像砖石构图比较饱满，被称为密集型，此类画像砖石往往分格表现，一块石面上分布多层，一层一个主题，整幅画面往往集中了不同时空的众多内容。而河南南阳的画像砖石则被称为疏朗型，即一块石面只表现一个主题。

---

① 中国农业博物馆编：《汉代农业画像砖石》，111页，北京，中国农业出版社，1996。

◎ 第二节

"百戏"所表现的日常生活审美经验

我国的杂技艺术在汉代统称"百戏",因杂技演出有歌舞配合、乐器伴奏,又称"乐舞百戏"。汉代"百戏"的称谓已然成为了娱乐的总称或者代名词了。按余秋雨的说法,"'百戏'的'戏',意义很宽泛。凡是在当时能引起人们愉悦的动态技艺表演,大多包括在内。音乐、演唱、舞蹈、杂技、武术、幻术、滑稽表演片段……交相呈现熙熙攘攘。"[1]由此可见,"百戏"所包含的表演项目繁杂。汉代李尤的《平乐观赋》中就讲到了百戏演出的盛况:高空杂技有"乌获扛鼎""吞刀吐火"走绳索"飞丸跳剑",以及巴渝舞、仙舞、侏儒戏、禽鹿舞、"鱼龙曼延"之舞,等等。张衡的《西京赋》对这种表演艺术有着详细的记载:或是"走索",或是"鱼龙变化",或是"画地成川":"大驾幸乎平乐……临迴望之广场,程角抵之妙戏。……跳丸剑之挥霍,走索上而相逢。……度曲未终,云起雪飞……巨兽百寻,是为曼延……吞刀吐火,云雾杳冥。画地成川,流渭通泾。"

张衡还在《西京赋》中以文学家特有的笔力,生动形象地把一场盛况空前的人所扮演的象人之戏描述出来:"总会仙倡,戏豹舞罴。白虎鼓瑟,苍龙吹箎。"所谓"象人"指头戴假面具的角抵演员,即在象人之戏中,人扮演各种动物的形象。

汉画像砖石中也有象人之戏。除象人之戏外,汉画像砖石还绘刻了大量舞蹈,如山东沂南北寨村画像石墓中室东壁横额上方的《乐舞百戏》图;河南新野画像砖上的《乐舞》《歌舞百戏》《七盘舞》《斜索戏车》,河南郑州新通桥汉画像砖上的《建鼓舞》《长袖舞》等。南京博物院、山东省文化管理处于1956年合编的《沂南古画像石墓发掘报告》中也提到有一幅鱼龙漫衍之

---

[1] 余秋雨:《中国戏剧史》,26~27页,上海,上海教育出版社,2006。

戏图，其中就有豹戏、鱼戏、雀戏、龙戏。

汉代社会，从帝王到普通的老百姓，对于乐舞百戏都极为热衷，百戏表演也是盛况空前的。无论对帝王还是普通百姓来说，他们在日常生活中都要从乐舞和百戏中获得耳目之娱、心意之欢。《史记·高祖本纪》记载高祖刘邦回家乡与父老乡亲宴饮到酒酣耳热时击筑起舞，唱《大风歌》，并叫在场的儿童跟他一起合唱。汉乐府也十分重视民间采风活动，除了搜集大量的"赵、越、秦、楚之歌"外，还搜集黄河与长江流域各地的民歌一百三十八首，并进行加工和演出。这对促进"百戏"的繁荣和发展有着很大的影响。百姓也是如此。百戏表演在审美上的好看、热闹、惊险、刺激，满足了他们日常的娱乐生活。《汉书·武帝纪》载："三年春，作角抵戏，三百里内皆来观。"可见其规模之大，观众众多，热闹非凡。张衡在其《西京赋》中对百戏的演出盛况有非常详尽的描述："临迥望之广场，程角抵之妙戏。乌获扛鼎，都卢寻橦。……吞刀吐火，云雾杳冥。画地成川，流渭通泾。东海黄公，赤刀粤祝。冀厌百虎，卒不能救。挟邪作蛊，于是不售。"已出土的汉画像砖石中多有表现当时杂技的场面，极具动感。百戏中有不少节目本身就很惊险，极为刺激，比如走索（类似于现在的走钢丝）、口中吐火等杂技表演。张衡在《西京赋》中对演员在飞驰戏车的高幢上做出各种高难度动作也有所描写。

由于百姓喜好百戏，不仅在送葬用品里要安放乐舞、杂技俑，而且还有为人玩耍而作的。王符《潜夫论·奢侈》篇载："或作泥车、瓦狗、马骑、倡优诸戏，弄小儿之具，以巧诈。"可见当时就有专门制作和买卖百戏玩具的作坊。

总之，百戏的存在愉悦了各类人等，诚如学者仪平策所说的，"在很大程度上，俗乐舞是以娱乐，特别是以自娱为主的。它是一种个体存在的自述和放纵，一种世俗生命的沉醉与欢欣，有时甚至是本能自然的'宣泄性'行为方式"[1]。

---

[1] 仪平策：《中国审美文化史》，31页，济南，山东画报出版社，2002。

◎ 第三节

汉隶书法艺术的历史地位和风格特征

秦始皇在"书同文"的过程中,命令李斯创立小篆后,也采纳了程邈整理的隶书。1975年湖北云梦睡虎地秦墓出土的竹简,以及1989年龙岗秦墓发现的简牍,上面的文字都是墨书秦隶。汉朝的许慎在《说文解字·叙》记录了这段历史:"……秦烧灭经书,涤除旧典,大发隶卒,兴役戍,官狱职务繁,初为隶书,以趋约易,而古文由此绝也。"作为官方文字的小篆因保存了象形字的遗意,画成其物,随体诘屈,在木简上写字很难写出圆转的笔画,书写速度较慢。为了提高书写速度和效率,隶书去繁就简,将篆书圆转的笔画改为方折,字形变圆为方,笔画改曲为直,改"连笔"为"断笔"。西汉初,朝廷就把隶书定为学童应试的内容之一,成绩好的可以做官。隶书盛行于汉朝,为主要书体,当时的"史书令史",就是擅长写隶书的官职。汉人称隶书为"史书"。据班固《汉书》记载:元帝"多才艺,善史书",孝成许皇后"聪慧,善史书"。东汉以后开始用"隶书"正式称呼这种书写方式。今天的汉隶主要存在于石刻与简牍中,也存在于帛画、漆器、画像砖石中。

隶书的重要特点是笔画平直、结构方正,书写性得以提高。在甲骨文和金文中,因字体的偏旁和独体字一样,结构不太固定。为了字的整体结构的美观和书写时的便利,人们把隶书带有偏旁的独体字创制为特殊的形态,同时又把许多原来不同偏旁的篆字固定为同一偏旁,如"英""樊""莫""真""奠"等字,与原篆字字底皆不相同,隶字把它们统一为"大"字底。又如"泰""秦""春"等字也是隶变后才统一为"夫"字头。

隶书结体扁平、工整、精巧。到东汉时,撇、捺等点画美化为向上挑起，字型活泼且富有变化，具有造型艺术美，同时，其书写风格也趋多样化，极具艺术欣赏价值。

中国的文字书写之所以能升华为书法艺术，一个十分重要的原因就在于汉字的书写达到了审美风格的境界。书法的艺术风格是书法审美的重要因素之一，在体势上定型的隶书具有自己的书写风格。书写隶书在用笔上方、圆、藏、露诸法俱备，笔势飞动，姿态优美，在笔画形态上出现了蚕头燕尾的特点，长横画有蚕头、有波势、有俯仰、有磔尾，隶书在笔画上具有波、磔之美。所谓"波"，指笔画左行如曲波，后在楷书中变为撇；所谓"磔"，指右行笔画的笔锋打开，形成如"燕尾"的捺笔。隶书在体势上，由篆书的纵势变为正方，又变为扁方的横势；结构上，由小篆的纵势长方，初变为正方，再变为横势扁方，具有雄阔严整而又舒展灵动的气势。隶书的结构中宫紧收，形态左右开展，呈左右对称的"八字形"，故汉隶有"八分"的说法。

总之，隶书是在篆书的基础上，为适应书写便捷而产生的字体。篆书隶化包括笔画和结构两个方面，隶化的方法有变圆为方，变曲为直，调整笔画断连，省减笔画结构等，并以横向取势和保留毛笔书写的自然状态两点最为重要。横向取势上下紧缩，左右的撇捺之笔可尽量伸展，上下运动则受到制约。最终形成左掠右挑的八分笔法。隶书的风格既庄重严整，又变化多姿。这种字体上承篆书和古隶，下启楷书，用笔与行书、草书互通。隶书的出现是汉字演变史上的一个重要的转折点。

◎ 第四节
汉代雕塑的艺术手法及审美内涵分析

汉代雕塑艺术已达到炉火纯青之境，即用高度概括的手法取大势、去繁缛,追求神似,风格简练、明快而又古拙。 汉代雕塑出现了很多热情奔放、大气磅礴、粗犷纯真、充满生机的作品,如霍去病墓前的石雕刻、孟津的石辟邪等。 汉代霍去病墓前石雕刻是中国迄今为止发现的时代最早、保存最为完整的大型石刻群,是西汉石雕的代表作品之一。

在霍去病墓前,大型石刻极为生动、传神,这些石刻计有:《马踏匈奴》《卧猪》《卧马》《跃马》《伏虎》《卧象》《短口鱼》《长口鱼》《牦牛》《巨人抱熊》等,全部用花岗岩雕刻而成。 在表现手法上,根据石材原有的形状和特质,均采用了线雕、圆雕和浮雕相结合的手法,关键部位细雕,其他部位略雕,巧妙地将圆雕、浮雕、线刻等技法融会在一起。 所刻画的形象神态各异,形神兼备,猛兽则表现出凶猛之态,战马则气宇轩昂,跃马则凌空腾越,牛、象则温顺安逸,这些作品的整体感和力度感极好,堪称"汉人石刻,气魄深沉雄大"的杰出代表。

西汉艺术家之所以能把雕刻的对象雕刻得大气磅礴、粗犷纯真、充满生机,有以下两个原因:

一是作者运用循石造型、因材施艺的艺术手法。 西汉艺术家充分对材料进行完美设计以表达主题精神。 选材本身已成为雕塑创作中造型构思的首要组成部分,西汉的艺术工匠们显然已经驾轻就熟地掌握了这一规律。 这些作品采用坚硬的花岗岩加以雕刻,而且多半只依石材原样稍加雕琢而成,同时,利用天然石块的不规则形态,以浮雕与线刻的手法稍事加工,着力突出表现人与动物的神态,以及其内在的生机。 例如,霍去病墓前的伏虎的身躯是借用了石块本来起伏的形态变化,虎身的毛皮则是顺着石料的天然纹理,佐以看似随意的线刻斑纹加以表现。 虎头、颈与胸又利用整体石块的自然起伏之势,使得整体造型既气势磅礴,又把凶猛桀骜的"虎性"表现得淋漓尽致。 再加上伏虎石刻散落在墓前的草丛坑凹之中,与周围自然环境有机联系在一起,更显生动自然。 霍去病墓前还有《野猪》和《蟾蜍》等石刻也都运用了循石造型、因石取象的艺术手法。

二是极为科学地循石造型。 例如,《马踏匈奴》这件主体性石刻保存得较为完整。石马昂首站立，气宇轩昂，四条腿粗壮结实，长尾拖地，腹下被四蹄踩踏着的手持弓箭、匕首、长须仰面的匈奴人像则蹙眉挣扎。通过一种空间比例和力量的对比，高大的战马与腹下敌酋的委琐惊恐形成了一种对比，鲜明地表达了一种时代精神，即大汉帝国横扫匈奴的自信。汉代艺术家将匈奴首领与马身浑然一体地在一块整石上造型，这使得整件作品浑然一体。再如，汉代艺术家对《跃马》石刻的整体处理得也很巧妙，雕刻中的马后退蜷曲而卧，弓起的前腿和昂扬的头昭示出战马蓄势待发、凌空腾越之势，并不凿透的与石结合在一起的马腿，有力地支撑跃马的飞跃之势。并因整块大石之支撑，使其气势更为强烈。而该石刻的马头、马身及马背形成一道有力的弧线，类似一个钝角三角形，并刻意拉长了马的脖子，这些都强化了该马的跃起之势。

总之，以霍去病墓前石刻为代表的汉代雕塑，打破了汉以前中国石刻艺术的程式，即不再用像兵马俑那样以浩大的场面和写实的技巧取胜，而是选取若干生动的场景，来简练而鲜明地表现主题。更为可贵的是作者运用循石造型、因石取象的艺术手法，充分利用石料的天然纹理和周围的地理环境来表现主题。这对以后中国历代陵墓石刻具有深远的影响，并一直为汉以后的历代陵墓石刻艺术所继承。

◎ 第五节
汉代的音乐思想

一、汉代音乐的主要类型

同先秦时期相比，汉代的音乐在内在精神的兼容并蓄以及外在形式的规模气势方面,处处体现出一种宏大绮丽的审美情态。在汉人的音乐意识中,乐与天地宇宙、阴阳五行同处于一个统一的格局之中,因此汉乐通过形式上的绮丽多姿或宏大磅礴,将人的审美情感引向广阔的大千世界,形成了以"天人相乐"为意识倾向,但却以"娱耳目、乐心意"为现实精神的独特审美风貌。纵观中国古代音乐艺术的发展历程,经过先秦的纷乱而恢复安定统一局面的汉王朝,在音乐的发展上扭转了春秋战国以来"乐在诸侯"的状况,恢复了周代"乐在宫廷"的传统,其成就和对后世的影响都达到了周代以来的又一个高峰。

乐府音乐。战国末期,秦灭六国统一天下,建立起大一统的中央集权专制王朝。秦立国虽短,但它在文化的许多方面却具有一种开创的性质。在音乐方面,秦朝设立了专门的管理音乐的机构——乐府,它集"六国之乐"于咸阳宫,汇集、整理各地民俗音乐,创作为秦王朝歌功颂德的乐曲和歌舞。西汉政权建立以后,在许多方面承袭了秦制,乐府机构同样也被保留下来。

乐府是汉代国家最高的音乐机构,《汉书·礼乐志》有记述云:"至武帝定郊祀之礼……乃立乐府,采诗夜诵,有赵、代、秦、楚之讴。以李延年为协律都尉,多举司马相如等数十人造为诗赋,略论律吕,以合八音之调,作十九章之歌。"[1]这段记载清楚地反映出当时以乐府采诗为主要依据的宫廷音乐的状况。作为宫廷音乐机构,乐府最重要的功能就是制乐为帝王服务。制乐的脚本,大多是汉代文人为统治者歌功颂德的诗赋。宫廷音乐家将其配制成曲,或编配成歌舞进行演出,以满足宫廷音乐生活的需要。而制乐时曲调的主要来源,则是乐府"采诗官"自民间收集而来的各地民间音乐。可以说,抛开对当时社会政治的影响,单从音乐文化传承和发展的角度看,乐府所做的最有意义的工作就是"博采风俗,协比音律"[2],即在客观上使各地区的民间音乐得到了广泛的集中和交流,这对我国丰富多彩的民间音乐形态

---

[1] (汉)班固:《汉书》,1045 页,北京,中华书局,1968。
[2] (汉)司马迁:《史记》,92 页,北京,中华书局,1959。

的总结、继承和发扬起到了积极的促进作用。当然，不可否认的是，乐府的设立在当时还具有更为重要的社会意义，即"观风俗，知薄厚"①，以及通过采集民间歌谣查知政绩好坏，了解风俗盛衰，从而为统治者治理国家服务。这也是汉乐府继承周代以来的传统，将"感于哀乐，缘事而发"这种关乎人的内在情感的真实表达与关系到"国庙之兴废""礼制之沿革"的政治秩序相结合，从而使谨严冷峻的阶级统治濡染了音乐与艺术的和煦色彩。

汉代乐府在汉武帝时期得到改组和扩大，并达到了空前的规模。当时，乐府中除了司职的官员、乐工之外，还吸收了许多著名的音乐家、文学家加入，其成员一度达到千人之多。由于在宫廷内受到足够的重视，并且能够广泛吸收民间俗乐乃至少数民族、外域音乐的有益成分，西汉前期的百余年间，乐府一直代表着当时音乐发展的最高水平，并在相当长的时期内保持着旺盛的生命力，这对当时乃至后世的音乐发展都产生了积极而深远的影响。

在汉代文化宏大通达的整体风格的影响下，由于采集、融汇了多种不同类型、不同风格的音乐，汉代乐府音乐中几乎囊括了当时所有的音乐表演形式，并使得各类音乐都在乐府音乐活动中得到了提高与发展。

相和歌和鼓吹乐。汉乐府中最有代表性的音乐体裁是相和歌和鼓吹乐。相和歌是汉代民间音乐文化中的一种歌曲形式，也是汉乐府中最精彩的一部分。相和歌原是我国北方各地流行的各种民间歌曲的总称，据《乐府·古题要解》记载："乐府《相和歌》，并汉世街陌讴谣之词。"可见，相和歌最初都来自各地的俗乐，所谓"赵、代、秦、楚之讴"②，是先秦俗乐的继续和发展。他们大部分是"街陌"间的产物，出于社会下层群众之口，这些歌谣"感于哀乐，缘事而发"③，同那些粉饰升平的作品有着明显的不同，是人民真实心声的反映。

相和歌是一种包容性和融合性极强的音乐种类，它由于聚合、融汇了历

---

① 朱立元主编：《美学大词典》，385 页，上海，上海辞书出版社，2014。
② （汉）班固：《汉书》，1045 页，北京，中华书局，1962。
③ 同上书，1756 页。

史上和现实中多样的音乐内容和音乐精神而显示出独特的艺术风貌。《乐府诗集·相和歌辞》中载，相和三调之"平调、清调、瑟调，皆周房中曲之遗声，汉世谓之三调。又有楚调、侧调。楚调者，汉房中乐也。高帝乐楚声，故房中乐皆楚声也。侧调者，生于楚调，与前三调总谓之相和（五）调"。可见，相和乐调确是汉代汇汲先秦乐歌传统、聚合南北音乐风格于一身的代表性乐种。这在今天保存下来的汉乐府相和古辞中也得到充分的证明：那些体现先秦儒家的伦理精神与"诗教"道德规范的乐歌，其固然是乐府音乐作为"言志""载道"之用的不可替代的内容；而那些语言大胆直率、形象生动丰富、情感真挚热烈的歌篇则使这种古老的歌谣形式更具现实精神和浪漫色彩。在艺术形式的发展演变中，相和歌的滥觞可以追溯到先秦劳作中产生的简单的助力歌谣"徒歌"，《尔雅·释乐》中解释为"徒歌之谓谣"，说明徒歌还仅仅是一种无伴奏的清唱形式。汉代后，徒歌被加入帮腔，发展成为以人声"相和"的形式，称作"但歌"。《晋书·乐志》载："但歌，四曲，出自汉室。无弦节，作伎最先唱，一人唱，三人和。"[1]此后，"但歌"又经进一步加工，"既而被之管弦"，于是有了乐器与人声相和的奏唱形式。这标志着相和歌已经发展成为"丝竹更相和，执节者歌"[2]的成熟的乐歌形态。可以看出，作为汉乐府中的重要乐种，无论是从历史的延承关系还是从其所取得的艺术成就来说，相和歌都可以当之无愧地成为汉代音乐艺术成就的典型代表。

鼓吹乐是与相和歌风格截然有别的一个音乐种类。它的主要形式是以管乐器和打击乐器为主的音乐演奏，有时也会加入歌唱的成分。鼓吹乐最初的来源是北方游牧民族的"马上之乐"，秦末以来传入中原边地。据《汉书·叙传》载："始皇之末，班壹避墬于楼烦，致马牛羊数千群。值汉初定，与民无禁，当孝惠、高后时，以财雄边，出入弋猎，旌旗鼓吹。"汉代皇室用"鼓吹"的形式展现财力和权力，宣扬威严与气势，在同少数民族的关

---

[1] （唐）房玄龄：《晋书》，716 页，北京，中华书局，2011。
[2] 同上。

系中扮演着强者的角色。汉代的鼓吹乐是融合了少数民族的"马背之乐"与汉族传统音乐的一个新乐种,在发展中逐渐形成了粗犷、雄壮的风格特征。其主要的功能是用于仪仗、军乐,同时也在宫廷和民间音乐活动中有所应用。鼓吹乐的音乐形式有"鼓吹"与"横吹"之分,《乐府诗集》中有记载曰:"有箫笳者为鼓吹,用之朝会道路,亦以给赐","有鼓角者为横吹,用之军中,马上所奏者是也"[1],表明了其表演形式和表演场合。在其后的发展中,鼓吹乐的适用范围不断扩展到社会音乐生活的各个方面,其组织形式也得到了不断的演变与发展,如《晋书·礼乐志》所载"汉魏故事,将葬,设吉凶卤簿,皆有鼓吹",即清楚地表明鼓吹乐已经在汉代的社会民俗生活中得到了相当广泛的应用。作为以宫廷仪仗音乐和军队行进之乐为主体的音乐形式,鼓吹乐以其严肃宏壮、威武雄浑的风格和气质,在汉代音乐中独树一帜。鼓吹乐表现的大多是帝王开疆拓土的主题、将士出塞征战的场面,因而充满了沉雄威武的风度和豪迈宏阔的气概。在音乐的表现方式上,鼓吹乐以"箫""笳""角""铙""鼓"等吹奏乐器和打击乐器共同演奏旋律激越、节奏昂扬的响亮乐声。虽然同相和歌调相比,鼓吹乐缺乏细腻装饰的旋律音调,然而,汉代的鼓吹乐于铙歌箫鼓的音乐情态中展现的,恰恰是这种音乐形式所独具的激奋人心的审美力量。"如果说相和诸曲以细腻、抒情的音乐歌舞表演活跃于殿堂庭院的娱乐生活场景中,那么,鼓吹乐则以粗犷、雄壮的音乐气势活跃于仪仗行进的原野大道之上。"[2]由此,我们也恰好能够体会到汉代音乐中两种截然不同的形态——抒情委婉的相和歌与雄健豪放的鼓吹乐的气质风貌和审美价值。

民间歌舞百戏。在汉代,由于乐府"采诗"制度的纵深影响,宫廷音乐的雅俗并存之势持久不衰并日益深化。乐府的音乐创作擅纳"郑卫之音",更是在一定意义上促使汉代的民间俗乐得到了蓬勃发展。特别是囊括了各类民间音乐艺术的歌舞百戏,以其奇妙、多彩的内容而备受人们的喜爱。汉

---

[1] (宋)郭茂倩辑:《乐府诗集》,309页,上海,上海古籍出版社,1993。
[2] 修海林:《古乐的沉浮》,48页,上海,上海音乐学院,2013。

代的百戏以周代的散乐为前身,是当时各种民间技艺表演的总称,包括角抵、杂技、魔术、歌舞、滑稽表演、音乐演奏演唱、舞蹈等内容。由于百戏表演中多伴有音乐的演唱和演奏,因此同音乐有着极其密切的关系。两汉时期,歌舞百戏在形式的发展上不断趋向多样化,在汉代人的音乐生活中一度占据了重要地位,对民间乃至宫廷音乐的发展都产生了积极而广泛的影响。

由于内容丰富、形式多样,且规模庞大,汉代的歌舞百戏表演往往伴随着盛大、热闹的场面,如张衡《西京赋》中记载了当时百戏表演之盛况:"总会仙倡,戏豹舞罴。白虎鼓瑟,苍龙吹篪。女娥坐而长歌,声清畅而蜲蛇。洪涯立而指麾,被毛羽之襳襹。度曲未终,云起雪飞。初若飘飘,后遂霏霏。"①其中所描绘的仙山楼阁、奇珍异宝、仙倡戏兽、女娥清歌,无不引人入胜;而演出中时有声歌叠唱、管弦合鸣,又将气氛烘托得热闹非凡。正因如此,歌舞百戏表演吸引了人们空前的观看热情,"三年春,作角抵戏,三百里内皆观"②。不仅如此,这种新兴的民间艺术形式还得到了帝王的青睐。在宫廷一些重大场合的盛会中,歌舞百戏的表演也会被吸纳进来,并越来越成为宫廷娱乐活动中的重要表演形式。

总体来说,作为民间俗乐的突出代表,歌舞百戏生动地体现着世俗民众之乐的愉悦之情,它以其盛大的规模、多彩的形式、古朴的风貌和广泛的影响,开拓了汉代的世俗娱乐精神;它同大气宏通的宫廷音乐相映成趣,互渗互补,共同在汉代人的音乐生活中发挥着重要的作用。应该说,正是由于以相和歌、鼓吹乐、歌舞百戏等为代表的不同风格的音乐形式的并立与共存,汉代的音乐艺术才呈现出更加丰富、更为真实的面貌。

汉乐四品。整个汉代的宫廷音乐都呈现出雅俗并存与合流的鲜明特征。东汉时,尽管"乐府"已被废除,但来自不同地域、不同民族的各种形式、各类风格的民间音乐仍然通过多种渠道被宫廷音乐汲收和容纳。为了区别用于不同目的和场合的音乐品类,东汉的宫廷音乐有"四品"之分,据《后

---

① (汉)张衡:《西京赋》,见王海燕编:《历代赋选》,106 页,海口,海南出版社,2007。
② (汉)班固:《汉书》,194 页,北京,中华书局,1964。

汉书·礼仪志》中引蔡邕《礼乐志》所叙,"汉乐四品",一品为"太予乐,典郊庙、上陵、殿诸食举之乐";二品为"周颂雅乐,典辟雍、飨射、六宗、社稷之乐";三品为"黄门鼓吹,天子所以宴乐群臣";第四品由于在蔡邕的记载中未言及,因此后人多有争论,较多的看法是作为军乐之用的"短箫铙歌"。今人萧亢达提出四品乃"宴私之乐",即天子及其后宫亲昵者宴享之乐,也有一定的影响。可以看出,"汉乐四品"的分类显然是受周代礼乐制度的影响而制定的,因而汉代的宫廷音乐仍一直以儒家礼乐思想为正宗。然而,尽管如此,同先秦时期严格的宫廷礼乐相比,汉乐四品的内涵也已经发生了相当重要的变化,如宫廷中的雅乐大多为汉代人新创作的内容,由于吸收了大量民间俗乐的成分,因此"汉乐四品"呈现出雅俗并存的新特征。也正因如此,周代雅乐中那种严密的等级制度在汉代的宫廷音乐中已经几乎消失殆尽,与之相反,随着民间俗乐影响的日益加深,汉代宫廷音乐的俗乐化、享乐化趋势得到不断发展,并不可阻挡地影响着汉代音乐文化的面貌。

二、两汉时期的音乐美学思想

在中国音乐美学史上,汉代是传统音乐美学思想经过先秦诸子百家争鸣后,逐步形成自身新的文化品格的时期。这不仅表现在儒家礼乐思想于汉代定为一尊,这对其后封建社会统治阶级的音乐思想及相关的雅乐审美观产生了深远的影响,并且还体现在自汉初开始,儒、道音乐思想在较大程度上发生的互补、互渗等现象。从某种意义上讲,自先秦后重构了的汉代音乐思想,在中国传统音乐美学思想体系中,具有相当重要的地位。

《淮南子》虽不是专门的音乐美学著作,但其中涉及诸多的音乐美学问题,它所提供的音乐美学思想资料在我国音乐思想史上有着不可替代的地位。在一定程度上,可以说,《淮南子》的作者对音乐的认识,在许多方面提出和充实了先秦所没有涉及的新内容。《淮南子》一书的思想以道家为主,兼杂儒、法、阴阳、名等诸家之说,其思想在表面看来似乎是驳杂甚至是互相抵牾的。而其音乐思想的一个重要特点，便是这种矛盾性。但若从整体上分析则会发现，《淮南子》音乐思想表面上的矛盾，只是统一在一个大的思想前提之下的不同层次的表述，这个大前提即是"道""德"本体。

在音乐观问题上，一方面，《淮南子》对音乐持否定态度。《淮南子·精神训》中说："耳目淫于声色之乐，则五藏摇动而不定矣。五藏摇动而不定，则血气滔荡而不休矣。血气滔荡而不休，则精神驰骋于外而不守矣。……是故五色乱目，使目不明。五音哗耳，使耳不聪。五味乱口，使口爽伤。趣舍滑心，使行飞扬。此四者，天下之所养性也，然皆人累也。"这主要是从人的本体存在，包括精神、形骸的不同层面来论证音乐对人的作用，显然，它反对那些"累性"的音乐。同时，《淮南子》还从治国为邦的角度，否定"背其本而求其末"①的"仁义""礼乐"。它认为，如果不从修养内心道德的"本"而仅仅从外在行为的"末"去倡导仁义礼乐，此正所谓"俗世之学"，"擢德搴性，内愁五藏，外劳耳目，乃始招蛲振缱物之豪芒，摇消掉捎仁义礼乐，暴行越智于天下，以招号名声于世，此我所羞而不为也。"②所以，《淮南子》显然是以"道""德"为本，以"仁""义""礼""乐"为末，反对不以"道德"为本的"仁义礼乐"。其音乐美的评价标准，也是在此基础上建立起来的。而在另一方面，《淮南子》却又并未否认音乐对于个体的养生以及治国为邦的意义。《本经训》中讲道："凡人之性，心和欲得则乐，乐斯动，动斯蹈，蹈斯荡，荡斯歌，歌斯舞，歌无节则禽兽跳矣。……夫人相乐，无所发贶，故圣人为之作乐以和节之。末世之政，……乃使始为之撞大钟，击鸣鼓，吹竽笙，弹琴瑟，失乐之本矣。……乐者所以致和，非所以为淫也。……本立而道行，本伤而道废。"因此，在道、德本体"立"而不"伤"的前提下，《淮南子》并不否定音乐"致和"、"道行"的作用。对于个体来讲，只要是有利于"致和"的音乐，对于治国

---

① （汉）刘安：《淮南子》，174页，上海，上海古籍出版社，2016。
② 同上书，30页。

为邦来讲，只要是能够使"风俗不流"的"雅颂之声"①，就都是可以肯定的。在这里，"致和"的音乐思想被掺入了道家的内容，或者说是以道家修身养生的目的为前提，这是"和"的音乐审美观在汉初产生的不同于先秦的新的理论形态。

在心声关系问题上，《淮南子》中也表现出所谓"有声之乐"与"无声之乐"的矛盾。一方面，它承认音乐是表情的艺术，所谓"歌哭，众人之所能为也，一发声，入人耳，感人心，情之至者也"②，并且认为对于音乐之美是需要从形式上竭力表现和追求的；另一方面，它又提出"听有声之音者聋，听无声之音者聪"③，以"无音之音"为美的音乐。如何理解这二者在同一音乐思想体系中的并存呢？《淮南子·泰族训》中云："今夫《雅》、《颂》之声，皆发于词，本乎情。故君臣以睦，父子以亲。故《韶》、《夏》之乐也，声浸乎金石，润乎草木。今取怨思之声，施之于弦管，闻其音者，不淫则悲，……岂所谓乐哉！……朱弦漏越，一唱而三叹，可听而不可快也。故无声者，正其可听者也……故事不本于道德者，不可以为仪；言不合乎先王者，不可以为道；音不调乎《雅》、《颂》者，不可以为乐。"从心声关系上讲，这里不仅存在着"发于词，本乎情"的有声的"《雅》、《颂》之声"，也存在着"故无声者，正其可听者也"的"无声之声"，但二者的关系在于"有声"是音乐的外在形式，"无声"是音乐的精神内涵。其中所推崇的"《韶》《夏》之乐"，正是"《雅》《颂》之声"与其精神内容（"无声者"）的统一。而所谓"听有音之音者聋，听无音之音者聪"，从音乐审美的角度可以理解为：只听得音声而识不得音乐的精神内涵，此之谓"聋"；只有听得音声并且识得音乐的精神内涵，此之谓"聪"。"有音之音"与"无音之音"的表述，正是由于《淮南子》对于音乐精神内涵的突出强调。

尽管《淮南子》在论述方式上存在着某种矛盾性，但是在其音乐思想的

---

① （汉）刘安：《淮南子》，504页，上海，上海古籍出版社，2016。
② 同上书，234页。
③ 同上书，414页。

内部层次上,却是有序并且统一的,它体现的是一种比先秦道家更具备显示入世精神的新道家"援儒入道"的音乐思想。而从整个思想史的角度看,这也正是汉代以降儒道互渗的一种表现方式。

《乐记》是汉代最重要的音乐美学文献,也是整个中国古代音乐思想的第一个高峰。《乐记》的作者和成书年代在学术界有不同的看法,但比较有说服力的一种是认为其成书于西汉,作者为河间献王刘德及以毛生为代表的一批儒生。据《汉书·艺文志》记载,这些人"采《周官》及诸子言乐事者以作《乐记》",故《乐记》中既有"采"前人思想的部分,也有自己新"作"的部分。"采"的部分表明《乐记》既从儒家思想出发批判其他各家,又根据统治需要总结各家,从而形成以儒为主,糅合墨、法、道、阴阳、杂诸家的系统思想,充分显示了汉儒的特色。其"作"的部分则是《乐记》对中国音乐美学所作的新的贡献,主要包括以下两个方面:

其一,音乐的本源问题。《乐记》开篇即提出"感于物而动,故形于声"[①]的命题,认为音乐不是先天就有的,而是后天产生的,但音乐所表现的感情不是外物影响后的产物,而是人的本性所固有。外物的作用不是使人产生感情,而是使固有的感情激动起来,得以表现于音乐之声。所以音乐和一般认识一样,不是外物在人心中的反映,而是人的本性所固有的感情对外物的一种反应,是本性在音乐中的表现。音乐的本源不是外物,而是本性、人心。关于人的本性,《乐记》认为它是人先天具有的,是上天赋予的,故又可称之为"天理"。这样看来,音乐的终极本源也不是心,而是"天"。这是一种客观唯心主义的音乐本源论。在这里,《乐记》不仅从正面提出了音乐本源问题,而且上升到人性论、认识论的高度进行探讨。它在探讨中提出物至—心动—情现—乐生的作乐过程说,将音乐本源问题探讨的重心从外在的"天"转移到内在的"心",在注意到外物作用的同时,极大地强调了人心在音乐创作中的重要地位,可以说已经触及了音乐艺术的本质问题。

---

① 见吉联抗译注:《乐记》,1页,北京,音乐出版社,1958。

其二，音乐的特征问题。《乐记》对此问题的探讨涉及四个方面：

在音乐的表现对象方面，《乐记》提出"乐者，心之动也"①。它认为音乐所表现的主要是情，但又不限于情，还包括"知""德"等因素，也就是说，音乐既表现感情，又带有理性的因素，能够通过感情表现道德属性。这里，"乐者，心之动也"，是以"感与物而动"为前提的。可见，《乐记》既承认音乐具有客观性，又强调音乐的主体性。因此，音乐所表现的不是外在的事物本身，而是主体对事物的感受与体验。音乐虽也具有一定的客观性，其本质却不在客观性上，而在主体性上。其"乐者，心之动也"的表述，表明《乐记》的作者已经意识到音乐所表现的既不是外物的形体或声音，也不是主体具体的内心生活，而是人心在外物作用下的动态，即心、情的运动与变化。这就比荀子的《乐论》更准确地把握了音乐表现对象的特征。

在音乐的表现手段层面，《乐记·乐象篇》中说："乐者，心之动也；声者，乐之象也；文采节奏，声之饰也。"可见，作为艺术表现手段的声音需经过"文采节奏"之饰，用来表现人心之动，成为有意味的形式，成为有"意"之"象"，所以它具有艺术之象的本质特征，带有艺术之象的意义。不妨说，这里蕴含着这样的思想：音乐是表情的艺术，但它不是直接表现感情，而是直接表现其动态。因此，《乐记》关于音乐之"象"的论述，抓住了音乐的物质手段"声"在时间中运动的特征，抓住了"声"与心在运动中同态同构的关系，也就抓住了音乐以声动表现心动的特征。

在音乐的社会性特征方面，《乐记》从表现对象的角度对"音"与"乐"作了区分，提出了"德音之谓乐"②这样的思想，认为"音"与"乐"相近而不同，无德之音只能称为"音"，有德之音才配称为"乐"。所以它突出地强调音乐与伦理道德的联系，得出"乐者，德之华也"③"乐者，所以象德

---

① 吉联抗译注：《乐记》，29 页，北京，音乐出版社，1958。
② 同上书，43 页。
③ （汉）刘德：《乐记·乐象篇》，见吉联抗译注：《乐记》，28 页，北京，音乐出版社，1958。

也"①这样的结论。

在音乐与宇宙的关系层面,《乐记》提出"乐者,天地之和也"②。它认为音乐的"度数"与阴阳相通,乐音的运动就是一种"气"的运动,所以能感动天地,赞天地之化育;音乐的"度数"又与五行相通,宫、商、角、徵、羽的关系就是君、臣、民、事、物的关系,所以五音的状态能影响社会人事,决定国家兴亡。这其实就是"天人合一"—"天人感应"的思想。这种思想认为音乐以"气"沟通天人,能使天人互相感应,能直接改变自然万物、决定社会政治。其认识论基础是"万物之理各以类相动"③,表明了《乐记》的作者由生理的同感、物理的共鸣等现象把握了某些自然规律,认识到宇宙是一个整体,并将它用于一切领域,以"气"沟通天、人、乐,追求自然、社会和宇宙的和谐统一。

《乐记》中的"气"既具有"生命"的内涵,又具有道德的属性,且与艺术直接联系,涉及音乐的本源,音乐的创作、表演与欣赏,音乐与自然及社会的关系,音乐中的主客体关系等方面,具有深刻的美学意义。可以说,正是《乐记》的有关论述,使"气"上升为中国古代思想史上一个重要的美学范畴。此外,《乐记》中还涉及音乐的社会功用,认为音乐可以作为治理国家的工具,音乐与礼、刑、政特征不同,功用不同,但可相辅相济,相辅相成,以达到"同民心而出治道"④的目的。

作为儒家音乐思想之集大成者,《乐记》对后世的音乐思想产生了深远的影响,为中国音乐思想史做出了重大贡献。但它也有其自身不可超越的局限,其中最根本的一点是它不顾音乐艺术的特殊性,过分强调音乐与伦理道德和社会政治的关系。它不是把音乐当作审美的对象,而是将它视为教化的手段和政治的工具,因而以德抑情、以度限声、以道制欲、重德轻艺,使

---

① 吉联抗译注:《乐记》,21页,北京,音乐出版社,1958。
② 同上书,9页。
③ 同上书,30页。
④ 同上书,1页。

"心"与"声"束缚于"德","真"与"美"附属于"善",使音乐成为礼的附庸,失去了独立的地位和自由发展的空间。

三、其他著作中的音乐理论

两汉时期,除了《淮南子》和《乐记》外,在其他一些著作中也提出了一些重要的音乐思想,比较重要的包括:

西汉思想家董仲舒所著的《春秋繁露》。董仲舒在思想上崇儒而兼法,并以阴阳五行说为依据,构成具"天人感应"特征的思想体系。其礼乐思想,可说是一种比先秦更适于大一统社会政治需要的音乐观。他在《楚庄王》中提出"反本以为乐"的思想,从行为发生的角度论及作乐的缘由、音乐的内容等问题。他以"王者不虚作乐"为标准,认为作乐者必须以王者最初建功业时"天下同乐之"的内容为"作乐"的基本依据,并列举历史上舜、禹、汤、文王分别作《韶》《夏》《濩》《武》之事来证明"反本以为乐"的必要。而在他看来,"作乐"的功能与目的便在于"且以和政,且以兴德"[①]。此外,董仲舒也注意到了音乐艺术的自身特征与特殊功能。他在《举贤良对策一》中谈及乐的"变民风、化民俗"的教化作用的同时,也谈到音乐这种教化作用的原因,即"声发于和而本于情"。可以看出,董仲舒是以音声的谐和特性以及感情的表现作为音乐感化人心的主要原因,这使得他在谈论音乐的教化作用时没有脱离音乐艺术的特殊表现方式去认识问题。因此可以说,这种有关音乐教化的礼乐思想在某种程度上也具有美学化的理论形态。

西汉毛苌所作的《毛诗序》。它提出了"发乎情,止乎礼义"的命题。所谓"发乎情",就是允许人民表达对苛政的不满之情,借表达这种不满之情的诗、乐对君主进行劝谏。这体现了儒家的"仁政""爱民"思想。所谓

---

① (汉)董仲舒撰:《春秋繁露》,115~125页,开封,河南大学出版社,2009。

"止乎礼义",则是要求诗、乐对不满之情的表达不超出礼所允许的范围。"发乎情,止乎礼义"并非《毛诗序》的创见,但却是对儒家美学思想和音乐思想的高度概括和明确表述,它的提出是儒家美学思想和音乐思想成熟、定型的突出标志,也是汉代儒学定于一尊在美学思想中的表现。

汉初戴圣传述的《礼记》。其中《孔子闲居》篇中认为,"君子"具备爱民之志并实践爱民之志,推行宽和宁静之政,便能没有音乐而胜于有音乐,这就是无声之乐。这是把"君子"爱民之志当作音乐的根本的思想,其虽无声响却能使人喜乐,故称之为"无声之乐"。这是孟子"与民同乐"思想的发挥。《孔子闲居》中认为,这"无声之乐"虽然看不到,听不见,却充满天地之间,这与老子的"大音希声"有某种相似之处。但这里提出的"无声之乐"的范畴,是就人为有声之乐而言,意在指出人为之乐的根本不是客体外在的音响,而是主体内在的心志,并不否定人为的有声之乐。因此这是儒家的音乐思想,与道家的"大音希声"有质的不同。

两汉之际桓谭所著的《新论·琴道》。其中讲到制琴的目的,在于"以通神明之德,合天地之和焉",认为"八音广博,琴德最优,古者圣贤玩琴以养心"。作者从琴的形制尺寸与天地自然数理的联系讲起,进而论述琴与君子修身养性的关系,并将琴乐实践与"君子"为人处世、安身立命的准则联系在一起。所谓"夫遭遇异时,穷则独善其身而不失其操,故谓之'操',操似鸿雁之音;达则兼善天下,无不通畅,故谓之'畅'"。这表明,在汉代,琴乐审美实践已与"君子",即士阶层的人生实践紧密结合在一起了。这首先在于"君子"的思想情感体验在琴乐实践中得到了集中的反映和寄托,甚至成为一种特有的具"雅文化"意义的音乐活动方式。这种音乐审美观念对后世的琴乐美学思想有着长远的影响。

东汉王褒所作的《洞箫赋》。其中有"发愤乎音声"之说,认为盲者之所以能奏出美妙乐声,是因为他们为生来不能见万物的形貌而忧愁悲愤,郁结于心,一旦"发愤乎音声",便感人至深。这涉及音乐创作、表演中的心与声的关系问题,其中蕴含着肯定发愤作乐,肯定不平之美的思想。此文中又有"知音者乐而悲之"之说，这里的"悲"字是"美"的代词。所谓"乐而悲之"，就是既从箫声中得到"乐"，即快感，又从箫声中得到"悲"，即美感。其中以"悲"通"美"，又蕴含着将悲乐之美视为真正的音乐美的思想。这是一种以悲为美的意识与观念，这种意识与观念源自汉人的生活实践和音乐实践，以及由此所带来的审美意识的变化。

东汉刘向编撰的《说苑·善说》中记载了雍门周以琴见孟尝君的故事，涉及音乐鉴赏中的主客体关系，即音乐对审美主体的感染问题。这个故事中反映出这样一种认识：音乐只能使悲者悲，不能使乐者悲，音乐对人的感情的影响取决于审美主体的心境，听乐者所体验到的感情不是音乐作品所蕴含的，而是听乐者自身的。也就是说，在音乐审美情感体验中，审美主体在听音乐的时候感受到的情感，受到自身心境及情绪状态的制约，并会影响到音乐审美的效应。这一音乐审美观念无疑对后来"声无哀乐"音乐思想的形成有一定的影响。

东汉班固编写的《汉书·礼乐志》中谈到音乐的雅俗问题，认为"雅颂之乐"与"衰乱之音"是同时并存的对立面。而"衰乱之音"之所以会兴起，是因为社会生活的变化与衰落，所谓"世衰民散，小人乘君子，心耳浅薄，则邪胜正"。其论述投入更多的历史眼光，以先秦礼崩乐坏、郑卫俗乐的并出、兴起以及世风的败坏作为史鉴，引出制礼作乐之所以必要的理论，因而这种音乐思想在当时具有一种较强的现实意义。

第三十三章
汉画像的艺术价值与文化意蕴

汉画像虽然有其实用功能、文化功能，但它首先却是一种艺术形式，所以，从汉画像被重新发现以后，特别是随着美术考古学的发展，汉画像石在艺术界引起重视并得到广泛的研究就是很自然的。对汉画像进行的艺术学的研究是多方面的。有的从美术史的角度，给汉画像以崇高的历史地位，如20世纪中国美术史方面的著作，没有哪一本不对汉画像艺术给予介绍、评价和论述的；有的从艺术的社会功能角度开展对汉画像的研究，认为汉画像不是一门单纯的、专门性的艺术，而是一个特定阶段产生的一种艺术现象，是为汉代的丧葬礼俗服务的艺术；有的从美术的角度研究汉画像，分析其制作工艺，解析其雕刻技法；有的对汉画像的构图、透视、图像配置进行了研究；还有的从艺术思维、艺术风格、现实主义和浪漫主义的创作手法上对汉画像艺术进行了研究，并取得了许多重要的研究成果。

◎ 第一节
关于汉画像的讨论

进入21世纪以来，对汉画像石的研究，被置于一个视觉文化的视野下。

在不同的学术背景下,汉画像石得到不同的阐释。 其中一个重要的研究是把汉画像石、汉画像砖、汉代帛画、汉代漆器等汉代的图像资料在一个图像学的理论框架下,进行了艺术美学的阐释,并取得了新的研究成果①。 汉画像石的概念是一个传统的概念,主要是对汉画像依附的材料进行的研究。 汉画像的概念,超越了汉画像石、汉画像砖等根据材料命名的概念,把汉画像艺术的研究,上升到艺术学的学科基础之上。 为了展开我们的论述,我们先剖析这一概念。

汉画像亦称"汉画",包括汉画像石、画像砖、壁画、帛画、漆画、玉器装饰、铜镜纹饰等的图像资料。② 这是一个图像学的概念,与传统金石学、考古学中的画像石、画像砖的概念,有一定的联系,但也有一定的区别。 画像石、画像砖和帛画等是根据不同的物质材料进行的划分,其制作方法也有所区别。 画像石是在棺椁、墓壁等石质材料上的镌刻,而画像砖则是印模、压模及窑烧的结果,帛画则是在绢帛上的绘画。 汉画像是对不同物质材料和形式表面图像的概括。 它的侧重点在视觉图像的表现方式和接受方式上,因为只有这种方式才具有决定图像本原的意义。 实际上,把画像石、画像砖说成是汉画像是不确切的,因为有些汉画像石是浮雕或半浮雕的,与其说是"画像",不如说是"雕刻",但对汉画像石、砖的鉴赏主要靠拓片,故根据约定俗成,称其为"画像"。 由于汉帛画、漆画等不好保存,故经千余年的时间,保存下来的极少;而画像石、画像砖保存、流传下来的却很多,所以对汉画概念的认知不能不以汉画像石和汉画像砖的图像为主。

---

① 朱存明:《汉画像的象征世界》,1页,北京,人民文学出版社,2005。
② 常任侠为《中国美术全集·绘画编18·画像石画像砖》写的序言《汉代画像石与画像砖艺术的发展与成就》中对画像的形式论述道:"汉画艺术是多样发展的。 就今所知,有下列各种:一为绘在缣帛上的;二为绘在粉壁上的;三为绘在各种工艺品上的,如铜盘、漆盘、漆奁、玳瑁制的小盒、竹编的小筐等;四为刻在石材建筑物上的;五为印在墓砖上的。 其他丝毛织品、镜鉴、带钩,和画在雕器上的与镶嵌在金银铜器上的图案,暂置不论。"(《中国美术全集》绘画编18,6页,上海,上海人民美术出版社,1988)顾森在《中国汉画图典》序中说:"汉画是中国两汉时期的艺术,其所包含的内容主要是两部分:画绘(壁画、帛画、漆画、色油画、各种器绘等)、雕像(画像砖、画像石、画像镜、瓦当等浮雕及其拓片)。"(《中国汉画图典》,1页,杭州,浙江摄影出版社,1997)

据考,"画象"一词,可以追溯到汉代,但当时不仅指一种美术意义上的画像,而且主要是指一种象征意义上的刑法。《汉书·武帝纪》诏贤良曰:"朕闻昔在唐虞,画象而民不犯。"颜师古注引《白虎通》云:

> 画象者,其衣服象五刑也。犯墨者蒙巾,犯劓者以赭著其衣,犯髌者以墨蒙其髌象而画之,犯宫者扉,犯大辟者布衣无领。①

此注说明,"画象"是一种刑罚,可称之为"象刑"。所谓"象刑",即"画衣冠",原是形容舜帝时的贤明政治,虽有五刑(墨、劓、剕、宫、大辟),但不使用,而是以图画衣冠或异常的服饰来象征刑罚。

在汉代"画象"一词,也有我们理解的绘画的意义,一般在"图画其形象"上来使用。例如:

> 邕遂死狱中……时年六十一。搢绅诸儒莫不流涕……兖州、陈留间皆画像而颂焉。(《后汉书·蔡邕列传》)
>
> 永平中,显宗追思前世功臣,乃图画二十八将于南宫云台。(《后汉书·二十八将传论》)
>
> 穆临当就道,冀州从事欲为画像置听事上,穆留板书曰:"勿画吾形,以为重负。忠义之未显,何形象之足纪也!"(《后汉书·朱穆传》注引《谢承书》)
>
> 州中论功未及上,会莋病创卒,张乔深痛惜之,乃刻石勒铭,图画其像。(《后汉书·南蛮西南夷·邛都夷》)
>
> (岐)先自为寿藏,图季札、子产、晏婴、叔向四像居宾位,又自画其像居主位,皆为赞颂。(《后汉书·赵岐传》)

---

① (汉)班固:《汉书》,160页,北京,中华书局,1964。

从这些历史记载中可知,画像有"画形"之意,即图画其形像的简称。据《武梁碑文》:"良匠卫改,雕文刻画。"可见在石头上刻画像,称为"雕刻"。从汉代到宋一般不用"画像"指称墓石壁画或石刻,而用"镌刻"、"制作"、"图其像"等词称之。①

据考有现代意义上的"画像"的概念,来源于宋代兴起的金石学。赵明诚的《金石录》、洪适的《隶释》和《隶续》等书中,都使用画像一词。就其本义看,"画像"本义指拓片上的图像,即平面上的画,并不指原石砖上的雕刻。因为金石学家对汉画像石、砖的研究往往依靠拓片,即附属于文字的图像的研究,并不占主导地位。

我们不再从画像所依托的材料上来对汉画像的图像进行分类,因为依托的物质材料,不能决定视觉图像的本质,即不是图像形成的根源,也不是图像接受的根源。我们是从视觉文化的角度、从人的视觉图像呈现的模式和形式上来规定汉画像的。从狭义上讲,"汉"是一个时代的标志,指汉朝;从广义上讲,"汉"又有汉民族、汉文化的内涵,"汉"这个符号其所指和能指的范围是巨大的。画像,即是"图像"。因为图像本身仍然是一个值得研究、尚待开发的研究视域,因此,也显示了"汉画像"概念的巨大张力。画像,包含"形象""图像""图画""图形"等意义。从这个意义上使用汉画像的概念,就不仅包含有各种汉画像的图像的内涵,而且有这种图像怎样呈现、怎样被制造出来,怎样被观看的意义,进而把汉画像的研究推向深入,由纯粹的金石学的、考古学的研究,推向文化学的、美学的研究。其中视觉文化的图像学研究又是其中的核心(见图1)。

汉文化的奠基在于"汉朝"(前206—220)。美国的汉学家郝大维、安

---

① "有石阙祠堂石室三间,椽架高丈余,镂石作椽瓦屋,施平天造,方井侧荷梁柱,四壁隐起,雕刻为君臣官属龟龙麟凤之文,飞禽走兽之像,作制工丽,不甚伤毁。"见(北魏)郦道元:《水经注》,5页,南京,凤凰出版社,1995。又引(晋)戴延之:《西征记》曰:鲁恭(应为峻)墓石祠石庙,"四壁皆青石隐起,自书契以来忠臣孝子贞妇,孔子及弟子七十二人形象,像边皆刻石记之,文字分明。"见(宋)米芾《画史》:"济州破朱浮墓,有石壁上刻车服人物。"见(宋)朱熹:《跪坐拜说》:"其后乃闻成都府学,有汉时礼殿。诸像皆席地而跪坐。文翁就是当时琢石所为,尤足据信。"

图1 伏羲、女娲交尾图（山东嘉祥武梁祠汉画像石拓片）

乐哲认为，中国形成其民族性的"神话"是这样一种叙述：它显示了汉朝的统一的文化这一构造。汉文化在中国文化中有重要的地位，从某种意义上可说汉文化就是中国文化。他们说：

> "汉"这个字含义丰富，其中大部分源于华中的一条河流（汉水），它在汉口进入长江。在诸如《诗经》、《左传》这类经典中，"汉"字指"天汉"和"银汉"，即贯穿黑夜天幕的无数星球，放射出汇聚的灿烂光辉，我们西方人称之为"银河"（Milky Way）。"汉"字进一步成为"汉中"的简称，在秦帝国之前它是楚国的一块领土，此名称来自汉水。在公元前三世纪晚期，刘邦作为汉王在这个地区兴起，在他战胜项羽成为汉朝开国皇帝之后，他借用其发祥地之名命名他建立的朝代，这个朝代延缓了四百多年。就是在汉朝期间，中国在社会、政治和文化上的同一性巩固下来了。这个文化母体是中国人所依靠的根源，他们称自己为"汉人"。恰如美国成为"自由的土地和勇士之乡"，"汉"也获得了品格的意义，因而"男子汉"就是一个无畏的人。[①]

[①] [美]郝大维、安乐哲：《汉哲学思维的文化探源》，施忠连译，2页，南京，江苏人民出版社，1999。

英国著名汉学家李约瑟在《中国古代科学思想史》中说:"几乎一切中国自然哲学所具最要的特点之一便是得免陷于欧洲有神论的与机械唯物论的世界观的持续辞论——是即西方迄未全然解决的对立论题。"①约翰·梅杰在《汉代前期思想中的天与地》中对汉代人关于天与地思想的论述认为:"汉代的宇宙论在中国形成关于它在世界上的地位的认识中具有重要的意义。"他们认为,中国传统文化中的"天人合一",是具有"世界性价值"的命题,是对"生命的阐释",具有后现代的意义。所以,从根本上讲,中国传统是一种"美学传统"。汉文化是一个连续不断的文化叙述而不是各种可孤立理解的理论体系,它构成了一种审美的意识形态。抽象的理论和永恒的价值,则需要图像的叙述,这是文化的一个特征,也是人类视觉生存的重要表现。因此,研究汉画像作为汉文化的图像象征,就有了文化探源的价值和揭示民族生存方式的意义。汉画像表现出的中国传统审美观念,并不是对文字叙述完全的重复,而仅是处在次要的地位。尽管文字和图像的表现都是当时意识形态条件下的产物,但图像的直觉呈现,更接近人类心理的"原发过程"(primary process)②,更接近一个民族审美精神的集体无意识领域。

汉民族的文字源于图画。直到今天,许多民族的文字最终走向了一种纯粹的记音符号,汉字却仍然带有图画的痕迹。汉字的图像表意的历史,构成了汉民族心理的原型结构。就在"汉文化"形成的过程中,基于图画的汉字也成了中国文化源于视觉图像的一种象征。图像看来是具体的,它可以是外在事物的摹仿与反映,也可以是心灵虚构的幻想与想象,带有幻境的意象一直是中国审美观念的核心,以至今天许多美学史家,仍然把中国美学归为一种"意象"论。问题不仅在于指出中国美学是重意象的,而且更重要的在于要揭示中国美学为什么更表现为一种意象的,这方面的研究还有许多工作要做。

在汉代留下的著作中,就保存着对汉画像的记录。今征诸史册得知,早

---

① [英]李约瑟:《中国古代科学思想史》,2页,南昌,江西人民出版社,1999。
② [美]S. 阿瑞提:《创造的秘密》,钱岗南译,114页,沈阳,辽宁人民出版社,1987。

在汉武帝时期便创置秘阁,搜集天下书画,甘泉宫中,画天地太一诸鬼神。明光殿画古烈士之像。宣帝甘露三年,画功臣于麒麟阁,鲁灵光殿图写天地品类,群生杂物、奇怪神灵等。元帝时,有毛延寿等画工辈出,此为后世画院之滥觞。东汉明帝好文雅、爱丹青,别设画官,画中兴功臣28将于云台。在汉代,楼台中多陈古圣贤像。光武与马皇后尝观览之,指娥皇女英之图,顾谓后曰:"恨不得妃如此者。"及观尧帝之像,后指之曰:"陛下百僚之臣,恨少是如此者。"帝顾而笑。灵帝光和元年,画孔子及72门人于鸿都门。献帝时,成都学宫画盘古三皇五帝三代之名臣及孔子72弟子像。其他郡府厅事壁间、郡尉之府舍,皆施雕饰山海神灵奇禽异兽,极其炫耀。汉代画像有保存到现在的,如山东长清孝堂山祠①、嘉祥武梁祠②、嵩山三阙之画像石刻③等。上均刻画有神灵、仙界、帝王、圣贤、孝子、烈士、战争、庖厨、鱼龙、杂戏等。

  过去,对汉画像的研究首先在金石学中进行,因保存在地面上的汉画像遗物先引起了金石学家的注意。他们在著录一些碑文雕刻时,也提及汉画像。但由于金石学重文字而轻图像,故他们的著录,多重题铭而轻画像。19世纪后半叶,随着清代考据学的发展,金石学中对汉画像的研究和考证才有了新的面貌。从古物学已逐渐发展为考古学,加上西学东渐,文化相互影响,考古学便在中国渐渐发达。考古学是要搞田野调查的,对汉代画像的研究是建立在考古学对汉代的墓穴、祠堂、棺椁、壁画、帛画、砖刻、铜镜、瓦当等的考古发掘材料基础之上的。历代学者们对汉画像的发掘、著录、收藏和出版,为汉画像的进一步深入研究积累了丰富的材料。考古学的发掘使我们看到许多湮埋在地下的实物,科学的发掘手段,使我们了解到那个时代汉画像的现实。由于汉画像首先是一种艺术形式,所以其在美术学和艺术学

---

① 此石祠是我国现存最早的地面房屋建筑。石室内石梁上有东汉永建四年(129)参观者的题记,证明石祠在此前即存在,从石祠内壁画风格分析其年代当在东汉之初。
② 位于山东省嘉祥县的武梁祠是我国东汉晚期一座著名的家族祠堂,其内部装饰了大量完整精美的古代画像石,是我国最具代表性的一处画像遗存。
③ "嵩山三阙"是太室石阙、少室石阙、开母庙石阙的合称,是我国现存最古的庙阙。

中受到重视。艺术学对汉画像的研究主要是从艺术史的高度，阐发它在中国艺术史上的地位，或者从艺术学的角度，分析其艺术的特征。其中，艺术学对汉画像的研究具有多种分类方式，有的探讨汉画像的制作过程，有的进行雕刻技法的分类研究，还有的分析其构图方式、透视技巧、图像配置，以及研究汉画像的艺术风格，等等。

我们认为，汉画像是一种象征型的艺术，它表现的审美特征是象征主义的，进一步说是一种宇宙象征主义的图式。不仅图像本身从整体上分析是具有宇宙象征的，而且包括墓穴、祠堂、石棺、石阙的形制和图像，只有放在宇宙象征主义的视角中，才能得到合理的解释。若离开了此类整体性的观察和分析，就会失去对汉画像艺术审美意义的真正理解。

黑格尔在《美学》中，把人类最早的艺术类型看成象征型的，并认为这是东方艺术的特征。中国的汉画像是符合黑格尔象征型艺术的规定的。卡西尔所建立的象征形式主义哲学，认为人是一个符号的动物，靠符号表达一个意义世界才是决定人本质的东西。美国文化人类学家克利福德·格尔茨在《文化的解释》中说：

> 文化是一种通过符号在历史上代代相传的意义模式，它将传承的观念表现于象征形式之中，通过文化的符号体系，人得以相互沟通、绵延传续，并发展出对人生的知识及对生命的态度。

克利福德·格尔茨把文化看成一个象征的宗教体系，即通过符号承载意义，并在历史上代代相传，以此来展示在社会中的人对他们的生活和命运的看法，激励并保障人们的生命延续。从符号象征论的论点看汉画像，汉画像表现的是汉民族初期文化精神的"镜像"阶段，也就是汉民族内在生命本质的图像呈现。汉民族正是通过汉画像的镜像来获得民族内在生命的驱动力的。汉画像是一种装饰的艺术，表现的却是一种生命意识的幻象。人只能生活在一个现实的世界，不可能生活在一个死后的世界，但却可以幻想一个死后的世界；人只能生活在大地上，不可能升入天界，但人可以幻想羽化成仙，不死的幻想只是人对现实生活的眷恋。成仙只是人恐惧死亡的一种自我安慰。人在宇宙中的地位是汉代人世界观的核心，天界、仙界、人界和鬼界，才是汉代人整个的宇宙。这一切都靠图像、装饰和各种符号来加以象征地表现。

◎ 第二节
汉画像题材的谱系

汉画像石的内容极其丰富，它几乎涵盖当时社会的各个生活领域，要对他们进行准确的分类，是十分困难的。现在的研究者大都是根据直观印象结合文献记载对汉画像进行分类。李发林按照汉画像的内容性质把它分为四类：（1）反映社会现实生活的（共11种）；（2）描绘历史人物故事的；（3）刻画祥瑞、神话故事的；（4）描绘自然景物的（这一类未能独立于上述三类之外，只能是上述三类的附庸）。[1] 蒋英炬、杨爱国也把汉画像的内容分为四类：（1）社会生活；（2）历史故事；（3）神鬼祥瑞；（4）花纹图案。[2] 信立祥则将汉画像的题材内容分为八类和九类，计五十五种。[3]

这些分类，为我们的研究奠定了基础。但是，分类从来都没有固定的模式，从不同的系统与事物的结构出发，就会有不同的分类。分类从来都是对事物本质与结构看法的展开。我们的分类要很好地考虑画像内容与建筑结

---

[1] 李发林：《汉画考释和研究》，45页，北京，中国文联出版社，2000。
[2] 蒋英炬、杨爱国：《汉代画像石与画像砖》，44页，北京，文物出版社，2003。
[3] 俞伟超、信立祥：《汉画像石墓》，见中国大百科全书总编辑委员会《考古学》编辑委员会编：《中国大百科全书·考古学》，178~179页，北京，中国大百科全书出版社，1986；信立祥：《汉画像石的分区域分期研究》，见俞伟超主编：《考古类型学的理论和实践》，231~234页，北京，文物出版社，1987。

构之间的关系,考虑不同单幅图像的配置关系,不能割裂图像整体内容之间的联系。 因为过去对汉画图像的内容是逐一分析的、往往忽视了汉画像的整体内容,这导致了对其认识的某些偏颇。 我们应结合汉代人的生死观和宇宙观来理解汉画像的分类,以免造成对图像的主观臆测。 我们应该用现代的谱系学的方法来研究汉画像的分类问题。

汉画像艺术具有严格的传承性和因循性,是严格按照当时的宇宙观而创制的,汉代人的整个思想体系具有宇宙象征主义的特色。 巫鸿在研究了"武梁祠"的图像配置后认为:"其图像的三个部分——屋顶、山墙和墙壁恰恰是表现了东汉人心目中宇宙的三个有机组成部分——天界、仙界和人间。"[①]信立祥认为:汉画像反映的是汉代宇宙世界从高到低的几个部分。 在最高层居住的是宇宙的最高神——上帝和诸多人格神居住的天上世界;接着是以西王母为代表的昆仑山的仙人世界;第三层次是人间世界,是现实的世界;最下层是地下的鬼魂世界。[②] 人们贪恋人间世界的繁华,不想死亡,但又逃脱不了自然的规律。 人死为鬼,但又不愿落到鬼界里去,人们恐惧死亡,渴望长生不老,于是便修道,以求登上"仙山",而成为仙人。 尽管当时的人们"畏天之威",不能成神,但修道成仙还是可以的。 了解了这些,汉画像图像的分类我们就清楚了,它是建立在汉代宇宙信仰基础上的一个象征性的谱系。 我们在整体把握的基础上,可以把汉画像分为天文图像、升仙图像、历史故事图像、祥瑞图、战争图、狩猎图、庖厨图、乐舞百戏图八个谱系。

一、天文图像

我国早期的天文学在世界范围内是十分发达的。 汉武帝时的太初历,当时是领先世界的历法。《周易·贲》:"刚柔交错,天文也。 文明以止,人文

[①] [美]巫鸿:《武梁祠——中国古代画像艺术的思想性》,柳扬、岑河译,92页,北京,生活·读书·新知三联书店,2006。
[②] 信立祥:《汉代画像石综合研究》,60页,北京,文物出版社,2000。

也。 观乎天文,以察时变。 观乎人文,以化成天下。"孔颖达说:"天之为体,二象刚柔,刚柔交错成文,是天文也。"朱熹《周易本义》曰:"刚柔之交,自然之象,故曰天文。"刘纲纪认为:"天文也就是由日月星辰、山河大地相互联系而构成的整个自然界的美。"①天文的作用在于"观乎天文,以察时变",中国古代对天地的认识,最终要落实到"人文"上。 日月交替,四时变化,阴阳变迁,万物生灭与人的生存密切相关,故具有美学的价值。 中国古代的天文,不是纯粹的自然观察,而是与人事联系在一起,因天文学本来就是从占星术中发展而来的。 汉画像中的天文图,就是一种对自然审美的图像符号。

北极星立于北方的天空中,恒定不动,人们便以此为核心来观测星象。古人将天分为五大区,北极为中宫天帝,其余以四象统七星,共二十八宿。这种命名利于观测星象,其缘起大约是渭水附近的周族居住的地方。 战国早期的曾侯乙墓出土的漆箱盖上,已经刻有北斗、青龙、白虎的图像,更可贵的是有全部二十八宿的名称,说明在那时已经有了完整的二十八宿体系了。汉画像中的天文图像,都是二十八宿中的星宿,外加日月的形象。

太阳图像在汉画像中十分常见,其位置一般在墓顶,即为了反映墓室的小宇宙的特点,而被刻画在象征天穹的地方,如在安丘董家庄汉画像石墓,以及长沙马王堆1号、3号汉墓的帛画中,还有陕西绥德和神木大保当等地的汉墓的大部分墓门门扉上,都有太阳的符号。 因为日月流转,所以传说羲和驭日,驾六龙,从东方运行到西方。 还有阳鸟载日的说法,南阳汉画像中有背负着日轮在天上飞的大鸟,其与月亮相望,画像中间刻有许多星座。 山东、江苏等地的汉画像中多为日轮中有飞鸟,实是古人把太阳的运行与鸟在天上飞的现象比附的结果。② 河南洛阳北郊的东汉前期的汉墓壁画中,鲜红的太阳中隐约绘有三足鸟;在徐州汉画像中,也有日中三足鸟的图像。

---

① 刘纲纪:《周易美学》,231 页,武汉,武汉大学出版社,2006。
② 《汉书·五行志》:"元帝永光元年四月,……日黑居仄,大如弹丸。"见(汉)班固:《汉书》,1427 页,北京,中华书局,1964。

汉画像中，月亮和太阳一样常见，位置也在墓顶，和太阳相对，但有的是由人首蛇身者托举的。在山东孝山堂石祠，以及河南、四川的汉代石棺画像上，都有所发现。在古代社会，月光照明胜于火烛，月色如水，时圆时缺，也就具有了神秘的色彩，但它不如太阳炽烈，属阴，[①]日月在汉画像中大都呈对称式出现，还有日月同辉图，如山东长清孝山堂石祠就刻有日月同辉的图像。据推断是朔望更替的天象记录，表现的可能是阴阳的流转和时间的轮回。河南洛阳北郊的东汉前期的汉墓壁画和偃师新莽时期的壁画墓中，都发现有持月者蓄须的特征。这种阴阳之间的相互错位和交替，象征着宇宙万物的平衡与和谐。

北斗星在汉画像中的表现也是很多的。《星经》说："北斗星，谓之七政，天之诸侯，亦为帝车。"在武氏祠后石室画像中，有一幅北斗图，斗勺四星变成车舆，中间坐着一位天帝。斗下刻有云朵作为车轮，斗柄三星连线变成车辕，车子后面有三个神人持笏送行，车辕下面画有四个神人或躬身或跪着迎接天帝。北斗星位于中宫，围绕着北极星转动，不会没入地下。帝王也想长久地统治天下，所以把北斗星神圣化，变为帝车，意喻天下长治久安。孝堂山石刻中，南斗刻画在太阳的右方，画有七颗星，其中五颗星有线条相连，下面刻有波浪形卷云纹，云纹下是一只飞燕，位置和北斗相对称。南斗被汉代人重视，是因为南斗主天子的寿命和宰相的爵禄。《星经》说："南斗六星，主天子寿命，亦云宰相爵禄职位。"北斗与南斗相呼应，都是主天子、宰相寿禄的。孝堂山石祠中，刻有三星相连，呈三角形，其中最大者谓织女星，因三星下有一位女子坐在织机旁边，则说明这是织女星。织女星所主，应为墓主生活所必需。月亮附近有三颗星连成一线，那是牛郎星，民间称挑担星，中间的那颗星是牛郎，两边的两颗星传说是牛郎所挑担子两头的箩筐中装的两个孩子。这可能是《牛郎织女》最早的原型了（见图 2）。

[①] 《山海经·大荒西经》："有女子方浴月，帝俊之妻常羲，生月十有二，此始浴之。"见（晋）郭璞注：《山海经》，432 页，上海，上海古籍出版社，2015。

图 2　牛郎织女汉画像石拓片

南阳汉画像中的天文图像是比较多的。女宿与牛宿在同一画面，由四颗星相互连接，形成不等边四边形，四边形中间跽坐着一位女子，这就是女宿，主"布帛制裁嫁娶"。左边是牛宿六星，牵牛星即在其中。牛宿的东、西是由三星连成一线的"罗堰三星"。女宿星座的上方有九颗星星，其中七颗星连成一圈，圈内有一只白兔，右上方两星连成一条线，这就是"毕宿九星"，其如同一张大网，又"毕"有完全之意，且相当于边境的军队，故毕宿多吉。其他还有苍龙星宿、白虎星宿、勾陈星宿等。

汉画像中丰富的天文图像表明，我国人民在汉代时就已经掌握了丰富的天文知识，这对指导我国的农业生产有极其重要的意义。但是在汉画像中，也有可能表现的只是谶纬迷信的思想，这和它的刻画位置有关，我们不能以概求全。

二、升仙图像

中国古代的宇宙观念从战国中期到两汉发生了第二次重大的变化，通过这一次变化，仙人世界被人们创造出来，其代表是昆仑山的仙山。到东汉中期，群众性的造仙运动轰轰烈烈，遍及生活的每一个角落，神祇在人们的观念中，失去了原始传说中的冷酷、残忍，变成了具有人的身体和具有长生不老神仙的仙人。这些题材在汉画像中比重很大，几乎占到了一半，其中夹杂了许多披上神学外衣的儒家思想、谶纬学说、阴阳五行、升仙以及由古代神话、巫术等发展而来的各种神鬼迷信。在墓葬建筑中刻画这些题材的画像，是为了祈求天地神灵的保护，祛灾禳祸，辟除不祥，死后升仙，追随始祖和长生神灵西王母。

东汉汉画像中的仙人图像主要有伏羲、女娲和西王母（见图3）、东王公两对主神。伏羲、女娲人首蛇身，规矩施张；西王母、东王公被相对地刻在图像的最高位置，或左右对称，或东西对称，他们两侧有神人侍候，还有三青鸟、九尾狐等环立四周。玉兔和蟾蜍在不停地捣药，以便使得更多的人长生不老。

图3 拜谒西王母汉画像石拓片

伏羲是我国古代神话传说中的三皇之一。皇甫谧《帝王本纪》说："太昊帝庖牺氏，风姓也，……人首蛇身而有圣德。"在东汉汉画像中，他的形象很是常见，是战国时期就已形成的人首蛇身的延续，他的头发、帽子及其装饰，躯体及其衣着融合了时代气息。伏羲通常头戴冠冕，是东汉时的"梁冠"，前面是一梁高耸，顶上向后倾斜，存于河南南阳、山东滕县龙阳店等地的汉画像中；有"山"字形冠，形如山字，存于江苏徐州、四川郫县等地的汉画像砖中；有的如汉代的武士冠，存于山东费县的汉画像中；还有的伏羲画像不戴冠，梳髻或戴巾帻，存于江苏双沟、北京三台子的汉画像中。伏羲身着襦衣或袍服，宽衣大袖，一派儒生打扮，只是下面露出蛇尾，表现其先祖的地位。

女娲是我国古代传说中的女帝，有的传说认为她是伏羲的皇后或伏羲的妹妹。在汉画像中，伏羲、女娲往往同时出现，或同一墓穴，或同一石面，一般伏羲执规，女娲持矩，也有相反者，但是表现的内容相同，都是表现以规矩治天下之意（见图4）。女娲作女装，有发髻，是汉代的贵妇模样。临沂白庄、滕县龙阳的汉画像中的女娲，高髻垂髾；江苏双沟汉画像中的女娲，梳着一个大发髻，专门横着插有一支发笄。世传东汉马皇后喜欢梳大的发髻，顿时内外仿效，风行一时。但南阳汉画像中的女娲，则是垂髾而戴尖形高帽。通常，女娲也是身穿襦衣的，因为胸腹以下是蛇躯，故而没有穿裙子。

图4 铺首衔环·伏羲、女娲汉画像石拓片

伏羲、女娲是一对对偶神，在艺术表现上有两种表现手法：一是分列，即伏羲、女娲分别刻画在两块对应的方位，或者刻画于同一块画面内相对的位置。江苏铜山周庄和四川成都金堂就有这两种表现。二是交尾的图像，伏羲、女娲相向而立，下部蛇尾相交，有的一次相交，有的多次相交，呈缠绕状，表现了两者的亲密关系。山东嘉祥花林村出土的祠堂西侧壁画像石中，刻有一神怪将伏羲、女娲这两位人类始祖抱在一起，促使他们结合的画面，这神怪应该是掌管婚姻和祭祀的高禖之神。在先秦，中原各国就有在春季祭祀高禖之神的习俗。"是月也（仲春），玄鸟至。至之日，以太牢祠于高禖，天子亲往，后妃帅九嫔御。乃礼天子所御，带以弓韣，授以弓矢，于高禖之前。"①高禖之祭，由来已久，是为了祈求上苍，保佑祠主的子孙后代不断繁衍，以保证他们的家族永远繁荣昌盛。而具体担负繁衍任务的仍是我们的始祖，圣德之君——伏羲、女娲。

西王母是我国古代神话传说中的人物，在汉画像中，她的地位最高，也是最早出现的；东王公是汉代人根据阴阳五行，给西王母配的一个配偶神。西王母住在昆仑山。"有大山，名曰昆仑山，……有人戴胜，虎齿有豹尾，穴处，名曰西王母。此山万物尽出。"②其他应该在甘肃、青海一带。③她"是司天之厉及五残"④，她是一位掌管天罚、半人半兽的可怕的刑罚之神。但昆仑山上有不死之树，因此，虽有凶神恶煞般的西王母，昆仑山仍然令人向往。东汉汉画像中的西王母，头戴胜，衣着华贵，坐于几前，或坐于龙虎座上，这是因为西王母在汉代的造仙运动中，被改造成美丽温柔的幸福女神。早在西汉晚期，汉"哀帝建平四年正月，民惊走，持稿或梜一枚，传相附与，曰行诏筹。道中相过逢多至千数，或披发徒跣，或夜折关，或逾墙入，或乘车马奔驰，以置驿传行，经历郡国二十六，至京师。其夏，京师郡

---

① （元）陈澔注：《礼记》，83 页，上海，上海古籍出版社，1987。
② （晋）郭璞注：《山海经》，432 页，上海，上海古籍出版社，2015。
③ "（临羌县）西北之塞外，有西王母石室。"见（汉）班固：《汉书》，1612 页，北京，中华书局，1964。
④ （晋）郭璞注：《山海经》，407 页，上海，上海古籍出版社，2015。

国民聚会里巷阡陌,设张博具,歌舞祠西王母。又传书曰:'母告百姓,佩此书者不死。不信我言,视门枢下,当有白发。'至秋止。"①可以想见,西王母在当时的影响是多么强大。从这时候起,在铜镜纹饰、器物花纹、汉画像石、汉画像砖中,西王母的形象开始大量出现,并迅速蔓延到全国各地。西王母的周围都有九尾狐、三足乌、持臼捣药的玉兔等仙禽神兽。绵延在周围的还有昆仑山。

东王公较西王母晚出,在汉代和西王母形成比较明确的对偶关系。他们较多的分列于两个相对位置呈对应关系的画面上,在山东沂南、四川邛崃都有发现。东王公、西王母是地处两地、每岁相会一次的偶神。②山东嘉祥武氏墓中就有一块石头上,刻有东王公与西王母相会之情景,东王公坐在中央,左右肩生有双翼,右边是西王母,也生有双翼,乘坐鸟喙形云朵,卷云密布于周围,众神出没其间。东王公、西王母的形象均以现实生活中的人为造型特点,拱手正坐是他们的基本形象。在汉画像中,东王公面形方正,浓眉大眼,在山东嘉祥宋山的汉画像中,东王公腮旁还生有胡须,冠带分两种,有"山"字冠,有"梁冠",还有戴胜的,可能是为了与西王母对称吧。东王公、西王母的服饰为宽袍大袖,多为大襟斜领,还有圆领、鸡心领,有的身后生双翼,臀部生尾羽,能像鸟儿随风飘举,意喻得道升仙。在东王公、西王母的图形中,还有"几"的元素,它们或坐于几后,或坐于几上,还有的几悬于胸前。依靠这些图形特点,我们很容易就能辨别出他们来。

现在我们认为狐狸是一种秉性狡猾、阴险的动物,但汉代人认为狐是一种有德行的兽。《白虎通义·符瑞之应》曰:"狐九尾何?狐死首丘,不忘本也,明安不忘危也。必九尾者何?九妃得其所,子孙繁息也。于尾者何?明后当盛也。"九尾狐是太平、繁荣、繁息的象征。三足乌的形象也常见于汉画像中,有人认为它是太阳之精,称之为金乌,是太阳黑子的形象记

---

① (汉)班固:《汉书》,1476 页,北京,中华书局,1964。
② "……西王母岁登翼上,会东王公也。",见(汉)东方朔撰,张华注:《神异经》,98 页,上海,上海古籍出版社,1990。

录；另一说是西王母的役禽，为西王母采食。嘉祥洪山的汉画像中，三足乌还配了一把剑，可见是西王母的侍从。风伯雨师的形象在汉画像中也能经常看到。武氏祠的一块画像石中，有一神人，在雷车的后面，张着大嘴，向外吹气，气成扇形，它的旁边有两个长着翅膀的侍从，此人就是风伯。又有一说，飞廉，就是风伯。武氏祠的同一石刻中，还有另外两个神人，手持壶或罐，向地上倒水。他们应是雨师，是替黄帝出行洒道的神人，起到仪仗的作用。武氏祠画像中还有一个手足都拿兵器的怪物，他是方相氏，正在举行一种驱除瘟疫和鬼怪的大傩仪式。"方相氏，掌蒙熊皮，黄金四目，玄衣朱裳，执戈扬盾，帅百隶而时傩，以索室殴疫。大丧，先柩，及墓，入圹，以戈击四隅，殴方良。"①在西王母与东王公的前前后后，还有其他一些神异形象，如人头鸟身、鸡头人身、两头人、三头人、羽人、九头怪、东莱长人等，值得进一步探索。

三、历史故事图像

在汉代画像中，有相当比重的历史人物故事画。这些历史故事图像大都集中在山东、河南南阳。根据题榜和考证，历史故事图像可以分为七类：明王类；诸侯王类；圣贤、名臣类；孝子类；刺客类；列女类和义士类等。②这些汉代画像的内容，不是祠堂所有者和雕刻者的选择和创造的结果，而是严格按照当时占统治地位的社会意识形态选择和配置的结果。这些历史故事图像有着明确的目的性，它们起到"恶以诫世，善以示后"的效果，这是和当时艺术的社会作用相一致的，主要是宣扬先王圣德和儒家伦理思想。它们集中表现在武梁祠的几十个场面的故事和沂南北寨村汉墓的画像石刻之中。

从汉画像的历史故事画像中，可以清楚地看到儒家评价历史人物的道德

---

① 杨天宇译注：《周礼译注》，398页，上海，上海古籍出版社，2004。
② 李发林：《汉画考释和研究》，261页，北京，中国文联出版社，2000。

标准：以"仁"为核心，以"忠、孝、节、义"为内容，"仁"，是用以评价古代帝王的道德标准，"忠、孝、节、义"用以评价其他历史人物，然后形成对其他阶层的广泛的道德要求。根据这种道德规范，历史人物画像被分为两类：正面人物行圣人之道，反面人物逆圣贤而行之，而通过绘制和观赏历史人物画像，褒贬立现，善恶顿分。正面人物得到景仰和赞赏，反面人物受到痛恨和唾弃，以此艺术形象来传达出艺术教育的内涵来（见图5）。

图5 远古帝王图（山东嘉祥武氏祠汉画像石拓片局部）

山东嘉祥武氏祠刻绘了许多圣贤先祖，榜文清晰可见，分别绘着伏羲、女娲、祝融、神农、黄帝、颛顼、帝喾、帝尧、帝舜、夏禹、夏桀。伏羲、女娲前面已阐释。祝融的题榜是"祝诵无所造为，未有耆欲，刑罚未施"，反映时代的素朴。神农氏手持耜，正在翻土，题榜云："神农氏因宜教田，辟土种古，以赈万民"，反映了氏族社会从渔猎到农耕的转变过程。黄帝杀蚩尤，并天下，"黄帝多所改造，造兵耕田，垂衣裳，立宫宅"，反映了父系氏族时代的定居生活。"帝颛顼高阳者，黄帝之孙而昌意之子也。"颛顼是一个能够养材、载时、有谋、指事的人，能正天人之道，他的时代清明、祥和，人民安居乐业。"帝喾高辛者，黄帝之曾孙也。"高辛出生神奇灵异，自己给自己起名字，"取地之财而节用之，抚教万民而利诲之，历日月而迎送之，明鬼神而敬事之。其色郁郁，其德嶷嶷。……日月所照，风雨所至，莫不从服。"[1]尧舜禅让的故事我们早就熟悉，题榜云："帝尧放勋，其仁如天，其智如神，就之如日，望之如云。"他得到人民的拥戴，"崩，百姓悲哀如丧父母，三年，四方莫举乐。"[2]帝舜仁厚，"每徙则百姓归之"，"舜有大

---

[1] （汉）司马迁：《史记》，见纪丹阳译注：《史记译注》，12页，上海，上海三联书店，2014。
[2] 同上书，15页。

功二十",有苗不服,"修教三年,执干戚而舞之,有苗请服。""萧韶九成,凤凰来仪。 击土拊石,百兽率舞。"武梁祠中的汉画像题榜云:"舜名重华,耕于历山。 外养三年。"夏禹与夏桀分别是夏朝的开国皇帝和末代皇帝,他们同时并列于武梁祠画像中。 夏禹是一位圣德之君,"禹之王天下也,手执耒锸,以为民先,股无胈,胫不生毛,虽臣虏之劳不苦于此矣。"[①]他居外十三年,三过家门而不入。 汉画像图像中,夏禹头戴斗笠,手持耜,是为表现他治水有功而刻的,题榜云:"夏禹长于地理,脉泉知音,随时设防,退为肉刑。"肉刑的设立是阶级斗争的产物,是国家形成的表现。 夏桀位置在十帝之后,是个荒淫无道的残暴之徒。《墨子》说夏桀是一位很有武功的人,能够"生袭兕虎",但他十分残暴,"指画杀人"。 武梁祠画像石中的夏桀,坐在两个女子身上,符合"吾闻桀驾人车"[②]的记载,其批判的意义是十分明显的。

"忠"的题材在汉画像中十分常见,如"李善抚幼主"图像。 事见《后汉书·独行传》,李善,字次孙,南阳人,同县李元苍头。 建武年间发生流行病,李元家中的人员相继去世,只剩下孤儿李续,才一两个月大。 奴婢们密谋杀害李续,私分他的家产。 李善见到这种情况,知道李续不能控制这种局面,便背负李续逃到瑕丘,哺育李续,对待他犹如长君,"有事则长跪请白,然后行之"。 乡邻们被他的行为所感染,都讲究忠义。 李续十岁时,李善返回本县,告发奴婢,奴婢尽被收杀,瑕丘令上书推荐李善,光武帝封李善为太子舍人。 后来,当李善经过李元的墓地时,"未至一里,乃脱朝服,持锄去草。 及拜墓,哭泣甚悲,身自炊爨,执鼎俎,以修祭祀。"汉武梁祠画像中有这个故事,李善侧身向左,手抚着一个躺在摇篮里的婴儿,题榜有两处,分别是:"忠孝李氏""李氏遗孤"。 此画像的用意是倡导人们充当封建统治者的忠实奴才,这样,有利于稳定和巩固封建统治秩序。《程婴计存赵孤儿》的故事

[①] (战国)韩非:《韩非子·五蠹篇》,见张觉等撰:《韩非子译注》,520 页,上海,上海古籍出版社,2012。

[②] (南朝宋)范晔:《后汉书》,2765 页,北京,中华书局,1974。

和它也是异曲同工的。

　　"孝"的内容在汉画像中也是十分常见的。武梁祠中就有"闵子骞""三州孝人""老莱子娱亲""邢渠哺父""韩柏榆受笞""董永卖身""丁兰供奉木偶父母"等。"孝孙原谷"刻画的也是孝顺的故事,"原谷者,不知何许人也,祖年老,父母厌患之,意欲弃之……作舆舁,弃之。谷乃随,收舆归。父谓之曰:'尔焉用此凶具?'谷乃曰:'恐后父年老,不能更作,是以取之耳!'父感悟愧惧,乃载祖归侍养,克己自责,更成纯孝。谷为纯孙。"①这个故事我们小时候时常听我们身边的老人讲起,对我们是一个教育,对我们身边的大人们更足引以为鉴。

　　节妇列女在汉代被十分推崇,在汉画像中,这种题材出现得很多。比如,"鲁义姑姊舍子救侄""齐义继母""梁节姑姊赴火救人""梁高行拒王聘""京师节女代夫受死""秋胡戏妻""王陵母伏剑"等。"楚昭贞姜渐台待符"的故事见于《列女传》《艺文类聚》《太平御览》等书籍,贞姜夫人是齐侯的女儿,楚昭王的夫人。有一次,楚昭王出游,把贞姜夫人单独留在渐台上,不幸江水泛滥,楚昭王派使者去迎接夫人贞姜,但是使者忘了携带昭王的节符,贞姜夫人因为使者没有节符而不愿意与他一同离开那个危险的境地,"夫人曰:'妾闻之贞女之义不犯约,勇者不畏死,守一节而已。妾知从使者生,留必死,然弃约越义而求生,不若留而死。'"②使者返回取符,等到再回来时,渐台崩塌,贞姜夫人被大水卷走了,真是"守义死节""处约持信"。在武梁祠画像中,贞姜夫人面向左边,坐在木榻上,身后有两个婢女,手持便面打扇,失职的使者跪在她的面前。这个循规蹈矩、恪守礼教的女人,与其说被洪水吞噬,毋宁说是被当时的道德虐杀。当时的审美是以道德为主要价值取向,但智慧也是十分重要的,"无盐丑女钟离春"就是反映这种题材。这个故事刻画了一个"臼头深目,长指大节,仰鼻结喉,肥项少

---

① 《太平御览》519 卷引《孝子传》。
② (汉)刘向:《列女传》,65 页,沈阳,辽宁教育出版社,1998。

第三十三章　汉画像的艺术价值与文化意蕴　**1337**

发,折腰出胸,皮肤若漆,行年四十"①的丑女形象。无盐在外形上是不美的,抑或可以说是很丑陋,但她使齐王"立太子,进慈母,拜无盐为后"。是因为钟离春具备"使齐国大安"的才智,使我们不觉其丑陋反而觉得无盐成为智慧的化身,可以称她美貌了,与后世的"女子无才便是德"的价值观是截然不同的。

与女子的"节烈"相对的是男子的"忠义"。"忠义"的内容以《史记·刺客列传》中的故事为主,具体有"豫让刺赵襄子""聂政刺韩王""曹子劫持齐桓公""专诸刺吴王""荆轲刺秦王""蔺相如完璧归赵""要离刺庆忌""范雎辱报魏须贾",这八幅图都出现在山东武梁祠画像中。《荆轲刺秦王》的画像是最常见的题材,只武梁祠中就有四幅,其中西壁第三层的画像中间是一根立柱,立柱上插有一把匕首,在立柱左边有一个惊慌失措的人物,他正在积极地逃避着什么,右边有"秦王"二字题记。右边是一个怒发冲冠的人物,做扬手跨步追赶的状态,但是被另外两个人拦腰抱住,不能动弹,右有题记"荆轲"二字。在荆轲的右上方,有一人惊恐地伏在地上,是燕国勇士秦武阳。立柱右边的地面上有一个箱函,箱函半开,内部放置一颗人头,题记为"樊於期头"。荆轲,卫国人,祖籍齐国,他喜欢击剑、读书,后来游历到燕国,被燕太子丹尊为上宾。秦兵攻至燕国,太子丹请荆轲劫持秦王,荆轲携带秦国降将樊於期的人头和督亢的地图,与燕国勇士秦武阳以献地为名,来到秦国。秦王召见荆轲,荆轲在地图中藏有利刃,"图穷而匕首见","秦王惊","袖绝"。仓促中,秦王身背的长剑不能迅速拔出,被荆轲追逐得"环柱而走",侍卫、群臣没有秦王的命令,不能上殿帮助秦王斩杀荆轲,在群臣的提醒下,秦王"负剑,遂拔以击荆轲,断其左股。荆轲废,乃引其匕首以掷秦王,不中,中铜柱。"秦王又击杀荆轲,荆轲身上多处受伤,荆轲自己知道事情不能成功,靠在柱子上大笑,"箕踞以骂曰:'事所以不成者,以欲生劫之,必得约契以报太子也。'"左右上前杀死了荆轲,陪同

---

① (汉)刘向:《列女传》,65页,沈阳,辽宁教育出版社,1998。

的秦武阳吓得面无人色，浑身发抖。"风萧萧兮易水寒，壮士一去兮不复还。"荆轲对太子丹的"忠"和"义"是汉代儒家的士人的最高的道德标准，被千古流传。

四、祥瑞图

在原始社会，生产力低下，人们知识贫乏，他们还按照"原始思维"来看待事物，往往把世界人格化。他们认为，在天上、地下、深山里都居住着众多的神仙和妖魔鬼怪，它们之中有善的，也有恶的。龙山文化时代的人们就用卜骨来卜问吉凶，商代就更加流行求神问卜。特别在人们见到无法解释的现象或事件时，他们会追溯或期待与那件事相联系的社会情况，如果是吉祥如意的事件，那么，此特殊的现象或事件便称作祥瑞。

两汉时期，祥瑞思想发展到全盛时期，信奉的人数达到空前，并且深入人心，从民间到朝廷，人们都对祥瑞十分重视和迷信，在官修的史书中也有专门的篇章，《汉书》《后汉书》的《本纪》《志》中都有祥瑞的记载。当时的祥瑞种类非常之多，不下数百种，连同谶纬书籍中的记载，可以达到千余种。董仲舒的《春秋繁露》把祥瑞思想构筑成一个系统，东汉班固在《白虎通义》中进一步梳理，到孙柔之所撰的《孙氏瑞应图》，可谓祥瑞书籍的集大成者。古代典籍所记载的祥瑞可以分为九大类，一百二十余种，具体有神兽类、神鸟类、植物类、器物类、自然现象类、水生奇异动物类、神人类、昆虫类、爬虫类。[1]这些祥瑞在汉画像中都有具体的图像显现，它们是和政治密切相关的，有很多是与帝王、圣贤的诞生相关的，其神异性为他们的成功准备舆论。华胥履雷泽之大迹而生庖羲，神龙感女登而生炎帝，女节梦接大星而生少昊，含始吞玉英而生汉高祖。"光武帝夜生时，有赤光，室中尽明……是岁，有嘉禾生，一茎九穗，长大于凡禾，县里大丰熟，因名上曰

---

[1] 李发林：《汉画考释和研究》，244～245页，北京，中国文联出版社，2000。

秀。"①其中龙是四灵或四神之一，汉代的龙是龙的过渡形态，有黄龙、白龙、青龙、黑龙几类。应龙有翼，它们是神人的坐骑。黄帝修炼成仙也是龙从天而降迎接的。烛龙、应龙能够主管风雨。山东滕县晒米城的两块画像石中，龙的形象是蛇身、鳞甲、鸡爪、长尾，基本上形成了龙的形象。滕县汉画像和甘肃成县李翕五瑞碑上有嘉禾的图像，它是一枝大的禾穗，有几根禾苗共同承载，禾穗几乎有车厢那样大小，意思是天下和合为一。上文所说的玉英，它出现的条件是"五常并修"，按照儒家的说法"五常"是指"仁、义、礼、智、信"，只有社会风气醇厚了，玉英才能出现，象征盛世来临。

祥瑞中瑞兽很多。汉画像中凤凰的形象是十分常见的，它们经常与仙人在一起，与升仙思想有关，也与祥瑞思想有关。"丹穴之山，其上多金玉，丹水出焉，而南流注入渤海。有鸟焉，其状如鸡，五采而文，名曰凤凰。首文曰德，翼文曰义，背文曰礼，膺文曰仁，腹文曰信。是鸟也，饮食自然，自歌自舞。见则天下安宁。"②"独不见鸾凤之高翔，大皇之野，循四极而回，周见盛德而俯下。"(《艺文类聚》)汉画像中很多"羽人饲凤"中的凤凰也是这个样子，但是，"羽人饲凤"就具有升仙的色彩了。朱雀和凤凰非常相似，只是位置和玄武相对，体型比凤凰瘦削，四川汉画像和关中瓦当中的朱雀形象可作参照。玄武也是四神之一，形象为龟蛇合体，有的称之为"水神"或"北方之神"。乌龟的身体上面圆润而且隆起，下面方正而平整，与古代人们的宇宙意识很合拍，并且寿命很长，能活三千岁，被视作灵异之兽。白虎的形象在汉画像中也是比较常见的。《诗经·召南·驺虞》中记载："吁嗟乎驺虞。"疏："义兽也，白虎黑文，不是生物，有至信之德，则应之而来。"《山海经·海内北经》中说，白虎身上颜色五彩，尾巴比身体还长，人骑在上面，一天可以行走一千里的路程。根据现在的发现，世界上真

---

① (汉)刘珍等撰：《东观汉记》，21页，北京，商务印书馆，1938。
② (晋)郭璞注：《山海经·南山经》，4页，上海，上海古籍出版社，2015。

有白色的老虎，可见在信息闭塞的年代，能够听说过白虎也是一件幸事。 青龙、白虎、朱雀、玄武称为四神或四象，主东、西、南、北四个方向，主春、夏、秋、冬四个季节，加上中间的土，合四者的金、木、水、火为五行，加之阴阳、八卦，形成了董仲舒《春秋繁露》的体系，对后代的中华文化有着举足轻重的影响。 徐州画像石刻中有"麒麟"，麒麟也是瑞兽，王者的恩德推及飞鸟、虫鱼，那么，麒麟就会出现。 麒麟有鹿的身体，马的蹄子，牛的尾巴，身体黄色，头顶有一只角，叫声合乎钟吕。 另外还有白马、玉马、白象、白鹿、白雉、赤罴等瑞兽。 山东武梁祠祥瑞图中的神鼎也是很神奇的，它如阿拉丁的神灯一样，"不炊自熟，五味自生"，主盛德。 祥瑞图中还有银瓮，为刑罚得中出现。 玄圭也见于武梁祠，题榜曰："玄圭，水泉流通，四海会同则至。"可见当时水患之大，反映对治水仁君的思慕。 安丘汉墓画像上有"金胜"的图像，为亚腰形，国内盗贼平，国外四夷宾服，"金胜"就会出现。

"在天愿作比翼鸟，在地愿为连理枝"的诗句我们都非常熟悉。 连理，也称木连理，连理木。 武梁祠题榜曰："木连理，王者德泽纯洽，八方和一家则连理生。"含有现在的恩爱和睦的意思。 比翼鸟则题榜："王者德及高远则至。"与夫妻之情相差较远，但《山海经·西山经》中说："有鸟焉，其状如凫，而一翼一目，相得乃飞，名曰蛮蛮。 见则天下大水。"这是咎征，不是祥瑞，但是这种解释与诗句的意思相近，可以推想汉代人们或许以比翼鸟来意喻恩爱关系，与另一半相结合才能成为一个整体（见图6）。 三足鸟

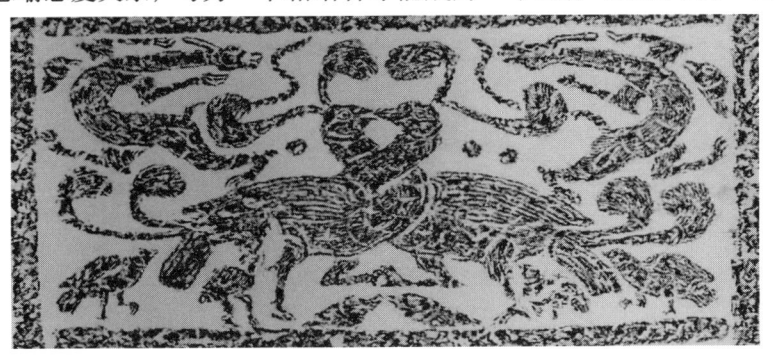

图6　汉画像中的交颈鸟

为西王母取食，作祥瑞时，主王者不好杀生；九尾狐是西王母的侍从，也是祥瑞。 九尾狐可能称纠尾狐，九为最大的数值，九尾是指其尾纠结、庞大，与生殖有关，《瑞应图》载："王者不倾于色则至。"此是最好的说明。

从上面的解说可以清晰地看出，祥瑞都是为政治服务的，是为了巩固政权，粉饰太平。 同时，祥瑞也能起到崇尚德治、限制王权的作用。 翻开封建王朝的世系表，我们可以看到很多的年号是祥瑞崇拜的产物。

五、战争图

水陆攻战图（见图7）在汉画像中很常见，它在位置的配置上也是固定的，通常在墓室或祠堂的西壁上，这应该是与阴阳五行相关的。 祠堂是祭祀的地方，古人祭祀讲究牺牲。 先秦时，在正式的、政治性的祭祀中，通常把俘虏拿来杀掉用以祭祀祖先，称为血食。 直到汉代，祭祀才在宗庙中进行，祭祀已成为国家、宗族的重要活动，不单纯是祭祖的行为了，而是最重要的政治活动之一，"国之大事，在祀与戎"。[①] 在祭祀祖先时，主祭者也应该把"戎"事告诉先祖父兄，述说之不足，就要书画在宗庙的墙壁上，起到奉告先祖、警醒世人的作用。 抑或是后辈推崇祖先的平戎伟绩，把对"戎"的胜利刻在图像中，予以发扬光大。 与战争有关的汉画像中的战争场景是比较多见的。

图7 水陆攻战图（山东嘉祥武氏石祠汉画像石拓片）

---

① 刘利、纪凌云译注：《左传》，116页，北京，中华书局，2011。

山东长清孝堂山祠堂西壁的汉画像，自上而下可以分为六层，《胡汉战争图》就配置在第四层上，这幅画在汉画像中是一幅最为雄浑壮阔的战争图像。 右边是北方胡人一方，头戴尖顶风帽，弯弓齐射，左边是汉民族的军队，步兵骑兵相结合。 在画面的右边是胡人的阵地，有很多圆弧形的帐篷，每座帐篷中都有一名手执弓箭、面向右边的胡人士兵，这支浩大的队伍正在待命出征。 有五名胡人骑兵，弯弓搭箭，从帐篷阵地中冲向左方的敌军，帐篷前面有两名胡兵正在放箭掩护。 在帐篷阵地的左下方，有一名胡王在督战，他身材魁梧，头戴尖顶风帽，拥几而坐，它的旁边有"胡王"二字题榜。 胡王前面，跪着一名拿着手板的胡人，似乎是在向胡王报告战况。 胡王身后站着三名手拿弓箭的胡人，他的右面，有两名胡人在一个四方形的烤炉前面，烤着肉串，"将军阵前半死生，美人帐下犹歌舞"。

画面上方是交战的场面，右方的胡人军队已出现失败的迹象，有两匹失去主人的战马在阵地上乱跑；地上躺着两具尸体，被砍掉了头颅，并且被剥去了衣服。 左侧尸体的右上方，一名手持利刃的汉军士兵正在行走，似乎在找寻待割的首级。 在这名汉军士兵的身后，有一名汉军的骑兵正在追赶一名胡军的骑兵，汉军用长戟把胡兵从马上刺了下来。 在他们的左方和下方，十名挽弓持戟的汉军正在向胡军展开猛烈的攻击，他们的下方横放着一名汉军士兵的尸体，但没有向胡军的尸体那样被割去首级和剥去衣服。 在战场的左边，有三名胡人，双手被反剪于身后，排成一列跪在地上，他们的面前是一位汉人官吏，他右面而坐，正在用手指着胡人，像是正在询问什么。 很明显，这是汉军将领审讯胡人战俘的场面。 在他们的下方，立着一个首级架，上面悬挂着两颗人头，首级架的旁边各竖着一把大斧子，首级架上的人头无疑是胡人的，在首级架的左边，站立着一名举刀的汉军士兵，应该是在战场上执行军法的刽子手。 在画面的左面，是一幅仅画出一半的二层阁楼，在阁楼的第二层端坐着四名妇女。 在阁楼下层，一名身材高大的官吏，凭几而坐，后面坐着一名持手板的属吏；另外有两个人，头戴进贤冠，也是持手板跪在他的身后，似乎正在汇报着战况；阁楼的下面，有两名持手板的属吏似乎正在等待接见。

以上画面内容复杂,把交战双方、胜负等信息都很好地传达了出来。类似的汉画像石还有山东汶上县先农坛画像石、山东嘉祥县五老洼村出土的画像石的第八石和第十二石,它们共同的特点是都有献俘、交战、胡王等几个固定的画面,图像越早,所占壁面面积越大。我们稍加注意就会发现,孝堂山西壁的《胡汉战争图》中的"献俘"是在一座二层小楼中进行的,这与祠堂后壁的《祠主受祭图》中的二层楼阁是一模一样的,都是祭祀时使用的祭祀性建筑。因此我们可以看出,祠堂中的战争图是表现宗庙中的祭祀仪式的,具有政治的意义,正像先秦时把俘虏作为牺牲加以屠杀一样。这种图像只是一种装饰,随着时间的推移,它所占的面积逐步减少,到后来便和《车马出行图》结合在一起了(见图8)。

图8 胡汉战争图(山东苍山县向城镇前姚村汉画像石拓片)

到了东汉晚期,早期祠堂画像中的胡汉野战图已经消失,代之而起的是桥上交战图。在祠堂中,这种交战图一般配置在祠堂西壁的下部。在山东武梁祠的左石室和前石室中就有发现,但征战的双方均是汉方军队,而在墓室中,桥上交战图一般配置在前室、中室的横梁和墓室的门额上,图中交战双方以胡军和汉军对阵居多,如山东苍山元嘉元年墓前室西壁画像和山东沂南北寨村的墓门门额画像。但更多的河桥图上,看不到两军对阵厮杀的场面,如山东临沂白庄汉代画像石墓和苍山县兰陵镇出土的《河桥车马图》汉画像,描绘的都是男女墓主的四维轺车和辎车在众多军卒和骑吏的护卫下,自右而左地越过河桥的图景。这种场面在汉画像砖中也是常见而重要的内容题材，如河南新郑出土的汉画像砖图像，画面下部是木结构的河桥，墓主乘坐的辎车和从行的骑吏正从桥上驱驰而过，这种《河桥交战图》和《墓主车马过桥图》的大量出现，是东汉晚期画像的一个重要内容。

　　台湾学者邢义田先生对武氏祠的两幅出现在前石室和左石室西壁上的图像有不同的看法，他认为这两幅《桥上战争图》，"正如王思礼和杨爱国指出，武氏祠的两幅桥上战争图描绘的无疑是七女为父报仇的故事。"①"七女为父报仇"的故事文献无考，相似的赵娥的故事见录于《三国志·庞育传》，赵娥的父亲被同县的李寿所杀，赵娥的三兄弟欲报仇遭瘟疫而亡，仇家以为，"赵氏强壮已尽，唯有女弱，何足复忧？"赵娥买兵器，准备报仇，邻居和家人都笑话她不能实现报仇的愿望，"父母之仇，不同天地共日月者也"的信念支撑着她，光和二年，她终于"以寿颈血污此刀刃"，得偿心愿。这幅图即便定名为《七女为父报仇》的故事画，是报仇文化和性别观念背景的产物，但也因为它的体量大，人物多，场面精彩，情节完整生动，布置精密，被认为是一次很好的战役的描述。河桥恰好在汉画像中也是战场的重要构图元素之一。汉画像中战争图的深刻文化内涵，还是需要继续研究的。

六、狩猎图

　　汉代经济由于铁器的应用，农业、畜牧业等都取得了长足的发展。传统的渔猎经济已退居次要地位，但还作为农牧经济的补充，依然十分活跃。在汉画像中，各地都有丰富的表现。"汉代著名文学家的一些作品，如司马相如的《子虚赋》和班固的《两都赋》中，都描写了皇帝及其随从人员狩猎的壮观场面。这种贵族狩猎不是在野兽出没的荒野中进行，而大多是在封闭的皇家园林中展开……在如此神奇环境中的狩猎，定然可以满足皇帝贵族们置身祥瑞世界中的愿望。与此同时，狩猎也为汉朝廷提供一个展示富有和奢华

---

①　邢义田：《格套、榜题、文献与画像解释——以一个失传的"七女为父报仇"汉画故事为例》，见颜娟英主编：《美术与考古》，188页，北京，中国大百科全书出版社，2005。

的机会。"①到了东汉时期汉画像中,这种狩猎图有大量的发现。

四川成都扬子山 2 号汉墓出土的一块画像砖刻画的是收获的场面。 画面分上下两层,上层为渔田,长满莲藕,莲藕间条条大鱼和只只水鸭自由游戏,田边树下,两人张弓仰射;下层为收获图,前面两人挥镰割稻,三人在后面用手镰割稻,一人送饭来到田间,他们分工明确,配合默契。 在这里,渔猎与农业互为补充,他们过着和谐甜美的田园生活。 徐州汉墓出土的汉画像石《比武图》(见图 9)可见其生动的形象刻画。

图 9　比武图(徐州铜山苗山汉画像石拓片)

这些狩猎活动已经不是谋生的手段,而是一种娱乐性的活动了。 在《山东汉画像石选集》中,图 54 上层、图 422、图 573 上方都是狩猎图像,猎人手中多持毕、弩弓、长矛等,猎取兔、雉一类的小动物,同时还有鹰犬的帮助,所谓"鹰飞雉遽,兔伏不起"②。 汉代统治阶级以狩猎为娱乐,"今旦汉阳太守棱率吏卒数十人,皆臂鹰牵狗,陈于道侧,云欲上幕府"③。 汉画像中有他们具体的狩猎方法。 如弋射,是指古人射飞鸟时,在箭杆的末端系上细丝,经常用来射雁,在山东平邑圣卿西阙南面和四川汉画像砖上都有这种画像。 后来,射鸟、射雁就都不用细丝了,"见贼雁飞来,万岁谓士彦,请

---

① [美]巫鸿:《三盘山出土车饰与西汉美术中的"祥瑞"图像》,见郑岩、王睿主编:《礼仪中的美术》,158 页,北京,生活·读书·新知三联书店,2005。
② (汉)焦延寿撰:《易林汇校集注》,徐传武、胡真校注,1431 页,上海,上海古籍出版社,2012。
③ (清)严可均辑:《全后汉文》下,441 页,北京,商务印书馆,1999。

射行中第三者,射之,应弦而落,三军莫不悦服"[1]。 在大多数的汉画像中,弋射基本上不用细丝,可能是为了画面的美感。

在汉画像中,捕鱼的图景是非常多见的。 捕鱼的方法多样,有执竿钓鱼、持矛刺鱼、鱼叉叉鱼、撒网捕鱼、下罩捕鱼、鱼鹰捕鱼。 捕鱼的地点更是多样,有的在船头,有的在大桥下,有的在水榭里,有的在水里。 他们捕获的鱼以鲤鱼为多,鲤鱼体型优美,味美可口。 在江苏徐州市青山泉发现一幅汉画像,画面以"十字穿环"为底纹,上面并列刻着三个盘子,每个盘子中刻有一条鱼,鱼呈半浮雕状,此石应该是祠堂的祭台桌面。 下层民众不能使用"太牢""少牢",鱼就成了下层祭祀的必需祭品。 由此看来,在汉画像中,捕鱼的方法、地点以及图像的丰富与多变不是没有道理的。

陕北的狩猎图表现了陕北人的勇猛、剽悍,陕北的汉画像中的猎人,很少有徒步的,他们多是弯弓策马,追逐猎物。 米脂县的一块墓室门楣画像石上,刻有一幅2.9米长的画面,表现的是狩猎的场面。 画面上,有十八位骑士组成的围猎队伍,由左向右,胯下骏马,手持弓箭、毕、戟,猎射冲刺,熊、虎、鹿、狐刻画生动。 左边的一骑射中一只狐狸,背上带着箭伤的狐狸倒在地上,要跌入陷阱;另一只狐狸夺路而逃。 一骑刺中一头牛,受伤牛用角刺来,骑者翻马疾躲,凌空而起。 中间一骑射中一麋,麋惊慌失措,回眸而视。 右边一骑狙击一头熊,被困的熊像人一样站立并且用掌招架;一骑执戟刺虎,猛虎跃起向前猛扑,两爪想夺戟,张口欲拼搏。 几只锦鸡拖着华美的长尾向天空飞蹿,后面有一人手执罩网,策马而来。 画面中央,有两骑,各携强弓,信马而行。

在山东嘉祥武氏祠左石室屋顶前坡西段的画像上,有几位猎人最为威猛。 其中一人肩扛一只被打死的野牛,另一只手还和前面一人共抬一只毙命的老虎,他的合作者也是肩扛一只老虎。 在他们的前方还有两个人,居左者伸手拉住野牛的尾巴,野牛完全被他制服;居右者单手把一只野猪提起,野

---

[1] (唐)李延寿撰:《北史》,2523 页,北京,中华书局,1974。

猪除了挣扎已无力反抗。

这些图像展示了作为万物之灵的人类对待其他生物的情形,展示了古代劳动者的巨大自信和豪迈精神。在汉代,人和动物之间的冲突已经消逝,"表现人类以暴力征服动物的纹饰逐渐被一种新的人兽和谐的纹饰所取代"[1]。这种展示,不是向动物,而是向人类自己展示的。这也是一种演练,《左传·成公十三年》中有云:"国之大事,在祀与戎。""祀"即祭祀活动。祭祀活动和军事活动是当时最重要的国家大事,统治阶级按季节举行狩猎活动都与这两件大事联系在一起的。当时的统治阶级按季节举行狩猎活动不是随意的、悠闲的娱乐,而首先是一种军事训练,是一种与祭祀与军事密切相关的礼制活动。因此,每次狩猎活动归来,特别是每三年一度以检验军事力量为目的的狩猎活动后,狩猎者必须回到宗庙,把猎取的猎物当作牺牲,举行隆重的祭祖典礼。正是因为狩猎是与宗庙祭祖典礼密切相关的礼制活动,可以想见,在宗庙内壁装饰性的壁画中,当然有表现这种狩猎活动的图像。汉代的墓地祠堂来源于宗庙,因而在早期的石结构祠堂中,蹈袭宗庙中的狩猎题材图像,将其配置在祠堂西侧壁上,也就不足为怪了。[2]

祠堂中的《狩猎图》随着祠堂本身的发展,逐渐失去了原来的图像学意义和自身存在的价值,在东汉晚期的祠堂画像中,已经看不到独立成幅的狩猎图了,这一画像题材已经与"灵木"图像一起,以树木射鸟图的形式,作为一个场景,保存在祠堂后壁的《祠主受祭图》中,表现的是给祭主取血食的意义。[3]

七、庖厨图

中国饮食文化源远流长。我国早期的饮食文化传统,都真实地、毫无保

---

[1] [美]巫鸿:《三盘山出土车饰与西汉美术中的"祥瑞"图像》,见郑岩、王睿主编:《礼仪中的美术》,158页,北京,生活·读书·新知三联书店,2005。
[2] 信立祥:《汉代画像石综合研究》,139页,北京,文物出版社,2000。
[3] 同上。

留地再现于汉画像的庖厨、宴饮图中。

庖厨的历史是很悠久的。"庖"是一种制造饮食的方法。《礼记·内则》载:"炮,取豚若将,刲之刳之,实枣于其腹中,编萑以苴之,涂之以墐涂,炮之。"①就是说造炮肉,先取豚羊杀之,在腹腔内放大枣,裹以芦苇,涂以泥巴,炮之使干,摩去油膜;再以稻米粉为糊,糊住豚的四周,在油锅中煎炸,使之干,置小鼎中;再把小鼎放在大煮锅的沸汤中,"汤勿灭鼎",惧水进入小鼎,败肉味也。煮三日三夜而后调流醢食之。这种复杂的工序,费时费力,当为祭祀之用,而后统治者分而食之。还有生牛肉的吃法,"取牛肉新杀者,薄切而绝其理,湛诸美酒,期朝而食之"。拌上调料,肉味鲜美,这当然也属于庖厨的范围。在汉代,飨宴之风盛行,汉代史书中记载着许多盛大的飨宴活动,如逢年过节、祭祀宗庙、巡视郡国、慰问官吏、荣归故里、答谢乡亲、接见外国使节、为凯旋将士庆功等。宫廷中管理王室膳食的奴仆、工役有6000人之多,少府的属官"太官(主膳食)、汤官(主饼饵)、奴婢各三千人。"②上行下效,皇族贵戚、达官贵人、豪强地主、富商大贾大开飨宴之风,穷奢极欲,淫乐恣肆。民间也在力所能及的范围里以丰盛的宴席招待宾客,东汉汉画像艺术中的飨宴场面更是比比皆是。

汉画像中的《庖厨图》(见图10)反映了当时豪强地主的真实生活场景。山东诸城前凉台汉墓画像石《庖厨图》占整个石面,上面挂满了各种食物,一人切肉,二人叠案,有仆人在剖鱼、汲水、烫鸡、烤肉串、宰羊、椎牛、杀猪、打狗、酿酒,似有一人因工作不力正在接受惩罚,整个画面四十余人,一派繁忙景象。这是汉画像中较大的庖厨图,可以清楚地看到中国饮食文化的丰富多彩。河北密县打虎亭一号汉画像石墓东耳室中,几个墙壁上都是庖厨宴乐图,充分反映了当时飨宴的欢娱和宗族交往的频繁。

---

① 转引自尚秉和:《历代社会风俗事物考》,88页,北京,中国书店,2001。
② 王旭晓:《大风起兮》,51页,郑州,河南人民出版社,2001。

图 10　庖厨图(山东临沂五里堡汉画像石局部)

汉代的冶铁技术已有较高的水平,山东博物馆藏的汉画像石《冶铁图》,图上刻有十二个工匠锻打,四个人为炼铁用皮囊鼓风,钢刃的刀具和铁锅可能已经出现,为屠宰、烹调的切割和菜肴的炖煮提供了有利的条件。 在汉代,烹饪的方法很多,有脍、炙、煎、濯、烩、冹、酱、腌等方法,《盐铁论·散不足》中的食单里的食物品种就有几十种之多。 甘肃嘉峪关出土的一组汉画像庖厨图中,有切肉、炙肉的场面,墙上挂着肉条,有一个人盘腿坐在木案旁边切肉,另外一个人,手持穿着肉的铁叉,正在陶炉的炭火中烤着。 山东诸城的《庖厨图》繁忙的劳动场面,可以反映出当时食物花样的繁多和品种的齐全。

古人在吃饭时有祭先的礼节。《礼记·内则》云:"君赐食,命之祭,然后祭。"《左传·襄公二十八年》云:"叔孙穆子食庆封,庆封泛祭,穆子不说。"《论语·乡党》云:"虽蔬食菜羹,必祭,必齐如也。"在古人进食时,食物的美味能够吸引其他的动物前来,以损害进食者的利益,他们可能被野兽追赶,在急迫时,扔掉了食物,野兽得到食物,停止了追击,人获得了生命。 于是,人们认为对神灵要恭敬,要进献牺牲,更有甚者,人本身也变成了牺牲。 我国讲究祖先崇拜,祖先就是神明,也要进献牺牲。 于是在墓地就建有祠堂。 祠堂是建造在墓地旁边,对地下墓主进行祭祀的地面建筑。 祠堂又叫食堂。 微山县发现的汉代画像石刻有"思念父母,弟兄悲哀,乃治冢作小食堂"的题记。 山东枣庄台儿庄出土的祭台桌面上,中间刻有一个香炉,上插三支正在燃烧的檀香,两边刻有两个盘子,盘子中都刻有一条鱼。 这明显地属于中下层人民的笾豆之制,根据相似律的原则,神人都是"以食为天"的。 可以看出,汉画像中的《庖厨图》是与祭祀的观念息息相关的。 山东沂南汉墓出土的画像石描写的是大庄园主宴饮的场面。 画面的一侧,有九个人正在忙碌地工作着,有的烫猪,有的椎牛,有的宰羊,有的切鱼,有的酿酒,有的炒菜,有的蒸馍。

八、乐舞百戏图

汉画像中的飨宴图总是与乐舞百戏图紧紧相连,古人贵燕食,每食必奏乐。飨宴被视为气派与财富的显示,是一种综合的娱乐活动,除了吃喝之外,还要以乐侑食,食间还要有舞蹈和各种游戏。"夫建钟鼓,列管弦,席旃茵,傅旄象,耳听朝歌北鄙靡靡之乐,齐靡曼之色,陈酒行觞,夜以继日。"(《淮南鸿烈解》)

汉画像乐舞图的典型代表有山东沂南北寨村东汉墓出土的乐舞百戏画像石、徐州铜山县汉王乡东汉墓出土的乐舞百戏画像石、河南南阳草店西汉墓出土的乐舞百戏画像石、四川成都羊子山出土东汉墓乐舞百戏画像石、山东诸城出土的盘舞画像石,等等。山东沂南汉墓出土的画像石(见图11)描写的是大庄园主宴饮场面的另一侧有一个大谷仓,三车谷物停放在舱前,两个管家坐在仓边品茶,监督四个家奴收租。中间是宴饮的层面,宴席之间,有歌舞百戏表演。其图从左向右分三组。第一组刻掷丸、顶杆、七盘舞,右边是伴奏乐队。乐队分上下二队,上队为击建鼓、撞编钟、敲石磬,下队为吹排箫、击铙、抚琴等。第二组刻鱼龙漫衍之戏。上边是绳技,右有二人吹箫伴奏;下边是龙戏、鱼戏、豹戏和雀戏。第三组刻马车和戏车,东后有三人击小鼓。汉画像乐舞图集雅声、楚声、秦声、新声于一体,新声就吸收了西域传入的"胡乐"。这些画像石中的乐舞形象,场面宏大,气势非凡,音乐形式多种,表现技巧玄妙,是楚风汉韵的典型代表。

图11 乐舞图(山东沂南汉画像石拓片)

辽宁和林格尔汉墓壁画表现的乌桓校尉的厨房也是十分典型的：厨房里有饲养家禽的禽舍，养有鸡、鸭、鹅等家禽，以备随时宰杀使用。墙上挂满待加工的食物，有鸡、雉、兔、鱼，以及兽头、肠、肺等；器具随处都是，釜、食案、碗、列鼎，还有瓮、盆、盒、钵、尊、勺等，耳杯用途更广，整架都是。在灶、井附近，众多男女忙着烹饪，有的汲水、洗涤器具，有的宰羊、肢解野兽，有的切肉、烤炙肉串。

酒宴中在表演性的歌舞百戏之外，宾客间也可以相邀起舞。席间还有以六博和投壶来助兴的。六博图像很多，山东微山、江苏徐州都有出土，表现为两人隔几对坐，棋盘以俯瞰的方式立在桌上，双方六枚棋子，但具体玩法失传。投壶图像以河南南阳沙岗店出土的一幅汉画像为代表：画面中刻有一壶，壶旁放一个酒樽，上面放置一勺，壶的左右各坐一人，一手各持一支竹箭，全神贯注地准备投竹箭中壶。右边一个人司射，左边有一个胖子坐于地上，被一个持棒者搀扶着，大醉状。应该是投壶比赛的落败者，大醉而退出比赛。

汉代的飨宴活动内容丰富，形式多样，是综合的娱乐，全面的享受。正如歌谣所唱："玉樽延贵客，入门黄金堂。东厨具肴膳，椎牛烹猪羊。主人前进酒，琴瑟为清商。投壶对弹棋，博弈并复行。"[①]

◎ 第三节
汉画像的艺术价值

顾森认为："在汉代众多的艺术品中，汉画最有代表性。汉画反映的是中国前期的历史。时间跨度从远古直到两汉；覆盖从华夏故土广达周边四

---

① （唐）欧阳询撰：《艺文类聚》，561页，北京，中华书局，1965。

夷、域外各国。两汉文化是佛教未全面影响中国以前的文化,是集中华固有文化之大成者。汉画内容庞杂,记录丰富,其中的神话传说、历史故事、生产活动、仕宦家居、社风民俗等,形象繁多而生动,被当今许多学者视为形象的先秦文化和汉代社会的百科全书。"汉代画像是汉民族初期的雄浑、开拓、壮烈的民族精神的反映,它是深沉雄大的,充满了一种向上的力量、运动。其表现不是单一的,而是手法多样形态各异的。汉画像不仅包括画像石、画像砖、画像镜、瓦当等,还有壁画、帛画、漆画、陶画等。手法不仅有线雕、浮雕、透雕和圆雕,而且还有许多绘塑结合、绘刻结合的作品。有的以线为主,有的以色或以墨为主,还有以植物油调颜料图画。从表现手法上看,汉画像既有写实的作品,又有许多夸张的作品。"看汉画,可以看到中国艺术传统的来龙去脉。如从砖、石、镜等等雕塑作品中,既能看到原始人在石、陶、泥上雕镌塑作的影子,也能看到商周青铜器中那些纹饰块面制作手段。……看汉画,也能使人有一种精神的振奋感和一种对博大精深的中华文化的自豪感。若论什么是具有中国风貌和泱泱之大国气派的美术作品,汉画可以给出确切的答复"[1]。

常任侠认为,"中国绘画以线条为主,自中国绘画产生时便是如此",它继承了甲骨刻字、青铜线刻等的传统。"以线条作画,到汉时已经确立,并且达到成熟的阶段。"[2]不用说汉壁画艺术是如此,即使汉代模印制的彩画砖上,也显示了线条的灵动飞舞。线的艺术是中国艺术最主要的形式,它不仅是造型的手段,也成了中国艺术灵动飞舞的象征。

由于汉画像遗存下来最多的是汉画像石,其表现技法的研究就成了汉代艺术研究的重要方面。从现在来看,汉代人为了表现自己要表现的主题和内容,往往是最不囿于形式的限制,只要能突出主题的表达,他们将调动一切艺术手段。对汉画像石雕刻技法的研究,在1937年,滕固就有论述。他分

---

[1] 顾森编著:《中国汉画图典》,3页,杭州,浙江摄影出版社,1997。
[2] 中国美术全集编辑委员会编:《中国美术全集》绘画编,18~19页,上海,上海人民美术出版社,1988。

析了中国汉画像与希腊艺术的不同表现技法后指出：

> 浮雕亦有二种不同的体制，其一是拟雕刻的（高浮雕），希腊的浮雕即属于此类，在平面上浮起相当高的形象而令人感觉到有圆意；其二是拟绘画的（浅浮雕），埃及和古代亚细亚的遗品即属于此类，在平面上略作浮起，使人视之，但觉将描绘之物象镌刻于其上。中国的石刻画像自然属于后一种，在佛教艺术以前，中国人从未有过类似希腊的浮雕。……所以我对中国的石刻画像也想大别为两种，其一是拟浮雕的，南阳石刻属于这一类，其二是拟绘画的，孝堂山武梁祠的产品是属于这一类。①

汉画像往往刻在预先制好的石质建筑构件上，就其工艺程序看往往是先画后刻。所以汉画像的制作应包括绘画和雕刻两种不同的技法。表现在面貌上也有两类：一种为绘画性质，一种为雕刻性质。据此可以把汉画像石的雕刻技法分两大类：第一类为线刻类，第二类为雕刻类。前者又有阴线刻、凸面线刻、凹面线刻；后者有浅浮雕、高浮雕、透雕。这里的第一类，物象的轮廓和细部全部用线条来表现，好像是以刀代笔而作的绘画，类似于图画的白描。浮雕类的雕刻技法，是为了表现物象的质感，不仅要把物象面以外的部分削低，而且要将物象面削成弧面，使物体明显浮出来，其中的透雕，是在高浮雕的基础上，进一步将物象的某些部位镂空，使物体接近于圆雕。在所有的雕刻技法中，阴线刻、浅浮雕、凸面线刻是运用最多的手法，占到所有画像石刻的95％以上。在具体雕刻时，这些技法不是单独的运用，往往是根据情况，综合运用某种技法。

蒋英炬在20世纪80年代，把汉画像石的雕刻技法分为六大类，即线刻、凹面线刻、减地平面线刻、浅浮雕、高浮雕、透雕，后又根据美术考古

---

① 滕固：《南阳汉画像石刻之历史的及风格的考察》，见沈宁编：《滕固艺术文集》，291～292页，上海，上海人民出版社，2003。

类型学的方法归纳为六型十二式。现列表于下：

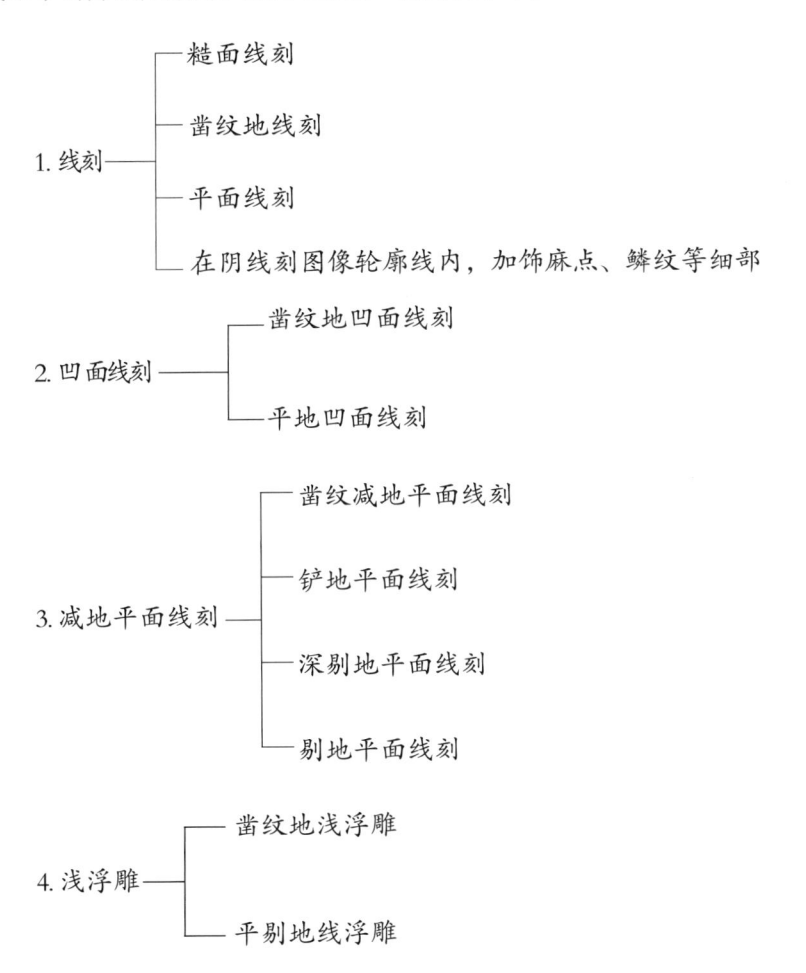

1. 线刻
   - 糙面线刻
   - 凿纹地线刻
   - 平面线刻
   - 在阴线刻图像轮廓线内，加饰麻点、鳞纹等细部

2. 凹面线刻
   - 凿纹地凹面线刻
   - 平地凹面线刻

3. 减地平面线刻
   - 凿纹减地平面线刻
   - 铲地平面线刻
   - 深剔地平面线刻
   - 剔地平面线刻

4. 浅浮雕
   - 凿纹地浅浮雕
   - 平剔地线浮雕

5. 高浮雕

6. 透雕

从图像接受来看，汉画像石的雕刻技法不同，会产生不同的视觉效果。平面阴线刻往往看上去较模糊，凹面线刻看上去较朦胧，浅浮雕因把物象周围多余的部分剔去，故看上去主题突出，特别经过墨拓以后，图像重点突现，黑白分明，对比强烈，是汉画的代表形式。这种雕刻技法也是最流行的一种，说明其技法有普遍的价值。

对汉画像构图特征的研究，也是艺术学式探讨的重要内容。 人们要把自己看到的和想象到的世界在画面上表现出来，就有一个对空间画面的处理的问题，物体在画面上的表现方式以及对空白处的处理方式就是构图。 汉画像对表现空间构图的方式，一般都采用散点透视法，也就是把眼睛移动中观察到的物象，集中表现在一幅画面上。 在具体的表现上，又有四种不同的形式：一是平视横列法。 即刻画的物象完全在一条水平线上呈横向排列，物象的关系只能从左右位置来表明。 二是斜视横列法。 物象在底线上作横向排列，由于采取斜向的透视，在纵深空间里就出现重叠或错列的图像。 三是鸟瞰散布法。 即对物象采用高点散视的构图，使纵深空间里的物象由近及远地散布于画面，物体脱离了水平线，由画面上下的位置显示远近纵深主次的空间关系。 散点透视法，不同于西方的焦点透视法。 焦点透视法是从一个观察点看物体，根据其视觉效果和光学原理来处理图像，它适合于西方单幅西洋画的表现内容。 中国的汉画像石本来就是建筑装饰的一部分，其图像是具有整体关联性的，它表现的是一种宇宙的象征主义，所以便把各种视角的图像组合在同一个画面上，它不符合纯静观自然的真实，却符合人运动中观看世界的真实感觉。 它表现的不是一个静观的世界，而是一个运动着的世界；它表现的不是一个纯自然的视觉和空间，而是一个人文的视觉和空间，是按人的想象和理解了的空间；它表现的不仅是一个眼中看到的世界，而且是一个幻想的世界。

有人把汉画像石看作"现实主义和浪漫主义相结合的艺术作品"，这是不对的。 尽管我们可以从汉画像中看到汉代的农耕、渔猎、纺织、冶铁等现实生活内容，谁也不能否定那车水马龙、杀猪宰羊、乐舞百戏、围捕狩猎、放鹰纵犬、宴饮拜谒的图像有现实的内容，但汉画像石作为一种陵墓祭祀的艺术，其主旨却不是为了表现现实的。 同样，汉画像中那些表现神灵、仙人、怪物、祥瑞的画像，诸如日月交辉、龙凤呈祥、交龙穿壁、羽人饲鹿、鱼车麟麟、北斗帝君、伏羲、女娲、方相驱傩、白虎食魅等图像含有浪漫的精神，但却不能说是浪漫主义的。 实际上，汉画像应该是一种象征主义的艺术，它表现的是一种宇宙的象征。天界、仙界、现实世界和地下世界，通过墓穴和祠堂的建筑和其中的图像加以象征地表现，才是汉画像艺术的本质特征。

艺术学式的研究是从艺术的创作技法、雕刻方式、构图特征、艺术的风格、所表现的艺术精神上展开的研究，它往往与一个时代对艺术本身的看法有关，往往受艺术理论的指导。当时代的发展改变了人们的艺术观念时，艺术学式的研究也必然将有所变化。

如果说文化学式的研究注重的是汉画像本身以外的东西，是属于艺术社会学的研究，那么，艺术学式的研究注重的是汉画像自身的东西，是属于艺术自身的研究。但艺术学式的研究仅从工艺技巧雕刻手法、艺术风格上探讨肯定是不够的，在"图像转向"的现代性知识背景下，我们将从一个新的角度来展开对汉画像的研究，想必会把汉画像的研究推向一个新的阶段。

参考文献

（春秋）左丘明：《左传》，长沙，岳麓书社，1988。

（战国）韩非著：《韩非子译注》，张觉等注，上海，上海古籍出版社，2012。

（战国）屈原，（战国）宋玉等著：《楚辞》，长沙，岳麓书社，2001。

（战国）荀况：《荀子》，上海，书海出版社，2001。

（汉）班固：《汉书》，长沙，岳麓书社，1993。

（汉）班固等撰：《东观汉记》，北京，商务印书馆，1938。

（汉）东方朔撰，张华注：《神异经》，上海，上海古籍出版社，1990。

（汉）董仲舒撰：《春秋繁露》，曾振宇注，开封，河南大学出版社，2009。

（汉）焦延寿撰：《易林汇校集注》，徐传武、胡真校注，上海，上海古籍出版社，2012。

（汉）刘安撰，（汉）许慎注：《淮南子》，上海，上海古籍出版社，2016。

（汉）刘安撰：《淮南子》，陈广忠编，北京，中华书局，2009。

（汉）刘德：《乐记》，吉联抗译注，阴法鲁校订，北京，音乐出版社，1958。

（汉）刘歆撰，（晋）葛洪集：《西京杂记》，上海，上海古籍出版社，2012。

（汉）司马迁：《史记》，长沙，岳麓书社，1988。

（汉）司马迁著：《史记译注》，纪丹阳译注，上海，上海三联书店，2014。

（汉）王充，《论衡》，长沙，岳麓书社，1991。

（汉）郑玄：《六艺论》，中华再造善本。

（晋）常璩撰：《华阳国志》，刘琳校注，成都，巴蜀书社，1984。

（晋）陈寿：《三国志》，北京，中华书局，1982。

（晋）郭璞注：《山海经》，上海，上海古籍出版社，2015。

（晋）郭象：《庄子注》，上海，上海古籍出版社，1995。

（晋）陆机：《陆士衡文集》，北京，国家图书馆出版社，2018。

（晋）袁宏：《两汉纪》，北京，中华书局，2002。

（晋）杜预注，（唐）孔颖达疏：《春秋左传正义》，北京，中华书局，1980。

（北魏）郦道元：《水经注》，南京，凤凰出版社，1995。

（南朝梁）萧统编：《文选》，北京，中华书局，1977。

（南朝宋）范晔：《后汉书》，北京，中华书局，1965。

（唐）房玄龄：《晋书》，北京，中华书局，2011。

（唐）欧阳询：《艺文类聚》，上海，上海古籍出版社，1965。

（唐）欧阳询撰：《艺文类聚》，清文渊阁四库全书第0887－0888册（子部），台北，台湾商务印书馆，1986。

（唐）欧阳询撰：《艺文类聚》，北京，中华书局，1965。

（宋）程颐、程颢：《二程集》，北京，中华书局，1987。

（宋）郭茂倩：《乐府诗集》，上海，上海古籍出版社，1993。

（宋）洪兴祖：《楚辞补注》，北京，中华书局，2006。

（宋）李昉编：《太平御览》，《景印文渊阁四库全书（子部二〇四）》，台北，台湾商务印书馆，2008。

（宋）王楙：《野客丛书》，《丛书集成》初编（第304－306册），上海，商务印书馆，1939。

参考文献　1359

（宋）卫湜：《礼记集说》，北京，国家图书馆出版社，2003。

（宋）张载：《张载集》，北京，中华书局，2012。

（宋）赵明诚：《金石录》，济南，齐鲁书社，2009。

（宋）朱熹：《四书集注》，长沙，岳麓书社，1987。

（宋）朱熹：《周易本义》，北京，中华书局，2009。

（宋）朱熹：《朱子全书》，上海，上海古籍出版社；合肥，安徽教育出版社，2003。

（宋）朱熹：《朱子语类》，北京，中华书局，1986。

（明）胡应麟：《诗薮》，上海，上海古籍出版社，1979。

（明）李贽：《焚书》，北京，中华书局，1974。

（明）王守仁：《传习录》，上海，上海古籍出版社，2012。

（清）包世臣：《艺舟双楫》，北京，中国书店，1983。

（清）段玉裁：《说文解字注》，上海，上海古籍出版社，1981。

（清）顾炎武著，（清）黄汝成集释：《日知录集释》，秦克诚点校，长沙，岳麓书社，1994。

（清）劳孝舆：《春秋诗话》，北京，中华书局，1985。

（清）刘熙载：《艺概》，上海，上海古籍出版社，1978。

（清）皮锡瑞：《经学历史》，周予同注释，北京，中华书局，2004。

（清）王夫之：《船山全书》，长沙，岳麓书社，1996。

（清）王先谦：《荀子集解》，上海，上海书店，1986。

（清）严可均编：《全三国文》，北京，商务印书馆，1999。

（清）严可均编：《全上古三代秦汉三国六朝文》，北京，中华书局，1997。

（清）孙诒让：《周礼正义》，14册，北京，中华书局，1987。

（清）陈奂：《诗毛氏传疏》，北京，商务印书馆，1934。

陈澔注：《礼记》，上海，上海古籍出版社，1987。

范文澜：《文心雕龙注》，北京，人民文学出版社，2006。

费振刚，仇仲谦，刘南平校注：《全汉赋校注》，广州，广东教育出版社，2005。

黄晖：《论衡校释》，北京，中华书局，1990。

李山译注：《管子》，北京，中华书局，2009。

李学勤主编：《十三经注疏》，北京，北京大学出版社，1999。

刘利、纪凌云译注：《左传》，北京，中华书局，2011。

马承源：《上海博物馆藏楚竹书（一）》，上海，上海古籍出版社，2001。

屈守元：《韩诗外传笺疏》，成都，巴蜀书社，2012。

沈善洪编校：《黄宗羲全集》，杭州，浙江古籍出版社，1985。

王海燕编：《历代赋选》，海口，海南出版社，2007。

杨天宇撰：《周礼译注》，上海，上海古籍出版社，2004。

俞绍初辑校：《建安七子集》，北京，中华书局，1989。

钟肇鹏主编：《春秋繁露校释》，石家庄，河北人民出版社，2005。

鲍思陶：《国语》，济南，齐鲁书社，2005。

曹明纲：《赋学概论》，上海，上海古籍出版社，2012。

陈澧：《东塾读书记》，北京，三联书店，1998。

陈良运：《文质彬彬》，南昌，百花洲文艺出版社，2001。

陈启云：《中国古代思想文化的历史论析》，北京，北京大学出版社，2001。

陈寅恪：《元白诗笺证稿》，北京，生活·读书·新知三联书店，2001。

陈引驰编校：《刘师培中古文学论集》，北京，中国社会科学出版社，1997。

邓子琴：《中国风俗史》，成都，巴蜀书社，1988。

方东美：《中国哲学之精神及其发展》，北京，群言出版社，1993。

冯浩菲：《毛诗诂训研究》，武汉，华中师范大学出版社，1988。

冯俊等编：《后现代主义哲学讲演录》，北京，商务印书馆，2003。

冯时：《中国天文考古学》，北京，社会科学文献出版社，2001。

冯友兰：《中国哲学史新编》，北京，人民出版社，1982。

高文：《四川汉代画像石》，成都，巴蜀书社，1987。

葛兆光：《中国思想史》，上海，复旦大学出版社，2001。

耿天勤主编：《郑玄志》，济南，山东人民出版社，2009。

龚鹏程：《文化符号学》，上海，上海人民出版社，2009。

顾颉刚：《古史辨（第三册）》，北京，朴社，1931。

顾颉刚：《汉代学术史略》，北京，东方出版社，1996。

郭建勋：《辞赋文体研究》，北京，中华书局，2007。

郭庆光：《传播学教程》，北京，中国人民大学出版社，1999。

郭绍虞、王文生主编：《中国历代文论选》，上海，上海古籍出版社，2001。

郭绍虞：《中国文学批评史》，上海，上海古籍出版社，1979。

汉代城址与墓葬考古报告/陕西省考古研究所，榆林市文物管理委员会办公室编著：《汉代城址与墓葬考古报告》，北京，科学出版社，2001。

河南省商丘文物管理委员会：《芒砀山西汉梁王墓地》，北京，文物出版社，2001。

侯立兵：《汉魏六朝赋多维研究》，北京，人民出版社，2007。

侯外庐等：《中国思想通史》，北京，人民出版社，1957。

胡学常：《文学话语与权力话语——汉赋与两汉政治》，杭州，浙江人民出版社，2000。

华东师范大学古籍整理研究室选编：《历代书法论文选》，上海，上海书画出版社，1979。

黄开国：《一位玄静的儒学伦理大师——扬雄思想初探》，成都，巴蜀书社，1989。

简宗梧：《汉赋史论》，台北，东大图书股份有限公司，1993。

翦伯赞：《秦汉史》，北京，北京大学出版社，1999。

蒋英炬、杨爱国：《汉代画像石与画像砖》，北京，文物出版社，2003。

金祖孟：《中国古宇宙论》，上海，华东师范大学出版社，1991。

靖林著：《庄子释义》，北京，新华书店，2016。

李春青：《诗与意识形态——从西周至两汉诗歌功能的演变与中国诗学观念的生成》，北京，北京大学出版社，2005。

李大明：《汉楚辞学史》，成都，电子科技大学出版社，1994。

李发林：《汉画考释和研究》，北京，中国文联出版社，2000。

李泽厚、刘纲纪：《中国美学史》（先秦两汉编），合肥，安徽文艺出版社，1999。

李泽厚、汝信名誉主编：《美学百科全书》，北京，社会科学文献出版社，1990。

林庆彰编：《诗经研究论集》，台北，台湾学生书局，1983。

刘朝谦：《赋文本的艺术研究》，北京，中国社会科学出版社，华龄出版社，2006。

刘纲纪：《周易美学》，武汉，武汉大学出版社，2006。

刘师培：《中国中古文学史·论文杂记》，北京，人民文学出版社，1959。

刘泽华主编：《士人与社会》（秦汉魏晋南北朝卷），天津，天津人民出版社，1992。

陆侃如：《中古文学系年》，北京，人民文学出版社，1985。

罗振玉：《贞松堂集古遗文》，北京，北京图书馆出版社，2003。

吕祖谦：《吕氏家塾读诗记》，杭州，浙江古籍出版社，2008。

马积高：《赋史》，上海，上海古籍出版社，1987。

马银琴：《两周诗史》，北京，社会科学文献出版社，2006。

牟宗三：《中国哲学十九讲》，上海，上海古籍出版社，1997。

庞慧：《〈吕氏春秋〉对社会秩序的理解与构建》，北京，中国社会科学出版社，2009。

濮茅左：《上博馆藏战国楚竹书研究》，上海，上海书店出版社，2002。

齐思和:《中国史探研》,北京,中华书局,1981。

钱穆:《国史大纲》,北京,商务印书馆,1996。

钱穆:《两汉经学今古文平议》,北京,商务印书馆,2001。

钱穆:《钱宾四先生全集》,台北,台湾联经出版事业公司,1998。

钱穆:《先秦诸子系年》,石家庄,河北教育出版社,2002。

钱穆:《中国文化史导论》,上海,上海三联书店,1988

钱穆:《中国学术思想史》,台北,台湾东大图书有限公司,1976。

钱志熙:《唐前生命观和文学生命主题》,北京,东方出版社,1997。

任继愈主编:《中国哲学发展史》(秦汉),北京,人民出版社,1985。

山西省考古研究所:《山西考古四十年》,太原,山西人民出版社,1994。

陕西省博物馆、陕西省文物管理委员会:《陕北东汉画像石刻选集》,北京,文物出版社,1959。

尚秉和:《历代社会风俗事物考》,北京,中国书店,2001。

沈宁编:《滕固艺术文集》,上海,上海人民出版社,2003。

苏肇平主编:《萧县汉画像石集(之一)汉石刻艺术》,南昌,江西美术出版社,2000。

孙作云:《诗经与周代社会研究》,北京,中华书局,1979。

谭维四:《乐宫之王——曾侯乙墓考古大发现》,杭州,浙江文艺出版社,2002。

汤池主编:《中国画像石全集5·陕西、山西汉画像石》,郑州,河南美术出版社,2000。

汤用彤:《魏晋玄学论稿》,见《中国学术经典·汤用彤卷》,石家庄,河北教育出版社,1996。

唐君毅:《中国文化之精神价值》,南京,江苏教育出版社,2006。

陶东风:《文体演变及其文化意味》,昆明,云南人民出版社,1994。

田余庆:《东晋门阀政治》,北京,北京大学出版社,2012。

童庆炳：《文体与文体的创造》，昆明，云南人民出版社，1994。

万光治：《汉赋通论》，成都，巴蜀书社，1989。

王葆玹：《今古文经学新论》（增订版），北京，中国社会科学出版社，1997。

王达津主编：《清代经部序跋选》，天津，天津古籍出版社，1991。

王建中：《汉代画像石通论》，北京，紫禁城出版社，2001。

王青：《扬雄评传》，南京，南京大学出版社，2000。

王旭晓：《大风起兮》，郑州，河南人民出版社，2001。

王运熙、杨明：《隋唐五代文学批评史》，上海，上海古籍出版社，1996。

王钟陵主编：《二十世纪中国文学史论文精粹——散文赋卷》，石家庄，河北教育出版社，2001。

王仲荦：《魏晋南北朝史（下册）》，北京，人民出版社，1980。

文物编辑委员会编：《文物考古工作三十年 1949－1979》，北京，文物出版社，1979。

萧公权：《中国政治思想史》，沈阳，辽宁教育出版社，1998。

信立祥：《汉代画像石综合研究》，北京，文物出版社，2000。

信立祥主编：《中国画像石全集 4·苏、皖、浙地区汉画像石综述》，济南，山东美术出版社，2000。

修海林：《古乐的沉浮》，上海，上海音乐学院，2013。

徐复观：《两汉思想史》，283 页，上海，华东师范大学出版社，2001。

徐复观：《论经学史二种》，上海，上海书店出版社，2002。

徐复观：《中国文学论集》，台北，台湾学生书局，1985。

许结：《汉代文学思想史》，南京，南京大学出版社，1990。

颜娟英主编：《美术与考古》，北京，中国大百科全书出版社，2005。

叶幼明：《辞赋通论》，长沙，湖南教育出版社，1991。

仪平策：《中国审美文化史》，济南，山东画报出版社，2002。

于迎春:《汉代文人与文学观念的演进》,北京,东方出版社,1997。

余秋雨:《中国戏剧史》,上海,上海教育出版社,2006。

余英时:《士与中国文化》,上海,上海人民出版社,1987。

余英时:《余英时文集》,桂林,广西师范大学出版社,2004。

余英时:《中国思想传统的现代诠释》,南京,江苏人民出版社,1989。

俞伟超、信立祥:《中国大百科全书·考古学》,北京,中国大百科全书出版社,1981。

俞伟超:《中国画像石全集·前言》,济南,山东美术出版社,2000。

俞伟超编:《考古类型学的理论和实践》,北京,文物出版社,1987。

俞伟超主编:《中国画像石全集7·四川汉画像石》,郑州,河南美术出版社,2000。

张少康、张三富:《中国文学理论批评史》,北京,北京大学出版社,1995。

张少康:《夕秀集》,北京,华文出版社,1999。

张舜徽:《广校雠略》,武汉,华中师范大学出版社,2003。

张舜徽:《郑学叙录》,济南,齐鲁书社,1984。

张绪通:《黄老智慧》,北京,人民出版社,2005。

章炳麟:《章太炎学术论集》,北京,中国社会科学出版社,1997。

章权才:《两汉经学史》,广州,广东人民出版社,1990。

赵敏俐:《周汉诗歌综论》,北京,学苑出版社,2002。

赵一凡:《欧美新学赏析》,北京,中央编译出版社,1996。

郑岩、王睿主编:《礼仪中的美术——巫鸿中国古代美术史文编》,北京,生活·读书·新知三联书店,2005。

郑毓瑜:《性别与家国——汉晋辞赋的楚骚论述》,上海,上海三联书店,2006。

中国画像石全集编辑委员会编:《中国画像石全集 第五卷》(陕西、山西汉画像石),济南,山东美术出版社,2000。

中国美术全集委员会编：《中国美术全集·绘画编18·画像石画像砖》，杭州，浙江摄影出版社，1997。

中国美术全集委员会编：《中国美术全集·卷18》，上海，上海人民美术出版社，1988。

中国农业博物馆编：《汉代农业画像砖石》，北京，中国农业出版社，1996。

中国社会科学院考古研究所编：《新中国的考古发现和研究》，北京，方志出版社，2007。

周祖譔编选：《隋唐五代文论选》，北京，人民文学出版社，1999。

朱存明：《汉画像的象征世界》，北京，人民文学出版社，2005。

朱恩彬等主编：《中国古代文艺心理学》，济南，山东文艺出版社，1997。

朱立元主编：《美学大词典》，上海，上海辞书出版社，2014。

朱自清：《经典常谈》，上海，上海古籍出版社，2004。

朱自清：《诗言志辨》，天津，开明书店，1947。

朱自清：《朱自清说诗·诗言志辨》，上海，上海古籍出版社，1998。

图书在版编目(CIP)数据

两汉文艺思想史 / 李春青，姚爱斌主编. —北京：北京师范大学出版社，2023.9
（中国文艺思想通史）
ISBN 978-7-303-27013-2

Ⅰ. ①两… Ⅱ. ①李… ②姚… Ⅲ. ①文艺思想史－中国－汉代 Ⅳ. ①I209.34

中国版本图书馆CIP数据核字（2021）第110942号

两汉文艺思想史
LIANGHAN WENYI SIXIANGSHI

李春青　姚爱斌　主编

策划编辑：禹明超　　责任编辑：禹明超　王　亮
美术编辑：王齐云　　装帧设计：王齐云
责任校对：陈　民　　责任印制：赵　龙

出版发行：北京师范大学出版社	开本：730mm×980mm 1/16	版次：2023年9月第1版
印刷：保定市中画美凯印刷有限公司	印张：87	印次：2023年9月第1次印刷
经销：全国新华书店	字数：1300千字	定价：389.00元（全三册）

北京师范大学出版社　　　　　　　　版权所有·侵权必究
http//www.bnup.com　　　　　　　　反盗版、侵权举报电话：010-58800697
北京市西城区新街口外大街12-3号　　北京读者服务部电话：010-58808104
邮政编码：100088　　　　　　　　　外埠邮购电话：010-58808083
营销中心电话：010-58805602　　　　本书如有印装质量问题，请与印制管理部联系调换。
主题出版与重大项目策划部：010-58805385　　印制管理部电话：010-58808284